Cornelia Wusowski
Die Familie Bonaparte

CORNELIA WUSOWSKI

Die Familie Bonaparte

Der Roman einer Epoche

Bechtermünz

Genehmigte Lizenzausgabe
für Weltbild Verlag GmbH, Augsburg

Umschlaggestaltung: Studio Höpfner-Thoma, München
Gesamtherstellung: GGP Media, Pößneck
Printed in Germany
ISBN 3-8289-6904-6

2004 2003 2002 2001

Die letzte Jahreszahl
gibt die aktuelle Lizenzausgabe an.

Dem Andenken meines Vaters gewidmet

Giuseppe-Maria Piètra-Santa

Maria Anna Piètra Santa
⚭Hyacinthe Benielli

Enkel: Jean-Thomas
Arrighi de Casanova
*1778 †1853

Angela Maria Piètra-Santa

1.⚭Giovanni Girolamo Ramolino

Maria Letizia Ramolino
„Mme. Mère"
*1750 †1836
⚭Carlo de Buonaparte
*1746 †1785

2.⚭Franz Fesch

Joseph Fesch
Kardinal
*1763 †1839

Joseph Bonaparte (Giuseppe)
*1768 †1844
Kg. v. Neapel 1806
v. Spanien 1808–1813
⚭Julie Clary
*1771 †1845

Napoleon I.
*1769 †1821
Ks. d. Franzosen
1804–1814/15
1.⚭Joséphine de Beauharnais
geb. Tascher de la Pagerie
*1763 †1814
2.⚭Marie Louise v. Österreich,
Hzgn. v. Parma
*1791 †1847
1.⚯ Eléonore Dénuelle
2.⚯ Maria Gfn. Walewska
†1817

Lucien (Luciano)
*1775 †1840
Fst. v. Canino
1.⚭Catherine Boyer
*1773 †1800
2.⚭Alexandrine de
Jouberthon
geb. de Bleschamp
*1778 †1855

Elisa (Maria Anna)
*1777 †1820
Ghz. v. Toscana
⚭Pasquale Bacciochi
*1762 †1841

Napoléone Elisa
*1806 †1869
⚭Filippo Gf.
Camerata

Jérôme
*1810

2.⚭ — 1.⚯ — 2.⚯

Napoleon (II.)
(Franz Karl Joseph)
*1811 †1832
Kg. v. Rom
Hzg. v. Reichstadt

Léon Dénuelle
*1806 †1881

Alexander Florian
Gf. Walewski
*1810 †1868

Christine Charlotte *1795 †1865
⚭Mario Fst. Gabrielli †1841

Alexandrine Egypta *1798 †1847
1.⚭Gf. Arvid Posse
2.⚭Lord Dudley Stuart

Charles Lucien Laurent *1803 †1857
⚭Zénaide Bonaparte *1801 †1854

Letizia Christine *1804 †1871
⚭Thomas Wyse

Jeanne *1807 †1829
⚭Marquis Honorati

Paul Marie *1809 †1827

Louis Lucien *1813 †1891
⚭Marie Anne Cecchi

Pierre Napoléon *1815 †1881
⚭Justine Eleonore Ruffin †1905

Antoine *1816 †1877

Alexandrine Marie *1818 †1874
⚭ Gf. Vincent Valentini †1858

Constance (Äbtissin) *1823 †1876

Zénaide Letizia
*1801 †1854
⚭Charles Laurent Bonaparte
*1803 †1857

Charlotte Napoléone
*1802 †1839
⚭Napoléon Louis Bonaparte
*1804 †1831

aus 1. Ehe mit Alexandre
Vicomte de Beauharnais
*1760 †1794

in 2. Ehe verh. mit
Gf. Adam Adalbert
v. Neipperg
*1775 †1829

Fürsten von
Montenuovo

Eugène
Vizekönig
v. Italien,
Hzg. v.
Leuchtenberg
*1781 †1824;
von Napoléon
adoptiert
⚭ Augusta Amalia
v. Bayern
*1788 †1851

Hortense
Kgn. v. Holland
*1783 †1837;
von Napoléon
adoptiert
⚭Louis Bonaparte
*1778 †1846
⚯ Charles
Comte de Flahaut
†1871

Die Bonapartes

(Luigi)
†1846
Holland 1806–1810
tense de Beauharnais
†1837

éric Napoléon
0 †1833

Pauline (Maria Paola)
*1780 †1825
1.⚭ Emanuel Leclerc
*1772 †1802
2.⚭ Camillo Borghese
*1775 †1832

Caroline (Maria Annunziata)
*1782 †1839
Kgn. v. Neapel
⚭ Joachim Murat
*1767 †1815

Jérôme (Girolamo)
*1784 †1860
Kg. v. Westfalen
1807
1.⚭ Elizabeth
Patterson
*1785 †1879
2.⚭ Katharina
v. Württemberg
*1783 †1835

1.
Louis Napoléon
Dermide
*1798 †1804

Napoléon
Achille
*1801 †1847
⚭ Catherine
Dudley

Letizia Joséphine
*1802 †1859
⚭ Guido Marquese
Pepoli, Conte di
Castiglione

Lucien Charles
Napoléon
*1803 †1878
Prinz Murat
⚭ Carolina
Georgina Frazer

Louise Julie
Caroline
*1805 †1889
⚭ Conte Giulio
Rasponi

n

Napoléon
Louis
*1804
†1831
⚭ Charlotte
Bonaparte
*1802
†1839

Charles Louis
Napoleon
(Napoléon III.)
*1808 †1873
⚭ Eugenie
Gfn. Montijo
*1826 †1920

1.
Jérôme Napoléon
Bonaparte-
Patterson
*1805 †1870
⚭ Suzanne Mary
Williams

2.
Jérôme
Napoléon
Charles
*1814 †1847

2.
Mathilde
Letizia
*1820 †1904
⚭ Anatol
Fst. Demidoff

2.
Napoléon Joseph
Charles
Prince Napoléon
„Plon–Plon"
*1822 †1891
⚭ Clotilde v.
Savoyen
*1843 †1911

Eugène Louis
Napoléon
*1856 †1879

Nachkommen
Bonaparte-
Patterson
in den USA

Napoléon Victor
*1862 †1926
⚭ Clementine v.
Belgien
*1872 †1955

heutige Linie
Bonaparte

Europa unter französischer Vorherrschaft (1

St. Petersburg
Nowgorod
Wolga
Reval
Dorpat
Stockholm
Riga
Düna
Dünaburg
Libau
Witebsk
Borodino
Moskau
Wjasma
Dorogobusch
Jaroslawez
Smolensk
Kowno
Orscha
Orel
Kaiserreich
Wilna
Grodno
Königsberg
Kurst
Woronesh
Gomel
Rußland
Pinsk
Tschernigow
Bjelgorod
Warschau
Ghzm.
Warschau
Kiew
Charkow
Shitomir
Isjum
Tarnopol
Lemberg
Dnjestr
Jekaterinoslaw
Taganrog
Bessarabien
1812 russ.
Moldau
Debreczin
Wien
Preßburg
Odessa
Krim
Sewastopol
Klausenburg
Szegedin
Kronstadt
Kischenew
Schwarzes Meer
Walachei
Bukarest
Rustschuk
Belgrad
Serbien
Donau
Schumla
Warna
Sinope
Bulgarien
Konstantinopel
Sofia
Adrianopel
Ragusa
Durazzo
Brindisi
Saloniki
Brussa
Angora
Otranto
Lemnos
Anatolien
Reich
Korfu
Frz.
Smyrna
Konia
Ionische Inseln
1800 russ., 1809 frz.
Rhodos
Cypern
Kreta
Meer
St. Jean d'Acre
1799
Jaffa
Derna
Abukir
Alexandria
Bengasi
Barka
Cyrenaika
Heliopolis
Kairo
Pyramiden
1798
Ägypten
Nil
D
E
F
G
1
2
3
4
20°
30°

Erstes Buch

I

Der Weinberg in Vitullo und die Landparzelle in Torre Vecchia ergeben zusammen ungefähr 31 Morgen Land, dazu noch die Wohnungen in Marcello und in Santa Catalina, die Kornmühle, der Backofen, das Bargeld. Diese Mitgift ist eine beachtliche Aufstockung unseres Vermögens. Mein verschwenderischer Neffe wird mit seiner Frau standesgemäß von diesen Einkünften leben können, und ich werde auch in Zukunft das Erbe seines Vaters für die Familie verwalten, vielleicht sogar vermehren.

Diese weltlichen Überlegungen gingen durch den geistlichen Kopf des Archidiakons Luciano Buonaparte, als er am 2. Juni 1764 im Dom von Ajaccio vor dem Altar stand.

Seine feierliche Miene verriet nichts von seinem Stolz und seiner Genugtuung über die Eheschließung seines Neffen Carlo mit Letizia Ramolino. Abgesehen von der stattlichen Mitgift war sie das anmutigste Mädchen der Stadt – die Einheimischen nannten sie Ajaccios kleines Wunder –, und sie entstammte einer angesehenen Patrizierfamilie. Die Ramolinos waren mit den Collaltos verwandt, die im Mittelalter die Lombardei beherrscht hatten, und waren im 15. Jahrhundert vom italienischen Festland nach Korsika übergesiedelt. Die Buonapartes – ein toskanisches Adelsgeschlecht – waren erst hundert Jahre später auf der Insel ansässig geworden.

Während der Archidiakon auf das Ausklingen der Orgel wartete, um mit seiner Predigt beginnen zu können, wanderten seine Augen über die Gemeinde, die an diesem Tag das Kirchenschiff bis zum letzten Winkel füllte. Sämtliche Honoratioren waren erschienen, sogar die reichen Peraldis und die adelsstolzen Pozzo di Borgos. Die ungefähr fünfzig Vettern der Braut saßen wie ein Schutzwall zwischen den nächsten Angehörigen des jungen Paares und der übrigen Gemeinde. Die Vettern gehörten zu den Familien Ramolino und di Pietra Santa. Die meisten von ihnen waren aus Sartene und den umliegenden Dörfern herabgestiegen, festlich gekleidet und mit Geschenken beladen.

Das rauhe Leben in den Bergen hatte ihre Erscheinung geprägt. Sie traten stolz und selbstbewußt auf, die Gesichter wirkten ernst und verschlossen, die Augen blickten wachsam und mißtrauisch. Die Vendetta, die Blutrache, war für diese Korsen noch heilige Pflicht.

Im Kircheneingang und auf den Stufen vor dem weit offenen Portal drängte sich schaulustiges Volk. Niemand wollte sich diese Hochzeit entgehen lassen. Die Verbindung der Buonapartes mit den Ramolinos war eine Sensation, weil die Familien unterschiedlichen politischen Richtungen anhingen. Die Buonapartes sympathisierten mit der korsischen Unabhängigkeitsbewegung und deren Führer, dem General Pasquale Paoli.

Die Ramolinos hingegen waren treue Anhänger der Republik Genua, in deren Besitz die Insel seit dem Ende des 13. Jahrhunderts war.

Während der letzten Wochen vor der Hochzeit war die Hafenstadt Schauplatz abenteuerlicher Gerüchte und Vermutungen gewesen: Was hatte wohl den Archidiakon bewogen, in eine Verbindung mit einer genuesisch gesinnten Familie einzuwilligen, zu einem Zeitpunkt, zu dem Genua nur noch auf dem Papier über Korsika herrschte? In Wirklichkeit war es ja Paoli, der regierte, seit fast zehn Jahren. Die Mitgift mußte der Köder gewesen sein, folgerte das Volk, das einfach und praktisch dachte. Die Familien der korsischen Nobilität vermuteten außerdem, daß die Buonapartes durch diese Verbindung ihren Adel aufwerten wollten.

Während der letzte Orgelton noch in der Luft schwebte, stieg der Archidiakon langsam die Stufen zur Kanzel empor. Einige Sekunden verharrte er dort in stiller Andacht, dann begann er mit seiner Predigt. Er sparte nicht mit Ratschlägen und Ermahnungen für das Brautpaar, belehrte es über Verantwortung, christliche Lebensführung, eheliche Treue, eheliche Rechte und Pflichten, Sparsamkeit, das Ansehen der Familie. Die Gründe für diese Ermahnungen waren das jugendliche Alter des Paares – die Braut war noch keine vierzehn Jahre alt, der Bräutigam achtzehn Jahre – und die Beziehung des Archidiakons zu seinem Neffen. Nach dem Tod seines Bruders Giuseppe hatte Luciano die Verantwortung für die Erziehung von Carlo und dessen älterer Schwester Geltruda übernommen. Und an diesem Tag schien es ihm angebracht, dem lebenslustigen jungen Mann noch ein paar Ratschläge mit auf den Weg zu geben.

Carlo saß während der Predigt entspannt auf dem Kirchenstuhl, die sanften grauen Augen zur Kanzel gerichtet. Er war hochgewachsen und schlank, die Hände waren schmal, die Nase kräftig geformt, die Lippen voll und sinnlich. Die Haare trug er à la mode frisiert und sorgfältig gepudert, die Kleidung war von dezenter Eleganz. Material und Schnitt ließen erkennen, daß sie von einem Schneider aus Pisa oder Florenz gefertigt worden war. Ein Rock aus schwarzer Seide, Kniehosen aus weißem Satin, eine Weste aus Silberbrokat, ein reichgekräuseltes Spitzenjabot, weiße seidene Strümpfe und schwarze Schuhe mit Silberschnallen. Es war vielleicht nicht so sehr die Kleidung, worin Carlo sich von den anwesenden Honoratioren unterschied, sondern die Art, sich darin zu bewegen: weltmännisch, gelassen, sicher wie ein junger Kavalier, der in einer großen Stadt auf dem Festland aufgewachsen war.

Seine Mitbürger trugen ihren Feiertagsstaat mit Würde und ein wenig steif, und wer sie genau beobachtete, spürte wohl auch ein leichtes Unbehagen bei ihnen.

Carlo schien aufmerksam den Worten des Archidiakons zu lauschen, aber seine Gedanken waren schon seit geraumer Zeit aus der Gegenwart zurück in die Vergangenheit gewandert. Predigten langweilten ihn, besonders die Predigten seines Onkels, und so erinnerte er sich an jenen Sonntag, an dem er Letizia zum ersten Mal bewußt gesehen hatte.

Im Sommer 1762 hatte Carlo seine Studien auf der Höheren Schule in Corte beendet und war nach Ajaccio zurückgekehrt. Dem Wunsch des Archidiakons und der Familientradition folgend, wollte er im Herbst in Pisa mit dem Studium der Rechtswissenschaft beginnen.

An einem Sonntag, wenige Tage vor seiner Abreise, gingen Carlo, seine Mutter und seine Schwester zum Hochamt in den Dom. Auf dem Weg begegneten ihnen eine Frau und ein Mädchen von zwölf Jahren. Carlo streifte die hagere, strenge Gestalt der Frau mit einem flüchtigen Blick, dann sah er das Mädchen: sie war zierlich und schlank, trug ein einfaches Kleid aus korsischem Tuch. Ein weißes Mandile war locker um das volle kastanienbraune Haar geschlungen. Der Blick der tiefdunklen Augen im zart geformten Gesicht verriet Schüchternheit und Ernst. Carlo blieb stehen und betrachtete gebannt die kleine Gestalt, die behende die wenigen Stufen zur Kirche emporstieg.

»Wer ist das Mädchen?«

Seine Schwester, die ihn amüsiert beobachtet hatte, lachte. »Sie ist Ajaccios kleines Wunder. Erinnerst du dich nicht an Letizia Ramolino?«

Carlo verneinte. Die Jahre in Corte hatten die Erinnerung an Ajaccio in den Hintergrund gedrängt.

»Letizias Vater war Kapitän in unserer Garnison«, erklärte seine Mutter, »dann wurde er zum Generalinspektor für Brücken und Wege ernannt. Er war ein achtbarer Mann, schade, daß er immer auf der Seite von Genua stand. Er starb, als Letizia noch klein war. Vor ein paar Jahren hat ihre Mutter dann Francesco Fesch geheiratet. Er ist Kapitän bei der Genueser Marine.«

»Fesch?« fragte Carlo. »Ein merkwürdiger Name.«

»Er ist gebürtiger Schweizer.«

Inzwischen hatten sie den Dom betreten, aber Geltruda schwatzte weiter. »Stell dir vor, Carlo, dieser Fesch war Protestant und ist zum katholischen Glauben übergetreten. Nur unter dieser Bedingung hat die Signora Ramolino ihn geheiratet. Und es wird sogar behauptet, daß seine Familie ihn deswegen enterbt hat. Ich glaube, die Signora ist schrecklich fromm, sie geht jeden Nachmittag in den Dom, und Letizia besucht jeden Morgen die Messe.« Sie wollte weiterreden, aber ein mahnender Blick ihrer Mutter ließ sie verstummen.

Einige Tage nach dieser Begegnung reiste Carlo nach Pisa ab. Die neue Umgebung, Studium und Studentenleben ließen ihn die frommen Feschs bald vergessen. Erst im darauffolgenden Sommer kehrte er während der Universitätsferien nach Ajaccio zurück.

Am Tag nach seiner Rückkehr streifte er durch die verwinkelten Gassen der Altstadt und des genuesischen Viertels und unterhielt sich hier und da mit einem Bekannten. Auf dem Marktplatz blieb er einen Augenblick stehen und beobachtete amüsiert die Mädchen, die den Hauptbrunnen umlagerten und mit Krügen aus Terrakotta Wasser schöpften, dann ging er langsam zurück zu seinem Elternhaus. Als er in die Via Malerba einbog, kam ihm ein Mädchen entgegen. Der leichte, graziöse Schritt rief in Carlo eine Erinnerung wach, und als sie an ihm vorbeiging, erkannte er die Kirchenbesucherin des verflossenen Sommers. Verwirrt von der unerwarteten Begegnung ging er geistesabwesend an seinem Haus vorbei, die Straße hinauf zur Zitadelle. Letizia hatte sich innerhalb weniger Monate vom Kind zum jungen Mädchen entwickelt. Carlo setzte sich auf eine Mauer der Zitadelle und blickte gedankenverloren über das grünblaue Meer. Erst als die Mittagsstunde eingeläutet wurde, schrak er aus seiner Versunkenheit auf und eilte zurück in die Via Malerba.

Den Nachmittag verbrachte er in seinem Zimmer, blätterte abwesend in einem Buch und dachte an das junge Mädchen. Plötzlich erinnerte er sich an die Worte seiner Schwester. Ob Letizia immer noch jeden Morgen zur Messe ging? Er mußte sie wiedersehen!

Nach einer unruhigen Nacht stand er früh auf und begab sich zur Messe in den Dom.

Sie war bereits da, als er die Kirche betrat, und er wählte einen Platz, wo er sie ungestört betrachten konnte. Letizia bemerkte ihn erst, als sie hinausging, und als er höflich grüßte, dankte sie mit ernster Miene. Das gab ihm den Mut, sie anzusprechen.

Von da an trafen sie sich jeden Morgen im Dom, dann auch nachmittags irgendwo in der Stadt, heimlich und vorsichtig. Aber in Ajaccio gab es viele Augen und Ohren, und bald waren der Archidiakon Buonaparte und der Kanonikus Ramolino, ein Onkel Letizias, im Bilde über die Romanze zwischen Neffe und Nichte. Unabhängig voneinander entschieden sie jedoch, vorerst abzuwarten und sich nicht einzumischen. Der Archidiakon hielt es aber für angebracht, sich diskret über die Vermögensverhältnisse der Ramolinos zu erkundigen.

Am Tag vor seiner Abreise nach Pisa verlobte sich Carlo heimlich mit Letizia. Mit der Hochzeit wollte er warten, bis das Studium beendet war; er hoffte, in spätestens einem Jahr den Doktortitel erworben zu haben. Er hatte Letizia versprochen, regelmäßig zu schreiben, und damit die Briefe unauffällig die Empfängerin erreichen konnten, hatte er seine Schwester eingeweiht. Sie war praktisch veranlagt und unkompliziert. Geltruda fand die ganze Situation höchst amüsant, wunderte sich allerdings, was ihren lebensfrohen Bruder zu der schüchternen, stillen Letizia hinzog. Aber sie versprach, das Geheimnis zu wahren und die Briefe zu befördern.

Als im Frühjahr 1764 ein Brief des Archidiakons in Pisa eintraf mit der Aufforderung, Carlo solle nach Ajaccio zurückkehren, um Letizia zu heiraten, fiel der junge Mann aus allen Wolken. Hatte Geltruda geplaudert?

Aber die bevorstehende Hochzeit versetzte ihn in freudige Erregung, und die beruflich Zukunft, die sein Onkel andeutete, weckte in ihm die kühnsten Hoffnungen.

Der Archidiakon schrieb, daß Paoli einen juristischen Berater suche und daß seine Wahl auf Carlo gefallen sei. Carlo könne den Posten sofort antreten, auch ohne formalen Studienabschluß, Paoli halte nicht viel von Titeln, sondern mehr von Leistung.

Der Brief schloß mit den Worten: »Paolis Angebot ist natürlich eine große Ehre für unsere Familie, aber das Doktorexamen in Pisa ist ebenfalls wichtig. Bevor Du eine endgültige Entscheidung triffst, müssen wir uns noch einmal darüber unterhalten.« Dann wurde Carlo noch beauftragt, zwei bis drei Fäßchen toskanischen Weins für die Hochzeitsfeier mitzubringen, da die Familie vor der neuen Verwandtschaft und den geladenen Honoratioren repräsentieren müsse und sie nicht mit dem Wein aus Eigenbau bewirten könne. Allerdings erschien Carlo die Summe, die der Onkel für diese Sonderausgabe festgesetzt hatte, lächerlich gering.

Einen knappen Monat später unterhielt sich der Archidiakon sehr eindringlich mit seinem Neffen über dessen berufliche Zukunft. Es war früher Nachmittag. Im Arbeitszimmer des Archidiakons waren die Fenster weit geöffnet, und die hereinflutende

Wärme der Maisonne ließ den karg möblierten Raum weniger spartanisch erscheinen.

Der Archidiakon saß etwas zurückgelehnt in seinem Stuhl, die Hände über dem Bauch gefaltet, und als er zu sprechen anfing, huschte ein listiges Lächeln über sein wohlgenährtes Gesicht.

»Du hast dich wahrscheinlich gewundert, warum ich deine Heirat mit Letizia so rasch arrangiert habe. Nun, ich war bestens informiert über eure Beziehung. Letizia ist ein ungewöhnlich anziehendes Mädchen aus guter Familie, sie ist fromm, ihre Mitgift ist ansehnlich – warum soll man lange warten, vor allem, wenn man damit rechnen muß, daß über kurz oder lang noch mehr Bewerber auftauchen. Aber es gibt noch einen anderen Grund, warum ich eure Verbindung zum jetzigen Zeitpunkt wünsche.«

Er unterbrach sich, um seine Gedanken noch einmal zu ordnen, und fuhr dann fort: »Wie du weißt, habe ich Verbindungen zu einigen angesehenen Familien in Calvi, vor allem zu den Giubegas. Die Stadt hält ja nach wie vor treu zu Genua, aber dadurch erfährt man etwas über die Pläne dieser Republik. Seit geraumer Zeit erzählt man sich nun in Calvi, daß Genua – wie bereits vor einigen Jahren – französische Truppen in unseren Garnisonen stationieren will, in der Hoffnung, dadurch die Herrschaft über Korsika zurückzugewinnen. Angeblich werden darüber bereits Verhandlungen mit Versailles geführt.«

»Was hat das mit meiner Heirat zu tun?« unterbrach Carlo.

»Geduld, ich will es dir ja gerade erklären. Falls diese Gerüchte stimmen und tatsächlich französische Truppen landen, gibt es Unruhen, ich kenne doch meine Landsleute. Ich fürchte, daß Paoli dann in Schwierigkeiten kommt. Arrangiert er sich mit Genua und Frankreich, wird wahrscheinlich ein Teil der Bevölkerung von ihm abfallen; seine heimlichen Gegner – diese archaischen Sippenhäuptlinge in den Bergen – können sich sammeln, und bald haben wir Bürgerkrieg. Versucht er aber die Eindringlinge zu vertreiben – nun, wie ein solches Unternehmen ausgehen mag, weiß Gott allein. Die französische Armee ist uns zahlenmäßig überlegen und besser ausgerüstet. Bei derart unsicheren Verhältnissen halte ich es für sinnvoll, daß sich eine Familie nach beiden Richtungen hin absichert, und zwar zum richtigen Zeitpunkt. Die Ramolinos waren immer auf Seiten Genuas, bei Letizias Vater sind die französischen Offiziere ein- und ausgegangen, und der Kapitän Fesch steht ja auch im Dienst der Republik. Man weiß nie, ob nicht solche familiären Verbindungen eines Tages von Vorteil sein können. Was Paoli betrifft, so haben wir nichts zu befürchten; er weiß, daß die Buonapartes immer für ein unabhängiges Korsika eingetreten sind, und von dir hat er eine hohe Meinung.«

Carlo hatte teils erstaunt, teils verärgert zugehört, und nur der Respekt vor seinem Onkel hatte ihn daran gehindert, ein paar Mal heftig aufzufahren. Er beherrschte sich, trotzdem schwang in seiner Stimme ein trotziger Unterton mit: »Ich heirate Letizia, weil ich sie liebe; die politische Gesinnung ihrer Familie interessiert mich nicht. Und, verzeihen Sie, Onkel, aber wenn man Ihnen zuhört, gewinnt man den Eindruck, daß Sie die Sache Paolis für verloren halten. Außerdem verstehe ich nicht, warum Frankreich an einer Unterstützung Genuas interessiert sein sollte.«

»Frankreich hat den Krieg gegen Preußen mit Genuas Hilfe finanziert. Diese Kriegsschulden müssen irgendwie zurückgezahlt werden, wenn nicht mit Bargeld, dann eben mit militärischer Unterstützung; es ist weniger ein Interesse Frankreichs als ein Sachzwang. Aber ich will nicht ausschließen, daß Ludwig XV. auch ein gewisses Interesse an Korsika hat. Diese Vermutung hat übrigens dein künftiger Schwiegervater vor einiger Zeit geäußert. Er meinte, durch den Verlust der Kolonien an England im Friedensvertrag von 1763 sei Frankreich gezwungen, neue Territorien zu erschließen, aus handelspolitischen Gründen natürlich, und Korsika bietet durch seine Lage eine günstige strategische Ausgangsbasis. Aber um auf Paoli zurückzukommen, ich halte seine Sache nicht für verloren, und ich hoffe genau wie du, daß er sein Ziel erreicht: ein unabhängiges Korsika mit einer modernen Verfassung, einer reformierten Justiz, einem zeitgemäßen Schulsystem. Aber ich sehe auch, daß seine Position noch nicht so gefestigt ist, wie es wünschenswert wäre, und daß Krisen von außen oder innen Konsequenzen haben können.

Er möchte dich gerne als juristischen Berater zur Seite haben; ich nehme an, daß du an der Verfassung mitarbeiten sollst. Er hat dich während deiner Studienzeit in Corte bei Diskussionen erlebt und einen günstigen Eindruck gewonnen. Er glaubt, daß du inzwischen in Pisa genügend juristische Kenntnisse erworben hast, um ihn zu unterstützen, und legt auf den formalen Studienabschluß keinen Wert. In diesem Punkt bin ich allerdings anderer Meinung. Natürlich ist Paolis Angebot sehr schmeichelhaft für uns, aber angesichts dieser unsicheren Lage halte ich es für besser, daß du nach der Hochzeit nach Pisa zurückgehst und dein Studium beendest. Du kannst deine berufliche Zukunft nicht ausschließlich an Paoli orientieren. Der Doktortitel verschafft dir eine gewisse Unabhängigkeit, und außerdem kann man ein bißchen damit prunken.«

»Ich wußte nicht, daß Ihnen der Titel so viel bedeutet.«

»Mein Gott, Carlo, verstehst du mich denn nicht? Es geht mir hauptsächlich darum, daß du deine Ausbildung beendest. Irgendwann wirst du die Verantwortung für eine Familie tragen müssen.« Nach diesen heftigen Worten des Archidiakons senkte sich eine beklemmende Stille über den Raum. Der Nachmittag war vorgeschritten, und im Haus wurde es lebendig. Im Erdgeschoß, in den Kellerräumen, stritten Carlos Mutter und die Dienerin Caterina darüber, in welcher Ecke der Wein gelagert werden sollte, den Carlo aus der Toskana mitgebracht hatte. Der Wortwechsel war so laut, daß er bis zum Zimmer des Archidiakons im ersten Stock drang. Als Carlo die Stimmen hörte, mußte er unwillkürlich lächeln. Seine Mutter und Caterina stritten jeden Tag über unwichtige Kleinigkeiten, das gehörte zum Familienalltag. Aber gleich verdüsterte sich seine Miene wieder. Er hatte sich darauf gefreut, nun auf der Insel, bei Letizia, bleiben zu können. Er war wie Paoli der Meinung, daß seine Kenntnisse ausreichten, um eine berufliche Laufbahn zu beginnen. Schließlich brach er das Schweigen: »Wie wird Paoli auf eine Absage reagieren?«

»Mach dir darüber keine Gedanken. Ich würde den Brief so formulieren, daß er eine Absage respektieren könnte.« Versöhnlich fuhr der Archidiakon fort: »Überlege in aller Ruhe, was ich gesagt habe, du hast ja bis morgen Zeit. Aber ich möchte doch, daß du eine endgültige Entscheidung getroffen hast, bevor wir zu den Feschs gehen. Ich habe uns für elf Uhr angekündigt. So, und nun wollen wir uns etwas gönnen.«

Er ging zum Wandschrank und kam mit zwei kleinen Gläsern und einer Flasche Weißwein zurück. »Auf deine gute Heimkehr, Carlo – welchen Wein hast du übrigens mitgebracht?«

»Ich habe die besten Lagen der Toskana ausgewählt«, erwiderte Carlo, und während er aufzählte, wie viele Fäßchen Chianti, Vernaccia aus San Gimignano und Brunello aus Montalcino er besorgt hatte, überschlug sein Onkel im Geist entsetzt die Rechnung und kam zu dem Ergebnis, daß sein Neffe den doppelten Betrag der festgesetzten Summe ausgegeben hatte. Er beschloß, die Hälfte des Weines für zukünftige Familienfeiern zu verwahren. Diese Großzügigkeit muß er von seiner Mutter geerbt haben, dachte Luciano, die Paravicinis leben gerne gut und wollen ihrer Umgebung immer zeigen, was sie besitzen.

Am nächsten Morgen teilte Carlo seinem Onkel mit, daß er nach reiflicher Überlegung entschlossen sei, in den Dienst Paolis zu treten. So könne er der Sache Korsikas am besten dienen.

Der Onkel erwiderte trocken, daß es vielerlei Möglichkeiten gebe, seinem Land zu dienen. Dann begaben sie sich zur offiziellen Brautwerbung zu den Feschs.

Letizia saß aufrecht und ein wenig steif auf dem Kirchenstuhl und bemühte sich, ihre Aufregung zu verbergen.

Zum ersten Mal in ihrem Leben war sie der gesellschaftliche Mittelpunkt, zum ersten Mal war sie elegant angezogen: Sie trug ein weißes seidenes Kleid, das am Ausschnitt und an den Ärmeln mit Spitzen besetzt war, ein weißer Spitzenschleier, der bis zur Taille reichte, bedeckte die Haare, unter dem Kleid lugten weiße Satinschuhe hervor. Zum ersten Mal hatte sie Schmuck angelegt, feine Goldschmiedearbeiten, die Carlo aus Florenz mitgebracht hatte: eine Goldkette mit einem Kreuz aus Granaten und ein Goldring, der ebenfalls mit Granaten besetzt war.

Sie versuchte, sich auf die Predigt zu konzentrieren, konnte aber nicht verhindern, daß ihre Gedanken zu dem Gespräch zurückwanderten, das ihre Mutter vor ein paar Tagen mit ihr geführt hatte.

Letizia war über ihre ehelichen Pflichten belehrt worden, und das hatte sie in eine nervöse Spannung versetzt, in einen schwebenden Zustand zwischen Angst und Neugier.

Angela Maria Fesch, geborene di Pietra Santa, saß streng und gebieterisch hinter dem Brautpaar. Sie war erst Mitte dreißig, wirkte aber älter. Nichts in ihrem ernsten Gesicht verriet etwas von den Gefühlen, die sie an diesem Tag empfand. Sie hatte lange gezögert, ehe sie ihre Einwilligung zu dieser Ehe gab. Es störte sie, daß Carlo ein Parteigänger Paolis war. Sie empfand dem General gegenüber Mißtrauen, weil er die Vendetta abgeschafft hatte und die Vorrechte des alten Adels, zu dem ihre Familie gehörte. Durch ihre beiden Ehemänner fühlte sie sich Genua verbunden, also ein weiterer Grund, sich von den Patrioten fernzuhalten.

Francesco Fesch und dem Kanonikus Ramolino war es schließlich gelungen, sie von Carlos Vorzügen zu überzeugen. Ihr Mann hatte immer wieder betont, daß Carlo durch das Studium in Pisa seinen geistigen Horizont erweitert habe, er denke sachlich und würde wahrscheinlich nie ein politischer Fanatiker werden. Jetzt saß Francesco, ein stattlicher Schweizer mit einem offenen, gutmütigen Gesicht, in seiner Galauniform neben Angela Maria und genoß die kirchliche Feier und das katholische Ritual, von dem sein protestantisch erzogenes Gemüt immer wieder fasziniert war.

In freudiger Stimmung war auch Carlos Mutter Saveria. Sie war eine elegante Erscheinung um die Vierzig, mit weichen Gesichtszügen, lächelnden braunen Augen und einem ausdrucksvollen Mund. Seit sie verwitwet war, trug sie nur noch Schwarz, aber sie legte Wert auf feine Stoffe und lockerte die Trauerkleidung sehr geschickt mit farbigen Tüchern, Gürteln und dezentem Schmuck auf. Sie war mit Carlos Brautwahl sofort einverstanden gewesen und stolz auf seine Stellung bei Paoli; dem Doktortitel trauerte sie nicht nach. Vielleicht würde sich ja noch eine Gelegenheit ergeben, das Examen nachzuholen. Wochenlang war sie mit den Vorbereitungen für die Hochzeitsfeier beschäftigt gewesen und hatte ihre Großzügigkeit voll ausleben können; der Archidiakon hatte sie gewähren lassen.

Neben ihr saß – ebenfalls in Galauniform – ihr Schwager, der Oberst Napoleone, der zur Leibwache Paolis gehörte. Er war zusammen mit Tommaso Arrighi di Casanova, einem Onkel Letizias, und dessen Frau aus Corte gekommen. Der Oberst hatte selbst keine Familie. Nachdem ihm zwei Frauen und drei Kinder weggestorben waren, hatte er beschlossen, allein zu bleiben. Aber er besuchte jedes Familienfest, obwohl ihn die langen kirchlichen Sitzungen, die damit verbunden waren, langweilten. Die Predigt und die von Weihrauch und Blumenduft geschwängerte Luft hatten ihn schläfrig gemacht, außerdem verspürte er Durst und überlegte, wie lange es wohl noch dauern würde, bis er einen Becher mit kühlem Wein genießen konnte.

Am Ende der Reihe saßen Geltruda und ihr Mann Nicolo Paravicini. Nicolo war ein Cousin Geltrudas, ein ruhiger, besonnener Mann, der den Archidiakon bei der Verwaltung der Ländereien unterstützte. Sie waren fast ein Jahr verheiratet, kamen gut miteinander aus und warteten ungeduldig auf die ersten Anzeichen einer Schwangerschaft. Schließlich war Geltruda schon dreiundzwanzig Jahre alt.

Für Carlos Schwester waren Familienfeste immer eine Gelegenheit, sich herauszuputzen. Nach langen Überlegungen hatte sie sich endlich für ein weinrotes Kleid mit cremefarbenem Spitzenbesatz entschieden. Die Haare hatte sie zu einer kunstvollen Frisur hochgesteckt, an den Ohren schimmerten Perlen. Sie fühlte sich sehr elegant und vornehm und hatte sich insgeheim über den mißbilligenden Blick amüsiert, mit dem Angela Maria ihre Aufmachung gemustert hatte.

In der zweiten Reihe saßen eine Cousine Saverias, Maria, und ihr Mann Antonio Pozzo di Borgo sowie Letizias Onkel Tommaso mit seiner Frau und die Dienerin Caterina. Caterina war schon seit über zwanzig Jahren bei den Buonapartes und wurde wie ein Familienmitglied behandelt. Auf ihrem Schoß saß Letizias einjähriger Halbbruder Giuseppe, und Caterina schaukelte den Kleinen hin und her, damit er ruhig blieb.

Am Ende der Reihe thronte Giustina Bozzi mit ihrer eindrucksvollen Leibesfülle auf zwei Kirchenstühlen. Sie war eine unverheiratete Cousine von Carlos Vater und genoß lebenslanges Wohnrecht im Haus. Sie war stolz auf ihre Verwandtschaft mit den Buonapartes, und es störte sie überhaupt nicht, daß die Familie sich ihretwegen genierte und sie möglichst selten der Öffentlichkeit zeigte. Es war nicht nur ihre äußere Erscheinung, die man als peinlich empfand (Saveria bezeichnete sie taktvoll als füllig, für Geltruda war sie fett, für Carlo ein Monstrum); es waren auch gewisse Ereignisse in ihrem fünfzigjährigen Leben, die totgeschwiegen wurden.

Die kirchliche Feier näherte sich ihrem Ende. Carlo und Letizia hatten sich das Eheversprechen gegeben, die Ringe gewechselt, und nun konnte sich die Familie zum Hochzeitszug gruppieren. Während die Orgel zum letzten Mal erklang, schritt der Archidiakon langsam dem Ausgang zu, gefolgt von dem Brautpaar, den beiden Familien, den Verwandten, den Honoratioren. Einer von Letizias Vettern war an die Spitze des Zuges geeilt und trug stolz den Freno, das Symbol der Fruchtbarkeit: einen Spinnrocken, der oben mit vielen Spindeln und bunten Bändern geschmückt war.

Die Bürger Ajaccios standen an den Fenstern und auf den Balkonen und schütteten mit vollen Händen Reiskörner über das Brautpaar, Kinder liefen neben dem Zug her und streuten Myrten. Die Luft war erfüllt von Flintenschüssen und dem Spiel der Mandolinen und Sackpfeifen. Von allen Seiten erscholl der Segensruf »Bona futura e figli maschi.« (»Alles Gute für die Zukunft und viele Söhne.«) Der Hochzeitszug bewegte sich vom Domplatz aus nach links zur Zitadelle und weiter bis zum Hafen, bog dann in eine Straße ein, die zum Marktplatz führte, von dort ging es weiter durch die Gassen der Altstadt bis zu dem Platz vor dem Haus der Buonapartes. Familie und Verwandtschaft umdrängten das junge Paar, und vielstimmig erklang der alte Spruch: »Dio vi dia buona fortuna, tre di maschi e femmin'una.« (»Gott gebe euch Glück, drei Söhne und eine Tochter.«)

Auf dem viereckigen Platz vor dem Haus standen weißgedeckte, blumengeschmückte Tische. Ein Tafelaufsatz mit Früchten und Blumen zierte den Familientisch, der in einer schattigen Ecke aufgebaut war. Auf jedem Tisch standen bauchige Steinkrüge, die für die Familie und die Honoratioren mit toskanischem Wein, für die übrigen Verwandten mit Wein aus eigenem Anbau gefüllt waren.

Über offenen Feuern drehten sich Spieße mit Ziegen- und Hammelfleisch, brutzelten große Stücke von wilden Schweinen, alles kräftig gewürzt mit Kräutern und Knoblauch. Der aromatische Geruch verbreitete sich über den Platz und vermischte sich mit dem des warmen Kastanienbrotes. Und über allem schwebte der typische Duft der Insel, jenes Gemisch aus Oleander und Lavendel, aus Rosmarin und Thymian, aus wilder Minze und bitterem Honig.

Der Archidiakon als Familienoberhaupt saß am Kopfende des Tisches, zu seiner Rechten Carlo und Letizia, die restliche Familie hatte sich in bunter Reihe um den Tisch gruppiert. Platten mit knusprigen, saftigen Fleischstücken wurden aufgetragen und Schüsseln mit einem exotisch duftenden Gemüse von gelber Farbe, anscheinend in viel Fett gebraten, denn die Scheiben waren teils gebräunt, teils glänzten sie. Niemand kannte diese neue Beilage, bis auf Carlo und Napoleone, die geheimnisvoll lächelten.

»Dieses Gemüse«, begann Carlo, »ist eine Delikatesse, die Paoli bei besonderen Gelegenheiten servieren läßt. Bei ihm habe ich die Kartoffeln, so nennt man sie, kennengelernt. Ich glaube, er läßt sie in der Balagna anbauen. Der Graf Marbeuf in Bastia hat ihn dazu angeregt. Zur heutigen Feier hat er mir einen Sack voll geschenkt.«

»Ich habe auch einen Sack Kartoffeln mitgebracht«, fiel der Oberst ein, und zu Saveria gewandt fügte er hinzu: »Die Kartoffel ist wirklich vielseitig verwendbar, man kann sie auch kochen, mit und ohne Schale, man kann sie sogar in abgekühltem Zustand verarbeiten. Sie hat einen neutralen Geschmack und paßt als Beilage eigentlich zu allem, zu Fleisch, Fisch, Eiern, Käse. Nur roh darf man sie nicht essen, sie muß unbedingt gekocht werden.«

»Wie sieht sie denn aus?« wollte Saveria wissen.

»Sie ist oval oder rundlich geformt, ungefähr so groß wie ein kleiner Pfirsich, die Schale ist hell- oder dunkelbraun.«

Geltrudas Mann Nicolo hatte inzwischen die Kartoffeln zu den verschiedenen Fleischsorten probiert, lehnte sich nun befriedigt zurück und trank einen großen Schluck von dem rubinroten Brunello. »Köstlich, also zu Schweinefleisch schmecken diese Kartoffeln am besten. Weißt du etwas über den Anbau, Carlo? Vielleicht können wir sie in Bastelica anpflanzen.«

»Ich weiß nur, daß sie in der Erde reifen, daß die Ernte mühselig ist und man viele Arbeitskräfte dafür benötigt. Deshalb hat Paoli wohl auch Schwierigkeiten, den Kartoffelanbau durchzusetzen. Aber ich will mich gerne nach Einzelheiten erkundigen.«

Angela Maria hatte schweigend zugehört, aber nun konnte sie

sich nicht länger zurückhalten: »Für ein Volk von Hirten und Jägern ist es eine Zumutung, daß wir auf den Ackerbau umsteigen sollen. Warum brauchen wir Kartoffeln? Kastanien haben doch bisher gereicht.«

»Dieses Gemüse ist nahrhafter als Kastanien, und es läßt sich gut lagern«, erwiderte Carlo. »Im übrigen ist der Kartoffelanbau ein Teil von Paolis Wirtschaftsprogramm, das unseren Handel beleben soll. Ohne Handel kein Wohlstand, und wenn wir uns eines Tages auch juristisch von Genua trennen wollen, brauchen wir volle Kassen. Das beste Beispiel ist Preußen; der jetzige König und schon sein Vater haben ihr Land systematisch wirtschaftlich erschlossen, das war die Voraussetzung für den Aufbau der Armee, und heute ist Preußen ein wohlhabender Staat mit einem starken Heer. Übrigens habe ich gehört, daß auch in Preußen Kartoffeln angebaut werden, und zwar auf ausdrücklichen Befehl des Königs.«

Für eine Weile verebbte die Unterhaltung, und alle widmeten sich den leiblichen Genüssen. Carlo hatte Letizias Teller liebevoll mit den zartesten Fleischstücken und den röschesten Kartoffeln gefüllt. Sie war zwar völlig appetitlos, quälte sich aber, um Carlo nicht zu kränken, etwas von dem neuen Wundergemüse hinunter.

»Schmeckt es dir?« fragte er und goß ihr ein Glas Vernaccia ein.

Sie bejahte. »Wo kommen die Kartoffeln her?«

»Aus Nordamerika, soviel ich weiß. Probier' mal den Vernaccia. Er steigt nicht so rasch zu Kopf wie der Brunello. Der Vernaccia kommt aus San Gimignano.« Dann wandte er sich an die Tischgesellschaft. »San Gimignano ist eine merkwürdige Stadt. Aus der Ferne sieht man von ihr nur Türme. Die Einheimischen nennen sie ›Geschlechtertürme‹, weil jede Familie, die dort Rang und Namen hat, einen solchen Turm auf ihr Haus baut.«

»Welche Aufgabe sollst du eigentlich bei Paoli übernehmen?« fragte Fesch, der mit dem Begriff ›juristischer Berater‹ nicht viel anfangen konnte.

»Ich soll an der Verfassung mitarbeiten. Paoli hat wohl bestimmte Vorstellungen von dem zukünftigen Staatsaufbau, auch von den Aufgaben der einzelnen Organe. Über Details hat er noch nicht mit mir gesprochen, aber soweit ich ihn verstanden habe, soll der künftige korsische Staat auch demokratische Elemente enthalten. Ich soll ihn also sowohl sachlich-inhaltlich beraten als auch seine Gedanken in die richtige juristische Form bringen.«

Geltruda, die sich für Verfassungsprobleme nicht sonderlich interessierte, fragte, warum Paoli nicht verheiratet sei, ein Mann in seiner Stellung müsse doch eine Frau haben, allein schon wegen der Repräsentationspflichten, und auch einen Sohn wegen der Nachfolge.

Der Oberst lachte. »Ich kann mir Paoli nicht verheiratet vorstellen, es paßt nicht zu ihm. Außerdem lehnt er für sich persönlich eine Ehe ab, weil er dann zu stark von seiner Aufgabe abgelenkt würde. Er will seine ganze Kraft in den Dienst seines Volkes stellen. Und die Nachfolge ist unproblematisch. Er hat viele junge, tüchtige Mitarbeiter, einen von ihnen wird er irgendwann zum Nachfolger bestimmen.«

Inzwischen war der Nachtisch aufgetragen worden: süßes Gebäck, sahniger Broccia und dunkler, dickflüssiger Honig.

Letizia hatte die Unterhaltung aufmerksam verfolgt und ab und zu mit bewunderndem Blick zu Carlo aufgesehen; sie war sichtlich stolz auf seine Kenntnisse und seine Stellung bei Paoli.

Aber auch Tante Giustina, die ihr schräg gegenübersaß, hatte ihre Aufmerksamkeit gefesselt. Letizia hatte noch nie jemanden gesehen, der solche Mengen in sich hineinstopfte. Von den drei Fleischsorten hatte sich Giustina eine doppelte Portion genommen, natürlich die größten und fettesten Stücke, hatte sich wiederholt mit Kartoffeln bedient und alle Weine probiert. Nun nahm sie bereits zum dritten Mal Gebäck und häufte zum dritten Mal Broccia auf ihren Teller, den sie derart mit Honig übergoß, daß der Ziegenkäse förmlich darin schwamm.

Letizia erinnerte sich, was Geltruda ihr über Tante Giustina erzählt hatte: Als junges Mädchen hatte sie sich mit einem genuesischen Soldaten eingelassen – ausgerechnet einem Genuesen, wenn es wenigstens noch ein Korse gewesen wäre! – und als die Folgen sichtbar wurden, war der Soldat längst wieder in Genua. Um unnötiges Aufsehen zu vermeiden, hatte man Giustina in ein entlegenes Dorf gebracht, dort hatte sie ein totes Kind, ein Mädchen geboren. Carlos Großvater hatte sie dann aus Mitleid in sein Haus aufgenommen und später testamentarisch verfügt, daß sie lebenslanges Wohnrecht genießen solle. Geltruda hatte keine weiteren Einzelheiten erzählt, aber doch angedeutet, daß Giustinas Lebenswandel auch in späteren Jahren nicht immer im Sinne der Familie gewesen sei, gewiß, sie habe die Diskretion gewahrt, aber dennoch ... Schon Carlos Vater sei das Wohnrecht der Tante ein Dorn im Auge gewesen, ebenso Carlo, der außerdem der Meinung sei, daß sie die Familie schamlos ausnutze, besonders die Nachsichtigkeit seiner Mutter, und dann diese hemmungslose Völlerei!

Dies alles fiel Letizia ein, als sie Tante Giustina betrachtete, die genüßlich ihren Broccia löffelte und freundlich grinste, als sie den nachdenklichen Blick der jungen Frau bemerkte. Dann zerbröselte sie das Gebäck in den restlichen Honig, verrührte alles zu einem Brei und löffelte weiter. Carlo warf einen kurzen Blick auf ihren Teller und unterhielt sich dann weiter mit Fesch. Geltruda versuchte, einen Lachkrampf zu unterdrücken, Angela Maria verzog keine Miene, und Saveria bemerkte nur: »Hoffentlich bekommt dir alles, Giustina.«

Inzwischen war es Abend geworden, und der Archidiakon bat noch um ein paar Minuten Aufmerksamkeit. Er erhob sich feierlich und dankte mit warmen Worten allen, die zu diesem Fest gekommen waren. Für ihn persönlich sei es eine große Freude, die Familie bei einem solchen Anlaß in Harmonie vereint zu sehen, und er hoffe, daß dies so bleibe. Zum Schluß ließ er das Brautpaar noch einmal hochleben und wünschte Glück und natürlich viele Kinder.

Während seiner Ansprache hatte man einige Tische zur Seite geräumt, und nun erschienen Musikanten und spielten eine Serenade für das junge Paar. Dann endlich konnte der Tanz beginnen: die Marsiliana, die Tarantella.

Carlo nahm Letizias Hand: »Komm, mir reicht jetzt der Trubel. Laß uns noch einen Abendspaziergang machen, und dann verschwinden wir unauffällig.«

Beim Weggehen sahen sie noch, daß der Oberst schlafend in einer Ecke lag und daß Saveria und einer der Vettern ihn in ein Ziegenfell rollten und unauffällig ins Haus schafften.

Carlo mußte unwillkürlich lachen. »Onkel Napoleone ist und bleibt ein Freund von Bacchus«, und als er Letizias fragendes Gesicht sah, erklärte er ihr, daß Bacchus der römische Gott des Weines sei.

Als sie außer Sichtweite waren, legte er den Arm um sie, und schweigend und glücklich überquerten sie den Domplatz und gingen dann am Meer entlang. An jenem Sommerabend schien eine geordnete Zukunft vor ihnen zu liegen, ohne materielle Sorgen und mit einer glänzenden Laufbahn für Carlo.

»Wie oft wirst du von Corte nach Ajaccio kommen können?« fragte Letizia.

»Ich weiß es noch nicht, aber ich verspreche dir, so oft wie möglich. Irgendwann werden wir sowieso nach Corte übersiedeln müssen. Oder möchtest du lieber in Ajaccio bleiben?«

»Nein, ich werde immer dorthin gehen, wohin du möchtest. Aber ich bin hier aufgewachsen, wir haben hier geheiratet, ich werde mich immer ein bißchen nach Ajaccio zurücksehnen, egal wo wir wohnen.«

Sie blieben stehen und sahen auf die grauen Felsen, die aus dem Meer emporragten und im Volksmund Blutinseln genannt wurden.

»Was haben sie uns heute gewünscht, Carlo? Drei Söhne und eine Tochter. Wenn wir drei Söhne bekommen, muß einer von ihnen Jurist werden wie du, einer Geistlicher wie Onkel Luciano und einer Offizier wie Onkel Napoleone.«

In diesem Augenblick traf der Schein der untergehenden Sonne die Blutinseln; grellrot standen die grauen Felsen mitten im Meer.

II

Am Abend des 14. August 1765 saß Letizia neben der Wiege ihres schwerkranken Sohnes. Das Kind war bereits bei der Geburt im Frühjahr schwächlich gewesen, und in der ersten Augustwoche hatte es plötzlich hohes Fieber bekommen; alle Bemühungen, die Temperatur zu senken, waren vergeblich gewesen.

Seit dem letzten Besuch des Arztes waren mehrere Stunden vergangen. Nächtliche Stille hatte sich über das alte Haus und seine Bewohner gesenkt. Das schwache Licht einer Öllampe ließ die Umrisse der Möbel erkennen und die Gestalt Saverias. Sie saß in einem eichenen Lehnstuhl in der Nähe des Fensters und beobachtete besorgt ihre Schwiegertochter, die seit Stunden wie erstarrt neben der Wiege saß. Letizia weinte nicht und klagte nicht, nur in den Augen spiegelte sich stumme Verzweiflung.

Ihre Hände umklammerten einen Rosenkranz und schoben eine Perle nach der anderen weiter, aber sie betete nicht. Ihr ganzes Denken und Fühlen wurde von den letzten Worten des Arztes beherrscht: »Signora, Ihr Sohn wird diese Nacht nicht überleben. Er ist zu schwach, er besitzt nicht genug Abwehrkräfte gegen solche Fieberattacken.«

Saverias Stimme riß sie aus ihren Gedanken: »Möchtest du nicht ein paar Stunden schlafen? Du hast jetzt zwei Nächte durchgewacht. Ich würde dich wecken, wenn bei dem Kleinen eine Verschlechterung eintritt.«

»Nein!«

Saveria zuckte zusammen, als sie die harte Stimme ihrer Schwiegertochter hörte; so hatte sie Letizia noch nie erlebt, bisher war sie immer sanft und gefügig gewesen.

Wenn wenigstens Carlo hier wäre, dachte Saveria, dann müßte sie nicht so ganz allein mit allem fertig werden. Aber Carlo war vor einigen Wochen von Paoli als Sonderbotschafter zum Papst geschickt worden, vor Mitte September war mit seiner Rückkehr kaum zu rechnen.

Der Morgen des 15. August dämmerte herauf. Letizia erhob sich und beugte sich über die Wiege. Der kleine Napoleone war tot.

An einem Nachmittag Anfang September wurde Caterina durch den dumpfen Klang des Türklopfers in ihrer Siesta gestört. Sie öffnete gereizt die Haustür, vergaß aber ihren Ärger sofort: Carlo stand vor ihr. Da er seine diplomatischen Verhandlungen in kurzer Zeit erfolgreich abgeschlossen hatte, war er früher als erwartet zurückgekommen, und außerdem erlaubte seine finanzielle Lage keinen längeren Aufenthalt mehr in Rom.

Carlo lachte über ihr erstauntes Gesicht und eilte hinauf in den zweiten Stock, in das Zimmer, das er mit seiner Frau bewohnte.

Caterina sah ihm besorgt nach: »Er weiß es noch nicht«, sagte sie leise zu sich selbst, »der Brief hat ihn nicht mehr erreicht.«

Carlo klopfte an die Tür, öffnete, trat ins Zimmer und blieb erschrocken stehen, als er die schwarzgekleidete Letizia erblickte.

Diese sprang von ihrem Stuhl hoch, bekreuzigte sich mit dem Ausruf »Jesus« – das war eine Angewohnheit von ihr, wenn sie überrascht oder aufgeregt war –, lief dann auf ihn zu und umarmte ihn.

Inzwischen hatte er gesehen, daß die Wiege in der Ecke neben dem Ehebett leer war. Eine plötzliche Angst überfiel ihn, lähmte seine Sinne und machte ihn unempfindlich für ihre weichen Lippen und ihren biegsamen Körper. Er löste sich aus ihrer Umarmung und sah sie an: »Was ist passiert«?

Erst in diesem Moment wurde Letizia bewußt, daß er ahnungslos war. Sie holte Luft und versuchte, ihrer Stimme einen festen Klang zu geben, konnte aber ein leichtes Zittern nicht verhindern: »Napoleone hat plötzlich Fieber bekommen, der Arzt konnte nicht helfen, er meinte, das Kind sei zu schwach. Am 15. August in den ersten Morgenstunden, da ...« Sie konnte plötzlich nicht mehr weiterreden.

Carlo setzte sich geistesabwesend auf die Bettkante. »Und ich war in Rom ...«

»Aber du mußtest doch, es war doch im Auftrag Paolis!«

»Ja, ja, gewiß«, gab er zurück und dachte beschämt daran, daß er an den Abenden die Vergnügungen der Stadt genossen hatte, während sie an der Wiege des kranken Kindes saß.

Als sie sein hilfloses Gesicht sah, tat er ihr leid. Sie ging zu ihm, setzte sich neben ihn und suchte nach tröstlichen Worten. »Der Kleine war nur wenige Monate alt. Stell' dir vor, wir hätten ihn großgezogen und dann vielleicht im Alter von fünf oder sechs Jahren verloren; das ist schwerer zu ertragen. Wir können noch so viele Kinder bekommen.«

Eine Weile schwiegen beide.

»Hast du den Onkel schon begrüßt?« Sie stand auf, strich den Rock glatt, betrachtete sich prüfend im Spiegel und ging zur Tür. Er folgte ihr, noch etwas benommen.

Caterina hatte inzwischen alle Hausbewohner über Carlos Ankunft informiert, und nun standen sie erwartungsvoll in dem geräumigen Wohn- und Eßzimmer im ersten Stock. Sogar Antonio Pozzo di Borgo, seine Frau und Tante Giustina, die sonst nur zu den Mahlzeiten erschienen, waren heruntergekommen.

Als alle Carlo begrüßt und umarmt hatten, konnte er endlich erzählen: »Ihr wißt, daß Paoli mich als Sonderbotschafter nach Rom geschickt hat, damit ich den Papst dazu bewege, daß der Vatikan die korsische Unabhängigkeit von Genua anerkennt. Dieses Ziel habe ich erreicht, und zwar gegen den Widerstand der fünf korsischen Bischöfe.«

Nach einem überraschten Schweigen wurde Carlo von allen Seiten laut und herzlich beglückwünscht. Geltruda umarmte ihn stürmisch, Letizias Augen funkelten stolz und glücklich, der Onkel strahlte. Nur Antonio Pozzo di Borgo lächelte säuerlich und sagte maliziös: »Nun wird dein Aufstieg bei Paoli nicht mehr zu bremsen sein. Du bist ja fast sein Alter Ego.«

Als die Aufregung sich gelegt hatte, zogen sich Carlo und sein Onkel ins Arbeitszimmer zurück. Der Archidiakon war gespannt auf Neuigkeiten aus dem Vatikan.

»Was sollte die Bemerkung von Antonio?« fragte Carlo verärgert.

»Kümmere dich nicht um sein Gerede. Er ist neidisch auf deine Stellung bei Paoli. Verständlich, wenn man, wie er, nie richtig gearbeitet hat und nur vom Geld der Familie lebt. Es ist gut, daß du erfreuliche Nachrichten aus Rom mitbringst. In den letzten Wochen war hier im Haus eine recht bedrückte Stimmung. Letizia hat dir wohl inzwischen alles erzählt?« Carlo nickte. Der Archidiakon füllte zwei Gläser mit Wein und fuhr dann fort: »Letizia hat sich tapfer gehalten. Sie hat drei Nächte durchgewacht und wirkte sehr gefaßt, als alles vorbei war. Ich habe jedoch den Eindruck, daß sie unter deiner häufigen Abwesenheit leidet. Willst du nicht bald einmal mit ihr nach Corte übersiedeln? Du kannst doch nicht jahrelang im Franziskanerkloster wohnen. Es wäre vielleicht auch besser, wenn du nicht mehr hier auftauchen würdest. Du bist dem genuesischen Statthalter unangenehm aufgefallen. Dein Schwiegervater hat mir erzählt, daß der Statthalter dich für einen Spion Paolis hält, der den Leuten hier politisch die Köpfe verdreht und sie gegen Genua aufwiegelt.«

Carlo sah seinen Onkel erstaunt an.

»Das ist doch lächerlich und eine böswillige Unterstellung. Ich versuche doch nur, die Leute von Paolis Verfassung und seinen Reformen zu überzeugen. Aber ich werde wohl in den nächsten Monaten ganz nach Corte übersiedeln. Vor meiner Abreise nach Rom hat Paoli angedeutet, daß er mir vielleicht den Posten eines ständigen Sekretärs übertragen wird, und als Leiter der Staatskanzlei müßte ich natürlich in Corte wohnen. Aber das entscheidet sich erst in den nächsten Wochen. Deshalb möchte ich auch der Familie noch nichts davon erzählen.«

Dem Archidiakon verschlug es fast die Sprache, als er diese Neuigkeit hörte. Er stand auf und lief erregt hin und her, wobei er wiederholt ausrief: »Leiter der Staatskanzlei!«

Endlich beruhigte er sich und füllte erneut die Gläser.

»Das ist ein hochinteressanter Posten, Carlo. Du wirst Einblick bekommen in alle Sparten der Verwaltung, der Justiz, des Militärwesens. Du wirst alle wichtigen Leute kennenlernen und wertvolle Verbindungen knüpfen können. Bei der Wohnungsfrage kann dir vielleicht Letizias Onkel Tommaso behilflich sein. Aber nun erzähle endlich, was du in Rom erlebt hast.«

Die Domglocken läuteten den Abend ein. In der Küche der Buonapartes stand Caterina mit gerötetem Gesicht vor dem Herd, rührte in verschiedenen Töpfen und scheuchte die junge Magd herum, die ihr bei den groben Hausarbeiten half. Wenn Carlo im Hause war, verfeinerte Caterina die Gerichte mit Sahne, Eiern und frischen Kräutern und verwendete reichlich Olivenöl und Wein.

Während in der Küche angerichtet wurde, versammelten sich die Familienmitglieder im Wohnraum um den ovalen Tisch. Jeder hatte seinen festen Platz: am oberen Ende saß der Archidiakon, rechts von ihm Saveria, Letizia, Geltruda und Saverias Cousine Maria, links von ihm Carlo, Nicolo, Antonio und Tante Giustina. Am unteren Ende war Caterinas Platz. Der Archidiakon fand das praktisch, weil sie nicht jedes Mal hereingerufen werden mußte, wenn etwas fehlte.

Endlich erschienen Caterina und die Magd und stellten Schüsseln mit duftender Kräutersoße auf den Tisch; dann eilten sie erneut hinaus, um die Platten mit den Makkaroni zu holen.

Der Archidiakon füllte seinen Teller bereits zum zweiten Mal, so gut schmeckte es ihm. Dennoch hielt er eine kleine Rüge für angebracht. Während er Rotwein in seinen Zinnbecher goß, fragte er Caterina halb im Scherz, halb im Ernst: »Wie viele Eier hast du für die Makkaroni verwendet? So zart sind sie sonst nicht.«

»Wenn Signor Carlo nach Hause kommt, ist das doch ein besonderer Tag«, erwiderte Caterina ausweichend.

»Gewiß, aber kein Anlaß, verschwenderisch zu kochen.«

Nicolo kam Caterina zu Hilfe. »Ein bißchen Verschwendung können wir uns zur Zeit leisten. Ich habe vor einigen Tagen die Einnahmen des letzten Jahres zusammengestellt, sie sind doppelt so hoch wie in früheren Jahren, und zwar seitdem die Franzosen wieder bei uns sind. Für die wirtschaftliche Entwicklung Korsikas hat der Vertrag vom August letzten Jahres bis jetzt nur Vorteile gebracht.«

Im Vertrag von Compiègne hatte Genua auf vier Jahre fünf korsische Festungen dem französischen Militärkommando unterstellt: Bastia, Calvi, San Fiorenzo, Algajola und Ajaccio.

Carlo staunte. »Wie kommt es, daß du soviel Wein, Öl und Mehl an die Franzosen verkaufen kannst?«

»Ich habe rechtzeitig dafür gesorgt, daß ich zu denjenigen

gehöre, die die Truppen in der Zitadelle beliefern. Natürlich hat dein Schwiegervater mir dabei geholfen. Die Belieferung lohnt sich, weil die Soldaten reichhaltig verpflegt werden und die Offiziere häufig Feste feiern.«

»Feiern auch korsische Mädchen mit?« fragte Carlo.

Nicolo lachte: »Nein, so fortschrittlich wie in Bastia sind wir hier nicht. Vielleicht würden sich die Verhältnisse ändern, wenn der Graf Marbeuf und Paoli ihren Standort nach Ajaccio verlegen würden.«

Saverias Augen blickten skeptisch. »Ich fürchte, daß die französischen Offiziere in Bastia bei ihren Festen unsere Mädchen belästigen. Wie verständigen sie sich überhaupt? Französisch spricht doch fast niemand von uns, abgesehen von dir, Carlo, Paoli und einigen Beamten in der Regierung.«

Geltruda stieß Letizia an: »Ich würde gern einmal ein Fest mit französischen Offizieren erleben, du auch?«

»Nein, ich glaube nicht, daß ich viel Spaß dabei hätte.«

Inzwischen hatten Caterina und die Magd Bohnen und ein dampfendes Hammelragout gebracht, das einen aromatischen Duft nach Knoblauch und Thymian ausströmte.

»Zur Feier des Tages«, sagte Caterina, als sie die Schüssel auf den Tisch stellte, denn Fleisch gab es bei den Buonapartes nur an Sonn- und Feiertagen und bei Familienfesten, an Werktagen wurde meistens Fisch serviert.

Antonio schnüffelte skeptisch an dem Ragout, bevor er sich zu einer Kostprobe entschließen konnte. Nach den ersten Bissen legte er entrüstet die Gabel nieder. »Caterina, das hier ist nicht Hammel mit Knoblauch, sondern Knoblauch mit Hammel!«

»Signor Carlo mag Knoblauch«, antwortete Caterina, nahm zwei Krüge und ging hinunter in den Keller, um Wein nachzufüllen.

»Knoblauch ist gesund, Antonio«, sagte Nicolo mit einem spöttischen Unterton in der Stimme, dann wandte er sich an Carlo: »Nun, sind der Oberbefehlshaber der Franzosen (damit meinte er Marbeuf) und Paoli immer noch ein Herz und eine Seele?«

»Ja, seit sie sich im Frühsommer zum ersten Mal begegnet sind, hat sich alles gut weiterentwickelt. Sie gehen im Tal von Patrimonio gemeinsam auf die Jagd und unterhalten sich stundenlang unter vier Augen. Die Aufregung im letzten Sommer war überflüssig.«

Bei der Landung der französischen Truppen war es zu Unruhen gekommen, wie der Archidiakon befürchtet hatte. Aber Paoli hatte die Situation gemeistert.

»Marbeuf ist ein untadeliger Kavalier, ein ausgezeichneter Vertreter des französischen Königs. Aber ich glaube, auch er war angenehm überrascht, als er uns im Sommer zufällig in der Nähe von Patrimonio traf. Er hatte wohl nicht erwartet, daß es Korsen gibt, die Französisch sprechen. ›Wie, Pariser Anstand in der Wildnis?‹ sagte er auf sehr charmante Art.«

Antonio schüttelte mißbilligend den Kopf: »Ich finde diese Bemerkung ziemlich anmaßend. Wildnis! Dieser Marbeuf glaubt wohl, daß Frankreich die Zivilisation gepachtet hat. Und was wird in drei Jahren sein, wenn der Vertrag ausläuft?«

»Das weiß zur Zeit niemand«, erwiderte Carlo, »wahrscheinlich werden Frankreich und Genua neu verhandeln.«

Drei Tage später mußte Letizia erneut von ihrem Gatten Abschied nehmen. Er begab sich nach Sollacaro zu Paoli, der dort ein Syndikatgericht hielt.

Rund dreißig Jahre zuvor, im Jahr 1736, hatten die Führer der korsischen Unabhängigkeitsbewegung den westfälischen Baron Theodor von Neuhof zum erblichen König von Korsika proklamiert. Diesen Preis hatte der Baron gefordert, als er den Korsen anbot, ihren Kampf gegen Genua mit Geld und Waffen zu unterstützen. Die korsischen Generäle waren dankbar für jede Hilfe von außen, denn der Unabhängigkeitskrieg dauerte bereits sieben Jahre, und es war noch kein Ende abzusehen. Unter Theodor I. wurde der Arzt und General Hyacinto Paoli zum Premierminister ernannt und in den Grafenstand erhoben.

Aber 1739 mußte Theodor I. Korsika wieder verlassen und ging nach England ins Exil. Genua hatte französische Truppen zu Hilfe gerufen und die Insel zurückerobert. Auf Wunsch Genuas blieben die Franzosen während der folgenden Jahre auf der Insel, und auch die beiden Führer der Unabhängigkeitsbewegung – die Generale Giafferi und Paoli – gingen ins Exil nach Neapel.

Der vierzehnjährige Pasquale Paoli begleitete seinen Vater; seine Mutter, seine Schwester Chiara und sein älterer Bruder Clemens blieben auf Korsika. In Neapel erlernte er auf der königlichen Militärakademie das Soldatenhandwerk und trat mit sechzehn Jahren in den Dienst der neapolitanischen Bourbonen.

1745 wurde er Mitglied einer Loge und kam zum ersten Mal mit den Gedanken der europäischen Aufklärung in Berührung. Er hörte Vorlesungen bei Genovesi, der später Inhaber des ersten europäischen Lehrstuhls für Politische Ökonomie wurde, und beschäftigte sich viel mit den Werken von Livius und Plutarch. In Neapel knüpfte er auch erste Kontakte zu den Engländern und lernte die englische Sprache, weil er sich von Großbritannien Unterstützung für den korsischen Freiheitskampf erhoffte.

Seit 1752 schaltete er sich vom Festland aus in die korsische Politik ein und drängte in unzähligen Schreiben auf eine Fortsetzung des Krieges gegen Genua.

Im Jahr 1755 wurde Pasquales Bruder Clemens zum Führer der Korsen ernannt. Nach dem Mord an Gaffori, dem ›General der Nation‹, der 1746 die Genuesen aus Corte vertrieben hatte, waren die Korsen zwei Jahre lang ohne Oberhaupt gewesen und hatten sich nun für Clemens Paoli entschieden. Aber der fühlte sich dem Amt nicht gewachsen und empfahl seinen Bruder Pasquale.

So kehrte Pasquale Paoli im April 1755 in die Heimat zurück, und im Sommer desselben Jahres wurde er von der Consulta, dem höchsten Rat des Königreichs Korsika, zum neuen ›General der Nation‹ gewählt. Er war erst dreißig Jahre alt.

Als 1756 der größte Teil der französischen Truppen Korsika verließ, um gegen Preußen zu kämpfen, konnte Paoli die Genuesen in kurzer Zeit vertreiben; nur einige Basteien und Zitadellen an der Küste blieben noch besetzt, unter anderem Ajaccio und Calvi.

Während der folgenden Jahre befreite Paoli sein Land von den archaischen Sitten und schuf einen modernen Staat mit einer Verfassung, die Gleichheit vor dem Gesetz und freie, allgemeine Wahlen garantierte. ›Typisch korsisch‹ waren das Mißtrauen gegen Staat und Obrigkeit, die Selbstjustiz, die Verachtung von Ackerbau und Handwerk, die totale Bindung der einzelnen Familienmitglieder an die Sippe, die Verpflichtung zur Vendetta, zur Blutrache. Mit diesen

Traditionen brach Paoli. Er trieb seine Landsleute zum Ackerbau an, ließ sie in den Bergwerken nach Bodenschätzen schürfen, eine Handelsflotte bauen und Sümpfe trockenlegen. In Corte wurde eine Universität gegründet, dort und in Oletta wurden Buchdrukkereien eingerichtet. Und erstmals mußte auch der Klerus Steuern zahlen! Das Volksheer wurde in regelmäßigen Abständen im Soldatenhandwerk unterrichtet, seit 1762 gab es sogar ein kleines stehendes Heer mit zwei Regimentern zu 400 Mann.

Der Justizreform widmete Paoli besondere Aufmerksamkeit: Die Vendetta wurde gesetzlich abgeschafft, mit dem Ergebnis, daß die Zahl der Korsen, die sich als Rächer und Gegenrächer gegenseitig umbrachten, in den ersten Jahren von Paolis Regierung auf sechzig sank, während in den letzten dreißig Jahren vor diesem Gesetz 28 000 Menschen der Blutrache zum Opfer gefallen waren.

Die Gerichtsbarkeit war mehrstufig organisiert; die höchste richterliche Instanz war die ›Rota‹, die aus drei unabsetzbaren, juristisch ausgebildeten Berufsrichtern bestand. Aber auch sie stand, ebenso wie die lokalen Richter, unter der Kontrolle der *sindaci*, das waren reisende Richter des Generals, die überall ungerufen erschienen, nach Ordnung sahen und Beschwerden entgegennahmen. Paoli selbst war meistens einer der *sindaci*.

Der korsische Unabhängigkeitskrieg und die demokratische Verfassung erregten in Mitteleuropa Aufsehen und Anerkennung. Friedrich der Große schickte Paoli einen Ehrensäbel mit der Inschrift *Patria – Libertas*, Joseph II. und Katharina die Große sprachen bewundernd vom General der Nation, der Papst schickte 1760 einen Nuntius auf die Insel, und Rousseau schrieb in seinem Gesellschaftsvertrag: ›In Europa gibt es noch ein der Gesetzgebung fähiges Land, nämlich die Insel Korsika. Der Mut und die Beharrlichkeit, mit der dieses tapfere Volk seine Freiheit wiederzuerlangen und zu verteidigen wußte, verdienten wohl, daß ein weiser Mann es lehre, sie zu bewahren. Ich habe eine gewisse Vorahnung, daß diese kleine Insel Europa eines Tages in Staunen versetzen wird.‹

Eines Nachmittags erschien ein junger schottischer Adliger, James Bothwell, auf dem Schloß der Familie Colonna, wo Paoli während der Zeit, in der das Syndikatsgericht tagte, Quartier genommen hatte. Bothwell war auf einer Kavaliersreise durch Mitteleuropa und war nach Korsika gekommen, um Paoli kennenzulernen, von dem er viel gehört hatte.

Die äußere Erscheinung Paolis überraschte ihn. Er hatte einen bärtigen Korsen in landesüblicher Tracht erwartet: schwarzlederne Gamaschen, eine schwarze Zipfelmütze, um den Leib eine Patronentasche, Dolch und Pistole im Gürtel, die Flinte quer über der Schulter. Statt dessen erblickte er einen Mann, der in seinen Stulpenstiefeln und dem Degen an der Seite eher einem Offizier vom Festland ähnelte. Paoli war hellhäutig, groß und kräftig; er sah einem Nordländer ähnlicher als einem Mann des Mittelmeerraumes. Er trug einen goldbetreßten grünen Rock, das Jabot fiel gut gestärkt von der weißen Halsbinde zur Weste, die Haare waren sorgfältig zum Zopf frisiert und leicht gepudert.

Bothwell überreichte ein Empfehlungsschreiben von Rousseau. Der General las den Brief, betrachtete dann den Schotten aufmerksam und fragte: »Was führt Sie nach Korsika?«

»Ich habe von England aus den Kampf Ihres Volkes gegen Genua mit großem Interesse verfolgt. Als ich meine Reise plante, stand es für mich fest, daß ich auch Korsika besuchen würde. Bis vor kurzem war ich in Rom und habe dort die Kultur eines großen Volkes der Vergangenheit kennengelernt. Auf dieser Insel erlebe ich ein großes Volk der Gegenwart.«

»Wir können uns nicht mit den Römern messen, die über ein Weltreich geherrscht haben. Aber im Vergleich zu vergangenen Jahrhunderten können wir mit unserer jetzigen Lage zufrieden sein. Unsere Abhängigkeit von Genua besteht nur noch auf dem Papier, zu den Franzosen haben wir ein gutes Verhältnis, unser Handel hat sich belebt, wir haben endlich ein vernünftiges Justizsystem. In zwanzig oder dreißig Jahren können wir unseren Gästen Künste und Wissenschaften, Konzerte und Gesellschaften bieten.« Nach einer kleinen Pause fragte er: »Sie waren also bei Rousseau in Môtiers? Ich habe ihn eingeladen, nach Korsika zu kommen und hier zu leben und zu arbeiten. Wir würden ihm ein angenehmes Exil bieten. Er wäre sicher vor Verfolgung und Diskriminierung, er könnte schreiben, was er wollte. Ich verstehe nicht, warum er meiner Einladung bisher nicht gefolgt ist, aber er wird seine Gründe haben. Immerhin ist er dem Wunsch des Staatsrates Buttafuoco nachgekommen und hat uns einen Verfassungsentwurf geschickt. Auch sein Gesellschaftsvertrag hat uns für den Aufbau des Staates wertvolle Anregungen gegeben. Haben Sie den Gesellschaftsvertrag gelesen?«

»Nein, ich kenne nur die *Nouvelle Héloïse*.«

Paoli lächelte nachsichtig. »Natürlich, ein Liebesroman ist für junge Leute interessanter, vielleicht auch wichtiger.«

Bothwell wurde etwas verlegen und sagte rasch einige bewundernde Worte über die korsische Verfassung.

»Unsere Gesellschaftsstruktur war immer anders als auf dem Festland«, erklärte Paoli. »Es gab hier kein Feudalsystem, kein höfisches Leben. Die Adligen, die aus Italien eingewandert sind, wurden von der Bevölkerung nie als ›gottgewollt‹ empfunden. Niemand dünkt sich hier geringer, nur weil er arm ist.«

Ein Adjutant hatte das Zimmer betreten und meldete einen Dorfbewohner, der eine Beschwerde vorzubringen wünschte. Paoli nickte und wandte sich wieder an Bothwell: »Wir werden unser Gespräch an der Abendtafel fortsetzen. Haben Sie Lust zu einem Ausritt in die Umgebung? Ich stelle Ihnen gerne mein Pferd zur Verfügung und gebe Ihnen einen Begleiter mit, der fließend französisch spricht, dann ist die Verständigung einfacher.«

Der junge Mann nahm das Angebot dankbar an, und Paoli erteilte dem Adjutanten einige Anweisungen.

»Ihr Begleiter ist ein tüchtiger Jurist. Er hat mich hervorragend bei der Ausarbeitung der Verfassung unterstützt. Ich habe ihn vor kurzem zu meinem ständigen Sekretär ernannt. Ab Oktober wird er in Corte die Staatskanzlei leiten.«

Bei den letzten Worten betrat Carlo das Zimmer. Paoli machte die jungen Männer miteinander bekannt, und bald waren sie in ein angeregtes Gespräch vertieft.

An der Abendtafel durfte Bothwell neben Paoli sitzen. Die Gesellschaft bestand aus fünfzehn Personen. Die Männer, die zu Paolis Stab gehörten, waren wie dieser in Grün mit Gold gekleidet; Weste und Kniehosen hatte jeder nach persönlichem Geschmack gewählt.

Carlo zog sich stets um, bevor er zur Tafel erschien. An diesem

Abend trug er zu dem grünen Rock ein weißes seidenes Hemd mit Spitzenmanschetten, eine Weste und Kniehose aus dunkelrotem Samt; außerdem hatte er sich mit einem Duftwasser parfümiert, das er aus Rom mitgebracht hatte.

Paoli lächelte amüsiert, als Carlo erschien. Er kannte und tolerierte die Schwäche seines Mitarbeiters für elegante Garderobe; er selbst fand keinen Geschmack daran und hatte – bis zur Ankunft der Franzosen 1764 – stets das grobgewebte korsische Tuch getragen. Er haßte Verschwendung. Deshalb ließ er auch an seiner Tafel nur einheimischen Wein servieren und nur fünf bis sechs Gerichte, die von einem italienischen Koch vortrefflich zubereitet waren.

Die Tischgesellschaft hatte den Gast freundlich aufgenommen und sofort in die allgemeine Unterhaltung einbezogen. Man sprach über Literatur. Bothwell staunte, wie gut Paoli die klassische Dichtung kannte und mit welcher Sicherheit er Verse in lateinischer und griechischer Sprache vortrug.

Bothwell blieb mehrere Tage im Schloß der Colonna in Sollacaro, wo man ihm ein Zimmer zur Verfügung gestellt hatte. Dort saß er jeden Abend und führte Tagebuch über seine Erlebnisse und Eindrücke, weil er ein Buch über Korsika schreiben wollte.

Eines Abends erschien Carlo, in der Hand ein Muschelhorn.

»Ich will mich schon heute von Ihnen verabschieden, Monsieur, weil ich morgen bei Sonnenaufgang nach Corte aufbrechen werde. Ich möchte Ihnen ein Andenken schenken. Mit diesen Hörnern wurde in Kriegszeiten die Bevölkerung in den Bergtälern zu den Waffen gerufen, aber schon seit etlichen Jahren sind sie verstummt, hoffentlich für immer.«

Carlo lag im Bett und betrachtete Letizia, die vor dem Spiegel stand und ihr Haar bürstete. Sie trug ein weißes, dünnes Hemd, das ihren Körper kaum verhüllte. Carlos Augen folgten genießerisch den Linien ihrer Figur. Der bloße Anblick ihres jungen, straffen Körpers erregte ihn mehr als die raffinierten Liebeskünste der römischen Kurtisane. Deren berechnender Blick und der schwere Duft ihres exotischen Parfums hatten ihn eher abgestoßen.

Letizia hatte inzwischen die Öllampe gelöscht und sich an ihn gekuschelt. Er wandte sich ihr zu und betrachtete leicht amüsiert ihre erwartungsvollen Augen. In der Hochzeitsnacht hatten dieselben Augen ihn ängstlich und hilflos angeblickt und zur Unfähigkeit verdammt.

Er beugte sich über sie und streifte vorsichtig das Hemd von ihren Schultern. Seine Hand wollte ihren Busen umfassen – aber Letizia war plötzlich verschwunden. In diesem Moment erwachte er. Verwirrt sah er sich um: Er war nicht in seinem Schlafzimmer in Ajaccio, sondern in Corte in einem der Gästezimmer des Franziskanerklosters.

Als er im Sommer 1764 in Corte nach einer Unterkunft gesucht hatte, war ein Zimmer im Kloster die beste Lösung gewesen. Letizias Onkel Tommaso besaß zwar seit einigen Jahren Gafforis geräumiges Haus, aber er hatte nur die wenigen Zimmer renovieren lassen, die er und seine Frau bewohnten. Und Carlos Onkel Napoleone hatte sein Haus vermietet und nur zwei Räume für sich behalten. Bei den Verwandten konnte Carlo also nicht wohnen.

Auf einem Schemel neben seinem Bett stand eine Öllampe, und bei ihrem schwachen Schimmer konnte er das Zifferblatt seiner Uhr erkennen, es war halb drei. Sein Blick fiel auf den Tisch an der gegenüberliegenden Wand: dort stapelten sich Akten, in einer Schale lagen Gänsekiele, ein Federmesser und eine Stange Siegellack, daneben standen ein Tintenfaß und eine Dose Streusand. Auf dem Schreibpult neben dem Tisch lag ein angefangener Brief an Letizia.

Carlo schraubte den Docht der Lampe etwas höher, stand auf, ging zum Pult und überlas das Geschriebene noch einmal.

Corte, den 19. Oktober 1765

Meine liebe Letizia,

endlich habe ich Zeit, Dir einen längeren Brief zu schreiben. Ich hoffe, Du hast Verständnis für meine Situation. Vieles in der Verwaltungsarbeit ist neu für mich. Tagsüber habe ich wenig Zeit, die Akten durchzuarbeiten, weil ich entweder an Besprechungen teilnehme oder Besuche empfange. Ich verschiebe also das Aktenstudium auf den Abend und lese dann meistens bis Mitternacht. Ich möchte mich natürlich auch rasch einarbeiten, damit Paoli mit mir zufrieden ist.

Nun muß ich Dir etwas Unerfreuliches mitteilen: Ich werde vor Weihnachten nicht mehr nach Ajaccio kommen. Paoli bewilligte mir erst im Dezember ein paar Tage Urlaub. Ich habe große Sehnsucht nach Dir und zähle die Tage bis Weihnachten! Leider können wir unsere Wohnung erst im Frühjahr beziehen. Wir müssen uns also in den nächsten Monaten schriftlich unterhalten. Ich verspreche Dir, daß Du jede Woche einen längeren Brief von mir empfangen wirst.

Die Wohnungsfrage ist geregelt; wir werden im Haus Deines Onkels leben. Als er hörte, daß wir nach Corte übersiedeln werden, hat er mir sofort das obere Stockwerk angeboten. Die Räume müssen renoviert und möbliert werden, und das wird bis zum Frühjahr dauern. Onkel Tommaso stellt uns auch noch den großen Eßraum zur Verfügung, wenn wir Gäste haben. Meine Stellung bringt gesellschaftliche Verpflichtungen mit sich. Auch für Dich wird sich einiges ändern; Du wirst nicht nur Gäste empfangen, sondern mich auch häufig zu Empfängen und anderen offiziellen Festlichkeiten begleiten müssen.

Bei diesen Anlässen mußt Du entsprechend gekleidet sein. Ich werde in Bastia gute Stoffe und französische Schnittmuster besorgen und zu Weihnachten mitbringen.

Dein Onkel und Deine Tante sind sehr gastfreundlich, ich bin jeden Sonntag zum Essen eingeladen, manchmal kommt auch Onkel Napoleone. Wir verleben recht unterhaltsame Stunden, da mein Onkel amüsante Anekdoten aus dem Soldatenleben erzählt. Der Graf Marbeuf hat Paoli und mich zu einem Ball nach Bastia eingeladen.

Carlo tauchte den Gänsekiel ins Tintenfaß und schrieb weiter.

20. Oktober, 3 Uhr

Wundere Dich nicht, daß ich um diese Zeit Briefe schreibe. Ich schlafe schlecht, das hängt wahrscheinlich mit der Anspannung der letzten Wochen zusammen.

Paoli ist erst vor einigen Tagen nach Corte zurückgekehrt. Er wohnt zur Zeit auch hier, seine Wohnung im Regierungsgebäude wird renoviert. Er möchte am heutigen Sonntag mit mir nach

Morosaglia reiten, damit ich nicht völlig in den Akten versinke. Wir werden seinen Bruder besuchen, der sich für einige Wochen ins Kloster zurückgezogen hat, um zu beten und zu meditieren. Clemens Paoli ist ein sehr frommer, gottesfürchtiger Mann. (In Wahrheit hielt Carlo ihn für einen verrückten Mystiker.)

Ich würde lieber Onkel Tommaso besuchen, als von einem Kloster zum anderen zu ziehen, aber eine Absage hätte Paoli übelgenommen.

Meine Liebste, mehr Neuigkeiten gibt es nicht.

Ich grüße die Familie von ganzem Herzen, auch Deine Eltern und den kleinen Giuseppe.

Dich umarme und küsse ich zärtlich.

Dein Carlo

Einige Stunden später ritten Carlo und Paoli nach Morosaglia. Es war ein sonniger, klarer Herbsttag. Carlo genoß die frische Luft und die wiegenden Bewegungen des Pferdes. Nach einem kurzen Galopp ging es in leichtem Trab weiter; die sechs Wachhunde liefen diszipliniert hinter den Reitern her. Paoli war in Gedanken versunken und sprach längere Zeit kein Wort. Als sie auf einer Anhöhe angekommen waren, zügelte der General sein Pferd und blieb stehen. Plötzlich begann er zu reden.

»Ich werde nicht mehr heiraten. Ich eigne mich nicht für die Ehe. Das Wohl Korsikas ist für mich wichtiger als eine Familie. Außerdem würde ich nur eine sehr reiche Frau heiraten, die damit einverstanden sein müßte, daß ihr Vermögen zum Wohl des Landes verwendet wird. Solche wohlhabenden Frauen, die patriotisch und selbstlos sind, gibt es auf Korsika nicht.«

»Möchten Sie denn keinen Sohn und Nachfolger haben?«

»Ich bezweifle, daß der leibliche Sohn immer der beste Nachfolger ist. Kann ich sicher sein, daß mein Sohn so denken und handeln wird wie ich? Mein Nachfolger muß ein Patriot sein, der durch seine Arbeit Ansehen erworben hat und der auch bereit ist, sein privates Leben, Frau und Familie, zurückzustellen. Signor Buonaparte, ich habe Sie lange beobachtet und beschlossen, Sie eines Tages der Consulta als meinen Nachfolger vorzuschlagen. Das nötige Sachwissen werden Sie sich im Laufe der Zeit in der

Staatskanzlei erwerben. Ich halte es für besser, Sie schon jetzt zu informieren, damit Sie sich darauf einstellen können.«

Diese Eröffnung kam für Carlo so unerwartet, daß er im ersten Moment nichts zu sagen wußte. In seiner Seele vermischten sich Freude, Stolz und Furcht vor der großen Verantwortung. Aber er sagte sich, daß es noch Jahre dauern würde bis zur Übernahme des höchsten Staatsamtes. Paoli war erst vierzig Jahre alt und bei guter Gesundheit. Er, Carlo, hatte also Zeit genug, um die nötige Reife und das Wissen für dieses Amt zu erwerben.

Er setzte zum Sprechen an, um Paoli für das Vertrauen zu danken, aber dieser wehrte lächelnd ab: »Sagen Sie jetzt nichts. Sie müssen die Neuigkeit in Ruhe verarbeiten.«

An einem Maimorgen im Jahre 1766 erlebte der kleine Giuseppe Fesch zum ersten Mal eine schmerzliche Trennung. Er hatte den Kopf in Letizias Rock vergraben und weinte jämmerlich.

Seine Schwester versuchte ihn zu beruhigen: »Du wirst mich in Corte besuchen, Giuseppe. Ich werde natürlich auch nach Ajaccio kommen und dir Geschenke mitbringen.«

Diese Pläne interessierten Giuseppe überhaupt nicht. Er hob sein tränenüberströmtes Gesicht zur Schwester empor. »Geh nicht nach Corte, bleib doch hier.«

Letizia seufzte. Seit dem Tod ihres Kindes hatte sie ihre mütterlichen Gefühle auf den Bruder übertragen, und dieser liebte die Schwester mehr als die eigene Mutter.

Die Familie hatte sich im ersten Stock versammelt, um Letizia Lebewohl zu sagen. Geltruda und Saveria weinten, der Archidiakon umarmte die junge Frau ein letztes Mal. »Geh mit Gott, mein Kind. Du wirst mir sehr fehlen.« Tante Giustina erdrückte Letizia fast an ihrem gewaltigen Busen, und Francesco Fesch hatte feuchte Augen. Er liebte seine Stieftochter wie ein eigenes Kind. Angela Maria gab ihrer Tochter noch einige Ermahnungen mit auf den Weg: »Achte darauf, daß dein Benehmen in Corte der Stellung deines Mannes würdig ist.«

Vor dem Haus warteten Carlo und Nicolo mit den Pferden. Caterina und die neue Magd Marianne brachten die Satteltaschen. Der größte Teil des Gepäcks war schon vor Tagen nach Corte geschafft worden. Nicolo begleitete Schwager und Schwägerin bis Bastelica, weil er dort nach den Herden sehen wollte.

Nach einem letzten Lebewohl ritten sie los. Unterwegs beschrieb Carlo seiner Frau den Weg nach Corte: »Wir werden zunächst in Richtung Sartene reiten, immer am Meer entlang. Du kannst also zwei Stunden lang noch einmal ausgiebig die Seeluft atmen und den Blick über das Meer genießen. Hinter dem Campo dell'Oro biegen wir nach links ab, überqueren den Fluß Gravona und reiten weiter zum Dorf Bastelicaccia. Von dort aus sind es ungefähr drei Stunden bis Ocana.

Diese Strecke liebe ich besonders, weil das Land so abwechslungsreich und fruchtbar ist, mit vielen Wein- und Obstgärten. Dann wird der Weg steiler, wir kommen durch die Macchia, reiten in Kurven nach oben – und plötzlich siehst du dann die Berge. Ich bin immer von neuem fasziniert, wenn ich diese grauen Felsen sehe, einen hinter dem anderen, bis zum Horizont.

Am späten Nachmittag oder frühen Abend werden wir in Bastelica sein. Ich habe Costa gebeten, unser Sommerhaus für die Nacht herzurichten. Es wird etwas verwahrlost aussehen, weil es seit dem Tod meines Vaters vor sechs Jahren während der heißen Monate unbewohnt war. Morgen reiten wir dann über den Col de Scalella nach Bocognano und von dort hinauf in die Berge. In Vizzavona werden wir übernachten, und übermorgen geht es weiter über Vivario und Venaco bis Corte.«

Als sie den Fluß Gravona erreichten, hielt Carlo an. Er wußte, daß seine Frau ihre Heimatstadt ungern verließ und wollte ihr Gelegenheit geben, noch einmal zurückzublicken und von Ajaccio Abschied zu nehmen. Aber zu seiner Überraschung ritt sie weiter Richtung Bastelicaccia, ohne sich noch einmal umzusehen.

Letizia hatte während der letzten Wochen beschlossen, sich ganz auf ihr Leben in der Hauptstadt Corte einzustellen, an der Seite des Mannes, den Paoli als Nachfolger gewählt hatte. Sie war von Carlo über Paolis Pläne unterrichtet worden und schwankte zwischen Stolz und Unsicherheit. Würde sie die gesellschaftlichen Verpflichtungen angemessen erfüllen? Würde sie Paoli gefallen?

Ein weiteres Problem war die finanzielle Situation. Sie hatte sich ausgerechnet, daß sie sparsam wirtschaften mußte, um großzügig repräsentieren zu können. Es war ein Glück, daß sie im Haus des Onkels mietfrei wohnen konnten.

Während sie in Gedanken ihren Haushalt organisierte, unterhielten sich Carlo und Nicolo über den Mord an dem Franzosen Belluard. Dieser war an einem Nachmittag im März auf dem Marktplatz von Ajaccio von einem maskierten Mann erstochen worden. Der Täter war entkommen.

»Gibt es inzwischen Hinweise, ob der Mörder Franzose oder Korse war?« fragte Carlo.

»Nein, ich glaube, dieser Fall wird nie aufgeklärt werden. Schlimm sind die politischen und wirtschaftlichen Folgen. Ich finde, Paoli hat zu scharf reagiert. Er verbietet uns den Handel mit den Franzosen, weil er sich über Marbeuf geärgert hat. Das ist doch lächerlich.«

»Ich halte auch nicht viel von diesem Handelsverbot, aber Paoli war nicht davon abzubringen. Seinen Ärger über Marbeuf kann ich verstehen. Als der Graf von dem Mord erfuhr, hat er sofort die Korsen dafür verantwortlich gemacht. Er hat keinen Augenblick erwogen, daß ein Franzose der Täter sein könnte. Zur Zeit ist die Stimmung zwischen Marbeuf und Paoli recht frostig. Wenn sich die Gemüter beruhigt haben, wird der Ton wieder freundlicher werden, aber das herzliche Verhältnis hat doch einen Sprung bekommen.«

Am späten Nachmittag erreichten sie Bastelica. Der Hirte Costa erwartete sie bereits vor seinem Haus. Er sollte Carlo und Letizia bis Corte begleiten. Costa war gedrungen und stämmig, ein schwarzer, struppiger Bart umrahmte sein kantiges Gesicht, die Augen blitzten verwegen. Er führte die Oberaufsicht über die Schaf- und Ziegenherden der Buonapartes und setzte damit die Tradition seiner Vorfahren fort. Neben ihm stand seine Frau mit dem kleinen Costa auf dem Arm; vor dem Haus spielten die drei halbwüchsigen Töchter.

Während Costa die Pferde versorgte, bewirtete seine Frau die Gäste mit einem Imbiß: Ziegenmilch, Broccia, Honig, Brot aus Kastanienmehl.

»Der Broccia ist in diesem Frühjahr besonders gut. Man schmeckt jedes einzelne Kräutchen, das die Ziegen gefressen haben«, sagte die Frau und reichte die Schüssel herum.

Die Töchter standen im Eingang und starrten mit hungrigen Augen auf den Käse, der nur bei besonderen Anlässen aufgetischt wurde. Carlo bemerkte die Blicke der Mädchen, winkte sie heran und lud sie ein, mitzuessen.

»Sie verwöhnen meine Töchter, Signor Buonaparte. Kinder müssen von klein auf lernen, Entbehrungen zu ertragen.«

Letizia merkte sich diese Worte und beschloß, ihre künftigen Söhne und Töchter nach diesem Grundsatz zu erziehen.

Am übernächsten Tag sahen sie schon von weitem die Zitadelle von Corte. Trotzig und unzugänglich wuchs sie aus einem Felsen empor. Nachdem sie den Fluß Tavignano überquert hatten, hielt Costa an.

»Sehen Sie, auf die Mauern dieser Zitadelle haben die Genuesen Gafforis Sohn gestellt. Das war 1746, während der Belagerung der Stadt. Sie wollten Gaffori zwingen, mit der Beschießung aufzuhören. Ich war damals erst sechzehn Jahre, habe aber schon mitgekämpft.« Ausführlich und anschaulich schilderte Costa die Eroberung Cortes und den Augenblick, als Gaffori seinen unverletzten Sohn umarmte.

»Nun, Costa«, sagte Carlo, »in dieser Nacht wirst du in Gafforis Haus übernachten.«

»In Gafforis Haus«, wiederholte Costa ehrfürchtig, und während sie in die Stadt einritten, sah er sich auf dem Dorfplatz in Bastelica im Kreis der Hirten sitzen und erzählen: von dem Ritt mit den Buonapartes, von Corte und natürlich von Gafforis Haus.

Letizia lebte sich in Corte besser ein, als sie geglaubt hatte. Sie lernte, bei Empfängen würdevoll und sicher aufzutreten; sie fand Gefallen daran, über den familiären Kreis hinaus Menschen kennenzulernen. Je länger sie in der Hauptstadt lebte, desto mehr verblaßte Ajaccio. Aber sie korrespondierte regelmäßig mit Geltruda und ihrer Mutter. In der Via Malerba und bei den Feschs floß das Leben gemächlich weiter. Geltruda war immer noch kinderlos, Antonio bekam allmählich die Gicht, Tante Giustina war gefräßig wie eh und je und wurde mit zunehmendem Alter zänkisch.

Wenige Tage nach der Ankunft in Corte hatte Carlo seine Frau Paoli vorgestellt. Dem General gefiel die stille, besonnene Letizia.

Er schätzte ihren Patriotismus, ihre Frömmigkeit und ihre Ergebenheit gegenüber ihrem Gatten.

Paoli lud seine Mitarbeiter und deren Frauen öfter zu einer geselligen Runde ein. Der General war ein leidenschaftlicher Kartenspieler und forderte Letizia häufig zu einer Partie Reversi auf. Meistens verlor er, aber er störte sich nicht daran, sondern nannte sie anerkennend eine geborene Spielerin.

Die Buonapartes verlebten eine glückliche, unbeschwerte Zeit in Corte, die allerdings durch den Tod des zweiten Kindes getrübt wurde. Anfang 1767 hatte Letizia eine Tochter geboren, die bereits nach wenigen Monaten gestorben war. Aber Letizia hatte den Verlust gefaßt hingenommen, da sie durch den erweiterten Lebenskreis stark beschäftigt und abgelenkt wurde. Außerdem erwartete sie kurz darauf ihr drittes Kind.

Im selben Jahr errang Paoli einen neuen militärischen Sieg: Ende Mai eroberte er die Insel Capraia zwischen dem Capo Corso und der toskanischen Küste und vertrieb die dort stationierten genuesischen Truppen.

Die juristische Unabhängigkeit des jungen Staates war in greifbare Nähe gerückt. Paoli rechnete damit, daß die Franzosen im folgenden Jahr die Insel räumen würden, weil der Vertrag von Compiègne auslief. Zuversichtlich und hoffnungsvoll erwarteten die Korsen das Jahr 1768.

III

Francesco Fesch eilte mit langen Schritten die Via Malerba entlang zum Haus der Buonapartes. Als Caterina ihn einließ, fragte er ungeduldig nach dem Archidiakon und stürmte die Treppe hinauf zu dessen Zimmer. Caterina sah verblüfft hinter ihm her. So aufgeregt hatte sie den bedächtigen Schweizer noch nie erlebt. Es muß etwas Ungewöhnliches passiert sein, dachte sie und folgte Fesch auf leisen Sohlen. Sie hatte die Tür fast erreicht, als ein Ausruf des Archidiakons ihren Schritt hemmte: »Großer Gott, wie ist so etwas möglich? Wann wurde der Vertrag unterzeichnet?«

»Vor drei Wochen, am 15. Mai.«

Sekundenlang herrschte beklemmende Stille, dann hörte Caterina wieder die Stimme des Archidiakons: »Der 15. Mai 1768 ist der dunkelste Tag in der Geschichte Korsikas.« In seinem Ton schwangen so viel Trauer, Erbitterung und Resignation mit, daß Caterina Herzklopfen bekam. »Wir müssen die Familie benachrichtigen, kommen Sie.«

Die Dienerin huschte im letzten Moment ungesehen zur Küche, der Archidiakon ging mit Fesch in den zweiten Stock zu Letizia.

Als sie das Zimmer betraten, sahen sie eine idyllische Szene: Gertruda stand an einem der Fenster, hielt ihren Neffen Napoleone auf dem Arm und erklärte ihm die Außenwelt. Der Kleine, ein stilles Kind, hörte aufmerksam zu und lächelte seine Tante hin und wieder an. Er war am 7. Januar 1768 zur Welt gekommen und hatte sich zu einem kräftigen Jungen entwickelt. Letizia war für einige Tage nach Ajaccio gekommen, um die Verwandtschaft zu besuchen und ihren Sohn zu präsentieren.

An jenem Vormittag saßen sie und ihre Schwiegermutter am Tisch und nähten. Letizia erzählte von dem großen Empfang zu

Ehren der tunesischen Gesandtschaft und daß sie auf Paolis Wunsch die Rolle der Gastgeberin übernommen hatte. Saveria hörte gebannt zu und war stolz auf ihren Sohn und dessen wichtige Stellung in Corte.

Der Archidiakon bat Letizia, die übrigen Familienmitglieder zu holen, und als alle anwesend waren, sagte er zu Fesch: »So, nun erzählen Sie, was Sie vom genuesischen Statthalter erfahren haben.«

»Genua hat Korsika für zwei Millionen Goldfrancs an Frankreich verkauft. Der Vertrag wurde am 15. Mai in Versailles unterzeichnet.«

Schweigen erfüllte sekundenlang das Zimmer, dann redeten alle durcheinander.

»Wie ein Stück Vieh hat man uns an diese hochmütigen, eingebildeten Franzosen verkauft!« empörte sich Antonio.

»Wahrscheinlich wird es Krieg geben«, sagte Nicolo mit düsterer Miene. Er wandte sich zu Geltruda: »Wir warten nicht auf den Ruf der Muschelhörner, wir brechen morgen nach Corte auf.«

»Ich begleite euch, Nicolo; wenn es zum Krieg kommt, muß ich an Carlos Seite sein.«

In Geltrudas Augen spiegelten sich Angst und Verzweiflung: »Vielleicht gibt es keinen Krieg. Warum können wir nicht in Ajaccio bleiben und in Ruhe die weitere Entwicklung abwarten?«

Saveria sah ihre Tochter tadelnd an. »Du wirst dich den Wünschen deines Mannes fügen. Du weißt genau, daß die korsischen Frauen in Kriegszeiten ihre Männer begleiten und ihnen im Kampf zur Seite stehen. Im Krieg hast du nur eine Pflicht: deinem Mann das Gewehr zu laden.«

Geltruda errötete und schwieg beschämt.

Der Archidiakon lief nervös hin und her und dachte angestrengt nach. Als der allgemeine Tumult sich gelegt hatte, sagte er: »Ich befürchte, daß es Unruhen geben wird, weil auf der Zitadelle französische Truppen stationiert sind. Corte bietet mehr Schutz als Ajaccio. Ihr werdet morgen alle abreisen, und ich bleibe allein hier.«

Sein Vorschlag fand wenig Beifall. Antonio und Tante Giustina fühlten sich nicht reisefähig wegen Gicht und sonstiger eingebildeter Krankheiten, Maria wollte bei Antonio bleiben, Saveria fühlte sich in Ajaccio genauso sicher wie in Corte, und Caterina mußte natürlich den Haushalt versorgen. Nach einem heftigen Wortwechsel gab der Archidiakon schließlich nach.

Die Nachricht vom Verkauf Korsikas an Frankreich verbreitete sich wie ein Lauffeuer über die Insel und löste bei der Bevölkerung Empörung aus. Die Männer, die zur Partei Paolis gehörten, dachten und handelten wie Nicolo. Sie bewaffneten sich und ritten in Begleitung ihrer Frauen nach Corte, damit sie bei Kriegsausbruch sofort eingesetzt werden konnten.

Als Letizia und ihre Begleiter – Nicolo, Geltruda und die Magd Marianna – in Corte ankamen, erfuhren sie, daß Carlo im Auftrag Paolis zum Grafen Marbeuf gereist war.

»Er soll versuchen, den Grafen zu Zugeständnissen zu bewegen«, erklärte Tommaso.

Nicolo wunderte sich. »Der Vertrag ist unterzeichnet, Marbeuf kann das Rad doch nicht zurückdrehen.«

»Wenn ich Carlo richtig verstanden habe, ist Paoli bereit, die französische Oberhoheit anzuerkennen, unter einer Bedingung: Korsika muß innerhalb Frankreichs autonom bleiben: mit eigener Verfassung, Milizsystem, eigener Währung und Gerichtsbarkeit. Frankreich kann dafür Truppen auf Korsika stationieren und einen Gouverneur oder Statthalter als Vertreter des Königs entsenden. Paoli hofft, daß Marbeuf so viel Handlungsfreiheit hat, um ein derartiges Arrangement zu treffen.«

Zur gleichen Stunde saß Carlo dem Grafen Marbeuf in dessen Arbeitszimmer gegenüber. Der Raum war kostbar ausgestattet mit Parkettfußboden, Teppichen, dunkelroten Samtportieren, grünen Seidentapeten. Ein schwerer Kristallüster hing von der Decke herab, silberne Kerzenleuchter standen auf dem marmornen Kaminsims und auf dem Schreibtisch.

Der bretonische Graf war mit seinen sechsundfünfzig Jahren eine würdevolle, imposante Erscheinung. Redlichkeit, Scharfsinn und Fröhlichkeit waren seine auffallendsten Charakterzüge. Der jahrelange Dienst in der Armee hatte ihn zu einem Pragmatiker und Realisten geformt. Hierin war Paoli ihm ähnlich, und nachdem 1766 die erste Aufregung über den Mordfall Belluard vorbei war, hatten auch beide zu einer harmonischen Beziehung zurückgefunden, aber sie begegneten sich mit größerer Distanz als vorher.

Marbeuf schätzte Carlo und hörte aufmerksam, aber auch erstaunt zu, als ihm der junge Mann Paolis Vorschlag unterbreitete.

»Monsieur Buonaparte, ich verstehe Ihren General nicht ganz. Der Vertreter Ihrer Regierung in Versailles, Monsieur Buttafuoco, hat dem Minister Choiseul immer wieder dargelegt, wie vorteilhaft die französische Oberhoheit für Korsika wäre. Ich nehme an, daß er im Auftrag des Generals gehandelt hat.«

Carlo starrte Marbeuf einen Augenblick fassungslos an. »Das ist nicht möglich. Als Buttafuoco im Frühjahr nach Versailles reiste, hatte er von Paoli nur einen Auftrag: Er sollte die Verhandlungen zwischen Frankreich und Genua beobachten und regelmäßig über den Stand der Dinge berichten.«

Plötzlich fiel es Carlo wie Schuppen von den Augen: die Berichte! Er hatte sie genau studiert, hatte versucht, zwischen den Zeilen zu lesen – vergebens. Ein Bericht war so nichtssagend wie der andere; die Verhandlungen schienen nicht voranzukommen.

Paoli ist also hintergangen worden, dachte Carlo erbittert. Buttafuoco hat ihn falsch informiert und hinter seinem Rücken Choiseul zum Kauf überredet. Und warum? Weil er sich von den neuen Herren Titel und Pfründe verspricht, die er unter Paolis Regierung nicht bekommt.

Marbeuf hatte inzwischen ein Schriftstück gesucht und gefunden und gab es Carlo. »Hier steht alles schwarz auf weiß. Ich habe diesen Bericht zusammen mit der Nachricht vom Ankauf der Insel erhalten.«

Carlo las, und nach dem letzten Satz konnte er sich nicht mehr beherrschen: »Ein Korse hat also sein Vaterland verraten und an eine fremde Nation verschachert; wer so handelt, ist ein Verbrecher.«

Marbeuf wartete, bis der junge Mann sich beruhigt hatte, und erklärte ihm dann die politischen Hintergründe des Verkaufs.

»Ich kann Ihre Empörung verstehen, im umgekehrten Fall hätte ich genauso reagiert. Aber Sie dürfen die Rolle Ihres Landsmannes nicht überschätzen. Buttafuoco hat bei diesem Handel mitgewirkt, hat ihn unterstützt und gefördert, aber den Anstoß dazu gab Genua.

Der Grund für den Verkauf Korsikas ist die Eroberung von Capraia. Nach dieser Niederlage war Genua des ewigen Krieges müde und hat die Insel Frankreich angeboten. Das war vor ungefähr einem Jahr. Ludwig XV. und Choiseul waren zum Kauf entschlossen, wollten aber den Preis möglichst niedrig halten und haben während der folgenden Monate mit Genua ein diplomatisches Versteckspiel getrieben. Dies alles habe ich auch erst jetzt erfahren.«

»Die Eroberung von Capraia war also ein Fehler.«

»Nein, so dürfen Sie es nicht sehen. Das genuesische Angebot kam Choiseuls Wünschen entgegen. Seit dem Verlust der Kolonien an England sucht er nach einem Prestigeersatz. Außerdem liegt Korsika strategisch günstig. Von hier aus kann man das Mittelmeer kontrollieren. Sie müssen bedenken, daß Frankreich durch den verlorenen Krieg gegen Preußen und England viel Macht und Ansehen verloren hat.«

Nach den letzten Worten klingelte der Graf einem Lakai und bestellte Mokka, Kognak und Likör.

Als der Mokkaduft aus dem Sèvres-Porzellan emporstieg und die Kristallgläser mit grünem Chartreuse gefüllt waren, kam Marbeuf endlich auf Carlos Auftrag zu sprechen.

»Wenn ich volle Handlungsfreiheit besäße, würde ich Ihrem Land gewisse autonome Rechte zugestehen. Aber seit dem Vertragsabschluß kann ich nicht mehr frei entscheiden. Ich muß auf Weisungen aus Versailles warten.«

Paoli war über die fehlgeschlagene Mission nicht weiter erstaunt. »Ich habe diese Antwort erwartet«, sagte er zu Carlo, »aber ich wollte nichts unversucht lassen. Ich werde noch heute die Consulta einberufen. Jetzt müssen wir uns entscheiden zwischen Kampf und Unterwerfung.« Buttafuoco erwähnte er mit keinem Wort.

Als Carlo die Nachricht von dem Versailler Kaufvertrag erhalten hatte, waren ihm sofort die Konsequenzen für seine eigene berufliche Zukunft bewußt geworden. Wie würden die Franzosen mit Paoli und dessen Mitarbeitern verfahren? Im Geist sah Carlo sich auf einem subalternen Beamtenposten – er, den Paoli zum Nachfolger erwählt hatte! Die Freiheit Korsikas und seine persönliche Zukunft konnten nur durch einen Krieg gegen Frankreich gerettet werden.

Als die Volksvertreter in Corte versammelt waren, trat Carlo, einer spontanen Regung folgend, an das Rednerpult.

»Der Augenblick der Wahrheit ist gekommen. Wenn wir uns dem Sturm, der sich unseren Küsten nähert, nicht entgegenstemmen, wird es das Ende unseres Namens und unseres Ruhmes bedeuten. Vergeblich hätten wir dann so viele Beispiele des Heldentums gegeben und unsere Väter hätten umsonst ihre Tränen und ihr Blut vergossen. Zwar können wir kaum glauben, daß der König von Frankreich, der doch weiß, wie berechtigt unsere Beschwerden sind, dem bösen Vorbild der Republik Genua folgen und uns vernichten will. Aber wenn es wahr sein sollte, daß der mächtigste Herrscher des Kontinents dieses kleinste Volk der Welt auslöschen will, dann haben wir allen Grund, uns zu ermannen – und notfalls so ruhmreich zu sterben, wie wir gelebt haben. Menschen, die ihr Leben riskiert haben, um den ungerechten Ansprüchen Genuas zu widerstehen – sollten sie jetzt zögern, ihre Interessen und die ihrer Kinder gegen Frankreich zu verteidigen? Für uns spricht das geheiligte Recht unserer Ahnen. Unser Mut wird uns nicht erlauben, den Verlust der Freiheit zu überleben. Erheben wir uns und beweisen wir dem Feind, daß sein Unternehmen kein bequemer Spaziergang ist!«

Donnernder Applaus folgte seinen Worten, und als Paoli die Versammlung aufforderte, zwischen Freiheitskrieg und Unterwerfung zu wählen, wurde einmütig für den Krieg gestimmt: »Krieg, Krieg! Freiheit oder Tod!«

In den folgenden Wochen erfüllte wieder der dumpfe Klang der Muschelhörner die Täler und rief alle wehrfähigen Männer zwischen sechzehn und sechzig Jahren zu den Waffen.

Im Regierungsgebäude in Corte wurde eifrig geschrieben: Paoli bat Sardinien, Preußen und vor allem England um bewaffnete Unterstützung.

Am 28. August landete General Chauvelin mit 10 000 Soldaten in Bastia und überbrachte ein Edikt Ludwigs XV. Der König befahl den Korsen, seine Untertanen zu werden.

Der Krieg brach aus. Schon nach wenigen Wochen wurde offenbar, daß die Franzosen den Mut und den Patriotismus der Korsen unterschätzt hatten.

Am 9. Oktober wurden die französischen Truppen in der Schlacht bei Borgo besiegt. Carlo machte mit seinen Männern über 500 Gefangene und erzwang von Chauvelin einen Waffenstillstand. Die gut ausgebildeten und ausgerüsteten Truppen des Königs von Frankreich waren von einem schlecht ausgerüsteten Volksheer von der Insel verjagt worden.

»Ich kann verstehen, daß der König von Sardinien keine Truppen schickt, weil er Angst vor Frankreich hat; ich kann auch verstehen, daß Preußen uns nicht unterstützt, weil der König mit dem Wiederaufbau seines Landes beschäftigt ist. Aber daß die englische Regierung ihre Hilfe verweigert, dafür habe ich kein Verständnis. England müßte doch ein Interesse daran haben, Frankreich im Zaum zu halten!«

Paoli lief erregt in seinem Arbeitszimmer auf und ab und schwenkte dabei einen Brief in der Luft. Er enthielt die schlichte Mitteilung, daß Großbritannien keine Hilfstruppen nach Korsika einschiffen würde. Der General blieb vor dem Kaminfeuer stehen und legte einige Holzscheite nach. Es war ein naßkalter, trüber Novembertag, und die Sonne versteckte sich seit dem frühen Morgen hinter Wolken.

Carlo saß an der Längsseite von Paolis Schreibtisch und spielte nervös mit einem Federmesser. Auch für ihn war die englische Antwort eine Überraschung.

»Wir haben zweierlei überschätzt«, sagte er nach einigem Nachdenken, »die moralische Wirkung unseres Sieges auf London und den Druck der öffentlichen Meinung auf die Regierung. Das Buch von Bothwell hat eine unglaubliche Korsika-Begeisterung ausgelöst. Und diese Begeisterung ist echt, das beweisen die freiwilligen Waffenlieferungen der Bevölkerung. Aber das englische Parlament hat es offenbar nicht nötig, auf derartige Stimmungen Rücksicht zu nehmen. In einem kleinen Land wie dem unsrigen wäre eine derartige Nichtachtung des Volkswillens undenkbar.«

Paoli ging zum Schreibtisch, der völlig mit Briefen, Zeitungen und Berichten übersät war, und kramte einen Brief hervor, der gleichzeitig mit der englischen Absage eingetroffen war.

»Hören Sie, was Bothwell schreibt: ›Die gesamte Bevölkerung

verfolgt gespannt die Vorgänge auf Korsika und ist empört über den Handel zwischen Genua und Frankreich.‹ Leider beeindruckt das die Politiker überhaupt nicht. Lord Holland hat neulich bemerkt: ›Wir sind närrisch, aber doch nicht so närrisch, einen Krieg zu führen, weil Herr Bothwell in Korsika gewesen ist.‹« Paoli legte den Brief zurück. »Wir müssen also allein weiterkämpfen. Frankreich kann schon aus Prestigegründen unseren Sieg bei Borgo nicht einfach hinnehmen. Im Frühjahr werden mit Sicherheit neue französische Truppen landen, wahrscheinlich doppelt so viele wie im August. Sie werden mit den modernsten Waffen kämpfen. Wir können höchstens zehntausend Mann aufbieten, die mit Dolchen und altmodischen Flinten bewaffnet sind.«

Freiheit oder Tod – bei diesem ungleichen Kräfteverhältnis bleibt nur der Tod, dachte Carlo. Zum ersten Mal seit Beginn des Krieges fragte er sich, ob unter diesen Voraussetzungen eine Fortsetzung des Kampfes sinnvoll war.

Will Paoli wirklich Tausende seiner Landsleute für eine verlorene Sache in den sicheren Tod schicken? Wäre es nicht besser, mit den Franzosen zu verhandeln? Ob ich ihn fragen soll, wie er darüber denkt? Hoffentlich hält er mich nicht für unpatriotisch, wenn ich vorschlage, zu verhandeln statt zu kämpfen ...

Paoli war zum Fenster getreten und sah geistesabwesend in die Dämmerung hinaus. Gespannte Stille erfüllte den Raum, ab und zu knackte ein Holzscheit im Kamin.

Carlo setzte zum Sprechen an, aber im gleichen Augenblick rief Paoli mit schneidender, fast zorniger Stimme: »Wenn es nur nach mir ginge, würde ich jetzt mit Frankreich verhandeln. Das wäre vernünftig, nachdem unsere Freunde uns im Stich gelassen haben. Aber nicht mein Wille ist ausschlaggebend, sondern der Wille des korsischen Volkes. Wenn im Frühjahr die Consulta zusammentritt, wird sie für eine Fortsetzung des Krieges stimmen, das weiß ich schon jetzt.« Und mit leiser Stimme fügte er hinzu: »Wenn wir siegen, wird man uns große Verteidiger der Freiheit nennen. Unterliegen wir aber, dann wird man uns als verdammte Rebellen ansehen.«

Letizia konnte die Laune ihres Gatten an seinem abendlichen Begrüßungskuß erkennen. Nach einem erfreulichen Arbeitstag berührte sein Mund voll und sanft ihre Lippen, und er drückte sie kurz an sich. Wenn er sich geärgert hatte oder unter Termindruck stand, streifte er nur flüchtig ihren Mund, warf mit einer ungeduldigen Bewegung Umhang und Dreispitz auf die Truhe und verschwand im Speisezimmer. Dort goß er sich ein Glas Wein ein, trank es in hastigen Zügen und ging dann in den zweiten Stock, um nach seinem Sohn zu sehen.

Als Carlo am Abend des 24. November von Paoli zurückkehrte, spürte sie instinktiv, daß etwas passiert war. Er begrüßte sie verstört und geistesabwesend und ging bis zum Abendessen im Speisezimmer ruhelos auf und ab. Sie beobachtete besorgt, daß er nicht zu seinem Sohn ging, aber eine halbe Flasche Wein leerte. In ihrer vierjährigen Ehe hatte sie gelernt, keine voreiligen Fragen zu stellen; häufig erfuhr sie noch am selben Abend im Schlafzimmer den Grund seiner Verstimmung.

So war es auch diesmal. Als sie im Bett lagen, rückte er nahe an sie heran und erzählte, was er am Nachmittag von Paoli erfahren hatte. Sie erschrak, blieb aber nach außen hin ruhig. Während er ihr sein Gespräch mit dem General schilderte, war sie mit ihren Gedanken weit weg: Wenn ihn eine feindliche Kugel trifft, was bleibt mir von ihm außer der Erinnerung? Sein Sohn – aber wer weiß, ob das Kind am Leben bleibt, zwei Kinder habe ich schon verloren. Ich muß noch ein Kind von ihm haben, ich muß noch einmal schwanger werden, bevor der Krieg wieder anfängt.

Er unterbrach ihre Überlegungen: »Was hältst du von der Idee, mit den Franzosen zu verhandeln?«

»Verhandeln? Nein! Wir müssen kämpfen und ehrenvoll untergehen, wenn es sein muß.«

In jener Nacht wurde Carlo von seiner Frau verführt. Zum ersten Mal erlebte er Leidenschaft, die von ihr ausging und seine Männlichkeit immer wieder herausforderte. Er hatte das Gefühl, daß sie etwas erzwingen wollte, dachte aber nicht weiter darüber nach – er ließ sich treiben. Er gab ihrem Verlangen und Begehren nach und erfüllte ihre Wünsche.

Zwei Monate später teilte Letizia ihm freudestrahlend mit, daß sie zum vierten Mal schwanger sei.

Im Frühjahr 1769 landeten der General de Vaux mit 24 000 Mann sowie Buttafuoco auf Korsika. Letzterer war inzwischen in den Grafenstand erhoben worden. Er sollte ›Freiwillige für Frankreich‹ werben, lockte mit Versprechungen und funkelnden Louisdors und erreichte, daß gut tausend Korsen zu den Franzosen überliefen.

Ende April rief Paoli die Volksvertreter zusammen, die einmütig für den Kampf gegen Frankreich stimmten.

Letizia begleitete Carlo. Auch eine schwangere Frau hatte die Pflicht, ihrem Mann die Flinte zu laden. Mit ihnen zogen Nicolo, Geltruda, Marianna mit dem kleinen Napoleone auf dem Arm, Tommaso Arrighi di Casanova und der Oberst Napoleone. Tommasos Frau blieb – weil ihr Mann es so wünschte – in Corte, um das Haus zu verteidigen, falls feindliche Truppen in die Hauptstadt einmarschierten.

Am 3. Mai begann der Krieg von neuem. Knapp 10 000 Korsen, samt einigen preußischen Veteranen und Schweizern, standen 30 000 Franzosen gegenüber.

Nach anfänglichen Erfolgen erlitten die Korsen im Nordosten der Insel, bei Murato, einen schweren Rückschlag. In dem allgemeinen Getümmel wurden Letizia und ihre Begleiterinnen von ihren Männern getrennt und flohen zurück nach Corte.

Am 8. Mai 1769 entschied sich das Schicksal Korsikas in der Schlacht bei Ponte Nuovo. Paoli hatte sich durch ein Scheinmanöver der Franzosen täuschen lassen und hatte mit seinen Truppen den Golo-Fluß überquert. Auf der anderen Seite fand er die französische Armee zum Gegenangriff bereit. Die Korsen wurden über die Brücke zurückgetrieben bis zu einer steinernen Barriere. Diese war mit Deutschen und Schweizern besetzt, die die Weisung hatten, auf jeden Feind zu schießen, der die Brücke zu überschreiten versuchte. Im Chaos des Rückzuges feuerten sie nun auf ihre eigenen Leute. Es kam zu einem Massaker, und in kurzer Zeit war die gesamte korsische Armee auseinandergesprengt und auf der Flucht vor den Franzosen.

Als Carlo sah, daß die Schlacht verloren war, galoppierte er nach Corte, um seine Familie in Sicherheit zu bringen. Unterwegs stieß Nicolo zu ihm, mit einem Dutzend Männern und Frauen, die ebenfalls in die Hauptstadt wollten.

Die Nachricht von dem Gemetzel bei Ponte Nuovo hatte inzwischen Corte erreicht. In Gafforis Haus traf Tommasos Frau weitere Entscheidungen.

»Wenn unsere Männer noch leben, werden sie uns finden, egal, wo wir sind. Wir reiten durch die Restonica-Schlucht zum Monte Rotondo. In der Nähe der Triggione-Quelle ist eine Höhle. Dort sind wir sicher vor den Franzosen.«

Letizia und Geltruda hätten lieber auf Nachricht von ihren Männern gewartet, aber sie mußten sich fügen und die notwendigsten Habseligkeiten zusammenpacken. Sie wollten gerade die Pferde besteigen, als der kleine Trupp mit Carlo und Nicolo eintraf.

»Jesus Maria«, rief Letizia und bekreuzigte sich. »Habt ihr Nachricht von Onkel Tommaso und Onkel Napoleone?«

Carlo verneinte; Nicolo zögerte, überwand sich dann und sagte leise: »Ich weiß nicht, ob Onkel Tommaso noch lebt, Onkel Napoleone ist bei Ponto Nuovo gefallen.«

Sekundenlang herrschte Schweigen, dann hörten sie die müde Stimme von Tommasos Frau: »Ich werde die Franzosen hier in meinem Haus erwarten. Ich habe nichts mehr zu verlieren. Aber ihr müßt jetzt losreiten, sie können jeden Augenblick hier sein.«

Während sie den Weg zur Höhle auf den Monte Rotondo beschrieb, erscholl durch die Gassen der Ruf: »Die Franzosen, die Franzosen!«

Eilig ritt die kleine Gruppe die kopfsteingepflasterte Treppenstraße hinunter bis zum Marktplatz, galoppierte aus der Stadt hinaus und überquerte den Tavignano. Wenig später zog General de Vaux an der Spitze seiner Truppen in die Hauptstadt ein.

Die Restonica ist ein wilder Bergfluß, der am Gipfel des Monte Rotondo entspringt und sich seinen Weg durch eine tiefe, enge Schlucht bahnt. Kurz vor Corte erweitert sich das Flußbett, und die Restonica fließt durch eine fruchtbare, liebliche Landschaft.

Die Flüchtlinge galoppierten flußaufwärts, hinein in die Schlucht. Nach wenigen Metern konnten die Pferde nur noch im Schritt und hintereinander den schmalen Hirtenpfad hinaufsteigen. Nach drei Stunden erreichten sie die Drachengrotte, die sich tief in den Felsen hineinzog. Drinnen kauerten zwei alte Hirten vor einem Feuer. Sie saßen nicht weit vom Eingang entfernt und konnten beobachten, daß ungefähr fünfzehn bis zwanzig Männer und Frauen den Pfad hinaufritten.

»Sie fliehen wahrscheinlich vor den Franzosen zu der Höhle bei der Triggione-Quelle. Dort sind sie in Sicherheit. Sie werden wenig Vorräte haben. Wir müssen sie mit Brot und Käse versorgen.«

Der andere Hirte nickte zustimmend. Vorräte hatten sie selbst genug; in der Höhle standen mehrere Reihen mit Gefäßen voll Milch, und mehr als hundert Stück plattrunder Käse lagerten auf frischen Blättern. Der Raum konnte zweihundert Ziegen und Schafe aufnehmen, die von den Hirten jeden Abend zum Melken hineingetrieben wurden.

Es dämmerte bereits, als Carlo mit seinen Gefährten die Felsengrotte erreichte. Um diese Jahreszeit war es in den Bergen während der Nächte noch eisig kalt. Ein Feuer konnten sie nicht anzünden, weil der Schein sie verraten hätte; so rückten sie in der feuchten Höhle nahe zusammen, um sich gegenseitig zu wärmen. Müde und erschöpft von den Aufregungen und Strapazen des Tages sank bald einer nach dem andern in den Schlaf.

Am nächsten Tag kamen die beiden alten Hirten, brachten Brot und Käse und versprachen, die Flüchtlinge in zwei Tagen mit neuen Vorräten zu versorgen.

Als der Morgen des dritten Tages heraufdämmerte, hatte sich Carlo vorgenommen, an diesem Abend mit den Gefährten über die weitere Zukunft zu entscheiden.

Gegen Mittag tauchte aus der Macchia ein französischer Offizier auf, der eine weiße Fahne schwenkte. Ihm folgten zwei Soldaten, die zwei schwerbepackte Maultiere hinter sich her zerrten.

Vor der Höhle blieb der Offizier einen Augenblick stehen, rang nach Luft und wischte sich den Schweiß von der Stirn. Dann begrüßte er die Männer und Frauen, die ihn ängstlich ansahen, in gebrochenem Italienisch, holte ein Schriftstück hervor und begann vorzulesen. Erstaunt hörten die Flüchtlinge, daß General de Vaux die Korsen öffentlich zur ehrenvollen Übergabe aufgefordert habe. Paoli habe eingewilligt, nach England ins Exil zu gehen; die Flüchtlinge dürften unbehelligt in ihre Dörfer und Städte zurückkehren.

Der Offizier sah von dem Schriftstück auf und befahl den Soldaten, die Körbe von den Maultieren abzuladen. Dann erklärte er, daß der General einige Lebensmittel schicke zu ihrer Versorgung, bis ihr Unterhändler mit den Passierscheinen zurückkehre.

Carlo erbot sich, nach Corte zu reiten, um mit dem General zu verhandeln, und nach einer kurzen Rast brach die kleine Gruppe auf. Unterwegs erzählte der Offizier, daß der General seit Tagen die Gegend systematisch nach Flüchtlingen durchforschen ließ und sie bisher nur Carlos Gruppe entdeckt hätten.

»Ich habe schon einige Kriege mitgemacht«, sagte der Offizier, »aber ich habe noch kein Volk erlebt, das den Tod so gelassen hingenommen hat. Ich habe die Verwundeten gefragt: ›Wo sind eure Ärzte?‹ – ›Wir haben keine.‹ – ›Wo sind eure Offiziere?‹ – ›Die sind gefallen.‹ – ›Was wird aus euch?‹ – ›Wir sterben auch.‹«

Carlo erklärte dem Offizier, daß die Vendetta der Grund für diese Einstellung dem Tod gegenüber sei, außerdem hätten die Korsen ständig gegen Eroberer gekämpft und dabei ihr Leben verloren. Den Rest des Weges legten sie schweigend zurück. Carlo war mit seinen Gedanken bei Paoli.

Müßte ich ihn nicht ins englische Exil begleiten, überlegte er, bin ich nicht moralisch dazu verpflichtet, weil ich einer seiner engsten Mitarbeiter war und weil er mich als Nachfolger gewählt hat? Aber wie kann ich mir in England eine Existenz aufbauen? Meine juristischen Kenntnisse werde ich dort kaum verwerten können.

Am nächsten Tag ritt Carlo zurück zum Monte Rotondo, in den Satteltaschen führte er die Passierscheine mit sich. Unterwegs überdachte Carlo die Erlebnisse des vergangenen Tages.

De Vaux hatte sich im ehemaligen Regierungsgebäude einquartiert, und dort war Carlo sehr höflich und zuvorkommend empfangen worden. Sofort nach der Ankunft hatte man ihm ein Bad gerichtet und einen Imbiß serviert. Erholt und gestärkt war er dem General gegenübergetreten. Dieser hatte die Tapferkeit der Korsen gerühmt und ihm erläutert, was er unter ehrenvoller Übergabe verstehe. Ludwig XV. hatte nicht die Absicht, die Freiheit der Korsen zu unterdrücken, wie es von Genua aus geschehen war. Die Einrichtungen, die Sitten und die Lebensweise sollten erhalten bleiben.

Natürlich war es jedem Korsen freigestellt, Paoli nach England zu begleiten.

Nach dem offiziellen Teil des Gesprächs hatte de Vaux Carlo zur Abendtafel gebeten, und Carlo hatte anregende und vergnügliche Stunden im Kreis der französischen Offiziere verbracht.

Wir haben mutig gekämpft und verloren, dachte er. Widerstand gegen die schwache Republik Genua war möglich, Widerstand gegen die Großmacht Frankreich ist sinnlos und unmöglich. Wir werden keine politische Selbständigkeit bekommen, aber wir werden auch nicht mehr Kolonie sein. Wir werden gleichberechtigt mit den Franzosen leben. Dadurch eröffnen sich neue Perspektiven für mich. Frankreich muß mit der korsischen Oberschicht zusammenarbeiten, um keine Schwierigkeiten zu bekommen.

Wenn ich in Pisa das Examen nachhole, kann ich in französische Dienste treten und mir eine berufliche Basis schaffen, vielleicht ergeben sich sogar neue Aufstiegsmöglichkeiten. Im Dienst der Franzosen kann ich für Korsika wahrscheinlich mehr leisten als von England aus. Außerdem möchte ich mit meiner Familie gut und angenehm leben. Wir gehören zu den vornehmen Familien der Insel, daran wird sich nichts ändern. Mein Platz ist hier unter der Sonne des Südens und nicht im Norden, im nebligen London.

Als Carlo den Monte Rotondo erreicht hatte, hielt er eine kurze Ansprache vor den erwartungsvollen Gefährten:

»Unsere Unabhängigkeit ist verloren. Wir können nichts Besseres erhoffen, als unter dem Schutz der französischen Lilien zu leben. Wir werden stolz darauf sein, der ersten Nation der Welt anzugehören, und so, wie wir gute und treue Korsen waren, werden wir jetzt gute und treue Franzosen sein. Ich selbst bin ein guter Patriot und Paolist gewesen, solange die nationale Regierung bestand. Aber diese Regierung existiert nicht mehr. Der Babbu hat uns verlassen. Wir sind Franzosen geworden.«

Letizia war froh, daß ihr Mann auf Korsika bleiben wollte. Sie hatte befürchtet, daß er Paoli nach England folgen würde und hätte ihn natürlich begleitet, aber es wäre ein großes Opfer für sie gewesen.

Der Ritt nach Ajaccio dauerte länger als gewöhnlich, da sie mit Rücksicht auf Letizias Schwangerschaft häufiger rasten mußten.

Als sie Vico erreichten, war sie so erschöpft, daß sie und Carlo einige Tage bei Bekannten blieben, damit sie sich erholen konnte.

Nicolo und Geltruda ritten nach Ajaccio weiter, damit die Familie endlich erfuhr, daß sie den Krieg überlebt hatten. Carlo gab ihnen einen Brief an den Onkel mit, worin er ihm mitteilte, daß er das Doktorexamen ablegen und anschließend in den Dienst Frankreichs treten wolle.

Beinahe hätte Letizia ihre Heimatstadt nicht mehr lebend erreicht. Als sie an dem durch die Schneeschmelze angeschwollenen Fluß Liamone entlangritten, glitt ihr Pferd aus und wäre in den brausenden Strom gestürzt, wenn sie es nicht geistesgegenwärtig zurückgerissen hätte. Weder sie noch das ungeborene Kind nahmen Schaden.

Am 1. Juni umarmte Saveria Sohn und Schwiegertochter, weinend vor Erleichterung.

Der Archidiakon empfing seinen Neffen mit den Worten: »Ich beglückwünsche dich zu deiner Entscheidung, sie ist richtig.« Und mit leiser Stimme, so daß die anderen es nicht hören konnten, fügte er hinzu: »Dein Studium in Pisa werde ich finanzieren, mach dir darüber keine Gedanken.«

»Marianna«, rief Letizia, »laufe rasch zu meinen Eltern und berichte ihnen, daß wir gut angekommen sind.«

»Nein, bleibe hier, Marianna«, sagte Saveria und räusperte sich beklommen. Dann nahm sie ihre Schwiegertochter in die Arme. »Letizia, wir konnten euch ja nicht benachrichtigen – dein Vater ist vor zwei Wochen einem Herzschlag erlegen. Deine Mutter ist sofort nach der Beisetzung mit Giuseppe zu ihren Eltern nach Sartene; sie will dort einige Wochen bleiben.«

»Er ist tot«, sagte Letizia langsam und fast geistesabwesend. Sie hatte ihren Stiefvater geliebt, aber in diesem Moment konnte sie keinen tieferen Schmerz empfinden. Die Ereignisse der vergangenen Wochen, die Toten, die sie auf dem Schlachtfeld gesehen hatte, die Angst um Carlo, die Flucht aus Corte, die Tage in der Felsenhöhle, das alles hatte sie abgehärtet gegen weitere Schicksalsschläge.

Am Abend saß die Familie noch lange zusammen. Es gab so viel zu erzählen, und die veränderte politische Lage wurde ausführlich diskutiert.

»Bis jetzt haben sich die Franzosen in Ajaccio sehr diszipliniert benommen. Ich glaube allmählich, daß sie mit uns zusammenarbeiten wollen«, sagte der Archidiakon.

Antonio hatte die Unterhaltung mit düsterem Schweigen verfolgt. Nun blickten seine Augen unter den herabhängenden Lidern giftig zu Carlo, und seine Stimme bekam einen lauernden Unterton: »Ich wundere mich, daß ein Paolist wie du so leichten Herzens das Vaterland gewechselt hat.«

»Ich habe das Vaterland nicht gewechselt, Antonio. Die Regierung Paolis existiert nicht mehr, er wird uns verlassen. Wir haben ein neues Vaterland bekommen: Frankreich. Wir sind Franzosen geworden.«

»Nun, die Familie Buonaparte mag ab jetzt französisch denken und handeln, aber die Familie Pozzo di Borgo wird niemals zu den Franzosen überlaufen. Wir werden Paoli treu bleiben.«

Nach diesen Worten herrschte verlegenes Schweigen. Schließlich stand Saveria auf. »Es ist spät geworden, wir sind alle müde. Morgen können wir weitersprechen.«

Bereits am übernächsten Tag reiste Carlo nach Bastia, um sich von Paoli zu verabschieden.

Zwei Wochen später kehrte er zurück und berichtete erleichtert, daß Paoli volles Verständnis für seine Entscheidung habe. Ungefähr 300 Korsen würden den Babbu nach England begleiten.

Auf dem Heimweg hatte er in Corte Onkel Tommaso besucht, der den Krieg ebenfalls überlebt hatte.

Während der folgenden Wochen vertiefte sich Carlo wieder in seine juristischen Lehrbücher, um die Doktorarbeit vorzubereiten. Er wollte sofort nach der Geburt des Kindes nach Pisa reisen. Letizia rechnete für Ende August mit der Niederkunft.

Am 15. August läuteten seit dem frühen Morgen die Glocken des Domes, und aus der ganzen Umgebung ritten die Bauern herbei. Es war das Fest von Mariä Himmelfahrt, und alle wollten die prunkvolle Prozession sehen und dem feierlichen Hochamt beiwohnen, das an hohen kirchlichen Feiertagen vom Archidiakon persönlich zelebriert wurde.

Der sechsjährige Giuseppe Fesch lief schon seit einer Stunde unruhig im Haus herum. Er durfte seine Schwester zum Hochamt begleiten. Endlich kam Letizia langsam und etwas schwerfällig die Treppe herunter, Geltruda folgte ihr.

Saveria hatte bereits die Frühmesse besucht und war mit Caterina in der Küche beschäftigt. Nicolo hatte sich in seine Abrechnungen vertieft, und Carlo studierte juristische Kommentare.

Die beiden Frauen nahmen das Kind in ihre Mitte und schritten feierlich zur Kirche. Als sie auf den Hochaltar zugingen, flüsterte Giuseppe: »Wo ist Onkel Luciano?«

»In der Sakristei, sei jetzt ruhig«, flüsterte Letizia zurück.

Als sie vor dem Altar das Knie beugen wollte, durchfuhr sie plötzlich ein bohrender Schmerz. Sie raffte ihr Kleid und eilte aus der Kirche, gefolgt von der aufgeregten Geltruda und dem verwirrten Giuseppe.

»Giuseppe, rasch, lauf zu Dr. Héreau, sag ihm, er soll sofort in die Via Malerba kommen.« Nach diesen Worten lief Letizia geradewegs zu ihrem Haus, in den Wohnraum im ersten Stock, und sank erschöpft auf den Diwan. Geltruda rannte in die Küche, rief nach heißem Wasser und Tüchern und sprang dann hinauf, um Carlo zu benachrichtigen.

Inzwischen war Saveria ins Wohnzimmer geeilt, um ihrer Schwiegertochter beizustehen. Als Caterina mit Wasser und Tüchern erschien, hatte Letizia bereits einen Knaben geboren.

Wie aus weiter Ferne hörte sie Saverias Stimme: »Du hast einen Sohn bekommen, er hat eine Haube auf dem Kopf, das bedeutet Glück.«

Der erste Schrei des Knaben verriet, daß er eine kräftige Stimme hatte. Caterina wusch das Kind und betrachtet den Kleinen mit kritischen Augen: Er hatte einen großen Kopf, der mit einem Teil der Fruchtblase, einer Haube, bedeckt war, aber der Körper war klein und schmächtig. »Wir müssen die Amme nehmen, wenn wir ihn durchbekommen wollen«, sagte sie energisch.

Saveria dachte einen Augenblick nach. »Ich werde Camilla Ilari fragen. Sie hat vor zwei Wochen ein Kind bekommen.«

»Camilla?« fragte Letizia mit leiser Stimme. »Sie ist doch so schmal und mager.«

Caterina lachte. »Nach ihrer Hochzeit ist sie dick und rund geworden, ihre Milch wird für zwei reichen.«

Giuseppe kam mit dem Arzt, der das Neugeborene untersuchte und erklärte, es sei gesund. Aber auch er empfahl eine Amme. »Und sie haben fast keine Schmerzen gehabt, Madame Buonaparte?« fragte er bereits zum dritten Mal, und zum dritten Mal schüttelte er den Kopf und murmelte: »Na, so etwas!«

Inzwischen waren auch Carlo und Geltruda gekommen. Carlo beugte sich über seine Frau und küßte sie sanft auf Stirn und Mund.

»Wie fühlst du dich? Er ist doch ein paar Tage zu früh geboren, nicht wahr?«

»Es geht mir sehr gut.«

Geltruda hielt ihren Neffen im Arm und betrachtete ihn mit wehmütigen Augen. Sie hoffte immer noch auf eigene Kinder. Nun trat sie zu Carlo und überreichte ihm das Bündel: »Hast du schon einen Namen für ihn?«

»Ja, er soll zur Erinnerung an seinen gefallenen Großonkel dessen Namen tragen: Napoleone.«

Geltruda sah ihren Bruder verwundert an. »Du hast doch bereits einen Sohn, der Napoleone heißt.«

»Er wird ab jetzt den Namen meines Vaters tragen: Giuseppe. Napoleone klingt zu patriotisch. Bei den gegenwärtigen Verhältnissen ist ein patriotischer Name unpassend für den ältesten Sohn der Familie.«

Letizia war derselben Meinung wie Carlo.

Caterina, die das Gespräch mitangehört hatte, ging kopfschüttelnd zurück in die Küche und brummelte vor sich hin: »Das ist nun der dritte Sohn von Signor Carlo, der Napoleone heißen wird. Gibt es denn keine anderen Namen?«

IV

Am 24. Februar 1770 saß Marcantonio Tavera auf der Anklagebank im Gerichtssaal in Ajaccio und erwartete den Urteilsspruch des Richters. Marcantonio hatte die sechzehnjährige Maddalena Capponi vergewaltigt und mußte mit einer neunjährigen Galeeren-Strafe rechnen. Der Vertreter des königlichen Staatsanwaltes hatte dieses Strafmaß beantragt.

Neun Jahre Galeere, dachte Maddalenas Vater befriedigt und sah triumphierend zu Marcantonio, der mit stumpfem Blick vor sich hin starrte. Neun Jahre wird dieses Vieh tagaus, tagein die Ruder bewegen müssen. Wahrscheinlich kommt er nicht mehr lebend von der Galeere herunter. Gott sei Dank hat heute Signor Buonaparte den Staatsanwalt vertreten. Ein Franzose hätte wahrscheinlich eine mildere Strafe beantragt. Die können gar nicht beurteilen, was eine Vergewaltigung für uns bedeutet. In Zukunft werde ich bei allen Prozessen Buonaparte als Anwalt nehmen. Er muß tüchtig sein, schließlich hat er diese Mietstreitigkeit für die Brüder Cervotti gewonnen.

Im Herbst 1769 hatte Carlo binnen weniger Monate seine Dissertation geschrieben über die Gültigkeitsvoraussetzungen der kirchlichen Eheschließung. Am 30. November war er im *Libro dei Dottorati* der Universität Pisa eingetragen worden: ›Il Signor Carlo, figlio del Signor Giuseppe Buonaparte, Nobile Patrizio Fiorentino, di Ajaccio‹. Er war der vierzehnte Buonaparte mit pisanischem Doktortitel. Beim königlichen Gericht in Ajaccio war er als Rechtsanwalt eingeschrieben worden, und am 11. Dezember hatte er in Bastia vor der Justizabteilung des ›Conseil Supérieur de Corse‹ den Eid eines französischen Advokaten geleistet.

Seine neueröffnete Anwaltspraxis florierte trotz der großen Konkurrenz, doch Carlo gab sich damit nicht zufrieden. Er wollte vorankommen. In Frankreich konnten freiberufliche Anwälte fallweise den königlichen Staatsanwalt vertreten. Carlo nutzte diese Möglichkeit. An jenem Februartag trat er erstmalig als Stellvertreter des Staatsanwalts auf.

Gespannt beobachtete er den Gerichtspräsidenten Guillaume-Louis Armand und die beiden Beisitzer und überlegte, ob sie die beantragte Strafe verhängen würden.

Insgeheim fühlte er sich Armand überlegen. Was konnte dieser Franzose schon vorweisen? Ein Bürgerlicher, der sich den Titel Generalleutnant der Admiralität gekauft hatte. Und diese Nachlässigkeit bei der Kleidung: immer derselbe schmuddelige, ungebügelte Frack. Verheiratet war er auch nicht. Von seinen 1800 Livres Jahreseinkommen hätte er sich eine geräumige Wohnung leisten können, statt dessen logierte er in einem armseligen Mietszimmer und aß im Wirtshaus. Immerhin besaß er einen scharfen kriminalistischen Verstand und rhetorische Begabung.

Armand räusperte sich und verkündete das Urteil: Neun Jahre Galeere. Als Carlo den Saal verlassen wollte, trat einer der beisitzenden Richter auf ihn zu: »Haben Sie noch einen Augenblick Zeit, Monsieur Buonaparte? Ich möchte den Fall der Madame Giustina Bozzi mit ihnen besprechen.«

Als Carlo nach Hause kam, ging er schnurstracks zur Küche und riß die Tür auf.

»Marianna, du wirst heute der Signora Bozzi das Abendessen auf ihrem Zimmer servieren«, befahl er mit wütender Stimme und schlug die Tür mit einem Knall wieder zu. Aus dem Wohnraum lief ihm der zweijährige Giuseppe mit strahlendem Gesicht entgegen: »Papa, Papa!«

Carlo beachtete das Kind nicht und verschwand in seinem Arbeitszimmer. Giuseppe sah ihm erstaunt nach. So hatte der Papa ihn noch nie behandelt! Seine Mundwinkel zuckten, seine Augen füllten sich mit Tränen.

Letizia hatte vom Treppenabsatz aus die Szene zwischen Vater und Sohn beobachtet; nun ging sie hinunter und nahm Giuseppe auf den Arm.

»Wir dürfen den Papa jetzt nicht stören, Giuseppe. Wenn er nach Hause kommt, ist er müde und will sich ausruhen. Das ist doch kein Grund zu weinen. Komm jetzt, ich bringe dich zu deinem Bruder und Camilla.« Während sie hinaufging, dachte sie über die Entwicklung ihres ältesten Sohnes nach und fand, daß er zu sanft, zu still, zu weich war. Als künftiges Familienoberhaupt würde er die Interessen der Buonapartes vertreten müssen. Er mußte lernen, sich durchzusetzen, für die Familie zu kämpfen.

Als sie das Kinderzimmer betraten, vergaß Giuseppe seinen Kummer. Neugierig betrachtete er Camilla, die seinen Bruder stillte. Ihre volle weiße Brust, die einen unerschöpflichen Milchvorrat barg, fesselte ihn jeden Tag von neuem.

Camilla sah zufrieden auf den kleinen Napoleone hinunter, der mit gierigen Zügen trank; er konnte nie genug bekommen. Sie war stolz darauf, daß sie dazu beigetragen hatte, den zweiten Sohn der Signora Buonaparte am Leben zu erhalten.

Als sie die interessierten Augen des Bruders sah, lächelte sie. »Nun, Giuseppe, in einem Jahr ist Napoleone ein Spielgefährte für dich. Da du älter bist, kannst du bestimmen, was und wo gespielt wird. Aber du bist auch verantwortlich für ihn. Wenn andere Kinder ihn angreifen, mußt du ihn verteidigen.«

»Hör gut zu, Giuseppe«, sagte Letizia, »Camilla hat recht. Du hast deinen Geschwistern gegenüber Rechte, aber auch Pflichten.«

Sie bezweifelte, daß er alles verstand, aber man konnte nicht früh genug anfangen, ihn auf seine künftige Stellung in der Familie vorzubereiten.

Zwei Stunden später versammelte sich die Familie zum Abendessen.

»Wo bleibt Tante Giustina?« fragte der Archidiakon ungeduldig.

»Sie wird in ihrem Zimmer essen. Ich möchte sie heute nicht hier am Tisch sehen!«

Der Archidiakon sah mißbilligend zu seinem Neffen hinüber und sprach das Tischgebet.

»Amen, und jetzt möchte ich wissen, warum du Tante Giustina vom Familientisch verbannt hast, Carlo, das ist unchristlich.«

»Hat sie sich während der letzten Wochen uns gegenüber christlich verhalten? Ihr Benehmen vor dem Haupteingang ist ein

Skandal. Der Richter hat mir heute mitgeteilt, daß er meinen Antrag ablehnt; sie darf auch in Zukunft das Haus durch die vordere Eingangstür betreten. Aber eines steht fest: Wenn sie nicht vernünftig wird und mich weiterhin beleidigt, werde ich sie erneut verklagen.«

Giustinas politisches Weltbild war jahrelang von Antonio beeinflußt worden; sie lehnte die Franzosen genauso ab wie er. Sie war empört über Carlos Entschluß, mit Frankreich zusammenzuarbeiten. Langeweile und die Gespräche mit Antonio und Maria führten dazu, daß sie anfing, Carlo zu ärgern, als er seine Anwaltspraxis eröffnete. Oft erschien sie vor der Eingangstür und empfing die Klienten mit Schmähreden gegen Carlo und dessen politische Gesinnung.

Die Besucher achteten nicht weiter auf sie; sie sahen sie höchstens erstaunt und belustigt an. Die Alte ist nicht ganz richtig im Kopf, dachten die meisten. Carlos guten Ruf als Anwalt konnte sie nicht beeinträchtigen, aber er ärgerte sich natürlich. Nachdem er sie etliche Male vergeblich ermahnt hatte, forderte er vor Gericht, ihr den Haupteingang zu verbieten und sie auf eine Nebentür zu verweisen.

»Warum regst du dich überhaupt so über Tante Giustina auf?« fragte Nicolo, »Deine Klienten hat sie doch bis jetzt mit ihrem Geschwätz nicht vertreiben können.«

»Bis jetzt! Aber du vergißt, daß sich in Ajaccio die Juristen gegenseitig auf die Füße treten. Unsere Stadt hat viertausend Einwohner und zwanzig Rechtsanwälte! Außerdem, was sollen Boucheporne und Narbonne denken, wenn sie hören, daß ein Mitglied meiner Familie lästerliche Reden gegen Frankreich hält.« (Boucheporne war der Intendant von Ajaccio, Narbonne der Kommandant der Zitadelle der Stadt und zugleich Vizegouverneur von Korsika.)

Marianna hatte inzwischen die Suppenteller abgeräumt und stellte gebratene Sardinen und Kastanienpüree auf den Tisch.

»Wie viele Sardinen hast du der Signora Bozzi gebracht?« wollte Saveria wissen.

»Drei Stück, Signora.«

»Das ist zu wenig, du bringst ihr noch drei Stück.«

»Es waren große Sardinen«, ließ sich Caterina vom unteren Tischende vernehmen.

Saveria beachtete sie nicht, legte drei besonders knusprige Fische auf einen Teller, gab ihn Marianna und wandte sich dann mit einem liebenswürdigen Lächeln an ihren Sohn: »Ich werde noch einmal mit Giustina reden, vielleicht kann ich sie zur Vernunft bringen.«

Letizia hatte genug von der Tante gehört. »Du hast doch heute zum ersten Mal den Staatsanwalt vertreten, Carlo. Was wurde denn verhandelt? War es eine schwere Straftat?«

»Wie man es nimmt.« Er erzählte von der Verhandlung, seinem Strafantrag, dem Urteil.

»Neun Jahre Galeere«, rief Geltruda entsetzt, »ich finde, daß unsere Urteile zu hart und grausam sind. Es überläuft mich jedesmal kalt, wenn ich davon höre. Ich begreife auch nicht, daß es Menschen gibt, die sich eine Hinrichtung ansehen. Und die schrecklichen Folterungen, bevor man die Verurteilten zum Richtplatz bringt. Erpreßt man damit tatsächlich Geständnisse?«

»Manchmal. Die Folterungen sollen vor allem das Urteil verschärfen. Aber du darfst nicht vergessen, Geltruda, daß unsere Strafen vor Verbrechen abschrecken sollen; das Prinzip der Abschreckung ist die Grundlage unserer Strafjustiz. Ich finde die Gesetze manchmal auch grausam, aber sie sind geltendes Recht und müssen befolgt werden. Allerdings gibt es inzwischen auch kritische Stimmen. Vor sechs Jahren hat ein italienischer Jurist, Cesare Bonasana, Marchese di Beccaria, ein interessantes Buch veröffentlicht: *Dei delitti e delle pene* (Von den Verbrechen und von den Strafen). Er verurteilt Todesstrafe und Folter, und er stellt die These auf, daß grausame Strafen die Veranlassung für weitere Verbrechen sind. Ich habe mich mit Armand und den anderen Richtern schon oft über Bonasanas Thesen unterhalten. Sie sind sehr beeindruckt, und wenn man ihre Rechtsprechung verfolgt, sieht man, daß die Schrift des Italieners schon Wirkung gezeigt hat.«

»Ich halte nicht viel von diesen neuen Ideen«, sagte der Archidiakon energisch, sie verwirren die Köpfe der Menschen. Es gibt nur eine Gerechtigkeit, Auge um Auge, Zahn um Zahn. – Wenn du Zeit hast, Carlo, möchte ich mit dir und Nicolo nachher über deine Baupläne sprechen. Nicolo, du bringst eine Aufstellung unserer jährlichen Einkünfte mit.« Dann wandte er sich an Letizia: »Ich habe mit deiner Mutter vereinbart, daß ich ab Herbst deinen

Bruder zusätzlich in einigen Fächern unterrichte, unabhängig von den Schulstunden bei Pater Recco. Sei unbesorgt, wir werden aus deinem Bruder einen tüchtigen Mann machen.«

Letizia strahlte den Archidiakon an. »Ich danke Ihnen, daß Sie sich um Giuseppe kümmern.«

Die ungesicherte Zukunft ihres vaterlosen Bruders belastete sie, weil er keine große Erbschaft zu erwarten hatte.

Wenig später saßen die drei Männer im Zimmer des Archidiakons. Auf dem Schreibtisch stapelten sich Kostenvoranschläge, Baupläne und Rechnungsbücher.

»Ich habe vorhin in Letizias Gegenwart nichts erwähnt«, sagte Carlo, »aber ich werde noch einmal gegen die Ramolinos prozessieren. Ich habe die Mitgift immer noch nicht erhalten. Sie schulden mir den Preis für einen Ochsen, also ungefähr siebzig Livres.«

»Willst du dich wirklich wegen siebzig Livres mit Letizias Familie überwerfen?«

»Nicolo, ich muß in Kleinigkeiten genau sein, wenn ich meine Ansprüche bei wichtigen Dingen durchsetzen will. Es ist eine Unverschämtheit von den Ramolinos, die Auszahlung der Mitgift über Jahre hinzuziehen. Ich lasse mich doch nicht von der Verwandtschaft meiner Frau übervorteilen. Und wie stehe ich als Anwalt da, wenn ich nicht rechtmäßige Ansprüche einklage?«

Der Archidiakon sah von seinen Papieren auf: »Carlo hat recht, Nicolo. Außerdem werden wir in den kommenden Monaten jeden Sou benötigen. Ich habe mir deine Baupläne angesehen, Carlo. Willst du unser Haus in einen Palast verwandeln? Warum soll ein drittes Stockwerk aufgesetzt werden? Wir haben doch genug Platz.«

»Ich denke an die kommenden Jahre, Onkel. Letizia und ich wünschen uns noch einen dritten Sohn und eine Tochter. Ich möchte ein größeres Arbeitszimmer haben, weil ich eine Bibliothek einrichten will. Meine Kinder sollen mit Büchern aufwachsen. Letizia möchte ein Spielzimmer für die Kinder, in dem sie sich an Regentagen aufhalten können und niemanden stören. Wir benötigen mehr Gästezimmer. Sie wissen, daß Letizias Verwandte aus Sartene nicht nur bei meiner Schwiegermutter, sondern auch bei uns übernachten, wenn sie in Ajaccio sind oder nach Corte reisen.

Und wenn der Graf Marbeuf in unsere Stadt kommt, wird er bei uns wohnen. Als ich im Dezember in Bastia war, habe ich ihm unser Haus als Quartier angeboten.«

»Kann der Herr Gouverneur nicht bei Narbonne oder Boucheporne logieren?«

»Ich möchte in unser aller Interesse mein gutes Verhältnis zu Marbeuf pflegen. Wenn er bei uns wohnt, werden sich immer Gelegenheiten ergeben, über das eine oder andere Thema mit ihm zu sprechen. Ein weiteres Zimmer ist für die beiden Mädchen gedacht, die ich noch engagieren möchte. Eine kann Caterina in der Küche helfen, das zweite Mädchen soll die Räume in Ordnung halten, damit sich Marianna ganz den Kindern widmen kann.«

»Also gut, Familienzuwachs und eine Bibliothek sind Gründe, die ein weiteres Stockwerk rechtfertigen. Aber die anderen baulichen Veränderungen sind überflüssig. Wozu benötigen wir ein Badezimmer? Der Zuber in der Waschküche reicht doch. Warum willst du eine Bankettgalerie und eine verglaste Terrasse anbauen? Sollen dort rauschende Feste gefeiert werden? Im Wohnraum benötigen wir weder einen Marmorkamin noch Kristallspiegel und vergoldete Möbel. Das ist teurer, protziger Firlefanz, und Musselinvorhänge und Portièren aus Taft oder Samt sind Staubfänger.«

»Letizia legt Wert darauf, daß die Kinder jeden Tag gebadet werden, und andere Familienmitglieder werden diese Annehmlichkeit auch zu schätzen wissen. Die Bankettgalerie und die Terrasse sind notwendig. Wir müssen den Franzosen zeigen, daß wir keine Hinterwäldler sind, sondern ebenso kultiviert wie sie. Wir müssen repräsentieren, Gesellschaften geben, und dazu brauchen wir einen entsprechenden äußeren Rahmen. In der Galerie kann gegessen und getanzt werden, und auf der Terrasse können die Gäste nach dem Essen ihren Kaffee trinken. Für künftige Familienfeste ist es auch angenehmer, größere Räume zu haben. Wie gern hätte ich meine Promotion im letzten Herbst in einer Bankettgalerie gefeiert!«

»Erinnere mich nur nicht an dieses Fest, Carlo. Mir wird jetzt noch schwindlig, wenn ich daran denke, daß uns diese dreitägige Doktorfeier sechstausend Livres gekostet hat.« Der Archidiakon sah anklagend zur Decke empor und wiederholte: »Sechstausend

Livres! Soviel hat Letizia als Mitgift erhalten, wenn man Ländereien und Bargeld zusammenrechnet. Der Gouverneur mit seinem Jahreseinkommen von siebzigtausend Livres oder der Intendant mit seinen dreißigtausend jährlich, die können sich solche Ausgaben leisten, aber nicht arme Bauern und Winzer wie wir!«

Nicolo lächelte. »So arm sind wir nicht, Onkel. Wir haben im letzten Jahr ganz schöne Beträge erwirtschaftet. Ich lese mal vor:

3000 Livres aus den Getreideäckern, Kartoffelfeldern und Gemüsegärten im Campo d'Oro und bei Torre Vecchia,

1800 Livres aus dem Weinberg La Sposata,

1200 Livres aus dem Weinberg Vitullo,

1500 Livres aus drei kleineren Weingärten,

300 Livres aus der Vermietung von zwei Wohnungen und einem Ladengeschäft in Santa Catalina und Marcello,

200 Livres Nutzungsgebühren für die Kornmühle und den Backofen.

Das ergibt zusammen 8000 Livres. Wir können also den Umbau gut finanzieren.«

»Vielleicht müssen wir eines Tages nur noch die Kopfsteuer zahlen und werden von der Grundsteuer befreit, das wäre eine erhebliche Einsparung«, sagte Carlo nachdenklich. »Marbeuf setzt sich beim König sehr für die Korsen und ihre Integration in den französischen Staat ein. Er hofft, daß man in Versailles seinen Rat befolgt und die korsischen Familien, die seit zweihundert Jahren zur Nobilität gehören, dem französischen Adel gleichstellt. Dann hätten wir denselben Rang und dieselben Vorrechte wie dieser. Die französische Aristokratie besitzt eine Menge Privilegien – das Jagdrecht, das Monopol auf Getreidemühlen, Befreiung vom Militärdienst. Das wertvollste Privileg ist die Steuererleichterung, die gilt im übrigen auch für die Geistlichkeit. Wenn Ludwig XV. sich zu dieser Gleichstellung entschließen sollte, werde ich alles daransetzen, damit unser Adel anerkannt wird. Ich lege Wert darauf, einem privilegierten Stand anzugehören.«

Nicolo sah seinen Schwager erstaunt an. »Warum ist diese formale Standeszugehörigkeit denn so wichtig für dich? In Ajaccio weiß jeder, daß wir zur Nobilität gehören.«

»Korsika gehört jetzt zu Frankreich und muß die französische

Gesellschaftsordnung übernehmen. Und die basiert auf dem Ständesystem. Die Rechte und Pflichten des einzelnen hängen von seiner Standeszugehörigkeit an. Vereinfacht gesagt: Die beiden ersten Stände, also Geistlichkeit und Adel, haben viele Rechte und wenig Pflichten. Zur Zeit sind die Buonapartes formal nur Angehörige des dritten oder vierten Standes. Verstehst du mich jetzt?«

Der Archidiakon versuchte, seinen Neffen zu beschwichtigen. »Wenn deine Hoffnungen sich erfüllen, ist es gut. Du darfst dich aber nicht in diese Standesidee verrennen. Du solltest auch nicht zu große Hoffnungen in Marbeuf setzen. Der König hat sicher noch andere Ratgeber.«

»Bis jetzt hat Marbeuf sehr viel für unsere Insel getan. Er hat die Steuern auf nur fünf Prozent vom Ertrag der Ernte gesenkt; er ist damit beschäftigt, unsere Landwirtschaft zu verbessern und weiter zu entwickeln. Einen tüchtigeren Gouverneur hätten wir nicht bekommen können.«

Anfang April wurde mit dem Umbau begonnen. Da die Männer der Familie ihren gewohnten Pflichten nachgingen, mußten die Frauen die Handwerker beaufsichtigen. Letizia ließ ihre Söhne unter der Obhut von Caterina und Marianna.

Jeden Nachmittag nach der Siesta ging Marianna mit Giuseppe auf den Platz vor dem Haus. Dort traf sie um diese Stunde Gioconda an, das Kindermädchen von Carlo Andrea Pozzo di Borgo. Während die gleichaltrigen Buben unter den Platanen spielten, unterhielten sich die Mädchen und horchten einander über die Familien aus, denen sie dienten.

An einem Nachmittag Anfang Oktober saßen sie wie gewohnt auf dem Platz und schwätzten.

»Ich habe die Signora Bozzi schon seit ein paar Tagen nicht mehr vor der Haustür gesehen. Ich habe mich immer amüsiert, wenn ich ihre Redereien hörte«, sagte Gioconda mit scheinheiligem Gesicht.

»Sie ist bettlägerig. Ihr Geschwätz ist sie übrigens teuer zu stehen gekommen. Der Richter hat sie vor kurzem wegen ihrer Beleidigungen zu fünfundzwanzig Livres Bußgeld verurteilt, und sie mußte erklären, daß Signor Buonaparte ein Mann von Ehre ist.«

»Wie lange wird es denn noch dauern, bis der Adel der Buonapartes anerkannt ist?«

»Das weiß ich nicht, aber es kann sich noch über Monate hinziehen. Signor Buonaparte sagt immer, die Beamten arbeiten so langsam.«

Im April 1770 hatte Ludwig XV. die korsischen Familien, die seit 200 Jahren auf der Insel ansässig waren und durch Urkunden nachweisen konnten, daß sie während dieser Zeit zur Nobilität gehört hatten, dem französischen Adel gleichgestellt. Carlo hatte sofort die erforderlichen Dokumente besorgt und dem Conseil Supérieur in Bastia vorgelegt, aber noch keine Nachricht erhalten.

»Der Umbau ist fertig«, erzählte Marianna stolz, »heute wurden die neuen Möbel geliefert – sie sind vergoldet! Gestern wurden die Kristallspiegel aufgehängt; der Wohnraum ist jetzt ein richtiger Salon. Ende Oktober wird die Bankettgalerie mit einem Festessen eingeweiht.«

»Ich weiß, Signor Pozzo di Borgo hat gestern eine Einladung erhalten.«

Seit Carlo sich offen zu Frankreich bekannt hatte, war das Verhältnis zwischen Antonios Verwandten und den Buonapartes gespannt, aber nach außen hin wurde der Schein gewahrt, und zu größeren Festen lud man sich gegenseitig ein.

»Der Gouverneur wir auch kommen, er wird sogar bei uns wohnen; natürlich kommen auch der Vizegouverneur und der Intendant. Der Koch des Intendanten wird die Speisenfolge festlegen und alles eigenhändig zubereiten.«

Ein Klagelaut von Giuseppe unterbrach ihren Redefluß.

»Er weint schon wieder«, spöttelte Gioconda.

»Natürlich weint er. Carlo Andrea hat ihm ein Bein gestellt, er ist hinterhältig.«

»Er ist nicht hinterhältig, er ist gescheit. Komm, Carlo Andrea, wir gehen jetzt nach Hause. Auf Wiedersehen, Marianna.«

Gioconda hatte genug über die vornehmen Buonapartes gehört. »Wir zählen schließlich auch zu den ersten Familien der Stadt«, murmelte sie vor sich hin, während sie den Platz überquerte. Als sie am Haus der Buonapartes vorbeiging, musterte sie mit geringschätzigem Blick das unauffällige Familienwappen über der schlichten

Eingangstür. Den Haupteingang haben sie bei dem Umbau anscheinend vergessen, dachte sie.

Am Haus der Familie Pozzo di Borgo angekommen, blieb sie einen Augenblick stehen. Ihre Augen wanderten über die langgestreckte Fassade, betrachteten stolz die Steinsäulen neben der hohen Eingangstür und die beiden steinernen Löwen, die das Wappen über der Tür hielten.

»Wir haben keine vergoldeten Möbel, Carlo Andrea, aber einen repräsentativen Haupteingang. Daran erkennt man sofort, wer hier wohnt.«

Am 30. Oktober war das Haus in der Via Malerba seit dem frühen Morgen von Unruhe erfüllt. Letizia hatte einen Plan aufgestellt, was sie an diesem Tag der Reihe nach erledigen mußte, trotzdem schwirrte ihr der Kopf. Waren das Zimmermädchen Saveria Canale und das Dienstmädchen Lucia sauber angezogen? War das Zimmer für Marbeuf gerichtet? Waren Fisch und Fleisch geliefert worden? Wenn der französische Koch kam, mußte Caterina aus der Küche entfernt werden, sonst würde es Streit geben.

Schon Wochen zuvor hatte Letizia mit dem Koch Antoine das Diner besprochen: gebackener Tintenfisch, gebratene Amseln, Wildbret, Wildgeflügel und – als besondere Delikatesse – gebratene Kartoffeln. Als Nachtisch sollte es frische Früchte geben; der Koch wollte sie zerkleinern, zuckern und einige Stunden in *vin d'orange* ziehen lassen. Er hatte auch Wein empfohlen: weißen Bordeaux zum Fisch, roten Burgunder zum Fleisch.

Spätestens zwei Stunden, bevor die ersten Gäste kamen, mußten die Mädchen anfangen, die Tische zu decken und zu dekorieren. Reichte der Kerzenvorrat? Carlo müßte den Wein rechtzeitig temperieren. Wo steckte er überhaupt?

Nervös sah Letizia auf die Uhr; in einer halben Stunde würde Marbeuf eintreffen. Eilig lief sie hinauf in ihr Schlafzimmer, um sich umzuziehen.

Carlo wanderte langsam durch die neuen Räume. Er war glücklich und zufrieden; so hatte er sich alles vorgestellt. Im Salon strich er mit der Hand über den kühlen Marmor des Kamins und freute sich auf die langen Winterabende und das wärmende Kaminfeuer.

Er betrat die Bankettgalerie; in wenigen Stunden würden hier die höchsten französischen Verwaltungsbeamten der Insel und die einheimischen Honoratioren tafeln. Im Geist sah er die weißen Damasttücher vor sich, die goldgeränderten Teller, die silbernen Bestecke, die Kristallgläser. Er ging weiter zur Terrasse. Hier würden sich die Gäste nach dem Diner zwanglos gruppieren, und die Mädchen würden Kaffee, Likör und Gebäck anbieten.

Geltruda riß ihn aus seinen Träumereien.

»Carlo, soeben ist der Wagen von Marbeuf vorgefahren.«

Er erreichte das Erdgeschoß, als Caterina die Eingangstür öffnete. Die beiden Männer begrüßten sich herzlich. Als Marbeuf seinen Degen abschnallte, hörte er das leise Rascheln eines Kleides. Letizia stieg gemessenen Schrittes die Treppe herunter.

Sie war jetzt zwanzig Jahre alt, und ihre herbe Schönheit hatte sich voll entfaltet. An jenem Vormittag trug sie ein grünes Taftkleid, das sehr einfach und elegant geschnitten war. Das tiefe, leuchtende Grün brachte ihre weiße Haut und ihre kastanienbraunen Haare, die zu einem lockeren Knoten geschlungen waren, vorteilhaft zur Geltung. Letizia ging auf Marbeuf zu und begrüßte ihn mit einem liebenswürdigen Lächeln.

Schon als Marbeuf Letizia im Frühsommer in Bastia zum ersten Mal gesehen hatte, hatte ihn die Mischung aus Jugend und Würde, die sie ausstrahlte, fasziniert und erregt. Als er sich nun über ihre Hand beugte, sich wieder aufrichtete und sie ansah, leuchteten seine Augen. Letizia zuckte unmerklich zusammen; so hatte er sie schon in Bastia angesehen.

Marbeuf dankte ihr in korsischem Dialekt herzlich für ihre Gastfreundschaft, und lächelnd erwiderte sie, daß es für die Familie Buonaparte eine große Ehre sei, ihn in ihrem einfachen Haus zu beherbergen.

Carlo hatte die Begrüßung zwischen seiner Frau und Marbeuf aufmerksam beobachtet. Die leuchtenden Augen des Grafen waren ihm nicht entgangen, und er lächelte still in sich hinein.

»Ich habe gar nicht gewußt, daß Sie unseren Dialekt beherrschen«, sagte er zu seinem Gast.

Der Gouverneur lachte. »Hin und wieder trage ich korsische Kleidung, setze eine schwarze spitze Mütze auf – meine Beamten sind stets von neuem über meinen Aufzug schockiert – und besuche die Dörfer, um mich mit den Bauern zu unterhalten. Ich kann das Vertrauen Ihrer Landsleute nur gewinnen, wenn ich Ihre Sprache spreche.«

In diesem Augenblick kam Caterina aus der Küche und verkündete, daß der Koch des Marquis de Boucheporne inzwischen eingetroffen sei. Letizia verabschiedete sich von Marbeuf. Er war beim Vizegouverneur eingeladen, anschließend hatte er noch Besprechungen mit dem Intendanten und dem Gerichtspräsidenten.

Vor dem Abend würde sie ihn nicht mehr sehen; sie hatte also Zeit, um ihre Gedanken zu ordnen.

Nachdem sie in der Küche nach dem Rechten gesehen hatte, ging sie hinauf in ihr Schlafzimmer, legte sich auf den Diwan und schloß die Augen. Sie dachte zurück an ihre erste Begegnung mit Marbeuf. Anläßlich der Hochzeit des Dauphins mit der österreichischen Erzherzogin Marie-Antoinette im Mai 1770 hatte Marbeuf in Bastia ein glanzvolles Fest inszeniert. Die gesamte korsische Nobilität, natürlich auch Carlo und Letizia, hatten eine Einladung erhalten.

Als Carlo mich Marbeuf vorstellte, leuchteten seine Augen genauso auf wie heute. Den ganzen Abend über hat er mich immer wieder verstohlen betrachtet, er hat sich auch öfter mit mir unterhalten, hat nach den Kindern gefragt, hat Carlo gelobt. Ich fühlte mich geschmeichelt durch seine Aufmerksamkeit und bemühte mich, ihm im Interesse von Carlo zu gefallen. Und ich gefalle ihm.

Wie wird er sich in Zukunft verhalten? Er ist kein Korse; die Franzosen haben andere Sitten als wir. Beim französischen Adel spielt eheliche Treue keine große Rolle; Liebhaber und Mätressen gehören fast zum guten Ton. Marbeuf selbst ist ein Beispiel dafür; er lebt von seiner Frau getrennt und hat eine Geliebte, Madame de Varesne.

Wie verhalte ich mich, wenn er eines Tages zudringlich werden sollte? Ich kann und will Carlo nicht betrügen, aber wenn ich Marbeuf abweise, kann es für Carlo nachteilige Folgen haben. Wenn ich Marbeuf nachgebe und mein Mann erfährt davon, dann ist meine Ehe zerstört. Selbst wenn ich mit Carlos Einverständnis handele, weil er sein Fortkommen nicht gefährden will: Wenn es sich herumspricht, daß ich Marbeufs Geliebte bin, ruiniere ich das Ansehen der Familie Buonaparte ... Aber vielleicht ist Marbeuf ein Ehrenmann und meine Befürchtungen sind überflüssig. Ich muß mit Carlo darüber sprechen. Er kann Marbeuf besser beurteilen als ich. Vielleicht ergibt sich heute noch eine Gelegenheit.

Während Letizia über Marbeuf nachdachte, wurde dieser von Carlo durch die Räume geführt. Die Bibliothek beeindruckte den Grafen am meisten.

»Du meine Güte! Hier stehen doch bestimmt tausend Bücher.«

»Es sind nur achthundert, aber ich werde im Laufe der Jahre noch viel mehr Bücher kaufen. Meine Kinder sollen sich Wissen in verschiedenen Gebieten aneignen.«

Marbeuf ging an den Bücherreihen entlang und las die Namen der Autoren: Homer, Horaz, Ovid, Plutarch, Plinius, Montesquieu, Voltaire, Diderot.

»Bayles Wörterbuch, Buffons Naturgeschichte, sogar Romane des Abbé Prévost. Ihre Bibliothek beherbergt das Wissen unseres Jahrhunderts. Und Zeitungen beziehen Sie auch regelmäßig?« Marbeuf trat an den Tisch in der Mitte des Raumes. Dort lagen die Zeitungen des Festlandes, die Carlo abonniert hatte: *Gazette de France*, *Mercure*, *Courrier de l'Europe*.

»Ich möchte wissen, was in der Welt vorgeht. Für Paoli habe ich seinerzeit die offizielle Monatszeitschrift redigiert.«

Zuletzt zeigte Carlo seinem Gast den Salon und registrierte mit Genugtuung Marbeufs staunenden Blick.

»In diesem Raum fühle ich mich nach Frankreich zurückversetzt, in ein Schloß in der Bretagne, der Normandie, der Champagne, der Bourgogne – wo immer Sie wollen.«

Carlo lächelte geschmeichelt. »Warum sollen wir nicht die Annehmlichkeiten der französischen Kultur und Zivilisation bei uns einführen?«

»Gewiß, aber der Charakter Ihrer Landsleute wird sich dadurch nicht ändern. Die Integration Korsikas in den französischen Staat kann nur gelingen, wenn man auf französischer Seite zu gewissen Zugeständnissen bereit ist. Die Gleichstellung der korsischen

Nobilität mit dem französischen Adel ist ein Beispiel. Nebenbei, die Anerkennung Ihres Adels ist nur noch eine Frage der Zeit. Vor einigen Wochen habe ich dem König empfohlen, Korsika eine gewisse Selbstverwaltung zuzugestehen, und zwar in der Form eines Standesparlaments, das Ihre Landsleute selbst wählen. Wenn der König meiner Anregung folgt, bin ich überzeugt davon, daß auch Sie in dieses Parlament gewählt werden. Ich würde es sehr begrüßen, wenn Sie bei der Verwaltung Korsikas mitwirkten.

Ich möchte Ihnen einen Vorschlag machen. In nächster Zeit werden mehrere Stellen für beisitzende Richter geschaffen, die vorwiegend bei Strafsachen urteilen sollen. Den Vorsitz wird ein Franzose vom Festland führen, aber die einheimischen Richter sind ihm gegenüber gleichberechtigt. Zivilsachen entscheidet jeder Richter allein. Möchten Sie sich für eine solche Stelle bewerben? Sie hätten als Richter genügend Zeit, um nebenbei als Anwalt zu arbeiten, Ihre Ländereien zu verwalten und um politisch tätig zu sein. Das Gehalt ist nicht sehr hoch, 1 200 Livres jährlich, aber Sie haben ja genügend Nebeneinkünfte.«

»Es ist eine große Ehre, Richter des Königs zu sein.«

»Also gut, ich werde Ihre Bewerbung unterstützen.«

»Ich möchte Sie um Rat in einer anderen Angelegenheit bitten«, sagte Carlo. »Die Stadt Ajaccio hat im 16. Jahrhundert einem meiner Vorfahren ein Stück Land geschenkt, als Dank für öffentliche Dienste. Es war ein Danaer-Geschenk; es ist unfruchtbares Sumpfgebiet. Im nächsten Jahr möchte ich mit der Trockenlegung beginnen und das Land rekultivieren. Ich will Gemüsesorten anbauen, die ich in der Toskana gesehen habe, die aber bei uns noch unbekannt sind: rote Rüben, Sellerie, Artischocken, Spargel. Was halten Sie von diesem Projekt? Mein Schwager bezweifelt nämlich, daß eine Rekultivierung möglich ist.«

Marbeuf dachte einen Augenblick nach: »Man sollte es versuchen. Sie wissen ja, daß ich ein Befürworter von landwirtschaftlichen Experimenten bin. Die Trockenlegung eines Sumpfes ist allerdings eine teure Angelegenheit. Aber Sie wollen ja Land urbar machen, das ist im öffentlichen Interesse. Warum also soll der Staat sich nicht beteiligen? Ich werde in den nächsten Tagen an den Finanzminister schreiben und Subsidien für Ihr Projekt beantragen.«

Einige Stunden später saß Letizia fertig angekleidet vor ihrem Frisiertisch, betrachtete sich kritisch im Spiegel und fragte sich, ob sie nicht zu aufgeputzt war. Sie hatte ihren Granatschmuck angelegt, Halskette, lange Ohrringe, das Armband, den Ring. Seit ihrem Hochzeitstag waren Granate ihr Lieblingsschmuck.

Carlo betrat das Zimmer, wie immer bei festlichen Anlässen äußerst elegant gekleidet, der Rock aus kirschroter Seide, Hosen und Weste aus schwarzem Satin, ein weißes Spitzenhemd mit Spitzenjabot, weiße Seidenstrümpfe und schwarze Schuhe mit Silberschnallen. Seit Eröffnung der Anwaltspraxis trug er Perücken. Für diesen Tag hatte er eine weißgepuderte Lockenperücke anfertigen lassen, deren Zopf mit einer schwarzen Seidenschleife verziert war.

»Findest du nicht, daß ich zuviel Schmuck trage? Die Kette würde vielleicht genügen.«

»Aber nein, Granate wirken immer dezent.« Er stand hinter ihr, beugte sich etwas hinunter und berührte mit dem Mund flüchtig ihr Haar. »Kein Wunder, daß Marbeuf in dich verliebt ist.«

Sie zögerte, dann drehte sie sich zu ihm um. »Ich habe den gleichen Eindruck. Wie schätzt du Marbeuf ein? Wie verhält er sich in solchen Situationen? Ich meine, könnte er zudringlich werden und Wünsche äußern, die ich nicht erfüllen will?«

Carlo hatte ihr erstaunt zugehört, nun lachte er laut auf. »Nein, du mußt keine Befürchtungen haben. Marbeuf ist ein Ehrenmann. Außerdem kennt er die korsischen Sitten. Er weiß genau, daß eine Liaison ihn sein Ansehen und seine Autorität kosten würde. Möglicherweise würde er sogar in Versailles in Ungnade fallen, wenn er wegen einer Liebesaffäre Schwierigkeiten mit den Korsen bekäme. Gefällt er dir als Mann?«

»Aber Carlo, du weißt genau, daß mir nur ein Mann gefällt und immer gefallen wird, und das bist du.«

»Das weiß ich, aber das schließt doch nicht aus, daß dir auch andere Männer gefallen können.«

»Du wirst immer mehr zum Franzosen. Marbeuf als Mann gefällt mir nicht, er ist viel zu alt, in zwei Jahren wird er sechzig. – Wir müssen hinuntergehen. Die ersten Gäste können jeden Moment kommen.«

Als sie den Salon betraten, waren Marbeuf und die Familie bereits anwesend. Kurze Zeit später ertönte der Türklopfer, und aus dem Erdgeschoß klang Stimmengewirr nach oben. Carlo eilte hinunter und begrüßte seine Schwiegermutter und den siebenjährigen Giuseppe. Gleichzeitig mit Angela Maria waren die Ramolinos und der Kanonikus angekommen. Die Ramolinos hatten die Mitgift inzwischen restlos ausgezahlt – für Carlo ein Grund, sie besonders liebenswürdig zu begrüßen.

Allmählich füllte sich der Salon mit den Gästen: der Vizegouverneur Graf de Narbonne mit Frau, der Intendant Marquis de Boucheporne mit Frau und der Graf de Menthon, ein Vetter der Marquise, der in der Franche-Comté beheimatet war, aber am Versailler Hof lebte, wie es sich gehörte. Er war schon seit zwei Wochen auf der Insel, um Sitten und Brauchtum der Korsen kennenzulernen, und besuchte bei dieser Gelegenheit seine Verwandten. Der Gerichtspräsident Armand erschien, im sauberen Rock, die Haare sorgfältig gepudert; er wußte die Einladung zu schätzen. Die beiden anderen Richter und ihre Frauen begleiteten ihn. Endlich kamen auch die Paravicinis, die Peraldis, die Bacchiochis und die Pozzo di Borgos.

Carlo ließ *vin d'orange* servieren und begrüßte seine Gäste mit einer kleinen Rede. Er dankte für ihren Besuch und fuhr dann fort: »Ich freue mich, daß sich Franzosen und Korsen unter meinem Dach versammeln, um gemeinsam zu feiern. Das beweist, daß wir zueinander gefunden haben, daß wir uns gegenseitig respektieren und tolerieren. Diese Entwicklung hat ein Mann entscheidend beeinflußt: unser Gouverneur! Ich danke Ihnen, Graf de Marbeuf, daß Sie sich so energisch und erfolgreich für die Interessen Korsikas eingesetzt haben. Meine Damen und Herren, ich wünsche Ihnen einen unterhaltsamen Abend. Vive le roi!«

Alle klatschten, und dann ergriff Marbeuf das Wort: »Als ich zum Gouverneur ernannt wurde, sagte der Außenminister zu mir: ›Erringen Sie die Liebe der Korsen und tun Sie alles, damit sie Frankreich lieben lernen.‹ Ich verspreche Ihnen, daß ich dieses Ziel stets verfolgen werde.«

Dann bot er Saveria elegant den Arm und ging mit ihr zur Bankettgalerie. Der Vizegouverneur führte Letizia, der Intendant Geltruda. Der Archidiakon und die Gräfin de Narbonne, Carlo und die Marquise schlossen sich an. Die übrigen Gäste folgten in zwangloser Gruppierung.

Antoines Kochkünste wurden von allen gelobt. Nach dem Tintenfisch rief man ihn herbei, und stolz und bescheiden zugleich nahm er die Anerkennung der Gesellschaft entgegen.

»Der Fisch hat richtig frisch und nach Meer geschmeckt«, sagte Menthon, »das werde ich in Versailles vermissen.«

»Waren Sie am 30. Mai auch in Paris bei dem Nachtfest? Die Zeitungen haben nur am Rande das Chaos und die 132 Toten erwähnt«, wollte Carlo wissen.

»Nein, ich bin in Versailles geblieben. Ich hatte genug von all den Festen anläßlich der Hochzeit. Der Dauphin hat übrigens sehr menschlich reagiert, das hätte ihm bei seiner Trägheit niemand zugetraut. Er hat sein Taschengeld für den Monat Juni zur Verfügung gestellt, als finanzielle Hilfe für die Angehörigen der Toten, und die Dauphine Marie-Antoinette ist seinem Beispiel gefolgt. Das Nachtfest war kein schöner Abschluß für die Hochzeit des Jahrhunderts. Neun Millionen Livres haben alle Festlichkeiten gekostet.«

»Hoffentlich macht sich die familiäre Verbindung mit dem Hause Habsburg eines Tages auch politisch bezahlt,« bemerkte Marbeuf trocken.

Die Gräfin de Narbonne erkundigte sich nach der äußeren Erscheinung der Dauphine.

»Sie ist entzückend. Ihr Gesicht ist außerordentlich anziehend, trotz der Unregelmäßigkeiten. Ihre Stirn ist etwas zu hoch, die Zähne stehen unregelmäßig, natürlich hat sie auch die typische, leicht hängende Habsburgerlippe. Ihr Lächeln ist bezaubernd, sie besitzt viel Grazie und Liebenswürdigkeit.«

»Wie hat denn die Gräfin Dubarry auf die Erscheinung der Dauphine reagiert?« fragte die Marquise.

»Sie fand sie ebenfalls reizend. Bis jetzt herrscht Harmonie zwischen der Maitresse en titre und der künftigen Königin. Die Dauphine verhält sich der Gräfin gegenüber korrekt und neutral. Vielleicht ist die Gräfin Dubarry die letzte offizielle Maitresse für die kommenden Jahrhunderte.«

»Kein Wunder bei einer so reizenden Dauphine. Da wird der Dauphin gar nicht auf die Idee kommen, sich eine Geliebte zu nehmen!« rief Carlo.

Menthon schüttelte den Kopf. »Wenn die Maitressenwirtschaft unter dem künftigen König aufhört, dann liegt der Grund in der Mentalität des Dauphins.« Er sah belustigt in die neugierigen Gesichter seiner Zuhörer. »In Versailles kursieren die merkwürdigsten Gerüchte über die Ehe des Thronfolgers. Die Dauphine ist immer noch nicht schwanger, und böse Zungen behaupten, daß die Ehe noch gar nicht vollzogen ist.«

»Wie ist denn so etwas möglich«, sagte Carlo, »der Dauphin ist doch ein gesunder junger Mann.«

»Jung und gesund ist er wohl, aber er ist apathisch; er stopft sich den ganzen Tag mit Backwerk voll und kennt nur zwei Leidenschaften, die Jagd und handwerkliche Arbeiten. Wenn ein Maurer, Schlosser oder Tischler ins Schloß kommt, arbeitet der Dauphin wie ein Tagelöhner bis zur Erschöpfung mit.«

»Mit anderen Worten«, folgerte Carlo, »der Dauphin hat kein Interesse für Staatsangelegenheiten und ist sich der Verantwortung nicht bewußt, die er als künftiger König seinem Land gegenüber trägt.«

»So negativ würde ich ihn nicht beurteilen. Manchmal spricht er über die Aufgaben und Pflichten eines Königs, und man kann aus seinen Worten schließen, daß er sich zumindest redlich bemühen wird, Frankreich gut zu regieren. Allerdings werden ihm tüchtige Minister beistehen müssen, vor allem ein hervorragender Finanzminister. Aber er ist ja noch jung, im August wurde er 16 Jahre alt, er kann sich noch entwickeln.«

Geltruda hatte der Unterhaltung erstaunt zugehört. Etliche Male hatte sie etwas fragen wollen, aber die anderen waren ihr immer zuvorgekommen.

Inzwischen war der zweite Fleischgang serviert worden. Die Unterhaltung verebbte, jeder war mit seinem Wildbret und den gebratenen Kartoffeln beschäftigt.

Geltruda sah Menthon an: »Was Sie erzählt haben, ist sehr interessant. Können Sie denn einfach so im Schloß ein- und ausgehen und die königliche Familie beobachten?«

»Natürlich, ich bin bei Hofe vorgestellt, das heißt, ich kann vom Aufstehen bis zum Schlafengehen die Familie des Königs beobachten. Wenn ich zum Hochadel gehörte, hätte ich sogar das Recht der ›grandes entrées‹, also Zutritt bei allen Gelegenheiten. Ich könnte zum Beispiel – ich bitte die Damen um Verzeihung –, ich könnte den König auf dem Leibstuhl sitzen sehen. Versailles ist ein öffentlicher Tummelplatz. Fast jeder hat Zutritt.«

»Aber das ist ja entsetzlich!« rief Geltruda, »Ist die königliche Familie denn niemals allein, ohne Zuschauer?«

»Sie ist nur allein und ungestört in den kleinen Appartements.«

Zum Kaffee wurden Petits Fours serviert. Marbeuf brachte Letizia einen Teller mit den Süßigkeiten. »Ich habe diesen Abend sehr genossen«, sagte er, »und ich hoffe, daß wir noch oft zusammen feiern werden. Im kommenden Frühjahr möchte ich in der Nähe von Corte ein Haus bauen, in dem ich die Sommermonate verbringen und meine Freunde empfangen will. Ich hoffe sehr, daß Sie und Ihr Gatte mich oft besuchen werden.« Sein Blick ruhte eine Weile nachdenklich auf der jungen Frau. »Sie lieben Ihren Gatten sehr, nicht wahr?«

Letizia lächelte. »Wie sollte ich nicht stolz darauf sein, ihm anzugehören? Er ist gut, er ist schön, er ist berühmt und er liebt mich.«

»Er kann auch auf Sie stolz sein. Wenn ich jemals etwas für Sie und Ihre Kinder tun kann, lassen Sie es mich wissen.«

V

An einem Vormittag Anfang Juni 1774 kehrte Gioconda vom Markt zurück. Sie ging mit tänzelnden Schritten die Straße entlang zum Haus der Pozzo di Borgos, dabei balancierte sie geschickt einen Korb mit Fischen auf dem Kopf. Ab und zu lachte sie belustigt vor sich hin.

Die Köchin sah erstaunt auf, als Gioconda die Küche betrat.

»Schon zurück?«

Statt einer Antwort setzte Gioconda den Korb ab, sank auf einen Stuhl und fing an zu lachen. Ihr Gelächter drang bis zum Zimmer der Signora Pozzo di Borgo, die damit beschäftigt war, eine Decke aus Ziegenhaar zu weben. Die Signora fühlte sich durch den Lärm gestört und ging in die Küche.

»Gioconda, nimm dich zusammen. Schluß jetzt.«

»Oh, Signora!« rief Gioconda. »Auf dem Heimweg hatte ich ein einmaliges Erlebnis. Ich nähere mich dem Haus der Buonapartes; da öffnet sich die Haustür, Buonaparte der *Prächtige* erscheint, elegant wie immer mit seiner Lockenperücke, im neuen Rock aus gelber Seide, den Degen umgeschnallt – er muß seine adelige Würde ja jeden Tag spazieren tragen. Ich grüße ihn artig, und er dankt liebenswürdig und höflich. Er ist ja wirklich ein gutaussehender Mann!«

»Ja und?« fragte die Signora ungeduldig.

»Da öffnet sich plötzlich in einem der oberen Stockwerke ein Fenster, und die Signora Maria Pozzo di Borgo schaut heraus. In den Händen hält sie eine Waschschüssel, und plötzlich schüttet sie die Schmutzbrühe auf den Prächtigen. Das war ein Anblick, wie die Brühe an der Perücke und dem neuen Rock herunterlief! Der Prächtige triefte vor Nässe. Er ging sofort zurück ins Haus, und drinnen wurde es vielleicht laut, du meine Güte! Bis auf die Straße konnte man das Geschrei der vornehmen Buonapartes hören.«

Gioconda bekam einen neuen Lachanfall. Sogar die Signora mußte lächeln. Buonaparte il Magnifico, Buonaparte der Prächtige, so nennen ihn die Bürger von Ajaccio, dachte die Signora. Sie nennen ihn so, weil sie ihn bewundern. Der Prächtige – das erinnert an Lorenzo den Prächtigen, an die Familie Medici, die während der Renaissance in Florenz herrschte ...

»Gioconda, ich glaube nicht, daß die Signora Maria absichtlich das Wasser über Signor de Buonaparte gegossen hat. Wahrscheinlich hat sie ihn gar nicht gesehen.«

»Signora, sie muß ihn gesehen haben, sie hat es bestimmt absichtlich getan. Ich kann verstehen, daß sie neidisch ist. Wie oft geben die Buonapartes großartige Gesellschaften. Auf dem Markt redet man nur von Signora Letizia. Sie ist die auffallendste Erscheinung in Ajaccio, sie ist die bedeutendste Gastgeberin der Stadt ... Ich kann es bald nicht mehr hören.«

Die Signora seufzte. »Ob mit oder ohne Absicht, die Geschichte wird unangenehme Folgen für Antonio und Maria haben. Der Prächtige läßt sich so etwas nicht bieten.«

Carlo war wutentbrannt in den ersten Stock geeilt.

»Dieses unverschämte Frauenzimmer, ich werde sie bei Gericht auf Schadenersatz verklagen.« Er schrie so laut, daß man es im ganzen Haus hörte.

»Um Himmels willen, was ist passiert?« Saveria lief aus der Küche herbei, Letizia und Geltruda kamen aus dem zweiten Stock herunter. Carlo erzählte den Vorfall.

Inzwischen war auch Maria, die Missetäterin, erschienen. »Carlo, entschuldige bitte, es war keine Absicht. Ich habe dich nicht gesehen. Es tut mir so leid. Der schöne neue Rock.«

Saveria versuchte, ihren Sohn zu besänftigen: »Sei doch vernünftig, Carlo. Maria hat sich ja entschuldigt.«

»Das ist mir egal, ich werde sie verklagen. Und überhaupt, man schüttet doch sein Schmutzwasser nicht einfach auf die Straße. Das ist unkultiviert und schadet dem Ansehen der Familie.«

Maria rannte laut weinend in ihr Zimmer; dort wurde sie von

Antonio ausgeschimpft: »Was hast du dir denn bloß dabei gedacht?«

»Ich wollte es zuerst neben ihn gießen, um ihn zu erschrecken. Aber als ich ihn so stehen sah mit seiner frischgepuderten Perücke, da konnte ich einfach nicht anders. Ich mußte auch an den gestrigen Abend denken und an die Familienfeier in der Galerie. Ein Aufwand, nur weil es sein zehnter Hochzeitstag war! Hast du die Granatbrosche gesehen, die er Letizia geschenkt hat? Ich möchte nicht wissen, was die gekostet hat.«

Am späten Nachmittag kam Carlo von seinem Treffen mit dem Gerichtspräsidenten zurück. Auf dem Heimweg dachte er noch einmal über die unfreiwillige Dusche vom Vormittag nach und fand es völlig richtig, daß er Maria auf Schadenersatz verklagt hatte. Er wußte seit Jahren, daß Antonio und Maria ihm seine gesellschaftliche Position mißgönnten, die sich seit dem Jahr 1771 stetig verbessert hatte. Im Mai 1771 übertrug man ihm das Amt eines beisitzenden Richters, im September bestätigte die oberste französische Behörde in Bastia, daß er ein Edelmann von über zweihundertjährigem Adel war und in den Genuß sämtlicher Adelsrechte im französischen Königreich kommen solle, und im Jahr 1772 wurde Carlo in den Rat der Zwölf Edlen gewählt.

Auch im Familienkreis hatte es Veränderungen gegeben: 1771 war Giustina gestorben, im gleichen Jahr hatte Letizia eine Tochter geboren, Maria Anna, die am 21. Juli getauft wurde. Auch Napoleone mußte sich diesem Ritual noch einmal unterziehen; Letizia bestand darauf, weil er seinerzeit nur die Nottaufe erhalten hatte. Geltruda und Lorenzo Giubega aus Calvi waren die Paten.

1773 schenkte Letizia ihrem sechsten Kind das Leben, einem Sohn, der schon nach wenigen Tagen starb. In diesem Jahr begann auch der Prozeß um das Gut in Milelli, das Paolo Odone, ein Bruder von Carlos Ururgroßmutter, dem Jesuitenorden vermacht hatte, weil er keine Erben hinterließ. Da jedoch der Orden 1773 aufgelöst wurde, forderte Carlo die Rückgabe des Besitzes an die Familie Buonaparte.

Die französischen Behörden können doch nicht einfach 13 Hektar Land beschlagnahmen, dachte er. Das Gutshaus ist geräumig und liegt in luftiger Höhe in einem schattigen Olivenhain. Dort oben hat man einen schönen Blick über das Meer. Von Ajaccio aus kann man in ungefähr einer Stunde hinreiten. Im Vergleich zu Milelli sind unsere Sommersitze in Bastelica und Bocognano nur einfache Bauernhäuser.

Alles in allem konnte Carlo mit den letzten Jahren zufrieden sein. Sorge bereitete ihm nur die Rekultivierung des Sumpfgebietes, die kostspieliger war, als er angenommen hatte.

Während Carlo nach Hause eilte, war auf dem Platz vor dem Haus der Buonapartes eine Prügelei im Gange. Napoleone und Carlo Andrea Pozzo di Borgo wälzten sich auf dem Boden. Napoleones Freunde, die beiden Söhne von Camilla, und einige Jungen aus der Nachbarschaft sprangen um die Kämpfenden herum und feuerten sie mit lauten Rufen an.

Als Carlo erschien, hatte Napoleone seinen Gegner in den Schwitzkasten genommen und hämmerte mit den Fäusten auf ihn ein. Sein Vater sah dem Kampf eine Weile belustigt zu, dann ging er zur Eingangstür. Erst jetzt bemerkte er Giuseppe, der an der Hauswand lehnte und mit ängstlichen Augen dem Treiben zusah. Carlo betrachtete ihn aufmerksam, er hatte offensichtlich geweint.

»Giuseppe, warum stehst du allein hier herum? Und warum verprügelt dein Bruder Carlo Andrea?«

Giuseppe wußte, daß sein Vater es mißbilligte, wenn er sich bei einer Rauferei ängstlich zurückzog. Man erwartete von ihm, daß er sich prügelte und Respekt verschaffte.

Er senkte die Augen. »Carlo Andrea und ich, wir haben hier gespielt. Auf einmal hatten wir Streit wegen der Murmeln, und dann hat Carlo Andrea mich plötzlich geschlagen. Ich war so erschrocken, daß ich mich nicht wehrte. Napoleone hat vom Fenster aus alles beobachtet, er kam aus dem Haus und verprügelte Carlo Andrea.«

Bei den letzten Worten verfinsterte sich Carlos Miene. »Sieh mich an, Giuseppe.«

Der Kleine zuckte zusammen bei dem ungewohnt strengen Ton seines Vaters und sah furchtsam zu ihm auf.

»Wann wirst du endlich anfangen, dich zu wehren, wenn man dich angreift? Willst du dir später im Leben auch alles gefallen lassen? Schämst du dich nicht, daß du dich immer von deinem jüngeren Bruder verteidigen läßt? Geh jetzt hinein!«

Giuseppe schlich zur Haustür. Carlo sah ihm bekümmert nach. Es ist schlimm genug, daß er sich gegen Angriffe von außen nicht wehrt, dachte er, aber noch schlimmer ist es, daß er sich von dem jüngeren Bruder tyrannisieren läßt.

Inzwischen hatte Napoleone seinen Gegner freigegeben. »Mach, daß du fortkommst. Untersteh dich nicht, Giuseppe noch einmal anzugreifen!«

Carlo Andrea warf einen haßerfüllten Blick auf seinen Bezwinger und lief ein Stück weg. Als er sich in Sicherheit glaubte, drehte er sich um und rief laut: »Das wirst du mir noch büßen, Napoleone de Buonaparte!«

Napoleone rannte zu seinem Vater. »Ich habe ihn besiegt, Papa, Giuseppe ist in Zukunft sicher vor ihm.«

»Hoffentlich.« Carlo musterte seinen jüngeren Sohn, der erhitzt, mit zerzaustem Haar, staubigen Hosen und schmutzigen Händen vor ihm stand.

»Geh zu Caterina, sie soll dir saubere Kleider geben. Dann wäschst du dir die Hände und kämmst deine Haare. In diesem Aufzug möchte ich dich nicht bei Tisch sehen.«

»Natürlich, Papa.« Napoleone trollte sich in die Küche.

Carlo sah der stämmigen kleinen Gestalt nach. Angela Maria behauptet immer, daß er äußerlich und im Wesen seinem Großvater Ramolino ähnele. Die Gesichtszüge und das Profil hat er von Letizia, die Augen hat er von mir geerbt, dachte Carlo.

Im ersten Stock lief ihm seine Tochter entgegen. Carlos Unmut über Giuseppe war sofort verflogen. Er hob die Kleine auf, wirbelte sie durch die Luft und gab ihr einen liebevollen Kuß auf den Mund. »Warst du heute brav?«

Maria Anna nickte eifrig und erzählte ihm, daß sie ihre Milchsuppe aufgegessen habe. Er trug sie zum Salon, wo sich um diese Zeit gewöhnlich die Frauen aufhielten. Dort erfuhr er, daß Antonio und Maria beschlossen hatten, auszuziehen. Fortan würden sie im Haus der Pozzo di Borgos leben.

Saveria sah ihren Sohn vorwurfsvoll an. »Sie sind zum Abendessen drüben, um alles zu besprechen. Maria hat mir erklärt, daß sie mit dir nicht mehr unter einem Dach leben kann. Hast du sie denn wirklich verklagt?«

»Natürlich. Ich bin froh, daß sie ausziehen. So haben wir einen Raum mehr zur Verfügung. Die Fronten sind also jetzt endgültig geklärt. Napoleone hat übrigens auch seinen Teil dazu beigetragen.«

Und er erzählte lachend von der Prügelei zwischen seinem Sohn und Carlo Andrea.

An der Abendtafel fehlten Giuseppe und Napoleone.

»Haben die Kinder keinen Hunger?« fragte der Archidiakon erstaunt.

»Sie bekommen heute kein Abendessen«, antwortete Letizia. Niemand nahm daran Anstoß, weil alle dachten, daß die Kinder wegen Ungezogenheiten bestraft werden sollten. Aber nach dem Tischgebet erklärte Letizia zum Erstaunen der Familie: »Ich werde meine Söhne ab heute öfter ohne Abendessen zu Bett schicken. Das ist keine Strafe, sie sollen nur frühzeitig lernen, Entbehrungen zu ertragen, ohne sich etwas anmerken zu lassen. Außerdem werde ich ihnen in Zukunft nicht nur Spukgeschichten vor dem Einschlafen erzählen, sondern auch etwas über die Vergangenheit unserer Insel. Heute werden sie etwas über Sampiero Corso hören. In ein paar Tagen erzähle ich ihnen von Gaffori und Faustina, und wenn sie etwas verständiger geworden sind, erfahren sie natürlich alles über Paoli.«

»Ich finde, daß du unsere Söhne zu hart und zu streng erziehst.«

»Überlasse das bitte mir.«

»Letizia hat recht, Carlo«, mischte sich der Archidiakon ein, »solange die Kinder klein sind, muß sie für Zucht und Ordnung sorgen, die Kinder müssen ihr gehorchen. Du hast erst in späteren Jahren die Verfügungsgewalt über deine Söhne. Im übrigen ist Essensentzug eine gute Methode, Kinder zur Selbstdisziplin zu erziehen.«

Geltruda teilte die Meinung ihres Bruders, zog es aber vor zu schweigen. Einmal hatte sie es gewagt, die Erziehungsmethoden ihrer Schwägerin zu kritisieren, und war von Letizia kurz abgefertigt worden: »Davon verstehst du nichts, du hast keine Kinder!«

Sampiero Corso statt Abendessen, dachte Saveria. Wann hat der eigentlich gelebt? Im 15. oder im 16. Jahrhundert? Es ist zwecklos, daß ich mich einmische; Letizia hat ihre Grundsätze und handelt danach. Caterina muß den Kindern später ein wenig Milch und Obst bringen, am besten nach der Lektion über diesen Sampiero.

»Carlo, du hast doch vorhin die Zeitungen gelesen. Gibt es Neuigkeiten?« fragte Nicolo seinen Schwager.

»O ja. Am 10. Mai 1774 ist Ludwig XV. an den Blattern gestorben. Frankreich hat jetzt einen neuen König, Ludwig XVI., und eine neue Königin, Marie-Antoinette. Die Gräfin Dubarry wurde zur Staatsgefangenen erklärt und ist am Abend des 10. Mai ins Exil geschickt worden, zur Abtei von Pont aux Dames. Maurepas ist jetzt erster Minister, Vergennes Außenminister und Turgot Finanzminister.«

»Viel ändern wird sich wahrscheinlich unter der neuen Regierung nicht.«

»Das weiß ich nicht, die Kommentare klingen sehr zuversichtlich. Man erhofft von Ludwig XVI. das Beste. Wenn man den Zeitungsberichten glauben darf, lebt der König wie ein schlichter Bürger. Er läßt sich Anzüge aus einfachem Tuch fertigen und geht mit der Königin außerhalb des Schloßbezirks spazieren. Marie-Antoinette hat auf die Abgabe für den ›Gürtel der Königin‹ verzichtet, die ihr bei der Thronbesteigung zustand. Diese Abgabe ist eine zusätzliche Steuer für Wein und Kohle, die in Paris erhoben wird. Die interessanteste Persönlichkeit bei Hof ist in Zukunft wahrscheinlich der jüngere Bruder des Königs, der Graf der Provence, solange Ludwig XVI. keinen eigenen Sohn hat, ist er der mögliche Nachfolger. Also, ich verstehe nicht, wieso die Königin nach vierjähriger Ehe noch nicht schwanger geworden ist. Die Habsburger gelten doch als fruchtbare Familie.

Übermorgen reise ich nach Bastia ab, vielleicht erfahre ich dort mehr über die neue Regierung.«

Zwei Stunden später stieg Caterina leise hinauf in den dritten Stock zum Schlafzimmer der Kinder und brachte ihnen einen Imbiß: Maiskuchen, Obst und Ziegenmilch.

Die Kinder richteten sich erstaunt auf, als Caterina das Zimmer betrat. Sie stellte das Tablett auf den Tisch neben der Truhe und zündete die Öllampe an.

»So, nun langt tüchtig zu. Eure Großmutter hat dafür gesorgt, daß ihr noch etwas zu essen bekommt.«

Mit einem Freudenschrei sprangen die Brüder aus ihren Betten und liefen zum Tisch. Giuseppe griff nach einem Stück Maiskuchen, aber im selben Moment entriß ihm sein Bruder das Gebäck und legte es zurück.

»Warte einen Augenblick. Caterina, weiß Mama, daß du uns etwas zu essen bringst? Hast du ihre Erlaubnis?«

»Aber nein, die Signora darf nichts davon wissen, ihr dürft auch nichts erzählen.«

»Du nimmst das Tablett sofort wieder mit, Caterina. Giuseppe, wir dürfen Mama nicht hintergehen.«

»Laß das Tablett hier, Caterina, ich sterbe vor Hunger. Wenn mein Bruder nicht essen will, so ist das seine Sache. Vielleicht überlegst du es dir noch einmal; vorhin hast du gesagt, du kannst vor Hunger nicht einschlafen.«

Caterina sah unschlüssig von Giuseppe zu Napoleone.

»Du gehst jetzt sofort zurück in die Küche und nimmst alles mit. Ich will es so«, befahl Napoleone.

Verblüfft gehorchte Caterina. In was für einem Ton der kleine Bengel mit mir redet, dachte sie verärgert, als sie die Treppe hinabstieg. Er ist schließlich nicht das Familienoberhaupt und wird es auch nie werden.

Oben im Schlafzimmer wandte sich Giuseppe wütend an seinen Bruder: »Was fällt dir ein? Die Entscheidung darüber, ob das Tablett hier bleibt oder nicht, hätte mir zugestanden, weil ich der ältere bin.«

Napoleone sah betreten zu Boden. »Du hast recht. Daran habe ich gar nicht gedacht. Entschuldige bitte.«

Drei Wochen später kam Carlo hocherfreut aus Bastia zurück. Die Generalstände hatten beschlossen, eine dreiköpfige Delegation nach Versailles zu entsenden, die dem neuen König die Huldigung der Inselbewohner überbringen und gleichzeitig deren Sorgen und Nöte vortragen sollte. Carlo war als Vertreter des

Adels gewählt worden. Der Klerus wurde durch den Bischof von Nebbio, Monseigneur Santini, repräsentiert, der dritte Stand durch Paolo Casabianca.

Carlo lief aufgeregt im Salon auf und ab. »Ich habe mir schon notiert, was ich dem König alles vortragen will: mein Projekt bezüglich der Seidenraupenzucht, meine Vorschläge zur Verbesserung des Unterrichtssystems; der Straßenbau ist auch ein Problem, er muß vorangetrieben werden. Ich hoffe auch, daß die Subventionen für die Trockenlegung des Sumpfes erhöht werden.«

»Wann soll die Reise denn losgehen?«

»Anfang September. Wir werden übrigens nicht in Versailles wohnen, sondern in Paris, im ›Hôtel d' Hambourg‹ in der Rue Jacob. Marbeuf hat das Haus empfohlen. Er ist vor ein paar Tagen nach Versailles gereist. Stellt euch vor, er muß sich bei Hof rechtfertigen; man wirft ihm vor, daß er die Korsen unterdrückt und ausbeutet. Ich werde nachher an Maurepas schreiben, daß das Verleumdungen sind. Und in Versailles werde ich Marbeuf natürlich verteidigen.«

Am 6. Mai 1682 hatte Ludwig XIV. offiziell den Sitz seines Hofes und seiner Regierung nach Versailles verlegt.

Neben der traditionellen Hauptstadt Paris gab es also eine Verwaltungshauptstadt, die der König zu einem Instrument seiner Regierung entwickelte. Er gruppierte Verwaltung und Minister um sich und zog den Adel nach Versailles. Das bedeutete dessen politische Entmündigung, Rebellionen von dieser Seite mußte der König von da an nicht mehr befürchten. Untätig und untertänig zugleich lebten die Adeligen am Hof und überließen die Verwaltung ihrer Ländereien ihren Intendanten. Insgesamt wohnten ungefähr 17 – 18000 Menschen in Versailles, 16000 in königlichen Diensten, der Rest waren Höflinge ohne bestimmte Funktion.

Der Versailler Hof symbolisierte unter Ludwig XIV. und seinen Nachfolgern das Selbstwertgefühl des französischen Königtums. Der ›Sonnenkönig‹ wurde zum Vorbild für die anderen mitteleuropäischen Fürsten; jeder Landesherr war bestrebt, sich sein Versailles zu schaffen. Nach dem Tod Ludwig XIV. begann der Gegenangriff des Adels; der königliche Absolutismus wurde zwar nicht gebrochen, aber vom Adel, der die hohen Staatsämter besetzte, unter Kontrolle gehalten. Der Hof selbst spaltete sich im Lauf der Jahrzehnte in mehrere kleine Höfe, die gegeneinander intrigierten.

Nach seiner Rückkehr erzählte Carlo wochenlang von der Reise durch Frankreich, von Versailles und Paris.

Er schilderte die Audienz beim König, und die Familie sah im Geist die Delegation vor Ludwig XVI. stehen: rechts vom König Bischof Santini in violetter Soutane, links vom König Casabianca im schwarzen Anzug, in der Mitte, unmittelbar vor der Majestät, Carlo im grünen, silberbestickten Frack, mit weißgepuderter Perücke, den Degen an der Seite. Ludwig XVI. sitzt auf dem Thron, der Oberhofmarschall stellt die Delegation vor, sie beugen das rechte Knie. Santini verliest eine Grußadresse, der König dankt höflich, und dann redet Carlo.

Er berichtet über die korsische Politik und Landwirtschaft, er plädiert für eine Verbesserung des Schulsystems, für die Einführung der Seidenraupenzucht. Der König hört wohlwollend und interessiert zu, er scheint über Korsika gut informiert zu sein; er lobt Marbeuf, der die gegen ihn erhobenen Vorwürfe entkräftet hatte. Mit der Einführung der Seidenraupenzucht ist Seine Majestät einverstanden, und Carlo erhält die Zusage, daß die Regierung den dafür erforderlichen Anbau von Maulbeerbäumen subventionieren wird.

Carlo war auch der Königin vorgestellt worden und erzählte nun begeistert von ihrem schönen Gang, ihrer aufrechten Haltung. Er schilderte die prächtigen Räume im Versailler Schloß, die Ausstattung des Apollosaals und des Spiegelsaals, die ihn am meisten beeindruckt hatten, die verblüffende geometrische Anlage des Parks und die Wasserspiele, das Bassin des Apollo und die ›Wasserallee‹.

»Einige Dinge haben mich allerdings bei der ganzen Pracht gestört; es stinkt überall, in den Gärten und im Schloß. Die Durchgänge, die Höfe, die Korridore sind mit Urin und Fäkalien angefüllt, man glaubt, in einer Kloake zu sein.

Im übrigen wimmelt es von Adligen, die in Versailles ein aufwendiges Leben führen, statt ihre Ländereien in der Provinz zu verwalten. Sofern sie einen wichtigen Regierungsposten innehaben, sind sie wenigstens sinnvoll beschäftigt, aber der größte Teil widmet sich nur nutzlosen Etikettefragen. Zum Beispiel streiten sie, wer bei einem Galadiner dem Kellermeister den Befehl zum Auftragen des Weines geben darf!

Leider habe ich nicht allzuviel von Paris gesehen, außer Notre Dame. Versailles ist für unsere Zeit einmalig, aber ich weiß nicht, ob die Verlegung des Regierungssitzes dorthin richtig war. Der König verliert doch jede Verbindung zu Paris, die Reaktion der Bevölkerung auf bestimmte Maßnahmen erlebt er nicht. Ein König muß doch über die Stimmung im Volk informiert sein, um entsprechend zu handeln.«

Als Napoleone fünf Jahre alt war, schickte Letizia ihn in eine Mädchenschule, die von Beguinenschwestern geleitet wurde. Sie hoffte, daß der tägliche Umgang mit Mädchen sein Temperament zügeln und seine Rauflust bremsen würde. Später sollte er dann die Schule von Pater Recco besuchen.

Die Nonnen gingen mit den Kindern jeden Nachmittag spazieren. Paarweise hintereinander trotteten sie durch die Gassen Ajaccios. Napoleone führte stets die kleine Giacominetta an der Hand, die ihm von den Mädchen am besten gefiel. Sobald Napoleones Spielkameraden ihn und seine Begleiterin erblickten, liefen sie hinterher und riefen Spottverse, weil er eine Mädchenschule besuchte. Natürlich ließ er sich das nicht gefallen, und es kam zu ständigen Prügeleien.

Nach einigen Wochen sah Letizia ein, daß die Nonnenschule ihren Zweck verfehlt hatte, und schickte Napoleone zu Pater Recco. Dort saß er zusammen mit Giuseppe in einem Klassenraum und lernte Lesen, Schreiben, Rechnen in italienischer Sprache. Die Franzosen hatten das korsische Schulsystem bestehen lassen.

Napoleone war ein mittelmäßiger Schüler, aber die Zahlen faszinierten ihn vom ersten Tag an, und bereits nach wenigen Wochen war Rechnen seine Lieblingsbeschäftigung geworden.

An einem Nachmittag im Frühsommer 1775 erschien Pater Recco bei Letizia. Er war ein biederer Mann, der seine Schüler nachsichtig behandelte. Vor Letizia besaß er großen Respekt, und er hatte lange überlegt, ob er sie aufsuchen solle. Die Buonapartes waren schließlich nicht irgendwer – andererseits war die Erziehung der Kinder Aufgabe der Mutter; er hatte ihnen nur Lesen und Schreiben beizubringen.

Sie führte ihn in den Salon und der Pater bewunderte die Einrichtung, machte dann einige belanglose Bemerkungen über das Wetter, erkundigte sich nach dem kleinen Luciano, den Letizia wenige Wochen zuvor geboren hatte.

«Es geht ihm ausgezeichnet, er wird von Tag zu Tag kräftiger.«

Der Pater hüstelte, räusperte sich, rutschte verlegen auf dem Sessel hin und her und wußte nicht recht, wie er beginnen sollte.

»Ihr Bruder, Signora, macht erfreuliche Fortschritte in Latein, er übersetzt schon Cicero. Ihr Sohn Giuseppe schreibt die Diktate jetzt fehlerfrei, und sein Bruder ist schon ein richtiger kleiner Mathematiker.«

Hoffentlich kommt er bald zur Sache, dachte Letizia.

»Allerdings«, fuhr der Pater zögernd fort, »bin ich seit Tagen etwas erstaunt über Ihren jüngeren Sohn. Ich nehme an, daß Ihre Kinder so zeitig das Haus verlassen, daß sie pünktlich in der Schule sein können. Aber Napoleone kommt seit fünf Tagen zu spät. Es sind immer nur zehn Minuten, höchstens eine Viertelstunde; was er in dieser Zeit versäumt, kann er leicht nachholen. Aber ich muß natürlich auf eine gewisse Disziplin achten. Wenn ein Schüler etliche Male zu spät erscheint, fühlen sich seine Kameraden auch nicht mehr zur Pünktlichkeit verpflichtet.

Heute, während der Pause, bat ich ihn, mir den Grund für seine Verspätung zu nennen, und er antwortete mir: ›Das kann ich nicht.‹ Ich habe Sie aufgesucht, Signora, um Sie zu bitten, der Sache nachzugehen. Vielleicht erzählt er Ihnen mehr.«

Während der Worte des Paters hatte sich Letizias Verärgerung zu Zorn gesteigert. In welche Situation brachte Napoleone sie? Pater Recco mußte ja den Eindruck gewinnen, sie kümmere sich nicht um die Kinder!

»Ich danke Ihnen, daß Sie mich über das Verhalten meines Sohnes informieren. Es ist unerhört, daß er zu spät kommt und Ihnen keine Erklärung gibt. Ich muß mich für ihn schämen. Ab morgen wird er pünktlich erscheinen, und seine Strafe wird er auch bekommen. Ich verstehe ebensowenig wie Sie, wo er sich herumtreibt. Er und sein Bruder verlassen gemeinsam rechtzeitig das Haus. Ich werde der Sache nachgehen.«

»Marianna, sieh nach, wo Napoleone steckt«, befahl Letizia, sobald der Pater das Haus verlassen hatte. »Er soll sofort zu mir kommen.«

Marianna lief zur Terrasse, wo der Junge über den Hausaufgaben saß. »Was hast du wieder angestellt?«

»Nichts«, antwortete er gleichmütig.

»Du mußt etwas angestellt haben, eben war Pater Recco bei deiner Mutter, und du sollst jetzt sofort zu ihr kommen.«

»Pater Recco?« fragte er erschrocken und lief mit klopfendem Herzen zum Salon.

»Sie wünschen mich zu sprechen, Mama?«

»Pater Recco war hier. Er möchte wissen, warum du seit einigen Tagen zu spät zum Unterricht erscheinst. Heute in der Schule bist du ihm die Antwort schuldig geblieben. Du bist dir hoffentlich darüber im klaren, daß deine Unpünktlichkeit und dein Betragen dem Ansehen der Familie schaden. So wie du benimmt sich ein Buonaparte nicht.«

Sie wußte, daß sie übertrieb, schließlich war er noch ein Kind. Aber er mußte Disziplin lernen.

Napoleone hatte bei den Worten seiner Mutter schuldbewußt die Augen gesenkt. Er überlegte: Es ist besser, wenn ich alles erzähle, dann bekomme ich vielleicht nur eine Tracht Prügel. Wenn ich nichts sage, werde ich härter bestraft.

Er holte tief Luft und sah Letizia fest und entschlossen an. »Ich bin zu spät zur Schule gekommen, weil ich vorher noch auf der Zitadelle bei den Soldaten war.«

»Was hast du denn am frühen Morgen auf der Zitadelle zu suchen?«

»Ich habe mit einem Soldaten mein Brot getauscht, ich gab ihm mein Weißbrot und bekam sein Schwarzbrot.«

»Was ist das für ein Unfug? Du tauschst gutes Weißbrot gegen billiges Schwarzbrot! Warum hast du Caterina nicht gesagt, daß du lieber Schwarzbrot als Vesper mitnehmen möchtest?«

Er zögerte einen Augenblick, dann sagte er leise: »Ich möchte

Soldat werden, da muß ich mich doch rechtzeitig an die Kost der Soldaten gewöhnen, nicht wahr?«

Letizia war so überrascht über diese Antwort, daß sie im ersten Augenblick nichts erwidern konnte.

»Schön, du willst Soldat werden«, sagte sie nach einer Weile. »Aber warum hast du nichts davon gesagt? Das ist doch eine vernünftige Erklärung.«

»Ich wollte noch nichts sagen, um Papa nicht zu kränken. Er möchte doch so gerne, daß Giuseppe und ich in Pisa Rechtswissenschaft studieren.«

Was mache ich denn jetzt mit ihm? überlegte Letizia. Wahrscheinlich ist diese Vorliebe für das Soldatenleben nur eine Kinderlaune. Aber er nimmt sein Vorhaben ernst, also muß ich ihn auch ernst nehmen. Und er nimmt Rücksicht auf die Gefühle seines Vaters. Unter diesen Umständen wäre es verkehrt, ihm eine Tracht Prügel zu geben, aber einen Denkzettel muß er doch bekommen.

»Diesmal wirst du ohne Hiebe davonkommen, weil du nicht böswillig zu spät gekommen bist. Ab morgen wird dir Caterina Schwarzbrot mitgeben, und ich erwarte, daß du nie mehr unpünktlich zum Unterricht erscheinst. Du wirst dich bei Pater Recco für dein Benehmen entschuldigen. Da du dem Pater eine ungehörige Antwort gegeben hast, wirst du zur Strafe heute abend keinen Nachtisch bekommen. Jetzt geh und schicke Giuseppe zu mir.«

Ihr war noch etwas eingefallen. Giuseppe muß von der Verspätung gewußt haben, dachte sie. Die Brüder verlassen gemeinsam das Haus und sitzen im selben Klassenraum. Warum hat er nichts gesagt? Entweder hat er Napoleone versprochen zu schweigen, oder er hat ihn nicht verraten wollen, weil er sein Bruder ist. Vielleicht hat er auch geschwiegen aus Angst vor Napoleone.

Inzwischen hatte Giuseppe den Salon betreten.

»Du hast doch gewußt, daß Napoleone in den letzten Tagen immer zu spät zur Schule gekommen ist?«

»Ja, Mama.«

»Warum hast du mir nichts davon erzählt? Im übrigen wäre es deine Pflicht gewesen, aufzupassen, daß er pünktlich ist. Du bist schließlich der Ältere. Also, warum hast du nichts erzählt?« Gespannt wartete sie auf seine Antwort.

»Ich habe Angst gehabt, daß er mich verprügelt und in den Schwitzkasten nimmt, wenn ich ihn verrate.«

Im nächsten Augenblick traf Letizias Hand seine linke Wange so heftig, daß er laut aufschrie und zurücktaumelte, fast gleichzeitig kam der nächste Schlag auf die rechte Wange.

»Die erste Ohrfeige hast du bekommen, weil du auf deinen Bruder nicht aufgepaßt hast, die zweite, weil du aus Angst vor ihm nichts gesagt hast. Wenn du geschwiegen hättest, weil du ihn nicht verraten wolltest, dann hättest du Familiensinn bewiesen, das wäre deiner würdig gewesen. Du wirst heute abend auf den Nachtisch verzichten, geh jetzt.«

Später ordnete Letizia an, daß es zum Nachtisch Genueser Kirschen geben solle; sie wußte, ihre Söhne aßen leidenschaftlich gern Kirschen.

Letizia war mit Napoleones Entwicklung im großen und ganzen zufrieden. Sie beobachtete, daß er großzügig Spielzeug und Süßigkeiten mit anderen Kindern teilte, ohne eine Gegenleistung zu verlangen.

Giuseppe war der bessere Schüler, aber sein Bruder war wißbegieriger und interessierte sich für alles.

Geltruda nahm manchmal ihre beiden Neffen auf lange Ausfahrten mit und unterwies sie ein wenig in der Landwirtschaft. Sie erfuhren etwas über den Ertrag der Kornfelder und über das Pflanzen und Beschneiden der Weinstöcke. Bei der Rückkehr lobte sie stets Napoleone: »Er hat so verständig gefragt! Er beobachtet so genau. Heute ist ihm aufgefallen, welchen Schaden Onkel Lucianos Ziegen an den Olivenbäumen anrichten.«

So weit, so gut. In einer Beziehung mußte sich Letizia allerdings ständig über ihn ärgern: Er ging nicht gern zur Messe. Jeden Sonntag versuchte er, sich davor zu drücken. Sie schalt ihn, oft bekam er ihre Hand zu spüren – es half nicht. Im Dom saß er meistens mit mürrischem Gesicht neben seinem Bruder und Onkel Fesch, die mit andächtigen Mienen den Gottesdienst verfolgten.

An einem Sonntag im Spätsommer 1776 erschien Carlo gutgelaunt zum Mittagessen. Er verbrachte den Sonntagvormittag regelmäßig mit seinen Büchern im Arbeitszimmer, da er fand, daß die Familie zahlreich genug beim Hochamt vertreten war.

»Na, was hast du wieder angestellt?« fragte er nach dem Tischgebet Napoleone. Dieser mußte sich mit trockenem Schwarzbrot und Ziegenmilch begnügen, während auf den Tellern der anderen Ravioli dampften.

»Er war ungezogen in der Kirche und hat dauernd versucht, mit Giuseppe zu schwätzen und ihn abzulenken. Beinahe hätte er sogar versäumt, bei der Wandlung niederzuknien. Zur Strafe darf er nun bei unserem Mittagessen zusehen, und eine Tracht Prügel hat er natürlich auch bekommen«, antwortete Letizia.

Carlo betrachtete sein Frau nachdenklich. Sie war in letzter Zeit nervös und reizbar. Er schob es auf die Schwangerschaft – es war die achte – und auf den Tod der kleinen Maria Anna, der erst wenige Wochen zurücklag.

»Was wolltest du denn Giuseppe erzählen?« fragte Carlo.

»Pater Recco läßt uns manchmal Römer und Karthager spielen. Er hat unsere Klasse in diese beiden Gruppen eingeteilt. Giuseppe ist Römer, ich bin Karthager. Aber ich möchte nicht zu den Besiegten gehören, sondern zu den Siegern. Vorhin in der Kirche habe ich ihn gefragt, ob er den Platz mit mir tauschen will, und er hat eingewilligt. Aber vielleicht ist es unrecht, daß ich ihn überredet habe. Was meinen Sie, Papa?«

»Darüber brauchst du dir keine Gedanken zu machen. Wenn dein Bruder bereit ist, mit dir zu tauschen, so ist das seine Sache. Ich sehe, du ißt immer noch Schwarzbrot, du willst also nach wie vor Soldat werden?« Zunächst hatte Carlo, ähnlich wie Letizia, den Berufswunsch seines Sohnes gar nicht ernst genommen.

»Ja, natürlich, Papa.«

»Was hast du für berufliche Vorstellungen, Giuseppe?«

»Ich werde in Pisa Rechtswissenschaft studieren, wie Sie es wünschen, Papa.«

Die Zukunft seiner Söhne bereitete Carlo Kopfzerbrechen. An jenem Sonntag kam er während der Siesta auf das Thema zurück. Er hatte die Gewohnheit beibehalten, Probleme, die ihn stark beschäftigten, mit Letizia im Schlafzimmer zu besprechen.

»Er will Soldat werden, aber wo und wie soll ich ihn ausbilden lassen? Wir haben praktisch nur die Möglichkeit, ihn und Giuseppe nach Pisa zu schicken.«

»Glaubst du, daß Onkel Luciano etwas für meinen Bruder tun kann? Er möchte gern Geistlicher werden. Vielleicht kann dein Onkel ihm eine Freistelle in einem Priesterseminar besorgen.«

»Ich weiß nicht, wie gut seine Beziehungen zum Bischof sind.«

Eine Weile schwiegen beide. Plötzlich lachte Carlo leise auf. »Übrigens, Marbeuf hat sich von Madame de Varesne getrennt. Er ist ja jetzt frischgebackener Witwer und will wieder heiraten. Er wünscht sich auch einen Sohn.«

»Wer ist die Glückliche?«

»Er ist noch auf der Suche.«

Bei dem Namen Marbeuf fiel Letizia wieder ein, daß der Graf vor Jahren zu ihr gesagt hatte: »Wenn ich jemals etwas für Sie und Ihre Kinder tun kann, lassen Sie es mich wissen!«

»Carlo, wenn du wieder in Bastia bist, könntest du doch einmal mit Marbeuf über die Ausbildung unserer Kinder sprechen. Vielleicht kann er dir einen Rat geben.«

VI

Im Juli 1778 schlenderte Napoleone langsam zum Stammcafé seines Vaters. Ab und zu blieb er stehen und sah nachdenklich zu Boden. Letizia hatte ihn beauftragt zu beobachten, ob sein Vater um Geld spiele.

Warum müssen wir Papa nachspionieren? Er hat so viel zu tun, warum gönnt sie ihm nicht sein Glas Wein und eine Partie Reversi am Ende seines Arbeitstages? So viel Geld verliert er doch gar nicht, es sind nur ein paar Sous, und häufig gewinnt er auch. Heute ist er vor dem Chaos zu Hause zu seinem Kartenspiel geflüchtet. Was antworte ich nur, wenn er mich fragt, warum ich ins Café komme? Ich kann doch nicht sagen, daß Mama mich geschickt hat; das würde ihn kränken. Aber ich könnte die Packerei als Grund angeben. Ja, ich werde ihm sagen, daß es zu Hause ungemütlich ist, zwischen den gestapelten Kisten und den offenen Truhen ... Denn morgen würde es endlich soweit sein, morgen würden sie nach Milelli aufbrechen, um dort die Ferien zu verbringen.

(Im Jahr 1777 hatte Carlo endlich den Prozeß um Milelli gewonnen. Das Haus war sofort innen und außen renoviert worden, damit die Familie in Zukunft die Sommerferien dort verbringen konnte.)

Als Napoleone das Café betrat, war Carlo im Aufbruch begriffen.

»Na, ist jetzt alles gepackt?«

»Nein, Papa, das wird noch den ganzen Abend dauern. Onkel Luciano hat vorhin gesagt, daß wir viel überflüssigen Krempel mitschleppen.«

Carlo lachte. «Ganz unrecht hat er nicht.« Er nahm seinen Sohn an die Hand. »Freust du dich auf Milelli?«

»O ja, Papa, und wie! Wir werden in Zukunft jeden Sommer dort verbringen, nicht wahr?«

»Gewiß, jeden Sommer«, bestätigte sein Vater.

Für Napoleone und Giuseppe wird es der erste und für viele Jahre zugleich der letzte Sommer in Milelli sein, dachte Carlo. Wann soll ich es ihnen sagen? Wenn sie jetzt erfahren, daß sie Korsika verlassen müssen, verderbe ich ihnen vielleicht die Ferien. Andererseits hätten sie genügend Zeit, um sich auf ihre Zukunft einzustellen. Sie könnten die Wochen in Milelli nutzen, um sich etwas mit der Geographie und Geschichte Frankreichs vertraut zu machen.

Carlo hatte Letizias Rat befolgt und mit Marbeuf über die Ausbildung seiner Kinder gesprochen.

»Warum wollen Sie Ihre Söhne nach Pisa schicken?« hatte der Gouverneur ihn gefragt.« Es gibt viel bessere Möglichkeiten. Der König hat vor kurzem verfügt, daß die Kinder verdienter, aber bedürftiger Adelsfamilien auf Staatskosten erzogen werden können. Wer in die Armee eintreten will, kann eine Kadettenschule besuchen, wer den geistlichen Stand wählt, das Seminar in Aix, und für die Mädchen gibt es die Schule der Madame de Maintenon in Saint-Cyr. Wenn Sie diese Möglichkeiten nutzen wollen, können Sie auf meine Unterstützung rechnen. Am Begriff ›Bedürftigkeit‹ dürfen Sie sich nicht stoßen, man kann ihn weit auslegen. Haben Sie nicht mehrere Kinder zu ernähren? Haben Sie nicht Land urbar machen wollen und dabei finanzielle Verluste erlitten? Also sind Sie bedürftig.«

Carlo hatte sofort beschlossen, seine Kinder auf Staatskosten erziehen zu lassen, und war von Letizia bestärkt worden. Sie hatte ihn nur gebeten, auch an ihren Bruder zu denken.

Er hatte zwei Freistellen beantragt: eine in Aix für den jungen Fesch, eine zweite für Napoleone in einer der Kadettenanstalten. Er teilte Letizias Meinung, daß auch ihr ältester Sohn, der sanfte, stille Giuseppe, für den Priesterberuf geeignet sei. Aber für den Besuch des Seminars war ein Mindestalter von 16 Jahren vorgeschrieben. Das bedeutete mehrere Jahre Wartezeit für Giuseppe. Marbeuf hatte zur Überbrückung den Besuch des Gymnasiums von Autun empfohlen.

»Eine ausgezeichnete Schule, vergleichbar mit Eton in England. Mein Neffe ist übrigens Bischof von Autun und wird sich ein bißchen um Ihren Sohn kümmern.«

Carlos Gesuche wurden 1778 bewilligt. Napoleone wurde zur Kadettenschule in Brienne zugelassen. Die endgültige Bestätigung war von einem Adelszertifikat abhängig gemacht worden, das der königliche Heraldiker in Versailles auszustellen hatte. Carlo wußte, wie langsam die Hofbeamten arbeiteten; Monate konnte es dauern, bis man das Zertifikat in Händen hatte.

Gegen Ende des Jahres mußte er zum zweiten Mal als Delegierter nach Versailles reisen. Er beschloß, bei dieser Gelegenheit seinen Stiefschwager und seine Söhne mitzunehmen und sie nach Aix und Autun zu bringen. Napoleone sollte bei seinem Bruder Giuseppe bleiben, bis das Zertifikat eingetroffen war.

Giuseppes Schulbesuch muß ich selbst finanzieren, dachte Carlo, das wird mich monatlich ungefähr 140 Livres kosten. Für Napoleones Pension in Brienne muß ich ungefähr 30 Livres monatlich aufwenden. Etwas Taschengeld müssen die Jungen auch bekommen. Aber das spielt jetzt keine Rolle, meine Söhne sollen eine gute Ausbildung erhalten. Wenn Maria Anna älter ist, werde ich für sie auch ein Stipendium für Saint-Cyr beantragen. (Am 3. Januar 1777 hatte Letizia eine Tochter geboren, die den Namen der verstorbenen Schwester erhalten hatte.)

Die Übersiedlung nach Autun und Brienne wird auch in gesellschaftlicher Hinsicht Veränderungen für die Kinder bringen, überlegte Carlo. Auf Korsika gehören sie zur Spitze der Gesellschaft, in den Schulen werden sie Kameraden haben, die ihnen rangmäßig überlegen sind, die wohlhabender sind und deren Adel älter ist. Einige haben Eltern, die bei Hof verkehren, Väter, die den König auf die Jagd begleiten, Mütter, die Hofbälle besuchen. Meine Kinder sind nicht in einem Schloß aufgewachsen, sondern nur in einem geräumigen Haus. Sie haben weder Hauslehrer noch katzbuckelnde Diener erlebt, und Ahnenbilder hängen auch nicht im Salon. Statt dessen haben sie gelernt, daß Ehre, Treue und Mut mehr wert sind als Geld und Selbstsucht. Ich werde sie noch vor der Abreise nach Milelli über ihre Zukunft aufklären. Je früher sie alles wissen, um so besser.

Inzwischen hatten sie die Via Malerba erreicht.

»Nach dem Abendessen kommst du mit Giuseppe in mein Arbeitszimmer; ich möchte etwas mit euch besprechen.«

»Frankreich ist achtzigmal so groß wie Korsika und hat 25 Millionen Einwohner. Das ist die höchste Bevölkerungsdichte in Europa. Unsere Insel ist rauh und gebirgig. Auf dem Weg nach Autun werdet ihr eine sanfte, weiche, liebliche Landschaft erleben. Die Franzosen nennen ihr Land ja auch ›La douce France‹. Ihr werdet staunen über die sauberen Felder, die gepflegten Weinberge, die geraden Straßen, die großen Häuser, die Parks, die Seen.

Heute findet man überall in Europa Waren aus Frankreich: Möbel, Tapisserien, Gold- und Silbergeschirr, Porzellan. Die Damen in Stockholm, ebenso wie die Damen in Petersburg oder Neapel, tragen Kleider, Handschuhe, Fächer und Schmuck aus Paris. Ein Mitteleuropäer gilt als ungebildet, wenn er Montesquieu, Voltaire und Rousseau nicht gelesen hat. In unserem Jahrhundert ist Frankreich das Zentrum der europäischen Kultur.«

Carlo schwieg. Er versuchte in den Gesichtern seiner Söhne zu lesen, aber in dem halbdunklen Raum konnte er nicht viel erkennen. Er wartete auf eine Reaktion.

Die Kinder hatten stumm und erstaunt zugehört und zweierlei begriffen: Sie mußten Korsika verlassen und auf dem Festland weiter zur Schule gehen. Diese Entscheidung war notwendig und wichtig für ihre berufliche Laufbahn. Es war eine einmalige Chance, und man erwartete von ihnen, daß sie diese nutzten.

»Nun, Napoleone, freust du dich überhaupt nicht? Du wirst das Soldatenhandwerk erlernen, das war doch immer dein Wunsch.«

»Das ist immer noch mein Wunsch, ich freue mich ja auch auf Brienne, aber ich verlasse Korsika und die Familie sehr ungern. So schön wie hier kann es in Frankreich gar nicht sein. Giuseppe und ich, wir kennen dort niemanden, wir müssen die französische Sprache erst lernen, jeder von uns ist allein, wir können uns nicht gegenseitig helfen wie hier in Ajaccio.«

»In Autun seid ihr ja noch einige Monate zusammen. Ihr werdet gemeinsam die neue Sprache lernen, ihr werdet auch Freunde finden. Es ist immer interessant, neue Menschen kennenzulernen.«

»Wie lange müssen wir denn in Frankreich bleiben?« wollte Giuseppe wissen.

»Mindestens bis zum Ende eurer Ausbildung, also ungefähr sieben bis neun Jahre. Und ich glaube nicht, daß ihr danach sofort nach Korsika zurückkehren könnt. Wahrscheinlich werdet ihr zunächst in ein Regiment und ein Bistum auf dem Festland versetzt. Wenn ihr vorankommen wollt, dürft ihr euch nicht an Korsika klammern. Du, Giuseppe, wirst wahrscheinlich einige Jahre im Vatikan leben und arbeiten müssen, wenn du in der klerikalen Hierarchie aufsteigen willst. Und du, Napoleone, wirst vielleicht unter fremder Fahne dienen müssen, wenn du dort bessere Möglichkeiten hast, einen hohen militärischen Rang zu erreichen.«

Im Geist sah Carlo seine Söhne schon im bischöflichen Ornat und in der Generalsuniform.

»Ich möchte nicht mein ganzes Leben auf dem Festland verbringen«, sagte Napoleone mit trotzigem Unterton. »Wenn meine Ausbildung beendet ist, werde ich versuchen, zu einem Regiment zu kommen, das auf Korsika stationiert ist. Und dann bleibe ich für immer hier. Vielleicht werde ich eines Tages Kommandant unserer Zitadelle.«

Sein Bruder schwieg. Er hatte beschlossen, sich nach den Ratschlägen seines Vaters zu richten. Er wußte noch nicht, ob er wirklich Geistlicher werden wollte, aber seine Eltern hatten es so entschieden, und er mußte gehorchen. Wenn ich als künftiges Familienoberhaupt dem geistlichen Stand angehöre, werde ich in der Familie noch mehr Ansehen genießen, das sehe ich doch an Onkel Luciano, überlegte Giuseppe und fand den Beruf des Priesters plötzlich sehr anziehend.

Während der folgenden Wochen in Milelli dachten die Kinder nur selten an Autun und Brienne. Sie genossen ihre Freiheit und beschäftigten sich den ganzen Tag mit ihren Spielen. Die Siesta verbrachte Napoleone mit einem Buch im Olivenhain. Dort saß er und verfolgte mit klopfendem Herzen den trojanischen Krieg. Am meisten faszinierte ihn der Zweikampf zwischen Achilleus und Hektor. Innerlich stand er auf der Seite der Griechen – sie waren schließlich die Sieger –, aber er bedauerte doch den Tod Hektors und die Zerstörung Trojas.

Beim Abendessen war er noch immer mit der griechischen Sage beschäftigt. »Ich finde es nicht richtig, Papa, daß Troja nicht durch eine Belagerung oder offene, ehrliche Kämpfe erobert wurde, sondern durch die List mit dem hölzernen Pferd. Warum haben die Götter das zugelassen? Sie haben doch während der zehn Jahre immer abwechselnd zugunsten der einen oder anderen Seite eingegriffen.«

»Nach Meinung der Götter war Troja wahrscheinlich reif für den Untergang. Der Tod Hektors ist übrigens ein gutes Beispiel dafür, wie die Götter Griechenlands das menschliche Schicksal gelenkt haben. In Ajaccio habe ich eine italienische Übersetzung der *Ilias* von Homer. Dort kannst du gelegentlich nachlesen, wie Zeus über Hektors Tod entscheidet.«

»Wie kommt dein Sohn überhaupt an diesen heidnischen Lesestoff?« fragte der Archidiakon. »Er ist noch viel zu jung dafür, und er versteht den tieferen Sinn der Sagen des klassischen Altertums doch überhaupt noch nicht.«

»Meine Kinder haben freien Zutritt zur Bibliothek im Arbeitszimmer. Sie dürfen jedes Buch lesen, das sie interessiert. Sie verstehen das, was ihrem Alter entspricht. In zehn Jahren wird Napoleone den trojanischen Krieg vielleicht anders interpretieren als heute.«

Napoleone hatte noch etwas auf dem Herzen. »Papa, wissen Sie, viel grausamer als die Kämpfe um Troja ist das Schicksal von Hektors Sohn Astyanax. Die Griechen haben ihn einfach von den Mauern Trojas hinuntergestürzt. Er war doch noch ein Kind, er hatte mit dem ganzen Krieg nichts zu tun!«

»Wenn die Griechen Hektors Sohn nicht getötet hätten, wäre er ihr Gefangener gewesen. Ist dieses Schicksal nicht noch grausamer? Glaubst du, daß er glücklich gewesen wäre? Er hätte im Lauf der Zeit bestimmt alles über seinen Vater und seine Herkunft erfahren. Für Astyanax war es besser, daß er seinen Vater nicht überlebt hat. Was liest du eigentlich zur Zeit, Giuseppe?«

»Ein Geographie-Buch über Frankreich. Ich versuche mir die Provinzen, die Städte und Flüsse einzuprägen. Das haben Sie uns doch empfohlen, Papa.«

Napoleone dachte über die letzten Worte seines Vaters nach. »Sie haben recht, Papa. Für Astyanax war es ein Glück, daß er getötet wurde.«

Letizia, die mit ihrem achten Kind hochschwanger war, ruhte viel und ließ die Kinder in der Obhut ihrer Schwägerin. Eines Morgens durfte Napoleone mit Geltruda allein ausreiten; Giuseppe wollte daheimbleiben und lernen.

Napoleone freute sich, seine Tante einmal ganz für sich allein zu haben. Mit ihr konnte er über alles sprechen, was ihn bewegte.

Kaum waren sie aufgebrochen, sagte er: »Tante Geltruda, ich will Sie schon seit langem etwas fragen. Warum ist Papa nicht mit Paoli nach England gegangen? Mama erzählt immer, daß sie sich gegenseitig geschätzt haben, und der General hatte Papa als Nachfolger gewählt. Ich finde, er hätte ihn begleiten müssen.«

»Die genauen Gründe deines Vaters kenne ich nicht, er hat nie mit mir darüber gesprochen. Ich glaube, er hat Rücksicht auf deine Mutter genommen, sie hätte sich in England nur schwer eingelebt. Hinzu kam, daß er sich von der Herrschaft der Franzosen viel versprochen hat. Ich erinnere mich, daß er damals oft gesagt hat: ›Die Zukunft Korsikas liegt in Frankreich!‹ Er hat recht behalten. Wir werden nicht unterdrückt, wir leben gleichberechtigt neben den Franzosen. Dein Vater hat durch seine Tätigkeit im Ständeparlament viel für Korsika getan. Das wäre von England aus gar nicht möglich gewesen.«

»Ich liebe und verehre Papa. Aber ich finde seine Entscheidung nicht richtig. Er hat gehandelt wie ein Soldat, der während der Schlacht zum Feind überläuft, weil er merkt, daß der Gegner siegen wird!«

»Oho, das stimmt nicht! Dein Vater hat bis zum Schluß tapfer gekämpft. Erst als der Krieg beendet war, hat er sich zwischen Paoli und Frankreich entschieden. Du kannst mir glauben, daß ihm dieser Entschluß schwergefallen ist und daß er sich alles reiflich überlegt hat. Du darfst nicht vergessen, daß er damals bereits eine Familie zu versorgen hatte.«

»Ja, die Verantwortung für die Familie ist natürlich ein Grund«, sagte Napoleone etwas zögernd. Die Argumente seiner Tante hatten ihn nicht restlos überzeugt.

Am 24. September gebar Letizia einen Sohn, der den Namen seines Paten Marbeuf erhielt: Luigi (Louis). Einige Wochen später war Taufe, für Napoleone und Giuseppe die letzte große Festlichkeit im Elternhaus vor ihrer Abreise.

Carlo wollte, daß seine Söhne das Tauffest in schöner Erinnerung behielten.

»Ihr dürft heute oben an der Tafel sitzen, in der Nähe von Marbeuf. Ich erlaube euch auch, am Abend eine Stunde länger aufzubleiben. Ihr könnt dem Ball zusehen.«

Seine Söhne strahlten und liefen zu Marianna, die damit beschäftigt war, Luigi das Taufkleid anzuziehen.

»Ihr kommt gerade recht, um mir ein bißchen zu helfen. Giuseppe, du gibst auf Maria Anna acht. Napoleone, du paßt auf, daß Luciano sich beim Spielen nicht schmutzig macht.«

Napoleone nahm seinen Bruder an die Hand und ging mit ihm ins Arbeitszimmer des Vaters. Dort setzte er ihn auf einen der niedrigen Schemel, ermahnte ihn, sich still zu verhalten, und vertiefte sich dann in die Irrfahrten des Odysseus.

Luciano war dreieinhalb Jahre alt. Er war schwächlich und kurzsichtig, Arme und Beine waren zu lang, der Oberkörper zu kurz. Aber diese Mängel fielen nicht weiter auf, da die Gesichtszüge beider Eltern bei ihm zu gewinnender Schönheit verschmolzen waren. Er besaß eine lebhafte Auffassungsgabe, war gesprächig und sehr empfänglich für Zärtlichkeit.

Luciano betrachtete seinen lesenden Bruder, die Bücherregale und langweilte sich. Seine kurzsichtigen Augen blinzelten zur Tür, die nur angelehnt war; dann blickte er zu seinem Bruder. Der saß mit hochrotem Kopf über seiner Lektüre und schien die Umwelt vergessen zu haben.

Luciano glitt vorsichtig vom Schemel und schlich auf Zehenspitzen zur Tür. Fast hatte er sie erreicht, als er eine Hand auf seiner Schulter spürte. Erschrocken drehte er sich um; vor ihm stand sein Bruder.

»Du bleibst hier.«

»Laß mich los, ich möchte draußen spielen.«

»Du bleibst hier. Wenn du spielst, wirst du wieder schmutzig.«

Napoleone versuchte, seinen Bruder wieder auf den Schemel zu setzen, aber der wehrte sich und begann plötzlich aus Leibeskräften zu brüllen.

Angelockt von dem Lärm erschien Giuseppe auf der Bildfläche. »Was machst du mit Luciano? Laß ihn los.«

»Er möchte draußen spielen, aber er soll hierbleiben.«

»Warum bist du mit ihm in die Bibliothek gegangen?«

»Ich will lesen.«

»Du sollst nicht lesen, du sollst auf Luciano aufpassen. Komm jetzt. In zehn Minuten müssen wir in der Kirche sein.«

Napoleone beugte sich zu Luciano herunter und wollte ihn mit einer versöhnlichen Geste an die Hand nehmen. Der Kleine trat einen Schritt zurück, verschränkte die Hände auf dem Rücken und funkelte seinen Bruder böse an: »Laß mich in Ruhe.«

Das Taufessen dauerte mehrere Stunden. Giuseppe und Napoleone saßen Marbeuf gegenüber und benahmen sich musterhaft.

»Ihr werdet bald nach Frankreich reisen, freut ihr euch auf eure neue Heimat?«

Sie bejahten eifrig. Letizia hatte ihren Söhnen Ermahnungen für den festlichen Abend gegeben, insbesondere, was sie dem Gouverneur antworten mußten.

Marbeuf lehnte sich behaglich zurück und sah lächelnd in die Runde. »Die nächste Taufe wird in meinem Haus in Corte gefeiert. Ich werde in einigen Monaten die Demoiselle de Fenoyl heiraten. Sie ist ein entzückendes junges Mädchen, und ich hoffe, daß sie mir zur rechten Zeit einen Sohn schenken wird.«

Ein entzückendes junges Mädchen, dachte Carlo. Er nimmt sich allerhand vor mit seinen sechsundsechzig Jahren!

»Die Königin wird wahrscheinlich im Dezember niederkommen«, hörte Carlo die Marquise de Boucheporne sagen. »Mein Vetter schreibt, in Versailles gibt es zur Zeit nur ein Thema: die königliche Schwangerschaft.«

»Kennt man inzwischen die Ursache für die jahrelange Kinderlosigkeit? Es gab ja merkwürdige Gerüchte, an die ich allerdings nie habe glauben können.«

Die Marquise senkte ihre Stimme: »Der König hat sich vergangenes Jahr einer Operation unterzogen. Sein Schwager, Joseph II., hat ihn wohl dazu überreden können, als er sich in Versailles aufhielt. Erst nach dieser Operation konnte der König die Ehe vollziehen.«

Letizia merkte, daß ihre Söhne die Ohren spitzten, und versuchte, das Thema zu wechseln: »Wenn die Königin jetzt Kinder bekommt, wird sie vielleicht das Interesse an den aufwendigen Hoffesten verlieren.«

»Das glaube ich nicht!« rief die Marquise. »Die Königin ist egoistisch, was ihre Vergnügungen angeht. Ihr Schwager, der Graf von Artois, und der Vetter des Königs, der Herzog von Orléans, unterstützen ihre Vergnügungssucht. In diesem Jahr hat während der Karnevalszeit in Paris Mangel an Brot geherrscht; das hat die Königin nicht gehindert, ihre Nächte auf Pariser Opernredouten zu verbringen und an der Spitze von einundzwanzig Schlitten durch die Straßen zu fahren. Noch viel schlimmer ist ihre Spielleidenschaft: Sie spielt Hasard, obwohl es gesetzlich verboten ist. Mein Vetter bezeichnet Versailles nur noch als Spielhölle. Marie-Antoinette gibt Unsummen aus für Schmuck, sie soll Armbänder für 250 000 Livres gekauft haben; ihr Hofstaat verschlingt jährlich fast 900 000 Livres. Schulden hat sie auch, man spricht von einer halben Million Livres.«

»Warum greift denn der König nicht ein?« fragte Letizia verwundert.

«Der König ist schwach. In den letzten Jahren hat er seiner Frau immer nachgegeben. Er läßt sich von ihr beeinflussen. Die Königin bestimmt sogar, wer zum Minister ernannt und wer abgesetzt wird. Die Entfernung Turgots vor zwei Jahren war ihr Werk. Und warum? Weil sie ihn nicht leiden konnte.«

»Die Entlassung Turgots war ein großer Fehler«, sagte Marbeuf, »er allein hätte mit seiner Reform die Staatsfinanzen in Ordnung bringen können.«

»Vielleicht wirkt sich die geplante Exportsteigerung günstig aus«, meinte Carlo. »Die Erschließung neuer Absatzgebiete in Amerika ist wohl das Hauptziel des Handelsvertrages, den der König im März mit den Amerikanern geschlossen hat.«

»Dieser famose Vertrag ist in erster Linie ein diplomatischer Erfolg des amerikanischen Botschafters Benjamin Franklin und hatte bis jetzt nur zur Folge, daß wir in den Krieg gegen England hineingezogen wurden.«

»Unser militärischer Beitrag hält sich aber in Grenzen. Der Marquis de Lafayette und Freiwillige kämpfen auf der Seite der Kolonisten. Die Engländer sind im Vorteil, sie werden von verschiedenen deutschen Kleinfürsten unterstützt, die ihre Landeskinder als Soldaten nach England verkaufen, um ihre kostspielige Hofhaltung finanzieren zu können.«

»Dieses Verschachern der eigenen Landsleute ist ein Skandal«, empörte sich Carlo. »Ich hoffe, daß die Kolonisten den Krieg gewinnen werden. Vielleicht wird ihre Unabhängigkeitserklärung von 1776 einen Prozeß des Umdenkens einleiten.«

Während der folgenden Wochen war Letizia damit beschäftigt, Napoleones Ausstattung für Brienne den Vorschriften gemäß zu richten und zu kennzeichnen.

Am Tag vor der Abreise überprüfte sie mit ihm zusammen zum letzten Mal die Liste: drei Paar Leintücher, zwölf Handtücher, zwei Paar schwarze Strümpfe, ein Dutzend Hemden, ein Dutzend weiße Kragen, ein Dutzend Taschentücher, zwei Nachthemden, sechs Nachtmützen, eine blaue Uniform, eine Dose Haarpuder, ein Haarband, eine silberne Gabel, ein silberner Löffel, ein Silberbecher mit dem Familienwappen.

»Haarpuder und Haarband darfst du erst benutzen, wenn du zwölf bist. So lange mußt du die Haare kurz tragen. Präge dir unser Wappen ein, damit du weißt, welcher Becher dir gehört.«

Er betrachtete gehorsam das Wappen: ein roter Schild mit drei schrägen silbernen Streifen, zwei sechszackigen blauen Sternen, und über dem Ganzen eine Krone.

Am Morgen des 12. Dezember brachen Carlo, der junge Fesch und die Kinder zum Festland auf.

Letizia beugte sich zu Giuseppe und Napoleone hinunter, umarmte und küßte sie ein letztes Mal und flüsterte ihnen zum Abschied ein einziges Wort zu: »Mut!«

Die kleine Reisegesellschaft bestieg die Pferde.

Letizia nahm Luciano auf den Arm, damit er seinen Brüdern nachwinken konnte. »Wo reiten sie jetzt hin, Mama?«

»Sie reiten nach Corte, dann wird der Wagen des Grafen Marbeuf sie nach Bastia bringen. Von dort aus fahren sie mit dem Schiff weiter, über das Meer.«

»Wie lange werden sie fortbleiben?«

»Sehr sehr lange, Luciano, einige Jahre.«

Der Kleine sah zufrieden hinter seinen Brüdern her. Ab heute würde er nicht mehr von ihnen bevormundet werden, ab heute war er der Älteste und konnte bestimmen, was Maria Anna und Luigi zu tun und zu lassen hatten. Eine herrliche Zukunft lag vor ihm.

Am 25. Dezember 1778 betraten der junge Fesch und Carlos Söhne zum ersten Mal das französische Festland.

VII

Im März 1779 wurde das Adelszertifikat für Napoleone ausgestellt, und Carlo, der sich noch in Versailles aufhielt, bat den Bischof Marbeuf, seinem Sohn bei der Übersiedlung nach Brienne behilflich zu sein.

Am 21. April mußten Joseph und Napoleon (so nannte man sie in Autun) voneinander Abschied nehmen.

Der stellvertretende Direktor, Abbé Simon, beobachtete die Szene: Joseph war in Tränen aufgelöst und stammelte nur mit Mühe einige Abschiedsworte. Napoleon blickte stumm zu Boden, die Lippen fest zusammengepreßt. Dann hob er langsam den Kopf und sah seinen Bruder einen Augenblick an. Eine Träne stahl sich aus seinem rechten Auge, verlegen wischte er sie weg. »Leb wohl, Joseph, ich werde dir bald schreiben.«

Ohne ein weiteres Wort drehte er sich um, rannte zu dem bereitstehenden Wagen und kletterte hinein.

Joseph winkte der Kutsche nach, bis sie in der Ferne verschwunden war, dann ließ er enttäuscht die Hand sinken.

»Er hat nicht mehr zurückgesehen und gewunken. Ich glaube, es hat ihm überhaupt nicht leid getan, daß er mich verlassen mußte.«

»Nein, Joseph, Sie tun Ihrem Bruder Unrecht. Er hat sich's nicht anmerken lassen, aber er ist ebenso traurig wie Sie. Er hat nur eine Träne vergossen, aber sie beweist seinen Schmerz genauso wie Ihre vielen Tränen.«

Während sie zum Internat zurückgingen, dachte der Abbé über die beiden jungen Korsen nach: merkwürdig, wie unterschiedlich Kinder sich entwickeln, obwohl sie zusammen aufwachsen und zusammen erzogen werden. Joseph ist liebenswürdig und fügsam. Er hat den Lehrern vom ersten Tag an gefallen und ist von seinen

Mitschülern sofort anerkannt worden. Napoleon hingegen wurde von allen verspottet, niemand konnte ihn leiden. Warum eigentlich? Wohl ist er äußerlich weniger anziehend als sein Bruder, ist immer schlecht gekämmt, hat einen gelblichen Teint – aber das kann nicht der Grund sein. Er spricht französisch inzwischen fehlerfrei, aber mit stark korsischem Akzent, das reizt natürlich zum Spott. Der Hauptgrund für Napoleons Unbeliebtheit, so könnte ich mir denken, ist sein Stolz, der irrtümlicherweise als Hochmut ausgelegt wird, sein korsischer Patriotismus. Er hat immer wieder von Korsika erzählt, vom Unabhängigkeitskrieg, von Paoli. Der scheint sein großes Vorbild zu sein. Was hat Pater Chardon mir erzählt? Er hat den Jungen gefragt: »Warum seid ihr geschlagen worden? Ihr hattet doch Paoli, und Paoli ist angeblich ein guter General.« Er erhielt die Antwort: »Das ist er auch, und ich möchte so werden wie er.«

Die Kadettenanstalt wird ihm wahrscheinlich besser gefallen als unser Gymnasium, vielleicht findet er dort leichter Freunde. Aber in Brienne muß er aufpassen, mit wem er Freundschaft schließt. Die Ausbildung dort ist zwar gut, die Kadetten werden hervorragend auf die Militärschule in Paris vorbereitet, und die Franziskaner, die dort unterrichten, vermitteln eine gründliche klassische Bildung. Aber was Moral und Sitte betrifft, hat Brienne einen schlechten Ruf. Viele Kadetten frönen angeblich homosexuellen Vergnügungen.

»Monsieur Simon, glauben Sie, daß mein Bruder in Brienne Freunde finden wird?«

»Gewiß, Joseph, er ist dort unter seinesgleichen – ich meine, unter künftigen Offizieren.«

Mehrere Wochen später entzifferte Joseph mit einiger Mühe den ersten Brief aus Brienne, in französischer Sprache geschrieben, grammatikalisch einwandfrei, aber mit zahlreichen orthographischen Fehlern und in teilweise unleserlicher Handschrift.

Brienne, Anfang Juli 1779

Lieber Joseph,

ich nutze meine zweite Freistunde, um Dir zu schreiben.

Am Ankunftstag wurde ich zusammen mit den anderen neuen

Kadetten zu Pater Louis Berton geführt. Er ist der Direktor der Anstalt und ungefähr so alt wie Papa. Sein Bruder, Jean Baptiste Berton, ein ehemaliger Grenadier, ist sein Stellvertreter. Pater Berton hielt uns einen kleinen Vortrag über die Schule und die Aufgaben, auf die wir vorbereitet werden sollen.

In Brienne sollen wir zu einer Elite im Sinne des Heroismus ausgebildet werden. Wir sollen eifrig bestrebt sein, dem König zu dienen, nicht um einer erfolgreichen Laufbahn willen, sondern um eine von dem Gesetz der Natur und dem Gesetz des Staates auferlegte Pflicht zu erfüllen.

Nach dieser Ansprache wurden wir in einen Schlafsaal geführt, der in zehn kleine Zellen aufgeteilt ist. In jeder Zelle steht ein Bett mit einer Häckselmatratze, ein Stuhl, eine Kommode, ein Krug und ein Waschbecken.

Um zehn Uhr abends, nach dem Gebet, läutet eine Glocke, dann werden die Kerzen gelöscht und die Zellen abgesperrt. Wenn man etwas benötigt, kann man einen der beiden Diener rufen, die im Schlafsaal nächtigen. Der Tagesablauf ist streng geregelt, jede Minute wird sinnvoll genutzt. Das gefällt mir gut.

Um sechs Uhr morgens werden die Zellen aufgesperrt und wir werden geweckt. Nach der Morgentoilette setzen sich die Schüler jeder Klasse zusammen und führen ein Gespräch über gutes Benehmen und die Gesetze Frankreichs. Anschließend besuchen wir die Messe. Dann gibt es Frühstück: Weißbrot, Obst und ein Glas Wasser.

Um acht Uhr beginnt der Unterricht, die Hauptfächer sind Latein, Geschichte und Geographie, Mathematik und Physik. Wir werden auch in Festungsbau und Zeichnen unterrichtet, dazu gehört etwa das Entwerfen und Kolorieren von Reliefkarten.

Um zwölf Uhr gibt es Mittagessen; dann haben wir eine Stunde Freizeit, dann beginnt wieder der Unterricht.

Zur Zeit leben hier ungefähr fünfzig Kadetten. Mit zwei Jungen habe ich mich etwas angefreundet: Charles Le Lieur de Ville-sur-Arce. Er ist ein Jahr älter als ich, Stipendiat, ein guter Mathematiker, der immer meine Partei ergreift, wenn man mich meiner Aussprache wegen hänselt. Der andere Junge heißt Pierre François Laugier de Bellecour; er zahlt Schulgeld und besucht die Klasse unter mir. Einen hübscheren Jungen habe ich noch nicht gesehen. Er hat tiefblaue Augen und goldblonde Locken. Wenn seine Haare lang wären, könnte man ihn für ein Mädchen halten.

Mein Banknachbar heißt Louis Antoine Fauvelet de Bourrienne, wir vertragen uns gut. Ich habe mich auch mit dem Pförtner, Monsieur Hauté, etwas angefreundet, er ist immer sehr hilfsbereit!

Meine landwirtschaftlichen Kenntnisse kann ich hier praktisch verwerten: Jeder Schüler erhält ein kleines Stück Land, auf dem er Gemüse pflanzen oder einen Blumengarten anlegen kann. Ich habe die Parzellen meiner Nachbarn, die sich für den Gartenbau nicht interessieren, übernommen und mein Land mit einem Palisadenzaun umschlossen. Einige Büsche sind bereits gepflanzt, ein Spalier ist errichtet. Ich werde auch noch ein paar Gemüsesorten ziehen und ein Kräuterbeet anlegen. Mein Garten ist mein Tusculum. An Sonn- und Feiertagen will ich mich hierher zurückziehen, um zu lesen und an Korsika zu denken.

Ich muß den Brief beenden, wir werden soeben zum Abendgebet gerufen. Sehr herzlich grüßt Dich,

Dein Dich liebender Bruder Napoleon.

Der Pförtner Hauté hatte sich auf geschickte Art und Weise den Kadetten unentbehrlich gemacht. Er besorgte kleinere Einkäufe für die Zöglinge; meistens Süßigkeiten und verbotene Bücher, die er diskret in den Schlafzellen versteckte.

Am späten Nachmittag des 14. Juli versteckte er zum ersten Mal ein Päckchen in Napoleons Schlafzelle.

»Dieser kleine Korse hat merkwürdige Wünsche«, sagte er beim Abendessen zu seiner Frau. »Ich mußte ihm ein Tagebuch besorgen, mit einem Verschluß! Ich frage mich, was er hineinschreiben will, hier passiert doch nicht viel.«

Napoleon entdeckte das Päckchen, als er sich vor dem Abendessen die Hände wusch. Vorsichtig entfernte er das Papier und betrachtete das Tagebuch einige Minuten lang mit stummer Freude. Format und Papierbeschaffenheit entsprachen seinen Wünschen, auch der Verschluß funktionierte.

Die Hälfte seines Taschengeldes hatte er dafür geopfert.

Bourriennes Stimme rief ihn in die Gegenwart zurück. »Hör auf zu träumen. Es war längst Essenszeit. Was hast du denn da?«

Napoleon verbarg das Tagebuch eilig in der Kommode.

Bourrienne kicherte. »Ah, ich verstehe, unser guter Hauté hatte etwas in der Stadt zu erledigen! Wenn Pater Berton wüßte, was hier so alles eingeschmuggelt wird!«

Nach dem Abendessen ging Napoleon in den Saal, in dem die Kadetten ihre Hausaufgaben erledigten oder Briefe schrieben. Das Tagebuch hatte er zwischen anderen Büchern verborgen. Er ging zu seinem Platz, bearbeitete mit seinem Federmesser sorgfältig einen Gänsekiel, schlug die erste Seite auf, überlegte einen Augenblick, tauchte den Gänsekiel in sein Tintenfaß und fing an zu schreiben:

Mein Tagebuch.

Dieses Tagebuch ist mein bester Freund. Ihm werde ich ab heute alle meine Gedanken und Gefühle anvertrauen, die mich bewegen und die ich keinem Menschen gegenüber äußern kann oder will.

Mein Tagebuch wird mich mein ganzes Leben lang begleiten.

Brienne, 14. Juli 1779

Hier in Brienne vermisse ich nicht nur meine Familie, sondern noch viele andere Dinge: die Hitze, den Blick über das Meer und den Golf von Ajaccio, die Siesta in kühlen Zimmern oder in einem schattigen Olivenhain; die süßen, reifen Früchte, die ich direkt vom Baum pflücken konnte. Auf dem Weg zur Schule sind wir immer über den Markt gegangen, dort lagen dann die frischen Fische und rochen nach Meer und Tang. Am meisten fehlt mir der Duft der Macchia. Dieser Duft ist für mich Korsika. Ich würde meine Insel bei geschlossenen Augen allein daran erkennen.

Wer war ich in Ajaccio? Der Sohn des königlichen Richters de Buonaparte, der als ›Edler‹ im Ständeparlament vertreten ist. Wer bin ich in Brienne? Ein kleiner korsischer Adliger, der auf Staatskosten erzogen wird, weil die Familie nicht wohlhabend genug ist, um allen Kindern eine teure Ausbildung zu bezahlen.

Gewiß, der Direktor und die Lehrer behandeln alle gleich, aber die zahlenden Kadetten blicken auf die Stipendiaten herab. Sie lassen uns jeden Tag ihre finanzielle und gesellschaftliche Überlegenheit spüren. Wie oft schicken sie Hauté in die Stadt nach Süßigkeiten, um zu zeigen, wieviel Taschengeld sie besitzen!

Aber ich werde mich hier durchsetzen. Ich habe mir vorgenommen, fleißig zu lernen und zu arbeiten. Ich will zu den Besten gehören, die die Militärschule in Paris besuchen dürfen.

Diesen hochmütigen französischen Adligen werde ich zeigen, aus welchem Holz ein korsischer Adliger geschnitzt ist!

Brienne, 15. August 1779

Joseph hat mir zum Geburtstag einen Brief geschrieben, aber von zu Hause ist noch keine Post eingetroffen.

Joseph scheint sich in Autun wohlzufühlen. Er hat natürlich gute Zensuren und will am Ende des Schuljahres Preise erringen. Auch er muß sich bewähren. Wir müssen der Familie alle Ehre machen. Marbeuf soll nicht bereuen, daß er Papas Gesuche befürwortet hat.

Joseph liest zur Zeit heimlich seinen ersten Liebesroman: *Die neue Héloïse* von Rousseau. Er ist so begeistert von Rousseau, daß er mich richtig neugierig gemacht hat. Wenn das nächste Taschengeld eintrifft, muß Hauté mir diesen Roman besorgen.

Vor einem Jahr habe ich meinen Geburtstag in Milelli gefeiert. Ich bin am Vormittag in den Olivenhain gegangen und habe dort bis zum Abend gelesen. Wann werde ich Milelli wiedersehen?

Brienne, 25. August 1779

Die Dummköpfe haben einen Teil meines Tusculums zerstört, weil sie mit Schießpulver nicht umgehen können. Heute ist der Tag des heiligen Ludwig, der als offizieller Geburtstag des Königs gefeiert wird. Jeder Kadett durfte Schießpulver kaufen und Feuerwerkskörper bauen.

Als im benachbarten Garten der Feuerwerkskörper gezündet wurde, flog ein Funke in die Pulverkiste, es gab eine gewaltige Explosion und meine Palisade wurde zertrümmert. Die Kameraden rannten in meinen Garten und zertrampelten die Büsche.

Mich packte die Wut; ich nahm die nächste Hacke, stürzte mich auf sie und vertrieb sie. Ich werde in Zukunft jeden verjagen, der sich in meinem Garten blicken läßt.

Brienne, 1. November 1779

Während der Ferien habe ich die *Neue Héloïse* gelesen. Diese Liebesgeschichte hat mich völlig durcheinandergebracht. Rousseau ist für mich der größte Schriftsteller unseres Jahrhunderts!

Brienne, 21. April 1780

Joseph hat mir anläßlich meiner Erstkommunion einen Brief geschrieben und versucht, mir die Bedeutung der Kommunion zu erklären. Mama hat auch immer gesagt, die Erstkommunion sei das feierlichste Ereignis der Kindheit.

Der äußere Ablauf der Zeremonie war natürlich feierlich, aber ich weiß nicht, ob es wirklich der Leib Christi war, den ich empfangen habe. Meine Kameraden, die ebenfalls zum ersten Mal zur Kommunion gingen, haben offen gesagt, daß sie nicht daran glauben, sie haben sogar das Gebot des Fastens gebrochen. Das finde ich nicht richtig, man muß sich an die Vorschriften halten. Schließlich müssen wir als Offiziere später einmal mit gutem Beispiel vorangehen.

Brienne, 26. Juni 1780

Gestern kam ich zu spät zum Nachmittagsunterricht. Das ist ein Verstoß gegen eine Schulregel und wird bestraft. Das sehe ich ein. Aber hier wird man nicht bestraft, sondern gedemütigt. Ich mußte heute in ›Eselskleidern‹ zum Mittagessen erscheinen und sollte meine Mahlzeit an der Tür des Speisesaales kniend einnehmen.

Alle starrten mich an, als ich den Speisesaal betrat, und der aufsichtsführende Lehrer rief: »Auf die Knie, Monsieur!«

In diesem Moment verlor ich die Nerven und mußte mich erbrechen. Dann überkam mich Zorn; ich stampfte mit dem Fuß auf und rief: »Ich werde im Stehen essen, aber nicht auf den Knien! In meiner Familie kniet man nur vor Gott.«

Daraufhin versuchte der Lehrer, mich mit Gewalt auf die Knie zu zwingen, aber ich warf mich auf den Boden, weinte und rief immer wieder: »Nur vor Gott. Nur vor Gott!« Auf einmal war Pater Petrault da, mein Mathematiklehrer, zog mich hoch, legte den Arm um mich und rief entrüstet: »Ich erlaube nicht, daß man meinen besten Mathematiker so schmählich behandelt.«

Ich werde nie etwas dulden, was mich demütigt oder entehrt!

Brienne, 9. November 1780

Heute kam Post aus Korsika. Mama hat am 20. Oktober einer Tochter das Leben geschenkt: Maria Paola. Sie ist das zehnte Kind meiner Eltern. Papa schreibt, daß meine Geschwister alle gesund sind und sich gut entwickeln. Luciano soll sehr charmant sein und wird von allen vergöttert, besonders von Mama. Er setzt bei ihr immer seinen Willen durch, sie erzieht ihn wohl weniger streng als Joseph und mich. Maria Anna ist ausgesprochen wißbegierig, sie hängt sehr an Luciano und ordnet sich ihm völlig unter, Luigi übrigens auch.

Papa hat im September angefangen, ein Haushaltsbuch zu führen. Darin notiert er alle Ausgaben und auch andere Dinge, die ihm wichtig erscheinen; z.B. in welchem Monat bestimmte Gemüse gepflanzt oder ausgesät werden müssen, wie groß seine Weinvorräte sind und dergleichen mehr. Er empfiehlt mir, seinem Beispiel zu folgen. Er unterschätzt mich. Seit dem Ankunftstag in Autun notiere ich alle meine Ausgaben!

Am Sonntag habe ich mich während des Hochamtes furchtbar geärgert. Der Geistliche hat doch tatsächlich in seiner Predigt behauptet, Cato und Cäsar seien in der Hölle! Was für ein Unsinn! Die tugendhaftesten Männer der Antike konnten keine Christen sein, weil sie vom Christentum noch nichts wußten. Folglich können sie auch nicht in der Hölle sein.

Ich bin zu dem Schluß gekommen, daß ich nicht mehr alles glauben kann, was von der Kanzel herunter verkündet wird. Ab heute werde ich mich nicht mehr an den Lehren der katholischen Kirche orientieren, sondern an anderen Idealen: Ehre, Ritterlichkeit, Heldentum, Vaterlandsliebe, Mut.

Brienne, 15. August 1781

Jetzt bin ich zwölf Jahre alt. Ab heute darf ich mir die Haare wachsen lassen, hoffentlich kann ich mit Beginn des neuen Schuljahres einen Zopf flechten.

Hauté muß mir eine Hängematte besorgen, darin will ich in Zukunft schlafen. Ich habe nämlich beschlossen, zur Marine zu gehen, und will mich frühzeitig mit den Lebensgewohnheiten auf einem Schiff vertraut machen. Vielleicht dauert der Seekrieg, den wir zur Zeit gegen England führen, noch einige Jahre, dann könnte ich sofort nach meiner Ausbildung gegen den Feind kämpfen.

Ich habe lange kein Tagebuch mehr geführt, weil ich zu sehr mit anderen Dingen beschäftigt bin. Ich schlafe auch nur wenig, weil ich in der Nacht oft über das nachdenke, was wir tagsüber gelernt haben.

Meine Freundschaft mit Pierre François hat sich vertieft. Wir verbringen viele Freistunden gemeinsam. Er ist sehr anhänglich, und ich fühle mich stärker zu ihm hingezogen als früher. Seine Schönheit fesselt mich, ich könnte ihn stundenlang betrachten. Wenn sein Haar in der Sonne glänzt, möchte ich immer meine Hände durch seine blonden Locken gleiten lassen. Aber das ist unschicklich, also beherrsche ich mich.

In vier Wochen beginnen die Ferien. Pierre François wird nach Hause fahren wie jedes Jahr. Ich weiß gar nicht, wie ich die Wochen ohne ihn überstehen soll. Ich werde ihn sehr vermissen.

Zum Geburtstag hat er mir ein Buch geschenkt, das von den Päderasten im alten Griechenland handelt. Ich fragte ihn, wie er auf dieses Buch gekommen sei, und er antwortete: »Du interessierst dich doch für Antike und Altertum. Über die Kriege der damaligen Zeit besitzt du genügend Literatur. Ich dachte, es ist vielleicht interessant für dich, etwas über andere Lebensbereiche der Griechen zu erfahren.«

Er hat sogar eine Widmung in das Buch geschrieben; ich werde es in den Ferien lesen und dabei an ihn denken.

Brienne, 16. September 1781

Pierre François ist heute morgen abgereist. Ich bin in meinen Garten gegangen, um Unkraut zu jäten, und hoffte, daß meine Gedanken bei der Arbeit von ihm abgelenkt würden. Am Nachmittag wollte ich mit der Lektüre des Buches über die Päderasten beginnen.

Plötzlich erschien Charles in meinem Garten und bot seine Hilfe beim Jäten an; dabei führten wir ein Gespräch, das mich zutiefst erschüttert hat.

Charles: »Du bist wohl sehr traurig über Laugiers Abreise?«

Ich: »Ja, natürlich, aber ich verstehe, daß er in den Ferien seine

Familie sehen will. Wenn Korsika nicht so weit entfernt wäre und ich das nötige Reisegeld hätte, würde ich auch nach Hause fahren. Aber die sechs Wochen werden vorübergehen.«

Charles: »Du solltest die Ferien nutzen, um dich innerlich von Laugier zu lösen.«

Ich: »Warum denn?«

Charles: »Hast du keine Augen im Kopf? Siehst du nicht, daß er sich zur ›Nymphe‹ entwickelt?«

Ich: »Hör endlich auf, in Rätseln zu reden. Was meinst du mit ›Nymphe‹?

Charles holte tief Luft und erzählte mir, was die älteren Kadetten hin und wieder mit Laugier trieben.

»Sie haben ihn restlos verdorben. Es macht ihm Vergnügen, und jetzt ist er auf der Suche nach neuen Partnern, anscheinend langweilen ihn die anderen. Du weißt also, woran du mit ihm bist.«

Ich habe den ganzen Nachmittag über das Gespräch nachgedacht. Jetzt verstehe ich, warum mir Pierre François dieses Buch geschenkt hat. Wenn er wirklich homoerotisch veranlagt ist und daran Gefallen findet, so ist es widernatürlich und schändlich. Ich werde ihn zur Rede stellen, und wenn es nicht anders geht, muß ich die Freundschaft beenden.

Aber was war mit mir los in den letzten Monaten? War meine Zuneigung zu ihm vielleicht auch homoerotisch? Das darf nicht sein, das muß ich unterdrücken. Es ist unmännlich und unsoldatisch. Ich werde das Buch über die Päderasten nicht lesen. Für einen Soldaten ist das keine Lektüre.

Ich werde mich in den Ferien mit Corneille beschäftigen.

Brienne, 2. November 1781

Ich habe Pierre François sofort nach seiner Rückkehr zur Rede gestellt: »Dein Umgang gefällt mir nicht. Deine Freunde verderben dich. Wähle also zwischen ihnen und mir.«

Er antwortete: »Sie haben keinen Einfluß auf mich. Ich betrachte dich als meinen besten Freund.«

Wahrscheinlich hat Charles übertrieben. Vielleicht ist er auch eifersüchtig auf unsere Freundschaft. Ich werde also mit Pierre François befreundet bleiben, aber auf Distanz achten.

Brienne, 15. Mai 1782

Papa hat mir geschrieben. Mama hat am 25. März ihr elftes Kind bekommen: Maria Annunziata.

Zum ersten Mal nach einer Geburt hatte sie ein langwieriges Kindbettfieber. Sie hat eine leichte Steifheit auf der linken Seite zurückbehalten und soll nun Bäder nehmen. Der Arzt hat Bourbonne-les-Bains empfohlen. Wenn Papa wieder nach Versailles fährt, soll sie ihn begleiten. Auf der Hinreise werden sie Joseph und mich besuchen. Ich war völlig durcheinander, als ich das gelesen habe. Dreieinhalb Jahre habe ich meine Eltern nicht gesehen!

Brienne, 1. Juli 1782

Gestern haben meine Eltern mich besucht. Sie waren nur wenige Stunden hier, und als sie wegfuhren, fühlte ich mich verlassener als vorher. Es herrschte auch eine gewisse Fremdheit zwischen ihnen und mir. Papa hat sich vor allem für meine schulischen Leistungen interessiert und sich ausführlich mit Pater Berton unterhalten.

Mama ist von allen Kadetten bewundert worden. Sie ist aber auch eine elegante Erscheinung. Ihr Haar war zu einem Chignon geflochten, sie trug eine Spitzenhaube und ein weißes Seidenkleid mit einem grünen Blumenmuster. Meine Kameraden erklärten, meine Mutter sei ›schön wie die Liebe‹. Sie dagegen waren erschrocken über meine Magerkeit und mein verändertes Aussehen. Mama behauptete, ich sei bis zur Unkenntlichkeit verwandelt.

Ich erklärte ihr, daß ich immer ohne Ruhepause durcharbeite und meine Nächte oft damit verbringe, über das nachzudenken, was ich tagsüber gelernt habe. Überzeugen konnte ich sie nicht.

»Was ist aus dir geworden? Du warst in Ajaccio so ein kräftiges, übermütiges Kind. Jetzt schläfst du in einer Hängematte, weil du zur Marine gehen willst! Versprich mir, daß du in der Nacht schläfst und nicht über irgendwelche Dinge nachgrübelst!«

Um sie zu beruhigen, versprach ich ihr alles.

Brienne, 9. März 1783

Beinahe wäre Joseph vom Gymnasium geflogen. Nur der Fürsprache des Bischofs hat er es zu verdanken, daß er die Schule weiterhin besuchen darf.

Er hat dumm und unüberlegt gehandelt. Einige ältere Schüler besuchen hin und wieder gewisse Frauenzimmer in einem bestimmten Haus in Autun. Sie haben Joseph überredet, mitzukommen, damit er ›das Leben kennenlernt‹, bevor er das Keuschheitsgelübde ablegt.

Joseph ging also mit; angeblich hat er nicht gewußt, was ihn in dem Etablissement erwartet. Dieser Abend hat ihn sein ganzes Taschengeld gekostet. Er schreibt, daß er die Ausgabe nicht bereut. Der Besuch bei den ›Damen‹ sei eine neue Lebenserfahrung gewesen, er wisse nun, daß ihm die Einhaltung des Keuschheitsgelübdes sehr, sehr schwer fallen werde. Der Direktor hat durch einen dummen Zufall die Geschichte erfahren. Josephs Jugend und Marbeufs Fürsprache haben ihn gerettet, die älteren Schüler mußten ihre Sachen packen.

Ich finde das Verhalten und die Einstellung meines Bruders verantwortungslos und empörend. Wie kann er sein Taschengeld für Dirnen ausgeben? Er weiß wie ich, daß Papas finanzielle Lage sich seit dem letzten Jahr verschlechtert hat. Onkel Nicolo beklagt in jedem Brief die Verluste, die wir durch die Trockenlegung des Sumpfes haben. Die staatlichen Unterstützungen sind weggefallen, und Papa hat sogar Kredite aufnehmen müssen. Es fällt ihm bestimmt nicht leicht, Josephs Schulbesuch zu finanzieren. In einigen Wochen wird Luciano ebenfalls nach Autun gehen, um die französische Sprache zu lernen. Anschließend soll er meine Freistelle in Brienne einnehmen.

Ich habe mir vorgenommen, mich niemals mit solchen Frauenzimmern abzugeben. Das ist für einen künftigen Offizier und einen Buonaparte unwürdig! Die ›neue Lebenserfahrung‹, von der mein Bruder schwärmt, sollte der Ehe vorbehalten bleiben. Ich möchte diese Erfahrung mit einer Frau machen, die Mama ähnelt: aus guter Familie, mit einer ansehnlichen Mitgift; ihr Ruf muß tadellos sein, ihre äußere Erscheinung elegant. Sie muß sich mir unterordnen, und sie muß viele Kinder bekommen, am besten nur Söhne. Töchter sind immer problematisch; man muß einen passenden Ehemann für sie finden und ihnen eine Mitgift geben.

In diesem Sommer wird der Chevalier de Kéralio unsere Kadettenanstalt inspizieren und über jeden Kadetten berichten. Von dieser Beurteilung hängt es ab, ob man die Militärschule in Paris besuchen darf. Ich hoffe, daß ich noch in diesem Jahr Brienne verlassen kann, damit Luciano meine Freistelle bekommt.

Brienne, 10. September 1783

Der Seekrieg gegen England ist beendet. Am 3. September wurde in Versailles der Friedensvertrag unterzeichnet. Die Vereinigten Staaten sind nun ein freies, unabhängiges Land.

Der Chevalier de Kéralio hat mich günstig beurteilt: gehorsam, umgänglich, aufrichtig. Außerdem schrieb er: ›Sein Betragen zeugt von großer Regelmäßigkeit, und er hat sich stets durch sein Interesse an der Mathematik ausgezeichnet. Er besitzt gründliche Kenntnisse in Geschichte und Geographie, schlecht ist er in Tanzen und Zeichnen. Er wird einen vortrefflichen Seemann abgeben.‹

Ich darf die Militärschule in Paris besuchen, aber leider erst im nächsten Jahr. Jetzt, mit vierzehn Jahren, hält man mich noch für zu jung. Für Papa war das ein schwerer Schlag, denn er hat natürlich damit gerechnet, daß Luciano noch in diesem Jahr meine Freistelle einnehmen kann. Gott sei Dank hat er für Maria Anna ein Stipendium in St. Cyr bekommen.

Ich müßte Brienne, sobald es geht, verlassen, damit Luciano meinen Platz erhält und Papa finanziell etwas entlastet wird. Ich habe mir überlegt, daß ich ja auch unter fremder Fahne dienen könnte, und werde an die Admiralität schreiben und um einen Platz in der englischen Marineakademie bitten.

Brienne, 22. Juni 1784

Gestern traf mein Vater mit Maria Anna und Luciano hier ein. Lucien – so nennt man ihn hier – ist jetzt neun Jahre alt und drei Fuß sechs Zoll groß. Er ist sehr lebhaft und begabt. Das Italienische hat er vollkommen vergessen und spricht gut französisch. Ich hoffe, daß er die Kadettenanstalt erfolgreich durchlaufen wird.

Ich bleibe wahrscheinlich noch bis zum Herbst hier (von England habe ich bisher keine Nachricht erhalten) und werde mich um Lucien kümmern und jeden Abend kontrollieren, ob er sorgfältig gelernt hat. Er muß frühzeitig an die richtige Arbeitsdisziplin gewöhnt werden.

Maria Anna ist für ein Mädchen etwas zu ernst und streng. Sie hat bei den Beguinen fleißig gearbeitet und liest viel. Mein Vater will sie nach St. Cyr bringen und auf dem Rückweg mit Finanzminister Calonne wegen der Subventionen für die Trockenlegung der Salzsümpfe verhandeln. Außerdem will er den Leibarzt der Königin, Doktor de Lassonne, konsultieren.

Ich bin erschrocken, als ich meinen Vater gesehen habe; er ist mager, abgezehrt, hat Flecken im Gesicht. Er erzählte mir, daß er hin und wieder unter Übelkeit und Erbrechen leidet und fiebert. Er muß uns noch lange erhalten bleiben, denn im Herbst gibt es wieder Familienzuwachs; meine Mutter erwartet ihr zwölftes Kind.

Meine Vater hat schlechte Nachrichten aus Autun mitgebracht. Joseph hat seine Berufswünsche geändert, er will nicht mehr Geistlicher werden, sondern Offizier! Er fühlt sich nicht zum Priester berufen! In diesem Herbst hätte er nach Aix gehen können, weil Onkel Fesch in Kürze die Priesterweihen erhalten wird.

Mein Vater war mit Recht ärgerlich über Josephs Sinnesänderung. Das Gymnasium in Autun hat viel Geld gekostet. Außerdem glaubt er nicht, daß Joseph den Strapazen des Soldatenlebens gewachsen wäre. Ich glaube das auch nicht. Mein Vater ist noch unentschlossen, ob er den Kriegsminister um eine weitere Freistelle in einer Kadettenanstalt bitten soll. Auf der Rückreise will er noch einmal mit meinem Bruder reden. Wenn Joseph nicht bereit ist, nach Aix zu gehen, will er ihn zunächst mit nach Korsika nehmen und in seiner Kanzlei als Sekretär beschäftigen. Er hofft, daß er vielleicht Gefallen an der Jurisprudenz findet.

Am 15. August 1784, seinem fünfzehnten Geburtstag, bekam Napoleon die Nachricht, daß er ab Herbst die Militärschule in Paris besuchen dürfe.

Am 17. Oktober nahmen Napoleon und Lucien voneinander Abschied. Lucien hatte diesen Tag herbeigesehnt. Jeden Abend hatte sein Bruder seine Hausaufgaben kontrolliert. Während die Mitschüler im Park spielten, wurden seine Kenntnisse in Geographie und Geschichte überprüft. Damit nicht genug, er mußte auch Rechenschaft ablegen, wofür er sein Taschengeld ausgab, sogar die

Freizeitlektüre wurde vom Bruder ausgewählt. Lucien fühlte sich restlos bevormundet und unterdrückt und empfand die gutgemeinten erzieherischen Maßnahmen Napoleons als tyrannisch.

»Leb wohl, Lucien. Lerne weiterhin fleißig, damit du auch eines Tages die Militärschule in Paris besuchen darfst. Denke immer daran, daß alles, was du tust, unserer Familie zur Ehre gereichen muß.«

Die Familie, immer die Familie! dachte Lucien gereizt. Die Familie oder die Ehre oder die Arbeit – er ist ein richtiges Arbeitstier!

Mißmutig betrachtete er seinen Bruder. Napoleon war mittelgroß, die Haare waren zu einem Zopf geflochten, gepudert und mit einem Band zusammengebunden. Sein Gesicht war schmal, kantig, mit kräftig entwickelten Kinnbacken, graublauen Augen und einem olivbraunen Teint.

Lucien stieß ein kurzes ›Leb wohl‹ hervor, wandte sich brüsk um und lief davon. Gott sei Dank, dachte er, den Aufpasser bin ich los, hoffentlich sehe ich ihn jahrelang nicht wieder.

VIII

Während Napoleon mit der Postkutsche einem neuen Lebensabschnitt entgegenfuhr, saß Joseph im Arbeitszimmer seines Vaters und fertigte die Reinschrift eines Briefes an einen Mandanten an. Carlo sah die eingegangene Post durch: Rechnungen, Anfragen von Klienten nach dem Stand ihres Prozesses, ein Brief von Maria Anna aus St. Cyr. Sie schrieb, daß sie im Internat Elisa gerufen würde, um einer Verwechslung mit einem anderen Mädchen vorzubeugen.

Der letzte Brief war vom Kriegsminister in Paris. Carlo betrachtete ihn eine Weile unschlüssig und öffnete ihn dann zögernd. Er las die Nachricht, seufzte unhörbar, steckte den Brief diskret in seine Rocktasche, ging zum Fenster und sah dem Treiben auf der Straße zu. Joseph darf also die Kadettenanstalt in Metz besuchen, dachte er. Er war wenig erfreut über diese Nachricht, weil sie seine Pläne durchkreuzte.

Seine Reise nach Paris im Sommer war erfreulich verlaufen.

Doktor de Lassonne, der Leibarzt der Königin, hatte ihn eingehend untersucht und ihm dann eine merkwürdige Obstkur verordnet. Carlo hatte tagelang weiche Birnen essen müssen, aber Übelkeit und Magenschmerzen waren tatsächlich zurückgegangen.

Der Finanzminister hatte sich bereit erklärt, die restlichen Arbeiten bei der Trockenlegung des Sumpfes aus der Staatskasse zu finanzieren. Überdies sollte Carlo eine anteilige Entschädigung für seine Kosten erhalten. Er hatte erleichtert aufgeatmet. Bouchepornes ständige Eingaben waren also nicht umsonst gewesen.

In guter Stimmung war er nach Autun gereist und hatte noch einmal lange und eindringlich mit seinem Ältesten geredet. Er hatte auf die Gefahren des Soldatenhandwerks hingewiesen, auf die erforderliche mathematische Begabung, aber Joseph war hartnäckig geblieben. Er wollte Offizier werden. Carlo hatte schließlich resigniert und ihn nach Ajaccio zurückgebracht. Gegen seine eigene Überzeugung hatte er dann einen Brief aus Kriegsministerium geschrieben und um einen Platz in einer der Kadettenschulen gebeten. Insgeheim hatte er auf eine Absage gehofft.

Im letzten halben Jahr hatte Joseph in der Kanzlei gearbeitet, und die Art und Weise, wie er an die Lösung eines Rechtsfalles heranging, hatte Carlo davon überzeugt, daß sein Sohn ein guter Jurist werden könne. Er faßte den Entschluß, seinen Sohn auch gegen dessen Willen nach Pisa zu schicken. Es wurde höchste Zeit, daß Giuseppe einen Beruf erlernte.

Wenige Wochen nach seiner Rückkehr hatte Carlo wieder angefangen zu kränkeln; auch die Bäder in Orezza hatten seine Schmerzen nicht gelindert. Übelkeit und Erbrechen waren immer häufiger aufgetreten, und er magerte zusehends ab.

In stillen Stunden hatte er sich gefragt, ob seine Uhr bereits abgelaufen war. Sein Gesundheitszustand war Grund genug, daß Giuseppe so rasch wie möglich eine Ausbildung beginnen mußte.

Ich werde die Angelegenheit mit Letizia besprechen, vielleicht finden wir gemeinsam eine Lösung, überlegte Carlo.

Langsam stieg er die Treppe zum Schlafzimmer empor, er hielt sich am Geländer fest und mußte hin und wieder stehenbleiben, um Luft zu holen. Als er das Zimmer betrat, legte Letizia ihre Lektüre zur Seite und beobachtete ihn besorgt. Der Anblick seiner hageren Gestalt, der eingefallenen Wangen, der knochigen Hände schnürte ihr die Kehle zusammen. Dieser Mann hatte keine Ähnlichkeit mehr mit dem, den sie vor zwanzig Jahren geheiratet hatte.

»Giuseppe darf die Kadettenschule in Metz besuchen«, teilte Carlo ihr mit. »Aber ich bin nach wie vor der Meinung, daß er für den Heeresdienst ungeeignet ist. Ich fürchte, daß er an der Mathematik scheitern wird. Und was dann? Zwei abgebrochene Ausbildungen, die mich eine Menge Geld gekostet haben!«

Mit welcher Bitterkeit er spricht, dachte Letizia. Wo ist sein Optimismus geblieben?

Carlo ging langsam im Zimmer auf und ab. »Am liebsten möchte ich ihn zwingen, nach Pisa zu gehen.«

»Nein, Carlo, das ist nicht der richtige Weg. Ich kann nicht beurteilen, ob Giuseppe zum Offizier taugt oder nicht, aber ich halte es für verkehrt, jemanden in einen Beruf zu drängen, den er nicht ausüben will. Du darfst nicht vergessen, daß wir ihn damals – ohne ihn zu fragen – für den geistlichen Stand bestimmt haben. Er hat sich nicht dagegen gesträubt, aber er wußte ja auch noch nicht, was alles zu den Aufgaben und Pflichten eines Priesters gehört.«

»Er hat nicht widersprochen, weil er damals nicht wußte, was er wollte, und heute weiß er es ebensowenig. Sein Bruder dagegen hat schon als Kind klare Zielvorstellungen gehabt.«

Letizia seufzte. »Ich habe mir schon manchmal gewünscht, daß Napoleone der Erstgeborene wäre. Er hatte von klein auf mehr Familiensinn und Verantwortungsbewußtsein als Giuseppe. Aber wir können an den Tatsachen nichts ändern. Laß Giuseppe nach Metz gehen; dort ist er wenigstens mehr unter Aufsicht als in Pisa. Wer garantiert dir, daß er auf der Universität ernsthaft studiert?«

Carlo gab sich geschlagen: »Schön, dann soll er nach Metz reisen.«

»Du könntest ihn begleiten und noch einmal den Doktor de Lassonne aufsuchen. Er kann und weiß bestimmt mehr als die Ärzte hier auf der Insel.«

»Wie soll ich ihn bezahlen? Wir haben kein Geld für solche Sonderausgaben.«

Letizia setzte sich mit einem Ruck auf. »Carlo, steht es wirklich so schlimm um unsere Finanzen? Warum hast du mir nichts davon gesagt? Als Boucheporne dir die Entschädigungssumme auszahlte, dachte ich, daß unsere finanziellen Sorgen damit behoben sind.«

»Ja und nein. Das Geld hat gerade gereicht, um die Kredite zurückzuzahlen. Wir sind also jetzt – Gott sei Dank – schuldenfrei. Aber die Einnahmen aus den Ländereien und mein Richtergehalt benötigen wir für die laufenden Ausgaben. Einen teuren Arzt kann ich nicht bezahlen.«

»Unsere finanzielle Lage wäre besser, wenn wir eine weniger aufwendige Haushaltsführung hätten. Warum können wir nicht leben wie früher? Ich mache dir einen Vorschlag: Wir verzichten auf die beiden Dienstmädchen, Marianna hilft wieder Caterina bei der Hausarbeit. Ein Kindermädchen ist nicht mehr notwendig. Luigi ist in einem Alter, wo er schon hin und wieder auf Paoletta und Annunziata aufpassen kann, und Geltruda und ich sind auch noch da. Die Ausgaben für Kleider können in Zukunft gespart werden; in meinen Schrank geht bald nichts mehr hinein. Und du hast zwölf bestickte Röcke, das ist wirklich genug. Die Abendgesellschaften können wir auch einschränken. Vor Jahren waren sie vielleicht nützlich, um Verbindungen zu pflegen, aber diese Verbindungen haben wir ja nun. Deine Behandlung durch Lassonne ist dringend notwendig. Wir müssen das Geld eben borgen.«

»Nein, das kommt nicht in Frage!«

»Im Interesse deiner Familie mußt du an deine Gesundheit denken. Wir dürfen jetzt keine falschen Rücksichten nehmen. Du mußt wieder gesund werden, alles andere ist unwichtig.«

Nachdem Carlo das Zimmer verlassen hatte, überschlug Letizia die Arztrechnungen der vergangenen Monate und kam zu dem Schluß, daß Carlo mindestens fünzig Louisdors mitnehmen mußte, um Lassonne bezahlen zu können.

Wer wäre bereit, uns fünfzig Louisdors zu leihen? Von der korsischen Nobilität kommt niemand in Frage. Die Peraldis und die Pozzo di Borgo müssen nicht wissen, wie es um uns steht. Boucheporne? Er hat genug für uns getan. Narbonne? Ja, Narbonne könnte ich bitten, uns das Geld zu leihen.

Der Vizegouverneur war sofort bereit, ihr die benötigten Louisdors zu leihen, und Carlo nahm das Geld widerstrebend in Empfang.

Am 5. November 1784 bestiegen er und Joseph den Reisewagen nach Bastia.

Zehn Tage später, am 15. November 1784, brachte Letizia ihr zwölftes Kind zur Welt. Es war ein Sohn. Er erhielt den Namen seines Großvaters Ramolino: Girolamo.

Der erste Glückwunsch zu Girolamos Geburt kam von Napoleon und traf am 31. Dezember in Ajaccio ein. Der Brief war an Letizia gerichtet, aber sie las ihn natürlich der Familie vor.

Paris, 9. Dezember 1784

Meine liebe Mutter,

gestern erhielt ich die Nachricht von der Geburt Girolamos.

Ich bin glücklich, daß Sie Ihre schwere Stunde gut überstanden haben und das Kind wohlauf ist. Ich hoffe, daß Girolamo dem Namen seines Großvaters Ehre macht und ein ebenso tapferer Offizier wird wie dieser.

Giuseppe hat Sie bestimmt davon unterrichtet, daß unser Vater sich in Aix plötzlich entschloß, nach Montpellier zu reisen, weil die dortige medizinische Fakultät einen guten Ruf hat. Giuseppes Brief klang sehr zuversichtlich, und ich glaube, im neuen Jahr können Sie und die Familie unseren Vater wieder als gesunden Mann in Ajaccio begrüßen.

Nun will ich Ihnen noch von Paris und der Militärschule erzählen. Am 21. Oktober kamen Pater Berton und ich in der Hauptstadt an. Paris hat zwei Gesichter: großer Reichtum und bittere Armut. Die Karossen der Adligen poltern rücksichtslos durch die engen Gassen, man schickt Bulldoggen voraus, die das Volk aus dem Weg scheuchen. Neben eleganten Geschäften habe ich auch viele Bettler gesehen.

Hier gibt es übrigens Straßenlampen, die an Seilen aufgehängt sind. Bei Anbruch der Dunkelheit werden sie heruntergelassen, angezündet und wieder hinaufgezogen. Man nennt sie ›lanternes‹. Pater Berton ermahnte mich, aufzupassen, daß ich kein Opfer von Taschendieben werde: »Ihnen sieht man den Provinzler an der Nasenspitze an.«

Bisher hatte ich kaum Gelegenheit, mir die Stadt etwas näher anzusehen. Die Tageseinteilung in der Militärschule hier ist ähnlich wie in Brienne.

Die Schule wurde erst vor dreizehn Jahren errichtet, ein Prachtbau mit korinthischen Säulen und einer Kuppel, und gehört zu den Sehenswürdigkeiten von Paris. Sie liegt im Südwesten der Stadt, links von der Schule erstreckt sich das Marsfeld, nördlich befinden sich der Invalidendom und das Hôtel des Invalides.

Hier ist alles viel prunkvoller als in Brienne, angefangen bei meiner Uniform: blau mit rotem Kragen und silbernen Tressen!

Unsere Klassenzimmer haben blaue Tapeten mit goldenen Lilien, vor Fenstern und Türen hängen Vorhänge. Die Schlafsäle werden durch Kachelöfen geheizt, ein Luxus, den ich sehr genieße. Was habe ich im Winter in Brienne immer gefroren! Die Wasserkrüge und Waschbecken sind aus Zinn, die Betten haben Vorhänge aus Alençon-Leinen.

Das Essen ist vorzüglich; zu Mittag kann man zwischen drei Desserts wählen. Wir werden von erstklassigen Fachleuten unterrichtet. Mein Ausbilder erzählte mir, daß ein Stipendiat den Staat jährlich 4 282 Livres kostet!

Jeder Kadett hat einen älteren Kadetten als Ausbilder. Mit meinem ersten Ausbilder bekam ich schon nach wenigen Tagen Streit. Daraufhin wurde er durch Alexandre de Mazis ersetzt; er ist ein Jahr älter als ich, und wir vertragen uns bestens.

Alexandre kennt sich ein wenig in Paris aus. Wenn sich eine Gelegenheit ergibt, will er mir die alten Paläste im Marais zeigen, den Place des Vosges und das Judenviertel im Marais.

Meine liebe Mutter, ich wünsche Ihnen, meinen Geschwistern und der ganzen Familie alles erdenklich Gute für das Jahr 1785.

Ich hoffe, daß alle gesund bleiben, meine Geschwister sich weiterhin so gut entwickeln wie bisher – und daß unser Vater bald wieder bei Ihnen ist, geheilt und mit dem Elan von früher.

Ihr Sie liebender und gehorsamer Sohn

Napoleon de Buonaparte, der zweitälteste.

Ende Januar 1785 saß Joseph in Montpellier im Haus der Permons am Krankenbett seines Vaters.

Madame Permon betrat leise das Krankenzimmer. »Soll ich Ihre Frau nicht doch benachrichtigen und sie bitten, nach Montpellier zu kommen?«

»Nein, auf keinen Fall. Ich möchte ihr meinen Anblick ersparen. Letizia soll mich nicht als körperliches Wrack in Erinnerung behalten. Außerdem wird meine Familie nach meinem Tod jeden Livre benötigen.«

»Aber Papa, wie können Sie vom Tod reden. Die Ärzte sind sehr zuversichtlich, daß es Ihnen in einigen Wochen wieder wesentlich besser geht.«

»Rede keinen Unsinn, Joseph. Ich weiß, wie es um mich steht. Laß mich jetzt allein. Ich möchte schlafen.«

Joseph verließ bedrückt das Zimmer, gefolgt von Madame Permon. Sie sah den jungen Mann mitleidig an; das gespannte Verhältnis zwischen Vater und Sohn war ihr nicht verborgen geblieben.

»Hätten Sie nicht Lust zu einem Spaziergang? Sie waren den ganzen Tag noch nicht an der frischen Luft.«

»Monsieur de Buonaparte, Sie müssen unbedingt auf der Promenade du Payrou spazierengehen und sich den sechseckigen Wasserturm und das Aquädukt ansehen«, rief Laure, die jüngere der beiden Töchter von Madame Permon.

Ihre ältere Schwester Cécile warf Joseph einen koketten Blick zu. »Wir zeigen Ihnen gern den Weg.«

»Nicht so vorlaut, Cécile. Monsieur de Buonaparte braucht etwas Ruhe und Erholung.«

Joseph sah Madame Permon dankbar an. »Wie kann meine Familie je wiedergutmachen, was Sie in den letzten Wochen für meinen Vater getan haben?«

»Ihre Mutter ist eine alte Freundin von mir, wir haben schon als Kinder zusammen gespielt. ›Ajaccios kleines Wunder‹ so nannte man sie damals. Ich erinnere mich noch an die prunkvolle Hochzeit Ihrer Eltern, an die vielen Vettern Ihrer Mutter, die mich am meisten beeindruckt haben. Ein klein wenig habe ich Ihre Mutter damals beneidet. Ihr Vater war so ein stattlicher, gutaussehender junger Mann. Nun ja, ich bin mit Monsieur Permon auch glücklich geworden.«

Kein Wunder, dachte Joseph, schließlich ist Permon ein reicher Heereslieferant. Onkel Luciano wäre entsetzt, wenn er den Lebensstil in diesem Haus erleben würde.

Er ging die Straße hinunter und schlug dann die Richtung zur Promenade du Payrou ein.

Seine Lebenssituation hatte sich innerhalb weniger Wochen verändert. Während der stürmischen Überfahrt zum Festland litt sein Vater an Seekrankheit und heftigen Leibschmerzen. In Aix hatten sie den jungen Fesch besucht, und der frischgeweihte Priester empfahl ihnen Professor Turnatori. Nach der Untersuchung hatte dieser von einer Fortsetzung der Reise abgeraten.

»Begeben Sie sich sofort nach Montpellier. Die medizinische Fakultät hat einen hervorragenden Ruf. Ich werde Ihnen ein Empfehlungsschreiben mitgeben.«

In Montpellier bezogen sie zunächst ein Zimmer in der Pension der Madame Louise Dellon, und sein Vater hatte sofort nach den Ärzten geschickt: Barthès, La Mure und Sabatier. Er selbst, Joseph, hatte unterdessen Madame Permon aufgesucht, die sich sofort bereit erklärte, Vater und Sohn in ihrem Haus aufzunehmen.

Ende Dezember war es plötzlich mit dem Vater bergab gegangen; er hatte keine feste Nahrung mehr behalten können und war zusehends verfallen. Madame Permon hatte mehrmals gefragt, ob sie nicht Letizia benachrichtigen solle, aber sein Vater hatte stets abgelehnt, immer mit dem Hinweis, daß seine Frau ihre Kräfte und das Geld für die Zukunft brauchen würde.

In Gedanken verloren hatte Joseph den Wasserturm erreicht. Er streifte ihn mit einem gleichgültigen Blick und kehrte um.

Er kann doch nicht jetzt schon sterben, er ist noch so jung, am 27. März wird er 39 Jahre alt! Bis jetzt haben die Ärzte noch keine endgültige Diagnose gestellt; vielleicht sieht Papa auch alles zu schwarz.

Hin- und hergerissen zwischen Furcht und Hoffnung ging Joseph zum Haus der Permons zurück.

Im Salon wurde er von Dr. Barthès erwartet. Der Arzt kam sofort zur Sache.

»Nach mehreren ausführlichen Besprechungen mit meinen Kollegen habe ich heute Ihren Vater noch einmal gründlich untersucht und seinen Krankheitsverlauf mit dem anderer Patienten verglichen. Meine Kollegen und ich sind zu dem Ergebnis gekommen, daß Ihr Vater wahrscheinlich Magenkrebs hat, eine Krankheit, die zur Zeit nicht heilbar ist. Ihr Vater wird nach ärztlichem Ermessen nur noch wenige Wochen leben. Ich habe ihn, weil er es wünschte, über seinen Zustand aufgeklärt. Er ist übrigens mit einer Autopsie einverstanden.«

»Nur noch wenige Wochen?« stammelte Joseph hilflos. »Wie viele Wochen denn?«

»So genau kann man das nicht sagen, weil der Krankheitsverlauf bei jedem Patienten anders ist.« Der Arzt schwieg einen Moment und fuhr dann zögernd fort: »Vielleicht sollte Ihr Vater in den nächsten Tagen die Letzte Ölung empfangen.«

Bereits zwei Tage später saß der Abbé Pradier neben Carlos Bett und betete mit ihm. Er hatte ihm die Letzte Ölung erteilt und die Beichte abgenommen; die Kommunion war nicht möglich gewesen, weil der Körper nichts mehr bei sich behielt.

Während der folgenden Tage saß Joseph neben dem Bett seines Vaters. Wie langsam ein Mensch stirbt, dachte er verwundert, und es gab Augenblicke, in denen er wünschte, daß endlich alles vorbei wäre, daß sein Vater nicht mehr leiden müsse und daß er sich selbst wieder dem Leben und der Zukunft zuwenden könne.

Die Zukunft! An die Zukunft dachte Joseph nur mit Unbehagen. Er hatte beschlossen, nicht nach Metz zu gehen, sondern nach Ajaccio zurückzukehren, um zunächst seiner Mutter beizustehen. Insgeheim war er froh, daß das Problem Metz sich gelöst hatte; ihm waren inzwischen selbst Zweifel gekommen, ob er zum Offizier taugte. Aber die Frage seiner beruflichen Zukunft war damit noch nicht geklärt. Geistlicher wollte er nicht werden, jetzt noch weniger als früher; blieb also Pisa und ein Jurastudium, obwohl er auch hierzu wenig Lust verspürte.

Seine Stellung als künftiges Familienoberhaupt belastete ihn noch mehr als seine berufliche Zukunft. Solange er nicht volljährig war und seine Ausbildung nicht abgeschlossen hatte, würde Onkel Luciano alle Entscheidungen treffen, aber irgendwann würde er, Joseph, das Familienoberhaupt sein. Seine Vorfahren hatten davon ausgehen können, daß ihre Entscheidungen kritiklos akzeptiert wurden, aber Josephs Geschwister waren schon als Kinder aus der Familienbindung herausgerissen und von Einflüssen außerhalb der Insel geprägt worden. Sie mußten frühzeitig kämpfen und sich durchsetzen und hatten gelernt, ihre eigene Meinung zu vertreten.

Ich werde einen schweren Stand haben, dachte Joseph. Napoleon, Lucien und Elisa werden nicht alles hinnehmen, sie werden kritisch sein.

Die Tage verrannen, Carlo war nur noch zeitweise bei Bewußtsein. Der Februar neigte sich dem Ende zu.

Am Nachmittag des 24. Februar hörte Joseph, wie Carlo etwas vor sich hin murmelte. Er beugte sich über den Kranken und konnte die Worte verstehen. »Napoleon, großer Degen, Hilfe«, dann verstummte das Gemurmel, der Kranke atmete wie vorher, kurz und stoßweise.

Joseph kehrte zu seinem Sessel zurück. Mein Vater nennt den Namen meines Bruders, dachte er verstimmt, aber ganz unrecht hat er vielleicht nicht. Napoleon wäre wahrscheinlich sofort bereit, das Amt des Familienoberhauptes zu übernehmen, wenn man es ihm anböte.

Im Zimmer wurde es allmählich dunkel; eine Dienerin brachte die Öllampe. In ihrem Schein betrachtete Joseph das Profil seines Vaters. Der Kranke atmete nun ruhiger als in den Stunden vorher.

Joseph wußte nicht mehr, wie lange er so dagesessen hatte. Die Schläge einer Uhr brachten ihn wieder in die Gegenwart zurück. Es war sieben Uhr abends. Joseph sah zum Bett hinüber, und erst allmählich begriff er, daß Carlo de Buonaparte tot war.

Zweites Buch

IX

Am 10. September 1786 stand Napoleon auf der Place Puget in Toulon. Seine graublauen Augen wanderten nachdenklich und unschlüssig über den von Pflanzen überwucherten Delphinenbrunnen. Nachdem er am Hafen erfahren hatte, daß das nächste Schiff nach Korsika erst in zwei Stunden auslaufen würde, war er ziellos durch die Altstadt spaziert. Wie verbringe ich diese zwei Stunden? überlegte er. Ich möchte die Zeit sinnvoll ausnutzen und kein Geld ausgeben. Ob ich mir die Kathedrale Sainte-Marie-Majeure ansehe? Die vergoldete Holzstatue der Maria soll sehenswert sein; allerdings kenne ich diese Marienstandbilder von Korsika her zur Genüge. Was bietet Toulon außer der Kathedrale? Befestigungsanlagen! Für einen Artilleristen ist es immer nützlich, die Festungswerke einer Stadt zu kennen.

Auf dem Weg zum Fort kam er an einem Café vorbei. Der Duft warmer Pasteten, sein knurrender Magen und das Mittagsläuten veranlaßten ihn, stehenzubleiben und sein Bargeld nachzuzählen.

»Nein«, sagte er dann laut zu sich selbst, »nein und nochmals nein! Ich darf keinen Sou für überflüssige Dinge ausgeben, und dieses Café ist ein Luxus.« Als er am 1. September seinen Sold erhielt, hatte er sich vorgenommen, den größten Teil der Familie mitzubringen.

Mit entschlossenen Schritten marschierte er zum Hafen und ließ dabei seine Gedanken zurückwandern zum März des Jahres 1785, als er die Nachricht vom Tod seines Vaters erhalten hatte.

Mit diesem plötzlichen Ableben hatte er nicht gerechnet. Er wußte sofort, daß die Familie in finanzielle Schwierigkeiten kommen würde; die Witwenpensionen, die der Staat zahlte, waren mehr als dürftig. Er nahm sich vor, so intensiv wie möglich zu arbeiten, um das Examen früher als geplant, vielleicht schon im Herbst 1785 ablegen zu können.

Napoleon betrauerte seinen Vater aufrichtig, aber die Vorbereitung auf das Examen und die Sorge um die Zukunft der Familie drängten seinen Schmerz in den Hintergrund.

Am 1. September 1785 war es soweit: Napoleon wurde zum Unterleutnant der Artillerie ernannt. Zwar war er unter den achtundfünfzig Kadetten, die das Examen bestanden, erst der zweiundvierzigste, der das Offizierspatent erhielt, aber die meisten hatten die Schule länger als zwei Jahre besucht, und er war einer der Jüngsten.

Bei der Schlußparade erhielt Napoleon die Insignien: eine silberne Halsspange, einen Gürtel aus poliertem Leder und einen Degen. Am nächsten Tag zog er die neuen Offiziersstiefel an, schnallte den Degen um und machte stolz Besuch bei den Permons. Er wollte ihnen zeigen, daß er es zu etwas gebracht hatte. Fünf Jahre und neun Monate zuvor war er als italienisch sprechender Korse in Frankreich angekommen, nun war er Offizier des Königs!

Madame Permon sparte nicht mit Anerkennung, aber ihre beiden Töchter kicherten nur, und Cécile sagte: »Nun, da Sie Ihren Offiziersdegen haben, müssen Sie die Damen beschützen.«

Ihre Schwester Laure musterte ihn von oben bis unten und meinte kurz: »Wie kann er Damen beschützen? Er sieht aus wie ein gestiefelter Kater.«

Aber Napoleon war so stolz auf seinen Offiziersrang, daß er sich über dieses dumme Geschwätz von Schulmädchen nicht ärgerte, im Gegenteil: Er kaufte das Buch *Der gestiefelte Kater* und schenkte es den beiden Mädchen.

Napoleon entschied sich für das Regiment La Fère, das als Eliteregiment galt und in Valence an der Rhône stationiert war, also nicht allzuweit von Korsika entfernt.

In den ersten drei Monaten mußte er, wie in der französischen Armee üblich, den Dienst eines einfachen Soldaten verrichten, also auch Pferde striegeln und Wache stehen. Ihm Januar 1786 nahm er seinen Dienst als Unterleutnant auf: am Vormittag Geschützexerzieren in der Festung und Schießübungen, nachmittags Instruktionsstunden in der Ballistik.

In Valence wohnten die Offiziere nicht in der Kaserne, sondern in Privatquartieren, und Napoleon fand ein billiges Zimmer im ersten Stock des Café Cercle, bei Mademoiselle Bou, einer gutmütigen alten Jungfer, die sich sogar um seine Wäsche kümmerte. Napoleon war froh um jede Ersparnis. Den größten Teil seines Solds schickte er seiner Mutter, vom Rest lebte er mehr schlecht als recht und sparte sich überdies jeden Sou vom Mund ab, um Bücher kaufen zu können. Bücher waren seine Leidenschaft; er spielte sogar mit dem Gedanken, sich eines Tages ganz der Schriftstellerei zu widmen; einige Artikel über Korsika hatte er bereits geschrieben, nun plante er ein Buch über die Geschichte der Insel, das er natürlich Paoli widmen würde.

Mit seinen Offizierskameraden konnte er nicht viel anfangen. Ihre Saufgelage und sonstigen Vergnügungen stießen ihn ab. Vor einigen Monaten hatte er in sein Tagebuch geschrieben:

›Immer allein, selbst mitten unter den Menschen, gebe ich mich meiner Schwermut hin. Was soll ich in der Welt? ... Wie entfernt sind doch die Menschen von der Natur! Wie feige, niedrig, kriecherisch! Was werde ich in meinem Vaterland für ein Schauspiel sehen! Meine Landsleute, in Ketten gelegt, küssen zitternd die Hand, die sie unterjocht. Müßte ich nur einen Menschen zerstören, um meine Landsleute zu befreien, ich eilte sofort, dem Tyrannen den Stahl in die Brust zu bohren ...
Mein Dasein ist mir nur Last. Die Menschen, mit denen ich lebe und voraussichtlich immer leben werde, sind so ganz anders geartet als ich ...‹

Nur in Gesellschaft seines Freundes Alexandre de Mazis fühlte er sich wohl, mit ihm verlebte er schöne Stunden. Alexandre hatte ihn bei den wohlhabenden Familien in Valence eingeführt. So hatte Napoleon Caroline du Colombier kennengelernt. Sie hatte ihm auf den ersten Blick gefallen mit ihren blonden Locken und den dunkelblauen Kulleraugen. Sie war drall, unbeschwert und quicklebendig, die behütete Tochter aus gutem Haus, die keine materiellen Sorgen kannte. Mit ihr wurde auch er unbeschwert für einige Stunden. Sie plünderten die Kirschbäume im weitläufigen Garten ihrer Eltern, gingen am Ufer der Rhône spazieren und plauderten über belanglose Alltäglichkeiten.

Napoleon hatte die Festungsanlagen erreicht. Er suchte einen schattigen Platz und zog das kleine Päckchen Briefe aus der Tasche, die er seit dem Tod des Vaters erhalten hatte. Er entfaltete einen nach dem anderen, um sie noch einmal zu lesen.

Im Mai 1785 hatte er einen Brief von Geltruda erhalten. ›... Deine Zeilen waren ein großer Trost für deine Mutter‹, schrieb sie, ›sie hat sie immer wieder gelesen. Tagsüber tritt sie sehr gefaßt und gelassen auf, aber in der Nacht höre ich sie häufig weinen. Sie hat sämtliche Möbel in der Bankettgalerie mit schwarzen Tüchern verhängt; die Galerie ist abgeschlossen, und den Schlüssel hat sie in Gewahrsam. Nur Caterina darf hin und wieder hinein, um zu lüften und zu reinigen. Mein Herz zieht sich zusammen, wenn ich abends gelegentlich am Haus der Pozzo di Borgo vorbeigehe und die erleuchteten Fenster sehe. Ach, sage ich zu mir, heute geben sie wieder eine Gesellschaft. Dann biege ich um die Ecke in die Via Malerba, und Totenstille umfängt mich. Am meisten ärgere ich mich über Giocondas eitles Geschwätze bei den Marktweibern: – Signor Carlo Andrea studiert jetzt in Pisa, er wird bestimmt ein hervorragender Jurist! – Ich müßte über diesen Dingen stehen, aber ich kann es nicht! Der herablassende Gruß der Signora Pozzo di Borgo bringt mein Blut stets von neuem in Wallung! Dein Bruder Giuseppe vergräbt sich im Arbeitszimmer Deines Vaters in Büchern, eine große Hilfe ist er bis jetzt für Deinen Onkel Nicolo nicht gewesen ...‹

Im Oktober schrieb Letizia:

›Mein lieber Sohn, ich weiß nicht, wie ich Dir danken soll. Die 50 Livres sind vor zwei Wochen eingetroffen, leider komme ich erst jetzt dazu, Dir zu schreiben. Du kannst Dir denken, daß ich viel Arbeit habe; Saveria Canale habe ich entlassen, Marianna hat vor kurzem geheiratet, erklärte sich aber bereit, im Notfall auszuhelfen, sogar unentgeltlich! Zur Zeit bewältige ich die Hausarbeit nur mit Caterina und dem Mädchen Lucia. Normalerweise können drei Frauen leicht einen Haushalt führen, aber Onkel Luciano ist seit einigen Wochen bettlägerig und muß rund um die Uhr versorgt werden. Ich darf mich nicht über unsere wirtschaftliche Lage beklagen; ich kann meine Kinder ernähren und kleiden und erhalte vom Staat eine kleine Pension. Aber es fehlt immer an Bargeld, obwohl ich spare, wo ich kann. Eine gewisse Rücklage muß ich auch haben, falls Giuseppe irgendwann nach Pisa geht, um seine Doktorarbeit zu schreiben. Nach seiner Rückkehr im Frühjahr hat er mich ein bißchen unterstützt, jetzt beschäftigt er sich den ganzen Tag mit privaten juristischen Studien. Seit Onkel Luciano bettlägerig ist, hat Giuseppe das Amt des Familienoberhauptes übernommen, dies zu Deiner Kenntnis. Narbonne hat übrigens viel Großmut bewiesen. Er hat nicht zugelassen, daß ich mein Silber versetze, um die geliehenen Louisdors zurückzuzahlen, das Geld hat er mir schlicht geschenkt, in Erinnerung an die Verdienste Deines seligen Vaters.

Marbeuf und Boucheporne besuchen mich regelmäßig; Marbeuf kränkelt seit einiger Zeit, hoffentlich ist es nichts Ernstes.

Mein Gesuch um eine Freistelle für Luigi in einer der Kadettenanstalten war leider erfolglos. Könntest Du in dieser Angelegenheit noch einmal an das Kriegsministerium schreiben? Der Brief eines Offiziers wirkt auf die hohen Herren vielleicht mehr als die Zeilen einer armen Witwe. Von Elisa und Luciano erhalte ich regelmäßig Post. Deine Schwester schreibt ausführlich über den Unterricht bei den Nonnen und ihre Lektüre. Ich weiß nicht, ob so viel Büchergelehrsamkeit für ein Mädchen vorteilhaft ist, ich fürchte fast, daß Elisa auf Männer abschreckend wirken wird. Luciano begeistert sich für alte Sprachen und die antiken Philosophen. In Mathematik hat er Schwierigkeiten, aber gerade dieses Fach ist für einen Offizier wichtig, nicht wahr? Insgesamt beklagt er sich über den militärischen Drill in Brienne und die geforderte Disziplin. Der arme Junge tut mir manchmal leid ...‹

Im März 1786 kam ein verzweifelter Brief von Onkel Nicolo.

›... Heute jährt sich der Todestag Deines Vaters. Deine Mutter ist zum ersten Mal seit Monaten wieder zur Frühmesse gegangen. Ich glaube, sie hat es noch immer nicht verwunden, daß für Deinen Vater seinerzeit kein Vocero gesungen wurde.

Vor einigen Tagen haben wir einen schweren finanziellen Rückschlag erlitten. Der Finanzminister teilte uns kurz und bündig mit, daß der Staat die Investitionen für die Maulbeerbaum-Plantagen nicht mehr subventioniert. Das Geld, das wir im letzten Jahr dafür ausgegeben haben, wird nicht erstattet und ist also verloren. Ich habe sofort nach Versailles geschrieben und gebeten, unsere Angelegenheit noch einmal zu überprüfen. Leider haben wir keinerlei finanzielle Unterstützung durch Onkel Luciano. Von seinem Bett aus betreibt er einen einträglichen Handel mit Bauerngütern, Wein, Pferden, Schafen und Ziegen. Nebenbei führt er verschiedene Prozesse, die er bisher alle gewonnen hat. Er scheffelt die Livres! Uns gönnt er keinen einzigen Sou. Seine Schätze versteckt er unter seiner Matratze, weil er verhindern möchte, daß sein Geld verschwendet wird! Nun, er wird nicht ewig leben, und dann sind wir die Erben. Das ist der einzige Gedanke, der mich zur Zeit tröstet. Wenn Deine Mutter Bargeld benötigt, muß sie es von Onkel Luciano leihen; bis jetzt hat er immerhin noch keine Zinsen verlangt, der alte Geizhals!

Kannst Du nicht Urlaub beantragen? Ich brauche Hilfe bei der Verwaltung der Ländereien. Seit dem Tod Deines Vaters muß ich alles allein bewerkstelligen, und dadurch wurde natürlich vieles vernachlässigt. Giuseppe hat leider wenig Interesse für die Landwirtschaft, und es ist beschlossene Sache, daß er im Herbst nach Pisa geht, um seine Doktorarbeit zu schreiben. Es gab lange Familienberatungen wegen der Finanzierung des Studienaufenthaltes, aber unter Aufbietung aller Kräfte können wir es schaffen ...‹

Kurz nach seinem Geburtstag am 15. August erhielt Napoleon einen Brief seines Onkels Luciano mit den üblichen Glückwünschen, Ermahnungen, Klagen – und mit Neuigkeiten:

›... zwei reiche Witwer aus Bastia und Calvi haben um die Hand Deiner Mutter angehalten; sie hat beide Anträge abgelehnt, mit der Begründung, sie wolle dem Andenken Deines seligen Vaters treu bleiben und ihren Kindern das Elternhaus erhalten. In einigen Jahren werden wir wissen, ob ihre Entscheidung richtig war.

Ich freue mich sehr auf Deine Heimkehr, Du wirst bestimmt viel Interessantes erzählen können. Seit ich das Haus nicht mehr verlasse, ist mir der Tag doch recht lang. Hin und wieder handele ich ein wenig mit Ziegen oder Wein, viel Geld bringt es nicht ein, aber es vertreibt die Langeweile. Am meisten leide ich unter der Diät: völliger Verzicht auf Fleisch! Du stellst Dir nicht vor, wie mir das Wasser im Munde zusammenläuft, wenn es am Sonntag im ganzen Haus nach einer knusprigen Hammelkeule duftet oder nach gebratenen Vögeln! Wie gerne würde ich ab und zu eine Wachtel oder ein Amselchen verspeisen. Was setzt Caterina mir vor? Ravioli mit Broccia, am nächsten Tag Lasagna, dann wieder Ravioli und so fort.

Mit Deinem Bruder Giuseppe bin ich nicht zufrieden, er ist so saumselig in Familienangelegenheiten. Nicolo kann nicht gleichzeitig in Bocognano, Bastelica oder Vitullo nach dem Rechten sehen. Dein Bruder könnte auch einmal überprüfen, ob die Bauern nach der Benutzung des Bannofens und der Bannmühle ihr Quantum an Fischen und Mehl abgeliefert haben. Was treibt er? Im Zimmer Deines seligen Vaters pflegt er seine humanistische Bildung! Gegen Mittag flaniert er über den Marktplatz und macht den Mädchen schöne Augen. Sein Studium in Pisa wird viel Geld kosten, aber er muß endlich einen Beruf bekommen, der ihn ernährt. Im kommenden Jahr wird er schon neunzehn Jahre alt; Euer seliger Vater bekleidete in diesem Alter bereits einen hohen Regierungsposten. Ich hoffe sehr, daß Du während Deines Urlaubs Nicolo tatkräftig unterstützen wirst.

Dein Onkel Fesch ist seit kurzem Archidiakon von Ajaccio, mit dreiundzwanzig Jahren! Deine jüngeren Geschwister gedeihen gut. Luigi ist ein lieber, gehorsamer Junge, der bei Pater Recco fleißig Latein lernt. Paoletta ist entzückend, verwirrend hübsch mit ihren hellbraunen Haaren und blauen Augen. Im Oktober wird sie sechs Jahre alt, springt den ganzen Tag lustig und vergnügt herum und kommt abends schmutzig und mit zerrissenen Kleidern nach Hause. Sie ist ein liebes Mädchen, was ich von Annunziata nicht behaupten kann. Mit ihren vier Jahren ist sie egoistisch und verschlagen, ein richtiger kleiner Teufel. Girolamo strotzt vor Gesundheit und wird von den Frauen nicht erzogen, sondern verzogen ...‹

Napoleon mußte unwillkürlich lächeln, als er den Brief seines Großonkels las. Geiz hin, Geiz her, ich mag den alten Mann, dachte er, er besitzt praktische Vernunft.

Josephs Geburtstagsgruß war am gleichen Tag gekommen:

›... Ich erwarte sehnlichst Deine Ankunft in Ajaccio, weil ich vor lauter Arbeit einem Zusammenbruch nahe bin. Die Angelegenheiten unserer Familie sind bei Dir bestimmt in den besten Händen, ich kann also unbesorgt nach Pisa reisen und mich in aller Muße meinen juristischen Studien widmen ...‹

»Eine groteske Situation«, murmelte Napoleon vor sich hin, verließ seinen schattigen Platz und ging zur Mauer des Forts. Im nächsten Augenblick hatte er Korsika und die Familie vergessen. Er blickte konzentriert auf den Hafen und von dort wieder zum Fort. Plötzlich blitzten seine Augen triumphierend auf. Er hatte herausgefunden, wie man Toulon im Falle einer Belagerung erobern konnte: Wenn der Belagerer die Landzunge l'Eguillete beherrscht, hat er damit auch die Reede in der Gewalt. Befinden sich aber die Schiffe Toulons im Schußbereich der Belagerer, so ist die Stadt gezwungen, sich zu ergeben.

Dieses strategische Problem wäre gelöst, dachte er befriedigt und ging langsam zu dem Schiff, das ihn nach Korsika bringen sollte.

Am 15. September versammelte sich die Familie Buonaparte nach der Siesta am Hafen, und alle Augen blickten erwartungsvoll über das Meer.

»Wird mein Bruder eine Uniform tragen, Mama?« fragte Paoletta.

»Natürlich, ein Offizier muß immer Uniform tragen.«

»Das Schiff, da kommt das Schiff!« rief Luigi plötzlich und wies aufgeregt zum Horizont. Dort wurde ein Segelschiff sichtbar, das nun in rascher Fahrt den Hafen ansteuerte.

Ein leichtes Zittern überkam Letizia, und sie preßte Girolamo noch fester an sich. Jesus, ich darf jetzt nicht schwach werden, sagte sie zu sich selbst, ich muß Napoleon gefaßt und würdevoll gegenübertreten.

»Das Schiff hat Anker geworfen«, sagte Camilla, und zu ihren Söhnen Francesco und Sebastiano: »Ihr kümmert euch um das Gepäck.«

Napoleon hatte schon von weitem die kleine Gruppe gesehen, und als das Schiff sich dem Hafen näherte, erkannte er die einzelnen Personen. Und endlich war es soweit: Nach fast achtjähriger Abwesenheit setzte er seinen Fuß wieder auf korsischen Boden. Als er langsam auf die Familie zuschritt, fühlte er sich plötzlich unsicher und befangen.

Seine Erscheinung löste bei der Familie die unterschiedlichsten Empfindungen aus.

Dieser junge Mann, der seine Uniform kaum ausfüllt, ist also mein Bruder, den ich zuletzt vor über sieben Jahren in Autun gesehen habe, dachte Joseph.

»Er ist noch schmaler als damals in Brienne«, hörte er die bekümmerte Stimme seiner Mutter. »Bestimmt hat er gehungert, um uns unterstützen zu können.«

»Keine Sorge, ich werde ihn schon herausfüttern«, meinte Caterina energisch. »Ich habe Ravioli mit Broccia vorbereitet und Lasagna mit einer Fleischfüllung, heute ist schließlich ein besonderer Tag.«

Geltruda stieß Nicolo an. »Sieh doch die Uniform, der Degen! Wie vornehm!« Sie beschloß, an der Seite ihres Neffen am Haus der Pozzo di Borgo vorbeizugehen. Hoffentlich schaute die Signora zum Fenster hinaus!

Napoleon stand nun vor der Familie, nahm Haltung an und begann mit einer kleinen Begrüßungsrede. Alle starrten ihn verwundert an, bis auf Joseph und Fesch, die Französisch verstanden. Nach den ersten Sätzen bemerkte Napoleon seinen Fehler und schwieg. Jesus, habe ich Italienisch völlig vergessen? Verzweifelt suchte er nach Worten in seiner Muttersprache.

In diesem Augenblick sprang Paoletta auf ihn zu und redete ihn unbekümmert auf Italienisch an: »Du bist also Napoleone?«

Er bemerkte erleichtert, daß er sie verstand, und konnte plötzlich in der Sprache seiner Kindheit antworten! »Ja, wie heißt du denn?«

»Paola, aber alle nennen mich Paoletta.« Ihre Augen wanderten bewundernd über die Uniform, von den blauen Kniehosen zum blauen Rock mit umgelegtem Kragen, der rot verziert und gefüttert war, bis zu den Achselstücken, die rautenförmig mit goldfarbener Seide benäht waren. »Was für eine schöne Uniform du trägst, sogar mit Goldknöpfen!«

Er beugte sich lächelnd zu ihr hinunter. »Nein, Paoletta, die Knöpfe sind nur aus Messing.«

»Aber sie glänzen wie Gold.«

»Ich poliere sie jeden Tag, die Uniform eines Offiziers muß immer untadelig aussehen.«

Die Familie hatte belustigt das Gespräch zwischen Bruder und Schwester angehört, und plötzlich war der Bann gebrochen. Letizia umarmte ihren Sohn: »Willkommen zu Hause!«, dann begrüßte Napoleon die übrigen Familienmitglieder. Nachdem Camilla und Caterina ihn aus ihren Umarmungen entlassen hatten, beugte er sich zu seiner jüngsten Schwester hinunter.

»Du bist Annunziata, nicht wahr ?«

Sie musterte ihn von oben bis unten, ehe sie sich zu einer Antwort entschloß: »Ja, was hast du mir mitgebracht?«

»Mitgebracht?« fragte er erstaunt.

Sein achtjähriger Bruder Luigi kam ihm zu Hilfe: »Er hat sich selbst mitgebracht. Komm, wir gehen jetzt nach Hause.«

Inzwischen hatten Camillas Söhne das Gepäck herbeigeschafft und versuchten mit vereinten Kräften, den größeren der beiden Koffer auf einen Wagen zu laden.

»He, hast du Steine in dem Koffer, man kann ihn kaum heben, so schwer ist er!« rief Sebastiano.

Napoleon lachte. »Nein, nur Bücher.«

»Bücher?« fragte Francesco verwundert. »Warum schleppst du denn so viele Bücher mit? In der Via Malerba hast du doch eine riesige Bibliothek.«

»Ich arbeite mit den Büchern«, antwortete er kurz.

Geltruda trat zu ihrem Neffen und lächelte ihn an. »Ich bin noch nie von einem französischen Offizier in die Via Malerba begleitet worden, heute bietet sich endlich eine Gelegenheit.«

»Aber natürlich, Tante Geltruda.« Er schlug die Hacken zusammen und bot ihr mit einer kurzen Verbeugung seinen Arm. Die anderen Familienmitglieder folgten ihnen.

Als sie am Haus der Pozzo di Borgo vorbeikamen, verlangsamte Geltruda ihren Schritt und ließ ihre Augen rasch über die Fensterfront gleiten. Aha, dort oben hält Gioconda Maulaffen feil, na also, jetzt ist sie verschwunden und berichtet ihrer Signora von Napoleones Ankunft.

»Du bist der erste Korse, der die Pariser Militärschule besucht hat!«

»Eine korsische Militärschule unter Paolis Leitung wäre mir lieber gewesen.«

Sie bogen in die Via Malerba ab und erreichten nach wenigen Schritten den Platz vor dem alten Familienhaus. Napoleon blieb stehen und betrachtete sein Elternhaus, dessen Eingangstür und Fenster weit geöffnet waren. War das Haus vor acht Jahren nicht höher gewesen? Langsam, fast zögernd überschritt er die Türschwelle. Letizias Stimme riß ihn aus seiner Versunkenheit: »Wirst du dich in unserem Haus noch zurechtfinden?«

Er lachte. »Natürlich, das Treppengeländer war schon damals aus Schmiedeeisen und die Stufen aus grauem Schiefer, und die Treppenabsätze waren rot gefliest.«

Sie begleitete ihn hinauf in den dritten Stock. »Giuseppe hat euer altes Kinderzimmer bezogen, ich habe das Gästezimmer für dich gerichtet, es ist geräumig und liegt zur Hofseite; du wirst also nicht durch den Straßenlärm gestört werden. Ein Bücherregal und ein Schreibpult habe ich noch hineingestellt; du willst dich vielleicht hin und wieder zurückziehen, um zu arbeiten. Und wenn du willst, richte ich dir einen Platz auf der Terrasse ein, wo du ungestört lesen kannst.«

»O ja, das ist eine gute Idee. Dann werde ich dort unten mit der Niederschrift der Geschichte Korsikas beginnen.«

Letizia sah ihren Sohn überrascht an. »Du willst die Geschichte Korsikas schreiben? Du bist doch Offizier und kein Literat!«

»Beides läßt sich vereinbaren, dafür gibt es in der Geschichte Beispiele. Cäsar oder Friedrich der Große haben sich literarisch betätigt – was nicht heißen soll, daß ich mich mit diesen großen Feldherren auf eine Stufe stellen möchte«, fügte er leicht errötend hinzu.

»In den nächsten Tagen mußt du mir von deinen Plänen erzählen, aber geh jetzt zu Onkel Luciano, er wird sonst ungeduldig.«

Als Napoleon das Zimmer des Archidiakons betrat, war Joseph gerade dabei, die Begegnung zwischen Paoletta und ihrem großen Bruder zu schildern.

»Mein lieber Junge!« rief der Archidiakon und umarmte seinen Großneffen herzlich. Während Napoleon seine Großmutter Saveria begrüßte, gab der Onkel Joseph einen Wink, worauf dieser mit einer Flasche und vier Gläsern zurückkam.

»Jetzt sollst du endlich unseren Orangenwein kosten; ich leiste mir ab und zu eine Flasche. Auf deine glückliche Heimkehr, mein Junge. Ist dir der Abschied von Paris schwergefallen?«

»Ach, ich habe Paris ganz gern verlassen. Wenn man die Annehmlichkeiten und Vergnügungen dieser Stadt genießen will, die Theater, die Cafés, muß man wohlhabend sein; in Paris ist alles sehr teuer, in der Provinz kommt man mit dem Sold besser zurecht.«

»Warst du mal in Versailles?«

»Nein, ich hatte keine Zeit und natürlich auch kein Geld, aber vor allem hatte ich keine Lust, mir dieses Sodom anzusehen.«

»Na, na, übertreibst du nicht ein wenig?«

»Onkel Luciano, in meinem Regiment ist ein Graf Polignac, dessen Tante die intime Freundin der Königin ist. Hin und wieder erzählt er von den Hofintrigen und der Günstlingswirtschaft. Zur Zeit ist übrigens das einfache Leben in Versailles in Mode. Vor drei Jahren hat die Königin im Schloßpark einen kleinen Weiler anlegen lassen: strohgedeckte Häuschen, eine Molkerei, eine Scheune, ein Taubenhaus, eine Wassermühle, einen Teich mit Fischen und für sich ein kleines Wohnhaus. Dort ahmt sie das Landleben nach, so wie sie es sich vorstellt; sie und ihre Freundinnen beteiligen sich sogar an der Butter- und Käseherstellung. Es ist einfach pervers!«

»Warum regst du dich darüber auf? Dieses beschauliche Landleben ist bestimmt weniger kostspielig als die Hoffeste.«

»Es ist eine Beleidigung für alle Bauern Frankreichs. Wenn ich in die Umgebung von Valence reite, sehe ich doch, wie es den Bauern geht. Sie leben als Analphabeten in völliger Weltabgeschiedenheit, die meisten vegetieren von guter zu schlechter Ernte als Selbstversorger und müssen dreifache Abgaben leisten: Königssteuer, Kirchenzehnten, Herrenrechte. Eine Mißernte bedroht ihre ganze Existenz, die Folgen sind Bettlerunwesen und Landstreicherei.«

Joseph betrachtete erstaunt seinen Bruder, der vom Sessel aufgesprungen war und gestikulierend im Zimmer auf und ab lief.

»Meinst du nicht, daß du die Königin und den Versailler Hof gar zu negativ beurteilst?«

»Na, und was sagst du zum Halsbandprozeß?«

»Was soll ich dazu sagen, die Königin war doch unschuldig. Ob es richtig ist, daß Kardinal Rohan freigesprochen wurde, ist eine andere Frage.«

»Ob die Königin wirklich unschuldig war, ist nicht eindeutig erwiesen. Aber wie auch immer – allein die Tatsache, daß sie in eine derart schmutzige Affaire hineingezogen wird, spricht doch Bände! Da gelingt es einer Hochstaplerin, zwischen Kardinal Rohan und einer Dame ein Rendezvous im Versailler Park zu arrangieren. Die ›Dame‹ ist eine Dirne, der Kardinal glaubt aber, der Königin begegnet zu sein. Da er vorher bei Marie-Antoinette in Ungnade gefallen ist, glaubt er nun, er habe ihre Gunst wieder errungen, und ist Wachs in den Händen dieser Hochstaplerin, die den Kardinal zum Kauf eines kostbaren Diamantkolliers im Wert von 1,6 Millionen Livres überredet, angeblich im Auftrag der Königin. Marie-Antoinette soll maßlos empört gewesen sein, als sie davon hörte. Aber wie konnte so etwas überhaupt geschehen? Das zeigt doch, daß die Königin quer durch alle Stände kein Ansehen mehr genießt. Als ich die Berichte über diesen Prozeß las, stellte ich mir die Frage nach der Legitimität der monarchischen Staatsform. Das ist das Problem, um das es sich hier handelt.«

»Die Legitimität der französischen Monarchie beruht auf dem Gottesgnadentum.«

»Ich bezweifele, ob das Gottesgnadentum in unserem Jahrhundert als Legitimation ausreicht. Warum kann ein Monarch nicht für seine Handlungen verantwortlich gemacht werden? In Europa gibt es wenige Könige, die nicht verdienten, daß man sie stürzt!«

An diesem Punkt mischte sich der Archidiakon ein: »Napoleonc, was für Ideen spuken in deinem Kopf herum! Du kannst doch das Gottesgnadentum nicht anzweifeln! Ich sehe schon, du stehst ganz unter dem Einfluß dieser neuen Philosophen; die Herren Rousseau und Montesquieu verdrehen den jungen Leuten völlig die Köpfe.«

Ein plötzlicher Lärm in der Küche unterbrach die Unterhaltung.

»Ich will zwei Feigen, zwei Feigen, Caterina. Girolamo hat zwei Feigen bekommen und ich nur eine!«

»Hör jetzt auf zu schreien, Annunziata, dein Bruder hat zwei kleine Früchte bekommen und du eine schöne große Feige.«

»Ich will zwei Feigen!« brüllte Annunziata.

»Dieser Lärm ist unerträglich«, rief Napoleon, »was sollen die Leute denken, die an unserem Haus vorübergehen?«

»Du wirst dich an Annunziatas Geschrei schon gewöhnen«, sagte Joseph gleichmütig.

»Ich werde mich nicht daran gewöhnen!« Napoleon lief hinüber zur Küche. »Du bist jetzt ruhig!«

»Nein, ich will zwei Feigen«

»Ruhe, zum Donnerwetter!« Er schlug mit der Faust auf den Tisch.

Plötzlich wurde es ruhig. Der Archidiakon, Joseph und Saveria sahen sich erstaunt an. Wenige Augenblicke später kam Napoleon zurück.

»Alle Achtung, mein Junge«, rief der Archidiakon, »wie hast du das kleine Teufelsweib zum Schweigen gebracht?«

Sein Großneffe sah verlegen zu Boden. »Ich habe ihr halt eine zweite Feige gegeben.«

Als Paoletta am nächsten Tag das Haus verließ, um zur Schule zu gehen, sah sie Napoleon auf dem Platz stehen und ein Pferd satteln. »Wo willst du hinreiten?« rief sie.

»Nach Milelli. Dieser verdammte Gurt!« Er zog noch einmal kräftig und konnte ihn endlich festschnallen. Als er sich seiner Schwester zuwandte, lächelte er. Onkel Luciano hat recht, dachte er, sie ist tatsächlich verwirrend hübsch. »Du gehst jetzt sicherlich zu den Beguinen, um fleißig zu lernen?«

»Ja, nein, das heißt, eigentlich ...« Sie zögerte noch einen Moment, dann trat sie dicht an ihn heran und griff nach seiner Hand. »Napoleone, ich möchte dich begleiten.«

»Heute nicht, Paoletta. Du mußt doch zur Schule.«

»Ach, die Nonnen haben sich inzwischen daran gewöhnt, daß ich hin und wieder fehle. Am nächsten Tag erzähle ich immer, daß ich Mama helfen mußte, bis jetzt haben sie mir geglaubt.«

»Aber Paoletta, merkt Mama nicht, wenn du die Schule schwänzt?«

»Aber nein, sie hat immer so viel zu tun.«

»Wo treibst du dich herum, wenn du nicht in der Schule bist?«

»Ich gehe immer ins genuesische Viertel, unterhalte mich am Hafen mit den Fischern, und manchmal bade ich im Meer.«

»Was soll das heißen? Du badest im Meer?«

»Ich suche mir eine Stelle, an der mich niemand sieht, dann ziehe ich mich aus und lege mich ins Wasser. Ich finde es wunderbar, wenn die Wellen über meinen Körper spülen.«

Sie erzählte das so unbefangen und heiter, daß er unwillkürlich lachen mußte, aber sofort wurde er wieder ernst. »Schämst du dich nicht, daß du die Schule schwänzt, die Nonnen und Mama belügst?«

Sie senkte schuldbewußt die Augen. »Ja, ich schäme mich«, dann lugte sie von unten zu ihm hoch und lächelte schelmisch. »Nimmst du mich mit nach Milelli?«

Ich darf nicht nachgeben, dachte er ...

»Also gut, du kannst mitreiten, aber du mußt mir versprechen, daß du in Zukunft jeden Tag brav zur Schule gehst. Und wehe dir, ich höre das Gegenteil, dann gibt es Prügel und ich werde nicht mehr mit dir reden.«

»Ich verspreche dir alles.«

»Los, kleine Hexe, aufgesessen!«

Unterwegs kam er noch einmal auf die Schule zu sprechen. »Paoletta, es ist doch wichtig, daß du Lesen, Schreiben und Rechnen lernst. Sieh mal, wenn du einen Brief erhältst, ist es doch angenehmer für dich, wenn du ihn selbst lesen kannst, du bist dann nicht auf andere Leute angewiesen. Und Rechnen mußt du lernen, damit du weißt, was die Waren kosten und ob du genügend Geld hast.«

»Unsere Familie braucht kein Geld, um etwas zu kaufen.»

»Wie bitte? Wie kommst du denn darauf?«

»Onkel Luciano sagt immer: Die Familie Buonaparte hat noch nie Mehl, Wein und Öl kaufen müssen.« Wir bekommen doch alles von unseren Ländereien. – Aber wo reitest du hin? Das ist nicht die Straße nach Milelli.«

»Es gibt noch einen anderen Weg zu unserem Haus, den habe ich vor acht Jahren durch Zufall entdeckt. Über das Rechnen unterhalten wir uns später noch einmal.«

Als sie eine Anhöhe mit einer kleinen Kapelle erreicht hatten, brachte Napoleon das Pferd zum Stehen. »Paoletta, dort drüben siehst du Olivenhaine und Laubwälder, dort liegt unser Haus, ganz versteckt. Wir reiten jetzt diese Straße hinunter, durchqueren das Tal, reiten auf der anderen Seite wieder hinauf, und dann müssen wir aufpassen, daß wir die Stelle finden, wo der Waldweg abzweigt, der zum Haus führt.«

Nach etwa zwanzig Minuten hielt er erneut an, stieg ab und führte das Pferd zum Fußweg.

»Hast du dir die Abzweigung gemerkt, Paoletta?«

»Ja, aber warum muß ich mir die Stelle merken?«

»Es kann nützlich sein, einen Weg zu kennen, der anderen Leuten unbekannt ist.«

Der Pfad war von Gras überwuchert, und auf der rechten Seite versperrte hohes, undurchdringliches Buschwerk den Blick zu dem Olivenhain, der dahinter lag. Bald wurde das Gebüsch niedriger und gab den Blick frei auf eine mehrstöckige, gelbgetünchte Villa.

»Oh, Milelli, Milelli!« rief Paoletta entzückt. »Von dieser Seite aus gefällt es mir noch viel besser. Sieht es nicht aus wie ein verwunschenes Waldschloß?«

Als sie vor der Villa ankamen, sprang Paoletta vom Pferd und lief zu der Steinbank neben dem Treppenaufgang. »Ich werde hier auf dich warten, solange du im Haus bist.«

»Wirst du dich nicht langweilen, so allein auf der Bank?«

»O nein, ich sitze sehr gerne hier.«

Napoleon ging die Treppe hinauf, schloß die Tür auf und betrat den ersten Raum, die Küche, in der sich nichts verändert hatte: der Steinfußboden, die weißgetünchte Decke mit den dunklen Holzbalken, in der Mitte der runde Eßtisch, rechts der hölzerne Backtrog, daneben die Tür zu Caterinas Schlafkammer, an der Fensterseite das Holzbord mit dem Geschirr, links vom Eingang die Feuerstelle, genauso hatte die Küche vor acht Jahren ausgesehen. Er ging weiter zum Wohnraum, der wie damals nur spärlich möbliert war mit einer Holzbank, einigen Stühlen, zwei kleinen Tischen. Als er das Arbeitszimmer seines Vaters betreten wollte, fand er die Tür verschlossen. Wahrscheinlich hat Mama den Schlüssel, dachte er. Das Zimmer muß geöffnet werden; wenn ich mich hier aufhalte, möchte ich darin arbeiten. Er stieg die Holztreppe zu den Schlafräumen empor; in dem Zimmer, das er gemeinsam mit Joseph bewohnt hatte, verweilte er etwas länger. Wie oft haben wir in den warmen Nächten, wenn wir nicht schlafen konnten, zum Fenster hinausgesehen und uns über Autun und Brienne unterhalten. Damals haben wir einander unsere Ängste anvertraut. Und heute?

Er kehrte zu seiner Schwester zurück und setzte sich neben sie auf die Bank. Sie sah verträumt hinüber zu dem Weg, den sie gekommen waren. Eine geraume Zeit schwiegen beide, jeder war mit seinen Gedanken beschäftigt.

Paoletta unterbrach die Stille: »Weißt du, diese Bank ist mein Lieblingsplatz. Wenn wir in Milelli sind, sitze ich jeden Tag während der Siesta hier und träume.«

»Du träumst?« fragte er erstaunt.

»Ja, ich träume von dem Kleid, das Giovanna Peraldi immer am Sonntag während des Hochamtes trägt, es ist aus roter Seide mit einem weißen Spitzenkragen, Rock und Ärmel sind ebenfalls mit weißer Spitze besetzt. Wie gerne würde ich in diesem Kleid im Dom sitzen!« Die letzten Worte waren von einem tiefen Seufzer begleitet.

»Die Peraldis sind schon seit Generationen die wohlhabendste Familie in Ajaccio und können sich Samt und Seide leisten. Aber du trägst im Dom bestimmt auch ein hübsches Kleid.«

»Ach, es ist nur das abgelegte Sonntagskleid von Elisa, es ist mir zu groß, und aus Seide ist es auch nicht.«

»Nun, Paoletta, in einigen Jahren bin ich Oberleutnant, vielleicht sogar Hauptmann; dann bekomme ich einen höheren Sold und werde irgendwann so viele Livres gespart haben, daß ich Seide und Spitzen kaufen kann, und dann wird ein Kleid für dich geschneidert, das viel eleganter ist als das von Giovanna. Wie eine Fürstin wirst du darin aussehen! Ich werde aber nicht rote, sondern grüne Seide kaufen. Grün ist meine Lieblingsfarbe – es ist die Farbe Korsikas.«

Ihre blauen Augen strahlten ihn an. »Ein grünes seidenes Kleid! Davon werde ich in Zukunft hier auf der Bank träumen.«

Er sah nach dem Stand der Sonne und mahnte zum Aufbruch. »Wir müssen zurückreiten, damit du pünktlich zum Mittagessen zu Hause bist, sonst merkt Mama, daß du nicht in der Schule warst.«

Sie waren rechtzeitig wieder in der Via Malerba, und Paoletta schlüpfte unbemerkt ins Haus. Napoleon versorgte das Pferd und ging dann hinauf in sein Zimmer. Als er an der Küche vorbeikam, hörte er Annunziatas wütende Stimme: »Ich will keine Knoblauchsuppe!« – »Du ißt, was auf den Tisch kommt!« – »Nein, nein, nein!«

Kopfschüttelnd ging er nach oben. Was für ein eigensinniges, unbeherrschtes Kind, dachte er, dabei ist sie ein niedliches Mädchen, wenn sie den Mund hält. In diesem Haus müssen andere

Erziehungsmethoden eingeführt werden, die Kinder müssen Disziplin lernen. Er beschloß, einen Erziehungsplan auszuarbeiten.

Als Letizia an jenem Abend Paoletta zu Bett brachte, fiel ihr ein, daß sie ihrer Tochter versprochen hatte, die Bedeutung des Wortes ›Treue‹ zu erklären.

»Paoletta, gestern wolltest du wissen, was Treue ist. Ich will es dir an einem Beispiel erläutern. Irgendwann wirst du heiraten; du und dein Mann, ihr gelobt euch gegenseitige Treue in guten und in schlechten Tagen. Dieses Treuegelöbnis ist Bestandteil der kirchlichen Trauungszeremonie. Treue heißt also, wenn dir irgendwann im Laufe deiner Ehe ein Mann begegnet, der dir besser gefällt als dein Ehegatte, so bist du trotzdem verpflichtet, deinem Gatten treu zu bleiben. Dein Bruder Napoleon hat unsere Familie in letzter Zeit mit Geld unterstützt, obwohl er es selbst benötigt hätte. Auch das ist Treue, Treue der Familie gegenüber. Das bedeutet aber auch, daß die Familie ihm helfen muß, wenn er in Schwierigkeiten kommt. Hast du verstanden?«

»Ja, Mama.« Nach einer Weile fügte sie hinzu: »Ich werde Napoleone immer treu bleiben.« Im nächsten Augenblick war sie eingeschlafen.

Letizia mußte unwillkürlich lächeln, als sie leise die Tür hinter sich schloß und hinunter zum Archidiakon ging. Seitdem Onkel Luciano das Bett nicht mehr verlassen konnte, leistete sie ihm jeden Abend Gesellschaft. Meistens stand neben ihrem Stuhl ein Korb, der bis zum Rand mit den durchlöcherten Strümpfen und zerrissenen Kleidern ihrer Kinder gefüllt war. Als sie das Zimmer des Archidiakons betrat, war ihr ältester Sohn bereits anwesend. Der Archidiakon nickte Letizia kurz zu und setzte seine Unterhaltung mit Giuseppe fort.

»Du willst also ein Jahr oder länger in Pisa bleiben, um deine Doktorarbeit zu schreiben? Hast du schon darüber nachgedacht, wie wir diesen langen Aufenthalt finanzieren sollen? Dein seliger Vater hat seinerzeit in drei oder vier Monaten seine Dissertation bewältigt, dein Bruder hat sein militärisches Examen vorzeitig, nach nur einem Jahr Ausbildung, abgelegt; beide haben ihr Ziel rasch erreicht, weil sie tüchtig gearbeitet haben.«

Joseph sah mißmutig vor sich hin und suchte nach einer Erklärung. »Onkel Luciano, vor siebzehn Jahren waren die juristischen Prüfungsanforderungen nicht so hoch, und die Ausbildung an der Pariser Militärschule kann man nicht mit einem wissenschaftlichen Universitätsstudium vergleichen. Das ist nicht mit sturer Paukerei zu bewältigen. Man muß seine Ergebnisse begründen, man muß logisch und analytisch denken, wenn man ein juristisches Problem lösen will.«

Napoleon war unbemerkt eingetreten und hatte die letzten Worte seines Bruders gehört. »Auch ein Offizier muß logisch und analytisch denken, wenn er ein strategisches Problem lösen will, Giuseppe.«

»Wir können den Aufenthalt in Pisa finanzieren, Onkel Luciano«, mischte sich Letizia ein, »ich habe etwas Geld zurückgelegt. Können wir uns nicht über andere Dinge unterhalten, das Thema Geld bin ich so leid.«

»Sie haben recht!« rief Napoleon und legte ein Bündel Papiere auf den Tisch. »Ich habe einen exakten Tagesplan für meine Geschwister ausgearbeitet, der Ihnen, Mama, die Arbeit mit den Kleinen etwas erleichtern soll. In Zukunft muß jede Stunde sinnvoll genutzt werden.«

»Als euer Vater noch lebte, war der Tag auch genau eingeteilt, aber seitdem ich so viel zu tun habe, ist dieser Tagesplan in Vergessenheit geraten. Lies mal vor, was du geschrieben hast.«

Napoleon nahm das oberste Blatt und fing an, vorzutragen.

Du meine Güte, dachte Giuseppe nach den ersten Sätzen, will er unser Haus in eine Kaserne verwandeln? Er hat tatsächlich alles genau eingeteilt: fünfzehn Minuten für Waschen und Anziehen, zehn Minuten für das Frühstück. Sogar die Milchmenge für die Morgensuppe legt er fest und die Anzahl der Eier, die hineingequirlt werden! Und Onkel Luciano und Mama scheinen auch noch damit einverstanden zu sein, sogar mit den Aufgaben, die er ihnen zuweist! Onkel Luciano soll die Schularbeiten beaufsichtigen, und Mama soll Paoletta in einfachen Hausarbeiten unterweisen. Was für ein Glück, daß ich übermorgen nach Pisa abreise! Napoleone kann außerdem froh sein, daß Luciano in Brienne ist, der würde diesen Zirkus nicht mitmachen.

Napoleon legte sein Manuskript zur Seite und sah in die Runde. »Nun, wie finden Sie meine Vorschläge, Onkel Luciano?«

»Ausgezeichnet, mein Junge, du hast tatsächlich alles berücksichtigt. Und du kannst dich darauf verlassen, daß ich Luigi die lateinische Grammatik beibringen werde.«

Auch Letizia äußerte sich anerkennend.

»Und was meinst du, Giuseppe?«

»Ja, also, es war bestimmt viel Arbeit, alles so genau zu regeln. Die Kleinen müssen natürlich an Disziplin gewöhnt werden. Aber sag mal, du bist doch ein begeisterter Anhänger von Rousseau; dieser Plan, der unsere Geschwister einer so strengen Disziplin unterwirft, steht in völligem Gegensatz zu Rousseaus Theorien über Erziehung. Du hast doch seinen Roman *Emile* gelesen. Soweit ich mich erinnern kann, soll Emile dazu erzogen werden, seinem eigenen und nicht fremden Willen zu folgen. Die freie Persönlichkeit soll sich von innen her entwickeln.«

»Meine Begeisterung für Rousseau beschränkt sich auf seine staatsphilosophischen Schriften und auf die *Neue Heloïse*. Mit seinen pädagogischen Theorien bin ich überhaupt nicht einverstanden. Man kann ein Kind nicht ohne Vorschriften leiten, es muß zu Gehorsam und Pflichtbewußtsein erzogen werden; auch eine regelmäßige religiöse Unterweisung ist notwendig, was nicht ausschließt, daß der erwachsene Mensch sich von der Religion abwendet.«

»Ich finde die Theorien, die Rousseau im *Emile* entwickelt, absurd«, sagte der Archidiakon, »besonders, wenn man bedenkt, daß hier ein Mann über Erziehung schreibt, der seine eigenen Kinder ins Findelhaus gegeben hat. Der Lebenswandel dieses Mannes war überhaupt skandalös. Einen anständigen Beruf, der ihm eine Existenzgrundlage ermöglicht hätte, hat er nicht erlernt. Er zog es vor, zwei Ausbildungen abzubrechen und herumzuvagabundieren, jahrelang mit einer Hure zu leben und Kinder mit ihr zu zeugen.«

Napoleon lächelte. »Jetzt muß ich Rousseau aber doch verteidigen. Erstens war Thérèse Levasseur keine Hure, sondern ein anständiges Mädchen, allerdings von einfacher Herkunft und völlig ungebildet. Und zweitens ist für die ärmeren Bevölkerungsschichten in Paris das Findelhaus oft die einzige Möglichkeit, den Kindern eine Überlebenschance zu geben. Wie soll ein armes Dienstmädchen, das von einem Arbeiter der Vorstadt Saint Antoine geschwängert wurde, ihr Kind aufziehen, es ernähren und kleiden? Aber was man auch immer vom Lebenswandel Rousseaus hält – sein Gesellschaftsvertrag hat unserem Jahrhundert Denkanstöße gegeben, die langfristig vielleicht zu einer völligen Umgestaltung der bestehenden Herrschaftsverhältnisse führen. Ich denke dabei vor allem an seine Forderung nach einer Legitimierung der Herrschaft durch die Beherrschten und an seine Idee von der Volkssouveränität. Diese Idee hat Paoli seinerzeit in Ansätzen verwirklicht.«

»In einem Punkt halte ich seine Idee für äußerst gefährlich«, sagte der Archidiakon. »Er ist nicht bereit, sein Staatsgebäude am freien Einspruch des Individuums scheitern zu lassen, sondern greift zu Zwangsmitteln, um den Gemeinwillen verbindlich durchzusetzen. Er setzt an die Stelle des absoluten Monarchen den Willen des Volkes, vor dem sämtliche Ansprüche des Individuums verschwinden. Der einzelne Bürger soll Mitträger der obersten Gewalt werden; das hört sich zwar gut an, aber was ist, wenn der Staat in Schwierigkeiten gerät und eine Diktatur entsteht?«

»Aber Onkel Luciano!« rief Giuseppe. »Wir reden hier über Dinge, die reine Theorie sind. Frankreich wird seit Jahrhunderten von einem König regiert, und daran wird sich auch in Zukunft nichts ändern.«

Napoleon genoß die ersten Urlaubstage in vollen Zügen. Stundenlang streifte er durch Wälder und Olivenhaine, erlebte den Sonnenuntergang bei den Blutinseln, entdeckte verborgene Pfade durch die Macchia und übernachtete manchmal bei Berghirten.

Er frischte alte Bekanntschaften auf, besuchte oft Camilla Ilari und begleitete ihre Söhne beim Fischfang. Eines Tages begegnete er Carlo Andrea Pozzo di Borgo, der seine Universitätsferien in Ajaccio verbrachte. Da beide neugierig waren, was der andere in den vergangenen Jahren erlebt hatte, entwickelte sich ein Gespräch, das bei Montesqieu und Rousseau endete, und Napoleon bemerkte erfreut, daß Carlo Andrea diesen Philosophen ebenfalls größte

Hochachtung entgegenbrachte. Während der folgenden Wochen diskutierten sie oft stundenlang über Regierungsformen, die politische Situation Korsikas und über Paoli.

Der Archidiakon schüttelte mißbilligend den Kopf, wenn sein Großneffe ihm über diese Unterhaltungen berichtete. »Napoleone, sei auf der Hut vor Carlo Andrea! Die Pozzo di Borgo, die Peraldi, die Bacchiochi sind Paolisten, sie hegen einen heimlichen Groll gegen die Familien, die sich zu Frankreich bekannt haben. Sie sind nicht unsere Freunde.«

»Aber ich bin doch Paolist, ich wünsche mir nichts sehnlicher als ein unabhängiges Korsika unter der Regierung von Paoli. Warum soll ich Carlo Andrea mißtrauen, wir diskutieren doch nur über Probleme, die uns beide interessieren.«

»Ja, ja, jetzt wird diskutiert, aber irgendwann kommt die Zeit des Handelns!«

Nachdem Napoleone sich wieder eingelebt hatte, unterstützte er Nicolo nach Kräften bei der Verwaltung der Ländereien; er beaufsichtigte die Arbeit in den Weinbergen, kümmerte sich um die Ziegenherden, kontrollierte, ob die Bauern die festgesetzte Menge Mehl und Fisch abgeliefert hatten. Er schrieb an den Finanzminister wegen der versprochenen Gelder für die Maulbeerplantagen und beantragte erneut ein Stipendium für Luigi. Nebenbei suchte und sichtete er Material für seine Geschichte Korsikas, überwachte den Tagesablauf seiner Geschwister und verfaßte einen leidenschaftlichen Aufruf zur Befreiung der Insel, den er an Paoli schickte. Der Begleitbrief schloß mit den Worten: ›Mein oberstes Ziel ist die Befreiung des korsischen Vaterlandes vom französischen Joch!‹

Als er an einem Abend Ende September von Bastelica zurückkehrte, fand er seine Mutter in niedergeschlagener Stimmung vor.

»Marbeuf ist vor ein paar Tagen gestorben. Wenn wir jetzt in Schwierigkeiten kommen, haben wir keinen Fürsprecher mehr.«

»Sie dürfen die Zukunft nicht so schwarz sehen, Mama. Wenn Giuseppe sein Studium beendet hat, muß er versuchen, einen einflußreichen Posten zu bekommen.«

Die Wochen vergingen. Der Oktober hatte sich warm und freundlich verabschiedet, seinen Platz hatte ein naßkalter, regnerischer November eingenommen. In der Via Malerba wurden alle Kamine geheizt, mit Rücksicht auf Napoleon, der äußerst kälteempfindlich war.

An einem Regentag saß er im Arbeitszimmer seines Vaters und blätterte in dessen Haushaltungsbuch.

Ein Klopfen an der Tür unterbrach seine Lektüre. Lucia brachte die Post: ein Brief von Luciano und einer von Giuseppe an Letizia, ein Schreiben des Kriegsministeriums an ihn, ein Brief von Alexandre aus Valence.

Er öffnete das Schreiben des Ministeriums: der Freiplatz für Luigi war anderweitig vergeben worden, die Buonapartes wurden auf das kommende Jahr vertröstet. Alexandre berichtete über das Leben im Regiment, Bälle, Saufgelage, hin und wieder ein Duell ... Napoleons Augen überflogen die Zeilen bis zum letzten Absatz, plötzlich stutzte er und las Wort für Wort: ›Caroline du Colombier hat sich vor kurzem mit dem Offizier Bressieux verlobt, oder besser, ist verlobt worden. Der Auserwählte ist über zwanzig Jahre älter als sie und sehr, sehr wohlhabend. Im kommenden Frühjahr soll die Hochzeit sein ...‹

Napoleon starrte auf die Zeilen. Sie hatte sich also verlobt ... sehr wohlhabend ... eine gute Partie. Er spürte einen leisen Stich. Er ging zum Fenster und sah in den Regen hinaus. Heute paßt alles zusammen, dachte er, das Wetter und die unerfreulichen Neuigkeiten. Kurzentschlossen nahm er die beiden anderen Briefe und ging hinüber zu seiner Mutter.

Ihre Augen strahlten, als sie Lucianos Handschrift erkannte. Dennoch öffnete sie zuerst Giuseppes Brief und informierte Napoleon während der Lektüre über den Inhalt: »Höre und staune, dein Bruder hat sich in einen Patrioten verwandelt, er trifft sich häufig mit den im Exil lebenden Korsen, mit Savelli, Pietri, Colonna und Saliceti. Er betreibt in Sarzana Familienforschung und hofft, auf Erbansprüche zu stoßen, die er einklagen kann. Außerdem hat er gesellschaftlichen Kontakt zu wohlhabenden Pisaner Familien, die Töchter im heiratsfähigen Alter haben, und hofft, daß er mir eine dieser jungen Damen als Schwiegertochter vorstellen kann. Diese Mädchen bringen eine stattliche Mitgift in die Ehe ein.«

»Mein Bruder gibt sich Illusionen hin. Geld heiratet immer Geld.

Wir Buonapartes sind für reiche Mädchen keine gute Partie. Aber es ist positiv, daß er anfängt, für Korsika Interesse zu zeigen.«

Letizia öffnete Lucianos Brief. Während sie las, wurde ihr Gesicht immer ernster und sorgenvoller.

Noch eine dritte unerfreuliche Nachricht an diesem Tag, dachte Napoleon. »Was schreibt Luciano?«

Letizia zögerte, bevor sie antwortete: »Er möchte Brienne verlassen und lieber das Priesterseminar in Aix besuchen. Den militärischen Drill kann er nicht mehr ertragen, er glaubt, daß er für den geistlichen Stand geeigneter ist.«

»Wie bitte? Wie kommt er auf solchen Unsinn? Er kann doch nicht zum jetzigen Zeitpunkt diesen wertvollen Freiplatz aufgeben! Ich nehme an, daß Sie Luciano über unsere finanzielle Lage unterrichtet haben.« Ärgerlich begann er im Zimmer auf und ab zu gehen. »Wie sollen wir seinen Aufenthalt in Aix finanzieren? Ich bezweifle, daß er einen Freiplatz erhält, die französische Regierung ist zur Zeit sehr zurückhaltend mit Stipendien für Korsen. Weitere Einschränkungen für die Familie sind doch nicht zumutbar!«

»Napoleone, ich möchte keines meiner Kinder in einen ungeliebten Beruf zwingen. Ich bin bereit, Opfer zu bringen; ich weiß auch nicht, ob Luciano für die Armee tauglich ist, er hat eine schwächliche Konstitution.«

»Es gibt Posten im Heer, bei denen die körperliche Belastbarkeit keine Rolle spielt. Vermutlich kann er den militärischen Drill nicht mehr ertragen und arbeitet zu wenig. Aber bitte, ich muß die Entscheidung nicht treffen, das ist Sache des Familienoberhauptes.«

Letizia schrieb noch am gleichen Tag an Joseph. Die Antwort aus Pisa ließ nicht lange auf sich warten: Joseph überließ ihr die Entscheidung, sie sei schließlich die Mutter! Letizia erlaubte also ihrem Lieblingssohn, Brienne zu verlassen und nach Aix zu gehen, und Napoleon schluckte seinen Ärger über Josephs Lauheit hinunter.

Im Frühjahr 1787 beantragte Napoleon eine Verlängerung seines Urlaubs, um Zeit zu haben, die finanziellen Angelegenheiten der Familie zu regeln. Man gestattete ihm, bis Dezember 1787 in der Heimat zu bleiben, und Napoleon beschloß, einige Wochen für eine Reise nach Paris zu nutzen, um persönlich bei den einzelnen Ministern wegen Stipendien und Geld vorzusprechen.

Im Oktober kam er in der Hauptstadt an, bezog ein billiges Quartier im Hotel de Cherbourg und eilte sofort nach Versailles. Es gelang ihm, den Finanzminister Loménie de Brienne persönlich zu sprechen, und er trug sein Anliegen mit italienischer Beredsamkeit vor. Der Minister hatte jedoch für Korsen nicht viel übrig und hielt den jungen Mann mit Versprechungen und Vertröstungen hin.

Als Napoleon merkte, daß sich die Sache hinzog, bat er erneut um Verlängerung des Urlaubs, der ihm bis Juni 1788 gewährt wurde. An den Abenden ging er manchmal ins ›Théatre Français‹, zu ›Aux Italiens‹, oder er machte einen Spaziergang im Palais Royal. Das Palais Royal, das dem Vetter des Königs, dem Herzog von Orléans, gehörte, war ein Sammelplatz der Müßiggänger, der Spieler, Gauner, Dirnen und der jungen Intellektuellen, die hier ungestört ihre politischen Ansichten äußern konnten, weil die Polizei keinen Zutritt hatte. Der Herzog stand den politischen Agitationen wohlwollend gegenüber. Er hatte keine gute Meinung von seinem königlichen Vetter, und er fühlte sich beleidigt von der Königin, die seine Eitelkeit öffentlich gekränkt hatte. Konnte Frankreich nicht ebenso gut vom Hause Orléans regiert werden?

Am Abend des 22. November 1787 saß Napoleon kurz vor Mitternacht in seinem Hotelzimmer und schrieb in sein Tagebuch:

›Ich war im Palais Royal und wollte eben in ein Café eintreten, als ich eine Frau sah, die unter den Arkaden stand. Sie war sehr jung und offensichtlich eine Prostituierte. Mir fiel auf, daß sie nicht die verächtliche Haltung hatte, die sich solche Frauen gewöhnlich geben, sondern ganz natürlich wirkte. Ich sprach sie an. Ja, ich sprach mit ihr, obwohl ich Prostituierte verachte. Aber ihre Blässe und Zerbrechlichkeit, ihre sanfte Stimme überwanden meine Zweifel und meine Abneigung.

Ich nahm sie mit auf mein Hotelzimmer. Ich weiß nicht, warum ich so handelte, gegen alle meine Vorsätze und Überzeugungen. In diesem Augenblick erlag ich der weiblichen Faszination. Ich gestand dieser Frau meine Unwissenheit und Unerfahrenheit auf dem Gebiet der Liebe. Während sie in den Techniken und Raffinessen des Liebesspiels bestens bewandert war. Vergnügen? Lust? Ja, aber auf die Lust folgten Ekel und Scham. Ich hatte mich mit einer Frau eingelassen, die mir völlig fremd war, der ich keinerlei Zuneigung entgegenbrachte. Ich war schwach geworden, hatte meinem körperlichen Begehren nachgegeben. Im Moment empfinde ich Abscheu vor jeder Frau. Hoffentlich habe ich mir keine Krankheit geholt.‹

Anfang Juni 1788 saß Alexandre de Mazis in seinem Kasernenzimmer in Auxonne und schrieb einen Brief an seine Familie. Plötzlich klopfte es ungeduldig an die Tür, und als er öffnete, stand Napoleon vor ihm.

»Na endlich«, rief Alexandre und zog den Freund ins Zimmer. »Wir erwarten dich schon seit Tagen. Willkommen in Burgund, willkommen in Auxonne an der Saône, im unwirtlichen Sumpfgebiet, aber der Burgunder wird dich für alles entschädigen. Ich bin froh, daß wir von Valence nach hier verlegt wurden, in der Kaserne lebt man bequemer und billiger als in Privatquartieren. Aber nun erzähle, wie ist es dir ergangen? Was macht deine Familie? Seit deinem Neujahrsgruß habe ich nichts mehr von dir gehört.

»Ich konnte Ajaccio nicht zum festgesetzten Zeitpunkt verlassen, weil die Windverhältnisse ungünstig waren, das Schiff lief mit zwei Tagen Verspätung aus. Was die Familie betrifft – die Dinge könnten besser stehen. In Paris habe ich praktisch nichts erreicht: kein Geld für die Maulbeerbaumplantagen, keine Stipendien für Luciano und Luigi. Luciano ist wieder zu Hause; meine Mutter konnte das Schulgeld nicht mehr aufbringen, er mußte Aix verlassen. Und warum hat er kein Stipendium bekommen? Weil seine Leistungen nur mittelmäßig waren, das hat mich am meisten geärgert. Nun lungert er zu Hause herum, wird von meinem Onkel ein bißchen unterrichtet, möchte die Welt verändern und ist völlig desinteressiert an der Verwaltung unserer Ländereien.«

»Und dein Bruder Joseph, ist er immer noch in Pisa?«

»Nein, er hat im Frühjahr promoviert, Gott sei Dank! Er ist jetzt Assistent des Bürgermeisters von Ajaccio. Übrigens – ich war vorhin beim Brigadegeneral, er hat mir eine interessante Aufgabe übertragen. Du weißt doch, daß du Teil schon seit Jahren mit Versuchen beschäftigt ist über die Tragweite von Geschützen. Er möchte die Arbeit in diesem Sommer zum Abschluß bringen und hat eine Studienkommission berufen. Zu dieser Kommission gehören er selbst, Professor Lombard, Gassendi, zwei andere Hauptleute und vier Leutnants, einer von ihnen bin ich. Ich soll Versuche leiten und den Bericht abfassen.«

Alexandre riß die Augen auf. »Donnerwetter, das ist aber eine Auszeichnung. Du bist doch der jüngste der Leutnants.«

Napoleon bezog sein Quartier in der Kaserne und nahm nach zwanzig Monaten den Dienst als Artillerieoffizier wieder auf. Bereits wenige Tage nach seiner Ankunft erkrankte er an einem Fieber, hervorgerufen durch das feuchte Klima der Sumpflandschaft. Bis zu seiner Genesung vergingen mehrere Wochen, dessen ungeachtet arbeitete er in der Studienkommission mit und verbrachte halbe Nächte über seinen Büchern. Nur selten kam er dazu, Ereignisse, die ihm wichtig erschienen, in seinem Tagebuch festzuhalten.

Auxonne, 1. Juli 1788

Heute hatte ich eine Auseinandersetzung mit Alexandre. Er kam in mein Zimmer, während ich Plato las, und fing an, mich zu necken: »Wozu soll dieses unverdauliche Wissen führen? Was hast du mit den Dingen zu schaffen, die vor tausend Jahren passiert sind? Man muß in der Gegenwart leben. Ich glaube, meine Werbung um Adelaide wird Erfolg haben, sie ist die Liebe meines Lebens!«

»Mein Gott, wie viele Mädchen waren schon die Liebe deines Lebens! Im übrigen richtet die Liebe mehr Unheil an, als sie Gutes bewirkt. Der Mensch muß seine Leidenschaften bändigen, damit er seine Kraft in den Dienst des Vaterlandes stellen kann.«

Alexandre sah mich erstaunt an und verließ wortlos mein Zimmer.

Auxonne, 15. September 1788

Ich habe zusammen mit einigen Offizieren meines Regiments einen kleinen Verein gegründet, er nennt sich ›La Calotte‹. Zur Zeit formuliere ich die Statuten, die unter uns jungen Offizieren den Korpsgeist und die Traditionen der Höflichkeit aufrechterhalten sollen.

1. ›La Calotte‹ wird zur gemeinsamen Verteidigung der Ehre des einzelnen und des Ganzen gebildet, gegen Eingriffe von außen und Übergriffe von innen.
2. Alle sind gleich, alle sind vom Gemeingeist beseelt, alle müssen beratende Stimme haben.
3. Das Oberhaupt vertritt uns nach innen und außen. Wenn das Oberhaupt sich nicht bewährt, kann es durch einstimmiges Urteil abgesetzt werden.

Auxonne, 1. Januar 1789

Gestern, am letzten Tag des alten Jahres, hätte ich mich beinahe mit dem Leutnant de Bussy duelliert. Er bewohnt das Zimmer über mir, bläst beständig das Horn und stört mich bei der Arbeit. Als ich ihn daraufhin ansprach, kam es zu einem heftigen Wortwechsel, aber die ›Calotte‹ hat unser Duell verhindert.

Am Abend habe ich an meiner Novelle *Graf Essex* weitergeschrieben. Kurz vor Mitternacht ging ich hinüber ins Kasino, wo die Kameraden feierten: Die meisten Offiziere waren betrunken, sogar Alexandre taumelte herum und lallte vor sich hin; überall lagen Champagnerflaschen, auf den Tischen und auf dem Boden waren blutrote Lachen von verschüttetem Burgunder.

Ich ging gleich wieder an die frische Luft und atmete tief durch. Plötzlich sah ich einen Mann, der mitten im Hof im Schnee lag, mit dem Gesicht zum Boden. Ich lief zu ihm hin. Es war ein gespenstischer Anblick: die blaue Uniform auf dem weißen, glitzernden Schnee, daneben ein großer Fleck roten Weines und ein zerbrochenes Glas. Nachdem ich den Mann vorsichtig umgedreht hatte, sah ich, daß es Polignac war. In diesem Augenblick begannen die Glocken das neue Jahr, 1789, einzuläuten. Und Polignac, der Sproß eines alten französischen Adelsgeschlechts, liegt volltrunken im Schnee! Ein Mann seiner Herkunft müßte das neue Jahr würdevoller begrüßen. Ich schaffte ihn mit Hilfe eines wachhabenden Soldaten in die Kaserne.

Soeben hat es ein Uhr geschlagen. Die erste Stunde des Jahres 1789 ist bereits Vergangenheit.

X

Das Städtchen Windsor unweit von London ist ein malerischer Ort mit einem wuchtigen mittelalterlichen Schloß und zahlreichen Fachwerkhäusern und Gasthöfen aus dem 17. Jahrhundert.

Am Abend des 13. Juli 1789 war in einem dieser alten Häuser ein Diener damit beschäftigt, für den Hausherrn und seinen Gast das Essen zu richten. Er hatte rechtzeitig eine Flasche Rotwein entkorkt, damit die Blume sich voll entfalten konnte, und säbelte nun dicke Scheiben von einem mehrpfündigen Roastbeef. Sein unbewegtes Gesicht verriet nichts von den Gedanken, die ihn bewegten: Ein völlig durchgebratenes Roastbeef, widerlich! Seit zwanzig Jahren muß ich in diesem Haus durchgebratenes Fleisch servieren, noch dazu in dicken Scheiben! Aber was kann man von Ausländern auch erwarten? Nein, der General ist kein Gentleman und wird nie einer werden. Und dann diese Gespräche mit seinen Gästen in italienischer Sprache, worüber unterhalten sie sich? Es müssen stets die gleichen Themen sein, weil immer die gleichen Namen fallen: Pozzo di Borgo, Peraldi, Arena, Murati, Savelli, Pietri, Colonna, Saliceti, Buttafuoco.

Als der Diener serviert hatte und das Zimmer verlassen wollte, stutzte er: Nanu, ein neuer Name! Buonaparte? Buonaparte war in den vergangenen zwanzig Jahren nie genannt worden. Als er die Tür schloß, bemerkte er, daß der General mißmutig vor sich hin sah.

Paoli war jetzt 64 Jahre alt, seine Gestalt war massiger und schwerer geworden, sein Haar weiß, aber die Augen blickten scharf und prüfend wie eh und je.

»Ein Sohn von Carlo Buonaparte?« fragte Massaria erstaunt. Er war ungefähr so alt wie Paoli und teilte das englische Exil mit ihm.

Massaria wohnte in einem Londoner Vorort und besuchte einmal wöchentlich den General, um sich mit ihm über Korsika und die allgemeine politische Lage zu unterhalten. »Ja, jetzt erinnere ich mich, die Buonapartes hatten damals einen kleinen Jungen.«

Paoli schüttelte den Kopf. »Nein, dieser Sohn kann den Brief nicht geschrieben haben. Ich glaube, der Verfasser dieses schwülstigen Schriftstücks ist ein jüngerer Sohn von Carlo. Letizia war im Frühsommer 69 schwanger, und in dem Brief steht: Ich wurde geboren, als das Vaterland unterging oder so ähnlich. Na, beim Kaffee können Sie sich ja das Geschreibsel zu Gemüte führen, und dann sagen Sie mir, was Sie davon halten.«

»Hat Pozzo di Borgo in letzter Zeit von sich hören lassen?«

»Ja, aber seit Marbeufs Tod teilt er nur Unerfreuliches mit. Der Gouverneur Barrin scheint sich wie ein Tyrann aufzuführen. Seit fast drei Jahren berichtet Pozzo nur, wie die französische Verwaltung die Korsen aussaugt, erniedrigt und entwürdigt. Marbeuf hat unsere Landsleute wenigstens nicht ausgebeutet, er war ein Mann von vornehmer Gesinnung.«

»Wie man es nimmt. Er hat mit viel Geschick führende Familien der Insel an sich gebunden; ob seine Methoden immer vornehm waren, weiß ich nicht.«

Paoli runzelte die Stirn. »Mein lieber Freund, ich sehe die Dinge anders. Marbeuf hatte es gar nicht nötig, mit hinterhältigen Methoden die korsische Nobilität an sich zu binden. Es gab Korsen, die sich von heute auf morgen den Franzosen in die Arme geworfen haben, den französischen Lebensstil nachäfften und alles taten, um ihre Kinder in Frankreich erziehen zu lassen. Auch Carlo Buonaparte war so ein Französling; Pozzo hat mir alles berichtet. Zuerst wollte ich es nicht glauben, aber Peraldi schrieb in seinen Briefen dasselbe: enger gesellschaftlicher Kontakt zu den obersten französischen Beamten und so weiter.« Er leerte sein Glas in einem Zug, lehnte sich seufzend zurück und sah zum Fenster hinaus. »Wissen Sie, Massaria, ich werde den Augenblick nie vergessen, als Carlo Buonaparte in Bastia von mir Abschied nahm. Zugegeben, ich war etwas enttäuscht, daß er es vorzog, auf Korsika zu bleiben, aber ich konnte seine Gründe verstehen. Er mußte eine Familie ernähren, und wie sollte er sich in England so rasch eine Existenz aufbauen?

Aber wenn er mitgekommen wäre, hätte ich ihn nach Kräften unterstützt. Auf Letizia mußte er keine Rücksicht nehmen, sie ist eine echte Korsin, stolz, mutig, ihrem Mann ergeben; sie wäre ihm ohne weiteres nach England gefolgt. Ich habe nie aufgehört, Letizia zu achten und zu bewundern. Sie können sich vorstellen, wie enttäuscht ich war, als ich erfuhr, daß der Mann, den ich der Consulta als meinen Nachfolger vorschlagen wollte, daß dieser Mann sich nur wenige Wochen nach Ponte Nuovo zu Frankreich bekannte. Diesen Wechsel des Vaterlandes habe ich Carlo Buonaparte nie verziehen.«

Massaria spielte verlegen mit seinem Weinglas. Was sollte er antworten? Es war das erste Mal in all den Jahren, daß der General so offen über seine Gefühle sprach. Dieser mysteriöse Brief hat ihn wohl ziemlich erregt, dachte Massaria.

Paoli klingelte nach dem Diener: »Serviere den Kaffee im Arbeitszimmer.«

Auf dem Weg dorthin versuchte Massaria das Thema zu wechseln. »Was halten Sie von der französischen Nationalversammlung?«

»Nun, ich war freudig überrascht, als ich las, daß der Dritte Stand sich als Vertreter der ganzen Nation fühlt und dies auch demonstriert. Bei dem Ballhausschwur wäre ich gerne dabeigewesen. Vielleicht wirken sich die Versailler Ereignisse positiv für Korsika aus, man muß abwarten.«

Im Arbeitszimmer überreichte Paoli seinem Gast einen engbeschriebenen Bogen Papier.

»Du meine Güte!« rief Massaria. »Was für eine unleserliche Handschrift!«

»Ja, das hat mich auch gestört.«

Massaria fing an zu lesen:

Auxonne, 12. Juni 1789

General, als das Vaterland zugrunde ging, wurde ich geboren. Dreißigtausend an unsere Küsten geworfene Franzosen, die den Thron der Freiheit mit Strömen des Bluts überschwemmten, das war das entsetzliche Schauspiel, das meine Augen zuerst erblickten. Die Schmerzensschreie Sterbender, die Jammerrufe

Unterdrückter, Tränen und Verzweiflung umgaben meine Wiege! Sie verließen unsere Insel, und mit Ihnen schwand jede Hoffnung auf Glück. Als Lohn für unsere Unterwerfung erwartete uns Knechtschaft. Unter dem dreifachen Joch der Militärgewalt, der Gesetze und der Steuern leben unsere Landsleute, verachtet von denen, die die Macht der Verwaltung in Händen haben ...

Massaria überflog die folgenden Passagen und las nur die Sätze genauer, die er besonders interessant fand:

Ich will Ihre Verwaltung mit der jetzigen vergleichen, will diejenigen mit dem Pinsel der Ehrlosigkeit anschwärzen, die die gemeinsame Sache verraten haben. Ich will die, welche die Regierung in Händen haben, vor den Richterstuhl der öffentlichen Meinung rufen, ihre Bedrückungen aufzählen, ihre Umtriebe aufdecken und, wenn es möglich ist, den ehrenhaften Minister, der den Staat regiert (damit ist wohl Necker gemeint, dachte Massaria), *für das beklagenswerte Schicksal interessieren, das so grausam auf uns lastet ... Wenn Sie, General, geruhen, eine Arbeit zu billigen, in der so viel von Ihnen die Rede sein wird, wenn Sie die Bestrebungen eines jungen Mannes ermutigen wollen, dessen Eltern stets zur besseren Partei gehörten, so gilt mir das als gutes Zeichen für ihr Gelingen ... Erlauben Sie mir, General, Ihnen die ehrerbietigste Huldigung meiner Familie – ach, warum soll ich es nicht sagen – meiner Landsleute zu Füßen zu legen. Sie zehren von der Erinnerung an eine Zeit, als sie noch die Freiheit erhofften. Meine Mutter, Madame Letizia, beauftragt mich, Sie an die in Corte verlebten Jahre zu erinnern.*

Ich schließe, mit der größten Ehrerbietung, General, als Ihr Ihnen sehr ergebener und gehorsamer Diener

Napoleon Buonaparte

Offizier im Regiment La Fère.

»Werden Sie den Brief beantworten?«

Paoli sah seinen Gast erstaunt an: »Wo denken Sie hin? Ich kann meine Zeit besser nutzen. Dieser Junge ist ein Wirrkopf. Was will er überhaupt? Vor ungefähr drei Jahren hat er mir schon einmal geschrieben, genauso pathetisch. Ich habe ihm damals nicht geantwortet, und ich antworte ihm auch heute nicht.«

»Nun ja«, sagte Massaria zögernd, »ich habe den Eindruck, daß dieser junge Mann ein echter korsischer Patriot ist und daß er Ihnen viel Achtung und Verehrung entgegenbringt.«

»Lieber Freund, dieser Napoleon Buonaparte ist in Frankreich erzogen worden und ist französischer Offizier. Man kann nicht zugleich Offizier des Königs von Frankreich und korsischer Patriot sein. Er weiß anscheinend nicht, was er will. Eine Antwort auf diesen Brief wäre vergeudete Zeit und verschwendetes Papier. Kommen Sie, vergessen wir die Buonapartes, lassen Sie uns eine Partie Reversi spielen.«

Einen Monat später saß Napoleon in seinem engen Zimmer in der Kaserne in Auxonne und schrieb in sein Tagebuch.

Auxonne, 15. August 1789.

Heute bin ich zwanzig Jahre alt geworden. Ich bin gespannt auf die Überraschungen, die die Zukunft für mich bereithält.

Die politischen Ereignisse der vergangenen Monate werden wahrscheinlich das Leben jedes französischen Bürgers beeinflussen, positiv oder negativ. Ein Teil der Bevölkerung emigriert, für andere Gruppen eröffnen sich neue Möglichkeiten, voranzukommen. Dieses Jahr hat für rechtlich denkende Menschen hoffnungsvoll begonnen. Nach all den Jahrhunderten feudaler Barbarei und politischer Sklaverei entflammt das Wort ›Freiheit‹ die Gemüter – aber was wird bei dieser Wiedergeburt Frankreichs aus uns armen Korsen werden?

Er legte die Feder zur Seite, blätterte zurück und las die Eintragungen der vergangenen Monate:

Auxonne, 1. Februar 1789

Ein entsetzlicher Winter! Die zugefrorenen Flüsse behindern Handel und Verkehr, Rinder und Schafe verenden, und der Brotpreis steigt und steigt! Kein Wunder nach der Mißernte vom letzten Sommer. In Lyon soll es inzwischen 25 000 Arbeitslose geben, in Paris 80 000. Die ärmeren Bevölkerungsschichten hungern, in der Bretagne herrschen bürgerkriegsähnliche Zustände. Alle Hoffnungen ruhen auf den Generalständen, die im Mai in Versailles zusammentreten werden. Seit 1614 sind die Stände nicht mehr einberufen worden!

In den nächsten Tagen will ich die soeben erschienene Schrift des Abbé Sieyès lesen: *Was ist der Dritte Stand?*

Auxonne, 3. April 1789

Vor einigen Tagen kam es in Seurre zu einem Aufstand, weil die Bevölkerung glaubte, man kaufe ihre Lebensmittel auf. Zwei Getreidehändler wurden Opfer der Volkswut. Nun will du Teil 100 Soldaten unter meiner Führung nach Seurre schicken, um Ruhe und Ordnung wiederherzustellen. Ich sehe dieser Aufgabe mit gemischten Gefühlen entgegen. Einerseits muß jeder Franzose anständig leben können, was beim gegenwärtigen Brotpreis unmöglich ist; andererseits hasse ich den Aufruhr des Pöbels.

Auxonne, 10. April 1789

Ruhe und Ordnung sind wiederhergestellt worden, ohne daß ein Tropfen Blut geflossen ist. Gott sei Dank. Ich habe die Menge mit dem Ruf zerstreut: »Die anständigen Leute sollen nach Hause gehen, ich lasse nur auf die Kanaille schießen!« Wenige Minuten später war die Straße leer.

Auxonne, 12. Juni 1789

Heute habe ich an Paoli geschrieben und ihm meine ›Briefe über Korsika‹ geschickt. Ob er mit antworten wird? Seit Jahren träume ich davon, ihm einmal persönlich zu begegnen!

Die Getreidepreise haben einen neuen Höchststand erreicht. Die politische Lage spitzt sich immer mehr zu. Am 4. Mai zogen die Generalstände feierlich in Versailles ein. Am darauffolgenden Tag eröffnete der König die Versammlung und gab zu, daß der Staat finanziell vor dem Ruin steht. Am 6. Mai begannen dann endlose Debatten darüber, ob man nach Ständen oder nach Köpfen abstimmen solle. Am 20. und 22. Mai konnte der Dritte Stand einen Erfolg verzeichnen: Geistlichkeit und Adel verzichteten auf ihre Steuervorrechte! Übrigens sind zwei Vertreter der privilegierten Stände zum Dritten Stand übergelaufen: der Abbé Sieyès und der Graf Mirabeau.

Auxonne, 27. Juli 1789

Die Ereignisse der letzten Wochen muß ich unbedingt notieren. In Frankreich ist ein neues Zeitalter angebrochen! Der Dritte Stand hat gesiegt. Die konstitutionelle Monarchie hat den Absolutismus abgelöst.

Am 17. Juni geschah ein Wunder: Der Dritte Stand erklärte sich zur Nationalversammlung, zwei Tage später schlossen sich die Mehrheit der Geistlichkeit und einige liberale Adelige an. Am 20. Juni schwor diese Versammlung im Versailler Ballhaus, sich nicht aufzulösen, bis eine Verfassung erarbeitet ist.

Am 23. Juni gab der König sein Reformprogramm bekannt: gleiche Besteuerung, Freiheit der Person und Presse, Dezentralisierung, Abschaffung der Leibeigenschaft. Aber leider immer noch keine Zulassung aller zu den öffentlichen Ämtern. Der König weigerte sich, den Dritten Stand als Vertretung der ganzen Nation anzuerkennen. Wie unklug! Statt eindeutig Stellung für die eine oder andere Seite zu beziehen, verärgert er beide durch seine unentschlossene Haltung.

Am 11. Juli entließ der König Necker und andere kompromißbereite Minister. Das führte zu Unruhen in Paris. Am 13. Juli stürmte das Volk das Hôtel des Invalides und bemächtigte sich der dort gelagerten Waffen. Eine Bürgergarde wurde gebildet, die sich Nationalgarde nennt; ihr Kommandant ist Lafayette.

Am 14. Juli stürmte das Volk die Bastille, weil man dort ebenfalls Waffen vermutete. In der Bastille waren übrigens nur sieben Häftlinge! Am 16. Juli berief der König Necker und die anderen Minister zurück, am 17. Juli erschien Ludwig XVI. in Paris; angeblich wurde er kühl empfangen, immerhin hat er sich die neue blau-weiß-rote Kokarde an den Hut geheftet. Nach dem 17. Juli begann die Emigration der Aristokraten: der Prinz Condé verließ Paris, der Graf Artois, de Broglie, Polignac und viele andere.

Napoleon tauchte die Feder ins Tintenfaß und schrieb weiter:

Nach dem Sturm auf die Bastille kam es im ganzen Land zu Aufständen und Unruhen. Der Intendant von Paris wurde vom Pöbel an der Laterne aufgehängt. Ich habe teilweise miterlebt, wie

Bauern, mit Sensen und Äxten bewaffnet, in die Schlösser drängten, plünderten, Brände legten. Entsetzlich!

Seit jenem Tag, oder besser, seit jener Sitzung Anfang August, die bis in die Nacht hinein dauerte, gibt es in Frankreich kein Feudalsystem mehr. Es ist unglaublich, Adel und Klerus verzichteten auf ihre Standesprivilegien, alle Frondienste wurden abgeschafft, ebenso der Zehnte für die Geistlichkeit ...

Er unterbrach seine Aufzeichnungen; es hatte an der Tür geklopft. Alexandre trat ein. »Ich möchte dir zum Geburtstag gratulieren«, sagte er und überreichte seinem Freund ein Päckchen.

Napoleon entfernte das Papier. »Jesus, das ist ja ein Prachtband!« rief er »Saffianleder, Goldschnitt!«

Alexandre lächelte: »Du kennst die *Leiden des jungen Werther* zwar in- und auswendig, aber dein Exemplar ist so zerfleddert und zerlesen ... Übrigens wollte ich dich für den morgigen Abend zu einer kleinen Feier einladen, es ist eine Abschiedsfeier mit wenigen guten Freunden. Übermorgen werde ich Frankreich verlassen.«

Es dauerte einige Sekunden, bis Napoleon sich von seiner Überraschung erholt hatte. »Also auch du willst in die Emigration gehen und dein Vaterland im Augenblick der nationalen Erneuerung verlassen! Alexandre, hast du dir diesen Entschluß reiflich überlegt? Für Frankreich beginnt eine neue Zeit, dein Land steht am Wendepunkt seiner historischen Entwicklung. Willst du nicht mitwirken am Aufbau des neuen Staates?«

»Ich habe mit dieser neuen französischen Nation nichts zu schaffen. Das heutige Frankreich ist nicht das Land, in dem ich leben möchte.«

»Wo willst du hingehen?«

»Zunächst nach Koblenz, später vielleicht zum Grafen d'Artois, angeblich will er sich in Turin niederlassen. Meine Familie hat alle beweglichen Wertsachen und unser Vermögen bereits über die Grenze geschafft. Die Emigration der Vermögen wird die Revolution entscheidend schwächen, ihr vielleicht sogar den Todesstoß versetzen. Ich weiß nicht, wie viele Millionen Livres bereits im Ausland sind; dieser Kapitalabfluß wird den Staat an den Rand des wirtschaftlichen Ruins bringen. Nun, ich werde aus der Ferne gelassen verfolgen, wie die Nationalversammlung und Herr Mirabeau die wirtschaftlichen Schwierigkeiten bewältigen. Ich glaube, daß der revolutionäre Spuk in absehbarer Zeit vorüber ist und wir zurückkehren können.«

»Gib dich keinen Illusionen hin, das Rad der Geschichte hat sich noch nie zurückgedreht, sondern immer nur vorwärts.«

»Wir werden sehen. Aber sag mal, seit wann schlägt dein Herz für die französische Nation?«

»Du irrst dich, Alexandre. Ich begrüße die politische Entwicklung, identifiziere mich mit den Ideen der Revolution. Aber mein Vaterland ist und bleibt Korsika, wir sind eine Nation, genau wie Frankreich. Vielleicht haben wir jetzt eine Chance auf Unabhängigkeit. Das neue Frankreich müßte bereit sein, auch einer anderen Nation ihre Freiheit zu geben.«

»Was denken denn deine Landsleute über die Ereignisse der letzten Monate?«

»Ja, das ist merkwürdig! Weder meine Mutter noch Joseph haben in den letzten Briefen eine Meinung zur Nationalversammlung oder zum Bastillesturm geäußert. Ich befürchte, daß der Despot Barrin die Dekrete der Nationalversammlung gar nicht veröffentlicht, so daß man auf Korsika nicht weiß, was passiert ist. Zum Glück ist mein Urlaub bewilligt worden, ich werde also in der ersten Septemberwoche abreisen.«

»Du bist dir hoffentlich klar darüber, daß deine häufige Abwesenheit vom Regiment deinem Aufstieg hinderlich ist?«

»Ja, aber ich muß jetzt einfach nach Korsika. Ich will die neuen Ideen in die Praxis umsetzen. Ich habe keine Lust, in Auxonne jeden Abend Berichte über die Debatten in der Nationalversammlung zu lesen. Ich will, ich muß handeln!«

›Der Plan dieser Schrift ist ganz einfach. Wir haben uns drei Fragen vorzulegen:

1. Was ist der Dritte Stand? Alles.
2. Was ist er bis jetzt in der staatlichen Ordnung gewesen? Nichts.
3. Was verlangt er? Etwas zu werden.‹

Luciano sah von seiner Lektüre auf und bemerkte den mißbilligenden Blick seines Bruders. Josephs Augen befahlen ihm, die

Broschüre des Abbé Sieyès beiseite zu legen und Napoleone zuzuhören, der die Familie über die politischen Ereignisse der letzten Monate informierte. Luciano gehorchte widerspruchslos und war nach kurzer Zeit ebenso gefesselt wie die übrigen Familienmitglieder.

Napoleon war am Nachmittag des 30. September 1789 in Ajaccio eingetroffen. Sofort nach der Begrüßung hatte er sich mit Joseph in Carlos Arbeitszimmer zurückgezogen und den Bruder über die politische Lage auf der Insel ausgefragt. Der Gouverneur Barrin hatte tatsächlich die Dekrete der Nationalversammlung unterdrückt; auf Korsika ging das Leben weiter, als ob es nie einen Ballhausschwur und einen Bastillesturm gegeben hätte.

Jetzt, am Abend, saß die Familie im Zimmer des Archidiakons zusammen und hörte erstaunt, was sich in Versailles ereignet hatte.

Napoleon lief erregt im Zimmer auf und ab. »Die Nationalversammlung arbeitet an einer neuen politischen Verfassung, die auf Freiheit, Gleichheit, Brüderlichkeit basiert. Eine Nation, die für Freiheit eintritt, ist verpflichtet, auch anderen Nationen Freiheit und Unabhängigkeit zu gewähren.

Wir müssen einen patriotischen revolutionären Klub gründen, in dem wir die Mißstände der gegenwärtigen Verwaltung anprangern und unsere Unabhängigkeit fordern. Außerdem ist eine Bürgerwehr notwendig, ähnlich der Pariser Nationalgarde. Was meinst du, Giuseppe? Wird Levié uns unterstützen?« (Levié war Bürgermeister von Ajaccio und ein Verwandter der Buonapartes, Joseph war sein Mitarbeiter.)

»Er steht bestimmt auf unserer Seite.« Joseph war mit den Plänen des Bruders völlig einverstanden. Wer weiß, dachte er, vielleicht kann ich mir durch die veränderte politische Situation einen einflußreichen Posten verschaffen.

»Was ist Ihre Meinung, Onkel Fesch?«

Der junge Archidiakon schmunzelte. »Nun, ich werde schon dafür sorgen, daß Freiheit, Gleichheit und Brüderlichkeit angemessen verkündet werden. Unsere Bürger glauben alles, was sie während des Hochamtes hören.«

Die Buonapartes diskutierten noch bis Mitternacht über die politische Lage. Luciano hatte den ganzen Abend über wortlos, aber aufmerksam die Unterhaltung verfolgt. Nun wandte er sich an Napoleon.

»Darf ich die Schrift von Sieyès einige Tage behalten?«

»Aber natürlich, behalte sie, solange du willst.« Die gespannte Aufmerksamkeit des Bruders war ihm nicht entgangen, und er überlegte, was wohl in dessen Kopf vorging.

In jener Nacht lag Luciano noch lange wach. Es waren nicht nur die Berichte des Bruders, die seine Seele erregten und seine Phantasie erhitzten, er dachte auch über sein eigenes Leben nach, über die vergangenen Jahre, über die Zukunft.

Im Mai kommenden Jahres werde ich fünfzehn Jahre. Ich müßte mit meinem gegenwärtigen Leben zufrieden sein, aber irgend etwas fehlt. Ich lebe in den Tag hinein, ohne ein festes Ziel vor Augen, ohne eine Aufgabe, die mich ausfüllen würde. Bis jetzt habe ich immer nur gewußt, was ich nicht wollte. Brienne war unerträglich, in Aix hat es mir besser gefallen, der Unterricht in Philosophie und Literatur war hochinteressant, gelangweilt habe ich mich bei dem ganzen theologischen Kram. Der Priesterberuf wäre wahrscheinlich auch nicht die richtige Lösung gewesen. Trotzdem habe ich Frankreich ungern verlassen. Ich fühle mich als Franzose, nicht als Korse. Napoleone ist immer Korse geblieben; sein ganzes Denken und Fühlen kreist um die Insel, die für mich muffig und zurückgeblieben ist. Auf keinen Fall möchte ich mein Leben hier verbringen. Bis jetzt habe ich immer davon geträumt, in Frankreich als Literat zu leben, irgendwo auf dem Lande, natürlich nahe bei Paris, auf dem Landsitz eines wohlhabenden Mäzens. Rousseaus Leben in Montmorency, das war mein Traum. Aber seit dem heutigen Abend haben sich ganz andere Möglichkeiten ergeben. Warum soll ich mich nicht politisch betätigen? Man müßte ein Redner sein wie Mirabeau. Wie hat mein Bruder Mirabeau geschildert? Groß, stattlich, ein blatternarbiges Gesicht, eine Löwenmähne, eine donnernde Stimme. Allerdings hat er diese Beschreibung von anderen Leuten übernommen, er hat ihn noch nie persönlich gesehen.

Was hat Mirabeau am 23. Juni in der Nationalversammlung zum Abgesandten des Königs gesagt? »Ich erkläre Ihnen aber, daß Sie, wenn Sie den Auftrag haben, uns von hier zu vertreiben, Befehl zur Gewaltanwendung einholen müssen, denn wir werden uns von unseren Plätzen nur durch die Gewalt der Bajonette vertreiben lassen.«

»Die Gewalt der Bajonette«, flüsterte Luciano vor sich hin, »die Gewalt der Bajonette, die Gewalt ...« Im nächsten Augenblick war er eingeschlafen.

Er stand in einem riesigen Saal neben Mirabeau, der soeben den Abgesandten des Königs weggeschickt hatte. Luciano wollte fragen, warum sie allein in dem Raum waren, da flogen plötzlich die Türen auf und Soldaten strömten herein, umringten ihn und Mirabeau und richteten drohend die Gewehre auf sie. Ich muß reden, dachte Luciano, ich muß sie daran hindern, uns zu töten. Aber er brachte keinen Laut heraus.

»Feuer!« Die Stimme, dachte Luciano, die Stimme! Er sah Mirabeau langsam niedersinken, und fast im gleichen Augenblick war der ganze Boden mit Blut bedeckt. Entsetzt beobachtete Luciano, wie das Blut seine Knöchel umspülte und rasch höher und höher stieg bis zu den Knien, zur Taille. Ich werde im Blut ertrinken! »Feuer!«

»Nein!« schrie Luciano verzweifelt auf. Die Stimme ... dachte er noch, und dann erwachte er schweißgebadet. Es dauerte einige Sekunden, ehe er bei dem matten Licht der Öllampe Napoleon und Letizia erkannte, die neben seinem Bett standen.

»Was ist denn los?« fragte sein Bruder. »Du weckst ja das ganze Haus auf.«

»Ich habe schlecht geträumt.«

Napoleon lachte. »Du hast heute abend zu viel Lasagna gegessen. Mäßigung, mein Lieber, Mäßigung!« Immer noch lachend verließ er das Zimmer.

Letizia setzte sich auf den Bettrand und strich ihrem Sohn liebevoll die feuchten Haare aus der Stirn. »Was hast du denn geträumt?«

Er begann zu erzählen, und Letizia merkte, daß eine unbestimmte Furcht in ihr emporstieg.

»Und die Stimme, Mama, die Stimme, die den Schießbefehl gab, das war ...« Er zögerte. »Es war Napoleones Stimme.«

»Himmel, was für Hirngespinste! Dein Bruder würde doch niemals auf ein Mitglied seiner Familie schießen lassen. Du mußt deine Phantasie etwas mehr beherrschen. Komm, schlaf jetzt und denke nicht mehr an die Bajonette. Ich bring dir noch ein Glas Wein, das beruhigt die Nerven.«

Als Luciano am nächsten Morgen erwachte, war im Haus noch alles ruhig. Jetzt, bei hellem Tageslicht, empfand er seinen Traum als albern und lächerlich. Er sprang auf, lief zum Fenster und sah zum Himmel. Kein Wölkchen war zu sehen; der 1. Oktober versprach ein warmer, sonniger Herbsttag zu werden. Luciano sah hinunter zur Terrasse, wo Caterina mit Besen und Schippe hantierte. Die Türen zur Bankettgalerie waren weit geöffnet. Aha, heute ist ›Lüftungstag‹, dachte Luciano. Er hatte schon mehrfach beobachtet, daß Caterina die Galerie stets säuberte, wenn im Haus noch alles schlief. Anscheinend sollte verhindert werden, daß jemand den Raum betrat. Eine schwache Erinnerung an die Gesellschaften vergangener Zeiten wurde in ihm wach, und er fragte sich, ob der Festsaal je wieder benutzt würde.

Plötzlich sehnte er sich nach Bewegung in der frischen Luft. Er kleidete sich rasch an, verließ das Haus und rannte die Via Malerba hoch, über den Domplatz bis zur Uferstraße und dann in Richtung der Blutinseln bis zur Kapelle der Griechen.

Dort blieb er keuchend stehen, lehnte sich an die Kapelle und blinzelte mit seinen kurzsichtigen Augen über die glatte, ruhige Meeresoberfläche bis zum Horizont. Dort hinten liegt das Festland, dachte er.

Und plötzlich wußte er, wie er sein Leben gestalten wollte: Ich werde hier im Klub in Ajaccio als Redner auftreten, vielleicht als Sekretär des Klubs arbeiten. Ich muß versuchen, Leute kennenzulernen, die mir weiterhelfen können. Eines Tages werde ich die Insel verlassen und für immer nach Frankreich gehen, zunächst in die Provinz, später vielleicht nach Paris. Ich will und werde am Aufbau des neuen Frankreich mitarbeiten. In seiner Phantasie sah er sich schon als Redner in der Nationalversammlung, als Vertrauter und Mitarbeiter Mirabeaus.

An jenem 1. Oktober 1789 war Luciano zum ersten Mal seit langer Zeit richtig glücklich.

Während der folgenden Wochen wurde das Haus der Buonapartes zum Zentrum der revolutionären Partei in Ajaccio. Die Brüder gewannen Freunde der Familie und junge, ehrgeizige Korsen für die neuen Ideen. Napoleon setzte seine Vorstellungen durch: Gründung eines revolutionären Klubs, Bildung einer Bürgerwehr, Annahme der dreifarbigen Kokarde von den Bürgern der Stadt. Er selbst trat als einfacher Soldat in die Bürgerwehr ein und hielt Wache vor dem Haus der Peraldis, die seiner Familie feindlich gesonnen waren. Auch die korsischen Abgeordneten in Versailles waren nicht untätig. In der Nationalversammlung stellten sie ihre Forderungen: ein Ausschuß von 23 Korsen zur Sicherung der korsischen Freiheit, die Zurückziehung der königlichen Truppen, die Aufstellung einer korsischen Nationalgarde.

Als der Gouverneur Barrin von diesem Antrag der Korsen und den Ereignissen in Ajaccio hörte, holte er zum Gegenschlag aus: Er entsandte Truppen und berief die Adelsvertretung der Zwölf nach Bastia. Die Vertreter des Adels, unter ihnen Gaffori, der Sohn des legendären Freiheitskämpfers, und Buttafuoco verurteilten den Antrag der Abgeordneten als schädlich, gefährlich und undurchführbar. Gaffori begab sich nach Ajaccio und sorgte dafür, daß der Klub geschlossen und die Bürgerwehr aufgelöst wurde.

Angesichts dieser Situation verfaßte Napoleon im Auftrag seiner Parteigänger eine Denkschrift an die Nationalversammlung. Er protestierte im Namen des Volkes gegen den Gouverneur Barrin, forderte die Beseitigung seiner Verwaltung und die Einsetzung der Korsen in die Rechte, die die Natur jedem Menschen in seinem Land gegeben habe:

›Wenn die Behörden ungesetzmäßig Rechte usurpieren, wenn Abgeordnete ohne Auftrag im Namen des Volkes gegen dessen Willen sprechen, dann ist den einzelnen erlaubt, sich zu vereinigen, zu protestieren, der Bedrückung Widerstand zu leisten.‹

Nachdem die Nationalversammlung jene Schrift erhalten hatte und laufend neue Nachrichten über Unruhen auf der Insel eintrafen, mußte sie sich notgedrungen erneut mit dem Problem Korsika beschäftigen und zu einer Entscheidung kommen, die für beide Seiten tragbar schien.

Der korsische Abgeordnete Saliceti stellte den Antrag, die Insel

Frankreich einzugliedern, sie vom Status einer eroberten Provinz zu befreien. Mirabeau unterstützte Saliceti, und am 30. November 1789 beschloß die Nationalversammlung die Gleichstellung Korsikas mit den übrigen französischen Provinzen.

Am nächsten Tag traf Massaria in Paris ein; er sollte im Auftrag Paolis mit der Nationalversammlung über die Unabhängigkeit der Insel verhandeln. Entsetzt erfuhr er von Saliceti, daß er 24 Stunden zu spät gekommen war.

»Korsika ist also jetzt eine französische Provinz! Wie soll ich das dem General beibringen?«

»Sie können ihm die Nachricht doppelt versüßen«, sagte Saliceti gleichmütig. »Korsika hat nunmehr den gleichen rechtlichen Status wie die anderen Provinzen, und außerdem hat die Nationalversammlung beschlossen, daß Paoli und alle anderen korsischen Emigranten auf die Insel zurückkehren dürfen. Paoli soll Militärgouverneur von Korsika werden.«

An einem Nachmittag Anfang Januar 1790 begab sich Mario Peraldi zu seinem Freund Carlo Andrea Pozzo di Borgo, der seit einigen Monaten als Rechtsanwalt tätig war. Mario Peraldi war ungefähr 25 Jahre alt und hochgewachsen; er schritt stets etwas hochmütig durch die Straßen Ajaccios, schließlich waren die Peraldis die reichste Familie der Stadt. An jenem Nachmittag machte er einen kleinen Umweg durch die Via Malerba zum Haus der Buonapartes. Aus einem der oberen Fenster hing seit ein paar Tagen eine Fahne, deren Aufschrift bei den paolistisch gesonnenen Familien einiges Aufsehen erregt hatte: *Es lebe die Nation! Es lebe Mirabeau! Es lebe Paoli!*

»Unglaublich«, murmelte Mario vor sich hin und ging weiter zum Haus seines Freundes. Gioconda öffnete und versank in einem ehrfurchtsvollen Knicks. »Signor Pozzo di Borgo erwartet Sie«, sagte sie und führte Mario zum Arbeitszimmer des Hausherrn.

Carlo Andrea war gleichaltrig mit Joseph Buonaparte, also fast 22 Jahre. Seine Gestalt war gedrungen und stämmig; seine gelblichfahle Gesichtsfarbe und das schwarze, ölige Haar – er verabscheute Perücken und Haarpuder – wirkten auf manche seiner Klienten etwas unheimlich.

Carlo Andrea befahl Gioconda, jede Störung fernzuhalten, und füllte dann zwei Gläser mit Orangenwein.

»Na, Mario, hast du dir die Fahne angesehen?«

»Ja, soeben. Ein geschmackloser und taktloser Fetzen. Wie kann eine Familie, die es seit zwanzig Jahren mit den Franzosen hält, Paoli hochleben lassen? Ich möchte wissen, wer von dieser Sippe die Idee hatte.«

»Ich nehme an, Napoleone.«

»Napoleone? Ich tippe eher auf das Familienoberhaupt, Giuseppe; der *à la mode*-Patriot und neuerdings *à la mode*-Revolutionär muß seine Gesinnung natürlich öffentlich zur Schau stellen, damit man ihm auch glaubt.«

Carlo Andrea lachte, wurde aber sofort wieder ernst. »Wir sollten Giuseppe nicht unterschätzen. Ich habe hin und wieder beruflich mit ihm zu tun. Seine fachlichen Qualitäten überzeugen mich nicht besonders, aber eines muß man ihm lassen: Er kann auftreten und sich in Szene setzen, er parliert gewandt und scharwenzelt geschickt um die Leute herum, von denen er sich einen Vorteil verspricht. Ich halte ihn für gefährlicher als seinen Bruder. Ich habe mich in den vergangenen Jahren öfters mit Napoleone unterhalten, und ich glaube, er ist ein echter Patriot und Revolutionär, seine Gesinnung ist aufrichtig, vielleicht sogar idealistisch. Das siehst du daran, daß er vor deinem Haus Wache gestanden hat.«

»Na, jedenfalls hat sein Idealismus ihm bei seinem militärischen Aufstieg bisher wenig genutzt, er ist immer noch ein armseliger Unterleutnant. Du hast recht, um ihn brauchen wir uns nicht zu kümmern, außerdem muß er ja irgendwann zu seinem Regiment zurück. Aber sag mal, du hast mich doch nicht hergebeten, um mit mir über die Buonapartes zu sprechen?«

»Doch, mein Lieber, wir sind mitten im Thema. Die Sache ist die: Paoli wird in den nächsten Monaten zurückkehren. Wir müssen uns darüber klar werden, wie wir uns den Buonapartes gegenüber verhalten wollen. Die Fahne mag geschmacklos sein, aber sie signalisiert doch, daß diese Familie Kontakt zu Paoli sucht. Sie wird alles daran setzen, daß mindestens eines ihrer Mitglieder, natürlich möglichst das Familienoberhaupt, einen hohen Posten bei Paoli erhält, um Ansehen und Prestige der Buonapartes zu steigern. Wir beide, du und ich, verfolgen das gleiche Ziel; das muß zum Konflikt mit Giuseppe und Napoleone führen. Wir wissen nicht, was Paoli denkt! Wie ist seine Einstellung gegenüber den Buonapartes, gegenüber der Revolution? Die Tatsache, daß die Nationalversammlung ihn zurückgerufen hat, verpflichtet ihn zu nichts. Was meinst du, wie sollen wir uns verhalten?«

Mario stand auf und ging eine Weile schweigend im Zimmer auf und ab. »Ich bin dafür, daß wir den Buonapartes freundlich-neutral gegenübertreten und abwarten, was Paoli tut. Fördert er Giuseppe, ist nichts verdorben, gibt er uns den Vorzug, können wir den Buonapartes immer noch den Fehdehandschuh hinwerfen.«

»Ja, das ist auch meine Meinung. Wir könnten sogar noch einen Schritt weiter gehen und die revolutionären Aktionen der Brüder verbal unterstützen, dann wiegen sie sich in Sicherheit. Wir werden diese Sippe also anlächeln, bis wir wissen, was Paoli denkt.« Carlo Andrea sah eine Weile nachdenklich vor sich hin und fuhr dann fort: »Weißt du, Mario, unter uns, ich habe so meine Vermutungen, was Paoli betrifft. Mein Vater hat ja all die Jahre mit ihm korrespondiert. Als bekannt wurde, daß der General zurückkehrt, habe ich diesen Briefwechsel noch einmal genau studiert. Ich glaube nicht, daß Paoli sich damit abfinden wird, daß Korsika französisches Departement ist; sein Ziel ist sicher immer noch die Unabhängigkeit. Wenn es zu einem Konflikt zwischen Paoli und der französischen Regierung kommen sollte, müssen die Buonapartes bekennen, welcher Partei sie wirklich angehören. Und damit kommen sie in die Bredouille. Immerhin beziehen die Signora, Giuseppe und Napoleone Pension, Gehalt und Sold vom französischen Staat.«

Am gleichen Nachmittag leistete Napoleon dem Archidiakon Gesellschaft. »Ja, mein Junge, weißt du, damals ...« Der Archidiakon erzählte zum soundsovielten Mal die Geschichte von Maria Pozzo di Borgo und dem Waschwasser, das sie Carlo über den Kopf gegossen hatte. »Mein Gott, wie hat dein Vater sich damals aufgeregt. Und du, mein Junge, hast am gleichen Tag Carlo Andrea verprügelt. Ich habe vom Fenster aus alles beobachtet; ja, und dann lief dieser kleine Teufel über den Platz und rief: ›Das wirst du mir noch büßen, Napoleone de Buonaparte!‹ Erinnerst du dich noch daran?«

»Nein«, sagte Napoleon und unterdrückte ein Gähnen. Er langweilte sich bei diesen alten Geschichten, aber im Hinblick auf die Erbschaft ließ er sie hin und wieder über sich ergehen.

»Ja, ja, mein Junge, Maria und Antonio sind jetzt auch schon etliche Jahre tot. Sie waren immer gegen die Franzosen und haben sogar die arme Tante Giustina beeinflußt.«

Jesus, dachte Napoleon, also jetzt muß ich das Thema wechseln, sonst erzählt er stundenlang diesen Mist über Tante Giustina.

»Wissen Sie, Onkel Luciano, ich war ja nie ein besonderer Freund der Franzosen, es gab sogar Augenblicke, da habe ich sie geradezu gehaßt, aber in den letzten Monaten habe ich meine Meinung etwas geändert. Seit der Proklamation der Menschen- und Bürgerrechte habe ich eine gewisse Achtung vor ihnen.«

»Aber dein oberstes Ziel ist nach wie vor die Unabhängigkeit Korsikas, nicht wahr?«

»Ja und nein. Als ich im Oktober vergangenen Jahres an die Nationalversammlung schrieb, hoffte ich natürlich, daß man uns die Unabhängigkeit zurückgeben würde. Als ich dann erfuhr, daß wir nur den anderen französischen Provinzen gleichgestellt wurden, war ich zunächst enttäuscht. Korsika, ein Departement Frankreichs! Inzwischen sehe ich die Situation etwas anders. Wir sind zwar nicht unabhängig, aber wir werden auch nicht mehr unterdrückt. Wir sind ein Teil der französischen Nation, die Menschen- und Bürgerrechte gelten für uns ebenso wie für die Franzosen. Diese Tatsache finde ich durchaus akzeptabel. Jetzt ist es wichtig, die Korsen dahingehend zu einigen, daß alle die revolutionären Ideen akzeptieren, die separatistischen Bestrebungen müssen unterbunden werden. Wer weiß, vielleicht werden wir in einigen Jahren doch noch unabhängig.

Meine ganze Hoffnung für Korsika und auch für unsere Familie ruht auf Paoli. Paoli hatte ein so gutes Verhältnis zu meinem Vater, er kann gar nicht anders, er muß Giuseppe einen einflußreichen Posten geben, ihn zu seinem Mitarbeiter machen. Das schuldet er dem Andenken unseres Vaters. Unser Haus, Mama, unsere Familie, wir werden nach seiner Rückkehr wieder zum politisch-gesellschaftlichen Mittelpunkt der Insel! Mein Gott, was für eine Zukunft!«

Er war so erregt, daß er aufsprang. »Ich kann den Augenblick kaum erwarten, Paoli zum ersten Mal gegenüberzutreten!«

Der Archidiakon beobachtete seinen Großneffen, wie er so im Zimmer auf und ab lief, dann sagte er vorsichtig: »Nun, mein Junge, ich kann deine Begeisterung, deine Hoffnungen und Erwartungen verstehen. Aber du darfst nicht vergessen, daß Paoli seit zwanzig Jahren im Exil lebt. In dieser Zeit kann sich vieles ändern, der Mensch, seine Einstellung, die Wertvorstellungen ... ich will damit sagen, der Paoli, der zurückkehrt, ist vielleicht nicht mehr der Paoli, der die Insel verließ ...«

Am 22. April 1790 stand Paoli in Paris vor der Nationalversammlung. »Dies ist der schönste Tag meines Lebens! Um der Freiheit willen hören alle Meinungsverschiedenheiten zwischen mir und Herrn Buttafuoco auf.«

Mirabeau und Robespierre sprangen spontan auf und klatschten Beifall; Lafayette, der ›Held zweier Kontinente‹, lief auf Paoli zu und umarmte ihn unter Tränen. Einige Tage später wurde der General in den Tuilerien von Ludwig XVI. empfangen.

Der alte Freiheitskämpfer genoß die Ehrungen, die ihm zuteil wurden, und versuchte gleichzeitig, ein Bild über das neue Frankreich zu gewinnen. Er besuchte häufig die Sitzungen der Nationalversammlung und die revolutionären Klubs, die überall wie Pilze aus dem Boden schossen, vor allem den Klub der ›Gesellschaft für Verfassungsfreunde‹, der im Kloster der Jakobiner tagte. Er lauschte aufmerksam den Reden und den Kommentaren, die über verschiedene Abgeordnete geäußert wurden.

Nun, dachte Paoli, das neue Frankreich hat ausgesprochen gute Redner: Mirabeau natürlich, aber auch Danton, Marat, Desmoulins, Brissot, Vergniaud und dieser Anwalt aus Arras, Maximilian Robespierre ...

Anfang Mai verließen Paoli und Massaria Paris und reisten in einer komfortablen Kutsche Richtung Süden, nach Toulon, gefolgt von einem zweiten Gefährt mit den beiden Dienern und dem Gepäck. Die Reise wurde für Paoli zu einem Triumphzug, in jeder

Stadt jubelte ihm das Volk zu, und die Bürgermeister ehrten ihn mit endlosen Reden

»Morgen um diese Zeit sind wir hoffentlich in Lyon«, sagte Paoli eines Nachmittags zu Massaria, »dann haben wir den halben Weg bis Toulon geschafft. Ich muß sagen, diese Reise ist doch ziemlich strapaziös. Und der gestrige Abend in dem Klub, du meine Güte ...« Er lehnte sich in die Polster zurück und schloß die Augen.

Massaria beeilte sich, ihm beizupflichten: »Ja, gewiß, die Reden und Diskussionen in den Klubs sind recht ermüdend.«

Bei den letzten Worten öffnete Paoli die Augen, und der harte Blick des Generals ließ Massaria unwillkürlich zusammenzucken.

»Ermüdend, sagen Sie? Wenn es nur das wäre, könnte man diese Klubs noch ertragen. Sie stellen sich nicht vor, wie mir diese jungen, aufgeregten Schaumschläger mit ihrer revolutionären Phrasendrescherei auf die Nerven fallen. Nein, da lobe ich mir den englischen Parlamentarismus! In England wird sachlich, ruhig und vernünftig debattiert. Wenn es nach mir ginge, müßten diese Klubs verboten werden, sie sind ein Nährboden für politische Fanatiker, die mit ihren Parolen das Volk aufhetzen.«

Er schloß die Augen wieder und war nach kurzer Zeit eingeschlafen. Massarias Gedanken eilten zurück nach London zu seiner Familie. Hoffentlich klappt alles mit der Auflösung des Haushaltes, dachte er.

Am Nachmittag des folgenden Tages kamen sie in Lyon an und nahmen Quartier im Haus des Bürgermeisters. Dort erfuhr Paoli, daß eine siebenköpfige Delegation aus Ajaccio eingetroffen war, die dem General nach dem offiziellen Empfang im Rathaus eine Bitte vortragen wolle. Paoli war überrascht und gerührt, daß seine Landsleute die Strapazen der weiten Reise auf sich genommen hatten.

Erwartungsvoll betrat er den Empfangssaal des Rathauses. Die sieben Korsen, ein älterer, weißhaariger Mann und sechs jüngere Männer, standen bescheiden in der hinteren Ecke des Saales. Paoli warf einen raschen Blick zu der Gruppe: Ah, Bacchiochi, ein guter Name, er muß jetzt ungefähr 70 Jahre alt sein, die übrigen kenne ich alle nicht, das heißt, der große, schlanke, hübsche junge Mann hinter Bacchiochi, der kommt mir bekannt vor, aber das ist unmöglich, ich habe ihn bestimmt noch nicht gesehen. Paoli kam nicht mehr dazu, noch länger über den jungen Mann nachzudenken, da die offiziellen Reden seine Aufmerksamkeit beanspruchten.

Während im Saal Erfrischungen serviert wurden, hieß Bacchiochi den General willkommen und bat ihn, im Namen der Bürger Ajaccios, den heimatlichen Boden dort zu betreten. Dieser Wunsch brachte Paoli in Verlegenheit, da er schon den Stadtvätern von Bastia versprochen hatte, in ihrer Stadt an Land zu gehen. Er schilderte Bacchiochi die Situation, bat um Verständnis, versprach, Ajaccio so bald wie möglich zu besuchen, und bot der kleinen Gruppe an, ihn bis Toulon zu begleiten, ein Vorschlag, der allgemeine Zustimmung fand.

Der hübsche junge Mann hatte Paoli während der ganzen Zeit unverwandt angeschaut; nun trat er mit einer gewissen Keckheit vor und nannte seinen Namen. Aha, dachte Paoli, also ein Sohn von Carlo Buonaparte, Giuseppe. Er sieht seinem Vater ähnlich, darum kam er mir bekannt vor; er wirkt recht vernünftig.

»Haben Sie nicht einen Bruder? Ich habe zweimal Post von einem Offizier Buonaparte erhalten.«

»Ja, General, ich habe vier jüngere Brüder. Der Offizier, der Ihnen geschrieben hat, ist mein Bruder Napoleone. Er verehrt Sie sehr, und es war für ihn schmerzlich, daß er mich nicht nach Lyon begleiten konnte, aber er ist zur Zeit damit beschäftigt, die Nationalgarde von Ajaccio zu organisieren. Napoleone ist begeistert von den neuen Ideen, er hat sich intensiv mit Montesquieu und Rousseau beschäftigt und mit der Schrift des Abbé Sieyès. Er liest überhaupt sehr viel; auch bei den antiken Schriftstellern kennt er sich aus, er hat Plato studiert, Plutarch ...«

»Ja, ja,«, sagte Paoli bedächtig. »Lesen ist eine gute Beschäftigung, auch ich habe immer viel gelesen, ja, Plutarch war immer mein Lieblingsschriftsteller. So, und Sie haben sich also der Jurisprudenz gewidmet wie Ihr seliger Vater?«

»Ja, General. Ich habe zusätzlich Vorlesungen über staatsphilosophische Themen gehört, besonders bei Professor Lampredi über Volkssouveränität. Mit der Situation Korsikas habe ich mich intensiv beschäftigt; vielleicht haben Sie von meiner kleinen Schrift gehört, *Lettere di Pasquale Paoli ai suoi compatrioti* (*Briefe Pasquale Paolis an seine Landsleute*)?«

»So, so. Nun, ich hoffe, daß wir während der Reise nach Toulon noch öfter Gelegenheit zu einem Gespräch haben« Paoli nickte Joseph freundlich zu und richtete dann das Wort an die übrigen Mitglieder der Delegation, die respektvoll gewartet hatten, bis sie an der Reihe waren.

Während der folgenden Tage schwamm Joseph in einem Meer von Glück. Paoli unterhielt sich in der Tat recht häufig mit ihm, und der junge Mann sah in diesen Gesprächen eine Auszeichnung. Der General ließ ihn reden, hörte zu und versuchte, sich eine Meinung über Carlos Sohn zu bilden. Irgendwo hatte er eine alte Spielkarte aus dem Jahr 1766 gefunden, auf deren Rückseite Carlo seinerzeit ein Bild von Paoli gezeichnet hatte. Diese Karte schenkte er Joseph, der sich sehr geschmeichelt fühlte.

In Toulon verabschiedete sich die Delegation von Paoli, um nach Ajaccio weiterzureisen, während der General und Massaria das Schiff nach Bastia bestiegen.

»Morgen, kurz nach Sonnenaufgang, werden wir die Felsen vom Capo Corso sehen«, sagte Paoli am Abend des 13. Juli zu seinem Begleiter.

Die beiden Männer standen an der Reling, genossen die Seeluft, den Wind und das gleichmäßige Schaukeln des Schiffes.

»Wie hat Ihnen übrigens der junge Buonaparte gefallen? Sagen Sie offen Ihre Meinung.«

»Er ist ein artiger junger Mann; er versteht es, angenehm zu plaudern, ist gebildet, belesen, ein charmanter Gesellschafter, die Zierde jeden Salons.«

Paoli lachte kurz und hart auf. »Ja, mein Freund, Sie haben recht, Giuseppe Buonaparte ist die Zierde jedes Salons! Dieser junge Mann ist ein französischer Kavalier, der gewandt über korsische Unabhängigkeit, Patriotismus, Volkssouveränität und so weiter parliert. Aber er legt sich nicht fest, er weicht aus, will es mit keiner Partei verderben. Auf mich hat er keinen seriösen Eindruck gemacht, ich halte ihn für einen windigen Burschen. Na, irgendwann werde ich ja auch den Bruder kennenlernen, den Herrn Unterleutnant, der mich angeblich so verehrt. Wenn der so wirres Zeug redet, wie er schreibt – armes Vaterland, kann ich nur sagen!«

Am 17. Juli ging Paoli in Bastia an Land. Eine jubelnde Menschenmenge empfing ihn am Hafen und geleitete ihn im Triumph zum Rathaus.

Nach dem offiziellen Empfang bat der Bürgermeister um ein Gespräch unter vier Augen. »Mein Gott, es wurde höchste Zeit für Ihre Rückkehr, Sie glauben nicht, was hier seit einigen Monaten los ist! Auf der einen Seite die Patrioten, auf der anderen Seite die Revolutionäre, jede Partei von irgendwelchen Sippen unterstützt, die bei dieser Gelegenheit ihre alten Familienfehden austragen. Nur Sie, Herr General, können die Korsen einigen und Ruhe und Frieden wiederherstellen. Am 25. Juni brach in Ajaccio ein Aufstand los, das Volk erhob sich gegen die französische Verwaltung, königliche Beamte wurden gefangengesetzt. Bürgermeister und Stadtrat billigten den Volksaufstand, der Kommandant der Festung wollte das Militär zum Schutz der gefangenen Franzosen einsetzen, aber Offiziere und Mannschaften verweigerten den Gehorsam, an der Spitze ein gewisser Leutnant Buonaparte. Signor Pozzo di Borgo wird Ihnen Einzelheiten erzählen können; er ist trotz seines hohen Alters nach Bastia gekommen, um Sie zu begrüßen.«

So erfuhr Paoli von Carlo Andreas Vater alles über den Juni-Aufstand. Pozzo di Borgo erzählte auch, daß Bürgermeister und Stadtrat mit den neuen revolutionären Ideen sympathisierten und daß der Leutnant Buonaparte am Morgen des 26. Juni in Pantoffeln und Schlafrock, die Flinte in der Hand, auf die Straße gelaufen war, unter dem Jubel der Bevölkerung.

Mitte August erfüllte sich Napoleons langjähriger Traum: Im Gouverneurspalast in Bastia begegnete er seinem Helden zum ersten Mal. Paoli empfing die Brüder in seinem Arbeitszimmer – in jenem Raum, wo Carlo vor vielen Jahren Marbeuf gegenüber gesessen und sich über Buttafuocos Intrigen empört hatte, wo dann über die Ausbildung seiner Söhne entschieden worden war. Aber dies alles wußten die Brüder nicht.

Paoli musterte die mittelgroße, hagere Gestalt des jungen Offiziers, die eingefallenen Wangen, und versuchte, in den blaugrauen Augen zu lesen, die sich bei jeder Gemütsbewegung verdunkelten. Er hat das klassische Profil seiner Mutter geerbt, dachte Paoli, er ist

Soldat vom Scheitel bis zur Sohle; in einem Feldlager kann ich ihn mir vorstellen, aber nicht in einem Salon, das gewandte Auftreten des Bruders geht ihm ab; Welten trennen die beiden, er ist auf jeden Fall schwieriger einzuordnen als Joseph; was geht in ihm vor, was hat er für Pläne? Er stellte Napoleon einige Fragen über das Regiment, seine militärischen und literarischen Studien und war überrascht über die knappen, präzisen Antworten.

Joseph hatte den Eindruck, daß Paoli sich heute reservierter und formeller gab. Vielleicht ist es die offizielle Atmosphäre des Arbeitszimmers, die Distanz schafft? dachte er.

Paoli plauderte mit Carlos Söhnen eine Weile über dies und jenes und schlug plötzlich einen gemeinsamen Ausflug vor. »Was halten Sie von einem Ritt nach Ponte Nuovo? Von dort aus ist es nicht weit zu meinem Elternhaus Stretta, da übernachten wir und reiten morgen zurück nach Bastia. Meine Schwester Chiara wird für unser leibliches Wohl sorgen, und wir hätten einige Stunden Zeit, uns eingehend zu unterhalten.«

Freudig überrascht dankten die Brüder dem General für die Einladung, und wenig später ritten sie gemeinsam los. Der Nachmittag war heiß und schwül. Joseph sah hin und wieder besorgt zum Himmel wo Gewitterwolken aufzogen.

Als sie die alte Brücke Ponte Nuovo erreicht hatten, hielt Paoli an. Eine ganze Weile sah er versonnen über den Golo-Fluß, an dessen Ufern sich 21 Jahre vorher das Schicksal Korsikas entschieden hatte. Endlich wandte er sich an Napoleon. »Als Offizier sind Sie ja Sachverständiger und kennen sich in Strategie und Taktik aus. Sie haben mir erzählt, daß Sie die Feldzüge Friedrichs des Großen, Alexanders und Caesars studiert haben. Jetzt werde ich Ihnen die Aufstellung der Truppen vom Mai 1769 erläutern«, und er begann mit einem längeren Vortrag.

Joseph versuchte, den Ausführungen Paolis zu folgen, merkte aber bald, daß er nicht ein Wort verstand, und beschäftigte sich mit einem für ihn interessanteren Thema. Er dachte über die Posten des Departementsdirektoriums nach, die zu besetzen waren; bei der Auswahl der Personen würde Paoli entscheidenden Einfluß haben.

Plötzlich wandte sich sein Bruder zu ihm um und sagte auf französisch: »Le résultat de ces dispositions a été ce qu'il devait être.« (»Diesen Maßnahmen entsprach das Ergebnis.«)

Im ersten Moment verstand Joseph den Sinn des Satzes nicht, aber er sah, wie Paolis Augen aufblitzten und Napoleon mit einem kalten Blick streiften. Da begriff Joseph, was der Bruder gemeint hatte: Bei einer geschickteren Aufstellung der Truppen hätte die Niederlage vermieden werden können! Napoleon ist ein Dummkopf, dachte er, er kann doch nicht einfach die damaligen Entscheidungen des Generals kritisieren und ihn vor den Kopf stoßen, in einem Moment, wo die Posten noch nicht besetzt sind! Heute abend muß ich dafür sorgen, daß er den Mund hält und nicht noch mehr unüberlegtes Zeug redet.

In der Ferne hörte man Donnergrollen, und hin und wieder zuckte ein Blitz auf. Eilig ritten sie weiter, keiner sprach mehr ein Wort bis Stretta.

Ein vorlauter junger Schnösel, der Herr Leutnant, dachte Paoli erbittert, er kennt den Krieg doch nur aus Büchern, was für eine Anmaßung! Warum bringt mich dieser kurze Satz so aus der Fassung? Die Art und Weise, der Tonfall, der mitschwang, das ist es, was mich wirklich stört. Es ist der Tonfall, den ich in den revolutionären Klubs bemerkt habe. Diese jungen Leute sind so überzeugt von der Richtigkeit ihrer Ideen, so selbstbewußt. Der nächste Schritt ist Selbstgerechtigkeit, ja Fanatismus, der keine andere Meinung mehr gelten läßt, sogar Druck ausübt, um die neue Ordnung durchzusetzen. Man wird diese jungen revolutionären Burschen im Auge behalten müssen, um Unheil zu vermeiden.

Napoleon musterte Paoli hin und wieder verstohlen von der Seite und versuchte, seine Gedanken zu ordnen. Niedergeschlagen gestand er sich ein, daß er sich die Begegnung mit Paoli anders vorgestellt hatte. In seiner Phantasie hatte ihn der General herzlich und väterlich in die Arme geschlossen und in seine Pläne eingeweiht. Und nun? Außerdem war Paoli in seiner Vorstellung immer ein jugendlicher Held, ein Freiheitskämpfer, ein Kriegsgott gewesen – in Bastia bin ich einem alten, müden Mann begegnet, der langsam und bedächtig redet, seine Meinung mit Ermahnungen würzt, kurz, einem Mann ohne Schwung und Elan. Und diese Truppenaufstellung bei Ponte Nuovo! Hat er sich das Gelände nicht angesehen? Diesen Mann habe ich jahrelang für einen großen General gehalten! Trotz allem werde ich loyal zu ihm stehen und versuchen, ihn von unserer patriotischen Gesinnung zu überzeugen; wenn die Consulta im September nach Orezza einberufen wird, muß Giuseppe einen Posten im Departementsdirektorium erhalten. Was würde unsere Familie dadurch an Ansehen und Macht gewinnen!

Das Gewitter hatte sich inzwischen ohne einen Tropfen Regen verzogen, und es war immer noch drückend schwül. Am frühen Abend erreichten sie Stretta. Auf einem Granitfelsen erhob sich Paolis Geburtshaus, hoch und schmal, aber massiv, aus den Steinen der Landschaft errichtet, mit wenigen unverglasten Fenstern, die Schießscharten glichen. Staunend und ehrfurchtsvoll betrachteten die Brüder dieses armselige korsische Haus. Paoli nahm es mit Genugtuung zur Kenntnis; er war bestens unterrichtet über die vergoldeten Möbel, die Kristallspiegel, die Terrasse und die Bankettgalerie in der Via Malerba.

»Wenn ich ein prunkvolles Haus besäße, hätte ich das Recht verwirkt, mich der Wohnungen meiner Mitbürger zu bedienen«, sagte er und forderte die Brüder auf, einzutreten.

Am Nachmittag des 1. Oktober saß Letizia im Salon und wartete auf ihre beiden ältesten Söhne, die Anfang September zum Volkstag nach Orezza gereist waren.

Sie ließ ihre Näharbeit sinken und horchte: War das nicht der Schlag des Türklopfers gewesen? Seit dem frühen Morgen war sie unstet im Haus herumgelaufen. Warum bin ich so aufgeregt? Ist es so schlimm, wenn Giuseppe den ersehnten Posten nicht erhält? Aber vielleicht ist es nur diese Schwüle, die mich nervös macht – wenn nur ein Gewitter käme, damit die Luft wieder frischer wird. Sie war mit Girolamo allein im Zimmer. Ihr jüngster Sohn war fast sechs Jahre, ein hübsches, temperamentvolles Kind mit dunklen Locken und dunklen Augen. Der Kleine hatte sich die ganze Zeit über mit seinen Spielen beschäftigt, aber nun fing er an, sich zu langweilen.

»Mama, nicht wahr, wenn meine Brüder wieder zu Hause sind, feiern wir in der Bankettgalerie ein großes Fest mit vielen Gästen?«

Letizia glaubte, nicht recht gehört zu haben. »Aber Girolamo, wie kommst du denn darauf?«

»Caterina sagt, wenn Giuseppe zurückgekehrt ist, wird die Bankettgalerie wieder geöffnet und wir werden Feste feiern wie früher, weil Giuseppe in Orezza einen hohen Posten erhalten hat.«

Caterina hatte des öfteren von den Festlichkeiten in der Galerie erzählt und noch einiges hinzuphantasiert, so daß der Kleine den Eindruck gewinnen mußte, daß es zu Lebzeiten seines Vaters in der Via Malerba wie an einem Fürstenhof zugegangen war. Die politischen Verhältnisse durchschaute Caterina nicht, aber so viel hatte sie mitbekommen: der Volkstag in Orezza war wichtig für die Zukunft der Familie.

»Girolamo, ein Fest feiert man nur, wenn ein Anlaß vorhanden ist, und das wissen wir erst nach der Rückkehr deiner Brüder. Und wenn wir feiern, dann nur im Kreise der Familie, wie es unseren finanziellen Verhältnissen angemessen ist; die Bankettgalerie bleibt verschlossen.« Letizia nahm ihre Handarbeit wieder auf, und in dem Augenblick ertönte unten der Türklopfer. Wenig später standen ihre Söhne im Salon.

Joseph räusperte sich verlegen, als er den fragenden Blick seiner Mutter sah. »Paoli ist zum Präsidenten des Departementsdirektoriums gewählt worden, außerdem hat man ihm die Befehlsgewalt über die Nationalgarden übertragen. Er hat Carlo Andrea ins Departementsdirektorium berufen, mich hat er mit der Leitung des Distriksdirektoriums in Ajaccio beauftragt. Das sichert uns zumindest den Einfluß hier im Süden der Insel.«

Napoleon unterbrach ihn. »Giuseppe, was sollen wir die Dinge beschönigen! In Orezza ist doch deutlich geworden, daß Paoli die Familien an sich zieht, die von jeher franzosenfeindlich gesonnen waren oder im Exil gelebt haben. Pozzo di Borgo, Peraldi, Bacchiochi genießen das Vertrauen des Generals. Wir haben ihm unsere Loyalität zugesichert und können nur abwarten, wie er sich in Zukunft verhält. Was mich an ihm enttäuscht, ist seine laue Haltung gegenüber der revolutionären Partei. In Orezza ist mir eines klar geworden: Korsika wird niemals zu einer Einheit finden, solange die Rivalitäten unter den Sippen bestehen. Es gibt nur einen Weg, um das korsische Volk zu einigen: die Ideen der Revolution müssen durchgesetzt werden, jeder einzelne Korse muß sich dem Wohl des Ganzen verpflichtet fühlen. Ich werde versuchen, einen neuen patriotischen Klub zu gründen, Gott sei Dank ist mein Urlaub verlängert worden, so daß ich genügend Zeit habe.« Seine letzten Worte wurden von einem Donnerschlag begleitet, und wenige Augenblicke später ergoß sich ein wolkenbruchartiger Regen über die Stadt.

Letizia holte tief Luft: »Jesus, auf dieses Gewitter haben wir seit Tagen gewartet.«

Der patriotische Klub wurde am 6. Januar 1791 gegründet, mit Massaria als Präsident – er sollte die revolutionäre Strömung überwachen – und Luciano als Sekretär. Der Klub wurde zum Zentrum der Revolution, von hier aus verbreiteten sich die neuen Ideen über die Insel.

»Es ist unglaublich, was dieser Buttafuoco sich in der Nationalversammlung gegen Paoli erlaubt, er nennt ihn einen politischen Scharlatan, einen Separatisten – gewiß, Paoli herrscht hier wie ein Diktator, aber seine Loyalität gegenüber Frankreich ist unzweifelhaft. Und darauf kommt es schließlich an!«

Man schrieb Mitte Januar 1791, und Napoleon lief, wie immer, wenn er erregt war, im Zimmer auf und ab. Plötzlich blieb er vor seiner Mutter stehen. »Der Klub hat mich beauftragt, eine Schrift gegen Buttafuoco zu verfassen. Ich werde für einige Tage nach Milelli gehen, dort habe ich Ruhe. Im Februar muß ich nach Auxonne zurück; angesichts unserer finanziellen Lage wäre es für Sie bestimmt eine Erleichterung, Mama, wenn ich Luigi mitnehmen würde. Ich werde ihn selbst unterrichten und kann ihn vielleicht irgendwann bei der Armee unterbringen. Wir werden uns einschränken müssen, aber es wird schon irgendwie gehen.«

Letizia war einverstanden. Während Napoleon in Milelli weilte, richtete sie die Sachen für Luigi und bereitete ihn auf den neuen Lebensabschnitt vor. »Du mußt deinem Bruder stets gehorchen und fleißig lernen, ich möchte keine Klagen über dich hören.«

»Gewiß, Mama, Sie wissen doch, daß ich meinen Bruder liebe und verehre.«

XI

An einem Februarabend saß Letizia, wie gewohnt, neben dem Bett des Archidiakons und besserte die Kleider ihrer Kinder aus. Ein Kaminfeuer verbreitete wohlige Wärme.

Der alte Mann sah versonnen in die Flammen und stieß dann einen Seufzer aus. »Ach Gott, es ist so leer geworden im Haus, irgendwie fehlt mir der kleine Luigi. War es denn wirklich notwendig, ihn in die Fremde zu schicken?«

»Luigi wird im September dreizehn Jahre; es wurde allmählich Zeit, über seine Ausbildung zu entscheiden. Da es keine königlichen Stipendien mehr gibt, hielt ich Napoleones Vorschlag für die beste Lösung. Für mich ist es eine finanzielle Entlastung.«

»Aber Giuseppe hat doch ein regelmäßiges Gehalt und kann dich unterstützen.«

»Giuseppes Gehalt?« Sie lachte kurz auf, und der Archidiakon bemerkte zum ersten Mal den bitteren Zug um ihren Mund. »Davon bleibt nicht viel übrig. Giuseppe bestreitet davon seine persönlichen Ausgaben, und das ist nicht wenig. Seit er Distriktspräsident ist, muß ich auch wieder Gäste bewirten. Natürlich sind es keine kostspieligen Gesellschaften wie zu Carlos Zeiten, aber einmal wöchentlich sitzen Leute an unserer Familientafel, von denen er sich Gott weiß was erhofft. Nein, für mich ist es eine Erleichterung, daß Napoleone sich um Luigi kümmert. Hoffentlich vertragen sie sich! Sie ahnen nicht, wie sehr mich das gespannte Verhältnis zwischen Napoleone und Luciano belastet. Seit Luciano Sekretär des Klubs ist, haben sie ständig Auseinandersetzungen.« Letizia sah nachdenklich vor sich hin. »Onkel Luciano, manchmal habe ich den Eindruck, daß Napoleone auf das Rednertalent seines Bruders eifersüchtig ist. Ich habe Luciano im Klub erlebt, er hat zweifellos Talent, das ist ein Erbteil von Carlo. Er begeistert seine Zuhörer, reißt sie mit. Sie müßten erleben, wie man Beifall klatscht und ihm zujubelt!«

»Eifersucht, Letizia? Nein, ich glaube vielmehr, daß Luciano seinen Bruder durch seinen Widerspruchsgeist reizt. Übrigens, ich weiß immer noch nicht, was neulich an der Abendtafel los war, jeder schweigt sich aus, dabei habe ich den Lärm bis hierher gehört.«

»Es ging wieder einmal um Politik. Luciano erzählte von einer Rede, die er im Klub gehalten hatte. Er ist Massaria schon öfter unangenehm aufgefallen, weil er radikale Forderungen stellt. In jener Rede verlangte er die Abschaffung der Monarchie, Massaria rügte ihn mit der Aufforderung, sich zu mäßigen. Beim Abendessen schimpfte er laut über Massaria, und als er schwieg, sagte Napoleone: ›Massaria hat recht, du mußt dich wirklich mäßigen, du weißt doch, daß Paoli den Klub argwöhnisch beobachtet und sich alles nach Bastia berichten läßt.‹

Ich muß sagen, Napoleones Ton war ziemlich herablassend. Nun, ein Wort gab das andere, beide wurden immer lauter, und zum Schluß schrien sie sich an. Giuseppe versuchte, die Gemüter zu besänftigen, konnte sich aber nicht durchsetzen. Plötzlich sprang Luciano mit den Worten auf: ›Ich werde meine Meinung nicht ändern, die Monarchie muß abgeschafft werden!‹, lief hinaus und knallte die Tür hinter sich zu. Einen solchen Streit habe ich an unserer Familientafel noch nie erlebt. Zwischen Carlo und Nicolo gab es zwar auch Meinungsverschiedenheiten, aber sie haben immer alles in Ruhe besprochen. Die Familientafel soll ein Ort der Erholung sein, ein einigendes Band zwischen Eltern, Kindern, Geschwistern.«

»Aber du mußt zugeben, Letizia, daß Napoleone recht hat, wenn er seinen Bruder zur Mäßigung ermahnt. Eine unvorsichtige politische Äußerung kann der ganzen Familie schaden. Luciano neigt zu Übertreibungen. Kurz nach der Abreise seiner Brüder hat er wörtlich zu mir gesagt: ›Napoleone wird von einem Ehrgeiz getrieben, der seine Begeisterung für das öffentliche Wohl beeinträchtigt. Wären ihm nicht Zügel angelegt, so könnte er nach meiner Überzeugung ein gefährlicher Mensch werden. Er scheint mir eine besondere Vorliebe für tyrannische Methoden zu haben; wäre er

König, würde er ein wahrer Despot werden. In einer Revolution würde er versuchen, auf den Wellen zu schwimmen; er ist, um seiner persönlichen Interessen willen, fähig, seinen Mantel nach dem Wind zu hängen.‹

Aber ich muß dir zustimmen, Letizia, Napoleones herrischer Ton seinen jüngeren Geschwistern gegenüber kann aufreizend wirken. Und ich habe beobachtet, daß er die Kleinen unterschiedlich behandelt: Annunziata und Girolamo werden scharf gerügt, bei Luigi begnügt er sich mit Ermahnungen, und Paoletta läßt er alles durchgehen. Aber wegen Luigi muß du dir keine Gedanken machen, er ist ein williger Junge, der seinem Bruder widerspruchslos gehorchen wird.«

Mitte Mai trafen endlich Nachrichten ein, für Letizia ein Brief von Luigi und einer von Napoleon für Joseph.

Luigi schrieb:

Auxonne, Ostersonntag, 24. April 1791

Liebe Mutter,

ich möchte mich zunächst bei Ihnen entschuldigen, weil Sie so lange auf Nachricht warten mußten, aber ich hatte wenig Zeit für einen längeren Brief. Fast den ganzen Tag sitze ich und lerne, und wenn ich meine Aufgaben erledigt habe, fertige ich Reinschriften von Napoleones Manuskripten. Er möchte seine Arbeiten veröffentlichen, um etwas Geld zu verdienen.

Napoleone hat für uns bei der Familie Bauffre zwei Räume gemietet: ein Zimmer und einen Alkoven. Ich schlafe im Alkoven auf einer Matratze. Wir haben nur einen großen Tisch, der stets mit Büchern und Papieren bedeckt ist, zwei Stühle, eine Truhe für die Kleider und einen Ständer mit einer Waschschüssel. Gott sei Dank dürfen wir die Küche benutzen, dort kocht Napoleone jeden Abend. Leider gibt es in diesem Haus kein Badezimmer, wir müssen also in die Kaserne gehen.

Mein Tagesablauf richtet sich nach Napoleones Dienstzeiten. Ich lerne für mich allein, während er in der Kaserne ist; nach dem Abendessen kontrolliert er meine Aufgaben, anschließend unterrichtet er mich. Ich muß viel Mathematik lernen, weil ich Soldat werden soll, die anderen Fächer sind Geschichte, Geographie, Literatur, Religion und natürlich Französisch. Wir arbeiten gemeinsam bis Mitternacht, dann schickt mich mein Bruder zu Bett, er selbst sitzt aber noch ein bis zwei Stunden über seinen Papieren.

Wenn ich mit meinen Aufgaben fertig bin, schreibe ich seine Manuskripte ab oder erledige die Einkäufe. Napoleone achtet auch auf unsere Kleidung, er näht Knöpfe an und bessert schadhafte Stellen aus, die Räume reinigen wir gemeinsam.

Mein Bruder schickt mich jeden Sonntag zum Hochamt, anschließend sind wir oft bei Bekannten zum Mittagessen eingeladen, hin und wieder auch zum Abendessen. Wir waren schon öfter bei Professor Lombard, beim Baron du Teil oder beim Artilleriedirektor Pillon d'Arquebouville.

Grüßen Sie bitte die Familie von mir.

Ihr gehorsamer Sohn Luigi Buonaparte.

Der arme Junge, dachte Letizia, bis Mitternacht muß er lernen! Aber er scheint sich mit seinem Bruder zu vertragen, Gott sei Dank. Sie beobachtete ihren ältesten Sohn, der stirnrunzelnd Napoleons Brief las.

»Was ist los, Giuseppe? Gibt es schlechte Nachrichten?«

»Nein, aber allmählich bin ich Napoleones Ratschläge leid. Ich soll mich um diese gottverdammten Maulbeerbäume kümmern; er hat Onkel Fesch über die Details informiert, der mich in dieser Sache beraten kann. Wenn Onkel Fesch so gut Bescheid weiß, kann er sich doch selbst darum kümmern. Ich soll sehen, daß ich in die gesetzgebende Versammlung gewählt werde, das würde die Position unserer Familie stärken; verdammt noch mal, das weiß ich auch. Natürlich könnte man von Paris aus die politische Entwicklung hier auf Korsika besser beeinflussen und steuern, und ein Leben in Paris stelle ich mir ganz angenehm vor. Aber wir wissen doch, daß Paoli andere Familien protegiert.«

»Schreibt Napoleone etwas über Luigi?«

»Ja, das sind die einzig erfreulichen Zeilen in diesem Brief: ›... Er lernt tüchtig und wird sicher ein guter Soldat werden. Alle Frauen sind in ihn verliebt, er hat schon ein ganz französisches Wesen angenommen, ist geschmeidig und gewandt. Er wird wohl der Beste von uns Vieren werden; allerdings hat auch keiner von uns eine so gute Erziehung genossen wie er ...‹«

Luigi hatte seiner Mutter den Alltag in Auxonne wahrheitsgemäß geschildert, allerdings zweierlei verschwiegen, um sie nicht zu beunruhigen: die körperlichen Züchtigungen seines Bruders und den ständigen Hunger. Wenn er auf dem Heimweg vom Markt trödelte oder, nach Napoleones Meinung, zu wenig arbeitete, gab es eine Tracht Prügel.

»Ich habe die Verantwortung für deine Erziehung übernommen, also muß ich, wenn nötig, auch streng sein«, erklärte Napoleone seinem Bruder. Luigi schluckte die Tränen hinunter, gelobte Besserung, und es herrschte wieder Frieden und Eintracht.

Viel schlimmer und peinigender war der Hunger, den er zum ersten Mal in seinem Leben kennenlernte. Wenn er am Morgen trockenes Brot kaute und ein Glas Wasser dazu trank, dachte er sehnsüchtig an Caterinas Milchsuppe. Am Abend war sein Teller nicht mit nahrhaften Teigwaren gefüllt, sondern mit einer dünnen Gemüsesuppe, in der hin und wieder auch kleine Fleischbröckchen schwammen. Er wurde nie richtig satt, und es kam vor, daß er nachts von Ravioli träumte, von gerösteten Kastanien, Hammelfleisch, von schweren Saucen aus Tomaten, Zwiebeln, Olivenöl.

Er wollte seinen Bruder nicht blamieren und hielt sich auch bei den sonntäglichen Einladungen zurück, zumal die Bewirtung nicht überall üppig war. Bei Professor Lombard wurde offensichtlich gespart. Madame Lombard stellte als Vorspeise eine Schüssel Fischsalat auf den Tisch und sagte, während die Gäste sich bedienten: »Merkwürdig, der Salat ist irgendwie zusammengefallen, während er durchzog.«

Fischsalat fällt doch nicht zusammen, dachte Luigi erstaunt, das habe ich zu Hause nie erlebt. Wahrscheinlich hat sie vorher für die Familie etwas abgezweigt.

Luigi wußte nicht, wie hoch der monatliche Sold des Bruders war, aber er beobachtete genau, wie dieser rechnete, einteilte, sparte und selbst auf vieles verzichtete. Für Kaffee, Zucker und Rotwein wurde kein einziger Sou ausgegeben; es kam sogar vor, daß sein

Bruder behauptete, keinen Hunger zu haben, nur Luigis Teller füllte und sich sofort wieder in seine Bücher vergrub. Wahrscheinlich ißt er nicht, damit die Suppe zwei Tage reicht, dachte Luigi, und statt Hunger plagte ihn nun ein schlechtes Gewissen.

Während Letizia Luigis Brief las, saß dieser in Auxonne in dem ärmlichen Zimmer und schrieb für seinen Bruder ein längeres Manuskript ins reine. Ab und zu blickte er auf und sah sehnsüchtig nach draußen. Es war ein warmer, sonniger Maitag, und er wäre gern ein bißchen durch die Stadt gebummelt, aber er mußte bis zum Abend mit der Reinschrift fertig werden.

Er seufzte und schrieb weiter. Was für ein langweiliger Text, dachte er. Als ich den Titel las, *Über die Liebe*, habe ich eine romantische Liebesgeschichte erwartet. Statt dessen ist es ein endloser Dialog zwischen Napoleone und seinem Freund Alexandre über Bürgerpflicht und Bürgergesinnung. Mein Bruder fordert die Bändigung der Leidenschaften als staatliche Aufgabe!

Luigi hielt inne, zog die Schublade des Tisches auf und suchte nach einem Federmesser. Plötzlich stutzte er – dort, in der hintersten Ecke, lag das geheimnisvolle Buch, das sein Bruder nach jeder Eintragung sorgfältig verschloß.

Vorsichtig nahm Luigi das Tagebuch in die Hand, betrachtete es von allen Seiten und spielte nachlässig am Schloß. Es ging auf! Einen Moment lang zögerte Luigi noch, aber seine Neugier war stärker als seine Skrupel. Mit zitternden Fingern öffnete er das Buch und blätterte bis zur letzten Eintragung.

Auxonne, 30. April 1791

Heute kam der Brief von Paoli, auf den ich schon sehnlichst gewartet habe. Ich war überzeugt gewesen, daß der General von meiner Schrift gegen Matteo Buttafuoco begeistert sein würde; in meinen Träumen hatte ich mir ausgemalt, daß Paoli mich an seine Seite rufen und daß er unsere Familie ebenso begünstigen würde wie die Borgos und die Peraldis. Aber sein Brief war kein Bote des Frühlings, nein – ein spätwinterlicher Schneeschauer. Er schrieb: ›... Bemühen Sie sich nicht, die Lügen Buttafuocos zu widerlegen; dieser Mensch kann keinen Einfluß auf ein Volk haben, das die

Ehre immer höher als alles andere geschätzt hat und jetzt zur Freiheit zurückgekehrt ist. Seinen Namen aussprechen heißt, ihm ein Vergnügen bereiten. Überlassen Sie ihn der Verachtung und der Gleichgültigkeit der Öffentlichkeit ...‹

Der ganze Brief war in diesem kalten, unfreundlichen Ton gehalten; Paoli kanzelte mich ab wie einen Schuljungen, kurz, er brachte zum Ausdruck, daß meine Schrift mehr Schaden als Nutzen gebracht hätte. Zum Schluß weigerte er sich, mir die gewünschten Materialien zur Geschichte Korsikas zu senden; er habe keine Lust, Kisten und Kasten zu öffnen und nach Briefschaften aus den Jahren der korsischen Republik zu suchen. Der letzte Satz enthielt noch eine Zurechtweisung: ›Außerdem, Geschichte schreibt man nicht in zartem Alter. Vorerst sollten Sie sich darauf verlegen, Anekdoten zu sammeln. An sich hat ja unsere Geschichte keine Bedeutung für die Leser, weil ihre Ereignisse sich in zu engem Rahmen abspielen und anderswo gleichgültig sind.‹

Ich war wie betäubt nach der Lektüre dieses Briefes; ich glaube, in meinem bisherigen Leben hat mich nichts so tief getroffen und verletzt wie dieser geringschätzig-gleichgültige Ton. Eines ist mir jetzt klar: Paoli hat mich von sich gestoßen, nicht nur mich, auch meine Familie! Nun muß man die Konsequenzen ziehen. Ich möchte, daß meine Familie politischen Einfluß auf Korsika gewinnt. In der gegenwärtigen Situation dürfen wir Paoli zwar nicht gegen uns aufreizen; wir müssen uns ihm gegenüber loyal verhalten. Aber gleichzeitig müssen wir uns eindeutig zu Frankreich und zur revolutionären Partei bekennen; nur über diesen Weg können wir zu Einfluß kommen. Ich werde Giuseppe noch einmal dringlich bitten, alles zu versuchen, daß er in die gesetzgebende Versammlung gewählt wird. Von Paris aus läßt sich manches arrangieren.

Mein Gott, dachte Luigi, wie viele Stunden sind wir nach Dôle und zurück marschiert, um die Schrift gegen Buttafuoco drucken zu lassen und Paoli hat währenddessen im Gouverneurspalast am Kaminfeuer gesessen. Ich kann die Erbitterung meines Bruders verstehen, wahrscheinlich war dieser Brief der Grund für seine schlechte Laune neulich.

Dann las er die vorletzte Eintragung:

Auxonne, 20. April 1791

Am 2. April starb Mirabeau. Er war in letzter Zeit ins Gerede gekommen, weil er sich vom Hof bezahlen ließ, aber er hatte konkrete Vorstellungen: Er wollte eine konstitutionelle Monarchie nach englischem Vorbild, angeblich strebte er in dieser Monarchie das Amt des Ministerpräsidenten an. Die Nationalversammlung und der Hof, besonders die Königin, waren dagegen. Sein Tod hat dieses Problem gelöst. Wie geht es weiter ohne Mirabeau? Seine Politik wird zur Zeit von einem Triumvirat fortgeführt: Barnave, Lameth, Duport; sie bezeichnen sich als patriotische Partei und wollen eng mit dem Hof zusammenarbeiten. Verfolgt man ihre Reden, so kann man folgende Grundgedanken herauslesen: Die Errungenschaften der Revolution müssen befestigt und erhalten werden, Exzesse müssen bekämpft werden. Sie wollen die Gleichheit begrenzen, die Freiheit einschränken; sie treten für eine dauerhafte, starke Regierung ein. Wie wird der König sich dem Triumvirat gegenüber verhalten? Und welchen Einfluß innerhalb der patriotischen Partei wird die Gruppe um Marat und Danton gewinnen? Marat, Danton, Robespierre, Madame Roland sehen in den Reichen die Verbündeten der Revolutionsfeinde. Für Marat liegt das Heil der Revolution im Bündnis zwischen Bürgertum und Volk, alle Staatsbürger sollen sich gemeinsam für das Staatswesen einsetzen.

In der politischen Landschaft zeichnen sich zur Zeit zwei Strömungen ab, welche wird sich langfristig durchsetzen? Das Triumvirat oder die Gruppe um Marat und Danton in ihrem Cordeliers-Klub, der ›Gesellschaft der Freunde der Menschen- und Bürgerrechte‹? Hin und wieder hört man etwas über die Reden, die in diesem Klub gehalten werden. Sie sind volksfreundlich und können unter Umständen die Massen beeinflussen.

Luigi zuckte zusammen; im Erdgeschoß war die Haustür ins Schloß gefallen. Er hörte jemand die Treppe hinaufeilen, erkannte am Lärm der Stiefel seinen Bruder und hatte gerade noch Zeit, das Tagebuch in die Schublade zu legen.

Die Tür flog auf, und Napoleon stürzte ins Zimmer. »Luigi, Luigi!«

Der Kleine sah erschrocken auf. War etwas passiert?

Sein Bruder strahlte. »Luigi, ich werde am zweiten Juni zum Oberleutnant befördert, endlich, nach sechs Jahren! Jetzt bekomme ich hundert Livres monatlich, sieben Livres mehr als bisher. Leider müssen wir Auxonne verlassen und nach Valence ziehen, dort ist mein neues Regiment stationiert. Schade, ich wäre gerne bei La Fère geblieben.«

Am 14. Juni 1791 übersiedelten die Brüder nach Valence. Napoleon mietete zwei Räume bei seiner alten Wirtin, Mademoiselle Bou, und gab Luigi zu ihr in Pension; er selbst nahm seine Mahlzeiten in Gesellschaft seiner Kameraden wie ehedem im Gasthaus ›Zu den drei Tauben‹ ein. Luigi ging es nun besser als in Auxonne. Er hatte ein eigenes Zimmer, und die gute Mademoiselle Bou behandelte ihn liebevoll wie eine Mutter. Sie war eine aufmerksame, geduldige Zuhörerin, verbesserte sein Französisch und kochte nahrhafte Mahlzeiten für ihn. Zum ersten Mal in seinem Leben stand er im Mittelpunkt und mußte mütterliche Liebe nicht mit anderen Geschwistern teilen. In Ajaccio war er das fünfte von acht Kindern, das bedeutete Gehorsam gegenüber den älteren Brüdern und Aufsichtspflichten bei den jüngeren Geschwistern. Schon in Auxonne hatte er die Großfamilie kaum vermißt und jetzt in Valence noch weniger.

Hier verlief sein Leben auch etwas abwechslungsreicher: Gemeinsam mit Napoleon besuchte er Gesellschaften und schloß Freundschaft mit einem gleichaltrigen Jungen, François Mésangère-Clayrac, dem Sohn des Notars, mit dem er fast täglich im Garten oder in den Weinbergen spielte. Luigi mußte zwar nach wie vor viel lernen und wurde weiterhin täglich von seinem Bruder unterrichtet, aber er hatte mehr Freizeit als früher. Das lag teilweise daran, daß Napoleon in Valence seine politischen Aktivitäten verstärkte.

Als die neue Verfassung in Kraft trat, die der Monarchie gesetzliche Beschränkungen auferlegte, war er einer der ersten, der Mitglied bei der ›Gesellschaft der Freunde der Verfassung‹ wurde. Dieser Klub war den Jakobinern in Paris angegliedert und zählte in Valence 200 Mitglieder; Napoleon wurde bald nach seinem Beitritt

Sekretär des Klubs. Am 3. Juli hatte er eine führende Rolle bei einer Zeremonie, bei der 23 Gesellschaften aus verschiedenen Departements feierlich den Fluchtversuch des Königs verurteilten; drei Tage später schwor er den Offizierseid – »eher zu sterben, als einer fremden Macht zu erlauben, französischen Boden zu betreten« –, am 14. Juli schwor er den Treueid auf die neue Verfassung. Er bekannte sich eindeutig zum neuen französischen Staat.

Die Wochen vergingen. Luigi genoß den Sommer mit den Garten- und Abendgesellschaften; er aß Kirschen, löffelte Eis, trank Limonade und versuchte, den Gesprächen der Erwachsenen zu folgen. Meistens wurde über die politische Entwicklung debattiert; er hörte aufmerksam zu, aber der Gesamtzusammenhang blieb ihm unverständlich. War der König geflohen oder entführt worden? Der König wurde abgesetzt und wieder eingesetzt. Warum? Der Herzog von Orléans, der Vetter des Königs, wurde in den Jakobiner-Klub aufgenommen und verzichtete auf seine Rechte als Regent. Merkwürdig! Wer sind die ›Feuillants‹? Was ist auf dem Marsfeld passiert? Irgendwie hat der Cordeliers-Klub damit zu tun? Was ist das für ein Klub? Warum ist er gefährlich? Fragen über Fragen.

Wenn er seinen Bruder um eine Erklärung bat, erhielt er stets die gleiche Antwort: »Später, jetzt habe ich keine Zeit.« Luigi gab sich damit zufrieden. Er sah ja selbst, daß Napoleon vom frühen Morgen bis tief in die Nacht beschäftigt war.

Am 15. August erhielt Napoleon den Geburtstagsbrief seiner Mutter mit der traurigen Nachricht, daß Onkel Lucianos Gesundheitszustand sich täglich verschlechtere: ›... Wir befürchten, daß er den Herbst nicht überleben wird. Er weiß, wie es um ihn steht, und sagt jeden Tag zu mir: Ach, ich möchte Napoleone und Luigi noch einmal sehen, bevor ich sterbe. – Kannst du nicht Urlaub beantragen und für einige Wochen nach Ajaccio kommen? ...‹

Für Napoleon war dieser Brief ein trauriger, gleichzeitig aber auch ein willkommener Anlaß, nach Korsika zu reisen. Er erhielt Urlaub wegen dringender Familienangelegenheiten vom 1. Oktober bis 31. Dezember 1791.

Napoleon hatte das Versprechen, das er vor Jahren seiner Schwester Paoletta gegeben hatte, nicht vergessen. Für mehrere Meter grüne Seide für ein Kleid reichten die Ersparnisse des Oberleutnants zwar nicht, wohl aber für ein grünseidenes, mit weißen Spitzen verziertes Haarband.

Anfang September verließen die Brüder Valence und fuhren die Rhône hinunter. Luigi stand an der Reling und betrachtete wehmütig die entschwindenden Türme der Stadt und dachte an die friedlichen, unbeschwerten Sommerwochen, die er dort verlebt hatte. Als er zu seinem Bruder hinübersah, fiel ihm dessen ernster Gesichtsausdruck auf. Ob er an Onkel Luciano dachte?

Napoleon dachte weder an den sterbenden Archidiakon noch an die Erbschaft, die in greifbare Nähe gerückt war. Seine Gedanken kreisten um die politische Entwicklung auf Korsika und die Folgen, die sich für seine Familie ergaben. Joseph hatte ihm in seinen Briefen nur unerfreuliche Dinge berichtet: Bei den Wahlen zur gesetzgebenden Versammlung war er durchgefallen! Paoli hatte dafür gesorgt, daß Pozzo di Borgo und Peraldi als Deputierte Ajaccios nach Paris gingen, und hatte Joseph ins Departementsdirektorium berufen.

Ein geschickter Schachzug! dachte Napoleon. Nun hat unsere Familie den entscheidenden politischen Einfluß in Ajaccio verloren. Joseph als Distriktspräsident und Levié haben es immerhin geschafft, im Südwesten die Beschlüsse der Nationalversammlung durchzusetzen. Das hat Paoli vermutlich nicht gepaßt – deswegen die Abberufung meines Bruders aus dem Distrikt.

In Bastia scheint die gegenrevolutionäre Strömung die Oberhand zu gewinnen, sonst hätte es dort im Juni nicht zum Aufstand gegen den verfassungstreuen Bischof kommen können.

Und Paoli nutzt diese Gelegenheit natürlich aus, läßt die Archive der Departementsverwaltung nach Corte bringen und übersiedelt selbst dorthin. Corte! Die alte Hauptstadt! Dieser felsige Adlerhorst hoch oben in den Bergen! Was führt Paoli im Schilde? Die Verlegung der Regierung nach Corte stimmt mich nachdenklich. Leider besitzt Joseph wenig oder gar keinen politischen Instinkt und durchschaut die Situation nicht! Er ist stolz auf seine Berufung, was hat er geschrieben? ›Ich bin ein gutes Stück weitergekommen!‹ Um welchen Preis? Er wird in Zukunft von Paoli kontrolliert! Und mit welcher Naivität er die Übersiedlung nach Corte begrüßt hat, weil er bei Onkel Tommaso in seinem Geburtshaus wohnen kann!

Zur Zeit gibt es nur eine Möglichkeit, um wieder politischen Einfluß zu gewinnen: meine neue Stellung als Majoradjutant der kürzlich aufgestellten Nationalgarden. Der Oberbefehlshaber der korsischen Freiwilligenbataillone, Feldmarschall Rossi, würde mir den Posten geben, aber sein Gesuch muß vom Kriegsministerium genehmigt werden. Hoffentlich klappt alles, hoffentlich dauert der Verwaltungsweg nicht so lange! Es wäre angenehm, wenn der Übergang von der regulären Armee zu den Freiwilligenbataillonen sich während meines Urlaubs abspielen würde, sonst müßte ich nochmal nach Valence zurück. Majoradjutant! Das ist schon eine bedeutende Stellung innerhalb der Militärgewalt des Distrikts und des Departements.

Er hob den Kopf und sah sich suchend nach Luigi um. Als er ihn an der Reling stehen sah, mußte er lächeln. Mademoiselle Bou hat ihn ganz schön herausgefüttert!

Er ging hinüber zu seinem Bruder und legte liebevoll den Arm um ihn. »Na, Luigi, woran denkst du? An Ajaccio oder an Valence?«

»An Valence, an die Gesellschaften, an die Diskussionen, bei denen meistens alle durcheinandergeredet haben und sich nicht einigen konnten, ob der König geflohen ist oder entführt wurde. Warum ist der König denn geflohen? Er war doch kein Gefangener, sondern hat in Paris in den Tuilerien gelebt.«

»Du mußt bedenken, daß der König nicht freiwillig von Versailles in die Hauptstadt zurückgekehrt ist; im Oktober 89 wurde die königliche Familie von den Pariser Marktfrauen und der Nationalgarde mit sanfter Gewalt in die Tuilerien gebracht.

Der König ist kein Gefangener, aber er kann sich auch nicht so frei bewegen wie früher, und da die Kosten des Hofes jetzt von der Nationalversammlung kontrolliert werden, muß die Hofhaltung eingeschränkt werden. Hinzu kommt die völlige politische Entmachtung des Königs. Bis 1789 war er absoluter Herrscher; jetzt ist er nur noch der erste Beamte seines Staates, besoldet und beaufsichtigt von der Nation. Und wenn man die Debatten und Reden in der Nationalversammlung verfolgt, wird deutlich, daß es einige

Gruppen gibt, die alles andere als königstreu sind. Durch Mirabeaus Tod hat der König den Mann verloren, der unbedingt die Monarchie erhalten wollte.

Dies alles führte dazu, daß die königliche Familie am Abend des 20. Juni heimlich die Hauptstadt verließ. Am 22. Juni wurde der König in Varennes erkannt, verhaftet und nach Paris zurückgebracht. Am 25. Juni wurde er vorläufig abgesetzt, und das war völlig richtig. Die Nationalversammlung berief eine Untersuchungskommission, die die näheren Umstände der Flucht erforschen sollte.

Während der letzten Monate hast du ja am Rande erlebt, mit welchen innenpolitischen Problemen die Regierung fertig werden muß: steigende Lebensmittelpreise, Aufstände königstreuer Bauern vor allem in der Vendée, die religiöse Verunsicherung durch die eidverweigernden Priester, die das Volk gegen die Regierung aufhetzen, kurz, die Nationalversammlung befürchtete eine totale Anarchie, wenn die Monarchie abgeschafft würde, und erklärte den König für wiedereingesetzt. Als Begründung wurde die Entführungstheorie konstruiert: Die Untersuchungskommission erklärte also, der König sei nicht geflohen, sondern entführt worden.«

»Aber die Beschränkungen, die man dem König auferlegt hat, sind doch kein Grund, das Land zu verlassen, er war ja immerhin noch König.«

»Nun, Luigi, man vermutet, daß er mit Hilfe anderer Staaten, also ausländischer Truppen, seine absolute Macht wieder herstellen wollte. Der deutsche Kaiser ist der Bruder der Königin, also meiner Meinung nach ist das Haus Habsburg sogar moralisch verpflichtet, Ludwig und Marie Antoinette zu unterstützen. Jedenfalls war es ein Fehler, die Absetzung rückgängig zu machen, das hat nur zu einer Spaltung der revolutionären Kräfte geführt. Am Tag nach der Wiedereinsetzung beantragten die Jakobiner erneut die Absetzung, mit dem Ergebnis, daß der Klub sich spaltete. Barnave und andere gemäßigte Mitglieder traten aus und gründeten den königstreuen ›Feuillants-Klub‹. Wieder ein paar Tage später, am 17. Juli, veranstalteten die Führer des Cordeliers-Klub auf dem Marsfeld eine Massendemonstration und protestierten dagegen, daß der König für unschuldig erklärt worden war. Lafayette ließ auf die Volksmenge schießen, es gab Tote. Angeblich hat Lafayette dadurch seine

Beliebtheit beim Volk eingebüßt. Die Anführer der Demonstration, Danton und Marat, verschwanden sofort von der Bildfläche, Danton flüchtete nach England, Marat tauchte unter, aber sie werden bestimmt wiederkommen.«

Luigi dachte eine Weile nach, dann fiel ihm ein, was er schon lange fragen wollte: »In Valence wurde immer behauptet, der Cordeliers-Klub sei am gefährlichsten, gefährlicher als der Jakobiner-Klub. Was meinst du dazu?«

»Im April 1790 wurde die ›Gesellschaft der Freunde der Menschenrechte‹ gegründet, genannt Cordeliers-Klub. Zu ihren Mitgliedern gehören Männer wie Danton, Marat, Desmoulins, die radikale Forderungen stellen, zum Beispiel die Abschaffung der Monarchie. Während im Jakobiner-Klub debattiert wird, wollen die Cordeliers handeln, gemeinsam mit dem Volk. Die Mobilisierung der Volksmassen ist natürlich gefährlich, man weiß nie, zu welchen Ausschreitungen der Pöbel fähig ist. Die Reden in diesem Klub fallen zur Zeit auf fruchtbaren Boden. Weite Bevölkerungskreise sind unzufrieden mit der wirtschaftlichen Lage, mit dem Wahlrecht, das die Reichen begünstigt. Die Cordeliers sind gefährlich, weil sie das Volk beeinflussen.«

»Luciano ist auch gegen die Monarchie.«

»Ja, er täte gut daran, sich etwas zu mäßigen und sich nicht von politischen Leidenschaften, sondern von der Vernunft leiten zu lassen.«

Als sie in Ajaccio eintrafen, lebte der Archidiakon noch, aber er wurde von Tag zu Tag schwächer. Mitte Oktober beichtete und kommunizierte er noch einmal und empfing von dem jungen Fesch die Letzte Ölung. Am frühen Abend jenes Tages versammelte sich die Familie um Onkel Lucianos Bett und nahm Abschied von ihm. Stumm saßen alle da und warteten auf den erlösenden Tod. Letizia kämpfte mit den Tränen; sie war die einzige, die den Archidiakon wirklich vermissen würde; mit ihm hatte sie ihre Sorgen immer besprechen können. Für die Trauerfeier würde sie die Bankettgalerie wieder öffnen, beschloß sie, das hatte er verdient. Der junge Fesch horchte besorgt auf die Atemzüge des Sterbenden. Die Kinder drängten sich in einer Ecke aneinander und langweilten sich, wagten aber nicht einmal zu flüstern. Nicolo und Angela Maria erinnerten sich an den Tod ihrer Ehegatten, Luciano formulierte im Geist die Trauerrede, Luigi überlegte, ob es beim Trauermahl Wildbret geben würde, Joseph dachte an das Gold unter der Matratze, und Napoleons Gedanken kreisten um seine militärische Laufbahn.

Als er in Ajaccio ankam, war die Genehmigung des Kriegsministeriums bereits eingetroffen. Seine Freude über den Rang als Majoradjutant sollte jedoch nicht lange währen. Kurz nach seiner Ankunft wurde durch ein Gesetz den Berufsoffizieren verboten, bei den Freiwilligenbataillonen zu dienen. Die Offiziere ab dem Oberstleutnant-Rang aufwärts waren zwar von dieser Bestimmung ausgenommen, aber der Oberstleutnant eines Freiwilligenbataillons mußte von den Soldaten gewählt werden, dabei spielten Einfluß und Reichtum des Kandidaten eine entscheidende Rolle.

Napoleon hatte überlegt, ob er kandidieren sollte. Aber bei der augenblicklichen finanziellen Lage der Familie fehlten ihm die Mittel. Letizia war zwar bereit, Onkel Lucianos Geld ihren beiden ältesten Söhnen zu überlassen, und das Familienoberhaupt Joseph befürwortete die Kandidatur seines Bruders. Aber noch lebte Onkel Luciano, vielleicht kam er wieder zu Kräften!

Plötzlich öffnete der Archidiakon die Augen, gab dem jungen Fesch ein Zeichen und richtete sich mit dessen Hilfe auf. »Weine nicht«, sagte er zu Letizia, »ich sterbe zufrieden, da ich dich von deinen Kindern umgeben sehe und da dein ältester Sohn einen hohen Posten in der Verwaltung bekleidet. Giuseppe, Napoleone, tretet näher.«

Als die Brüder vor ihm standen, wandte er sich zunächst an Joseph: »Du bist der Erstgeborene, aber dein Bruder Napoleone wird einmal das Haupt der Familie sein.« Er sah Napoleon eine Weile nachdenklich an: »Du wirst ein großer Mann werden. Gib auf Luciano acht, daß er keine Dummheiten macht.« Nach diesen Worten ließ er sich in die Kissen zurückfallen.

Kurz vor Mitternacht starb der Archidiakon Buonaparte.

Am Tag der Beisetzung stand Napoleon frühmorgens in der Bankettgalerie vor dem aufgebahrten Sarg. Er wollte allein und in aller

Stille von dem Onkel Abschied nehmen, bevor der Trubel mit den Trauergästen begann. Zu seiner Überraschung erschien Joseph nach kurzer Zeit ebenfalls in der Galerie; er pflegte sonst, wenn er in Ajaccio war, lange zu schlafen. Nun stand er vor dem Sarg und sah sich nachdenklich im Festsaal um.

»Hier ist die Zeit irgendwie stehengeblieben, alles ist noch genau so wie bei der letzten Familienfeier, die wir hier erlebt haben, vor dreizehn Jahren, als Luigi getauft wurde, ja, und vor sieben Jahren hat Mama den Saal abgeschlossen.«

»Die Galerie wurde doch erst nach Papas Tod verschlossen, das war vor sechseinhalb Jahren.«

Joseph zögerte, dann sagte er leise: »Ja, ja, das wird behauptet, aber weißt du, was Tante Geltruda mir erzählt hat? An dem Tag, als Papa und ich Ajaccio verließen, hat sie beobachtet, daß Mama spät abends in den Saal ging, die Möbel mit schwarzen Tüchern verhängte, die Tür abschloß und den Schlüssel bei sich behielt. Tante Geltruda hat zu niemanden ein Wort darüber gesagt. Da die Galerie schon seit dem Sommer nicht mehr benutzt wurde, fiel es nicht weiter auf, daß sie nun abgeschlossen war.«

»Aber Giuseppe, sollte Mama eine Vorahnung von Papas Tod gehabt haben?«

»Vielleicht, das soll es geben. Von Paoli behauptet man auch, daß er in seinen Träumen Vorahnungen über künftige Ereignisse hat.«

»Das ist ja gruselig; komm, laß uns an die frische Luft gehen.« Sie traten hinaus auf die Terrasse; Napoleon sah zum Himmel empor. »Es sieht nach einem sonnigen Herbsttag aus. Warum bist du eigentlich so zeitig aufgestanden?«

»Ich weiß nicht, ob wir uns später noch ungestört unterhalten können, und morgen muß ich sehr früh nach Corte aufbrechen. Mit Quenza bist du einig geworden?«

»Ja, er ist einverstanden, daß wir als Partner zusammen kandidieren.«

»Na gut. Ihr könnt euch beide auf einen harten Wahlkampf gefaßt machen. Gestern habe ich von Levié erfahren, wer eure Gegenkandidaten sind: die Brüder von Carlo Andrea und Mario!«

Napoleon war im ersten Augenblick sprachlos. Er lief eine Weile unruhig auf der Terrasse hin und her. »Giuseppe, weiß Levié genau, daß diese Sippen gegen uns kandidieren?«

»Ja, natürlich, sonst hätte er es nicht gesagt. Die Kandidatur von Pozzo di Borgo und Peraldi verändert natürlich die Lage; unsere Familie ist damit eindeutig im Nachteil. Die beiden können sich auf die Bevölkerung der Hafenstadt und auf das Bürgertum stützen; wir haben unsere Anhänger in der Vorstadt und auf dem Lande. Willst du unter diesen Umständen deine Kandidatur aufrechterhalten?«

»Aber natürlich, wir müssen eben kämpfen. Immerhin steht der Generalprokurator Saliceti auf unserer Seite. Noch etwas, Giuseppe: Wenn ich es recht überlege, so liegt für uns und natürlich auch für unsere Gegner eine Chance bei den Wahlkommissaren. Quenza hat mir erzählt, daß die unentschlossenen Wähler wahrscheinlich abwarten werden, welche Partei die Kommissare bevorzugen. Das bedeutet in der Praxis, daß diese Wähler beobachten, wessen Gastfreundschaft die Kommissare annehmen. Wir müssen also erreichen, daß die drei Kommissare bei Quenza oder bei uns Quartier beziehen. Tu mir einen Gefallen und versuche, in Corte herauszubekommen, wer als Kommissar nach Ajaccio geschickt wird. Wenn ich es rechtzeitig weiß, kann ich mich darauf einrichten.«

Joseph seufzte, er haßte solche Aufträge. »Na schön, wenn du meinst, daß du damit etwas erreichst.«

Erstaunt beobachtete er, daß sich das Gesicht seines Bruder plötzlich entspannte und er leise vor sich hin summte: »Marlborough s' en va-t-en guerre ... «

»Also, ich muß schon sagen, du benimmst dich merkwürdig. Unser Onkel Luciano liegt aufgebahrt in der Galerie, die Familie hat eine anstrengende Trauerfeier vor sich, und du trällerst Kriegslieder!«

Napoleon sah seinen Bruder belustigt an. »Ist heute nicht ein herrlicher Herbsttag? Komm, laß uns probieren, wie viele Eier Caterina zur Feier des Tages in die Milchsuppe gequirlt hat!«

Da die Wahlen erst im Frühjahr stattfinden sollten, hatte Napoleon um Verlängerung seines Urlaubs gebeten. Das Gesuch wurde abgelehnt. Aber Napoleon beschloß, alles auf eine Karte zu setzen und in Ajaccio zu bleiben.

Der Wahlkampf um die beiden Posten des ersten und zweiten Oberstleutnants im 2. Bataillon der Nationalgarden des Distrikts Ajaccio-Tallano spielte sich auf zwei Ebenen ab: Es war ein Kampf rivalisierender Familien und gleichzeitig eine Auseinandersetzung zwischen der revolutionären und der gegenrevolutionären Partei.

Mit allen Mitteln wurden die Wähler bearbeitet, um den Teil der Bevölkerung, der sich abwartend verhielt, zu gewinnen. Für die Buonapartes hing von Napoleons Wahl die künftige Stellung der Familie auf Korsika ab. Der 3. April 1792 war zum Wahltag bestimmt worden. Die entscheidende Phase des Kampfes um die Wählergunst begann ungefähr einen Monat vorher.

Letizia sorgte dafür, daß jedes Familienmitglied Napoleon in irgendeiner Weise unterstützte. Sie öffnete die Bankettgalerie für die Wahlversammlungen; die neue Dienerin Saveria und Caterina bewirteten die Freiwilligen jeden Abend mit allem, was Küche und Keller boten; Paoletta, geschmückt mit dem Haarband aus Valence, und Annunziata sprangen zwischen den Soldaten umher, scherzten mit ihnen, sangen Lieder und tanzten.

Luciano, dessen Rednertalent inzwischen allgemein anerkannt wurde, warb im Klub und in der Galerie für seinen Bruder, mußte allerdings die Erfahrung machen, daß er weniger Beifall erhielt als Napoleon. Die Reden seines Bruders wurden von den Soldaten mit begeisterten Ausrufen begleitet. Merkwürdig, dachte Luciano, inhaltlich sagt er immer dasselbe: Ruhm, Ehre, Freiheit, Vaterland, trotzdem hören diese einfachen Soldaten ihm gebannt zu; manchmal habe ich den Eindruck, er verzaubert sie. Was er sagt, ist leicht verständlich, er spricht ihre Sprache! Ihr Beifall gilt seiner Person, nicht dem Inhalt seiner Rede, das ist der Unterschied zwischen ihm und mir. Im Klub habe ich ganz andere Erfolge, dort achtet man auf den Inhalt einer Rede ... Aber derartige Überlegungen hinderten Luciano nicht daran, weiterhin in der Bankettgalerie aufzutreten.

Sogar Girolamo, inzwischen siebeneinhalb Jahre alt, leistete seinen Beitrag. Er ging äußerst ungern in Pater Reccos Schule, aber seit der Wahlkampf tobte, war der Schulhof ein willkommener

Platz, um ein bißchen zu prahlen. Jeden Tag hörten Girolamos Kameraden, daß am Abend vorher in der Via Malerba wieder ein Fest gefeiert worden war, und was für ein Fest! Ein Fest mit vielen Gästen, einem üppigen Mahl und Militärmusik!

»Bei uns spielt jeden Tag die Militärkapelle«, verkündete Girolamo stolz.

»Aber das kostet doch alles sehr viel Geld«, sagte einer seiner Kameraden.

»Na und? Wir haben doch Geld! Meine Familie ist sehr wohlhabend!«

Man nahm es zur Kenntnis und erzählte an den häuslichen Familientafeln, wie reich die Buonapartes waren, und manches Familienoberhaupt wurde nachdenklich. Ob man nicht doch die Buonapartes gegen Pozzo di Borgo und Peraldi unterstützen sollte?

Napoleon bekam in den Wochen vor der Wahl den ganzen Haß der Pozzo di Borgo-Peraldi-Partei zu spüren. Sie verhöhnten und verspotteten ihn, ›Französling‹ war noch das mildeste Schimpfwort. Er ertrug die Hetzkampagne mit äußerster Beherrschung, bis er sich am letzten Sonntag vor der Wahl durch den jungen Peraldi dermaßen beleidigt fühlte, daß er ihn zum Duell forderte. Peraldi nahm an.

Napoleon erschien zur festgesetzten Zeit bei der Kapelle der Griechen und wartete, eine Viertelstunde, eine halbe Stunde, eine Stunde. Peraldi kam nicht. Schließlich ritt Napoleon wütend zurück nach Ajaccio.

Alles läuft verkehrt, dachte er auf dem Heimweg, auf Joseph ist auch kein Verlaß. Übermorgen ist die Wahl, morgen treffen die Wahlkommissare ein, und bis jetzt hat er es noch nicht geschafft, die Namen ausfindig zu machen; angeblich sollen es gute Bekannte von Saliceti sein, das ist immerhin beruhigend.

In der Via Malerba ging er sofort zu seiner Mutter, die als einzige der Familie von dem Duell wußte. Sie lief ihm entgegen.

»Jesus, du lebst! Gott sei Dank! Was ist mit Peraldi? Ist er tot?«

»Nein, der Feigling ist nicht gekommen.«

»Nun, Feigling hin oder her, in der gegenwärtigen Lage ist es die beste Lösung. Wenn du Peraldi getötet hättest, würden wir hier eine Vendetta alten Stils erleben. Was bin ich erleichtert! Ach so, das habe ich bei der ganzen Aufregung fast vergessen: Vorhin kam ein Diener von Onkel Tommaso mit einer Nachricht von Giuseppe, sie liegt in deinem Zimmer.« Napoleone lief nach oben, öffnete den Brief hastig und überflog ihn.

»Himmel«, stöhnte er, »hat sich denn die ganze Welt gegen uns verschworen? Murati, ausgerechnet Murati ist einer der drei Wahlkommissare! Ein Parteigänger Paolis! Oh, mein Gott! Die beiden anderen Kommissare sind tatsächlich zwei Freunde von Saliceti, wenigstens ein Lichtblick!« Er legte den Brief auf den Tisch und ging unruhig im Zimmer hin und her. »Jetzt ist schnelles Handeln erforderlich«, sagte er zu sich selbst, »ich muß es wagen. Viel Zeit habe ich nicht mehr, aber es müßte noch zu schaffen sein.«

Während er den Brief vernichtete, hörte er Paolettas helles Lachen auf der Terrasse. Er ging zum Fenster und sah hinunter; sie spielte mit einem Soldaten Fangen. Wie geschickt sie ihm entwischt, dachte er, im Herbst wird sie zwölf Jahre alt, für ihr Alter flirtet sie recht raffiniert, und das grüne Haarband legt sie überhaupt nicht mehr ab.

»Paoletta!« Sie sah zu ihm hoch. »Komm rasch zu mir.« Sie flog die Treppen hinauf, die Wünsche ihres Bruders waren für sie Befehl. »Paoletta, Kleines, sei so lieb und laufe zu Camilla Ilari und bringe Francesco und Sebastiano her; um diese Zeit sind sie sicherlich zu Hause.«

Eine Viertelstunde später kehrte Paoletta mit Camillas Söhnen zurück, und nach weiteren zehn Minuten verließen Francesco und sein Bruder das Haus durch einen Nebeneingang, sattelten im Stall zwei Pferde und ritten in Richtung Bastelica davon.

Am nächsten Morgen in aller Frühe kehrten sie zurück in Begleitung des jungen Costa und sechs anderer Hirten aus Bastelica. Während Francesco die Männer in den Kellerräumen einquartierte, ging Sebastiano in die Küche und informierte Caterina über die Ankunft der Gäste; sie wußte Bescheid und nickte.

Zwei Stunden später erschien Napoleon in der Küche. »Guten Morgen, Caterina. Alles in Ordnung?«

Sie stellte einen Teller Milchsuppe vor ihn hin und nickte. »Ich habe ihnen sofort nach der Ankunft ein Frühstück gebracht, jetzt schlafen sie.«

»Gut. Am Nachmittag gegen vier Uhr weckst du sie und gibst ihnen eine kräftige Mahlzeit, aber paß auf, daß sie nicht soviel Wein trinken, sie müssen einen klaren Kopf behalten. Der Abend wird lang werden. Wo ist Mama?«

»In der Bankettgalerie.« Im Saal waren Letizia und Saveria damit beschäftigt, die Spuren des vergangenen Abends zu beseitigen. Napoleon schickte Saveria unter einem Vorwand hinaus.

»Heute abend findet hier die letzte Wahlversammlung statt«, sagte er. »Saveria soll im Laufe des Tages die Zimmer für die Kommissare richten. Wir sollten auch zwei Fäßchen Burgunder und Chianti öffnen. Costa und einige Hirten aus Bastelica sind übrigens heute in der Frühe angekommen und werden bis nach der Wahl hierbleiben. Sie schlafen jetzt unten im Keller. Ich möchte, daß Sie es wissen, Mama, aber außer Ihnen, Caterina und mir weiß keiner im Hause etwas davon.«

Letizia sah ihren Sohn prüfend an. »Napoleone«, sagte sie dann langsam, »es wird doch keine Schwierigkeiten geben?«

Er lachte. »Seien Sie unbesorgt, Mama, Sie wissen doch, daß ich gut organisieren kann.«

Um die Mittagszeit kamen die beiden Kommissare, die mit Saliceti befreundet waren, in Ajaccio an und nahmen wie erwartet bei den Buonapartes Quartier. Sie teilten Napoleon mit, daß Murati erst am Abend in der Stadt eintreffen würde.

Nach der Siesta schlenderten Camillas Söhne durch die Altstadt bis zum Hafen. Dort trennten sie sich. Sebastiano ging auf Seitenwegen zum Haus der Pozzo di Borgo, suchte einen Winkel, von wo aus er unbeobachtet den Eingang im Blickfeld hatte, und wartete. Francesco verbarg sich in einer anderen Nebenstraße und spähte hinüber zum Eingang des Peraldi-Hauses. Beide hatten das Stilett griffbereit.

Gegen sechs Uhr fuhr vor dem Haus der Peraldis ein Wagen vor, dem ein Herr mittleren Alters entstieg. Das muß Murati sein, dachte Francesco; Napoleones Beschreibung paßt auf diesen Mann. Im gleichen Augenblick öffnete ein Diener die Haustür, und Francesco hörte die laute Begrüßung bis in seinen Schlupfwinkel: »Signor Murati! Welche Ehre für unser bescheidenes Haus, bitte treten Sie ein!«

Francesco hatte genug gesehen und gehört und rannte durch die unbelebten Seitenstraßen zur Via Malerba, um Napoleon von der Ankunft des Kommissars zu berichten.

Napoleon lief sofort hinunter in den Keller, während Francesco zum Haus der Pozzo di Borgo ging, um seinen Bruder zu holen.

Nachdem Murati eine Stunde geruht, sich erfrischt und umgezogen hatte, empfing ihn Peraldi in seinem Arbeitszimmer. Antonio Peraldi war etwas jünger als Napoleon und sah seinem Bruder Mario auffallend ähnlich.

»Möchten Sie ein Glas Champagner trinken?«

»Danke, gern.«

Während Antonio die Flasche öffnete, sagte Murati mit unverkennbarem Stolz: »Ich glaube, daß meine Anwesenheit in Ihrem Haus Ihnen die unentschlossenen Wähler zuführen wird. Einige Ihrer Nachbarn haben meine Ankunft bemerkt, bis morgen dürfte sich herumgesprochen haben, daß ich bei Ihnen wohne, und außerdem ist mein gutes Verhältnis zu General Paoli bekannt.«

Sie plauderten angeregt und waren bald bei der allgemeinen Politik. Peraldi öffnete eine zweite Flasche.

»Wer weiß, wie lange wir Champagner und andere gute Dinge noch genießen können. Mario schreibt, daß in der Nationalversammlung nur noch über die Kriegsfrage debattiert wird.«

»O mein Gott, Frankreich wird doch Österreich und Preußen nicht den Krieg erklären wollen! Die Nationalversammlung würde zudem unglaubwürdig werden; hat sie nicht im August letzten Jahres beschlossen, keinen Eroberungskrieg mehr zu führen? Ein Krieg zum jetzigen Zeitpunkt wäre eine Tollkühnheit, wir sind gar nicht gerüstet für eine Auseinandersetzung mit zwei Großmächten. Wie viele Offiziere sind emigriert! Ein Krieg wäre Wahnsinn!«

»Das mag sein, aber die Pillnitzer Deklaration vom letzten Jahr wurde von der Nationalversammlung als Einmischung in innere Angelegenheiten betrachtet, und ist es nicht auch so? Preußen und Österreich erklären, daß sie zugunsten einer monarchischen Regierung in Frankreich einschreiten werden, falls die anderen Mächte sich daran beteiligen. Das ist doch eine Kriegsdrohung, oder? Allerdings muß man zugeben, daß es in der Nationalversammlung

Gruppen gibt, die insgeheim den Krieg wünschen. Mitglieder der patriotischen Partei, etwa Brissot, möchten die revolutionären Ideen in ganz Europa verbreiten, aber auch die radikale Bergpartei wünscht den Krieg. Der einzige in dieser Gruppe, der sich dagegen ausgesprochen hat, ist Robespierre.«

»Und der König und seine treuen Feuillants?«

»Der König ist für den Krieg, die Feuillants sind dagegen, aber ich befürchte, es ist nur noch eine Frage von wenigen Wochen, bis unsere Soldaten marschieren werden. Brissot begann im Oktober letzten Jahres mit seiner Kriegskampagne, im Dezember wurden die Kommandeure der Nord- und Rheinarmee ernannt, gleichzeitig wurden neue Bataillone von Kriegsfreiwilliegen aufgestellt, und Anfang Februar haben Preußen und Österreich eine Allianz gegen uns geschlossen. Aber kommen Sie, wir wollen uns den Abend nicht verderben lassen.«

Nachdem auch die zweite Flasche Champagner geleert war, begaben sie sich ins Speisezimmer zu Antonios Mutter und Schwägerin. Murati blickte bewundernd über Damast, erlesenes Porzellan und Kristall und die Silberplatten, auf denen sich Austern türmten.

»Wir bleiben vorerst bei Champagner. Ich nehme an, daß Sie ganz gern einmal frische Meeresfrüchte essen; in Corte müssen Sie ja auf diese Delikatessen verzichten, und Austern sind eine so leichte Vorspeise.«

Widerlich, dieses glitschige Zeug, dachte Murati, der sich vor Meeresfrüchten ekelte. Aus Höflichkeit pflichtete er dem Hausherrn bei, bediente sich und verwickelte die Damen in eine längere Unterhaltung; wenn er redete, mußte er nicht so viele Austern essen.

»Köstlich«, sagte Antonio und schlürfte genießerisch die zwölfte Austernschale leer. Murati hatte sich sechs Stück hinuntergequält und dabei eifrig dem Champagner zugesprochen.

Der Hausherr war gerade mit der dreizehnten Auster beschäftigt, als aus dem Erdgeschoß Lärm und lautes Stimmengewirr drang, dazwischen Hilferufe der Dienerschaft. Plötzlich polterten Stiefel die Treppe empor. Die Damen schrien auf, Peraldi warf die Serviette zur Seite. Im nächsten Augenblick wurde die Tür des Speisezimmers aufgestoßen, und sieben maskierte Männer, mit Flinten, Pistolen und Dolchen bewaffnet, drangen ein und umzingelten Murati. Während Antonio vor Schreck erstarrte und die Damen einer Ohnmacht nahe waren, packten die Eindringlinge den Kommissar und schleppten ihn aus dem Haus zu einem bereitstehenden Wagen.

»So, Signor Murati«, sagte Costa lachend, »Sie werden den Abend und die Nacht in der Via Malerba bei der Familie Buonaparte verbringen. Es wird Ihnen dort bestimmt gefallen, Sie befinden sich in netter Gesellschaft, hören Musik, werden gut bewirtet. Ihre beiden Kollegen waren klüger als Sie und sind sofort in die Via Malerba gefahren.«

Murati starrte seine Entführer verständnislos an. »Ja, aber, wieso ...«

»Kein Aber, Maul halten«, brummte Costa.

Vor dem Haus warteten Camillas Söhne und geleiteten den Kommissar hinauf in die Bankettgalerie. Dort empfing ihn Lachen und Musik. Er blieb wie betäubt auf der Schwelle stehen, aber schon war Napoleon auf ihn zugeeilt, begrüßte ihn freundlich und zog ihn herein.

»Ah, Signor Murati, willkommen in unserem Haus! Ich freue mich, daß Sie meine Gastfreundschaft annehmen, ich hatte Sie schon früher erwartet, aber nun ja, manchmal gibt es unterwegs Hindernisse, man verfährt sich, findet nicht sofort den richtigen Weg, nicht wahr«

»Ja, ja«, sagte Murati, er war völlig verwirrt.

Napoleon führte ihn zum oberen Ende der Tafel. »Am besten, Sie ruhen sich erst einmal aus nach der langen Reise und stärken sich. Möchten Sie Burgunder oder lieber Chianti? Sie können auch Wein vom Capo Corso bekommen oder aus Sartene.«

Murati entschied sich für Burgunder. Napoleon füllte zwei Zinnbecher, dann gab er Caterina einen Wink. Sie verschwand in die Küche und kehrte nach kurzer Zeit mit einer Platte voller saftiger Lammkoteletts und Bratkartoffeln zurück, gefolgt von Paoletta mit warmen Kastanienbrot.

Caterina kicherte, als sie die Platte vor den Gast hinstellte. »Greifen Sie zu, Signor Murati, in der Küche ist noch genügend

Fleisch, wir haben einige Schaf- und Ziegenlämmchen geschlachtet, heute ist schließlich ein besonderer Tag, weil Sie unser Gast sind.«

Murati sah zu Napoleon, der ihn anlächelte. Wie liebenswürdig dieser Leutnant Buonaparte lächelt, fand Murati, geradezu bestrickend. Als der würzige Duft von gebratenem Fleisch, Kräutern und Knoblauch in seine Nase stieg, merkte Murati, wie hungrig er war. Wohlwollend betrachtete er die Platte, das war doch etwas anderes als die kalten, vornehmen Austern! Er nahm ein Kotelett und biß herzhaft hinein. Während er zufrieden kaute und halb auf Paolettas Geplauder hörte, sah er sich um. Dort hinten, die schwarze Frauengestalt, das war wohl die Signora des Hauses, ansonsten Soldaten, Soldaten. Er ließ es sich schmecken, sprach auch dem Wein zu und lehnte sich endlich behaglich seufzend und leicht rülpsend zurück.

Aber was war das? Ihm war auf einmal, als ob der Raum sich drehte, er schloß die Augen. Ich bin betrunken, dachte er, das kommt von dem Champagner auf leeren Magen. Er öffnete die Augen wieder und sah verschwommen den Saal vor sich, sah Napoleon, hörte ihn zu den Soldaten reden, erlebte den enthusiastischen Beifall, und da war auch wieder die kichernde Alte von vorhin. »Noch etwas Fleisch, Signor Murati?« Er schüttelte benommen den Kopf. Der Raum drehte und drehte sich, wie aus weiter Ferne hörte er die Soldaten: »Es lebe Buonaparte, hoch Buonaparte, es lebe ...« Murati war eingeschlafen. Auf einen Wink Napoleons schafften ihn Camillas Söhne in einen der oberen Räume. Nun kamen Costa und seine Begleiter in die Galerie, ohne Masken und ohne Waffen. Napoleon füllte einen Becher mit Burgunder und trat zu Costa. »Das hast du gut gemacht, hier, trinke und stärke dich.«

Costa lachte. »Na, es wird Zeit, daß ich meinem Vater auch einmal eine Geschichte erzählen kann.«

Am nächsten Tag, es war der 3. April 1792, versammelten sich 521 Gardisten in der Kirche von San Francesco. Napoleon wurde mit 442 Stimmen zum zweiten Oberstleutnant im 2. Bataillon der Nationalgarden des Distrikts Ajaccio-Tallano gewählt.

Für korsische Verhältnisse war es eine erstaunlich ruhige Wahl. Es gab nicht einen einzigen Toten.

Als Paoli von dem Wahlergebnis und den näheren Begleitumständen hörte, bekam er einen Wutanfall, aber er mußte sich damit abfinden: Die Soldaten hatten sich eindeutig für Quenza-Buonaparte und gegen Pozzo di Borgo-Peraldi entschieden.

Wenige Tage nach der Wahl, am Ostermontag, kam es in Ajaccio zu einer Auseinandersetzung zwischen einigen Matrosen, in die sich Bürger der Stadt einmischten. Ein Leutnant der Nationalgarde versuchte mit einigen Freiwilligen, Ordnung zu schaffen. Es kam zum Kampf zwischen den Soldaten und dem Volk. Napoleon bat Maillard, den Kommandanten der Zitadelle, um militärische Unterstützung, die dieser aber versagte. Daraufhin benachrichtigte Napoleon das Departementsdirektorium in Corte und bekam von dort Hilfe. Als Maillard die Unterordnung der Freiwilligen unter seinen Befehl verlangte, weigerte sich Napoleon, besetzte einige Straßen und sperrte der Stadt die Zufuhr an lebenswichtigen Gütern.

Mitte April trafen die Kommissare aus Corte ein. Sie mißbilligten das Verhalten des Kommandanten, sorgten aber dafür, daß die Freiwilligen wieder nach Corte abmarschierten. Paoli verurteilte Napoleons eigenmächtiges Vorgehen, unternahm aber nichts gegen ihn aus Zuneigung zu Quenza und aus Abneigung gegen Ajaccio.

Für Napoleon hatte sein Verhalten während des Osteraufstandes üble Folgen: Maillard verfaßte einen wütenden Bericht an den Kriegsminister in Paris, beschuldigte Napoleon, die Waffen gegen eine französische Garnison erhoben zu haben, und forderte, ihn vor ein Kriegsgericht zu stellen. Der Abgeordnete Mario Peraldi schloß sich dieser Forderung an. Da Napoleon außerdem befürchten mußte, wegen der unerlaubten Urlaubsüberschreitung von der Liste der Offiziere gestrichen zu werden, verließ er Ende April Korsika. Er wollte im Kriegsministerium in Paris sein Verhalten persönlich rechtfertigen.

Nach Napoleons Abreise lebte die Familie wochenlang in Angst und Spannung. Letizia stellte sich innerlich darauf ein, daß ihr Sohn vor ein Kriegsgericht gestellt und erschossen würde. Wenn Joseph von Corte nach Ajaccio kam, schimpfte er stets von neuem über den Leichtsinn seines Bruders: »Was hat er sich dabei gedacht, nach abgelaufenem Urlaub einfach hierzubleiben? Sogar ich als Zivilist weiß, daß derartige Handlungen als Desertion betrachtet werden. Uns hat er wohlweislich verschwiegen, daß sein Urlaub nicht verlängert wurde. Wenn ich das gewußt hätte, hätte ich ihm als Familienoberhaupt befohlen, unverzüglich nach Valence zurückzukehren. Wissen Sie, Mama, was er vor seiner Abreise zu mir gesagt hat? ›Die Armee benötigt zur Zeit jeden Offizier, vor allem Artilleristen. Der Kriegsminister kann es sich gar nicht leisten, mich wegen Urlaubsüberschreitung und der Vorfälle hier in Ajaccio vor ein Gericht zu stellen. Was mein Verhalten beim Osteraufstand betrifft, habe ich als französischer Patriot gehandelt, davon werde ich die Herren im Ministerium überzeugen!‹ Nein, dieser Leichtsinn! Manchmal kommt er mir vor wie ein Condottiere!«

Napoleons Optimismus erwies sich als berechtigt. Er war zwar aus der Liste der aktiven Offiziere gestrichen worden, und als er in Paris ankam, lag die Akte der beiden Oberstleutnants Quenza und Buonaparte bereits auf dem Tisch des Kriegsministers. Der hätte zu jeder anderen Zeit die beiden Offiziere vor ein Kriegsgericht gestellt, aber im Frühjahr 1792 war die Lage kompliziert. Am 20. April hatte Frankreich Österreich den Krieg erklärt. Die militärischen Operationen verliefen für die französische Armee äußerst ungünstig, da die Oberkommandierenden am Sieg nicht interessiert waren und es der Armee an Offizieren fehlte, insbesondere an Artilleristen. Napoleon genoß einen ausgezeichneten Ruf, es fiel ihm daher nicht schwer, die Einstellung des Verfahrens zu erreichen. Er durfte im 4. Artillerieregiment wieder den Dienst aufnehmen, mehr noch, er wurde zum Hauptmann befördert und konnte weiterhin Oberstleutnant der Freiwilligen bleiben; allerdings, so erklärte man ihm, würde es mit der Aushändigung des Hauptmannspatents einige Wochen dauern und er müsse wahrscheinlich bis Ende August in Paris bleiben.

Napoleon nahm die Wartezeit gern in Kauf, hatte er doch nun zum ersten Mal seit Ausbruch der Revolution Gelegenheit, die politischen Ereignisse am Ort des Geschehens zu verfolgen. Die einzige Sorge in jenem Frühsommer war seine Geldnot. Er wohnte in einem billigen Hotel, dem ›Hôtel de Metz‹ in der Rue de Mail; dort hatte er seinen Brienner Schulkameraden Bourrienne wieder getroffen, der in ähnlichen finanziellen Nöten war. Beide ersannen phantastische Spekulationspläne mit im Bau befindlichen Häusern, die jedoch, da ihnen die Bürgschaften fehlten, Luftschlösser blieben. Napoleon mußte seine Uhr ins Pfandhaus bringen, um sich über Wasser zu halten. In diesen Wochen flanierte er mit Bourrienne durch die Straßen, dinierte bei den Permons und verschob den geplanten Besuch bei seiner Schwester in St. Cyr von Tag zu Tag, weil ihn das politische Geschehen zu sehr fesselte. Er besuchte häufig die Nationalversammlung und die revolutionären Klubs. Die Ereignisse, die ihn besonders beeindruckten, hielt er in seinem Tagebuch fest.

Paris, 20. Juni 1792

Dieses Land wird von den erbitterten Parteien nach allen Richtungen gezerrt; es ist schwer, das Knäuel dieser verschiedenen Programme zu entwirren. Heute um die Mittagszeit war ich mit Bourrienne in der Rue Saint-Honoré, als aus Richtung der Markthallen ein Trupp von fünf- bis sechstausend zerlumpten Männern kam, der nach den Tuilerien marschierte. Ich schlug Bourrienne vor, ihnen zu folgen. Sie waren mit Piken, Äxten, Degen, Gewehren, Spießen und spitzen Stöcken bewaffnet und brüllten rohe Beschimpfungen. Der Tuileriengarten war verschlossen und von 15000 Nationalgardisten bewacht. Der Pöbel riß die Tore nieder, drang ins Schloß ein, schlug Türen ein und bot dem König zwei Kokarden an: eine weiße und eine dreifarbige. »Wähle«, befahlen sie ihm, »hier oder in Koblenz zu regieren.« Der König, die Königin und die Prinzen setzten sich die roten Jakobinermützen auf, und dann mußte der König mit dem Pöbel trinken, sie blieben vier Stunden im Schloß. Bei derart stürmischen Zuständen ist schwerlich vorauszusehen, welchem Schicksal das französische Reich entgegengeht.

Paris, 11. Juli 1792

Heute erhielt ich einen Brief des Kriegsministers, datiert vom 10. Juli, adressiert an den ›Hauptmann der Artillerie Buonaparte‹. Die Beförderung ist sogar rückwirkend, und Sold samt Zulagen seit Februar ergeben eine hübsche Summe; endlich habe ich keine Geldsorgen mehr und kann meine Uhr auslösen. Meine Familie wird sich über die gute Nachricht freuen.

Die militärische Lage ist unverändert schlecht. Heute erklärte die gesetzgebende Versammlung, das Vaterland sei in Gefahr, die gesamte Nationalgarde wurde einberufen und neue Bataillone aufgestellt.

Paris, 15. Juli 1792

Die innenpolitische Lage spitzt sich zu. Ich war heute zuerst in der Nationalversammlung, wo Lafayette den König unterstützt hat; anschließend war ich im Jakobiner-Klub, dort forderte Robespierre energisch die Absetzung des Königs.

Paris, 27. Juli 1792

Heute wurde in Paris das Manifest des Herzogs von Braunschweig bekannt: Er fordert die Unterwerfung des französischen Volkes unter den König, droht bei Nichtbefolgung Bestrafung an und will Paris völlig zerstören. Weiß der Himmel, wie alles enden wird, inzwischen hat uns auch Preußen den Krieg erklärt.

Paris, 31. Juli 1792

Als ich gestern das Hotel verließ, zog ein Trupp Soldaten vorbei und sang ein Lied mit einer hinreißenden Melodie: ›Allons enfants de la patrie, le jour de gloire est arrivé.‹ Später erfuhr ich, daß die Bataillone aus Marseille kamen. Das Lied soll in Straßburg entstanden sein, aber in Paris bezeichnet man es als ›Marseillaise‹. Heute war die ganze Stadt von den Klängen der Marseillaise erfüllt.

Paris, 9. August 1792

Das Manifest des Herzogs von Braunschweig hat Paris in Aufruhr versetzt. Marat rief heute das Volk zum Sturm auf die Tuilerien!

Paris, 10. August 1792

Dieser Augusttag hat sich mir für alle Zeiten eingeprägt. Vormittags, an der Place du Carrousel, sah ich, wie sich vor den Tuilerien eine Menschenmenge versammelte, unter ihnen auch Nationalgardisten. Als der König vor dem Schloß erschien, schallten ihm Pfuirufe und Schmähungen entgegen, und er zog sich wieder zurück; später hörte man, daß er sich mit seiner Familie unter den Schutz der Nationalversammlung begeben habe. Nachdem der König das Schloß verlassen hatte, drangen Nationalgardisten in den Vorhof ein, und eine wilde Schießerei begann. Als die Schweizer Garde Widerstand leistete, brachte das Volk auf dem Pont Royal eine Kanone in Stellung und begann, die Tuilerien zu beschießen. Nachdem der König der Schweizer Garde befohlen hatte, das Feuer einzustellen, brachen die Nationalgardisten in das Schloß ein und machten nieder, was ihnen in den Weg kam.

Gegen Mittag ging ich über den Vorhof. Ein entsetzlicher Anblick. Der Hof war eine einzige Blutlache, mehrere hundert Mann lagen dort tot oder sterbend. Mir wurde übel, als ich sah, wie ehrbar aussehende Frauen Schweizer Gardisten mißhandelten. Die Männer aus Marseille, deren Lied ganz Paris singt, mordeten kaltblütig die verwundeten Schweizer. Ich hatte genug von diesem sinnlosen Töten, und als einer der Marseiller einen verwundeten Schweizer erschießen wollte, suchte ich ihn zu hindern: »Du bist aus dem Süden? Ich auch, verschonen wir diesen Unglücklichen.« Er ließ seine Muskete sinken, so wurde wenigstens ein Menschenleben gerettet.

Wohin soll das alles führen? Was ist aus der Revolution geworden, aus Freiheit, Gleichheit, Brüderlichkeit? Wenn die Führung versagt, entarten die höchsten Ideale. Der König hätte die Führung übernehmen müssen. Hätte sich Ludwig XVI. zu Pferde dem Volk gezeigt, der Sieg wäre sein gewesen!

Paris, 13. August 1792

Die Monarchie ist in Frankreich praktisch abgeschafft. Vor zwei Tagen wurde ein Exekutivrat gewählt; Danton ist für die Justiz zuständig und Roland für innere Angelegenheiten. Der König und seine Familie wurden heute im Temple interniert.

XII

Die aristokratische Klosterschule St. Cyr war schon seit 1789 fast verwaist, weil viele Zöglinge mit ihren Familien emigriert waren. Nach dem Umsturz im Sommer 1792 schlossen die Behörden die Schule endgültig. Napoleon eilte sofort nach St. Cyr, um seine Schwester Elisa zu holen. Seit dem Sommer 1785 hatte er sie nicht mehr gesehen. Und nun stand eine fünfzehnjährige junge Dame vor ihm, nicht sehr hübsch, aber intelligent und belesen.

Sie begrüßte ihn ängstlich und verstört. »Warum müssen wir alle abreisen? Warum wird die Schule geschlossen?«

»Du meine Güte, weißt du nicht, was in Paris während der letzten Wochen passiert ist?« Er musterte kritisch die schwarze Schuluniform und das Kreuz, das sie auf der Brust trug. Es war mit Lilien verziert und zeigte auf der einen Seite Christus, auf der anderen Seite den heiligen Ludwig. »Nimm das Kreuz ab, es wirkt so ... so aristokratisch.«

»Aber ich bin doch Aristokratin.«

»Jesus, weißt du nicht, daß die Aristokratie in Frankreich abgeschafft ist? Außerdem haben wir auch keinen König mehr, er wurde vor einigen Tagen mit seiner Familie im Temple arretiert. Wenn die Pariser Sansculotten das Kreuz sehen, hängen sie dich an der nächsten Laterne auf.«

Zögernd nahm sie den Schmuck ab. »Wer sind die Sansculotten?«

»Das erkläre ich dir unterwegs. Los, beeile dich! Hinter diesen Klostermauern scheint die Zeit stehengeblieben zu sein!«

Abgesehen von der Emigration ihrer Mitschülerinnen hatte Elisa in St. Cyr nicht viel von den politischen Geschehnissen mitbekommen und hörte nun entsetzt, was sich in den letzten Jahren ereignet hatte.

»Du wirst dich in einer veränderten Welt zurechtfinden müssen, ein neues Zeitalter ist angebrochen.«

»Und was soll jetzt aus mir werden?«

»Wir bleiben so lange in Paris, bis ich mein Hauptmannspatent erhalten habe, dann bringe ich dich zurück nach Korsika, dort bist du am sichersten aufgehoben. Ja, und ich muß dann zurück nach Valence, wer weiß, vielleicht sogar an die Front, der Krieg kann noch lange dauern. Sieh dort drüben die Männer mit den phrygischen Mützen und den gestreiften langen Hosen, das sind Sansculotten. Sie kommen meistens aus den unteren Volksschichten, und man nennt sie Sansculotten, weil sie nicht die Kniehose der oberen Schicht, sondern eben lange Hosen tragen.«

Elisa sah aus dem Wagenfenster ängstlich zu der johlenden Gruppe hinüber. »O Napoleon, sie trinken Wein aus Flaschen!«

Er sah kurz hin: »Sie trinken nicht Wein, sondern Branntwein.«

In seinem Hotel brachte er sie unter. »Du solltest dich jetzt etwas ausruhen, ich muß noch einmal zum Kriegsministerium.«

Elisa packte ihre Habseligkeiten aus und legte sich aufs Bett, um in Ruhe über ihre Lage nachzudenken, aber bei dem ungewohnten Straßenlärm fiel es ihr schwer, sich zu konzentrieren, und als plötzlich ein Lied erklang, zuckte sie zusammen.

Du législateur tout s'accomplira:
Celui qui s'abaisse, on l'élèvera,
Celui qui s'élève on l'abaissera,
Ah! ça ira, ça ira, ça ira!
(Beim Gesetzgeber kommt jetzt alles dran:
Wer sich erniedrigt, den führt man hinan,
Und wer sich erhebt, den stellt man hintan,
Ah! Das geht ran, das geht ran, das geht ran!)

Sie sprang auf, lief zum Fenster und sah hinunter: Ein Dutzend halbwüchsiger Jungen und Mädchen hatten sich an den Händen gefaßt und sprangen im Kreis um einen Geistlichen herum, der verzweifelt versuchte, ihnen zu entkommen. Die vorbeigehenden Bürger blieben stehen und lachten. »An die Laterne!« rief eines der Mädchen. »Ja, an die Laterne mit ihm!« erscholl es im Chor. Als einige Sansculotten auftauchten, fuhr Elisa entsetzt zurück und schloß zitternd das Fenster.

»Ein neues Zeitalter, o mein Gott!« flüsterte sie und sank auf einen Stuhl. Sie sah sich in dem einfachen Zimmer um, und Zorn und Empörung stiegen in ihr hoch über den Pöbel, die Sansculotten, die Revolution, über die Abschaffung der Aristokratie.

Die Revolution hat mir meine Zukunft zerstört, dachte sie verzweifelt. In St. Cyr hatte sie davon geträumt, eines Tages einen jungen französischen Adligen zu heiraten. Im Geist hatte sie sich auf einem feudalen Landsitz in der Nähe von Paris gesehen, als Mäzenin für arme Literaten, und im Winter wollte sie mit dem Gatten in ihrem Pariser Stadtschloß leben und ihren Salon zum geistigen und kulturellen Mittelpunkt der Hauptstadt gestalten.

Diese Träume hatten das tägliche Leben hinter den Klostermauern erträglicher gemacht, und da sie durch ihre guten Schulleistungen allmählich auch die Anerkennung ihrer Mitschülerinnen erworben hatte, war Elisa während der letzten Jahre mit ihrem Leben recht zufrieden gewesen. Und nun sollte sie zurück nach Korsika! Was erwartet mich dort? Eine Familie, ältere Brüder, kleinere Geschwister, die ich nicht kenne. Man wird mich mit Hausarbeit beschäftigen, zum Lesen werde ich sicher wenig Zeit haben. Ich muß mich in die Familientradition einfügen, muß warten, bis meine älteren Brüder einen Ehemann für mich gefunden haben, der auch von Mama akzeptiert wird. Mitgift besitze ich nicht, und so wird die Auswahl der Kandidaten nicht groß sein. Wenn ich Pech habe, verheiratet man mich mit einem Mann, den ich nicht mag. Ein neues Zeitalter! Ja, vielleicht hier auf dem Festland, aber nicht auf der Insel mit ihren Familientraditionen und Familienfehden. Ich werde mir wie eine Gefangenen vorkommen, ach, wie gerne wäre ich in St. Cyr geblieben.

Sie schluchzte auf und weinte eine Weile still vor sich hin. Endlich erhob sie sich und ging zum Fenster, um frische Luft hereinzulassen. Erschrocken prallte sie zurück: Auf der gegenüberliegenden Straßenseite baumelte der Geistliche an einer Laterne.

Als Napoleon zurückkehrte, war er gut gelaunt. »Es klappt alles bestens. Ich habe Urlaub bekommen, um dich nach Korsika zu bringen, und am 30. August werde ich mein Hauptmannspatent erhalten. Es ist mir sogar gelungen, noch zwei Plätze in der Postkutsche nach Marseille zu ergattern, wir werden am 9. September Paris verlassen. So, und jetzt feiern wir meinen Hauptmannsrang. Wir bummeln durch die Gärten des Palais Royal und leisten uns anschließend einen Besuch im ›Café mécanique‹. Du wirst staunen, was du dort alles erlebst. Und heute abend führe ich dich in die Oper.«

Elisa sah ihn erstaunt an. »Können wir uns das denn leisten?«

»Aber natürlich, sonst würde ich es nicht vorschlagen.«

»In Saint-Cyr habe ich gelernt, daß die Oper unzüchtig und Teufelswerk ist.«

»Wie bitte?«

»Ja, es ist Sünde, in die Oper zu gehen.«

Er lachte laut auf. »Ein Opernbesuch Sünde! Du meine Güte. Hör zu, Elisa, hier in Paris solltest du ruhig ein bißchen sündigen, in Ajaccio wirst du kaum Gelegenheit dazu haben. Und deine Pariser Sünden beichtest du zu Hause dem Onkel Fesch, empfängst die Absolution, betest einige Ave Maria und die Sache ist erledigt.«

»Aber Napoleon, wie lässig du über diese heiligen Dinge sprichst.«

»Los, mach dich fertig zum Ausgehen, beeile dich.«

Er beobachtete ungeduldig, wie sie umständlich und mit gezierten Bewegungen die mit Federn besetzte Tafthaube aufsetzte, die Bänder zusammenknüpfte und sich im Spiegel musterte.

»Warum setzt du diese Haube auf?«

»In Saint-Cyr habe ich gelernt, daß eine Dame nie ohne Kopfbedeckung ausgeht.«

Ihr Getue und der Name Saint-Cyr fielen ihm allmählich auf die Nerven. Paoletta wäre mir vor Freude um den Hals gefallen, wenn ich ihr einen Opernbesuch vorgeschlagen hätte, dachte er verstimmt, als sie das Hotel verließen.

Der Trubel im Palais Royal, die Gärten, Cafés, die Geschäfte beeindruckten Elisa und gefielen ihr. »Oh, sieh doch, was ist dort drüben los? Ein Menschenauflauf!«

Sie gingen hin.

»Wie lange sollen wir noch das fette Schwein im Tempel mästen?«

»O Gott, meint er damit den König?«

»Wahrscheinlich, komm jetzt, gehen wir ins ›Café mécanique‹.«

In dem voll besetzten Lokal fanden sie noch zwei Plätze an einem kleinen, runden Marmortisch, und Elisa beobachtete entzückt, wie der Mokka durch das hohle Mittelbein des Tisches in die Tassen gepumpt wurde. Vorsichtig probierte sie das bittere Getränk.

»Kaffee schmeckt nur mit viel Zucker, du mußt ihn süßen.«

Sie folgte dem Rat ihres Bruders und betrachtete dann interessiert das Publikum. »Napoleon, sieh dort, in der Ecke die beiden Damen, mein Gott, wie stark sie geschminkt sind, so dicke Puderschichten habe ich noch nie gesehen.«

Er folgte ihrem Blick. »Das sind keine Damen, das sind Huren.« O je, jetzt habe ich etwas gesagt, dachte er, hoffentlich fragt sie nicht, was eine Hure ist. Aber seine Schwester brachte ihn nicht in Verlegenheit, sie konnte mit dem Ausdruck nichts anfangen, genierte sich aber, ihre Unkenntnis zuzugeben.

Am Nebentisch unterhielten sich zwei Männer mit gedämpften Stimmen über Freimaurerlogen. »Also, ich glaube, daß diese Freimaurer an der ganzen politischen Entwicklung schuld sind, auch die Aufwiegelung des Volkes ist ihr Werk.« – »Wie will man das beweisen? Kein Außenstehender darf die Logen betreten.« – »Eben, ist das nicht höchst verdächtig? Was passiert überhaupt in den Logen? Man munkelt sogar von Ritualmorden ...« Das Folgende verstand Napoleon nicht mehr, weil der Sprecher flüsterte. Ja, dachte er, irgendein Geheimnis umgibt die Logen. Aber Ritualmorde? Das ist doch Unsinn. Wahrscheinlich reden sie nur über bestimmte Themen, die in der Öffentlichkeit tabu sind.

In der Oper senkte Elisa den Kopf und schloß die Augen, um das Teufelswerk nicht zu sehen. Er seufzte. Klostermanieren! Als er sie etwas später mit einem Seitenblick streifte, bemerkte er belustigt, daß sie die Augen inzwischen geöffnet hatte und das Musikerlebnis offensichtlich genoß. Na also, dachte er zufrieden.

Einige Tage später, am 21. Juli, sagte der Hotelier: »Sie müssen heute unbedingt zum Platz der Revolution gehen, dort wird die Guillotine eingeweiht.«

»Was wird eingeweiht?« fragte Napoleon erstaunt.

»Die neue Hinrichtungsmaschine, die Guillotine. Ein Doktor Guillotin hat sie erfunden, ich sage Ihnen, eine humanere Art, Verbrecher ins Jenseits zu befördern gibt es nicht. Eine schmerzlose Hinrichtung, können Sie sich das vorstellen? Mein Gott, wenn ich daran denke, wie man die Menschen früher aufs Rad geflochten hat! Und unser Henker Sanson muß nun auch nicht mehr soviel Kraft aufwenden wie früher, als er den Kopf mit dem Schwert abschlug. Die Guillotine funktioniert so: Der Verurteilte wird mit gebundenen Händen bäuchlings auf ein Brett gelegt, vor ihm ist eine hölzerne Wand mit einem Loch, durch das er den Kopf stecken muß. Jetzt liegt er also unter dem Fallbeil, der Henker betätigt einen Hebel, das Fallbeil saust herunter, und der Kopf ist ab. Na, ist das etwa nicht human? Was meinen Sie, wie viele Verbrecher innerhalb kurzer Zeit hingerichtet werden können; ich schätze, mit dieser neuen Maschine dauert es höchstens zwei Stunden, und dreißig Köpfe sind ab. Heute findet die erste Hinrichtung statt, dieses Spektakel sollten Sie sich nicht entgehen lassen.«

»Ja«, sagte Napoleon, »Sie entschuldigen uns, wir sind in Eile«, und rasch verließ er mit seiner Schwester das Hotel. »Elisa, ich habe keinerlei Bedürfnis, mir diese Guillotine und die Hinrichtung anzusehen. Die Schilderung des Wirtes reicht mir, aber wenn du neugierig bist, gehen wir hin.«

»Um Himmels willen, nein! O Gott, wie entsetzlich!«

Am letzten Sonntag im August sagte Napoleon zu Elisa: »Heute zeige ich dir eines der ältesten Viertel von Paris, das Marais. Du wirst staunen!«

Während sie in einer Mietdroschke saßen, erzählte Napoleon seiner Schwester über das Marais. »Einstmals war es das Viertel der Tempelritter, der Könige, des Hochadels und der Salondamen. Hier gibt es annähernd hundert größere und kleiner Paläste. Vor ungefähr fünfzig Jahren verließ der Adel dieses Viertel und zog ins Faubourg Saint-Germain auf dem linken Seine-Ufer; heute leben Handwerker und Geschäftsleute in den Palästen, ein Teil ist allerdings auch unbewohnt und verfällt allmählich.«

Napoleon ließ den Kutscher anhalten und half seiner Schwester aus dem Wagen. Sie überquerten die Place des Vosges und spazierten eine Weile schweigend durch das Straßenlabyrinth, vorbei an Gärten und Palästen.

»Ich komme mir vor wie in einer verwunschenen Welt«, sagte Elisa.

»Es ist wohl eher eine versunkene Welt; das alte Frankreich ist vor drei Jahren für immer untergegangen.«

»Wie wird es weitergehen? Was werden sie mit dem König machen?«

»Schwer zu sagen, vieles wird von der militärischen Entwicklung abhängen. Zur Zeit sieht es schlecht aus. Lafayette hat sich den Österreichern ergeben, und die Preußen sind im Vormarsch begriffen. Was die Behandlung des Königs angeht, wird man an die Reaktion des Auslandes denken müssen.« Er blieb vor einem der Paläste stehen. »Hier hat Madame de Sévigné gelebt und ihre zahlreichen Briefe an ihre Tochter geschrieben.«

Elise nickte eifrig: »Ja, in Saint-Cyr habe ich einen Teil davon gelesen; ach, ich freue mich schon auf Papas Bibliothek!«

»Elisa, über eines mußt du dir klar werden: In Ajaccio wird deine Hauptbeschäftigung darin bestehen, Mama bei der Hausarbeit zu helfen und die jüngeren Geschwister zu beaufsichtigen. Du wirst nicht viel Zeit zum Lesen haben, und Lesen ist für ein Mädchen auch nicht wichtig. Intellektuelle Frauen wirken oft so unweiblich; eine Frau muß sanft, weich und anschmiegsam sein.«

»Mit anderen Worten, du bevorzugst dumme Frauen.«

»Nein, dumm darf eine Frau natürlich nicht sein, sie muß schon geistreich plaudern können, aber sie darf auf keinen Fall gelehrt sein.«

In was für einem Befehlston er manchmal redet! dachte Elisa. Sie bogen um eine Ecke und befanden sich plötzlich in einer bunten, lebhaften Straße. Hier spürte man nichts von sonntäglicher Ruhe, die Läden waren geöffnet, Händler priesen ihre Waren an, Hausfrauen kauften ein, und durch die geöffneten Fenster sah man Schneider und Schuster bei der Arbeit. Elisa sah sich verwundert um, ihre Blicke folgten einem Mann, der in einen Kaftan gekleidet war und auf dem Kopf ein schwarzes Käppchen trug.

»Sieh doch nur, der lange Bart, die Locken an den Schläfen! Wo sind wir hier überhaupt? Heute ist doch Sonntag, aber hier arbeiten alle!«

Napoleon lächelte belustigt. »Ja, das ist meine Überraschung. Wir sind hier im Judenviertel. Der jüdische Ruhetag, der Sabbat, war gestern. Hier wohnen seit dem 13. Jahrhundert orthodoxe Juden, viele kommen aus Polen und Rußland. Man nennt sie Chassidim, sie sprechen ihre eigene Sprache, Jiddisch. Jetzt zeige ich dir noch die Synagoge und die Judenschule, und dann gehen wir in die Rue des Rosiers zu Jean Goldenberg.«

Elisa sog den Duft der Gewürze ein, bestaunte die vielen Süßigkeiten in den Bäckereien und zuletzt die Delikatessen, die bei Jean Goldenberg ausgestellt waren.

»Warst du schon öfter hier?«

»Nein, es ist heute das dritte Mal. Alexandre hat mir vor Jahren das Marais und das Judenviertel gezeigt; er hatte immer genügend Geld und lud mich hier bei Goldenberg zum Essen ein. Hinter dem Laden ist noch ein kleines, sehr gemütliches Restaurant, da gibt es jüdische und polnische Spezialitäten: gefilte Fisch, Kasza – das ist eine Buchweizengrütze – und Sakuskas, delikate kleine Häppchen. Gehen wir hin!«

Die letzten Tage ihres Pariser Aufenthaltes waren von blutigen Ereignissen überschattet. Als der Fall von Longwy und die Belagerung von Verdun bekannt wurden, drang das Volk am 2. September in die Gefängnisse ein und ermordete Verdächtige, Priester, die den Eid auf die Verfassung verweigerten, und gewöhnliche Kriminelle. Das Massaker dauerte bis zum 5. September. Elisa wagte sich während dieser Tage nicht auf die Straße, und auch ihr Bruder verließ das Hotel nur, wenn es unumgänglich war. Von ihm erfuhr sie, daß das Volk die Prinzessin Lamballe, eine enge Freundin der Königin, umgebracht und das abgeschlagene Haupt, auf eine Pike gespießt, der Königin präsentiert hatte.

»Der Pöbel wütet wie eine Bestie, es ist grauenvoll; und der Justizminister Danton unternimmt nichts, um dem Morden Einhalt zu gebieten. Ich verstehe das einfach nicht.«

In Paris wurden während der Septembermorde etwa 6 000 Personen getötet, darunter rund 300 Priester.

Am 9. September bestiegen die Geschwister aufatmend ihre Postkutsche nach Marseille. Während der Fahrt unterhielten Bruder und Schwester sich nur wenig. In Paris hatten die gemeinsamen Erlebnisse Gesprächsstoff geboten, aber jetzt fühlten beide, daß sie sich fremd waren. Napoleon mußte zwar zugeben, daß Elisa genau beobachtete, logisch dachte, intelligent war, aber er langweilte sich in ihrer Gegenwart. Warum war sie nicht so unbeschwert, lustig und unkompliziert wie Paola? Hinzu kam, daß Elisas Erscheinung an jeder Poststation die Bevölkerung aufreizte, und häufig riefen Straßenjungen hinter ihnen her: »Das ist auch so eine Vormalige!« Er bat sie mehrmals, die Tafthaube abzunehmen, und wurde stets belehrt, daß eine Dame immer einen Hut oder eine Haube trägt!

Elisa fühlte sich von ihrem Bruder bevormundet, und es kränkte sie, daß er ihre Bildung, die sie in St. Cyr erworben hatte, so gar nicht zu würdigen schien. Aber sie war trotzdem froh über seine Begleitung, denn die Hauptmannsuniform schützte sie vor Belästigungen.

Kurz vor Marseille hielten Soldaten ihren Wagen an, kontrollierten Napoleons Paß und stellten dann Fragen zu Elisas Person: Woher kommt sie?«

»Aus ihrem Kloster.«

»Wer ist sie?«

»Meine Schwester.«

Bei dieser Antwort brach einer der Soldaten in schallendes Gelächter aus. »Seine Schwester!« Er trat an das Wagenfenster und näherte sein Gesicht vertraulich Elisa, die angewidert zurückfuhr, als sie seinen Branntweinatem spürte. Der Soldat grinste. »Na, Kleine, wie oft vögelt ihr beide zusammen in der Nacht?«

Napoleon brach bei dieser Frage der kalte Schweiß aus. »Können wir weiterfahren?« Was antworte ich nur, wenn sie fragt, was vögeln bedeutet? überlegte er.

»Sag mal, was hat der Soldat eben gesagt? Wir vögeln zusammen? Was soll das heißen?«

»Ach, vergiß es. Das ist Soldatenjargon. Es hat nichts zu bedeuten.« Erleichtert atmete er auf, als sie sich mit dieser Antwort zufriedengab. Ich muß Mama einen Wink geben, daß sie ihre Tochter über gewisse Dinge aufklärt, dachte er.

Als sie in Marseille ausstiegen, rottete sich Volk um den Wagen und schrie: »Aristokraten, Aristokraten, seht nur die Haube!«

»Wir sind ebensowenig Aristokraten wir ihr«, rief Napoleon, riß Elisa die Haube vom Kopf und warf sie in die johlende Menge.

»Was fällt dir ein? Mein schöner Kopfputz!«

»Dein Kopfputz wird uns noch an die Laterne bringen. Los, beeil dich, wir müssen rasch zum Hafen, vielleicht können wir noch heute nach Korsika weiterreisen.«

Das nächste Schiff nach Ajaccio ging erst in drei Wochen. Sie hätten Gelegenheit gehabt, in einem Fischkutter nach Calvi überzusetzen, aber Elisa weigerte sich; sie hatte Angst, in den Kutter zu steigen. Napoleon mußte nachgeben, und so blieben sie drei Wochen in Marseille. Er ärgerte sich über die kostbare Zeit, die nutzlos verstrich; er befürchtete, daß sich die Pariser Ereignisse inzwischen auf die politische Lage Korsikas auswirken würden.

Mitte Oktober segelten sie endlich auf den Hafen von Ajaccio zu.

»Sieh, Elisa, dort steht die ganze Familie; alle sind gekommen, um dich zu begrüßen.«

»Ja«, sagte sie zögernd, »aber Papa fehlt und meine Großmutter Saveria und Tante Geltruda und Onkel Luciano. Ich erkenne nur Mama, Onkel Nicolo und meine Großmutter Angela Maria.«

Napoleon hatte seinen Bruder Joseph entdeckt. Sollte er eigens von Corte gekommen sein, um sie zu begrüßen?

»Das ist ja eine Überraschung, daß du in Ajaccio bist«, sagte Napoleon auf dem Heimweg zu ihm.

»Naja«, erwiderte Joseph zögernd, »ich bin nicht mehr im Departementsdirektorium, ich lebe seit einigen Wochen wieder in Ajaccio und bin nun als Richter und Rechtsanwalt tätig. Paoli hat eine Säuberungsaktion durchgeführt, später werde ich dir die Einzelheiten erzählen.«

Nach dem Abendessen scharte sich die Familie im Salon um Elisa und ließ sich erzählen, was das Mädchen in Paris und während der Rückreise erlebt hatte. Joseph und Napoleon zogen sich in Carlos Arbeitszimmer zurück.

»Paoli ist seit einigen Wochen unumschränkter Herrscher auf Korsika«, begann Joseph, legte nach diesem Satz eine Pause ein und sah seinen Bruder erwartungsvoll an.

»Ja, und?« fragte Napoleon ungeduldig. »Warum bist du nicht mehr im Departementsdirektorium? Was ist mit Luciano? Ist er nun Sekretär bei Paoli oder nicht?«

»Schön, fangen wir bei unserer Familie an. Ich bin bei den Wahlen zum neuen Pariser Parlament, dem Konvent, durchgefallen, und Paoli hat es abgelehnt, Luciano als Sekretär zu beschäftigen. Er hat gesagt, er wolle sich nicht mit der Familie Buonaparte verbinden. Ich weiß nicht, was in Luciano vorgeht, auf jeden Fall ist er nach wie vor hier im Klub tätig und gebärdet sich radikaler denn je.

Was mich betrifft, so fühle ich mich durch Paolis Ablehnung derart gekränkt, daß ich beschlossen habe, mich völlig aus der Politik zurückzuziehen. Dieses Parteiengezänk, letztlich nur ein Vorwand für die Sippenfehden, bin ich allmählich leid. Hier in Ajaccio erhalte ich mein regelmäßiges Richtergehalt, als Anwalt habe ich schon ziemlich viele Klienten, kurz, ich werde hier als Privatperson leben. Ich kann mich wieder mehr meinen literarischen Studien widmen, außerdem habe ich beschlossen, allmählich nach einer passenden Gattin Ausschau zu halten. Angesichts der politischen Lage auf der Insel ist das die beste Lösung für mich. Paoli zieht allmählich seine Konsequenzen aus den Pariser Ereignissen, daß heißt, er unterstützt und fördert alle gegenrevolutionären Kräfte. Als uns die Nachricht von der Entmachtung und Arretierung des Königs erreicht hat, ist der Konflikt zwischen Paoli und Saliceti offen ausgebrochen. Saliceti hat es geschafft, in den Konvent gewählt zu werden, Paolis Parteigänger wurden alle ausgeschaltet. Daraufhin löste Paoli das Departementsdirektorium auf, entfernte alle, die mit Frankreich und der Revolution sympathisieren, also auch mich, und besetzte die Posten mit seinen Anhängern. Da Saliceti nun wieder in Paris ist, wurde auch der Posten des Generalprokurators vakant, und auf diesem Platz sitzt jetzt unser Freund Carlo Andrea Pozzo di Borgo. Er ist damit der engste Mitarbeiter Paolis geworden und besitzt dessen volles Vertrauen. Und Pozzo hat durchgesetzt, daß Paoli zum Oberbefehlshaber aller auf Korsika verfügbaren Truppen ernannt wurde, das ist gleichbedeutend mit der unumschränkten Herrschaft auf der Insel.«

»Warum ist Pozzo nicht mehr Deputierter in Paris?«

»Ach, er hatte Schwierigkeiten in der gesetzgebenden Versammlung, man attackierte ihn ständig wegen seiner angeblich royalistischen Gesinnung.«

Napoleon ging eine Weile nachdenklich im Zimmer auf und ab. Endlich blieb er vor seinem Bruder stehen. »Ich bin mit deinen Plänen überhaupt nicht einverstanden. Was deine Heiratsabsichten betrifft, so solltest du sie zugunsten unserer Schwester Elisa zurückstellen. Wir müssen zuerst einen akzeptablen Ehemann für sie finden.«

Joseph seufzte. »Das wird schwierig werden. Sie ist weder besonders hübsch noch besonders charmant, eine ansehnliche Mitgift können wir ihr auch nicht geben, und außerdem kann sie natürlich nur einen Mann heiraten, der zu unserer Partei gehört. Hier in Ajaccio sehe ich keine Möglichkeiten.«

»Nun, im Notfall müssen wir Lorenzo Giubega bitten, in Calvi nach einem geeigneten Kandidaten Ausschau zu halten. Aber, abgesehen von Elisa – willst du dich wirklich in dem Augenblick, in dem die entscheidende Phase der Auseinandersetzung beginnt, ins Privatleben zurückziehen? Du willst nicht kämpfen? Bist du dir nicht klar darüber, um was es eigentlich geht? In den nächsten Monaten wird hier auf Korsika die Entscheidung fallen zwischen Revolution und Gegenrevolution, Saliceti und Frankreich oder Paoli und ein unabhängiges Korsika, Buonaparte oder Pozzo di Borgo. Mein Ziel ist klar: Ich möchte eine Neuordnung der korsischen Verhältnisse nach den Ideen der Revolution. Ich werde mich also der Partei Salicetis anschließen, möchte allerdings zunächst den offenen Bruch mit Paoli vermeiden.«

»Du sagst immer, ich solle kämpfen. Aber wo? Und wie? Sieh dir unsere Stadtverwaltung an: überall sind Paolisten! Auf Leviés Bürgermeisterstuhl sitzt nun Giutera.«

Ein paar Minuten herrschte Schweigen im Raum.

»Wie lange bist du eigentlich beurlaubt?« fragte dann Joseph.

»Ich habe Urlaub, bis ich Elisa hier abgeliefert habe; ich müßte mit dem nächsten Schiff nach Toulon oder Marseille abreisen.«

»Das empfehle ich dir dringend. Hier auf der Insel ist das Spiel für uns verloren. Jetzt, nach dem Sieg von Valmy, sind die französischen Truppen anscheinend im Vormarsch begriffen; es dürfte nicht allzu schwer sein, in Flandern oder am Rhein militärische Lorbeeren zu ernten. Damit würdest du unserer Familie bestimmt nützen.«

»Nein, Giuseppe, ich bleibe hier auf Korsika. Die Entwicklung in Paris und Paolis Politik muß zum Konflikt zwischen Frankreich und dem General führen, und da möchte ich mitkämpfen und mitentscheiden.«

Joseph starrte seinen Bruder fassungslos an: »Bist du wahnsinnig? Du setzt ja schon wieder deine Existenz aufs Spiel, wenn du nicht zu deinem Regiment zurückkehrst.«

»Ich setze meine Existenz nicht aufs Spiel, sondern nur auf eine einzige Karte, und diese Karte ist Korsika. In den nächsten Tagen werde ich nach Corte reisen und Paoli fragen, ob er Verwendung für mich hat, schließlich bin ich Oberleutnant eines Freiwilligenbataillons.«

Paoli empfing den frischgebackenen Hauptmann kühl. Verwendung als Oberleutnant bei den Freiwilligen? Nein, zur Zeit benötige er Napoleons Dienste nicht. Er solle einstweilen nach Ajaccio zurückkehren und weitere Befehle abwarten, möglicherweise werde sich der Krieg auch aufs Mittelmeer ausdehnen, vielleicht werde man Sardinien angreifen müssen, zumindest liefen die Absichten des Konvents in dieser Richtung. In den nächsten Wochen werde die Entscheidung fallen, dann allerdings müsse er mit einem Fronteinsatz rechnen. Der Alte lachte höhnisch auf. Ein Fronteinsatz würde dem Herrn Hauptmann und Oberstleutnant bestimmt guttun; das wäre für ihn eine Gelegenheit, mal den richtigen Krieg zu erleben, bisher habe er seine militärischen Kenntnisse ja nur aus Büchern bezogen, und Schießen kenne er nur vor Straßenkrawallen her.

Napoleon kehrte enttäuscht nach Ajaccio zurück und begann mit der Ausarbeitung militärischer Gutachten über die Verteidigung der korsischen Küstenstädte. Das war wenigstens eine sinnvolle Beschäftigung während der Wartezeit.

In den folgenden Wochen versuchte Elisa, sich in die Familie und die häuslichen Verhältnisse einzuleben. Es fiel ihr schwer, weil sie die Hausarbeiten haßte, zu denen Letizia sie anhielt: Ausbessern von Wäsche, Gemüse putzen, Nudelteig zubereiten, Tisch decken, Geschirr abräumen ... Noch schlimmer waren die Stunden, die sie mit ihren beiden jüngeren Schwestern und Girolamo verbringen mußte. Sie sollte die Schularbeiten kontrollieren und darauf achten, daß fleißig gelernt wurde, aber die Schwestern und der kleine Bruder hatten nicht das geringste Interesse an den Schulbüchern. Wenn Elisa mahnte und tadelte, bekam sie von Annunziata und Girolamo freche Antworten, während Paoletta versuchte, sich mit

Charme vor den Aufgaben zu drücken. Elisa war oft der Verzweiflung nahe. Mit ihrem Bruder Luigi, der völlig auf Napoleon fixiert war, vertrug sie sich zwar, aber auch der hatte für die Probleme der Schwester keinerlei Verständnis, ebensowenig wie Joseph. Nur zu Luciano fühlte Elisa sich sofort hingezogen. Mit ihm konnte sie über alles sprechen, was sie bewegte, er hörte ihr zu und akzeptierte sie auch als Gesprächspartnerin, wenn es um Literatur oder Politik ging. Bei politischen Fragen waren sie oft unterschiedlicher Meinung, aber das tat der gegenseitigen Zuneigung keinen Abbruch.

»Du hast völlig recht«, sagte Luciano zu seiner Schwester, »eine Großfamilie kann sehr einengend sein. Ich werde ganz sicher eines Tages auf das Festland übersiedeln, und wenn ich mir dort eine Existenz aufgebaut habe, kommst du nach.«

Luciano träumte immer noch davon, Politiker zu werden. Er hatte die Abschaffung der Monarchie und die Ausrufung der Republik von ganzem Herzen begrüßt, und da seine Ansichten immer radikaler wurden, kam es häufig zu Auseinandersetzungen mit Napoleon.

»Du hättest die Ausschreitungen des Pöbels im letzten Sommer erleben müssen«, hielt ihm der Bruder vor, »dann würdest du deine Meinung schnell ändern. Es ist äußerst gefährlich, das Volk durch Agitation aufzustacheln. In einem Staat muß Ordnung herrschen, der Pöbel muß im Zaum gehalten werden, damit die Bürger in Ruhe und Frieden leben und ihren Beruf ausüben können.«

Anfang Dezember lief im Hafen ein französisches Geschwader ein. Der Oberbefehlshaber war Admiral Truguet, ein junger, gutaussehender Mann – ein Revolutionär mit aristokratischen Manieren. Er sollte sich im Auftrag des Konvents über den Verteidigungszustand der Küstenstädte informieren und die Freiwilligen-Bataillione nach Sardinien begleiten, falls es zum Krieg gegen England kommen sollte. An Bord waren außerdem der Graf de Sémonville mit seinem neunjährigen Stiefsohn, Charles-Tristan de Montholon, und eine kleine Abordnung des Konvents.

Sémonville war als neuer französischer Gesandter auf dem Weg nach Konstantinopel und legte in Ajaccio nur einen Zwischenaufenthalt ein, um, wie er sagte, Land und Leute kennenzulernen. In Wahrheit sollte er sich im Auftrag der Pariser Regierung über Paolis

Politik auf der Insel ein Bild machen. Auch die kleine Abordnung des Konvents wollte sich über das jüngste französische Departement informieren.

Als der Bürgermeister von der Ankunft der Flotte hörte, traf er eilig Vorbereitungen zum Empfang der Gäste und ließ Luciano als Dolmetscher holen, dessen elegantes, akzentfreies Französisch allgemein bekannt war. Sémonville beobachtete den jungen Mann während der Begrüßungsreden und fand Gefallen an ihm. Später, als ein Imbiß serviert wurde, fragte er Luciano, ob er nicht Lust habe, ihn und die Abgeordneten zu begleiten, um zu dolmetschen und die Kontakte zu den hohen Verwaltungsbeamten der Insel herzustellen. Luciano fühlte sich sehr geehrt und nahm das Angebot dankend an. Das ist eine willkommene Abwechslung in dem eintönigen Familienalltag, dachte er, der Kontakt zu Sémonville kann einmal nützlich werden, er muß von Anfang an gepflegt werden. Kurz entschlossen lud er den Gesandten und den Admiral zum Abendessen in die Via Malerba ein.

Einige Stunden später empfingen Letizia und ihre drei Söhne die beiden Franzosen und den jungen Montholon im Salon ihres Hauses. Man plauderte über dies und jenes; Letizia beteiligte sich mit einigen Höflichkeitsfragen am Gespräch, aber vor allem beobachtete sie den Admiral. Er sieht gut aus, dachte sie, er hat Manieren, ist anscheinend gebildet und belesen, wirkt seriös. Elisa war im Januar sechzehn Jahre, in diesem Alter hatte ich bereits zwei Kinder. Es wird allmählich Zeit, daß sie heiratet; dieser Truguet würde mir als Schwiegersohn gefallen. Er ist ledig – das hatte sie durch einige geschickte Fragen herausbekommen – und wird wahrscheinlich mehrere Wochen in Ajaccio bleiben, bis diese Geschichte mit Sardinien entschieden ist. Es wäre also genügend Zeit zum gegenseitigen Kennenlernen, allerdings müßte man die Angelegenheit von Anfang an etwas steuern! Am besten, ich biete ihm an, bei uns zu wohnen. Meine Herren Söhne werden wohl einverstanden sein; ihre Bemühungen, einen passenden Ehemann für ihre Schwester zu finden, waren ja bisher erfolglos.

Sie erhob sich, entschuldigte sich mit Hausfrauenpflichten und ging hinauf zu ihrer Tochter. »Elisa, wir haben heute zwei Herren als Tischgäste, die für die politischen Pläne deiner Brüder wichtig sind. Ich möchte, daß du dich im Interesse der Familie entsprechend benimmst. Du wirst nur reden, wenn einer der Herren das Wort an dich richtet, du wirst dich nicht zu politischen Fragen äußern, und du wirst deine jüngeren Geschwister nicht zurechtweisen, sondern in liebevollem Ton mit ihnen reden – und vor allem muß du lächeln. Und bitte, erwähne nicht in jedem Satz, daß du in St. Cyr erzogen wurdest, auch ist es für die Herren ganz uninteressant, was du alles gelesen hast.«

Beim Abendessen beobachtete Letizia den Admiral und ihre Tochter und stellte erfreut fest, daß Truguet Elisa interessiert betrachtete und daß Elisa ihrerseits den jungen Mann hin und wieder mit neugierigen Blicken streifte.

Truguet nahm Letizias Angebot, in der Via Malerba zu wohnen, an. Die Bankettgalerie wurde geöffnet, es gab Gesellschaften, es wurde diniert und getanzt wie zu Carlos Lebzeiten. Der kleine Girolamo war in jenen Wochen in seinem Element: endlich wurden wieder Feste gefeiert, endlich konnte er auf dem Schulhof wieder ein bißchen angeben. Die übrige Familie verfolgte interessiert und erwartungsvoll die Entwicklung der Romanze zwischen Truguet und Elisa.

Unterdessen reiste Luciano mit Sémonville über die Insel. Am 15. Januar 1793 kamen sie gegen Mittag in Corte an; Paoli hatte bereits zugesichert, daß er die Abgeordneten am 16. Januar empfangen werde und auch bereit sei, mit Sémonville ein Gespräch unter vier Augen zu führen. Die Audienz beim General war der Höhepunkt und gleichzeitig das Ende der Rundreise, von Corte aus würde man nach Ajaccio zurückkehren.

Am Nachmittag des 15. Januar begab sich Luciano zum Regierungsgebäude, um mit Paoli Einzelheiten des Empfangs zu besprechen. Der Wachsoldat führte Luciano nicht zum Vorzimmer, sondern über einen langen dunklen Gang zu einem anderen Raum. »Das Vorzimmer wird gerade renoviert und ist auch nicht beheizt«, erklärte er. »Sie können solange im Zimmer von Signor Pozzo di Borgo warten, er ist mit dem General noch in einer Sitzung.«

»Dürfen Sie denn Fremde im Zimmer des Generalprokurators allein lassen, dort liegen doch bestimmt wichtige Schriftstücke?«

Der Soldat lachte. »O nein, Signor Pozzo di Borgo ist vorsichtig. Wenn er sein Zimmer für längere Zeit verläßt, schließt er alle Schubladen und Schränke ab.« Er sperrte den Raum auf und ließ Luciano eintreten. »Möchten Sie etwas trinken? Kaffee oder Tee?«

»Danke, nein.« Als der Soldat gegangen war, stellte sich Luciano vor das prasselnde Kaminfeuer und sah sich neugierig um. Er fand das Zimmer recht gemütlich mit den holzvertäfelten Wänden und den Balken an der Decke; am besten gefiel ihm der wuchtige Schreibtisch, der mit kunstvollen Schnitzereien verziert war. So einen Arbeitstisch könnte ich weiß Gott auch gebrauchen, dachte er neidvoll, statt dessen muß ich mich in der Via Malerba mit einem Schreibpult begnügen. Aber in Toulon werden die Arbeitsbedingungen bestimmt viel besser sein. In Toulon wird ein neuer Lebensabschnitt für mich beginnen ...

Sémonville, der mit seinem Dolmetscher und Reisebegleiter hochzufrieden war, hatte ihn einige Tage vor der Ankunft in Corte gefragt, ob er als sein Sekretär nach Toulon kommen wolle, außerdem benötige der Jakobiner-Klub in Toulon dringend einen guten Redner.

Luciano wäre vor Freude am liebsten in die Luft gesprungen, hielt es jedoch für diplomatischer, nicht sofort zuzusagen, und bat um Bedenkzeit bis zum Ende der Reise. Toulon! dachte Luciano. Auf der Rückreise werde ich Sémonville sagen, daß ich sein Angebot annehme ... Mein Gott, diese Sitzung dauert ja ewig, draußen wird es schon dämmrig.

Ungeduldig ging er in dem halbdunklen Zimmer auf und ab. Als sein Blick auf den Wandschrank gegenüber dem Kamin fiel, stutzte er: Dort steckte ein Schlüssel, den Pozzo offenbar vergessen hatte. Neugierig ging er zu dem Schrank, öffnete vorsichtig die Tür und erschrak, als er geradewegs in Paolis Arbeitszimmer blickte. Hastig schloß er die Tür wieder und atmete ein paarmal tief durch.

Wie geschickt und raffiniert! dachte er. Niemand würde hinter der Schranktür Paolis Arbeitszimmer vermuten. Der alte Fuchs kann also jedes Gespräch mithören, was Pozzo mit einem Besucher führt! Luciano zuckte zusammen, als nebenan geräuschvoll die Tür geöffnet wurde. Einige Augenblicke später hörte er die Stimme von Paoli und Pozzo di Borgo.

»So, Carlo Andrea, hier ist der jüngste Bericht von Saliceti über den Prozeß. Lies ihn, und dann werde ich dich in meine Pläne einweihen.«

Eine Weile war es still. Luciano lauschte mit angehaltenem Atem und klopfendem Herzen. Es handelt sich um den Prozeß gegen den König, dachte er. Am 5. Dezember des letzten Jahres hat der Konvent beschlossen, gegen den König einen Prozeß zu führen und selbst das Urteil zu fällen. Das Verfahren läuft nun schon seit sechs Wochen, allmählich müßten sie zu einer Entscheidung kommen.

Plötzlich hörte er Pozzo di Borgos Stimme: »Großer Gott! Alles deutet darauf hin, daß sie den König zum Tode verurteilen. Saliceti versichert zwar, daß die korsischen Abgeordneten geschlossen gegen das Todesurteil stimmen werden, aber daran zweifle ich, zumindest was Saliceti betrifft. Am schlimmsten finde ich, daß der Vater des Königs, der Herzog von Orléans, jetzt nennt er sich ja Philippe Egalité, so fanatisch gegen Ludwig zu Felde zieht.

Allerdings, so tragisch das Schicksal des Königs auch sein mag, er ist ein Dummkopf oder er hat schlechte Ratgeber gehabt. Er hätte die Dokumente, die im November in den Tuilerien gefunden wurden und die eindeutig seine Verbindung zur konterrevolutionären Bewegung beweisen, schon vor Monaten in Sicherheit bringen sollen.«

»Das ist schon richtig, Carlo Andrea, aber ich glaube, daß Robespierre, Danton und Marat den König auf jeden Fall angeklagt hätten; irgend ein Vorwand wäre ihnen bestimmt eingefallen. Diese Männer sind zu allem fähig. So, und jetzt zu meinen politischen Plänen. Ich habe lange hin und her überlegt, aber seit Beginn des Prozesses ist mir klar geworden, daß ich mit dieser französischen Republik nichts mehr zu tun haben will. Ich bin entschlossen, gegen Frankreich für die korsische Unabhängigkeit zu kämpfen. Jetzt können wir auch mit der Unterstützung Englands rechnen. Von meinen britischen Freunden habe ich erfahren, daß der Premier Pitt seine Neutralitätspolitik aufgeben will – ich vermute, aus wirtschaftlichen Gründen. Das würde bedeuten, daß England die diplomatischen Beziehungen zu Frankreich abbricht, wenn Ludwig verurteilt wird, und vom Abbruch diplomatischer Beziehungen bis zum Krieg ist nur ein kleiner Schritt. Dann würden wir auch gegen Sardinien Krieg führen müssen. Aber Sardinien war immer unser Verbündeter, und vielleicht brauchen wir die Hilfe Turins im Kampf gegen Frankreich. Ich bin entschlossen, nur einen Scheinkrieg gegen unseren Inselnachbarn zu führen. Glaubst du, daß Colonna Cesari ein zuverlässiger Oberbefehlshaber ist?«

»Ich denke ja.«

»Gut, dann wird er, wenn es soweit ist, den Oberbefehl über die Truppen erhalten, mit dem diskreten Hinweis, daß Sardinien unser natürlicher Verbündeter ist. Den Wink wird er wohl verstehen.

Übrigens habe ich vor drei Tagen einen Kurier nach Ajaccio geschickt mit dem Befehl, daß sich die Oberleutnants Quenza und Buonaparte mit ihren Freiwilligen-Bataillonen am 22. Januar nach Bonifacio einschiffen und dort auf weitere Befehle warten sollen. So habe ich wenigstens einen Buonaparte aus Ajaccio entfernt.«

»Vielleicht stirbt er den Heldentod.« Das höhnische Gelächter Pozzos, das diesen Satz begleitete, ließ Luciano erschauern.

»Ich werde auf jeden Fall im Laufe der kommenden Wochen Verbindung zu England aufnehmen,« fuhr Paoli fort, »und sondieren, ob Pitt einen Kampf Korsikas gegen Frankreich unterstützen würde. Sobald er seine Bereitschaft signalisiert hat, werde ich einen Volkstag einberufen, unsere Unabhängigkeit proklamieren und das korsische Volk zum Kampf gegen Frankreich aufrufen. Und das sage ich dir, Carlo Andrea, wehe den Korsen, die nicht bereit sind, gegen Frankreich zu kämpfen! Ich werde niemanden schonen, auch nicht die Söhne Carlo Buonapartes. – Ach, da fällt mir ein, dieser grüne Maulaufreißer Luciano wartet doch hier irgendwo wegen der morgigen Audienz.« Paoli klingelte und befahl dem Wachsoldaten, Luciano zu holen.

Eine Stunde später verließ der junge Mann das Regierungsgebäude. Wie freundlich sie mir gegenüber waren! dachte er grimmig. Besonders Pozzo!

Luciano berichtete Sémonville kurz über das Gespräch mit Paoli und zog sich dann unter einem Vorwand auf sein Zimmer zurück. Er legte sich auf den Diwan und starrte zur Decke empor. Paolis Worte brannten in seinem Gehirn: ›Ich werde niemanden schonen, auch nicht die Söhne Carlo Buonapartes.‹

Ich muß meine Familie warnen, überlegte er. Giuseppe und

Napoleon müssen Zeit haben, sich auf einen Volksaufstand einzustellen. Oder doch nicht? Was Paoli plant, ist Hochverrat! Ein Scheinfeldzug gegen Sardinien, geheime Verhandlungen mit England – aber ich werde seine Pläne sabotieren, ich werde ihn und Pozzo vernichten, bevor sie den Schlag gegen die revolutionäre Partei führen können. Nein, was ich vorhin gehört habe, behalte ich für mich. Ich werde von Toulon aus Paoli angreifen. Zunächst werde ich im Jakobiner-Klub eine Rede halten, in der ich Paoli und Pozzo di Borgo des Hochverrates anklage und fordere, daß man beide vor Gericht stellt; dann muß ich erreichen, daß der Klub diese Nachricht an den Konvent nach Paris schickt. Das genügt. In der Hauptstadt wird man mit Sicherheit entsprechend reagieren. Der Ruhm, diese Vaterlandsverräter entlarvt zu haben, soll mir zufallen, nicht meinen Brüdern.

Luciano sprang auf, ging zum Fenster und sah hinüber zum Regierungsgebäude, zu Paolis hellerleuchtetem Arbeitszimmer.

»Deine Tage als Diktator Korsikas sind gezählt, Pasquale Paoli. Und du, Carlo Andrea Pozzo di Borgo, bist die längste Zeit Generalprokurator gewesen. Ich, Luciano Buonaparte, werde die Beleidigungen rächen, die meine Familie während der vergangenen Jahre erleben mußte.

Diese halblaut gemurmelten Worte wurden von den Schlägen der Kirchturmuhr begleitet. Es war sieben Uhr abends.

Am 17. Januar gegen Mittag verließen Luciano und seine Begleiter Corte und reisten zurück nach Ajaccio. Dort eilten Sémonville und die Abgeordneten sofort zum Hafen, um Schiffsplätze nach Konstantinopel und Toulon zu buchen; Luciano ging zur Via Malerba. Unterwegs begegnete er Joseph.

»Ah«, rief dieser, »der Weltenbummler ist wieder im Lande, na, wie hat den Herren vom Festland unsere Insel gefallen?«

»Am meisten beeindruckt waren sie von Bonifacio, Sartene, der Castaniccia und vom Wein des Capo Corso.«

»Und wie verlief die Audienz bei Paoli?«

»Zufriedenstellend, aber das soll Sémonville später selbst erzählen.«

»Bringst du Neuigkeiten aus Corte mit?«

»Ja, aber die sind nur für wenige Ohren bestimmt.«

Luciano öffnete die Tür zum Salon und trat mit Joseph ein. Beim Anblick der friedlichen Familienszene erinnerte er sich wieder an Paolis Worte, und etwas in seinem Inneren zog sich schmerzlich zusammen.

Letizia und Elisa saßen auf dem Sofa, Napoleons Sessel stand neben dem Kamin, auf der Lehne schaukelte Paoletta hin und her, während ihr Bruder den jungen Montholon mit seiner Uhr spielen ließ. In einer Ecke des Zimmers beugte Luigi sich über seine Schulbücher, während Annunziata und Girolamo Reversi spielten.

»Da ist er ja«, rief Letizia, lief zu Luciano und umarmte ihn. »Nun, waren deine Reisebegleiter zufrieden mit dir?«

»Ja«, sagte Luciano etwas zögernd, »sie waren so zufrieden, daß Sémonville mir anbot, als sein Sekretär nach Toulon zu kommen, und ich habe beschlossen, diese Chance wahrzunehmen.«

»Wie, du willst deine Familie und Korsika verlassen?«

»Ja, Mama, es war schon immer mein Wunsch, auf dem Festland zu leben.«

»Oh, Luciano, ich beneide dich!« rief Elisa, verstummte aber sofort, als sie den mahnenden Blick ihrer Mutter sah.

Napoleon stand auf, ging langsam auf Luciano zu und betrachtete ihn einige Augenblicke lang nachdenklich. »Ich glaube, es ist eine gute Lösung, wenn du unser Haus verläßt. Aber nun erzähle, wie war es bei Paoli?«

Joseph gab Luciano ein Zeichen, noch einen Augenblick zu warten: »Mama, wäre es nicht besser, die Kinder gingen hinaus?«

»Soll ich auch hinausgehen?« fragte Elisa.

»Ja, meine Kleine, auch du«, erwiderte das Familienoberhaupt.

Das Mädchen war sichtlich gekränkt, aber sie stand auf, machte einen anmutigen Knicks vor Letizia und den älteren Brüdern und verließ mit den Kleinen das Zimmer. Als sie an Luciano vorbeiging, gab sie ihm einen zärtlichen Klaps und flüsterte: »Du sagst mir nachher alles, ja?« Er nickte unmerklich.

Drei Augenpaare blickten gespannt auf Luciano, der tief Luft holte: »Als ich in Corte in einem Zimmer wartete, hörte ich nebenan Paoli sagen, daß er einen Volksaufstand gegen die französische Herrschaft anzetteln will, und dann sagte er wörtlich: ›Wehe den Korsen, die nicht bereit sind, gegen Frankreich zu kämpfen. Ich werde niemanden schonen, auch nicht die Söhne Carlo Buonapartes.‹

Nach diesen Worten herrschte Totenstille, aber dann brach ein Sturm los. »Das hat er gesagt? Jesus! Das ist doch ein starkes Stück! Was? Das hat er gesagt?« riefen Joseph und Letizia gleichzeitig.

Napoleon lief erregt im Zimmer auf und ab. »Ja, das ist allerhand, ja, zum Teufel! Doch wir wollen sehen! Der Gevatter Paoli! Noch hat er mich nicht! Er erklärt mir also den Krieg! Nun, für mich hat diese Vorstellung nichts Abschreckendes. Und ich würde meine ersten Kampfhandlungen gern gegen ihn führen. Wenn er mich nur nicht nach Bonifacio abgeschoben hätte!«

Während der folgenden Tage überstürzten sich die politischen Ereignisse. Am 21. Januar 1793 wurde Ludwig XVI. auf dem Platz der Revolution guillotiniert. Er war nur mit einer Stimme Mehrheit zum Tode verurteilt worden; auch sein Vetter, Philippe Egalité, hatte für die Hinrichtung gestimmt. Am 24. Januar wurden zwischen England und Frankreich die diplomatischen Beziehungen abgebrochen. Am 1. Februar erklärte der Konvent England und Holland den Krieg. Am 22. Januar schifften Napoleon und Quenza sich mit einigen Freiwilligen-Bataillonen nach Bonifacio ein. Am 30. Januar reisten Sémonville, die Deputierten und Luciano nach Toulon ab. Am 14. Februar erhielt Truguet den Befehl, sich mit seinem Geschwader ebenfalls nach Bonifacio einzuschiffen, um von dort aus die Freiwilligen-Bataillone nach Sardinien zu begleiten.

Letizia und Elisa standen am Hafen und sahen dem davonsegelnden Admiral nach.

»Glauben Sie, daß wir ihn noch einmal wiedersehen, Mama?«

»Nein«, antwortete Letizia kurz, wandte sich abrupt ab und ging zurück in die Via Malerba. Ihre Hoffnung auf einen Heiratsantrag hatte sich nicht erfüllt.

Die Bankettgalerie wurde geschlossen, der Alltag kehrte wieder ein im Haus Buonaparte, und die Familie wartete ungeduldig auf ein Lebenszeichen von Napoleon und Luciano.

Am 1. März erhielt Joseph einen Brief aus Bonifacio und einen zweiten aus Toulon. Napoleon schrieb, er sei gesund aus seinem ersten Feldzug zurückgekehrt, der leider mit einer totalen Niederlage geendet habe. Cesari sei ein Versager und Verräter, der dem Feind viel zu früh das Feld überlassen habe. Er, Napoleon, werde sich schriftlich über ihn beschweren, und zwar sowohl bei Paoli als auch beim Kriegsminister in Paris! Er bleibe nur noch bis 3. März in Bonifacio und werde dann mit Quenza nach Ajaccio zurückkehren; nach allem, was man höre, würden die Freiwilligen-Bataillone aufgelöst und in die reguläre Armee eingegliedert.

»Nun, Gott sei Dank ist er gesund und unverletzt«, sagte Letizia, »was habe ich um sein Leben gezittert!«

Joseph las den Brief noch einmal: »Ich verstehe ja nichts von militärischen Dingen, aber es ist schon sonderbar, daß der Oberbefehlshaber einen vorzeitigen Rückzug befiehlt. Trotzdem sollte sich Napoleon nicht so sehr über diese Niederlage aufregen, sie ist doch nicht seine Schuld. Er wird noch mehr militärische Schlappen hinnehmen müssen.«

Lucianos Brief war kurz. Er schrieb, daß er gut in Toulon angekommen sei, eine preiswerte Unterkunft gefunden habe und daß er am 1. März eine große Rede im Jakobiner-Klub halten werde.

»Luciano wird immer überspannter, hören Sie, Mama, er schreibt, daß er Tag und Nacht über diese Rede nachdenkt, mein Gott, er besteigt doch nicht zum ersten Mal eine Rednertribüne!«

»Am ersten März«, sagte Letizia, »das ist ja heute. Ach, hoffentlich hat er Erfolg. Giuseppe, ich möchte nicht, daß du Luciano als überspannt bezeichnest, er ist intelligent, vielleicht sogar das intelligenteste meiner Kinder.«

Einige Tage später kehrte Napoleon zurück. Er war niedergeschlagen und schlecht gelaunt wegen des mißglückten Feldzuges und konnte sich nicht über Cesari beruhigen.

Joseph hörte sich eine gute Weile die Tiraden des Bruders an, aber schließlich verlor er die Geduld.

»Also, nun finde dich endlich mit den Tatsachen ab. Viel wichtiger als Cesari ist Salicetis Brief, den ich vor einigen Tagen erhielt. Es sieht so aus, als ob Paolis Tage gezählt sind.«

Napoleon blieb stehen und sah den Bruder verblüfft an: »Wie kommt er denn darauf?«

»Nun, der Konvent hat beschlossen, Saliceti und zwei weitere

Deputierte als Kommissare nach Bastia zu schicken, die untersuchen sollen, ob Paoli die Gegenrevolution unterstützt. Die ehemaligen Mitglieder des Departementsdirektoriums sollen auch befragt werden und über Paoli aussagen, was bedeutet, daß ich im Lauf des April nach Bastia reisen muß. Außerdem ist Salicetis Antrag bezüglich der Freiwilligen-Bataillone durchgekommen; der Konvent hat beschlossen, diese aufzulösen und durch Jäger-Bataillone zu ersetzen. Saliceti darf die Offiziere dieser Bataillone ernennen, das ist für ihn die Machtgrundlage, um den General zu stürzen.«

»Na, das klingt ja alles recht erfreulich. Warten wir also in Ruhe die weitere Entwicklung der Dinge ab«, sagte Napoleon und begann, ›Marlborough s'en va-t-en guerre‹ zu summen.

XIII

Am 3. April kamen Saliceti und seine Begleiter in Bastia an, und eine Woche später erhielt Joseph die Aufforderung, dorthin zu kommen.

Nach seiner Ankunft, am Abend des 20. April, begab er sich sofort zum Gouverneurspalast, wo ihn ein bestürzter und aufgeregter Saliceti empfing.

»Stellen Sie sich vor, was passiert ist! Ich fasse es nicht, ich begreife es nicht, wie soll ich unter diesen Umständen die Untersuchung führen? Im Konvent müssen Verrückte sitzen, daß sie derart meine Arbeit behindern. Bitte, nehmen Sie Platz, möchten Sie ein Glas Orangenwein? Ich habe bereits eine ganze Flasche getrunken, so entsetzt war ich von diesem Brief des Konvents.«

Er sank in einen Sessel, füllte zwei Gläser randvoll, prostete dem verwirrten Joseph zu, leerte sein Glas in einem Zug und beruhigte sich endlich soweit, daß er erzählen konnte.

»Heute erhielt ich ein Schreiben, datiert vom zweiten April, mit der Mitteilung, daß der Konvent beschlossen habe, Paoli und Pozzo di Borgo nach Paris zu zitieren, damit sie sich vor einem Tribunal rechtfertigen. Beide werden des Hochverrates beschuldigt, weil Paoli im geheimen mit England über eine Trennung der Insel von Frankreich verhandelt hat. Wir, die Kommissare, haben den Auftrag, vorläufig hier zu bleiben und zu versuchen, Paoli und Pozzo nach Bastia zu locken, um sie zu verhaften.«

»Das ist unglaublich!« Joseph mußte diese Neuigkeit zuerst einmal verarbeiten. »Wie kommt denn der Konvent dazu, derartige Beschuldigungen zu äußern? Gewiß, Paoli hat sich durch seine Politik verdächtig gemacht, aber man kann ihn doch deswegen nicht sofort vor ein Tribunal stellen.«

»Ich begreife es auch nicht, entweder sitzen im Konvent Verrückte, oder man hat in Paris tatsächlich handfeste Informationen über Paoli, die uns unbekannt sind. Wer weiß, was sich während meiner Abwesenheit in der Hauptstadt alles getan hat. Ich frage mich nur, wie ich Paoli aus seinem Adlerhorst oben in den Bergen hierher locken soll. Es fehlen Truppen zur Belagerung Cortes, und der alte Fuchs verläßt doch seinen Bau nicht. Außerdem stehen sämtliche Küstenstädte unter dem Oberbefehl von Paolisten, Ajaccio doch auch, nicht wahr?«

Joseph nickte. »Ja, dann kann ich also morgen wieder nach Ajaccio zurückreisen?«

»Nein, ich glaube es ist besser, Sie bleiben vorerst hier, bis etwas Licht in die Sache gekommen ist. Wir warten erst einmal Paolis Reaktion ab – hoffentlich gibt es keinen Bürgerkrieg.«

Am 23. April erhielten Paoli und Pozzo di Borgo die Aufforderung, sich vor dem Konvent wegen Hochverrats zu rechtfertigen. Am gleichen Tag traf ein Brief von Saliceti ein mit dem Vorschlag, sich an einem neutralen Ort zwischen Bastia und Corte zu treffen, um unter vier Augen die politischen Mißverständnisse aufzuklären.

Paoli lachte laut auf, als er Salicetis Brief las. »Er muß mich für einen Vollidioten halten, daß er mir so plumpe Fallen stellt. Nein, Carlo Andrea, wir bleiben hier oben in den Bergen, hier ist das Klima gesünder als im Tal. Und den Herren in Paris werde ich mitteilen, daß ich nicht reisefähig bin. Der Konvent tut uns sogar einen Gefallen mit diesem Wisch; wenn die Korsen davon erfahren, werden sie von selbst gegen Frankreich revoltieren, ohne unser Zutun. In den nächsten Tagen werde ich einen Volkstag einberufen und bei dieser Gelegenheit unsere Unabhängigkeit verkünden und Frankreich den Krieg erklären.«

»Ja, der Zeitpunkt ist gekommen, sich von Frankreich zu lösen. Aber wie hat der Konvent von unseren Plänen erfahren? Der Brief ist vom zweiten April, zu diesem Zeitpunkt konnte man in Paris doch noch nichts von Ihren Verhandlungen mit Admiral Hood wissen!«

»Wir werden das Rätsel nicht lösen, Carlo Andrea, wahrscheinlich stecken die radikalen Schreier der Bergpartei dahinter.«

Pozzo di Borgo studierte noch einmal die beiden Briefe.

»Saliceti ist unser Feind, vielleicht hat er die Finger im Spiel.«

»Nein, das halte ich für ausgeschlossen; er taktiert vorsichtig und handelt erst, wenn er konkrete Beweise hat. Aber ich nehme an, daß unsere Feinde dahinterstecken. Nur, wie sollen wir herausbekommen, wer es war?«

»Ich werde ab morgen die Korrespondenz unserer Gegner überwachen lassen, vielleicht finden wir einen Anhaltspunkt.«

Paoli hatte seine Landsleute richtig eingeschätzt. Als der Brief des Konvents bekannt wurde, ging ein Aufschrei der Empörung über die Insel. Was fiel dem Konvent in Paris ein, den General des Hochverrates zu bezichtigen? Die Anhänger Paolis sammelten sich in Corte, um eine Verhaftung zu verhindern; aber auch seine Gegner standen in dieser Situation auf seiner Seite.

»Alles, was recht ist«, sagte Napoleon, »aber man kann doch einen Mann, der bereits vor Jahrzehnten eine Republik gegründet hat, nicht des Hochverrates bezichtigen!« Er verfaßte eine Denkschrift an den Konvent, die vom revolutionären Klub in Ajaccio unterzeichnet wurde:

›Paoli hat auf Korsika das Lehen beseitigt und die Güter der Bischöfe eingezogen. Er ist der Patriarch der Freiheit und ein Vorkämpfer für die Republik. So denken die Patrioten, so glaubt das Volk. Bringt die Verleumdung zum Schweigen. Paoli besitzt unser Vertrauen. Zieht Euer Dekret gegen ihn zurück.‹

Am Mittag des 1. Mai betrat Pozzo di Borgo Paolis Arbeitszimmer; seine Augen funkelten, als er dem General einen Brief überreichte. »Meine Agenten haben ein Billett von Lucien Buonaparte – er hat seinen Vornamen französisiert – an seine Familie abgefangen. Ich habe die wichtigsten Sätze unterstrichen.«

Paoli las: ›Der Generalleutnant Paoli, dem die französische Nation ihr Vertrauen geschenkt hat, schützt, ja leitet die Attentate auf die Freiheit. Paoli ist schuldig, Bürger Gesetzgeber, sprecht euch für seine Absetzung aus, liefert seinen Kopf an das Schwert des Gesetzes! – Das waren meine Worte in Toulon. Ich habe dann weiter ausgeführt, daß Paoli geheime Verhandlungen mit England führt und auf englische Unterstützung beim Unabhängigkeitskrieg hofft. Und was soll ich Euch sagen, der Klub hat sofort beschlossen, meinen Antrag an den Pariser Konvent weiterzuleiten. Ich habe den entscheidenden Schlag gegen Paoli geführt! Das habt Ihr wohl nicht erwartet, was? ...‹

Paoli starrte einige Sekunden lang auf den Brief, dann sprang er auf, stieß den Stuhl zurück und schrie »Vendetta!« – so laut, daß die Leute auf dem Platz erschreckt zu den Fenstern hochsahen. Vendetta? Gegen wen? flüsterte man, und jeder eilte nach Hause, um sich zu verbergen.

»Vendetta gegen die Buonapartes!« keuchte Paoli.

»Aber wie?« fragte Pozzo di Borgo, »Giuseppe ist in Bastia unter dem Schutz der Kommissare, Luciano ist in Toulon.«

»Aber der Herr Hauptmann, der treibt sich doch in Ajaccio herum. Carlo Andrea, verständige unsere Anhänger auf der Insel; sie sollen mir Napoleon Buonaparte bringen, tot oder lebendig.«

»Und die Signora und die Kinder?«

»Die Signora? Paoli trat zum Fenster und sah auf den menschenleeren Platz hinunter. Letizia, die alle Reversi-Partien gegen ihn gewonnen hatte. Letizia als Gastgeberin, Letizia ... »Ich werde der Signora Buonaparte eine Chance gegen. Du teilst ihr noch heute schriftlich mit, daß ihr und den Kindern kein Leid geschehen soll und daß sie ihren gesamten Besitz behält, wenn sie bis zum vierundzwanzigsten Mai um Mitternacht schriftlich erklärt hat, daß sie das Verhalten ihres Sohnes Luciano mißbilligt. Diesen Brief soll sie dem Bürgermeister von Ajaccio aushändigen. Wenn bis zu dem festgesetzten Termin keine Erklärung ihrerseits vorliegt, werde ich die Familie Buonaparte ausrotten lassen!«

Pozzo ließ Lucianos Brief drucken und überall unter Paolis Anhängern verteilen, um den Haß gegen die Buonapartes anzustacheln. Das Original blieb in Corte, für Letizia wurde eine Abschrift angefertigt.

Am Nachmittag des 3. Mai erschien ein Eilkurier und übergab Letizia die Briefe von Luciano und Pozzo. Sie las und erschrak zutiefst, aber sie faßte sich schnell. Entschlossen erhob sie sich, strich energisch die Falten ihres Kleides glatt und ging hinaus auf die Terrasse, wo Napoleon die Einnahmen der neu erworbenen

Ländereien überprüfte. Sie setzte sich ihm gegenüber und wartete geduldig, bis er seine Zahlenkolonne addiert hatte.

Mit zufriedenem Gesicht unterstrich er das Ergebnis und sah seine Mutter gutgelaunt an. »Der Kauf hat sich gelohnt, Mama, die Einnahmen sind höher als erwartet. Wenn es so weitergeht, kann ich sogar eine kleine Mitgift für meine Schwestern zur Seite legen.«

»So? Wie erfreulich.« Der bittere Unterton in ihrer Stimme ließ ihn aufhorchen.

»Was ist los, Mama? Ist etwas passiert?«

»Allerdings, vorhin erhielt ich diese beiden Briefe, hier, lies.«

Napoleon vertiefte sich in die Schriftstücke, und während der Lektüre weiteten sich seine Augen vor Entsetzen.

»Luciano ist wahnsinnig geworden, größenwahnsinnig! Er kennt unser gespanntes Verhältnis zu Paoli, er weiß, daß wir vorsichtig taktieren müssen, und schließlich ist es kein Geheimnis, daß Pozzo überall in den Küstenstädten seine Agenten hat.«

»Ich denke, Paoli sollte mich besser kennen«, sagte Letizia mit leiser, aber fester Stimme. »Ich habe mich zur Französin gemacht und bleibe Französin, und ich werde niemals öffentlich die Haltung eines meiner Kinder mißbilligen. Das teile ich Paoli in den nächsten Tagen schriftlich mit. Luciano hat eine große Dummheit begangen, aber wir dürfen ihn nicht fallenlassen, die Familie muß hinter ihm stehen.«

»Sie haben recht, Mama, jetzt ist nicht der Augenblick, um über unseren Familienredner zu richten.«

Er stand auf und ging nachdenklich hin und her. »Heute ist der dritte Mai, Paoli hat uns eine Frist gesetzt bis zum vierundzwanzigsten des Monats; wir haben also drei Wochen Zeit, um uns auf den Angriff vorzubereiten. Zunächst sollten wir nur Nicolo ins Vertrauen ziehen, er muß möglichst bald unsere Gewehre herbeischaffen, die noch bei Pietri lagern. Ich werde heute nacht aufbrechen und mich nach Bastia durchschlagen. Ich hoffe, daß Saliceti mir ein Geschwader zur Verfügung stellt. Damit werde ich nach Ajaccio zurücksegeln und versuchen, die Zitadelle zu erobern. Im Besitz der Festung bin ich Herr über die Stadt, und für Sie, Mama, und meine Geschwister ist die Zitadelle ein sicherer Zufluchtsort; außerdem können wir uns von dort aus im Notfall leicht einschiffen. Sobald ich in Bastia bin, erhalten Sie Nachricht, wie Sie sich verhalten sollen. Falls mein Plan scheitert, müssen Sie Ajaccio rechtzeitig verlassen; ich werde dafür sorgen, daß Costa Sie durch die Macchia führt. Wenn man nach mir fragen sollte, sagen Sie, ich sei zu unseren Verwandten nach Sartene gereist.«

»Ach Gott, hoffentlich ist Giuseppe so klug und bleibt in Bastia!«

»Dafür wird Saliceti schon sorgen.«

Den restlichen Nachmittag verbrachte Napoleon in seinem Zimmer; er schlief eine Stunde, dann ordnete er seine Papiere, um sie Nicolo zur Aufbewahrung zu geben. Schließlich nahm er sein Tagebuch und blätterte darin. Die letzte Notiz bezog sich auf den mißglückten Feldzug gegen Sardinien. Als Napoleons Augen über die Zeilen schweiften, las er nur noch *Niederlage, Niederlage, Niederlage ...* Er tauchte den Gänsekiel ins Tintenfaß und schrieb:

Ajaccio, 3. Mai 1793

Der korsische Traum ist ausgeträumt. Er endet mit der Niederlage der Familie Buonaparte. Als ich mit Mama sprach, habe ich es nur angedeutet, um sie nicht noch mehr zu beunruhigen: Wir werden Korsika verlassen müssen und können froh sein, wenn wir unser Leben retten. Vor vielen Jahren sagte Joseph zu mir: »Du bist der Bewohner einer idealen Welt.« Diese Periode in meinem Leben ist abgeschlossen. Die Erfahrungen der letzten Jahre haben mich zum Bewohner einer sehr realen Welt geformt. Mein künftiges Handeln wird von der praktischen Vernunft geleitet werden und vom Mißtrauen gegenüber allen Menschen. Unsere Zukunft liegt in Frankreich, und ich werde alles tun, was in meinen Kräften steht, um meiner Familie wieder eine Existenzgrundlage zu schaffen.

Er schloß das Tagebuch, verpackte es sorgfältig und rief Paoletta. »Sei so gut, Kleines, und bringe dieses Päckchen zu Camilla Ilari; sie soll es für mich aufbewahren. Wenn sie ...« er zögerte, »wenn sie von meinem Tod erfährt, soll sie es vernichten.«

Paoletta sah ihn erschrocken an. »Warum redest du vom Tod? Mußt du wieder in den Krieg?«

»Ja, wahrscheinlich.« Sie senkte den Kopf, ging langsam hinaus und die Treppe hinunter. Als sie den Platz vor dem Haus überquerte, weinte sie still vor sich hin.

Napoleon übergab Nicolo seine Papiere und ging noch einmal langsam durch die Räume. Er verweilte einen Augenblick in Carlos Arbeitszimmer vor den Bücherregalen, plauderte in der Küche mit Caterina, während sie die Fische säuberte, und ging schließlich an der verschlossenen Bankettgalerie vorbei zum Salon, wo sich Letizia mit seinen Geschwistern aufhielt. Nach dem Abendessen zog er sich in sein Zimmer zurück, und als es dunkel war, verließ er das Haus durch einen Nebeneingang, sattelte ein Pferd, ritt zum Hafen und dann die Uferstraße entlang Richtung Sartene. Kurz hinter der Stadtgrenze bog er nach links ab und galoppierte auf der neu angelegten Straße nach Bocognano.

Sieben Tage später, am 10. Mai, wurde Girolamo Levié mitten in der Nacht ziemlich unsanft von seiner Frau wachgerüttelt. »Girolamo, wach auf, wach auf!«

»Was gibt es?«

»Hörst du nicht? Am Hintereingang klopft jemand.«

Er war sofort hellwach, sprang aus dem Bett und griff nach der Flinte. Seine Frau schraubte den Docht der Lampe höher und leuchtete ihm die Treppe hinunter.

»Wer ist da?« fragte Girolamo und entsicherte gleichzeitig das Gewehr.

»Laß mich herein, ich bin es, Napoleon.«

»Gütiger Himmel!« Girolamo öffnete die Tür und zog den jungen Mann herein. »Ich denke, du bist in Sartene; deine Mutter hat mir die Geschichte mit Lucianos Rede erzählt. Nun, hier in der Stadt sind eure Anhänger angriffsbereit. Aber wie siehst du aus?« Erschrocken betrachtete er Napoleons halbzerrissene Uniform, die blutverkrusteten Kratzwunden im Gesicht und an den Händen.

»Sie sind hinter mir her, Girolamo! Sie haben mich wie ein wildes Tier gejagt!« Erschöpft lehnte er sich an die Wand.

Die Frau nahm ihn mitleidig an der Hand und führte ihn in die Küche.

»Setz dich und ruh dich aus. Bist du hungrig?«

Er nickte. Sie brachte ihm Brot und Broccia, und Girolamo holte Wein und drei Zinnbecher.

Nachdem Napoleon sich gestärkt und etwas erholt hatte, erzählte er kurz, wie es ihm ergangen war: »Ich kam bis Bocognano, dort wurde ich von Peraldis Leuten gefaßt und eingesperrt. Einige Bauern, die zu unseren Anhängern zählen, beobachteten alles und befreiten mich in der Nacht; ich schlug mich nach Ucciani durch, dort wurde ich zum zweiten Mal von Paolisten gefangen. Glücklicherweise hatten sie vergessen, das Fenster meines Gefängnisraumes zu schließen, und ich konnte fliehen. Seitdem lebe ich wie ein Bandit; ich bin über steile Bergpfade geschlichen, habe mich in der Hütte eines Hirten oder im Wald verborgen. Gestern bin ich endlich wieder nach Ajaccio gekommen und habe mich in der Grotte versteckt. Zu unserem Haus will ich nicht, das ist zu gefährlich, deswegen komme ich zu euch. Welches Datum haben wir heute überhaupt?«

»Den zehnten Mai.«

»Jesus, schon sieben Tage bin ich unterwegs! Girolamo, du mußt mir helfen; auf dem Landweg komme ich nicht nach Bastia, zwischen Ajaccio und Corte wimmelt es von Paolisten. Du mußt mir ein Boot besorgen, damit ich die Küste entlangfahren kann; ich will dann versuchen, vom Capo Corso aus nach Bastia zu kommen. Außerdem wird es höchste Zeit, daß ich Costa benachrichtige. Weißt du einen zuverlässigen Mann, der sämtliche Pfade durch die Macchia kennt? Er muß lebend bei Costa ankommen!«

»Ja, ich wüßte jemanden, einen Kutter kann ich dir auch besorgen. Du fährst am besten bis Macinaggio, und ich werde veranlassen, daß dort ein Pferd für dich bereitsteht. Aber jetzt solltest du ein paar Stunden schlafen. Wir werden dir im Keller ein Lager richten, dort bist du in Sicherheit.«

Napoleon erhob sich. »Danke, Girolamo. Erzähle meiner Mutter nicht, was mir passiert ist, sie hat schon genug Sorgen.«

Einige Stunden später brachte Levié einen alten Mann zu Napoleon. »Hier ist Matteo, er kennt jeden Winkel in der Macchia.«

»Kannst du Costa in Bastelica eine Nachricht überbringen? Du darfst auf keinen Fall den Paolisten in die Hände fallen.«

»Die Paolisten werden mich nicht fangen, aber ich muß Umwege machen; es wird einige Tage dauern, bis ich bei Costa bin.«

»Einige Tage?« rief Napoleon entsetzt. »Du sollst Costa und seine Hirten nach Ajaccio führen. Wenn ihr den gleichen Weg zurückgeht, dauert es ja nochmal so lange! Hör zu, Matteo: Costa muß spätestens am vierundzwanzigsten Mai in Ajaccio sein, ist das möglich?«

Matteo wiegte bedächtig den Kopf. »Vielleicht – ja, aber sicher erst in den Abendstunden des Vierundzwanzigsten.«

»Wann genau?«

»Schwer zu sagen.«

»Costa muß unbedingt zwei Stunden vor Mitternacht in der Via Malerba sein. Matteo, du mußt alles versuchen. Du wirst gut bezahlt.«

»Das Geld ist nicht so wichtig, ich tue es für Euch und Eure Familie. Ich hasse den Pozzo di Borgo und Peraldi-Clan. Ihr könnt Euch auf mich verlassen.«

»Girolamo, ich muß meine Mutter benachrichtigen, kannst du einen Boten zu ihr schicken?«

»Da ist unmöglich, seit heute früh treiben sich Pozzos Leute um euer Haus herum, und wer weiß, wie viele in den Nachbarhäusern lauern. Wenn sich einer eurer Anhänger dem Haus nähert, wird er abgefangen. Warte, bis du in Bastia bist, und schicke dann einen Fremden, bei dem man nicht weiß, auf welcher Seite er steht.«

Matteo wurde reichlich mit Munition und Proviant versehen und verließ Ajaccio gegen Mittag. Als es dunkel geworden war, führte Levié Napoleon auf Schleichwegen zu dem Fischkutter. In Macinaggio ging Napoleon an Land, fand das bereitstehende Pferd und kam am 15. Mai wohlbehalten in Bastia an.

Saliceti besorgte sofort einen Boten, der Letizia folgende Nachricht überbringen sollte: ›Preparatevi, questo paese non è per noi!‹ (›Haltet euch bereit, diese Land ist nicht für uns!‹) Was die Eroberung der Zitadelle von Ajaccio betraf, so äußerte Saliceti zunächst Bedenken, willigte aber schließlich doch ein und stellte Napoleon ein Geschwader zur Verfügung.

Napoleons Unterredung mit seinem Bruder Joseph war weniger erfreulich.

»Ich überblicke die Situation überhaupt nicht mehr«, erklärte dieser, »ich weiß nicht, wie ich entscheiden soll. Sämtliche Versuche, Paoli zu verhaften, sind fehlgeschlagen. Der Alte sitzt in Corte, umgeben von seinen Anhängern, so sicher wie der Fuchs im Bau. Ich bin mit meinen Nerven am Ende. Was meinst du, soll ich als Familienoberhaupt nicht doch besser nach Ajaccio zurückkehren?«

»Nein, du kannst Mama im Moment nicht helfen und würdest wahrscheinlich auch nicht lebend heimkommen.«

Am 17. Mai verließ Napoleon Bastia und segelte mit dem Geschwader in Richtung Ajaccio.

Als am 20. Mai immer noch keine Nachricht von Napoleon eingetroffen war, wurde Letizia unruhig. War er überhaupt bis Bastia gekommen? Hatte man dem Boten aufgelauert? Hatte ihr Sohn Costa benachrichtigen können?

Jeden Morgen nach der Frühmesse blieb sie eine Weile auf dem Domplatz stehen und sah über das Meer in der Hoffnung, die Segel eines französischen Geschwaders würden am Horizont auftauchen. Am 23. Mai ging sie nach der Messe noch ein Stück die Uferstraße entlang und überlegte, ob sie mit ihren Kindern Ajaccio bei Nacht verlassen sollte. Aber wo können wir hin? grübelte sie. Wir müssen durch die Macchia, und dazu brauchen wir einen Führer. Nein, ich werde hierbleiben, weiter auf Nachricht von Napoleon warten und im Notfall das Haus allein verteidigen. Nicolo, Caterina und Saveria sollen zu meiner Mutter gehen, dort sind sie sicher, aber die Kinder werde ich alle zu Hause behalten, vielleicht kommt Costa doch noch. Mein Gott, wie drohend und gehässig mich die Frauen jeden Tag bei der Messe ansehen. Morgen werde ich nicht in den Dom gehen, auch die Kinder sollen daheim bleiben.

Sie sah noch einmal übers Meer und ging dann zurück in die Via Malerba.

Saveria empfing sie aufgeregt: »Signora, Signora, ein Bote aus Bastia kam mit einer Nachricht von Ihrem Sohn, das Billett liegt im Salon.«

Letizia hastete die Treppen hinauf und las wenige Augenblicke später: ›Preparatevi, questo paese non è per noi!‹ Sie würden also Korsika verlassen müssen! Aber Napoleon lebte, dem Himmel sei Dank!

Letizia ging in Carlos Arbeitszimmer, suchte wichtige Dokumente und Urkunden zusammen, holte ihren Schmuckkasten und ging zu ihrem Schwager.

»Es ist soweit, Nicolo, wir müssen uns trennen. Hier sind die wichtigsten Dokumente und mein Schmuck. Geh nach Einbruch der Dunkelheit zu meiner Mutter, dort bist du in Sicherheit – die Witwe Fesch ist für unsere Feinde uninteressant –, und nimm Saveria und Caterina mit. Sage meinem Bruder, er soll zu mir kommen, er ist ebenso in Gefahr wie wir, weil er meine Söhne unterstützt und den Eid auf die Verfassung geschworen hat.«

Nicolo protestierte, aber sie schnitt ihm das Wort ab, und er gab schließlich nach. Auch Catherina war erst nach langem Zureden bereit, mit Nicolo zu gehen, nur Saveria bestand erfolgreich darauf, bei Letizia bleiben zu dürfen. »Wenn Ihnen etwas zustößt, Signora, muß sich jemand um die Kinder kümmern.« Dieses Argument leuchtete Letizia ein.

Am späten Abend erschien der junge Fesch. Er schimpfte über Luciano, aber Letizia ging nicht darauf ein, sondern sagte nur ruhig: »Ich habe dir oben Hosen und Hemden von Carlo hingelegt. Du muß dich umziehen, deine Soutane ist in der Macchia hinderlich.«

»Und was ist, wenn Costa nicht kommt?«

»Er wird kommen.«

Als Letizia am nächsten Morgen das Frühstück vorbereitete, hörte sie Kanonendonner.

»Saveria! Jesus, sollte Napoleon ...«

»Signora, ich laufe rasch zur Zitadelle.« Bereits nach wenigen Minuten kehrte Saveria zurück. »Signora, ein französisches Geschwader beschießt die Zitadelle!«

Das Donnern der Kanonen dauerte bis Mittag, dann herrschte plötzlich Stille. Wieder lief Saveria zur Zitadelle und kehrte niedergeschlagen zurück: »Die französischen Schiffe segeln aufs Meer hinaus, anscheinend ist ihr Angriff fehlgeschlagen.«

In zwölf Stunden läuft die Frist ab, dachte Letizia.

Eine Stunde nach der anderen verrann. Saveria beschäftigte sich mit Hausarbeiten; der junge Fesch, Elisa und Luigi lasen; Letizia versuchte, Paoletta, Annunziata und Girolamo zu beschäftigen, die sich langweilten und murrten, weil sie nicht draußen spielen durften.

Es schlug fünf Uhr. Noch sieben Stunden, fuhr es Letizia durch den Kopf. Wo bleibt Costa? Vielleicht ist er längst in Ajaccio und kommt erst bei Dunkelheit.

Nach dem Abendessen schickte sie ihre drei jüngeren Kinder nach oben in die Schlafzimmer, und während Saveria und Elisa die Läden vorlegten und die Tür verriegelten, stellte sie mit Hilfe von Fesch und Luigi die Gewehre bereit.

Dann saßen sie schweigend im Salon und warteten.

»Ich habe Angst«, flüsterte Elisa ihrem Bruder Luigi zu. Letizia hatte die beiden am Tag vorher über Lucianos Rede und die zu erwartenden Folgen informiert und sie mit der Handhabung der Gewehre vertraut gemacht. »Es ist hier drinnen so stickig, Mama, können wir nicht wenigstens die Tür zur Terrasse öffnen?«

»Nein.«

Es schlug neun Uhr. In einer halben Stunde würde es dunkel sein.

»Elisa, in einer halben Stunde weckst du deine Geschwister und bringst sie herunter«, sagte Letizia. Wir müssen zum Aufbruch bereit sein, wenn Costa kommt.«

Zur selben Stunde versammelten sich auf dem Platz vor dem Bürgermeisteramt die Anhänger von Pozzo di Borgo und Peraldi, bewaffnet mit Gewehren, Pistolen und Dolchen. Im hellerleuchteten Zimmer des Bürgermeisters drängelten sich die männlichen Angehörigen beider Familien. Der Bürgermeister saß hinter seinem Schreibtisch und trommelte nervös auf die Tischplatte. Die Männer tranken Wein und schlossen Wetten ab, ob von der Signora Buonaparte noch eine schriftliche Erklärung eintreffen würde. Je weiter der Zeiger der Uhr vorrückte, desto stiller wurde es im Raum.

Um halb elf klopfte es leise an der Hintertür des Hauses in der Via Malerba. Fesch und Luigi ergriffen die Gewehre und gingen hinaus. Wenig später kamen sie mit Costa und Matteo zurück.

Letizia sprang auf und lief ihnen entgegen: »Jesus, Costa, bist du es wirklich?«

»Signora, ich konnte nicht früher hier sein, es wimmelt überall von Paolisten. Ich weiß nicht mehr, wie viele Tage wir von Bastelica bis hierher gebraucht haben. Ohne Matteo wäre ich bestimmt nicht lebend bei Ihnen angekommen. Ich bringe Sie nach Milelli, dort sind Sie zunächst in Sicherheit. Ihr Sohn will versuchen, die Zitadelle zu erobern. Wenn es nicht gelingt, fährt er zu dem alten Genuesenturm Capitellu. Von Milelli aus soll ich Sie durch die Macchia dorthin führen. Ich habe einige Hirten mitgebracht und natürlich Pferde.«

»Pferde, Costa? Man wird das Hufgetrappel hören, wenn wir die Stadt verlassen.«

»Seien Sie unbesorgt, die Hufe sind mit Lappen umwickelt.«

»Bis Milelli schaffen wir es, Signora, wir haben über eine Stunde Vorsprung vor unseren Verfolgern«, sagte Costa, als sie aus Ajaccio hinausritten.

Paoletta wußte nichts über die Hintergründe der Flucht, aber sie hatte begriffen, daß es wichtig war, so rasch wie möglich nach Milelli zu kommen. Eilig ritt sie zur Spitze des kleinen Zuges. »Costa, höre, es gibt noch einen anderen Weg nach Milelli, Napoleon hat ihn mir vor Jahren einmal gezeigt.« Sie beschrieb ihm die Strecke, Costa überlegte kurz und stimmte dann zu.

Kurz vor Mitternacht erreichten sie das Landgut.

»Sie können ruhig bis zum Morgen schlafen, Signora, ich glaube nicht, daß sie uns in dieser Nacht noch weiter verfolgen werden«, sagte Costa. Aber er beauftragte einen Hirten, die Straße nach Ajaccio zu beobachten.

Drei Stunden später kam der Hirte aufgeregt zur Villa zurück und rüttelte Costa wach. »Sie kommen, ein langer Zug bewaffneter Männer mit Fackeln! In einer Viertelstunde sind sie hier!«

»Belade ein Pferd mit Vorräten!« Costa eilte in den oberen Stock, um die Familie zu wecken. »Wir müssen zu Fuß weiter, Signora. Matteo führt uns auf dem schnellsten und sichersten Weg zum Genuesenturm.«

Wenige Minuten später brach der kleine Zug auf. An der Spitze ging Matteo, Luigi und Elisa folgten, hinter ihnen kam Letizia mit Paoletta und Annunziata, Saveria mit Girolamo, Giuseppe Fesch und als letzter Costa, der das Pferd mit den Vorräten führte.

Matteo umging geschickt alle Dörfer und Gehöfe und führte sie sicher durch Schluchten, dichtes Gestrüpp und über die Moore des Campo dell'Oro. Am 27. Mai gegen Mittag sahen sie endlich den alten genuesischen Wachturm; ein schmaler sandiger Pfad schlängelte sich durch Ginsterbüsche zu der kleinen Anhöhe empor.

Costa öffnete die Eingangstür und betrat einen dunklen, feuchten Raum, in dem es nach Moder roch. Als seine Augen sich an die Dunkelheit gewöhnt hatten, entdeckte er die schmale Eisentreppe, die zur oberen Plattform führte. Er stieg hinauf, untersuchte den Raum und ging dann zu der Gruppe zurück, die draußen wartete.

»Gehen Sie auf die erste Plattform, Signora, dort ist es trocken. Ich glaube nicht, daß Ihre Feinde Sie hier suchen werden, die treiben sich jetzt in Bastelica und Bocognano herum.« Während Letizia und die Kinder vorsichtig die Treppe hinaufstiegen, ging Costa zu Matteo, der das Pferd absattelte. »Wie sieht es mit unseren Vorräten aus, Matteo?«

»Schlecht, vor allem fehlt uns Wasser, die Schläuche sind leer. Es hilft nichts, ich muß nach Ajaccio zurück und Wasser holen, hier gibt es weit und breit kein Gehöft.«

»Wie lange wirst du unterwegs sein?«

»Ich werde am Strand entlang gehen, dann bin ich in ungefähr zwei Stunden in Ajaccio.«

»Gut, halte die Augen und Ohren offen.«

Matteo kam am späten Nachmittag zurück. Er führte ein Maultier mit sich, das mit Wasserschläuchen und Vorratskörben beladen war. »Signor Levié hat mir das Tier und Proviant mitgegeben«, erklärte er Costa, während er die Körbe auspackte. »In der Via Malerba sieht es böse aus. Diese Banditen haben das Haus restlos geplündert, alle Wertsachen mitgenommen, Möbel und Spiegel sind kurz und klein geschlagen, die Bücher haben sie zum größten Teil verbrannt. Mir kamen die Tränen, als ich diese Verwüstung sah. Signor Nicolo und Caterina leben. Der Sohn der Signora hat am Tag unserer Flucht zum zweiten Mal versucht, die Zitadelle zu erobern, es ist ihm wieder nicht geglückt.«

Gefaßt hörte Letizia Matteos Bericht an. »Ich habe nichts anderes erwartet«, sagte sie zu ihrem Bruder. »Nur – Carlos Bibliothek, sie hat ein Vermögen gekostet, ich darf gar nicht darüber nachdenken ... Aber das Wichtigste ist, daß wir bis jetzt alle überlebt haben.«

Die beiden nächsten Tage vergingen in qualvollem Warten auf die französischen Kriegsschiffe. Am Morgen des 30. Mai wurden die Flüchtlinge durch Kanonendonner geweckt. Letizia und Costa liefen auf die oberste Plattform.

»Es ist das Geschwader von neulich, Costa, es ist Napoleone; er beschießt wieder die Zitadelle.«

Costa schüttelte den Kopf. »Reichen ihm zwei erfolglose Versuche denn nicht?«

»Er will das Schicksal zwingen«, sagte Letizia leise zu sich selbst.

Inzwischen waren auch die anderen nach oben gekommen und verfolgten gespannt den Angriff auf die Festung. Die Kanonade dauerte ungefähr eine Stunde, dann zogen sich die französischen Schiffe zurück und segelten wieder hinauf aufs Meer. Entsetzt beobachtete die kleine Gruppe, wie das Geschwader am Horizont verschwand.

»Sie haben uns vergessen«, jammerte Elisa.

»Sei still, Elisa, Napoleone vergißt seine Familie nicht.« Letizia straffte sich und sah unverwandt zum Horizont, als ob sie die Schiffe mit ihrem Blick wieder herbeizaubern wollte. Und plötzlich wurde eine Fregatte sichtbar, die in rascher Fahrt auf den Turm zusegelte und einen halben Kilometer vom Ufer entfernt ankerte. Ein Beiboot wurde heruntergelassen, einige Männer sprangen hinein und ergriffen die Ruder. Ein schlanker junge Offizier stand aufrecht in der Mitte des Bottes und trieb die Ruderer zur Eile an.

»Es ist Napoleone«, rief Letizia, »kommt schnell!« In Windeseile verließen sie den Turm und liefen zum Ufer. Napoleon kam ihnen entgegen. Er schloß Letizia wortlos in die Arme, ging dann zu Costa und Matteo und umarmte sie ebenfalls.

»Das werde ich dir nie vergessen, Costa; ich danke dir, Matteo, ihr habt meine Familie gerettet!« Dann trug er nacheinander seine Mutter, Saveria und seine Schwestern zum Boot, während Fesch, Luigi und Girolamo vorsichtig das Wasser durchwateten.

Costa und Matteo standen am Ufer und sahen zu, wie die Flüchtlinge auf das Schiff kletterten und die Fregatte davonsegelte.

»Und nun?« fragte Letizia, als sie auf dem offenen Meer waren.

»Wir segeln jetzt nach Calvi, dort sind die Einwohner französisch gesinnt und wir werden bei Lorenzo Giubega wohnen können. Ja, und dann müssen wir auf Giuseppe warten. Ich habe mit ihm vereinbart, daß er in Bastia bleibt, bis bekannt ist, was auf dem Volkstag in Corte beschlossen wurde. Der hat gestern stattgefunden.«

Am letzten Maitag gingen sie in Calvi an Land, und Lorenzo Giubega nahm die Flüchtlinge gastfreundlich auf.

Am nächsten Tag begab sich Napoleon zur Zitadelle, besichtigte die Befestigungsanlagen und die Geschütze und unterhielt sich lange mit dem Kommandanten. Bei seiner Rückkehr am Abend war er ernst und in sich gekehrt und lief nachdenklich im Garten der Giubegas auf und ab. Während der folgenden Tage wartete er ungeduldig auf das Familienoberhaupt.

Joseph traf am Abend des 8. Juni in Calvi ein und zog sich sofort mit Letizia und Napoleon zurück.

»Unsere Familie ist in Acht und Bann«, begann er ohne Umschweife. »Auf dem Volkstag wurde beschlossen, daß die Familie Buonaparte aus der korsischen Nation ausgestoßen wird, außerdem hat die Versammlung, unter dem Vorsitz Pozzo di Borgos, Paoli die volle Unterstützung im Kampf gegen Frankreich zugesichert.«

»Es gibt also nur eine Möglichkeit«, sagte Napoleon. »Wir müssen so rasch wie möglich zum französischen Festland.«

»Bist du wahnsinnig, im Mittelmeer wimmelt es von englischen Kriegsschiffen, wie willst du durchkommen?«

»Wir haben keine andere Wahl. Vom Kommandanten der Zitadelle habe ich erfahren, daß Paoli eine Belagerung Calvis plant. Ich habe mir die Befestigungsanlage angesehen – Calvi wird sich höchstens eine Woche halten können. Wenn die Stadt erobert wird und wir den Paolisten in die Hände fallen, bedeutet das den sicheren Tod. Auf dem Meer können wir natürlich den Engländern in die Hände fallen, aber es besteht zumindest eine Chance, daß wir das

Festland erreichen. Aber bitte, du bist das Familienoberhaupt, du entscheidest.«

»Ich bin Zivilist und verstehe nichts von diesen militärischen Dingen.«

Letizia streifte ihren ältesten Sohn mit einem mißbilligenden Blick und wandte sich dann zu Napoleon: »Seit dem Tod unseres Vaters hast du praktisch die Verantwortung für die Familie getragen. Wir konnten uns immer auf dich verlassen; du entscheidest jetzt, wie es weitergehen soll.«

»Also gut, wir verlassen Calvi mit dem nächsten Schiff.«

Napoleon kümmerte sich um einen Fischkutter und besorgte Pässe.

»Wieso habe ich denn einen anderen Namen?« rief Paoletta, als sie den Paß studierte.

»Du hast keinen anderen Namen, er ist nur französisiert. Du heißt ab jetzt Pauline oder Paulette, Annunziata heißt Caroline, aus Luigi wird Louis, aus Girolamo Jérôme, aus Giuseppe Joseph, aus Napoleone Napoleon und aus Luciano Lucien. Nur Mama, Elisa und Saveria behalten ihre Vornamen. Und wir alle heißen jetzt Bonaparte.«

Am 10. Juni 1793 verließ die Familie Bonaparte Korsika und ging nach geglückter Fahrt am 13. Juni in Toulon an Land.

Sie hatten alles verloren: das alte Familienhaus, die Ländereien und Herden, die Sommervillen, das Barvermögen – die Heimat. Ihr einziger Besitz war das, was sie am Leibe trugen.

Im Jakobiner-Klub in Toulon erfuhr die Familie, daß Lucien inzwischen nach St. Maximin gezogen war und dort Arbeit gefunden hatte, mehr war nicht bekannt. Als Postanschrift nannte man ihnen ein Gasthaus. Von Lucien war also zunächst keine Hilfe zu erwarten.

Napoleon fand eine billige Unterkunft in La Valette, einem Dorf außerhalb Toulons, und überließ seiner Mutter alles Geld, das er entbehren konnte, mit dem Versprechen, ihr regelmäßig etwas von dem Sold zu schicken. Bevor er zu seinem Regiment zurückkehrte, das inzwischen in Nizza stationiert war, schrieb er an den Konvent und revidierte seine Verteidigung Paolis: Er habe keine

Kenntnis von der Absicht des Generals gehabt, Korsika den Engländern auszuliefern. Er schrieb auch an Lucien und berichtete ihm über die Ereignisse auf der Insel, die Flucht der Familie, den Verlust des Vermögens.

Lucien antwortete kurz und bündig, er halte es für richtig, die politische Meinung offen zu äußern und dafür einzustehen mit allen Konsequenzen. Unterzeichnet war der Brief mit Brutus Bonaparte. In einer Nachschrift hieß es: ›Ich begrüße die Abschaffung des Christentums durch den Wohlfahrtsausschuß und verzichte deswegen auf meinen christlichen Vornamen‹.

Napoleons lange Abwesenheit von seinem Regiment war in der verworrenen innenpolitischen Lage nicht weiter aufgefallen; er fand bei seiner Rückkehr sogar eine Nachzahlung von 3000 Livres vor, die er sofort seiner Mutter schickte.

Joseph reiste nach Paris, um sich eine Stellung als Jurist zu suchen, und Fesch ging zur Italienarmee, wo er Arbeit als Lagerverwalter fand. Louis begleitete Napoleon nach Nizza.

Letizia versuchte sich im Frankreich des Jahres 1793 einzuleben, wo sie nicht mehr die Signora Buonaparte war, sondern die Bürgerin Bonaparte, die von allen geduzt wurde. Sie vermißte ihren Messebesuch und hatte Schwierigkeiten, sich an den republikanischen Kalender zu gewöhnen – die Einteilung des Monats in drei Dekaden – und die neuen Monatsnamen:

Vendémiaire	(Weinlese)	Brumaire	(Nebel)	Frimaire	(Frost)
Nivôse	(Schnee)	Pluviôse	(Regen)	Ventôse	(Wind)
Germinal	(Sprossen)	Floréal	(Blüte)	Prairial	(Wiese)
Messidor	(Ernte)	Thermidor	(Wärme)	Fructidor	(Frucht)

Jener Kalender, der als ersten Tag der neuen Zeitrechnung den 21. September 1792 (1. Vendémiaire, Jahr I der Republik) festlegte, symbolisierte den neuen innenpolitischen Kurs.

Im Frühjahr hatte der Konvent ein Revolutionstribunal eingesetzt, gegen dessen Entscheidung keine Berufung eingelegt werden konnte. Der öffentliche Ankläger war Fouquier-Tinville. Gleichzeitig entsandte der Konvent Kommissare in alle Departements, die die Verwaltung kontrollieren sollten. Die anhaltende Teuerung, die royalistischen Aufstände in der Vendée und die militärische Lage führten zur Bildung einer neuen Regierung, des Wohlfahrtsausschusses. Dieser Exekutivrat des Konvents wurde am 6. April gegründet und hatte 9 Mitglieder, von denen zwei der radikalen Bergpartei angehörten, er arbeitete geheim und besaß uneingeschränkte Vollmachten.

Im Laufe des Sommers spitzte sich der Gegensatz zwischen den gemäßigten Girondisten und der radikalen Bergpartei immer mehr zu. Am 13. Juni beschlossen einige geflohene Girondeführer den Bürgerkrieg, der bald ganz Frankreich erfaßte. In den großen Städten Lyon, Marseille, Bordeaux, Toulon übernahm die Gironde die Führung. Aber die Pariser Regierung behauptete sich und eroberte allmählich alle Städte zurück, bis auf Toulon, das am 27. August von den Engländern erobert wurde.

Einen Monat vorher, am 27. Juli, war Robespierre Vorsitzender des Wohlfahrtsausschusses geworden. Er war Idealist, ein Anhänger Rousseaus und überdies ein geschickter, unbestechlicher Politiker, der seine Position allmählich zur Diktatur ausbaute, die ab September 1793 in die ›Herrschaft des Schreckens‹ einmündete. Am 23. August beschloß der Konvent die ›Levée en masse‹, die allgemeine militärische Dienstpflicht. Am 27. August erließ der Wohlfahrtsausschuß das ›Gesetz gegen die Verdächtigen‹. Dadurch wurden der Regierung Prozesse gegen die Personen ermöglicht, die sie los sein wollte. Anfang Oktober befanden sich etwa 2 400 Personen in Pariser Gefängnissen, bis Dezember stieg die Zahl auf 4 525, auch in großen Städten wie Bordeaux und Marseille begann sich die Schreckensherrschaft auszubreiten.

Am 12. Oktober mußte Marie-Antoinette, die Witwe Capet, vor dem Revolutionstribunal erscheinen, am 16. Oktober wurde sie hingerichtet, am 7. November bestieg Philippe Egalité das Schafott.

Die Männer, die Frankreich regierten, einte der Glaube, daß das Republikanertum das Gute, alles andere böse sei und daher verschwinden müsse. Saint-Just sagte: »Was die Republikaner ausmacht, ist die vollständige Vernichtung dessen, was gegen sie ist.«

Nachdem der englische Admiral Hood Toulon erobert hatte, floh Letizia mit ihren Kindern nach Norden, zunächst nach Beausset und dann nach Reonnes. Ihre Lage besserte sich, als Joseph mit

Hilfe Salicetis im September Kommissar in Marseille wurde. Er sorgte dafür, daß seine Familie im beschlagnahmten Haus eines Emigranten zwei Zimmer bekam, außerdem die Soldatenrationen an Brot, Fleisch, Gemüse, Salz und Brennholz.

Pauline, Caroline und Jérôme besuchten wieder regelmäßig die Schule, lernten rasch die fremde Sprache, und Letizia verfolgte den Unterricht, um ihr Französisch zu verbessern.

Der Artilleriekommandeur der Italienarmee war Jean du Teil, ein Bruder des Generals, dem Napoleon in Auxonne durch seine militärische Begabung aufgefallen war. Jean du Teil hatte vom Talent des jungen Mannes gehört und schickte ihn nach Avignon, um Nachschubtrupps für die Italienarmee zu organisieren. Napoleon konnte den Auftrag wegen der innenpolitischen Lage zunächst nicht ausführen und verbrachte die unfreiwillige Wartezeit mit der Niederschrift einer Broschüre, betitelt *Le Souper de Beaucaire (Das Nachtmahl von Beaucaire).* In diesem politisch-philosophischen Traktat plädierte er für die Beendigung des Bürgerkrieges, verurteilte die Aufständischen und bekannte sich eindeutig zum Konvent. Er ließ die Broschüre auf eigene Kosten drucken und verteilen.

Zufällig las Saliceti die Abhandlung und war so beeindruckt, daß er dafür sorgte, daß Napoleon als Artilleriekommandeur der Armee zugeteilt wurde, die Toulon belagerte.

Diese Belagerung hatte bisher einen unglücklichen Verlauf genommen, weil der Oberbefehlshaber Carteaux kein Berufssoldat war. Napoleon, inzwischen zum Major befördert, legte Carteaux einen fertigen Eroberungsplan vor, den dieser ablehnte.

Wochen vergingen, es wurde November. Mitte des Monats übernahm endlich ein Berufssoldat, Dugommier, das Oberkommando und ließ Napoleon freie Hand bei seinen Operationen. Am 19. Dezember 1793 wurden die Engländer aus Toulon vertrieben.

Dugommier schrieb an den Kriegsminister: ›Ich finde keine Worte, um Bonapartes Verdienste zu beschreiben. Großes technisches Geschick, ein gleich hoher Grad von Intelligenz und ein Übermaß an Tapferkeit – da haben Sie eine blasse Skizze des vortrefflichen Offiziers ...‹

Am 23. Dezember wurde Napoleon zum Brigadegeneral befördert, sein Jahreseinkommen belief sich nun auf 15 000 Livres. Die Familie in Marseille jubelte, als diese Nachricht eintraf.

Am 31. Dezember kamen Napoleon und Louis in Marseille an.

Pauline umarmte ihn stürmisch. »General, du bist wirklich General! Ich kann es kaum glauben!« Sie ließ ihn los, trat einen Schritt zurück und sagte voller Bewunderung und Ehrfurcht: »General Bonaparte!«

Er lächelte belustigt über ihre Freude und meinte dann: »Na, kleine Hexe, der militärische Rang ist schön und gut, aber genauso erfreulich ist mein Einkommen. Wir beide gehen jetzt in die Stadt und kaufen grüne Seide und weiße Spitzen für dich, und Mama soll dir dann ein elegantes Kleid schneidern. Ich nehme an, du kennst inzwischen die Geschäfte und weißt, wo man gute Seide bekommt? Geld spielt keine Rolle mehr.«

Pauline dachte einen Moment nach. »Gute Seide? Ja, gehen wir zum Seidenhändler Clary.«

XIV

François Clary war ein reicher Marseiller Seidenhändler, der im Laufe der Jahre ein Vermögen erwirtschaftet hatte, das ihm einen luxuriösen Lebensstil erlaubte. Am Stadtrand von Marseille bewohnte er eine geräumige Villa inmitten eines Parks, der im englischen Stil angelegt war; er besaß Sommervillen an der Küste, fuhr vierspännig über Land, gab Abendgesellschaften und unterhielt freundschaftliche Beziehungen zum ortsansässigen Adel. Er war ein typischer Vertreter des wohlhabenden, aufgeklärten, königstreuen Bürgertums. Als die Revolution ausbrach, begrüßte er die Reformpolitik Mirabeaus, aber die weitere Entwicklung nach dessen Tod ernüchterte ihn. Er verurteilte die Hinrichtung des Königs, stand der neuen Republik ablehnend gegenüber und blieb innerlich Royalist. Bis zu Beginn des Jahres 1794 führte er ein glückliches Familienleben. Er liebte seine Gattin aufrichtig, was ihn nicht hinderte, sie gelegentlich diskret zu betrügen. Cathérine Marcelle Clary war eine Dame – zum Leidwesen ihres Gattens nicht nur im Salon, sondern auch im ehelichen Schlafzimmer.

Madame Clary war Mitte vierzig, aber wer sie zum ersten Mal sah, hielt sie für jünger. Sie war mittelgroß, vollschlank, in ihr brünettes Haar hatte sich noch keine graue Strähne eingeschlichen; ihre Haut war glatt, und die ersten Fältchen überschminkte sie sehr geschickt. Bei ihrer Garderobe achtete sie auf schlichte Eleganz und feinste Stoffe in gedämpften Farben.

Von ihren Kindern hatten nur vier die ersten Jahre überlebt: Etienne, inzwischen fünfundzwanzig, die drei Jahre jüngere Julie, der zwanzigjährige François und die sechzehnjährige Désirée.

Die Söhne, beide noch ledig, waren stattliche, gutaussehende junge Männer, die ihren Vater im Kontor unterstützten; die Töchter beschäftigten sich mit Handarbeiten, Musizieren und leichter Lektüre. Wenn sie sich sehr langweilten, halfen sie im Geschäft und berieten die Kunden bei der Wahl der Stoffe. Beide Mädchen waren glänzende Partien, ihr Vater hatte für jede Tochter eine Mitgift von 100 000 Livres festgesetzt. Aber es verging ein Jahr nach dem anderen, und Julie wartete immer noch auf den passenden Ehemann. Sie war weder schön noch anziehend, ihre Figur klein und unterentwickelt, die Haut ungesund, die Nase unförmig, die Augen groß, rund und hervorquellend. Wer sie näher kennenlernte, entdeckte, daß sie gut und klug war, energisch und zärtlich zugleich. Julie trat meist ruhig und besonnen auf, aber wenn sie hin und wieder lebhaft wurde, konnte sie recht geistreich sein.

Ihre jüngere Schwester hingegen war temperamentvoll, lustig, neigte zu spontanen Gefühlsausbrüchen und war manchmal etwas vorlaut. Désirée war klein und zart gebaut, sie hatte schwarze, sanfte Augen, eine Stupsnase und ein ovales Gesicht mit hellem, glattem Teint. Als ihr Vater merkte, daß sie musikalisch war und eine angenehme Sopranstimme besaß, erlaubte er ihr, Gesangsunterricht zu nehmen.

»Désirée kommt allmählich ins heiratsfähige Alter«, sagte er hin und wieder zu seiner Gattin, »über kurz oder lang wird sie ernsthaft umworben werden, nur, was ist mit Julie? Sie muß zuerst verheiratet werden, aber je älter sie wird, desto geringer werden ihre Chancen.«

»Julie könnte längst verheiratet sein, wenn Sie nicht so anspruchsvoll wären, François«, erwiderte Madame Clary mit leicht gereiztem Unterton.

»Meine liebe Cathérine, ich kann nicht anspruchsvoll genug sein, was meine künftigen Schwiegersöhne betrifft; ich bin nicht bereit, meine Töchter irgendwelchen armen Schluckern zu geben. Meine Schwiegersöhne müssen vermögend sein, dann bleibt die Mitgift meinen Töchtern erhalten, und sie gewinnen eine gewisse Unabhängigkeit.«

»Ja, da haben Sie wohl recht«, pflichtete ihm seine Gattin bei und wechselte das Thema. Julies Ehelosigkeit war ein wunder Punkt, an den sie lieber nicht rühren ließ.

Seit Beginn der republikanischen Zeitrechnung waren die Sonn- und Feiertage abgeschafft. François Clary jedoch hielt im häuslichen Kreis an den christlichen Traditionen fest, und so versammelte sich die Familie am Abend des 1. Januar 1794 im Eßzimmer zum Neujahrsdiner. Der Hausherr betrachtete stolz Gattin und Töchter in ihren seidenen Kleidern und den festlich gedeckten Tisch mit dem Tafelsilber und dem Sèvres-Porzellan.

Der Neujahrsabend verlief genauso wie in früheren Jahren: Der Hausherr hielt eine kleine Rede, blickte zurück auf das vergangene Jahr und schloß mit Glückwünschen für 1794. Dann umarmte er Gattin und Kinder und überreichte jedem das Neujahrsgeschenk. Madame Clary erhielt einen mit Brillanten besetzten Schildpattkamm und einen Pompadour aus schwarzer Seide, der mit echten Perlen bestickt war; Etienne bekam einen Toilettenkoffer aus schwarzem Ebenholz mit Silberbeschlägen für künftige Geschäftsreisen, François neue Pistolen mit allem Zubehör und Julie lange Perlenohrringe und die Partitur von Mozarts *Requiem*, sie hatte eine Vorliebe für traurige, getragene Melodien. Für seine Lieblingstochter Désirée hatte François Clary ein dreireihiges Perlenarmband anfertigen lassen.

»So, meine Kleine, und hier habe ich noch ein Geschenk für dich, das soll dir weiterhelfen, wenn du Kummer hast.«

Neugierig öffnete Désirée das Päckchen. Ein in schwarzes Leder gebundenes Buch mit goldenem Verschluß kam zum Vorschein, auf dem in Goldschrift stand: *Mein Tagebuch.*

»Ich danke Ihnen, Papa, aber was soll ich denn hineinschreiben?«

Ihr Vater lächelte. »Warte nur ab, das Leben liegt noch vor dir.«

Der Hausherr wurde natürlich auch beschenkt. Seine Gattin überreichte ihm eine goldene Tabatière mit ihrem Portrait, von den Söhnen bekam er Fachliteratur über Ökonomie und von den Töchtern einen Schlafrock aus chinesischer Seide, den sie selbst genäht hatten.

Anschließend wurde das traditionelle Neujahrsdiner serviert: Bouillabaisse, dann eine Marseiller Spezialität, *Les pieds et paquets* (Füße und Pakete): zu kleinen Paketen zusammengeschnürte Innereien des Hammels, die mit Speck gespickt, mit Knoblauch und Zwiebeln gewürzt und eine ganze Nacht in Weißwein gekocht wurden.

Man unterhielt sich über die Abendgesellschaft, die die Clarys alljährlich zur Karnevalszeit gaben.

»Ich weiß nicht, meine Liebe, ob wir überhaupt einen Maskenball geben sollen. Selbst wenn wir nur wenige zuverlässige Leute einladen – das spricht sich schnell herum, und schon verdächtigt man uns als Anhänger der christlichen Religion und zitiert uns vor das Revolutionstribunal.«

»Sehen Sie die Lage nicht zu pessimistisch? Im vergangenen Jahr haben wir keinen Karneval gefeiert wegen der Hinrichtung des Königs. Aber ich sehe nicht ein, daß wir auf alle Vergnügungen verzichten sollen, nur weil in Paris die Tugendapostel regieren.«

François Clary seufzte: »Ja, in unserem Land regiert der Schrecken. Ich werde noch einmal über die Sache nachdenken.«

»Ich müßte Ihre Entscheidung bald wissen, wegen der Kostüme.«

»In drei Tagen, meine Liebe, das verspreche ich.« Er wandte sich liebevoll an seine Jüngste: »François hat mir erzählt, daß du gestern im Geschäft fleißig Kunden beraten hast.«

François überwachte Verkauf und Personal im Marseiller Geschäft, das allerdings mehr eine Nebeneinnahmequelle war; die wichtigsten Kunden waren im Ausland, in Italien, Deutschland und der Türkei.

Désirée strahlte. »O ja, Papa, wir hatten gestern viel zu tun. Stellen Sie sich vor, ich habe sogar einen General bedient! Er wurde von einem jungen Mädchen begleitet, für das er grüne Seide und weiße Spitze kaufen wolle. Ich habe sie gut beraten und einen Farbton ausgewählt, der genau zur Haarfarbe des Mädchens gepaßt hat; und ich habe cremefarbene Spitzen zu diesem Grünton empfohlen, weiß wirkte so hart. Als ich anfing, abzumessen, mußte ich lachen; der General sagte zwei- oder dreimal: ›Das ist zu wenig, Bürgerin, messen Sie noch ein paar Meter dazu‹, auch von den Spitzen konnte er nicht genug bekommen. Diese Stoffmenge, die er gekauft hat, reicht für zwei Kleider, und es bleibt noch etwas übrig!«

»Die junge Dame war übrigens auffallend hübsch«, sagte François. »Und ihr Gang! Sie bewegte sich wie eine Nymphe! Ist dir das nicht aufgefallen, Désirée?«

»Nein, ich fand den General interessanter. Er war noch jung, Papa, aber er wirkte gar nicht jugendlich; er machte so ein ernstes, nachdenkliches Gesicht, aber irgendwie interessant.«

Ihr Vater lächelte belustigt und wandte sich dann zu seiner älteren Tochter: »Nun, Julie, hast du auch interessante männliche Kunden bedient?«

»Nein, Papa, zumindest war kein General darunter. Ich achte auch nicht besonders darauf, wen ich berate und wie Kunden auf mich wirken.«

»Das ist ein Fehler, mein Kind; du solltest, gerade im Geschäft, die Augen offenhalten.«

Später wurde im Salon der Kaffee serviert, und Désirée sang einige Lieder. Am 1. Januar 1794 waren die Clarys eine glückliche, intakte Familie.

Drei Tage später wurde Etienne im Morgengrauen verhaftet. Als François Clary nach den Gründen für die Inhaftierung forschte, wurde er von einem Beamten belehrt: »Bürger Clary, dein Sohn wurde gemäß Artikel zwei des Gesetzes über die Verdächtigen verhaftet. Dort heißt es: Als verdächtige Personen gelten alle, die sich durch ihr Verhalten oder ihre Beziehungen, oder durch mündlich oder schriftlich geäußerte Ansichten als Parteigänger der Tyrannen und Feinde der Freiheit zu erkennen gegeben haben.«

Mit dieser Auskunft mußte sich Clary zufriedengeben. Während der folgenden Tage stürzte er sich in die Arbeit, um nicht ständig an Etienne zu denken. Aber oft legte er den Gänsekiel zur Seite und blickte abwesend auf die Zahlen in seinen Rechnungsbüchern. Wer von meiner Familie wird als nächster verhaftet? dachte er. François? Ich? Oder gar meine Frau und meine Töchter?

Etwa zwei Wochen nach Etiennes Verhaftung wurden Familie und Hauspersonal nachts durch einen Schuß geweckt, der offensichtlich aus dem Zimmer des jüngeren Sohnes kam. Man eilte hinauf und fand François tot in seinem Sessel, aus der Wunde am Kopf sickerte Blut. Entsetzt starrte François Clary auf seinen Sohn und sah dann hilflos zu seiner Gattin, den Töchtern, der Dienerin Marie, dem Diener Pierre. Sein Blick wanderte weiter zur Köchin, der jungen Küchenmagd, den beiden Dienstmädchen. Dann entdeckte er den Brief, der auf dem Tisch lag, und öffnete ihn. Der Sohn bat seine Eltern um Vergebung; er setze seinem Leben ein Ende, weil er befürchte, verhaftet zu werden und unendliche Angst vor dem Gefängnis, dem Tribunal und der Hinrichtung habe.

Der Selbstmord seines Sohnes und das ungewisse Schicksal Etiennes waren zuviel für François Clary. Am 20. Januar erlag er einem Herzschlag. Einige Wochen später wäre er fünfzig Jahre alt geworden.

Nachdem Cathérine Clary den ersten Schock über die beiden Todesfälle überwunden hatte, wurde ihr Denken und Handeln nur von einem Gedanken beherrscht: der Freilassung Etiennes. Er durfte nicht hingerichtet werden! Sie suchte Rat bei guten Freunden, deren politische Zuverlässigkeit über jeden Zweifel erhaben war, aber die waren genauso hilflos und verängstigt wie sie. Einer gab ihr schließlich den Rat, den neuen Kriegskommissar aufzusuchen und ihm den Fall vorzutragen. »Sein Name ist Joseph Bonaparte, er scheint kein fanatischer Jakobiner zu sein und gilt als besonnen und vernünftig; er hat gute Beziehungen zu Stanislas Fréron, der zur Zeit die Stadt beherrscht, und zu dem Konventsabgeordneten Saliceti. Außerdem ist Augustin Robespierre, der jüngere Bruder des Diktators, ein guter Freund des Generals Bonaparte, der irgendwie mit dem Kriegskommissar verwandt ist. Sie haben vielleicht gehört, daß der General Bonaparte bei der Eroberung Toulons eine entscheidende Rolle gespielt hat.«

Cathérine Clary interessierte sich nicht sonderlich für die Ereignisse auf dem Kriegsschauplatz und hatte nichts von dem legendären General gehört, aber sie beschloß, den Kommissar Bonaparte aufzusuchen.

Joseph empfing sie freundlich und behandelte sie mit ausgesuchter Höflichkeit. Madame Clary war überrascht: Ein Jakobiner mit aristokratischen Manieren, so etwas gibt es also! dachte sie erstaunt. Sie begann zögernd zu erzählen, und Joseph hörte ihr geduldig zu. Erinnerte ihn die Witwe Clary an seine Mutter? Dachte er an die Verfolgung seiner Familie durch Paoli? Jedenfalls versprach er, alles in seiner Macht Stehende zu tun, damit Etienne freikomme.

Die folgenden Wochen verbrachte Madame Clary zwischen Zweifel und Hoffnung. Sie verließ das Haus nur noch für kurze Spaziergänge im Park, meistens in Begleitung von Désirée, die nicht wiederzuerkennen war. Sie sang und lachte nicht mehr, schlich bedrückt im Haus umher und verbrachte viele Stunden in ihrem Zimmer, wo sie Seite um Seite des Tagebuchs füllte und sich ihren Kummer von der Seele schrieb.

Ihre Schwester versuchte, sich durch Arbeit abzulenken. Sie hatte nach dem Tod des Bruders dessen Platz im Geschäft eingenommen und fuhr nun jeden Tag in die Stadt, beaufsichtigte das Verkaufspersonal, überprüfte die Einnahmen und kontrollierte die Lagerbestände. Julie fühlte sich wohl bei dieser Tätigkeit. Endlich hatte sie eine sinnvolle Aufgabe.

Der Februar verging, es wurde März, und noch immer hatte die Familie keine Nachricht über Etienne. Er schien noch zu leben, jedenfalls wußte Marie nichts Gegenteiliges zu berichten, wenn sie aus der Stadt zurückkehrte. Sie begleitete die Köchin jeden Tag beim Einkaufen und ging bei dieser Gelegenheit immer zum Rathaus und studierte das Plakat mit den Namen derer, die an diesem Tag hingerichtet werden sollten. »Gott sei Dank, Clary war nicht dabei«, sagte sie dann zu der Köchin, die im Wagen wartete.

Der Kutscher trieb die Pferde an; eine Fahrt durch Marseille war in jenen Wochen alles andere als angenehm. In den Straßen begegnete man Karren mit Verurteilten, auf dem Richtplatz ragte drohend die Guillotine auf. Marie schloß jedes Mal die Augen und hielt sich die Nase zu, wenn die Kutsche über den Platz rumpelte. Sie wollte das Schafott mit dem blutverschmierten Fallbeil nicht sehen, und von dem abgestandenen, säuerlichen Blutgeruch wurde ihr übel. Die Köchin war nicht so empfindlich, aber auch ihr war unheimlich zumute, wenn sie den menschenleeren Platz sah, der früher so lebendig gewesen war, und die geschlossenen Läden vor den Fenstern.

An einem Abend Mitte März, die Clarys saßen bei der Suppe, klopfte es an der Tür. Madame Clary und ihre Töchter fuhren zusammen und sahen sich erschrocken an; es war ungewöhnlich, daß um diese Zeit Besuch kam. Sie hörten, wie Marie zur Tür eilte und einen Schreckensruf ausstieß. Cathérine Clary lief hinaus und glaubte ihren Augen nicht zu trauen: Etienne kam ihr durch das Vestibül entgegen, gesund und wohlbehalten.

Wortlos umarmte er Mutter und Schwestern, dann führte Madame Clary ihn ins Speisezimmer zum Platz des verstorbenen Vaters.

»Ab heute sollst du hier sitzen, Etienne, du bist jetzt unser Familienoberhaupt.« Ihre Stimme zitterte ein wenig, aber sie beherrschte sich. »Hast du meinen Brief erhalten?«

Etienne nickte. »Ja, ich weiß, was hier im Januar passiert ist.«

Sie füllte seinen Teller mit Basilikumsuppe und goß ihm Rotwein ein. Er trank das Glas in einem Zug leer und löffelte hungrig die heiße Pistou. Dann lehnte er sich zurück, betrachtete die gespannten Gesichter seiner Mutter und der Schwestern und erzählte: »Kurz nach sieben Uhr kam der Aufseher in meine Zelle, die ich mit sechs anderen Gefangenen teilte, und rief meinen Namen. Im ersten Augenblick dachte ich, jetzt ist es soweit, jetzt muß du vors Tribunal, aber dann fiel mir ein, daß diese Aufforderung später am Abend im Gefängnishof erfolgt. Nach einem endlosen Marsch treppauf und treppab öffnete der Aufseher eine Tür und ließ mich eintreten, in ein behagliches Zimmer. Vor dem Schreibtisch stand ein jüngerer, gutaussehender Mann, der mich freundlich begrüßte und sich als Bürger Kriegskommissar Bonaparte vorstellte. Ja, und dann sagte er: ›Du bist frei, Bürger Clary, du kannst zu deiner Familie zurückkehren.‹

Diese beiden Sätze werde ich nie vergessen. Es dauerte eine Weile, bis ich mich von meiner Überraschung erholt hatte; ich dankte ihm, der Aufseher begleitete mich hinaus. Ich kam mir vor wie in einem Traum. Erst auf der Fahrt hierher begriff ich, was geschehen war. Es ist ein Wunder! Ich würde zu gerne über die Hintergründe meiner Freilassung erfahren.«

»Das ist eine lange Geschichte, Etienne ...« sagte seine Mutter.

»Etienne«, unterbrach Désirée, »du hast deine Befreiung Mama zu verdanken! Sie war bei diesem Bürger Bonaparte und hat ihn gebeten, sich für dich einzusetzen, weil er so gute Beziehungen hat.«

»Désirée«, mahnte Madame Clary ärgerlich, »sei nicht so vorlaut. Und wie oft soll ich dir noch sagen, daß du das Brot nicht in die Suppe brocken sollst. Das ist unfein.«

Das Mädchen senkte beschämt die Augen. »Verzeihung, Mama.«

Julie sah ihre Schwester streng an. »Aus dir wird nie eine Dame werden.«

»Ich lege auch gar keinen Wert darauf«, erwiderte Désirée trotzig. »Wenn ich eine Dame werde wie du, bekomme ich vielleicht keinen Ehemann.«

»Du bist gemein!« rief Julie und brach in Tränen aus.

»Kinder, um Himmels willen, was ist denn los? Was soll dieser Streit ausgerechnet heute, wo Etienne wieder bei uns ist! Erzähle weiter!« forderte sie ihren Sohn auf.

»Am schlimmsten war die Ungewißheit, wann man vor dem Tribunal erscheinen muß. Jeden Abend gegen zehn Uhr ertönte eine Glocke, und alle Gefangenen mußten in dem von Fackeln erleuchteten Hof antreten. Und dann kam jener entsetzliche Moment, in dem die Namen derer vorgelesen wurden, die an diesem Abend vor das Tribunal kamen. Die Zahl der Aufgerufenen schwankte, es waren meistens fünf bis acht, manchmal nur drei, manchmal auch ein Dutzend, die abgeführt wurden, und man wußte genau, daß man sie nie mehr sehen würde. Nach der Verhandlung brachte man sie in die Todeszelle, am nächsten Morgen mußten sie den Karren besteigen, der sie zum Schafott fuhr.«

Etienne schwieg und sah eine Weile nachdenklich vor sich hin.

»Jetzt müssen die großen Städte büßen, die sich seinerzeit gegen den Konvent erhoben haben«, fuhr er dann fort. »Es hat den Anschein, daß bei uns in Marseille, aber auch in Lyon und Bordeaux, die Präsidenten der Jakobiner-Klubs besondere Fanatiker sind, hundertprozentige Republikaner und Anhänger der Volksherrschaft, die behaupten zu wissen, was der allgemeine Wille ist. Mein Gott, an eine derartige Interpretation hat Rousseau bestimmt nicht gedacht, als er im *Gesellschaftsvertrag* seine Lehre vom Gemeinwillen entwickelte. Aber sein Werk ist nun mal die Bibel der Jakobiner, und sie nutzen seine Theorie für ihre Zwecke. Rousseaus Gedanke, daß der Gemeinwille notfalls mit Zwang durchgesetzt werden muß, ist für sie die moralische Legitimation der Herrschaft des Schreckens. In kleineren Orten scheint der Terror nicht so zu wüten. Einer meiner Mitgefangenen erzählte, daß in Saint-Maximin noch keine einzige Hinrichtung stattgefunden hat, obwohl der Präsident des dortigen Jakobiner-Klubs auch ein überzeugter Republikaner ist. Bisher hat er es bei Verhaftungen bewenden lassen.«

Einige Tage später saßen Etienne und seine Mutter nach dem Abendessen im Salon. Cathérine Clary blätterte in einem Modejournal, Etienne beschäftigte sich mit den Rechnungsbüchern. Nach einer Weile sagte er: »Nun, Mama, während ich im Gefängnis war, hat die Firma keinen Gewinn gemacht, aber wir haben Gott sei Dank auch keine Verluste erlitten. Julie hat sich gut eingearbeitet, aber auf die Dauer ist das für eine Frau keine Beschäftigung. Ich will mich in den nächsten Tagen nach einem zuverlässigen Mitarbeiter umsehen.«

»Julie hat die Arbeit gefallen, aber sie sollte sich wirklich mehr häuslichen Dingen zuwenden. Übrigens, wolltest du nicht Erkundigungen über die Bonapartes einziehen?« Sie legte das Journal zur Seite.

»Ja, und ich habe auch einiges erfahren. Es ist eine korsische Familie, die wegen politischer Querelen, Sippenfehden oder dergleichen vor Paoli fliehen mußte; das war im letzten Sommer. Sie haben eine Zeitlang hier in Marseille gelebt, sind aber vor einigen Wochen nach Antibes gezogen. Mein Retter ist der Bruder des Generals, der Toulon eroberte. Er hat Rechtswissenschaft studiert und den Doktortitel erworben. Unter der Hand habe ich erfahren, daß er und Saliceti Mitglieder der Freimaurerloge *Parfaite Sincérité* sind. Auf Korsika haben die Bonapartes zum Adel gehört. Also, alles in allem, eine honorige Familie, die durch die politischen Verhältnisse arm geworden ist, weiß Gott kein Einzelfall in der heutigen Zeit! Ja, und das Wichtigste: Die Bonapartes haben gute Beziehungen zu einflußreichen Leuten. Aus diesem Grund will ich den Kontakt zu dieser Familie pflegen; die jetzige Revolutionsregierung und die Herren Robespierre und Saint-Just werden uns wohl noch einige Jahre erhalten bleiben.

Ich möchte demnächst Joseph Bonaparte zu einem kleinen

Abendessen einladen, ganz *en famille*, sozusagen als bescheidener Dank für seine Bemühungen um meine Freilassung. Was meinen Sie dazu?«

»Du hast recht, in diesen Zeiten kann man nur überleben, wenn man die entsprechenden Verbindungen hat. Wir werden ihn für Anfang April zu uns bitten, ich meine natürlich Mitte Germinal – schrecklich, dieser neue Kalender! Was könnte ich anziehen? Ein schlichtes Kleid, aber auch nicht zu einfach ... Vielleicht das hellgraue Taftkleid mit dem schwarzen Spitzenbesatz? Und das Diner? Was meinst du, Etienne? Als Vorspeise Artischocken im Würzbad, als Zwischengericht überbackene Muscheln, eventuell mit Aioli, dann Lammragout mit Auberginen und überbackene Kartoffeln, Käse und Obst.«

»Ja, ja, Mama, die Speisenfolge überlasse ich völlig Ihnen.«

Am Abend des 1. April ging Joseph zum ersten Mal die von Pinien gesäumte Auffahrt entlang zur Villa der Clarys. Wie großzügig alles angelegt ist, dachte er, dagegen ist unser Familienhaus in der Via Malerba fast ärmlich! Aber hier sind die Lebensverhältnisse eben anders als auf Korsika.

Marie öffnete und führte ihn durch das Vestibül zum Salon. Etienne ging dem Gast entgegen und begrüßte ihn herzlich. Joseph überreichte der Dame des Hauses und den Töchtern Konfekt, für Etienne hatte er einen guten alten Kognak besorgt.

Madame Clary stellte ihre Töchter vor. Julie war in Lindgrün gekleidet, eine Farbe, die ihr gut stand; Désirée hatte sich für Altrosa entschieden. Beide Mädchen trugen keinen Schmuck, statt dessen waren einige Narzissen kunstvoll in die Haare geflochten. Nicht übel, dachte Joseph beim Anblick der Schwestern, die jungen Damen wirken frisch und natürlich, allerdings ist diese Désirée weitaus anziehender als die Schwester; sie scheint auch lebhafter und ungezwungener zu sein.

»Trinken Sie ein Glas Tokaier, Monsieur Bonaparte?«

»Ja, gern.«

Etienne goß ein. »Dieser Wein ...« Er unterbrach sich, hüstelte und fuhr dann fort, »diesen Wein verdanke ich Geschäftsbeziehungen.«

Oh, mein Gott, dachte er, jetzt wäre mir aber beinahe etwas herausgerutscht, und das bei einem republikanischen Kommissar! Er hatte sagen wollen: ›Dieser Wein ist der Wein der Könige!‹

Man trank auf das Wohl des Gastes. Madame Clary und ihr Sohn waren übereingekommen, so zu tun, als seien ihnen Josephs Herkunft und seine Familie gänzlich unbekannt. Die Dame des Hauses eröffnete die Konversation.

»Ihr Name, Monsieur Bonaparte, klingt italienisch – ist Ihre Familie in Italien beheimatet?«

»Ja, Madame Clary, meine Vorfahren stammen aus der Toskana und übersiedelten erst im sechzehnten Jahrhundert auf die Insel Korsika.« Und dann erzählte Joseph von den Bonapartes, den Collaltos, den Ramolinos, der Familie di Pietra Santa.

Etienne und seine Mutter hörten interessiert zu. Eine adelige Familie! dachte Madame Clary, zwar arm, aber von Adel! Und wir? Wir sind reich, aber was hat uns dieser Reichtum bisher gebracht? Vor 1789 gehörten wir trotzdem nur zum Dritten Stand, der keine Privilegien besaß. Und jetzt? Jetzt wird Gleichheit gepredigt, und wir gehören zu den Verdächtigen wegen unseres Reichtums.

Im Gegensatz zu ihrer Mutter fand Désirée die Familiengeschichte der Bonapartes nicht sonderlich interessant. Sie nippte an ihrem Glas und beobachtete Joseph, seine Haltung, Gebärden, seine Sprechweise. Er ist langweilig, dachte sie, er ist genauso langweilig wie die Marseiller Kaufmannssöhne. Ein Mann muß aufregend sein! Hoffentlich kommt bald Marie und wir können essen. Mühsam unterdrückte sie ein Gähnen.

Ihre Schwester hingegen fand Joseph bezaubernd. Er sieht gut aus, dachte sie, seine Kleidung, überhaupt seine äußere Erscheinung ist sehr gepflegt, er spricht ein elegantes Französisch, er hat feine Manieren – einen Mann wie ihn habe ich mir immer als Ehemann gewünscht. Ob ich ihm gefalle? Hoffentlich sitzt die Frisur noch. Und wenn er mich anredet, darf ich nicht erröten.

Endlich meldete Marie, daß angerichtet war, und die kleine Gesellschaft ging hinüber ins Speisezimmer.

»Warum mußten Sie Korsika verlassen?«

»Ja, das war so ...« Und während man Artischocken und überbackene Muscheln speiste, erzählte Joseph von den politischen

Verhältnissen auf Korsika, den Differenzen zwischen Paoli und seiner Familie, von Lucianos Rede in Toulon und von der Flucht.

»Glauben Sie, daß Ihre Familie noch einmal nach Korsika zurückkehren wird?«

»Nein, zumindest nicht, solange dort Paoli und Pozzo di Borgo das Sagen haben. Außerdem sind ja zu Beginn des Jahres englische Truppen auf Korsika gelandet, und Paoli ist augenblicklich Gouverneur von Englands Gnaden; wahrscheinlich hatte er sich die Unabhängigkeit so nicht vorgestellt.«

»Ich verstehe nicht, warum unsere Regierung Korsika kampflos den Engländern überläßt.«

»Nun, die französischen Truppen werden bei der Westarmee, am Rhein und bei der Alpenarmee benötigt. Aber mein Bruder Napoleon deutete neulich an, daß die Rückeroberung Korsikas geplant ist.«

Inzwischen war das Lammragout serviert worden, und während Etienne Burgunder einschenkte, kam seine Mutter endlich dazu, Joseph nach seiner Familie zu fragen.

»Wo lebt denn Ihre Frau Mutter?«

»In Antibes. Als mein Bruder Napoleon vor einigen Wochen zum Befehlshaber der Artillerie der Italienarmee ernannt wurde, hat er in Antibes Château-Sallé gekauft, da er immer nahe bei der Familie sein möchte. Dieses Landhaus liegt sehr hübsch, in einem weitläufigen Garten, in dem Palmen und Orangenbäume wachsen, und mitten durch das Grundstück fließt ein Bach.« Er verschwieg, daß Letizia in diesem Bach die Wäsche selbst wusch, weil sie der Reinlichkeit der Dienstboten nicht traute. »Es ist dort richtig idyllisch, und meine Mutter fühlt sich wohler als in Marseille, sie hat auch wieder Hauspersonal.«

Wieder Hauspersonal, dachte Madame Clary, aha!

»Bis auf Sie und Ihren Bruder leben also die anderen Geschwister in Antibes?«

»Nein, in Château-Sallé wohnen nur meine Mutter, ihre Dienerin Saveria, meine drei Schwestern und mein jüngster Bruder Jérôme. Mein Bruder Louis wurde vor kurzem zum Regimentsadjutanten ernannt und gehört zu Napoleons Stab. Er war auch bei Toulon dabei. Mein Bruder Lucien lebt in Saint-Maximin oder Marathon, so heißt der Ort jetzt; er ist Proviantmeister der Armee des Südens und außerdem Präsident des örtlichen Jakobiner-Klubs.«

Etienne blieb der Bissen fast im Hals stecken, als er das hörte. »Präsident des Jakobiner-Klubs! Mein Gott, dann ist Ihr Bruder ja der mächtigste Mann in Saint-Maximin, ich meine Marathon.«

»Sozusagen«, erwiderte Joseph kurz.

»Besuchen Sie Ihre Angehörigen oft in Antibes?«

»O ja. Napoleon und ich sind aus dienstlichen Gründen häufig zwischen Marseille und Nizza unterwegs, dann machen wir stets in Antibes halt und bleiben einen Tag oder auch länger dort. Mein Bruder bringt bei jedem Besuch Louis mit und seine beiden Adjutanten Marmont und Junot.«

Joseph machte eine kurze Pause und fuhr dann fort: »In korsischen Familien herrscht ein starkes Zusammengehörigkeitsgefühl; die Familie hält in guten und schlechten Zeiten zusammen. Nur mein Bruder Lucien ist ein bißchen einzelgängerisch. Wir haben ihn noch nicht gesehen, seit wir letzten Sommer in Toulon an Land gingen. In seinen Briefen schreibt er von sehr viel Arbeit wegen seiner politischen Tätigkeit, er will jedoch unsere Mutter demnächst zu sich einladen. – Aber wir reden und reden, und die jungen Damen langweilen sich vielleicht?«

Er lächelte charmant zu den Schwestern hinüber, und Julie senkte die Augen und errötete leicht. »Aber Monsieur Bonaparte, wir langweilen uns doch nicht, Sie erzählen so interessant«, sagte sie dann und warf ihm einen schüchternen Blick zu. Désirée schwieg und bediente sich großzügig mit Käse. Madame Clary betrachtete mißbilligend den Teller der Tochter und dachte darüber nach, mit welchen Erziehungsmethoden dem jungen Mädchen ein damenhafteres Benehmen beizubringen sei.

»Meine Schwester Elisa liest gerne und viel, den ganzen Tag ist sie mit irgend einer Lektüre beschäftigt. Pauline und Caroline hingegen bevorzugen ausgedehnte Streifzüge durch Wiesen und Wälder.« Er verschwieg die Streifzüge durch die benachbarten Gärten, wo die beiden Mädchen unbekümmert Gemüse und Obst stahlen, was schon zu unliebsamen Auseinandersetzungen mit den Nachbarn geführt hatte.

»Was ist denn Ihre Lieblingsbeschäftigung?« Die Frage war an Julie und Désirée zugleich gerichtet.

»Wir lesen auch«, antwortete Julie, »aber noch lieber beschäftigen wir uns mit Musik; meine Schwester nimmt Gesangsunterricht, und ich spiele Klavier.«

»Sie sind also Musikliebhaberinnen, nun, das haben Sie beide mit meinem Bruder Napoleon gemeinsam. Er bevorzugt die italienischen Komponisten, am liebsten hört er Paesiello.«

»Spielt Ihr Bruder auch ein Instrument?« wollte Désirée wissen.

Joseph lachte. »Nein, das könnte ich mir bei Napoleon auch gar nicht vorstellen. Er ist passiver Musikliebhaber, er besucht gerne die Oper oder ein Konzert.«

»Meine Töchter haben übrigens für heute abend auch ein kleines Musikprogramm vorbereitet. Désirée wird einige französische, oder besser provenzalische Volkslieder vortragen, und Julie wird sie auf dem Klavier begleiten.«

Man ging in den Salon, und nachdem Mokka, Kognak und Likör serviert waren, nickte Madame Clary ihren Töchtern zu. Julie versuchte, sich möglichst graziös auf den Klavierschemel zu setzen, und fing an, in den Noten zu blättern.

Joseph hatte sich behaglich in den Sessel zurückgelehnt und konnte endlich in Ruhe Désirée beobachten. Mit welch lässiger Anmut sie neben dem Klavier steht, sie scheint gar nicht aufgeregt zu sein, im Gegensatz zu ihrer Schwester. Mein Gott, wie puterrot die im Gesicht geworden ist, und wie nervös sie wirkt, also, das ist in meiner Gegenwart völlig überflüssig, ich merke bestimmt nicht, wenn sie falsch spielt.

Endlich hatte Julie die gesuchte Seite gefunden, und Désirée begann zu singen ...

Kurz vor Mitternacht verabschiedete sich Joseph.

»Sie müssen uns so bald wie möglich wieder besuchen, Monsieur Bonaparte«, sagte Etienne, und Madame Clary fügte hinzu: »Beim nächsten Mal bringen Sie auch Ihre Mutter und Ihren Bruder Napoleon mit.«

Einige Tage später hatte Joseph Gelegenheit, Letizia und Napoleon ausführlich von dem Abend bei Clarys zu berichten.

»Ich denke, wir werden diese Einladung annehmen«, sagte Napoleon schließlich. »Als Gastgeschenk bringen wir einige Flaschen Rheinwein mit, alten Rheinwein aus den Kellern des kurfürstlichen Schlosses in Mainz! In der Armee hat man ja Gott sei Dank seine Bezugsquellen; und die Damen bekommen Konfekt.«

»Das werde ich aber selbst herstellen«, sagte Letizia.

»Aber Mama«, rief Napoleon ungehalten, »wir müssen doch nicht jeden Sou umdrehen!«

»Zur Zeit nicht, aber wer weiß, was noch kommt, pourvou que cela doure.« (Hoffentlich bleibt es so.) Sie hatte immer noch Schwierigkeiten mit der französischen Aussprache.

Am 15. April waren Julie und Désirée schon eine Stunde vor Ankunft der Gäste fertig angekleidet und beobachteten vom Salon aus die Auffahrt. Ihre Mutter hatte die Bonapartes bereits für vier Uhr nachmittags eingeladen, damit die Fahrt von Antibes nach Marseille sich auch lohnte. Man würde auf der Terrasse Kaffee trinken, anschließend im Park spazierengehen und dann einen gemütlichen Abend bei einem vorzüglichen Diner verbringen. Madame Clary hatte den Gästen vorgeschlagen, über Nacht zu bleiben, aber Joseph hatte dankend abgelehnt; er wollte Mutter und Bruder in seiner Marseiller Wohnung beherbergen.

Julie trug ein weißes Kleid, hatte wieder auf Schmuck verzichtet und ein Veilchensträußchen an den Ausschnitt gesteckt. Mit ihren vor Aufregung leicht geröteten Wangen und den glänzenden Augen sah sie an jenem Nachmittag richtig hübsch aus. Désirée trug Himmelblau und hatte darauf bestanden, das Perlenarmband ihres Vaters anlegen zu dürfen. Madame Clary fand es zwar unpassend – der Anlaß war nicht offiziell genug –, aber sie gab schließlich nach, weil sie die Quengeleien ihrer Tochter nicht mehr hören konnte.

»Ich bin furchtbar gespannt auf den General«, sagte Désirée, »du auch?«

»Nein.« Julie war mit ihren Gedanken bei Joseph.

Unterdessen überprüfte Cathérine Clary den Kaffeetisch auf der Terrasse, gab der Köchin letzte Anweisungen und ging dann auf ihr Zimmer, um die Tischkarten mit der Menüfolge zu schreiben, die jedem Gedeck beigelegt wurden.

Pünktlich um vier Uhr hielt eine Kutsche vor dem Haus. Joseph kletterte als erster heraus und war dann einer Dame beim Aussteigen behilflich.

»Aha«, sagte Julie, »Madame Bonaparte. Also, ihr Kleid ist nach der neuesten Mode geschneidert, und Lila steht ihr.«

»Sie sieht so ernst und würdevoll aus, so ehrfurchtgebietend. Wie alt schätzt du sie, Julie?«

»Nun, vielleicht so Mitte vierzig, aber du darfst nicht vergessen, daß sie viel mitgemacht hat, das prägt einen Menschen.«

»Oh, sieh, Julie, eben ist der General ausgestiegen. Mein Gott, das ist ja derselbe General, dem ich vor Monaten die Unmengen Seide und Spitzen verkauft habe!«

»Er sieht seiner Mutter ähnlich, aber seine Bewegungen – irgendwie sind sie linkisch und eckig. Und dieser düstere Gesichtsausdruck!«

»Sein Gesicht ist nicht düster, sondern interessant ... Jetzt begrüßt er Mama und Etienne und lächelt! Ist sein Lächeln nicht zauberhaft?«

Julie sah ihre Schwester erstaunt von der Seite an. Was ist nur los mit ihr? dachte sie. »Komm, wir müssen jetzt auch hinaus zur Begrüßung.«

Als Napoleon Désirée erblickte, zog er überrascht die Augenbrauen hoch: War das nicht das junge Mädchen, das ihm Seide und Spitze verkauft hatte? Er beugte sich über ihre Hand und sagte in leicht scherzhaftem Ton: »Nun, Bürgerin, wir kennen uns ja bereits, Sie haben meine Schwester und mich bestens beraten.«

Désirée lächelte geschmeichelt. »Es freut mich, wenn Sie mit der Seide zufrieden sind, Bürger General.«

Madame Clary bat die Gäste auf die Terrasse. Letizia betrachtete wohlgefällig das goldgeränderte Porzellan, das Sahnekännchen und die Zuckerdose aus massivem Silber, das reichhaltige Kuchenangebot auf den silbernen Platten, den üppigen Blumenschmuck.

Bald war eine lebhafte Unterhaltung im Gange, und erst als Etienne einen Abendspaziergang durch den Park vorschlug, bemerkte man, daß es spät geworden war. Man erhob sich, und ganz zwanglos bildeten sich drei Grüppchen: An der Spitze der kleinen Gesellschaft gingen Etienne und Napoleon, gefolgt von den beiden

Damen, den Abschluß bildete Joseph mit Julie auf seiner rechten, Désirée auf seiner linken Seite.

Etienne fragte nach Einzelheiten der Eroberung Toulons. Napoleon war überrascht, daß ein Zivilist sich für militärische Dinge interessierte, gab aber bereitwillig Auskunft. Dann kam Etienne auf Augustin Robespierre zu sprechen: Er habe gehört, der General sei mit dem jüngeren Bruder des Vorsitzenden des Wohlfahrtsausschusses bekannt. Aha, dachte Napoleon, von daher weht der Wind! Er ging nicht weiter auf das Thema ein, sondern begann Etienne geschickt über die Firma auszufragen, über die geplanten Investitionen, die Auslandskontakte. War der Seidenhandel überhaupt noch lohnend in der heutigen Zeit?

Cathérine Clary und Letizia waren sich vom ersten Augenblick an sympathisch gewesen. Während sie langsam die kiesbestreuten Wege entlanggingen – Letizia blieb hin und wieder stehen, um die Blumenrabatten zu bewundern –, unterhielten sie sich angeregt über ihre Kinder, Kindererziehung, Mode und Kochrezepte.

In der dritten Gruppe dagegen herrschte Schweigen. Julie war glücklich, daß sie an Josephs Seite gehen durfte, und streifte ihn hin und wieder mit einem bewundernden Blick. Sie hätte sich gern ein wenig mit ihm unterhalten, aber sein Schweigen schüchterte sie ein. Ihre Schwester machte ein mißmutiges Gesicht und sah sehnsüchtig nach vorne zu ihrem Bruder und Napoleon. Wie gerne hätte sie der Unterhaltung der beiden zugehört! Statt dessen bin ich in Begleitung dieses Langweilers Joseph, dachte sie verärgert; er ist so still, vielleicht möchte er mit Julie lieber alleine sein? Den Gefallen würde ich ihm gerne tun, aber wie? Ich kann doch nicht einfach zu Etienne und dem General laufen.

Joseph hatte gehofft, daß Julie sich den beiden Damen anschließen würde und er nur Désirée zur Begleitung hätte, aber Julie blieb hartnäckig an seiner Seite, und er sah keine Möglichkeit, sie auf schickliche Art loszuwerden. Da er keine Lust zur Konversation verspürte, schwieg er zunächst, fand dann aber doch, daß dies den Gastgeberinnen gegenüber unhöflich war, und fing an zu plaudern: »Meine Schwester Elisa liest zur Zeit *Paul und Virginie* von Bernardin de Saint Pierre, sie ist ganz begeistert davon. Kennen Sie das Buch auch?«

Die Frage war an beide gerichtet; Désirée erwiderte, sie habe noch nie etwas von diesem Roman gehört. Du meine Güte, dachte Julie, Désirée blamiert uns, so gut sie kann! Jeder halbwegs gebildete Mensch hat doch *Paul und Virginie* gelesen!

»Ich kann Ihrer Schwester nur zustimmen, Monsieur Bonaparte«, sagte sie. »Diese Liebesgeschichte hat mich zu Tränen gerührt«, und dann ging sie auf Einzelheiten des Buches ein, in der Annahme, daß Joseph das Buch auch gelesen habe. »Finden Sie nicht auch, Monsieur Bonaparte, daß gerade an dieser Stelle ...«

Joseph beeilte sich, ihr beizupflichten – er konnte doch nicht zugeben, daß er den Roman nie gelesen hatte –, und Julie war selig. Wie gut sie und Joseph sich doch verstanden!

Auch der Rest des Abends verlief harmonisch; das Diner war gelungen, man plauderte angeregt, zum Schluß trug Désirée, von Julie am Klavier begleitet, noch einige Lieder vor. Beim Abschied stellte Letizia eine Einladung nach Antibes in Aussicht.

Als Julie sich an diesem Abend entkleidete, wußte sie, daß sie sich in Joseph verliebt hatte, und in ihrer Phantasie sah sie ihn als ihren zukünftigen Ehemann.

Die Bonapartes fuhren zu Josephs Marseiller Wohnung. Letizia begab sich sofort zur Ruhe, während ihre Söhne sich noch über die Clarys unterhielten.

»Als du neulich von deinem Besuch in der Villa erzähltest«, begann Napoleon, »hatte ich eine Vermutung, die heute bestätigt wurde. Die Clarys sind aus politischen Gründen am gesellschaftlichen Verkehr mit uns interessiert. Das wurde mir ganz klar, als Etienne von Augustine Robespierre anfing.«

»Meinst du?« erwiderte Joseph überrascht. »Ja, so kann man es natürlich auch sehen, daran habe ich noch gar nicht gedacht. Die Einladung neulich war für mich lediglich eine Geste der Dankbarkeit, weil ich der Familie geholfen habe. Sag mal, wie gefallen dir denn die Töchter?«

»Die Töchter? Nun, es sind nette, wohlerzogene Mädchen.«

»Nette, wohlerzogene Mädchen! Mehr fällt dir dazu nicht ein? Désirée ist doch einfach entzückend, sie ist zauberhaft ... Ich glaube, ich habe mich in sie verliebt – ach was, ich liebe sie! Ja, ich liebe sie und ich werde sie beim nächsten Besuch ernsthaft umwerben.«

Er war aufgestanden und ging erregt im Zimmer auf und ab. Plötzlich blieb er vor seinem Bruder stehen.

»Was machst du für ein Gesicht? Bist du etwa auch in Désirée verliebt?«

Napoleon lachte. »Um Himmels willen, nein, ich verliebe mich doch nicht in ein Kind!« Er sah den Bruder nachdenklich an und fuhr dann fort: »Aber ich begrüße deine Idee, bei den Clarys einzuheiraten. Die Firma steht wirtschaftlich gut da, und die Töchter bekommen jede eine Mitgift von hunderttausend Livres. Das alles habe ich heute aus Etienne herausgefragt. Aber du solltest besser der älteren Schwester Julie den Hof machen, sie muß zuerst verheiratet werden. Die Clarys werden das nicht anders sehen.«

»Julie? Aber ich empfinde keinerlei Zuneigung für sie!«

»Joseph, bitte, stell dich nicht so an; Zuneigung muß wachsen, und – wie sagt man? Die Liebe kommt in der Ehe. Außerdem solltest du auch einmal an die Interessen unserer Familie denken. Julies Mitgift wäre für uns die Basis für ein neues Vermögen. Wir beide beziehen zwar ein gutes Einkommen, aber was uns zur Zeit fehlt, ist Vermögen, Grundbesitz. Also, überleg es dir!«

Während der folgenden Tage dachte Joseph immer wieder über das Gespräch mit seinem Bruder nach und zog schließlich Letizia ins Vertrauen. Sie war derselben Meinung wie Napoleon und äußerte sich sehr wohlwollend über Julie.

Joseph beschloß, sich den Interessen der Familie zu beugen. Er versuchte, Désirée aus seinen Gedanken zu verbannen, und begann Julie zu umwerben, die den Frühling des Jahres 1794 wie in einem Rausch durchlebte. Noch nie war ihr von einem Mann so viel Aufmerksamkeit geschenkt worden; bei jedem Besuch brachte Joseph ihr Blumen und Konfekt mit. Er hörte ihrem Klavierspiel zu, plauderte mit ihr über die Dinge, die sie interessierten, machte ihr Komplimente über Kleidung und Frisur. Julie mußte den Eindruck gewinnen, daß er ihre Zuneigung erwiderte, und in Antibes wurde sie von Letizia und Napoleon mit der größten Liebenswürdigkeit behandelt. Beide waren einer Meinung über Julies Charakter, besonders Napoleon hielt viel von seiner, wie er hoffte, künftigen Schwägerin.

Auch die Clarys verfolgten aufmerksam die Entwicklung der Romanze und hatten gegen Joseph als künftiges Familienmitglied nichts einzuwenden. Für Etienne war die ganze Angelegenheit eine geschäftliche Abmachung: Joseph erhielt Julie samt Mitgift, und die Clarys hatten von politischer Seite nichts mehr zu befürchten. Désirée allerdings interessierte sich wenig für Julies Verliebtheit und Josephs Werben. Ihre Aufmerksamkeit galt dem General, aber immer wieder mußte sie enttäuscht feststellen, daß er mit ihr scherzte oder sie neckte, als sei sie ein Kind. Wann würde er endlich merken, daß sie sich zur jungen Frau entwickelte!?

XV

In dem kleinen Küstenort St. Maximin gab es einen einzigen Gasthof, der schon seit mehreren Generationen im Besitz der Familie Boyer war. Es war ein großzügiges Anwesen. Im Hauptflügel lagen Küche, Gaststube, Tanzsaal und die sieben Gästezimmer, den linken Seitenflügel bewohnte die Familie, im rechten Seitenflügel waren die Wirtschaftsräume und der Fuhrpark untergebracht. Das hohe runde Tor stand den ganzen Tag über offen und gab den Blick frei auf den großen kopfsteingepflasterten Hof mit dem Ziehbrunnen. Der Gaststube gegenüber, an einer Mauer, war eine überdachte Feuerstelle; dort wurden Spanferkel, Ziegen, Hammel oder Hühner an langen Spießen über dem offenen Feuer gebraten, und die Gäste konnten durch die geöffneten Fenster die Zubereitung verfolgen. Ein weitläufiger Gemüse- und Obstgarten, in dem ein Glashaus stand, sodaß man auch im Winter die Gäste mit frischem Salat und Gemüse versorgen konnte, umgab das Anwesen.

Die Boyers konnten über Gästemangel nicht klagen; im Laufe der Jahre hatte es sich an der Küste herumgesprochen, daß die Zimmer sauber, die Küche gut und die Preise angemessen waren. Und so war in der Gaststube jeden Abend eine bunte Gesellschaft versammelt: deutsche Bildungsreisende auf dem Weg von oder nach Italien, französische oder italienische Kaufleute, Offiziere, wandernde Handwerksgesellen und Liebespaare, die einen verschwiegenen Ort für ihr Rendezvous suchten.

Im Jahre 1794 wurde das Anwesen von André Boyer und seiner Schwester Cathérine bewirtschaftet. Ihre Eltern waren tot, und zwei Brüder kämpften seit Jahren in der Revolutionsarmee; man wußte nicht einmal, ob sie noch lebten.

André war dreißig Jahre alt, wortkarg und sparsam. Nach zwei Fehlgeburten war seine Frau im dritten Kindbett gestorben, und das Neugeborene war ihr kurz danach gefolgt. Das lag nun schon zwei Jahre zurück, aber André hatte sich noch nicht entschließen können, wieder zu heiraten. Um seine Schwester von den gröbsten Hausarbeiten zu entlasten, hatte er eine junge Magd, Lucile, eingestellt. In der Küche wirtschaftete schon seit Jahrzehnten das alte Hausfaktotum, die zahnlose Jeanne, und dann war da noch der Hausknecht Henri, ein kräftiger Bursche von fünfundzwanzig Jahren. Um den Garten kümmerte sich André persönlich; zur Erntezeit holte er halbwüchsige Jungen aus dem Ort, die auf die Obstbäume kletterten, Beeren pflückten oder Kartoffeln ausgruben. Es gab viel zu tun bei den Boyers, und André stöhnte oft über die Arbeit, vor allem über die Buchführung; zwar hatte er Rechnen, Schreiben und Lesen gelernt, aber der Gebrauch des Gänsekiels fiel ihm schwer, und oft wünschte er sich einen zuverlässigen Mann, dem er die Schreibarbeiten hätte überlassen können.

Im Frühjahr 1794 stand Andrés Schwester Cathérine im 21. Lebensjahr; sie war ein einfaches Mädchen, das weder Lesen, Schreiben noch Rechnen konnte. Ihr Vater hatte es für Zeitvergeudung gehalten, seine Tochter in die Schule zu schicken, sie sollte lieber im Gasthof helfen, dort gab es genug zu tun. Dieser Mangel an Schulbildung wurde durch die äußere Erscheinung und ihren Charakter ausgeglichen. Sie war groß und schlank und bewegte sich mit der weichen Lässigkeit des Südens. In ihrem feingeformten Gesicht leuchteten große dunkle Augen; sie konnte bezaubernd lachen, war warmherzig und liebevoll. Und sie besaß einen wachen Verstand, beobachtete die Umgebung genau.

An einem Nachmittag im April saß Cathérine im Hof und rupfte Hühner. Henri stand vor den Wirtschaftsgebäuden und spaltete Holz, während Lucile Wassereimer zwischen Brunnen und Küche hin und her schleppte. Cathérine war mit ihren Gedanken beim nächsten Dekadenfest und der damit verbundenen Arbeit. Der örtliche Jakobiner-Klub hatte für den Abend den Tanzsaal gemietet und ein Diner bestellt. André wollte Ziegen und Schaflämmer besorgen und selbst die Zubereitung am Spieß überwachen, damit würde sie keine Arbeit haben, aber zu einem Diner gehörten natürlich Suppe, Zwischengericht, Nachtisch. Ich werde eine Fischsuppe kochen, überlegte sie; die Fische kann ich zu Pasteten verarbeiten, das wäre dann das Zwischengericht. Als Nachtisch Käse, zum Kaffee Kleingebäck, das kann ich zwei Tage vorher backen ...

»Lucile«, rief Cathérine, »wenn du mit Wasserholen fertig bist, bringst du aus dem Garten die Zutaten für die Ratatouille.«

Das Mädchen nickte und verschwand mit einem großen Weidenkorb durch das Gartenpförtchen. Als sie zurückkam, war der Korb bis zum Rand gefüllt mit dunkelgrünen Zucchini und Paprika, glänzenden Auberginen und leuchtend roten Tomaten, und obenauf lagen junge Lauchzwiebeln und Knoblauch.

Cathérine begutachtete das Gemüse und nickte zufrieden. »Du kannst die Ratatouille schon vorbereiten. Dann schöpfst du den Rahm von der Milch und verteilst das Apfelkompott auf kleine Teller. Ach ja, und sage Jeanne, sie soll die *Brandade* (Stockfischmus) für Bürger Bonaparte in einem Pastetenförmchen anrichten, so mag er es am liebsten.«

Lucile seufzte unhörbar und verschwand in der Küche. Cathérine arbeitete weiter und sah hin und wieder zu dem offenen Hoftor; sie schien jemanden zu erwarten. Nach einiger Zeit kam ein junger Mann durch das Tor, kaum älter als achtzehn oder neunzehn Jahre. Man konnte ihn beim besten Willen nicht als gutaussehend bezeichnen: Arme und Beine waren zu lang, der Oberkörper zu kurz, und er blinzelte beständig mit den Augen, weil er kurzsichtig war. Als er Cathérine und Henri einen Gruß zurief, merkte man, daß seine Stimme wenig Klang hatte und er stark durch die Nase sprach. Er überquerte den Hof und verschwand im linken Seitenflügel, wo er ein Zimmer bewohnte. Cathérine ließ ihre Arbeit eine Weile ruhen, sah ihm mit einem zärtlichen Blick nach und formte mit ihren Lippen seinen Namen: Lucien.

Dem Knecht Henri war Cathérines verträumter Gesichtsausdruck nicht entgangen, und er lachte leise vor sich hin. Also doch! dachte er. Eine Woche vorher hatte er nämlich zufällig beobachtet, wie der junge Mann im Morgengrauen aus Cathérines Schlafkammer geschlichen war.

Das junge Mädchen hob das letzte Huhn vom Boden auf, und während sie es langsam rupfte, wanderten ihre Gedanken zurück zu jenem Sommerabend im Jahre 1793, als sie Lucien zum ersten Mal gesehen hatte.

Sie war mit dem Suppentopf aus der Küche in die rauchige Gaststube gekommen. Er stand am Tresen und unterhielt sich mit ihrem Bruder, und im Vorbeigehen hörte sie, wie André sagte: »Ja, das läßt sich wohl machen, über den Preis werden wir uns schon einigen.« Später erfuhr sie Einzelheiten: der junge Mann hieß Lucien Bonaparte und war Proviantmeister der Armee des Südens. Da er nicht wußte, wie lange er in St. Maximin bleiben würde, wollte er als Dauermieter im Gasthof Quartier beziehen. Cathérine richtete auf Geheiß des Bruders ein leerstehendes Zimmer im privaten Wohnflügel, so konnten alle Gästezimmer nach wie vor für Durchreisende genutzt werden.

Während der folgenden Wochen sah Cathérine Lucien nur bei den Mahlzeiten, seine Abende verbrachte er außer Haus im Jakobiner-Klub. Wenn sie ihm sein Essen servierte, sprachen sie nur einige belanglose Worte miteinander, aber er lobte jeden Tag ihre Kochkünste, und sie spürte, daß seine Augen ihr folgten, wenn sie durch die Gaststube ging.

Aber eines Morgens, sie hatte gerade das Frühstückstablett vor ihn hingestellt, ergriff er spontan ihre Hände und drückte sie. »Stellen Sie sich vor, gestern abend ist für mich ein Traum in Erfüllung gegangen! Man hat mich zum Präsidenten des Jakobiner-Klubs gewählt.« Seine Augen strahlten, und zum ersten Mal fühlte sich Cathérine zu ihm hingezogen. Da sie sich für Politik nicht interessierte, konnte sie mit dem Begriff *Präsident des Jakobiner-Klubs* nicht viel anfangen, nahm aber an, daß es ein wichtiges Amt sei, und so lächelte sie ihn an und gratulierte ihm.

Als André von der Wahl erfuhr, geriet er außer sich vor Aufregung und gab seiner Schwester genaue Anweisungen bezüglich Luciens künftiger Behandlung: »Ab sofort wird seine Bettwäsche wöchentlich gewechselt, seine Handtücher täglich, achte darauf, daß er die zartesten und saftigsten Fleischstücke erhält, und überhaupt kannst du seine Portionen reichlicher bemessen als die der übrigen Gäste. Frag ihn auch, ob er nach dem Essen Kaffee, Kognak, Likör möchte. Außerdem solltest du ab und zu an den Sitzungen des Klubs teilnehmen; andere Frauen gehen auch hin. Notfalls muß Luciles Mutter an diesen Abenden für dich einspringen.«

Cathérine hatte die Anweisungen des Bruders angehört und ihn dann gebeten, ihr zu erklären, worin das Besondere am Amt des Präsidenten des Jakobiner-Klubs bestehe.

»Oh, mein Gott«, rief André und rang die Hände, »die Dummheit der Weiber ist unbegrenzt! Der Präsident des Jakobiner-Klubs ist der Leiter der revolutionären Behörde; er allein entscheidet, wer als Verdächtiger eingesperrt, wer hingerichtet wird – kurz, er ist der mächtigste Mann im Ort.«

Luciens erste Handlung nach der Wahl bestand darin, St. Maximin in Marathon umzutaufen; sich selbst nannte er fortan Brutus Bonaparte, mit diesem Namen unterzeichnete er auch Briefe und Dekrete. Gewiß, er ließ Personen, die ihm verdächtig erschienen, einsperren und schuf sich dadurch manche Feinde unter den Einwohnern, aber es kam unter seiner Herrschaft zu keinen Hinrichtungen, und er sorgte dafür, daß die Gefangenen unter menschenwürdigen Bedingungen lebten. Seine Hauptaktivität bestand darin, einmal wöchentlich nach Paris über den Fortgang der Revolution zu berichten, wobei die Aussage dieser Schreiben stets vom revolutionären Pathos überdeckt wurde.

Cathérine befolgte den Rat ihres Bruders und besuchte die Sitzung des Klubs. Als sie zum ersten Mal den Saal betrat und die strikkenden Frauen sah, die selbstbewußt inmitten der Männer saßen und lautstark mitdiskutierten, fühlte sie sich so eingeschüchtert, daß sie sich am liebsten im hintersten Winkel verkrochen hätte. Aber dann fiel ihr ein, daß Lucien kurzsichtig war, und ihr Bruder hatte sie schließlich in den Klub geschickt, damit sie gesehen wurde! Die revolutionäre Gesinnung der Boyers mußte über jeden Zweifel erhaben sein! Sie suchte sich also einen Platz in der Nähe des Rednerpultes und saß mit niedergeschlagenen Augen, bis Lucien erschien. Sofort wurde es ruhig im Saal. Die Anwesenden lauschten mit angehaltenem Atem seinen Worten, auch Cathérine wurde vom rhetorischen Temperament des jungen Mannes mitgerissen und klatschte am Schluß ebenso begeistert Beifall wie die anderen. Vom Inhalt der Rede hatte sie zwar nur die Hälfte verstanden, aber das störte sie weiter nicht.

»Werden Sie jetzt öfter in den Klub kommen?« fragte Lucien am nächsten Morgen, als sie den Milchkaffee vor ihn hinstellte.

»Ja.« Sie merkte, daß sie leicht errötete.

»Ich habe mich so gefreut, als ich Sie gestern im Saal sah!«

»Wirklich? Ja, nun, Ihre Rede war ... war eindrucksvoll, wunderbar, ich weiß nicht, wie ich es erklären soll, ich glaube, Ihre Rede hat die Herzen der Menschen angesprochen, obwohl ...« sie senkte beschämt die Augen, »obwohl ich nicht alles verstanden habe.«

Als Lucien ihr verlegenes Gesicht sah, mußte er lächeln. »Das macht nichts, bei Gelegenheit erkläre ich Ihnen gerne den Inhalt der Rede.«

Hin und wieder ergab es sich, daß sie den Heimweg vom Klub gemeinsam zurücklegten, und dann erklärte Lucien dem jungen Mädchen die Ziele der Revolution; manchmal fragte er sie auch nach ihrem Alltag und erfuhr so, daß sie Analphabetin war.

An einem Abend Anfang Dezember waren sie wieder einmal gemeinsam vom Klubhaus zurück zum Gasthof gegangen.

»Gute Nacht, Bürger Bonaparte«, verabschiedete sich Cathérine. »Ich will noch einmal in die Küche, um zu sehen, ob alles in Ordnung ist.«

Sie war zwei, drei Schritte über den Hof gegangen, als er ihren Namen rief. Sie zögerte, blieb stehen. Im nächsten Moment war er bei ihr, und ehe sie noch recht wußte, wie ihr geschah, umarmte er sie und preßte sie an sich. Es dauerte eine ganze Weile, ehe er sie wieder losließ. Sie holte tief Luft.

»Bürger Bonaparte ...«

»Nein, nicht Bürger Bonaparte. Brutus, nenne mich Brutus!«

Sie schüttelte energisch den Kopf. »Der Name Brutus gefällt mir nicht, er paßt auch nicht zu dir, ich werde dich Lucien nennen.«

Er lächelte. »Also gut, dann Lucien.« Er war so glücklich, daß er endlich den Mut gefunden hatte, sich zu seinen Gefühlen zu bekennen, daß er sogar bereit war, seinen alten christlichen Vornamen zu akzeptieren. Wieder umarmte er sie und vergrub sein Gesicht in ihren Haaren.

»Cathérine«, flüsterte er und hob vorsichtig ihr Gesicht zu sich empor. »Der Name Cathérine gefällt mir nicht, so wenig, wie dir

Brutus gefällt. Es klingt so bäuerisch, und das bist du nicht. Ich werde dich Christine nennen«, entschied er, und bevor sie etwas erwidern konnte, spürte sie den sanften Druck seiner Lippen auf ihrem Mund.

Lucien und Christine hielten ihre Zuneigung zunächst geheim und gestatteten sich einen Kuß oder einen Händedruck nur, wenn sie sich unbeobachtet glaubten. Lucien nutzte die Zeit, die er für das Mädchen erübrigen konnte, ihr Lesen, Schreiben und Rechnen beizubringen. Christine war eine eifrige Schülerin, und als sie merkte, welchen Wert er der Bildung beimaß, strengte sie sich noch mehr an.

André bemerkte bald, daß das Verhältnis zwischen seinem Dauergast und der Schwester vertraulicher wurde. Er hatte nichts dagegen. Ende Februar nahm er Christine eines Abends zur Seite.

»Also, was ist mit euch? Schläft er mit dir?«

»Aber nein«, stammelte das junge Mädchen, »wo denkst du hin?« Das entsprach der Wahrheit.

»Na schön«, brummte André, »aber wenn er mit dir schlafen will, gibst du nach. Einen Mann in seiner Stellung darf man sich nicht zum Feind machen.«

»Aber André, und wenn ich ... wenn ich schwanger werde? Ein Mädchen wie mich heiratet er bestimmt nicht, ich bin viel zu ungebildet.«

»Ach, das muß man in Ruhe abwarten, und wenn du ein Kind bekommen solltest, ist das auch nicht schlimm, dann gibt es wenigstens einen Erben für den Gasthof.« Er seufzte. »Ich glaube nicht, daß ich noch einmal heiraten werde, eine Frau wie meine Charlotte finde ich nicht mehr.«

Anfang März war es dann passiert, in der Dämmerstunde, die zwischen Luciens Heimkehr und dem Beginn des Abendessens lag. Sie war in seinem Zimmer, und Lucien versuchte ihr die Grundrechenarten beizubringen. »Sieben und vier?«

»Elf.«

Das war das Ende des Unterrichts gewesen.

Christine konnte nicht beurteilen, ob Lucien ein guter Liebhaber war. Als sie etwas träge und schläfrig nebeneinander lagen, fühlte sie sich lediglich verwirrt. Wenn sie später an diese erste intime Begegnung mit Lucien zurückdachte, hörte sie stets seine ängstliche Stimme: »Hat es bestimmt nicht weh getan?«

»Nein, nein«, hatte sie gelogen.

»Dann ist es ja gut, du wirst sehen, es wird schon werden.«

›Es wird schon werden‹, dachte Christine jetzt – er hat recht behalten! Sie nahm einen bereitstehenden Korb, warf die gerupften Hühner hinein und zählte: »Eins, zwei, drei, vier, fünf, sechs, sieben.« Sie war stolz darauf, daß sie zählen konnte. Heute hatte sie für Lucien noch eine Überraschung. Sie zog einen Zettel aus ihrer Schürzentasche und las halblaut die ungelenken Buchstaben: Christine Boyer. Sie konnte ihren Namen schreiben! Mit einem glücklichen Lächeln steckte sie den Zettel wieder weg, nahm den Korb und ging in die Küche, um die Ratatouille zuzubereiten.

Kurz nach acht Uhr betrat Lucien die Gaststube und ging zu seinem reservierten Tisch. Es war der beste Platz; von hier aus konnte er den Raum übersehen, die Gäste beobachten, hatte den Blick auf den Hof und die Feuerstelle, und hinter ihm war der offene Kamin, was im Winter besonders angenehm war. Einige Gäste waren bereits anwesend, am Sechsertisch unterhielt man sich lebhaft in einer Sprache, die Lucien nicht verstand. Als André ihn sah, kam er sofort und erkundigte sich, was der Bürger Präsident Bonaparte zu trinken wünsche.

»Hm«, sagte Lucien mit einem Blick auf die Hühner, deren Bratenduft in die Gaststube drang, »ich glaube, dieser Rosé von neulich, dieser Gris de Gris, paßt gut zu gebratenem Huhn.«

»Er paßt vorzüglich dazu«, pflichtete André bei. »Lucile, rasch, hole eine Flasche.«

»Wie viele Gäste übernachten heute hier?« erkundigte sich Lucien mehr aus Höflichkeit als aus Interesse.

»Acht. Dort drüben«, André sah kurz zum Sechsertisch, »das sind lauter Deutsche, aber aus fünf verschiedenen Staaten. Zwei kommen aus Preußen, zwei aus irgendwelchen Freien Reichsstädten, die Namen habe ich schon wieder vergessen, die anderen zwei aus einer Landgrafschaft und einem Herzogtum. Da sind wir Franzosen doch fortschrittlicher – eine Nation, ein Staat!«

Lucile brachte den Wein. Lucien trank einen Schluck und lehnte sich dann entspannt in seinen Stuhl zurück. Es war eine richtige Entscheidung gewesen, hierherzukommen, Toulon mit diesem kleinen Ort zu vertauschen. Wer weiß, überlegte er, wie lange ich Sekretär bei Sémonville geblieben wäre. Ein Botschafter kann jederzeit abberufen werden. Die Stellung als Proviantmeister bietet mir eine größere Sicherheit, und ich verdiene mehr, ganz abgesehen davon ist hier der Lebensunterhalt billiger. Vor allem habe ich meine politische Karriere ein Stück vorantreiben können. In Toulon wäre ich niemals so rasch Präsident des Jakobiner-Klubs geworden! Der Klub hier ist zwar kleiner, aber auch von hier aus kann man Konvent und Wohlfahrtsausschuß auf sich aufmerksam machen. Die nächsten zwei, drei Jahre werde ich noch bleiben, dann muß man weitersehen. In der nächsten Woche werde ich Mama hierher einladen, Mama und Elisa; auf den übrigen Anhang kann ich verzichten.

Als Lucien von der Verfolgung und Flucht der Familie erfahren hatte, hatten ihn zunächst Gewissensbisse geplagt. Aber dann hatte er sich mit dem Gedanken beruhigt, daß kaum ein Mitglied der Familie wirklich noch in Korsika verwurzelt war. Joseph, Napoleon, Elisa, Louis und sein Onkel Fesch bestimmt nicht, sie waren zu stark durch Frankreich geprägt worden. Die drei Jüngsten, halbe Kinder noch, würden sich rasch einleben. Nur seine Mutter und Saveria vermißten die Insel. In jedem Brief an Lucien schrieb Letizia, daß sie sich eingelebt habe, daß es ihr gut gehe, daß Napoleon rührend für die Familie sorge, aber Korsika sei eben ihre Heimat, und dort sei alles besser und schöner gewesen. Das war der ständig wiederkehrende Refrain. Merkwürdig, hatte Lucien oft gedacht, die materiellen Einbußen beklagt sie gar nicht, nur den Verlust der Heimat ...

Lucile hatte einen dampfenden Suppentopf auf den Tisch gestellt und füllte nun Luciens Teller.

Er schnupperte genießerisch. »Ah, Muschelsuppe!«

Sie nickte. »Ja, aber bald werden Sie auf Muscheln verzichten müssen, Bürger Präsident, bis September.«

»Wo ist denn die Bürgerin Boyer?«

»Sie ist in der Küche. Aber das Zwischengericht wird sie Ihnen bringen, Bürger Präsident.« Lucile zog mit ihrem Suppentopf zum nächsten Tisch, dabei kräuselten sich ihre Lippen zu einem spöttischen Lächeln. Er wird es wohl überleben, dachte sie, wenn die Bürgerin Boyer ihm mal ausnahmsweise nicht die Suppe serviert.

Endlich erschien Christine, etwas abgehetzt, mit der *Brandade* im Förmchen und einigen Scheiben geröstetem Weißbrot. Sie blieb aufatmend am Tisch stehen und lächelte ihn an. »Hast du schon lange gewartet? Du meine Güte, Gäste gibt es! Stell dir vor, in einem der Zweibettzimmer logiert ein Liebespärchen; ich kann ja verstehen, daß sie auf dem Zimmer essen wollen, aber diese Sonderwünsche! Wir sind ein einfacher Gasthof und kein Restaurant! Statt Muschelsuppe wollen sie Artischocken, mit einer Sorte Käse sind sie auch nicht zufrieden, es muß eine Käseplatte sein, und natürlich statt Wein Champagner! Verstehst du das? Bei einem heimlichen Rendezvous ist es doch völlig unwichtig, ob man Wein oder Champagner trinkt.«

Lucien lachte. »Normalerweise schon, aber vielleicht muß die Dame noch verführt werden. Oder sie nutzt die Großzügigkeit ihres Begleiters aus.«

»Auf jeden Fall wird mein Bruder ihnen eine entsprechende Rechnung präsentieren. Reicht dir die Brandade?«

»Danke, ja; Jeanne bemißt die Portionen immer reichlich. Übrigens, die Hühner da draußen auf dem Spieß, hast du dich da nicht verzählt? Mir scheint, es ist ein Dutzend, wer soll denn die essen?«

»O nein, es sind nur sieben Stück, jeder bekommt ein halbes. Paß auf: Wir haben acht Gäste, das macht vier Hühner, ein fünftes ist für dich und André, ein weiteres für Henri und Lucile, das siebte Huhn ist zur Hälfte für mich, und die andere Hälfte ist die eiserne Reserve für die Nacht, für meinen hungrigen Geliebten.«

Lucien lachte leise auf und ließ seine Finger zärtlich über ihre Hand gleiten. »Ich sehe, mein Rechenunterricht macht Fortschritte. Ein hungriger Geliebter? Kein Wunder bei den anstrengenden Nächten!«

Als sie das Wort Rechenunterricht hörte, fiel Christine etwas ein. »Ah, Lucien, ich habe noch eine Überraschung für dich.«

Sie zog den Zettel aus der Schürzentasche und legte ihn auf den Tisch. »Sieh, ich kann meinen Namen schreiben!«

Lucien starrte auf den Zettel. »Mein Gott, tatsächlich! Bald wirst du alles lesen und schreiben können, Christine. Du kannst jetzt sogar unterschreiben, ich meine, du kannst deinen Namen unter amtliche Urkunden setzen!«

»Himmel, die Ratatouille, entschuldige, Lucien!« Christine rannte in die Küche.

»Da hast du aber Glück gehabt«, brummte die alte Jeanne, »ich habe dein Gemüse gerade noch gerettet. Das kommt davon, wenn man mit jungen Herren schwatzt. Hat ihm die Brandade geschmeckt?«

»O ja, Jeanne, er ist immer wieder von deinen Kochkünsten begeistert.« Die Alte verzog ihren zahnlosen Mund zu einem zufriedenen Lächeln und begann, das Gemüse auf Schüsseln zu verteilen.

In der Gaststube sah Lucien versonnen auf den Zettel mit den ungelenken Buchstaben. »Christine Boyer«, flüsterte er vor sich hin. Und plötzlich war er imstande, die beiden Entscheidungen zu treffen, die ihn schon seit Wochen beschäftigten.

Einige Stunden später wanderten Luciens Lippen und Hände über Christines Körper. Zärtlich streichelte er über ihr Becken und den Bauch, und in seiner Phantasie wurde ihr Leib immer runder und praller. Ein Kind, dachte er, warum nicht?

»Was ist, Lucien?« Sie hatte die Augen geöffnet und sah ihn erstaunt an.

»Möchtest du ein Kind haben, Christine?«

»Ein Kind?« Wie kommst du denn darauf? Sicherlich, eines Tages möchte ich ein Kind haben, und nicht nur eines ...« Sie verstummte. Er umarmte sie mit einer Leidenschaft und Ungeduld, die sie noch nie an ihm erlebt hatte. Als sie wieder zu sich kam und seine schweißnasse Haut spürte, wurde ihr bewußt, was geschehen war. Er hatte sich nicht von ihr gelöst, und ihr war, als ob jede Faser ihres Körpers feucht sei, außen, innen, überall.

»Lucien«, flüsterte sie kaum hörbar, »warum hast du das getan?«

Er hob den Kopf, lächelte, gab ihr einen flüchtigen Kuß und ließ sich zur Seite fallen. Nach kurzem Schweigen griff er nach ihrer Hand. »Warum? Christine, ich möchte dich heiraten und eine

Familie mit dir gründen. Wenn man so will, ist diese Nacht unsere Hochzeitsnacht.«

»Du willst mich heiraten? Und deine Familie? Deine Angehörigen werden mich ablehnen! Oh, Lucien ich liebe dich, ich möchte so gerne deine Frau werden, aber du mußt an deine Familie denken. Ich passe nicht zu den Bonapartes, bedenke, aus welch einfachen Verhältnissen ich komme und wie ungebildet ich bin. Einer deiner Brüder ist General, ein anderer ist Jurist ...«

»Aber Christine, ich bitte dich, meine Heirat ist meine persönliche Angelegenheit und geht die Familie überhaupt nichts an. Ich liebe dich, ich möchte immer mit dir zusammenleben, ich möchte Kinder mit dir haben. Und was soll das denn heißen, du paßt nicht zu uns? Leben wir nicht in einer Zeit, in der die Standesunterschiede aufgehoben sind? Wir werden heiraten, und zwar so bald wie möglich, und meine Familie wird sich mit den Tatsachen abfinden müssen!«

Am 4. Mai 1794 wurden Lucien Bonaparte und Christine Boyer getraut. Da Lucien noch minderjährig war, hatte er sich einfach um einige Jahre älter gemacht, was nicht weiter auffiel, denn seine Geburtsurkunde war in Ajaccio geblieben.

Ungefähr eine Woche später kam er niedergeschlagen nach Hause in den Gasthof: Er hatte seine Stelle als Proviantmeister verloren, da die Armee des Südens verlegt wurde.

Sein Schwager beruhigte ihn, das sei nicht weiter schlimm; Proviantmeister würden in Kriegszeiten immer wieder gebraucht und vorerst könne er sich im Gasthof nützlich machen, die Buchführung müsse dringend in Ordnung gebracht werden.

Lucien blieb nichts anderes übrig, als das Angebot des Schwagers anzunehmen und im Familienbetrieb mitzuhelfen. Seine eigene Familie wußte noch nichts von seiner Heirat, aber Ende Juni gab er dem Drängen seiner Frau nach und schrieb einen Brief an Letizia: ›Ich habe ein Mädchen kennengelernt, das arm und tugendhaft ist, und ich habe es geheiratet ...‹

»Diebin, Diebin! Der Teufel soll dich holen!« Der dicke Monsieur Bastide blieb schwer atmend stehen und schleuderte in hilflosem Zorn seinen Stock hinter Pauline her. Die lachte nur und lief zurück in den Garten von Château-Sallé, dort blieb sie stehen, streckte dem Nachbarn die Zunge heraus und lief lachend weiter.

»Korsisches Pack!« schrie Monsieur Bastide, dann ging er langsam zurück in sein Haus. »Korsisches Flüchtlingspack«, murmelte er vor sich hin, »die schönsten Pfirsiche hat die kleine Hexe mir gestohlen.«

Pauline rannte zum Bach, wo Junot und Marmont träge im Gras lagen; beide Soldaten waren seit Toulon Napoleons ständige Begleiter.

Andoche Junot, zwei Jahre jünger als Napoleon, war der Sohn eines Holzhändlers, ein temperamentvoller, hübscher blonder Bursche. Während der Kämpfe um Toulon hatte er sich freiwillig gemeldet, um unter den Schüssen der englischen Artillerie einen geheimen Einstieg an der Festungsmauer zu erklettern. Da er eine schöne Handschrift besaß, wurde er wenig später der Sekretär Napoleons. Beim Aufschreiben eines Befehls schlug einmal eine englische Granate neben ihm ein und bespritzte das Papier mit Erde. Junot ließ sich dadurch nicht aus der Fassung bringen. »Gut, nun brauche ich keinen Streusand für die Tinte.« Napoleon fand Gefallen an dem jungen Kavallerie-Leutnant und behielt ihn als Adjutanten bei sich. Und Junot hing mit abgöttischer Verehrung an dem General, der für ihn der Mittelpunkt des Lebens war.

Der andere Kampfgefährte aus dieser Zeit, Auguste Frédéric-Louis Viesse de Marmot, war fünf Jahre jünger als Napoleon und entstammte dem ländlichen Kleinadel. Die beiden lernten sich bereits 1792 kennen und trafen einander bei Toulon wieder. Nach der Eroberung der Stadt wurde Marmont zum Hauptmann ernannt und bestand darauf, bei Napoleon bleiben zu dürfen. Er bewunderte die militärischen Fähigkeiten des älteren Kameraden und vermutete, daß dieser es in der Armee noch weit bringen würde; das bewog ihn, sein militärisches Schicksal an das des Generals Bonaparte zu ketten. Er war eine stattliche Erscheinung mit dunkel gelocktem Haar und kantigen Gesichtszügen; in den dunklen Augen spiegelte sich eine gewisse Härte. Er war fest entschlossen, in der Armee Karriere zu machen, ohne Rücksicht auf Verluste. Napoleon schätzte seine Tapferkeit, billigte ihm Verstand und Vernunft zu, hielt ihn aber nicht für eine strategische Begabung.

Was sie verband, war der gemeinsame Kampf um Toulon. Gefühlsmäßig stand Napoleon Junot näher und schätzte dessen Treue und Anhänglichkeit.

Pauline blieb aufatmend und mit erhitztem Gesicht vor Marmont und Junot stehen. »Der gute Bastide hat die besten Pfirsiche von ganz Antibes«, keuchte sie und schüttete den Inhalt ihrer Schürze ins Gras.

Junot verfolgte mit verliebten Augen jede ihrer Bewegungen. Pauline war für ihn die Verkörperung des Weiblichen schlechthin, obwohl sie noch nicht einmal vierzehn Jahre alt war. Sie bewegt sich wie ein Reh, dachte er, wie eine Nymphe! Als sie ihm einen Pfirsich reichte und ihre Finger sich berührten, zuckte er zusammen.

»Warum stiehlst du eigentlich Obst in fremden Gärten?«, fragte Marmont, als sie ihm ebenfalls eine Frucht reichte.

»Warum? Nun, es ist verboten, und alles, was verboten ist, macht mir besonderes Vergnügen.«

Vom Haus her liefen Caroline und Jérôme auf die Gruppe zu.

»Paulette«, rief ihr Bruder, »wir feiern ein Fest, ein großes Fest im Park der Clarys!«

»Er meint die Hochzeit von Joseph und Julie«, fügte Caroline erklärend hinzu. »Mama hat soeben einen Brief von Joseph erhalten; er schreibt, daß die Trauung am siebzehnten Thermidor (4. August) sein soll.«

»Wie?« rief Pauline, »das ist ja schon in einem Monat! Sie wollten doch im Herbst heiraten.«

»Ja«, sagte Caroline mit wichtigem Gesicht, »Napoleon meint, Etienne drängt auf rasche Heirat wegen der politischen Entwicklung in den letzten Wochen.«

Junot und Marmont warfen sich einen verstohlenen Blick zu und schwiegen.

Pauline stand auf. »Das verstehe ich alles nicht, und überhaupt, ich finde Politik langweilig.«

»Langweilig? Etwas Interessanteres gibt es doch nicht, vor allem, wenn man bedenkt, was sich alles hinter den Kulissen abspielt, welche Ränke gesponnen werden!«

Pauline sah ihre Schwester verblüfft an. »Woher weißt du denn das alles?«

Caroline lächelte spöttisch. »Ich passe eben auf, wenn die Erwachsenen sich unterhalten.«

Sie sah kokett zu den beiden Offizieren hinüber und ging mit wiegenden Schritten zurück zum Haus.

Marmont lachte belustigt auf. »Ich glaube, die kleine Caroline weiß jetzt schon, was sie will. Wie alt ist sie überhaupt?«

»Zwölf Jahre. Komm, Jérôme, wir müssen noch Gemüse fürs Abendessen holen.« Zu Junot und Marmont gewandt, fügte Pauline hinzu: »Heute abend gibt es zwei meiner Lieblingsgerichte, Knoblauchsuppe und Kutteln, aber auf korsische Art, mit viel Tomaten geschmort«, und sie lief mit Jérôme zu dem Gemüsegarten hinter dem Haus.

O mein Gott, dachte Marmont entsetzt. Knoblauchsuppe! Widerlich! Hoffentlich wird mir nicht übel davon, na, zum Glück gibt es in diesem Haus Kognak. Die korsische Küche ist recht schmackhaft, wenn nur nicht soviel Knoblauch an jedem Gericht wäre!

»Der Bruder unseres Generals macht wirklich eine glänzende Partie«, hörte er Junot sagen. »Einhunderttausend Livres als Mitgift, stell dir das vor!«

»Ja, aber die Clarys irren sich, wenn sie glauben, daß sie sich damit politische Sicherheit erkaufen können. Durch das neue Gesetz vom zweiundzwanzigsten Prairial (10. Juni) schwebt doch über jedem Franzosen das Fallbeil. Jeder Verdächtige ist der Willkür des Revolutionstribunals preisgegeben, jeder kann ohne Beweisaufnahme verurteilt werden. Wie heißt es in Artikel acht? Die Richtschnur bei der Urteilsfindung ist das von der Vaterlandsliebe erleuchtete Gewissen der Richter ... Und Artikel neun: Jeder Bürger hat das Recht, Verschwörer und Gegenrevolutionäre festzunehmen und vor die Behörde zu bringen; er ist zur Anzeige verpflichtet, sobald er von ihrer Tätigkeit erfährt ... Der Denunziation ist durch dieses Gesetz Tür und Tor geöffnet. Manchmal glaube ich, Robespierre wird größenwahnsinnig. Denke doch nur an das Fest des Höchsten Wesens am 20. Prairial: Robespierre, im Kostüm des Volksrepräsentanten, einen Strauß von Ähren und Blumen in der Hand, marschiert an der Spitze des Konvents zum Marsfeld ... Er hat alle Rivalen beseitigt, die seiner Alleinherrschaft im Wege standen, zuerst Hébert und die Cordeliers, dann Danton, Desmoulins und ihre Anhänger. Wo soll das noch hinführen, Andoche?«

»Wir können nur hoffen, daß Danton mit seinem Ausspruch vor dem Revolutionstribunal recht behält: ›Elender Robespierre! Du wirst mir folgen‹! Mir scheint, in der Armee lebt es sich zur Zeit am sichersten.«

»Wenn nicht gerade unverhofft Kommissare auftauchen! Was hat der General denn zu dem neuen Gesetz gesagt?«

»Er hat sich nicht dazu geäußert, aber ich glaube, die sinnlosen Hinrichtungen sind ihm ein Greuel.«

Zur selben Stunde saßen Elisa und Louis auf einer Bank hinter dem Haus und lasen. Die Fenster waren geöffnet, um die kühle Abendluft einzulassen, hin und wieder hörten die Geschwister die Stimmen der Dienstboten oder die klappernden Geräusche aus der Küche. Elisa vertiefte sich zum soundsovielten Male in die *Neue Heloïse*; ihr Bruder quälte sich durch militärische Fachliteratur, die Napoleon ihm empfohlen hatte.

Die zornige Stimme des Generals riß die beiden aus ihrer Versunkenheit, und sie sahen erschrocken zu Letizias Zimmer im ersten Stock empor.

»Was für eine Dummheit! Es ist eine Schande für die Familie! Eine Gastwirtstochter! Ich kann es nicht glauben! Was schreibt er? Ein armes, tugendhaftes Mädchen! Lächerlich! Wahrscheinlich ist sie eine ungewaschene Schlampe, die am Abend in der Gaststube mit den Bauern schäkert. Jesus! Lucien, der Präsident des Jakobiner-Klubs; es wäre für ihn bestimmt nicht schwer gewesen, ein wohlhabendes Mädchen aus guter Familie zu heiraten. Eine zweite Mitgift hätte uns nicht geschadet. Aber so ist Lucien, das ist typisch für ihn; er denkt nur an sich und sein Vergnügen, nie an die Familie! Eine Gastwirtstochter! Und das kurz vor Josephs Heirat! Was werden die Clarys denken, wenn sie davon erfahren! Am besten sagen wir es ihnen erst nach der Hochzeit.«

Elisa und Louis lauschten mit angehaltenem Atem. Eine ganze Weile waren nur die schweren Stiefeltritte des Generals zu hören. Dann erklang Letizias Stimme: »Napoleon, da ist noch eine Sache.

Lucien hat seine Stellung als Proviantmeister verloren und hilft nun seinem Schwager, das heißt, er kümmert sich um die Buchführung.«

»Die Buchführung? Lucien? Na, da werden die Boyers bald in den roten Zahlen sein! Er hilft im Gasthof, bedient wohl gar Gäste, wie? Was für eine Laufbahn für einen Bonaparte!«

»Napoleon, nicht jeder meiner Söhne kann eine Millionärstochter heiraten! Und ich werde mir über dieses Mädchen erst ein Urteil bilden, wenn ich sie persönlich kennengelernt habe. Allerdings bin ich enttäuscht, daß er weder Joseph als Familienoberhaupt noch mich als Mutter um die Einwilligung zu seiner Heirat gebeten hat! Du magst jetzt denken, wie du willst, aber diese Nichtachtung unserer korsischen Familientradition schmerzt mich mehr als die Tatsache, daß er ein armes Mädchen geheiratet hat. Ich werde also in den nächsten Tagen unverhofft in Saint-Maximin auftauchen und mir meine Schwiegertochter ansehen, erst nach diesem Besuch werde ich Joseph unterrichten.«

»Na schön, nehmen Sie meinen Wagen, Mama, er ist besser gefedert.«

Wenige Augenblicke später hörten Elisa und Louis eine Tür ins Schloß fallen, dann war es ruhig. Sie saßen eine Weile stumm nebeneinander, bis Louis das Schweigen brach. »Ich kann Napoleon nur beipflichten. Wie kann Lucien eine Ehe eingehen mit einem Mädchen, das so gar nicht in unsere Familie paßt?«

»Aber Louis, wer sagt denn, daß sie nicht zu uns paßt? Warum regt Napoleon sich überhaupt so auf? Lucien ist ein freier Mensch, nur er kann entscheiden, wen er heiraten möchte, und vielleicht ist diese Gastwirtstochter netter als die Clary-Mädchen, die sich wer weiß was auf ihren Reichtum einbilden.«

»Aber Elisa! Julie und Désirée sind doch nicht eingebildet, ich finde sie sehr nett und natürlich.«

»Ach, Louis. Lucien ist verheiratet, Joseph heiratet in wenigen Wochen, und ich? Napoleon sollte sich nicht über Lucien aufregen, sondern versuchen, einen Ehemann für mich zu finden!«

Einige Tage später kehrte Letizia aus St. Maximin zurück. Sie hatte sich lange mit Christine unterhalten, hatte das junge Paar beobachtet und war voll des Lobes über ihre Schwiegertochter.

An Joseph schrieb sie, Christine sei bescheiden und Lucien aufrichtig zugetan, sie wünsche sich viele Kinder und würde sich problemlos in die Familie Bonaparte einfügen.

Ende Julie traf Josephs Antwort ein. Er schrieb, daß er im ersten Moment ungehalten über Luciens Eheschließung gewesen sei, aber er verlasse sich auf Letizias Urteil. Kurz, er sei bereit, Christine als neues Familienmitglied anzuerkennen.

Letizia atmete erleichtert auf und sah auf den Kalender: es war der 9. Thermidor (27. Juli). Dieses Datum werde ich immer in guter Erinnerung behalten, dachte sie bei sich.

Am 17. Thermidor stand Désirée zeitig auf, zog sich ein einfaches Hauskleid an und ging hinunter in die Küche, wo Marie mit der Köchin die letzten Einzelheiten für das Hochzeitsmahl besprach. Désirée trank langsam ihre heiße Schokolade, knabberte appetitlos an einem Hörnchen und wartete, daß die Köchin die Küche verließ, um Madame Clary das Frühstück zu bringen.

Endlich war sie mit Marie allein. »Marie, du denkst daran, nicht wahr? Wenn die Tische gedeckt werden, stellst du meine Tischkarte neben die des Generals Bonaparte.«

»Das wird deiner Mutter nicht recht sein, meine Kleine, sie hat dir einen anderen Tischherrn zugedacht, ich glaube Louis Bonaparte.«

»Marie, bitte, tu mir den Gefallen. Ich werde Mama bestimmt nicht sagen, wer die Karten vertauscht hat, Ehrenwort!«

Marie sah das junge Mädchen nachdenklich an. »Der General beschäftigt dich wohl sehr?«

»O ja, Marie, ich war vom ersten Augenblick an von ihm fasziniert, aber er – er ist so zurückhaltend. Obwohl, seit einiger Zeit nennt er mich Eugénie, aber nur, wenn wir allein sind. Der Name Désirée gefällt ihm nicht, deshalb nennt er mich Eugénie. Wie findest du das, Marie?«

»Warum soll er dich nicht so nennen? Schließlich bist du auf die Namen Bernardine Eugénie Désirée getauft worden. Aber ich glaube, du mußt bei dem General ein bißchen Geduld haben; er ist bei Frauen schüchterner, vielleicht auch gehemmter als sein Bruder. Warte in aller Ruhe ab, und wenn deine Gefühle unerwidert bleiben, Désirée – mein Gott, du wirst im Dezember erst siebzehn Jahre, du kannst noch viele Männer kennenlernen.«

»Die Tischkarten, Marie!«

»Ja, ja sei unbesorgt.«

Einige Stunden später, um die Mittagszeit, stand Letizia auf der Terrasse und sah gedankenverloren hinaus in den Park zu der weißgedeckten, blumengeschmückten Festtafel. So ähnlich war es am 2. Juni vor dreißig Jahren, dachte sie, aber damals, an meinem Hochzeitstag, war alles feierlicher: Es gab eine kirchliche Trauung, sämtliche Honoratioren waren im Dom anwesend, dann der Hochzeitszug durch die Stadt ... Und heute? Etienne und Joseph haben beschlossen, ohne großen Aufwand zu feiern, nur im Kreise der Familie und der engsten Freunde, das ist natürlich angebracht angesichts der täglichen Hinrichtungen. Aber daß sie sich Mitte August noch kirchlich trauen lassen ... das ist verrückt! Wenn die falschen Leute davon erfahren, kann es für Joseph und Julie die Guillotine bedeuten!

Während Josephs und Julies Flitterwochen in der Sommervilla der Clarys werden Madame Clary und ich Zeit haben, das Haus in Marseille fertig einzurichten. Dieser Hauskauf war wirklich eine überflüssige Geldausgabe! Das junge Paar hätte weiß Gott zunächst in der Villa wohnen können, dort ist doch genug Platz! Jesus, vor dreißig Jahren wäre es undenkbar gewesen, daß Carlo und ich ein eigenes Haus bewohnt hätten; wir hatten ein Zimmer in dem alten Haus in der Via Malerba und waren glücklich und zufrieden im Kreis der Familie.

»Dio vi dia buona fortuna, tre di maschi e femmin'una«, murmelte Letizia vor sich hin. Was habe ich in den vergangenen dreißig Jahren alles erlebt! Welches Schicksal wird Lucien und Christine, Joseph und Julie in den kommenden dreißig Jahren bevorstehen? Das wäre 1824, ob ich dann noch lebe?

Langsam ging sie über die Terrasse zurück zum Vestibül, wo das frisch getraute Paar die Glückwünsche und Geschenke der Gäste entgegennahm. Zu Ehren der Republik waren Joseph und Julie in Blau-Weiß-Rot gekleidet, was den Standesbeamten sichtlich beeindruckt hatte. Julies Wangen glühten vor Aufregung. Joseph machte ein feierliches Gesicht und versuchte so würdevoll wie möglich zu wirken.

»Ein Traumpaar!« flüsterten die Gäste einander zu. Unweit der Brautleute entdeckte Letizia Napoleon und Désirée, ins Gespräch vertieft. Sie hatte längst bemerkt, daß sich Désirée für ihren Sohn interessierte, und hoffte im stillen, daß bei Napoleon der Funke überspringen würde.

»Ich beneide meine Schwester, Napoleon! Sie hat den Mann geheiratet, den sie liebt und der ihre Zuneigung erwidert.«

»Aber Eugénie, dieser resignierte Tonfall paßt gar nicht zu Ihnen! Eines Tages werden auch Sie den Mann heiraten, den Sie lieben, oder, besser noch, der Sie liebt.«

»Das verstehe ich nicht, eine Ehe schließt man doch aus gegenseitiger Zuneigung, oder?«

Napoleon lachte leise auf. »Ja, gewiß, aber die Liebe spielt für eine Eheschließung oft nur am Rande eine Rolle ... Und auch bei einer Liebesheirat ist es häufig so, daß der eine Partner den anderen mehr liebt. Und wenn Sie mich fragen, ich glaube, es ist besser für eine Ehe, wenn der Mann derjenige ist, der stärker liebt.«

»Und warum?«

»Warum? Nun, ein Mann will die Frau, oder besser: ihre Liebe und Zuneigung erobern, das ist doch viel interessanter für ihn als eine Frau, deren Zuneigung er von vorneherein sicher ist, oder?«

»Ja, vielleicht haben Sie recht. Offen gestanden habe ich über diese Dinge noch nicht weiter nachgedacht.«

»Sie sind ja auch noch ein kleines Mädchen.«

»Ja, ich weiß«, stieß Désirée heftig hervor, »für Sie bin ich immer noch ein kleines Mädchen!«

»Aber Eugénie, ich wollte Sie nicht verletzen! Kommen Sie, man geht zu Tisch. Wer ist Ihr Tischherr?«

»Sie, Bürger General.«

»Oh, wie erfreulich! Ihre Gesellschaft ist mir weit angenehmer als die der übrigen Damen, ich unterhalte mich nämlich gerne mit Ihnen«, und mit einer kurzen Verbeugung bot er ihr seinen Arm.

Sie sah ihn überrascht an. Meine Gesellschaft ist ihm also angenehm! dachte sie und nahm gutgelaunt an der Festtafel Platz; den erstaunten und mißbilligenden Blick ihrer Mutter übersah sie geflissentlich.

Du meine Güte, was für ein Temperament sie hat, wie ihre Augen gefunkelt haben! dachte er, während die Artischocken mit Sauce Vinaigrette serviert wurden, und er begann sich mit ihr über Musik zu unterhalten.

»Na, Gott sei Dank«, sagte er, als nach dem Fisch die gebratenen Tauben serviert wurden, »jetzt kann man ja das Ende des Festmahles absehen.«

Désirée sah ihn erstaunt an. »Warum, haben Sie etwas gegen ausgedehnte Mahlzeiten? Man entspannt sich doch dabei, man plaudert ... Und gerade heute, am Hochzeitstag Ihres Bruders, sollten Sie doch Zeit für so etwas haben.«

»Sie haben recht, Eugénie, aber für mich ist die Zeit ein knappes Gut. Sehen Sie, für einen General, der an der Front strategische Entscheidungen fällen muß, kann Zeit ausschlaggebend für Sieg oder Niederlage sein. Und diese Zeitgefühl verinnerlicht man irgendwann. Stundenlange Mahlzeiten waren mir übrigens schon immer ein Greuel. Wenn ich mich entspannen will, nehme ich ein Bad. Meine heutige Ungeduld hängt damit zusammen, daß Louis und ich unverzüglich zu unserem Regiment nach Nizza abreisen müssen. Wir werden wahrscheinlich in den kommenden Wochen gegen die Österreicher kämpfen.«

»Sie werden also vorerst nicht mehr nach Marseille kommen?«

»Vorerst? Nun, sagen wir, es wird einige Monate dauern, bis ich Marseille wiedersehe.«

Sie schwieg, und nach einer Weile sah er sie prüfend von der Seite an. »Eugénie«, sagte er freundlich, »ich hoffe, daß Sie mich über Ihre Fortschritte bei den Gesangsstunden unterrichten.«

»Interessiert Sie das überhaupt?«

»Natürlich, Sie wissen doch, daß ich die Musik liebe, und ich werde Ihnen auch schreiben, soweit es meine Zeit erlaubt.«

Das Hochzeitsmahl war kaum beendet, als Napoleon Louis zum Aufbruch drängte. Während sein Bruder sich von den Gästen verabschiedete, nahm Napoleon Joseph zur Seite. »Du bist ein Glückspilz, mein Lieber, eine bessere Frau als Julie hättest du nicht bekommen können. Behandele sie gut, sie hat es verdient, sie liebt dich sehr!«

Nachdem der General und sein Bruder weggeritten waren, ging Désirée auf die Terrasse, Napoleons Abschiedsworte im Ohr: »Auf Wiedersehen, Eugénie, wir schreiben uns.«

Wir schreiben uns, wiederholte sie und fühlte sich plötzlich einsam wie nie zuvor. Er ist fort und wird erst in einigen Monaten wiederkommen! Noch zwei, drei Stunden, dann verläßt auch Julie das Haus, und ich bleibe hier allein zurück ...

»Désirée, was ist passiert?« hörte sie nach einer Weile Paulettes Stimme.

Désirée schluckte, trocknete ihre Tränen und suchte nach einer Erklärung. »Weißt du, es ist so, ich werde sehr allein sein, wenn Julie nicht mehr hier wohnt.«

»Ach, das kann ich gut verstehen! Immer wenn Napoleon nach einem Urlaub Korsika wieder verlassen hat, habe ich mich auch einsam gefühlt. Aber Désirée, du hast doch uns, ich meine Mama, meine Geschwister und mich. Du bist jederzeit in Antibes willkommen. Übrigens, ich bin aus einem bestimmten Grund auf die Terrasse gegangen; ich fliehe vor einem Mann! Paß auf, ich werde ihn dir jetzt zeigen, vielleicht kennst du ihn.«

Pauline ging mit Désirée ein paar Schritte in den Park hinein und sah sich suchend um. »Aha, dort, das ist er, der bei deinem Bruder Etienne steht.«

»Ach, der? Das ist Stanislas Fréron; er ist Konventmitglied und mitverantwortlich für den Terror hier in Marseille, und er hat einen ausgesprochen schlechten Ruf, was Frauen betrifft.« In diesem Augenblick sah Fréron zu den beiden Mädchen hinüber und machte eine kurze Verbeugung. »Er ist ein gutaussehender Mann, Paulette.«

»Ja, aber weißt du, wenn er mich so ansieht, dann habe ich das Gefühl ... ich fühle mich nackt unter seinem Blick. Es ist ganz merkwürdig, ich fürchte mich irgendwie vor ihm und fühle mich gleichzeitig zu ihm hingezogen. Verstehst du das?«

»Nein, aber komm, ich glaube, Joseph und Julie brechen auf. Wir wollen uns von ihnen verabschieden!«

Eine halbe Stunde später standen die Clarys und die Bonapartes einträchtig nebeneinander auf der Treppe und winkten der Kutsche nach, die das Brautpaar ins Sommerhaus nach Cuge brachte.

Madame Clary tupfte mit einem Spitzentaschentuch diskret einige Tränen weg und wandte sich dann zu Letizia. »Vielleicht feiern wir in einem Jahr das nächste Familienfest, ich meine die Geburt unseres ersten Enkelkindes.«

»Hoffentlich, zu einer glücklichen Ehe gehören viele Kinder«, erwiderte Letizia. Das erste Enkelkind, dachte sie bei sich, für mich ist Josephs Erstgeborener bereits das zweite Enkelkind. Am Tag vor der Hochzeit hatte sie erfahren, daß Christine schwanger war und man die Niederkunft Ende Februar 1795 erwartete.

Während die Kutsche über die staubige Landstraße rollte, erholte sich das junge Paar von den Strapazen des Tages. Joseph hatte sich in die Polster zurückgelehnt und die Augen geschlossen, Julie sah verträumt hinaus in die Landschaft und genoß den Sommerabend. Ihre Gedanken wanderten zurück zu dem Tag vor der Hochzeit, zu dem Gespräch, das die Mutter mit ihr geführt hatte. Es war die Rede gewesen von den Rechten und Pflichten einer Ehefrau, und Madame Clary hatte ihrer Tochter immer wieder nahegelegt, alle Wünsche ihres Gatten zu erfüllen, sobald sie mit ihm im Schlafzimmer allein war. Am Schluß des Gesprächs wußte Julie soviel wie vorher und war restlos verwirrt. »Aber Mama, es ist für mich selbstverständlich, daß ich Josephs Wünsche erfülle«, hatte sie ratlos gesagt.

»Nun, dann ist es ja gut, mein Kind.«

Josephs Wünsche im Schlafzimmer – was hat sie wohl damit gemeint? Julie spürte ein leises Unbehagen und merkte, daß sie Herzklopfen bekam. Als sie ihren Gatten mit einem vorsichtigen Blick streifte, sah sie, daß er die Augen inzwischen geöffnet hatte und sie anlächelte. »Bist du sehr müde?«

»Ach, es geht. Joseph, während unserer Verlobungszeit warst du so ... so zurückhaltend. Nun, wenn man verlobt ist, dann schickt es sich wohl nicht anders, aber jetzt sind wir ja verheiratet – willst du mir nicht einen Kuß geben? Ich möchte so gerne von dir in die Arme genommen und geküßt werden.« Nach diesem Bekenntnis holte Julie tief Luft und spielte verlegen mit ihrem Ehering.

…, Julie, wenn ich das geahnt hätte! Ich hatte immer Angst, du …dest mich zurückweisen«, stotterte er und suchte nach weiteren …ründen, um seine Zurückhaltung zu erklären. Schließlich zog er sie zu sich heran, nahm sie in die Arme und küßte sie und dachte halb beschämt, halb wehmütig an die vergangenen Marseiller Nächte, die er bei seiner Geliebten, einer jungen Wäscherin, verbracht hatte. Das arme Mädchen, dachte Joseph, während Julie glücklich in seinen Armen ruhte, wie hat sie geweint, als ich ihr sagte, daß unser Verhältnis ein Ende haben müsse. Schließlich, wenn man eine Gattin hat, ist eine Geliebte doch überflüssig. Oder? Diese Frage beschäftigte Joseph, bis sie in Cuge ankamen.

Dort wurden sie bereits von Maries Sohn Pierre und seiner Frau Claire erwartet, die in Cuge und auch später in Marseille den Haushalt führen sollten. Während Pierre dem Kutscher beim Ausladen behilflich war, führte Claire ihre neue Herrschaft in den Salon.

»Mein Mann hat Champagner bereitgestellt und einen kalten Imbiß gerichtet, wenn Sie später noch etwas essen möchten. Übrigens, mein Mann kocht, und ich werde das Haus in Ordnung halten und die Wäsche besorgen«, erklärte Claire.

»Ja«, sagte Joseph, »das wird sich schon alles einspielen.« Zufrieden blickte er um sich: Blumen, Champagner im Eiskühler, Champagnerschalen aus Kristall – wie angenehm war das Leben, wenn man Geld besaß!

»Ich werde jetzt die Koffer auspacken und alles einräumen, Madame. Wenn Sie mich brauchen, klingeln Sie bitte.«

»Ja, danke, Claire.« Julie setzte sich aufs Sofa und sah sich um. Hier werden wir also die nächsten Wochen verbringen, dachte sie, ganz allein, ohne Familie, nur Pierre und Claire werden uns Gesellschaft leisten, wie schön!

Da es dämmerig geworden war, entzündete Joseph die Lampe und füllte die Champagnerschalen. »Auf unsere Ehe, Julie.«

»Ja, Joseph, auf unsere Ehe!« Sie nippte vorsichtig an dem prikkelnden Getränk.

»Wie schön, Julie, daß wir von hier aus den Blick aufs Meer haben. Morgen machen wir einen Strandspaziergang und suchen Muscheln. Weißt du was? Wir lassen uns einen kalten Imbiß richten und verbringen den ganzen Tag am Strand.«

»Ja, aber was wollen wir da den ganzen Tag machen?«

»Wir unterhalten uns, wir genießen die Ruhe, die Einsamkeit, wir nehmen Lektüre mit und lesen, wir ... wir lieben uns!«

»Was meinst du denn damit?«

»Nun, das wirst du schon merken.« Oh, mein Gott, dachte er, sie scheint völlig unwissend zu sein, das kann ja heiter werden! »Der Blick aufs Meer hat mir bei unseren korsischen Sommerhäusern immer ein bißchen gefehlt.«

»Wie viele Sommervillen hattet ihr denn?«

»Drei, in Bastelica, in Bocognano und in Milelli.«

»Oh, erzähle, wie ihr die Ferien dort verbracht habt!«

Und Joseph erzählte. Die Stunden verrannen, längst war es völlig dunkel geworden. »Ich glaube«, sagte er schließlich und unterdrückte ein Gähnen, »es ist Zeit, schlafen zu gehen. Mach dich in Ruhe für die Nacht zurecht, ich warte hier solange.«

Julie ging ins Schlafzimmer, entkleidete sich, streifte das neue rosaseidene Nachthemd über, löste ihre Haare, bürstete sie sorgfältig und ging schließlich nach nebenan ins Badezimmer. An diesem Abend wußte sie es zu schätzen, daß ihr Vater beim Bau der Villa so umsichtig an die sanitären Anlagen gedacht hatte. Schließlich stieg sie in das breite Ehebett, lehnte sich ans Kopfende und harrte der Dinge, die kommen würden.

Joseph wartete eine halbe Stunde und klopfte dann an die Tür des Schlafzimmers. Auf Julies »Herein« öffnete er und blieb überrascht stehen. Er fand sie entzückend mit den offenen Haaren, den erwartungsvollen Augen, den leicht geröteten Wangen. Zum ersten Mal fühlte er sich in Julies Gegenwart sinnlich erregt. Er nahm die Lampe und ging rasch durch den Raum ins Ankleidezimmer, zog sich aus, schlüpfte in den seidenen Schlafrock und ging zurück zu seiner Frau. Er überlegte, ob er die Lampe löschen sollte. Sie erschrickt vielleicht, wenn sie zum ersten Mal einen nackten Mann sieht, dachte er, andererseits wird sie sich an den Anblick gewöhnen müssen, und wenn ich etwas hasse, dann ist es der Liebesakt bei Dunkelheit.

»Julie.« Er setzte sich auf den Bettrand. »Dein Nachthemd ist entzückend, aber du solltest es besser ausziehen, ich möchte nicht, daß es zerrissen oder befleckt wird.«

»Aber Joseph, dann bin ich ja völlig nackt, das geht nicht, das schickt sich nicht.« Im selben Moment fiel ihr die Ermahnung der Mutter ein. »Aber wenn du es gerne möchtest, Joseph, natürlich. Nur ... bitte, sieh mich nicht an, dreh dich um.«

Er seufzte gottergeben und wandte ihr den Rücken zu. Julie schlüpfte aus dem Bett, legte das kostbare Nachthemd ab, schlüpfte wieder zurück und zog die Decke bis zum Kinn hoch.

»Du kannst dich umdrehen, Joseph.«

Als er sie so liegen sah, die Decke schamhaft hochgezogen, wurde ihm zum ersten Mal richtig bewußt, daß er mit dieser Frau von nun ab jede Nacht zusammensein würde, jede Nacht, bis an sein Lebensende! Mit einer Frau, die er wegen ihrer Mitgift geheiratet hatte. In Joseph stieg plötzlich Ärger über Julies Prüderie auf; seine sexuelle Begierde vermischte sich mit dem Drang, die Frau zu verletzen.

Die nächsten Minuten erlebte Julie wie einen Alptraum. Als er nach einer, wie ihr schien, unendlich langen Zeit von ihr abließ, öffnete sie die Augen und schaute den Mann an, der erschöpft neben ihr lag. War das der Kavalier, der sie umworben hatte?

Inzwischen war Joseph wieder zu sich gekommen, und als er Julie so hilflos daliegen sah, überkam ihn Reue. Mein Gott, dachte er, ich habe mich wie ein Tier benommen! Aber wenn Désirée neben mir gelegen hätte, wäre alles anders gewesen ...

»Julie!« Er griff nach ihrer Hand. »Verzeih, beim ersten Mal ist es nicht angenehm, man kennt sich zu wenig.«

»Es ist gut, Joseph«, flüsterte sie mit tränenerstickter Stimme, und wenige Augenblicke später hörte sie seine tiefen Atemzüge. Keine Umarmung, kein Kuß, keine Spur von Zärtlichkeit, dachte sie, legte sich auf die Seite und weinte sich in den Schlaf.

Nachdem der letzte Gast sich verabschiedet hatte, sanken Madame Clary und Letizia im Salon erschöpft auf das Sofa.

»Endlich, Gott sei Dank«, sagte Cathérine Clary und fächelte sich Luft zu. »Diese Familienfeste sind doch anstrengend, besonders bei der Hitze. Wo bleibt Etienne? Er wollte noch etwas mit uns besprechen.«

Wenig später erschien dieser, gefolgt von Pierre, der eine Flasche Champagner servierte. Etienne wartete ungeduldig, daß der

Diener sich zurückzog, und hob dann sein Glas: »Auf das Wohl des Brautpaares!« Er leerte es in einem Zug und setzte die Kristallschale so hart auf den Tisch, daß die beiden Damen zusammenzuckten. »Um zur Sache zu kommen«, begann er, «heute, in aller Herrgottsfrühe, traf bei Stanislas Fréron ein Eilkurier aus Paris ein und überbrachte die Nachricht, daß am neunten Thermidor (27. Juli) Robespierre, Saint-Just und Couthon durch die Verschwörung einiger Konventsmitglieder gestürzt und am Tag darauf guillotiniert wurden. Robespierres Bruder Augustin hat sich am gleichen Tag aus dem Fenster gestürzt.«

»Eine Verschwörung?« fragte Letizia. »Gut! Ich wünschte, die Verschwörer hätten schon früher gehandelt. Wie viele Hinrichtungen wären dadurch verhindert worden! Weiß man denn, wer an dem Komplott beteiligt war?«

»Fréron hat mir einige Namen genannt: Berére, Billaud-Varenne, Collot d'Herbois, Tallien, Fouché ...«

»Aber Etienne«, rief Madame Clary, »ich kann es nicht glauben, ausgerechnet Tallien und Fouché! Soviel ich weiß, ist Tallien für die Schreckensherrschaft in Bordeaux verantwortlich und Fouché für den Terror in Niève.«

»Ich nehme an, daß diese Männer sich selbst bedroht fühlten. Am achten Thermidor soll Robespierre im Konvent eine merkwürdige Rede gehalten haben, er hat ›Verräter‹ angeklagt, ohne Namen zu nennen, dadurch wurden viele Konventsmitglieder verunsichert. Dann tauchte das Gerücht auf, daß am neunten Thermidor der halbe Konvent verhaftet werden sollte, und daraufhin haben eben einige Männer gehandelt! Ich nehme an, daß auch Fréron bei der Verschwörung seine Finger im Spiel gehabt hat, zutrauen würde ich es ihm jedenfalls. Aber um auf Tallien zurückzukommen – bei ihm haben wohl auch galante Gründe eine Rolle gespielt: seine Geliebte, Theresa Cabarrus, und deren Freundin, die Vicomtesse de Beauharnais, sind am dritten Prairial verhaftet worden, und er wollte die Damen vor der Guillotine retten. Frankreich kann jetzt wohl aufatmen, die Schreckensherrschaft ist zu Ende. Aber was werden die Männer des Thermidor mit den Bürgern machen, die offen mit der Jakobinerherrschaft sympathisiert haben?«

Etienne schwieg, seine Mutter sah ratlos vor sich hin und nippte ihrem Glas. Letizia brach schließlich das Schweigen: »Mit anderen Worten, was haben meine Söhne zu befürchten?«

»Ja«, sagte Etienne leise, »Joseph wird wahrscheinlich seine Stellung als Kommissar verlieren; das wäre nicht weiter schlimm, von mir aus kann er sofort in den Seidenhandel einsteigen. Aber vielleicht wird er verhaftet! Ich habe schon überlegt, ob ich ihn über die Pariser Ereignisse informieren soll, aber schließlich, es ist sein Hochzeitstag, sollte ich ihm und Julie ausgerechnet diesen Tag verderben? Bleibt die Frage, ob wir morgen einen Kurier nach Cuge schicken oder ob wir abwarten.«

»Ich weiß nicht, was richtig ist«, sagte Madame Clary. »Entscheide du, Etienne.«

»Ich sehe keinen Sinn darin«, meinte Letizia nach einigem Nachdenken, »Joseph und Julie morgen zu benachrichtigen. Lassen wir sie in Ruhe die Tage in Cuge genießen, warten wir ab. Die neue Regierung in Paris muß sich ja auch erst konsolidieren. Im übrigen mache ich mir viel mehr Gedanken um Lucien als um Joseph. Lucien hat keinen Menschen hinrichten lassen, aber er hat bestimmt Feinde in Saint-Maximin. Was soll aus seiner Frau und dem ungeborenen Kind werden, wenn er verhaftet wird?«

»Wie, Lucien ist verheiratet?« rief Cathérine Clary.

»Ach ja, das ist eine eigene Geschichte.« Letizia erzählte von Lucien und Christine. Etienne hörte zu, ohne eine Miene zu verziehen, seine Mutter hingegen war voll Mitgefühl.

»Ach, mein Gott, die arme junge Frau! Nicht auszudenken, wenn Lucien etwas zustößt; aber wir werden uns um sie kümmern.«

Etienne ließ eine zweite Flasche Champagner kommen und wechselte das Thema. An jenem Abend dachte keiner daran, daß Napoleon gute Verbindungen zu Augustin Robespierre gehabt hatte.

Als Joseph am nächsten Morgen erwachte und Julie zusammengerollt am äußersten Bettrand liegen sah, erinnerte er sich sofort reuevoll an die Ereignisse der Nacht. In den folgenden Tagen bemühte er sich sehr um sie und war ein zärtlicher, rücksichtsvoller Liebhaber. Aber Julie blieb schüchtern, schamhaft, passiv; gleichzeitig war sie verschmust und liebesbedürftig, aber wenn Joseph, diese Stimmung nutzend, vertraulicher werden wollte, zog sie sich zurück.

»Aber Joseph, doch nicht am hellichten Tag! Wie unschicklich!«

»Aber doch nicht am Strand, es könnte uns ja jemand sehen.«

»Nein, mein Gott, du hast Ideen! – Joseph bitte, lösch das Licht!«

Nach einigen Tagen resignierte der junge Ehemann und gab es auf, aus seiner Gattin eine Geliebte zu machen. Man kann eben nicht alles haben, sagte er sich, ich muß Julie im Schlafzimmer so ertragen, wie sie ist. Ansonsten komme ich gut mit ihr aus, man kann sich vernünftig unterhalten, sie ist nicht zänkisch, und sie wird ihren Kindern bestimmt eine gute Mutter sein.

Julie liebte Joseph nach wie vor; die Hochzeitsnacht hatte sie ihm verziehen, und eingedenk der mütterlichen Mahnung erfüllte sie ihre ehelichen Pflicht, so gut sie konnte. Sie war stolz darauf, mit einem gebildeten, gutaussehenden Mann verheiratet zu sein.

Als die beiden zwei Wochen nach ihrer Hochzeit Cuge verließen, waren sie ein zufriedenes junges Paar und überzeugt davon, daß sie in den kommenden Jahren eine angenehme Ehe führen würden.

Während Joseph und Julie nach Marseille zurückfuhren, sperrte ein Wachsoldat in Fort Carré bei Antibes eine Zellentür auf und schob eine kleine Kiste in den Raum. »Hier, Bürger General, mehr Papier und Tinte konnte ich nicht auftreiben. Hoffentlich hat dein Gesuch um Begnadigung Erfolg.«

Napoleon sah den Soldaten erstaunt an. »Ich werde kein Gesuch um Begnadigung schreiben.«

»Und wozu dann das viele Papier?«

»Oh, es gibt so vieles, worüber man schreiben kann.«

Der Soldat ging kopfschüttelnd hinaus und sperrte die Zellentür wieder zu. Napoleon sah sich in dem schmalen Raum um: eine Pritsche mit einem Strohsack, ein wackeliger Tisch, ein Stuhl, in der Ecke ein Schemel mit einer Blechschüssel darauf, daneben ein zugedeckter Eimer. Er blickte hoch zu dem vergitterten Fenster, schob den Stuhl darunter, kletterte hinauf und sah über das Meer, hinaus in die Freiheit. »Wenn deine Stunde geschlagen hat, ist jede Sorge überflüssig«, sagte er zu sich selbst, sprang vom Stuhl herunter, stellte diesen wieder zum Tisch und holte aus der Kiste Papier, Tinte und einen Gänsekiel. Dann setzte er sich und fing an zu schreiben.

Fort Carré, Antibes, 25. Thermidor des Jahres II
(12. August 1794)

Jetzt, als Gefangener, habe ich Muße, mein Tagebuch fortzuführen. Und wer weiß, wie lange ich noch lebe.

Am 23. Thermidor wurde ich in meinem Quartier in Nizza verhaftet, meine sämtlichen Papier wurden beschlagnahmt, versiegelt und Saliceti!!! zugeschickt. Ja, Saliceti und zwei andere Kommissare der Alpenarmee haben den Haftbefehl gegen mich erlassen. Der Grund: Ich hätte mich verdächtig gemacht, als ich im Auftrag Augustin Robespierres nach Genua reiste, um die Stärke der genuesischen Armee zu erkunden. Ich kann verstehen, daß nach Robespierres Sturz Männer, die seinem Regime wohlwollend gegenüberstanden, jetzt verhaftet werden. Auch ich habe zwar das Ende der Schreckensherrschaft herbeigesehnt, aber immerhin habe ich seinen Bruder gut gekannt. Was ich nicht begreife und was mich zutiefst erschüttert, ist Salicetis Rolle bei der ganzen Angelegenheit. Ausgerechnet er, der immer ein Freund unserer Familie war, der unsere Politik auf Korsika unterstützt hat, ein Logenbruder von Joseph – dieser Mann läßt mich verhaften! Und warum?

Weil er um seinen eigenen Kopf bangt! Schließlich war auch er gut bekannt mit Augustin Robespierre. Wie feige, wie erbärmlich! Er opfert einen politischen Freund, um die eigene Haut zu retten. In den vergangenen zwei Tagen war ich oft nahe dran, für alle Männer nur Verachtung zu empfinden.

Sollte ich durch Salicetis Verrat sterben, na gut, aber die Bezeichnung ›Patriot‹ wird man mir nicht absprechen können. Ich habe für die Republik alles verloren, und ich habe mit einiger Auszeichnung gedient. In den kommenden Tagen werde ich mich an meine Schlachtfeld-Philosophie halten: ›Wenn deine Stunde geschlagen hat, ist jede Sorge überflüssig.‹

Fort Carré, Antibes, 28. Thermidor des Jahres II

Mein 25. Geburtstag. Manchmal denke ich, daß ich schon so viel erlebt habe wie andere Leute mit fünfzig Jahren.

Ich habe noch einmal über Robespierres Sturz nachgedacht. Der Terror war schrecklich, und ich habe diese Schreckensherrschaft abgelehnt, dennoch halte ich seinen Sturz für ein Unglück für

Frankreich. Wenn er an der Macht geblieben wäre, hätte er in absehbarer Zeit bestimmt sein Verhalten geändert und die Herrschaft der Gesetze wiederhergestellt.

Vorgestern habe ich nun doch einen Protestbrief an Saliceti geschrieben: ›Habe ich seit dem Anfang der Revolution nicht stets nach ihren Grundsätzen gehandelt? Hat man mich nicht stets im Kampf gegen die inneren und die äußeren Feinde des Vaterlandes gesehen?‹ Ich habe von Saliceti die unverzügliche Klärung meines Falles und die Haftentlassung verlangt!

An Junot muß ich noch schreiben; er ließ mir eine Nachricht zukommen, daß er mich gewaltsam befreien will! Welcher Irrsinn! Gott sei Dank hat der 9. Thermidor für meine Familie keine allzu tragischen Folgen gehabt. Joseph hat natürlich seine Stellung als Kommissar verloren, aber er wurde nicht verhaftet und unterstützt jetzt Etienne in der Firma. Lucien mußte zwar aus Saint-Maximin fliehen, hat aber in Saint-Chamans eine Stellung als Inspektor für Fuhrwerke gefunden; sein Brotherr ist ein Lieferant der Italienarmee. Christine ist vorerst in Saint-Maximin geblieben.

Er nahm ein neues Blatt, überlegte einen Augenblick und schrieb dann folgende Zeilen an Junot:

Antibes, 28. Thermidor des Jahres II

Mein lieber Junot,

in dem Vorschlag, den Du mir machst, erkenne ich so recht Deine Freundschaft.

Die Menschen mögen ungerecht gegen mich sein – wenn ich nur unschuldig bin, das genügt; mein Gewissen ist ganz ruhig, wenn ich es befrage. Tue also nichts, Du würdest mich nur kompromittieren. Lebe wohl, mein lieber Junot, Gruß und Freundschaft

Bonaparte (in Haft auf dem Fort Carré in Antibes)

Fort Carré, Antibes, 2. Fructidor des Jahres II
(19. August 1794)

Manchmal geschehen Wunder.

Vor ungefähr einer halben Stunde erhielt ich die Nachricht, daß man mich morgen aus der Haft entlassen wird! Ich bin frei, und auch mein Generalsrang wird mir in den nächsten Tagen bestätigt werden! Anscheinend hat Saliceti meine Freilassung erwirkt!

Ich werde nur Joseph und Désirée benachrichtigen und morgen unverhofft in Château-Sallé auftauchen. Mama wird Augen machen! Ihr bleibt wirklich nichts erspart. Vorerst bin ich dem Generalstab der Seealpen zugeteilt, um Operationspläne gegen die Österreicher auszuarbeiten, ich werde also von hier aus nach Piemont weiterreisen. Wann werden sie endlich mit der Vorbereitung der korsischen Expedition anfangen?

Letizia atmete erleichtert auf, als Napoleon am 20. August gesund vor ihr stand. Es folgten einige unbeschwerte, sorgenfreie Monate in Château-Sallé. Die Bonapartes und die Clarys besuchten einander regelmäßig, und Letizia fuhr oft nach Saint-Maximin zu Christine und nach Saint-Chamans zu Lucien.

Am 22. Februar 1795 wurde sie zum ersten Mal Großmutter. Christine gebar ein gesundes Mädchen, das den Namen Charlotte erhielt. Bei Julie hingegen kündigte sich noch kein Nachwuchs an.

Am 3. März schiffte sich Napoleon nach Korsika ein, begleitet von Louis, inzwischen zum Leutnant ernannt, von Junot, inzwischen Hauptmann, und von Marmont und Muiron; der Admiral Martin leitete die Expedition. Letizia machte sich keine übertriebenen Hoffnungen, aber hin und wieder sagte sie zu Saveria: »Ach, wer weiß, vielleicht leben wir in einigen Monaten wieder in der Via Malerba.«

An einem Nachmittag Ende März saß Désirée in ihrem Zimmer und las die Briefe, die Napoleon ihr seit August geschrieben hatte. Da war zunächst das kurze Billett mit der Mitteilung, daß er am nächsten Tag aus der Haft entlassen werde. Ihr Herz hatte Freudensprünge gemacht, als jene Nachricht eintraf! Der zweite Brief war vom Ende des Monats Fructidor. Der General schilderte knapp, aber anschaulich, das alltägliche Leben im Lager der Alpenarmee und wurde dann auf der letzten Seite des Briefes persönlicher, aber auf eine Art, die ihr die Tränen in die Augen trieb: ›Ihre unversiegbare Freundlichkeit und die Ihnen eigene fröhliche Offenheit flößen mir Zuneigung ein, liebe Eugénie, aber meine Arbeit nimmt mich sehr in Anspruch, und ich glaube nicht, daß sich diese Neigung in meiner Seele eingraben sollte, um vielleicht eine Narbe zu hinterlassen ...‹ Dann war die Rede von ihrer musikalischen Begabung, und der Brief schloß mit dem Satz: ›Die Musik ist die Seele der Liebe.‹

Nach weiteren fünf Monaten hatte sie den dritten und letzten Brief erhalten, und bei seiner Lektüre kam sie sich wie ein Schulmädchen vor. Was bildet er sich ein! dachte sie verärgert, als sie an jenem Nachmittag Napoleons Zeilen erneut las. Er legt doch tatsächlich eine Liste von Büchern bei, die ich durcharbeiten soll! Er will eine Klavierzeitschrift für mich abonnieren, na gut, aber der Gipfel ist seine langatmige Erklärung, wie ich die Oktave singen soll! Er hat von Musiktheorie nicht die geringste Ahnung, und die Intervalle sind allesamt falsch! Und dann dieser Schlußsatz: ›Adieu, meine gute, schöne, zärtliche Freundin. Seien Sie fröhlich und geben Sie gut auf sich acht.‹

Désirée legte den Brief zur Seite und sah nachdenklich vor sich hin. Während der vergangenen Monate hat er mir dreimal geschrieben, von mir hingegen hat er zwölf Briefe erhalten. Weiß er überhaupt, was er will? Er empfindet Zuneigung, aber seine Arbeit ist ihm anscheinend wichtiger. Ist es überhaupt sinnvoll, daß ich noch weitere Gedanken an ihn verschwende? Ich sollte ihn besser vergessen. »Ja«, sagte sie laut zu sich selbst, »ich werde ihn vergessen!« Dieser Vorsatz hinderte sie allerdings nicht, während der folgenden Wochen jeden Tag auf die Post zu lauern, ob nicht doch ein Brief oder ein Billet von ihm eintraf. So begann für Désirée der Frühling des Jahres 1795.

XVI

Am 21. April goß es seit dem frühen Morgen in Strömen; es war ein starker, gleichmäßiger Regen, der an der ganzen Küste niederging und bis zum Abend dauern würde.

Désirée haßte diese Regentage mit dem grau verhangenen Himmel, an denen man keinen Fuß vor die Tür setzen konnte, ohne sofort durchnäßt zu werden. An jenem Tag war sie besonders unruhig. Ziellos streifte sie im Haus umher, versuchte sich auf ein Buch zu konzentrieren, klappte es aber bald wieder zu, nahm eine Stickarbeit und legte sie kurz darauf auch zur Seite. Schließlich ging sie zum Klavier, spielte ein paar Takte, aber selbst an der Musik hatte sie an diesem Tag keine Freude. Am frühen Nachmittag hielt sie es in der Villa nicht mehr aus. Sie packte kurzentschlossen die neuesten Modejournale zusammen und ließ sich zu ihrer Schwester fahren.

»Ich hoffe, ich störe dich nicht, Julie«, sagte sie, während sie im Vorzimmer den Mantel ablegte, »aber zu Hause ist mir die Decke auf den Kopf gefallen. Mama legt schon den ganzen Tag Patiencen, und stell dir vor, sie sind alle aufgegangen.« Im Salon sank Désirée seufzend in einen Sessel. »Ach, Julie, seit du nicht mehr im Hause bist, ist es manchmal doch recht eintönig, mir fehlt ein Gesprächspartner. Wenn Etienne nach Hause kommt, kennt er nur ein Thema: den Seidenhandel. Übrigens ist er sehr zufrieden mit Joseph und lobt ihn, er sei ein ausgezeichneter Geschäftsmann.«

Julie errötete vor Freude. »Joseph setzt sich aber auch ein! Wie oft kommt er abends erst gegen neun Uhr nach Hause. Manchmal denke ich, Etienne bürdet ihm zuviel auf, ich wollte schon längst einmal mit ihm darüber reden. Sogar während der Mittagszeit hat er hin und wieder überraschende geschäftliche Verabredungen, vorgestern zum Beispiel, Pierre wollte gerade die Fische braten, als

Joseph durch einen Boten übermitteln ließ, er könne nicht zum Mittagessen kommen, er erwarte einen wichtigen Kunden. – Hast du dir die Modejournale schon angesehen? Weißt du, ich habe mir überlegt, für den Sommer ...«

Während Julie über Mode plauderte, dachte Désirée über Josephs Arbeitsüberlastung nach. Vorgestern mittag? Da war ich doch zufällig im Geschäft und habe durchs Fenster gesehen, daß Joseph in eine Kutsche stieg, und drei Stunden später war er wieder da. Er ist also nicht nach Hause gefahren, sondern? Und er ist noch nach Feierabend im Kontor? Merkwürdig. Etienne ist meistens gegen halb acht zu Hause, nur hin und wieder etwas später. Sollte Joseph Wege gehen, von denen Julie nichts weiß, nichts wissen soll?

»Ich glaube, dieser Schnitt würde mir stehen, was meinst du?«

Désirée zuckte zusammen. »O ja, natürlich, er ist sehr kleidsam für dich. Sag mal, beklagt sich Joseph über zuviel Arbeit?«

»Nein, überhaupt nicht, er ist nur am Abend immer sehr müde, aber das ist ja auch kein Wunder.«

»Nun, ich würde dieses Thema bei Etienne nicht berühren. Wenn dein Mann sich wirklich überlastet fühlt, ist es seine Sache, mit seinem Schwager darüber zu sprechen.«

»Ja, du hast vielleicht recht«, sagte Julie nach einer Weile, »warum soll ich mich da einmischen? Aber jetzt soll Claire uns Schokolade und Biskuits bringen.«

Während sie auf das Getränk warteten, stand Désirée auf, ging zum Fenster und sah hinaus in den nassen Vorgarten. »Ich glaube, der Regen läßt allmählich nach, Gott sei Dank.« In diesem Augenblick näherte sich eine Kutsche in rascher Fahrt und hielt vor dem Hauseingang. »Julie, du bekommst Besuch!«

Gespannt verfolgte Désirée, wie der Kutscher vom Bock sprang und die Wagentür aufriß. Im ersten Moment erkannte sie den Mann nicht, der aus dem Wagen stieg. Er trug einen grauen Mantel und hatte den Hut tief in die Stirn gezogen. Als er jetzt mit raschen Schritten durch den Vorgarten auf das Haus zuging, stockte ihr der Atem, und ihr Herz begann wild zu klopfen.

»Oh, mein Gott, das ist ja Napoleon! Julie, Napoleon kommt!«

»Das ist nicht möglich, er kreuzt doch auf dem Mittelmeer herum!« Julie sprang auf und lief ebenfalls zum Fenster. »Tatsäch-

… ist's. Claire, rasch, leg ein drittes Gedeck auf und bereite …n einmal frische Schokolade, eine große Kanne, und die Scho…kolade muß ganz heiß sein, so trinkt der General sie am liebsten.«

Julie lief zur Haustür. Désirée folgte zögernd.

»Meine liebe Julie, ich hoffe, Sie verzeihen den Überfall, aber ich hatte keine Gelegenheit mehr, Sie vorher zu benachrichtigen.«

»Aber Napoleon, Sie wissen doch, daß Sie jederzeit bei uns willkommen sind; ich hoffe, Sie bringen erfreuliche Nachrichten vom Kriegsschauplatz.«

»Nein, leider nicht ...« In diesem Moment bemerkte er Désirée, brach mitten im Satz ab und ging auf sie zu. »Eugénie, was für eine Überraschung! Welche Freude, Sie hier zu sehen!« Als er sie anlächelte, konnte sie nicht anders und lächelte ebenfalls.

Julie beobachtete interessiert diese Begrüßungszene. Seine Augen sprechen Bände, dachte sie und ging voran in den Salon.

»Wo ist denn Ihr Anhang?« fragte sie und goß Schokolade ein.

»Marmont, Junot und Louis kommen etwas später, sie bummeln wahrscheinlich gerade über die Cannebière, außerdem müssen sie ein Nachtquartier besorgen.«

»Aber Napoleon, das ist doch unnötig, hier im Haus ist genügend Platz.«

»Wir bleiben ungefähr vierzehn Tage in Marseille, Julie, und für diese Zeit kann ich Ihnen nicht vier Logiergäste zumuten. Ich möchte mit Joseph einige Grundstücksangelegenheiten besprechen.«

»Wenn Sie und Ihr Anhang bei uns wohnen, so ist das bestimmt keine Zumutung; im Notfall kann Marie einige Stunden herüberkommen und Claire unterstützen. Ich freue mich über Besuch, so kommt etwas Leben ins Haus und Joseph ist gezwungen, pünktlich sein Kontor zu verlassen. Manchmal habe ich den Eindruck, der Seidenhandel ist ihm wichtiger als ich.«

»So? Er sitzt lange hinter dem Schreibtisch? Wie merkwürdig, das ist ja ein ganz neuer Zug an meinem Bruder. Nun ja, ein Geschäftsmann steht wahrscheinlich mehr unter Druck als ein Richter oder Anwalt. Findet die Gerichtsverhandlung heute nicht statt, dann eben morgen, das ist in der Geschäftswelt natürlich anders.«

Désirée schwieg und hielt die Augen gesenkt, aber sie spürte den Blick des Generals.

»Also, Sie wohnen bei uns«, sagte Julie energisch, »und jetzt erzählen Sie von Ihrer korsischen Expedition, ich bin furchtbar gespannt.«

»Da gibt es nicht viel zu erzählen, Julie. Unsere Flotte konnte die englischen Linien nicht durchbrechen, und wir mußten unverrichteter Dinge zurücksegeln. In Nizza fand ich dann die äußerst unerfreuliche Nachricht vor, daß ich die Artillerie der Westarmee kommandieren soll.«

»Und wieso ist das unerfreulich?«

»Die Westarmee kämpft in der Vendée gegen Franzosen, gegen die eigenen Landsleute, und ich bin nicht bereit, als Franzose auf Franzosen zu schießen. Ich werde das Kommando ablehnen. Man kann mich zur Nord-, zur Rhein- oder zur Seealpenarmee abkommandieren, aber niemals zur Westarmee! Ich werde von hier aus nach Paris reisen, um diese Angelegenheit persönlich zu klären. Übrigens wird mich nur Junot dorthin begleiten: Marmont ist zur Rheinarmee abkommandiert worden, und Louis muß noch einige Monate die Militärschule in Châlons-sur-Marne besuchen, bevor die Artillerieverwaltung seinen Leutnantsrang bestätigen kann.«

»Ach Gott, da kommen ja schon wieder Unkosten auf Sie zu, Sie werden wahrscheinlich das Schulgeld zahlen?«

»Natürlich, wer sonst? Aber ich zahle es gerne; ich habe Louis seit seinem zwölften Lebensjahr erzogen, und er hat mich bisher noch nie enttäuscht. Ich setze große Hoffnungen auf sein militärisches Talent, ich glaube, daß er eine natürliche Begabung für Strategie und Taktik hat. Kurz, die beste Schule ist für ihn gerade gut genug.«

»Ja, da haben Sie wohl recht. Entschuldigen Sie mich jetzt bitte, ich muß mit Pierre das Abendessen besprechen.«

»Julie, der Kutscher holt mich um sechs Uhr ab«, warf Désirée ein.

»Wie, du willst nicht zum Abendessen bleiben? Vorhin hast du gesagt, zu Hause fällt dir die Decke auf den Kopf; jetzt hast du Gelegenheit, einen unterhaltsamen Abend zu verbringen, und willst nicht hierbleiben? Du dinierst mit uns, und der Kutscher wird umbestellt.« Julie eilte in die Küche.

»Ihre Schwester gefällt mir, ich meine ihre Art, Entscheidungen zu treffen, rasch, zielbewußt, energisch. Aber was höre ich, Eugénie? Sie langweilen sich? Nehmen Sie denn keinen Gesangsunterricht mehr?«

»O ja, natürlich, aber man kann sich ja nicht den ganzen Tag mit Musik beschäftigen oder mit Lektüre oder mit dem Stickrahmen.«

»Ja, ich verstehe, Ihnen fehlt eine sinnvolle Aufgabe, eine Aufgabe ...« Er zögerte. »Nun, eine Aufgabe, wie Ihre Schwester sie seit einigen Monaten hat: Sie muß einen Haushalt führen, sich ihrem Gatten widmen, und irgendwann wird sie ihre Kinder großziehen.«

Désirée erwiderte nichts. Sie nahm die Porzellankanne und fragte: »Möchten Sie noch Schokolade?« Beim Eingießen merkte sie, daß ihre Hände zitterten, und als sie ihm die Tasse reichte, trafen sich ihre Augen, und sein forschender Blick verwirrte sie noch mehr.

»Sie haben sich in den vergangenen Monaten verändert, Eugénie.«

Sie sah ihn erstaunt an. »Verändert? Wie meinen Sie das?«

»Nun, Sie sind, wie soll ich es sagen, Sie sind erwachsener geworden.«

Sie wußte nicht recht, ob das ein Kompliment war und was sie darauf erwidern sollte.

»Offen gesagt, ich habe Ihnen gegenüber ein schlechtes Gewissen, Eugénie. Sie haben mir so viele Briefe geschrieben, und es war ein Vergnügen, sie zu lesen.«

Er stellte die Tasse auf den Tisch, lehnte sich im Sessel zurück und ließ seine Augen ziellos durch den Salon wandern. Hoffentlich kommt Julie bald zurück, dachte Désirée, diese Unterhaltung mit ihm ist etwas merkwürdig. Worauf will er hinaus?

»Ihre Briefe, Eugénie, waren ... waren mit dem Herzen geschrieben!« Sie spürte, wie sie errötete. »Und ich, ich habe Ihnen nur zweimal geantwortet.«

»Sie müssen kein schlechtes Gewissen haben; Sie brachten doch recht deutlich in einem Brief zum Ausdruck, daß Ihr Beruf Vorrang vor persönlichen Gefühlen hat.«

»Ja, Eugénie, als ich diese Zeilen schrieb, war das auch der Fall. Aber Ansichten können sich ändern, der Mensch durchläuft Entwicklungen; was heute gültig ist, kann morgen ungültig sein.«

In diesem Augenblick kam Julie zurück. »Es klappt alles bestens. Claire richtet gerade die Gästezimmer, und Pierre wird noch einige Hühner besorgen. Sie essen doch gern Huhn, Napoleon?«

»O ja, es ist eines meiner Lieblingsgerichte. Aber Julie, machen Sie bitte meinetwegen keine Umstände.«

»Nein, das mache ich nicht, aber ich kenne doch Ihre Gewohnheiten, darauf kann man ja etwas Rücksicht nehmen. Sie baden täglich, möglichst heiß, Sie haben gern ein Kaminfeuer im Schlafzimmer, und Sie essen einfache, kräftige Hausmannskost wie Hammel- oder Rindfleisch und Kartoffeln lieber als Hummer und Austern, stimmt's? Ich habe übrigens Joseph benachrichtigt, daß er heute pünktlich nach Hause kommen soll. Was sind das denn für Grundstücksangelegenheiten, die Sie mit Ihrem Bruder besprechen wollen?«

»Nun, bei der gegenwärtigen Geldentwertung ist es günstig, Grund und Boden zu erwerben.« Während Napoleon seiner Schwägerin die Vor- und Nachteile einzelner Grundstücke in der Umgebung Marseilles erklärte, dachte Désirée über seine Worte nach: Ansichten ändern sich. ... Will er damit sagen, daß er sich für mich interessiert, daß er Zuneigung empfindet?

Kurz vor Mitternacht kam der Kutscher, um Désirée abzuholen. Julie begleitete ihre Schwester zum Wagen.

»Das war wirklich ein netter Abend, Julie; ich bin froh, daß ich geblieben bin.«

»Na siehst du, und außerdem hast du den General erobert.«

»Aber Julie, wie kommst du denn darauf?«

»Ich habe ihn seit seiner Ankunft beobachtet, er ist offensichtlich in dich verliebt.« Julie lachte leise auf. »Beim Abendessen habe ich mich vielleicht amüsiert! Mein guter Joseph war ganz irritiert, als sein Bruder sich mit ihm unterhielt und dabei dauernd dich ansah.«

Nun mußte auch Désirée lachen, als sie an Josephs sauertöpfische Miene dachte. »Ach, Julie, meinst du wirklich, daß er ...«

»Ja, verlaß dich auf mich, er ist in dich verliebt.« Julie legte den Arm um ihre Schwester und zog sie an sich. »Ich habe schon im vergangenen Jahr gemerkt, wie es um dich steht. Gute Nacht, und grüße Mama und Etienne.«

»Gute Nacht, Julie, ach, ich bin so durcheinander, ich werde vor lauter Aufregung nicht schlafen können.«

Julie sah der davonrollenden Kutsche nach und ging dann nachdenklich ins Haus. Die Gesellschaft saß noch eine Weile plaudernd im Salon, dann zog sich jeder in sein Zimmer zurück.

Julie setzte sich vor den Frisiertisch, löste ihre Haare und begann sie sorgfältig zu bürsten. Im Spiegel beobachtete sie Joseph, der bereits im Bett lag und mißmutig zur Decke starrte.

»Was ist los, Joseph? Freust du dich nicht über den Besuch deiner Brüder?«

»Ja, schon, aber du weißt doch, Fische und Besuch stinken nach drei Tagen! Und mein Bruder will mit seinem Anhang vierzehn Tage hierbleiben! Vierzehn Tage! Ich fand den heutigen Abend schon ziemlich anstrengend. Napoleon redet die meiste Zeit, er bestimmt das Thema und zieht die Unterhaltung an sich, und dann seine detaillierten Fragen! Ich bin bald wahnsinnig geworden, als er jede Einzelheit unserer Geschäftsverbindungen nach Konstantinopel wissen wollte.«

»Mein Gott, Joseph, diese Zeit geht auch vorüber, und tagsüber bist du ja im Kontor. Aber was ich sagen wollte: Kannst du nicht, solange wir Besuch haben, abends etwas früher nach Hause kommen?«

»Ich kann dir nichts versprechen, Julie. Morgen – oder besser heute, es ist ja schon nach Mitternacht – heute muß ich länger bleiben, weil ich gestern nicht alles erledigen konnte.« Er dachte an seine wunderbar sinnliche Geliebte, die er am Abend sehen würde. Aber in den nächsten Tagen kann ich keine Verabredung mehr treffen, überlegte er, sonst merkt Julie womöglich etwas. Dieser verflixte Besuch bringt alles durcheinander.

»Joseph, was hältst du davon, wenn Napoleon und Désirée heiraten würden?«

»Wie bitte, wie kommst du denn darauf?«

»Ist dir heute abend nichts aufgefallen? Dein Bruder hat nur Augen für Désirée gehabt, er hat Feuer gefangen!«

»So, und du meinst, das sei eine solide Basis für eine Ehe? Und Désirée? Wird sie meinen Bruder überhaupt wollen?«

»Und ob! Sie ist schon lange in ihn verliebt.«

»So? Hat sie dir das erzählt?«

»Nein, aber ich habe sie beobachtet, und heute abend hat sie es zugegeben. Weißt du, ich habe mir überlegt, man könnte ein bißchen nachhelfen. Man müßte es so arrangieren, daß die beiden sich in den nächsten Tagen häufig sehen, vielleicht kommt es zur Verlobung.«

»Nun, Julie, ich weiß nicht, ob es richtig ist, wenn so etwas von außen gesteuert wird. Warte doch erst mal ab und beobachte, ob und wie sich diese Romanze entwickelt, zum Handeln ist immer noch Zeit.«

Julie ließ die Bürste sinken und dachte eine Weile nach. »Vielleicht hast du recht. Ich werde noch ein paar Tage warten.«

Immerhin ist mit dieser Heirat eine Mitgift verbunden, dachte Joseph, das würde für eine Ehe der beiden sprechen ...

Während Julie Heiratspläne für ihre Schwester schmiedete, saß Napoleon in seinem Zimmer vor seinem neuen Tagebuch. Es war in grünes Leder gebunden, verschließbar und dicker als das alte Buch aus den Brienner Tagen. Hinter den Vorhängen des breiten Himmelbettes schnarchte Louis. Ein Kaminfeuer verbreitete behagliche Wärme, und nachdem Napoleon noch Holzscheite nachgelegt hatte, fing er an zu schreiben.

Marseille, 3. Floréal, Jahr III der Republik
(22. April 1795)

Sie heißt Désirée, aber ich nenne sie Eugénie, der Name gefällt mir besser. Sie ist zierlich gebaut, hat seidige dunkle Haare, sanfte dunkle Augen, eine weiche Stimme, und ich bin in sie verliebt!

Seit wann? Seit gestern? Oder vielleicht schon seit Monaten, ohne es gewußt zu haben?

Als ich sie vor einem Jahr kennenlernte, war sie ein Kind, gestern trat mir eine junge Frau gegenüber. An Josephs Hochzeitstag habe ich sie zum letzten Mal gesehen, und seit damals ist sie verständiger geworden, erwachsener, fraulicher. Ich glaube, sie ist treu, hingebungsvoll, zärtlich, aufrichtig, sie ist tiefer Gefühle fähig – kurz: Eugénie besitzt die Eigenschaften, die ich bei einer Frau suche und erwarte. Zum ersten Mal in meinem Leben denke ich an eine feste

Bindung, an eine Ehe. Mir ist bewußt geworden, daß galante Abenteuer nur eine gewisse Zeit reizvoll sind, ein flüchtiges Glück mit einem faden Nachgeschmack. Ein kurzer Rausch wie letzten September in Kairo mit Félicité. Ihr Gatte hat nicht gemerkt, daß seine Frau ihm Hörner aufsetzte, und er tat mir irgendwie leid, ein betrogener Ehemann wirkt lächerlich. Ich kann nur eine Frau heiraten, bei der ich sicher bin, daß sie mir treu bleibt.

Ich träume von einem Leben mit Eugénie auf einem Landgut. Nur wenige Tage habe ich Zeit, um sie für mich zu gewinnen. Aber selbst wenn sie bereit wäre, mich zu heiraten, was ist mit Etienne und Madame Clary? Werden sie mich akzeptieren? Ich besitze kein Vermögen, und bei der gegenwärtigen politischen Lage kann ich ihnen nicht nützlich sein. Ich kann nur meine militärische Laufbahn in die Waagschale werfen.

Aber am wichtigsten sind doch Eugénies Gefühle. Vor Monaten hatte ich den Eindruck, daß ich ihr nicht gleichgültig bin, aber das kann sich inzwischen geändert haben. Sie ist sicher verstimmt, weil ich ihr so selten geschrieben habe.

Als Désirée gegen neun Uhr in gehobener Stimmung das Speisezimmer betrat, war sie erstaunt, ihre Mutter dort vorzufinden. Gewöhnlich frühstückte Madame Clary auf ihrem Zimmer.

»Guten Morgen, Mama, wie schön, daß wir einmal zusammen frühstücken.«

»Guten Morgen, mein Kind.« Sie hielt ihrer Tochter die Wange zum Kuß hin. »Ich bin heruntergekommen, weil ich wissen möchte, warum du gestern erst nach Mitternacht nach Hause gekommen bist.«

»Oh, Mama, Julie bat mich zu bleiben, weil sie Gäste hatte, deswegen ist es auch so spät geworden. Am Nachmittag kamen nämlich unverhofft Napoleon und sein Anhang; sie werden vierzehn Tage bei Julie wohnen und dann nach Paris weiterreisen.«

»Napoleon ist in Marseille?«

»Ja, er wird Ihnen und Etienne bestimmt bald seine Aufwartung machen.«

»Nun, er kann sich Zeit lassen mit seinem Besuch. Julie hat dich also dabehalten ... Aber es ist unschicklich, daß ein junges Mädchen ganz allein so spät nach Hause kommt. Im übrigen möchte ich, daß du deine Besuche bei Julie einschränkst; sie hat jetzt genug zu tun mit ihren Gästen.«

»Ja, Mama«, antwortete Désirée kleinlaut.

Das hat gerade noch gefehlt, dachte Madame Clary, daß Napoleon sich vierzehn Tage hier herumtreibt. Bis jetzt hat er, Gott sei Dank, wenig Interesse für Désirée gezeigt, aber wer weiß! Ein Bonaparte in der Familie ist genug! Ihr war Désirées stille Zuneigung nicht entgangen, und sie war entschlossen, ihre Tochter vom General fernzuhalten.

Wie stelle ich es an, Napoleon zu begegnen? überlegte Désirée, während sie ihre Schokolade trank. Junot wollte in den nächsten Tagen in unser Geschäft kommen, um Seide für seine Mutter zu besorgen. Napoleon wird ihn wahrscheinlich begleiten, Junot unternimmt ja nichts ohne ihn. Das wäre eine Gelegenheit. Ich müßte mich also in den nächsten Tagen im Geschäft aufhalten.

»Ich habe Lust, mal wieder ein paar Tage im Geschäft zu helfen, Mama, hier im Hause ist es so langweilig. Sie haben doch nichts dagegen?«

»Aber nein.« Gott sei Dank, dachte Madame Clary, das wird sie vom General ablenken.

Im Laden war schon lebhafter Betrieb, als Désirée und Etienne eintrafen. Désirée nahm sich einer Kundin an, die sich nicht entscheiden konnte zwischen roter, blauer und grüner Seide und endlich das Geschäft mit einem gemusterten Stoff verließ.

»Ein Blumenmuster bei der Figur! Sie müßte Schwarz tragen«, flüsterte Désirée dem Ladenmädchen zu, das die Stoffe wegräumte.

Als der letzte Ballen wieder auf seinem Platz lag, ging die Ladentür auf, und Julie erschien in Begleitung von Junot und Napoleon.

»Oh, Madame Bonaparte!« rief das Ladenmädchen und eilte dienstbeflissen auf Julie zu. Einen Augenblick stockte Désirée der Atem, und als sie sich umdrehte, sah sie Julie mit Junot und dem Mädchen in den hinteren Verkaufsraum gehen, während Napoleon auf sie zusteuerte.

»Guten Tag, Eugénie. Hier verstecken Sie sich also, statt Ihrer Schwester bei der Betreuung der Gäste zu helfen!« Er lächelte sie an, und als sie den zärtlichen Ausdruck in seinen Augen sah, errötete sie.

»Ich würde Julie ja gerne besuchen, aber Mama meint, ich störe nur, weil sie jetzt Besuch hat.«

»So? Nun ja.« Sie bemerkte erstaunt, daß er plötzlich ernst und nachdenklich wurde, aber Sekunden später lächelte er sie wieder an. »Werden Sie den ganzen Tag hier im Geschäft verbringen?«

»Ja, ich denke schon. Hier ist etwas Leben und Abwechslung.«

»Sie wollen also der häuslichen Langeweile entfliehen? Nun, da möchte ich Ihnen einen Vorschlag machen: Ihre Schwester, Joseph und ich fahren heute nachmittag nach Cassis, um dort ein Grundstück anzusehen; vielleicht kann ich meinen Bruder überreden, es zu kaufen. Wollen Sie uns nicht begleiten?«

»Aber ja, gerne!«

Wie ihre Augen leuchten, dachte er, sie strahlt über das ganze Gesicht, gilt das mir oder meinem Vorschlag? »Gut, wir sind gegen drei Uhr hier, um Sie und Joseph abzuholen.«

»Dieses Cassis ist eines der schönsten Fischerdörfer hier an der Küste«, sagte Joseph, »und im dortigen Gasthof bekommt man die beste Bouillabaisse der Umgebung. Was ist das für ein Grundstück, das wir uns ansehen?«

»Es ist ein Landhaus mit ziemlich großem Garten und Blick aufs Meer. Der jetzige Besitzer ist gezwungen zu verkaufen, weil er Schulden hat.«

»Ich weiß nicht, Napoleon, ob das ein interessantes Kaufobjekt ist. Landhäuser haben wir doch, in Cuge und in der Nähe von Nizza.«

»Du kannst es ja vermieten. Was meinen Sie dazu, Eugénie?«

»Ja, ja, natürlich«, stammelte sie, überrascht, so plötzlich in das Gespräch einbezogen zu werden.

»So, wir sind da«, sagte Napoleon, als die Kutsche nach einstündiger Fahrt vor einem verwilderten Garten hielt.

Als sie auf das Haus zugingen, hielt Julie Joseph zurück. »Laß uns hier links gehen; wir wollen deinem Bruder Gelegenheit geben, eine Weile mit Désirée allein zu sein.«

»Findest du das nicht leichtsinnig?«

»Aber Joseph, ich bitte dich, woran du schon wieder denkst! Dein Bruder ist ein Ehrenmann.«

»Na gut, du trägst die Verantwortung!«

»Das Haus scheint geräumig zu sein, nicht wahr?«

»Ja, aber der Garten gefällt mir nicht, er ist so ungepflegt. Ich glaube nicht, daß ich das Anwesen kaufen werde. Wir wollen zur Kutsche zurückgehen und dort auf die beiden warten.«

»Ich schlage vor, Eugénie, daß wir erst einmal um das ganze Grundstück herumgehen, um einen Gesamteindruck zu bekommen, und dann sehen wir uns Haus und Garten näher an.«

»Ich fühle mich an Château-Sallé erinnert, nur der Bach fehlt.«

»Es fehlt noch mehr, Eugénie: die Nachbargärten, wo man Obst stehlen kann! Aber dafür hat das Haus an der Rückseite eine zweite Veranda, und vom Garten führt ein Pfad direkt zum Meer.«

Plötzlich blieb Désirée stehen und sah sich um. »Wo bleiben Julie und Joseph?«

»Sie werden uns schon einholen, kommen Sie.« Er legte den Arm um ihre Taille und zog sie an sich. Sie erschrak, als ihre Körper einander berührten, aber dann drängte sie sich noch etwas näher an ihn. So gingen sie schweigend bis zum hinteren Gartenpförtchen. Dort blieb Napoleon stehen.

»Siehst du, Eugénie, hier ist der Pfad zum Meer, und das ist die Rückseite des Hauses.« Er öffnete die Pforte, und sie betraten den Garten. »Gefällt es dir hier, Eugénie?«

»O ja, es ist so idyllisch, der Blick aufs Meer und die vielen alten Bäume ... Diesen Garten muß man richtig erkunden, er wirkt so geheimnisvoll, findest du nicht?«

»Ja, als ich dieses Grundstück entdeckte, mußte ich an Milelli denken. Die melancholische Stimmung, die Atmosphäre – so war es damals in Milelli, zumindest habe ich es so empfunden.«

Sie gingen durch den Garten zum Haus, betraten die hölzerne Veranda und genossen eine Weile den Blick aufs Meer.

»Kannst du dir vorstellen, hier zu wohnen, Eugénie?«

»Ja, das kann ich mir gut vorstellen; dieses Haus und dieser Garten gefallen mir viel besser als unsere Villa und der Park.«

»Es ist ziemlich einsam hier. Cassis ist eine halbe Meile entfernt, und zur Stadt braucht man eine Stunde; würde dich das nicht stören?«

»Nein, in Marseille wohne ich ja auch ziemlich abgeschieden am Stadtrand.«

»Eugénie«, er legte den Arm um sie und zog sie an sich, »Eugénie, ich würde auch gerne hier wohnen, aber nicht allein ...« Er zögerte und holte tief Luft. »Ich möchte mit dir hier zusammen leben, mit dir und unseren Kindern. Für Kinder ist es doch paradiesisch, nicht wahr? Was ist, Eugénie? Du sagst ja gar nichts.«

»Verzeih, aber ich ... es kommt so überraschend, ich verstehe es nicht.«

Als er ihre ratlosen Augen sah, lächelte er. »Du weißt, Eugénie, daß ich mich rasch entscheide, wenn ich mir über etwas klar geworden bin. Als ich dich gestern wiedersah, wußte ich, daß ich dich liebe, vielleicht schon sehr lange liebe. Eugénie, dies ist ein ganz offizieller Heiratsantrag. Ich gebe zu, er kommt sehr überraschend, aber ich bleibe ja auch nicht lange in Marseille, und wir werden uns erst im Herbst wiedersehen. Ich möchte dich nicht drängen, überlege dir meinen Antrag in aller Ruhe. Aber vielleicht kannst du mir vor meiner Abreise sagen, ob ... nun, ob ich hoffen darf.«

»Ob du hoffen darfst?« flüsterte sie und sah zu ihm auf. »Napoleon, ich muß nicht mehr überlegen, ich liebe dich schon lange – ich glaube, seit ich dich zum ersten Mal gesehen habe, damals bei deinem ersten Besuch mit Joseph und deiner Mutter. Aber du hast es nicht bemerkt. Ich wollte dich vergessen, doch als ich dich nun wiedersah, da spürte ich, daß ich dich immer noch liebe. Es ist vielleicht unschicklich, aber ich nehme deinen Antrag sofort an.«

Er lachte leise auf und umarmte sie. Jetzt gibt er mir endlich einen Kuß, dachte Désirée und schloß die Augen.

»Ich wußte gar nicht, daß ein Kuß so lange dauern kann, ich habe nämlich noch nie geküßt«, sagte sie nach einer Weile atemlos und lächelte ihn an.

»Aber Eugénie, das war doch kein langer Kuß.«

»So, dann möchte ich jetzt einen langen Kuß erleben!« Ihre Augen blitzten ihn an.

Er lachte. Das fängt ja gut an, dachte er glücklich und nahm sie wieder in die Arme. »War der Kuß nun lang genug?«

»O ja, ich bin völlig erschöpft! Mein Gott, wir haben Joseph und

Julie vergessen. Sie werden irgendwo auf uns warten ... Richtig, das Haus, der Kauf, das ist ja der Grund, weswegen wir hier sind.«

»Eugénie, wenn ich meine Angelegenheiten in Paris erledigt habe, heiraten wir im Herbst und ziehen ein. Da ich kein Vermögen habe, muß Joseph das Anwesen kaufen und an uns vermieten.«

»Aber Napoleon, ich bekomme doch eine Mitgift! Wir haben Geld, um das Haus zu kaufen; was mir gehört, gehört auch dir.«

»Die Mitgift, ja, richtig, daran habe ich gar nicht gedacht. Nun, um so besser. Komm, wir überraschen deine Schwester mit unserer Verlobung: in den nächsten Tagen fahren wir noch einmal hierher und sehen uns das Haus genauer an.«

Unterdessen saßen Joseph und Julie in der Kutsche und warteten.

»Allmählich werde ich unruhig, Joseph.« Julie rückte nervös ihren Hut zurecht. »Die beiden sind schon eine Ewigkeit weg, so lange kann eine Hausbesichtigung doch nicht dauern!«

Joseph lächelte süffisant. »Das kommt darauf an, welches Zimmer man gerade besichtigt. Beim Schlafzimmer kann es durchaus länger dauern«.

»Joseph!« Julies Stimme überschlug sich fast vor Entrüstung. »Du solltest dich wirklich schämen, deinem Bruder derartige Absichten zu unterstellen, und meine Schwester ist ein anständiges Mädchen, merke dir das!«

»Mein Gott, Julie, ich habe jetzt wirklich nicht an Désirée gedacht, nur an meinen Bruder. Glaube mir, die Herren Offiziere haben es faustdick hinter den Ohren.«

»Joseph, da kommen sie! Sich nur, Napoleon hat den Arm um meine Schwester gelegt; mein Gott, ich wage es nicht zu hoffen! Laß uns aussteigen.«

Sie kletterte hinaus und lief auf die beiden zu, Joseph folgte ihr langsam. Der Anblick dieses Paares und Désirées glücklicher Gesichtsausdruck gaben ihm einen Stich.

»Nun«, begann Napoleon und räusperte sich, »Eugénie und ich, wir haben uns verlobt. Wir wollen im Herbst heiraten.«

»Wie ich mich freue!« Julie umarmte ihre Schwester und den zukünftigen Schwager herzlich.

»Ja, Désirée«, sagte Joseph, »alles Gute für Ihre Zukunft an der Seite meines Bruders.«

»Wo werdet ihr wohnen, Désirée? In Marseille oder in Nizza?«

»Weder noch, Julie. In Cassis, hier in diesem Haus. Wir werden es von meiner Mitgift kaufen.«

»Das würde ich mir noch einmal überlegen, Désirée«, meinte Joseph. »Es gibt bestimmt repräsentativere Häuser, die weniger einsam liegen.«

»Laß dich von Joseph nicht beirren«, sagte Julie mit einem ärgerlichen Seitenblick auf ihren Gatten. »Jetzt fahren wir sofort zurück nach Marseille und teilen Mama und Etienne eure Verlobung mit, sie werden staunen. Und dann müssen wir natürlich heute abend feiern, Etienne hat bestimmt noch Champagner im Keller.«

Am nächsten Tag erschien Madame Clary überraschend bei Etienne im Kontor. »Entschuldige, daß ich dich so überfalle, aber ich muß mit dir noch einmal über diese merkwürdige Verlobung aus heiterem Himmel sprechen. Ich habe die ganze Nacht kein Auge zugetan.«

Madame Clary setzte sich, legte Handschuhe und Hut ab und sah sich eine Weile nachdenklich in dem Raum um, der das Kontor ihres Gatten gewesen war.

»Um es kurz zu machen, Etienne: Dein seliger Vater hat sich immer vermögende Schwiegersöhne gewünscht, im Interesse seiner Töchter, wohlgemerkt. Nun habe ich seinerzeit der Heirat Julies mit einem mittellosen Mann zugestimmt, weil Joseph uns einen großen Dienst erwiesen hat und auch, weil wir froh waren, daß Julie endlich heiratete. Aber ich bin nicht bereit, Désirée ebenfalls mit einem Mann zu verheiraten, der kein Vermögen besitzt. Dein seliger Vater nannte diese Männer immer ›arme Schlucker‹.« Hier machte Madame Clary eine bedeutungsvolle Pause und sah ihrem Sohn fest ins Gesicht, so als wollte sie sagen: Nun bist du an der Reihe!

Statt einer Antwort stand Etienne auf, ging einige Male im Zimmer auf und ab und setzte sich dann wieder an den Schreibtisch. »Soweit ich das beurteilen kann, Mama«, begann er »lieben sich Napoleon und Désirée. Der General besitzt zwar kein Vermögen, aber er hat immerhin eine beachtliche militärische Laufbahn vorzuweisen. Ich glaube, er ist sehr ehrgeizig, das spricht für ihn.«

»Aber Etienne, ich bitte dich, seine militärische Laufbahn ist doch nichts Besonderes. In der heutigen Zeit, wo Frankreich gegen halb Europa kämpft, ist es für jeden Offizier leicht zu avancieren, zumal in den letzten Jahren das halbe Offizierskorps emigriert ist.«

»Gewiß, man kann heute in der Armee leichter aufsteigen als vor der Revolution, aber auch ein republikanischer Offizier muß sich im Kampf bewähren, ehe er befördert wird.«

Madame Clary ging ungeduldig über diesen Einwand hinweg. »Und was seine zukünftige Karriere betrifft«, fuhr sie fort, »ich glaube nicht, daß er noch weiter vorankommen wird. Hast du nicht gehört, was er gestern abend erzählt hat? Er will das Kommando über die Artillerie der Westarmee ablehnen! Ein Offizier, der ein Kommando ablehnt, kommt in Schwierigkeiten, daß weiß sogar ich. Und diesem Mann, der kein Vermögen besitzt und dessen berufliche Zukunft völlig ungewiß ist, diesem Mann willst du deine Schwester anvertrauen? Désirée könnte viel bessere Partien machen!«

»Nun, Mama, über die Frage, welcher Mann eine gute Partie ist, kann man stundenlang diskutieren. Menschliche Qualitäten sind nicht weniger wichtig als Vermögen. Und Napoleon wirkt auf mich sehr zuverlässig und gradlinig, zuverlässiger als Joseph.«

»Wie meinst du das?« fragte Madame Clary leicht irritiert.

»Wie ich das meine?« Etienne stand auf und begann erneut im Zimmer auf und ab zu gehen. Ob ich ihr sage, daß ich Joseph im Verdacht habe, daß er Julie betrügt? Aber dann wird die ganze Angelegenheit noch verworrener; es ist wohl besser, wenn ich schweige.

»Ich kann es nicht begründen, Mama, es ist so ein allgemeiner Eindruck. Aber ich habe immer noch nicht verstanden, worauf Sie hinauswollen. Sollen wir Désirée zwingen, die Verlobung zu lösen?«

Madame Clary seufzte: »Nein, natürlich nicht. Wenn wir sie bedrängen, treiben wir sie noch mehr von uns weg und zu ihm hin. Ich wünschte, diese Verlobung ginge in die Brüche, ohne daß Désirée darunter leidet. Aber wie kann man das erreichen?«

»Mama, in den nächsten Tagen reist Napoleon nach Paris, und

sie werden sich erst im Herbst wiedersehen. Bis dahin fließt viel Wasser die Rhône hinunter!«

Madame Clary sah eine Weile nachdenklich vor sich hin. »Ich glaube, ich habe eine Lösung gefunden. Es steht doch inzwischen fest, daß Joseph und Julie im Juni nach Genua übersiedeln?«

»Ja, Joseph wird unsere Geschäfte dort abwickeln.«

»Nun, Désirée könnte die beiden doch begleiten und den Sommer in Genua verbringen. Julie wird dort viele gesellschaftliche Verpflichtungen haben, wer weiß, vielleicht lernt Désirée einen Mann kennen, der eine bessere Partie ist als der General Bonaparte. Was meinst du, Etienne?«

»Von mir aus kann sie den Sommer in Genua verbringen. Alle weiteren Entwicklungen wollen wir in Ruhe abwarten, Mama.«

»Gut, lassen wir sie die letzten Tage mit ihrem Verlobten genießen, aber immer unter meiner Aufsicht. Und wenn der Herr General abgereist ist, werde ich noch einmal mit ihr reden.«

Am 8. Mai nahmen Napoleon und Désirée voneinander Abschied.

»Ich werde dir jeden Tag schreiben, Eugénie, und, nicht wahr, du schreibst mir auch jeden Tag?«

»Ja, wie kannst du daran zweifeln? Wann kommst du zurück?«

»Das weiß ich jetzt noch nicht, das hängt von den Entscheidungen des Kriegsministeriums ab.«

Ein letzter Kuß, eine letzte Umarmung, dann stieg Napoleon in die wartende Kutsche. Désirée stand auf der Treppe und winkte. Als der Wagen um die Ecke gebogen war, blieb sie noch eine Weile stehen und ging dann hinauf in ihr Zimmer. Im Herbst werden wir uns wiedersehen, dachte sie. Erst im Herbst ...

Zwei Tage später erhielt sie einen kurzen Brief von ihm, setzte sich sofort an ihren Schreibsekretär und beantwortete den Brief.

Madame Clary beobachtete die Korrespondenz der Verlobten über einige Tage, dann hielt sie es für angebracht, mit ihrer Tochter zu reden

»Ihr schreibt euch regelmäßig, Désirée, das ist soweit auch in Ordnung. Aber ich möchte dich noch einmal daran erinnern, daß eine Eheschließung gut erwogen werden muß. Du bindest dich damit für dein ganzes Leben. Du bist nun verlobt, gut, aber während dieser Zeit hast du noch einmal Gelegenheit, deine Gefühle zu überprüfen. Und in deinem eigenen Interesse rate ich dir, nicht jeden Tag an deinen Verlobten zu schreiben, sondern nur einmal wöchentlich. Du mußt etwas inneren Abstand gewinnen, um ihn besser beurteilen zu können. Außerdem, wenn er weniger Briefe erhält, muß er ja reagieren, und seine Reaktion kann sehr aufschlußreich für dich sein. Im übrigen wirst du in den kommenden Wochen auch kaum Zeit haben, täglich zu schreiben; Etienne und ich haben beschlossen, daß du Julie und Joseph nach Genua begleiten sollst.«

»Nach Genua? Oh, wie schön, Mama! Endlich komme ich mal aus Marseille heraus!« Dann kann sie meine Korrespondenz mit Napoleon nicht kontrollieren, dachte Désirée. Aber vielleicht hat sie nicht ganz unrecht, vielleicht sollte ich wirklich nur alle zwei, drei Tage schreiben.

XVII

Der Sommer des Jahres 1795 war die schwierigste Zeit in Napoleons bisherigem Leben. Napoleon hatte oft das Gefühl, daß es keine Perspektive mehr für ihn gab.

Der Kriegsminister Aubry behandelte ihn herablassend und ungerecht. Er war ›Thermidorianer‹ und bestrebt, die Armee von ›unerwünschten‹ Offizieren zu säubern. Unerwünscht waren alle, die mit Robespierre sympathisiert hatten. Durch seine Verbindung zu Augustin Robespierre war Napoleon ihm besonders verdächtig, jedenfalls lehnte der Kriegsminister seine Bitte um ein anderes Kommando schroff ab; darüber hinaus versetzte er ihn kurzerhand zur Infanterie der Westarmee! Das war eindeutig eine Degradierung. Napoleon war fest entschlossen, das Kommando abzulehnen, und bat zunächst um einen zweimonatigen Krankenurlaub, der ihm auch gewährt wurde.

Als er hörte, daß Aubry von Doulcet de Pontécoulant abgelöst worden war, sprach er bei dem neuen Kriegsminister vor und schilderte ihm seine Situation. Er bat um ein Kommando an der italienischen Grenze und entwickelte in kurzen Zügen seinen Angriffsplan gegen die Österreicher in Oberitalien. Der Kriegsminister bat um eine genaue Ausarbeitung der Operationspläne und teilte Napoleon dem topographischen Büro des Militärkomitees zu. Wieder eine Enttäuschung – statt eines Kommandos im Feld ein Schreibtischposten!

Immerhin war Pontécoulant so begeistert von Napoleons Plänen, daß er der Artillerieverwaltung vorschlug, ihn zu befördern. Da jedoch ein Artilleriekommando in absehbarer Zeit nicht zu erwarten war, faßte Napoleon den Entschluß, unter fremder Fahne zu dienen. Er ersuchte das Militärkomitee, ihn in die Türkei zu schicken. Ein paar Tage später wurde Pontécoulant von Letourneur abgelöst, der Napoleon erneut zur Infanterie der Westarmee versetzte. Napoleon lehnte das Kommando ab und erhielt daraufhin zwei Schreiben: Der Wohlfahrtsausschuß teilte ihm seine Entlassung aus der Armee mit, das Militärkomitee ernannte ihn zum Leiter einer in die Türkei reisenden Militärkommission.

›Diese beiden Briefe sind ein typisches Beispiel für die Verwirrung und Unordnung, die zur Zeit im Regierungsapparat herrschen‹, schrieb Napoleon in sein Tagebuch. ›Hoffentlich stabilisieren sich die innenpolitischen Verhältnisse unter der neuen Verfassung. Frankreich wird in den nächsten Jahren von einem fünfköpfigen Direktorium regiert werden, der Konvent wird von einem Zweikammersystem abgelöst, dem Rat der Fünfhundert, der die Gesetze vorschlägt, und dem Rat der Alten mit 250 Mitgliedern, der darüber beschließt. Der Konvent wird sich wahrscheinlich im Brumaire (Ende Oktober) auflösen.‹

Zu diesen beruflichen Schwierigkeiten kamen im Laufe des Sommers noch familiäre und finanzielle Sorgen. Lucien wurde in St. Chamans verhaftet, nachdem ihn ein Bürger aus St. Maximin denunziert hatte. Obwohl Napoleon ihm seine Ehe noch nicht verziehen hatte, setzte er sich mit aller Kraft für seine Freilassung ein und erreichte, daß Lucien am 5. August nach sechswöchiger Haft aus dem Gefängnis von Aix entlassen wurde. Lucien, ohne Stellung und ohne Einkommen, lebte mit seiner Familie bei Letizia in Antibes. Napoleon schickte seiner Mutter soviel wie möglich von seinem Sold, denn ihre Rente wurde von der neuen Regierung nur unregelmäßig gezahlt, aber auch seine finanziellen Möglichkeiten waren begrenzt. Er mußte das Schulgeld für Louis aufbringen und seinen eigenen Lebensunterhalt in Paris bestreiten. Und das Leben in der Hauptstadt war teuer. Ein Scheffel Mehl, der 1790 zwei Livres gekostet hat, kostete im Jahr 1795 225 Livres. Napoleon verkaufte seine Kutsche und zog mit Junot in ein billiges Hotel auf dem linken Seineufer, in die Rue de la Huchette, eine der engsten und verrufensten Gassen von Paris. Zum Glück erhielt Junot von zu Hause eine monatliche Unterstützung, und hin und wieder aßen sie bei Madame Permon oder Bourienne. Napoleon war erleichtert, als er sah, daß sich Junot in die Permon-Tochter Laure verliebte. Er hoffte, daß der Freund Paulette vergessen würde. Eines Abends

… ihn Junot nämlich um die Hand der Schwester gebeten, und … war Napoleon nur mit Mühe gelungen, dem Freund beizubringen, daß er diesen Plan aus finanziellen Gründen aufschieben müsse.

»Du hast nichts, sie hat nichts; was macht das zusammen? Nichts. Ihr könnt also jetzt nicht heiraten. Warten wir ab, vielleicht werden wir einmal bessere Tage erleben. Jawohl, bestimmt werden wir sie erleben, und wenn ich sie in einem anderen Weltteil holen müßte!«

Der Unterschied zwischen reich und arm war noch nie so kraß in Erscheinung getreten wie im Paris des Jahres 1795. Der zurückliegende harte Winter und die Aufhebung der Höchstpreise für Lebensmittel hatte die Not der ärmeren Schichten verschlimmert. Auf der anderen Seite gab es viele Neureiche, die ihren Wohlstand aufreizend zur Schau stellten. Es wimmelte von Royalisten, sogenannten ›Incroyables‹, meistens reiche junge Stutzer; zu ihnen gesellten sich die ›Merveilleusen‹ in ihren geschlitzten Gazetuniken mit hochsitzender Taille, die den Busen entblößt ließen. Alle, ob Royalisten, Neureiche, Thermidorianer, waren von einer wilden Lebens- und Genußgier erfaßt; ihre extravagante Kleidung, ihre Verschwendungssucht, ihre schamlosen Sitten verhöhnten nachträglich die Diktatur Robespierres.

Die mächtigsten Männer im Paris des Jahres IV der Republik waren Barras, Fréron und Tallien. Alle drei waren radikale Jakobiner gewesen und hatten sich dann gegen Robespierre verschworen. Der vierzigjährige Paul Barras war einer der einflußreichsten Politiker im Konvent. Er galt als verfassungstreu; seine Bestechlichkeit und sein lockerer Lebenswandel waren zwar allgemein bekannt, aber niemand nahm daran Anstoß.

Stanislas Fréron war ein gutaussehender Lebemann, ebenfalls um die Vierzig. Er war journalistisch tätig, früher für die Jakobiner, dann schwenkte sein *Orateur du Peuple* in die royalistische Richtung. In jenem Sommer war er hauptsächlich Anführer der ›Jeunesse dorée‹, die nun die Jakobiner terrorisierte.

Jean Tallien, Ende zwanzig, war der Anführer der Verschwörung gegen Robespierre: Am 9. Thermidor hielt er im Konvent die entscheidende Rede gegen den ›Unbestechlichen‹. Man munkelte, daß sein Privatleben dabei eine Rolle gespielt hatte: Er wollte seine Geliebte, Theresa Cabarrus, retten, die während der letzten Tage der Schreckensherrschaft im Gefängnis La Force inhaftiert war. Nach dem 9. Thermidor heiratete er sie.

›La Chaumière‹, die ›Hütte‹, nannte man den Salon der Madame Tallien. Er wurde zum Versammlungsort aller Mächtigen und Reichen in Paris. Man machte den Frauen den Hof und verständigte sich bei einem Glas Champagner über die wichtigsten Staatsfragen. Zu den ständigen Besuchern gehörten Barras, Fréron, der Finanzmann Ouvrard, Cambacérès, Carnot, Fouché, Sièyes, der junge General Hoche, der die Royalisten bei Quiberon vernichtet hatte, der Maler David, der Dichter Arnault und der Schauspieler Talma.

Im Spätsommer entschloß sich Napoleon, die ›Chaumière‹ aufzusuchen. Seine Degradierung zum Infanteriegeneral ließ ihm keine Ruhe. Er hoffte, daß Madame Tallien ein Wort für ihn einlegen konnte – vielleicht erinnerte sich Barras an den General, der Toulon erobert hatte?

Von außen war die ›Chaumière‹ ein einfaches Landhaus mit einem Strohdach, aber innen war es luxuriös im pompejanischen Stil eingerichtet. Napoleon blieb am Eingang des Salons stehen und beobachtete eine Weile die lärmende Menge, die an ihm vorbeiwirbelte: Konventmänner in ihren theatralischen Kostümen, Offiziere mit breiten Schärpen in den Farben der Trikolore, junge Männer mit blonden Perücken, gekleidet in gelbe, rosenrote und grüne Fräcke mit langen Schößen, Frauen in griechischen und römischen Gewändern.

Plötzlich wurde es ruhig. Madame Tallien erschien, ›Notre Dame de Thermidor‹ (Muttergottes von Thermidor), wie sie in Paris genannt wurde. Gleich einer Königin schritt sie am Arm von Barras durch den Salon (obwohl mit Tallien verheiratet, war sie eine von Barras' Mätressen). Das weite, am Busen in Falten gelegte Gewand floß an ihrer hochgewachsenen Gestalt nieder; ein Schal aus purpurrotem Kaschmir war dekorativ um Schultern und Arme gelegt. Die schwarzen Haare waren kunstvoll aufgesteckt und brachten ihren schlanken Nacken zur Geltung – à la Guillotine nannte man die Frisur –, um den Hals trug sie ein schmales rotes Seidenband, das Zeichen der Frauen, die während des Terrors inhaftiert waren.

Napoleon war fasziniert und eingeschüchtert. Madame Tallien erschien ihm wie eine Göttin in einem antiken Tempel. An jenem Abend brachte er nicht den Mut auf, sie anzusprechen. Ziellos irrte er durch die Räume; er spürte, daß man ihm, in seiner schäbigen Uniform, Blicke zuwarf. Er fühlte sich fehl am Platz. Die Diener servierten Champagner, Austern und andere Delikatessen. Was für eine Völlerei! dachte er. Und die Bevölkerung von Paris hungert, weil sie das Brot nicht bezahlen kann. Terror hin, Terror her, aber unter der Jakobinerherrschaft gab es einen Festpreis für Lebensmittel, niemand mußte damals hungern! Und heute?

›La Chaumière‹ stieß ihn ab und zog ihn an – am nächsten Tag ging er wieder hin. Aber auch bei diesem zweiten Besuch fand er nicht den Mut, Madame Tallien anzusprechen. Morgen, sagte er sich auf dem Heimweg, morgen gehe ich ein letztes Mal hin, und dann muß ich mit ihr reden! Ein viertes Mal setze ich nicht den Fuß über diese Schwelle, ich mache mich ja lächerlich, wenn ich stumm wie ein Fisch herumstehe.

Als Madame Tallien am nächsten Abend wie üblich in Begleitung von Barras im Salon erschien, ging er geradewegs auf sie zu, stellte sich vor und schilderte seine berufliche Lage.

Sie sah ihn mit ihren großen kaffeebraunen Augen freundlich an und hörte ihm aufmerksam zu. »Nun, ich will sehen, daß ich etwas für Sie tun kann, daß Sie ein anderes Kommando erhalten.« Und zu Barras: »Nicht wahr?«

Dieser nickte und murmelte etwas von Toulon.

Sie wandte sich wieder an Napoleon: »Ich kann Ihnen natürlich nichts versprechen, warten Sie in Ruhe ab. Etwas kann ich allerdings jetzt schon für Sie tun: Ihre Uniform sieht nicht mehr sehr repräsentabel aus; ich werde dafür sorgen, daß Sie neues Tuch bekommen.«

»Oh, ich ... ich weiß nicht, wie ich Ihnen danken soll, Madame Tallien.«

»Schon gut. Ich habe Sie bereits gestern und vorgestern hier gesehen, Sie laufen mit so todernstem Gesicht herum! Kommen Sie, in meinem Salon sollen sich die Gäste amüsieren. Ich werde Sie einigen Damen und dem General Hoche vorstellen.«

Sie führte Napoleon in einen der angrenzenden Räume, wo sie

ihn mit dem General und den Damen Hamelin, Krüdener (einer Livländerin), Récamier und de Beauharnais bekannt machte.

Madame de Beauharnais trug ebenfalls ein schmales rotes Seidenband um den Hals, also war auch sie nur knapp dem Fallbeil entgangen. Napoleon fand sie äußerst attraktiv. Sie trug ein lindgrünes, hochgegürtetes Musselinkleid; ein Gazeschleier, von einer Kamee zusammengehalten, verhüllte den Busen, ein weißes Band war in ihre gelockten, rötlich schimmernden Haare geflochten. Ihre zierlichen Füße steckten in leichten weißen Atlasschuhen, um ihre Fußgelenke schlangen sich helle Perlenschnüre. Madame Tallien ließ Napoleon in der Obhut der kleinen Gesellschaft.

»Wir wollen etwas spielen«, schlug die Livländerin vor.

»O ja! « rief Madame de Beauharnais. »General Bonaparte soll uns die Zukunft aus der Hand lesen. Aber Sie dürfen natürlich nur Gutes wahrsagen!«

Mit welch merkwürdigem Akzent sie spricht, dachte Napoleon, aber ihre Stimme klingt sanft und weich. Sie hielt ihm ihre kleine Hand hin und lächelte ihn aufmunternd an. Ihr schelmischer Blick ließ ihn seine Schüchternheit vergessen. Er beugte sich über ihre Handfläche. Wie konnte er sich am besten aus der Affäre ziehen?

»Sind Sie verheiratet, Madame?« fragte er.

»Nein, verwitwet.«

»Sie werden wieder heiraten!«

Alle lachten und klatschten Beifall. Dann war die Livländerin an der Reihe. »Wie viele Kinder haben Sie?«

»Sechs Söhne!«

»Sie werden noch einen siebten Sohn bekommen.«

»Ach du meine Güte, ich möchte endlich eine Tochter!«

Wieder erscholl Gelächter. So ging es weiter, bis Hoche an der Reihe war. »Was prophezeien Sie mir? Sieg oder Niederlage?«

»Weder noch. Sie werden in Ihrem Bett sterben!«

»Wie?« fragte Hoche, und seine Stimme bebte vor Empörung. »Wollen Sie mich kränken? Ein Soldat stirbt den Heldentod auf dem Schlachtfeld!« Er musterte Napoleon finster.

»Aber mein lieber Hoche«, sagte Madame de Beauharnais und lachte glucksend, »auch Alexander der Große ist in seinem Bett gestorben. Kommen Sie, nebenan wird getanzt.«

Hoches Miene glättete sich sofort, er sprang auf, verbeugte sich, reichte ihr seinen Arm und verließ erhobenen Hauptes mit ihr den Raum. Als er an Napoleon vorbeiging, streifte er ihn mit einem herablassenden Blick. Napoleon sah die schlanke kleine Gestalt an Hoches Arm entschwinden, und auf einmal fehlte ihm etwas in der Runde.

Seit jenem Abend ging Napoleon regelmäßig in die ›Chaumière‹, zum einem, um mit einflußreichen Leuten bekannt zu werden, zum anderen, weil er dort stets interessante Gesprächspartner fand. Oft unterhielt er sich mit dem Maler David und dem Schauspieler Talma, dem Napoleon von seinen Pariser Theaterbesuchen erzählte.

Aber vor allem faszinierte ihn die weibliche Welt im Salon der Madame Tallien. Viele dieser Frauen waren leichtsinnig, vergnügungssüchtig und hatten mehrere Liebhaber, aber sie konnten geistreich plaudern und waren gebildet, und diese Bildung wirkte auf Napoleon viel anziehender als das Schulwissen seiner Schwester Elisa.

Diese Abende, die er zwischen großer Welt und Halbwelt verbrachte, ließen ihn für einige Stunden seine Probleme vergessen, die beruflichen, finanziellen, familiären Schwierigkeiten, und Désirée.

Er grübelte oft darüber nach, warum sie ihm so selten schrieb, und manchmal fragte er sich, ob sie überhaupt zueinander paßten.

Paris, 12. Vendémiaire, Jahr IV der Republik
(4. Oktober 1795)

Es ist soweit. Übermorgen werde ich Paris und in einigen Wochen Frankreich für immer verlassen und in den Dienst des türkischen Sultans treten. Wenn ein Staat die Talente und Fähigkeiten eines Offiziers nicht nutzen kann und will, ist der Dienst unter fremder Fahne die einzige Lösung. Auf dem Weg nach Konstantinopel werde ich über Marseille reisen und meine privaten Angelegenheiten klären. Entweder Eugénie und ich heiraten und sie begleitet mich in die Türkei, oder wir lösen die Verlobung.

In den vergangenen Monaten habe ich mich oft gefragt, ob sie mich noch liebt. Sie hat mir so selten geschrieben, manchmal hatte ich zwei Wochen keine Nachricht von ihr. Aber wenn ich dann ihre Briefe las, schalt ich mich einen Narren, daß ich an ihrer Liebe zweifeln konnte, und gab ihrer Mutter die Schuld. Madame Clary paßt unsere Verlobung nicht, das habe ich an jenem Aprilabend deutlich gespürt; es war zu erwarten, daß sie ihre Tochter beeinflussen würde. Wenn ich Eugénies Briefe las, war ich über ihre Gefühle völlig beruhigt. Doch dann wieder Tage, Wochen ohne Post von ihr.

Als ich das ständige Schwanken zwischen Hoffnung und Zweifel nicht mehr aushielt, schrieb ich eine Novelle, *Clisson und Eugénie*, und erzählte von meiner Liebe. Nachdem ich mir so vieles vom Herzen geschrieben hatte, fühlte ich mich besser. Ich war wieder von Eugénies Treue überzeugt und davon, daß wir heiraten werden. Ja, ich möchte sie nach wie vor heiraten, obwohl ich mich im Laufe des Sommers hin und wieder gefragt habe, welche gemeinsamen Interessen uns verbinden, außer der Liebe zur Musik.

In den letzten Wochen habe ich einige Pariser Salons kennengelernt, vor allem den der Madame Tallien. Ich habe dort gebildete, schöne Frauen kennengelernt, Frauen, die die Karriere ihrer Männer fördern; in deren Gegenwart wurde mir bewußt, daß man Liebe und beruflichen Aufstieg miteinander vereinbaren kann, und ich fragte mich, ob eine Ehe in der ländlichen Einsamkeit von Cassis wirklich das ist, was ich mir wünsche? Aber wenn ich dann am nächsten Morgen in meinem schäbigen Hotelzimmer erwachte, erschien mir der vergangene Abend wie ein Spuk, und ich sagte mir, daß ich Eugénie liebe und nur mit ihr leben möchte.

Nun, in Marseille wird sich alles entscheiden. Eugénie und Julie sind aus Genua abgereist; Julie sieht Mutterfreuden entgegen, im Frühjahr ist es soweit. Joseph ist aus geschäftlichen Gründen noch dort geblieben.

Talma hat für heute abend zwei Freikarten besorgt, Junot und ich gehen zum letzten Mal ins Theater Feydeau, dort wird *Le bon fils* gegeben. Morgen werden wir uns von unseren Freunden verabschieden, von Bourrienne, den Permons, vor allem von dem schwerkranken Monsieur Permon; am Abend will ich noch einmal kurz ›La Chaumière‹ besuchen, und dann beginnt unwiderruflich ein neuer Lebensabschnitt mit hoffentlich besseren Tagen.

Am 20. Oktober 1795 wurde Pauline fünfzehn Jahre alt, Der Geburtstag verlief für das junge Mädchen so wie in den Jahren vorher, zunächst! Am Morgen gratulierte die Familie, wünschte Glück und Gesundheit, ein Blumenstrauß zierte Paulines Platz an der Familientafel – das war alles. Letizia hatte Geschenke und ein festliches Essen an Geburtstagen schon immer für eine überflüssige Ausgabe gehalten, außerdem war sie wieder einmal gezwungen zu sparen. Napoleon schickte ihr zwar regelmäßig Geld, aber bis die Livres in Antibes eintrafen, hatten sie wegen der fortschreitenden Inflation schon wieder an Wert verloren. Von diesem Geld und der unregelmäßig eintreffenden Rente mußte sie seit August nicht nur ihre eigene Familie, sondern auch noch Lucien mit Frau und Kind ernähren.

Etienne und seine Mutter hatten Letizia finanzielle Unterstützung angeboten, aber sie war zu stolz, das Geld der Clarys anzunehmen. Soweit kommt es noch, dachte sie, daß wir zu Almosenempfängern der reichen Verwandtschaft werden! Auch Josephs halbherziges Angebot aus Genua hatte sie dankend abgelehnt. »Er kennt doch meine Lage«, sagte sie zu Saveria, »wenn er mir wirklich helfen will, kann er ja Geld schicken wie sein Bruder. Statt dessen lange briefliche Anfragen! Nein, wir haben es in der Vergangenheit geschafft, wir werden es auch in Zukunft schaffen. In diesem Haus leben zur Zeit sechs Frauen, da sind Dienstboten überflüssig!« So mußte die achtzehnjährige Elisa die Zimmer aufräumen und Saveria zur Hand gehen, Pauline half ihrer Schwägerin Christine beim Kochen, und die dreizehnjährige Caroline hatte den Tisch auf- und abzudecken, das Geschirr zu spülen und die Botengänge zu erledigen.

Der 20. Oktober war ein sonniger, warmer Herbsttag, und Pauline setzte sich am Nachmittag auf die Bank hinter dem Haus, um in Ruhe Napoleons Geburtstagsbrief zu lesen.

Konstantinopel? Wo ist das? überlegte Pauline. Vor dieser Reise will er uns noch einmal besuchen, wann wird er hier eintreffen? Einige Tage verbringt er bestimmt in Marseille bei Désirée ...

»Paulette!« Sie zuckte zusammen, als sie plötzlich die Stimme ihrer Mutter hörte, und sah hinauf zum ersten Stock, wo Letizia sich aus einem Fenster beugte. »Paulette, komm für einen Augenblick zu mir.«

Sie lief hinauf und war überrascht, als ihre Mutter sie in die Arme schloß und auf die Stirn küßte. Es kam selten vor, daß Letizia ihren Kindern mütterliche Gefühle zeigte. Irgend etwas ist passiert, dachte Pauline. Es muß etwas Erfreuliches sein, Mama wirkt so gelöst und heiter.

»Nun, Paulette, der fünfzehnte Geburtstag ist die Schwelle vom Mädchen zur jungen Frau, und ich möchte den heutigen Tag ein bißchen feiern, zum einen, weil du Geburtstag hast, und auch noch aus einem anderen Grund. Zieh dich für das Abendessen um, mach dich recht hübsch zurecht, das kannst du ja. Ich habe noch eine kleine Geburtstagsüberraschung für dich und eine große für die ganze Familie.«

»Mama, wir feiern meinen Geburtstag? Das ist so ungewöhnlich. Ich werde das grüne seidene Kleid mit den weißen Spitzen anziehen, es ist mein Lieblingskleid. Sie wissen doch, Mama, daß Napoleon damals ...«

»Ich weiß, Paulette.«

»Aber vielleicht ist es für eine Geburtstagsfeier doch zu elegant?«

»Nein, Paulette, es ist genau richtig für den heutigen Abend.«

Einige Stunden später stand Pauline in dem seidenen Kleid vor dem Spiegel und betrachtete wohlgefällig ihre Figur. Schade, dachte sie, daß außer der Familie keine jungen Männer anwesend sind. Junge Männer, wie etwa dieser Junot, sind zwar langweilig, aber es ist interessant zu beobachten, wie sie mir den Hof machen, wie dankbar sie für jedes Lächeln sind.

Inzwischen versammelte sich die Familie um den ovalen Tisch im Speisezimmer. Während man auf das Geburtstagskind wartete, fragte Letizia ihre Schwiegertochter: »Fühlst du dich wieder besser?«

Christine war im vierten Monat ihrer zweiten Schwangerschaft.

»Danke, es geht, aber ich möchte mich nach dem Essen sofort wieder hinlegen.«

»Es wäre mir lieb, wenn du uns noch eine halbe Stunde opfern würdest.«

»Aber natürlich, wenn Sie es wünschen.« Hoffentlich findet Lucien bald eine Stellung, damit wir nicht mehr von seiner Mutter abhängig sind, dachte Christine bekümmert.

Endlich erschien Paulette, die Haare zu einer kunstvollen Frisur gesteckt und mit dem Seidenband geschmückt, das ihr Napo- n vor Jahren aus Valence mitgebracht hatte.

»Oho«, rief Lucien, »Ihre Hoheit, Prinzessin Pauline!« Alle lachten, bis auf Elisa, die mit säuerlicher Miene auf ihr Gedeck blickte. »Sei nicht so albern, Lucien.« Dann musterte sie ihre Schwester mit einem strengen Blick. »Hast du dich etwa so aufgeputzt, weil heute dein Geburtstag ist?«

Ehe Pauline etwas erwidern konnte, schaltete sich Letizia ein: »Es war mein Wunsch, daß Paulette sich heute festlich kleidet. Sprich das Tischgebet, Jérôme.«

Nachdem der Tisch abgedeckt war, gab Letizia Saveria einen Wink; diese ging hinaus und kam mit einem großen runden Schokoladenkuchen, der mit fünfzehn brennenden Kerzen besteckt war, zurück.

»Das, Paulette«, sagte ihre Mutter lächelnd, »ist meine kleine Geburtstagsüberraschung für dich. Später darfst du die Kerzen löschen und die Torte anschneiden und jedem ein Stück geben, der Rest ist für dich.«

Pauline hatte erstaunt und entzückt das kleine Kunstwerk betrachtet, nun sprang sie auf, lief zu ihrer Mutter und umarmte sie stürmisch. »Oh, Mama, eine Geburtstagstorte mit brennenden Kerzen habe ich mir schon immer gewünscht! Ich danke Ihnen, oh, wie ich Ihnen danke!«

»Schon gut, mein Kind.« Letizia wandte sich zu Christine. »Das ist das Rezept von Madame Clary, von dem ich dir neulich erzählt habe.«

»Aha.« Christine wunderte sich, daß ihre sparsame Schwiegermutter plötzlich Geld für teure Schokolade und Kerzen ausgab. Warum wird an Paulettes Geburtstag ein derartiger Aufwand getrieben? Sie sah fragend zu Lucien hinüber, der unmerklich mit den Schultern zuckte; er hatte auch keine Erklärung dafür.

»So, Paulette, setz dich wieder hin. Du mußt dich nicht bei mir bedanken, ich habe Schokolade und Kerzen nur besorgt, bezahlt hat dies alles dein Bruder Napoleon, ihm mußt du danken.«

Während Jérôme erwartungsvoll und hungrig, Caroline begierig und Elisa erstaunt die Torte betrachteten, stand Letizia auf, ging zum Buffet und holte aus einer Schublade einen Brief.

»Es gibt noch eine Überraschung, die uns alle betrifft«, sagte sie, als sie wieder am Tisch saß. »Heute kam dieser Brief von Napoleon und Geld, viel Geld, und es wird noch mehr Geld kommen. Nachdem ich den Brief gelesen hatte, dachte ich, wir könnten Paulettes Geburtstag feiern, und später werden wir auf Napoleons Wohl anstoßen, ich habe Champagner besorgt. Es ist möglich, daß in den nächsten Tagen einige Leute es für notwendig erachten, mich zu besuchen, dann muß ich ihnen ja etwas anbieten können. Aber der Anlaß für diese Ausgaben ist nicht das Geld, das euer Bruder geschickt hat, sondern ... wie soll ich es sagen?« Sie unterbrach sich und überlegte einen Augenblick. »Nun, im Frühjahr waren es zehn Jahre seit dem Tod eures Vaters; es waren für unsere Familie sorgenvolle, harte und bittere Jahre. Damals, als Napoleon General wurde, als Joseph Julie heiratete, als du, Lucien, in Saint-Maximin warst, da dachte ich, wir hätten es geschafft. Dann kamen neue Rückschläge nach dem neunten Thermidor, aber heute, nach den Ereignissen vom dreizehnten Vendémiaire, heute glaube ich, daß für die Familie Bonaparte glückliche Jahre beginnen. Pourvu que cela doure.« (Hoffentlich bleibt es so.)

Vor dreißig Jahren, am 20. Oktober 1765, dachte Letizia, hat Carlo von Paoli erfahren, daß er einmal Nachfolger des Generals werden solle; Carlo schilderte mir später in allen Einzelheiten jenen Ritt nach Morosaglia. Mit welchen Hoffnungen bin ich im Frühjahr 66 nach Corte geritten! Und drei Jahre später war alles zu Ende, und Paoli mußte nach England ins Exil gehen.

Sie entfaltete den Brief und las vor:

Paris, 14. Vendémiaire des Jahres IV (6. Oktober 1795)
2 Uhr morgens

Meine liebe Mutter,

Endlich, das Schicksal hat sich gewendet! Mein erster Gedanke gilt Ihnen. Mit gleicher Post werde ich auch Joseph in Genua benachrichtigen. Unserer Familie wird es in Zukunft an nichts mehr fehlen. Ich lege 50 000 Livres in Silber, Papiergeld und Assignaten bei, werde Ihnen aber durch Lucien noch weitere Beträge schicken. Ich möchte, daß Lucien zwei Tage, nachdem Sie diesen Brief erhalten haben, zu mir nach Paris kommt. Ich habe nm einen Posten bei der Nordarmee besorgt, ab Pluviôse oder Ventôse (Februar/März) kann er dort als Verpflegungsoffizier arbeiten. Jérôme habe ich in einer der besten Schulen Frankreichs angemeldet, in Saint-Germain. Lucien soll den Kleinen mitbringen und dort abliefern; es wird höchste Zeit, daß Jérôme regelmäßig unterrichtet wird und Disziplin lernt. Joseph werde ich jetzt endlich den begehrten Konsularposten in Italien verschaffen können. Sobald Louis zum Leutnant ernannt ist, wird er bei mir Adjutant werden.

Noch einmal zu Lucien: Er kann vorläufig hier in Paris als Assistent von Stanislas Fréron arbeiten; dieser wird in sechs bis sieben Wochen nach Marseille reisen, Lucien wird ihn begleiten und noch einmal etliche tausend Livres für Sie mitnehmen.

Ich möchte, daß Sie, liebe Mutter, jetzt bald nach Marseille übersiedeln und in einem vornehmen Wohnviertel eine repräsentative Wohnung oder ein Haus mieten. Sie müssen im Winter wahrscheinlich zahlreiche Gäste empfangen, und meine Schwestern sollen in die Gesellschaft eingeführt werden. Sofern Elisa, Paulette und Caroline Männer heiraten, die mir genehm sind, werde ich für eine reichliche Aussteuer sorgen.

In den nächsten Tagen übersiedele ich in die Rue de Capucines, in ein Haus, das mir die Regierung zur Verfügung gestellt hat.

Jetzt will ich aber endlich berichten, wie es zu dieser glücklichen Wende gekommen ist. Am Abend des 12. Vendémiaire war ich mit Junot im Theater Feydeau. Während der Pause hörten wir Nationalgardisten die Trommeln schlagen und das Volk zu den Waffen rufen; die Pariser Bürger sollten gegen den Konvent marschieren. Sie müssen wissen, daß die Nationalgarde inzwischen auf seiten der Royalisten steht, kurz gesagt, die Royalisten planten einen Aufstand, um zu verhindern, daß die neue Verfassung in Kraft tritt. Sie wollten die Monarchie wieder einführen, mit einem der Brüder des letzten Königs als Monarchen. Am 20. Prairial des Jahres III (8. Juni 1795) starb der Sohn Ludwigs XVI., der sogenannte Ludwig XVII., im Temple, und der Graf von der Provence nennt sich seit jenem Tag Ludwig XVIII. Es ist wirklich unglaublich!

Junot und ich verließen das Theater und gingen zur öffentli-

chen Galerie des Konvents, wo wir erfuhren, daß die Abgeordneten vor einigen Stunden Barras zum Oberbefehlshaber der Armee des Innern ernannt hatten. Plötzlich sah ich Stanislas Fréron auf mich zueilen. »Gott sei Dank, daß ich Sie endlich finde. Sie sollen sofort zu Barras kommen!« Wir gingen zu dessen Hauptquartier an der Place du Carrousel, und ich erfuhr unterwegs, daß Barras mangels praktischer militärischer Erfahrung einen Fachmann, einen Artilleristen benötigt, um mit den Royalisten fertig zu werden. Turreau habe meinen Namen genannt und Toulon erwähnt, und daraufhin habe Barras den Befehl gegeben, mich suchen zu lassen. (Liebe Mutter, Sie erinnern sich vielleicht noch an Turreaus Gattin Félicité, die im vergangenen Winter bei Ihnen zu Gast war?) Barras fragte mich kurz und bündig, ob ich unter ihm dienen wolle, und gab mir drei Minuten Bedenkzeit.

Für mich war die Lage völlig klar: Barras stand für den Konvent, der Konvent für die Verfassung und die Verfassung für die Grundsätze der Revolution. Auf der Gegenseite waren Royalisten und Anarchisten: Männer, die eine Verfassung ablehnten, für die eine Mehrheit des französischen Volkes gestimmt hatte. Sie wissen, daß ich den Bürgerkrieg hasse, aber in diesem Fall ging es darum, die Errungenschaften der Revolution zu retten. Ich erklärte mich bereit, unter Barras zu dienen, und fragte sofort nach den Kanonen. Zu meiner Bestürzung erfuhr ich, daß diese in Sablons waren, sechs Meilen von Paris, und daß es für einen Transport hierher zu spät sei, da die Royalisten bereits eine Abteilung vorausgeschickt hätten. Die Rebellen waren uns zahlenmäßig überlegen, wir hatten nur 50 000 Soldaten zur Verfügung, die Aufständischen vier- bis fünfmal soviel. Alles hing vom Besitz der Kanonen ab! Der Sieg würde der Seite zufallen, die im Besitz der Artillerie war!

Was heißt ›zu spät‹? dachte ich. Es ist niemals zu spät! Man scheitert nicht an dem, was man falsch macht, sondern an dem, was man unversucht läßt!

Obwohl es schon nach Mitternacht war und ein wolkenbruchartiger Regen eingesetzt hatte, gab ich dem Kommandeur einer Schwadron des 21. Schützenregiments den Befehl, sich mit seinen Kavalleristen und 300 Pferden so rasch wie möglich nach Sablons durchzuschlagen, sich der Kanonen zu bemächtigen und sie schnellstens in die Tuilerien zu bringen.

Was soll ich Ihnen sagen? Um sechs Uhr morgens war die Artillerie im Park der Tuilerien. Der junge Offizier, der dieses Bravourstück geleistet hat, heißt Joachim Murat; seine Tapferkeit, sein Schwung und seine Energie gefielen mir, und ich ernannte ihn sofort zu meinem Adjutanten. Ich gab Anweisung, wie die vierzig Kanonen zu verteilen waren; zwei stellte ich am Ende der Rue Neuve Saint-Roch auf, sodaß sie die Straße hinauf und auf die Kirche Saint-Roch zeigten.

An dieser Stelle bezog auch ich meinen Posten. Am 13. Vendémiaire um drei Uhr nachmittags begann der Angriff der Royalisten. Der Kampf wogte eine Stunde lang hin und her, schließlich gelang den Rebellen der Durchbruch, und sie stürmten die Rue Saint-Honoré hinauf, an der Kirche vorbei in die Rue Neuve Saint-Roch. In diesem Augenblick gab ich den Feuerbefehl! Die Einzelheiten des Gemetzels will ich Ihnen ersparen, insgesamt gab es etwa 400 Tote oder Verwundete. Nach einer halben Stunde war der Sieg unser.

Barras und Fréron nannten mich vor dem Konvent den ›Retter der Revolution‹. Fréron sagte in seiner Rede: »Bürger Abgeordnete, vergeßt nicht, daß General Bonaparte, der nur den Morgen des Angriffstages zur Verfügung hatte, um seine klugen, höchst wirksamen Vorbereitungen zu treffen, von der Artillerie zur Infanterie versetzt worden ist. Gründer der Republik, wollt ihr noch länger säumen, das Unrecht wiedergutzumachen, das so vielen ihrer Verteidiger in eurem Namen angetan wurde?« Man jubelte mir zu und versuchte, mich auf das Podium zu drängen.

Nun, in den nächsten Tagen werde ich zum Divisionsgeneral befördert. Damit nicht genug: Am 9. Brumaire (31. Oktober) wählen die beiden Kammern das fünfköpfige Direktorium, und es ist so gut wie sicher, daß Barras und Carnot zwei der Direktoren sein werden. Barras muß dann den Oberbefehl über die Armee des Inneren abgeben, und es steht jetzt schon fest, daß ich dieses Amt übernehmen werde. Als Oberbefehlshaber der Armee des Inneren bin ich Herr über die Hauptstadt! Dieser Posten hat eine erhebliche politische Bedeutung, darüber hinaus befehlige ich fast 40 000 Soldaten und Offiziere aller Waffengattungen.

Ich will noch kurz die beiden letzten Beschlüsse des Konvents erwähnen, bevor ich diesen Brief schließe, es ist weiß Gott spät genug! Der Konvent hat die Todesstrafe abgeschafft und die ›Place de la Révolution‹, *auf der so viele Menschen guillotiniert wurden, umbenannt in* ›Place de la Concorde‹.

Ich sende Ihnen, liebe Mutter, meinen Schwestern und Saveria die herzlichsten Grüße,
Ihr Sie liebender Sohn Napoleon

Letizia faltete den Brief zusammen. Einige Minuten herrschte Schweigen. Letizia betrachtete reihum jedes ihrer Kinder.

»Wir sind Napoleon ab heute für alle Zeiten zu Dank verpflichtet«, sagte sie schließlich. »Er hat uns zu materiellem Wohlstand verholfen und unserer Familie wieder die gesellschaftliche Stellung gegeben, die wir zu Lebzeiten eures Vaters hatten.«

»Mit anderen Worten«, warf Lucien ein, »er ist jetzt das Familienoberhaupt!«

»Aber Lucien, was für ein Unsinn!« rief Elisa. »Unser Familienoberhaupt ist nach wie vor Joseph.«

»Ich muß es vielleicht anders formulieren: Joseph ist *de jure*, Napoleon *de facto* das Haupt der Familie Bonaparte.«

»Ich finde den Ton des Briefes ziemlich anmaßend«, meinte Elisa. »Wir bekommen eine Aussteuer, wenn wir einen Mann heiraten, der ihm genehm ist! Wenn ihm so viel daran liegt, soll er doch einen Ehemann für mich suchen.«

»Elisa«, mahnte Letizia, »dein Ton ist unpassend. Nimm dich zusammen.«

»Ich denke noch gar nicht ans Heiraten«, rief Pauline fröhlich, »ist man erst verheiratet, darf man sich nur noch mit dem Ehegatten beschäftigen; solange man ungebunden ist, kann man nach Herzenslust flirten.«

»Ich heirate nur den Mann, der *mir* genehm ist«, sagte Caroline und warf trotzig ihren dunklen Lockenkopf zurück. »Und wenn das meinem Bruder nicht paßt, kann er sich seine Aussteuer an den Hut stecken! Ist er jetzt ein mächtiger Mann, Mama?«

»Das kann ich nicht beurteilen, Caroline; für mich sind die politischen Ereignisse reichlich verworren. Was meinst du, Lucien? Ist Napoleon jetzt mächtig?«

»Vielleicht mehr indirekt als direkt: Die Ereignisse vom Vendémiaire zeigen ja deutlich, daß die Regierung auf die Unterstützung der Armee, also der Generäle, angewiesen ist, wenn sie sich halten will. Daran wird sich wahrscheinlich auch in Zukunft nichts ändern; die radikalen politischen Gruppen, seien es Royalisten oder andere, werden immer wieder das Volk gegen die Regierung aufwiegeln. Vereinfacht gesagt: das künftige Direktorium tut gut daran, die Herren Generäle bei Laune zu halten.«

Jérôme hatte schon mehrmals zu einer Frage angesetzt, aber die Schwestern waren ihm stets zuvorgekommen. Jetzt hielt er es nicht mehr länger aus: »Mama, was ist das für eine Schule, die ich besuchen soll?«

»Ich nehme an, eine sehr gute Schule, mit einem Internat. Du wirst dort fleißig arbeiten, damit du dem Namen Bonaparte und deinem Bruder keine Schande machst.«

»Ich habe aber keine Lust zu lernen, und ich werde bestimmt Heimweh bekommen. Ich möchte lieber in Antibes bleiben.«

»Du wirst dich den Wünschen deines älteren Bruders fügen!«

»Stell dich nicht so an, Jérôme«, sagte Elisa tadelnd, »ich war erst sieben Jahre alt, als ich nach Saint-Cyr mußte. Du bist doch jetzt ein großer Junge, in wenigen Wochen wirst du elf Jahre. Glaubst du vielleicht, deine Brüder und ich hätten damals kein Heimweh gehabt? Im übrigen hast du es besser als wir: Für uns war die französische Sprache fremd, wir mußten sie mühsam erlernen; du mußt dir auch die gesellschaftliche Anerkennung nicht erkämpfen, weil du der Bruder eines einflußreichen Generals bist, der in den ersten Salons von Paris verkehrt. Du bist undankbar, wenn du dich beklagst.«

Jérôme hörte Elisa aufmerksam zu, und bei ihren letzten Sätzen blitzten seine Augen plötzlich auf. »Wenn es stimmt, daß Napoleon Macht und Einfluß besitzt, muß ich wahrscheinlich gar nicht so viel lernen. Die Lehrer werden es kaum wagen, mir schlechte Zensuren zu geben, weil sie meinen Bruder fürchten.«

»Aber Jérôme!« rief Letizia entgeistert. »Was sind das für

Gedanken? Du wirst doch die Stellung deines Bruders nicht zu deinem Vorteil ausnutzen wollen? Außerdem – wie ich Napoleon kenne, hat er den Schulleiter von Saint-Germain bestimmt gebeten, dich genauso zu behandeln wie die anderen Jungen, eher noch härter.«

Jérôme starrte seine Mutter eine Weile sprachlos an, dann schrie er plötzlich, daß alle zusammenzuckten: »Ich wünschte, mein Bruder wäre in die Türkei gegangen!«

»Jérôme!« Letizias Stimme bebte vor Zorn. »Jérôme, jetzt reicht es. Du verläßt sofort das Zimmer und gehst zu Bett. Zur Strafe für dein ungehöriges Benehmen wirst du nicht mit uns feiern, und Schokoladenkuchen bekommst du auch nicht. Geh jetzt.«

Er sprang auf, rannte hinaus und ließ die Tür mit lautem Knall hinter sich zufallen.

»Napoleon hat recht«, sagte Letizia seufzend, »es wird höchste Zeit, daß Jérôme in strenge Zucht kommt. So, Paulette, lösche die Kerzen und schneide deine Torte an.«

Nachdem Christine noch ein Glas Champagner auf das Wohl ihres Schwagers getrunken hatte, zog sie sich in das Zimmer zurück, das sie und Lucien bewohnten. Sie sah noch einmal nach der kleinen Charlotte, die friedlich in ihrer Wiege schlief, entkleidete sich, legte sich aufs Bett und vertiefte sich in Rousseaus *Emile*. Sie konnte inzwischen fließend lesen und schreiben und dank Luciens Bemühungen auch leidlich gut rechnen. Den *Emile* las sie, um Anregungen für die Erziehung ihrer Kinder zu bekommen.

Kurz vor Mitternacht erschien Lucien, setzte sich auf den Bettrand und ließ seine Hand vorsichtig über ihren Leib gleiten. »Wie fühlst du dich, Liebes?«

»Ach, wenn ich liegen kann, recht gut. Ist die Geburtstagsfeier zu Ende?«

»Ja, aber Mama, Elisa und Paulette sitzen noch im Salon und reden über die Zukunft. Ich habe Müdigkeit vorgeschützt, weil ich mit dir allein sein wollte, außerdem hatte ich genug von der Unterhaltung. Es gab nur ein Thema: Napoleon, der berühmte General, der bei seinen Grüßen an seine geliebte Familie uns überhaupt nicht erwähnt hat!«

»Ach, Lucien, das ist doch nicht wichtig. Ich bin so froh, daß du wieder eine Stellung hast; es hat mich doch sehr bedrückt, daß wir deiner Mutter zur Last fielen.«

»Diese Reise nach Paris kommt mir äußerst ungelegen. Während deiner ersten Schwangerschaft warst du allein, weil ich Saint-Maximin über Nacht verlassen mußte, und jetzt bist du wieder allein.«

»Mach dir darüber keine Gedanken, Lucien, das Kind kommt doch erst im Frühjahr. Wann hast du deinen Bruder eigentlich zum letzten Mal gesehen?«

»Im Januar 93, kurz vor meiner Abreise nach Toulon. Damals trug er die Obristenuniform der Nationalgarde, jetzt wird er mir als General gegenübertreten.« Lucien stand auf und ging im Zimmer auf und ab. »Um ehrlich zu sein, Christine, deine Schwangerschaft ist nicht der einzige Grund, warum ich lieber hierbleiben möchte. Ich verspüre wenig Lust, meinen Bruder wiederzusehen. Von mir aus kann er Herr über ganz Paris sein, das stört mich nicht, aber es stört mich wohl, daß er Herr über unsere Familie sein will! Aus dem Brief geht deutlich hervor, daß wir jetzt alle seine Anordnungen zu befolgen haben! Und das lehne ich ab. Ich bin nicht bereit, mich seinem Willen zu unterwerfen; ich bin ein freier Mensch und habe ein Recht darauf, mein Leben so zu gestalten, wie ich es für richtig halte.«

»Aber Lucien, bedenke doch, was dein Bruder alles für seine Familie tut.«

»Ja, aber um welchen Preis? Er schüttet sein Füllhorn über uns aus und verlangt Unterwerfung! Und da werde ich nicht mitspielen, niemals!«

»Willst du etwa den Posten bei der Nordarmee nicht annehmen?«

»Aber gewiß doch, beruhige dich. Ich finde diese Aufgabe zwar nicht sonderlich interessant, aber im Moment habe ich keine andere Wahl. Wir müssen vor allem finanziell wieder unabhängig werden.« Er setzte sich auf den Bettrand und ergriff Christines Hand. »Ich werde nur so lange bei der Armee bleiben, wie es unbedingt notwendig ist. Weißt du, meine alten Pläne, in die Politik zu gehen, habe ich immer noch nicht aufgegeben.« Er sah nachdenklich vor sich hin und fuhr dann fort: »Genaugenommen kommt diese Reise meinen Zukunftsplänen doch entgegen. Du mußt wissen, daß ich mich nach dem neunten Thermidor politisch monatelang heimatlos fühlte. Mit den heutigen Jakobinern verbindet mich nichts mehr, ich halte sie für Anarchisten, und die Royalisten betrachte ich als Feinde. Aber die neue Verfassung mit ihrem Zweikammersystem und dem Direktorium als Exekutive – das kann ich mit meinen politischen Überzeugungen vereinbaren. Es ist eine gemäßigte revolutionäre Regierung, die sich eindeutig zur Republik als Staatsform bekennt. Ich werde in Paris versuchen, Verbindungen zu einflußreichen Männern anzuknüpfen, das dürfte über Fréron nicht allzu schwierig sein. Und wer weiß – vielleicht sitze ich eines Tages im Rat der Fünfhundert.«

Am Nachmittag des 3. November 1795 kamen Lucien und Jérôme in Saint-Germain an. Lucien stellte Jérôme dem Direktor der Schule vor und fuhr anschließend zu Napoleon in die Rue de Capucines.

Wahrscheinlich wird er mich kühl und von oben herab empfangen, dachte Lucien, als der Diener ihn zum Arbeitszimmer des Generals führte, aber er wurde angenehm enttäuscht. Napoleon begrüßte ihn herzlich und erkundigte sich teilnahmsvoll nach Letizia, den Schwestern, Jérôme, ja sogar nach Christine.

»Danke«, erwiderte Lucien, »meiner Frau geht es den Umständen entsprechend gut, sie erwartet unser zweites Kind.«

»Oh, das ist ja eine erfreuliche Nachricht! Je mehr Kinder eine Frau hat, desto besser für die Ehe.«

Du meine Güte, dachte Lucien belustigt, er tut so, als ob er verheiratet wäre und die Generalin Bonaparte jedes Jahr ein Kind bekommt! Na, wenigstens ist er gut gelaunt.

»Hättest du Lust, heute abend ins Theater oder in die Oper zu gehen? Junot könnte dir noch eine Karte für eine Aufführung mit Talma besorgen; auf meine Gesellschaft wirst du an deinem ersten Abend in Paris aber leider verzichten müssen, weil ich zu einem Diner eingeladen bin. Das heißt«, er unterbrach sich, »eigentlich könntest du mich begleiten. Vermutlich kommt Stanislas Fréron auch zu dieser Abendgesellschaft, das wäre für dich eine gute Gelegenheit, ihn kennenzulernen.«

»Ja, aber ich bin doch gar nicht eingeladen, kannst du denn so ohne weiteres jemand mitbringen?«

Napoleon lachte. »Aber natürlich, in den Salons, in denen ich verkehre, ist man in diesen Dingen großzügig. Ich werde die Gastgeberin benachrichtigen, daß ich in Begleitung komme. So, und nun mußt du mich entschuldigen, ich habe noch zwei wichtige Besprechungen. Einer meiner Adjutanten kann dir einige Sehenswürdigkeiten von Paris zeigen.« Er klingelte und befahl dem Sekretär, Junot zu holen.

Einige Stunden später saß Lucien in der Kutsche, sah in den nebligen Novemberabend hinaus und wartete auf den Bruder. Wo er nur bleibt? dachte Lucien. Kann er sich nicht von seinem Schreibtisch losreißen, oder sitzt er in der Badewanne? Merkwürdig, das fällt mir erst jetzt auf, er hat sich überhaupt nicht nach Désirée erkundigt ... In diesem Augenblick kam Napoleon aus dem Haus.

»Rue Chantereine Nummer sechs« rief er dem Kutscher zu und ließ sich dann neben Lucien in die Polster fallen.

»Der Nebel wird immer dichter«, sagte Lucien.

»Na ja, wir haben ja jetzt auch den Nebelmonat Brumaire.«

»Sag mal, hier duftet es derart nach Eau de Cologne – hast du darin gebadet?«

Napoleon lachte. »Nein, ich bade ganz normal in heißem Wasser, aber anschließend reibe ich mich von Kopf bis Fuß mit Eau de Cologne ein.«

»Ach so. Übrigens, wohin fahren wir jetzt? Ich weiß noch nicht einmal den Namen unseres Gastgebers.«

»Wir besuchen Madame de Beauharnais, ich bin heute auch zum ersten Mal in ihrem Haus.«

XVIII

Rose-Josèphe Tascher de la Pagerie wurde am 23. Juni 1763 auf der Insel Martinique geboren, wo ihre Familie seit dem 17. Jahrhundert ansässig war und große Plantagen besaß, auf denen Rohrzucker, Kaffee und Rum angebaut wurden. Von ihrem zwölften Lebensjahr an wurde sie in einer Klosterschule erzogen, und mit sechzehn Jahren verheiratete man sie mit einem Mann, den sie nur einige Male flüchtig gesehen hatte, dem Vicomte Alexandre de Beauharnais, Sohn eines ehemaligen Gouverneurs von Westindien. Alexandre diente als Offizier in Frankreich, und so mußte das junge Mädchen die heimatliche Insel verlassen. Nachdem Rose zwei Kinder geboren hatte, 1781 ihren Sohn Eugène und 1783 die Tochter Hortense, verließ Alexandre sie wegen einer anderen Frau.

Im Frühjahr 1794 wurde Alexandre verhaftet, ein wenig später auch Rose. Am 22. Juli, nur wenige Tage vor Robespierres Sturz, wurde Alexandre guillotiniert; Rose überlebte die Schreckensherrschaft und konnte am 6. August das Karmelitergefängnis verlassen.

Zu jener Zeit war sie schon mit Theresa Tallien befreundet, und diese, deren Gatte und Roses Tante Fanny de Beauharnais setzten durch, daß Rose eine ansehnliche Entschädigung für die viermonatige Haft erhielt. Nach der Entlassung aus dem Gefängnis stürzte sie sich in den Trubel des gesellschaftlichen Lebens. Sie und ihre Kinder lebten von den Gefälligkeiten der Regierung und der Großzügigkeit ihrer Liebhaber. Immerhin kam so viel Geld zusammen, daß Rose die Anzahlung für das Haus in der Rue Chantereine leisten konnte.

Rose war klein und schlank, ihre Haut war ungewöhnlich zart, die Stimme angenehm mit leicht kreolischem Akzent. Wenn sie lachte, vermied sie es, die Lippen zu öffnen, um ihre schlechten Zähne nicht zu zeigen. Sie liebte den Luxus, das Vergnügen, war kokett und verstand es, virtuos zu lügen und zu intrigieren, aber sie war nicht bösartig. Zu ihren positiven Charaktereigenschaften gehörten die Treue gegenüber ihren Freunden, ihre Gutherzigkeit, ihre Fröhlichkeit. Ihr Lieblingswort war ›drôle‹ (drollig) – die kleinen und großen Wechselfälle des Lebens waren für sie stets ›drôle‹. Ihre Verschwendungssucht machte sie von reichen Gönnern abhängig. Einer von ihnen war der Vicomte Paul Barras; als Rose seine Geliebte wurde, war sie eine Zeitlang von finanziellen Sorgen befreit. Er bezahlte ihre Schulden und schickte ihr Körbe mit Geflügel, Wild, teurem Obst, Wein und Champagner, wenn sie ein Diner geben wollte. Bei ihren Abendgesellschaften trat er als Hausherr auf, und wenn er in seinem Haus eine Gesellschaft gab, übernahm Rose die Rolle der Gastgeberin.

Nachdem der erste erotische Rausch verflogen war, begann Barras seiner Geliebten überdrüssig zu werden, zumal er inzwischen ein Verhältnis mit Madame Tallien hatte, die jünger, hübscher und weniger kostspielig war. Schon im Sommer des Jahres 1795 sann Barras darüber nach, wie er Rose auf elegante Art loswerden, ihr aber gleichzeitig eine dauerhafte Existenzsicherung verschaffen könnte. Ein neuer Ehegatte wäre zweifellos die beste und einfachste Lösung – aber welcher Mann war bereit, eine mittellose Witwe mit zwei Kindern zu heiraten, die zudem bereits zweiunddreißig Jahre alt war? Barras hielt in den Salons die Augen offen, aber es war kein geeigneter Kandidat ausfindig zu machen.

Der 13. Vendémiaire änderte die Situation. Barras entging nicht, mit welch bewundernden Blicken der Retter der Revolution, General Bonaparte, Rose verfolgte, wenn sie durch die Räume bei ihrer Freundin Theresa schwebte. Barras beobachtete auch, wie linkisch und unsicher der General der Damenwelt gegenüber auftrat. Den raffinierten Verführungskünsten einer Pariserin, die zudem den exotischen Hauch Westindiens ausstrahlte, muß Bonaparte nach menschlichem Ermessen erliegen, überlegte der Lebemann.

Sein Interesse an Napoleon hatte für das künftige Direktoriumsmitglied aber auch einen politischen Aspekt. Er war sich klar darüber, daß die beiden Kammern und das Direktorium auf die Unterstützung der Generäle angewiesen waren, innen- und außenpolitisch, denn der Mehrfrontenkrieg war noch immer nicht beendet.

Ein enger gesellschaftlicher und menschlicher Kontakt wird auch politisch nützlich sein, dachte Barras. In meinem Haus geht der General jetzt schon ein und aus, aber er muß auch ständiger Gast in der Rue Chantereine werden. So bat er Rose, Bonaparte zu einem ihrer nächsten Diners einzuladen und sich besonders elegant und verführerisch zu kleiden. Er betonte die politische Bedeutung dieser Abendgesellschaft, und Rose, die aus finanziellen Gründen stets darauf bedacht war, sich die Gunst ihres Liebhabers zu erhalten – und die überdies längst wußte, daß ihre Freundin Theresa ihre Rivalin im Schlafzimmer war –, Rose schickte also dem General Bonaparte ein parfümiertes Briefchen und lud ihn für den 12. Brumaire (3. November) in ihr Haus.

Als Napoleon und Lucien in der Rue Chantereine ankamen, waren die meisten Gäste bereits anwesend. Die Brüder verweilten einige Augenblicke am Eingang zum Salon und ließen die Atmosphäre auf sich wirken.

Napoleon, der sich längst an die frivole Kleidung der Damen gewöhnt hatte, betrachtete aufmerksam die Einrichtung: die weißen Täfelungen, darüber den Fries im pompejanischen Stil, die Harfe, die Sokrates-Büste, einige zierliche, mit blauem Nanking bezogenen Stühle, den Schrank aus Zitronenholz. In dieser Einrichtung fehlt die Harmonie, dachte er, es ist eine kunterbunte Mischung aus alt und neu, aber die Möbel sind mit Geschmack aufgestellt, und das Haus scheint tadellos sauber zu sein, das gefällt mir. Irgendwie duftet es hier im Salon nach Rosen, das ist mir schon im Vorraum aufgefallen, aber ich sehe nirgends Blumen, merkwürdig, und überhaupt, in dieser Jahreszeit gibt es ja keine Rosen.

Lucien beachtete weder das Mobiliar noch den Rosenduft, er betrachtete halb erstaunt, halb befremdet die geschminkten Damen, die raffiniert dekorierten Schals aus Spitzen, Gaze, Kaschmir, die mit Ringen geschmückten Hände und Füße. Mama wäre entsetzt, wenn sie das alles sehen würde, dachte er, aber alles in allem ist diese neue Mode kleidsam für schlanke, gutgewachsene Frauen. Christine und Paulette kann ich mir gut in diesen griechischen Gewändern vorstellen; ich werde die neuesten Schnittmuster besorgen und nach Marseille mitnehmen, damit meine Frau und seine Schwestern der dortigen Damenwelt die neue Pariser Mode vorführen können.

In diesem Augenblick gab Napoleon dem Bruder einen leichten Rippenstoß: »Da kommt Madame Beauharnais.«

Eine zierliche Gestalt, eingehüllt in cremefarbenen Musselin, schwebte ihnen entgegen. Passend zum Kleid trug Rose seidene Schuhe von der gleichen Farbe, einen Schal aus braunen Spitzen, der mit ihrer Haarfarbe harmonierte, und Smaragdschmuck, ein Hochzeitsgeschenk ihres Schwiegervaters.

»Guten Abend, General Bonaparte, wie schön, daß ich Sie endlich als Gast begrüßen darf!«

Als Napoleon sich über die Hand der Gastgeberin beugte, bemerkte Lucien, daß die blassen Wangen seines Bruders sich leicht färbten. Sieh an, dachte er, dieses charmante kleine Luder bringt sogar ihn zum Erröten. Kein Wunder bei diesem süßen, verführerischen Lächeln.

»Ich danke Ihnen für Ihre Einladung, Madame de Beauharnais. Darf ich Ihnen meinen Bruder Lucien vorstellen? Ich hatte ihn ja bereits angekündigt.«

»Willkommen in Paris, Monsieur Bonaparte! Von Ihrem Bruder habe ich erfahren, daß Sie demnächst Monsieur Fréron nach Marseille begleiten werden. Wenn es Ihnen recht ist, mache ich Sie später mit ihm bekannt«, und zu Napoleon: »Wie lange, glauben Sie, wird Stanislas in Marseille bleiben?«

»Nun, ich nehme an, einige Monate, bis zum Sommer.«

»Ach du meine Güte, welch ein Verlust für unsere Salons! Heute abend werden Sie übrigens auch meine Kinder kennenlernen, Eugène und Hortense. Sie leben sonst im Internat, aber ich habe für sie zwei Tage Urlaub erwirkt; sie brennen nämlich darauf, den berühmten General kennenzulernen.«

»Nun, so berühmt bin ich ja auch nicht«, bemerkte Napoleon etwas verlegen. »Aber sagen Sie, Madame Beauharnais, woher kommt dieser wunderbare Rosenduft in Ihrem Haus, zu dieser Jahreszeit?«

»Rosen sind meine Lieblingsblumen, ich verstehe einiges von der Züchtung, im Sommer ist mein Garten voll von ihnen. Ich lasse daraus Rosenöl gewinnen, das ich in allen Räumen zerstäube.«

Während des Diners wurde Lucien von seiner Tischdame mit dem neuesten Pariser Salonklatsch unterhalten. Da sie pausenlos redete, begnügte er sich damit, nur hin und wieder »ja, ja« oder »na, so etwas« zu sagen und betrachtete in Muße die Tischgesellschaft. Schade, daß Fréron so weit von mir entfernt sitzt, ich hätte mich gerne mit ihm unterhalten, vielleicht ergibt sich später eine Gelegenheit. Vorhin, nachdem die Beauharnais uns bekannt gemacht hatte, drehte sich das Gespräch nur um unsere Familie, und er kam immer wieder auf Paulette zu sprechen. Merkwürdig, woher kennt er sie?

Luciens Augen wanderten die Tafel entlang zu Roses Kindern. Der vierzehnjährige Eugène saß zwischen seiner Mutter und Barras, die zwölfjährige Hortense hatte ihren Platz dem Bruder gegenüber an Napoleons linker Seite. Die Kleine ist ganz niedlich, dachte Lucien, und diese Ähnlichkeit mit der Mutter! Aber sie scheint sich an der Seite meines Bruders zu langweilen, jetzt unterdrückt sie sogar ein Gähnen. Ihr Bruder hingegen blickt ganz gebannt zu Napoleon, aber der hat ja nur Augen für die Gastgeberin, und wie weit er sich nach vorne beugt, um ihr möglichst nahe zu sein! Und sie? Sie hört ihm scheinbar interessiert zu, fragt ihn ab und zu etwas, lächelt – wer mag der General an ihrer linken Seite sein? Er ist wirklich ein stattlicher, gutaussehender Mann mit einem markanten Profil, ich schätze ihn auf Anfang dreißig. Wie kritisch er meinen Bruder mit seinen dunklen Augen mustert, und jetzt lächelt er spöttisch ...

Lucien wandte sich zu seiner Tischdame: »Verzeihen Sie, daß ich Sie unterbreche, kennen Sie den General neben Madame de Beauharnais?«

»O ja, natürlich, das ist General Bernadotte. Er stammt aus Südfrankreich; soviel ich weiß, hat er bei der Rheinarmee und in Flandern gedient.«

Lucien blieb eine Antwort schuldig, weil Bernadotte sich in diesem Augenblick an Napoleon wandte: »Ihre Operationspläne für Italien sind schön und gut, aber die Italienarmee ist zur Zeit nur ein Haufen zerlumpter Soldaten, ohne Brot, ohne Munition, und mit diesem Heer wollen Sie die Österreicher aus Oberitalien vertreiben? Ein solches Unternehmen ist von Anfang an zum Scheitern verurteilt!«

»Ich bin nicht ganz Ihrer Meinung, General Bernadotte. Man muß die Soldaten zum Kampf motivieren, man muß ihnen reiche Beute nach dem Sieg versprechen, sie daran erinnern, daß sie für den Ruhm des Vaterlandes kämpfen!«

»Der Ruhm des Vaterlandes, ich bitte Sie! Ich glaube, ich habe etwas mehr Felderfahrung als Sie, General Bonaparte, und ich kann Ihnen nur sagen, ein hungriger Soldat wird von Brot satt, nicht vom Ruhm des Vaterlandes!«

»Manchmal ist nicht die Quantität der Erfahrungen ausschlaggebend, sondern die Qualität«, hörte Lucien seinen Bruder mit schneidender Stimme erwidern.

Rose hielt es für angebracht, sich einzumischen: »Aber meine Herren, warum echauffieren Sie sich so? Sie diskutieren über einen Feldzug, der noch gar nicht begonnen hat. Doch ich muß Ihnen zustimmen, General Bonaparte: im Leben zählt die Qualität der Erfahrung, nicht die Quantität, das gilt nicht nur für Feldzüge, sondern auch für die Liebe, besonders für die Liebe!«

Nachdem Rose die letzten Gäste verabschiedet hatte, kehrte sie in den Salon zurück und setzte sich auf das zweisitzige Sofa neben Barras. »Glauben Sie, daß Bonaparte der Abend gefallen hat?«

»O ja, und vor allem haben Sie ihm gefallen, meine liebe Rose, ich habe ihn genau beobachtet.«

»Nun, ich habe mein möglichstes getan, im Interesse der Regierung.«

»Im Interesse der Regierung und in Ihrem eigenen Interesse.«

»In meinem eigenen Interesse? Wie soll ich das verstehen?«

Barras stand auf und ging langsam vor dem Kaminfeuer auf und ab. »Ich wollte am heutigen Abend dieses Thema nicht anschneiden, aber es hat sich nun so ergeben, also gut. Ich denke an Ihre und Ihrer Kinder Zukunft und würde es sehr begrüßen, wenn Sie sich mit dem General anfreundeten. Er hat ein festes Einkommen, ist Junggeselle, und, soweit ich das beurteilen kann, hat er wenig Erfahrung mit Frauen. Es dürfte Ihnen nicht allzu schwer fallen, ihn zu verführen.«

Jetzt ist es also soweit, dachte Rose, jetzt gibt er mir den Laufpaß. »Und wenn die Verführung nicht gelingt?«

»Sie muß gelingen, und sie wird gelingen, Rose.« Barras setzte sich wieder. »Finanziell werde ich meinen Teil dazu beitragen, geben Sie also ruhig kostspielige Abendgesellschaften. Er muß den Eindruck gewinnen, daß Sie wohlhabend sind. Ich werde alle Ihre Ausgaben bezahlen, bis es soweit ist! Sie verstehen, was ich meine?«

»Ja, Paul, ich verstehe,« erwiderte Rose tonlos.

Paris, 9. Frimaire, Jahr IV der Republik
(30. November 1795)

Vor sieben Tagen war ich zum letzten Mal in der Rue Chantereine und habe seither auch keine anderen Salons besucht, weil ich eine Begegnung mit Madame de Beauharnais vermeiden will. Ich muß erst Klarheit über meine Gefühle bekommen. Nach dem ersten Besuch in ihrem Haus habe ich sie fast täglich gesehen, und wir haben uns unterhalten. Als ich das letzte Mal in ihrem Haus war, beobachtete ich, wie sie mit Hippolyte Charles, einem jungen Gecken, flirtete, und ich wurde von einer wütenden Eifersucht gepackt, gleichzeitig wünschte ich mir leidenschaftlich, sie zu besitzen.

An diesem Abend wurde mir zum ersten Mal bewußt, daß ich mich in sie verliebt habe. Mehr noch, ich bin verzaubert, nicht mehr Herr meiner Gedanken und Gefühle einen solchen Zustand habe ich noch nie erlebt. Ich dachte, daß sich das ändert, wenn ich ihr ein paar Tage nicht begegne, aber das Gegenteil ist der Fall! Ich habe ständig ihr Bild vor Augen, ihr Gesicht, ihr Lächeln, ihren schwebenden Gang. Ich bin immer noch unentschlossen, ob ich sie wieder besuchen soll, aber schließlich kann ich mich nicht ganz aus dem gesellschaftlichen Leben zurückziehen; selbst wenn ich nicht in die Rue Chantereine gehe, begegne ich ihr irgendwo anders, bei der Tallien oder bei Barras. Für Eugénie empfand ich zärtliche Zuneigung, aber jetzt ist es Leidenschaft, anders kann ich es nicht verstehen. Madame de Beauharnais erregt meine Sinne, sie beherrscht mein Denken, Fühlen, Wollen ... Ich habe schon mit dem Gedanken gespielt, sie zu heiraten. Mit ihrem Auftreten und ihren Beziehungen könnte sie außerdem bestimmt meiner Laufbahn förderlich sein. Aus dem großzügigen Stil ihrer Gesellschaften schließe ich, daß sie wohlhabend ist. Sie soll die Geliebte von

Barras sein, aber das stört mich zur Zeit nicht; wenn ich sie heirate, würde sie nur mir gehören ... aber was denke ich? Ich weiß doch gar nicht, ob sie mir Zuneigung entgegenbringt. Es wird schwierig werden, sie zu erobern, aber es ist auch reizvoll! Ein anderes Problem ist meine Familie; diese exotische, extravagante Kreolin paßt nicht recht zu den Bonapartes. Sie wird einen schweren Stand haben, besonders Mama wird ihr bestimmt reserviert gegenübertreten. Und Eugénie – was wird sie sagen? Kurz nach meinem ersten Besuch in der Rue Chantereine habe ich ihr geschrieben ... ›Du bist jung, Deine Gefühle werden einmal nachlassen und schließlich erlöschen. Die Zeit ist mächtig ... Wenn der Tag kommt, an dem Du mich nicht mehr liebst, schwöre mir, es zu sagen. Das gleiche Versprechen gebe ich Dir. Wenn Du einen anderen Mann liebst, mußt Du Deinem Gefühl nachgeben ...‹ Es sollte ein Wink mit dem Zaunpfahl sein, in der Hoffnung, daß sie ihre Gefühle überprüft mit dem Ergebnis, daß sie mich nicht mehr liebt, mir einen Abschiedsbrief schreibt und die Verlobung löst. Das wäre für mich der eleganteste Weg. Ich bringe nicht den Mut auf, ihr zu schreiben, daß sich meine Gefühle geändert haben, daß ich sie nicht heiraten könne.

Lucien und Fréron werden morgen abreisen. Mein Bruder hat von der Hauptstadt nicht viel gesehen, aber das ist seine eigene Schuld; tagsüber war er meistens im ›Rat der Fünfhundert‹ und hat die Debatten verfolgt, abends hat er das Theater besucht oder mich zu Gesellschaften begleitet. Ich habe beobachtet, daß er bei diesen Anlässen immer versucht, mit einflußreichen Leuten ins Gespräch zu kommen; ich glaube, daß er sich wieder politisch engagieren will. Er redet mit mir nicht darüber.

Zwei Tage nach Luciens Abreise flatterte ein nach Rosen duftendes Billet auf Napoleons Schreibtisch. In ihrer zierlichen Handschrift lud Madame de Beauharnais ihn für den 16. Frimaire (7. Dezember) zu einer kleinen Abendgesellschaft.

Er betrachtete eine Weile unschlüssig das Billet, und vor seinem inneren Auge tauchte das Haus auf, der Salon – und sie selbst, lässig auf dem Sofa sitzend ... Fast mechanisch griff er nach Papier und Gänsekiel und nahm die Einladung dankend an.

Der 7. Dezember war ein naßkalter, trüber Herbsttag, und bei Napoleons Ankunft in der Rue Chantereine fing es an, in Strömen zu regnen. Als er im Vestibül vor dem luxuriösen Standspiegel noch einmal den Sitz seiner Uniform überprüfte, wunderte er sich über die Stille im Haus. War er der erste Gast? Er war doch nicht zu früh gekommen? Plötzlich ertönte aus dem Salon lautes Hundegebell. Er runzelte die Stirn. Also daß sie immer diesen Fortuné, diesen widerlichen, fetten Mops bei sich haben muß! dachte er. Der Köter hat ihr im Gefängnis Gesellschaft geleistet, aber das ist doch kein Grund, solch ein Getue mit ihm zu machen. Sie liebt ihn ja fast wie ein Kind, wahrscheinlich darf er auch in ihrem Bett schlafen! Ihr Bett? Wie mag ihr Schlafzimmer eingerichtet sein? Er drehte sich um und ging langsam hinüber zum Salon. Als er eintrat, sprang der Hund von seinem gelben Seidenkissen herunter, stürzte auf den Besucher zu und kläffte ihn an.

Napoleon trat unwillkürlich einen Schritt zurück, aber schon war Rose da, hob den Hund auf und trug ihn zurück zu seinem Kissen. »Fortuné, Schätzchen, was hast du denn? Du kennst doch den General Bonaparte!« Als der Mops die weichen Arme seiner Herrin spürte, beruhigte er sich, und Napoleon atmete erleichtert auf.

Erst jetzt bemerkte er die Aufmachung der Gastgeberin, und seine Augen wanderten verlegen und bewundernd zugleich über das durchsichtige schwarze Tüllgewand, das nichts von ihren Reizen verbarg, hinunter zu den Seidenschuhen und wieder hinauf zu dem roten Spitzenschal und den langen Perlenohrringen. Sie wirkt wie ganz aus Spitzen, dachte er, als sie nun lächelnd auf ihn zuglitt und ihm ihre Hand zum Kuß bot.

»Willkommen, mein lieber General! Ich hoffe, Sie verzeihen Fortuné seine Ungezogenheit, aber daß er Sie nicht mehr erkennt, beweist, wie lange Sie nicht hier waren.«

»Ich hatte viel Arbeit, Madame de Beauharnais, die Unruhen in Paris, Sie wissen ja ...«

»Ja, ich habe davon gehört. Kommen Sie, jetzt trinken wir ein Glas Champagner auf unser Wiedersehen.«

Der Champagner im Eiskühler und zwei Gläser standen auf dem kleinen runden Tisch vor dem Sofa bereit. Rose reichte dem

General den Öffner – »Sie wissen bestimmt, wie man mit diesem Instrument umgeht« – und setzte sich anmutig aufs Sofa. »Übrigens, Sie können mich Rose nennen wie meine übrigen Freunde.«

»Wirklich?« seine Augen verdunkelten sich vor Freude. »Rose«, sagte er langsam, »verzeihen Sie, aber der Name Rose gefällt mir nicht, er paßt nicht zu Ihnen. Rosen haben Dornen, und das kann ich mir bei Ihnen nicht vorstellen. Haben Sie noch einen anderen Vornamen?«

Sie lachte hell auf. »Sie sind aber drôle! Ja, mein zweiter Vorname ist Josèphe.«

»Josèphe, sehen Sie, das klingt viel weicher, Josèphe.« Er hielt einen Augenblick inne, überlegte und achtete dabei nicht auf den Champagnerkorken, der plötzlich mit lautem Knall herausschoß. Sie lachten beide, er füllte die Gläser, hob sein Glas. »Ich weiß jetzt, wie ich Sie nennen werde: Joséphine! Wie gefällt Ihnen der Name?«

»Joséphine«, wiederholte sie langsam. »Ja, warum nicht? Aber dann müssen alle meine Freunde mich Joséphine nennen.«

»Auf Ihr Wohl, Joséphine! Aber sagen Sie, Sie schrieben etwas von einer kleinen Abendgesellschaft? Ich bin schon eine ganze Weile hier und immer noch der einzige Gast.«

»Nun, zwei Personen sind doch eine kleine Gesellschaft, oder?«

Am 31. Dezember 1795 erhielt Désirée einen Brief von ihrem Verlobten, datiert vom 25. Frimaire (15. Dezember). Das ist wohl sein verspäteter Geburtstagsbrief, dachte sie – ihr Geburtstag war im November, und sie war enttäuscht gewesen, daß er nicht geschrieben hatte –, aber nun ja, er wird viel zu tun haben. Sie öffnete den Brief in freudiger Erwartung. Nach den ersten Sätzen ließ sie ihn sinken und starrte fassungslos vor sich hin. »Wie ist das möglich?« flüsterte sie. »Er liebt mich nicht mehr. Er löst die Verlobung ...«

Dann erinnerte sie sich, daß sie vor genau zwei Jahren, am 31. Dezember 1793, den General zum ersten Mal gesehen hatte, zusammen mit Paulette ...

Drittes Buch

XIX

Am späten Nachmittag des 15. Februar 1796 stand Stanislas Fréron am Fenster seines Arbeitszimmers und blickte gedankenverloren auf den regennassen, belebten Platz, der direkt zu Marseilles Prachtstraße, der Cannebière, führte. Ein Fremder, der ihn zum ersten Mal sah, wäre nie auf den Gedanken gekommen, daß dieser Mann dafür verantwortlich war, daß zwei Jahre zuvor Tausende von Marseiller Bürgern auf eben diesem Platz das Schafott besteigen mußten. Nein, dieser zweiundvierzigjährige Stanislas Fréron mit seinem Intellektuellenkopf und den genießerischen Gesichtszügen wirkte nicht wie ein Sansculotte oder ein Terrorist. Der blaue Frack war tadellos geschnitten, die gelben Lederhosen und die schwarzen Lackstiefel saßen wie angegossen, und niemand verstand es so gut wie er, die einengende Halsbinde der Thermidorianer mit lässiger Eleganz zu tragen. Trotz der Revolutionsjahre war ein Hauch der Kultur des Ancien Régime an ihm haften geblieben, ein Überbleibsel seiner Kindheit. Sein Vater war ein bekannter Publizist gewesen, sein Pate kein Geringerer als der polnische König Stanislas Lesczynski.

Als Journalist hatte Fréron die Schattenseiten der Monarchie kennengelernt und sich beim Ausbruch der Revolution der radikalen Gruppe um Camille Desmoulins angeschlossen. Nach der Abschaffung des Königtums 1792 gehörte er zur Gruppe um Marat, Danton und Robespierre. Die Schreckensherrschaft der Jahre 93 und 94 entsprach ganz und gar nicht seiner politischen Überzeugung, aber er bekannte sich zum Terror, um zu überleben. Er beobachtete die Politik Robespierres und unternahm nichts, um seine Gefährten Danton und Desmoulins vor der Guillotine zu retten. Aber als er merkte, daß auch sein Leben bedroht war, verband er sich mit Tallien und Barras, um Robespierre und seine

Anhänger zu stürzen. Was galten ihm damals Überzeugung und Gesinnung? Er wollte überleben und endlich wieder die angenehmen Seiten des Lebens genießen.

Als die Herrschaft des Direktoriums begann, ließ er sich erneut von Barras als Kommissar in den Süden entsenden. In jenem Winter 1795/96 erlebten die erstaunten Marseiller Bürger, daß aus dem Saulus ein Paulus geworden war. Er löste den Stadtrat auf, der die Ausschreitungen royalistischer Anhänger entschlußlos mitangesehen hatte, er gewährte den politischen Häftlingen Amnestie, er bildete Hilfskomitees, die die ärmere Bevölkerung mit Brot versorgen sollten, er reorganisierte die Lokalverwaltungen der umliegenden Departements, er tat alles, um den wirtschaftlichen Aufschwung zu fördern. So gelang es ihm allmählich, das Mißtrauen der Bevölkerung zu überwinden, aber seine blutige Vergangenheit blieb unvergessen, und der Blick aus dem Arbeitszimmer seines Palais erinnerte ihn stets von neuem an die Schreckensherrschaft.

Er war ein großzügiger Gastgeber und lud häufig die Honoratioren der Stadt zu Diners und Bällen in sein Haus, auch die Bonapartes waren oft seine Gäste. Doch es war ihm noch nicht gelungen, Madame Bonaparte, die Mutter des Generals, für sich zu gewinnen. Der charmante Lebemann ärgerte sich über das Mißtrauen und die stolze Ablehnung der Korsin, zumal er wußte, daß von ihrem Wohlwollen sein persönliches Glück abhing.

Der Regen prasselte nun so heftig gegen die Fensterscheiben, daß Fréron die Kutschen auf dem Platz nur noch verschwommen erkennen konnte. Er ging zu seinem Schreibtisch, zündete die Lampe an und vertiefte sich in die Pariser Zeitungen.

»Schmierfinken«, rief er entrüstet aus, als er die Schlagzeilen überflog und hier und da einen Artikel genauer las. »Elende, gewissenlose Schmierfinken!« Wutentbrannt schleuderte er die Zeitungen ins Kaminfeuer. Beim Anblick der lodernden Flammen beruhigte er sich allmählich. »Ausgerechnet jetzt greifen sie mich an«, murmelte er und begann, ruhelos im Zimmer auf und ab zu gehen. »Sie beschuldigen mich der Unterschlagung, sie werfen mir vor, meine Kompetenzen überschritten zu haben. Lächerlich! Warum rege ich mich überhaupt so auf? Ich kann die Vorwürfe entkräften, kann Gegenbeweise bringen. Trotzdem, diese Pressekampagne schwächt meine politische Position und sie schadet meinen privaten Plänen: Über kurz oder lang werden die Angriffe der Pariser Zeitungen auch in Marseille bekannt werden, und was dann? Welche Folgen wird es für Paulette und mich haben? Außerdem muß ich damit rechnen, daß ich nach Paris zurückbeordert werde, das bedeutet Trennung von Paulette – in einem Augenblick, wo ich alles tun muß, damit Madame Bonaparte unserer Verbindung zustimmt.«

Ein Klopfen an der Tür unterbrach seine Überlegungen. Sein Sekretär und Vertrauter Nouet betrat das Zimmer.

»Ah, da bist du ja, hast du ihr meinen Brief übergeben können?«

»Gewiß, Monsieur, niemand hat mich gesehen, auch nicht Madame Bonaparte. Und dies ist für Sie.«

Nouet zog unter dem regennassen Umhang ein winziges, sorgfältig verschnürtes Päckchen hervor und überreichte es Fréron. Dessen düstere Miene erhellte sich für einen Moment; er legte das Geschenk auf den Schreibtisch, ging zum Fenster und zog die roten Samtportieren vor.

»Ein widerliches Wetter. Der Frühling hat offenbar nur ein kurzes Gastspiel gegeben ... Wenn Monsieur Bonaparte kommt, führe ihn sofort zu mir, und sorge dafür, daß wir nicht gestört werden.«

Nachdem Nouet hinter einer Tapetentür verschwunden war, griff Fréron nach dem Päckchen. Es ist das erste Mal, daß sie mir etwas schenkt, dachte er. Behutsam löste er die Verschnürung. »Ein goldenes Medaillon!« rief er erstaunt aus. Auf der ovalen, mattschimmernden Oberfläche waren Initialen eingraviert: P.B. Er öffnete das Medaillon. Es enthielt ein Miniaturportrait Paulettes und eine braune Locke unter Glas.

Fréron betrachtete das Mädchengesicht. Pauline hatte die klassischen Züge ihrer Mutter geerbt, aber ihr Gesicht war weich, ohne eine Spur der herben Strenge, die mit zunehmendem Alter bei Letizia immer deutlicher hervortrat. Das junge Mädchen blickte Fréron ernst an, aber in ihren Augen blitzte Heiterkeit. Eben diese Mischung von makelloser Ebenmäßigkeit und fröhlichem Mutwillen hatte Fréron vom ersten Augenblick an betört.

»Paulette«, flüsterte er, »kleine Paulette!« Dann las er das beigefügte Billet:

Mein Geliebter,

rasch wenige Zeilen, damit Nouet nicht warten muß. Ich danke Dir für Deine Aufmerksamkeit, mir eine Locke von Dir zu schicken; ich schicke Dir auch eine von mir – aber denke nicht gleich wieder an Laura, denn Laura und Petrarca, die Du so oft zitierst, waren nicht so glücklich wie wir. Petrarca war treu, aber Laura ... Mein lieber Freund, Paulette wird Dich so innig lieben, wie Petrarca Laura liebte. Mama darf noch nicht wissen, daß ich Dir dieses Medaillon schicke; sie hat es letzten Herbst für meinen Bruder Napoleon anfertigen lassen aus Dankbarkeit, weil er so viel für unsere Familie tut. Ich sollte es für ihn aufbewahren, bis ich ihn wiedersehe, aber der Himmel weiß, wie lange das noch dauern wird. So schenke ich das Medaillon Dir, ich liebe euch beide, Dich und meinen Bruder, aber Dir gehört jetzt mein ganzes Herz, meine Seele, alles, alles, alles.

Paulette

Fréron blickte halb amüsiert, halb nachdenklich auf die kindlichen Schriftzüge, bevor er das Briefchen sorgfältig in seinem Schreibtisch verwahrte.

Mein Geliebter, dachte er, bin ich das wirklich? Ein Dichter würde es wahrscheinlich so formulieren: unsere Seelen sind zu einer Einheit verschmolzen, doch unsere Körper ...

Seine Gedanken wanderten zurück zum Hochzeitstag ihres Bruders Joseph. Im Park der Clarys hatte er die nymphenhafte Gestalt Paulettes zum ersten Mal erblickt. Sie hatte ihn bezaubert, so sehr, daß er beschloß, das Mädchen zu verführen. Aber nach seiner Rückkehr in die Hauptstadt, in die Arme der erfahrenen Pariserinnen, vergaß er Paulette. Bis er Lucien kennenlernte. Während der gemeinsamen Reise in den Süden erzählte Lucien von seiner Familie, von seiner jüngeren Schwester, und Fréron erinnerte sich wieder an das anmutige Mädchen. Was würde geschehen, wenn er Paulette verführte? Eine Vendetta seitens der älteren Brüder war kaum zu befürchten, schließlich waren sie in Frankreich erzogen worden und bekannten sich zur Revolution. Aber die ersten Besuche bei dieser korsischen Familie hatten ihn nachdenklich gestimmt: Wie stark war Madame Bonaparte innerlich noch mit der Insel verbunden, sie wurde nicht müde, die Sitten ihrer Heimat zu preisen, und welche Hochachtung brachte man den beiden ältesten Söhnen entgegen!

Eine Verführung des Mädchens konnte ihn in die größten Schwierigkeiten bringen, wozu also? Was Paulette betraf, so betrachtete sie den Gast zwar neugierig, aber ohne tieferes Interesse. Die Gleichgültigkeit des jungen Mädchens verletzte seine Eitelkeit mehr, als er wahrhaben wollte. Fand sie ihn etwa zu alt, ihn, der im besten Mannesalter stand? Gewiß, sie war 26 Jahre jünger als er, hätte also seine Tochter sein können. Trotzdem ... Es war sein gekränkter Stolz, der ihn dazu verleitete, das Spiel mit dem Feuer zu beginnen.

Paulette bemerkte mit Erstaunen, daß dieser glänzende Kavalier, der die Welt der Pariser Salons und alle bedeutenden Politiker Frankreichs kannte, sie heftig umwarb und ihr auf jede erdenkliche Art den Hof machte: Er führte sie ins Theater, bei Diners war sie seine Tischdame, auf Bällen seine bevorzugte Tanzpartnerin; er arrangierte Ausflüge für die ganze Familie und schenkte ihr erlesene Stoffe, teures Parfum und Konfekt.

Paulette fühlte sich zunächst geschmeichelt, dann verwirrt, und schließlich merkte sie, daß sie sich in Fréron verliebt hatte. Dieser registrierte mit Genugtuung, daß seine Aufmerksamkeiten ihre Wirkung nicht verfehlt hatten, fand sich aber bald im Netz seiner Gefühle gefangen. Er begann sich ernsthaft in das junge Mädchen zu verlieben. Eine Gefährtin, dachte er, die mich liebt, die auf meine Wünsche Rücksicht nimmt – wer ist dafür besser geeignet als ein junges Mädchen, das ich nach meiner Vorstellung formen kann? Ich werde Paulette heiraten. Nachdem er diesen Entschluß gefaßt hatte und glaubte, der Zuneigung des jungen Mädchens sicher zu sein, wartete er auf eine günstige Gelegenheit für seine Antrag. Anfang Februar war es soweit. Er traf Paulette, begleitet von ihrer Mutter, auf einem Ball, und in einer Tanzpause führte er sie hinaus auf den Balkon.

»Die Hitze im Saal ist unerträglich, nicht wahr?«

»Ja, wie angenehm die Luft hier ist, fast wie im Frühling.«

»Dieser Balkon erinnert mich an eine Szene aus einem bekannten Liebesdrama:

Der Narben lacht, wer Wunden nie gefühlt.
Doch still, was schimmert durch das Fenster dort?
Es ist der Ost, und Julia die Sonne! –
Geh' auf, du holde Sonn', ertöte Lunen,
Die neidisch ist und schon vor Grame bleich,
Daß du viel schöner bist, obwohl ihr dienend...

Diese Balkonszene aus *Romeo und Julia* ist für mich der eindrucksvollste Dialog der Tragödie.«

Eine Weile standen sie schweigend nebeneinander an der Brüstung und blickten in den dunklen Park. Dann begann Fréron mit leiser Stimme wieder aus der Balkonszene zu zitieren. Und Paulette, betört von den zärtlichen Worten, verliebt in den Mann, in die nächtliche Stimmung, in die Liebe, warf sich ihm hemmungslos in die Arme, als er sie um ihre Hand bat, und erwiderte leidenschaftlich seinen Kuß.

Einige Tage später fand wieder ein Ball statt, diesmal in Frérons Palais, und diesmal war Paulette allein gekommen, ohne Letizia.

»Mama kuriert eine leichte Grippe aus, und Elisa leistet Christine Gesellschaft. Und Lucien«, fuhr sie im Flüsterton fort, »Lucien paßt bestimmt nicht auf mich auf. Wir sind allein, Stanislas; ich meine, es fällt bestimmt nicht weiter auf, wenn ...« Sie stockte plötzlich und errötete.

»Ja, Paulette, wenn was? Du meinst, es fällt nicht weiter auf, wenn wir uns diskret zurückziehen?« Sie nickte stumm. »Aber Paulette, deiner Mutter und deinen Brüdern wäre es bestimmt nicht recht, daß du von verbotenen Früchten naschst.«

»Gerade das ist doch reizvoll, Stanislas, nicht?«

Er blickte amüsiert in ihre spitzbübischen Augen und beschloß, ihr einen Vorgeschmack der Erotik zu geben.

Das Glockenspiel der Uhr auf dem Kamin brachte Fréron wieder in die Gegenwart zurück. Sechs Uhr, dachte er, jetzt müßte Lucien bald kommen. Er ging zu einem Wandschrank, um Portwein und Gläser zu holen, und goß sich ein halbes Glas ein. Es geht nicht anders, überlegte er, ich muß in den nächsten Tagen um Paulettes Hand anhalten. Ich muß wissen, woran ich bin, bevor ich nach Paris zurückkehre. Vielleicht gelingt es Paulette ja, ihre

Mutter milde zu stimmen; seit jener Nacht neulich ist sie versessen auf rasche Heirat.

Er lachte leise auf, als er sich an den Ballabend erinnerte und an die Stunde, die er mit dem jungen Mädchen in seinem Schlafzimmer verbracht hatte. Eine Stunde, dachte er, hat genügt, um sie mir gefügig zu machen. Man muß mit einem unschuldigen Mädchen nur richtig umgehen, und vor allem sollte man ihr die kostbare Jungfernschaft nicht sofort rauben. Merkwürdig, daß die meisten Männer diese einfache Tatsache nicht beachten!

In diesem Augenblick betrat Nouet das Arbeitszimmer und meldete Luciens Ankunft. Fréron empfing den jungen Mann mit einer väterlichen Umarmung und führte ihn zu einem der Sessel, die am Kamin standen. Während er Portwein einschenkte, erkundigte er sich nach Christine: »Wie geht es Ihrer Frau? Jetzt ist es ja bald soweit, nicht wahr?«

Lucien nickte. »Wenn die Berechnungen des Arztes stimmen, müßte das Kind in vier bis sechs Wochen zur Welt kommen.«

»Sie wünschen sich jetzt sicherlich einen Sohn, eine Tochter haben Sie ja bereits.«

»Einen Sohn? Darüber habe ich kaum nachgedacht. Ich hoffe nur, daß das Kind gesund ist und meine Frau Geburt und Wochenbett gut übersteht.«

»Das erstaunt mich; ich habe immer geglaubt, daß die Korsen sich Söhne wünschen, viele Söhne und wenig Töchter!«

Lucien lachte. »Na ja, irgendwie stimmt das schon, aber ich denke da anders. Mein Bruder Napoleon hingegen ist schon jetzt auf Söhne fixiert, obwohl er noch gar nicht verheiratet ist.«

»Also, auf das Wohl Ihrer Gattin und des ungeborenen Kindes!«

Es entstand eine Pause, und Lucien wartete darauf, von Fréron den Grund der Einladung zu erfahren. Endlich stand dieser auf, ging zum Schreibtisch und kam mit einem Brief zurück.

»Hier, lesen Sie selbst. Diesen Befehl Ihres Bruders erhielt ich vor zwei Stunden mit Eilkurier: Sie sollen innerhalb von drei Tagen Marseille verlassen und sich nach Antwerpen zur Nordarmee begeben. Schade, ich hätte Sie gerne noch länger behalten, wir haben gut zusammengearbeitet, aber Befehl ist Befehl.«

Lucien runzelte die Stirn. »Etwas mehr Rücksicht hätte ich schon von meinem Bruder erwartet. Er weiß, daß meine Frau in wenigen Wochen niederkommen wird und daß ich dann bei ihr sein möchte. Ein sofortiger Aufbruch ist militärisch überhaupt nicht notwendig.«

»Nun, ich kann die Lage nicht beurteilen, vielleicht sind Truppenverschiebungen im Gange. Ich kann Ihre Erregung verstehen, lieber Freund, aber Sie sollten unbesorgt abreisen. Ihre Gattin ist doch im Hause Ihrer Mutter in bester Obhut, und ich verspreche Ihnen, dafür zu sorgen, daß rechtzeitig die besten Ärzte aus Marseille zur Stelle sind.«

»Ich danke Ihnen für Ihre Großzügigkeit und Anteilnahme, aber ich kann und will mich nicht von meiner Frau trennen. Bei der Geburt unseres ersten Kindes konnte ich nicht bei ihr sein, weil ich aus politischen Gründen Saint-Maximin verlassen mußte, und jetzt soll ich sie wieder allein lassen? Nein! Sie wird mich zur Nordarmee begleiten.«

»Ist eine so weite Reise für Ihre Frau nicht zu anstrengend und zu gefährlich? Die Postkutschen sind nicht gut gefedert.«

»Wir werden langsam reisen und häufiger rasten; es ist doch gleichgültig, ob wir ein paar Tage früher oder später in Antwerpen ankommen.«

»Ich weiß, daß Ihnen dieser Posten nicht behagt. Sie streben nach einer höheren Position, die Ihren intellektuellen Fähigkeiten entspricht, Sie möchten in den ›Rat der Fünfhundert‹ gewählt werden. Nun, dieses Ziel werden Sie erreichen, davon bin ich überzeugt, aber Sie müssen Geduld haben. Lassen Sie die Zeit für sich arbeiten.«

»Wie soll ich das verstehen?«

»Na ja, ich verfolge die innenpolitische Entwicklung sehr aufmerksam, und soviel steht fest: die neue Verfassung und die neue Regierung haben bis jetzt noch nicht die Stabilität erreicht, die im Interesse Frankreichs wünschenswert ist. Es gibt etliche politische Gruppen, die gegen das Direktorium arbeiten. Ob diese Regierung sich behaupten kann, wird von der Entwicklung auf den verschiedenen Kriegsschauplätzen abhängen und von der wirtschaftlichen Lage der Bevölkerung.«

»Sie glauben also, daß das Direktorium in absehbarer Zeit von einer neuen Regierung abgelöst wird?«

»Nein, so weit würde ich nicht gehen. Aber sicher wird sich innenpolitisch noch allerhand bewegen, und so könnten sich für Sie Möglichkeiten ergeben, Ihre politischen Pläne zu verwirklichen. Also, üben Sie Geduld.«

Fréron stand auf und legte im Kamin einige Holzscheite nach. Ich müßte jetzt über Paulette mit ihm sprechen, aber vorher muß er noch ein ›Bonbon‹ bekommen.

»Ich werde wahrscheinlich im Laufe des Frühjahrs nach Paris zurückbeordert. Und wenn ich wieder in der Hauptstadt lebe, das verspreche ich Ihnen, werde ich Ihre politischen Pläne fördern, soweit es in meiner Macht steht.« Er schenkte Portwein nach und bemerkte mit einiger Genugtuung, daß Luciens Augen bei seinen letzten Worten aufleuchteten.

»Ich weiß nicht, wie ich Ihnen danken soll.«

»Schon gut. Es gibt noch eine andere Sache, über die ich mit Ihnen sprechen möchte. Sie haben wahrscheinlich längst bemerkt, daß ich Ihre Schwester Pauline verehre, ach, was sage ich! Ich liebe sie, ich liebe sie aufrichtig, und sie erwidert meine Zuneigung. Kurz, vor zwei Wochen haben wir uns verlobt, und da ich früher als erwartet nach Paris zurückkehren muß, wollen wir natürlich so bald wie möglich heiraten ... Ich werde in den nächsten Tagen offiziell bei Ihrer Frau Mutter um Paulettes Hand bitten.«

Fréron schwieg, um die Wirkung seiner Worte auf Lucien zu beobachten.

Lucien brauchte eine Weile, bis er die Bedeutung dieser Neuigkeit voll erfaßt hatte. Dann holte er tief Luft: »Ja, was soll ich sagen, ich bin völlig überrascht, natürlich habe ich gemerkt, daß meine Schwester Ihre Aufmerksamkeit erregt hat, aber daß es zu einem Verlöbnis kommt, hätte ich nicht erwartet. Ich gratuliere Ihnen von ganzem Herzen und freue mich für Paulette. Sie werden eine glückliche Ehe mit ihr führen, davon bin ich überzeugt!«

Lucien sprang auf und lief im Zimmer auf und ab, um seiner Erregung Herr zu werden. Plötzlich blieb er stehen, blinzelte mit seinen kurzsichtigen Augen, und sein Gesichtsausdruck wurde nachdenklich, ja geradezu düster.

»Nun«, sagte er und nahm wieder Platz, »eine Tatsache müssen Sie bei Ihrem Antrag bedenken. Meine Mutter muß natürlich um ustimmung gebeten werden, aber ausschlaggebend ist die inung des Familienoberhauptes.«

»Ihr ältester Bruder in Genua, nicht wahr?«

»Wie man es nimmt, ja und nein«, antwortete Lucien zögernd und schwieg. Einige Sekunden lang war das Zimmer von einer eigentümlichen, schweren Stille erfüllt, nur das monotone Ticken der Uhr war zu hören. »Wie soll ich Ihnen das erklären?« fuhr Lucien fort. »Eigentlich ist Joseph das Familienoberhaupt, aber äußere Umstände haben dazu geführt, daß mein Bruder Napoleon immer stärker diese Aufgaben wahrnahm. Er unterstützte meine Mutter mit Geld, traf alle wichtigen Entscheidungen ... zur Zeit fühlt er sich als Oberhaupt unserer Familie und wird in dieser Stellung von allen akzeptiert, auch von meinem ältesten Bruder. Sicher haben auch gewisse Charakterzüge Napoleons für diese Entwicklung eine Rolle gespielt.«

»Ja«, stimmte Fréron zu, »wenn ich Ihren Bruder in Paris erlebt habe, ob dienstlich oder privat, hatte ich auch immer den Eindruck, daß er sehr dominierend ist.«

»Kurz gesagt, die endgültige Entscheidung über Ihre Eheschließung liegt bei Napoleon.«

Fréron atmete erleichtert auf. »Wenn es sich so verhält, bin ich zuversichtlich. Ihr Bruder kennt mich, und Paulette scheint ein gutes Verhältnis zum General zu haben, sie vergöttert ihn ja geradezu.«

Lucien lächelte. »Das stimmt, Napoleon und Paulette hängen sehr aneinander, und von unseren drei Schwestern mag er sie am liebsten.«

»Wird bei der Entscheidung Ihres Bruders die Meinung Ihrer Frau Mutter ein große Rolle spielen?«

»Das kann ich nicht beurteilen«, erwiderte Lucien vorsichtig. Wie ich ihn kenne, dachte er für sich, wird er auf Mamas Meinung kaum Rücksicht nehmen.

»Und wie schätzen Sie die Haltung Ihrer Frau Mutter ein?«

Mama mag ihn nicht, überlegte Lucien für sich, aber das kann ich ihm so natürlich nicht sagen. Wie ziehe ich mich jetzt aus der Affaire?

»Sehen Sie, meine Mutter ist eine verschlossene Frau, die über viele Dinge mit uns nicht redet. Ich vermag wirklich nicht einzuschätzen, wie sie Ihren Antrag aufnehmen wird, aber ich bin gerne bereit, mich bei ihr für Sie und Paulette einzusetzen, wenn man mich um Rat fragt.«

»Gut, dann will ich die Tage, die Sie noch hier sind, nutzen. Ich werde morgen in Ihrem Hause vorsprechen.«

Letizia hatte im Westen der Stadt das Erdgeschoß und die erste Etage einer Villa gemietet, im zweiten Stock wohnte der Hauptmann Bacchiochi mit seinem Burschen, in den Mansardenzimmern schlief das Personal der Bonapartes.

Die neunzehnjährige Elisa bekam nun endlich ein eigenes Zimmer, Pauline und Caroline bewohnten einen Raum zusammen. Dort waren an jenem Nachmittag, als Fréron Lucien erwartete, die drei Schwestern einträchtig versammelt. Caroline lag auf ihrem Bett und las einen Brief von Jérôme, Paulette blätterte in Modejournalen auf der Suche nach Anregungen für ihr Hochzeitskleid – sie zweifelte nicht im geringsten an Letizias und Napoleones Einwilligung –, und Elisa saß an dem zierlichen Schreibtisch und formulierte für ihre Schwester einen Liebesbrief an Fréron. Paulette, die sich stets widerwillig mit Lesen und Schreiben beschäftigt hatte, war in arge Verlegenheit geraten, als die ersten zärtlichen Briefe von Fréron eintrafen und einer Antwort harrten. Schließlich hatte sie Elisa gebeten, ihr bei der Abfassung zu helfen, und diese fühlte sich sehr geschmeichelt – endlich wurde ihre vornehme Klostererziehung gewürdigt!

»Paulette, hier – der Brief wird Fréron bestimmt gefallen!«

Pauline fing an zu lesen, und ihr Gesicht wurde lang und länger. »Das ist doch kein Liebesbrief! Das klingt wie ein Ausschnitt aus einem moralischen Brevier. Stanislas muß doch spüren, daß ich Sehnsucht nach ihm habe!«

»Gib her, du dumme Gans«, schrie Elisa, und ihr blasses Gesicht rötete sich vor Zorn. Sie entriß ihrer Schwester den Brief und schleuderte ihn ins Kaminfeuer. »In Zukunft schreibst du deine albernen leidenschaftlichen Liebesbriefe selbst!« Sie lief aus dem Zimmer und schlug heftig die Tür hinter sich zu.

Paulette sah der Schwester verblüfft nach und wandte sich dann u Caroline. »Warum reagiert sie so überempfindlich? Es ist das erste Mal, daß ich einen Brief kritisiert habe, ich fand ihr Geschreibsel immer zu gestelzt und zu kühl, aber bisher habe ich nichts gesagt. Vielleicht gönnt sie mir Fréron nicht. Was meinst du?«

Caroline fing an zu lachen. »Also, ich finde das alles furchtbar komisch! Elisa ist wahrscheinlich nervös, weil sie sich in diesen langweiligen Geigenspieler, diesen Bacchiochi, verliebt hat. Du hörst und siehst ja nicht, was um dich herum vorgeht, weil du nur Augen für deinen Stanislas hast. Beobachte Elisa einmal, wenn er bei Mama im Salon sitzt und korsische Volkslieder fiedelt! Und er – wie ergeben er sie immer ansieht!«

Caroline war jetzt fast vierzehn Jahre alt, nicht sehr groß, aber voll entwickelt und etwas rundlich. Sie war temperamentvoll, eigensinnig und stets auf ihren Vorteil bedacht. Was Fréron und Bacchiochi betraf, so fand sie beide zu alt; der Mann ihrer Träume war ein junger, gutaussehender, schneidiger Offizier in einer goldbetreßten Uniform, der eine glänzende Karriere vor sich hatte. Er mußte vor allem männlich und stattlich aussehen, nicht so mager wie ihr Bruder Napoleon.

»Übrigens«, fuhr Caroline fort, « ich glaube, Jérôme hat Schwierigkeiten in Saint-Germain, aber was ich dir jetzt erzähle, mußt du für dich behalten, versprichst du mir das?«

»Ja, natürlich, also was schreibt Jérôme?«

Caroline kicherte. »Es sind nur ›erfreuliche‹ Neuigkeiten! Er ist krank vor Heimweh, na ja, das ist bekannt, und auch, daß seine Schulleistungen miserabel sind. Aber jetzt schreibt er, daß er auch etliche Male gegen die Disziplin verstoßen hat und zweimal getadelt wurde und damit rechnen muß, daß man ihn von der Schule weist, wenn er sich nicht bessert. Eine dritte Mahnung gibt es nicht, aber Jérôme denkt gar nicht daran, zu lernen und sich der Schuldisziplin zu unterwerfen. Er hofft sogar, daß er spätestens im Herbst Saint-Germain verlassen muß. Na, das gibt einen Skandal, wenn der Bruder des Oberbefehlshabers der Armee des Innern wegen Faulheit und Frechheit von einer der besten Schulen fliegt! Aber das ist noch nicht alles! Er klagt über zu wenig Taschengeld, obwohl Mama ihm immer etwas schickt, wenn ein Bettelbrief kommt, aber du kennst ihn ja, er kauft jeden Plunder, der ihm gefällt, und meistens sind es teure Sachen. Er hat sich bei einigen Kameraden Geld geborgt, und nun sind achtzehnhundertvierzehn Livres Schulden aufgelaufen!«

»Oh, mein Gott!« rief Paulette und kritzelte die Ziffern 1814 auf ein Stück Papier, um sich die Summe besser vorstellen zu können. Wie hat er das nur fertiggebracht?«

»Ja, das möchte ich auch gern wissen. Wenn das rauskommt, ist ein Familienkrach fällig!«

»Caroline, wir müssen Jérôme unbedingt helfen. Aber wie? Hast du eine Idee?«

Caroline starrte ihre Schwester verblüfft an, ehe sie in Gelächter ausbrach. »Ich glaube, du bist übergeschnappt! Unser geliebter Bruder hat sich diese Suppe eingebrockt, nun soll er sie auch auslöffeln.«

»Aber Caroline, wenn ein Mitglied der Familie in Schwierigkeiten ist, müssen wir doch zusammenhalten und helfen!«

»Die Familie! Was geht mich die Familie an? Aber höre, ich glaube, unten wird Geige gespielt. Ich werde dich mit deinem Liebesbrief allein lassen und den Herrn Hauptmann beobachten.« Sie streifte ihre Schwester mit einem spöttischen Seitenblick und lief hinunter in den Salon.

Paulette nahm das Blatt Papier und las noch einmal die Zahl: 1814! Wie kann ich ihm nur helfen? Wenn ich wertvollen Schmuck besäße, könnte ich ihn versetzen ... Wen könnte ich bitten, mir die Summe zu leihen? Die Clarys? Hin und wieder läßt sich Etienne Seide oder Musselin abschmeicheln, aber ob er mir so viel Geld geben würde? Désirée ist noch zu sehr mit ihrem Liebeskummer beschäftigt, Julie denkt nur an die Schwangerschaft und die bevorstehende Niederkunft, und Lucien besitzt nicht soviel Geld. Stanislas? Er würde mir diese Summe bestimmt vorstrecken, aber – mein Gott, ein bißchen peinlich ist es schon, ihm von Jérômes Dummheiten erzählen zu müssen. Nur – ich habe keine andere Wahl, also Stanislas.

Sie ging zum Fenster, sah hinaus in die Dunkelheit und dachte zurück an jenen Abend in Stanislas' Schlafzimmer. Da war das breite Himmelbett mit den schweren dunklen Samtvorhängen, die feine Bettwäsche aus Atlasseide, der Toilettentisch mit allerhand Tiegeln und Duftwässerchen, der Standspiegel – es gab überhaupt erstaunlich viele Spiegel in dem Zimmer –, das Deckengemälde, das eine Allegorie von Mars und Venus darstellte. Sie erinnerte sich an die dunkelrote Seidentapete, an die weichen Teppiche und die Lampe auf dem Marmortisch, die das Zimmer matt erhellte. Stanislas hatte die Tür verschlossen und Paulette zum Bett getragen.

»Ruh dich ein bißchen aus von der Tanzerei, ich bin sofort wieder da«, hatte er gesagt und war durch eine Tapetentür verschwunden. Sie lag auf der seidenen Decke, neugierig und von einer unbestimmten Furcht erfüllt. Dann stand er vor ihr, im schwarzseidenen Schlafrock, mit einer Flasche Rotwein und Gläsern. Sie bekam auf einmal Angst und wäre am liebsten weggelaufen, aber wohin? Das Zimmer war abgeschlossen, den Schlüssel hatte Stanislas an sich genommen. Er setzte sich auf den Bettrand, stellte die Gläser auf den Nachttisch und goß Wein ein.

»Wie fühlst du dich?« Er lächelte amüsiert und reichte ihr ein Glas. »Trink einen Schluck, Wein beruhigt die Nerven und das schlechte Gewissen.«

»Aber ich habe kein schlechtes Gewissen, ich bin nur aufgeregt.«

»Warum? Du wirst dieses Zimmer so unberührt verlassen, wie du es betreten hast.« Er begann, sie langsam zu entkleiden, streichelte und liebkoste sie. Als er sie zärtlich in die Arme nahm, wurde plötzlich eine Kindheitserinnerung in ihr wach: So, wie sie sich jetzt in seinen Armen fühlte, so hatte sie sich als kleines Mädchen gefühlt, wenn sie heimlich nackt im Meer badete, unter sich den weichen Sand und über sich den Himmel und an ihrer Haut das Wasser, das Auf und Ab der Wellen ...

Sie wußte nicht, wieviel Zeit vergangen war. Irgendwann saß sie dann vor dem Toilettentisch und richtete ihre Frisur; sie betrachtete sich im Spiegel und erschrak über den Ausdruck in ihren Augen. Gott sei Dank, daß Mama mich jetzt nicht sieht! dachte sie.

Später, im Ballsaal, als die jungen Kavaliere mit ihr tanzten und ihr den Hof machten, kam sie sich sehr erfahren vor.

»Ti amo«, hatte sie Fréron beim Abschied zugeflüstert. Und jetzt ging sie zu dem kleinen Schreibtisch, nahm einen Bogen Papier und schrieb:

Ti amo sempre e passionatissimamente, per sempre ti amo, sei cuore mio, tenero amico, ti amo, amo, amo. (Ich liebe Dich immer und mit aller Leidenschaft, ich liebe Dich ewig. Du mein Herz, mein zärtlicher Freund, ich liebe, liebe, liebe Dich.)

In einem alten korsischen Lied heißt es: S'entrassi 'ndru Paradisu santu santu. E nun truvassi a tia, mi n'esciria. (Gelangte ich ins Paradies und fände dort nicht Dich, so flöhe ich wieder.)

Ja, ich schwöre, Stanislas, daß ich stets nur Dich lieben werde, mein Herz hat sich ganz gegeben. Wer könnte sich der Vereinigung zweier Seelen widersetzen, die nur das Glück suchen? Keiner kann Dir meine Hand verweigern. Die zärtlichen Versicherungen Deiner Liebe beruhigen mich, Du meine Seele, mein Schatz. Ich atme nur, weil ich Dich liebe.

Paulette

Nachdem Elisa die Tür ihres Zimmers hinter sich geschlossen hatte, sank sie weinend in einen Sessel. Sie weinte, weil ihre Schwester den Brief kritisiert hatte, weil Männer wie Fréron unerreichbar für sie blieben, weil immer noch kein Heiratskandidat aufgetaucht war, obwohl sie in ihren neuen Kleidern jeden Ball besuchte und an Ausflügen und Geselligkeiten teilnahm.

Endlich versiegte ihr Tränenstrom, aber sie grübelte weiter: Paulette und Caroline heiraten irgendwann, während ich meine besten Jahre mit Mama und Saveria in der Provinz verbringe. Wenn wir wenigstens in Paris leben würden! Neunzehn Jahre bin ich jetzt schon! Julie Clary war allerdings auch schon über zwanzig, als sie heiratete, aber ihr kam ein glücklicher Zufall zur Hilfe. Soll ich weiter auf den Zufall warten oder mich gezielt auf Bacchiochi konzentrieren? Es wäre eine Notlösung ...

Felix Bacchiochi entstammte einer angesehenen korsischen Familie, die sich immer zu Paoli bekannt und dessen Ziel, die Unabhängigkeit Korsikas, unterstützt hatte. Felix selbst waren die korsische Politik und Paoli eher gleichgültig.

Als die Bonapartes in die Villa einzogen, war er fünfunddreißig, ein mittelgroßer, gutaussehender Mann mit ebenmäßigen Gesichtszügen, dunklen Augen und leicht gewelltem Haar. Er war liebenswürdig, besaß gute Manieren, wirkte aber etwas unbedeutend und farblos; seine einzige Leidenschaft war das Geigenspiel, und darin hatte er es zu beachtlicher Virtuosität gebracht.

Als Ehekandidat war er für die jungen Frauen seiner Gesellschaftsschicht uninteressant, er verfügte nur über ein geringes Vermögen und hatte es in der Armee nur bis zum Hauptmann gebracht, und das in einer Zeit, in der man schnell und leicht befördert wurde. Letizia war angenehm überrascht gewesen, einen korsischen Landsmann vorzufinden, und hatte gleich nach dem Umzug den gesellschaftlichen Kontakt zu ihm aufgenommen.

Obwohl sie ihn bald als langweilig empfand, lud sie ihn doch regelmäßig zu ihren Abendgesellschaften ein, schließlich verkörperte er ein Stück Heimat in der Fremde. Es dauerte nicht lange, und Bacchiochi erschien fast jeden Abend zu einem kleinen Plausch mit Letizia und Saveria.

Er war ein guter Zuhörer und nahm lebhaft Anteil an Letizias Verwandtschaft auf Korsika; er freute sich mit ihr über Nicolos Heirat mit Marie-Rose Pô, er betrauerte mit ihr den Tod ihrer Mutter und redete ihr tröstend zu, wenn sie das Los ihres seit drei Jahren verschollenen Halbbruders Fesch beklagte.

»Er ist bestimmt tot, sonst hätten wir doch etwas von ihm gehört!«

»Ich bin fest davon überzeugt, daß er lebt, Madame Bonaparte. Ich könnte mir vorstellen, daß er angesichts der wirren politischen Verhältnisse untergetaucht ist; bei dem desolaten Zustand der Italienarmee ist dies zur Zeit ohne weiteres möglich. Wenn die Lage sich stabilisiert hat, wird der bestimmt eines Tages unverhofft vor Ihnen stehen.«

Es war Letizia nicht entgangen, daß Bacchiochi, wenn er sich unbeobachtet glaubte, Elisa mit bewundernden Blicken streifte, und zu ihrem Erstaunen war ihre Tochter in seiner Gegenwart wesentlich liebenswürdiger als sonst.

Letizia beobachtete also und fing an zu überlegen. Bacchiochi war gewiß keine glänzende Partie, aber auf jeden Fall besser als gar kein Ehemann. Sie fragte Lucien um Rat, und man beschloß, zunächst die Entwicklung der Dinge abzuwarten und im richtigen Augenblick lenkend einzugreifen.

Felix bewunderte an Elisa ihre Bildung, ihre Erziehung, ihr

damenhaftes Auftreten; er spürte, daß sie ihm geistig überlegen war und war überglücklich, wenn sie ihn anlächelte. Endlich eine Frau, die ihn beachtete, und was für eine Frau! Im übrigen war es für ihn schmeichelhaft, daß er so engen Kontakt zu einer Familie pflegte, in deren Haus die beste Marseiller Gesellschaft verkehrte.

»Madame Bacchiochi!« sagte Elisa leise zu sich selbst, »Madame Elisa Bacchiochi!« Ich möchte in der Gesellschaft eine angemessene Stellung haben, möchte anerkannt sein – und anerkannt bin ich nur als verheiratete Frau, gleichgültig, mit wem ich verheiratet bin. Den Gedanken an eine Liebesheirat habe ich schon lange aufgegeben, also warum keine Vernunftehe? Anscheinend gefalle ich ihm, und er ist bestimmt ein bequemer Ehemann, der sich meinen Wünschen fügt. Er wird nachgeben, wenn ich nach Paris will; dort kann ich mir einen literarischen Salon aufbauen. In unsere Familie wird er sich auch einfügen. Wer weiß, vielleicht kommt er mit Napoleons Hilfe in der militärischen Hierarchie weiter. Und was die eheliche Treue betrifft: Gott sei Dank sind die Sitten hier lokkerer als auf Korsika; wenn er zu langweilig ist, kann ich immer noch nach einem Liebhaber Ausschau halten.

Plötzlich horchte sie auf: aus dem Salon klangen leise Geigentöne herauf. Sie stand auf, strich das Kleid glatt und ging zum Spiegel, puderte ihre Nase und legte etwas Rouge auf. Sie musterte sich kritisch. Ich müßte die Frisur verändern und mir modische Accessoires besorgen. Vielleicht kann Christine mich beraten, sie sieht im einfachsten Kleid elegant aus, der Himmel weiß, warum.

Sie löschte die Lampe und ging hinunter in den Salon. Bei ihrem Eintritt unterbrach Bacchiochi sofort sein Spiel und verbeugte sich respektvoll vor ihr. »Spielen Sie nur weiter, Monsieur Bacchiochi. Was ist das für ein Lied? Es ist eine hübsche Melodie.«

»Oh, Mademoiselle Bonaparte«, erwiderte er und errötete – so liebenswürdig hatte ihn Elisa noch nie angelächelt! – »es ist ein korsisches Kinderlied.«

»Sie sollten korsische Liebeslieder spielen, Monsieur Bacchiochi«, rief Caroline dem Hauptmann boshaft zu und weidete sich an seiner Verlegenheit.

»Caroline«, mahnte Letizia, »du bist vorlaut.«

Bacchiochi begann wieder zu spielen, und Letizia, die ihn

betrachtete, verglich ihn im stillen mit Fréron. Fréron ist ein glänzender Kavalier, dachte sie, ein Mann von Welt, mit Macht und Einfluß. Er schwimmt immer oben, und das ist es, was mich stört. Wie viele unschuldige Menschen wurden auf seinen Befehl hingerichtet! Er hat den Terror überlebt, wurde nicht wie andere zur Verantwortung gezogen, im Gegenteil, er ist heute in Marseille so mächtig wie eh und je. Das spricht nicht für seinen Charakter. Er ist bereit, seine Gesinnung zu ändern, wenn die äußeren Umstände es erfordern. Und in einen solchen Mann muß Paulette sich verlieben! Wenn es nur eine vorübergehende Schwärmerei wäre, aber sie scheint ihm geradezu verfallen zu sein; seit einer Woche ist sie wie verhext, redet nur noch von ihm. Wie kann ich sie von diesem Mann abbringen? Hingegen Bacchiochi – er ist bieder, schüchtern, unbedeutend, aber anständig und zuverlässig. Er hat es bisher nicht weit gebracht und wird es wohl auch nicht weiter bringen, aber das ist nicht so wichtig. Er wird bestimmt versuchen, die Frau, die er liebt, glücklich zu machen.

Sie zuckte zusammen, als Bacchiochi sie ansprach. »Hat Ihnen das Lied gefallen, Madame Bonaparte?«

»O ja! Wissen Sie, vor vielen Jahren hat unser Kindermädchen Marianna immer dieses Lied gesungen. Übrigens, ich habe Ihnen noch gar nicht erzählt, daß mein Schwager Nicolo Vater wird. Ach, wie gerne würde ich die Geburt und die Taufe des Kindes miterleben, was wäre das für ein Familienfest in der Via Malerba, in der Bankettgalerie! Statt dessen hausen jetzt englische Offiziere dort! General Hudson Lowe! Ich darf nicht darüber nachdenken, Monsieur Bacchiochi, englische Offiziere in unserem Familienhaus!«

»Sie sollten die Hoffnung nicht aufgeben, Madame Bonaparte. Vielleicht werden die Engländer doch eines Tages von der Insel vertrieben, und wenn dieser Tag kommt, werde ich bestimmt wieder nach Korsika zurückkehren.«

O Himmel! dachte Elisa. Alles andere, nur nicht zurück nach Korsika! Gott sei Dank sieht es im Moment so aus, als würden sich die Engländer dort für alle Zeiten etablieren.

Am Nachmittag des folgenden Tages hielt Frérons Wagen vor der Villa. Paulette beobachtete von ihrem Fenster aus, wie ihr Verlobter ausstieg und zur Eingangstür ging.

Ob er jetzt bei Mama um meine Hand anhält? Ihr Herz begann wild zu klopfen. Endlich hörte sie die Haustür wieder ins Schloß fallen und sah Stanislas in den Wagen klettern. Es schien eine Ewigkeit gedauert zu haben, aber als Paulette auf die Uhr sah, waren zwischen Ankunft und Abfahrt nur fünfzehn Minuten vergangen. Nur eine Viertelstunde? Ist das nun ein gutes oder ein schlechtes Zeichen?

Wenig später hörte Paulette Schritte auf der Treppe, es klopfte und Saveria sah herein. »Die Signora bittet dich, in den Salon zu kommen.«

»Setz dich«, sagte Letizia, als Paulette sichtlich nervös den Salon betrat und wies auf den Sessel ihr gegenüber. »Mein liebes Kind, Monsieur Fréron war hier und hat um deine Hand angehalten.« Jähe Röte schoß in Paulettes Gesicht, und sie senkte verlegen die Augen. Letizia fuhr fort: »Ich habe wohl bemerkt, daß er dir in den letzten Wochen den Hof gemacht hat, und ich habe den Eindruck, daß er dir nicht gleichgültig ist; aber ein Flirt während einer Abendgesellschaft ist eine Sache, eine eheliche Verbindung eine ganz andere.«

Letizia schwieg, um ihrer Tochter Gelegenheit zu geben, die Neuigkeit zu verarbeiten und darüber nachzudenken. Im stillen hoffte sie, daß die Aussicht auf eine Ehe mit einem Mann, der ihr Vater hätte sein können, auf das noch nicht sechzehnjährige Mädchen abschreckend wirkte. Aber Paulettes aufleuchtende Augen belehrten sie eines anderen.

»Oh, Mama, ich wünsche mir nichts sehnlicher, als mit Stanislas, ich meine mit Monsieur Fréron, für immer vereint zu sein. Ich liebe ihn, oh, Sie können sich nicht vorstellen, wie sehr ich ihn liebe! Es wird nie einen anderen Mann für mich geben, ich liebe ihn mehr als mein Leben!«

»Paulette, wir wollen nicht übertreiben. Du glaubst also, ihn zu lieben, nun gut. Aber der Entschluß, einen Mann zu ehelichen, muß reiflich bedacht werden. Und gerade im Hinblick auf Monsieur Fréron solltest du noch sehr eingehend über verschiedene Dinge nachdenken: dieser Mann ist über zwanzig Jahre älter als du; in zwanzig Jahren ist er alt, während du in den besten Jahren bist und noch einen großen Teil deines Lebens vor dir hast. Es ist durchaus möglich, daß er dann krank wird, daß er lange Zeit bettlägerig ist – denke nur an Onkel Luciano. Dann ist es vorbei mit den Vergnügungen, den Bällen, den Theaterbesuchen, du mußt ihn pflegen und nur für ihn da sein, rund um die Uhr.«

»Das nehme ich gern in Kauf, das würde mir nichts ausmachen. Warum stört Sie der Altersunterschied so sehr? Ich kenne viele Mädchen in Marseille, die ältere Männer geheiratet haben.«

»Bei diesen Verbindungen haben finanzielle Gründe eine Rolle gespielt, aber dank der Stellung deines Bruders Napoleon müssen wir darauf keine Rücksicht nehmen. Da ist auch noch etwas anderes, das du bedenken solltest, ich meine Frérons politische Vergangenheit. Du warst zu jung, um die Ausmaße der Schreckensherrschaft zu begreifen, jedenfalls – Fréron ist verantwortlich für den Terror in Marseille, an seinen Händen klebt Blut, seine Unterschrift hat Tausende von unschuldigen Menschen auf das Schafott gebracht.«

»Aber Mama, das macht ihn doch interessant, das erinnert mich an Korsika, an die Männer, die wegen der Vendetta gezwungen sind, als Banditen im Gebirge zu leben.«

»Paulette, was fällt dir ein! Du kannst doch eine korsische Vendetta nicht mit dem Terror der Jakobiner vergleichen! Bei einer Vendetta wird Unrecht gerächt, aber durch den Terror wurden Tausende unschuldiger Menschen getötet!«

Das junge Mädchen sah trotzig zu Boden und schwieg. Letizia überlegte, welche Argumente sie noch gegen Fréron anführen konnte. Dann hielt es Paulette nicht länger aus. »Mama, was haben Sie ihm geantwortet?« fragte sie.

»Nun, ich habe ihm erklärt, daß sein Antrag unsere Familie ehrt, daß ich zunächst mit dir reden müsse und daß ich in den nächsten Tagen deine ältesten Brüder benachrichtigen werde, weil sie die endgültige Entscheidung treffen.«

»Mama, warum erst in den nächsten Tagen? Können Sie nicht heute schon Joseph und Napoleon benachrichtigen?«

»Nein, Paulette, sei bitte vernünftig. Zum einen habe ich jetzt keine Zeit, lange Briefe zu schreiben – du weißt, daß Lucien und Christine übermorgen abreisen, und es gibt noch allerhand vorzubereiten –, außerdem halte ich es für richtig, daß du diese

Angelegenheit noch ein paarmal überschläfst. Das ist mein letztes Wort.«

Nach dem Abendessen bat Letizia Lucien zu sich und unterrichtete ihn über Frérons Antrag.

»Deine Schwester scheint fest entschlossen zu sein, diesen Mann zu heiraten. Mir ist er nicht sympathisch, und ich kann über seine blutige Vergangenheit nicht hinwegsehen. Wie beurteilst du ihn, Lucien? Versuche einmal, nicht den Politiker zu sehen, der deine Pläne fördert, sondern den Menschen.«

»Man sollte unter die Vergangenheit endlich einen Schlußstrich ziehen, Mama. Fréron ist nicht der einzige, der Terror ausgeübt hat; für Barras, der jetzt an der Spitze der Regierung steht, gilt das gleiche, und schließlich war ich auch einmal überzeugter Jakobiner.«

»Du hast aber keine Todesurteile unterschrieben.«

»Außerdem habe ich den Eindruck, daß Fréron Paulette aufrichtig liebt und bestimmt alles tun wird, um sie glücklich zu machen.«

»Lucien, würdest du deine Tochter Charlotte diesem Mann anvertrauen?«

»Ja, Mama, das würde ich. Sie sollten Fréron nicht zu negativ beurteilen.«

Letizia sah eine Weile nachdenklich vor sich hin. »Du hast vielleicht recht, Lucien«, sagte sie schließlich zögernd, »trotzdem – er ist mir unheimlich. Nicht nur wegen seiner Vergangenheit, sondern auch, weil er einen so starken Einfluß auf Paulette ausübt – ja, ich glaube vor allem deswegen. Lucien, ich mache mir Sorgen um deine Schwester, sie ist völlig auf ihn eingeschworen, ist vernünftigen Argumenten überhaupt nicht zugänglich. Bisher dachte ich, es sei eine harmlose Jungmädchenschwärmerei, die wieder vorübergeht, aber seit einigen Tagen kommt mir Paulette wie verwandelt vor, wie verhext. Wenn ich nicht wüßte, daß sie ständig unter Aufsicht gewesen ist, würde ich vermuten, daß er sie verführt hat.«

»Aber Mama, machen Sie sich doch nicht so viele Gedanken! Junge Mädchen reagieren oft recht exaltiert.«

Während Lucien versuchte, seine Mutter zu beruhigen, erinnerte er sich mit einigem Unbehagen an den Ballabend in Frérons Haus. Ihm war eingefallen, daß er seine Schwester und den Gastgeber eine ganze Weile nicht unter den Tanzenden gesehen hatte.

Hätte ich besser auf sie aufpassen müssen? Nein, man kann ein junges Mädchen nicht dauernd an die Kette legen. Was ist besser: eine Leidenschaft zu unterbinden oder ihr nachzugeben? Über diese Frage dachte er noch den ganzen Abend nach, ohne zu einem Ergebnis zu kommen.

Am Tag nach Luciens und Christines Abreise besprach Letizia mit ihrer Tochter noch einmal ausführlich und in aller Ruhe das Heiratsprojekt. Sie versuchte ihr klarzumachen, was Ehealltag bedeutet, betonte den Altersunterschied – es half nichts, Paulette blieb fest. Letizia mußte einsehen, daß alles Reden zwecklos war, und schrieb noch am gleichen Tag an ihre Söhne in Genua und Paris, wobei sie erwähnte, daß Lucien und sie selbst Fréron sehr unterschiedlich beurteilten.

Bis zu diesem Zeitpunkt war Paulette felsenfest von Josephs und Napoleons Einwilligung überzeugt gewesen, aber nun wurde sie auf einmal unsicher. Während der folgenden Tage bewegte sich ihr Seelenzustand zwischen Furcht und Hoffnung; hinzu kam, daß sie mit keinem Menschen über ihre Lage sprechen konnte, auch nicht mit Fréron. Sie sah ihn zwar nach wie vor bei verschiedenen gesellschaftlichen Anlässen, aber es ergab sich keine Gelegenheit zu einem ausführlichen Gespräch unter vier Augen, von einem Rendezvous ganz zu schweigen. Nur wenn sie bei einem Ball mit Fréron tanzte, konnte sie ein paar vertrauliche Worte mit ihm wechseln. Bei einer solchen Gelegenheit erzählte sie ihm von Jérômes Schulden, und Fréron versprach ihr, die Summe mit einem Begleitbrief nach Saint-Germain zu schicken; eine Zurückzahlung des Geldes lehnte er entschieden ab.

So vergingen Paulettes Tage in ängstlicher Ungeduld. Josephs Nachricht traf zuerst ein. Er teilte kurz und bündig mit, daß er sich Napoleons Entscheidung anschließen werde. Nach weiteren drei Tagen, am 11. März, kam der ersehnte Brief aus Paris, datiert vom 2. März. Der General schrieb, daß er vor einer Stunde zum Oberbefehlshaber der Italienarmee ernannt worden sei und aller Voraussicht nach am 21. Ventôse (11. März) Paris verlassen werde. Er werde sich einige Tage in Marseille aufhalten und dort seine Entscheidung bezüglich Paulettes Heirat treffen. Der letzte Satz des Briefes lautete: *Zur Zeit bin ich der glücklichste Mensch der Welt!*

»Ich wußte gar nicht, daß ihm so viel an diesem Oberkommando liegt«, sagte Letizia.

Paulette überlegte: Wenn er am 11. März Paris verläßt – das wäre ja heute ... Und sie wartete weiter.

XX

Zur Zeit bin ich der glücklichste Mensch der Welt! Dieser Satz ging Letizia den ganzen Tag nicht aus dem Kopf, und je länger sie darüber nachdachte, desto unverständlicher erschienen ihr die Worte. Wie kann man glücklich sein, wenn man in einen Krieg zieht? dachte sie.

Am frühen Abend bekam sie unverhofft Besuch von ihrer Freundin, Madame Clary; die Lösung der Verlobung zwischen Napoleon und Désirée hatte ihrer gegenseitigen Sympathie keinen Abbruch getan.

Madame Clary war froh gewesen über Napoleons Abschiedsbrief. Der junge, vermögenslose Mann war in ihren Augen nach wie vor eine schlechte Partie, und da sie sich nicht sonderlich für Politik interessierte, hatte sie die Bedeutung des 13. Vendémiaire nicht erfaßt, und auch Napoleons Beförderung vom Brigade- zum Divisionsgeneral sagte ihr nicht viel. General war schließlich General. Die Tatsache, daß es Letizia plötzlich finanziell gut ging und die Bonapartes jetzt zu den Spitzen der Marseiller Gesellschaft gehörten, erfüllte sie mit einer gewissen Genugtuung, erhöhte dies doch auch das Ansehen der Clarys. Da Letizia schweigsam war, was die Angelegenheiten ihrer Familie betraf, glaubte ihre Freundin, daß Luciens Verbindung zu Fréron zur Verbesserung der Finanzen beitrug.

»Ich hoffe, ich störe Sie nicht, meine Liebe«, begrüßte Madame Clary Letizia. »Ich war bei Julie, und als ich auf dem Rückweg hier vorbeikam, beschloß ich, Sie kurz zu besuchen.«

»Sie wissen doch, daß Sie stets willkommen sind.« Letizia bat die Besucherin, Platz zu nehmen. »Wie geht es Julie?«

»Den Umständen entsprechend recht gut, aber ich glaube, sie hat etwas Angst vor der Geburt, außerdem sehnt sie sich nach Joseph.

Er wird hoffentlich sein Versprechen halten und Genua so rechtzeitig verlassen, daß er zur Entbindung bei Julie ist.«

»Ja, falls sein Bruder ihm keinen Strich durch die Rechnung macht. Ich habe heute erfahren, daß Napoleon zum Oberbefehlshaber der Italienarmee ernannt wurde, und wie ich ihn kenne, wird er Joseph in seiner Nähe haben wollen, sei es als Verbindungsmann zum Direktorium, sei es als Unterhändler bei eventuellen Waffenstillstandsabkommen. Er schätzt die juristischen Kenntnisse seines Bruders und wird sich ihrer bestimmt bedienen wollen.«

Hier verstummte das Gespräch, Madame Clary mußte diese Neuigkeiten erst einmal verarbeiten.

»So«, erwiderte sie nach einer Weile mit einem maliziösen Unterton in der Stimme, »er ist also Oberbefehlshaber der Italienarmee! Sieh an, wer hätte vor einem Jahr an diesen raschen Aufstieg gedacht«, und zum ersten Mal bedauerte sie insgeheim die Lösung der Verlobung. »Nun ja, vielleicht gelingt es ihm jetzt, Joseph den ersehnten Konsularposten zu verschaffen.«

»Ich werde Napoleon fragen, was er für Pläne mit Joseph hat. Er wird heute Paris verlassen und auf dem Weg zu seinem Hauptquartier einige Tage in Marseille bleiben.«

»Ja, da wäre ich Ihnen dankbar, im Interesse Julies. Er kommt also nach Marseille ...« Madame Clary schwieg und strich nachdenklich die Falten ihres Kleides glatt. »Er kommt nach Marseille – nun ja, ich werde mit Désirée für einige Tage aufs Land fahren. Ich möchte nicht, daß sie ihm hier begegnet, außerdem braucht sie Erholung, die Grippe hat sie sehr mitgenommen.«

Zur selben Stunde fuhr in Paris vor dem Haus in der Rue Chantereine Nr. 6 ein Reisewagen vor. Der Kutscher kletterte vom Bock, ging zum Haus und kehrte kurze Zeit später mit zwei Koffern zurück.

»Der General kommt in wenigen Minuten«, sagte er zu den drei Fahrgästen im Wagen, die ihn erwartungsvoll ansahen.

Chauvet, der Zahlmeister der Italienarmee, grinste. »Na, nach nur zwei Flittertagen wird der Abschied von der Frau Gemahlin bestimmt länger dauern, nicht wahr, Monsieur Junot?«

Der Angeredete streifte den Zahlmeister mit einem kalten Blick und erwiderte scharf: »Für Sie, Monsieur Chauvet, ist die Gattin des Generals immer noch ›Madame Bonaparte‹ oder ›die Generalin Bonaparte‹!«

»Schon gut, es war nicht so gemeint«, brummte Chauvet und dachte: dieser Junot wird immer überspannter in seiner Verehrung für den General.

Der dritte Fahrgast war Louis, der nervös zum Haus hinüberblickte, zum erleuchteten Salon und der Eingangstür.

Nach dem erfolgreichen Besuch der Militärschule in Chalôns hatte Napoleon ihn nach Paris kommen lassen und zu seinem Adjutanten ernannt. Louis gefiel sowohl der Posten bei seinem Bruder als auch das Leben in der Hauptstadt, er besuchte häufig das Theater, die Oper, Abendgesellschaften und Bälle. Dieses angenehme, gemächliche Leben war vor neun Tagen abrupt beendet worden, als Napoleon zum Oberbefehlshaber ernannt wurde. Er, Louis, sollte ihn nach Italien begleiten, in einen Krieg mit ungewissem Ausgang, gegen einen Feind, der besser ausgerüstet und zahlenmäßig überlegen war. Louis hatte den Krieg bisher nur aus der Ferne miterlebt, jetzt würde er hautnah mit ihm konfrontiert werden. Er dachte an die Strapazen, die auf ihn zukamen, und daß er die Hoffnungen, die sein Bruder in ihn setzte, erfüllen mußte. Er durfte ihn nicht blamieren, und das bedeutete: Kampf in der vordersten Linie, beispielhafte Tapferkeit und Disziplin. Hoffentlich ist es für mich der erste und letzte Feldzug, dachte Louis und lockerte den Uniformkragen, so beklommen war ihm zumute.

Unterdessen wartete Napoleon im Vestibül auf Joséphine, die er zwei Tage vorher – am 9. März – geheiratet hatte. Sie war noch einmal in die obere Etage gegangen, um das Medaillon mit ihrem Portrait zu holen, das er nach Italien mitnehmen wollte. Er fing gerade an, ungeduldig zu werden, als sie die Treppe herabschwebte. Sie trug ein Kleid aus weißem Musselin, das über den Schultern von zwei schwarz emaillierten Löwenköpfen gehalten wurde; die kurzen Ärmel bedeckten nur den Ansatz ihrer Arme, die mit vergoldeten Reifen geschmückt waren. Wie unschuldig sie in diesem Kleid aussieht, dachte er, unschuldig und kokett zugleich.

Sie ging lächelnd auf ihn zu und übergab ihm das Medaillon. »Paß auf, daß das Glas nicht zerbricht.«

»Ich werde dein Bild hüten wie den kostbarsten Schatz. Zerbrochenes Glas auf dem Portrait eines Menschen gilt auf Korsika als schlechtes Omen; es kann bedeuten, daß dieser Mensch krank ist, in Todesgefahr schwebt oder die versprochene Treue nicht hält.« Er betrachtete ihr Bild und ließ das Medaillon dann seufzend in seine Rocktasche gleiten. »Ich glaube, keinem Maler wird es je gelingen, deinen Liebreiz festzuhalten; alle Portraits, die ich bisher von dir gesehen habe, erinnern nur schwach an dich.« Er trat auf sie zu und hob ihr Gesicht sanft zu sich empor. Joséphine fühlte ein leichtes Unbehagen beim durchdringenden Blick seiner blaugrauen Augen, die sich verdunkelt hatten, wie stets, wenn er von einer starken Gemütsbewegung ergriffen wurde.

»Was ist? Du siehst mich so an ...«

»Ich möchte ein Bild der wirklichen Joséphine als Erinnerung mitnehmen.« Er riß sie heftig an sich und hielt sie so fest umschlungen, daß sie leise aufschrie.

Wie besitzergreifend er immer ist! dachte sie. Sie versuchte, seinen leidenschaftlichen Kuß mit gleicher Leidenschaft zu erwidern, aber seit sie mit ihm verheiratet war und ihn ständig um sich hatte, fiel es ihr zunehmend schwerer, eine Zärtlichkeit vorzutäuschen, die sie nicht empfand.

»Du mußt jetzt aufbrechen, die anderen warten schon.« Sie wollte sich aus seiner Umarmung lösen, aber er preßte sie fest an sich. »Diese Trennung zwei Tage nach unserer Hochzeit ist entsetzlich! Sobald ich die militärische Lage überblicke, werde ich das Direktorium um Reiseerlaubnis für dich bitten, und du wirst dann sofort nach Italien kommen, versprichst du mir das?«

»Ja, natürlich. Du mußt aber jetzt wirklich aufbrechen, mein Freund.«

»Winke mir vom Salon nach, ich möchte nicht, daß du mich in die Kälte hinausbegleitest.«

Ich hatte auch gar nicht die Absicht, hinauszugehen, dachte Joséphine leicht amüsiert. Er umarmte und küßte sie ein letztes Mal und verließ das Vestibül im Sturmschritt. Joséphine atmete erleichtert auf und lief an das große Fenster. Napoleon stieg in den Wagen, winkte ihr einen letzten Gruß zu, dann trieb der Kutscher die Pferde an, und das Gefährt verschwand in der Dunkelheit.

Bis zur Stadtgrenze von Paris herrschte Schweigen in der Kutsche. Napoleon hatte die Augen geschlossen, und alle glaubten, er schliefe. In Wirklichkeit war er hellwach und durchlitt noch einmal jede Sekunde des Abschieds von seiner Frau. Hoffentlich reicht das Geld, das ich ihr dagelassen habe; sehr sparsam ist sie ja nicht, ich werde ihr von Châtillon aus schreiben und eine Vollmacht schicken, damit sie das Geld, das mir noch zusteht, ausgezahlt bekommt. Plötzlich fiel ihm etwas anderes ein; er öffnete die Augen und sah Chauvet durchdringend an. »Haben Sie überprüft, ob die Regierung Ihnen auch ordnungsgemäß die versprochene Summe mitgegeben hat?«

»Ja, wir haben genau achttausend Livres in Louisdors dabei und hunderttausend Livres in Wechseln.«

»Wenn die Ausrüstung der Armee wirklich so miserabel ist, wie behauptet wird, werden wir einen großen Teil dieser Summe für Uniformen und Proviant ausgeben müssen; ich kann nur hoffen, daß die Soldaten sich bald aus den fruchtbaren Provinzen Oberitaliens ernähren werden. Übrigens, Andoche, weißt du, wer bei der Italienarmee als Kriegskommissar eingesetzt ist? Unser alter Freund Saliceti! Na, ich werde schon mit ihm auskommen; ich habe beschlossen, die Vergangenheit ruhen zu lassen.«

»Ich begreife bis heute nicht, warum du ihn im Sommer, als Madame Permon ihn versteckte, nicht ans Messer geliefert hast.«

»Man soll Gleiches nicht mit Gleichem vergelten, außerdem wollte ich auf Madame Permon Rücksicht nehmen, sie hat meiner Familie nur Wohltaten erwiesen, und du weißt, daß sie damals viele Sorgen mit ihrem kranken Mann hatte, der ja auch nicht mehr lange lebte.«

Napoleon erinnerte sich, daß er nach dem Tod von Monsieur Permon kurz mit dem Gedanken gespielt hatte, dessen Witwe zu heiraten. Mein Gott, mein Gefühlsleben muß restlos durcheinander gewesen sein! dachte er. Er griff in die Rocktasche, zog Joséphines Portrait heraus, betrachtete es eine Weile und gab es dann Chauvet. »Sehen Sie, das ist meine Frau, ist sie nicht unvergleichlich anmutig? Wenn ich sie nur sehe, bin ich glücklich, ich bewundere alles an ihr! Der Ruhm, der mit einem erfolgreichen Feldzug verbunden ist, reizt mich nur im Gedanken an meine Frau, sie soll stolz auf mich sein!«

»Ja, Ihre Gemahlin ist wirklich bezaubernd«, erwiderte Chauvet höflich, gab das Portrait zurück und streifte seinen General mit einem verwunderten Seitenblick.

Napoleon merkte nicht, daß sein Bruder ihn etwas neidisch beobachtete. Mein Gott, wie glücklich muß er sein! dachte Louis. Er hat die Frau geheiratet, die er liebt; ihr Portrait begleitet ihn in diesen schrecklichen Krieg – und ich? Ich habe nur die Hoffnung, daß ich Emilie irgendwann wiedersehe, aber wer weiß, vielleicht ist sie dann längst verheiratet. War es wirklich erst gestern, daß ich mich zum ersten Mal verliebt habe?

Gestern, am Tag nach der Hochzeit Napoleons, hatte Louis das Paar begleitet, das Jérôme, Joséphines Kinder Eugène und Hortense und ihre Nichten Stéphanie und Emilie in ihren Internaten besuchte.

Napoleon, entsetzt über Jérômes schlechte Schulleistungen, hatte dem Kleinen ins Gewissen geredet und ihn abgekanzelt. Der Besuch bei Eugène war erfreulicher gewesen; Napoleon hatte dem fünfzehnjährigen Jungen fest versprechen müssen, ihn beim nächsten Feldzug mitzunehmen. Zuletzt waren sie zu dem vornehmen Pensionat der Madame Campan gefahren, in dem Hortense, Stéphanie und Emilie de Beauharnais erzogen wurden.

Hortense und Stéphanie – Louis schätzte sie auf zwölf, dreizehn Jahre – hatten keinen besonderen Eindruck auf ihn gemacht. Er fand die beiden Mädchen langweilig, weil sie aus Schüchternheit oder Ehrerbietung vor seinem Bruder kaum ein Wort herausbrachten. Diese Hortense mit ihrem Schafsprofil, dachte Louis, hat sich geradezu albern benommen; sie hat Napoleons Uniform angestarrt, als ob sie noch nie eine gesehen hätte, und mein Bruder, der Kinder anscheinend mag, hat sie tatsächlich zum Sprechen gebracht. Louis mußte grinsen, als er sich an diese Szene erinnerte: »Nun, Hortense, du bist in den letzten Monaten gewachsen und eine richtige junge Dame geworden – fast habe ich den Eindruck, daß du deinem Vater jetzt mehr ähnelst als deiner Mutter, was meinst du, Joséphine?«

»Ja, sie hat sich verändert, leider. Hortense, du mußt bei den Mahlzeiten etwas zurückhaltender sein, du wirst sonst zu füllig.«

»Du betrachtest meine Uniform so genau, gefällt sie dir?«

»O ja! Darf ich Ihnen schreiben? Ich habe noch nie an einen General geschrieben.«

»Natürlich darfst du, ich freue mich über jeden Brief von dir, und ich werde dir auch antworten. Und wenn du einen Wunsch hast, feinen Kleiderstoff oder Parfum oder Konfekt, werde ich versuchen, ihn zu erfüllen, schließlich bin ich ja jetzt dein Vater.«

»Ich danke Ihnen.«

Du meine Güte, dachte Louis, man hat sie kaum verstanden, so leise hat sie geredet, und rot geworden ist sie – eine richtig alberne Gans! Emilie dagegen ist völlig anders. Wie alt mag sie sein? Fünfzehn oder sechzehn? Wie unbefangen sie geplaudert hat, über Mode, unsere Reiseroute, das Leben im Internat. Sie ist quicklebendig, anmutig, hübsch, sie verbreitet eine so fröhliche Atmosphäre ... Ich glaube, ich habe mich wirklich in sie verliebt. Wie es wohl wäre, mit ihr verheiratet zu sein?

Als die Kutsche in der Dunkelheit verschwunden war, eilte Joséphine hinauf ins eheliche Schlafzimmer, um Fortuné zu holen, der auf dem breiten Bett vor sich hin döste. Als sein Frauchen das Zimmer betrat, sprang er mit einem Satz herunter und lief freudig bellend auf sie zu. Sie lachte und nahm ihn auf den Arm. »So, mein Kleiner, jetzt sind wir beide wieder allein und leben so, wie es uns paßt. Ab heute darfst du wieder bei mir im Bett schlafen.« Joséphine mußte laut lachen, als sie sich an den Auftakt ihrer Hochzeitsnacht erinnerte:

Während der letzten Tage vor der Heirat hatte Napoleon das Schlafzimmer nicht betreten dürfen, weil sie es neu einrichtete, um ihn zu überraschen. Da ihr künftiger Mann mit Leib und Seele Soldat war, fand sie es *drôle*, das Schlafgemach militärisch auszustatten: Sie hatte Hocker besorgt, die wie Trommeln aussahen; Stühle, deren Lehne eine von Köchern gehaltene Armbrust darstellte, und schließlich hatte sie das Bett in Form eines Zeltes drapiert.

Als sie am Hochzeitsabend nach dem Souper bei Barras nach Hause kamen, führte sie ihn lächelnd ins Schlafzimmer. »Wie gefällt dir die Einrichtung?«

Er blieb verblüfft an der Schwelle stehen und sah sich erstaunt um. »Das ist ja wie im Feldlager! Jetzt werde ich mich hier noch wohler fühlen.« Er legte den Arm um sie und ging mit ihr zum Bett. Dort, mitten auf der seidenen Decke hatte es sich Fortuné bequem gemacht und fing an zu knurren, als Napoleon näher kam.

»Wieso ist Fortuné hier oben, Joséphine?«

»Das ist sein Platz, er schläft nachts immer bei mir im Bett.«

»Ab heute wird der Hund auf seinem Kissen im Salon bleiben.«

»Fortuné schläft hier! Ich lege ihn auf meine Seite ans Fußende, da stört er uns nicht, und wenn dir das nicht paßt, kannst du gern in einem anderen Raum schlafen, im Haus ist genug Platz.«

»Was? Getrennte Schlafzimmer? Nein, niemals!«

Sie befreite sich aus seinem Arm und lächelte ihn kokett an. »Warum nicht? Überlege dir mein Angebot in aller Ruhe«, dann huschte sie in ihr Boudoir. Sie trödelte bei der Nachttoilette in der stillen Hoffnung, daß Napoleon aus Angst vor dem Hund das Schlafzimmer verlassen würde.

Als sie schließlich, mit einem schwarzen Spitzennégligé bekleidet, ins Zimmer zurückkam, stand er in einem weißen Schlafrock vor dem Bett und blickte drohend auf Fortuné, der ebenso drohend zurückblickte, knurrte und die Zähne fletschte.

»Joséphine, bitte, schaffe den Hund weg!«

»Stell dich doch nicht so an, er wird dich schon nicht beißen. Komm, Fortuné, sei schön brav.« Sie kraulte ihm das Fell, und der Hund hörte auf zu knurren.

Aber in dem Moment, als Napoleon das Bett besteigen wollte, sprang Fortuné auf, schnappte nach der Wade seines neuen Herrn und biß kräftig zu.

»Au, verdammter Köter!«

Joséphine war erschrocken aufgestanden, hatte den Hund in den Salon getragen, die Bißwunde behandelt und verbunden, und dann endlich war Napoleon in den Genuß seiner ehelichen Rechte gekommen ...

Joséphine legte Fortuné zurück aufs Bett, setzte sich an ihren Frisiertisch und entzündete die Kerzen zu beiden Seiten des ovalen Spiegels. Sie zupfte einige Löckchen zurecht und betrachtete prüfend Gesicht, Hals und Dekolleté. Nun, dachte sie zufrieden, bei

Kerzenlicht und wenn ich sorgfältig geschminkt bin, sieht man nicht, daß ich im Sommer meinen dreiunddreißigsten Geburtstag feiere. Sie fing an, ihre Haare zu bürsten. Wie schön, daß ich mich wieder in aller Ruhe zurechtmachen kann, dachte sie. In Napoleons Gegenwart ist das fast unmöglich – immer diese entsetzliche Eile, bei Tisch, im Bett ... Sie seufzte, legte die Bürste auf den Tisch und betrachtete nachdenklich den schmalen goldenen Saphirring an ihrem linken Ringfinger, sein Hochzeitsgeschenk. Sie streifte den Ring ab und las die eingravierten Worte: *Dem Schicksal!*

»Das Schicksal hat uns zusammengeführt und wird uns beschützen« – mit diesen Worten hat er mir den Ring an den Finger gesteckt. Ich habe ihn geheiratet, um versorgt zu sein. Aber vielleicht ändern sich ja meine Gefühle im Lauf der Zeit? Ich bewundere seinen Mut, sein Wissen, seine geistige Lebendigkeit. Wenn er nur nicht gar so leidenschaftlich wäre, so besitzergreifend ...

Nun, dieser Feldzug gibt mir wenigstens für einige Monate meine Freiheit zurück. Ich werde den Frühling in Paris genießen! Morgen besuche ich Theresa, übermorgen diniere ich bei Barras, am darauffolgenden Abend könnte ich in die Oper gehen. Aber mit wem? Vielleicht mit Hippolyte Charles?

Sie stand auf, klingelte ihrer Zofe Louise und gab Anweisung, Napoleons persönliche Sachen aus ihrem Schlafzimmer in einen anderen Raum zu bringen.

Am 20. März traf Napoleon in Marseille ein. Er war kaum aus der Kutsche gestiegen, als Paulette auf ihn zustürzte und sich ihm in die Arme warf.

»Endlich bist du da, ich habe so auf dich gewartet!«

Er lachte, als er ihre flehenden Augen sah und zog sie liebevoll an den Ohrläppchen. »Na, kleine Hexe, Kopf hoch, es wird schon werden!«

»Paulette«, sagte Letizia, als sie später im Salon saßen, »du hast doch ein Geschenk für deinen Bruder. Geh, hole das Medaillon.«

Paulette errötete und senkte verlegen die Augen. »Mama, ich habe das Portrait nicht mehr, ich habe es Stanislas geschenkt.«

»Wie bitte?!« rief Letizia, und ihre Stimme bebte vor Empörung.

»Bist du von Sinnen? Wie kannst du ein Portrait, das für deinen Bruder bestimmt war, einem anderen Mann schenken?«

»Aber Mama, ich kann verstehen, daß Paulette ihr Bild dem Mann schenkt, den sie zur Zeit am meisten liebt. Sie sollten ihr deswegen nicht zürnen. Sie wird sich einfach ein zweites Mal portraitieren lassen und mir das Bild nach Italien schicken.«

Das junge Mädchen atmete erleichtert auf und lächelte den Bruder dankbar an.

»Wie geht es Julie?« fragte Napoleon seine Mutter.

»Recht gut. Joseph möchte zur Geburt hierher kommen.«

»Das kann ich verstehen, aber er muß in Italien bleiben. Ich habe ihm bereits mitgeteilt, daß ich ihn brauche; er wird mein Verbindungsmann zum Direktorium sein. Niemand ist dafür besser geeignet als Joseph mit seinen liebenswürdigen Umgangsformen.«

»Möchtest du Julie nicht besuchen, solange du hier bist? Sie wird sich bestimmt freuen!«

»Glauben Sie das, Mama? Mein letzter Brief an Eugénie hat sie bestimmt auch gekränkt.«

»Julie hat sehr vernünftig und besonnen reagiert, sie trägt dir nichts nach.«

»Also gut, dann werde ich sie morgen abend besuchen.«

»Das geht nicht, Monsieur Fréron gibt dir zu Ehren morgen eine Abendgesellschaft.«

»So? Na, dann besuche ich sie eben am Nachmittag. Übrigens bringe ich noch eine erfreuliche Nachricht mit: unser Onkel Fesch lebt! Es war recht schwierig, ihn ausfindig zu machen, er ist unter falschem Namen in der Italienarmee untergetaucht. Ich habe beschlossen, ihn in Nizza zum Generalkommissar und Armeelieferanten zu befördern und ihn dann mit einem Auftrag nach Marseille zu schicken.« Er mußte unwillkürlich lächeln, als er die strahlenden Augen seiner Mutter sah.

Letizia blieb vor Überraschung und Freude einige Augenblicke stumm. »Er lebt also, er lebt!« flüsterte sie schließlich.

Nach dem Abendessen bat Napoleon seine Mutter um ein Gespräch unter vier Augen, und sie führte ihn erwartungsvoll in ihr Zimmer, in der Annahme, daß er über Paulette reden wolle.

»Nun, hast du eine Entscheidung getroffen in der Angelegenheit Fréron?«

Aufrecht und würdevoll saß Letizia in ihrem hohen Lehnstuhl neben dem Kamin. Der Anblick ihrer stolzen, strengen Gestalt verursachte Napoleon Unbehagen; er fühlte sich plötzlich wie ein kleiner Junge, der von verbotenen Früchten genascht hatte. Wie albern, dachte er, schließlich trage ich seit Jahren die Verantwortung für die Familie, also kann ich auch selbst die Entscheidung über mein persönliches Leben treffen.

»Nein, Mama; ich habe mich noch nicht entschieden, morgen beim Diner will ich noch einmal mit Fréron reden. Mama, ich möchte Ihnen einen Brief übergeben, einen Brief von meiner Frau.«

»Von wem?« fragte Letizia irritiert.

»Von meiner Frau. Ich habe am neunzehnten Ventôse geheiratet und wollte Sie überraschen, deswegen habe ich Ihnen nichts davon geschrieben.« Er holte ein Kuvert aus der Rocktasche und gab es seiner Mutter.

»So, du hast also geheiratet, ohne mich um meine Zustimmung zu bitten.«

Der gekränkte Unterton in ihrer Stimme machte ihn verlegen.

»Verzeihen Sie, Mama, aber die Zeiten haben sich geändert. Und wir leben jetzt auf dem Festland, nicht mehr auf Korsika.«

Letizia las den höflich-farblosen Brief ihrer neuen Schwiegertochter, ohne eine Miene zu verziehen. Nachdem sie ihn zur Seite gelegt hatte, gab er ihr ein zweites Blatt.

»Ich möchte Sie bitten, Mama, den Brief meiner Frau zu beantworten. Ich habe Ihnen einen Entwurf mitgebracht, stilistisch können Sie ihn gerne korrigieren, aber ich möchte, daß Sie den Inhalt nicht verändern.«

Letizia las:

Ich habe Ihren Brief erhalten, Madame. Mein Sohn hat mir von seinem Glück gesprochen; das genügt, um Ihnen meine Wertschätzung zu sichern. Meinem eigenen Glück fehlt nichts als die Freude, Sie selbst zu sehen. Schon jetzt betrachte ich Sie als eines meiner Kinder. Mein Sohn hat mir Hoffnung gemacht – und Ihr Brief bestätigt es –, daß Sie durch Marseille kommen werden, wenn Sie zu ihm reisen. Ich freue mich, Sie dann bei mir zu haben.

Gleich mir bringen Ihnen meine Kinder dieselbe Freundschaft und Liebe entgegen, die sie für ihren Bruder empfinden.

Glauben Sie, Madame, an die liebevolle Zuneigung von Letizia Bonaparte, Mère.

Inzwischen hatte Napoleon das Portrait hervorgeholt und zeigte es seiner Mutter. »Das ist sie – die ehemalige Vicomtesse de Beauharnais. Ist sie nicht unvergleichlich?«

Letizia warf einen flüchtigen Blick auf das Portrait und sah dann ihren Sohn prüfend an. Wie seine Augen glänzen! dachte sie. Er kommt mir genauso verhext vor wie Paulette – sollte diese Vicomtesse ein weiblicher Fréron sein?

»Willst du nicht die Güte haben, mir Genaueres über deine Frau zu erzählen? Schließlich muß ich wissen, wem ich diesen nichtssagenden Höflichkeitsbrief schreibe.«

»Aber natürlich, Mama, ich brenne darauf, von ihr zu sprechen, also ...« und er erzählte von Joséphines Herkunft, ihrer ersten Ehe, ihren beiden halbwüchsigen Kindern, ihrer Haft während des Terrors; er erwähnte den Altersunterschied, rühmte ihre Anmut, ihre Grazie, ihre Weltgewandtheit. »Glauben Sie mir, Mama, wenn sie jünger wäre und weniger Erfahrung hätte, würde ich sie weniger lieben.«

Letizia hörte mit wachsendem Entsetzen zu. Eine Witwe mit zwei halbwüchsigen Kindern, die er ernähren muß, und dieser Altersunterschied! »Besitzt deine Frau Vermögen?« Vielleicht war Geld ein Grund für diese Verbindung, überlegte sie.

»Vermögen?« Er zögerte. »Ja und nein. Sie wird nach dem Tod ihrer Mutter die elterlichen Plantagen auf Martinique erben, aber das kann natürlich noch Jahre dauern, zumal die Insel zur Zeit, ebenso wie Korsika, von den Engländern besetzt ist.«

Plantagen und Martinique! dachte Letizia. Wer weiß, ob alles stimmt, was sie ihm erzählt hat. »Wovon bestreitet sie denn den Lebensunterhalt für sich und ihre Kinder?«

»Nun ja, durch ihren Salon hat sie Beziehungen zu einflußreichen Leuten; sie hat reiche Gönner, die sie unterstützen.«

Mit anderen Worten, dachte Letizia, sie ist durch mehrere Männerhände gegangen. Lucien und Fréron haben mir genug von den Pariser Salons und der dort herrschenden Moral erzählt.

»Du hast also eine Frau geheiratet, die kein Vermögen besitzt, einige Jahre älter ist als du und zwei halbwüchsige Kinder mitbringt, die du ernähren mußt! Wegen dieser Frau hast du deine Verlobung mit Désirée gelöst, einem jungen Mädchen mit tadellosem Ruf und ansehnlicher Mitgift. Ich begreife dich nicht. Du hast doch stets vernünftig und realistisch gehandelt, hast deine Entscheidungen immer reiflich überlegt. Paulettes Verliebtheit kann ich noch halbwegs verstehen, sie ist jung und unbesonnen – aber daß du dich so hinreißen läßt!«

»Mama, ich liebe Joséphine, ich liebe sie bis zum Wahnsinn. Durch unsere Heirat ist ein Traum Wirklichkeit geworden.«

»Nun, ich hoffe, daß du nicht eines Tages aus deinem Traum erwachst. Den Brief werde ich morgen schreiben.« Letizia erhob sich und ging zur Tür.

»Mama, einen Augenblick noch. Wie geht es Eugénie?«

Sie blieb stehen und wandte sich zu ihm um. »Das fragst du noch? Aber ich hoffe und wünsche, daß sie dich so rasch wie möglich vergißt und mit einem anderen Mann glücklich wird.«

»Der Entschluß, die Verlobung zu lösen, fiel mir nicht leicht, Mama. Und ich habe mir vorgenommen, es wiedergutzumachen; ich will versuchen, einen passenden Mann für sie unter meinen Offizieren zu finden.«

Letizia sah ihren Sohn einige Sekunden erstaunt an und verließ wortlos das Zimmer.

Als Pauline am nächsten Abend sah, daß Fréron und Napoleon im Arbeitszimmer des Hausherrn verschwanden, wurde sie blaß vor Anspannung. Immer wieder sah sie nervös zur Uhr. Nach ungefähr einer Stunde erschienen die beiden Männer wieder im Salon. Vergeblich versuchte sie, in ihren Gesichtern zu lesen. Fréron war nach wie vor der heitere, liebenswürdige Gastgeber, und Napoleons Gesicht war, wie stets bei offiziellen Anlässen, ernst und verschlossen. An jenem Abend erfuhr Paulette nichts mehr über den Inhalt der Unterredung, und auch am nächsten

Tag mußte sie sich in Geduld üben, weil ihr Bruder mit seinen Begleitern arbeitete.

Es dämmerte bereits, als sie in den Salon gerufen wurde. Ihre Mutter saß über eine Näharbeit gebeugt, während Napoleon im Zimmer auf und ab ging. Er lächelte, als sie eintrat, und Letizia winkte sie zu sich auf den Diwan.

»Meine Kleine«, begann Napoleon, »ich habe mich gestern ausführlich mit Monsieur Fréron unterhalten und mich von der Aufrichtigkeit seiner Gefühle für dich überzeugt. Ich bin bereit, der Heirat zuzustimmen, allerdings unter Vorbehalt. Aus verschiedenen Gründen will ich noch einige Nachrichten aus Paris abwarten, und erst danach werde ich eine endgültige Entscheidung treffen.«

Paulettes strahlendes Gesicht verdüsterte sich bei seinen letzten Worten, und ihre Augen füllten sich mit Tränen.

»Wann wirst du diese Nachrichten aus Paris erhalten?« fragte sie beherrscht.

»Das weiß ich nicht, irgendwann im Lauf des Sommers.«

»Im Lauf des Sommers, o mein Gott, dann ist Stanislas längst wieder in Paris! Er muß Marseille in wenigen Wochen verlassen, und ich hatte doch gehofft, ihn begleiten zu können – und nun werden wir auf unabsehbare Zeit getrennt!«

»Paulette, ich weiß, wie schmerzlich die Trennung von einem geliebten Menschen ist, ich leide zur Zeit selbst darunter, auch ich weiß nicht, wann ich meine Frau wiedersehen werde.«

Die Worte ›meine Frau‹ gaben Paulette einen Stich, und ohne die Schwägerin zu kennen, empfand sie schon jetzt Abneigung gegen sie, weil sie sich im Herzen des Bruders eingenistet hatte.

»Was sind das für Nachrichten aus Paris?«

»Das verstehst du nicht, meine Kleine. Laß mich jetzt mit Mama noch einen Augenblick allein.«

Nachdem Paulette den Salon verlassen hatte, legte Letizia mit einer ungeduldigen Handbewegung ihr Nähzeug zur Seite. »Ich verstehe nicht, warum dir die endgültige Entscheidung so schwer fällt, das ist doch gar nicht deine Art«, sagte sie gereizt.

»Ich möchte abwarten, ob Fréron seinen politischen Einfluß behält; man hat ihn in den letzten Wochen heftig angegriffen. Wenn sich abzeichnet, daß er als Politiker ausgespielt hat, werde ich meine Zustimmung zu dieser Heirat versagen. Die ehelichen Verbindungen, die meine Geschwister eingehen, dürfen unserer Familie auf keinen Fall schaden. Paulette gegenüber würde ich mein Nein allerdings anders begründen – ich würde Frérons Privatleben anführen. Er hat nämlich in Paris eine Geliebte, eine Opernsängerin, mit der er zwei Kinder hat.«

»Wie, du machst also deine Zustimmung einzig von Frérons Stellung als Politiker abhängig? Und daß er eine Frau mit zwei Kindern sitzenläßt, ist dir gleichgültig? Mein Gott, wie weit ist es mit unserer Familie gekommen!«

»Verstehen Sie mich recht, Mama, ich bin wahrlich nicht entzückt über Frérons Privatleben, aber ich möchte Paulette nicht weh tun und bin zu Konzessionen bereit, wenn seine politische Stellung sich stabilisieren sollte. Das kann für unsere Familie unschätzbare Vorteile bringen. Im anderen Fall kann ich allerdings auf Paulettes Gefühle keine Rücksicht nehmen.«

Einige Tage nach Napoleons Abreise hielt Paulette die Ungewißheit nicht länger aus und schrieb ihrem Bruder einen Brief, in dem sie ihn flehentlich um seine Zustimmung bat. Fréron schickte ein Schreiben desselben Inhalts zum Hauptquartier nach Nizza und bat um baldige Entscheidung, da er in Kürze Marseille verlassen müsse. Beide Briefe blieben unbeantwortet, weil der Oberbefehlshaber der Italienarmee andere Sorgen hatte.

XXI

Am späten Nachmittag des 28. März marschierten in Nizza drei Divisionsgeneräle zum Quartier ihres Oberbefehlshabers. Es waren André Masséna, Charles Augereau und Jean-Philibert Sérurier. Alle drei waren hochgewachsen und stattlich und hatten in Feldzügen bereits mehr Erfahrungen gesammelt als ihr neuer Oberbefehlshaber.

Masséna war ein hagerer, sehniger Mann mit einer Hakennase und dem Blick eines Adlers; er sprach rasch und gab stets schnelle, schlagfertige Antworten. Er war elf Jahre älter als Napoleon, Sohn eines Wein- und Ölhändlers, hatte vierzehn Jahre in der Armee gedient und dann den Dienst quittiert, weil er mit seiner bürgerlichen Herkunft keine Aufstiegschancen hatte. Er eröffnete einen Kaufladen und betrieb Schmuggelgeschäfte. Nach der Revolution trat er in die Nationalgarde ein, wurde Hauptmann und nach einem Jahr, 1793, zum Brigadegeneral befördert. Er kämpfte erfolgreich in den Alpengebieten, zeichnete sich bei der Einnahme von Toulon aus und wurde daraufhin zum Divisionsgeneral ernannt.

Augereau, ein schwatzhafter, zotenreißender Pariser, war ebenfalls aus dem Mannschaftsstand aufgestiegen und zwölf Jahre älter als Napoleon. Als Sohn eines Bedienten und einer Pariser Gemüsehändlerin hatte er keinerlei Erziehung genossen; er war mit siebzehn in die Armee eingetreten, war desertiert und hatte dann in preußischen, russischen, spanischen, portugiesischen und neapolitanischen Truppeneinheiten gedient, die er immer verlassen hatte, sobald er ihrer überdrüssig geworden war. Zwischendurch hatte er sich mit Tanz- und Fechtstunden über Wasser gehalten und mit Duellen seine Zeit totgeschlagen. Er war ein Abenteurer und Raufbold bis zum Jahre 1790, als die Revolution ihm die Möglichkeit gab, in die Heimat zurückzukehren und in die Nationalgarde einzutreten; dort kam er rasch voran und wurde 1793 zum Divisionsgeneral befördert.

Sérurier war siebenundzwanzig Jahre älter als Napoleon und entstammte dem Kleinadel. Er hatte bereits mit dreizehn Jahren sein Miliz-Leutnantspatent erworben, brachte es aber als Sohn eines kleinen Hofbeamten nur bis zum Major; auch für ihn war die Revolution die Chance zum Aufstieg. Er war bescheiden, unbestechlich und genoß bei den Truppen großes Ansehen.

Von Natur aus schweigsam und zurückhaltend, beteiligte er sich zunächst auch nicht an der Unterhaltung zwischen Masséna und Augereau, die sich um die Person des Oberbefehlshabers drehte.

»Es ist eine Schande für die Italienarmee«, sagte Masséna, »daß unser Oberbefehlshaber ein Mann ist, der seine Epauletten nicht im Kampf gegen ausländische Armeen erworben hat wie Bernadotte, sondern durch Heldentaten gegen aufständische Franzosen! Der Oberbefehl hätte mir gebührt, nicht diesem Grünschnabel, diesem korsischen Intriganten, diesem General aus dem Vorzimmer!«

Augereau lachte. »Ich weiß noch eine bessere Bezeichnung für ihn: General aus dem Schlafzimmer! In Paris kursiert das Gerücht, daß Barras ihm den Oberbefehl verschafft hat aus Dankbarkeit, daß er seine Geliebte, die Beauharnais, geheiratet hat.«

»Man sollte diesen Pariser Gerüchten nicht allzuviel Glauben schenken«, mischte sich Sérurier ein. »Ich habe gehört, daß Carnot diesen Korsen zum Oberbefehlshaber ernannt hat, weil seine Operationspläne überzeugend waren, im übrigen scheint der General arbeitswütig zu sein. Er kam gestern erst am späten Abend an, hat sich aber von Berthier noch zwei Stunden lang berichten lassen. Und heute morgen war unser Oberbefehlshaber bereits um sieben Uhr im Sattel und hat die Truppen und die Artillerie inspiziert.«

Masséna lag eine abschätzige Erwiderung auf der Zunge, aber inzwischen waren sie im Vorzimmer angekommen, und er hielt es für klüger zu schweigen.

Nach wenigen Augenblicken erschien Murat und bat sie, einzutreten. Der gebürtige Gascogner Joachim Murat war ein großer, muskulöser Mann mit gelocktem dunklen Haar und glänzenden schwarzen Augen. Er war zwei Jahre älter als Napoleon und Sohn eines Gastwirts und Grundstücksmaklers. Da sein Vater für die vornehme Familie Talleyrand-Périgord arbeitete, kam der achtzehnjährige Joachim mit deren Hilfe als Stipendiat zu den Lazaristen nach Toulon, wo er zwei Jahre blieb, aber da er sich mehr mit Frauen als mit Theologie beschäftigte, trat er 1787 als Kavallerist in die Armee ein. Bereits 1793 war er Schwadronchef, und zwei Jahre später, bei den Vendémiaire-Ereignissen, kreuzten sich sein und Napoleons Lebensweg zum ersten Mal.

Napoleon schätzte seine Tapferkeit, hielt aber menschlich nicht allzuviel von ihm, er verachtete ihn sogar ein wenig wegen seiner Eitelkeit, seiner Prunksucht und den zahllosen Weibergeschichten. Murat hatte drei Schwächen: Er liebte prächtige, operettenhafte Uniformen, konnte keine Nacht ohne eine Frau verbringen, und er aß gerne Eingemachtes aus Rosinen, Quitten und Birnen – eine Spezialität seiner Heimat, die ihm seine Mutter regelmäßig schickte und die er in einem großen Steinkrug immer mit sich führte. Er war meistens guter Dinge, lachte viel und war Napoleon treu ergeben.

Die Generäle betraten das spartanisch eingerichtete Zimmer des Oberbefehlshabers und stellten sich nebeneinander auf.

Du meine Güte, dachte Masséna, dieser schmale, blasse, kränklich aussehende junge Mann soll eine Armee befehligen!

Im Vergleich zu den hünenhaften Gestalten wirkte Napoleon tatsächlich klein. Er trug seine Generalsuniform, hohe Stiefel, Degen, Schärpe und einen schwarzen Zweispitz aus Filz mit der dreifarbigen Kokarde. Breitbeinig stand er vor dem Kamin, blickte seine Untergebenen durchdringend an, begrüßte sie dann höflich und bat sie, Platz zu nehmen.

In einer Ecke des Zimmers standen Louis, Junot, Marmont, Murat und Berthier. Napoleon winkte Junot und Louis heran und stellte sie den Generälen vor.

»Meine Herren, ich möchte Sie mit zwei meiner Adjutanten bekannt machen: Monsieur Junot, mein Bruder Louis. Die Herren Murat und Marmont haben Sie bereits vor einigen Tagen kennengelernt. Monsieur Berthier habe ich heute zu meinem Generalstabschef ernannt.« Napoleon schwieg und begann im Zimmer auf und ab zu gehen. »Ich möchte Sie zunächst über unsere Lage informieren und Sie dann mit meinen Operationsplänen vertraut machen«, fuhr er fort. »Das Direktorium hat mir folgende Befehle mitgegeben: Überquerung der Alpen, Einmarsch in Piemont; dort soll der Feind zum Kampf gestellt werden, den Friedensschluß mit Piemont kann ich nach eigenem Gutdünken aushandeln. Sodann soll das österreichische Herzogtum Mailand besetzt werden, als Voraussetzung für die Vertreibung der Österreicher aus Oberitalien. Eine Eroberung dieses Gebietes ist in den letzten hundert Jahren zweimal versucht worden, von Villars und Maillebois, beide Versuche sind gescheitert. Aber wir werden Erfolg haben, obwohl alle äußeren Umstände dagegen sprechen. Der Feind ist uns zahlenmäßig überlegen, besser ausgerüstet und außerdem als Verteidiger im Gebirge immer im Vorteil. Die österreichischen Truppen werden zur Zeit von Beaulieu und Argenteau befehligt, aber Sie sollten sich schon jetzt darauf einstellen, daß der Wiener Hof wahrscheinlich gezwungen sein wird, die besten Generäle nach dem italienischen Kriegsschauplatz abzukommandieren. Die österreichische Armee ist 22 000 Mann stark, die Piemontesen haben 25 000 Mann aufgeboten, beide Staaten besitzen natürlich starke Reserven, die wir nicht haben. Meine Armee zählt insgesamt 41 570 Mann, davon 36 570 Infanteristen, 3 300 Kavalleristen, 1 700 Mann Artillerie, Sappeure und Feldgendarmen. Am erbärmlichsten ist die Artillerie ausgerüstet, wir haben ganze 30 Kanonen, hier ist der Feind mehrfach überlegen.

Bei der Inspektion der Truppen habe ich festgestellt, daß die sogenannte Kavallerie aus alten Kleppern besteht und daß die wenigsten Soldaten vorschriftsmäßig ausgerüstet sind. Statt blauer Hosen und einem blauen Waffenrock tragen sie zerrissene Leinenhosen und geflickte weiße Waffenröcke aus der Zeit vor der Revolution. Die meisten besitzen keine Stiefel, sondern behelfen sich mit Holzpantinen oder geflochtenen Strohschuhen. Patronentaschen und Tornister enthalten weder Patronen noch Brot, von einem Schlafsack, Wäsche zum Wechseln und einem zweiten Paar Stiefel ganz zu schweigen. Ich habe Befehl gegeben, Brot, Fleisch und Branntwein für sechs Tage zu kaufen, außerdem 18 000 Paar Stiefel; Monsieur Saliceti habe ich gebeten, so viel Korn einzulagern, daß für drei Monate die Versorgung mit Brot gesichert ist.

Wenn wir mit dieser Armee siegen wollen, ist jedoch Disziplin das oberste Gebot! Jeden Verstoß dagegen werde ich hart bestrafen. Plünderungen sind strengstens untersagt, die Zivilbevölkerung soll weitestgehend geschont werden! Ich habe angeordnet, daß die Offiziere für alles, was sie requirieren, eine Quittung ausstellen müssen, für jeden Sack Mehl, für jede Schachtel Kerzen! Das zweite Gebot: Tapferkeit. Ich werde nur die Tapfersten befördern; Bataillone, die sich ausgezeichnet haben, werde ich mit besonderer Fahnenverleihung ehren. Und schließlich: Wir müssen unsere zahlenmäßige Unterlegenheit durch Schnelligkeit und Kräftekonzentration ausgleichen! Schnelligkeit bedeutet in der Praxis Gewaltmärsche; richten Sie sich darauf ein, daß Sie häufig mehrere Tage hintereinander im Sattel verbringen werden. Kräftekonzentration bedeutet, daß ich die Soldaten konzentriert an jeweils der Stelle einsetzen werde, wo wir zuschlagen.

Damit sind wir beim Thema Taktik: Ich werde oft Täuschungsmanöver anordnen, etwa Flankenangriffe, die den Feind überraschen und demoralisieren. Diese Taktik erfordert eine exakte Zeiteinteilung; ich habe angeordnet, daß die Generäle, wenn sie mir Meldungen schicken, nicht nur den Tag, sondern auch die Stunde vermerken.«

An dieser Stelle machte Napoleon eine Pause. Er ging zu der Landkarte Oberitaliens, die neben dem Kamin hing und auf der die gegnerischen Stellungen mit roten Nadeln markiert waren.

»Der militärische Gesamtplan des Direktoriums weist die Hauptaufgaben der Sambre-Maas-Armee unter Jourdan und der Rheinarmee unter Moreau zu. Sie sollen die Österreicher in Süddeutschland besiegen und dann nach Wien marschieren. Die Italienarmee hat dabei nur eine Hilfsfunktion, sie soll einen Teil der gegnerischen Kräfte binden. Nun, ich habe eine andere Vorstellung von meiner Aufgabe. Mein Plan sieht vor, die Armeen des Gegners nachhaltig zu schlagen.

In den vergangenen drei Jahren sind sämtliche Versuche der französischen Generäle gescheitert, über die Seealpen nach Piemont zu gelangen, da es nur wenige, enge und gut verteidigte Pässe gibt. Wir haben in den Alpen und im Apennin seit drei Jahren ständig Barlauf gespielt. Damit ist jetzt Schluß, wir werden eine andere Route nehmen.«

Napoleon zog seinen Degen und setzte die Degenspitze auf einen Punkt der Landkarte. »Hier ist Albenga, dorthin werden wir in drei Tagen unser Hauptquartier verlegen. Am sechzehnten Germinal (5. April) wird der Feldzug von dort aus beginnen. Wir werden entlang der Küste vorrücken und so den Anschein erwecken, wir wollten das neutrale Gebiet Genua durchqueren; das muß die Österreicher aus ihrem Stützpunkt bei Alessandria hervorlocken. Dann werden wir von der See abschwenken und nach Cadinbona-Cascare marschieren. Der Feind wird wahrscheinlich bei dem Versuch, Genua zu sperren, seine Stellungen gefährlich weit auseinander gezogen haben, Piemont liegt dann offen vor uns. Wir marschieren nicht über die Alpen, sondern umgehen sie. Vergessen Sie nicht, Schnelligkeit, Schnelligkeit und nochmals Schnelligkeit! Haben Sie noch Fragen?«

Die drei Generäle verneinten.

»Gut, Sie können gehen.«

Nachdem die Generäle fort waren, schickte Napoleon Murat und die anderen ins Vorzimmer, wo sie auf weitere Befehle warten sollten, und behielt nur Berthier bei sich.

Louis Alexandre Berthier war Sohn des Chefs der Militärgeographen in Versailles; der Vater war von Ludwig XV. geadelt worden, und der Sohn hatte eine gute Erziehung genossen. Bereits mit 17 Jahren war er Leutnant im Genie-Korps, dann Rittmeister bei den Dragonern, unter Lafayette nahm er am Feldzug in Nordamerika teil. Bei Revolutionsbeginn stand er als Generalmajor der Versailler Nationalgarden auf seiten des Königs, später war er eine Zeitlang Stabschef unter General Luckner. Im Jahre 1796 meldete er sich zur Italienarmee, weil er sich als Mann des Ancien Régime vom politischen Zentrum Paris entfernen wollte.

Er war 43 Jahre alt und sah nicht sehr einnehmend aus. Er hatte einen großen, unschönen Kopf, krauses Haar, eine näselnde Stimme; er stotterte und hatte die Angewohnheit, ständig an den Nägeln seiner dicken roten Finger zu kauen. Sein Gehirn jedoch glich einer wohlgeordneten Kartei, in der auch das geringfügigste Detail registriert wurde. Berthier war der geborene Stabschef, und Napoleon hatte das sofort erkannt und sich zunutze gemacht.

»Nun, Berthier«, sagte er, »als Generalstabschef sind Sie mein engster Mitarbeiter, ab heute dürfen Sie bei mir jederzeit ohne Voranmeldung erscheinen, auch in meinen privaten Räumen. So, nun schicken Sie mir Junot, ich will ihm einen Aufruf an die Soldaten diktieren.«

Wenig später stand Junot vor dem Schreibpult, und Napoleon diktierte:

Soldaten, Ihr seid schlecht gekleidet und unterernährt. Die Regierung schuldet Euch viel, aber kann Euch nichts geben. Eure Geduld hat die Bewunderung Frankreichs erregt. Eure Lager sind leer, die der Feinde mit allem gefüllt. An Euch ist es, sie zu erobern.

Ihr wollt es tun, und Ihr könnt es tun. Also vorwärts!

Eine Schlacht nach der anderen führte die Italienarmee in diesem Frühjahr 1796 gegen Österreicher und Piemontesen; einen Sieg nach dem anderen errang sie:

12. April Montenotte, 13./14. April Millesimo, 15. April Dego, 21. April Mondovi.

Am 26. April richtete Napoleon folgendes Manifest an seine Armee:

Soldaten! Ihr habt in vierzehn Tagen vier Siege erfochten, einundzwanzig Fahnen erbeutet, fünfundfünfzig Geschütze und mehrere Festungen genommen: Ihr habt den reichsten Teil Piemonts erobert, Ihr habt Schlachten gewonnen ohne Kanonen, Flüsse überschritten ohne Brücken, Eilmärsche gemacht ohne Stiefel, biwakiert ohne Schnaps, ja, häufig ohne Brot. Nur republikanische Soldaten, Soldaten der Freiheit waren fähig zu ertragen, was Ihr ertrugt. Ich danke Euch, Soldaten!

Aber Ihr habt noch nichts getan im Vergleich zu dem, was Euch noch zu tun übrigbleibt!

Am 28. April schloß Frankreich mit dem König von Sardinien und am 9. Mai mit dem Herzog von Parma einen Waffenstillstand. Am 10. Mai erkämpften sich die Franzosen durch den Sieg bei Lodi an der Adda den Weg nach Mailand; die Lombardei war nunmehr in ihren Händen.

Am Abend jenes Tages schrieb Napoleon in sein Tagebuch:

Lodi, 21. Floréal, Jahr IV der Republik (10. Mai 1796)

Weder Toulon noch der Vendémiaire oder die bisherigen Siege in diesem Feldzug haben mir den Gedanken eingegeben, ich sei ein Mensch von höherem Rang. Dieser Gedanke kam mir erst heute, nach der siegreichen Schlacht bei Lodi. Ich spürte, wie der Funke eines hohen Ehrgeizes in meiner Seele entbrannte. Ich beginne zu ahnen, was ich werden kann. Und warum? Weil ich diesen Sieg gegen eine Übermacht diesmal nicht durch strategisches oder taktisches Geschick errungen habe, sondern indem ich eine zerlumpte, schlecht ernährte Truppe zu höchstem Mut angespornt habe. Heute wurde mir zum ersten Mal bewußt, daß ich Menschen führen kann! Für diese Schlacht an der Adda gibt es in der Geschichte keinen Präzedenzfall. Meine Generäle hielten mich für wahnsinnig. Aber um nach Mailand zu kommen, mußten wir die Adda überqueren! Als wir gegen Mittag in Lodi eintrafen, erkundete ich sofort die Lage: Die geländerlose Brücke war ungefähr 200 m lang und knapp 4 m breit. Am jenseitigen Ufer waren in einer Festung die österreichischen Kanonen postiert. Wie konnte ich meine Soldaten dazu bringen, eine Brücke zu erstürmen, die unter schwerem Beschuß lag? Ich beschloß, den Angriff wie üblich mit einer Flankenbewegung zu kombinieren. Ich schickte die Kavallerie los, die die Adda hinaufreiten, eine Furt suchen und die Österreicher von der rechten Flanke her attackieren sollte.

Dann versammelte ich die Infanterie, größtenteils Savoyarden, auf dem Marktplatz. Zwei Dinge zeichnen den französischen Soldaten aus: körperliche Tauglichkeit und Angst vor Schande. Ich ritt auf meinem Schimmel die Reihen entlang und sagte zu den Soldaten, ich wolle die Brücke nehmen, wisse aber nicht, wie; ich hätte nicht genug Vertrauen zu ihnen. Sie würden zwar die Musketen abfeuern, aber am Ende doch nicht wagen, die Brücke zu überqueren.

Gegen sechs Uhr abends hatte ich sie soweit, daß sie den Angriff wagen wollten. Ich befahl, das Tor zur Brücke zu öffnen, und ließ die Lieblingshymnen meiner Soldaten spielen, *La Marseillaise* und *Les héros morts pour la liberté*. Ich ritt voran zur Brücke und feuerte sie an mit dem Ruf: »Vive la République!«

Die Österreicher feuerten ihre Kanonen ab; viele meiner Leute fielen, doch Masséna, Berthier und Lannes führten weitere Freiwillige auf die schreckliche Planke. Endlich, im letzten Moment, erschien die Kavallerie; sie hatte lange nach einer Furt suchen müssen. Sie griff die Österreicher in der Flanke an und setzte deren Artillerie außer Gefecht, so daß es uns gelang, die lange Brücke zu überqueren. Als es dunkel wurde, flohen die Österreicher und ließen 16 Geschütze, 355 Tote und Verwundete und 1700 Gefangene zurück; wir hatten ungefähr 200 Gefallene zu beklagen.

Auch diesmal hat sich Jean Lannes besonders ausgezeichnet, wie schon bei der Überquerung des Po vor einigen Tagen; ich werde ihn befördern und im Auge behalten. Allmählich beginnen meine Generäle und auch die Soldaten an mich zu glauben. Bei den Veteranen bin ich inzwischen so beliebt, daß sie nach jeder Schlacht eine Versammlung abhalten und mich von Dienstgrad zu Dienstgrad befördern, ab heute bin ich ihr ›Korporal‹.

Der Weg nach Mailand ist also frei. Wir werden in wenigen Tagen dort einziehen, dann ist Mantua der letzte Stützpunkt der Österreicher in Oberitalien und unsere nächste Etappe die Belagerung Mantuas. Ab jetzt werde ich meine eigene italienische Politik verfolgen; ich werde in Mailand eine Proklamation verfassen, die den Italienern die Unabhängigkeit verspricht. Damit bringe ich mich allerdings in Gegensatz zum Direktorium. Die Regierung will noch mehr Gold aus Italien herauspressen, der Bevölkerung aber keine Vergünstigungen und Freiheiten versprechen; die italienischen Provinzen sollen okkupiert bleiben. Damit bin ich nicht einverstanden. Gewiß, Kontributionen müssen sein, aber mein Ziel ist die Errichtung von Republiken, die Frankreich freundlich gesinnt sind, zwar von uns abhängig, aber doch auch eine gewisse Autonomie besitzen. Durch die Siege der letzten Wochen bin ich jetzt in der Lage, meinen Soldaten den Sold zur Hälfte in klingender Münze zahlen zu können, das ist in keiner anderen französischen Armee der Fall!

Ich hoffe nur, daß das Direktorium nach meinem Einzug in Mailand Joséphine endlich die Reiseerlaubnis erteilt, um die ich schon vor Wochen gebeten habe. Ich vergehe fast vor Sehnsucht nach ihr und bin beunruhigt, weil sie so selten schreibt ...

Am 15. Mai zogen die Franzosen in Mailand ein, am gleichen Tag wurde in Paris der Frieden zwischen Frankreich und dem König von Sardinien unterzeichnet. In diesem Vertrag fiel Savoyen an Frankreich, trotzdem war die Pariser Regierung nicht zufrieden; sie fand Napoleons Friedensabkommen zu milde.

Am 16. Mai gründete Napoleon die lombardische Republik; durch diese Eigenmächtigkeit fühlte sich das Direktorium erneut vor den Kopf gestoßen. Aber: Die Italienarmee siegte, während Jourdan und Moreau nur Niederlagen zu verzeichnen hatten. Viel wichtiger noch als die Siege war jedoch das italienische Gold, das die Staatsfinanzen sanierte. So schluckte man die selbstherrliche Italienpolitik des Oberbefehlshabers, ebenso wie seine strikte Weigerung, das Kommando über seine Armee mit Kellermann zu teilen. Napoleon bot für diesen Fall seinen Abschied an, und das wollte die Regierung in Paris nicht riskieren.

Während man sich in Paris über das Gold freute und über Napoleons Eigenmächtigkeiten ärgerte, wurde der Name Bonaparte in jenem Frühjahr in ganz Europa bekannt. Die Familie in Marseille nahm lebhaften Anteil am plötzlichen Ruhm des Bruders, nur an Paulette rauschten seine Siege vorbei, ebenso wie alle übrigen Familienereignisse: der Besuch ihres Onkels Fesch, der Tod von Julies erstem und Christines zweitem Kind.

Auch nach Frérons Abreise kreisten ihre Gedanken nur um ihn. Sie korrespondierten eifrig miteinander, was von Letizia widerwillig geduldet wurde. Sie wollte die Tochter nicht noch tiefer in ihren Trennungsschmerz hineintreiben, der sie vielleicht zu einer unüberlegten Handlung verleiten könnte.

Allerdings waren nicht alle Briefe Frérons erfreulich für Paulette. Bald nach seiner Ankunft in Paris schrieb er ihr, daß er eine Geliebte und zwei Kinder habe; sie solle diese Tatsache von ihm und nicht von anderer Seite, womöglich entstellt, erfahren. Paulette war nach dieser Nachricht einige Tage krank, aber im nächsten Brief versicherte sie ihn erneut ihrer unwandelbaren Liebe und Treue. In der zweiten Maihälfte schrieb er, daß ihre Schwägerin Joséphine ihn überreden wolle, sie nicht zu heiraten. Dieser Brief verstärkte Paulettes Abneigung gegen Joséphine – warum mischte sich die Witwe Beauharnais auf einmal ein?

In Wahrheit stand Joséphine dieser Beziehung äußerst gleichgültig gegenüber; sie hatte lediglich einem Wunsch ihres Gatten nachgegeben. Napoleon war über Frérons Stellung bestens informiert und inzwischen fest entschlossen, die Heirat zu verhindern. Er wollte vermeiden, Paulette zu verletzen – war es also nicht besser, wenn Fréron die Verbindung löste? Aber der dachte gar nicht daran.

In der Familie fand das junge Mädchen nur bei Lucien Unterstützung, der die ablehnende Haltung seiner Familie Joséphine gegenüber schürte. Sie allein sei schuld daran, daß sein Bruder ihn in Italien nicht empfangen habe, behauptete er.

Lucien hatte es bei der Nordarmee nur wenige Wochen ausgehalten und sich während dieser Zeit herzlich wenig um seinen Posten gekümmert, statt dessen hatte er versucht, sich als politischer Redner zu profilieren. Als er von Frérons Ankunft in Paris hörte, war er sofort zu seinem Freund gereist, als er jedoch erfahren mußte, daß dieser in Schwierigkeiten war und zur Zeit nichts für ihn tun konnte, fuhr er weiter nach Italien, um Napoleon zu bitten, ihn des Postens bei der Nordarmee zu entheben.

Der vielbeschäftigte Oberbefehlshaber hatte keine Zeit, seinen Bruder zu empfangen; er forderte ihn lediglich auf, sich nach Marseille zu begeben und weitere Befehle aus Paris abzuwarten. Gleichzeitig schrieb er an den Kriegsminister Carnot und bat ihn, Lucien zur Rheinarmee zu versetzen. Carnot kam diesem Wunsch nach, und Lucien mußte Marseille nach drei Wochen wieder verlassen.

Es war schon Mitte Juli, als Letizia endlich einen Brief von Napoleon erhielt, worin die Zustimmung zur Heirat mit Fréron ausdrücklich verweigert wurde: ›Fréron ist politisch ein toter Mann, eine Verbindung mit ihm würde unserer Familie nur schaden …‹

Paulette nahm die Entscheidung des Bruders mit gesenktem Kopf entgegen.

»Ich habe es geahnt, Mama,« sagte sie leise, »aber ich habe eben doch bis zum Schluß gehofft.«

»Du bist noch jung, Paulette, du wirst andere Männer kennen- und liebenlernen. Gib mir die Briefe, die Monsieur Fréron dir geschrieben hat, ich will sie ihm zurückschicken.« Je weniger sie an ihn erinnert wird, desto eher wird sie ihn vergessen, dachte Letizia.

Tagelang schlich Paulette wie ein verwundetes Tier im Haus umher, und eines Nachmittags schrieb sie an Napoleon.

Lieber Napoleon,

Deine Zeilen haben mich furchtbar verletzt. Ich hätte es nie für möglich gehalten, daß Du Deinen Sinn so ändern könntest. Du gabst seinerzeit Deine Einwilligung zu meiner Heirat mit Fréron!

Doch ich möchte lieber, daß mein Herz bricht, als daß ich mich ohne Deine Zustimmung verheirate und Deine Mißbilligung auf mich lade. Du, mein lieber Bruder, für den ich immer die wärmsten Gefühle gehegt habe, würdest sicher erschüttert sein, wenn Du die Tränen, die Dein Brief verursacht hat, sehen könntest. Du, von dem ich die Erfüllung meines Herzenswunsches erwartet hatte, verlangst von mir, den einzigen Menschen, den ich jemals lieben kann, aufzugeben! Leb wohl! Sei glücklich und denke inmitten Deiner Siege und Deines eigenen Glücks manchmal der bitteren Tage und ungetrockneten Tränen Deiner Dich über alles liebenden Schwester

Paulette Bonaparte.

Napoleon ließ den Brief nachdenklich sinken. Arme Paulette, dachte er, arme kleine Hexe; du weißt nicht, wie schwer mir meine Entscheidung gefallen ist, aber es mußte sein, im Interesse der Familie. Wenn dieser Feldzug zu Ende ist, werde ich dich nach Mailand einladen und versuchen, dich mit einem meiner Offiziere zu verheiraten; ich werde dir eine großartige Aussteuer geben und dir eine prachtvolle Hochzeit richten. Du wirst Bälle besuchen, das Theater, die Oper, und du wirst Joséphine Gesellschaft leisten, damit sie sich nicht so langweilt.

Bei dem Gedanken an Joséphine begann er, den Stapel Briefe zu durchsuchen, der zusammen mit Paulettes Brief eingetroffen war, und schob ihn bald darauf enttäuscht zur Seite. Wieder nichts von ihr. Warum schreibt sie nicht? Was treibt sie den ganzen Tag in Mailand, außer daß sie sich langweilt? Er holte das Medaillon hervor, berührte das neue Glas mit den Lippen und betrachtete dann lange ihr Portrait. Wie so oft in der letzten Zeit erinnerte er sich an jenen Tag im Frühjahr, als er das Medaillon in die Hand genommen und erschrocken gesehen hatte, daß das Glas zerbrochen war.

»Oh, mein Gott«, hatte er dem gerade anwesenden Marmont zugerufen, »meine Frau ist entweder krank oder untreu!«

XXII

Der vierundzwanzigjährige Husarenleutnant Hippolyte Charles war der Sohn eines Tuchhändlers aus Valence. Er hatte pfiffige blaue Augen, tiefschwarzes Haar und Koteletten und kleidete sich gern in prächtig verschnürte, enganliegende Uniformen, die seinen muskulösen Wuchs zur Geltung brachten. Am liebsten trug er rote Lederstiefel mit Troddeln und ein mit Silberfäden besticktes, mit Rotfuchs besetztes Cape, das er sich lässig über die linke Schulter warf. Als er 1791 in die Armee eintrat, nannten ihn seine Vorgesetzten *L'Eveillé*, den Aufgeweckten, und das war er tatsächlich: ein heller Kopf, schwatzhaft, lustig, unerschöpflich in Witzen. Im Jahre 1796 war er dem Stab des Generals Leclerc zugeteilt, dessen Truppen zur Italienarmee gehörten.

Leclerc schickte den Leutnant öfter mit bestimmten Missionen nach Paris zum Kriegsministerium, und Hippolyte verstand es, seine Aufenthalte dort nach Belieben zu verlängern. Das Leben und Treiben in den Salons der Hauptstadt, die Ausflüge und Abendgesellschaften fand er wesentlich verlockender als den Alltag bei der Italienarmee.

Die Monate Januar und Februar des Jahres 1796 hatte er in Oberitalien verbracht, die Maskenbälle des Karnevals genossen und war Anfang März nach Paris zurückgekehrt. Als er hörte, daß der neue Oberbefehlshaber der Italienarmee nicht mehr Schérer, sondern Bonaparte hieß, beschloß er, seinen Pariser Aufenthalt so lange wie möglich auszudehnen. Nach dem Vendémiaire hatte er Napoleon einige Male in den Salons erlebt und aus dessen Bemerkungen entnommen, daß dieser General von seinen Offizieren den vollen Einsatz erwartete. Das war nicht nach Hippolytes Geschmack, andererseits wollte er natürlich auch nicht sein Leben lang Leutnant bleiben, sondern in der militärischen Hierarchie aufsteigen.

Als Joséphine ihn kurz nach Napoleons Abreise bat, sie in die Oper zu begleiten, war das für ihn ein willkommener Anlaß, das Angenehme mit dem Nützlichen zu verbinden. Er beschloß, der Generalin Bonaparte während seines Pariser Aufenthaltes jede Gefälligkeit zu erweisen – wer weiß, vielleicht konnte sie seine Karriere durch ein charmantes Lächeln fördern. Binnen kurzer Zeit wurde er zu ihrem Faktotum, der mit den Lieferanten verhandelte, sie durch sein burleskes Gerede, seine näselnde Stimme und seine possierlichen Gesten belustigte, und bald avancierte er zu ihrem ständigen Begleiter bei allen gesellschaftlichen Anlässen. Joséphine fand Hippolyte *drôle* und schätzte bei ihm jene Eigenschaften, die ihrem Gatten völlig fehlten. So hatte er etwa, wie sie selbst, lebhaftes Interesse für alles, was mit Garderobe zusammenhing. Immer wenn Joséphine mit ihren Freundinnen über Mode plauderte, erwähnte sie lobend Hippolyte: »Er kleidet sich mit soviel Geschmack, keiner vor ihm hat es verstanden, ein Halstuch richtig zu binden!« Eine weitere Eigenschaft, die ihr gefiel, war sein Talent, sie zum Lachen zu bringen. Hippolyte plauderte charmant und unterhielt sie mit Witzen und amüsanten Wortspielen, die er selbst erfand oder in den Pariser Theatern aufschnappte. Und außerdem hatte Hippolyte immer Zeit: Im Gegensatz zu ihrem Gatten sah er nie auf die Uhr, wenn sie ihm den neuesten Klatsch berichtete.

Irgendwann im April merkte Joséphine, daß sie sich in ihren Begleiter heftig verliebt hatte, und bald lernte Hippolyte das martialisch eingerichtete Schlafzimmer mit den vielen Spiegeln kennen. Er war ein erfahrener, zärtlicher Liebhaber, und Joséphine fand an seinen sanften Liebkosungen mehr Gefallen als an den besitzergreifenden Umarmungen ihres Gatten.

Aber mehr noch als den neuen jungen Liebhaber genoß Joséphine ihren gesellschaftlichen Aufstieg, den sie Napoleons Siegen verdankte. Sie war zur tonangebenden Dame der Pariser Gesellschaft geworden, zur ›Notre Dame de la Victoire‹. Bei ihren Fahrten durch Paris jubelte ihr die Bevölkerung zu; wenn sie in ihrer Loge im Theater oder der Oper erschien, applaudierte das Publikum; sie war die Königin bei jedem Ball und jedem Diner. Da der fürsorgliche Gatte regelmäßig größere Geldsummen schickte, konnte sie ihrem Hang zum Luxus frönen und gab Unsummen aus für Hüte,

Kleider, Parfum und Abendgesellschaften. In diesem Frühling 1796 genoß Joséphine das Leben in vollen Zügen, nur hin und wieder fühlte sie sich gestört durch die zahlreichen Briefe ihres Gatten. Am Datum erkannte sie, daß er jede Atempause, die ihm der Feldzug ließ, nutzte, um ihr seitenlang zu schreiben, wie sehr er sie liebe und sich vor Sehnsucht nach ihr verzehre. Joséphine überflog die Zeilen und legte den Brief dann achtlos in ein Fach ihres Frisiertisches. Briefe, die ankamen, wenn sie gerade mit ihrer Toilette beschäftigt oder zum Ausgehen bereit war, wanderten ungeöffnet in die Schublade und blieben dort liegen. Alle paar Tage raffte sie sich auf und beantwortete die Zeilen ihres Gatten mit ein paar höflichen Worten; sie hatte keine Lust, mit ihm zu korrespondieren, und wußte auch nicht recht, was sie ihm schreiben sollte.

Als die französischen Soldaten am frühen Abend des 10. Mai unter dem österreichischen Kanonenhagel die Adda überquerten, saß Joséphine in ihrem Salon, blätterte in Modejournalen und nippte an einem Glas Portwein. Durch das geöffnete Fenster strömte die warme Frühlingsluft herein, und hin und wieder drang Vogelgezwitscher in das Zimmer. Joséphine legte die Journale zur Seite, ging zum Fenster und atmete ein paarmal tief durch. Noch vier Wochen, dachte sie, dann blühen wieder die Rosen! An meinem Geburtstag werde ich ein Gartenfest geben, ein Rosenfest, das bereits am Nachmittag beginnt und bis zum anderen Morgen dauern soll.

Während sie darüber nachdachte, kam ein Mietwagen die Straße entlang und hielt vor dem Haus. Erstaunt sah sie, daß Murat aus der Kutsche stieg. Was macht der denn hier? überlegte sie und konnte sich eines unguten Gefühls nicht erwehren.

Nach wenigen Augenblicken kam Louise und meldete den Brigadegeneral Murat, der gleich hinter ihr ins Zimmer stürmte und sich schwungvoll vor Joséphine verbeugte, wobei er seinen Tschako elegant durch die Luft schwenkte. Er kann den Gastwirtssohn nicht verleugnen, dachte sie verstimmt, was ist das für ein Benehmen! Man wartet doch ab, bis man hereingebeten wird. Mit liebenswürdigem Lächeln reichte sie ihm die Hand und zuckte indigniert zusammen, als sich seine Lippen fest auf ihren Handrücken preßten.

»Mein lieber Murat, welche Überraschung und Freude, Sie hier zu sehen, und jetzt im Rang eines Brigadegenerals! Ich gratuliere Ihnen zur Beförderung, aber kommen Sie, nehmen Sie Platz, was darf ich Ihnen anbieten? Vielleicht ein Glas Portwein?« Sie wußte daß er eine Schwäche für süße Speisen und Getränke hatte.

»Danke, gern.«

Sie holte ein zweites Glas, schenkte Wein ein und setzte sich dann graziös auf den Diwan. Nach einigen galanten Bemerkungen kam Murat zur Sache:

»Ich habe den ehrenvollen Auftrag, dem Direktorium erbeutete Fahnen und Gold zu überbringen, nun, das ist bereits erledigt, und ich bin vom Luxembourg sofort hierher geeilt, um den zweiten Auftrag meines Oberbefehlshabers zu erfüllen.« Murat zog einen Brief aus seiner Rocktasche. »Ihr Gatte bat mich, Ihnen dieses Schreiben zu überbringen«

»Wie reizend«, murmelte Joséphine. Sie erbrach das Siegel und ging zum Fenster, ans Licht. Napoleon schrieb:

An die Bürgerin Bonaparte
Rue Chantereine Nr. 6 in Paris.

Cheruble, den 10. Floréal.
(29. April 1796)

Murat, der Dir diesen Brief bringt, wird Dir erklären, meine angebetete Freundin, was ich getan habe, was ich tun will und was ich wünsche. Ich habe einen Waffenstillstand mit dem König von Sardinien geschlossen. Ich habe vor drei Tagen Junot mit meinem Bruder abgesandt, doch sie werden nach Murat ankommen, der den Weg über Turin nimmt. Durch Junot schrieb ich Dir, mit ihm zu reisen und mich zu treffen; heute bitte ich Dich, mit Murat über Turin zu reisen, Du verkürzest dann die Reise um 14 Tage. Deine Wohnung ist bereit in Mondovi und in Tortone; Du könntest von Mondovi nach Nizza und Genua gehen und von dort, wenn es Dir Vergnügen macht, ins übrige Italien. Mein Glück besteht darin, daß Du glücklich bist. Niemals wurde eine Frau mit mehr Hingabe, mehr Glut und Zärtlichkeit geliebt. Und doch kaum ein Brief von Dir; wenn Du mich liebtest, würdest Du mir zweimal am Tage schreiben. Aber man muß wohl mit den kleinen Herren Besuchern schwatzen von morgens 10 Uhr an und Dummheiten von hundert Laffen bis eine Stunde nach Mitternacht anhören. In anderen Ländern, in denen Sitte und Ordnung herrscht, ist ein jeder um 10 Uhr abends zu Hause. Aber in jenen Ländern schreibt man auch seinem Ehemann, man denkt an ihn, man lebt für ihn. Lebwohl, Joséphine, Du bist für mich ein Ungeheuer, das ich nicht zu deuten vermag ... Ich liebe Dich täglich mehr. Die Trennung heilt die kleinen Leidenschaften, sie steigert die großen. Ein Kuß auf Deinen Mund oder auf Dein Herz. Außer mir gibt es niemand, nicht wahr? Und dann einen auf Deine Brust ... Ach, wenn Du nicht kommst! Bringe Deine Jungfer, Deine Köchin und Deinen Kutscher mit. Ich habe Pferde zu Deiner Verfügung und einen schönen Wagen. Bringe nur mit, was Du persönlich nötig hast. Ich habe hier Silberzeug und Porzellan zu Deiner Benutzung ... Welch glücklicher Tag, wenn Du die Alpen überschreitest. Das ist die schönste Belohnung für meine Leiden und für die errungenen Siege ...

Das hat mir gerade noch gefehlt, dachte sie verärgert, ausgerechnet jetzt, wo mir ganz Paris zu Füßen liegt, soll ich zu ihm nach Italien reisen. Nein, das kommt überhaupt nicht in Frage. Im übrigen muß ja erst die Regierung meine Reise genehmigen. Vielleicht kann ich Barras überreden, die Reiseerlaubnis zu verweigern.

Eine plötzliche Welle der Abneigung gegen diesen Gatten, der sie ihren Pariser Vergnügen entreißen wollte, erfaßte sie, aber sie beherrschte sich, ging zurück zu Murat, entzündete die Lampe und nahm wieder Platz. »Mein Mann bittet mich, unter Ihrem Schutz nach Italien zu reisen, haben Sie davon gewußt?«

Murat nickte eifrig. »O ja, Ihr Gatte hat mich über den Inhalt des Briefes informiert.«

»Piemont und die Lombardei müssen landschaftlich sehr reizvoll sein, und welch eine nette Abwechslung, im Frühling in den Süden zu reisen, aber, nun ja«, sie machte eine Pause, seufzte leise und sah Murat verträumt lächelnd an. »Über die Italienreise können wir uns später noch unterhalten, jetzt erzählen Sie mir etwas vom italienischen Kriegsschauplatz, an welchen Schlachten Sie teilgenommen haben! Mein Mann schreibt mir ausführliche

Briefe, aber die militärischen Ereignisse erwähnt er nur am Rande, und die Zeitungsberichte lesen sich so trocken, aber Sie sind ja Augenzeuge, also ich bin neugierig zu hören, bei welchen Gelegenheiten Sie sich ausgezeichnet haben.«

Murat fühlte sich durch Joséphines Worte äußerst geschmeichelt und schilderte ihr die verschiedenen Gefechte bis in alle Einzelheiten, wobei er nicht wenig mit seinen Heldentaten prahlte, ja, man mußte den Eindruck gewinnen, daß nicht Napoleon, sondern er der Oberbefehlshaber war.

Joséphine, die ihm gar nicht zuhörte, dachte krampfhaft darüber nach, welchen Grund sie anführen könnte, um diese Reise aufzuschieben. Vielleicht irgendeine Krankheit – aber ich sehe so gesund aus! Krankheit? Mein Gott, die Lösung ist ganz einfach, daß ich nicht schon längst auf diese Idee gekommen bin! Ich werde eine Schwangerschaft vortäuschen, das wird niemand merken; eine schwangere Frau muß sich schonen, und in einigen Wochen kann ich immer noch sagen, daß ich mich geirrt habe. Sie atmete erleichtert auf und lächelte Murat an.

»Welchen Gefahren Sie sich ausgesetzt haben! Ich darf gar nicht daran denken, daß mein Mann täglich in Lebensgefahr schwebt, ich würde ja so gerne zu ihm nach Italien reisen, aber es ist so...« Sie zögerte, ordnete die Falten ihres Kleides und fuhr dann fort: »Wissen Sie, seit einiger Zeit fühle ich mich unpäßlich, manchmal verspüre ich am Morgen Übelkeit, nun, alle Anzeichen deuten darauf hin, daß ich schwanger bin. Gewißheit habe ich noch nicht, deswegen weiß mein Gatte bisher nichts davon. Aber ich glaube kaum, daß bei meinem jetzigen Zustand eine beschwerliche Reise angebracht ist. Sie wissen ja, gerade in den ersten Wochen soll man sich besonders schonen.«

»Gewiß, gewiß«, pflichtete Murat ihr bei, der über Frauen viel, über Schwangerschaften aber herzlich wenig wußte. »Wie wird der General sich freuen, wenn er hört, daß er Vaterfreuden entgegensieht! Wenn Sie erlauben, Madame, schicke ich morgen einen Eilkurier mit dieser Nachricht zu ihm. Warum wollen Sie noch länger warten? Wenn Ihr Gefühl Ihnen sagt, daß Sie schwanger sind, dann ist es auch so.«

»Gut, einverstanden. Aber wir plaudern und plaudern, und die

Zeit vergeht. Hätten Sie Lust, heute abend bei mir zu dinieren? Dann bin ich nicht so allein.«

Murat hatte Lust und verließ das Haus erst am nächsten Vormittag nach einem gemeinsamen Frühstück. Am gleichen Tag schickte er einen Eilkurier nach Italien mit der Nachricht, Joséphine sei schwanger und zur Zeit nicht reisefähig. Er drängte sie nicht weiter, ihn zu begleiten, und trat am folgenden Tag die Rückreise an.

Joséphine sah unterdessen der Ankunft von Joseph und Junot mit einem unguten Gefühl entgegen; sie befürchtete, mit ihrem Schwager, dem Familienoberhaupt, und mit dem Adjutanten, der seinen Oberbefehlshaber abgöttisch verehrte, nicht so leichtes Spiel zu haben wie mit dem eitlen und etwas naiven Murat.

Am 14. Mai traf Joseph in Begleitung von Junot und Louis in Paris ein. Joseph begab sich sofort ins Luxembourg, um mit der Regierung den Termin für die Unterzeichnung des Friedensvertrages mit Sardinien festzulegen. Sodann schickte er einen Boten in die Rue Chantereine und ließ anfragen, ob er am Nachmittag seine Aufwartung machen dürfe.

Joséphine hätte diese Begegnung gerne noch etwas hinausgezögert, aber sie hielt es für klüger, den Schwager nicht unnötig warten zu lassen. Sie wußte aus Erzählungen ihres Mannes, daß Joseph ein Kavalier war, und sie beschloß, dies auszunutzen. Sie schminkte und frisierte sich noch sorgfältiger als sonst, verzichtete aber auf Rouge, um blaß und leidend auszusehen, schließlich war sie schwanger!

Pünktlich um fünf Uhr betraten Joseph, Louis und Junot den Salon. Das Familienoberhaupt war neugierig, die Schwägerin kennenzulernen, von deren Schönheit, Anmut , Grazie und Güte sein Bruder unermüdlich schwärmte. Und in der Tat, als Joséphine lächelnd auf sie zuschwebte, mußte Joseph zugeben, daß der Bruder nicht übertrieben hatte. Was für ein braves Hausmütterchen seine Julie doch war im Vergleich mit dieser ehemaligen Vicomtesse! Er überreichte ihr Napoleons Brief und beobachtete sie, während sie las.

Joséphine ließ sich den Ärger über Napoleons Zeilen nicht anmerken. Er schrieb:

An meine sanfte Freundin!

Mein Bruder wird Dir diesen Brief überreichen, ich hege für ihn die lebhafteste Freundschaft. Hoffentlich erlangt er die Deine; er verdient sie. Komm schnell, meine gute Freundin, ich sage Dir im voraus, daß, wenn Du zögerst, Du mich krank finden wirst. Die Anstrengungen und deine Abwesenheit – das ist zuviel auf einmal. Deine Briefe sind die Freude meiner Tage, und meine glücklichen Tage sind nicht häufig. Junot bringt 22 Fahnen nach Paris. Du mußt mit ihm zurückkommen, hörst Du? ... Unheilbares Übel, untröstlicher Schmerz, dauernde Leiden, wenn ich das Unglück hätte, ihn allein zurückkommen zu sehen. Meine angebetete Freundin, er sieht Dich, er atmet in Deinem Tempel; vielleicht gewährst Du ihm die einzige und unschätzbare Gunst, Deine Wangen zu küssen; und ich bin allein und sehr weit fort. Aber Du kommst mit, nicht wahr? Du wirst hier sein neben mir, auf meinem Herzen, in meinen Armen, auf meinem Munde. Nimm Flügel, komm, komm! Doch reise behutsam. Der Weg ist lang, schlecht und ermüdend. Komme langsam, meine angebetete Freundin, aber sei oft mit Deinen Gedanken bei mir. Ich habe von Hortense einen Brief erhalten. Er ist so sehr liebenswürdig. Ich will ihr schreiben. Ich liebe sie sehr und will ihr bald die Parfums senden, die sie haben möchte.

Lies aufmerksam den Gesang Cathon und schlummere fern von Deinem Freund, indem Du an ihn denkst, ohne jede Unruhe noch Gewissensbisse.

B ...

Joséphine ließ den Brief sinken und sah die drei Männer lächelnd an. »Mein Mann erwartet mich in Italien, ach, ich würde ihn ja so gerne wiedersehen, wir sind nun schon zwei Monate getrennt. Leider schreibt er, daß die Wege schlecht und ermüdend sind, und ich bin seit einiger Zeit unpäßlich, alle Anzeichen lassen auf eine Schwangerschaft schließen. Ich weiß nicht, ob es im Interesse des Kindes ratsam ist, eine so lange und beschwerliche Reise anzutreten; außerdem müssen wir abwarten, bis die Regierung die Reiseerlaubnis erteilt.«

Aha, dachte Joseph, ein Ausweichmanöver, jetzt muß ich aufpassen. Er lächelte Joséphine gewinnend an und erwiderte in liebenswürdigem Ton: »Madame, im Luxembourg habe ich erfahren, daß die Reiseerlaubnis bereits erteilt wurde. Über das genaue Datum unserer Abreise müssen wir uns heute noch nicht einigen. Morgen wird der Vertrag unterzeichnet, in den folgenden Tagen sind noch einige offizielle Veranstaltungen, Banketts und Empfänge, ich werde also bestimmt noch sechs bis sieben Tage in Paris bleiben. Ihr Gesundheitszustand, so hoffe ich, wird sich bis dahin gebessert haben. Ich werde wiederkommen. Auf Wiedersehen, Madame.« Er verbeugte sich und verließ mit seinen Begleitern das Haus.

Nach einigen Tagen erschien Joseph wieder in der Rue Chantereine, diesmal allein. Joséphine erklärte ihm, sie sei in ärztlicher Behandlung und nicht reisefähig. Mehrere Tage lang versuchte das Familienoberhaupt, die Schwägerin zur Abreise zu bewegen, ohne Erfolg. Joseph blieb stets liebenswürdig, aber allmählich wuchs in ihm der Groll über Joséphine. Ihr Verhältnis zu Hippolyte Charles blieb ihm nicht lange verborgen. Im Grunde war es ihm gleichgültig, ob sie seinem Bruder treu war oder nicht, das ging nur das Ehepaar an, aber er fand, daß sie es dem Namen Bonaparte schuldig war, eine gewisse Diskretion zu wahren. Er erkannte bald, daß ihre Unpäßlichkeiten nur als Vorwand dienten, die Abreise aufzuschieben, denn er traf sie bei jedem Diner, jedem Empfang, jedem Ball, und natürlich stets in Begleitung von Hippolyte Charles.

Am 21. Juni erhielt er mit Eilkurier einen Brief Napoleons:

Ich bin in Verzweiflung, meine Frau krank zu wissen; schreckliche Ahnungen beunruhigen mein Herz. Ich beschwöre Dich, ihr alle Deine Fürsorge zu widmen. Wenn sie wohl ist und die Reise machen kann, wünsche ich sehnlichst, daß sie käme; ich muß sie sehen, ich kann nicht ohne sie leben. Wenn sie mich nicht mehr liebte, hätte ich nichts mehr auf der Welt zu suchen. Oh! mein lieber Freund, schicke meinen Kurier bald mit einer Antwort zurück, die mir wieder Leben verleiht!

Jetzt reicht es, dachte Joseph. Wenn sie guten Worten nicht zugänglich ist, muß ich sie zwingen. Am Nachmittag ist sie meistens zu Hause, ich werde heute mit Junot und Louis bei ihr erscheinen, aber nicht mehr als Schwager, sondern als Oberhaupt der Familie Bonaparte!

An jenem Nachmittag saßen Joséphine und Hippolyte im Salon und plauderten über die bevorstehende Geburtstagsfeier.

»Ich werde keinen Schmuck tragen, sondern nur Rosen«, sagte sie, goß Hippolyte Mokka ein und gab zwei Zuckerstücke dazu. »Rote Rosen in meinem Haar und an meinem Kleid.« Ein Windstoß fegte durch das offene Fenster und wehte die Gardine zur Seite. »Es gibt bestimmt bald ein Gewitter, sieh nur, Hippolyte, wie der Himmel sich verdunkelt!« Sie erhob sich, um die Fenster zu schließen, als eine Kutsche vorfuhr, aus der Joseph, Louis und Junot stiegen. »O Himmel, ein Überfall! Rasch, Hippolyte, verschwinde nach oben in mein Schlafzimmer, sie müssen dich nicht unbedingt sehen.«

»Wer ist ›sie‹?«

»Die Sippschaft meines Herrn Gemahls. Mein Gott, ich ahne Schlimmes. Es ist jetzt das siebte Mal, daß Joseph hier erscheint, und diesmal mit Verstärkung! Hippolyte, ich bitte dich, beeil dich, ich höre schon, daß Louise öffnet.«

Joséphine hatte kaum die Tür hinter ihm geschlossen, als Louise den Salon betrat und die Ankunft der Gäste meldete.

»Ja, führe sie herein.« Joséphine holte tief Luft und preßte einen Moment lang die Hand auf ihr klopfendes Herz. Mein Gott, warum bin ich so nervös? Ich werde den Herrn Schwager auch diesmal abwimmeln können. Ein Donnerschlag ließ sie zusammenfahren, im selben Augenblick betrat Joseph mit seinen Begleitern das Zimmer.

»Guten Tag, Madame.« Ein weiterer Donnerschlag übertönte die folgenden Worte, und alle blickten zum Fenster hinaus: Der blaue Sommerhimmel hatte sich schwarz verfärbt, in rascher Folge zuckten Blitze auf, gefolgt von Donnergrollen, und plötzlich fielen die ersten schweren Regentropfen, die sich bald zu einem wolkenbruchartigen Schauer verdichteten.

»Bitte nehmen Sie doch Platz«, sagte Joséphine schließlich.

Joseph hatte inzwischen die zwei Mokkatassen erspäht und konnte nur mit Mühe seinen aufsteigenden Zorn beherrschen. Als er Joséphine ansprach, war sein Ton derart scharf, daß sie zusammenzuckte.

»Madame, ich erhielt heute einen Brief meines Bruders, in großer Sorge um Sie geschrieben. Napoleon bittet mich, nach Ihnen zu sehen und dafür zu sorgen, daß Sie nach Italien reisen, wenn Ihr gesundheitlicher Zustand es erlaubt.«

»Aber Monsieur Bonaparte, Sie wissen doch, daß ich meiner Schwangerschaft wegen nicht reisefähig bin.«

Joseph musterte die schlanke, zierliche Gestalt mit einem verächtlichen Blick und erwiderte schneidend: »Ich vermag nicht zu glauben, Madame, daß Sie guter Hoffnung sind. Bei all den Bällen und Gesellschaften, wo ich Sie erlebt habe, mußte ich den Eindruck gewinnen, daß Sie sich bester Gesundheit erfreuen. Ich erwarte von Ihnen, daß Sie innerhalb von drei Tagen reisefertig sind und uns nach Italien begleiten.«

»Aber Sie können mich doch nicht zwingen, Paris zu verlassen.«

»Madame, Sie vergessen, daß ich als Oberhaupt der Familie Bonaparte zu Ihnen spreche, und in dieser Eigenschaft ist es meine Aufgabe, die einzelnen Familienmitglieder anzuhalten, ihre Pflichten gegenüber der Familie, das heißt in Ihrem Fall gegenüber Ihrem Gatten, zu erfüllen. Und in meiner Familie ist es Tradition, daß man den Anordnungen des Oberhauptes Folge leistet.«

Joséphine hatte mit wachsendem Staunen zugehört; nun warf sie den Kopf zurück und lachte laut auf. »Aber das ist doch lächerlich! Ich bin ein freier Mensch und werde allein entscheiden, wann ich Paris verlasse.«

»Madame«, Josephs Stimme bekam einen gefährlichen Unterton, der Joséphine aufhorchen ließ, »Madame, wenn Sie in der von mir gesetzten Frist nicht reisefertig sind, werde ich meinen Bruder über Ihren Lebenswandel informieren. Er wird darüber kaum glücklich sein, aber ich vermute, daß er dann Konsequenzen zieht!«

»Er wird Ihnen nicht glauben.«

»Er wird mir glauben, außerdem habe ich Zeugen. Es gibt nichts mehr zu sagen, Madame.« Joseph stand auf, verbeugte sich kurz und verließ das Zimmer, gefolgt von Junot und Louis.

Du meine Güte, dachte Louis beim Hinausgehen, ob ich Emilie noch einmal wiedersehe, wenn wir schon in drei Tagen abreisen?

Louis billigte Joséphines Verhalten keineswegs, aber der verlängerte Aufenthalt in Paris war ihm sehr gelegen gekommen, hatte sich doch so die Möglichkeit ergeben, Emilie etwas besser kennenzulernen. Er hatte Joséphine einige Male bei Besuchen ihrer Tochter und Nichten begleitet, und es war ihm gelungen, Emilie ein Billett in die Hand zu spielen, worin er seine Verehrung gestand. Das junge Mädchen hatte ihm beim nächsten Besuch ebenfalls einen Brief zugesteckt, der ihre Zuneigung zu ihm ausdrückte. Bei den Spaziergängen im Park waren sie zwar stets in Sichtweite von Joséphine, aber doch weit genug entfernt, um sich ungestört unterhalten zu können. Sie hatten vereinbart, sich künftig regelmäßig zu schreiben; Louis sollte seine Briefe an Hortense schicken, das war in den Augen von Madame Campan bestimmt harmlos. Warum sollte dieses halbe Kind nicht Briefe von einem Schwager ihrer Mutter bekommen?

Joséphine hatte sofort gemerkt, daß sich zwischen Louis und Emilie eine Romanze anbahnte, und amüsierte sich während der Spaziergänge darüber, aber sie ließ die beiden in Ruhe; vielleicht würden sie heiraten, vielleicht auch nicht, jeder sollte ihrer Meinung nach seine Erfahrungen sammeln.

Nachdem die Besucher den Salon verlassen hatten, eilte Joséphine hinauf in ihr Schlafzimmer, wo Hippolyte halb entkleidet auf dem Bett lag und mit Fortuné spielte.

»Hippolyte, o mein Gott, ich bin völlig durcheinander, mein Schwager hat mir angedroht, meinem Mann alles über unsere Beziehung zu berichten, wenn ich nicht binnen drei Tagen zur Abreise bereit bin. Was soll ich denn nur machen? Ich will nicht nach Italien zu ihm, ich will hier bleiben, hier in Paris!« Sie fing an zu weinen.

Hippolyte schob Fortuné zur Seite und setzte sich erstaunt auf. »Warum regst du dich denn so auf? Das hat dein Schwager doch nicht im Ernst gemeint, er wollte sich nur aufspielen.«

»Nein, es war ihm ernst, das hängt mit dieser korsischen Tradition zusammen. Mein Mann nimmt seine Familie sehr wichtig, diese Sippschaft ist geradezu eine Weltanschauung für ihn. Was mache ich denn jetzt nur? Ich darf gar nicht an Napoleons Reaktion denken, wenn er von unserem Verhältnis erfährt.«

Hippolyte sank seufzend aufs Bett zurück. »Laß mich mal nachdenken. Ich glaube, ich weiß eine Lösung: Wenn die Regierung die Reiseerlaubnis zurücknimmt, kann dein Schwager dich zu nichts mehr zwingen.«

»Aber Hippolyte, wieso sollte die Regierung das tun? ... Nein, du hast recht, es ist die einzige Möglichkeit. Ich muß sofort mit Barras reden.«

Barras sah erstaunt von seinen Akten auf, als der Sekretär ihm Joséphine meldete. Sie hatte ihn nie zuvor in seinem Arbeitszimmer aufgesucht. Lächelnd ging er ihr entgegen und führte sie zu der Sitzecke.

»Welche Freude, Sie so unverhofft und zu so ungewohnter Stunde im Luxembourg zu sehen.«

»Entschuldigen Sie den Überfall, Paul, ich will Sie nicht lange von Ihrer Arbeit abhalten, aber ich weiß mir keinen Rat mehr«, begann sie und schilderte ihm Josephs Besuch. »Ich will auf keinen Fall nach Italien reisen, ich will hierbleiben. Kann die Regierung die Reiseerlaubnis nicht zurücknehmen? Was soll ich nur machen?«

Barras hatte mit unbewegtem Gesicht zugehört, jetzt zog er die Augenbrauen hoch und erwiderte betont langsam: »Sie fragen, was Sie machen sollen? Aber meine liebe Joséphine, das ist doch ganz einfach! Sie begeben sich natürlich zu Ihrem Gatten.«

»Aber ich will nicht nach Italien!« Joséphine fing an zu weinen.

Sie benimmt sich wie ein verwöhntes Kind, dem man ein Spielzeug wegnehmen will, dachte er und wartete eine Weile, bis sie aufhörte zu schluchzen. Als sie einen kleinen Spiegel und ein Spitzentüchlein aus ihrem Beutel holte und die Augen trockentupfte, wobei sie sorgfältig darauf achtete, Puder und Schminke nicht zu verwischen, lächelte er amüsiert.

»So, meine Liebe, jetzt trinken wir ein Glas Portwein und unterhalten uns in aller Ruhe über den General Bonaparte.« Er schenkte ein und hob sein Glas. »Auf die siegreichen Schlachten des Italienfeldzuges!« Sie brachte ein schwaches Lächeln zustande und trank einen kleinen Schluck. Barras lehnte sich lässig in seinem Sessel zurück. »Warum wollen Sie denn nicht nach Italien?«

»Sie kennen doch meine lauen Gefühle für meinen Gatten.«

»Gewiß, aber ich bin überzeugt, daß er Ihnen alle Annehmlichkeiten bieten wird und daß er auch Gesellschaften und Bälle für Sie arrangieren läßt. Und, soweit ich die militärische Lage überblicken kann, wird er die meiste Zeit fern von Ihnen in irgendeinem Feldlager verbringen; jetzt ist er anscheinend mit der Belagerung Mantuas beschäftigt, und es wird nicht lange dauern, bis die Österreicher eine neue Armee über die Alpen schicken, dann wird er kaum noch Zeit für Sie haben. Ich kann mir nicht vorstellen, daß Ihr Gatte der einzige Grund für Ihre Reiseunlust ist.«

»Nun, Sie wissen, wie sehr ich zur Zeit das Leben in Paris genieße, die Annehmlichkeiten der Hauptstadt würden mir dort unten sehr fehlen.«

»Aha, da kommen wir der Sache schon näher. Meine liebe Joséphine, ich gönne Ihnen von Herzen Ihre gegenwärtige gesellschaftliche Stellung, die Ovationen, aber bedenken Sie, daß Sie dies alles und den Namen ›Notre Dame de la Victoire‹ allein Ihrem Gatten und seinen siegreichen Schlachten verdanken.«

Barras schwieg, um die Wirkung seiner Worte zu beobachten, und tatsächlich senkte Joséphine beschämt die langen Wimpern und betrachtete verlegen ihre gepflegten Hände.

Nach einer Weile fuhr er fort: »Joséphine, Sie sind mit dem General Bonaparte verheiratet, er hat nach dem Gesetz ein Recht auf Ihre Gegenwart, und Sie sind gehalten, Ihren ehelichen Pflichten nachzukommen. Die Reiseerlaubnis wird auf keinen Fall zurückgenommen werden. Einmal, weil wir nicht wissen, wie Ihr Gatte darauf reagieren wird, auf welche Ideen er unter Umständen kommt. Vor einigen Wochen zum Beispiel bat er um eine Stunde Sonderurlaub, die er mit Ihnen verbringen wollte. Eine Stunde Sonderurlaub! Er hat Ihnen sicherlich davon geschrieben.«

»Ja, natürlich.« Joséphine hatte keine Ahnung, worum es ging. Wahrscheinlich steht in den ungeöffneten Briefen etwas darüber, ich muß sie endlich einmal lesen.

Barras fuhr fort: »Außerdem hat die Regierung ein starkes Interesse daran, daß Sie endlich zu ihm reisen. Man hofft, daß Ihre Gegenwart besänftigend auf ihn wirkt und seine Eigenmächtigkeiten bremst.«

»Eigenmächtigkeiten? Das verstehe ich nicht.«

»Nun, es ist so: es gibt einige Punkte, bei denen wir anderer Meinung sind als er. Wir finden den Friedensvertrag mit Piemont zu milde, haben das dem General Bonaparte auch mitgeteilt, aber er denkt nicht daran, unsere Wünsche zu berücksichtigen. Weiterhin hat er es strikt abgelehnt, das Oberkommando mit Kellermann zu teilen und sogar mit Rückgabe seines Kommandos gedroht. Wir haben nachgegeben, weil wir jeden fähigen General benötigen – allerdings muß er nun sehen, wie er mit dem neuen österreichischen Heer allein fertig wird. Und schließlich betreibt er eine äußerst eigenwillige Italienpolitik: Anstatt die eroberten Provinzen als besetzte, von Frankreich abhängige Gebiete zu betrachten, gründet er eine ›Lombardische Republik‹ und verspricht den Italienern ihre Unabhängigkeit! Beeinflussen Sie Ihren Gatten dahingehend, daß er sich nur seinen militärischen Aufgaben widmet und die Politik anderen Leuten überläßt!«

»Und wenn es mir nicht gelingt?«

»Es wird Ihnen gelingen, meine Liebe, davon bin ich überzeugt.«

Wenn Barras wüßte, wie eigensinnig er ist, dachte Joséphine. Er wird machen, was er will, im übrigen ist es mir egal, welche Italienpolitik er treibt.

»Sie sehen, es gibt starke Spannungen zwischen Ihrem Gatten und dem Direktorium; wir lassen uns nur deshalb vieles von ihm bieten, weil er siegt und weil er Gold schickt, Gold, das unsere Staatsfinanzen einigermaßen saniert hat.«

»Also gut«, sagte Joséphine resigniert, »ich werde wohl fahren müssen. Aber übermorgen ist mein Geburtstag; Sie wissen, daß ich vollauf mit den Vorbereitungen beschäftigt bin, und mein Schwager erwartet, daß ich am Tage darauf abreisen kann. Das ist unmöglich, kann ich nicht einige Tage später Paris verlassen?«

»Aber gewiß doch, feiern Sie ruhig Ihren Geburtstag, ich freue mich schon jetzt auf den Abend bei Ihnen. Ihre Louise wird ja wohl innerhalb von drei Tagen packen können, so daß Sie am Abend des 26. Juni abreisen. Vorher dinieren Sie und Ihr Schwager noch bei mir, ich möchte ihn etwas näher kennenlernen; es ist da ein Botschafterposten zu besetzen, vielleicht wäre er der richtige Mann dafür. Und was den Leutnant Charles betrifft«, Barras lächelte süffisant, »so habe ich nichts dagegen, daß er Sie begleitet. Ich werde

Carnot bitten, dem Leutnant einige Briefe für den General Leclerc mitzugeben und einen Brief für Ihren Gatten mit der Mitteilung, daß die Rue Chantereine in Rue de la Victoire umbenannt wird.«

»Oh, wirklich?« Joséphines Augen glänzten vor Freude.

»Warum nicht? Notre Dame de la Victoire, Rue de la Victoire, das paßt doch zusammen, oder?«

Zu Hause ließ sich Joséphine ein heißes Bad richten und holte dann, in ein bequemes Négligé gehüllt, Napoleons Briefe hervor, um sich durch diese Lektüre auf das Wiedersehen mit ihrem Gatten einzustimmen.

Sie achtete nicht weiter auf die Daten der einzelnen Briefe, ihre Augen glitten über die Zeilen, und einige Sätze, die ihr besonders auffielen, las sie zweimal:

... Ich habe nicht einen Tag verbracht, ohne Dich zu lieben. Ich habe nicht eine Nacht verbracht, ohne Dich in meine Arme zu schließen. Ich habe nicht eine Tasse Tee getrunken, ohne den Ruhm und den Ehrgeiz zu verfluchen, die mich fern von der Seele meines Lebens halten. Mitten in den Geschäften, an der Spitze der Truppen, während ich die Lager prüfe, ist meine angebetete Joséphine allein in meinem Herzen.

... Und dennoch nennst Du mich ›Sie‹ in Deinen Briefen vom 23. und vom 26. Ventôse. Sieze Dich selbst! Ach! Schlechte, wie hast Du diesen Brief schreiben können! Wie kalt ist er! Und dann, vom 23. bis 26. sind vier Tage! Was hast Du gemacht, da Du Deinem Gatten nicht geschrieben hast? ... Die Natur hat mir eine starke und entschlossene Seele verliehen. Sie hat die Deine aus Spitzen und Gaze gestaltet.

... Man bringt mir einen Brief. Er ist traurig. Er enthält die Todesnachricht von Chauvet, dem Oberzahlmeister der Armee. Du hast ihn zuweilen bei Barras gesehen. Meine Freundin, ich fühle das Bedürfnis nach Trost ... Was ist die Zukunft? Was ist die Vergangenheit? Welche Zaubermacht umgibt uns und verbirgt uns die Dinge, die zu erkennen uns am bedeutungsvollsten sind? Wir gehen dahin, wir leben, wir sterben mitten im Wunderbaren. Ist es da erstaunlich, daß die Priester, Astrologen und Schwindler aus diesem Umstand

Nutzen gezogen haben, um unsere Gedanken an der Nase herumzuführen und sie nach dem Willen ihrer Leidenschaften zu leiten? Chauvet ist tot ... Ich sehe seinen Schatten, er irrt in den Kämpfen umher, er schwirrt in der Luft. Seine Seele ist in den Wolken; sie wird meinem Geschick günstig sein ...

... Es ist also wahr, Du bist schwanger! Murat schreibt es mir mit der Mitteilung, es mache Dich krank und er halte es nicht für richtig, daß Du eine so lange Reise unternimmst ... Dein Brief ist kurz und traurig. Was hast Du, meine angebetete Freundin? Ich glaube, daß es keine wahrhaftere Qual für meine Seele gibt als den Gedanken, daß du leidest ... Bald gibst Du einem anderen Wesen das Leben, das Dich ebenso sehr lieben wird, wie ich Dich liebe ... Nein, das ist nicht möglich ...

... Joséphine, Du solltest am 5. von Paris abreisen; Du solltest am 11. reisen – am 12. warst Du noch nicht abgereist! Alle Kuriere kommen an, ohne einen Brief von Dir. Und wenn Du mir schreibst, so liegt niemals ein tiefes Gefühl darin. Du hast mich in einer leichtfertigen Laune geliebt. Du fühlst bereits, wie lächerlich es wäre, Dich mit Deinem Herzen zu binden. Du hast mich niemals geliebt. Mein Unglück ist, daß ich Dich so wenig gekannt habe; Deines, daß Du mich nach den Männern Deiner Umgebung beurteilt hast. Mein Herz hat niemals etwas Mittelmäßiges empfunden, es hatte sich der Liebe versagt; Du hast ihm eine grenzenlose Leidenschaft eingeflößt, eine Trunkenheit, die es herabwürdigt ...

... Meine liebe Joséphine, seit dem 18. glaubte ich Dich in Mailand angekommen, einige Tage später erfuhr ich, daß Du gar nicht abgereist bist. Vom Schmerz zermürbt, habe ich Dir vielleicht allzu nachdrücklich geschrieben. Wenn meine Briefe Dich betrübt haben, so bin ich mein Leben lang untröstlich ... Du leidest, und ich bin fern von Dir. Murat will mich überzeugen, daß Deine Krankheit leichter Natur sei, aber Du schreibst nicht; seit einem Monat kein Brief mehr von Dir ...

... Alle meine Gedanken sind bei Dir. Ich gebe auf Ehre, weil Du darauf gibst, auf Sieg, weil er Dir Vergnügen bereitet, sonst würde ich alles im Stich lassen, um mich Dir zu Füßen zu werfen ... Du weißt, ich könnte niemals einen Liebhaber bei Dir sehen. Ihn sehen und ihn vernichten wäre für mich das Werk eines Augenblicks. Doch

ich bin Deiner Liebe sicher und stolz darauf. Ein Kind, anbetungswürdig wie seine Mutter, wird das Leben der Welt erblicken und mehrere Jahre in Deinen Armen liegen. Ich Unglücklicher! Mit einem einzigen Tag wäre ich zufrieden!

Joséphine legte den letzten Brief, den sie natürlich auch nicht beantwortet hatte, zur Seite; sie empfand Reue und nahm sich vor, in Italien alles wiedergutzumachen. Wie wird er enttäuscht sein, wenn er erfährt, daß ich gar nicht schwanger bin! Plötzlich fiel ihr ein, was sie als Kind auf Martinique von den Eingeborenen gehört hatte: Wenn eine Frau zu einem Zeitpunkt, da sie keine Schwangerschaft wünscht, eine vortäuscht, wird sie später, wenn sie ein Kind haben möchte, keines mehr bekommen. Ob das stimmt? Ach was, Aberglaube, dummes Gewäsch!

Anfang Juni war Marschall Wurmser mit einer neu aufgestellten österreichischen Armee von 50 000 Mann aufgebrochen, um die Franzosen aus Oberitalien zu vertreiben.

Napoleon rechnete sich aus, daß Wurmser nicht vor Mitte Juli eintreffen würde, und beschloß, die Zeit entsprechend zu nutzen. Er fiel in die Toskana und den Kirchenstaat ein, zwang beide zur Neutralität und schloß am 23. Juni mit Pius VI. einen Waffenstillstand. Der Papst mußte 21 Millionen Livres zahlen und einhundert Kunstwerke ausliefern, außerdem fielen Bologna und Ferrara an Frankreich. Ende Juni wurde das Hauptquartier von der Toskana nach Verona verlegt, um die Bewegung des Feindes beobachten zu können.

Am Vormittag des 2. Juli beugten Napoleon und Berthier sich über eine topographische Karte Oberitaliens, auf der mit farbigen Stecknadeln die Stellungen der französischen Truppen markiert waren. Napoleon nahm einen Zirkel und setzte ihn auf einen Punkt der Karte.

»Sehen Sie, Berthier, hier beginnt der Gardasee, wahrscheinlich wird Wurmser mit dem Gros der Armee nach Süden rücken, am Ostufer entlang, um Mantua zu entsetzen; gleichzeitig wird er wahrscheinlich eine Abteilung am Westufer entlang marschieren lassen, um unsere rückwärtigen Verbindungen abzuschneiden.«

In diesem Moment betrat Duroc den Raum und überreichte Napoleon eine Eildepesche aus Paris.

Christoph-Michel Duroc war ein mittelgroßer, gutaussehender junger Mann mit einem offenen Gesichtsausdruck, in dem sich seine heitere, liebenswürdige Wesensart widerspiegelte. Er hatte nach der Revolution kurze Zeit in der Emigration gelebt, war aber bald wieder nach Frankreich zurückgekehrt. Er hatte sich bei Lodi durch Tapferkeit ausgezeichnet und war bald darauf zum Adjutanten des Oberbefehlshabers avanciert. Napoleon erkannte, daß Duroc einen beständigen, zuverlässigen Charakter besaß. Er war ihm bald freundschaftlich zugetan und betraute ihn neben wichtigen Missionen auch mit alltäglichen, privaten Dingen.

»Na, Christoph, ich hoffe, du bringst keine unangenehmen Nachrichten!« Napoleon öffnete die Depesche, und nachdem seine Augen die Zeilen überflogen hatten, verdunkelten sie sich vor Freude. Er warf das Schriftstück zu Boden und schloß den erstaunten Duroc stürmisch in die Arme. »Christoph, meine Frau ist endlich aus Paris abgereist! In wenigen Tagen werde ich sie wiedersehen!« Er gab Duroc frei und begann im Zimmer hin und her zu laufen. »Sie wird über Turin reisen, ich muß Marmont zum ›König Murmeltier‹ schicken (das war der Spitzname für Viktor Amadeus III. von Piemont, der ständig einschlief), damit er sie mit den gebührenden Ehren empfängt.«

Nachdenklich blieb er stehen, zog eine Tabatière aus der Rocktasche und nahm eine Prise Schnupftabak. Im Laufe des Feldzuges hatte er angefangen, Tabak zu schnupfen, und inzwischen mochte er auf diesen Genuß nicht mehr verzichten, ebensowenig wie auf stark gesüßten schwarzen Kaffee, das tägliche heiße Bad und ein Kaminfeuer.

»Hör zu, Christoph. Ich nehme an, daß meine Frau mit Rücksicht auf ihre Gesundheit langsam reist, und schätze, daß sie erst in zehn Tagen, am 12. oder 13. Juli, in Mailand eintreffen wird. Ich habe mit dem Fürsten Serbelloni schon vor einiger Zeit vereinbart, daß sie in seinem Palazzo wohnen kann. Mein Gott, ausgerechnet jetzt muß Wurmser anrücken!« Er schwieg und nahm eine neue Prise Schnupftabak. »Also, Wurmser hin oder her, ich muß meine Frau wiedersehen, und wenn es nur zwei Tage sind. Du reist noch heute nach Mailand und sorgst dafür, daß im Palazzo einige Räume für sie gerichtet werden. Wenn du den Tag ihrer Ankunft erfahren hast, wirst du ihre Zimmer in ein Rosenmeer verwandeln, sie liebt diese Blume über alles. Du besorgst also weiße, rosa und rote Rosen, außerdem schickst du so viele Pferde nach Turin, daß Joséphine und meine Brüder von dort aus sechsspännig fahren können. Dann vereinbarst du mit den Stadtvätern von Mailand ein offizielles Begrüßungsprogramm, aber es darf nur eine halbe Stunde dauern, hörst du? Ich will Joséphine ganz bald allein haben.«

»Die Stadtväter werden deiner Frau zu Ehren ein Bankett geben wollen.«

»Ach ja, richtig, das werden wir leider nicht umgehen können. Mein Gott, wie ich diese stundenlangen Freßorgien hasse! Vereinbare, daß das Bankett erst am zweiten Abend stattfindet. Und vergiß nicht, einen großen Vorrat an Portwein und Champagner zu besorgen, das sind Joséphines Lieblingsgetränke. Und für den nächsten Tag bereitest du für zwölf Uhr ein Déjeuner vor, an dem außer meinen Brüdern auch der gesamte Generalstab teilnehmen soll, den ich bei dieser Gelegenheit mit meiner Frau bekannt machen will. So, Christoph, das ist alles. Gute Reise, wir sehen uns in Mailand wieder.«

Nachdem Duroc gegangen war, wandte sich Napoleon zu Berthier. »Kommen Sie, lassen Sie uns überlegen, wie wir Wurmser das Furchten lehren!« Sie beugten sich wieder über die Karte, und nach einer Weile zog Napoleon mit dem Zirkel südwestlich des Gardasees einen Kreis. »Passen Sie auf, ich werde die Belagerung von Mantua vorerst aufheben und meine 47 000 Mann hier konzentrieren, südwestlich vom See. Ich werde zunächst Quasdanowitsch erledigen und mich dann Wurmser zuwenden und versuchen, ihn hier zur Schlacht zu stellen. Sehen Sie, hier, bei Castiglione.«

Am frühen Abend des 13. Juli stand Napoleon auf der Treppe des Mailänder Rathauses und blickte mit Genugtuung auf die Menschenmenge, die sich auf dem Platz versammelt hatte. Links von der Treppe wartete die Militärkapelle auf ihren Einsatz, rechts eine Schar weißgekleideter junger Mädchen. Der Fürst Serbelloni, der Bürgermeister und die Stadtväter standen vor dem Haupteingang, und fast alle Häuser, die den Platz säumten, waren mit der Trikolore geschmückt.

Napoleon wirkte ernst und undurchdringlich, wie gewöhnlich bei offiziellen Anlässen, innerlich jedoch war er erregt und nervös, weil Joséphine jeden Augenblick eintreffen konnte. Als die Rathausuhr Viertel vor sechs schlug, zuckte er zusammen: Stand er wirklich erst seit halb sechs hier? Die vergangenen fünfzehn Minuten kamen ihm wie Stunden vor. Er war gegen vier Uhr in Mailand angekommen, hatte Joséphines Räume besichtigt, Duroc für seine Umsichtigkeit gelobt und war dann zum Rathaus geeilt.

Hoffentlich kommt sie auch wirklich, hoffentlich ist nichts dazwischengekommen! Gott sei Dank ist sie so vernünftig, nicht in der Mittagshitze zu reisen! Um sich die Wartezeit zu verkürzen, rief er sich noch einmal den Ablauf des Festprogramms ins Gedächtnis: die Kapelle spielt die Marseillaise, dann spricht der Bürgermeister, dann der Fürst Serbelloni, anschließend singen die Mädchen und überreichen Joséphine einen Korb mit Rosen; weil sie kein Italienisch spricht, muß ich in ihrem Namen danken, zum Schluß wird noch einmal die Marseillaise gespielt, na, das reicht dann auch. Ach so, im Rathaussaal läßt der Bürgermeister noch Champagner servieren, hoffentlich hält er sich an meine Anweisung und redet nur zehn Minuten. Mein Gott, übermorgen um diese Zeit bin ich schon wieder auf dem Weg zur Armee, aber daran will ich jetzt nicht denken. Was für ein Kleid mag sie anhaben, ob man ihr die Schwangerschaft schon ansieht?

Plötzlich ertönte in der großen Straße, die zum Platz führte, lauter Jubel, und die Volksmenge begann ein Spalier zu bilden, damit die beiden Kutschen zum Rathaus fahren konnten. Vor die erste Equipage waren sechs Schimmel gespannt, vor die folgende sechs Rappen. Als Napoleon die Pferde erblickte, lief er die Treppe hinunter und wartete ungeduldig, daß der Kutscher die Tiere zum Stehen brachte. Aus dem ersten Wagen kletterte Louis heraus, ihm folgte Joseph, der seiner Schwägerin galant beim Aussteigen behilflich war. Dem zweiten Wagen entstiegen Junot, Louis und Hippolyte mit Fortuné auf dem Arm. Aber Napoleon sah nur Joséphine und das Kleid, das sie an ihrem Hochzeitstag getragen hatte. Am liebsten hätte er sie an sich gerissen und mit Küssen bedeckt, aber vor den gaffenden Augen des Volkes beherrschte er sich, umarmte sie förmlich und begnügte sich mit einem Kuß auf ihre Wangen.

»Endlich bist du da! Diese viermonatige Trennung war für mich die schlimmste Zeit, die ich je erlebt habe. Joséphine, willkommen in meinen Armen.«

Joséphine lächelte ihn an, und zum ersten Mal lag sogar ein Hauch von Wärme und Zuneigung in ihrem Gesicht. Sie hatte Paris mit tränenfeuchten Augen verlassen und sich während der Reise durch Frankreich sehr niedergeschlagen gefühlt. Von Turin ab war die Fahrt zu einem Triumphzug geworden; in jedem Ort hatte der Bürgermeister sie ehrenvoll empfangen und die Bevölkerung ihr Huldigungen dargebracht, schließlich war sie die Gattin des Befreiers von der verhaßten österreichischen Herrschaft. Joséphine hatte die Ehrungen genossen, und zum ersten Mal war ihr bewußt geworden, daß Napoleons militärischen Leistungen etwas Besonderes waren, daß er als General und Oberbefehlshaber seine Kollegen Jourdan und Moreau weit übertraf. Und sie war zu dem Schluß gekommen, daß er doch eine recht gute Partie war, und der Gedanke an Scheidung, mit dem sie hin und wieder gespielt hatte, war in weite Ferne gerückt. Im Gegenteil, sie hatte Überlegungen angestellt, wie sie ihn auf Dauer fesseln konnte, denn irgendwann würden sich die sechs Jahre Altersunterschied bemerkbar machen. Diese Überlegungen waren allerdings kein Hinderungsgrund für sie, ihr Verhältnis mit Leutnant Charles auch während der Reise fortzusetzen.

Joséphine schritt am Arm Napoleons die Treppe hinauf und winkte der jubelnden Menge lächelnd zu. Als das Volk sich beruhigt hatte, gab Napoleon dem Kapellmeister ein Zeichen, und die Klänge der Marseillaise erfüllten den Platz.

»Du empfängst mich ja wie ein Staatsoberhaupt«, flüsterte Joséphine ihrem Gatten zu, »wie schade, daß Barras uns nicht hier stehen sieht.«

»Ich glaube nicht, daß ihm diese Szene gefallen würde«, flüsterte Napoleon zurück. »Wo ist übrigens Fortuné? Ich habe ihn noch gar nicht gesehen.«

»Dort drüben, Leutnant Charles kümmert sich um ihn, er versteht sich gut mit dem Hund.«

Napoleon stutzte. Was macht denn dieser Charles hier? ging es ihm durch den Kopf. Dann fiel ihm ein, daß der Leutnant zum Stab des Generals Leclerc gehörte, und er war wieder beruhigt, ja, er empfand sogar etwas wie Dankbarkeit gegenüber dem jungen Offizier, der sich des bissigen Hundes angenommen hatte.

Anderthalb Stunden später fuhren Napoleon und Joséphine in einer offenen Kalesche durch eine jubelnde Menschenmenge zum Palazzo Serbelloni. Napoleon beobachtete teils amüsiert, teils stolz, wie seine Frau die Fahrt genoß, sie lächelte, winkte nach allen Seiten und neigte hin und wieder huldvoll ihren Lockenkopf. Wie majestätisch sie dem Volk begegnet, dachte er, sie tritt auf wie eine Fürstin! Und wirklich, während dieser Fahrt fühlte Joséphine sich nicht als Generalin Bonaparte, sondern als Landesmutter der Lombarden.

Nachdem sich die Tore des Palazzo hinter ihnen geschlossen hatten, nahm Napoleon Joséphine an der Hand und lief mit ihr die Treppen empor, durch eine Flucht von Sälen und Salons bis zu ihrem gemeinsamen Schlafzimmer. Dort blieb er aufatmend stehen, öffnete die Tür und schob Joséphine in den Raum. Ein betäubender Blumenduft umfing sie, das Zimmer war über und über mit Rosen geschmückt. Napoleon nahm sie in die Arme und preßte sie so fest an sich, daß sie leise aufschrie.

»Endlich«, hörte sie ihn sagen, »auf diesen Augenblick habe ich vier Monate gewartet!« Und ehe Joséphine etwas erwidern konnte, fing er an, sie zu küssen. Sie spürte seine Lippen auf ihrer Stirn, ihren Augen, ihrem Mund, ihrem Hals, ihrem Dekolleté und glaubte, ersticken zu müssen. Irgendwann gab er sie frei, hob ihr Gesicht zu sich auf. Sie versuchte, seinem Blick standzuhalten, diesem Ausdruck aufrichtiger, grenzenloser Liebe. Beschämt senkte sie die Wimpern, und er preßte sie wieder an sich und vergrub sein Gesicht in ihren Locken. Dann hob er sie auf, trug sie zu dem breiten Bett und fing an, sie zu entkleiden. »Wie schön du bist!« Er beugte sich über sie, küßte sanft ihren Bauch und streichelte ihn dann vorsichtig, fast ängstlich. »Und wie geht es meinem Sohn?«

»Deinem Sohn?« Mein Gott, jetzt muß ich beichten, daß ich gar nicht schwanger bin! »Ja, weißt du«, begann sie zögernd, »ich wollte es dir nicht schreiben, sondern lieber unter vier Augen sagen:

Ich bin nicht schwanger, es war ein Irrtum. Es war ein Fehler von mir, es Murat mitzuteilen, ich hätte warten müssen, bis der Arzt die Schwangerschaft bestätigt.« Sie schwieg verlegen.

»Kein Kind«, sagte er leise, »kein Sohn.« Er wandte sich ab und sah zu Boden. Sie setzte sich auf und schlang ihre Arme um ihn. »Sei nicht traurig«, flüsterte sie. »Vielleicht klappt es ja jetzt, wir haben zwei Tage und zwei Nächte füreinander.«

Ihre weichen Arme, ihre melodische Stimme und ihre sanften Lippen weckten seine Sinne wieder. Er zog den Uniformrock aus und warf ihn samt der Stiefel in die Ecke, die übrigen Kleidungsstücke ließ er achtlos zu Boden fallen, und dann lag er endlich neben ihr und spürte ihre Haut und bedeckte sie mit Küssen, so wie er es sich in seinen einsamen Nächten auf dem Feldbett immer ersehnt und ausgemalt hatte.

Später lagen sie schläfrig und wortlos nebeneinander.

»Sag mal, gibt es in diesem vornehmen Palazzo auch etwas zu essen und zu trinken?« fragte Joséphine nach einer Weile. »Ich bin am Verdursten; ich glaube, ich könnte eine ganze Flasche Champagner in einem Zug leeren.«

»Aber natürlich, ich habe ja ein Diner richten lassen!« Napoleon sprang auf, schlüpfte in den weißen Schlafrock und ging in den Salon nebenan. Joséphine hörte, wie er nach dem Diener klingelte und einige Anweisungen gab. Kurz darauf kam er mit einer Flasche Champagner zurück. »So«, sagte er, während er die Flasche öffnete und die Kristallschalen füllte, »ich habe angeordnet, daß im Salon gedeckt wird, die Vorspeise wird bald serviert werden, es gibt frische Flußkrebse.«

Er reichte Joséphine ein Glas und prostete ihr zu. »Auf deine glückliche Ankunft und vor allem auf deine Gesundheit.«

»Auf künftige Siege in diesem Feldzug«, und sie trank das Glas leer. »Was für eine reizende Idee, mein Sternzeichen als Vorspeise zu servieren! Weißt du, Menschen, die unter dem Zeichen des Krebses geboren sind, werden allgemein als phantasievoll, zärtlich, sensibel, melancholisch, anhänglich und launenhaft bezeichnet. Und dem Löwen, deinem Sternzeichen, schreibt man die Eigenschaften Herzenswärme, Großzügigkeit, Edelmut und Treue, Führungskraft, Arroganz, Eitelkeit und Tyrannei zu.«

Er sah sie verwundert an. »Wie kommst du denn darauf?«

»Ach, das sind so allgemeine Behauptungen. Glaubst du nicht an Astrologie?«

»Um Himmels willen, das fehlte noch, daß ich mir, wie Wallenstein, vor jeder Schlacht den Stand der Sterne deuten lasse und dann entscheide, ob ich angreife oder nicht. Ich verlasse mich auf meinen strategischen Verstand.«

»Bist du kein bißchen abergläubisch?«

»Doch, wir Korsen sind sogar sehr abergläubisch; siehst du, als ich im Frühjahr einmal dein Portrait hervorholte, war das Glas zerbrochen. Ich erschrak und sagte zu Marmont: ›Entweder ist meine Frau krank oder untreu ...‹ Und was soll ich dir sagen? Einige Tage später schrieb Murat, du seist schwanger, krank und nicht reisefähig.«

Joséphine war bei dem Wort ›untreu‹ zusammengezuckt. Ich muß aufpassen, dachte sie, er darf nicht auf die Idee kommen, daß er betrogen wird! Und sie begann vorsichtig den Spieß umzudrehen.

»Das ist ja allerhand, mir zu unterstellen, ich könnte dir untreu sein. Wie sieht es denn bei dir damit aus?«

»Aber Joséphine, ich bitte dich! Ich habe während des ganzen Feldzuges keine andere Frau berührt, noch nicht einmal angesehen. Gelegenheiten zur Untreue hätte ich genug gehabt, einmal stellte man mir eine wirklich schöne Piemontesin vor, aber sie konnte dein Bild nicht verdrängen. Und die Grassini, du weißt ja, die berühmte Sängerin, also die Grassini hat sich mir förmlich angeboten! Aber ich bin dir treu geblieben. Außerdem ist Untreue auch gefährlich; ich möchte nicht wissen, wie viele meiner Offiziere sich die galante Krankheit geholt haben. Übrigens, meinem Bruder Joseph empfehle ich auch immer wieder, sich an seine Julie zu halten – na, viel Erfolg haben meine Ratschläge bisher nicht gehabt.«

Joséphine lachte. »Nun, ich will dir glauben, daß du mir treu geblieben bist.«

In diesem Augenblick klopfte es, und der Diener meldete, daß angerichtet sei.

Joséphine zog sich ihr schwarzes Négligé über und folgte ihrem Gatten in den Salon, wo Napoleon die Pflichten des Dieners, der diskret verschwunden war, übernahm.

Am Abend des übernächsten Tages umarmte Napoleon Joséphine ein letztes Mal. »Weißt du«, flüsterte er, »ich glaubte dich zu lieben, aber jetzt, nach diesen beiden Nächten, fühle ich, daß ich dich erst richtig liebe.«

Joséphine blieb allein im Palazzo zurück. Joseph und Louis waren mit Napoleon ins Hauptquartier zurückgekehrt, auch Leutnant Charles hatte Mailand verlassen, um dem General Leclerc die Briefe von Carnot zu überbringen. Schon bald fühlte sie sich einsam und vermißte ihre Pariser Freunde. Sie besuchte zwar die Oper, Bälle und Diners, die ihr zur Ehren gegeben wurden, aber sie sprach nicht italienisch und fand die Mailänder provinziell.

Aus dieser Stimmung heraus schrieb sie einige Briefe an Napoleon, die von ihm sofort überglücklich beantwortet wurden; er war jetzt zutiefst davon überzeugt, daß sie ihn aufrichtig liebte.

Dann kam Hippolyte zurück und mit ihm ein Stückchen ihres geliebten Paris. Sie lebte sofort auf, gab prachtvolle Bälle und Empfänge, veranstaltete Ausflüge in die Umgebung, und stets war Hippolyte ihr Begleiter. Manchmal, wenn sie nachts neben dem Leutnant lag, meldete sich das schlechte Gewissen, aber sie beruhigte sich bei dem Gedanken, daß der Gatte durchs Wurmsers militärische Aktionen in Anspruch genommen und ferngehalten wurde.

Hippolyte war ihr nicht nur als Unterhalter und Liebhaber unentbehrlich geworden, auch in geschäftlichen Dingen war er ihr behilflich. Er verstand es meisterhaft, sich bei Heereslieferungen zu bereichern, und Joséphine, die für ihre Vergnügungen Unsummen ausgab, profitierte davon. Auf diese Weise mußte sie ihren Gatten nicht ständig um Geld bitten. Dessen zahlreiche Briefe spiegelten seine Liebe, aber auch wachsendes Mißtrauen und Eifersucht. Joséphine war so schreibunwillig wie je, aber sie las seine Zeilen jetzt doch mit mehr Interesse und stellte befriedigt fest, daß es ihr gelungen war, ihn endgültig an sich zu fesseln.

In Oberitalien errang Napoleon Sieg um Sieg: am 3. August Lonato, am 5. August Castiglione, am 4. September Rovereto, am 8. September Bassano; am 4. Oktober besetzte Napoleon das Herzogtum Modena und proklamierte die Cispadanische Republik.

Da die Österreicher während jener Wochen damit beschäftigt

waren, ein neues Heer aufzustellen, nutzte Napoleon die Zeit und schickte ein Expeditionskorps nach Korsika, dem es gelang, die Engländer zu vertreiben und die Insel für Frankreich zurückzugewinnen. Paoli ging zum zweiten Mal nach England ins Exil, begleitet von Carlo Andrea Pozzo di Borgo.

Als die Eroberung Korsikas bekannt wurde, begab sich Joseph sofort nach Ajaccio, um das Familienhaus in der Via Malerba renovieren zu lassen. Lucien, der sich bei der Rheinarmee politisch betätigt, aber seinen Posten vernachlässigt hatte, reiste in jenem Herbst mit seiner Frau nach Korsika zurück. Napoleon hatte dafür gesorgt, daß sein Bruder auf einen Verwaltungsposten nach Bastia versetzt wurde. Lucien kehrte nur ungern in die Heimat zurück, die er provinziell und beengend fand, andererseits hoffte er, daß sich durch seine familiären Beziehungen auf der Insel eine Möglichkeit ergeben würde, als korsischer Abgeordneter in den Rat der Fünfhundert gewählt zu werden.

Anfang November marschierten die Österreicher unter Alvincy erneut in Italien ein, um Wurmser, der in Mantua eingeschlossen war, zu befreien. In der Schlacht bei Arcole, vom 15. bis 17. November, wurden sie vernichtend geschlagen.

Napoleon unterrichtete von seinem Hauptquartier in Verona aus Joséphine von diesem Sieg und teilte ihr mit, daß er in den nächsten Tagen nach Mailand kommen werde.

Am 27. November gegen Mittag ritt er in Begleitung von Duroc in den Hof des Palazzo Serbelloni ein. Er sprang vom Pferd und lief die Treppe hinauf zu Joséphines Räumen; dort blieb er einen Augenblick stehen, um sich zu beruhigen. Seit den zwei gemeinsam verbrachten Tagen im Juli hatte er sie nur noch einmal gesehen, nach der Schlacht bei Castiglione.

Einen Tag und eine Nacht in Brescia, dachte er, das ist auch schon über ein Vierteljahr her; wir sind jetzt fast neun Monate verheiratet und haben nur fünf Tage und fünf Nächte zusammen verbracht. Aber nun haben wir einige gemeinsame Wochen vor uns, so schnell werden sich die Österreicher von ihrer Niederlage nicht erholen. Er atmete noch einmal tief durch und öffnete die Tür: »Joséphine!« Verblüfft sah er sich in dem leeren Salon um, und während eine ungute Ahnung in ihm aufstieg, ging er rasch zum Schlafzimmer.

»Joséphine!« Wie betäubt ging er weiter in ihr Boudoir. Niemand antwortete. Sie ist fort, dachte er, aber das kann nicht sein, vielleicht ist sie in einem der anderen Zimmer, und er lief durch die Säle zurück, durch den ganzen Palazzo, immer wieder ihren Namen rufend. Erschöpft ging er schließlich in sein Arbeitszimmer, klingelte einen Diener herbei und fragte ihn nach seiner Frau.

Der Diener sah ihn erstaunt an und erwiderte, die Frau Generalin sei in Begleitung von Leutnant Charles zu einem Fest des Senats der Stadt Genua gefahren.

Napoleon gab dem Diener ein Zeichen, sich zu entfernen, und ließ sich in einen Sessel fallen.

»Nach Genua«, flüsterte er, »mit diesem Leutnant, zu einem Fest, oh, mein Gott!« In diesem Moment fiel es ihm wie Schuppen von den Augen. Was war ich die ganze Zeit für ein Narr! Sie betrügt mich mit diesem jungen Laffen! War ich blind? Ich hätte mir doch wahrhaftig etwas denken können, als dieser Charles im Juli mit dem Köter auf dem Arm aus der Kutsche stieg. Vor Kummer, Enttäuschung und Zorn schossen ihm die Tränen in die Augen.

So fand ihn Duroc, der wenig später das Zimmer betrat. Als er erfuhr, was vorgefallen war, versuchte er zunächst vergeblich, den Freund zu beruhigen, dann sagte er zögernd: »Es ist vielleicht jetzt nicht der richtige Moment, dir das zu erzählen, aber ich muß es dir sagen, damit du der Sache nachgehen kannst. Ich habe erfahren, daß Leutnant Charles sich unerhört bereichert hat durch dunkle Geschäfte; deine Frau soll in diese Machenschaften auch verwickelt sein, sogar du als Oberbefehlshaber könntest in Mißkredit kommen, wenn nicht alle Welt wüßte, daß du die ganze Zeit an der Front warst.«

Zorn flammte in Napoleons Augen auf. »Was? Christoph, du wirst diese Angelegenheit untersuchen, du wirst einen schriftlichen Bericht über diese schmutzigen Geschäfte abfassen, über jede Einzelheit; wir werden zu diesem Zweck einige Tage hierbleiben.« In heftiger Erregung ging er im Zimmer auf und ab. »Der Leutnant Charles muß bestraft werden, ich überlege, ob ich ihn vor ein Kriegsgericht stelle und standrechtlich erschießen lasse.«

Und Joséphine, dachte er, Joséphine?

»Christoph, ich bitte dich, erwähne meine Frau nicht in deinem Bericht, laß sie völlig aus dem Spiel. Geh jetzt, ich muß sehen, wie ich mit all dem fertig werde.«

Nachdem Duroc das Zimmer verlassen hatte, schrieb Napoleon einen Brief an Joséphine.

Mailand, den 7. Frimaire im Jahre V
(27. November 1796)

Ich komme in Mailand an, ich stürze in Deine Wohnung; ich habe alles verlassen, um Dich zu sehen und dich in meine Arme zu schließen ... Du bist nicht da; Du läufst in die Städte, wo es Feste zu feiern gibt. Du entfernst Dich, wenn ich ankomme. Die Unbeständigkeit macht Dich gleichgültig. An Gefahren gewöhnt, kenne ich die Heilmittel gegen die Leiden und Übel des Lebens, aber das Unglück, das über mich hereingebrochen ist, ist unfaßbar. Ich hatte ein Recht darauf, es nicht zu erwarten.

Bonaparte

Nachdem er das Schreiben versiegelt hatte, holte er sein Tagebuch hervor und schrieb:

Ich habe mich in Joséphine getäuscht. Sie hat mich tief verletzt. Wird diese Wunde je verheilen? Vielleicht, aber es wird eine Narbe zurückbleiben.

Ich liebe Joséphine immer noch, aber mein Herz hat einen Sprung bekommen. Joséphine, sei vorsichtig, paß auf, daß meine Liebe zu dir nicht eines Tages ganz zerbricht.

XXIII

Joseph Fesch hatte gehofft, in der klerikalen Hierarchie bis zum Bischof einer wohlhabenden Diözese aufzusteigen, aber die Flucht aus Korsika hatte diesen Traum zunächst zerstört. Der junge Mann legte schweren Herzens den geistlichen Rock ab und mußte sich einige Jahre lang verborgen halten, um die politischen Wirren zu überleben. Sein Versuch, mit den Schweizer Feschs Kontakt aufzunehmen, blieb erfolglos. Erst als Napoleon Oberbefehlshaber der Italienarmee wurde, sah der inzwischen dreiunddreißigjährige Joseph wieder eine Perspektive für seine Zukunft. Sein Armeeposten und die französischen Siege ermöglichten es ihm, innerhalb kurzer Zeit ein beträchtliches Vermögen anzusammeln, und als Korsika wieder im Besitz Frankreichs war, begann er, konkrete Zukunftspläne zu schmieden: Nach Beendigung des Feldzuges wollte er seinen Abschied von der Armee nehmen, auf die heimatliche Insel zurückkehren, sein Geld in Grundbesitz und Immobilien anlegen, seiner Schwester Letizia mit Rat und Tat zu Seite stehen und das Leben eines Privatgelehrten führen. Da er nicht mehr an das Zölibat gebunden war, dachte er sogar daran, sich nach einer passenden Frau umzusehen und eine Familie zu gründen. Napoleon betraute ihn häufig mit der Erledigung familiärer Angelegenheiten, und so war er innerhalb des Clans eine Art ›Mädchen für alles‹ geworden. Fesch kam das sehr entgegen, so konnte er öfter nach Marseille zu seiner Schwester reisen.

Ende November 1796 wurde er wieder einmal in den Palazzo Serbelloni beordert. Als er Napoleons Arbeitszimmer betrat, lief dieser erregt hin und her, und seine Augen blitzten unheilverkündend.

»Ah, da sind Sie ja«, rief er Fesch entgegen. »Ich möchte Sie bitten, lieber Onkel, sofort, auf dem schnellsten Weg, nach Saint-

Germain zu reisen und Jérôme, diesen verwahrlosten Bengel, nach Marseille zu bringen. Stellen Sie sich vor, heute früh erhielt ich vom Direktor der Schule die Mitteilung, daß er wegen schlechter Leistungen und Disziplinlosigkeit von der Schule gewiesen wird. Sagen Sie selbst! Habe ich nicht nur Scherereien mit meiner Familie? Nun, wenigstens meine Stiefkinder machen mir keinen Kummer; Eugène hat seinen Schulbesuch erfolgreich beendet, und ich möchte ihn für den Rest des Feldzuges als Adjutanten bei mir haben. Er wird also mit Ihnen zurückkommen. Und bringen Sie auch Paulette hierher nach Mailand, das unglückliche Kind muß in eine andere Umgebung. Welchen Eindruck hatten Sie von ihr bei Ihrem letzten Besuch?«

»Sie scheint allmählich über diese Liebesgeschichte hinwegzukommen; ich glaube, ihr sehnlichster Wunsch ist es, bald zu heiraten.«

Napoleon nickte befriedigt. »Nun, diesen Wunsch werde ich ihr hier erfüllen. Einer meiner Offiziere, der sie mehrmals in Château-Sallé und auch später auf Frérons Bällen gesehen hat, scheint mir eine echte Zuneigung zu ihr gefaßt zu haben; vor ein paar Wochen bat er mich um ihre Hand. Ich habe gegen ihn nichts einzuwenden und meine Zustimmung gegeben.«

»Und wenn sie den jungen Mann nicht will?«

»Sie wird ihn wollen, er ist kultiviert, gebildet, stammt aus einer wohlhabenden Familie und ist General.«

»Aha, und sein Name?«

Napoleon lächelte verschmitzt. »Der Name dieses Mannes, lieber Onkel, bleibt vorerst mein Geheimnis. Aber Sie können Paulette natürlich sagen, daß ich einen Ehemann für sie gefunden habe, und teilen Sie ihr auch mit, daß ich großen Wert darauf lege, daß sie meiner Frau hier in Mailand Gesellschaft leistet. Joséphine langweilt sich, wenn sie allein ist, und Langeweile bringt nur auf dumme Gedanken.«

»Und was soll mit Jérôme geschehen?«

»Mit Jérôme? Er muß natürlich auf eine andere Schule, ich habe noch nicht entschieden, auf welche. Sagen Sie Mama, sie soll für ihn einen strengen Hauslehrer engagieren, der ihn ordentlich an die Kandare nimmt; der Junge muß Disziplin lernen, ich will nämlich einen tüchtigen Seeoffizier aus ihm machen.«

»Einen Seeoffizier?« fragte Fesch erstaunt.

»Ja, denn es stehen uns noch harte Kämpfe bevor! Österreich werden wir wahrscheinlich in einigen Monaten endgültig besiegt haben, aber der Krieg gegen England geht weiter. Die Seemacht England ist eine harte Nuß, man muß aufpassen, daß man sich nicht die Zähne an ihr ausbeißt.«

Ende Dezember bestiegen Fesch, Eugène und Paulette das Schiff nach Genua. Von dort bis Mailand gestaltete sich die Reise zu einem Triumphzug, und Pauline genoß die Huldigungen der Bevölkerung und den ehrenvollen Empfang, der ihnen in jeder italienischen Stadt bereitet wurde.

Wenige Stunden vor Mailand kam ihnen ein Trupp französischer Kavallerie, gefolgt von einer Kutsche, entgegen.

»Oh, da kommt Napoleon«, rief Pauline, aber als die Equipage hielt, stieg nicht der Oberbefehlshaber, sondern Louis heraus.

»Napoleon ist in seinem Hauptquartier in Verona nicht abkömmlich. In den nächsten Tagen wird die entscheidende Schlacht stattfinden, die Mantua hoffentlich zur Kapitulation zwingt, außerdem muß er eine fiebrige Erkältung auskurieren. So hat er mich geschickt, um euch gebührend zu empfangen. Sie gestatten, Onkel, daß Paulette mir Gesellschaft leistet, ich möchte mich gerne mit ihr unterhalten.«

Fesch war einverstanden, und so stieg Paulette zu ihrem Bruder in die Kutsche.

»Nun, wie hat dir die Reise bis jetzt gefallen?«

»Es war wunderbar, Louis, du stellst dir nicht vor, mit welcher Begeisterung uns die Italiener begrüßt haben! Alle Bürgermeister bezeichneten Napoleon als Befreier von der österreichischen Tyrannei, in jeder Rede wurden seine Siege aufgezählt, also allmählich kann ich sie auswendig hersagen.«

»Ja«, erwiderte Louis bedächtig, »aber welche Opfer müssen die Soldaten bringen, um diese Siege zu erringen! Ich rede gar nicht von den Toten und Verwundeten – der Feind hat zahlenmäßig größere Verluste als wir –, aber diese Strapazen, diese Gewaltmärsche vor und nach den Schlachten, und jeden Tag schwebt man von neuem in Lebensgefahr, auch die Offiziere, sogar Napoleon selbst. Bei

Arcole wäre er beinahe zu Tode gekommen; das eine Mal rettete ihn sein Adjutant Muiron vor der Kugel und fand dabei selbst den Tod, das andere Mal ging Napoleons Pferd durch und warf ihn in einen Sumpf. Er versank bis zu den Schultern, konnte sich nicht mehr bewegen und war hilflos dem feindlichen Geschützfeuer preisgegeben. Marmont und mir gelang es, ihn im letzten Moment herauszuziehen. Ja, und manchmal entscheidet der persönliche Mut des Oberbefehlshabers über den Ausgang einer Schlacht; ich werde nie vergessen, wie er, die Fahne in der Hand, als erster über die Brücke stürmte, gefolgt von den Soldaten, die durch sein Beispiel und seinen Mut mitgerissen wurden!

Ich finde Kriege schrecklich, und für mich ist es eine ungeheure Belastung, jeden Tag von neuem meine Tapferkeit beweisen zu müssen; ich bin nicht mit Leib und Seele Soldat wie mein Bruder. Weißt du, am liebsten würde ich Rechts- und Staatswissenschaften studieren, vielleicht auch noch Philosophie, und dann irgendwo im Staatsdienst, in der Verwaltung arbeiten, dort sind Gott sei Dank andere Qualitäten gefragt als Mut und Tapferkeit.« Er seufzte und schwieg.

Pauline betrachtete prüfend seinen griesgrämigen Gesichtsausdruck und sagte nach einer Weile: »Du siehst schlecht aus, Louis, so abgespannt. Bist du krank?«

»Ja, du hast recht, ich werde auch an den kommenden Kämpfen nicht teilnehmen, weil ich mich in ärztliche Behandlung begeben muß.«

»O Gott, Louis, bist du wirklich krank?«

»Nein, nein, es sind eben die Strapazen des Feldzuges mit ihren Nachwirkungen«, erwiderte er und senkte verlegen die Augen. Seine Schwester mußte ja nicht wissen, daß er sich bei einem Abenteuer die galante Krankheit geholt hatte. »Außerdem«, fuhr er fort, »gibt es noch etwas, das mich bedrückt und meine Liebe und Verehrung für Napoleon erschüttert hat. Weißt du, ich habe in Paris ein Mädchen kennengelernt ...« und er erzählte Paulette von Emilie und dem Briefwechsel. »Irgendwie muß Joséphine, als sie und Napoleon im Dezember einige Tage in Mailand verbrachten, von unserer Liebe erzählt haben. Jedenfalls hat er mir strengstens untersagt, diese Korrespondenz fortzuführen. Und warum? Weil Emilie die Tochter eines Emigranten ist und eine solche Verbindung angeblich unserer Familie schadet. Inzwischen hat er arrangiert, daß sein Adjutant Lavalette sie heiraten wird. Stell dir vor, er hat mir meine erste Liebe zerstört!«

»Nicht er!« rief Paulette. »Das ist einzig Joséphines Werk! Sie ist an allem schuld, sie übt einen unheilvollen Einfluß auf ihn aus. Sie hat dafür gesorgt, daß ich Stanislas nicht heiraten konnte, sie ist schuld daran, daß Lucien nach Korsika abgeschoben wurde. Oh, wie ich sie jetzt schon hasse! Ich kenne sie noch nicht, aber ich hasse sie! Onkel Fesch sagt, ich solle ihr Gesellschaft leisten. Warum? Hat sie nicht genügend Gesellschaft in Mailand?«

»Nun«, erwiderte Louis vorsichtig, »ich glaube, Napoleon meint, du sollst auf Joséphine ein bißchen aufpassen.«

»Ich habe aber nicht die geringste Lust, ständig mit ihr zusammenzusein.«

»Ja, weißt du, da ist etwas passiert ...« Louis erzählte von dem Leutnant Charles, Joséphines Reise mit ihm nach Genua, von Napoleons Vermutung, daß sie ihn mit dem Leutnant betrüge, von Charles' dunklen Geschäften, in die auch Joséphine verwickelt war. »Napoleon wollte diesen Taugenichts standrechtlich erschießen lassen, nur Joséphines Tränen und Bitten haben dem Leutnant das Leben gerettet. Aber der militärische Rang wurde ihm aberkannt, und er mußte zurück nach Paris. Du stellst dir nicht vor, welche Macht Joséphine über unseren Bruder hat! Er ist von ihr enttäuscht, aber er liebt sie immer noch.«

»Sag, Louis, ist es denn wahr, daß sie ihn mit diesem Leutnant betrogen hat?«

»Ja, alle wußten es, nur Napoleon nicht, und auch jetzt will er es nicht wahrhaben.«

»Wie schrecklich, er scheint sie so sehr zu lieben, wie ich Stanislas geliebt habe.«

»Er liebt sie nicht, er vergöttert sie – oder ist er ihr hörig?«

Nach dieser Bemerkung versanken beide für eine Weile in düsteres Schweigen.

»Höre, Louis, der Onkel hat mir erzählt, daß Napoleon einen seiner Offiziere als Ehemann für mich bestimmt hat, aber er wußte den Namen nicht. Hast du eine Ahnung, wer es sein könnte?«

»Oh, davon weiß ich ja gar nichts. Laß mich überlegen ... es ist bestimmt ein Offizier, dessen menschliche Qualitäten er schätzt. Also, Murat kommt nicht in Frage, weil unser Bruder dessen Schwächen verachtet; Junot hat seinen Korb bereits erhalten, Lavalettes Hand ist vergeben, Berthier ist zu alt für dich und außerdem mit einer verheirateten Frau liiert, es bleiben also übrig: Leclerc, Duroc und Lannes, den beiden letzteren ist Napoleon persönlich besonders zugetan, dann noch Sulkovski und Marmont.«

»Also, Marmont würde ich nicht gern heiraten wollen.«

»Warum denn nicht? Er ist ein tapferer Offizier und Napoleon treu ergeben. Vergiß nicht, daß er mir bei Arcole geholfen hat, unseren Bruder aus dem Sumpf zu retten.«

»Trotzdem«, erwiderte Paulette zögernd, »ich hatte in Château-Sallé immer das Gefühl, daß er Napoleon nur ergeben ist, weil er sich Vorteile davon verspricht. Außerdem finde ich seine Abneigung gegen Knoblauch geradezu lächerlich; entsinnst du dich noch, wie er bei Tisch immer das Gesicht verzogen hat, wenn er Knoblauch roch oder schmeckte? Er stellte sich genauso an wie Caroline! Da fällt mir ein, der Onkel hat noch etwas gesagt über meinen künftigen Ehemann: er sei General!«

»So? Na, dann ist das Rätsel gelöst: Leclerc wird der Auserwählte sein, er ist General, seit einiger Zeit Berthiers Stellvertreter, und unser Bruder schätzt ihn sehr. Du müßtest ihn von Marseille her noch kennen.«

»Oh, Louis, ich habe keine Vorstellung von ihm, wie sieht er aus?«

»Er ist ungefähr so groß wie Napoleon, ähnelt ihm in den Gesichtszügen und ist blond, schätzungsweise Mitte zwanzig, der Sohn eines reichen Müllers aus Pontoise. Er hat eine gute Erziehung genossen, ist gebildet, benimmt sich kultiviert.«

»Louis, mein Gott, bin ich gespannt! Wenn deine Schilderung der Wahrheit entspricht, werde ich mich bestimmt in ihn verlieben. Du stellst dir ja nicht vor, wie gerne ich endlich heiraten möchte!«

»Na, na!« Louis lächelte. »Du bist jetzt sechzehn, ein bis zwei Jahre hättest du noch Zeit. Aber nun erzähle, was es in Marseille Neues gibt.«

»Ja, was gibt es Neues? Nicht sehr viel. Als Jérôme zurückkehrte und Mama erfuhr, daß er von der Schule geflogen ist, bestrafte sie ihn mit einer Tracht Prügel und Hausarrest, jetzt sucht sie einen Privatlehrer. Caroline lebt in den Tag hinein, liest heimlich Liebesromane und schwärmt mir von dem Mann vor, den sie einmal heiraten möchte. Julie wartet darauf, daß Joseph endlich zum Gesandten in Parma ernannt wird, ach ja, das hätte ich beinahe vergessen: Elisa und Bacchiochi haben sich verlobt und wollen im Frühjahr heiraten. Du hast ihn kurz kennengelernt, als du mit Napoleon in Marseille warst.«

»Bacchiochi? Ja, ich entsinne mich. Sehr bedeutend wirkt er nicht.«

»Was heißt hier bedeutend? Mama und Elisa sind froh, daß endlich ein Ehemann gefunden ist.«

»Hat Napoleon seine Zustimmung gegeben? Er wird bestimmt nicht entzückt sein, daß Elisa einen Mann heiratet, dessen Familie zur Partei Paolis gehört.«

»Nein, das heißt, Mama will Napoleon vor vollendete Tatsachen stellen, schließlich hat er sie ja auch nicht um ihre Zustimmung gebeten, als er Joséphine heiratete.«

Inzwischen war es dämmerig geworden, und die Geschwister versanken erneut in Schweigen. Louis' Gedanken waren bei Emilie, und Pauline überlegte, wie sie Joséphine gegenübertreten sollte. Ob ich mich liebenswürdig benehme oder ob ich ihr von Anfang an zeige, daß ich sie nicht leiden mag? Napoleon erwartet bestimmt, daß ich seine Frau höflich behandele, also gut, ich werde zunächst meine wahren Gefühle verbergen.

Es war schon dunkel, als die Wagen in den Hof des Palazzo Serbelloni einfuhren. Diener eilten mit Fackeln herbei und kümmerten sich um das Gepäck.

Pauline betrachtete ehrfürchtig die breite Freitreppe, die hohen Eingangstüren, die zahlreichen erleuchteten Fenster.

»Ein Palazzo«, flüsterte sie, »ich werde in einem richtigen Palazzo wohnen.«

Sie war so in den Anblick der Gebäude vertieft, daß sie Fesch nicht bemerkte, der neben sie getreten war und ihr den Arm bot. »Komm, mein Kind, ich bringe dich jetzt zu deiner Schwägerin.«

Aufgeregt, verwirrt und eingeschüchtert schritt sie an seinem Arm die Stufen empor und durch die lange Flucht der Säle zu Joséphines Salon. Als sie, gefolgt von Louis und Eugène, das Zimmer betrat, klopfte ihr Herz, und beim Anblick Joséphines, die mit ihrem liebenswürdigsten Lächeln auf sie zuschwebte, senkte Pauline verlegen die Augen und wäre am liebsten in den Boden versunken. Niemals würde sie neben dieser Dame von Welt bestehen können; wie elegant die Pariserin aussah in ihrem weißen Kleid, den weißen Atlasschuhen, dem grünen Kaschmirschal, dessen Farbton mit dem Smaragdschmuck harmonierte; wie anmutig und sicher sie sich bewegte, wie raffiniert sie geschminkt und frisiert war! Als die Schwägerin sie umarmte, kam sich Pauline wie ein dummes Provinzmädchen vor.

»Willkommen in Mailand, meine liebe Paulette! Ich freue mich ja so, Sie endlich kennenzulernen. Mein Mann hat mir viel über Sie erzählt, ich hoffe, daß wir beide eine schöne Zeit zusammen verleben, daß wir Freundinnen werden. Hatten Sie eine angenehme Reise?«

Mein Gott, wie jung sie ist, dachte Joséphine, sie könnte meine Tochter sein! Wenn dieses junge Ding elegant angezogen und ein bißchen geschminkt ist, stellt sie mich in den Schatten! Napoleon hat nicht übertrieben, sie ist wirklich eine Schönheit. Hübsche junge Schwägerinnen, das hat mir gerade noch gefehlt bei dieser Sippschaft! Eine leichte Abneigung gegen Pauline begann in ihr zu keimen, aber sie ließ sich nichts anmerken.

Sie lächelte Fesch an. »Mein lieber Monsieur Fesch, ich danke Ihnen, daß Sie meine Schwägerin und meinen Sohn nach Mailand begleitet haben.« Ihr Lächeln wanderte weiter zu Louis. »Auch Ihnen danke ich, daß Sie für das Ehrengeleit gesorgt haben.« Dann schloß sie Eugène in die Arme. »Mein lieber Junge, endlich sehe ich dich wieder«, und ihr bis dahin höflich-gesellschaftliches Lächeln wurde zärtlicher. »Wie geht es Hortense und meinen Nichten?«

»Ausgezeichnet, Mama.«

»Nun, ich hoffe, du wirst als Adjutant des Oberbefehlshabers dem Namen Beauharnais Ehre machen.«

»Aber natürlich, Mama, Sie wissen doch, daß ich meinen neuen Vater liebe und verehre.«

Josephine wandte sich wieder an Pauline. »Meine Zofe wird Ihnen Ihr Zimmer zeigen und ein Bad richten; wir dinieren in zwei Stunden.«

»Ja, Madame, Sie sind sehr gütig.« Plötzlich stockte Pauline der Atem. Ein junger Husarenleutnant war aus dem Hintergrund aufgetaucht.

Joséphine folgte Paulines Blick. »Oh, pardon, meine Liebe, ich vergaß völlig, Ihnen Monsieur Charles vorzustellen. Er ist ein alter Bekannter aus Paris, der zur Zeit geschäftlich in Mailand weilt und mich hin und wieder besucht. Monsieur Charles, meine Schwägerin Pauline Bonaparte.« Während Charles die Hacken zusammenschlug und sich galant vor Pauline verbeugte, übersah Joséphine geflissentlich die eisigen Mienen von Louis und Fesch.

Nachdem Pauline gebadet und etwas geruht hatte, suchte sie nach einem passenden Kleid für die Abendtafel, aber sie fand in ihrer Garderobe kein einziges, das mit Joséphines Eleganz hätte wetteifern können. Schließlich nahm sie das alte grüne Seidenkleid mit den weißen Spitzen und betrachtete es nachdenklich. Sie hatte es aus Anhänglichkeit an ihren Bruder mitgenommen und gar nicht daran gedacht, es in Mailand zu tragen – aber warum nicht?

Als sie im Eßzimmer erschien, waren die anderen bereits anwesend. Joséphine warf einen flüchtigen Blick auf Paulettes Kleid. Was für ein altmodisches Ding! Lächelnd winkte sie Paulette heran und bat sie, neben Fesch Platz zu nehmen.

»Was für ein entzückendes Kleid Sie tragen, meine Liebe!«

Pauline errötete vor Freude. »Dieses Kleid trage ich am liebsten, Madame. Napoleon hat mir seinerzeit den Stoff geschenkt.«

Während der Vorspeise erzählte sie ausführlich und mit einigen Ausschmückungen von dem Ritt nach Milelli, der Unterhaltung auf der Bank und Napoleons Versprechen. »Und als er dann Brigadegeneral war, ist er mit mir in das beste Seidengeschäft Marseilles gegangen und hat diesen Stoff und die Spitzen für mich gekauft. Das junge Mädchen, das uns damals beraten hat, war die Tochter des Seidenhändlers, ungefähr sechzehn Jahre alt, sehr hübsch und wohlhabend, ihre Mitgift betrug einige tausend Livres. Mein Bruder hat sich nach einigen Monaten, kurz bevor er nach Paris ging, mit ihr verlobt.«

Hier schwieg Paulette, um die Wirkung ihrer Worte auf Joséphine zu beobachten. Diese zog erstaunt die Augenbrauen hoch.

»So? Mein Mann war verlobt? Nun, das hat er mir verschwiegen.« Sie lachte glucksend auf. »Wie lange hat die Verlobung denn gedauert?«

»Vom Frühjahr des Jahres III bis zum Spätherbst des Jahres IV.«

»Interessant«, murmelte Joséphine, wandte sich dann Fesch zu und begann mit ihm ein längeres Gespräch über Korsika.

Als Joséphine später vor ihrem Frisiertisch saß und sich für die Nacht zurechtmachte, dachte sie noch einmal über Paulette, Milelli und das grünseidene Kleid nach. Er scheint wirklich sehr an seiner Familie zu hängen. Ich werde mich also mit dieser Sippe wohl oder übel arrangieren müssen. Gerade in meiner jetzigen Situation muß ich diesen Familienkult mitmachen, auch das ist ein Mittel, ihn zu halten.

Mein Gott, wenn ich geahnt hätte, daß meine Reise nach Genua ihn derart verletzt ...! Bei meiner Rückkehr hat er mir zwar keine Vorwürfe gemacht, aber seine Leidenschaft war abgekühlt, das habe ich sofort gespürt. Gewiß, er liebt mich immer noch, ist besorgt und zärtlich, aber etwas ist anders als früher, er ist nicht mehr so berauscht, so besessen. Ich will ihn halten und ich muß ihn halten, also ist größte Vorsicht geboten, die kleine Paulette darf nichts merken.

Die kleine Paulette genoß das Leben im Palazzo Serbelloni. Sie und ihre Schwägerin erhoben sich erst am späten Vormittag, widmeten sich dann ausgiebig der Morgentoilette und trafen einander meistens erst beim Déjeuner. Joséphine war stets äußerst liebenswürdig, und das junge Mädchen benahm sich ebenfalls höflich und liebenswert und versuchte, sich etwas von dem gewandten Auftreten ihrer Schwägerin anzueignen. Am Nachmittag besuchte man die Mailänder Damen, unternahm Spazierfahrten in die Umgebung oder empfing Besucher.

An manchen Tagen erschien Hippolyte Charles, dinierte mit ihnen und begleitete sie anschließend in die Oper oder ins Theater. Paulette beobachtete ihre Schwägerin und den Leutnant sehr genau, konnte aber nichts Verdächtiges feststellen und gewann im Laufe der Zeit die Überzeugung, daß das Verhältnis zwischen den beiden völlig harmloser Natur war. Das einzige, was ihren Mailänder Aufenthalt etwas trübte, war die Tatsache, daß sie bei offiziellen Empfängen, in der Oper oder bei Abendgesellschaften stets im Schatten ihrer Schwägerin stand, und so erwartete sie sehnsüchtig den Tag des Besuches bei ihrem Bruder in dessen Hauptquartier, dann würde sie endlich den General Leclerc kennenlernen.

Anfang Februar war es soweit: Napoleon lud Gattin und Schwester nach Bologna ein. Bei ihrer Ankunft war der ganze Generalstab versammelt; Napoleon stellte Paulette einen Offizier nach dem anderen vor. Als Leclerc sich über ihre Hand beugte, erinnerte sie sich plötzlich und fand ihn in dieser neuen Umgebung viel interessanter als damals in Marseille. Er sah sie mit stummer Verehrung an, und sie genoß seine Blicke und die Aufmerksamkeiten, die er ihr später beim Diner als Tischherr erwies.

Ihr Bruder beobachtete sie und stellte erleichtert fest, daß seine Schwester wieder das unbekümmerte junge Mädchen von einst war, als hätte es nie einen Stanislas Fréron gegeben. Er ahnte nicht, daß jene erste Leidenschaft in Paulettes Innerem Spuren hinterlassen hatte und sie, ohne sich selbst darüber klar zu sein, in jedem Mann Fréron suchen würde.

Paulines sprühende Laune während des Diners hing nicht nur mit Leclerc zusammen; sie fühlte sich an diesem Abend zum ersten Mal seit langer Zeit wieder als Mittelpunkt der Gesellschaft.

Als Napoleon zwei Tage später Bologna verließ, zog er seine Schwester liebevoll am Ohrläppchen und fragte: »Na, kleine Hexe, wie gefällt dir der General Leclerc?«

Sie errötete und erwiderte verlegen: »Er gefällt mir sehr gut.«

»Das freut mich. Er hat um deine Hand angehalten, und ich wäre mit dieser Verbindung einverstanden. Überlege dir seinen Antrag in aller Ruhe, in zwei Wochen werden wir wieder in Bologna sein.«

Die folgenden Tage verbrachte Paulette in erwartungsvoller Unruhe; sie hatte sich wirklich in den General verliebt und war fest entschlossen, ihr Jawort zu geben.

Nachdem Napoleon mit seinem Stab zurückgekehrt war, hatten Pauline und Leclerc eine gute Woche Gemeinsamkeit in Bologna und Mantua, um einander näher kennenzulernen. Als das junge Paar am 1. März voneinander Abschied nahm, waren sie offiziell verlobt und wollten nach Beendigung des Krieges heiraten.

Auch der letzte Teil des Italienfeldzuges verlief für die Franzosen siegreich. Am 14. Januar wurden die österreichischen Truppen unter Alvinzi entscheidend bei Rivoli geschlagen, am 2. Februar kapitulierte Wurmser und übergab die Festung Mantua. Bevor Napoleon nach Österreich einmarschierte, besetzte er auf Befehl des Direktoriums erneut den Kirchenstaat und schloß am 19. Februar mit dem Papst den Friedensvertrag von Tolentino, worin Pius VI. den nördlichen Teil des Kirchenstaates an Frankreich abtrat. Ab Mitte März näherten sich die französischen Truppen Österreich, Anfang April standen sie am Semmering, und am 18. April wurde zwischen Frankreich und Österreich der Vorfrieden von Leoben geschlossen, mit dem sich Österreich bereit erklärte, auf das Herzogtum Mailand zu verzichten und nach fünf Jahren Krieg gegen Frankreich Frieden zu schließen.

An einem Nachmittag Anfang April blieb Paulette allein im Palazzo zurück, weil Joséphine sich ins nahegelegene Mombello begeben hatte, um die Einrichtung der Villa Crivelli zu überwachen. Dieses Anwesen war ein prachtvoller Landsitz mit Marmorkolonnaden, Brunnen, Weingärten und lag auf einem Hügel über der grünen lombardischen Ebene.

Es war ein warmer Frühlingstag, und Paulette, die sich langweilte, beschloß, ein bißchen im Park des Palazzo Serbelloni umherzustreifen, von dem sie noch nicht allzuviel gesehen hatte. Joséphine ist heute schon zum vierten Mal in Mombello, dachte sie, als sie unter den Zypressen dahinschlenderte, mich nimmt sie nie mit, warum eigentlich nicht? Na ja, in einigen Wochen, wenn Mama zum Familientreffen kommt, lerne ich den Landsitz ja kennen – eine reizende Idee von Napoleon, meine Hochzeit mit einem Familientreffen zu verbinden. Wann waren wir eigentlich zuletzt alle zusammen? Vor vier Jahren sind wir als Flüchtlinge in Toulon gelandet, damals hat allerdings Lucien gefehlt, und er wird auch diesmal nicht dabei sein, weil er in Bastia an seiner politischen Karriere arbeitet. Irgendwie entwickelt er sich immer mehr zum Außenseiter der Familie. Was hat Napoleon in Bologna zu Joséphine gesagt? »Lucien denkt nur an sich und seine politische Laufbahn, er denkt nie an die Bonapartes.«

Wie lange mag es noch dauern, bis ich Victor Emanuel wiedersehe? Zwei Wochen, drei Wochen? Nach seiner Rückkehr werden wir sofort das Aufgebot bestellen. Wenigstens an meinem Hochzeitstag werde ich nicht im Schatten von Joséphine stehen. »Madame Leclerc«, flüsterte Pauline vor sich hin, blieb stehen und sah verträumt in die Parklandschaft.

Plötzlich entdeckte sie einen runden weißen Pavillon hinter einer Baumgruppe. Entzückt ging sie darauf zu, blieb jedoch abrupt stehen, als sie das Pferd sah, das neben dem Pavillon angebunden war. Es war ein Rappe – Hippolytes Pferd; sie erkannte das Zaumzeug und den Sattel!

Mit klopfendem Herzen verbarg sich Pauline hinter einem Baum, um unbeobachtet die weiteren Ereignisse zu verfolgen. Nach einiger Zeit kam Hippolyte, den Arm um Joséphine gelegt, aus dem Pavillon. Beim Anblick des Paares krampfte sich Paulines Herz zusammen. O mein Gott, sie betrügt ihn also, sie betrügt meinen Bruder! Sie ist nicht in Mombello, und wahrscheinlich war sie auch die letzten Male nicht dort, sondern hier, mit ihm!

Einige Augenblicke später saß der Offizier auf, galoppierte davon, und Joséphine lief in Richtung des Palazzo. Pauline wartete, bis beide außer Sichtweite waren, ging dann rasch zum Pavillon und sah durch die Glasscheiben in das Innere. Der Raum war karg möbliert, in der Mitte stand ein breites Bett, und die zerwühlten Decken ließen darauf schließen, was sich dort abgespielt hatte. Auf einem Marmortischchen standen eine leere Champagnerflasche und Gläser.

Auf dem Rückweg beschloß Pauline, diese Affaire weiter zu beobachten.

Während der folgenden Tage gab Joséphine noch dreimal vor, nach Mombello zu müssen; Pauline folgte ihr unbemerkt, verbarg sich hinter einem Baum und wartete, bis der Leutnant und ihre Schwägerin den Ort ihres Tête-à-tête verließen. Immer wieder fragte sie sich, ob sie ihren Bruder über die Untreue seiner Frau informieren sollte. Nein, warum soll ausgerechnet ich ihn unglücklich machen? Ich bringe es nicht übers Herz. Ich werde es Mama erzählen, wenn sie hier ist; Mama wird wissen, wie man sich in einer solchen Situation am besten verhält.«

Als Letizia sich in der zweiten Maihälfte mit Saveria, Bacchiochi und ihren Kindern nach Genua einschiffte, war sie fest entschlossen, ihrer Schwiegertochter Joséphine ohne vorgefaßte Meinung gegenüberzutreten. Sie war bereit, über die Vergangenheit der Kreolin hinwegzusehen, falls diese so liebenswert war wie Christine und Napoleon ebensoviel aufrichtige Zuneigung entgegenbrachte wie die Gastwirtstochter ihrem Lucien. Gewiß, Paulette hatte sich in ihren Briefen abfällig über die Schwägerin geäußert, aber Letizia wollte sich ihr Urteil erst nach der persönlichen Bekanntschaft mit der neuen Schwiegertochter bilden.

Sie erreichten Genua, als Lavalette gerade mit dem Dogen der Republik die Bedingungen für die Unterwerfung regelte, und Letizia war sonderbar bewegt: Ein Korse, ihr Sohn, diktierte der stolzen Republik Genua seinen Willen! Die weitere Reise gestaltete sich zu einem ähnlichen Triumphzug wie vordem bei Joséphine und Paulette.

Kurz vor Mailand kam ihnen Napoleon an der Spitze einer berittenen Eskorte entgegen, gefolgt von zwei prunkvollen Equipagen.

»Mein Sohn!« rief Letizia. »Heute bin ich die glücklichste aller Mütter!« Und indem sie besorgt sein schmales Gesicht betrachtete: »Du bist so mager, du tötest dich!«

»Im Gegenteil, ich bin sehr lebendig«, antwortete er lächelnd.

Inzwischen war Joséphine aus einer der Kutschen gestiegen.

»Mama«, Napoleons Stimme klang bewegt, als er die Hand seiner Frau ergriff, »Mama, endlich ist der Augenblick gekommen, den ich schon lange herbeigesehnt habe: Ich möchte Ihnen meine Frau vorstellen.«

Letizia zwang sich zu einem Lächeln, als sie Joséphine die Hand reichte, und wußte im gleichen Augenblick, daß Welten sie von dieser eleganten Pariserin trennten. Gewiß, sie ist anmutig, dachte sie, sie besitzt wahrscheinlich auch gute Manieren und kann auf einen Mann verführerisch wirken durch ihre nachlässig-müde Art, aber dieses Kleid ist an der Grenze dessen, was schicklich ist; etwas mehr Stoff hätte der Eleganz bestimmt keinen Abbruch getan, und diese Frisur! Warum trägt sie die Haare nicht schlicht nach oben gekämmt? Warum muß sie in dieses Lockengewirr noch Efeu und Rosen hineinstecken? Die Schminke im Gesicht soll natürlich ihr Alter vertuschen. Und in eine solche Frau mußte er sich verlieben, ausgerechnet er, der stets rational denkt und realistisch handelt! Ich werde es nie verstehen.

»Ich freue mich, Madame, Sie endlich kennenzulernen«, sagte Letizia liebenswürdig, »Sie können sich vorstellen, daß für mich als Mutter das Glück meiner Kinder am wichtigsten ist. Von meinem Sohn weiß ich, daß Sie ihn glücklich machen, seien Sie willkommen in unserer Familie.«

»Nun«, antwortete Joséphine lächelnd, »ich tue mein Bestes, um Ihrem Sohn eine behagliche Atmosphäre zu schaffen, damit er sich von den Strapazen des Feldzuges erholen kann.«

Du meine Güte, dachte sie während dieser Worte, diese strenge, würdevolle Frau ist also meine Schwiegermutter! Eines weiß ich schon jetzt: ich werde mich nie mit ihr anfreunden können. Außerdem soll sie auch noch sparsam sein!

In der Villa Crivelli führte Napoleon Letizia durch die Räume, die er für sie hatte richten lassen.

Im Schlafzimmer blieb sie überrascht stehen. In einer Ecke war ein kleiner Hausaltar aufgebaut mit einer Madonnenstatue und einem Kruzifix darüber. »Napoleon, wie aufmerksam von dir!« rief sie erfreut.

»Sie sollen sich hier wohlfühlen und einige Tage Erholung genießen, soweit das bei einer Hochzeitsfeier möglich ist.«

Sie sah ihn überrascht an, und er schwieg verlegen, bevor er fortfuhr: »Wegen der militärischen Ereignisse konnte ich Sie nicht mehr rechtzeitig benachrichtigen. Ich habe inzwischen einen passenden Gatten für Paulette gefunden, sie wird am 20. Prairial den General Leclerc heiraten. Sie müßten ihn von Marseille her kennen, Mama, er war häufig Gast bei Fréron.«

»Ich kann mich beim besten Willen nicht entsinnen, bei Fréron waren so viele Leute.«

»Er ist einer der kultiviertesten Männer meines Stabes.« Napoleon begann die menschlichen Qualitäten Leclercs zu preisen und schloß: »Es ist mein Wunsch, Mama, daß das Paar in der Kapelle der Villa kirchlich getraut wird. Was die Mitgift betrifft, habe ich mit Joseph vereinbart, daß Paulette 40 000 Livres erhält.«

»Eine kirchliche Trauung? Heißt das, daß du in den Schoß der Kirche, unseres Glaubens zurückgefunden hast?«

»Wie man es nimmt, Mama. Ich bin nicht vom Saulus zum Paulus geworden, aber ein Staat ohne Religion ist nicht denkbar, das ist mir hier in Italien so recht bewußt geworden. Ein Volk braucht eine Religion, gleichgültig welche. Sehen Sie, Mama, auch in diesem Punkt bin ich anderer Meinung als das Direktorium. Die Herren in Paris erwarteten von mir die Zerstörung der päpstlichen Macht, was Frankreich politisch überhaupt nichts eingebracht hätte. Bei einer Absetzung des Papstes hätte sich Neapel Mittelitaliens bemächtigt, und die Königin von Neapel ist eine Schwester von Marie-Antoinette, somit eine erbitterte Feindin Frankreichs. Pius VI. hingegen ist ein harmloser alter Mann mit den üblichen Schwächen und Grillen der Päpste; es gab keinen Grund, ihn abzusetzen.«

»Ich verstehe nichts von Politik, aber ich freue mich, daß Paulette kirchlich getraut wird. Und da wir schon einmal beim Thema Heirat sind: Ich weiß nicht, ob du bemerkt hast, daß unser Landsmann Bacchiochi uns begleitet. Nun, er und Elisa haben am 1. Mai geheiratet.«

»Wie bitte? Meine Schwester heiratet einen Mann, dessen Familie zu Paolis Parteigängern gehört? Und ich werde dazu nicht gefragt? Man übergeht mich, man stellt mich vor vollendete Tatsachen!«

»Nun, mein Sohn, es ist ja in unserer Familie üblich geworden, daß wir uns bei den Eheschließungen gegenseitig vor vollendete Tatsachen stellen. Bacchiochi ist ein braver Mann, Elisa ist glücklich mit ihm, und ich bin froh, daß sie endlich geheiratet hat. Joseph und du, ihr habt ja keinen passenden Gatten für sie gefunden.«

»Also gut, Elisa hat ihren Bacchiochi geheiratet, und soweit ich es beurteilen kann, wird er sich in unsere Familie einfügen. Aber ich bestehe darauf, Mama, daß das Paar sich nachträglich kirchlich trauen läßt. Über ihre Mitgift werde ich morgen mit Joseph sprechen.«

Letizia atmete erleichtert auf, daß die Sache so glatt verlaufen war. »Und du, willst du dich nicht auch noch kirchlich trauen lassen?«

»Nein, Mama«, antwortete Napoleon zögernd, »ich bin jetzt schon über ein Jahr verheiratet ohne den Segen der Kirche, und das Glück meiner Ehe hängt nicht davon ab.«

Jeden Abend wurde in einem Zelt im Park der Villa für vierzig Personen gedeckt. Zur Tischgesellschaft gehörten nicht nur die Familienmitglieder und der Generalstab, sondern häufig auch österreichische Diplomaten, Abgesandte des Papstes, der Republik Venedig oder der kleinen italienischen Fürsten, Gelehrte wie der Mathematiker Monge und der Chemiker Berthollet, der Maler Gros, der Dichter Arnault, nicht zuletzt Napoleons alter Schulfreund Bourrienne, der nun sein Sekretär war.

Als Letizia am Abend ihres Ankunftstages das Zelt betrat, fühlte sie sich an einen kleinen Fürstenhof versetzt. Alles drehte sich um die Person ihres Sohnes, des Oberbefehlshabers. Sie bemerkte erstaunt, wie sicher und ungezwungen er auftrat, wie er seine Gesprächspartner durch scharfsinnige Bemerkungen beeindruckte und mit seinem Lächeln bezauberte. Wie ein Souverän, dachte Letizia. Niemand richtet von sich aus ein Wort an ihn, jeder wartet, bis er von ihm angesprochen wird. Noch scheint ihm der Ruhm nicht zu Kopf gestiegen zu sein, überlegte sie, als sie das Geschirr sah: Fayence, kein Silbergeschirr, und wie ich ihn kenne, wird das Menü spartanisch sein.

Sie hatte recht, es wurden nur Suppe, gekochtes Rindfleisch, ein Zwischengang, Salat und Früchte serviert, dazu eine einzige Weinsorte. Während des Diners wanderten Letizias Augen verstohlen die Tafel entlang bis zu Leclerc, der neben Paulette saß, und sie beobachtete zufrieden, wie eifrig der junge Offizier bemüht war, ihre Tochter zu unterhalten und ihr zu gefallen. Ich glaube, Napoleon hat wirklich eine gute Wahl getroffen, dieser Leclerc wirkt ernsthaft und verständig. Wenn nur Paulette sich etwas weniger albern benehmen würde, warum muß sie nur dauernd lachen und kichern! Und Napoleons mahnende Augen verfehlen natürlich ihre Wirkung, weil sein Lächeln sagt, daß seine strafenden Blicke nicht ernst gemeint sind.

Nachdem ihr Urteil über Leclerc feststand, sah sich Letizia die übrigen Offiziere etwas genauer an. Diese jungen Männer wirken durchweg vernünftig, nun ja, sie haben alle den Pulverdampf zu spüren bekommen. Nur der eine große, gutaussehende Offizier hebt sich sonderbar ab, dieser Murat. Er scheint kein feiner Mann zu sein; abgesehen von der extravaganten, viel zu prunkvollen Uniform mit der komischen Reiherfeder auf dem Tschako, also abgesehen davon, kann er sich nicht benehmen. Wie laut er redet, anscheinend kommt er sich sehr wichtig vor! Er ist mir unsympathisch. Sie hob ihr Glas und lächelte Junot an, der ihr zuprostete.

Unterdessen plauderte Joséphine mit Elisa. Bei der Begrüßung hatte sie erleichtert festgestellt, daß diese Schwägerin, was die äußere Erscheinung betraf, keine Konkurrenz für sie war. Eine hagere Gestalt, eckige Bewegungen, dazu ein todernstes Gesicht ...

»Ich habe gehört, Sie lesen viel«, sagte sie freundlich zu Elisa.

»O ja, die Lektüre eines guten Buches ist ein sinnvoller Zeitvertreib.«

»Darf ich fragen, was Sie gerade lesen?«

Elisa stand ihrer Schwägerin recht gleichgültig gegenüber; sie war viel zu sehr mit ihrem jungen Eheglück beschäftigt. Aber Joséphines Interesse für ihre Lektüre schmeichelte ihr, und sie begann weitschweifig über Voltaire und Rousseau zu sprechen. Joséphine, die diese Namen nur von Hörensagen kannte, machte ein aufmerksames Gesicht, nickte beifällig und kommentierte Elisas Ausführungen mit nichtssagenden Bemerkungen, die bei Elisa allerdings den Eindruck hervorriefen, daß die Schwägerin eine Kennerin dieser beiden Schriftsteller war.

Während sich Elisa in tiefsinnige Betrachtungen über den *Contrat social* verlor, wanderte Joséphines Blick verstohlen die Tafel entlang und blieb an Caroline haften. Das also ist die jüngste Schwester meines Mannes. Wie alt mag sie sein? Vierzehn? Fünfzehn? Sie ist recht hübsch, wenn auch annähernd nicht so anmutig wie Pauline, gleichviel, sie scheint ein sinnliches Temperament zu haben – wie die dunklen Augen funkeln, und wie sie die Offiziere einen nach dem andern in Augenschein nimmt! Sie weiß, was sie will, sie wirkt zielstrebiger als Pauline.

Joséphines Eindruck war im großen und ganzen richtig. Die Fünfzehnjährige hatte die entbehrungsreichen ersten Monate in Frankreich in bitterer Erinnerung behalten und wußte, daß sie nie mehr arm sein wollte. Um dieses Ziel zu erreichen, mußte sie einen vermögenden Mann heiraten, aber zugleich träumte sie von einem jungen, gutaussehenden Offizier. Sie hatte beschlossen, während des Aufenthaltes in Italien im Stab des Bruders nach ihrem Märchenprinzen Ausschau zu halten. Bereits bei der Vorstellung der Offiziere war ihre Aufmerksamkeit auf Murat, dessen stattliche Erscheinung, die prachtvolle Uniform, sein temperamentvolles Auftreten gelenkt worden. Während des Diners beobachtete sie ihn verstohlen. Es war nicht nur Murats äußere Erscheinung, die sie faszinierte; sie gewann überdies den Eindruck, daß der Gascogner, von dessen Tapferkeit sie gehört hatte, eine glänzende militärische Laufbahn vor sich hatte. Da eine Verbindung mit Murat von Napoleons Zustimmung abhing und der Bruder Murat offenbar nicht sonderlich schätzte, brauchte sie Verbündete. Wer war der beste Fürsprecher? Natürlich Joséphine. Caroline war Napoleons Verliebtheit nicht entgangen, und sie baute darauf, daß die Schwägerin, wenn es soweit war, ein gutes Wort für sie einlegen würde.

Während der folgenden Tage hielt Caroline sich so oft wie möglich in der Nähe ihrer Schwägerin auf, spielte mit Fortuné, bewunderte Joséphines Kleider und Frisuren, kurz, sie tat alles, um sich bei der Kreolin beliebt zu machen. Joséphine bemerkte erfreut, daß wenigstens ein Mitglied der Familie ihr Sympathie entgegenbrachte. Sie spürte die Abneigung der anderen und befürchtete, daß es dem Clan eines Tages gelingen könnte, sie ihrem Gatten zu entfremden. So plauderte sie also liebenswürdig mit Caroline und verwöhnte Jérôme, um wenigstens Letizias jüngste Kinder für sich zu gewinnen.

Caroline überlegte indessen, wie sie Murats Aufmerksamkeit erregen könnte, und kam zu dem Schluß, daß Paulines Hochzeit und der damit verbundene Festtrubel eine gute Gelegenheit waren. Sie erbat sich bei Joséphine für die Hochzeitstafel Murat als Tischherrn, und diese erfüllte dem jungen Mädchen den Wunsch.

Als die Gesellschaft nach der kirchlichen Trauung an der Tafel Platz nahm, bemerkte Letizia mit einigem Mißvergnügen, daß ausgerechnet ihre jüngste Tochter diesen lauten, ungeschliffenen Reitergeneral als Tischherrn hatte. Und mit wachsendem Unbehagen beobachtete sie, wie angeregt Caroline mit Murat plauderte und ihm dabei verliebte Blicke zuwarf. Auch Joséphine beobachtete Caroline und beschloß, diese sich anbahnende Romanze zu unterstützen.

Was Murat anging, fühlte er sich äußerst geschmeichelt durch die Tatsache, daß die jüngste Schwester des Oberbefehlshabers seine Tischdame war und daß sie sich für seine militärischen Erfolge so lebhaft interessierte. Er fand sie hübsch, ihr temperamentvolles Wesen gefiel ihm. Schon spielte Murat mit dem Gedanken, Napoleons Schwester für sich zu gewinnen – was konnte ihm Besseres passieren, als Schwager des Oberbefehlshabers zu werden?

Nach dem Hochzeitsmahl fand im großen Saal der Villa ein Ball statt, und Murat war entschlossen, jeden Tanz mit Caroline zu absolvieren. Aber Marmont kam ihm zuvor. Mißmutig schaute Murat zu, wie Marmont mit seiner Tänzerin durch den Saal wirbelte, als Joséphine lächelnd auf ihn zutrat. »Nun, mein lieber Murat, ich hoffe, Sie amüsieren sich. Ist Ihre Tischdame nicht reizend?«

»O ja, gewiß, hoffentlich kann ich heute abend noch einmal mit ihr tanzen.«

»Das läßt sich arrangieren.« Als der Tanz zu Ende war, gab Joséphine Caroline ein Zeichen und flüsterte ihr einige Worte zu, worauf das junge Mädchen errötete und bei allen folgenden Tänzen mit Murat über das Parkett schwebte.

Letizia saß unterdessen mit einigen älteren Damen der Mailänder Gesellschaft am Rande der Tanzfläche und plauderte.

»Ist es wahr, daß Ihr ältester Sohn Gesandter Frankreichs am päpstlichen Hof ist?«

»Ja«, bestätigte Letizia, »die Ernennung erfolgte vor einigen Tagen.« Und nicht ohne Stolz fügte sie hinzu: »Mein seliger Gatte war seinerzeit auch Botschafter am päpstlichen Hof, damals, als Korsika noch nicht zu Frankreich gehörte.« In diesem Augenblick entdeckte sie Caroline und Murat unter den Tanzenden, und wieder überkam sie Unruhe. Carolines Interesse oder Verliebtheit, wie immer man das nennen mag, muß im Keim erstickt werden, überlegte sie. Aber wie? Ob ich mit Napoleon darüber rede?

Sie sah ihn nur wenige Schritte entfernt im Gespräch mit dem florentinischen Gesandten, dem Grafen Miot de Melito, und fing einige Gesprächsfetzen auf.

»Glauben Sie vielleicht«, hörte sie Napoleon sagen, »daß ich meine Triumphe in Italien für die Größe des Direktoriums einsetzen werde? Die Republik ist ein Trugbild, von dem die Franzosen zwar sehr angetan sind, das aber verschwinden wird wie viele andere. Was sie brauchen, ist Ruhm und Befriedigung der Eitelkeit, aber von Freiheit verstehen sie nichts. Die Nation braucht einen Mann an der Spitze, der sich durch Ruhmestaten ausgezeichnet hat, und keine Staatstheorien, Phrasen, Reden und Ideologien ... Ich möchte Italien nur dann verlassen, wenn ich in Frankreich eine ähnliche Rolle spielen kann wie hier. Dafür aber ist die Stunde noch nicht reif. Eine Partei erhebt das Haupt zugunsten der Bourbonen, ich möchte nicht zu ihrem Triumph beitragen. Zwar möchte ich eines Tages die republikanische Partei schwächen, jedoch zu meinem eigenen Nutzen und nicht zu dem der abgedankten Dynastie. Bis es soweit ist, muß man mit der republikanischen Partei zusammengehen.«

O Jesus, dachte Letizia und spürte eine unbestimmte Angst in sich aufsteigen. Was hat er für Pläne? Hat er hier in Italien, in dieser Villa, wo er wie ein souveräner Fürst auftritt, hat er hier Geschmack an der Macht bekommen? Treibt sein Ehrgeiz ihn soweit, daß er eines Tages über Frankreich herrschen will?

»Pourvou que cela doure«, flüsterte sie. Ihre Augen wanderten durch den Saal über die ausgelassene Menschenmenge, bis sie Joséphine entdeckte. Sie dachte darüber nach, was Paulette ihr über die Schwiegertochter und den Leutnant Charles erzählt hatte; zu gerne hätte sie den jungen Offizier einmal gesehen, aber der war rechtzeitig vor Napoleons Rückkehr nach Paris abgereist.

Sie wird an der Seite ihres Gatten repräsentieren können, dachte Letizia, ihr Lächeln wird ihn unterstützen. Für seine politischen Pläne braucht er eine Frau wie sie, obwohl sie ihn betrügt, obwohl sie ihren Schoßhund offenbar mehr liebt als ihn. Soll ich ihm reinen Wein einschenken über Joséphine? Aber wozu? Soll ich, seine Mutter, sein Glück zerstören? Nein, er soll die Zeit in Italien genießen, sich ungestört seines Ruhmes erfreuen. Weiß man, was ihm noch bevorsteht?

Zum Abschluß der Hochzeitsfeierlichkeiten veranstaltete Napoleon am 17. und 18. Juni einen Ausflug zum nahegelegenen Comer See. Nach dem Frühstück in der Villa Villano verbrachte die Gesellschaft den Nachmittag im weitläufigen Park, der sich bis zum Seeufer erstreckte. Bei Einbruch der Dunkelheit flammten in den Barken, die auf dem See schaukelten, Lampions auf, und man promenierte in kleinen Gruppen über die Rasenflächen.

Caroline, Letizias wachsamen Augen entronnen, und Murat nutzten diesen Ausflug, um endlich einmal allein zu sein. Der General hielt den Augenblick für gekommen, Caroline einen Heiratsantrag zu machen, und sie, die noch gar nicht damit gerechnet hatte, nahm ihn freudig an.

»Ich werde deinen Bruder vorläufig noch nicht offiziell um deine Hand bitten, er ist zur Zeit zu sehr mit den Friedensverhandlungen beschäftigt. Aber wenn der Vertrag unterzeichnet ist, dann ...«

Einige Tage nach diesem Ausflug bat Napoleon seine Mutter zu einem Spaziergang durch den Park, um Familienangelegenheiten mit ihr zu besprechen. Es war die Stunde nach der Siesta, und die Hitze begann allmählich nachzulassen.

»Nur noch wenige Tage«, sagte Letizia, und ihre Stimme klang etwas wehmütig, »dann wird unsere Familie wieder auseinandergehen, nach Mailand, Rom, Ajaccio. Du stellst dir nicht vor, wie ich mich darauf freue, unser Haus in der Via Malerba neu einzurichten. Es soll ein Familiensitz für alle werden, ein Ort, an den alle meine Kinder und Enkel von Zeit zu Zeit zurückkehren.«

»Ja, Mama, und bitte, sparen Sie nicht bei der Einrichtung, wir haben genügend Geld; schließlich soll unser Haus repräsentativ sein, vor allem die Bankettgalerie; Sie werden wieder Gesellschaften geben wie zu Lebzeiten unseres Vaters. Elisa und ihr Gatte werden Sie nach Ajaccio begleiten, und ich habe inzwischen veranlaßt, daß Bacchiochi zum Kommandanten der Zitadelle ernannt wird, eine Stellung, die auch Elisa befriedigen wird; mit Joseph bin ich übereingekommen, ihr eine Mitgift von 40 000 Livres zu geben.« Ehe Letizia etwas erwidern konnte, fuhr er fort: »Um Caroline und Jérôme brauchen Sie sich nicht zu sorgen, Mama. Sie bleiben bis zum Abschluß der Friedensverhandlungen in Mailand und werden

Joséphine und mich anschließend zurück nach Paris begleiten. Für Jérôme habe ich inzwischen eine andere Schule gefunden, das Gymnasium von Juilly, es gilt als sehr streng. Caroline wird das Pensionat von Madame Campan besuchen, dort hat sie Anschluß an Hortense und ist nicht allein. Caroline ist übrigens recht hübsch geworden, ich schätze, in zwei oder drei Jahren wird sie den Männern ordentlich den Kopf verdrehen.«

»Dazu muß sie nicht noch älter werden, diese Kunst beherrscht sie schon jetzt. Offensichtlich hat sie es auf einen deiner Offiziere abgesehen, auf Murat! Bisher hielt ich es nicht für nötig, dir davon zu erzählen, zumal sie ständig unter Aufsicht ist.«

Napoleon blieb stehen und sah Letizia erstaunt an. »Wie? Die kleine Caroline, dieses halbe Kind, und Murat? Das kann nicht Ihr Ernst sein, Mama.«

»O doch! Glaube nur nicht, daß mir das Ganze recht ist. Dieser Murat gefällt mir nicht, er ist ungehobelt. Und was heißt halbes Kind? Caroline ist fünfzehn, vergiß nicht, daß Paulette in diesem Alter in Fréron verliebt war!«

»Fréron, ja«, sagte Napoleon nachdenklich und ging langsam weiter. »Also, das versichere ich Ihnen, Mama, eine zweite Affaire Fréron werde ich nicht dulden, niemals! Die Angelegenheit muß beendet werden, sofort, auf der Stelle! Murat, ausgerechnet Murat! Sie haben völlig recht, Mama, er kann sich nicht benehmen, aber er ist weiß Gott nicht der einzige in der Armee. Das hängt mit der Herkunft dieser Männer zusammen. Vor 1789 wären sie nie Offiziere geworden, das sind die Begleiterscheinungen der Revolution.«

Eine Weile gingen sie schweigend nebeneinander her. Letizia spürte, daß ihr Sohn angestrengt nachdachte. Plötzlich blieb er stehen, zog die Tabatière hervor, um eine Prise Schnupftabak zu nehmen, und sagte dann: »Auch bei Caroline wird ein Milieuwechsel Wunder wirken und sie von ihrer Schwärmerei kurieren. Sie wird Joseph und Julie nach Rom begleiten und erst in einigen Monaten nach Paris kommen und dann bei Madame Campan eintreten. Eugénie wird auch in Rom sein, da hat Caroline Gesellschaft. Im übrigen werde ich ihr noch heute den Kopf zurechtrücken. Und was Murat betrifft, nun, ihn schicke ich mit einem Auftrag nach Mailand, da ist er beschäftigt bis zu Carolines Abreise.«

»Du muß natürlich mit deiner Schwester reden, aber sei behutsam, fordere nicht ihren Trotz heraus. Sie ist anders als Paulette. Wenn sie etwas erreichen will, gibt sie nicht so leicht auf.«

Nach dem Diner ließ Napoleon Caroline in sein Arbeitszimmer kommen. »Ich habe erfahren, daß du dir von dem General Murat den Hof machen läßt, ist das wahr?«

Caroline schwieg und senkte verlegen die Augen.

»Antworte, ist das wahr?«

Caroline zuckte bei dem herrischen Ton zusammen, und zugleich stieg Trotz in ihr auf. Sie hob die Augen und sah den Bruder fest an: »Ja, das stimmt!«

»Ich halte es deiner Jugend und Unerfahrenheit zugute, daß du mit einem Mann wie Murat eine Liebelei anfängst, aber damit muß sofort Schluß sein, hörst du, sofort! Eine Bonaparte ist zu schade für diesen Mann. Er ist ungebildet, unkultiviert, hat dauernd Affairen; das soziale Milieu, dem er entstammt, paßt nicht zu unserer Familie. Das siehst du doch ein, nicht wahr?«

»Nein«, erwiderte Caroline fest. »Das interessiert mich nicht, außerdem sind Joachim und ich verlobt!«

Napoleon schob die Tabatière, die er in der Hand hielt, mechanisch in die Rocktasche und starrte seine Schwester entgeistert an.

»Verlobt?« brachte er schließlich heraus. »Aber wann, wie, wo?«

»Wir haben uns am Comer See verlobt, und wenn Frieden ist, wird Joachim bei dir um meine Hand anhalten.«

»Nein, niemals!« stieß Napoleon heftig hervor und fuhr dann, eingedenk Letizias Mahnung, in ruhigerem Ton fort: »Caroline, ich glaube, du kannst die Tragweite deines Schrittes nicht ermessen. Du weißt nicht, was es für eine Ehe bedeutet, wenn es dem Mann an Benehmen und Anstand fehlt. Du wirst dich ekeln, wenn Murat seine Kavallerietaktik ins Schlafzimmer mitbringt.«

»Das ist mir gleichgültig«, erwiderte sie starrsinnig.

»Nun, ich sehe, ich muß noch deutlicher werden. Eines Tages wirst du erleben, was es heißt, mit einem Mann zu schlafen, der keinen Begriff von Benehmen hat. Wenn du ganz nackt mit ihm allein bist.«

Er schwieg, um die abschreckende Wirkung seiner Worte zu beobachten, aber das Gegenteil war der Fall. Carolines erotische

Phantasie war schon durch gewisse Andeutungen und vertrauliche Erzählungen Paulines geweckt worden, und so schleuderte sie ihrem Bruder entgegen: »Ich werde mich niemals ekeln, im Gegenteil, ich freue mich schon jetzt darauf, mit Joachim zu schlafen.«

»Schweig!« donnerte Napoleon. »Du führst dich wie eine Dirne auf! Ich werde niemals meine Zustimmung zu dieser Heirat geben, nie, sage ich dir. Im übrigen wirst du in den nächsten Tagen Mombello verlassen und Joseph und Julie nach Rom begleiten, damit du auf andere Gedanken kommst; du wirst den Winter in Rom verbringen und im Frühjahr nach Paris zurückkehren und die Schule der Madame Campan besuchen. Geh jetzt!«

Caroline stand auf und ging erhobenen Hauptes zur Tür. Bevor sie das Zimmer verließ, drehte sie sich noch einmal um: »Du kannst mich nach Rom schicken und zu Madame Campan, aber ich werde Joachim nicht vergessen, ich bleibe ihm treu, und eines Tages werde ich ihn heiraten, auch gegen deinen Willen!« Nach diesen Worten verließ sie das Zimmer und warf die Tür mit einem Knall hinter sich zu.

Napoleon blieb noch eine Weile mit finsterem Gesicht stehen, ging dann zum Schreibtisch, kritzelte einige Zeilen auf einen Bogen Papier, faltete, siegelte ihn und klingelte seinem Sekretär. »Hier«, sagte er, »sorgen Sie dafür, daß dieser Brief unverzüglich dem General Murat zugestellt wird. Murat soll noch heute abend nach Mailand abreisen.«

Anfang Juli wurde das Hauptquartier von Mombello wieder nach Mailand verlegt. Für Paulette begann nun der Ehealltag an der Seite Leclercs, und da ihr Gatte nicht wagte, ihr Vorschriften zu machen, konnte sie sich das Leben nach ihrem Geschmack einrichten: Sie stand spät am Morgen auf, machte in Mailand Besorgungen, lud zum Déjeuner Gäste ein, verbrachte den Nachmittag bei Freundinnen, und am Abend fuhr sie häufig in die Scala.

Joseph begab sich von Mombello aus mit Julie und Caroline nach Rom, und Letizia reiste in Begleitung von Saveria, Fesch und dem Ehepaar Bacchiochi nach Ajaccio.

Während der folgenden Wochen und Monate war Fesch damit beschäftigt, Ländereien in Ajaccio und Umgebung anzukaufen;

Elisa genoß ihre gesellschaftliche Stellung als Gattin des Kommandanten der Zitadelle, und Letizias Hauptbeschäftigung bestand darin, das Familienhaus in der Via Malerba zu renovieren und neu einzurichten. Sie korrespondierte viel mit ihrer Freundin, Madame Clary, und ließ sich von ihr die Dinge schicken, die auf Korsika nicht zu bekommen waren: Dachziegel, Kacheln, Eisen für die Treppe, verschiedenfarbige Tapeten, weiße Kordel für die Fenstervorhänge und Sessel mit gelber Damastpolsterung.

Anfang Dezember 1797 brach in Rom ein Aufstand gegen die Franzosen aus, bei dem der französische General Duphot den Tod fand. Joseph verließ daraufhin mit Julie, Désirée und Caroline fluchtartig die Stadt und reiste zurück nach Paris. Während der folgenden Monate gelang es ihm, in den Rat der Fünfhundert gewählt zu werden; er erwarb ein Haus in der eleganten Rue de Rocher und den Landsitz Mortefontaine bei Chantilly, der von einem romantischen Park mit kleinen Tempeln, Grotten, Säulen und künstlichen Ruinen umgeben war. Joseph empfing hier neben Künstlern und Literaten auch führende Politiker und Generäle der Republik. Zu den häufigen Gästen zählte General Bernadotte, und es kam bald zur Verlobung und Heirat von Bernadotte und Désirée.

Im Jahr 1798 erreichte auch Lucien endlich sein Ziel und wurde, dank seiner familiären Verbindungen, in den Rat der Fünfhundert gewählt, obwohl er noch nicht das vorgeschriebene Alter hatte. Er verließ Korsika wieder und übersiedelte mit Christine nach Paris. Was Letizia aber noch glücklicher machte als Luciens Wahl, war die Tatsache, daß es Christine endlich mit Hilfe eines bewegenden Briefes an Napoleon gelungen war, von ihm als Schwägerin anerkannt zu werden.

Im gleichen Jahr hatte Letizia die große Freude, gleich dreimal Großmutter zu werden: Im April gebar Pauline ihren Sohn Dermide, im Juni kam Elisas erstes Kind, Felix-Napoleon, zur Welt, starb aber bereits nach einigen Monaten, und schließlich wurde Luciens zweite Tochter Egypta geboren.

Was Caroline und Jérôme betraf, so schrieben sie jammervolle Briefe nach Ajaccio und beschwerten sich über die strenge Zucht in ihren Schulen. Diese Briefe beeindruckten Letizia nicht, sie war wie Napoleon der Meinung, daß ihre beiden jüngsten Kinder endlich Disziplin lernen mußten, zumal sie auf Umwegen erfuhr, daß Caroline im Winter 1797/98 hin und wieder Besuch von Murat bekommen hatte, zwar in Begleitung Joséphines, aber trotzdem ... Sie atmete erst auf, als sie hörte, daß Murat Napoleon nach Ägypten begleiten würde.

In jenen Monaten hätte Letizia mit ihrem Leben zufrieden sein können, wenn sie nicht ständig um Napoleon und Louis in Ägypten in Sorge gewesen wäre.

Am 17. Oktober 1797 war nach langen Verhandlungen zwischen Frankreich und Österreich der Friede von Campo Formio geschlossen worden. In diesem Vertrag erhielt Frankreich die belgischen Provinzen; Österreich erkannte die von Frankreich kontrollierte Republik in Oberitalien an und erhielt dafür u.a. die Republik Venedig, die damit aufhörte zu existieren.

Napoleon und Joséphine reisten nach Paris. Am 10. Dezember wurde Napoleon im Luxembourg in einer öffentlichen Zeremonie gefeiert wie noch kein General vor ihm; seine Popularität war von Sieg zu Sieg gestiegen, und besondere Ehrungen wurden ihm zuteil.

Bereits einige Wochen vor seiner Rückkehr nach Paris hatte das Direktorium England den Krieg erklärt und Napoleon zum ›Oberbefehlshaber der Armee gegen England‹ ernannt. Im Februar 1798 fuhr er an die Küste, inspizierte die französische Flotte und entschied gegen eine Invasion in England, die ihm zu gewagt erschien. Statt dessen machte er dem Direktorium einen anderen Vorschlag, von dem er annahm, England damit einen ebenso schweren Schlag versetzen zu können: die Eroberung Ägyptens.

Hauptziel der Expedition war, vom eroberten Ägypten aus im Bündnis mit der Türkei Englands reichste Besitzung, Indien, anzugreifen. Ein wesentlicher Punkt bei Napoleons Plan war das Versprechen des Außenministers Talleyrand, mit der Türkei einen Bündnisvertrag auszuhandeln. Darüber hinaus sollte Ägypten nicht nur militärisch erobert, sondern auch kulturell neu gewonnen werden.

Am 5. März 1798 stimmte das Direktorium der Invasion Ägyptens zu, und am 18. Mai verließ die französische Flotte Toulon. Es war die größte Seestreitmacht, die Frankreich je aufgeboten hatte:

48 Kriegs- und 280 Transportschiffe mit etwa 35 000 Soldaten an Bord sowie 187 Gelehrten, Künstlern und Schriftstellern.

Zunächst verlief die Expedition wie geplant: Am 11. Juni wurde Malta besetzt, am 2. Juli Alexandria erobert, am 21. Juli wurden die Mamelucken in der Schlacht bei den Pyramiden besiegt, am 24. Juli zogen die Franzosen in Kairo ein.

Am 1. August gelang es dem britischen Admiral Nelson, die französische Flotte bei Abukir fast vollständig zu vernichten. Den Franzosen verblieben nur vier Kriegsschiffe, damit waren Napoleon und seine Armee abgeschnitten, das bedeutete weder Nachschub noch Verstärkung, vielleicht nicht einmal mehr Postverbindung.

Als die Nachricht von der Seeschlacht bei Abukir und dem Sieg der Engländer Korsika erreichte, begannen für Letizia Monate bangen Wartens. Immer wieder fragte sie sich, ob ihre Söhne noch lebten, ob sie sie jemals wiedersehen würde.

So begann das Jahr 1799.

XXIV

Anfang März 1799 stand Felix Bacchiochi auf der Zitadelle von Ajaccio, blickte über die ruhige Meeresoberfläche und genoß die warme Nachmittagssonne. Er dachte besorgt über die Paolisten nach, die sich in der Bevölkerung zunehmender Beliebtheit erfreuten, und über den Gesundheitszustand seiner Schwiegermutter, die wochenlang unter schwerem Fieber gelitten hatte.

Er wollte gerade seinen Platz verlassen, als er am Horizont eine Fregatte auftauchen sah, die sich in rascher Fahrt dem Hafen näherte. Automatisch nahm er das Fernrohr zur Hand, das stets griffbereit neben ihm lag.

»Wie merkwürdig«, sagte er halblaut zu sich selbst, »ein französisches Kriegsschiff, aber es kommt aus südlicher Richtung, sollte vielleicht ...« Er beobachtete das Einlaufen des Schiffes in den Hafen, die Ankerung, und wartete gespannt darauf, daß die Besatzung das Schiff verlassen würde. Endlich tauchten die Matrosen auf, einige Soldaten und zuletzt ein junger Offizier in Hauptmannsuniform, der mit müden Schritten und gesenktem Kopf an Land ging.

»Gütiger Himmel!« rief Bacchiochi und ließ das Fernrohr sinken. »Das ist ja Louis! Aber wo ist Napoleon? – Heda, du!« Er winkte einen der Wachsoldaten herbei. »Lauf rasch zu Madame Bonaparte und melde ihr die Ankunft ihres Sohnes Louis, dann benachrichtigst du meine Frau und Monsieur Fesch, sag ihnen, sie sollen sofort in die Via Malerba kommen!«

Eilig ging der Kommandant hinunter zum Hafen und schloß wenige Minuten später den Schwager in die Arme. »Welche Überraschung, Louis, du bist gesund, du lebst, allerdings siehst du mitgenommen aus. Aber wo ist Napoleon, lebt er noch?«

»Ja, Napoleon lebt, zumindest war er noch am Leben, als er vor ungefähr einem Monat nach Syrien aufbrach, um einem türkischen Angriff zuvorzukommen. Aber wer weiß, was sich inzwischen alles ereignet hat.« Sein Gesicht verdüsterte sich. »Mein Bruder hat mich mit einem der verbliebenen Kriegsschiffe nach Frankreich geschickt, damit ich das Direktorium um Verstärkung und Nachschub bitte. Felix, ich sage dir, wenn wir heil durch die englischen Linien kommen, ist es ein Wunder!«

Die Nachricht von Louis' Ankunft versetzte die Bewohner des alten Familienhauses in helle Aufregung. Letizia scheuchte ihre Dienerin mit ungewohnter Heftigkeit umher: »Saveria, richte sofort eines der Gästezimmer für Louis, sage in der Küche Bescheid, daß wir heute acht Personen sind, und laß meinen Schwager Nicolo benachrichtigen, er möchte am Abend mit seiner Frau zum Diner zu uns kommen. Jesus, der Türklopfer! Sie sind schon da!«

Gleichzeitig mit Louis und Bacchiochi trafen auch Elisa und Fesch ein, und nachdem sich der allgemeine Begrüßungstaumel gelegt hatte, führte Letizia ihren Sohn stolz in den renovierten Salon.

Louis sah sich erstaunt um. »Rote Seidentapeten, Mama, und ein Kronleuchter! Das sieht ja fürstlich aus! War dieser Raum nicht früher Papas Arbeitszimmer?«

»Ja, und du siehst, daß ich bei der Renovierung keine Kosten gescheut habe, das bin ich Napoleon und dem Namen Bonaparte schuldig! Aber setze dich, Louis, und erzähle, was du alles bei den Muselmanen erlebt hast. Saveria, bitte bringe Orangenwein und Biskuits.«

Louis begann zu berichten; er schilderte den Verlauf des Feldzuges bis zur Schlacht bei Salheyeh in der Wüste Sinai, wo die Mamelucken eine vernichtende Niederlage erlitten hatten. Hier machte er eine Pause und fuhr dann langsam fort: »Jenen Tag werde ich nie vergessen. Wir hatten von den Mamelucken viel Gold und Schmuck erbeutet, und nachdem diese Schätze unter den Stabsoffizieren verteilt waren, setzten wir uns zum Frühstück nieder. Während wir tafelten und plauderten, überbrachte ein Adjutant Napoleon einen Brief; der las ihn, steckte ihn weg, ohne eine Miene zu verziehen, und beteiligte sich weiter an der Unterhaltung, als ob nichts passiert wäre. Nachdem die Mahlzeit beendet war und sich eine gewisse Schläfrigkeit verbreitete, sagte er: ›Es scheint, daß Ihnen dieses Land gefällt, das ist ein Glück, denn wir haben jetzt keine Flotte mehr, die uns nach Europa zurückbringen könnte.‹ Dann berichtete er über Einzelheiten und schloß mit den Worten: ›Seien Sie unbesorgt, wir haben alles, was wir brauchen; wir können Schießpulver und Kanonenkugeln herstellen.‹

Seine Ruhe und Gefaßtheit beeindruckten die Offiziere, keiner verlor die Nerven bei dieser Hiobsbotschaft, alle blieben zuversichtlich! Ja, und dann fing er an, Ägypten zu regieren – eine andere Bezeichnung für seine Neuerungen fällt mir nicht ein. Er hat den Verwaltungsapparat umorganisiert und einen sogenannten Rat von 189 Ägyptern geschaffen, der ihn unterstützen sollte. Er richtete einen regelmäßigen Postdienst ein, ließ neue Münzen prägen, außerdem wurde ganz Ägypten kartographiert. In Kairo gibt es jetzt Straßenlaternen, ein Armenspital und einige Quarantänestationen, damit die Beulenpest besser bekämpft werden kann, auch ein Kanalbau in Suez ist geplant. Er ließ medizinische Bücher in arabischer Schrift drucken, bemühte sich um die Unterstützung der religiösen Führer und diskutierte mit den Muftis stundenlang über Glaubensfragen, überhaupt ist er dem Islam gegenüber absolut tolerant. Die ›Schoßhündchen‹ – diesen Spitznamen haben die Offiziere den Gelehrten gegeben, die uns begleiten –, also die Schoßhündchen mußten an Forschungsobjekten arbeiten; er ließ die Sphinx bei der großen Pyramide ausgraben, und mit Hilfe des schwarzen Steins von Rosette ist uns sogar die Entzifferung der Hieroglyphen gelungen, dadurch erschließt sich uns allmählich die ägyptische Geschichte und Kultur.

Vor allem die Pyramiden hatten es meinem Bruder angetan. Als diese weißen Massen vor uns auftauchten, galoppierte er mit erhobenem Säbel an den Truppen vorbei und rief: ›Soldaten, bedenkt, daß vierzig Jahrhunderte auf euch herabblicken!‹ Die Truppen hat das wenig beeindruckt, sie waren nach den tagelangen Märschen in der Gluthitze viel zu erschöpft.

Die Bevölkerung hat ihm übrigens den Namen Sultan El Kebir gegeben, das bedeutet, daß sie ihn, und nicht den türkischen Sultan, als Herrscher anerkennen.

Nun, abgesehen von den Fliegen, dem Schmutz und den Krankheiten, haben wir dort unten angenehm gelebt; es gab Konzerte, Theateraufführungen, Straußenjagden und andere Zerstreuungen, und, stellt euch vor, Napoleon ist Joséphine untreu geworden!« Louis schwieg und beobachtete amüsiert die erstaunten Mienen seiner Zuhörer, dann fuhr er triumphierend fort: »Mehr noch, er ist fest entschlossen, sich von ihr scheiden zu lassen!«

»Jesus!« rief Letizia. »Eine Scheidung! Nichts wäre mir lieber, er ist viel zu schade für diese frivole Pariserin, aber wie kommt er in der Wüste auf solche Ideen?«

Louis lachte. »Dafür gibt es eine einfache Erklärung. Trotz der englischen Blockade erreichte uns hin und wieder Post aus Frankreich. Junot bekam also eines Tages einen Brief, der Einzelheiten über Joséphines Lebenswandel enthielt. Sie war ja von Toulon nach Plombière gereist, um dort Bäder wegen ihrer Kinderlosigkeit zu nehmen. Hippolyte Charles begleitete sie zurück nach Paris, und es wurde beobachtet, daß die beiden im gleichen Gasthof übernachteten; in Paris empfing sie ihn in ihrem Haus, zeigte sich mit ihm in der Öffentlichkeit, kurz, es ist in der Hauptstadt ein offenes Geheimnis, daß sie ein Verhältnis mit ihm hat. Junot glaubte, Napoleon diesen Brief zeigen zu müssen, und die Reaktion unseres Bruders war fürchterlich: Er schwor, Charles und seine Bande von Stutzern auszulöschen, und rief dann vor seinen Stabsoffizieren: ›Ich lasse mich scheiden! Ja, ich werde eine aufsehenerregende öffentliche Scheidung verlangen!‹

Soviel ich weiß, hat er noch am gleichen Tag an Joseph geschrieben und ihn gebeten, alle notwendigen Schritte einzuleiten. Aber wer weiß, ob der Brief durch die Blockade gekommen ist! Na ja, und dann hat er ein Verhältnis mit einer hübschen Blondine aus Carcassonne angefangen, die ihren Mann, einen Infanterieleutnant, als Näherin oder Wäscherin im Feldzug begleitete. Diese Madam Fourès – in der Armee hat sie den Spitznamen ›Bellilotte‹ – hat sich von ihrem Mann scheiden lassen und ist nun die Mätresse des Oberbefehlshabers. Er hat ihr ein Haus nahe bei seinem Palast eingerichtet und besuchte sie täglich, sie zeigte sich an seiner Seite im Wagen, und neben ihrer Kutsche ritt als Flügeladjutant Joséphines Sohn! Aber dann war Napoleon so taktvoll, ihn von dieser Aufgabe zu dispensieren, sein Verhältnis zu Eugène ist nämlich nach wie vor ungetrübt, trotz Joséphine.«

»Nun«, erwiderte Letizia nach einer Pause, »hoffentlich bleibt er bei seinem Entschluß und läßt sich wirklich scheiden. Aber was viel wichtiger ist: Hoffentlich sehe ich ihn noch einmal wieder in diesem Leben!«

Am Abend saß man noch lange zusammen. Beim Abschied flüsterte Bacchiochi Louis zu, er möge ihn doch am nächsten Vormittag auf der Zitadelle besuchen, es gebe etwas zu besprechen.

Nachdem der Kommandant am anderen Tag seinem Schwager voll Stolz die Zitadelle mit den technischen Neuerungen gezeigt hatte, führte er ihn in sein Arbeitszimmer und begann ohne Umschweife: »Weißt du, Louis, ich habe mich gestern zu deinem Bericht nicht weiter geäußert, um die Stimmung nicht zu verderben, aber wie kann Napoleon jemals aus Ägypten herauskommen? Du sollst in Paris Verstärkung anfordern, schön; angesichts unserer militärischen Lage am Rhein und in Oberitalien halte ich es jedoch für ausgeschlossen, daß das Direktorium Truppen nach Ägypten schickt, von einer Flotte ganz zu schweigen! Wir müssen die Dinge realistisch sehen. Ich befürchte, daß Napoleon nicht mehr zurückkommt. Wie denkst du darüber?«

»Ich habe mir abgewöhnt, über derartige Dinge nachzugrübeln, Felix.«

»Na schön, lassen wir das. Aber etwas anderes: Ich halte die politische Lage hier auf Korsika für bedenklich. Die Paolisten sind immer noch eine starke Partei, die nationale Unabhängigkeitsbewegung existiert auch ohne Paoli. Angesichts der heiklen militärischen Lage befürchte ich, daß die Engländer bald wieder unsere Insel besetzen, und was wird dann aus deiner Mutter? Soll sie ein zweites Mal fliehen? Kurz, ich bitte dich, sie zur Abreise zu bewegen; jetzt ist eine günstige Gelegenheit, sie könnte in deiner Begleitung reisen. Außerdem sind alle ihre Kinder auf dem Festland, auch Paulette und ihr Mann sind inzwischen nach Paris zurückgekehrt, sie könnte bei Joseph oder Lucien wohnen.«

»Und was wird aus dir und Elisa?«

»Es dürfte nicht schwer sein, Elisa zu überreden, ihre Mutter nach Paris zu begleiten, und ich werde um meine Versetzung bitten.«

»Und wenn Mama mich nicht begleiten will? Du weiß, wie sehr sie an Korsika hängt.«

»Dann überrede sie zunächst zu einer Kur auf dem Festland, alles übrige wird sich finden.«

Zu Louis' Überraschung war Letizia nach einigem Überlegen bereit, zukünftig in Paris zu leben. »Ich muß jederzeit für meine Kinder erreichbar sein, wenn sie Probleme haben«, sagte sie, »und Nicolo wird für unser Haus bestimmt Sorge tragen.«

Eine Woche nach Louis Ankunft schifften sich Letizia, Saveria, Elisa und Fesch zusammen mit ihm nach Frankreich ein.

Letizia stand unbeweglich neben Saveria an der Reling und sah Korsika kleiner und kleiner werden, bis die Insel am Horizont verschwand. »Ach, Saveria, ich glaube, wir werden Ajaccio nicht mehr wiedersehen, ich fühle es irgendwie«, und nach einem letzten Blick übers Meer ging sie hinunter in die Kajüte.

Am 6. Oktober versammelte sich halb Ajaccio am Hafen und winkte und jubelte vier auslaufenden französischen Kriegsschiffen zu. Etwas abseits von der Menge stand Camilla Ilari mit ihren Söhnen. Dicke Tränen liefen über ihr runzliges Gesicht.

»Er ist zurückgekommen«, flüsterte sie immer wieder, »er ist zurückgekommen, Gott hat meine Gebete erhört, Gott wird ihn auch jetzt nicht in die Hände der Feinde fallen lassen.«

Napoleon stand am Bug der kleinen Fregatte ›Muiron‹ und blickte düster über das Meer. Viel kostbare Zeit war verstrichen, seit er sich am 23. August mit seinen engsten Mitarbeitern, bis auf den verwundeten Junot, und seinem Leibmamelucken Roustam nach Korsika eingeschifft hatte.

Er wandte sich um und ging zum Kapitän. »Was machen unsere Freunde, die Engländer?«

»Bis jetzt stören sie uns nicht, trotzdem sollten wir uns der Gnade Gottes, oder besser der Gnade Allahs empfehlen.«

Bei den letzten Worten lächelte Napoleon. »Schon gut, halten Sie Kurs auf Fréjus.«

Er ging hinunter in seine Kajüte, nahm das alte Tagebuch, durchblätterte es flüchtig und las die letzte Eintragung noch einmal. »Der korsische Traum ist ausgeträumt«, murmelte er vor sich hin, legte das Buch weg und begann nachdenklich in dem engen Raum auf und ab zu gehen. Auch der ägyptische Traum ist ausgeträumt, ging es ihm durch den Kopf, möglicherweise zieht man mich in Paris zur Rechenschaft, wirft mir vor, eine Entscheidung getroffen zu haben, die nur dem Direktorium zusteht, nämlich die Armee zu verlassen. Aber was hätte ich tun sollen? Dort unten auf Befehle aus Paris warten, Befehle, die vielleicht gar nicht durch die englische Blockade gelangen?

Die ägyptische Expedition war gescheitert. Zwar hatten Napoleons Truppen am 25. Juli die Türken bei Abukir besiegt – Napoleon hoffte, daß diese Nachricht nach Paris gelangt war und die Regierung positiver gestimmt hatte –, aber nicht genug damit, daß Nelson ein Jahr zuvor bei Abukir die französische Flotte vernichtet hatte, auch der Feldzug von Ägypten nach Syrien war eine Niederlage gewesen. Abgesehen von der Pest in Jaffa, die einen großen Teil des Heeres hinweggerafft hatte, war es nicht gelungen, den wichtigsten Flottenstützpunkt der Engländer, die Festung Akkon, zu erobern. Napoleon mußte die Belagerung abbrechen und nach Ägypten zurückmarschieren, und dieser Rückzug war die reinste Folter gewesen, zu Fuß, mit einem langen Troß von Verwundeten und Kranken, bei 54 Grad.

Vor einem Jahr hatte die Türkei Frankreich den Krieg erklärt; diese Kriegserklärung hielt Napoleon für Talleyrands Schuld: In Frankreich hatte Talleyrand ihm versprochen, nach Konstantinopel zu reisen und einen Vertrag mit den Türken zu schließen. Oft hatte Napoleon deswegen beim Direktorium angefragt und nie eine Antwort erhalten.

Wie muß ich diesen Mann einschätzen? überlegte Napoleon. Er ist jetzt Mitte vierzig und hat allerhand erlebt. Als Sproß der vornehmen aristokratischen Familie Talleyrand-Périgord war er 89 Bischof von Autun, befürwortete zunächst die Revolution, die Enteignung der Kirchengüter, den Zivilstatus der Geistlichen; nach dem Fall der Monarchie lebte er in England und Amerika im Exil, kehrte unter dem Direktorium mit Hilfe seiner Freundin Madame de Staël nach Frankreich zurück und wurde vor zwei Jahren von Barras zum Außenminister ernannt. Dieser hinkende Diplomat scheint mir aalglatt, undurchsichtig und zynisch, ja zynisch!

Napoleons Gedanken wanderten zurück zu dem Galaempfang im Außenministerium, den Talleyrand ihm zu Ehren nach der Rückkehr aus Italien gegeben hatte. Unter den Gästen war auch Madame de Staël, Tochter des ehemaligen Finanzministers Nekker. Napoleon versuchte, ihr aus dem Weg zu gehen, weil sie sich ihm seit einiger Zeit brieflich aufgedrängt hatte. Aber sie bahnte sich einen Weg durch die Menge, um ihm einen Lorbeerzweig zu überreichen.

»General, welche Frau würden Sie am meisten lieben?«

»Meine eigene.«

»Selbstverständlich, aber welche würden Sie am meisten schätzen?«

»Die Frau, die am besten ihren Haushalt zu führen weiß.«

»Das kann ich begreifen, aber – welche wäre für Sie die erste von allen?«

»Diejenige, welche die meisten Kinder gebärt, Madame.«

Später wollte Napoleon von Talleyrand Näheres über sie wissen: »Was ist das für eine Frau?«

»Eine Intrigantin, und das in einem solchen Maße, daß ich mich dank ihrer Intrigen jetzt hier befinde«, war seine Antwort.

In der Folgezeit lud Talleyrand ihn noch öfter zu erlesenen Diners, und Napoleon fragte sich, welche Absicht dahintersteckte. Er nahm die Einladungen an, weil er den Eindruck hatte, daß bei Talleyrand viele Fäden zusammenliefen.

Talleyrand war ein Genießer. Bei seinen Diners wurden die teuersten Delikatessen serviert. Auf ein Lob eines Gastes für seinen Koch erwiderte Talleyrand einmal: »Die Wahl eines guten Koches ist genauso schwierig wie die Wahl der richtigen Geliebten. Nun, dank meiner wachen Sinne hatte ich bisher immer Glück, und ich lasse meinem Koch völlig freie Hand bei der Zusammenstellung der Menüs. Nur eines habe ich ihm untersagt: Er darf keinen Knoblauch verwenden. Er wäre mir unerträglich, wenn man riechen könnte, was ich gerade gespeist habe. Ein Politiker sollte sich niemals offenbaren und ein Außenminister schon gar nicht.«

Das also war Talleyrand. Je länger Napoleon über ihn nachdachte, desto überzeugter war er, daß sein Verhalten im Falle Türkei Verrat war.

Bald nach seinem Sieg über die Türken hatte Napoleon einen Packen Zeitungen erhalten und erfahren, daß Talleyrand seit Sommer nicht mehr Außenminister war. Er beschloß, das Oberkommando an Kléber zu übergeben, verbunden mit der Vollmacht zur Kapitulation, und nach Frankreich zurückzusegeln. Die Stunde zum Handeln schien gekommen.

Dieser Staat braucht jetzt einen starken Mann, der die innen- und außenpolitischen Verhältnisse wieder konsolidiert, überlegte er. Außenpolitisch haben wir inzwischen fünf Gegner: England, die Türkei, Neapel, Österreich und Rußland. In Holland sind fremde Truppen gelandet, Zürich wurde erobert, und Norditalien haben wir wieder verloren, meine cisalpinische Republik wurde aufgelöst. Innenpolitisch steht Frankreich vor dem wirtschaftlichen Zusammenbruch, und das Direktorium fühlt sich bedroht – nicht, wie vor zwei Jahren, durch die Royalisten, sondern diesmal durch die Neo-Jakobiner. Im Grunde genommen ist diese Regierung schon seit zwei Jahren am Ende und hält sich nur durch Staatsstreiche, die von der Armee, auch von mir, gedeckt und unterstützt werden. Es scheint, daß Barras mehr und mehr von Sieyès in den Hintergrund gedrängt wird, Carnot wurde schon vor zwei Jahren in die Verbannung geschickt.

In Paris werde ich mich zunächst als stiller Beobachter eine Weile im Hintergrund halten, aber warum sollte es mir nicht gelingen, in die Regierung berufen zu werden? Ich habe nicht nur militärischen Ruhm errungen, ich habe in Italien und Ägypten auch bewiesen, daß ich regieren kann. Ja, ich kann ein Staatswesen leiten, das wurde mir am Nil richtig bewußt.

Aber zunächst muß ich meine privaten Angelegenheiten regeln. Ob eine Scheidung in diesem Augenblick das Richtige ist? Joséphine könnte mich mit ihrem Charme unterstützen, allerdings werde ich ihr jeden Verkehr mit Hippolyte Charles und auch mit ihrer Freundin Theresa und Barras verbieten.

Am 9. Oktober ging Napoleon in Fréjus an Land, und die siebentägige Reise bis Paris wurde zum Triumphzug. Am 11. Oktober hatte man in der Hauptstadt von seiner Rückkehr erfahren, zur Freude der Pariser, zum Entsetzen des Direktoriums.

Joséphine erschrak, als sie hörte, daß ihr Gatte in Fréjus angekommen war. Seit der Vernichtung der französischen Flotte hatte sie insgeheim gehofft, er würde nie mehr zurückkehren, so daß sie fortan offen mit Hippolyte Charles zusammenleben könnte. Nachdem sie sich von ihrem ersten Schrecken erholt hatte, beschloß sie, zusammen mit Hortense ihrem Gatten entgegenzufahren, um ihn zu sprechen, bevor seine Brüder und die Schwiegermutter Gelegenheit hatten, ihn gegen sie einzunehmen.

Von Paris aus gab es zwei Straßen nach Lyon: die eine führte durch das Bourbonnais und wurde häufig benutzt, die andere, stillere Route ging durch Burgund. Joséphine entschied sich für die letztere, in der Annahme, daß Napoleon auf dieser Straße reisen würde, um rascher nach Paris zu kommen.

In Lyon mußte sie hören, daß ihr Gatte drei Tage vorher angekommen und sofort durch das Bourbonnais weitergereist war. Joséphine trieb den Kutscher zur Eile an, fuhr Tag und Nacht, um so rasch wie möglich Paris zu erreichen und dort zu retten, was noch zu retten war. Nur ein einziger Gedanke beherrschte sie: Ich darf ihn nicht verlieren, vor allem nicht jetzt, in einem Augenblick, da ganz Frankreich ihm zujubelt.

Als Joseph am 11. Oktober erfuhr, daß Napoleon zurückgekehrt war, schickte er sofort einen Boten zu Lucien und bat ihn zu sich in die Rue de Rocher.

»Wir werden ihm entgegenreisen und ihm die Augen über Joséphine öffnen, bevor sie ihn erneut umgarnt hat«, sagte er zu Letizia, die mit Louis bei ihm und Julie wohnte, während Elisa es vorgezogen hatte, bei Lucien zu logieren. »Es ist eine einmalige Gelegenheit, Mama, ihn endlich zur Scheidung von dieser Frau zu bewegen. Wir dürfen ihn nur nicht verfehlen. Wir werden durch das Bourbonnais fahren, ich vermute, daß er diese belebte Route wählen wird, um die Stimmung der Bevölkerung kennenzulernen, er war ja monatelang ohne Nachrichten.«

Auf halber Strecke trafen die Brüder mit Napoleon zusammen.

Nach der Begrüßung sah der General Lucien eine Weile nachdenklich an, lächelte und sagte: »Wann haben wir uns zuletzt gesehen? Vor vier Jahren nach dem Vendémiaire, nicht wahr? Du hast dich verändert, Lucien, du wirkst reifer, verständiger.«

»Ja, man entwickelt sich und wächst mit den Aufgaben; als Abgeordneter im Rat der Fünfhundert trage ich eine große Verantwortung, weil ich für das Wohl Frankreichs arbeite.«

»Du hast recht, man wächst mit den Aufgaben«, und Napoleon dachte an den Italienfeldzug, an die Friedensverträge, die er selbständig geschlossen hatte, an die Aufbauarbeit in Ägypten. »He, Roustam«, rief er zu dem Mamelucken hinüber, der frierend neben dem Kutscher auf dem Bock saß, »du kannst meinen Platz im Wagen haben, ich fahre mit meinen Brüdern weiter.«

Der Mamelucke kletterte freudestrahlend von seinem Sitz herunter, verbeugte sich mehrmals vor Napoleon, wobei er einen Schwall arabischer Dankesworte ausstieß, und setzte sich dann schüchtern in den Wagen zu Eugène, Duroc und Lannes.

Napoleon nahm neben Lucien Platz. »Nun aber los, keine langen Aufenthalte beim Pferdewechsel; ich möchte so bald wie möglich in Paris ankommen.«

»Die Nachricht von deiner Rückkehr hat bei der Pariser Bevölkerung einen wahren Begeisterungstaumel ausgelöst; für sie bist du der Mann, der Frankreich vor dem Chaos retten kann. Aber auch in der Provinz ist der Name Bonaparte in aller Munde«, sagte Lucien.

»Ja«, erwiderte Napoleon gleichmütig, »weiß der Himmel, was sie von mir erwarten. Höre, Joseph, hast du meine Scheidung eingeleitet?«

»Deine Scheidung? Aber wieso? Ich kann doch nicht einfach deine Scheidung einleiten.«

»Ja, hast du meinen Brief denn nicht erhalten? Es ist jetzt etwas über ein Jahr her, da schrieb ich dir aus Ägypten in dieser Angelegenheit. Und ich bat dich, nach einem passenden Landhaus für mich Ausschau zu halten.«

Joseph schüttelte verwundert den Kopf. »Diesen Brief habe ich nie erhalten, sonst hätte ich doch mit Freuden deine Wünsche erfüllt! Wahrscheinlich ist dein Schreiben nicht durch die englische Blockade gekommen.«

»Möglich. Nun ja, es sollte wohl nicht sein.«

Eine ganze Weile sprach niemand. Napoleon starrte düster zum Fenster hinaus, während seine Brüder verstohlene Blicke wechselten.

»Mit anderen Worten«, begann Lucien vorsichtig, »du bist jetzt fest entschlossen zur Scheidung?«

»Sage besser, ich war fest entschlossen. Inzwischen habe ich aus verschiedenen Gründen davon Abstand genommen. Ein Grund ist einfach der, daß ich sie immer noch liebe.«

»Weißt du überhaupt, wen du liebst?« fuhr Joseph auf.

Napoleon zuckte bei dem ungewohnt scharfen Ton seines Bruders zusammen.

»Ich habe gewiß Verständnis«, fuhr Joseph fort, »wenn es jemanden nach einem kleinen amourösen Abenteuer gelüstet. Über Sinn und Unsinn ehelicher Treue kann man stundenlang philosophieren, wie gesagt, nichts gegen ein Abenteuer, wenn sich das diskret abspielt, kein Aufsehen erregt und den Partner nicht lächerlich macht und verletzt. Und genau das sind die Punkte, deren ich deine Frau beschuldige: Es ist ein Skandal, wie hemmungslos sie diese Spielregeln verletzt. Den ganzen Sommer über hat sie mit diesem Stutzer Hippolyte Charles in aller Öffentlichkeit auf ihrem Landsitz gelebt, und in Paris ist er ihr ständiger Begleiter, wer weiß, vielleicht wohnt er längst in der Rue de la Victoire!«

»Was, in meinem Haus, das ich gekauft habe, als ich von Italien zurückkam?«

»Ja, in deinem Haus!« bestätigte Joseph und betrachtete zufrieden die wutverzerrten Gesichtszüge seines Bruders.

»Sie benimmt sich wie eine Hure, jedenfalls nicht wie eine verheiratete Frau, deren Mann im Feld ist. Sie ist eine Schande für unsere Familie, jeden Tag beschmutzt sie den Namen Bonaparte aufs neue und macht dich in der Öffentlichkeit lächerlich!«

»Ja«, sagte Napoleon leise, »vom Erhabenen zum Lächerlichen ist es nur ein Schritt.«

»Überdies«, fuhr Joseph fort, »hat unsere Familie sich von ihr losgesagt, wir verkehren nicht mehr mit ihr. Die 40 000 Livres Jahresgehalt, die du für sie bestimmt hast, habe ich nicht ausgezahlt, das Geld ist in der Familie geblieben! Im Interesse der Bonapartes tätest du wirklich gut daran, dich endlich scheiden zu lassen.«

»Wie? Du hast ihr das Geld nicht ausbezahlt? Wovon lebt sie denn?«

»Das weiß ich nicht, das interessiert mich auch nicht. Wahrscheinlich verschaffen Charles und Barras ihr irgendwelche Geschäfte, auf dunkle Geschäfte verstehen sich diese beiden Herren ja hervorragend.«

»Ja, das ist auch so ein Punkt«, mischte sich nun Lucien ein, »sie verkehrt ständig mit Madame Tallien und Barras, das könnte mir ja egal sein, aber Tallien, der wohl in Ägypten geblieben ist, und Barras sind politisch tot! Seit Sieyès ins Direktorium gewählt wurde, ist Barras immer mehr in den Hintergrund getreten. Der wichtigste Mann in der Regierung ist jetzt Sieyès. Statt den Kontakt zu ihm zu suchen und dadurch unsere parlamentarische Arbeit zu unterstützen, pflegt Joséphine nach wie vor den Verkehr mit Barras.«

»Nun, Lucien«, erwiderte Napoleon, »du kannst ihr nicht zum Vorwurf machen, daß sie diese Entwicklung nicht mitbekommt, schließlich ist sie eine unpolitische Frau, Gott sei Dank! Ich hasse Frauen, die politische Ränke schmieden! Mit welchen bedeutenden Leuten pflegst du denn Kontakt?«

»Oh, ich verstehe mich sehr gut mit Sieyès, ich verkehre häufig mit Cambacérès und mit Roederer, um nur einige zu nennen.«

»Und du, Joseph?«

»Zu den regelmäßigen Besuchern in Mortefontaine und in der Rue de Rocher gehören Talleyrand, Fouché, Bernadotte.«

»So, so, Talleyrand, Fouché, Bernadotte – mit anderen Worten: alles zwielichtige Gestalten.«

»Aber Napoleon, ich bitte dich«, erwiderte Joseph gekränkt, »Talleyrand ist eben Diplomat, Fouché als Polizeiminister muß sehen, wie er an viele Informationen kommt und dabei selbst im Hintergrund bleibt, und Bernadotte ist Soldat wie du. Über seinen Neo-Jakobinismus mag man geteilter Meinung sein, aber wegen dieser politischen Einstellung hat er seinen Posten als Kriegsminister verloren. Nein, auf Bernadotte lasse ich nichts kommen, außerdem gehört er ja im weiteren Sinne zur Verwandtschaft.«

»Ist Eugénie glücklich mit ihm?« fragte Napoleon zögernd.

»O ja, das habe ich dir noch gar nicht erzählt. Sie ist inzwischen Mutter eines gesunden Sohnes, der Kleine heißt Oskar.«

»Oskar? Ein nordischer Name, aber warum nicht? Oskar Bernadotte, das klingt apart. Und wie geht es Mama und Louis? In Ajaccio hörte ich, daß sie krank war und zum Festland gereist ist.«

»Sie war einige Wochen mit Louis in Vichy zur Kur und hat sich bestens erholt. Sie wird wohl in Paris bleiben, vorerst wohnen die beiden bei Julie und mir. Louis kränkelt, klagt oft über Müdigkeit und ist niedergeschlagen, fast trübsinnig. Ein junger Mann von einundzwanzig Jahren sollte weiß Gott mehr Freude am Leben haben! Aber er leidet wohl immer noch an Liebeskummer wegen Emilie de Beauharnais, die ja nun mit deinem Lavalette verheiratet ist. Hin und wieder begegnet er ihr auf Gesellschaften oder im Theater, vermutlich wird seine Wunde dann stets von neuem aufgerissen. Er tut mir oft leid, aber man kann doch nicht ein Leben lang seiner Jugendliebe nachtrauern.«

»Ja«, sagte Napoleon langsam, »mit den Jugendlieben ist das so eine Sache.« Oskar Bernadotte, dachte er, Oskar Bernadotte ... »Höre, Joseph, ich würde bei Eugénies Sohn gerne die Patenschaft übernehmen; frage sie doch, ob sie einverstanden ist. Im übrigen habt ihr recht, was Joséphine betrifft. Ich werde mich von ihr scheiden lassen, ja, ich lasse mich scheiden, mein Entschluß ist unwiderruflich.«

Joseph und Lucien sahen einander triumphierend an und atmeten erleichtert auf.

»Nun«, fragte Lucien nach einer Weile des Schweigens, »was hast du für Zukunftspläne? Willst du wieder ein Oberkommando übernehmen? Es wird nicht ganz leicht sein, eines zu finden. Im Jahre VII der Republik hatten wir nur Niederlagen zu verzeichnen, erst mit Beginn des Jahres VIII (Mitte September 1799) ist es Masséna und Brune gelungen, die englischen und russischen Truppen zu besiegen. Und jetzt, nachdem der Zar seine Armee zurückgezogen hat, ist die Lage an der Front entspannt, Frankreich wird nicht mehr militärisch bedroht.«

»Ich habe mir noch keine Gedanken über ein neues Kommando gemacht und weiß auch nicht, ob ich sofort wieder ins Feld will. Zunächst werde ich meine häuslichen Angelegenheiten ordnen und dann abwarten, wie sich alles entwickelt.« Napoleon sank in die Polster zurück und blickte nachdenklich aus dem Fenster.

Lucien beobachtete ihn verstohlen von der Seite. Was mag in

ihm vorgehen? Was hat er für Pläne? Er will abwarten, wie sich alles entwickelt ... Vielleicht ist er der General, den Sieyès sucht. Lucien erinnerte sich an das Gespräch, das er vor einigen Tagen mit dem Direktor geführt hatte. Sieyès strebte eine Verfassungsänderung an, um die innenpolitische Lage zu stabilisieren. Er wollte der Legislative wieder mehr Bedeutung geben, ein Kräftegleichgewicht zwischen Legislative und Exekutive herstellen. Da sich die Verfassungsänderung nicht auf legalem Wege verwirklichen ließ, beziehungsweise über Jahre hinziehen würde, plante Sieyès einen Staatsstreich. Aber dafür brauchte er die Unterstützung der Armee, und bisher hatte er noch keinen passenden General gefunden. Moreau hatte abgelehnt, Joubert war gefallen, Bernadotte politisch kompromittiert – wer blieb noch?

Ob ich ein Treffen zwischen meinem Bruder und Sieyès arrangiere? überlegte Lucien.

Am 16. Oktober, morgens um sechs Uhr, kamen die Brüder in der Rue de la Victoire an. Bevor man sich trennte, wurde vereinbart, daß Joseph und Lucien an diesem und den folgenden Tagen jeweils gegen elf Uhr vormittags zu Napoleon kommen sollten, um ihn über die innenpolitische Entwicklung der letzten Monate zu informieren.

Als die Köchin Agathe und die Zofe Louise den Mamelucken erblickten, schrien sie entsetzt auf. Ängstlich musterten sie den großen, dunkelhäutigen Mann, seinen grünen Turban, das knöchellange, purpurrote Samtgewand und den halbmondförmigen Dolch, der im Gürtel steckte. Napoleon lachte über ihre verstörten Gesichter.

»Das ist mein Leibwächter Roustam, der jede Nacht auf der Schwelle vor meinem Schlafzimmer verbringt. Ihr müßt euch nicht fürchten, er ist der treueste und gutmütigste Mensch, den ich kenne. So, Agathe, du gibst jetzt Eugène und Roustam ein Frühstück, und du, Louise, weckst meine Frau und sagst ihr, sie soll sofort in mein Arbeitszimmer kommen.«

»Aber Herr General, Madame und ihre Tochter sind Ihnen doch entgegengefahren, o mein Gott, hat Madame Sie etwa verfehlt?«

»Sie ist mir entgegengefahren? Ja, dann haben wir uns wohl verfehlt, wahrscheinlich sollte es so sein. Hör zu, Louise. Du gehst unverzüglich nach oben, packst sämtliche Kleider, Schuhe, Hüte, kurz: den gesamten persönlichen Besitz meiner Frau zusammen und stellst die Koffer vor die Eingangstür. Und wenn sie kommt, bleibt die Tür verschlossen, hörst du! Du und Agathe, ihr werdet nicht öffnen; meine Frau wird dieses Haus nicht mehr betreten! Dir steht es frei, ob du mit ihr gehen oder hierbleiben willst.«

»Aber Herr General ...«

»Kein Aber, du tust, was ich dir sage.«

»Ja, Herr General.« Louise knickste ungeschickt und rannte klopfenden Herzens nach oben, fest entschlossen, ihre Herrin doch einzulassen.

Eugène, ein schlanker, gutaussehender junger Mann von achtzehn Jahren, der seinen Stiefvater trotz der kleinen Bellilotte nach wie vor bewunderte und verehrte, Eugène hatte während jenes Gesprächs verlegen zu Boden geblickt. Jetzt hob er die Augen und sah Napoleon unsicher an.

»Sie wollen also meine Mutter verstoßen?« fragte er leise.

»Eugène, deine Mutter hat mir großen Kummer zugefügt, und deshalb will ich mich von ihr scheiden lassen, obwohl ich sie immer noch liebe.«

»Aber wenn Sie sie lieben, können Sie ihr dann nicht verzeihen?«

»Auch wenn ich ihr verzeihe – das, was passiert ist, wird dadurch nicht ausgelöscht. Aber all das hat mit dir und Hortense nichts zu tun; ihr bleibt selbstverständlich bei mir, und ich werde weiter für euch sorgen.«

»Wenn Sie meine Mutter verlassen, will ich nicht länger Ihr Adjutant sein.«

»Eugène, du bist müde. Geh jetzt in dein Zimmer und ruhe dich erst einmal aus.«

Der junge Mann wandte sich wortlos um und ging langsam die Treppe hinauf. Wie konnte es nur soweit kommen? dachte er. Hat sie denn meinen Brief nicht erhalten? Ich habe ihr doch von Ägypten aus geschrieben und versucht, sie zu warnen. Er ist nun doppelt liebenswürdig gegen mich, es ist, als wolle er durch sein Benehmen sagen, daß die Kinder für die Verfehlungen ihrer Mutter nicht verantwortlich sind ...

Am Vormittag des 17. Oktober fuhr Napoleon zum Luxembourg, um den Direktoren offiziell seine Rückkehr mitzuteilen. Die Herren hatten nach einigen Überlegungen darauf verzichtet, ihn wegen des Verlassens der Armee anzuklagen. Sie empfingen ihn freundlich und zuvorkommend und boten ihm das Oberkommando über eine neue Italienarmee an, was er aus gesundheitlichen Gründen ablehnte.

Nach der Rückkehr vom Luxembourg besprach er mit seinen Brüdern eingehend die innenpolitische Lage. Die Republik war in Gefahr. Es war ein offenes Geheimnis, daß Barras mit den Bourbonen korrespondierte und bereits Geld dafür erhalten hatte, Ludwig XVIII. auf den Thron zu bringen. Das Volk war erbost über die steigende Inflation und die Untätigkeit der Regierung.

Napoleon beschloß, sich der Politik zuzuwenden, schließlich hatte er in Italien und Ägypten bewiesen, daß er regieren konnte. Am Nachmittag zeigte er sich beim Ausritt der jubelnden Bevölkerung: ein schlanker Mann mit schmalem, sonnenverbranntem Gesicht und kurzgeschorenen Haaren, der lächelnd auf einem arabischen Pferd saß und grüßend einen kleinen runden Hut durch die Luft schwenkte.

»Es lebe Bonaparte! Es lebe der Ägypter!« Bewundernd starrte man auf die hohen roten Stiefel des Generals, auf den türkischen Krummsäbel mit dem goldenen Knauf, der am Gürtel befestigt war, und auf Roustam, der hinter seinem Herrn ritt.

Als Napoleon gegen Abend in die Rue de la Victoire zurückkam, standen Joséphines Koffer immer noch vor der Haustüre.

Am Tag darauf, am 18. Oktober, unterrichtete Lucien Napoleon über Sieyès' Pläne. Napoleon äußerte sich zunächst nicht dazu, aber Lucien erreichte schließlich, daß der Bruder versprach, ein Treffen mit dem Direktor in Erwägung zu ziehen.

Nachdem Joseph und Lucien gegangen waren, zog sich Napoleon zurück, um in Ruhe über seine Situation nachzudenken: Sieyès will also die Verfassung durch einen Staatsstreich ändern und sucht einen General, der ihn unterstützt. Er strebt ein Kräftegleichgewicht zwischen Legislative und Exekutive an ... Aber mir scheint, daß seine Vorstellungen noch sehr vage sind und im luftleeren Raum schweben. Soll ich mich darauf einlassen?

Eigentlich hatte er andere Pläne. Er wollte zum Direktor gewählt werden – er war zwar noch nicht vierzig Jahre alt, wie es vorgeschrieben war, aber diese Altersfrage hätte man sicher umgehen können. Andererseits: Wenn er Sieyès unterstützte, würden sich neue Perspektiven eröffnen. Allerdings war er nicht bereit, für Sieyès die Kastanien aus dem Feuer zu holen, um dann wieder in den Hintergrund zu treten. Wenn er das Vorhaben unterstützte, würde er seine Bedingungen diktieren: keine Verfassung mit einer starken Exekutive und einem schwachen Parlament. Außerdem die Schaffung eines Ausschusses von drei provisorischen Konsuln, der die Verfassung ausarbeitet, wobei er selbst natürlich Mitglied sein müßte.

Überhaupt sollte die Republik nach römischen Vorbild organisiert werden, mit Konsuln an der Spitze, überlegte er. Aber wenn Sieyès nicht auf meine Forderungen eingeht? Er muß, es bleibt ihm keine andere Wahl. Und wenn der Staatsstreich mißglückt? Er muß gelingen. Allerdings brauchen wir das Einverständnis gewisser Leute: der Polizeiminister Fouché gehört dazu, der Fuchs Talleyrand, die Direktoren – ja, was soll aus ihnen werden? Nun, ich muß hören, welche Pläne Sieyès bezüglich des Ablaufs der Aktion hat. Es ist wichtig, nach außen hin den Anschein der Legalität zu wahren.

Er stand auf, ging zum Fenster und sah hinaus in den grauen Herbsttag. Ich will Frankreich regieren! dachte er. Ich habe die Befähigung dazu. Regierungschef der französischen Republik ... Jesus, einst erschien mir Korsika als Mittelpunkt der Welt! Und wie weit habe ich mich von den idealistischen Vorstellungen meiner Jugend entfernt, damals bewunderte ich Rousseau ...

Am späten Nachmittag unternahm Napoleon noch einen Ritt durch die Straßen von Paris und bemerkte zufrieden, daß seine Popularität mehr und mehr wuchs. Dabei ging ihm flüchtig durch den Kopf, daß die Presse ein wichtiges Instrument war, die öffentliche Meinung in die gewünschte Richtung zu lenken. Aber es gab noch andere Möglichkeiten, vor allem mußte den Augen des Volkes etwas geboten werden ...

Als er bei Anbruch der Dunkelheit wieder nach Hause kam, standen Joséphines Koffer immer noch vor der Tür. Wut und

Trauer stiegen in ihm auf. Er biß die Zähne zusammen: Seine Entscheidung war getroffen.

Auf dem Weg nach oben schaute er in die Küche: »Agathe, lege heute abend nur ein Gedeck für Eugène auf, ich habe keinen Hunger.«

»Aber Herr General, ich brate gerade ein knuspriges Hühnchen!«

Mit einer müden Handbewegung winkte er ab. »Gib es Roustam, im übrigen möchte ich nicht mehr gestört werden.«

Im Schlafzimmer warf er sich aufs Bett und schloß die Augen. Ein Hauch von Joséphines Parfum hing noch im Raum, und Eugènes Worte kamen ihm in den Sinn: ›Aber wenn Sie sie lieben, können Sie ihr dann nicht verzeihen?‹

Nachdem Eugène seine einsame Mahlzeit beendet hatte, ging er hinüber in den Salon und blätterte in den herumliegenden Zeitungen, legte sie aber bald ungeduldig zur Seite. Wo Mama nur bleibt? Es kann jetzt nicht mehr lange dauern, bis sie eintrifft, vielleicht noch heute nacht, vielleicht erst morgen. Wie kann ich nur eine Versöhnung herbeiführen? Ich werde die Nacht hier unten verbringen, damit ich höre, wenn sie kommt.

Kurzentschlossen stand er auf und ging in die Küche. Dort verspeiste Roustam das für seinen Herrn bestimmte Hühnchen und warf die abgenagten Knochen in hohem Bogen hinüber zu Fortuné, den Napoleon in die Küche verbannt hatte.

»Roustam, du wirst heute nacht nicht auf der Türschwelle, sondern irgendwo hier unten schlafen.«

Der Mameluck hörte erstaunt auf zu kauen. »Aber warum? Ich muß meinen Herrn beschützen.«

»Sei unbesorgt, ich werde den General bewachen.«

»Ich muß meinen Herrn beschützen«, wiederholte Roustam eigensinnig.

»Du wirst heute hier unten schlafen, das ist ein Befehl!« erwiderte Eugène ungeduldig.

»Ja, Herr!« Roustam sprang auf und verbeugte sich

Eugène ging zurück in den Salon und legte sich, völlig erschöpft vor Spannung und Aufregung, auf den Diwan. Nur nicht einschlafen, dachte er, während er die Augen schloß, ich muß wach bleiben, damit ich den Wagen vorfahren höre, ich muß wach bleiben ... Aus weiter Ferne drang eine Stimme zu ihm: »Madame, oh, Madame!« Er erwachte und sah sich verstört um.

Aus dem Vestibül hörte er Louises und dann Joséphines Stimme: »Louise, warum stehen meine Koffer vor der Tür?«

»Oh, Madame, der Herr General ...«

Eugène sprang auf und lief hinaus. »Mama, endlich! Ich habe auf Sie gewartet.«

»Eugène, mein Junge. Daß du gesund aus diesem entsetzlichen Wüstenland zurückgekehrt bist, grenzt an ein Wunder! Aber sage mir, was soll das Gepäck vor der Tür?«

»Mama, er ... er will sich von Ihnen scheiden lassen.«

»Was? Großer Gott, nein, das darf nicht passieren, niemals! O Himmel, was mache ich bloß?« Joséphine preßte die Hand auf ihr Herz. »Ich muß mit ihm reden, wo ist er?«

»Im Schlafzimmer, Madame.«

»Eugène, kümmere dich um deine Schwester!«

Während der junge Mann mit der völlig verschüchterten Hortense in den Salon ging, lief Joséphine hinauf zum Schlafzimmer und klopfte zaghaft. Drinnen blieb alles ruhig, sie klopfte stärker. Wieder kein Laut. Sie drückte die Klinke herunter: die Tür war verschlossen. Aber es gab ja noch eine andere Tür! Sie lief hinunter, durch den Salon und die Tapetentür, die Wendeltreppe hinauf. Entsetzt stellte sie fest, daß auch dieser Eingang versperrt war.

Wie betäubt ging sie zurück in den Salon, wo Eugène versuchte, die weinende Hortense zu beruhigen. Sie setzte sich und sah eine Weile ratlos vor sich hin. Nein, dachte sie, so leicht darf ich nicht aufgeben! Ich muß ihn dazu bringen, daß er die Tür öffnet und mich anhört. Wieder ging sie nach oben, und wenig später hörte Louise, die unten an der Treppe stand, das Klopfen und Weinen ihrer Herrin, die ihren Gatten bat zu öffnen, ihn an vergangene schöne Nächte erinnerte.

Irgendwann kam dann Joséphine langsam die Treppe herunter, bleich, mit zerzausten Locken, rotgeränderten Augen und zerdrücktem Kleid. »Es ist alles aus, Louise«, flüsterte sie und ließ sich von der Zofe in den Salon führen.

Als das laute Weinen verstummte, atmete Napoleon erleichtert auf. Er war nahe daran gewesen, die Tür zu öffnen, aber er hatte der Versuchung widerstanden. Er horchte nach draußen. Alles blieb still. Gott sei Dank, ich bin nicht schwach geworden! Erschöpft schloß er die Augen, aber ihr Bild stand vor seinem inneren Auge. »Joséphine«, sagte er leise und begann zu weinen.

Im Salon sank Joséphine in einen Sessel. »Es ist alles aus, zu Ende durch meine Schuld! Wie konnte ich so leichtsinnig sein, ach, könnte ich es doch ungeschehen machen! Er war der erste und einzig Mann, der mich wirklich geliebt hat, und ich habe seine Liebe verspielt! Louise, ich werde im Morgengrauen das Haus verlassen und zu Theresa fahren.«

»Madame, ich weiß noch eine letzte Möglichkeit, ihn umzustimmen: Lassen Sie Ihre Kinder, die er liebt, für Sie bitten, schicken Sie die Kinder zu ihm!«

»Ja, Mama, das ist ein guter Gedanke! Komm, Hortense!« Und ehe Joséphine noch etwas sagen konnte, verließen die beiden das Zimmer und eilten nach oben.

»Sie sollten besser auch hinaufgehen, Madame«, sagte Louise nach einer Weile, »wenn er die Tür öffnet, muß er Sie doch vorfinden.«

Joséphine stand mechanisch auf und gehorchte. Oben kauerte sie sich vor die Tür, während nun Eugène und Hortense klopften und riefen.

Plötzlich hörten sie Schritte, der Schlüssel wurde umgedreht, die Tür geöffnet, und Napoleon stand auf der Schwelle. Er betrachtete die Kinder, warf einen Blick auf Joséphine zu seinen Füßen und sagte schließlich: »Den Heimkehrern aus Ägypten geht es wie denen von Troja, deren Frauen waren genau so treu!« Dann gab er Eugène ein Zeichen, sich zu entfernen, und hob Joséphine hoch, und während die Kinder Hand in Hand hinuntergingen, zog er Joséphine ins Schlafzimmer und schloß die Tür. Irgendwo im Haus schlug eine Uhr Mitternacht.

Als Joséphine am nächsten Morgen erwachte, schlief Napoleon noch. Sie setzte sich auf und betrachtete eine Weile das schmale Gesicht, die breite, hohe Stirn und den feingeschnittenen Mund. Er hatte ihr verziehen, aber sie hatte während der Aussprache deutlich gespürt, daß er ihre Untreue nie vergessen würde. Aus der leidenschaftlichen Flamme seiner Liebe war ein Flämmchen geworden, und sie mußte aufpassen, daß es nicht eines Tages ganz erlosch. Sie wußte, daß sie ihn nur halten konnte, wenn sie sich nach seinen Wünschen richtete und endlich ein Kind bekam, einen Sohn!

Er will sogar meine Schulden bezahlen, na ja, was soll er auch machen. Allerdings habe ich ihm eines noch nicht gebeichtet: Malmaison. Den Kauf dieses Landsitzes muß ich ihm geschickt beibringen, und sie begann zu überlegen, wie sie das am besten bewerkstelligte.

Inzwischen war auch er aufgewacht, und als er sie so versonnen neben sich liegen sah, lächelte er unwillkürlich. Er hatte ihr gezeigt, wer der Herr im Hause war, sie hatte für die Zukunft Treue gelobt, und diesmal war es ihr wohl ernst damit.

Ein Klopfen unterbrach seine Überlegungen; Louise meldete den Besuch von Joseph und Lucien.

»Deine Brüder? So früh?«

»Früh?« Er sah auf die Uhr, es war bereits nach elf. »Meine Brüder können hereinkommen, Louise.«

»Willst du sie etwa hier empfangen, in unserem Schlafzimmer?«

»Warum nicht? Sie sollen sehen und zur Kenntnis nehmen, daß wir ein glückliches Ehepaar sind.«

Wenig später betraten Joseph und Lucien das Schlafzimmer. Verblüfft blieben sie stehen, als sie Joséphine erblickten.

»Guten Morgen, die Herren«, rief Napoleon gutgelaunt. »Was bringt ihr an Neuigkeiten, was gibt es im Luxembourg?«

»Neuigkeiten«, stammelte Lucien, blickte unverwandt Joséphine an und fragte sich, ob er wachte oder träumte.

»Du mußt entschuldigen«, sagte Joseph, »hätten wir gewußt, daß du noch im Bett liegst, wären wir natürlich nicht gekommen. Ich glaube, es ist besser, wenn wir euch jetzt allein lassen.«

»Wie ihr meint. Übrigens, Lucien, arrangiere bitte ein Gespräch mit Sieyès, aber an einem neutralen Ort.«

»So«, sagte Lucien, als sie wieder in der Kutsche saßen, »diese Schlacht haben wir also verloren. Und dabei war er doch vor drei Tagen fest entschlossen zur Scheidung!«

»Abwarten, mein Lieber, eine verlorene Schlacht ist noch kein verlorener Krieg. Laß die Zeit für uns arbeiten, jünger und hübscher wird diese Kreolin nicht, und vielleicht findet er irgendwann doch Gefallen an Jugendfrische und glatter Haut. Und seinen Herzenswunsch nach einem Kind muß sie auch erst noch erfüllen.«

Nachdem Joseph und Lucien das Zimmer verlassen hatten, kuschelte sich Joséphine an ihren Gatten. »Ich muß dir noch etwas beichten, mein Schatz.«

»So? Noch einen Liebhaber?«

»Nein, eher eine Liebhaberei. Siehst du, als deine Brüder Mortefontaine und Plessis kauften, dachte ich, warum sollen wir uns nicht endlich auch einen kleinen Landsitz leisten, einen Ort, an dem wir uns erholen können. Ich habe also ein entzückendes Landhaus gekauft mit einem wunderschönen Bibliothekszimmer für dich und einem Garten für mich, in dem ich nach Herzenslust Rosen züchten kann. Es müssen natürlich noch einige Renovierungsarbeiten durchgeführt werden, aber wir können uns ja Zeit lassen.«

»Aha, und wo liegt der Landsitz?«

»Etwas außerhalb von Paris, in Rueil; ich schlage vor, daß wir uns das Haus nachher ansehen. Du wirst begeistert sein!«

Während der Fahrt nach Rueil dachte Napoleon darüber nach, welchen Landsitz Joséphine wohl gefunden hatte, er kannte dort nur ein einziges größeres Anwesen: La Malmaison. Zu diesem Schloß gehörten 75 Morgen Parklandschaft und 312 Morgen landwirtschaftlich nutzbare Fläche. Nach seiner Rückkehr aus Italien hatte er auf Wunsch Joséphines mit dem Besitzer über einen Kauf verhandelt, dann aber Abstand genommen, weil ihm der Kaufpreis von 325 000 Francs zu hoch erschienen war.

Inzwischen war die Kutsche von der Hauptstraße in eine schmale Seitenstraße abgebogen und hielt nach einigen hundert Metern vor einem breiten Eisentor.

»Wir sind angekommen«, sagte Joséphine mit einem Anflug von Stolz in der Stimme, »das ist unser Landsitz: La Malmaison.«

Der Kutscher öffnete das Tor und lenkte den Wagen die breite, kiesbestreute Auffahrt hinauf zum Vorhof.

Napoleon hatte sich inzwischen von seiner Überraschung erholt.

Er stieg aus und sah sich neugierig um. Die Auffahrt, die auf beiden Seiten von Rasenflächen und Rosenstöcken umsäumt war, gefiel ihm, aber das Schloß selbst fand er im ersten Augenblick häßlich. Das beigegraue Gemäuer und die Schieferdächer machten einen tristen Eindruck, der zweistöckige Mittelbau erinnerte an eine Kaserne, lediglich die zwei vorspringenden Seitenpavillons ließen das Gebäude weniger streng erscheinen.

»Du sprachst von einem Landsitz, und nun sehe ich ein Schloß! Wie hast du das überhaupt bezahlen können?«

»Ach, es ist doch nur ein Schlößchen! Zu unserem Besitz gehören übrigens neunzehn Bauernhöfe und verschiedene Dépendancen: die Orangerie, einige Gewächshäuser, ein Taubenschlag, eine Volière, die Mühle, das Wächterhaus und die Remise rechts neben der Einfahrt. Natürlich muß einiges renoviert und umgebaut werden, doch was die Finanzen betrifft, so mache dir darüber keine Gedanken, das ist alles bestens geregelt. Der Haupteingang ist zur Zeit auf der Gartenseite, das gefällt mir überhaupt nicht, ich möchte hier am Ende der Auffahrt noch einen Eingang errichten lassen. Aber komm, laß dich herumführen.«

Während sie zur Gartenseite des Schlosses gingen, wies Joséphine nach links: »Dort hinten habe ich eine Rosenzucht angelegt, ich will experimentieren und verschiedene Sorten kreuzen.«

Eine steinerne Brücke führte über einen Graben in das mit weißen und schwarzen Marmorfliesen ausgelegte Vestibül. Napoleon blieb eine Weile in der Mitte stehen, betrachtete die antiken Büsten an den Wänden und folgte Joséphine dann durch die Räume, die links neben der Eingangshalle lagen: ein Billardzimmer, ein Vorraum, der Salon, das Musikzimmer.

»Hier hält sich Hortense am liebsten auf und spielt Harfe oder Piano. Ich möchte diesen Raum zu einer großen Galerie erweitern, damit wir Konzerte geben können. Ja, und dann plane ich den Bau eines kleinen Theaters im Park.«

»Du hast dir allerhand vorgenommen«, murmelte er und überschlug im Geist die Kosten.

»Das ist der Nordflügel, jetzt gehen wir zum Südflügel.« Sie führte ihn durch das Vestibül zum Speisesaal und weiter durch ein leeres Zimmer bis zur Bibliothek.

»Wie apart dieser dreigeteilte Raum wirkt! Die Bibliothek gefällt mir bis jetzt am besten«, meinte Napoleon. Er ging an den Bücherwänden entlang; sein Blick schweifte von den Rundbögen, die das Zimmer teilten, zum Schreibtisch aus geflecktem Mahagoni, dessen Füße die Form sitzender Löwen hatten, zum Sessel, der mit grünem Saffianleder bezogen war. Er trat zum Schreibtisch und betrachtete den Papierbeschwerer, den Kerzenleuchter mit den drei Lichtern und dem beweglichen Lampenschirm, Bouillotte-Lampe genannt, das Tintenfaß aus Ebenholz und vergoldeter Bronze, den Mahagoni-Korb und den Ablagekasten aus rotem Saffianleder.

»Ja, hier werde ich mich wohlfühlen, hier werde ich gerne arbeiten und lesen.«

»So, hier unten hast du alles gesehen, jetzt gehen wir über eine Geheimtreppe in den ersten Stock.«

Die Treppe endete an einem schmalen Korridor, der zu einem Vorzimmer und einem Salon führte.

»Hier möchte ich mir ein Schlafzimmer einrichten«, sagte Napoleon, »und im Vorraum kann Roustam Wache halten.«

»Wie?« fragte Joséphine erstaunt, »du möchtest getrennte Schlafzimmer?«

»Aber nein, wir haben natürlich weiterhin ein gemeinsames Schlafzimmer. Nur wenn ich nachts arbeite – das ist eine Gewohnheit von den Feldzügen, wo man immer präsent sein muß –, könnte ich hier zwischendurch ein bis zwei Stunden schlafen.«

»Jetzt kommen die Räume, die ich als Gästezimmer nutzen will, und anschließend mein Reich: Badezimmer, Louises Raum, mein Schlafzimmer und das Boudoir.«

Er folgte ihr durch eine Flucht leerer Zimmer und dachte mit wachsender Sorge an die Renovierungskosten.

»So, hier ist mein, oder besser gesagt unser Schlafzimmer.«

Er trat ein und blieb überrascht stehen: der Raum ähnelte einem ovalen Zelt aus roten Stoffbahnen, von zierlichen Säulen aus vergoldetem Holz getragen. Das Bett hatte die Form eines Nachens, das Kopfteil war mit Schwänen verziert, das Fußteil mit zwei Füllhörnern; vom Baldachin flossen weiße, mit Gold bestickte Vorhänge herab.

»Nun«, fragte sie lächelnd, »gefällt es dir in Malmaison?«

»O ja, man sieht dem Schloß von außen gar nicht an, was sich dahinter alles verbirgt«, erwiderte Napoleon geistesabwesend und starrte wie gebannt auf das pompöse Bett.

»Komm, es dämmert schon, wir müssen wieder zurückfahren.«

»Nun erzähl mir endlich, wie du den Kauf von Malmaison finanziert hast.«

»Das war ganz einfach. Der Kaufpreis ist derselbe wie damals, ich mußte eine Anzahlung von 15 000 Francs leisten, und die habe ich als Darlehen vom Verwalter des Schlosses erhalten, so konnte ich im Frühjahr den Kaufvertrag unterschreiben. Der Rest ist noch nicht bezahlt.«

»Joséphine, ist das dein Ernst? Du hast diesen Besitz gekauft und dich dabei restlos verschuldet? Was für ein bodenloser Leichtsinn! Was wäre gewesen, wenn ich nicht mehr aus Ägypten zurückgekommen wäre? Joseph hätte dir nicht einen Sou gegeben.«

»Ich habe über den Kauf nicht nachgedacht. Ich wollte, ich mußte Malmaison haben; ich glaube, hier werde ich sehr glücklich sein!«

Inzwischen hatten sie die Kutsche erreicht. Napoleon sah in der Dämmerung noch einmal zurück. »Auf mich wirkt dieses Gebäude etwas melancholisch.«

Sie lachte. »Aber nein, was du dir einbildest! An einem Herbstabend sehen alle Gebäude melancholisch aus, warte nur bis zum Sommer; im Juni, wenn die Rosen blühen, dann ist es in Malmaison am schönsten.«

XXV

Emanuel Joseph Sieyès, der Verfasser der Schrift *Was ist der Dritte Stand?*, hatte nach 1789 stets im Blickpunkt gestanden und war doch wenig aufgefallen. Er besaß in allen gesetzgebenden Körperschaften Platz und Stimme, war Mitglied der Konstituierenden Versammlung, des Konvents, des Rates der Fünfhundert, und es war ihm gelungen, alle Herrschaftsformen zu überleben. Fragte man ihn, was er denn in jener stürmischen und schrecklichen Zeit getan habe, so antwortete er: »Ich lebte.«

Im Mai 1799 wurde der inzwischen Fünfzigjährige zum Direktoriumsmitglied gewählt, und bereits nach kurzer Zeit übernahm er die Führung in der Regierung. Politisch vertrat er eine gemäßigte liberale Richtung, lehnte sowohl den Neo-Jakobinismus als auch die Royalisten ab, die sich für eine Rückkehr der Bourbonen einsetzten, wie zum Beispiel Barras. Im Jahre 1799 sah Sieyès das Heil Frankreichs und sein eigenes in einer Verfassungsänderung, die eine bürgerliche Ordnung garantierte, den Einfluß der Großbourgeoisie sicherte und ihm, neben dem Parlament, die führende Rolle im Staat zuwies.

Am 23. Oktober wurde Lucien zum Präsidenten des Rates der Fünfhundert gewählt, und am gleichen Tag fand die erste Begegnung zwischen Napoleon und Sieyès statt. Sie verlief ergebnislos, weil Napoleon seine Unterstützung von der Schaffung einer provisorischen Konsularregierung abhängig machte, die eine neue Verfassung ausarbeiten sollte.

Am 1. November kam es zu einer zweiten Begegnung, und dieses Mal war Sieyès mit den Bedingungen einverstanden. Er wußte, daß ihm keine andere Wahl blieb, und er sah in der Popularität des Generals bei Bevölkerung und Armee den Erfolg der Unternehmung garantiert.

Napoleon seinerseits stimmte dem Plan Sieyès' zu, was den Ablauf des Staatsstreichs betraf, da der Schein der Legalität gewahrt blieb und anzunehmen war, daß es ohne Blutvergießen abgehen würde.

Dieser Plan sah folgendermaßen aus: Die Exekutive sollte handlungsunfähig gemacht werden, indem Sieyès, Ducos und Barras aus dem Direktorium ausschieden. Ducos unterstützte den Plan, und Barras war bestechlich. Nach diesem Rücktritt der Mehrheit der Direktoriumsmitglieder sollte den beiden Kammern – dem Rat der Fünfhundert und dem Rat der Alten – die Einsetzung eines Dreierausschusses vorgeschlagen werden, der eine neue Verfassung ausarbeiten sollte. Im Rat der Alten hatte Sieyès viele Anhänger, aber im Rat der Fünfhundert mußte man die jakobinische Opposition befürchten. Deshalb wurde beschlossen, daß die beiden Kammern unter dem Vorwand einer Verschwörung aus Paris entfernt werden sollten, um ihnen die Unterstützung der Pariser Vororte zu entziehen. Als Datum für den Umsturz einigte man sich auf den 18. Brumaire (9. November).

Am folgenden Tag weihte Sieyès führende Mitglieder des Rats der Alten ein, ferner den politischen Journalisten Roederer, Talleyrand, Fouché, Joseph und Lucien; letzterem fiel als Präsident des Rates der Fünfhundert eine Schlüsselrolle zu. Napoleon sicherte sich zudem die militärische Unterstützung von Lannes, Leclerc, Murat und Lefebvre, dem Militärgouverneur von Paris.

In der Rue de la Victoire verlief das tägliche Leben wie üblich: Napoleon besuchte häufig die Sitzungen des Instituts und interessierte sich für die wissenschaftlichen Ergebnisse der ägyptischen Expedition; er zeigte sich beim Empfang des Außenministers Rheinhard, ging ins Theater und empfing selbst Gäste. So vergingen die Herbsttage bis zum Morgen des 18. Brumaire.

Um halb acht Uhr traf sich der Rat der Alten in den Tuilerien und erfuhr dort von den Anhängern Sieyès', daß die Republik in Gefahr sei und daß es angesichts der unsicheren Lage am besten wäre, sich von Paris nach Saint-Cloud zu begeben.

Daraufhin wurde folgendes Dekret erlassen:

Artikel 1) Die gesetzgebende Körperschaft wird nach Saint-Cloud verlegt. Die beiden Versammlungen werden in den beiden Flügeln des Schlosses tagen.

Artikel 2) Morgen, am 19. Brumaire, 12 Uhr, treffen sie sich dort. Bis dahin ruhen alle Funktionen.

Artikel 3) General Bonaparte ist beauftragt, die Durchführung dieses Dekrets zu überwachen. Er wird alle notwendigen Maßnahmen ergreifen, um die Sicherheit der Volksvertretung zu gewährleisten.

Artikel 4) General Bonaparte wird in den Rat bestellt, um eine Ausfertigung des Dekrets in Empfang zu nehmen und den Eid zu leisten.

Um halb neun wurde Napoleon davon in Kenntnis gesetzt und begab sich sofort in die Tuilerien, um den Rat der Alten seinen Treueid als Kommandant des Pariser Bezirks zu leisten.

Um elf Uhr wurde das Dekret im Rat der Fünfhundert bekannt. Einige Abgeordnete protestierten, aber niemand leistete Widerstand gegen die Verlegung nach Saint-Cloud.

Ungefähr zur gleichen Zeit legten Sieyès und Ducos ihre Ämter nieder; unterdessen erreichte Talleyrand mit Hilfe einer halben Million Francs, daß auch Barras zurücktrat, dieser verließ noch am gleichen Tag das Luxembourg und zog sich auf seinen Landsitz bei Grosbois zurück.

Die beiden Direktoren Gohier und Moulins weigerten sich zu demissionieren und wurden im Luxembourg unter Arrest gestellt. Das Direktorium hatte aufgehört zu existieren.

Napoleon blieb bis zum späten Abend in den Tuilerien und besprach sich mit Sieyès. Beide waren der Meinung, daß die Dinge nicht schlecht standen, und sie hatten auch allen Grund dazu: Als der Rücktritt des Direktoriums bekannt wurde, stiegen die konsolidierten Staatsanleihen von 11,35 auf 12,88.

Am Vormittag des 19. Brumaire fuhr Napoleon nach dem elf Kilometer entfernten Saint-Cloud, begleitet von Bourrienne, Berthier, Lefebvre und Leclerc. Lannes war mit seinen Truppen in Paris geblieben, während unter dem Befehl Murats ungefähr 6000 Soldaten rund um das Schloß standen.

Die Grenadiere und Veteranen, die ihren Dienst als Palastwache versahen, standen in Gruppen zusammen und ließen eine einzige Pfeife reihum gehen; sie hatten schon seit Monaten keinen Sold mehr bekommen, und die wenigsten konnten sich Tabak leisten.

Als Napoleon das Schloß betrat, kam ihm Sieyès aufgeregt entgegen. »Unser ganzer Zeitplan wird umgestoßen, es ist schon elf Uhr und noch nichts vorbereitet, weder in der Apollogalerie noch in der Orangerie. Bänke, Stühle, Podium, Rednertribüne müssen aufgestellt werden; die Kammern können frühestens um ein Uhr zusammentreten. Die Verspätung gibt den Abgeordneten der Fünfhundert die Möglichkeit, sich untereinander abzusprechen. Hoffentlich geht alles gut.« Er holte tief Luft, trocknete sich die Stirn mit einem Tuch und fuhr mit leiser Stimme fort: »Übrigens, meine Equipage wartet hinter dem Schloß, für den Fall des Falles, Sie verstehen! Sie können mich natürlich begleiten.«

»Danke«, erwiderte Napoleon kurz, »aber meine Soldatenehre verbietet mir, im Notfall Ihre Kutsche zu benutzen.«

Dann ging er, gefolgt von Sieyès und Bourrienne, in den ersten Stock in ein Arbeitszimmer, um den weiteren Verlauf der Dinge abzuwarten. Sieyès ließ sich in einen Sessel fallen, Bourrienne sah vom Fenster hinunter in den Schloßhof. Napoleon lief nervös auf und ab, nahm hin und wieder eine Prise Schnupftabak und stocherte im Kaminfeuer herum. »Diese Wartezeit ist wirklich ungünstig«, sagte er endlich. »Jetzt haben die Abgeordneten im Rat der Alten, die nicht eingeweiht wurden, Zeit, über die Bedrohung der Republik nachzudenken. Hoffentlich erleben wir keine unangenehme Überraschung, wenn sie ihre Beschlüsse fassen.«

»Darüber mache ich mir keine Gedanken«, erwiderte Sieyès, »meine Anhänger werden der Kammer schon die Richtung weisen, und die Mehrzahl der Abgeordneten ist Ihnen gewogen, General. Mich beunruhigt viel mehr der Rat der Fünfhundert, dort gärt es; die Kammer ist in einer Erregung wie zu der Zeit, als der Konvent Robespierre ächtete. Wäre es nicht besser, jetzt sofort die vierzig radikalsten Abgeordneten zu verhaften?«

Napoleon dachte nach. »Nein, das wäre nicht gut, ich möchte die Legalität wahren, und außerdem hoffe ich, daß mein Bruder Lucien mit seinem rhetorischen Talent die Gemüter beruhigen kann.«

Die Stunden verstrichen, die drei Männer sprachen kaum ein Wort, man hörte nur das Ticken der Uhr und den schweren Tritt von Napoleons Stiefeln. Endlich erschien ein Saaldiener und überreichte Sieyès einen Brief vom Rat der Alten.

Nachdem Sieyès das Schreiben geöffnet und gelesen hatte, erbleichte er. »Unser Plan ist gescheitert. Nach der Bekanntgabe des Rücktritts von drei Direktoren haben einige Sprecher vorgeschlagen, die Fünfhundert sollen eine Liste aufstellen, aus der die Alten neue Direktoren auswählen können. Dieser Vorschlag wurde angenommen und die Sitzung vertagt.«

Napoleon blieb abrupt stehen. »Wie, sie haben keinen Ausschuß ernannt, der eine neue Verfassung ausarbeiten soll? Jesus! Aber beruhigen Sie sich, jetzt müssen wir die Nerven behalten und sofort handeln. Ich werde in die Apollogalerie gehen, persönlich zu den Alten sprechen und versuchen, sie umzustimmen. Kommen Sie, Bourrienne.«

Und bevor Sieyès etwas erwidern konnte, war Napoleon mit seinem Sekretär hinausgeeilt und betrat wenig später den prunkvollen Saal.

Er blieb in der Mitte stehen und ließ seinen Blick über die zweihundertfünfzig Abgeordneten in ihren roten Togen und scharlachfarbenen Baretten schweifen. Wenn ich die Mehrheit für mich gewinnen will, muß ich mir eine gute Rede einfallen lassen, dachte er, und plötzlich überkam ihn ein Gefühl der Unsicherheit, aber er nahm sich zusammen und begann:

»Vertreter des Volkes, die Lage ist ungewöhnlich. Sie stehen am Rande eines Vulkans. Erlauben Sie mir, mit der Offenheit eines Soldaten zu sprechen. Seit der Kommandoübernahme nennt man mich einen neuen Cäsar, einen neuen Cromwell. Diese Namen habe ich nicht verdient. Ich schwöre, daß das Vaterland keinen eifrigeren Verteidiger hat als mich. Ich füge mich Ihren Befehlen. Retten wir um jeden Preis die beiden Werte, für die wir so viel geopfert haben: die Freiheit und die Gleichheit!«

»Und die Verfassung?« rief einer der Alten.

»Im Namen der Verfassung werden Verschwörungen angezettelt. Ich kenne alle Gefahren, die Ihnen drohen.«

»Was für Gefahren? Nennen Sie die Verschwörer!«

Bei dem Wort Verschwörer merkte Napoleon erneut, daß er unsicher wurde und daß es ein großer Unterschied war, ob man zu einfachen Soldaten oder zu diesen geschulten Rednern sprach. Er suchte krampfhaft nach Worten und rief schließlich: »Ich werde Sie vor den Gefahren schützen. Ich mit meinen Waffenbrüdern!« Er stockte und blickte hinüber zur offenen Tür: »Grenadiere, ich sehe eure Bajonette, mit ihnen habe ich Republiken gegründet!« Im Saal begann unwilliges Gemurmel, aber Napoleon fuhr fort: »Wenn ein Redner, der im Solde einer ausländischen Macht steht, vorschlagen sollte, mich zu ächten, so möge ihn auf der Stelle der Blitzstrahl des Krieges zerschmettern! Wenn man vorschlagen sollte, mich zu ächten, verlasse ich mich auf euch, meine tapferen Waffenbrüder! Erinnert euch, daß ich Seite an Seite mit dem Siegesgott und der Glücksgöttin marschiert bin!«

Die Unruhe im Saal wurde lauter. »Er redet Unsinn!« rief einer der Abgeordneten, und ein anderer: »Er soll die Namen der Verschwörer nennen!«

Bourrienne hatte die ganze Zeit über gespannt den unglücklichen Auftritt des einstigen Schulkameraden verfolgt. Nun packte er ihn am Arm und flüsterte ihm zu: »Verlassen Sie den Saal, General, Sie wissen nicht, was Sie sagen.«

Napoleon spürte, daß er sich im Ton vergriffen hatte, und ging langsam zur Tür. Bevor er den Saal verließ, wandte er sich noch einmal um und rief: »Ich empfehle Ihnen, einen Ausschuß zu bilden, der Maßnahmen gegen die drohenden Gefahren treffen kann.«

»Und nun?« fragte Bourrienne, als sich die Saaltür hinter ihnen geschlossen hatte.

»Jetzt versuchen wir unser Glück bei den Fünfhundert, kommen Sie.« Napoleon marschierte schon in Richtung Orangerie.

»Wollen Sie sich wirklich in die Höhle des Löwen begeben?«

»Uns bleibt keine andere Wahl.«

Die Verlegung der Kammern nach Saint-Cloud hatte den Unwillen der Fünfhundert hervorgerufen und Verdacht erweckt.

Als die Abgeordneten an jenem Nachmittag in der Orangerie zusammentraten, wurde von der Gruppe der Neo-Jakobiner der Antrag gestellt, daß alle Mitglieder der Kammer ihren Schwur auf die Verfassung erneuern sollten im Hinblick auf eine drohende Verschwörung. Lucien kam dieser Antrag nicht ungelegen, bedeutete er doch Zeitgewinn. Während er einzeln die Abgeordneten zum Schwur aufrief, blickte er immer wieder ungeduldig zur Tür, ob nicht endlich eine Botschaft vom Rat der Alten käme über den dort gefaßten Entschluß, eine Konsularregierung zu ernennen.

Endlich, es war schon später Nachmittag, ging die Tür auf, aber zu Luciens Entsetzen erschien nicht ein Abgesandter der Apollo-Galerie, sondern sein Bruder in Begleitung Bourriennes. Noch ehe Lucien sich von seinem Schreck erholt hatte, lief ein Jakobiner auf Napoleon zu und packte ihn am Arm: »Wie können Sie es wagen! Gehen Sie augenblicklich! Sie entweihen die heilige Stätte des Gesetzes!«

Diese Worte waren das Signal für den nun losbrechenden Tumult. Abgeordnete sprangen auf die Bänke, andere liefen auf Napoleon zu, rempelten ihn an, versuchten ihn am Uniformkragen zu packen, und schließlich gipfelte die allgemeine Empörung in dem Ruf: »Ächtet den Diktator!«

Napoleon wurde bleich, Furcht stieg in ihm auf. Er wollte den Raum verlassen, fand aber den Weg versperrt. Endlich gelang es einem Offizier und vier Grenadieren, sich zu ihm durchzukämpfen und ihn hinauszuführen.

Lucien atmete erleichtert auf und versuchte, die Ordnung wiederherzustellen, aber er wurde niedergeschrien, und die Forderung nach Ächtung wurde immer lauter und dringender, bis schließlich einer rief: »Ich fordere die Abstimmung über die Ächtung des Generals Bonaparte!«

Vor Lucien begann sich der Saal zu drehen. Ächtung, nein! dachte er. Nur keine Ächtung, das ist gleichbedeutend mit dem Todesurteil! In diesem Augenblick waren für ihn Familiengefühl und Blutsbande stärker als alles andere, stärker als das gespannte Verhältnis zu seinem Bruder, und er überlegte fieberhaft, wie er die Abstimmung verhindern konnte. Da ihm nichts anderes einfiel, zog er feierlich die rote Toga aus und nahm das Barett ab.

Diese symbolische Handlung ernüchterte die Abgeordneten. Sie baten Lucien, die Toga wieder anzulegen, und das tat er auch. Er hatte erreicht, was er wollte; nun schickte er seinem Bruder eine Meldung: ›Du hast zehn Minuten Zeit zu handeln!‹

Wenig später erschien eine Eskorte, die Lucien aus dem Saal holte. Draußen bestieg er ein Pferd, Napoleon ließ die Trommeln schlagen, und dann hielt Lucien eine Ansprache an die Soldaten:

»Franzosen, der Präsident des Rates der Fünfhundert erklärt euch, daß die überwältigende Mehrheit des Rates in diesem Augenblick von einigen mit Dolchen bewaffneten Deputierten terrorisiert wird. Sie belagern die Rednertribüne, drohen ihren Kollegen mit dem Tode und stellen die abscheulichsten Anträge.

Ich erkläre euch, daß diese vermessenen Schurken, zweifellos inspiriert von dem verderblichen Geist der englischen Regierung, in offene Rebellion gegen den Rat der Alten getreten sind, indem sie die Ächtung des Generals fordern, der beauftragt ist, das Dekret ebendieses Rates auszuführen – so, als lebten wir noch in der Zeit ihrer Schreckensherrschaft, unter der das Wort Ächtung genügte, die besten Köpfe des Vaterlandes rollen zu lassen. Ich erkläre euch, daß die rasend gewordene Minderheit durch ihr Attentat auf die Freiheit und auf ihre Kollegen sich selbst geächtet hat. Im Namen unseres Volkes, das seit so vielen Jahren Opfer oder Spielball dieser elenden Männer des Terrors ist, vertraue ich den Grenadieren die Befreiung der Mehrheit der Volksvertreter an, damit wir, durch Bajonette gegen Dolche geschützt, in Frieden über die Interessen der Republik beraten können.

General, und ihr, Soldaten, und ihr Bürger, ihr alle werdet nur diejenigen als die Abgeordneten Frankreichs anerkennen, die mit ihrem Präsidenten unter euch treten. Jene aber, die in der Orangerie bleiben wollen, um über Ächtungen abzustimmen, mögen mit Gewalt herausgetrieben werden! ... Diese Verfechter der Proskription sind nicht länger Vertreter des Volkes, sondern Vertreter des Faustrechts. Möge ihnen dieser Name bleiben, möge er ihnen auf Schritt und Tritt folgen ... und sollten sie die Stirn haben, sich euch zu zeigen, die ihr sie nicht mehr als die Vertreter der Nation anerkennt, dann mögen alle Finger auf sie zeigen und sie als das brandmarken, was sie verdientermaßen sind: Vertreter des Faustrechts.«

Während dieser Rede standen einige Abgeordnete an den Fenstern der Orangerie, wiesen anklagend auf Napoleon und riefen: »Verbrecher!«

Die Wachen sahen sich unsicher an, wem sollten sie glauben?

Napoleon hatte inzwischen seine Fassung wiedergewonnen, ritt vor die Truppen und rief: »Soldaten, ich habe euch zum Sieg geführt. Kann ich mich auf euch verlassen?« Er hatte kaum zu Ende gesprochen, als der Ruf »Lang lebe Bonaparte« ertönte. In diesem Moment zog Lucien seinen Degen, setzte ihn seinem Bruder auf die Brust und rief: »Ich schwöre, daß ich meinen Bruder durchbohren werde, wenn er je die Freiheit der Franzosen unterdrückt.«

Auf ein Zeichen Napoleons rief Murat ein Kommando, und sofort marschierte unter Trommelklang und mit gefälltem Bajonett eine Abteilung Grenadiere, angeführt von Leclerc und Murat, in die Orangerie.

Murat riß die Türe auf und schrie: »Jagt die ganze Bande hinaus!«

Binnen weniger Minuten war der Saal geräumt, ohne daß ein einziger Tropfen Blut geflossen war.

Noch an diesem Abend erklärten der Rat der Alten und etwa achtzig der Fünfhundert, die sich wieder eingefunden hatten, die Zeit des Direktoriums für beendet und übertrugen die Regierung einem Triumvirat von drei Konsuln, das aus Napoleon, Sieyès und Ducos bestand. Die bisherige Legislative wurde beurlaubt, an ihre Stelle traten zwei Kommissionen, die während der nächsten sechs Wochen eine neue Verfassung ausarbeiten sollten.

Während Napoleon den Treueid auf die Republik leistete, schickte Murat einen seiner Offiziere mit einem Trupp Kavallerie nach Saint-Germain zu Madame Campan. Die Soldaten erreichten das Pensionat kurz vor Mitternacht und zogen, die Marseillaise singend, in den Hof ein. Im Haus waren alle erwacht, und an den Fenstern sah man neugierige Mädchengesichter.

Der Offizier trat vor und rief: »Mademoiselle Bonaparte, im Auftrag des Generals Murat überbringe ich Ihnen folgende Nachricht: Bonaparte und Murat haben Frankreich gerettet!«

Caroline brauchte einige Augenblicke, bis sie die Worte in ihrer vollen Bedeutung erfaßt hatte: Bonaparte und Murat ...

»Hortense!« rief sie. »Hast du gehört? Bonaparte und Murat, jetzt kann mein Bruder sich unserer Heirat nicht mehr widersetzen, nicht wahr?«

Hortense lächelte. »Ja, jetzt wird er gewiß zustimmen, und Mama wird ein gutes Wort für euch einlegen, sie mag dich nämlich sehr.«

In jener Nacht konnte Caroline lange nicht einschlafen, immer wieder gingen ihr die Worte ›Bonaparte und Murat‹ durch den

Kopf. Aber warum, dachte sie, sollte es nicht eines Tages heißen ›Murat und Bonaparte‹? Joachim ist genauso fähig wie mein Bruder. Wenn wir erst verheiratet sind, werde ich ihm helfen, weiterzukommen; was ihm an Ehrgeiz fehlen sollte, bringe ich mit.

Während der folgenden Wochen arbeiteten die Kommissionen und die provisorische Regierung an der neuen Verfassung. Napoleon und Sieyès konnten sich über die Struktur der Exekutive nicht einigen, bis es schließlich nach zähen Verhandlungen Napoleon gelang, seinen Willen durchzusetzen. Die Exekutive würde aus drei Konsuln bestehen. Der Erste Konsul sollte die Entscheidungsgewalt haben, dem Zweiten und Dritten kamen nur beratende Funktionen zu. Die Konsuln wurden für die Dauer von zehn Jahren gewählt und konnten vom Senat wiedergewählt werden; zunächst wurden sie durch die Verfassung ernannt. Napoleon sollte Erster Konsul werden mit der Vollmacht, Minister und einige Richter zu ernennen. Die Legislative setzte sich aus vier Kammern zusammen (Staatsrat, Tribunat, Corps Législativ, Senat), deren Zusammenarbeit so kompliziert gestaltet war, daß die parlamentarische Arbeit praktisch lahmgelegt wurde.

Napoleon wählte sich seine beiden Kollegen selbst aus: Cambacérès, ein sechsundvierzigjähriger Jurist aus Montpellier, wurde Zweiter Konsul, der sechzigjährige Nationalökonom Lebrun Dritter Konsul. Lucien wurde Innenminister, Talleyrand Außenminister, Fouché blieb Polizeiminister, Sieyès erhielt den politisch unwichtigen, jedoch hochdotierten Posten des Senatspräsidenten. Joseph wurde zu seinem Verdruß lediglich Mitglied des Staatsrates, eines Gremiums, wo voraussichtlich viel debattiert und wenig entschieden werden würde.

Am 15. Dezember wurde die Verfassung des Jahres VIII dem Volk zur Abstimmung vorgelegt, und die Franzosen sprachen sich mit überwältigender Mehrheit für die neue Verfassung aus (über drei Millionen Ja- gegen 1 500 Nein-Stimmen) und bestätigten damit die drei Konsuln.

In der Proklamation der neuen Regierung hieß es am Schluß: ›Bürger, die Revolution hält an den Grundsätzen fest, die an ihrem Beginn standen. Sie ist beendet.‹

Als Paoli im englischen Exil erfuhr, daß Napoleon Erster Konsul geworden war, illuminierte er sein Haus und sagte zu dem erstaunten Carlo Andrea Pozzo di Borgo: »Er hat gezeigt, daß die Bewohner dieser unterdrückten und gedemütigten Insel, wenn sie einmal erlöst sind von den kalten Händen einer tyrannischen Regierung, sich in jeder Laufbahn auszeichnen. Er hat unsere Rache vollzogen gegen alle, die uns erniedrigt hatten!«

»Sie haben also Ihren Frieden mit den Bonapartes gemacht?«

»Ja, Carlo Andrea. In meinem Alter, ich bin jetzt vierundsiebzig, muß man vergessen können.«

»Nun, was mich betrifft«, erwiderte Pozzo di Borgo scharf, »ich werde die Vendetta gegen die Bonapartes fortführen.« Er schwieg eine Weile und fuhr dann fort: »Ich verlasse England in wenigen Wochen und trete in russische Dienste. Dank meiner geheimen Aufträge werde ich alle bedeutenden Höfe Europas besuchen, Berlin, Wien, Dresden, Madrid, und ich werde überall gegen Napoleon Bonaparte arbeiten, überall, auch in St. Petersburg, ja, vor allem dort, am Hof des russischen Zaren.«

Die Ausarbeitung der Verfassung des Jahres VIII hatte Napoleon Tag und Nacht beschäftigt. Erst als die Volksabstimmung begann, hatte er wieder Muße, über andere Dinge nachzudenken. In jenen Tagen wurde ihm erst richtig bewußt, daß das achtzehnte Jahrhundert sich seinem Ende näherte und das neunzehnte Jahrhundert heraufdämmerte. War es nicht der Anfang eines neuen Zeitalters für Frankreich, für Europa?

Der Jahreswechsel von 1799 nach 1800 läutete auch eine neue Ära in der Geschichte der Familie ein. Zum ersten Mal seit langer Zeit weilten alle Familienmitglieder in Paris. Napoleon nahm das zum Anlaß, seine Angehörigen für den 31. Dezember (er hatte die christliche Zeitrechnung noch nicht ganz vergessen) zu einem Familiendiner ins Luxembourg einzuladen.

Am Abend dieses Tages versammelten sich die Bonapartes im Salon, um sich dann paarweise in den Speisesaal zu begeben.

Als Letizia am oberen Ende der Tafel ihren Ehrenplatz einnahm, blickte sie nicht ohne Stolz über die Köpfe des Clans: da saßen

Joseph und Julie, Lucien und Christine, Elisa und Bacchiochi, Paulette und Leclerc, Caroline und der künftige Schwiegersohn Murat, Louis, Jérôme, Eugène, Hortense, Fesch und Saveria, die bei solchen Anlässen nicht fehlen durfte. Letizias Blick blieb nachdenklich an Napoleon und seiner Gattin haften. Joséphine war wie üblich in eine hauchdünne Musselinrobe gekleidet, er trug einen roten Samtrock, den er vor einigen Wochen mit der Generalsuniform vertauscht hatte. Zum ersten Mal machte sich Letizia richtig klar, daß einer ihrer Söhne mit dreißig Jahren Herr über Frankreich war. Aber es mischte sich auch ein leichtes Unbehagen in ihren Stolz, und sie sah sich unsicher in dem prächtigen Saal um. Ein Familiendiner im Luxembourg! Paßte diese prunkvolle Fassade überhaupt zu den Bonapartes?

Sie sah erneut in die Runde und stellte bedauernd fest, daß es bis jetzt mit dem Nachwuchs mehr als spärlich bestellt war; kein Enkelkind saß inmitten der Erwachsenen. Paulette hatte zwar einen Sohn geboren, aber der kleine Dermide war schwächlich und kränklich, wer weiß, wie lange er leben würde, und Paulette selbst hatte sich immer noch nicht von der Geburt erholt, klagte häufig über Müdigkeit und mußte viel ruhen. Joseph und Julie, Elisa und Bacchiochi warteten auf Nachwuchs – und Napoleon? Ich weiß, wie sehr er sich ein Kind, einen Sohn wünscht, dachte Letizia, aber ob er von dieser inzwischen sechsunddreißigjährigen Kreolin noch Kinder erhoffen kann? Nur Luciens Ehe ist gesegnet, Christine ist zum fünften Mal schwanger, und von ihren Kindern sind immerhin zwei Töchter am Leben geblieben.

Sie sah, wie Caroline und Murat zärtliche Blicke tauschten. Deren stilles Rendezvous wurde jäh durch die Stimme des Konsuls unterbrochen, der Murat einige Fragen bezüglich der Konsulargarde stellte, zu deren Kommandant der tapfere Reitergeneral nach dem Brumaire ernannt worden war.

Während Murat dienstbeflissen antwortete, musterte ihn sein künftiger Schwager kritisch und abschätzend. Dieser Gastwirtssohn wird also demnächst zu unserer Familie gehören. Na, wenigstens hat der ›Zirkusdirektor der Armee‹ heute auf sein Phantasiekostüm verzichtet und ist korrekt gekleidet. Er hat Bernadotte als Trauzeugen gewählt, ausgerechnet Bernadotte, das ist eine persönliche Beleidigung für mich! Carolines verliebte Blicke sind allmählich unerträglich, was findet sie nur an ihm? Gewiß, als Kavallerist ist Murat unentbehrlich, aber damit erschöpfen sich seine militärischen Fähigkeiten auch schon; er hat keinerlei Begabung zum Strategen.

Das Diner dauerte fast zwei Stunden, zum Leidwesen Napoleons, der nur eine Stunde eingeplant hatte, um noch arbeiten zu können. Endlich, nach neun Uhr, wurden das Dessert und Champagner serviert. Der Konsul erhob sich, sofort verstummte die Unterhaltung, und alle Augen richteten sich auf ihn.

»Es ist für mich eine große Freude, die Familie am letzten Tag des Jahres 1799 vollzählig bei mir versammelt zu sehen. Seit dem Tode unseres Vaters haben die Bonapartes harte, entbehrungsreiche Jahre erlebt. Ich möchte an diesem Abend keine schmerzlichen Erinnerungen heraufbeschwören, nur daran erinnern, daß unsere Familie während der schlechten Jahre zusammengehalten hat, und ich hoffe, daß dies auch in Zukunft so bleiben wird. In den kommenden Jahren werden wir keine materiellen Sorgen mehr haben. Das ist gut so, aber Wohlstand, vielleicht sogar Luxus, kann den inneren Zusammenhalt unserer Familie gefährden. Ich habe deshalb beschlossen, daß alle Familienmitglieder, sofern sie in Paris weilen, in regelmäßigen Abständen bei meiner Frau und mir zum Diner erscheinen. Die Teilnahme an diesem Familiendiner ist verpflichtend. Und nun wünsche ich uns allen ein gutes neues Jahr und unserem Brautpaar eine glückliche gemeinsame Zukunft.«

Napoleon hob sein Glas und verbeugte sich vor Letizia. »Auf Ihr Wohl, Mama!«

»Ja, auf Ihr Wohl, Mama«, riefen alle, erhoben sich und prosteten Letizia zu.

Das angeordnete Familiendiner fand allerdings nicht die ungeteilte Zustimmung der Bonapartes.

Die Idee ist zwar vernünftig, dachte Letizia, aber warum müssen wir uns bei Joséphine treffen, warum nicht bei mir? Ich werde ja nicht ewig bei Joseph wohnen.

Einfach über unsere freie Zeit zu verfügen! dachte Lucien verärgert. Ich werde diese Diners boykottieren.

Am liebsten würde ich mich regelmäßig mit Migräne entschuldigen. Das waren Paulines Überlegungen. Aber meinem Bruder zuliebe werde ich erscheinen.

Im Interesse von Joachims militärischem Aufstieg werden wir an diesen Diners teilnehmen, dachte Caroline, obwohl sie wahrscheinlich genauso steif und langweilig verlaufen wie der heutige Abend. Dieses Getue mit der Familie geht mir immer mehr auf die Nerven!

Jérôme winkte einem der Lakaien und ließ sich zum zweiten Mal Dessert reichen. »Heute kann ich mich in diesem Haus endlich einmal sattessen«, sagte er zu Caroline, die ihm gegenüber saß, »Normalerweise ist die Dauer der Mahlzeiten so kurz, daß mein Teller noch halb gefüllt ist, ich esse gerne langsam und mit Genuß. Aber wenn Napoleon aufsteht, um im Salon den Kaffee zu trinken, ist das Déjeuner oder Diner beendet.«

Caroline kicherte. »Armer Jérôme! Bei meiner Hochzeit kannst du dich das nächste Mal sattessen.«

»Steht inzwischen fest, wo die Trauung ist?«

»Ja, in Mortefontaine. Oh, ich bin überzeugt, daß Joseph uns eine prachtvolle Hochzeit ausrichten wird, er ist ja so großzügig!«

»In Mortefontaine?« fragte Lucien erstaunt. »Warum wird denn nicht hier im Luxembourg gefeiert?«

»Anscheinend hat es sich noch nicht bis zum Innenministerium durchgesprochen, daß die Regierung in den kommenden Wochen mit dem Wiederaufbau Frankreichs beschäftigt ist«, ließ sich Napoleon vernehmen. »Ich werde wahrscheinlich halbe Nächte in Sitzungen verbringen, also bat ich Joseph, sich um die Hochzeit zu kümmern.« Er hatte die Familienfeier auf den älteren Bruder abgewälzt, weil er fest entschlossen war, der Trauung fernzubleiben.

Aha, dachte Lucien, das war mal wieder eine versteckte Rüge; er ist wohl der Meinung, daß ich als Innenminister zu wenig arbeite.

»Übrigens«, fuhr der Konsul fort, »ehe ich es vergesse: Mitte Februar werden Joséphine, Jérôme und ich in die Tuilerien übersiedeln.«

»In die Tuilerien?« rief Lucien erstaunt. »Aber warum denn? Das Luxembourg ist doch groß genug.«

»Es ist keine Frage der Räumlichkeiten, sondern des Prestiges. Außerdem soll der Bevölkerung gleichsam symbolisch verdeutlicht werden, daß die jetzige Regierung alles tun wird, um eine Rückkehr der Bourbonen zu verhindern.«

Lucien schwieg und starrte düster vor sich hin. Unglaublich! dachte er. Mein Bruder, der Erste Konsul der Französischen Republik, scheut sich nicht, im ehemaligen Königsschloß zu residieren. Ich empfinde das als Brüskierung des französischen Volkes.

»Habe ich dich richtig verstanden?« fragte Letizia. »Jérôme soll bei dir in den Tuilerien wohnen? Willst du ihn nicht wieder auf eine Schule schicken?« Kurz nach dem Brumaire hatte Jérôme auch die zweite Lehranstalt ohne Abschluß verlassen, weil er die geforderte Disziplin unerträglich fand, und Napoleon hatte ihn vorerst im Luxembourg aufgenommen.

»Mama, ich glaube es hat wenig Sinn, Jérôme noch eine dritte Schule besuchen zu lassen. Er bleibt unter meiner Aufsicht, bis ich entschieden habe, was aus ihm werden soll.«

»Sehen Sie, Madame«, Joséphine wandte sich lächelnd an Letizia, »der arme Junge muß sich erst einmal von den schrecklichen Schulstrapazen erholen. Sie können übrigens stolz auf ihn sein. Mit seinen fünfzehn Jahren ist er schon ein vollendeter Kavalier; er wird einmal die Zierde jeden Salons sein. Sie müßten erleben, wie artig er den Damen Komplimente macht! Und ich bewundere seinen Geschmack – ein reizender Junge! Nicht wahr, Jérôme, wir werden uns gewiß vertragen?«

»Aber ja, Madame, ich wohne gern bei Ihnen und meinem Bruder.«

Letizia hielt es für angebracht, das Thema nicht weiter zu vertiefen, und schwieg. Sie war einigermaßen beruhigt bei dem Gedanken, den leichtsinnigen Jungen unter Napoleons Aufsicht zu wissen.

Gegen zehn Uhr hob Joséphine die Tafel auf, und man begab sich in den Salon. Sie nahm ihre Tochter zur Seite.

»Höre, Hortense, ich habe deine Harfe hierher bringen lassen, sei so lieb und spiele etwas, du weißt, daß der Konsul sich darüber freut.«

»Aber gerne, Mama.«

Und während Hortense spielerisch ihre Finger über die Saiten gleiten ließ, gab Joséphine, mit den Vorlieben ihres Gatten vertraut, zwei Stück Zucker in eine Tasse Kaffee und brachte sie ihm, der sich gerade mit Joseph unterhielt.

»Nun, mein Lieber«, sagte sie lächelnd und legte den Arm um ihn, »hast du dir den Bauvorschlag von Fontaine und Percier schon angesehen?«

»Ja, also nach den Plänen dieser Herren wird Malmaison sicher nicht umgebaut. Die Vorschläge sind zu kostspielig und außerdem lächerlich. Stell dir vor, Joseph, die Herren Baumeister wollen eine Villa errichten, diese mit dem renovierten Hauptgebäude verbinden, und in gleicher Entfernung ein drittes Gebäude anfügen für Zusammenkünfte mit hohen Staatsbeamten!«

»Ein solcher Gebäudekomplex sieht bestimmt sehr repräsentativ aus.«

»Aber Joseph, ich bitte dich, repräsentieren können wir in den Tuilerien, in Malmaison will ich mich erholen. Der Landsitz soll für Joséphine und mich und natürlich die Familie ein Tusculum sein, wo man die Tagesgeschäfte vergessen kann.«

Unterdessen leisteten Lucien und Christine ihrer Schwägerin Julie Gesellschaft und hörten sich geduldig ihre Klagen über die schrecklichen Repräsentationspflichten an.

»Da wird noch etwas auf uns zukommen! Als Erster Konsul muß Napoleon natürlich auch die ausländischen Gesandten empfangen und großartige Bälle arrangieren.«

»Aber Julie, das ist Joséphines Aufgabe, damit hast du doch nichts zu tun.«

»Aber wir müssen doch anwesend sein! Leider stehen wir jetzt im Blickpunkt der Öffentlichkeit. Joséphine scheint sich in ihrer neuen Rolle als erste Dame im Staat sehr wohl zu fühlen, sie wirkt nie abgespannt, sieht immer frisch aus. Ich bin nach jeder Gesellschaft bei uns völlig erschöpft.« Ihre Augen folgten der Konsulin, die soeben die offiziell geladenen Gäste begrüßte. Plötzlich stutzte Julie. »Lucien, Christine, seht doch, unsere Schwägerin begrüßt Désirée und Jean-Baptiste! Ich wußte gar nicht, daß Napoleon sie eingeladen hat.« Erstaunt beobachtete sie, wie Joséphine das Ehepaar Bernadotte zu Napoleon führte.

Joséphine wußte inzwischen, daß ihr Gatte mit der jetzigen Madame Bernadotte verlobt gewesen war, aber das berührte sie nicht; sie fühlte sich dieser Seidenhändlerstochter gesellschaftlich überlegen, war aber klug genug, es nicht merken zu lassen.

Napoleon blickte irritiert auf, als er die Bernadottes sah. Er hatte sie doch gar nicht eingeladen! Aber er schluckte seinen Ärger hinunter und zwang sich zu einem verbindlichen Lächeln.

»Nun, Madame Bernadotte, wie geht es meinem Patenkind?«

»Danke, ausgezeichnet, er wächst und gedeiht. Wir haben uns übrigens sehr darüber gefreut, daß Joseph uns bat, heute ins Luxembourg zu kommen.«

»Ja, es geschah auf meine Veranlassung – Mama, würden Sie sich bitte um Madame Bernadotte kümmern?« Und ohne Désirées Gatten eines weiteren Blickes zu würdigen, ging er mit raschen Schritten zu Joseph und gab ihm einen Wink, ihm in den Nebenraum zu folgen.

»Wie konntest du Bernadotte ins Luxembourg einladen? Ich verstehe dich nicht, Joseph.«

»Warum regst du dich so auf? Bernadotte gehört schließlich irgendwie zur Verwandtschaft.«

»Joseph, hast du immer noch nicht begriffen, daß dieser Mann mein politischer Gegner ist? Glaubst du etwa, er gönnt mir meine Stellung? Hat er nicht selbst im Sommer einen Staatsstreich geplant – das heißt, man verdächtigte ihn, einen zu planen. Ich sage dir, wenn Bernadotte am 19. Brumaire im Besitz entsprechender Vollmachten gewesen wäre, hätte er mich, ohne mit der Wimper zu zucken, verhaften lassen. Und diesen Mann hat Eugénie geheiratet!«

»Wir nennen sie nicht Eugénie, sondern Désirée.«

»Für mich wird sie immer Eugénie bleiben. Also, Joseph, ich kann dir nicht verbieten, Bernadotte in deinen privaten Räumen zu empfangen, aber nimm bitte zur Kenntnis, daß er das Luxembourg oder die Tuilerien nur mit meiner ausdrücklichen Genehmigung betritt.«

»Ich denke doch, daß mir als Familienoberhaupt das Recht zusteht, Gäste ins Luxembourg einzuladen.«

»Wie bitte? Was hast du eben gesagt?«

Lucien und Christine, die auf dem Weg nach draußen waren, um ein wenig spazierenzugehen, hörten Napoleons letzte Worte. Lucien blieb stehen, die Stimme seines Bruders war von einer Kälte, die ihn erschauern ließ

»Merke dir eins, Joseph: Ich bin der Hausherr im Luxembourg und demnächst in den Tuilerien. Du bist zwar das nominelle Oberhaupt der Bonapartes, aber was in unserer Familie geschieht oder nicht geschieht, das bestimme ich und nur ich!«

»Komm, Christine«, sagte Lucien leise, »verlassen wir dieses gastliche Haus.« Fast fluchtartig eilte er mit seiner Frau ins Freie. Er ließ den Kutscher zur Pont de l'Archevêque fahren; dort stiegen die beiden aus und gingen über die Brücke. Wie ein dunkler Felsen erhob sich vor ihnen Notre-Dame auf der Ile de la Cité.

»Was für ein erhabenes Bauwerk«, flüsterte Christine. »Und alle französischen Könige wurden hier gekrönt!«

Lucien lachte leise auf. »Aber nein, die französischen Könige wurden stets in Reims gekrönt.«

»Wie, dann hat in Notre-Dame noch nie eine Krönung stattgefunden? Schade, es wäre ein angemessener Rahmen für eine so feierliche Zeremonie.«

»Aber Christine, ich denke, du bist eine überzeugte Republikanerin! Möge das Schicksal, die Vorsehung oder was auch immer uns davor bewahren, daß Frankreich jemals wieder eine Monarchie wird. Dieses Land ist, Gott sei Dank, seit acht Jahren Republik und muß Republik bleiben.«

»Ja, Lucien, du hast recht. Sag, wie fühlst du dich als Innenminister, bist du jetzt glücklich?«

»Glücklich? Nein, eigentlich nicht; es ist alles anders gekommen, als ich es am 19. Brumaire erhoffte. Statt dreier gleichberechtigter Konsuln, die dem Parlament verantwortlich sind, liegt nun alle Macht in der Hand des Ersten Konsuls, und die vier Kammern blockieren sich gegenseitig in ihrer parlamentarischen Arbeit. Abgesehen davon – konnte mein Bruder mich nicht am Konsulat beteiligen, als Zweiter oder Dritter Konsul? Nein, er fertigt mich mit dem Innenministerium ab, wo ich dauernd gezwungen bin, mit diesem undurchsichtigen Fouché zusammenzuarbeiten.

Weißt du – aber das sage ich nur zu dir, Christine –, wenn ich geahnt hätte, daß mein Bruder Frankreich allein regiert, praktisch als Diktator ...! Ich bin sehr enttäuscht von ihm. Nun, das Konsulat ist auf zehn Jahre begrenzt, das ist meine einzige Hoffnung.«

»Er kann wiedergewählt werden!«

»Ja, aber vielleicht haben die Franzosen dann genug von seiner Herrschaft. In den kommenden Jahren muß er Frankreich wieder aufbauen, vor allem die Wirtschaft; er muß beweisen, daß das Vertrauen des französischen Volkes in ihn gerechtfertigt ist. – Es wird allmählich kühl, komm, laß uns gleich nach Hause fahren; ich habe keine Lust, ins Luxembourg zurückzukehren.«

In diesem Augenblick begannen die Glocken von Notre-Dame das Jahr 1800 einzuläuten.

Viertes Buch

XXVI

Charles Maurice Graf de Talleyrand-Périgord saß im Arbeitszimmer des Ersten Konsuls in den Tuilerien. Die seidenbestrumpften Beine hatte er lässig übereinandergeschlagen, die rechte Hand spielte leicht mit dem Silberknauf seines Krückstocks, die linke ruhte auf der Stuhllehne. Sein Gesicht, das von gepuderten, frischgebrannten Locken umrahmt war, wirkte sanft, fast weiblich und etwas hochmütig, die halbgeschlossenen Augen wanderten scheinbar gleichgültig im Raum umher, aber diese Apathie täuschte, der ehemalige Bischof von Autun und jetzige Außenminister war hellwach.

Der General Bonaparte, dachte er, bewohnt nun also die ehemaligen Räume Ludwigs XVI., aber wie lange noch? Und flüchtig erinnerte er sich an den feierlichen Einzug des Konsuls im Februar: Dem Volk sollte ein Schauspiel geboten werden, aber in Paris ist alles dermaßen heruntergekommen, daß es schwierig war, Wagen für die neuen Körperschaften aufzutreiben, die Herren Staatsräte mußten in Mietkutschen durch die Straßen fahren! Während der Konsul die Truppenparade abnahm, stand die Konsulin freudestrahlend inmitten ihrer Gesellschaftsdamen an den Fenstern des Florapavillons ... Diese Gesellschaftsdamen, dachte Talleyrand amüsiert, sind Angehörige des Adels und im Faubourg St. Germain beheimatet: Madame de la Rochefoucauld, Madame de Talhouèt, Madame de Lucay, Madame de Lauriston ... Der Konsul will den Adel mit dem neuen Frankreich versöhnen, er plant eine Amnestie für die Emigranten, sie dürfen zurückkehren, die Nation soll geeint werden.

Der Minister öffnete die Augen und ließ den Blick über die Bücherschränke und Glasvitrinen schweifen, in denen Akten und Dokumente aufbewahrt wurden, über den Tisch des Sekretärs unter dem Eckfenster mit Blick auf den Garten. Warum ist dieser Raum so düster? Weil er nur durch ein Fenster erhellt wird? Oder weil der schwere Mahagonischreibtisch so erdrückend wirkt? Talleyrand musterte die Bronzebeschläge und den Schreibtischsessel, dessen grüner Kaschmir voller Tintenflecke war, und zog leicht indigniert die Augenbrauen hoch. Bonaparte hat wirklich merkwürdige Gewohnheiten, wischt die Schreibfeder am Sessel ab! Aber seine Bemerkung neulich über die Tuilerien war zutreffend: die Räume seien traurig, traurig wie die Größe. Talleyrands Augen wanderten weiter zu dem Kanapee neben einem Tischchen, das mit Papier bedeckt war, zum Kamin, in dem trotz des warmen Maitages ein Feuer loderte, und endlich verweilte sein Blick auf Napoleon, der schon seit einigen Minuten nachdenklich auf und ab ging und hin und wieder eine Prise Tabak nahm. Er wirkt nicht mehr so hager und eckig, ging es Talleyrand durch den Kopf; in den vergangenen Monaten ist er etwas voller geworden, fast könnte man sagen, er ist ein gutaussehender Mann. Was hat er beim Einzug zu Bourrienne gesagt? ›Es genügt nicht, in den Tuilerien zu sein, man muß auch in ihnen bleiben. Wer hat nicht schon alles in diesem Schloß gewohnt! Briganten, Konventmänner ... Sehen Sie dort drüben das Haus – habe ich nicht von dort aus der Belagerung der Tuilerien und der Entführung des guten Ludwig XVI. zugeschaut? Aber seien Sie ruhig, sie sollen nur kommen!‹

Sofort nach dem Einzug hat er das diplomatische Korps empfangen, in der Dianagalerie wurden antike Statuen aufgestellt, und an jedem Dekadenfest findet dort ein unendlich langweiliges Diner für zweihundert Personen statt. Ja, man muß in den Tuilerien bleiben – aber wie lange noch? Und bei diesem Gedanken umspielte ein samtweiches, zynisches Lächeln Talleyrands Lippen.

Am 17. Floréal 1800 (6. Mai), also in drei Tagen, wird er Paris verlassen und zur Italienarmee reisen, um erneut gegen die Österreicher zu kämpfen. Da man in London und Wien sein Friedensangebot abgelehnt hat, geht der Krieg weiter. Wie geschickt der General die Verfassung manipuliert hat, um persönlich das militärische Geschehen leiten zu können! Weil er als Konsul keine Vollmacht besitzt, eine Armee zu befehligen, wurde Berthier offiziell zum Oberbefehlshaber ernannt. In Italien wird die Entscheidung fallen, ob er Regierungschef bleibt. Nach dem Debakel in Ägypten kann er sich keine weitere militärische Niederlage leisten; seine politische Zukunft hängt von einem Sieg über die Österreicher ab.

Und Ägypten? Im Januar erreichte Kléber einen Waffenstillstand, aber das war den Engländern nicht genug; der Krieg ging weiter. Im März vertrieb Kléber die Türken aus Ägypten, kurz darauf fiel er; die Türken und Engländer griffen erneut an, und Menon, der neue Oberbefehlshaber, erleidet Niederlage auf Niederlage. Irgendwann werden wir kapitulieren müssen.

Ob er ahnt, daß seit einigen Wochen in gewissen Salons überlegt wird, wie es weitergehen soll, wenn er die Österreicher nicht besiegt? Diese Frage beschäftigt Fouché, Sieyès, Carnot, Bernadotte, nicht zuletzt seinen Bruder, den Innenminister, der möglicherweise mit dem Gedanken an eine Nachfolge spielt. Nun, im Falle einer Niederlage wird ein nettes kleines Triumvirat gebildet, bestehend aus dem Senator Clement de Ris, Fouché und mir! Wer wird der neue Mann an der Spitze sein? Lafayette, Moreau, Bernadotte? Und was, wenn der General wider Erwarten siegt und Konsul bleibt? Bis jetzt hat er seine Macht zum Wohle des Landes eingesetzt ... Allerdings wurde die Pressefreiheit eingeschränkt, von den ehemals 73 Zeitungen erscheinen nur noch 13, und auch die dürfen keine Kritik an der Regierung äußern; außerdem sind Fouchés Polizeispitzel allgegenwärtig, jeder wird beobachtet, die Familie des Konsuls nicht ausgenommen. Fouché ist der Mann im Staate, der alles weiß. Wenn man bedenkt, was der Konsul in den letzten Monaten alles für den Wiederaufbau Frankreichs getan hat, so ist es irgendwie tragisch, daß er von Verrätern umgeben ist. Er hat die Staatsfinanzen saniert und die Verwaltung reformiert. Er strebt ein Konkordat mit dem Papst an, weil er der Meinung ist, daß das Volk eine Religion braucht; er will Frieden mit England schließen; er plant eine Reform des Unterrichtswesens, und er will ein einheitliches Gesetzbuch schaffen. Diesem bürgerlichen Gesetzbuch mißt er eine ungeheure Bedeutung bei, ebenso wie dem Privateigentum, er fördert auf jede erdenkliche Weise das Streben nach Besitz; das wohlhabende Bürgertum wird also im neuen Frankreich die staatstragende Schicht werden.

Falls er an der Macht bleiben sollte, bin ich bereit, mit ihm zusammenzuarbeiten, solange seine Politik den Interessen Frankreichs dient. Und ich werde ihn genau beobachten, ob und wann er diesen Weg verläßt, um rechtzeitig reagieren zu können.

Was man wirklich bewundern muß, ist seine Arbeitskraft; die Sitzungen des Staatsrates dauern häufig bis in die frühen Morgenstunden, wenn er den Vorsitz hat. Was soll er neulich gesagt haben, als die Räte anfingen einzuschlafen? ›Bleiben wir wach, Bürger, es ist erst zwei Uhr. Wir müssen unsere Gehälter verdienen.‹

Talleyrand lächelte und betrachtete Napoleon, der nun vor dem Kamin stehenblieb, eine kleine Bonbonniere aus der Rocktasche zog und eine Lakritzpastille in den Mund schob. Die gestrige Sitzung soll bis fünf Uhr morgens gedauert haben, und wie ich ihn kenne, wird er trotz fehlender Nachtruhe zur üblichen frühen Stunde aufgestanden sein. Warum hat er mich schon für zehn Uhr ins Schloß bestellt, und warum sagt er nicht endlich, worum es geht?

Napoleon war tatsächlich früh aufgestanden. Gegen halb sieben war der neue Kammerdiener Constant, ein junger Mann Anfang zwanzig, hinunter ins Erdgeschoß gegangen, wo die Räume der Konsulin lagen. Napoleon besaß zwar ein eigenes Schlafzimmer, benutzte es aber nie, sondern schlief immer bei Joséphine in einem breiten Mahagonibett.

Constant hatte seinen Herrn leise geweckt.

Dieser war sofort hellwach gewesen. »Wie ist das Wetter, Constant?«

»Ein wunderschöner Maimorgen, Bürger Konsul.«

Es war Constants dritter Tag in den Tuilerien, und allmählich begann er, mit Napoleons Gewohnheiten vertraut zu werden. Sein neuer Herr hatte einen weißen Morgenrock angezogen, war dann ins eigene Schlafzimmer gegangen, hatte sich vor das Kaminfeuer gesetzt, eine Tasse Orangenblütenwasser getrunken, dabei seine Post durchgesehen und mit Constant geplaudert, anschließend eine Stunde in der Badewanne gelegen und sich aus den Zeitungen vorlesen lassen. Später mußte Roustam den Spiegel halten, damit Napoleon sich rasieren konnte – zum Erstaunen Constants, weil die meisten Männer dies einem Diener oder Barbier überließen; noch mehr staunte er über die sorgfältige Zahnpflege. Sodann hatte Constant seinen Herrn mit Eau de Cologne übergossen, den Oberkörper kräftig mit einer Bürste massiert und war ihm zuletzt beim Ankleiden behilflich gewesen. Nachdem Constant ihm ein mit Eau de Cologne besprengtes Taschentuch, die Tabatière und die Dose mit Lakritzpastillen überreicht hatte, war Napoleon gegen neun Uhr in den Salon zum Morgenempfang gegangen, hatte kurz mit einigen Ministern und Generälen gesprochen und dann Audienzen erteilt, was gewöhnlich eine Stunde dauert.

Zweieinhalb Stunden für die Morgentoilette! dachte Constant. Aber er behandelt mich und die übrigen Bediensteten aufmerksam und rücksichtsvoll. Während des Feldzugs wird er nicht soviel Zeit für seine Toilette haben, eine Badewanne schleppen wir aber trotzdem mit und eine Feldküche! Hoffentlich dauert der Krieg nicht so lange, damit wir noch etwas von Malmaison haben; die Konsulin wird wahrscheinlich den ganzen Sommer dort verbringen, beneidenswert! Mit einem leisen Seufzer ging Constant in den anderen Salon und beauftragte einige Lakaien, in den Räumen des Konsuls Aloeholz zu verbrennen, um damit eine saubere und frische Atmosphäre zu schaffen; er wußte inzwischen, daß sein Herr sehr geruchsempfindlich war.

»Während der letzten Wochen habe ich mich mit einem neuen Konzept für unsere Außenpolitik beschäftigt, Bürger Minister. Eine der wichtigsten Voraussetzungen für den erfolgreichen Wiederaufbau Frankreichs ist der Friede mit unseren europäischen Nachbarn, vor allem mit England. Durch die innenpolitische Entwicklung seit 89 ist Frankreich in eine Außenseiterrolle gedrängt worden, kurz gesagt, wir sind isoliert. Ein für beide Seiten akzeptabler Frieden mit England setzt voraus, daß wir diese Isolierung überwinden, und das erreichen wir nur durch ein Bündnis mit einer anderen europäischen Großmacht. Passen Sie auf, Bürger Minister ...« Napoleon ging zum Schreibtisch, zog unter allerlei Papieren eine Landkarte Europas hervor und stellte sich damit vor Talleyrand.

Wie geflissentlich er sich der Anrede ›Bürger‹ bedient, dachte dieser amüsiert, dadurch will er wohl seine republikanische Gesinnung zum Ausdruck bringen.

»Von den europäischen Großmächten kommt nur ein Staat als Bündnispartner für uns in Frage, und das ist Rußland. Preußen ist mir nicht zuverlässig genug, außerdem sind die Hohenzollern mit dem englischen Königshaus verwandt; es genügt, wenn Preußen neutral bleibt. Aber sehen Sie sich Rußland an! Ist die Größe, die Weite dieses Landes nicht faszinierend? Gewiß, das Zarenreich ist wirtschaftlich unterentwickelt, aber dafür militärisch stark. Da wir mit diesem Land keine gemeinsame Grenzen haben, wird es zu keinen territorialen Streitfragen kommen; eine bessere Grundlage für ein Bündnis gibt es nicht. Und eine Allianz mit dem Zaren bedeutet für Frankreich Prestigegewinn und eine Stärkung unserer Position in Europa, kurz: Frankreich kann als Verbündeten nur Rußland haben, das ist zur Zeit das wichtigste außenpolitische Ziel. Ist dies erreicht, wird es auch zum Frieden mit England kommen. Was ist Ihre Meinung, Bürger Minister?«

Er hat recht, dachte Talleyrand und betrachtete nachdenklich seine gepflegten Aristokratenhände und die polierten Fingernägel, er hat recht, aber vor dem Bündnis gibt es noch einige Hindernisse zu überwinden.

»Ich bin Ihrer Meinung, Bürger Konsul, allerdings befinden wir uns zur Zeit offiziell noch im Kriegszustand mit Rußland; zwischen Paris und Petersburg bestehen keinerlei diplomatische Beziehungen.«

»Das ist der Punkt, über den ich seit Wochen nachdenke, genauer, seit Preußens Bereitschaft zu vermitteln von den Russen abgelehnt wurde. Wie kann ich eine Annäherung erreichen, wie kann ich dem Zaren signalisieren, daß ich mit ihm verhandeln möchte?«

»Man müßte überprüfen, Bürger Konsul, ob es nicht eine Möglichkeit gibt, trotz des Kriegszustandes in direkte Verhandlungen einzutreten.«

»Trotz des Kriegszustandes«, murmelte Napoleon, und plötzlich erhellte sich seine Miene. »Ich glaube, ich habe eine Lösung gefunden. Wir könnten den Russen anbieten, ihre Kriegsgefangenen, es sind ungefähr 7000, in die Heimat zurückzuschicken, unentgeltlich, neu ausgerüstet und mit allen militärischen Ehren. Ja, das ist ein erster Schritt.

Schreiben Sie in den nächsten Wochen an den Grafen Panin,

unseren unversöhnlichen Gegner am Zarenhof, und unterbreiten Sie ihm dieses Angebot.«

»Man könnte das Schreiben noch etwas würzen«, meinte Talleyrand lächelnd, »und Panin darauf aufmerksam machen, daß Sie, Bürger Konsul, am letzten Krieg gegen Rußland nicht teilgenommen haben, weil Sie in Ägypten weilten, und daß Österreich und England ihre Erfolge nur der Mitwirkung der russischen Truppen zu verdanken haben. In einem weiteren Schreiben könnte man dann das Augenmerk Petersburgs vorsichtig auf unsere gemeinsamen Interessen lenken.«

»Vorzüglich!« rief Napoleon und rieb sich vergnügt die Hände. »Ich sehe das Bündnis mit Rußland schon in greifbarer Nähe! Allerdings müssen wir einen präsentablen Unterhändler und Gesandten an die Newa schicken, einen Mann, der auf Grund seiner Herkunft und Erziehung am Zarenhof akzeptiert und respektiert wird und der gleichzeitig dem neuen Frankreich gegenüber loyal gesonnen ist. Wer käme da in Frage?«

Talleyrand überlegte eine Weile und erwiderte dann: »Was halten Sie von dem Marquis de Caulaincourt?«

Napoleon starrte seinen Minister sekundenlang verblüfft an und begann dann zu lachen. »Wie? Der alte Herr, der jeden Tag meine Frau besucht und mit ihr von früheren Zeiten plaudert?«

»Nein, nein, ich denke an seinen Sohn, Armand de Caulaincourt. Er hat, wie seine Vorfahren, die militärische Laufbahn eingeschlagen und für die Republik in der Vendée gekämpft, war eine Zeitlang bei der französischen Gesandtschaft in Konstantinopel, hat den Krieg gegen die Zweite Koalition in Deutschland mitgemacht und ist nun, mit sechsundzwanzig Jahren, Oberst eines Karabinierregiments. Er wirkt auf mich loyal und zuverlässig, außerdem hatte er in Konstantinopel Gelegenheit, erste diplomatische Erfahrungen zu sammeln. Ich bin überzeugt, daß er Frankreich angemessen repräsentieren würde.«

»Also gut, wenn ich aus Italien zurück bin, stellen Sie mir den jungen Mann vor, vielleicht in Malmaison«, und nach einem Blick auf die Uhr verabschiedete Napoleon Talleyrand.

Während er beobachtete, wie der Minister, auf seinen Stock gestützt, zur Tür hinkte, fiel ihm ein, wie boshafte Zungen den ehemaligen Bischof charakterisierten: Die Lüge hinkt durch das Land! Nun ja, dachte Napoleon, er ist eben Diplomat und ein Grandseigneur – ja, er ist ein richtiger Grandseigneur. Und wieder, wie schon oft, befiel ihn eine leichte Unsicherheit bei dem Gedanken an diesen Vertreter des Ancien Régime, der die Revolution überlebt hatte.

Wenig später erschien Duroc, um Napoleon die tägliche Ausgabenliste vorzulegen. Nach dem Brumaire hatte Napoleon den Freund mit der Leitung des Haushaltes in den Tuilerien betraut, darüber hinaus mußte Duroc auch ab und zu heikle diplomatische Missionen erfüllen, so war er zum Beispiel im Winter 1800 nach Berlin gereist, um den preußischen König zu bewegen, eine Vermittlerrolle beim Zaren zu übernehmen.

Napoleon überprüfte die einzelnen Posten und nickte hin und wieder anerkennend. Als er die Ausgaben für Wein sah, stutzte er. »Nanu, ist der Chambertin teurer geworden?«

»Nein, aber ich sollte doch auch Clos-Vougeot und Château Laffite besorgen.«

Der Konsul besaß keinen Weinkeller, sondern bezog seinen Bedarf wöchentlich von einem Pariser Händler, eine Gewohnheit, über die man sich im Faubourg St. Germain naserümpfend mokierte.

Beim letzten Posten sah Napoleon erneut irritiert auf. »Was soll das heißen? Ein goldenes Reisebesteck für 16 000 Francs?«

»Es wurde gestern geliefert, und ich nahm an, daß du es bestellt hast.«

»Aber Christoph, du müßtest allmählich wissen, daß ich für derartigen Plunder keinen Sou ausgebe. Hier liegt ein Mißverständnis vor. Geh der Sache nach, bis heute abend möchte ich wissen, warum und für wen dieses Besteck geliefert wurde. Aber es ist Zeit fürs Déjeuner, komm, leiste mir Gesellschaft.«

Nebenan im Salon standen auf einem Mahagonitisch einige Schüsseln und Platten. Napoleon ließ ein zweites Gedeck auflegen und hob von einer der Schüsseln den Deckel. »Ah, Hammelkotelett und Bohnen, greif zu, Christoph.«

Dieser begann, wie es sich gehörte, mit der Vorspeise, einer Fischpastete; es fiel ihm immer noch schwer, sich an die Gepflogenheiten seines Freundes zu gewöhnen, der alle Gerichte gleichzeitig servieren ließ und es fertigbrachte, die Vorspeise nach dem Hauptgericht zu verzehren. »Der gute Dunan ist wirklich ein Meister seines Faches, einen besseren Koch hätten wir nicht bekommen können.«

»Mag sein«, erwiderte Napoleon, legte den Knochen zur Seite und tunkte die Soße mit Brot auf. »Er behauptet immer, er könne bei mir seine Kochkünste nicht richtig entfalten, aber wenn er raffinierte Menüs zaubern will, muß er eben bei Talleyrand arbeiten oder beim Zweiten Konsul. Wie hat es dir übrigens gestern bei Cambacérès gefallen? Man hört ja wahre Wunderdinge über die Delikatessen, die dort aufgetragen werden.« Bisher hatte er die Einladungen seines Kollegen stets unter einem Vorwand umgangen, weil ihm der Zeitaufwand zu groß war.

Duroc lachte. »In der Tat, es war kein Diner, sondern eine feierliche Zeremonie. Ich glaube, zu jedem Gang gehörten mindestens ein Dutzend Gerichte, vielleicht auch mehr, natürlich nur das Feinste vom Feinen, allein die Torten waren kleine Kunstwerke und das Vanille-Soufflé ein wahrer Traum.«

»Und worüber hat man sich unterhalten?«

»Du wirst es nicht glauben, über nichts! Während der drei Stunden herrschte absolutes Schweigen, ja, als einer der Gäste, wahrscheinlich ein Neuling wie ich, zu seinem Tischnachbarn etwas sagte, wurde er von Cambacérès zur Ordnung gerufen: ›Pst, man kann sich ja nicht konzentrieren!‹«

Duroc ahmte das Mienenspiel des Zweiten Konsuls so trefflich nach, daß Napoleon unwillkürlich lachen mußte: »Da lobe ich mir die Abendgesellschaft bei Talleyrand, dort werden wenigstens vernünftige Gespräche geführt. Aber lassen wir Cambacérès sein Vergnügen; solange er sich mit seinen Freßgelagen beschäftigt, stört er mich nicht bei der Arbeit.« Während der Kaffee serviert wurde, fuhr er fort: »Sag mir sofort Bescheid, wenn der neue Reisewagen da ist. Endlich eine Kutsche, in der man auch arbeiten und schlafen kann, so gibt es wenigstens keine Unterbrechung der Regierungstätigkeit, wenn ich im Feld bin. Sorge auch dafür, daß eine Reisebibliothek zusammengestellt wird, sagen wir ungefähr tausend Bücher. Weißt du übrigens schon, daß Junot sich mit

Laure Permon verlobt hat? Sie wollen in einigen Monaten heiraten.« (Junot war infolge seiner Verwundung erst nach dem Brumaire in Paris eingetroffen und sofort zum Militärgouverneur der Hauptstadt ernannt worden.)

»Der Glückliche«, murmelte Duroc, »er heiratet die Frau, die er liebt.« Seine Miene verdüsterte sich. Napoleon beobachtete ihn neugierig über seine Kaffeetasse hinweg und überlegte, ob er zugeben sollte, daß er durch Fouchés Polizei von der Korrespondenz zwischen Hortense und Duroc wußte; abgesehen davon hatte er das Paar im Winter auf verschiedenen Bällen beobachtet. Er stand dieser Romanze wohlwollend gegenüber, wartete aber ab, wie sie sich weiterentwickelte, bevor er Schritte unternahm, um die Stieftochter und den Freund zusammenzuführen.

»Mach nicht ein so trauriges Gesicht, Christoph, eines Tages wirst du auch die Frau heiraten, die du liebst.«

»Ich weiß nicht, ich fürchte, sie ist für mich unerreichbar.«

»Rede keinen Unsinn! Auf meine Unterstützung kannst du zählen. Übrigens, falls du heute abend nichts vorhast, kannst du gerne nach dem Diner in den Salon zu uns kommen. Joséphine wird sich freuen, wenn sie einen Partner fürs Kartenspiel hat.« Nach einem Blick auf die Uhr sprang er entsetzt hoch. »Jesus, wir plaudern und vergessen die Arbeit.«

»Ich finde, du solltest dir mehr Ruhe gönnen, sogar in Malmaison hast du gearbeitet.«

»Ruhe – das empfiehlt mein guter Doktor Corvisart auch immer, aber was soll ich machen? Der Ochs ist eingespannt, nun muß er pflügen.«

Während Napoleon und Talleyrand das Bündnis mit Rußland erörterten, war Joséphine mit ihrer Morgentoilette beschäftigt. Kurz vor elf Uhr stand sie endlich fertig angekleidet, geschminkt und frisiert vor dem Spiegel. Sie drapierte einen ihrer unzähligen Schals um Schultern und Dekolleté, schritt in den dünnen Halbstiefeln, die man seit kurzem statt der Sandalen trug, ein paarmal vor dem Spiegel auf und ab und musterte dabei kritisch das Kleid und die Blumen in ihrem Haar. Dem Gatten zuliebe hatte sie eine neue Mode kreiert und sich dabei von Leroy, einem Pariser

Couturier, der ein wahrer Künstler war, beraten lassen. Es war eine recht peinliche Situation gewesen bei jener Abendgesellschaft im Winter, als ihr Mann einem Diener befohlen hatte, viel mehr Scheite aufs Feuer zu legen. »Wir müssen ein großes Feuer haben, denn es ist sehr kalt, und die Damen sind fast nackt«, hatte er gesagt, und seine Augen waren mißbilligend über die tief dekolletierten, durchsichtigen Musselinkleider geglitten.

Joséphine verstand den Wink: die Zeit der lockeren Sitten des Directoire war unwiderruflich vorüber, der Erste Konsul legte Wert auf Schicklichkeit! Einige Wochen später erschienen sie und ihre Damen in undurchsichtigen Kleidern, die recht originell geschnitten waren: hohe Taille, Puffärmel, ein gerade herabfallendes Oberteil, das sich locker an die Figur anschmiegte, und statt der Sandalen trugen sie Halbstiefel.

Kurz nach elf Uhr betrat die Konsulin den Salon, wo sie bereits von ihren Damen und Hortense erwartet wurde. Letztere, inzwischen siebzehn Jahre alt, hatte sich zu einem aparten, intelligenten jungen Mädchen entwickelt; sie war schlank und feingliedrig, besaß volles aschblondes Haar, sanfte Augen, eine zarte Haut und hatte Joséphines kreolische Anmut geerbt. Ihre große Leidenschaft waren Schauspielerei und Tanz, weswegen sie scherzhaft hin und wieder Terpsichore genannt wurde, aber sie konnte auch malen, Klavier und Harfe spielen und war eine gute Reiterin. Zusammen mit Caroline hatte sie das Pensionat der Madame Campan verlassen, war in die Tuilerien gezogen, von ihrer Mutter in die Gesellschaft eingeführt worden und hatte während des Winters auf den Bällen und Abendgesellschaften als Tochter des Hauses geglänzt. Sie war empfindsam und lebenslustig zugleich, was sich zuweilen in übermütiger Schalkhaftigkeit äußerte, hing sehr an ihrer Mutter und begegnete dem Konsul mit respektvoller Verehrung.

Gegen halb zwölf wurde das Déjeuner serviert, das reichhaltiger war als beim Konsul, aber Joséphine, die angefangen hatte, sehr auf ihre Figur zu achten, nahm von den einzelnen Speisen nur Kostproben, und Hortense und die Damen folgten dem Beispiel. Im Gegensatz zu ihrem Gatten liebte es Joséphine, lange bei Tisch zu sitzen und zu plaudern. Seit einigen Tagen war das Hauptgespräch der bevorstehende Aufenthalt in Malmaison.

Als man beim Kaffee saß, holte sie einen Zettel hervor, studierte ihn sorgfältig und blickte dann mit einer gewissen Feierlichkeit in die Runde. »Der Konsul hat einen Tagesplan für Malmaison ausgearbeitet, der auch während seiner Abwesenheit eingehalten werden soll. Morgens kann jeder aufstehen, wann er will, und ist bis elf Uhr sein eigener Herr; um elf Uhr treffen wir uns zum Frühstück. Herren dürfen wir dazu nicht einladen, nur die männlichen Mitglieder der Familie Bonaparte. Anschließend kann man sich unterhalten, lesen oder im Park spazierengehen; Besucher aus Paris, die um eine Audienz bitten, dürfen nicht empfangen werden, der Konsul möchte alles vermeiden, was öffentliches Ärgernis erregen könnte.«

Wenn ich es für richtig halte, werde ich trotzdem Audienzen gewähren, dachte Joséphine und fuhr fort: »Das Diner ist auf sechs Uhr festgesetzt, jeden Mittwoch soll ein förmlicheres Diner stattfinden mit Staatsräten, Ministern, Generälen. Nach dem Diner können wir spazierengehen, im Park Barlauf spielen, eine kleine Theateraufführung oder ein Konzert arrangieren, oder aber auch Karten oder Schach spielen, je nach Witterung, Lust und Laune. Gegen elf Uhr sollen wir uns zur Ruhe begeben. – Ich finde es so angenehm, daß der Konsul sich um alles kümmert und alles bestimmt, dann brauche ich mir darüber keine Gedanken zu machen.«

»Ja«, murmelten die Damen, nickten beifällig und dachten, daß es eine ziemlich anstrengende Ehre war, zum intimen Kreis der Konsulin zu gehören.

»Beim ersten offiziellen Diner werden wir sehen, ob sich Fontaines Idee bezüglich der Vergrößerung des Speisezimmers bewähren wird.« Der Architekt hatte anstelle der Wände des Speisezimmers und des Billardzimmers, die ans Vestibül grenzten, verschiebbare Spiegelwände eingebaut, sodaß die drei Räume in einen großen Saal verwandelt werden konnten. »Ich will in diesem Sommer auch beginnen, verschiedene Rosenarten zu kreuzen, vielleicht gelingt es mir auf diese Weise, eine Rose zu züchten, die länger als zwei Tage blüht. Man hat mir empfohlen, die Moosrose mit der Bengalrose zu kreuzen, angeblich erhält man so eine widerstandsfähige Sorte mit teeähnlicher Farbe ...« Joséphine fuhr fort, von allen möglichen exotischen Pflanzen zu schwärmen, die sie im Laufe der Jahre in den Gewächshäusern in Malmaison züchten wollte, während die Damen ein Gähnen unterdrückten und hin und wieder verstohlen zur Uhr sahen.

Als es eins schlug, verließ Hortense die Runde, weil ihr Musikunterricht begann; wenig später meldete ein Diener die Ankunft der Lieferanten und Händler, und im Nu bevölkerte sich der Salon mit Schuhmachern, Tuchhändlern, Modistinnen, Juwelieren, die nacheinander der Konsulin ihr Warenangebot präsentierten.

»Was für ein entzückender Hut!« rief Joséphine. »Das ist das richtige Modell, wenn ich in Malmaison spazierengehe.«

Die Modistin lächelte geschmeichelt. »Ja, dieser Schutenhut ist elegant und praktisch zugleich, man kann ihn so festbinden, daß er auch einem stärkeren Windstoß standhält, außerdem kann man ihn noch mit Blumen verzieren.«

»Fertigen Sie mir doch ein Dutzend davon an, sechs in verschiedenen Grünschattierungen, drei cremefarbene und drei weiße, und kommen Sie morgen wieder, bis dahin habe ich mir überlegt, wie ich die Hüte schmücken will.«

Zwei Stunden später hatte die Konsulin farblich passend zu den Hüten noch ein Dutzend Paar Schuhe bestellt und Stoff für ein Dutzend Roben. Als sie an die Rechnung dachte, beschlich sie ein leises Unbehagen, und sie überlegte, wieviel Tausend Francs sie inzwischen den Händlern schuldete. Napoleon hatte seiner Frau zwar ein hohes monatliches Nadelgeld gewährt, aber bei Joséphines Verschwendungssucht reichte es nicht aus; so verschuldete sie sich erneut und beschaffte sich, um die dringendsten Rechnungen zu zahlen, Geld auf anderen Wegen, natürlich ohne Wissen des Konsuls.

Einer ihrer Geldgeber war Bourrienne, der sich selbst bei Heereslieferungen bereicherte und ihr hin und wieder ein einträgliches Geschäft zuschanzte, der andere Helfer war Fouché, der ihr täglich tausend Francs gab und von ihr dafür Nachrichten aus dem Innern der Tuilerien erhielt. Sie plauderte keine Staatsgeheimnisse aus, konnte es auch gar nicht, da der Konsul sich mit ihr nie über Politik unterhielt, meistens teilte sie dem Polizeiminister nur belanglose Alltäglichkeiten mit, Bemerkungen des Konsuls, die sie *drôle* fand, oder sie berichtete ihm vom Verlauf dieser entsetzlichen Familiendiners, die nur selten harmonisch verliefen – Fouché sammelte alles, was er an Informationen bekommen konnte, vielleicht war eines Tages etwas davon zu verwerten. Früher oder später werde ich Napoleon meine Schulden beichten müssen, überlegte Joséphine. Er wird mir eine Szene machen, ich werde weinen, wir versöhnen uns wieder, er bezahlt ...

Nach dem Tee gingen die Konsulin und ihre Damen hinüber ins Spielzimmer, und während die anderen sich mit einem Würfelspiel vergnügten, legte Joséphine eine Patience und verfolgte herzklopfend, ob sie aufging.

»Gott sei Dank!« rief sie nach einer Weile, und man hörte die Erleichterung in ihrer Stimme. »Sie ist aufgegangen! Als die gestrige Patience mißlang, war ich richtig beunruhigt.«

Im Laufe der Jahre war Joséphine immer abergläubischer geworden; am liebsten hätte sie von Zeit zu Zeit eine Wahrsagerin in die Tuilerien geholt, um sie zu befragen, ob sie noch Kinder bekommen würde und ob der Konsul ihr treu blieb, aber sie wagte es nicht; sie wußte, daß Napoleon dergleichen als Firlefanz abtat, obwohl auch er eine Neigung zum Aberglauben hatte.

Als es vier Uhr schlug, entließ sie die Damen und eilte in ihr Boudoir, um sich für das Diner umzukleiden; während sie ein passendes Kleid auswählte, beschloß sie, dem Konsul noch am gleichen Abend von dem Plan zu erzählen, der seit einiger Zeit in ihr gereift war.

Joséphine hatte sich nach und nach zu einer musterhaften Gattin entwickelt, die dem Konsul jeden Wunsch von den Augen ablas, auf seine Gewohnheiten und Eigenheiten die größtmögliche Rücksicht nahm und eine behagliche, heimische Atmosphäre schuf. Ja, sie half ihm sogar indirekt bei seiner Arbeit, indem sie mit ihrem Charme die Menschen wieder versöhnlich stimmte, die er durch eine schroffe Bemerkung brüskiert hatte. Dieses veränderte Verhalten wurde nicht nur von der Angst diktiert, ihn zu verlieren – sie hatte mit Beginn des Konsulats festgestellt, daß sie ihren Gatten liebte, zumindest glaubte sie ihn zu lieben.

Ihre tägliche Körperpflege beanspruchte jetzt noch mehr Zeit als früher, aber wenn sie dann am Abend durch den Salon schwebte und sich dabei flüchtig in einem der Spiegel musterte, stellte sie immer wieder befriedigt fest, daß man ihr ihre siebenunddreißig

Jahre nicht ansah. In ihrem Boudoir allerdings enthüllte der Spiegel ihr manchmal schonungslos die Wahrheit, und sie beobachtete besorgt, daß ihre Haut Anzeichen von Schlaffheit zeigte, daß die Taille nicht mehr ganz so schlank war und an den Händen verräterische Adern und Knochen hervortraten.

Abgesehen von der Eskapade in Ägypten hatte sie bis jetzt noch keine Veranlassung gehabt, an Napoleons ehelicher Treue zu zweifeln, aber würde das so bleiben? Waren nicht einige seiner Geschwister Musterexemplare an Untreue? Joseph wechselte ständig seine Mätressen – Julie hatte sich inzwischen daran gewöhnt –, Elisa betrog Bacchiochi mit dem Literaten Fontanes, und Pauline, deren Gatte bei der Rheinarmee stationiert war, tröstete sich während seiner Abwesenheit mit dem Schauspieler Lafon von der Comédie Française. Er war nicht ihr erster Seitensprung: als Napoleon in Ägypten weilte, hatte sie es fertiggebracht, gleichzeitig mit den Generälen Moreau, Macdonald und Beurnonville ein Liebesverhältnis zu unterhalten und die drei gegeneinander auszuspielen.

Die Konsulin ahnte, daß der Gatte eines Tages Gefallen an jüngeren Frauen finden könnte; das allein empfand sie nicht als besonders tragisch, aber sie befürchtete, daß sich eine solche Eskapade in eine dauerhafte Neigung verwandelte, die ihn vielleicht zur Scheidung veranlassen würde. Und wenn diese Rivalin gar noch ein Kind bekam, nicht auszudenken!

Da Joséphine spürte, daß ihre Person allein den Konsul auf Dauer nicht würde halten können, sann sie darüber nach, welche Möglichkeiten es gab, das Band zu ihm noch fester zu knüpfen, und nach einiger Überlegung beschloß sie, sein Familiengefühl auszunutzen. Sie war davon überzeugt, daß eine weitere eheliche Verbindung zwischen den Bonapartes und den Beauharnais ihn für immer an sie binden würde, und da ihre drei Schwägerinnen inzwischen verheiratet waren und somit als Gattinnen für Eugène nicht mehr in Frage kamen, verfiel sie auf den Gedanken, Hortense mit dem noch ledigen Louis zu verheiraten. Jérôme erschien ihr zu jung und zu unreif, für Louis dagegen sprach, daß er offensichtlich der Lieblingsbruder des Konsuls war. Man konnte also damit rechnen, daß Napoleon ihn noch weiter fördern würde – Louis war inzwischen Oberst geworden –, und dies käme natürlich auch Hortense zugute. Nur einmal waren ihr flüchtige Zweifel gekommen, ob die beiden jungen Menschen überhaupt zueinander paßten: ihre lebenslustige Tochter und der in sich gekehrte, grämliche Louis, aber sie hatte sie sofort zur Seite geschoben. Die Liebe kommt in der Ehe, sagte sie zu sich selbst; schließlich war sie als junges Mädchen auch mit einem Mann verheiratet worden, den sie kaum gekannt hatte, und war sie ihm nicht eine treue, liebevolle Gattin geworden? Dabei vergaß sie allerdings, daß diese Ehe mit einer Trennung geendet hatte.

Ich müßte mit Napoleon noch heute abend über Louis und Hortense sprechen, dann kann er vielleicht noch vor seiner Abreise eine Entscheidung treffen, dachte sie, während sie vor dem Toilettentisch saß und den Friseur beobachtete, der letzte Hand an ihre Frisur legte und Maiglöckchen zwischen die Locken steckte. Hoffentlich ist er gut gelaunt, hoffentlich hat er für Louis nicht schon eine von den adligen jungen Damen des Faubourg St. Germain ausgesucht. Ich habe ja nichts dagegen, wenn er eine Versöhnung mit dem Adel anstrebt, im Gegenteil, aber im Falle von Louis ... Und was mache ich, wenn er meinen Plan ablehnt? Dann kann ich nur die Zeit für mich arbeiten lassen und muß bei jeder passenden Gelegenheit die Rede darauf bringen, bis er nachgibt. Die beiden müssen verheiratet werden, in meinem eigenen Interesse. Hoffentlich durchkreuzt Duroc nicht meine Pläne, er scheint in Hortense verliebt zu sein und sie in ihn, aber so eine Liebelei sollte man nicht zu ernst nehmen.

Kurz vor halb sieben war der Friseur fertig und zog sich zurück. Wenige Minuten später kam Napoleon ins Zimmer und ließ sich in einen Sessel fallen. »Noch nicht fertig?« fragte er und musterte prüfend Frisur und Kleid der Gattin.

»Aber natürlich bin ich fertig, wir können sofort hinübergehen.« Sie lächelte ihn strahlend an. Ihn niemals warten zu lassen war für sie oberstes Gebot geworden.

Napoleon stand auf, trat zu seiner Frau und hob mit einem energischen Ruck ihr Kinn hoch. »Du übertreibst mit Schminken, und ein paar Blumen weniger würden auch genügen.« Er begann, einzelne Blüten zu entfernen, wobei er so stark an ihren Haaren zog, daß ihr die Tränen kamen. Im gleichen Moment bereute er seine Schroffheit und schlug einen weicheren Ton an. »Verzeih, ich wollte dich nicht kränken. Hör auf zu weinen, du weißt, daß ich keine Tränen sehen kann. Die Maiglöckchen kleiden dich übrigens sehr gut.«

Joséphine schluckte ihre Tränen hinunter und brachte ein schwaches Lächeln zustande. »War der Tag sehr anstrengend für dich? Du hattest doch nur eine Stunde Nachtruhe.«

»Es war zu ertragen.« Er trat zum Fenster und sah nachdenklich hinaus. »Vorhin kam Corvisart aus Plessis zurück. Christine geht es schlecht, sehr schlecht sogar; Corvisart befürchtet, daß sie das Frühjahr nicht überleben wird.«

»Ach Gott, wie schrecklich für Lucien«, erwiderte Joséphine leise. Sie mochte ihren Schwager nicht besonders, empfand aber in diesem Moment Mitleid mit ihm.

»Ja, es ist entsetzlich, er liebt Christine über alles. Und der neugeborene Sohn ist auch nach wenigen Stunden gestorben. Ich hoffe, daß mir so etwas erspart bleibt«, die letzten Worte sprach er sehr leise, fast nur zu sich selbst.

In der Stille, die nun herrschte, hörte man nur das Ticken der Uhr auf dem Kamin. Schließlich brach Napoleon das Schweigen. »Ich möchte dich bitten, morgen oder übermorgen Christine in meinem Namen zu besuchen; vor meiner Abreise habe ich leider keine Zeit mehr, selbst nach Plessis zu fahren. Ich werde dir ein paar persönliche Zeilen mitgeben, einen Brief ...« Er begann im Zimmer auf und ab zu gehen, wobei sich seine Miene zusehends verdüsterte. »Du könntest bei Lucien durchblicken lassen, daß ich unzufrieden mit ihm bin. Ich habe gewiß Verständnis für seine jetzige familiäre Situation, trotzdem, es geht nicht an, daß er einfach sein Ministerium im Stich läßt, ohne mich oder einen der anderen Konsuln zu benachrichtigen, und nach Plessis fährt. Anscheinend hat er die Absicht, noch länger dort zu bleiben; ich habe nichts von ihm gehört. Abgesehen davon bin ich auch mit seiner Arbeit nicht zufrieden. Er ernennt und entläßt Beamte nach Gutdünken und scheint noch nicht begriffen zu haben, daß er als Minister verwalten soll – verwalten, sage ich, nicht regieren!«

Joséphine hörte mit wachsendem Erstaunen zu. Sie fühlte sich etwas unbehaglich bei diesem Auftrag. »Du weißt, daß ich gerne alle deine Wünsche erfülle, aber warum läßt du Lucien nicht kommen und sprichst selbst mit ihm oder schreibst ihm? Das wäre doch bestimmt wirkungsvoller als meine Worte.«

»Das stimmt, aber wenn Kritik durch eine dritte Person geäußert wird, klingt es weniger brüskierend. Übrigens verfahre ich nicht nur bei Lucien so, sondern auch bei anderen Mitarbeitern, die ich nicht verlieren will; eine persönliche Kritik könnte sie zu sehr vor den Kopf stoßen. Was Lucien betrifft, nun, er kann, wenn er will, aber ich habe seit einiger Zeit den Eindruck, daß er nicht will; weiß der Himmel, was in seinem Kopf vorgeht! Aber komm jetzt, die anderen warten.«

Im Speisezimmer waren Eugène, Hortense und Jérôme bereits anwesend. Der Konsul ging stirnrunzelnd auf letzteren zu und sah ihn streng an. »So, also du erlaubst dir, Reisebesteck für 16 000 Francs zu kaufen? Was soll der Unsinn?«

Eine leichte Röte flog über Jérômes Gesicht, aber er hielt den durchbohrenden Blicken seines Bruders stand. »Ja, ich liebe nun einmal schöne Sachen!« erwiderte er und warf trotzig den dunklen Lockenkopf zurück.

»Ich finde es reizend, daß der Junge so vornehme Gewohnheiten hat, bitte zürne ihm nicht.« Joséphine lächelte ihren Gatten bittend an.

»Wenn ich von Italien zurück bin, kommt er zur Marine; dort wird man ihm die vornehmen Gewohnheiten schon austreiben. Das Reisebesteck bleibt vorerst in meiner Verwahrung.« Napoleon ging weiter zu Hortense und zupfte sie lächelnd am Ohr. »Nun, wie hat unsere Terpsichore den Tag verbracht?«

»Ich hatte Unterricht«, erwiderte sie verlegen – in Gegenwart des Konsuls fühlte sie sich manchmal wie ein Schulmädchen, das examiniert wurde. »Heute vormittag war der Zeichenlehrer hier, und am Nachmittag der Musik- und Tanzlehrer. Anschließend habe ich noch einige Theaterstücke ausgesucht, die ich mit meinen Freundinnen einstudieren will, um sie in Malmaison aufzuführen. Allerdings können wir erst nach dem Feldzug, wenn hoffentlich alle Herren wieder zurück sind, mit den Proben beginnen.«

»Oho«, rief Napoleon, »nach dem Feldzug erwarten uns also kulturelle Genüsse ganz besonderer Art, was, Eugène?« Und während die Diener anfingen zu servieren, fuhr er fort: »Übrigens,

Eugène, ich habe vorhin im Titus Livius noch einmal nachgelesen, was er über Hannibals Alpenüberquerung schreibt – die Österreicher werden staunen, wenn wir über den großen Sankt Bernhard in Oberitalien einfallen. Die denken natürlich, daß ich, wie vor vier Jahren, an der Küste entlangmarschieren werde. Merke dir eines, Eugène: Man muß die Strategie immer variieren, um den Gegner zu überraschen. Was Hannibal im Jahre 218 vor Christus geschafft hat, schaffen wir auch.«

»Ja«, erwiderte Eugène bedächtig, »aber Hannibal mußte keine schwere Artillerie über die Alpen bringen.«

»Dieses Problem ist bereits gelöst, Marmont hat mir einen brauchbaren Vorschlag unterbreitet. Nein, wegen der Alpenüberquerung mache ich mir keine Sorgen; ich hoffe nur, daß Masséna sich in Genua hält, bis wir die entscheidende Schlacht gewonnen haben. Wenn Genua vorzeitig fällt, wird mein Plan zunichte gemacht, weil die Österreicher dann über eine Festung verfügen, in der sie durch die englische Flotte versorgt werden können.«

Joséphine, die sich bei derlei Gesprächen langweilte, nutzte eine Pause, um das Thema zu wechseln. »Sollen die Familiendiners auch während deiner Abwesenheit stattfinden?«

Der Konsul sah erstaunt von seiner Blätterteigpastete auf. »Aber natürlich, warum sollten sie nicht stattfinden?«

»Nun ja, wenn du Dunan mit nach Italien nimmst, fehlt uns der Koch.«

»In der Küche ist doch genug Personal. Außerdem, wie ich Christoph kenne, hat er das längst geregelt. – Danke, für mich bitte kein Dessert.« Der Konsul stand auf und ging eilig hinüber in den Salon, wo der Kaffee serviert wurde. Die übrige Tischgesellschaft folgte ihm, wobei Eugène und Jérôme mit sehnsüchtigen Augen noch einmal nach den Platten mit Käse und Obst sahen, bevor sie das Zimmer verließen.

Als Joséphine Duroc erblickte, der im Salon wartete, begrüßte sie ihn mit einem strahlenden Lächeln. »Wie reizend, daß Sie gekommen sind! Sie spielen nach dem Kaffee eine Partie Whist mit mir, nicht wahr?« Sie war entschlossen, ihn am Spieltisch festzuhalten, damit er keine Gelegenheit hatte, mit Hortense zu plaudern.

»Mit dem größten Vergnügen, Madame.« Duroc streifte Hortense mit einem verliebten Seitenblick. Hoffentlich bleibt es bei nur einer Partie, dachte er.

»So, Hortense«, Napoleon nahm ein Buch von einem Tischchen und reichte es ihr, »du liest uns jetzt weiter aus Corneilles *Cinna* vor, und achte auf das Versmaß.«

Immer diese Tragödien von Corneille! dachte Jérôme gelangweilt. Warum läßt er nicht eine Komödie von Molière vorlesen?

War es die Anwesenheit Durocs oder die kritische Aufmerksamkeit des Stiefvaters? Jedenfalls verhaspelte sich Hortense und las die Sätze ohne Betonung herunter.

»Aber Hortense!« rief Napoleon nach einer Weile unwillig. »Wie trägst du Corneille vor! Du verunstaltest ja die Verse!«

Das junge Mädchen sah verlegen zu Boden. »Entschuldigen Sie, ich kann mich heute nicht konzentrieren. Ich muß immer daran denken, daß Sie und Eugène wieder in den Krieg ziehen. Wird der Feldzug lange dauern?« Ängstlich sah sie ihren Stiefvater an.

Aha, dachte Napoleon amüsiert, sie möchte wissen, wie lange Duroc wegbleibt. »Die Dauer des Krieges hängt davon ab, wann ich die Österreicher zur Entscheidungsschlacht stellen kann, aber ich hoffe, daß ich spätestens Anfang August wieder in Paris bin. Ich verspreche dir, daß ich dafür sorgen werde, daß dein Bruder und natürlich auch alle andern gesund und unversehrt heimkehren. Aber jetzt entschuldigt mich, ich muß noch arbeiten.« Mit raschem Schritt verließ er den Salon.

»Und wir fangen an, Karten zu spielen; kommen Sie, Duroc!« Joséphine verschwand mit dem jungen Mann ins Spielzimmer, während Eugène und Jérôme sich in die herumliegenden Zeitungen vertieften. Hortense setzte sich vor ihren Stickrahmen und hoffte, daß die Whistpartie bald beendet sein würde. Aber die Zeit verging, und als es halb elf schlug, gab sie die Hoffnung auf und zog sich in ihr Zimmer zurück.

Als Joséphine kurz nach elf das eheliche Schlafzimmer betrat, lag ihr Gatte bereits im Bett und starrte nachdenklich zur Decke empor.

»Worüber grübelst du?«

»Ich denke über das Gesetzbuch nach, das ich schaffen will. Am wichtigsten scheint mir dabei die Regelung des Ehe- und Familienrechts. Die Familie ist die Basis des Staates, sie muß besonders geschützt werden; das bedeutet, daß die Scheidung erschwert werden muß. Dem Familienoberhaupt muß eine starke Position gesichert werden, es muß festgelegt werden, daß die Frau dem Mann Gehorsam schuldet, und schließlich müssen auch alle mit der Mitgift zusammenhängenden Fragen geregelt werden. Und das Familienrecht ist nur ein Teil des *Code Civil*! Jesus, das gibt noch Arbeit, wenn jeder einzelne Paragraph im Staatsrat diskutiert wird.

Da fällt mir ein, wir müssen Junot etwas zur Hochzeit schenken. Ich fühle mich ihm und auch Madame Permon in gewisser Weise verpflichtet, schließlich haben mich beide in dem Sommer vor den Vendémiaire-Ereignissen unterstützt. Ich möchte ihm 100 000 Francs zur Hochzeit schenken, was hälst du davon?«

»Das ist sehr großzügig, aber du hast recht. Die kleine Permon macht übrigens eine gute Partie mit Junot. Als Gattin des Militärgouverneurs wird sie viele gesellschaftliche Verpflichtungen haben, und wenn sie es geschickt anstellt, wird ihr Salon bald hohes Ansehen genießen. Von mir aus kann sie sich gerne als ständiger Gast in Malmaison aufhalten, ich werde ihr dort ein Zimmer richten lassen. Ach, ich wünschte, Hortense würde auch eine so gute Partie machen!« Joséphine beendete ihre Nachttoilette und legte sich neben ihn.

»Warum sollte sie nicht? Ein ernsthafter Bewerber ist ja schon aufgetaucht, der zugleich eine gute Partie ist.«

»So? Das habe ich noch gar nicht bemerkt! Wer denn?«

»Duroc. Ich glaube, er würde sie glücklich machen.«

»Duroc, na ja ... ich habe offengestanden andere Pläne mit meiner Tochter. Ich fände es sehr schön, wenn das Familienband zwischen den Bonapartes und den Beauharnais noch fester geknüpft würde durch eine weitere eheliche Verbindung, ich denke dabei an Hortense und Louis.«

»Hortense und Louis ... ich weiß nicht, Joséphine, ob die beiden zusammenpassen, sie haben zu unterschiedliche Temperamente.«

»Aber gerade darum, da ergänzen sie sich doch! Und ich habe eine hohe Meinung von deinem Bruder, er wirkt so besonnen ...«

Napoleon schwieg, und Joséphine versuchte, in seinem Gesicht zu lesen, aber seine verschlossene Miene verriet nicht, was in ihm vorging.

»Joséphine, du kennst Louis nicht so gut wie ich. Ich habe ihn unter großen Entbehrungen selbst erzogen, und er war immer ein liebenswerter, fröhlicher Junge, vielleicht manchmal etwas verträumt, aber im Kampf trotzdem tapfer. Leider hat er sich in den letzten Jahren verändert, er kränkelt, er scheint jede Lebensfreude verloren zu haben, ist oft mißgelaunt. Diese Veränderung seines Wesens hängt wohl mit der Krankheit zusammen, die er sich während des Italienfeldzuges geholt hat; er muß jetzt für seinen jugendlichen Leichtsinn zahlen. Jesus, wie oft habe ich ihn gewarnt! Du willst deine Tochter doch nicht mit einem kranken Mann verheiraten?«

»Hortenses Verehelichung muß ja nicht heute und morgen entschieden werden; wir können in Ruhe alle Möglichkeiten erwägen und prüfen – Louis, das war eben so eine Idee von mir ...« sagte Joséphine, fest entschlossen, bei passender Gelegenheit das Thema Louis und Hortense erneut aufzugreifen.

Am späten Nachmittag des 16. Mai traf Elisa auf Luciens Landsitz Plessis-Chamans ein. Sie war hager wie eh und je, aber ihre Bewegungen waren weicher, und in ihren dunklen Augen spiegelte sich Zufriedenheit.

Der Diener führte sie zur Terrasse, wo Letizia mit Luciens Töchtern saß, der fünfjährigen Charlotte und der zweijährigen Egypta, die im Familienkreis Lolotte und Lili genannt wurden. Als die beiden Mädchen Elisa erblickten, stürzten sie freudig auf sie, wußten sie doch, daß die Tante stets Süßigkeiten oder Spielzeug mitbrachte; die kinderlose Elisa hatte im Laufe der Zeit ihre mütterlichen Gefühle ganz auf die Nichten konzentriert. Elisa umarmte und küßte die beiden und dachte bei sich, daß sie Christine immer ähnlicher wurden.

»Was haben Sie uns mitgebracht?« wollte Lolotte wissen.

»Das verrate ich euch später, wenn ihr brav eure Milch getrunken habt, und jetzt lauft und spielt. Ich möchte mich mit eurer Großmutter unterhalten.«

»Tante Elisa«, sagte Lolotte etwas zögernd, »nicht wahr, heute abend erzählen Sie uns eine Gute-Nacht-Geschichte. Die Großmama hat noch keine einzige Geschichte erzählt, seit sie hier ist, sie sitzt immer nur bei Mama. Aber jetzt ist Mama wieder völlig gesund! Großmama sagt, es geht ihr jetzt sehr gut, aber wir werden Mama lange nicht sehen, sie mußte nämlich ganz plötzlich abreisen.«

»Das ist ja schön, daß eure Mama wieder gesund ist«, erwiderte Elisa und versuchte sich nichts anmerken zu lassen.

Christine war am 14. Mai in den frühen Morgenstunden gestorben. Lucien hatte sofort einen Eilkurier zu Elisa geschickt und sie gebeten, nach Plessis zu kommen und sich während der folgenden Wochen um die Kinder zu kümmern, bis eine Erzieherin gefunden war. Auf Letizias Hilfe müsse er vorerst verzichten, da sie nach Vichy zur Kur reise.

Von den übrigen Familienmitgliedern hatte er lediglich Joseph über Christines Tod informiert und ihm mitgeteilt, daß sie in aller Stille beigesetzt würde und daß er, Lucien, keine Beileidsbesuche eines Familienmitgliedes wünsche.

Letizia sah müde und abgespannt aus. Sie hatte Lucien bereits im April, als die Niederkunft bevorstand, nach Plessis begleitet, und als Christine dann erkrankte, hatte sie zusammen mit ihm die halben Nächte durchwacht.

»Ich bin so froh, daß du gekommen bist«, sagte sie zu ihrer Tochter. »Ich mache mir Sorgen um Lucien; vielleicht kannst du auf ihn einwirken, daß er bald wieder nach Paris zurückkehrt. Wo ist denn mein Bruder? Lucien bat ihn doch, dich zu begleiten, um am Grab ein paar Worte zu sprechen.«

»Onkel Fesch kommt erst morgen, Mama, er muß noch irgend eine dringende Angelegenheit Ihres Hauses regeln.« Letizia hatte ein geräumiges Pariser Stadtpalais gekauft, das sie zusammen mit ihrem Bruder bewohnte.

Während sie zu der Sitzgruppe im schattigen Teil der Terrasse gingen, beobachtete Elisa die spielenden Kinder und beschloß, ihnen die Mutter zu ersetzen, bis sie alt genug wären, das Pensionat der Madame Campan zu besuchen.

»Warum haben Sie Lolotte nicht gesagt, daß ihre Mutter gestorben ist?«

»Wie soll man einem fünfjährigen Kind den Tod erklären? In einigen Jahren, wenn die Mädchen älter und verständiger geworden sind, werden sie die Wahrheit erfahren.«

»Wo soll Christine denn beigesetzt werden?«

»Hinten im Park, unter den alten Bäumen.«

»Hat sie sehr leiden müssen?«

»Nein, vor drei Tagen verlor sie das Bewußtsein und ist dann friedlich eingeschlafen.«

»Und Lucien, wie geht es ihm? Ist er sehr verzweifelt? Sie sagten vorhin, daß Sie sich Sorgen um ihn machen.«

»Lucien sitzt seit gestern morgen neben dem Sarg und grübelt vor sich hin. Aber er hat sich schon in den letzten Monaten verändert; er wirkt manchmal so geistesabwesend. Irgend etwas beschäftigt ihn, aber ich habe den Eindruck, er möchte nicht darüber reden.«

»Geistesabwesend? Aber Mama, Sie müßten Lucien einmal in meinem Salon erleben oder bei Madame de Staël, oder bei Madame Récamier! Sie stellen sich nicht vor, wie lebhaft und angeregt er sich mit Fontanes, Arnault, Constant oder anderen Literaten unterhält! Übrigens wird mein Salon demnächst durch einen Londoner Freund von Fontanes bereichert werden, einen jungen Emigranten, der in den nächsten Monaten nach Frankreich zurückkehrt, den Vicomte de Chateaubriand. Er hat einige Jahre in Nordamerika gelebt und Indianerstämme beobachtet und auch darüber geschrieben. Fontanes ist begeistert von dem Talent seines Freundes und prophezeit, daß er einer der großen Dichter Frankreichs wird.«

Seit Beginn des Konsulats hatte Elisa, unterstützt von Lucien, ihren ersehnten literarischen Salon aufgebaut, in dem sich die führenden Künstler und Intellektuellen von Paris trafen. Lucien nutzte seine Position als Innenminister, um die herausragenden literarischen Persönlichkeiten zu begünstigen, und diese fühlten sich geschmeichelt, wenn sie zu einer Abendgesellschaft geladen wurden. Ein großer Teil der Intellektuellen stand der Konsularregierung kritisch gegenüber, aber Napoleon nahm diese Oppositionsgruppe nicht allzu ernst und ließ sie gewähren, nur Madame de Staël wurde genauer beobachtet.

»Ich glaube«, fuhr Letizia fort, »Luciens Niedergeschlagenheit oder wie immer man das nennen mag, hängt mit dem Innenministerium zusammen. Neulich war Joséphine hier, um Christine zu besuchen, anschließend unterhielt sie sich mit Lucien. Er hat mir von dem Gespräch erzählt – ich befürchte, daß es über kurz oder lang zu einer Auseinandersetzung zwischen Napoleon und ihm kommen wird. Versuche doch, deinen Bruder zu bewegen, bald nach Paris zurückzukehren; manchmal habe ich den Eindruck, daß er sich für den Rest seines Lebens in Plessis vergraben will.«

Elisa stand auf. »Ich will es gerne versuchen, Mama, aber Sie kennen ja Luciens Eigensinn. Wo ist der Sarg aufgebahrt?«

»Im Schlafzimmer.«

Als Elisa das Schlafzimmer im ersten Stock betrat und die mit schwarzen Tüchern verhängten Spiegel und den mit Silberbeschlägen verzierten Ebenholzsarg sah, ergriff die Trostlosigkeit dieses Raumes von ihr Besitz.

Lucien saß am Fußende des Sarges und schaute ihn unverwandt an, so als wollte er mit seinem Blick Christine wieder ins Leben rufen.

Elisa trat zu ihm und berührte ihn leicht an der Schulter.

Er drehte sich um, und seine Augen leuchteten kurz auf. Er blinzelte jetzt nicht mehr, weil er seit einiger Zeit eine Brille trug, die ihm nach Meinung seiner Schwester das Aussehen eines Gelehrten gab.

»Ich möchte dich nicht stören, Lucien, ich wollte dir nur guten Tag sagen.«

»Du störst mich nicht, bleib ruhig hier.«

Elisa setzte sich leise auf einen Stuhl. Plötzlich erinnerte sie sich an jenen Nachmittag in Château-Sallé, als sie und Louis unfreiwillige Zeugen von Napoleons Wutausbruch wurden, und die Worte ›ungewaschene Schlampe‹ hallten noch in ihr nach.

Auch Luciens Gedanken weilten bei der Verstorbenen. Er erinnerte sich an die Szene im Jakobinerklub, als er Christine zum ersten Mal unter den Zuhörern erblickt hatte, und durchlebte noch einmal die freudige Erregung jenes Augenblicks, die ihn zu rhetorischen Glanzleistungen angespornt hatte. Damals war ich noch erfüllt von ehrgeizigen politischen Plänen. Der 9. Thermidor zerschlug sie, aber in dieser Zeit der Orientierungslosigkeit hatte ich wenigstens Christine. Im Rat der Fünfhundert konnte ich dann eine

Zeitlang die Politik aktiv mitgestalten bis zum Brumaire, danach hat mein Bruder durch seine neue Verfassung meine politischen Hoffnungen zerstört. Und jetzt habe ich auch noch Christine verloren. Was bleibt mir überhaupt? Welche Perspektiven habe ich? Vielleicht sollte ich ganz von vorn anfangen, auf einem ganz anderen Gebiet, wo der Erfolg nur von mir abhängt und nicht von anderen Menschen und äußeren Bedingungen.

So saßen die Geschwister schweigend beieinander, bis es dunkel wurde.

Die Tage nach Letizias Abreise vergingen in eintöniger Gleichförmigkeit. Elisa leitete den Haushalt, überwachte die Diener, kümmerte sich um die Kinder, und da sie keine gesellschaftlichen Verpflichtungen hatte, nutzte sie die freie Zeit für private Lektüre.

Lucien erschien nur zu den Mahlzeiten; er verbrachte den Tag in seinem Arbeitszimmer, und Elisa beobachtete von der Terrasse aus, wie er an seinem Schreibtisch saß und las und schrieb.

Nachdem Elisa eine Weile die ländliche Ruhe genossen hatte, wurde ihr allmählich langweilig, und sie sehnte sich nach Paris und ihren Freunden, nach Fontanes und den Dichterlesungen in ihrem Salon. Als Lucien Ende Mai immer noch keine Anstalten traf, Plessis zu verlassen, beschloß sie, eingedenk Letizias Bitte, ihn während des abendlichen Spazierganges diskret an Paris und das Innenministerium zu erinnern.

»Sie hat Plessis und die ländliche Ruhe hier so geliebt«, sagte Lucien unvermittelt auf dem Rückweg. »Und wir waren uns einig darüber, daß dieser Landsitz immer ein Ort der Erholung sein sollte, ohne den ständigen Trubel von Mortefontaine, wo Joseph ja inzwischen fast wie ein König residiert, ein ›Philosophenkönig‹.«

»Ja«, stimmte seine Schwester zu, »du bist der einzige von uns, der einen idyllischen Landsitz hat. In Malmaison ist der Lebensstil zwar einfacher und weniger aufwendig als bei Joseph, aber es geht zu wie in einem Taubenschlag; ständig kommen und gehen irgendwelche Adjutanten, Minister, ausländische Gesandte, Generäle, dazu die Handwerker – na, die Renovierung ist ja jetzt Gott sei Dank abgeschlossen. Wann wirst du denn Plessis verlassen und nach Paris zurückkehren?«

»Wann? Vielleicht in einigen Wochen oder Monaten ... Am liebsten würde ich immer hier leben.«

Elisa blieb stehen und sah ihren Bruder entgeistert an. »Aber Lucien, du mußt doch deine Arbeit im Ministerium wieder aufnehmen!«

»Das ist nicht meine Arbeit, ist es nie gewesen. Es ist eine Tätigkeit, um das notwendige Geld zu verdienen, damit man sich einen entsprechenden Lebensstil leisten kann. Du stellst dir nicht vor, wie öde und langweilig diese Verwaltungsarbeit ist, und dann die vielen Kleingeister, die herumsitzen und sich wichtig machen, die Speichellecker, die auch bei den höheren Beamten zur Genüge vertreten sind, und zu alledem noch Fouchés Spitzel, die überall herumschnüffeln – nein, dieser Posten bietet mir keinerlei Perspektiven, überhaupt, die gesamte politische Arbeit im heutigen Frankreich ist deprimierend, weil sie durch die Verfassung lahmgelegt und von Jupiter gestaltet wird.« Wenn er mit Elisa allein war, nannte er Napoleon manchmal ›Jupiter‹.

»Du solltest deine Situation nicht so pessimistisch sehen, Lucien; vielleicht ändert sich die Lage rascher, als du denkst, zu deinen Gunsten. Du hast doch sicher mitbekommen, daß verschiedene Leute überlegen, wie es weitergehen soll, falls unser Bruder besiegt wird oder den Heldentod stirbt; vielleicht würdest du dann sein Nachfolger als Erster Konsul!«

»Nein, Elisa, das ist eine Illusion. Wenn Napoleon besiegt wird oder fällt, dann fällt die Familie mit ihm, weil es zu viele Feinde der jetzigen Regierung gibt; die Royalisten zum Beispiel sind immer noch eine starke Gruppe. Aber selbst wenn ich die Möglichkeit hätte, Konsul zu werden – ich weiß nicht, ob ich es wollte. Vor einigen Monaten erschien mir das Konsulat und die damit verbundene Macht noch verlockend, aber inzwischen habe ich zur Genüge die Kehrseite dieser Medaille beobachten können. Weißt du, was Jupiter vor einiger Zeit zu Roederer sagte? ›Ich liebe die Macht, aber ich liebe sie als Künstler. Ich liebe sie wie ein Musikant seine Geige, ich liebe sie, um ihr Töne, Akkorde und Harmonien zu entlocken.‹ Ich bin gespannt, wie er seine Macht weiter ausbaut, wenn er als Sieger zurückkehrt. Aber welchen Preis muß er zahlen? Ich meine nicht die Verantwortung und die Arbeit, die ihm kaum eine freie Minute läßt, aber ist er nicht entsetzlich allein? Wem kann er wirklich trauen? Wer von seinen Mitarbeitern ist loyal und zuverlässig? Hat er in dieser Position noch einen Menschen, mit dem er offen und vertrauensvoll reden kann? Ist er nicht gezwungen, seine Gefühle hinter einer Maske zu verbergen? Muß man in einer solchen Position nicht einen Teil von sich selbst opfern? Nein, Elisa, dieser Preis ist mir zu hoch. Ich habe in den letzten Monaten für mich eine andere Perspektive ins Auge gefaßt, und seit Christine tot ist, habe ich mit der Realisierung begonnen.«

»Willst du deinen Posten als Innenminister aufgeben?«

»Nein, vorerst nicht; ich werde mich mit dem Amt arrangieren, und wenn Napoleon als Sieger zurückkehrt, muß ich das ja auch.«

Sie gingen eine Weile schweigend nebeneinander her, und Elisa wartete gespannt, daß Lucien weiterreden würde.

»Elisa«, fuhr er zögernd fort, und sie merkte, daß es ihn einige Überwindung kostete, »du bist die erste, der ich meine Pläne anvertraue, auch zu Christine habe ich nichts davon gesagt, weil sie es vielleicht letztlich doch nicht verstanden hätte. Kurz gesagt: Ich will schreiben und habe auch schon einen konkreten Plan. Diese schriftstellerische Arbeit soll in Zukunft meine eigentliche Arbeit sein, und das Ministerium, na ja ...«

Elisa blieb stehen und sah ihren Bruder halb erstaunt, halb bewundernd an. »Lucien, du ein Schriftsteller! Wie kommst du darauf? Du warst doch stets mit Leib und Seele Politiker.«

»Ach, weißt du, ich wollte schon während der Internatsjahre Schriftsteller werden, einer, der irgendwo auf dem Lande lebt und von einem reichen Mäzen gefördert wird, so à la Rousseau. Dann begann die Revolution und lenkte meine Aufmerksamkeit auf die Politik. Nun, du weißt ja, wie es mir auf diesem Gebiet erging. Und als abzusehen war, daß ich Christine verlieren würde, die mich durch alle Höhen und Tiefen begleitet hat und deren Liebe mich gestärkt hat, habe ich ganz konkret über die neuen Pläne nachgedacht. Jetzt steht mein Entschluß fest. Ich werde anfangen zu schreiben, und vielleicht gelingt es mir durch einen glücklichen Zufall, Vermögen zu erwerben, dann könnte ich das Ministerium aufgeben und mich ins Privatleben zurückziehen.«

»Mein Gott, Lucien, wie aufregend! Wer weiß, vielleicht verdienst du mit deinen Büchern einmal so viel Geld, daß du auf andere Einkünfte nicht mehr angewiesen bist.«

»Ja, das wäre schön – aber ich glaube es kaum. Wie viele Literaten laufen allein in Paris umher, Leute, die wahrscheinlich besser sind als ich – nein, ich glaube, ich werde froh sein, wenn ich einen Verleger gefunden habe.«

»Und worüber willst du schreiben?«

»Ich plane einen Epos über Karl den Großen. Ich finde seine Person schon seit langem interessant, und schließlich hat er Frankreich geschaffen. Ich habe angefangen, systematisch Material zu sammeln und zu sichten; das war übrigens meine Beschäftigung in den letzten Tagen. Ja, in den vergangenen Monaten ist mir klar geworden, daß mein politischer Ehrgeiz der falsche Ehrgeiz war.«

»Mit anderen Worten, ehrgeizig bist du immer noch, nur auf einem anderen Gebiet.«

Hierauf erwiderte Lucien nichts, und sie legten den Rest des Weges schweigend zurück. Bevor sie sich trennten, sagte Lucien: »Es ist vielleicht doch besser, wenn ich nach Paris zurückkehre und Jupiter nicht allzusehr reize. Kannst du alles so richten, daß wir am zweiten Juni Plessis verlassen?«

»Natürlich, und wenn es dir recht ist, ziehe ich zu dir in dein Haus und bleibe bei den Kindern.« Und außerdem dachte sie, kann ich mich dort ungestört mit Fontanes treffen.

XXVII

Während Elisa und Lucien am 2. Juni 1800 nach Paris zurückreisten, zog Napoleon an der Spitze seiner Truppen in Mailand ein. Er wollte die Österreicher im Rücken angreifen und ihnen die Verbindung zu ihren Nachschubbasen abschneiden, aber dieser Plan wurde durch Massénas Kapitulation in Genua vereitelt. Der Besitz Genuas sicherte den Österreichern die Versorgung durch die englische Flotte. Napoleon beschloß, die österreichischen Truppen, die ihren Feldzug im Landesinneren weiterführten, sofort anzugreifen und ihnen den Rückzug nach Genua abzuschneiden. Am 9. Juni errang Lannes bei Montebello einen glänzenden Sieg, aber bei der Verfolgung der feindlichen Truppen verloren die Franzosen deren Spur, und nachdem Lannes noch einige Tage in der Gegend umhergeirrt war, kehrte er schließlich am 12. Juni zum Hauptquartier nach Torre di Garrofoli zurück.

Als Murat am Mittag dieses Tages von seinem Erkundigungsritt zurückkam, hörte er aus Napoleons Arbeitszimmer Lannes' laute Stimme: »Dein Plan ist der reinste Wahnsinn!«

»Ich hätte nicht gedacht, daß Lannes schon zurück ist«, sagte Murat zu Duroc. »Worüber streiten die beiden denn schon wieder?«

»Wahrscheinlich über strategische Fragen.«

»Ich würde nie wagen, über dergleichen mit Napoleon zu streiten, ganz abgesehen davon, daß mich die Strategie nicht sonderlich interessiert. Ich wundere mich immer, wie Lannes es fertigbringt, ihn zu kritisieren; er und Augerau sagen ihm immer, was sie denken, und er nimmt es hin. Ich bin gespannt, ob sich die Österreicher noch einmal blicken lassen, nirgendwo ist eine Spur von ihnen.«

In Napoleons Arbeitszimmer standen sich die beiden Generäle wie Kampfhähne gegenüber. Jean Lannes, so alt wie Napoleon, war ein großer, gutaussehender Mann, der als ›Roland der Armee‹ bezeichnet wurde. Dieser Bauernsohn aus der Gascogne, der nur mit Mühe lesen und schreiben konnte, war 1792 als Freiwilliger zur Armee gegangen, hatte sich in Italien und Ägypten durch Tapferkeit ausgezeichnet und war zum Divisionsgeneral befördert worden. Napoleon schätzte ihn und hatte Vertrauen zu ihm, trotzdem kam es oft zu lautstarken Auseinandersetzungen.

»Ausgerechnet du«, brüllte Lannes, »der immer dafür ist, alle Kräfte zu geballter Schlagkraft zu konzentrieren, ausgerechnet du willst nun die Armee zersplittern: Moncey soll zum Ticino, Lapoye nach Valenca, Desaix schickst du nach Novi – was soll der Unsinn?«

»Mir bleibt keine andere Wahl! Soll ich denn Melas (Oberbefehlshaber der österreichischen Armee) die Initiative überlassen?« brüllte Napoleon zurück.

»So, und wenn sie uns dann angreifen, treten wir ihnen mit einer total geschwächten Hauptarmee gegenüber!«

»Sobald die Österreicher angreifen, lasse ich die Division zurückkehren.«

»Und wenn sie nicht rechtzeitig eintreffen?«

»Verdammt noch einmal, wer ist hier Oberbefehlshaber, du oder ich?«

»Und ich sage dir, die Zersplitterung der Kräfte ist bodenloser Leichtsinn!« Lannes riß die Tür auf und stürmte in den Vorraum, wo er schwer atmend stehenblieb. Wenige Sekunden später kehrte er um. »Entschuldige meine Heftigkeit, es fällt mir eben schwer, mich zu beherrschen.«

»Schon gut«, erwiderte Napoleon lächelnd. Er kannte Lannes' Jähzorn und wußte auch, daß Ermahnungen nicht viel nützten.

Am Morgen des 14. Juni griff Melas mit 45 000 Mann die 23 000 Franzosen in der Nähe des Dorfes Marengo an.

Am 20. Juni traf in Paris ein Kurier ein, der die Nachricht von der Niederlage bei Marengo brachte, und sofort wurde in bestimmten Kreisen die Frage erörtert: Was wird nun? Wer jetzt? Aber noch bevor Talleyrand und seine Freunde weitere Schritte unternehmen konnten, kam ein zweiter Kurier aus Italien, der den entscheidenden Sieg bei Marengo meldete. Nachdem man sich von der Überraschung erholt hatte, beschloß man, dem Sieger einen triumphalen Empfang zu bereiten, und fragte sich gleichzeitig mit Unbehagen, ob der Erste Konsul etwas von den Ränken und Intrigen erfahren würde ...

An den Bürger Lucien Bonaparte,
Minister des Inneren

Lyon, 10. Messidor des Jahres VIII
(29. Juni 1800)

Ich werde in Paris ganz unverhofft ankommen. Ich will weder Triumphbögen noch irgendeine andere Zeremonie. Ich habe eine zu gute Meinung von mir, um solchen Flitterkram zu achten. Ich kenne keinen anderen Triumph als die öffentliche Genugtuung.
Bonaparte.

Napoleon siegelte den Brief und reichte ihn dem Kurier, der neben seinem Reisewagen ritt. Gewöhnlich diktierte er offizielle Briefe, aber diese Zeilen hatte er spontan niedergeschrieben.

Noch drei Tage bis Paris, dachte er. Die Herren werden sich wundern, wenn ich plötzlich auftauche; niemand in der Hauptstadt rechnet damit. Aber wie verhalte ich mich? Soll ich Talleyrand, Fouché, Carnot, Bernadotte und all die anderen merken lassen, daß ich alles weiß? Seit seiner Abreise aus Mailand am 25. Juni dachte er über diese Frage nach.

Am 16. Juni war er von Marengo nach Mailand zurückgekehrt, um dort einige Angelegenheiten bezüglich der Cisalpinischen Republik zu regeln. Wenige Tage nach seiner Ankunft hatte er aus zuverlässiger Quelle alles über das politische Ränkespiel in Paris erfahren und war kurzentschlossen aufgebrochen, nur begleitet von seinen persönlichen Dienern, Bourrienne, Duroc, Eugène und den zwei neuen Adjutanten Rapp und Savary. Der übrige Generalstab und einige Sängerinnen der Mailänder Scala sollten ein paar Tage später abreisen. Unter den Sängerinnen war auch die berühmte Grassini; Duroc hatte den diskreten Auftrag erhalten, in Paris ein verschwiegenes Haus für die Dame zu mieten.

Napoleon öffnete eines der Fächer, die in den Wagen eingebaut waren, holte sein Tagebuch heraus und legte es auf den Klapptisch vor sich. Er wollte seine Gedanken beim Schreiben ordnen und so zu einem Entschluß kommen.

10. Messidor des Jahres VIII, kurz hinter Lyon

Mit gealtertem Herzen kehre ich in die Hauptstadt zurück. Ich bin dreißig Jahre, bald einunddreißig, und glaube an nichts mehr, weil ich so oft enttäuscht wurde. Auf niemanden ist Verlaß, meine Mitarbeiter waren bereit, mich zu verraten, sich von mir loszusagen im Falle einer militärischen Niederlage. Ich werde in Zukunft allen Menschen mit noch mehr Mißtrauen gegenübertreten und meine wahren Gefühle nicht mehr zeigen. Bei den Herren in Paris werde ich so tun, als sei nichts geschehen, als habe ich nichts bemerkt. Das ist die einzige Möglichkeit, sonst müßte ich gegen alle kämpfen, und das kann ich nicht.

Aber ich werde Carnot absetzen und Berthier zum Kriegsminister ernennen. Diesen wichtigen Posten kann ich keinem Mann anvertrauen, der gegen mich arbeitet. Die politische Opposition im Tribunat werde ich mit Hilfe von Cambacérès bei den nächsten Wahlen auf scheinbar legalem Wege lahmlegen. Und ich werde alle Machtbefugnisse, die mir die Verfassung gewährt, ausnutzen, um meine Stellung auszubauen; ich werde mich selbst um alles kümmern, die Minister und Beamten unter Kontrolle behalten; sie dürfen nur noch Befehlsempfänger und Vollstrecker meines Willens sein. Und ich werde eine Geheimpolizei schaffen, die Fouchés Spitzel überwacht. Ich verabscheue diesen Mann, aber noch bin ich auf seine Hilfe angewiesen. Wem kann ich überhaupt vertrauen? Joséphine? Sie hat mich betrogen! Meiner Familie? Elisa und Lucien verkehren mit meinen politischen Feinden!

Er legte die Feder zur Seite und sah hinaus in die vorüberziehende Landschaft. Lucien, überlegte er, Lucien war anscheinend in diese Ränke nicht verwickelt, aber wer weiß, auf welche Ideen er verfällt, die mir schaden können. Ich werde ihn beobachten und, wenn er Dummheiten macht, aus dem Amt entfernen.

Joséphine wußte nichts von den Intrigen, die gegen ihren Gatten gesponnen wurden, aber im Laufe der Jahre war ihr politischer Instinkt soweit geschult, daß sie die Konsequenzen einer Niederlage einschätzen konnte. Als die Siegesnachricht in Malmaison eintraf, beschloß sie, der Schlacht bei Marengo ein Denkmal zu setzen, und beauftragte den Gärtner, an einer Stelle im Park, die vom Schlafzimmer aus gut sichtbar war, eine Zeder zu pflanzen.

Als Napoleon endlich in Malmaison eintraf – er hatte einige Tage in Paris bleiben müssen –, führte sie ihn zu dem Baum: »Siehst du, diese Zeder habe ich zur Erinnerung an deinen glorreichen Sieg pflanzen lassen. Wenn wir beide längst tot sind, wird sie unsere Kinder und Enkel noch an Marengo erinnern.«

»Kinder?« fragte Napoleon, und ein Hoffnungsschimmer leuchtete in seinen Augen auf. »Joséphine, bist du etwa schwanger?«

»Nein, aber vielleicht demnächst; ich habe deine Abwesenheit genutzt und wieder Bäder in Plombières genommen, vielleicht helfen sie ja doch irgendwann.«

»Hoffentlich!« Seine Augen ruhten eine Weile nachdenklich auf dem Bäumchen, dann fuhr er fort: »Joséphine, Marengo war kein glorreicher Sieg. Nachmittags um drei Uhr hatten wir die Schlacht wegen der zahlenmäßigen Überlegenheit der Österreicher fast verloren, aber dann erschien Desaix mit seinem Korps gerade noch rechtzeitig auf dem Schlachtfeld und verwandelte die Niederlage in einen Sieg, und ausgerechnet er mußte fallen, einer der fähigsten Generäle der Republik.«

»Also ist Desaix der Sieger von Marengo.«

»Im Grunde genommen ja.«

»Aber im *Moniteur* stand es ganz anders.«

Napoleon machte eine wegwerfende Handbewegung. »Ach, der *Moniteur*, dort muß natürlich gedruckt werden, was die Öffentlichkeit wissen soll. Ich habe übrigens die beiden Adjutanten von Desaix, Rapp und Savary, mitgebracht. Als sie so verloren neben der Bahre ihres Generals standen, taten sie mir leid, und ich beschloß, mich ihrer anzunehmen; ich will sehen, daß ich sie im Generalstab unterbringe. Du könntest dich ein wenig um sie kümmern, damit sie sich rasch in unseren Kreis einleben.«

Sie gingen langsam zurück zum Schloß und betraten das Vestibül.

»Wenn du willst, zeige ich dir jetzt die renovierten Räume. Fangen wir mit dem Musikzimmer an.«

»Wir müssen uns aber beeilen«, erwiderte Napoleon, »am Spätnachmittag kommt Talleyrand, um mir den jungen Caulaincourt vorzustellen.«

Als sie am Spielzimmer vorbeikamen, sahen sie Louis und Hortense am Billardtisch stehen.

»Sind sie nicht ein reizendes Paar?« flüsterte Joséphine.

Napoleon warf einen flüchtigen Blick hinüber und erinnerte sich an die leidige Heiratsfrage. Nein, dachte er, in den nächsten Monaten gibt es wichtigere Dinge als Hortenses Verehelichung. »Ich finde, Louis macht ein ziemlich gelangweiltes Gesicht.«

Und diese Beobachtung war zweifellos richtig. Louis war zur Begrüßung seines Bruders nach Malmaison gekommen und hatte sich auf einen ruhigen Nachmittag gefreut, den er im Park mit Lektüre verbringen wollte. Hortenses Bitte, mit ihm Billard zu spielen, kam ihm äußerst ungelegen, aber es wäre unhöflich gewesen, ihr einen Korb zu geben, so stieß er denn mißmutig die Kugeln auf der grünen Filzdecke hin und her.

Hortense ihrerseits hätte den Nachmittag lieber im Musikzimmer verbracht und geübt, aber da sie gewöhnt war zu gehorchen, kam sie Joséphines Bitte nach, sich ein bißchen um Louis zu kümmern und ihn zu unterhalten. Sie hatten aber nun schon eine Stunde gespielt, ohne daß ein Wort zwischen ihnen gewechselt worden wäre. Hortense, der es normalerweise nicht schwer fiel, eine Unterhaltung zu beginnen, fühlte sich in Louis' Gegenwart befangen. Doch schließlich hielt sie das lähmende Schweigen nicht länger aus.

»Gefällt Ihnen Ihr renoviertes Zimmer?«

»Ja.«

»Fühlen Sie sich bei Ihrem neuen Regiment wohl?«

»Ja.«

»Freuen Sie sich auf den Ball am 14. Juli?«

»Nein.«

»Oh, warum nicht?«

»Ich hasse Bälle.«

»Tanzen Sie denn nicht gern?«

»Ich tanze nie, ich finde dieser Herumhopserei albern.«

»Und wie wollen Sie den Abend verbringen, wenn Sie nicht tanzen?«

»Ich werde den Ball nicht besuchen, es sei denn, mein Bruder befiehlt es mir ausdrücklich. Was halten Sie davon, wenn wir jetzt aufhören? Ich möchte vor dem Diner noch lesen.«

»Gern, wenn Sie es wünschen; vielen Dank, daß Sie mit mir gespielt haben.« Sie lächelte ihn schüchtern an und lief erleichtert ins Musikzimmer zu ihren geliebten Instrumenten.

Louis ging hinauf in sein Zimmer, glücklich, sich wieder in *Die Leiden des jungen Werther* vertiefen zu können. Nach einer Weile drangen lachende Frauenstimmen vom Park zu ihm hinauf. Er ging verärgert zum Fenster. Joséphine und ihre Damen nahmen auf der Terrasse den Tee ein. Da sitzen sie nun, dachte er, haben sich aufgeputzt, nippen geziert an ihren Tassen und kichern über Albernheiten! Der Anblick und das glucksende Lachen seiner Schwägerin verschlechterte seine Laune noch mehr; er schloß das Fenster und legte sich auf den Diwan. Er wurde den Eindruck nicht los, daß Joséphine ihn mit Hortense verkuppeln wollte; warum sonst behandelte sie ihn seit einigen Wochen mit der größten Liebenswürdigkeit, während sie ihn früher kaum beachtet hatte, warum forderte sie ihn ständig auf, seine freie Zeit in Malmaison zu verbringen? Nein, dachte Louis, ich will Hortense nicht heiraten, ich werde überhaupt nicht heiraten. Emilie konnte ich nicht bekommen, und eine andere Frau will ich nicht. Und ich werde auch nicht hier übernachten, sondern sofort nach dem Diner nach Paris zurückreiten. Lieber den Abend mit den Kameraden im Kasino verbringen als hier zwischen den Weibern. Wenn ich nur versetzt werden würde – ich möchte weit weg von Paris, weit weg von hier, ganz weit weg ...

Unterdessen waren Talleyrand und Caulaincourt auf dem Weg nach Malmaison. Der junge Mann war mittelgroß und schlank, die ernsten Augen blickten offen und vertrauenerweckend, ein brauner Backenbart umrahmte klare Gesichtszüge. Er war stets freundlich und gelassen und strahlte eine innere Ruhe aus. Davon war allerdings an jenem Nachmittag nicht viel zu spüren; verkrampft saß er in seiner Wagenecke, starrte hinaus in die Landschaft und spielte nervös an den Uniformknöpfen.

»Sind Sie sehr aufgeregt, junger Freund?« fragte Talleyrand und streifte seinen Begleiter mit einem amüsierten Blick.

»Offengestanden ja. Welche Ehre, vom Ersten Konsul auf seinem Landsitz empfangen zu werden! Und zum Diner sollen wir auch bleiben!«

»Es ist eine normale Audienz, da der Konsul auch in Malmaison den ganzen Tag arbeitet; lediglich die Abende sind der Erholung gewidmet, vielleicht erleben Sie ihn heute beim Barlauf. Und erwarten Sie nicht zuviel vom Diner! Sie haben hoffentlich meinen Rat befolgt und zu Hause gut gespeist.«

»Warum will der Konsul mich überhaupt kennenlernen?«

»Er sucht einen geeigneten Mann für eine diplomatische Mission.« Talleyrand schilderte in groben Zügen die Rußlandpolitik, kam dann auf Zar Paul I. und den Zarewitsch Alexander zu sprechen.

»Soweit ich es beurteilen kann, scheint Paul I. Realpolitiker zu sein – ein Umstand, der für unsere Pläne günstig ist. Was den Zarewitsch betrifft, so kann ich ihn noch nicht richtig einschätzen. Er ist ein gutaussehender, charmanter, kultivierter junger Mann, ein Kavalier par excellence mit einer Schwäche für Luxus und schöne Frauen. Das Verhältnis zwischen dem Zar und seinem Sohn scheint gespannt zu sein; nun, das kommt öfter vor, aber was viel wichtiger ist und auf was Sie achten müßten: Am Zarenhof gibt es eine profranzösische und eine antifranzösische Partei, einige Namen der letzten Gruppe sind uns bekannt, aber natürlich nicht alle; diese Partei müßten Sie im Auge behalten und beobachten, ob und welchen Einfluß sie auf den Thronfolger ausübt. Sie sehen, junger Freund, die Mission in Petersburg ist nicht ganz einfach.«

»Aber bin ich der richtige Mann dafür? Ich besitze doch kaum diplomatische Erfahrungen.«

»Manchmal sind die Erfahrungen weniger wichtig als persönliche Qualitäten. Seien Sie unbesorgt; wenn der Konsul sich entschließen sollte, Sie nach Rußland zu schicken, müssen Sie nur seine Anweisungen und meine Ratschläge befolgen.«

Während der letzten Wegstrecke herrschte Schweigen in der Kutsche; Caulaincourt dachte über Rußland nach, Talleyrand über Napoleon. Bonaparte hat sich nach seiner Rückkehr irgendwie verändert, sinnierte er, er ist viel verschlossener als früher und hat sich merkwürdige Allüren angewöhnt. Es gibt jetzt zwei Arbeitszimmer: ein offizielles, in dem er Besucher empfängt, und sein bisheriges Arbeitskabinett, das nur noch der Sekretär und die Konsulin betreten dürfen. Von den Ministern bin ich der einzige, der mündlich vortragen darf, die anderen müssen schriftlich berichten, und diese Akten kontrolliert er peinlich genau ...

»Was für ein merkwürdiger Eingang«, sagte Caulaincourt, nachdem sie aus der Kutsche gestiegen waren, »er sieht aus wie ein Militärzelt.«

»Ja, das ist der Stil des Konsuls. Aber abgesehen davon läßt es sich hier angenehm leben; der Park ist weitläufig und lädt ein zum Spazierengehen und Nachdenken.«

Der Konsul empfing die beiden Männer in der Bibliothek, und kaum hatte Talleyrand seinen Begleiter vorgestellt, als auf diesen eine Reihe knapper, präziser Fragen niedergingen: nach seinen militärischen Erfahrungen, seinem Aufenthalt in Konstantinopel, seiner bevorzugten Lektüre ... Caulaincourt versuchte ebenso knapp und präzise zu antworten, und nach einer halben Stunde verabschiedete Napoleon den jungen Mann mit einem freundlichen Lächeln.

»Ich glaube, er wird die Interessen Frankreichs in Petersburg gut vertreten«, sagte er zu Talleyrand. »Das wäre also erledigt. Wie ist der Stand der Verhandlungen mit dem päpstlichen Gesandten?«

Da der Abend warm und sonnig war, wurde das Diner im Park serviert. Es war eine bunt zusammengewürfelte Tischgesellschaft: Familienmitglieder, Adjutanten, die Damen der Konsulin, hohe Beamte, die Maler David und Isabey, der Schauspieler Talma, der Dichter Arnault und einige Wissenschaftler des Instituts. Weil Caulaincourt sich zu befangen fühlte und nichts Falsches sagen wollte, beschränkte er sich auf einige Höflichkeitsfloskeln gegenüber Duroc und Eugène und verbrachte die übrige Zeit mit Beobachten und Zuhören. Immer wieder wanderten seine Augen zum Konsul am oberen Tischende, und er wunderte sich, wie heiter dieser über alles mögliche plauderte, wie er von einem Thema zum anderen sprang und die gesamte Unterhaltung steuerte. Wobei von Unterhaltung genaugenommen nicht die Rede sein konnte, es war mehr eine Frage- und Antwort-Spiel zwischen ihm und einzelnen Gästen.

Als der Koch Dunan persönlich den Fleischgang, eine Arte Hühnerfrikassee, servierte, bat der Konsul um allgemeine Aufmerksamkeit: »Dieses Gericht nennt sich ›Huhn à la Marengo‹! Als mein Koch und seine Helfer nach der Schlacht etwas Eßbares auftreiben wollten, fanden sie lediglich ein Huhn, Flußkrebse, Eier und Tomaten, und aus diesen Zutaten hat Dunan dann dieses köstliche Frikassee gezaubert. Ich wünsche guten Appetit!« Zu Joséphine gewandt fügte er hinzu: »›Huhn à la Marengo‹ wird ab jetzt bei jedem Familiendiner serviert.«

»Ich muß Ihnen ein großes Kompliment machen, Dunan!« Joséphine lächelte den Koch an, obwohl sie dieser Zusammenstellung von Huhn und Flußkrebsen nicht viel abgewinnen konnte.

Caroline stocherte lustlos auf ihrem Teller herum und bekämpfte eine aufsteigende Übelkeit. Hing diese mit ihrer Schwangerschaft oder dem Huhn zusammen? Was für ein widerlicher Soldatenfraß! dachte sie und warf ihrem Bruder einen erbosten Blick zu. Sie war nicht gut auf ihn zu sprechen, da er befohlen hatte, daß Murat vorerst in Italien bleiben sollte, und sie wegen ihrer Schwangerschaft nicht zu ihm reisen ließ.

Napoleon beugte sich zu seiner Stieftochter hinüber. »Nun, was machen die Theaterproben?«

»Ach«, erwiderte diese kleinlaut, »wir haben noch gar nicht angefangen, wir können eine männliche Rolle nicht besetzen.«

»Wenn es weiter nichts ist! Bourrienne, Sie übernehmen diese Rolle.«

»Ja, aber«, protestierte dieser, »ich habe doch keine Zeit, Texte zu lernen!«

»Natürlich haben Sie Zeit, vierundzwanzig Stunden sogar; das ist nur eine Frage der Organisation, Sie müssen eben morgens eine Stunde früher aufstehen.«

Bourrienne schwieg, er hatte sich den Aufenthalt in Malmaison gemütlicher vorgestellt.

»So, jetzt wird Barlauf gespielt«, rief der Konsul, kaum daß er seinen Kaffee getrunken hatte, zog den Rock aus und lief über den

Rasen, gefolgt von Duroc, Eugène, Hortense, Isabey, Laure Permon, Bourrienne, Talma und den Adjutanten.

Talleyrand winkte Caulaincourt zu sich heran. »Es ist recht amüsant, den Konsul zu beobachten. Die Spielregeln beachtet er kaum, versucht zu mogeln und ist nebenbei auch kein besonders guter Läufer – sehen Sie, jetzt ist er gefallen!«

Caulaincourt sah erstaunt, wie Napoleon aufstand, lachte und weiterlief. »So ungezwungen hatte ich mir den Konsul nicht vorgestellt.«

»Vergessen Sie nicht, daß wir in Malmaison sind, hier gönnt er sich ab und zu eine Ruhepause. Sie müßten ihn erleben, wenn er bei schlechtem Wetter abends im Salon auf dem Diwan liegt und Gespenstermärchen erzählt! Es sind meist Geschichten aus seiner korsischen Heimat, eine gruseliger und blutiger als die andere. Ja, das sind so die Zerstreuungen in Malmaison. Übrigens, Sie haben einen guten Eindruck auf den Konsul gemacht; ich nehme an, in einigen Monaten werden Sie gen Osten reisen.«

»Ich werde mich bemühen, die Interessen Frankreichs so gut wie möglich zu vertreten, der Konsul soll mit mir zufrieden sein«, erwiderte Caulaincourt, und während er Napoleon beobachtete, der wie ein Schuljunge über den Rasen lief, beschloß er, diesem Mann loyal zu dienen, ihm stets aufrichtig zu begegnen und das Vertrauen, das man ihm entgegenbrachte, nicht zu mißbrauchen.

Vor allem Loyalität ist wichtig, dachte Caulaincourt auf dem Heimweg. Loyalität, egal, was kommen mag.

An einem Vormittag Mitte Oktober stand Joseph Fouché dem Ersten Konsul in dessen Arbeitszimmer gegenüber und starrte mit undurchdringlicher Miene auf den Schreibtisch. Dort lag eine Broschüre mit dem Titel: *Vergleich zwischen Cäsar, Cromwell und Bonaparte*.

Fouché war ein hochgewachsener, ein wenig gebeugter Mann mit hagerem Gesicht, fahlem Teint, stets geröteten Augen und dünnen Stelzbeinen, weswegen man ihm den Spottnamen ›das rote Feldhuhn‹ gegeben hatte. Er war einundvierzig Jahre alt, Sohn eines Schiffskapitäns, und hatte eine bewegte politische Vergangenheit hinter sich. Als Knabe für den geistlichen Stand bestimmt, erhielt er bei den Oratorianern nur die niedrigen Weihen und unterrichtete bis zum Ausbruch der Revolution als Physiklehrer an der Priesterschule in Nantes. Im Jahre 1789 schloß er sich der revolutionären Bewegung an, wurde 1792 in den Konvent gewählt, stimmte für die Hinrichtung Ludwigs XVI. und war während der Schreckensherrschaft einer der grausamsten Exekutoren Robespierres, der ihn schließlich nach Paris zurückrief, weil es Fouché seiner Meinung nach zu arg getrieben hatte. Da dieser um sein Leben fürchtete, verband er sich mit den Gegnern Robespierres und war maßgeblich am 9. Thermidor beteiligt. Anschließend tauchte er für drei Jahre unter, wurde 1798 Polizeiminister, unterstützte ein Jahr später Napoleon am 18. Brumaire und behielt anschließend sein Portefeuille.

Fouchés Augen wanderten vom Schreibtisch zum Konsul, der seit kurzem den zivilen Samtrock mit der Uniform vertauscht hatte – einer Uniform die ihm im übrigen gut stand: Er trug den Rock eines Obersten der berittenen Gardejäger aus grünem Tuch mit roten Aufschlägen, rotem Kragen, dazu Kniehosen aus weißem Kaschmir und eine Weste vom gleichen Stoff.

Napoleon wies auf die Broschüre. »Kennen Sie dieses Machwerk?«

»Ja, Bürger Konsul. Der Autor befürwortet die Erblichkeit des Konsulats und schlägt vor, daß, falls Sie ohne direkte Nachkommen sterben, einer Ihrer Brüder Erster Konsul wird.«

»So. Und warum haben Sie dieses Pamphlet nicht beschlagnahmt und den Autor verhaften lassen? Es ist für mich außerordentlich kompromittierend. Man kann doch zum jetzigen Zeitpunkt nicht für Erblichkeit plädieren! In einigen Jahren mag die Sache anders aussehen, aber nicht heute. Also, warum haben Sie nichts unternommen?«

»Bürger Konsul, ich mußte Rücksicht nehmen. Es ist Ihr Bruder Lucien, der diese Schrift unter seinen Schutz genommen hat; sie wurde vom Innenministerium herausgegeben.«

»Was? Mein Bruder ist der Autor? Ihre Pflicht als Polizeiminister war, Lucien verhaften und einsperren zu lassen. Dieser Esel weiß wahrhaftig nichts weiter zu erfinden als solche Machwerke!«

»Bürger Konsul, ich habe nicht gesagt, daß Ihr Bruder der Autor ist. Wir kennen den Verfasser nicht. Ich glaube nicht, daß es Ihr Bruder ist; er ist viel zu intelligent – ich darf Sie an die Brumaire-Ereignisse erinnern –, als daß er ein so plumpes Pamphlet verfassen würde.«

»Ich weiß, daß mein Bruder intelligent ist«, erwiderte der Konsul mit schneidender Stimme, ging hinüber in sein privates Arbeitszimmer und schlug die Tür heftig hinter sich zu.

Am Nachmittag des gleichen Tages wurde Lucien in die Tuilerien befohlen.

Als er Napoleons Arbeitszimmer betrat, musterte ihn sein Bruder mit finsteren Blicken, nahm dann die Broschüre vom Schreibtisch und schleuderte sie auf den Fußboden.

»Ich nehme an, du kennst dieses Pamphlet. Was hast du mir dazu zu sagen?«

»Was soll ich dazu sagen?« fragte Lucien verblüfft. »Was stört dich daran?«

»Das fragst du noch? Es kompromittiert mich! Zum jetzigen Zeitpunkt von Erblichkeit zu reden, das macht mich doch unglaubwürdig! Aber ich kenne dich, Lucien, dich und deinen Ehrgeiz! Du willst mein Nachfolger werden, deswegen hast du diese Broschüre verfaßt.«

Lucien hatte mit wachsendem Erstaunen zugehört, und obwohl Ärger in ihm aufstieg angesichts dieser ungerechtfertigten Anschuldigungen, fand er die Aufregung seines Bruders komisch. Er erwiderte ganz ruhig: »Jupiter, du wirst wütend, also hast du unrecht. Ich bin nicht der Verfasser dieser Broschüre, ich weiß nicht, wer der Autor ist. Aber eines weiß ich: Ich habe keinerlei Interesse daran, dir als Erster Konsul nachzufolgen, ich will und werde mein Leben anders gestalten. Warum regst du dich überhaupt so auf? Wird dir mit derartigen Schriften nicht der Weg zum erblichen Konsulat bereitet? Ist das nicht dein geheimer Wunsch?«

Napoleon blieb die Antwort schuldig. Mit gesenktem Kopf ging er im Zimmer auf und ab. »Gleichviel«, nahm er nach einer Weile das Gespräch wieder auf, »es wäre deine Pflicht als Innenminister gewesen, diese Broschüre zu verbieten.«

»Aber warum? Hat nicht in Frankreich jeder das Recht zu sagen, was er denkt?«

»Du weißt ganz genau, daß alle Publikationen verboten sind, die der Regierung schaden können.«

»Der Regierung? Du meinst Publikationen, die dir und deinen politischen Plänen schaden können! In meinem Ministerium treffe ich die Entscheidungen, die ich für richtig halte. Ich bin nicht gewillt, lediglich dein Befehlsempfänger zu sein und dein Helfershelfer beim Ausbau deiner persönlichen Herrschaft – ja, du hast dich in den letzten Monaten zum Diktator entwickelt! In diesem Land gilt nur noch dein Wille, sonst nichts, und das mache ich nicht länger mit!« Lucien wandte sich um, stürzte aus dem Raum und verließ die Tuilerien.

Napoleon sah dem Bruder verblüfft nach, ging dann nachdenklich zurück in sein privates Arbeitskabinett und ließ sich auf den Diwan fallen. Bourrienne, der von seinem Schreibtisch aus den Konsul verstohlen beobachtete, beugte sich noch tiefer über die Papiere und wagte kaum zu atmen.

Lucien darf nicht länger Innenminister bleiben, überlegte Napoleon, er muß aus Paris entfernt werden! Diese Broschüre hat das Faß zum Überlaufen gebracht. Es paßt mir schon lange nicht, wie er sein Ministerium führt, er müßte autoritärer durchgreifen – aber viel schlimmer sind seine gesellschaftlichen Kontakte zu diesen literarischen Freigeistern; wer weiß, auf welche Ideen sie ihn noch bringen. Er muß weg aus Paris, aber wohin? Es darf nicht der Eindruck entstehen, daß man ihn abschiebt, also muß ein repräsentativer Posten für ihn gefunden werden, weit weg, wo er keinen Schaden anrichten kann. Der Botschafterposten in Madrid ist unbesetzt, das wäre eine Lösung. Er müßte dort ein französisch-spanisches Bündnis schließen und dafür sorgen, daß eine spanische Armee aufgestellt wird, die mit unserem Heer gegen das mit England verbündete Portugal marschiert ... Ja, diese Aufgaben werden ihn eine Weile fernhalten.

Er sprang vom Diwan auf. »Bourrienne, schreiben Sie!«

Lucien befahl seinem Kutscher, zur Ile de la Cité zu fahren und dort auf ihn zu warten. Er wollte am Seineufer entlanggehen bis zu Notre-Dame, um seiner Erregung Herr zu werden und um zu überlegen, wie es nun weitergehen solle.

Am liebsten würde ich demissionieren, dachte er, das wäre auch die logische Konsequenz dessen, was ich vorhin gesagt habe. Wenn ich als Innenminister zurücktrete, wahre ich mein Gesicht, und mein Bruder merkt, daß ich keine leeren Worte mache. Allerdings fehlen mir dann die Einkünfte, und ich muß immerhin zwei Kinder ernähren. Napoleon besitzt zwar eine Privatschatulle mit mehreren Millionen Francs für seine Familie, und er würde mich wahrscheinlich finanziell unterstützen, aber gerade das will ich nicht, ich will unabhängig sein.

Er stand nun vor Notre-Dame und erinnerte sich an den Neujahrsabend, als er mit Christine hier gewesen war. Was hält mich eigentlich noch in Frankreich? Wäre es nicht besser, mein Haus in Paris und den Landsitz zu verkaufen und mit den Kindern nach Italien zu übersiedeln? Von dem Erlös der Immobilien und meinen Ersparnissen könnten wir eine Weile leben, und vielleicht finde ich in der Zwischenzeit eine Anstellung bei einer Zeitung. Haben wir nicht noch entfernte Verwandte in der Toskana? Ja, es ist am besten, wenn ich Frankreich verlasse; auf jeden Fall werde ich meinem Bruder noch heute abend mitteilen, daß ich demissioniere ...

Kurz nachdem Lucien einen Boten mit der Rücktrittserklärung zu den Tuilerien geschickt hatte, erhielt er einen Brief des Konsuls mit der Aufforderung, als Botschafter nach Madrid zu gehen.

Botschafter! dachte Lucien. Das ist genaugenommen eine Strafversetzung, aber zumindest habe ich in Spanien die Gelegenheit, endlich wirtschaftlich unabhängig zu werden – und dann kann ich mich ins Privatleben zurückziehen und meinen Interessen widmen ...

Am 17. November brachte Lucien die kleine Charlotte zu Madam Campan und Egypta zu Elisa und reiste nach Madrid ab, wo er am 6. Dezember eintraf.

Während der Monate nach Marengo hatte nur Napoleons nähere Umgebung – die hohen Beamten und Offiziere, die Staatsräte und Senatoren – gemerkt, daß eine Veränderung mit ihm vorgegangen war, daß er zunehmend selbstherrlich und diktatorisch regierte. Gegen Ende des ersten Konsulatsjahres passierte etwas, das auch breiteren Bevölkerungsschichten klarmachte, daß Frankreich nicht von einem Ersten Konsul, sondern von Napoleon Bonaparte persönlich regiert wurde. Am 24. Dezember 1800 entging der Konsul auf dem Weg zur Oper nur knapp einem Attentat. Da die Jakobiner im Laufe des Sommers bereits mehrfach erfolglos versucht hatten, ihn auf dem Weg nach Malmaison zu ermorden, gab man ihnen auch diesmal die Schuld an der ›Höllenmaschine‹, die in der Rue Saint Nicaise explodiert war, dabei die halbe Straße zerstört und mehrere Menschen getötet oder verletzt hatte.

Der Konsul war außer sich und forderte im Staatsrat strenge Repressalien, Hinrichtungen und Verbannungen. Die Aufstellung der Proskriptionslisten wurde Fouché übertragen. Der war keineswegs von der Schuld der Jakobiner, die streng überwacht wurden, überzeugt, aber er führte den Auftrag aus und ließ gleichzeitig weiter nach den Attentätern forschen. Wenig später wurden durch Senatsbeschluß 130 Jakobiner nach den Seychellen verbannt und ihre vier Anführer guillotiniert. Als Fouché die wahren Attentäter ausfindig gemacht hatte, nämlich eine Gruppe Royalisten, die im Auftrag der im englischen Exil lebenden Bourbonen handelten, wurden diese ebenfalls hingerichtet. Alle glaubten, daß die Verbannung der Jakobiner nun rückgängig gemacht würde, aber nichts dergleichen geschah. In den Pariser Salons tuschelte man über dieses offensichtliche Unrecht, aber niemand wagte öffentlich den Konsul zu kritisieren, der so viel für Frankreich geleistet hatte. Wer hatte die Finanzen saniert, die Vendée befriedet, die Wirtschaft angekurbelt? Er! Wer sorgte dafür, daß Frankreich auch außenpolitisch wieder an Prestige gewann? Er!

Am 9. Februar 1801 wurde von Frankreich und Österreich der Friede von Lunéville unterzeichnet, der die Beschlüsse von Campo Formio bestätigte, außerdem erkannte Österreich die batavische, helvetische und cisalpinische Republik an. Frankreichs Westgrenze war nunmehr der Rhein, und die französische Herrschaft in Oberitalien war endgültig sichergestellt.

Am 15. Juni 1801 wurde von der französischen Regierung und Papst Pius VII. das Konkordat unterzeichnet, das die römisch-katholische Religion in Frankreich wiederherstellte, die Kirche aber gleichzeitig der Autorität des Staates unterwarf: Der erste Konsul ernannte die Bischöfe, denen der Papst die kanonische

Investitur gewährte; die Geistlichkeit leistete dem Staat den Treueid und bezog dafür ein festes Gehalt. Für Joseph Fesch bedeutete das Konkordat die Ernennung zum Erzbischof von Lyon und wenig später zum Kardinal.

Auch mit England wurden im Laufe des Jahres 1801 Verhandlungen eingeleitet, die am 1. Oktober zum Vorfrieden von London führten.

Nur in der Rußlandpolitik trat ab Frühjahr 1801 ein Stillstand ein. Paul I. hatte die französischen Annäherungsversuche positiv beantwortet und sich in einem Brief vom 18. Dezember 1800 an Napoleon gewandt: ›Herr Erster Konsul. Jene, denen Gott die Macht gegeben hat, Völker zu regieren, müssen an deren Wohl denken und dafür sorgen ... Ich möchte weder über Menschenrechte noch über Prinzipien der unterschiedlichen Regierungen, die in jedem Land bestehen, sprechen oder streiten. Bemühen wir uns, der Welt die Ruhe und den Frieden wiederzugeben, derer sie so sehr bedarf ...‹

Der Brief enthielt zwei wesentliche Aussagen: die faktische Herstellung friedlicher Beziehungen zwischen beiden Mächten und die Garantie der Nichteinmischung in innere Angelegenheiten.

In zwei weiteren Briefen Pauls I. an Napoleon vom 2. und 15. Januar 1801 wurde nicht nur die russische Bereitschaft zu einer Allianz mit Frankreich deutlich ausgesprochen, der Zar schlug sogar gemeinsame militärische Aktionen gegen England vor!

In jenen Winterwochen bedurfte das Bündnis mit Rußland nur noch der schriftlichen Fixierung, da traf aus Petersburg die überraschende Nachricht vom Tod des Zaren ein. Die offizielle Mitteilung lautete, der Zar sei einem Schlaganfall erlegen, was Talleyrand zu der sarkastischen Bemerkung veranlaßte: »Die russische Regierung müßte sich endlich eine andere Krankheit ausdenken.« Er spielte damit auf die Ermordung von Pauls Vater an, der offiziell ebenfalls einem Schlaganfall erlegen war. In Europa wurden bald Einzelheiten der Verschwörung gegen Paul I. bekannt; es hieß, daß der Zarewitsch davon gewußt hatte. Das französisch-russische Bündnis war in weite Ferne gerückt; man mußte abwarten, welchen außenpolitischen Kurs der neue Zar Alexander I. einschlagen würde. Napoleon behielt das Bündnis mit Rußland im Auge und schickte im Sommer 1801 Caulaincourt und Duroc nach Petersburg, um Alexander zur Krönung zu beglückwünschen.

Fouchés Nachforschungen nach dem Verfasser der unglückseligen Broschüre blieben ohne Ergebnis, und im Laufe der Zeit geriet die Angelegenheit in Vergessenheit. Letizia hatte in diesem Streit zwischen Napoleon und Lucien auf der Seite des letzteren gestanden; sie hegte sogar den Verdacht, daß Fouché selbst der Autor war oder zumindest die Broschüre veranlaßt hatte, um Lucien zu schaden. Sie korrespondierte eifrig mit dem Sohn, berichtete ihm regelmäßig über die Entwicklung seiner Töchter und teilte ihm alle familiären Neuigkeiten mit: daß Caroline einen Sohn, Achille, geboren habe und Julie eine Tochter, Zenaïde, daß Onkel Fesch als Botschafter nach Rom zum Vatikan gehe, daß Jérôme im Atlantik kreuze und sich bei verschiedenen Gefechten durch Tapferkeit ausgezeichnet habe, daß Paulette ihren Gatten nach St. Domingo begleiten werde – sie, Letizia, hoffe, daß Leclerc die Befehle Napoleons zu dessen Zufriedenheit ausführe und die Insel für Frankreich zurückerobere – und daß Louis inzwischen halb Europa bereist habe. Daß sie sich um ihn Sorgen machte, verschwieg sie.

Auch von Elisa erhielt Lucien Post: Sie schickte ihm Chateaubriands Erzählung *Atala*, die soeben erschienen war, und schilderte ihm den Enthusiasmus, mit dem dieses Werk in Paris aufgenommen worden war; nicht ohne Stolz fügte sie hinzu, daß Chateaubriand auch in ihrem Salon verkehre.

Zur großen Bestürzung von Mutter und Schwester kehrte Lucien im November 1801 auf eigene Faust nach Paris zurück. Er brachte seinen Diener Pedro mit, seine spanische Geliebte, die Marquesa de Santa Cruz, zwanzig Gemälde alter Meister aus den königlichen Galerien, die er im Laufe der Zeit zu einer Sammlung erweitern wollte, und eine Anzahl Diamanten, die ein Vermögen darstellten. Der Grund für seine Rückkehr waren Differenzen mit dem Konsul bezüglich der Zugeständnisse an Portugal. Nachdem Lucien vergeblich um seine Abberufung gebeten hatte, verließ er Spanien, um sich in Paris eine unabhängige Existenz aufzubauen. Zu Letizias Erleichterung nahm Napoleon die Rückkehr des Bruders kommentarlos zur Kenntnis und ließ ihn vorerst gewähren. Lucien machte seine Diamanten zu Geld, kaufte Grundstücke und Wertpapiere und das prächtige Palais des Grafen von Brienne in der Rue Saint-Dominique, das er renovieren und völlig neu einrichten ließ. Er genoß das Leben eines reichen Privatmannes, besuchte Gesellschaften und widmete sich seiner schriftstellerischen Arbeit. Das Verhältnis mit der Marquesa dauerte nicht lange; sie verließ Paris bereits nach wenigen Wochen, und Lucien begann der schönen Madame Récamier den Hof zu machen, jedoch ohne Erfolg.

Letizia war es zur zweiten Natur geworden, sich ständig um ihre Kinder Gedanken zu machen. In jenem Jahr 1801 galt ihre größte Sorge Louis. Bekümmert beobachtete sie die Verschlechterung seines Gesundheitszustandes, seine trübsinnigen Stimmungen, sein zielloses Umherstreifen in Europa und hatte insgeheim den Eindruck, daß er vor irgend etwas fliehe.

Ihre Vermutung war richtig. Louis floh vor Joséphine, vor Hortense und der drohenden Verehelichung. So reiste er im Spätsommer des Jahres 1800 nach Potsdam, um den Manövern beizuwohnen; von dort aus wollte er über Danzig nach St. Petersburg. Aber er wurde unterwegs krank und kehrte nach seiner Genesung wieder zurück nach Paris, wo er im Januar 1801 eintraf. Er versuchte sich dem gesellschaftlichen Leben so weit wie möglich zu entziehen, erwarb das abgelegene Gut Baillon in der Nähe von Mortefontaine und zog sich dorthin zurück, um zu lesen und Gedichte zu schreiben. Dem Konsul zuliebe erschien er bei den Familiendiners in den Tuilerien, aber als er merkte, daß seine Schwägerin ihre Pläne noch immer nicht aufgegeben hatte, bot er Napoleon seine Dienste im portugiesischen Feldzug an. Im Juli 1801 mußte er krankheitshalber die Armee verlassen und hielt sich drei Monate in den Bädern von Barèges auf. Da jedoch die Kur weder die Schmerzen in seinem linken Bein linderte – im Gegenteil, er fing an, es leicht nachzuziehen – und die Lähmung seiner rechten Hand sich zusehends verschlimmerte, überdies der Krieg in Portugal zu Ende war, kehrte Louis Anfang Oktober 1801 nach Paris zurück. In jenem Herbst kapitulierte die französische Armee in Ägypten; die Öffentlichkeit nahm es kaum zur Kenntnis. Der Ägyptenfeldzug war uninteressant geworden.

In der Zwischenzeit hatte Joséphine ihre Familienpläne weiter verfolgt. Es schien ihr dringend geboten, das Band zu ihrem Gatten fester zu knüpfen. Sie wußte natürlich längst von seiner Liaison mit der Grassini; und hatte er nicht im Sommer 1801, während sie in Plombières weilte, die junge Laure Junot frühmorgens in ihrem Appartement in Malmaison aufgesucht und mit ihr geplaudert? Joséphine war zwar überzeugt, daß zwischen der hochschwangeren Laure und dem Konsul nichts vorgefallen war, und die Grassini hatte ihn nur wenige Monate fesseln können, aber allein die Tatsache, daß er jüngere Frauen bemerkte und Gefallen an ihnen fand, versetzte sie in Panik.

So nutzte sie jede Gelegenheit, um den Gatten das Heiratsprojekt schmackhaft zu machen. Sie lobte Louis' feine Manieren, seine Bildung, und rühmte seine Tapferkeit, und Napoleons Widerstand schmolz mehr und mehr dahin. Schließlich, im Spätsommer des Jahres 1801, willigte er in die Heiratspläne ein und versprach Joséphine, mit Louis zu reden, sobald dieser nach Paris zurückgekehrt sei. Ähnlich wie Letizia sorgte er sich um den Gesundheitszustand und die Gemütsverfassung des Bruders und hoffte, daß die lebenslustige Hortense in dieser Hinsicht einen guten Einfluß auf ihn ausüben würde.

Die Unterredung zwischen den Brüdern fand nach einem Familiendiner in Malmaison statt. Der Konsul erkundigte sich teilnahmsvoll nach Louis' Gesundheit, ließ sich kurz von Portugal berichten und kam dann auf die geplante Heirat zu sprechen: Louis sei ja inzwischen dreiundzwanzig Jahre alt, in einem Alter, in dem man allmählich an Familiengründung denken könne; dann schilderte er die guten charakterlichen Eigenschaften Hortenses und daß er und Joséphine es begrüßen würden, wenn er sich entschließen könne, Hortense zu heiraten. Er schlug seinem Bruder vor, die restlichen Tage in Malmaison zu nutzen, um die Bekanntschaft mit Hortense aufzufrischen und die Angelegenheit in Ruhe zu überdenken.

Louis hörte sich alles mit verschlossener Miene an. Was gab es dabei noch zu überdenken? Er hatte dem Bruder stets gehorcht, er würde auch diesmal seine Wünsche erfüllen. Er liebte Hortense nicht, er würde sie nie lieben können, aber immerhin war sie ein hübsches, nettes Mädchen, und irgendwie würde man schon miteinander auskommen.

Zur gleichen Zeit führte Joséphine mit ihrer Tochter ein ähnliches Gespräch, wobei sie immer wieder betonte, daß sie nur Hortenses Glück wolle und daß Louis bestimmt ein vortrefflicher, fürsorglicher Ehemann sein würde, bei dem sie es bestimmt gut hätte. Und Hortense, gewöhnt, ihrer Mutter in allem zu gehorchen, beschloß, Duroc zu vergessen und Louis ihr Jawort zu geben. Er war zwar etwas eigenbrötlerisch, aber er konnte sich benehmen und war kultiviert, er besaß das gewinnende Lächeln der Bonapartes und schöne, große Augen, die allerdings nie strahlten. Hortense beschloß, diesem Mann eine gute Gattin zu sein und ihn so zu nehmen, wie er war.

An jenem Abend und während der folgenden Tage konnte man beobachten, das Louis und Hortense gelegentlich länger miteinander plauderten und im Park spazierengingen, und als der Konsul Ende Oktober Malmaison verließ, hatte Joséphine ihr Ziel erreicht: Louis und Hortense verlobten sich.

Die Hochzeit wurde auf den 4. Januar 1802 festgesetzt. Joséphine war während der folgenden Wochen glücklich und vollauf mit der Aussteuer und der Neueinrichtung des Hauses in der Rue de la Victoire beschäftigt, das der Konsul dem jungen Paar zur Verfügung stellte. Sie, Joséphine, würde ihrer Tochter die Zofe Louise überlassen, außerdem würde das Paar vom Konsul etliche tausend Francs zur Hochzeit erhalten, sodaß für das materielle Wohlergehen gesorgt war.

Während der Verlobungszeit schien Louis Gefallen an seiner Braut zu finden, er begleitete Hortense zu Bällen und sah zu, wenn sie mit dem Konsul Schach spielte. In der Familie bemerkte man erstaunt, daß Louis seine Braut nach wie vor siezte, aber man schrieb es seiner Eigenbrötelei zu; im übrigen waren die Bonapartes keineswegs entzückt über die Aussicht, daß sich noch eine Beauharnais bei ihnen einnistete, wobei man richtig vermutete, daß Joséphine die Verbindung zustandegebracht hatte.

Niemand ahnte, was während jener Herbstwochen in Louis vorging. Er war eifersüchtig, wenn er Hortense mit anderen Männern tanzen oder mit dem Konsul Schach spielen sah. Er erinnerte sich an Joséphines Untreue und wurde mißtrauisch gegenüber seiner Braut – bestimmt hatte sie das Naturell der Mutter geerbt und würde ihn eines Tages betrügen. Oder hatte sie ihn schon betrogen? Diese Frage beschäftigte ihn so stark, daß er ihr eines Tages seine Liebesabenteuer beichtete, wobei er noch einige dazuphantasierte, und seine Braut bat, ihm ebenfalls alles zu gestehen. Hortense erwiderte verwundert, diesen Gefallen könne sie ihm beim besten Willen nicht tun, sie habe nichts einzugestehen.

Doch jedes Mal, wenn er sie mit dem Konsul zusammen sah, keimte ein schrecklicher Verdacht in ihm auf, und seine Phantasie gaukelte ihm wüste wollüstige Szenen vor; wenn er sich dann seiner körperlichen Leiden bewußt wurde, verfiel er in Schwermut. An Tagen, an denen er sich gesundheitlich besser fühlte, sagte ihm sein Verstand, daß dies alles Einbildung sei, und er begegnete seiner Braut dann mit besonderer Aufmerksamkeit.

Hortense war derart mit Hochzeitsvorbereitungen beschäftigt, daß sie die Stimmungsschwankungen ihres Verlobten nicht bemerkte, und sie dachte auch nicht weiter darüber nach, daß sie einander nicht näherkamen.

Am Vorabend des Hochzeitstages rief Joséphine ihre Tochter zu sich, gab ihr Ratschläge und empfahl Verhaltensweisen, damit sie ihren Gatten im Schlafzimmer nicht enttäusche.

Die Ziviltrauung fand am Abend des 4. Januar 1802 in den Tuilerien statt, den kirchlichen Segen erteilte Kardinal Caprara anschließend im engsten Familienkreis im Haus des Paares, in der Rue de la Victoire. Nach Ringwechsel und Treuegelöbnis des Brautpaares traten auf einmal Murat und Caroline vor den Altar und baten um den kirchlichen Segen für ihre Ehe. Caprara sah etwas irritiert auf die schwangere junge Frau und blickte dann fragend zum Konsul, der zustimmend nickte, worauf der Kardinal erneut seines Amtes waltete. Während dieser zweiten Trauung sah Joséphine ihren Gatten verstohlen von der Seite an, insgeheim hoffend, daß auch er ihre Ehe endlich kirchlich einsegnen ließ, aber der Konsul blickte starr geradeaus und schien ungeduldig auf das Ende der Feierlichkeiten zu warten.

Beim Hochzeitsmahl herrschte gedämpfte Stimmung: Braut und Bräutigam saßen wie Fremde nebeneinander und sahen auf ihre Teller, die mit Dunans raffinierten Köstlichkeiten gefüllt waren; der Konsul war wortkarg und mit seinen Gedanken ersichtlich schon wieder bei seiner Arbeit. Abgesehen von Caroline, der es gleichgültig war, wen ihr Bruder heiratete, versuchten die übrigen Bonapartes durch Schweigen ihre Mißbilligung über diese Ehe zum Ausdruck zu bringen. Eugène widmete sich den Genüssen des Mahls, und Joséphine, voller Genugtuung, daß sie ihr Ziel erreicht hatte, versuchte eine Konversation in Gang zu bringen. Nach dem Kaffee drängte der Konsul zum baldigen Aufbruch, damit das junge Paar endlich die Zweisamkeit genießen könne.

Als er sich von Louis verabschiedete, sah er ihn eine Weile nachdenklich an und sagte dann in gedämpften Ton: »Behandele Hortense gut, eine bessere Frau hättest du nicht finden können.«

»Ja«, murmelte Louis, und wieder keimte jener schreckliche Verdacht in ihm auf.

Während des Diners hatten Louis und Agathe den Salon, der in eine Kapelle verwandelt worden war, wieder umgeräumt, und hier saßen die Neuvermählten sich nun schweigend gegenüber.

Als es elf Uhr schlug, stand Louis auf: »Es ist Zeit, schlafen zu gehen, kommen Sie.« Er nahm den Kerzenleuchter, und Hortense folgte ihm, leicht zitternd und mit klopfendem Herzen. Vor der Tür des ehelichen Schlafzimmers blieb er stehen. »Gute Nacht, ich wünsche Ihnen angenehme Ruhe nach diesem anstrengenden Tag.« Er verbeugte sich kurz und verschwand am Ende des Ganges in Eugènes Zimmer.

Hortense sah ihm verblüfft nach, betrat ihr Boudoir und begann sich zu entkleiden. Vielleicht ist er schüchtern, dachte sie, vielleicht kommt er noch. Sie ließ die Tür unverschlossen, ging zu Bett, schraubte den Docht der Lampe etwas niedriger und wartete. Es schlug Mitternacht, es schlug ein Uhr. Louis kam nicht, und Hortense fiel endlich in einen unruhigen Schlaf.

Am anderen Morgen waren Agathe, Louise und der Diener schon früh auf und brachten das Speisezimmer in Ordnung. Als sie Geschirr und Gläser in die Küche trugen, sahen sie zu ihrem Erstaunen Louis die Treppe herunterkommen.

»Der ist aber früh auf, es ist doch erst acht Uhr«, flüsterte Agathe, und Louise kicherte. »Vielleicht hat es schon den ersten Ehekrach gegeben.« Sie hörten, wie er das Eßzimmer betrat und dem Diener befahl, Eugènes Zimmer aufzuräumen, dann verließ er das Haus. »Na, so etwas«, sagte Louise kopfschüttelnd, »er scheint die Nacht nicht bei seiner Frau verbracht zu haben. In diesem Haus passieren wirklich die merkwürdigsten Dinge.«

Nach etwa einer Stunde kam Louis von seinem Spaziergang zurück, sagte dem Diener, daß er keine Störung wünsche, und zog sich in Napoleons Arbeitszimmer zurück, das nun sein Reich war.

Hortense, die nicht recht wußte, wie sie sich ihrem Gatten gegenüber verhalten sollte, beschloß, sich erst zum Déjeuner zu zeigen. Als sie das Eßzimmer betrat, war Louis bereits anwesend.

»Guten Morgen«, sagte sie schüchtern und nahm Platz. »Haben Sie gut geschlafen?«

»Ja, danke, Sie auch?«

»Ja.«

Der Rest der Mahlzeit verlief schweigend.

Als sie beim Kaffee saßen, begann Hortense erneut: »Was machen Sie heute nachmittag? Es ist herrliches Wetter, hätten Sie Lust zu einer Spazierfahrt?«

»Nein, ich will arbeiten, und außerdem habe ich schon heute morgen einen Spaziergang gemacht.«

Er stand auf und ging hinüber in sein Arbeitszimmer, während Hortense sich in den Salon begab. Dort stand sie eine Weile am Fenster und sah trübsinnig hinaus auf die Straße. Wie soll das bloß weitergehen? dachte sie. In Gegenwart der Familie muß ich natürlich die glückliche junge Frau spielen, vor allem Mama darf nichts merken, es würde sie nur bedrücken. Aber vielleicht ändert Louis sein Benehmen in den nächsten Tagen. Er muß sich wahrscheinlich erst daran gewöhnen, daß er nicht mehr allein ist. Etwas beruhigt ging sie zu ihrer Harfe und begann zu spielen.

Es dauerte nicht lange, da öffnete sich die Tür, und Louis stand auf der Schwelle. »Ich möchte Sie bitten, mit dem Musizieren aufzuhören, Harfenspiel macht mich nervös.«

»Oh!« Hortense sah erschrocken auf. »Entschuldigen Sie bitte, das wußte ich nicht. Hören Sie lieber Piano?«

»Nein, das Geklimpere stört mich noch mehr; ich will heute nachmittag überhaupt keine Musik hören, ich möchte arbeiten.« Er ging wieder in sein Zimmer.

Hortense unterdrückte mit Mühe die aufsteigenden Tränen und setzte sich an ihren Stickrahmen. Was mag er wohl arbeiten, ob ich ihn frage? Lieber nicht, er scheint reizbar zu sein. Aber bereits nach kurzer Zeit konnte sie nicht mehr stillsitzen, sprang auf und ging wieder zum Fenster. Auf der Straße spielten Kinder, und bei ihrem Anblick hatte Hortense plötzlich das Bedürfnis nach körperlicher Bewegung. Ich könnte die neuen Tanzschritte üben, überlegte sie, das macht keinen Lärm. Sie trat vor den Spiegel, begann sich graziös zu bewegen und merkte nach einer Weile, daß die Harmonie der Schritte sich auf ihre Stimmung übertrug. Sie summte vor sich hin, tanzte und sah sich im Geist in einem der neuen Kleider im Festsaal der Tuilerien, in Malmaison ...

»Was machen Sie da? Was soll der Unsinn?«

Sie fuhr erschrocken zusammen und drehte sich um. In der Tür stand Louis und musterte sie mit finsterem Blick. »Ich ... ich übe neue Schritte für den nächsten Ball«, stammelte Hortense.

»In meinem Haus wird nicht getanzt.«

»Aber warum nicht?«

»Ich will es nicht.«

In diesem Moment erschien Agathe und servierte den Tee. Louis setzte sich auf den Diwan, Hortense goß ein, reichte ihrem Gatten die Tasse und beobachtete erstaunt, daß er sie mit der linken Hand nahm und zum Mund führte, während die Rechte wie leblos neben ihm lag. Sie beobachtete diese Hand verstohlen; es war ihr schon früher aufgefallen, daß er sie wenig benutzte.

Louis bemerkte ihre Blicke und stellte die Tasse klirrend auf den Tisch. »Warum betrachten Sie meine Hand? Ja, sie ist manchmal gelähmt, die Kur hat nur kurze Zeit Linderung gebracht. Ich muß bald wieder nach Barèges.«

Hortense empfand plötzlich Mitleid und konnte seine Reizbarkeit verstehen. »Ich möchte Ihnen so gerne helfen, Louis, aber ich weiß nicht, wie!«

Er antwortete nicht, starrte düster vor sich hin, und Hortense sah ratlos zum Fenster in die beginnende Dämmerung.

»Sie tun mir leid, Hortense«, sagte Louis endlich. »Ihre Mutter hat Sie mit einem Krüppel verheiratet, mit einem Krüppel, der Sie nicht liebt und nie lieben wird!« Er stand auf und ging hinaus.

Auch die folgende Nacht verbrachte Louis in Eugènes Zimmer und den folgenden Tag in seinem Arbeitskabinett und erschien nur zu den Mahlzeiten.

Als sie am Abend nach oben gingen, sagte Louis: »Irgendwann müssen wir es hinter uns bringen. Ich komme nachher zu Ihnen, man erwartet, daß wir Kinder bekommen.«

»Ja«, flüsterte Hortense, und ihr Herz fing an zu klopfen, aber nicht mehr vor freudiger Erwartung, sondern vor Furcht.

Sie hatte kaum ihre Nachttoilette beendet, als Louis in einem Schlafrock aus gelber Seide ihr Zimmer betrat. Er bat sie, die Lampe zu löschen, und legte sich neben sie. Hortense versuchte sich an die Ratschläge ihrer Mutter zu erinnern, aber Louis ließ ihr dazu keine Zeit. Er erfüllte seine Pflicht als Ehegatte, wie er seine Pflicht als Soldat erfüllt hatte. Hortense spürte seine Gleichgültigkeit, und das verletzte sie mehr als eine gewalttätige Umarmung; Leidenschaft wäre zumindest ein Zeichen gewesen, daß er sie sinnlich begehrte.

Wenig später verließ Louis das Zimmer. Er besuchte sie während der folgenden sechs Nächte und blieb dann zu ihrer Erleichterung wieder fern.

Gegen Ende der ersten Februarwoche erschien Hortense an einem Nachmittag in den Tuilerien und eilte ohne weitere Voranmeldung in das Boudoir zu ihrer Mutter, die sich zu dieser Stunde zum Diner umzukleiden pflegte. Joséphine sah etwas befremdet auf ihre Tochter, die anscheinend völlig durcheinander war, und gab der Kammerfrau einen Wink, sie allein zu lassen.

»Mama, Louis ist fort, schon seit sieben Tagen! Er hat frühmorgens mit dem Diener und etwas Gepäck das Haus verlassen, hat nicht gesagt, wohin er geht, und ich habe bis heute keine Nachricht von ihm. Allmählich ängstige ich mich, wer weiß, vielleicht ist ihm etwas passiert. Oh, Mama, kann ich nicht hier in den Tuilerien bleiben? Ich möchte nicht mehr in unser Haus zurück, ich fühle mich dort so einsam. Mama, man muß Louis suchen!«

»Mein Gott, Hortense, ich verstehe das alles nicht. Louis ist doch nicht ohne Grund weggegangen. Habt ihr euch gestritten?«

»Nein, Mama, wir haben noch nie gestritten.«

Joséphine sah unschlüssig vor sich hin, ging dann zu ihrer Tochter und strich ihr über die Haare. »Nun, beruhige dich, du bleibst jetzt erst einmal zum Diner. Gott sei Dank haben wir heute keine Gäste, so können wir in Ruhe besprechen, wie es weitergehen soll. Ob du allerdings hier in den Tuilerien bleiben darfst, das wird der Konsul entscheiden.«

In diesem Augenblick ging die Tür auf, und Napoleon betrat das Boudoir.

»Oh«, rief er erfreut, als er seine Stieftochter erblickte, »was verschafft uns die Ehre deines Besuchs?«

Hortense sah zu Boden und schluchzte kurz auf.

»Louis ist seit ein paar Tagen verschwunden«, antwortete Joséphine an ihrer Stelle, »und wir haben keine Ahnung, wohin.«

»Wie bitte? Verschwunden? Aber warum denn?«

»Das weiß ich nicht«, flüsterte Hortense.

»Also, das habe ich noch nie erlebt«, sagte der Konsul und runzelte die Stirn, »daß ein junger Ehemann während der Flitterwochen Reißaus nimmt. Aber sei unbesorgt, Hortense, wir werden ihn schon finden. Laß mich überlegen ... bei Mama, Joseph oder Caroline kann er nicht sein, das wüßte ich längst. Sein Verhältnis zu Lucien und Elisa ist nicht so innig, daß er bei ihnen Zuflucht suchen würde; beim Regiment kann er auch nicht sein, weil er noch Urlaub hat – es gibt nur eine Möglichkeit: sein Gut Baillon. Wahrscheinlich hat er sich dort vergraben. Ich werde einen Boten hinschicken und ihn auffordern, zurückzukommen.«

»Kann Hortense vorerst hier in den Tuilerien bleiben? Sie fühlt sich in der Rue de la Victoire so vereinsamt.«

»Natürlich, du kannst bei uns bleiben, solange du willst, Hortense.«

Napoleon hatte richtig vermutet, Louis war tatsächlich auf sein Landgut geflüchtet, weil er die Gegenwart seiner Frau nicht länger ertragen konnte. Hätte man ihn gefragt, was ihn an Hortense störe, wäre er zunächst ratlos gewesen, und hätte dann wohl gesagt: »Das weiß ich nicht so genau, sie fällt mir einfach auf die Nerven.« Dem

Kurier des Konsuls erklärte er, seine Anwesenheit auf dem Gut sei unbedingt erforderlich, weil er es für seinen jungen Haushalt herrichten lassen müsse. Napoleon gab sich mit dieser Auskunft zufrieden; er hielt es für ratsam, den Bruder und dessen labilen Gemütszustand nicht noch mehr zu erschüttern.

Anfang März erschien Louis wieder bei seinem Regiment, blieb dort aber nur bis Mai, um dann erneut zur Kur nach Barèges zu fahren, weil die Gliederlähmung wieder stärker wurde.

Hortense vermißte ihren Gatten zwar nicht, empfand aber ihre Situation als peinlich, besonders während der Familiendiners, die seit kurzem jeden Sonntagabend stattfanden. Sie hoffte im stillen, daß Louis die eheliche Gemeinschaft zumindest nach außen hin wieder aufnehmen würde. Diese Hoffnung verstärkte sich, als sie Mitte Mai erfuhr, daß sie schwanger war. »Wenn er weiß, daß er Vater wird, kehrt er bestimmt zu mir zurück, Mama!« Ungeduldig erwartete sie die Antwort des Gatten auf ihren Brief. Wer beschreibt ihr Entsetzen, als Louis kurz und bündig mitteilte, er wünsche ihr alles Gute für den Verlauf der Schwangerschaft, aber er sei nicht der Vater des Kindes.

»Ich werde schon dafür sorgen, daß er die Vaterschaft anerkennt, er macht sich ja lächerlich!« sagte der Konsul.

»Du darfst dich jetzt nicht aufregen, Hortense«, mahnte Joséphine, die glücklich war, daß ihre Tochter Mutterfreuden entgegensah, »bedenke doch, welche Hoffnungen der Konsul in dieses Kind setzt. Ach, hoffentlich bekommst du einen Sohn, ich bin überzeugt, daß der Konsul ihn zu seinem Nachfolger bestimmen wird!«

Zwar hatte Joséphine schon manchmal leise bereut, diese Ehe arrangiert zu haben, aber die politische Entwicklung schien ihr nachträglich recht zu geben. Am 27. März 1802 war mit England der Friede von Amiens geschlossen worden; am 6. Mai forderte das Tribunat ein Zeichen nationaler Dankbarkeit gegenüber dem Ersten Konsul, und so wurde die Nation erneut zu einem Plebiszit aufgerufen. Die zur Abstimmung gebrachte Frage lautete: Soll Napoleon Bonaparte Konsul auf Lebenszeit werden? Im Zusammenhang damit erörterten die verschiedenen Gremien die Frage seiner Nachfolge, und im Laufe des Sommers einigte man sich dahin, daß man dem Ersten Konsul das Recht einräumte, seinen Nachfolger selbst zu wählen und dem Senat vorzuschlagen.

Der Konsul schwieg sich zunächst aus, ließ aber hin und wieder durchblicken, daß er nicht gewillt sei, einen seiner Brüder als Nachfolger zu benennen, sondern einen von deren Söhnen. Da Joseph und Lucien bisher nur Töchter hatten – auch Joseph war zum zweiten Mal Vater einer Tochter geworden – wäre ein Sohn von Louis und Hortense der mögliche Nachfolger, zumal wenig Hoffnung bestand, daß Joséphine noch Kinder bekommen würde.

In jenem Sommer 1802 fühlte Joséphine sich an der Seite ihres Gatten vollkommen und endgültig sicher. Wenn Hortense einen Sohn zur Welt brachte – und daran zweifelte Joséphine nicht mehr, nachdem sie die Karten gelegt hatte –, dann war das Gespenst der Scheidung endgültig gebannt.

Das Plebiszit ergab 3 600 000 Ja-Stimmen gegen 8374 Nein-Stimmen. Am 2. August ernannte der Senat Napoleon Bonaparte zum Konsul auf Lebenszeit mit dem Recht, seinen Nachfolger selbst zu bestimmen.

Am 15. August veranstaltete Napoleon anläßlich seines Geburtstages in Malmaison einen großen Ball mit Theaterdarbietungen. Hortense, obwohl im siebten Monat schwanger, spielte wie immer die Hauptrolle in einem Lustspiel und wurde vom Konsul für die schauspielerische Leistung öffentlich gelobt. Anschließend eröffnete er mit ihr den Ball – ein Zeichen für die anwesenden Familienmitglieder, daß Hortense als Mutter des potentiellen Nachfolgers eine besondere Rolle spielte.

Joséphine strahlte an diesem Abend. Die Beauharnais hatten über die Bonapartes triumphiert! Nur ein Wermutstropfen trübte ihre Freude: gegen Ende des Festes erfuhr sie von ihrem Gatten, daß dies der letzte Sommer in Malmaison war; künftig werde man die warme Jahreszeit im Schloß St. Cloud verbringen, das größer und repräsentativer sei und somit angemessener für die konsularische Familie; er werde Malmaison nicht aufgeben, aber nur noch zu kürzeren Aufenthalten hierherkommen.

Bei einem der nächsten Familiendiners interpretierte der Konsul den Begriff ›konsularische Familie‹: Künftige Ehen dürfen nur mit seiner Zustimmung geschlossen werden! Man nahm es zur

Kenntnis; schließlich waren alle verheiratet bis auf Jérôme, der noch nicht einmal achtzehn war, und Lucien, der mit seinen 27 Jahren anscheinend für den Rest seines Lebens Witwer bleiben wollte. Beim nächsten Familiendiner erfuhr die ›konsularische Familie‹, daß ihr Oberhaupt in Zukunft mit ›Sie‹ angeredet zu werden wünschte; er selbst würde natürlich auch diese Form verwenden; nur Letizia war von der Regel ausgenommen.

Auf ausdrücklichen Befehl des Konsuls kehrte Louis Ende September nach Paris zurück, um wenigstens bei der Geburt des Kindes in der Nähe seiner Frau zu sein.

Die letzten Tage vor der Niederkunft verbrachte das Paar in dem Haus in der Rue de la Victoire, und dort kam am 10. Oktober 1802 Hortenses erster Sohn Napoleon-Charles zur Welt. Dieses Ereignis wurde im *Moniteur* bekanntgegeben. Es war das erste Mal, daß das Regierungsblatt über eine private Angelegenheit der engeren Familie des Ersten Konsuls berichtete.

Nachdem Hortense sich vom Wochenbett erholt hatte, wurde das Kind in den Tuilerien im Familienkreis getauft.

Als die Zeremonie vorüber war, nahm Napoleon den Neffen freudestrahlend auf den Arm und brachte ihn zu dessen Vater. »Sehen Sie, Louis, welche Ähnlichkeit Ihr Sohn mit Ihnen hat? Er ist Ihnen wie aus dem Gesicht geschnitten, unverkennbar ein Bonaparte!« Und dann warf der Konsul zum Entsetzen aller das Kind in die Luft und fing es wieder auf. »Ja!« rief er, und seine Stimme bebte vor Stolz. »Ein Bonaparte! Er wird einmal mein Nachfolger als Erster Konsul.«

Joseph und Louis verzogen bei diesen Worten keine Miene, aber Caroline erbleichte. Und sein Neffe Achille? dachte sie empört, hielt es aber für klüger zu schweigen und ihren Bruder nicht zu reizen.

Letizia, die neben Elisa saß, blickte hin und wieder verstohlen zur Tür. »Lucien ist immer noch nicht gekommen«, sagte sie leise zu ihrer Tochter, »wo bleibt er nur?«

»Er wird wohl bei ihr sein«, erwiderte Elisa ebenso leise, »gestern abend ging es ihr gar nicht gut, alle Anzeichen deuten auf eine Schwangerschaft hin.« Und dann fiel ihr ein, was Fontanes über

Luciens neue Geliebte, Alexandrine Jouberthon, gesagt hatte: ›Die Dame ist schön, so kokett wie schön und so habgierig wie kokett. Ihre Herrschaft kann lange dauern und teuer zu stehen kommen.‹ Habgierig ist sie nicht, dachte Elisa, da hat Fontanes unrecht, schön ist sie – und kokett? Nicht so kokett wie Joséphine auf jeden Fall. Und auf jeden Fall ist die Witwe Jouberthon – so kann man sie wohl bezeichnen, da sie von ihrem Mann seit über einem Jahr nichts mehr gehört hat – jünger und hübscher als die Witwe Beauharnais.

XXVIII

Im Frühjahr 1802 war Lucien glücklich. In seinem neuen Palais gab er glanzvolle Abendgesellschaften, zu denen er am liebsten Literaten, Künstler, Intellektuelle einlud; er beschäftigte sich viel mit seinen Töchtern und arbeitete an dem Epos über Karl den Großen. Die politische Entwicklung verfolgte er interessiert, ohne sich jedoch zu engagieren, und er lehnte auch die Ämter ab, die ihm der Konsul anbot; er wollte unabhängig bleiben. Nach langem Zögern erklärte er sich schließlich bereit, Mitglied des Senats zu werden. Es war eine Sinekure, da jeder Senator sich einen Verwaltungsbezirk mit Landsitz und den damit verbundenen Einkünften wählen durfte, und zwar innerhalb des gesamten von Frankreich beherrschten Gebiets. Lucien reiste bis zum Rhein und wählte das zwischen Bonn und Trier gelegene Poppelsdorf als Senatsbezirk. Seine Mutter und Elisa besuchte er regelmäßig, in die Tuilerien jedoch ging er nur, wenn es unumgänglich war; um den Konsul nicht zu reizen, nahm er regelmäßig an den Familiendiners teil, saß allerdings ziemlich teilnahmslos dabei und verschwand meistens sofort nach dem Kaffee. Zwischen ihm und Napoleon herrschte ein freundlich-kühles Verhältnis.

Lucien genoß also das Leben eines reichen Privatmannes in vollen Zügen; er besaß damals alles, was er sich wünschte, bis auf eine Lebensgefährtin. Nach der Abreise der Marchesa und seinen erfolglosen Bemühungen um Madame Récamier lebte er sich eine Weile mit Schauspielerinnen und Sängerinnen aus, genoß kurze Abenteuer, die ihn aber letztlich nicht befriedigten. In jenen Wochen formte sich in ihm das Bild seiner zukünftigen Gefährtin. Diese unbekannte Frau, von der er träumte, sollte nicht nur Geliebte sein, sondern auch die Mutter seiner Kinder, eine Freundin und Vertraute, die Anteil nahm an seinen literarischen Arbeiten.

Eine Frau, die ihn um seiner selbst willen liebte, so liebte, wie er war, mit allen seinen Schwächen und Stärken, die den Menschen sah, nicht den Senator, nicht den Bruder des Ersten Konsuls. Kurz: er suchte eine neue Christine, aber eine, die ihm geistig ebenbürtiger war als seine erste Gattin.

In den Salons traf er viele Frauen, die sofort eine Liaison mit ihm begonnen hätten, aber sie erschienen ihm alle zu oberflächlich. Lediglich zwei Damen, die zum intimen Kreis der Konsulin gehörten, hätten seinen Vorstellungen entsprochen: Laure Junot und Claire de Rémusat, aber beide waren verheiratet. So wartete Lucien auf den glücklichen Zufall, der ihm eines Tages die ›Frau fürs Leben‹ bescheren würde.

Anfang Mai erschien Elisa aufgeregt in der Rue Saint-Dominique und stürmte an dem verblüfften Pedro vorbei direkt in Luciens Arbeitszimmer.

»Entschuldige den Überfall, ich werde dich nicht lange stören. Ich kann es noch gar nicht fassen!« Sie sank auf den Diwan und holte tief Luft.

Lucien hatte bei ihrem Eintritt unwillig von seinen Papieren aufgeblickt, und als er sie nun so sah, mit geröteten Wangen, den Hut schief auf dem Kopf, mußte er unwillkürlich lächeln. »Ist ein neuer Krieg ausgebrochen?«

»Krieg? Aber nein, wer redet vom Krieg, wir haben doch jetzt Frieden mit England. Stell dir vor, Lucien, Chateaubriand wird in meinem Salon *Atala* lesen, in meinem Salon!«

»Ich freue mich für dich, Elisa, das war doch schon lange dein Wunsch.«

»Ja, mein Gott, was für ein Glück, daß es noch geklappt hat, bevor er nach Rom abreist, um seinen Posten als Gesandschaftssekretär anzutreten. Weißt du, ich möchte nur einen kleinen Kreis meiner Freunde zu dieser Lesung einladen, nur diejenigen, die wirklich etwas von Literatur verstehen. Du, Lucien, du mußt natürlich kommen!«

»Sehr gerne, Elisa. Wann soll der literarische Abend denn stattfinden?«

»Am 25. Floreal (14. Mai).«

»Oh! Ich wollte an diesem Tag nach Plessis fahren – du weißt ja, es ist Christines Todestag – und eine Woche dort bleiben, um über mein Epos nachzudenken; im Augenblick habe ich so eine Phase, weißt du, ich komme nicht so voran, wie ich möchte ...«

»Aber Lucien, das ist doch ein Grund mehr zu kommen, vielleicht inspiriert dich *Atala*. Du kannst doch am Begräbnistag nach Plessis fahren.«

Lucien betrachtete eine Weile unschlüssig die Papiere und Bücher, die sich auf seinem Schreibtisch türmten. »Also gut«, sagte er, »vielleicht hast du recht. Willst du noch jemanden von unserer Familie einladen?«

»Um Himmels willen, nein! Abgesehen von dir besteht unsere Familie doch nur aus Literaturbanausen!«

»Laß das deine Brüder nicht hören.«

»Aber Lucien, ich bitte dich: Jérôme hat in seinem Leben noch kein Buch gelesen, Joseph ist ein Salonliterat, der sich wichtig macht, Louis schreibt zwar Gedichte, wird aber immer kauziger und schrulliger, und Napoleon ...« Sie schwieg einen Moment und fuhr dann zögernd fort: »Nun, ich will nicht bestreiten, daß er etwas von Literatur versteht, aber du wirst zugeben, daß seine Anwesenheit an einem solchen Abend nur stören würde. Wenn ich ihn darum bäte, käme er bestimmt, er schätzt Chateaubriand sehr ... Aber soviel ich weiß, tritt am 25. Mademoiselle Georges in der Comédie Francaise auf, das interessiert ihn wahrscheinlich mehr.«

»Kein Wunder, sie ist zur Zeit die beste Schauspielerin in Paris, ach was, in Frankreich.«

»Unseren Bruder interessieren nicht nur die schauspielerischen Qualitäten dieser Dame.« Ein süffisantes Lächeln umspielte Elisas Mund. »Er soll ein Verhältnis mit ihr haben. Er behandelt seine Affairen zwar diskret, aber in den Tuilerien gibt es doch undichte Stellen. Wie dem auch sei, ich gönne es unserer geliebten Schwägerin.«

»Ach Gott, diese gelegentlichen Seitensprünge können ihre Stellung nicht erschüttern, er kehrt doch immer wieder zu ihr zurück.«

»Ich bin gespannt, wie lange noch. Du kommst also am 25.? Es fängt um acht Uhr an, sei bitte pünktlich.«

Als Lucien ein Viertel vor acht Elisas Salon betrat, waren der Dichter und die Gäste bereits versammelt. Er blieb einige Augenblicke an der Tür stehen und beobachtete amüsiert, wie die Damen und Herren strahlten, wenn Chateaubriand das Wort an sie richtete. Elf Besucher, dachte Lucien, mit mir zwölf; sie hat wirklich nur einen kleinen Kreis geladen. Und dann betrachtete er in aller Ruhe Chateaubriand, dessen breitschultrige, untersetzte Gestalt, die kränklichen Gesichtszüge, die zerwühlten braunen Locken, die grauen Augen, den bitteren Zug um den Mund. Die entbehrungsreichen Jahre in der Emigration haben ihre Spuren hinterlassen, dachte Lucien, er wirkt älter als vierunddreißig Jahre. »François-René de Chateaubriand«, murmelte er »was für ein klangvoller Name. Man müßte so schreiben und dichten können wie er!«

In diesem Moment erblickte Chateaubriand den jungen Mann, ging auf ihn zu und begrüßte ihn herzlich. Die beiden Männer hatten sich im Sommer 1800, kurz nach der Ankunft des Dichters in Paris, kennen und schätzen gelernt. Der bretonische Vicomte war, außer Elisa und Fontanes, der einzige, der wußte, daß Lucien schriftstellerte.

»Wie schön, daß ich Sie heute hier treffe«, sagte Chateaubriand, »zumal dies mein letzter Abend unter Freunden sein wird. Ich muß früher als geplant nach Rom abreisen; wenn Sie wollen, können Sie mir gern Briefe für Ihren Onkel mitgeben.«

»Danke, das ist sehr freundlich von Ihnen, aber ich korrespondiere selten mit Onkel Fesch, das besorgen meine Mutter und der Erste Konsul.«

»Und wie geht es Ihnen sonst? Ich meine, kommen Sie gut voran mit ›Karl dem Großen‹?«

»Es geht. Seit einigen Tagen schon habe ich Schwierigkeiten mit dem Aufbau, ich schwanke zwischen verschiedenen Möglichkeiten, aber keine überzeugt mich.«

Chateaubriand nickte zustimmend. »Ja, diese Phase kenne ich. Aber das geht vorüber. Ideen kann man nicht erzwingen, lassen Sie sich Zeit, lieber Freund, Sie müssen ja Gott sei Dank nicht von der Poesie leben.« Er warf einen Blick hinüber zu den Gästen und lachte kurz auf. »Ich bin gespannt, was diese Damen und Herren nachher alles aus meiner *Atala* herauslesen oder hineininterpretieren. Was will der Dichter damit sagen? Eine überflüssige Frage. Sie wissen ja selbst, mein Freund, man schreibt etwas aus einer Stimmung heraus ...«

Elisa hatte den Gästen die Plätze angewiesen und trat nun zu ihrem Bruder und Chateaubriand. »So, wir können anfangen; bis auf Madame Jouberthon sind alle anwesend. Sie wird etwas später kommen, weil ihre kleine Tochter plötzlich erkrankt ist.«

»Jouberthon?« fragte Lucien nachdenklich. »Ist sie mit dem Bankier verwandt?«

»Sie ist seine Frau, vielmehr, sie war es. Vor einem Jahr, als du in Spanien warst, Lucien, gingen seine Geschäfte so schlecht, daß er vor den Gläubigern nach San Domingo floh; seit seiner Abreise hat sie nichts mehr von ihm gehört. Sie weiß nicht einmal, ob er noch lebt, und muß zusehen, wie sie sich und ihr Kind durchbringt, die Ärmste.«

Während Lucien unweit der Tür Platz nahm, geleitete Elisa den Dichter in die Mitte des Raumes zu einem Sessel.

»Meine lieben Gäste!« Elisas Stimme zitterte vor Stolz. »Ich freue mich, daß Sie meiner Einladung gefolgt sind. Monsieur de Chateaubriand wird uns am heutigen Abend in die unberührte Natur Nordamerikas, zu den Ufern des Meschacébe entführen.« (Meschacébe ist der alte Name für Mississippi.) Sie lächelte den Dichter an und huschte zu ihrem Platz. Dieser schlug das Buch auf, räusperte sich und begann vorzulesen:

ATALA

Von der Liebe zweier Indianerkinder

Vorspiel

In früheren Zeiten besaß Frankreich im nördlichen Amerika ein ausgedehntes Reich, das sich von Labrador bis Florida und von den Küsten des Atlantischen Ozeans bis zu den entlegensten Seen im oberen Kanada erstreckte ...

Lucien kannte die unglückliche Liebesgeschichte zwischen der Häuptlingstochter Atala aus dem Stamm der Muscogulgen und Schaktas, der dem Stamm der Natchez angehörte. Er hatte die Erzählung mehrmals gelesen, weil Schaktas' Trauer um Atala seiner eigenen Trauer um Christine ähnelte; was ihm unverständlich erschien und was er bis zu jenem Abend noch nicht hatte nachvollziehen können, war Atalas feste innere Bindung an ihr Gelübde, die sie auf die Erfüllung ihrer Liebe verzichten ließ und in den freiwilligen Tod trieb. Lucien hatte sich bei der Lektüre manchmal gefragt, ob er heute, mit siebenundzwanzig Jahren, imstande sein würde, Verzicht zu leisten einer inneren Bindung wegen, sei es zu einer Idee, sei es zu einem Menschen. Er lauschte der Stimme des Dichters und fühlte sich jetzt viel stärker von der Geschichte ergriffen als früher.

... In Abständen, wenn der Meschacébe die Gebirge durchbraust, erhebt er seine Stimme und umspült mit seinen überquellenden Fluten, als ein Nil der Wildnis, die Pyramiden indianischer Gräber und die Säulen der Wälder ...

... Aus dem Schoße des Dickichts erhebt die Magnolie ihren unbewegten Kegel, von großen weißen Blüten überragt ...

... Am äußersten Ende von Waldschneisen kann man Bären erblicken, die trunken von wilden Weintrauben auf den Ästen der Ulmen schaukeln ...

Lucien sah Fauna und Flora des unbekannten Kontinents vor sich und tauchte dann ein in die Lebensgeschichte des Indianers Schaktas:

... Unter den Wilden lebte ein Greis namens Schaktas, der durch sein Alter, seine Weisheit und seine Lebenserfahrung der Patriarch dieser Einöde war und Verehrung und Liebe genoß. Wie alle Menschen war auch er durch Unglück zur Tugend geführt worden ...

Er hörte und erlebte mit, wie Schaktas vom feindlichen Stamm der Muscogulgen gefangen wurde und wie er sich innerlich auf die Folter des Verbrennungstodes vorbereitete; er spürte, wie bei der ersten Begegnung zwischen Schaktas und Atala Zuneigung zu keimen begann, und konnte auf einmal nachfühlen, daß der Indianer auf die Freiheit verzichtete, nur um in Atalas Nähe bleiben zu können.

... Und wie unbegreiflich sind doch die Sterblichen, wenn eine Leidenschaft sie ergreift. Ich hatte den großmütigen Lopez verlassen und mich allen Gefahren der Wildnis ausgesetzt, um frei zu sein, und der Blick einer Frau hatte im Nu mein Verlangen, meine Gedanken, meine Entschlüsse verändert. Ich vergaß mein Vaterland, meine Mutter, unsere Hütte und den schrecklichen Tod, der mir bevorstand; alles, was nicht Atala hieß, war mir gleichgültig geworden ...

An dieser Stelle öffnete sich leise die Tür, und eine Frau betrat den Salon. Sie war etwa vierundzwanzig Jahre alt, mittelgroß, makellos gewachsen und mit ebenmäßigen Gesichtzügen. Ihre großen dunkelblauen Augen strahlten Wärme und Heiterkeit aus. Die dunklen Locken waren hochgesteckt und mit drei Rosen geschmückt, deren Farben weiß, rosa und rot mit dem gleichfarbigen Kleid harmonierten. Die Blumen waren der einzige Schmuck, den sie trug.

Als sie eintrat, sah Lucien flüchtig zur Tür, stutzte und beobachtete gebannt, wie sie ihm schräg gegenüber Platz nahm. Eine Frau, die an einem solchen Abend auf Schmuck verzichtet, so etwas gibt es noch, dachte er und sah im Geist seine Schwestern und Schwägerinnen vor sich, die manchmal wandelnden Juweliergeschäften glichen, besonders Joséphine. Das muß Madame Jouberthon sein! Und während Atala Schaktas befreite, während die beiden aus dem Lager flohen, tagelang in der Wildnis umherirrten auf der Flucht vor den Verfolgern, streifte Lucien die junge Frau immer wieder mit einem bewundernden Seitenblick.

Alexandrine Jouberthon ihrerseits hatte sich diskret umgesehen und festgestellt, daß Lucien der einzige Gast war, den sie nicht kannte; sie vermutete in ihm den Bruder der Gastgeberin, der erst Innenminister und dann Botschafter in Spanien gewesen war.

... Die Fessel ist durchschnitten. Ich erhebe mich und folge meiner Befreierin, die mir das Ende eines Bogens reicht, dessen anderes sie hält. Doch von welchen Gefahren sind wir umringt! ...

... Ohne Erfahrung vom Leben in den Wäldern, ziellos, ohne rechten Weg aufs Geratewohl dahinwandernd – was sollte aus uns werden? ...

Und während Atala und Schaktas durch die Wildnis nordwärts wanderten, sah Madame Jouberthon immer wieder verstohlen hinüber zu Lucien und fand, daß er sympathisch wirkte, ernsthaft, nicht so oberflächlich wie manche der Kavaliere, die sie in den verschiedenen Salons kennengelernt hatte.

... Wir vereinten unser Schweigen mit der Stille dieses Geschehens. Doch mit einem Male brach aus dem verbannten Mädchen eine Stimme voll erschütternder Schwermut hervor, sie besang die verlorene Heimat: ›Glücklich jene, die niemals den Rauch der Feste der Fremden haben aufsteigen sehen und die nie an anderen Festschmäusen teilnahmen als an denen der Väter!‹

... Indessen steigerte die Einsamkeit, die ständige Gegenwart des geliebten Wesens, ja selbst unser Mißgeschick unsere Liebe mit jedem Augenblick ...

Lucien sah auf und bemerkte gerade noch, wie Madame Jouberthon rasch den Blick senkte. Eine seltsame Erregung erfaßte ihn.

... Es war zuviel für unsere Herzen, als diese geschwisterliche Freundschaft uns ergriff und ihre Neigung sich unserer Liebe noch verband. Atalas Widerstand schwand jetzt dahin; es war vergebens, daß sie, wie ich spürte, in einer seltsamen Bewegung ihre Hand schützend vor ihren Schoß legte; schon hatte ich sie ergriffen, schon war ich berauscht von ihrem Atem, schon hatte ich den ganzen Zauber der Liebe von ihren Lippen getrunken ...

Wieder sah Lucien zu der jungen Frau hinüber; sie erwiderte jetzt seinen Blick, und einige Sekunden schauten sie sich regungslos an.

... Atala bot nur noch schwachen Widerstand, ich fühlte mich dem höchsten Glück nahe – als mit einem Mal ein greller Blitz, von Splittern eines Einschlags gefolgt, die dichten Schatten zerreißt, den Wald mit Schwefeldampf und Licht erfüllt und ein Baum zu unseren Füßen hinstürzt. Wir fliehen. O Wunder! ...

Und während aus dem Dunkel des Waldes Pater Aubry mit einer Laterne auftauchte und das Paar zu seiner Hütte brachte, tauschten Lucien und Madame Jouberthon ein erstes Lächeln. Vom weiteren Schicksal der beiden Indianer drangen nur noch einzelne Satzfetzen an Luciens Ohr. Schließlich schwieg Chateaubriand und klappte das Buch zu. Eine Weile herrschte Stille im Salon, dann stand Elisa auf, dankte dem Dichter mit überschwenglichen Worten und eröffnete die Diskussion mit einer, nach Luciens Meinung, völlig überflüssigen Frage. Während der folgenden halben Stunde mußte Chateaubriand sich die verschiedensten Interpretationen und Meinungen anhören und darauf eingehen. Lucien und Madame Jouberthon waren die einzigen, die schwiegen.

Endlich beendete Elisa den offiziellen Teil mit ein paar verbindlichen Worten, bat die Gäste, sich noch eine kleine Weile bis zum Souper zu gedulden, und lief zu Lucien. »Komm, ich stelle dich jetzt Madame Jouberthon vor, du hattest bisher noch keine Gelegenheit, sie kennenzulernen. – Alexandrine, das ist mein Bruder Lucien.« Zu ihm gewandt fuhr sie fort: »Ich möchte dich bitten, Madame Jouberthon bis zum Souper zu unterhalten.« Sie nickte beiden zu und ging zurück zu Chateaubriand und den anderen Gästen.

»Sie kommen wohl nicht oft zu meiner Schwester? Ich habe Sie hier noch nie gesehen«, begann Lucien.

»Oh, seit letztem Sommer besuche ich Madame Bacchiochi immer an ihrem Jour fixe, aber ich habe Sie hier auch noch nicht gesehen.«

»Ach, wissen Sie«, erwiderte Lucien zögernd – er mied den Jour fixe seiner Schwester, weil ihm der Trubel zu groß war –, »in den letzten Monaten hatte ich viel Arbeit mit dem neuen Haus. Aber das ist nun überstanden, jetzt werde ich wieder öfter hierherkommen.«

»Ihre Schwester und ich, wir haben uns bei Madame de Staël kennengelernt, und Madame Bacchioci lud mich ein, sie zu besuchen, aber wegen des Kindes und auch aus anderen Gründen kann ich nur einmal wöchentlich kommen, leider, bei Ihrer Schwester verkehren viele interessante Literaten. Sie selbst ist ja auch sehr belesen, neben ihr komme ich mir immer ungebildet vor.«

Lucien lächelte. »Aber nein, Bildung bedeutet nicht nur, daß man belesen ist, für mich beinhaltet Bildung vor allem Herzensbildung – Güte, Humanität, Toleranz, also Eigenschaften, wie sie in Pater Aubry verkörpert sind. Hat Ihnen die Lesung gefallen?«

»O ja, es ist wirklich ein Erlebnis, wenn ein Dichter sein Werk vorträgt, vor allem, wenn es eine so tragische Liebesgeschichte ist.«

»Tragisch? Das finde ich eigentlich nicht. Es ist eine traurige Geschichte, ja, aber unter Tragik verstehe ich etwas anderes. Wenn Atala das Gelübde gebrochen, sich Schaktas hingegeben hätte, das wäre tragisch gewesen, möglicherweise wäre dann auch ihre Liebe zu Schaktas erschüttert worden. Aber sie ist sich selbst treu geblieben, und durch ihren Tod wurde Schaktas verwandelt; er erreichte durch Unglück eine andere, höhere Menschlichkeit. Für mich hat diese Erzählung ein positives Ende, nämlich den Sieg geistiger Werte über die Sinnlichkeit.«

Alexandrine hatte staunend zugehört. »Ich habe über diese Dinge noch nicht nachgedacht«, erwiderte sie schließlich zögernd. »Vielleicht haben Sie recht, ich müßte die Erzählung jetzt noch einmal lesen.«

»Kommen Sie, man geht zu Tisch.« Lucien reichte Alexandrine den Arm und geleitete sie in den Speisesaal.

Drei Tage später stand Lucien vor Christines Grabplatte aus schwarzem Marmor. Zwei Jahre ist sie nun schon tot, dachte er, legte ein Bukett Maiglöckchen auf den Marmor und blieb noch eine Weile stehen, wie gewohnt. Aber die Andacht und Trauer, die er sonst empfand, wollte sich nicht recht einstellen. Er versuchte sich Christines Gestalt ins Gedächtnis zu rufen, aber sie blieb verschwommen; statt dessen sah er ganz deutlich die großen blauen Augen und den vollen Mund von Alexandrine Jouberthon.

Nachdenklich verließ er das Grab und ging rasch durch den Park zurück zum Haus. Zum ersten Mal seit Christines Tod hatte er das Gefühl, daß diese Ehe unwiderruflich Vergangenheit war, und er spürte, daß sein zukünftiges Leben Alexandrine gehörte. Während er die Allee entlangging, malte er sich aus, wie er hier in Plessis mit ihr leben würde, mit ihr und den gemeinsamen Kindern; er sah sich am Schreibtisch über seinen literarischen Arbeiten sitzen, während sie auf der Terrasse mit den Kindern spielte; er sah sie an seiner Seite im Pariser Palais als Gastgeberin, er spürte, wie sich ihr Körper an ihn schmiegte ...

Wir werden reisen, überlegte Lucien, ich werde ihr Italien zeigen, wir werden Onkel Fesch in Rom besuchen und Paulette in San Domingo ... San Domingo? Abrupt kehrte er in die Gegenwart zurück: Sie ist verheiratet, ihr Mann ist zur Zeit in San Domingo! Was phantasiere ich da, eines Tages wird er wiederkommen. Vielleicht hängt sie sehr an ihm, und selbst wenn sie ihn nicht lieben sollte, wird sie jemals Zuneigung für mich empfinden? »Ach was«, sagte Lucien laut zu sich selbst. »Alexandrine als meine Gattin, dieser Traum wird sich wahrscheinlich nie erfüllen, ich muß die Situation realistisch sehen!«

Er betrat das Haus und ging in sein Arbeitszimmer, um an seinem Epos weiterzuschreiben. Aber es verging eine Stunde nach der anderen, ohne daß Lucien auch nur eine Zeile zu Papier brachte, immer wieder schlich sich Alexandrines Gesicht in seine Gedanken. So geht es nicht weiter, dachte er und betrachtete unzufrieden das leere weiße Papier; ich muß sie sehen und sprechen, ich muß wissen, woran ich mit ihr bin. Elisas nächster Jour fixe ist in drei Tagen, ich werde also übermorgen nach Paris zurückfahren.

Elisa und Fontanes sahen sich erstaunt an, als Lucien am 20. Mai gegen elf Uhr im Salon erschien.

»Welche Überraschung«, rief Elisa und lief auf den Bruder zu, »dich am Jour fixe hier zu sehen, noch dazu als erster Gast! Wie war es in Plessis?«

»Ach, weißt du, ich fühlte mich dort etwas einsam. Ich hatte plötzlich das Bedürfnis, unter Menschen zu sein, deswegen stürze ich mich heute in den Trubel deines Salons. Wo ist übrigens Felix? Ich möchte ihn begrüßen.«

»Oben, er übt Geige.«

Nachdem Lucien das Zimmer verlassen hatte, sagte Fontanes süffisant lächelnd: »Ich schätze, der Pariser Stadtklatsch wird sich in Kürze mit einer neuen Affaire beschäftigen können. Du warst an dem Abend mit Chateaubriand natürlich zu beschäftigt, um darauf zu achten – aber dein Bruder und deine Freundin Alexandrine scheinen aneinander Gefallen zu finden. Daß Lucien ausgerechnet heute hier auftaucht, spricht für sich.«

»So? Interessant. Nun, warum sollen sie keine Verbindung eingehen? Lucien ist Witwer und Monsieur Jouberthon über alle Berge; wer weiß, ob er noch lebt.«

»Eine Verbindung? Meinst du eine Ehe?« Fontanes Gesicht wurde plötzlich ernst. »Die Dame ist schön, so kokett wie schön und so habgierig wie kokett. Ihre Herrschaft kann lange dauern und teuer zu stehen kommen.«

»Aber nein, du siehst sie zu negativ. Was meinst du mit teuer?«

»Nun, falls dein Bruder Konsul auf Lebenszeiten wird, womit zu rechnen ist, dann ...«

»Entschuldige«, unterbrach ihn Elisa, »da kommen die ersten Gäste, ich muß mich um sie kümmern.«

Etwa zwei Stunden waren vergangen. Einige Gäste verabschiedeten sich, andere kamen, nur Alexandrine Jouberthon war immer noch nicht erschienen. Lucien spürte, wie er zunehmend nervöser wurde; jedes Mal, wenn die Tür aufging, blickte er hoffnungsvoll auf und wandte sich enttäuscht wieder ab. Wo bleibt sie nur? Ist sie krank geworden? So schwankte er zwischen Hoffnung und Enttäuschung, bis auch der letzte Gast gegangen war. Sieben Tage bis zum nächsten Jour fixe! dachte er. Elisa bemerkte seine Niedergeschlagenheit und lud ihn ein, den Abend bei ihr zu verbringen. Lucien blieb gerne, so mußte er wenigstens nicht sofort in sein leeres Haus zurückkehren.

Als er am nächsten Morgen erwachte, fühlte er sich frisch und ausgeruht; die nervliche Anspannung der letzten Tage hatte nachgelassen. Es würde zwar eine Woche dauern, bis er Alexandrine wiedersah, aber auch diese Zeit ging vorüber.

Lucien arbeitete konzentriert bis Mittag und nahm dann das Déjeuner in Gesellschaft von Charlotte, Egypta und der Gouvernante ein. Seit einiger Zeit lebten die Kinder wieder bei ihm; er hatte eine Erzieherin eingestellt, als er sah, daß es Charlotte bei Madame Campan nicht gefiel und Egypta für seine Schwester eine ziemliche Belastung war.

Am Nachmittag arbeitete er weiter und war so vertieft in seinen Roman, daß er fast den geplanten Opernbesuch vergessen hätte. Erst als Pedro fragte, wann der Wagen bereitstehen solle und welchen Rock er anzuziehen wünsche, fiel es Lucien ein, daß er sich *Die Zauberflöte* ansehen wollte. Joseph hatte ihm oft von dieser Oper vorgeschwärmt – seine Begeisterung ging so weit, daß er die Opernsänger für teures Geld nach Mortefontaine holte, damit sie seinen Gästen Arien vortrugen, so hatte Lucien bereits Tamino, Pamina, Papageno und die Königin der Nacht erlebt. Eine Person allerdings hatte der Bruder noch nicht nach Mortefontaine locken können: den Priester Sarastro. Während Lucien sich umkleidete, überlegte er, wie die beiden Arien hießen, von denen Joseph immer erzählte, wenn von Sarastro die Rede war: ›O Isis und Osiris‹ und ›In diesen heil'gen Hallen‹ ...

Als er eine halbe Stunde vor Beginn der Aufführung seine Loge betrat, war der Zuschauerraum fast bis auf den letzten Platz besetzt. Lucien sah rasch hinüber zur leeren Loge des Ersten Konsuls, dann fiel ihm ein, daß ja in den Tuilerien ein Ball stattfand. Sein Nachbar zur Linken war der alte Marquis de Caulaincourt; Lucien mochte ihn recht gern und plauderte oft mit ihm vor Beginn der Aufführung. An jenem Abend erfuhr er, daß Armand de Caulaincourt ganz begeistert sei von dem jungen Zaren, daß er ein gutes Verhältnis zu ihm habe und es bedaure, Petersburg demnächst wieder verlassen zu müssen.

»Der Konsul wird mit Ihrem Sohn bestimmt zufrieden sein«, sagte Lucien, der wohl wußte, daß sein Bruder das Bündnis mit Rußland immer noch im Auge hatte.

»Ja, vielleicht wird Armand einmal ein guter Diplomat. Ach, da fällt mir ein, neulich schrieb er, daß ein Landsmann des Konsuls, ein Korse, am Zarenhof lebt.«

»Ein Korse?« fragte Lucien verblüfft.

»Ja, warten Sie, wie hieß er noch? Richtig: Graf Charles André Pozzo di Borgo. Kennen Sie ihn?«

»Carlo Andrea? Nicht möglich! Ja, ich und meine ganze Familie, wir kennen ihn. Und was macht er in Petersburg? Er hat doch seinerzeit Paoli ins Exil nach England begleitet.«

»Was er in Rußland treibt, weiß mein Sohn auch nicht so genau; er kann ihn überhaupt schlecht einordnen. Offensichtlich sympathisiert er mit der antifranzösischen Partei am Hof.«

»Glauben Sie, daß Ihr Sohn den Konsul darüber informiert hat?«

»Bestimmt, auch Monsieur de Talleyrand wird Bescheid wissen, aber ...« Der alte Herr sah Lucien prüfend an. »Mir scheint, Sie sind beunruhigt.«

»Nein, nein,« antwortete Lucien rasch, »ich finde es nur merkwürdig, daß ein Korse sich am Zarenhof aufhält ...«

Der Eintritt der Marquise unterbrach die Unterhaltung. Lucien dachte über das eben Gehörte nach, ein ungutes Gefühl hatte von ihm Besitz ergriffen. Um sich abzulenken, betrachtete er die Besucher in den Logen und stellte fest, daß ein ziemlicher Aufwand mit Garderobe, Kopfputz, Schmuck getrieben wurde ... Plötzlich stutze er, sah noch einmal hin, aber nein, er irrte sich nicht, dort drüben saß sie, Alexandrine Jouberthon, blickte hinunter in den Orchesterraum und horchte auf das Summen der Instrumente. Sie trug ein schwarzes seidenes Kleid und einen lila Schal; eine goldene Kette war äußerst kunstvoll in die Haare geflochten, und auch an ihrem Dekolleté glänzte eine Goldkette.

Lucien brauchte einige Sekunden, bis er sich von seiner Überraschung erholt hatte, dann verließ er seine Loge und beauftragte einen der Diener, zu Beginn der Pause eine Flasche Champagner und zwei Gläser in die Loge von Madame Jouberthon zu bringen.

Der erste Akt rauschte an Lucien vorüber; immer wieder wanderten seine Augen von der Bühne hinüber zu Alexandrine, die gebannt der Musik lauschte.

Als der letzte Ton verklungen war, ging Lucien mit klopfendem Herzen in die Loge der jungen Frau, wo der Diener unter ihren erstaunten Blicken soeben die Champagnerflasche öffnete.

»Guten Abend, Madame Jouberthon. Welche Überraschung, Sie heute hier zu treffen!« Lucien bemerkte erfreut, daß die blauen Augen aufleuchteten, als sie ihn erblickte. »Wir sollten auf unser Wiedersehen anstoßen.«

Sie trank einen Schluck. »Kennen Sie die Oper?«

»Nein, ich sehe sie zum ersten Mal.«

»Gefällt sie Ihnen?«

»O ja, der Rhythmus der Musik ist ganz anders als bei den italienischen Opern.«

Alexandrine nickte. »Ja, nicht nur die Musik, auch das Libretto ist anders ... Sie werden es nicht glauben, aber ich sehe *Die Zauberflöte* heute zum dritten Mal, und ich erlebe sie immer wieder neu.«

»Erleben? Mein älterer Bruder sagt auch immer, daß man diese Oper erleben müsse! Nun, ein so festlicher Abend sollte entsprechend ausklingen; darf ich Sie zum Souper einladen? Gegenüber der Comédie Francaise kenne ich ein nettes kleines Restaurant, wo man auch italienische Spezialitäten bekommt.«

»Vielen Dank, Monsieur Bonaparte, ich werde Sie gerne dorthin begleiten.« Ihr Blick verriet ihm, daß sie nicht nur aus Höflichkeit seine Einladung annahm.

»Ich werde Sie nach der Aufführung hier abholen.«

Als Lucien und Alexandrine ins Restaurant kamen, war alles besetzt bis auf einen Fenstertisch mit dem Schild ›Reserviert‹. Kaum hatte der Patron Lucien erblickt, als er auf ihn zueilte, das Paar unter vielen Verbeugungen zu dem freien Tisch geleitete und das Schild entfernte.

»Der Koch hat heute abend Spezialitäten aus Rom und Umgebung zubereitet, Monsieur Bonaparte«, sagte der Patron, der wußte, daß Lucien die italienischen Gerichte bevorzugte. »Als Vorspeise kann ich Ihnen eine besondere Delikatesse empfehlen: geröstete Schnecken mit Knoblauch, Anchovis, frischer Minze und Pfeffer geschmort; dieses Gericht essen die Römer übrigens in der Johannisnacht. Beim Fleisch können Sie wählen zwischen Porchetta mit Kräutern, Lamm mit Eier- und Zitronensauce, Ochsenschwanz mit Stangensellerie, als Gemüse kann ich Ihnen Piselli al Prosciutto anbieten.

»Essen Sie Schnecken, Madame Jouberthon?«

»Ja, sehr gerne.«

»Schön, bringen Sie uns zweimal Schnecken und Porchetta mit Piselli, dazu eine Flasche von dem trockenen Weißwein aus Frascati, den ich neulich hatte.«

Alexandrine sah sich in dem Raum um, der modern im klassizistischen Stil eingerichtet war. »Es ist hübsch hier«, sagte sie. »Wegen der vielen Blumen wirkt das Mobiliar nicht so streng. Aber am schönsten ist der Blick nach draußen – sehen Sie nur, wie viele Menschen noch unterwegs sind, und alle gehen in Richtung des Palais Royal.«

»Ich habe dieses Restaurant zufällig bei meinem ersten Pariser Aufenthalt vor sieben Jahren entdeckt. Es war gerade neu eröffnet und noch nicht so nett eingerichtet, aber die Küche war schon damals vorzüglich, und da ich gerne italienisch esse, bin ich öfter hergekommen; auch meiner verstorbenen Frau hat es hier gut gefallen.«

»Warum sind Sie eigentlich nicht zu dem großen Ball in den Tuilerien gegangen?« fragte Alexandrine, während der Patron persönlich die Vorspeise servierte und Lucien den Wein kostete.

»Ach, wissen Sie« – er gab dem Ober ein Zeichen, die Gläser zu füllen – »ich finde die Bälle und Abendgesellschaften in den Tuilerien ziemlich steif und langweilig. Früher, als Innenminister, mußte ich daran teilnehmen, jetzt leiste ich mir den Luxus, diesen pompösen Veranstaltungen fernzubleiben. Außerdem trifft man dort fast nur Leute, die sich irgendeinen Vorteil erhoffen. Der Konsul erscheint häufig erst gegen elf Uhr, weil er so lange arbeitet. Sie müßten einmal sehen, wie begierig jeder darauf wartet, von ihm angesprochen zu werden, aber ich weiß, wie lästig meinem Bruder diese Repräsentationspflichten sind, weil sie ihn von seiner geliebten Arbeit abhalten. Auch das Theater verläßt er meistens nach dem ersten Akt.«

»Oder er erscheint überhaupt nicht; in der *Zauberflöte* habe ich ihn noch nicht gesehen, auch nicht bei der Premiere. Mag er keine Opern?«

»O doch, zumindest hin und wieder, aber er bevorzugt italienische Komponisten, und abgesehen davon würde ihm wahrscheinlich auch der Inhalt dieser Oper nicht zusagen. Er denkt zu wenig idealistisch, und sein Menschenbild ist meiner Meinung nach sehr negativ. Er begegnet allen von vornherein mit Mißtrauen, manchmal habe ich sogar den Eindruck, daß er sie verachtet. Aber vielleicht hängt das auch mit seiner Stellung als Erster Konsul zusammen; es mag sein, daß man in einer solchen Position im Laufe der Zeit so wird.«

»Das klingt ja, als ob Ihr Bruder ein Menschenfeind wäre.«

»Nein, so weit würde ich nicht gehen, aber – wie heißt es in der *Zauberflöte*? ›Und ist ein Mensch gefallen, ruft Liebe ihn zur Pflicht!‹ Das kann ich mir bei meinem Bruder nicht vorstellen. Einen gefallenen Menschen würde er mit Strenge und Disziplin an die Pflicht gemahnen. Sie haben sich diese Oper heute zum dritten Mal angesehen, gefällt Ihnen die Musik so gut oder der Inhalt?«

»Beides; vor allem beeindruckt mich, daß Tamino bereit ist, sich allen möglichen Prüfungen zu unterziehen, um Pamina zu erringen. Das findet man heutzutage so selten, daß ein Mann um eine Frau kämpft. Wenn ich an meine Ehe denke ...« Sie schwieg und sah nachdenklich zum Fenster hinaus.

»Nun«, erwiderte Lucien, nachdem er sie eine Weile neugierig betrachtet hatte, »durch diese Prüfung entwickelt Tamino auch sich selbst weiter; er kann erproben, wie stark seine Persönlichkeit ist und lernt sich dadurch besser kennen.«

Wieder erschien der Patron, er servierte den Fleischgang, und eine Weile hörte man nur das Klappern der Bestecke.

»Schmeckt es Ihnen?« fragte Lucien.

»O ja, es ist wunderbar zubereitet, das delikate Aroma kommt wohl durch die Kräuter. Ich schmecke Rosmarin, Thymian und Knoblauch.«

»Diese Kräutermischung erinnert mich an Korsika, so ähnlich hat unsere alte Caterina immer gekocht.«

»Und als Dessert gab es bei Ihnen um diese Jahreszeit immer Brocchia mit Honig.«

Lucien sah Alexandrine verwundert an. »Woher wissen Sie das denn?«

»Ihre Schwester hat mir einiges über Korsika, die dortigen Bräuche und Gewohnheiten, und natürlich auch über die Familie erzählt.«

»So? Na, dann sind Sie ja bestens über mich und meine Untugenden informiert«, sagte Lucien lachend.

»Aber nein! Ihr Lebensweg ist mir in groben Zügen bekannt, aber das ist auch alles. – Ich möchte Sie etwas fragen«, fuhr sie zögernd fort. »Sie waren Innenminister und Botschafter und leben jetzt als Privatmann – befriedigt Sie das denn? Ich habe immer den Eindruck, daß die Männer es genießen, wenn sie ein öffentliches Amt bekleiden und bekannt sind.«

»Ach, wissen Sie, die Verwaltungsarbeit im Innenministerium fand ich nicht sonderlich interessant, und als Botschafter war ich immer abhängig von den Weisungen aus Paris, das heißt, von den Anordnungen meines Bruders. Diese Abhängigkeit hat mich gestört, aber jetzt erlaubt mir meine finanzielle Lage ein Leben nach meinem Geschmack, und Beschäftigung habe ich genug.«

Er überlegte, ob er Alexandrine von seinen literarischen Arbeiten erzählen sollte, verschob es aber auf einen späteren Zeitpunkt. »Sehen Sie, Äußerlichkeiten bedeuten mir nicht viel. Man sollte immer den Menschen und seine Leistungen achten. Für mich bedeutet das: Lieber will ich vor mir selbst etwas sein und nichts vor der Welt statt der Größte in den Augen der anderen ohne Schwerpunkt in mir selbst. Aber nun genug von mir, jetzt müssen Sie etwas über sich erzählen.«

»Da gibt es nicht viel zu erzählen. Mein Vater war der Rechtsanwalt Bleschamps, der mich, seine einzige Tochter, möglichst vorteilhaft verheiraten wollte. Ich kam also zu Madame Campan, bei der ich neben Tanz, Musik und Malerei auch lernte, wie man einen großen Haushalt führte. Als ich neunzehn war, wurde ich mit dem reichen Bankier Jouberthon verheiratet, einem älteren, kinderlosen Witwer. Ich empfand weder Zu- noch Abneigung ihm gegenüber; ich fügte mich einfach den Wünschen meines Vaters. Ich weiß nicht, ob Jouberthon mich wirklich geliebt hat; unsere Ehe war weder glücklich noch unglücklich, wir lebten nebeneinander her. Nach einem Jahr brachte ich einen Sohn zur Welt, der aber bereits nach wenigen Tagen starb, im darauffolgenden Jahr wurde meine Tochter Anne geboren; sie ist jetzt drei Jahre alt. Dann gingen die Geschäfte meines Mannes plötzlich schlechter; innerhalb kurzer Zeit verlor er fast sein gesamtes Vermögen. Um sich vor den Gläubigern zu retten, schiffte er sich vor einem Jahr nach San Domingo ein; seit damals habe ich nichts mehr von ihm gehört. Ich weiß nicht, ob er noch lebt, angeblich soll auf der Insel das Gelbe Fieber ausgebrochen sein.«

»Ja, das hat mein Schwager Leclerc, der San Domingo zurückerobern soll, in seinem letzten Bericht geschrieben. Er hat um Truppenverstärkung gebeten, weil bereits ein Viertel der Armee der Seuche zum Opfer gefallen ist – soviel ich weiß, hat der Erste Konsul diesen Wunsch rundweg abgelehnt.« Lucien nippte an seinem Wein und fragte dann zögernd: »Vermissen Sie Ihren Gatten?«

»Offengestanden nein.«

»Und wovon bestreiten Sie Ihren Lebensunterhalt für sich und Ihre Tochter?«

»Von dem Vermögen ist noch ein Rest geblieben, das reicht für die täglichen Ausgaben. Ich muß mich natürlich einschränken, aber daran habe ich mich inzwischen gewöhnt; außerdem werde ich hin und wieder von wohlhabenden Bekannten unterstützt.« Bei den letzten Worten senkte sie verlegen die Augen.

So ist das also, dachte Lucien, wohlhabende Bekannte! Mit anderen Worten, sie führt ein ähnliches Leben wie Joséphine, bevor mein Bruder sie heiratete. Stört es mich? Nein, schließlich bleibt Frauen in einer solchen Situation ja nichts anderes übrig.

Er sah auf die Uhr. »Es ist spät geworden, schon nach Mitternacht. Ich werde Sie jetzt nach Hause bringen. Wie wäre es morgen, oder besser heute, mit einer Spazierfahrt nach Saint-Cloud?«

»Sehr gerne, aber wir müssen es verschieben. Ich fahre für ein paar Tage zu meinen Eltern aufs Land.«

Nun, dann sehen wir uns hoffentlich am Jour fixe meiner Schwester. Sie müssen mir versprechen, daß Sie kommen!«

Alexandrine lächelte. »Schön, ich verspreche es Ihnen.«

Vor dem Stadtpalais der Jouberthons verabschiedete sich Lucien mit Verbeugung und Handkuß von seiner Begleiterin, stieg wieder in die Kutsche und fuhr zur Rue Saint-Dominique. Alexandrine ging etwas verwirrt hinauf in ihr Schlafzimmer. Es spricht für ihn, daß er nicht mit nach oben gekommen ist, dachte sie, andere Männer wären weniger zurückhaltend gewesen. Sie erinnerte sich an den Beginn ihrer Bekanntschaft mit dem Finanzmann Ouvrard, der jetzt ihr Liebhaber war. Sie hegte keine tieferen Gefühle für ihn und pflegte die Beziehung nur, weil er gut betucht war; im übrigen wußte sie, daß er außer ihr noch andere Mätressen hatte.

Was Lucien betraf, so hatte sie sich schon am ersten Abend bei Elisa in ihn verliebt und auch längst gemerkt, daß dies auf Gegenseitigkeit beruhte. Trotzdem war sie unentschlossen, wie sie sich ihm gegenüber verhalten sollte. Es macht mir nichts aus, dachte sie, von einem Mann wie Ouvrard ausgehalten zu werden; das ist ein Geschäft: Er bekommt meinen Körper und ich sein Geld. Aber von einem Mann wie Lucien, den ich als Mensch achte, möchte ich mich nicht aushalten lassen. Wäre ich doch finanziell abgesichert, dann könnte sich die Romanze in aller Ruhe entwikkeln! Zu dumm, daß ich ihm versprochen habe, zum nächsten Jour fixe zu kommen. Wie soll ich mich bloß verhalten?

Als Alexandrine am Nachmittag des 8. Prairial Elisas Salon betrat, herrschte der übliche Trubel. Sie blieb am Eingang stehen, blickte sich um und entdeckte Lucien in einer Fensternische, vertieft in eine Unterhaltung mit Fontanes. Gott sei Dank sind immer viele Leute hier, dachte sie, so kann ich einem Gespräch mit ihm vielleicht ausweichen. Rasch ging sie durch den Salon in den angrenzenden Raum, wo Elisa mit einigen Damen saß.

Sie unterhielten sich über die Schauspielkunst der Mademoiselle Georges, und als Alexandrine sich zu der Gruppe gesellte, sagte Elisa gerade: »Ich werde am 25. Messidor (13. Juli) einen patriotischen Abend veranstalten; bei dieser Gelegenheit wird Mademoiselle Georges Gedichte vortragen, die während der Revolutionsjahre entstanden sind. Der Erste Konsul wird auch kommen, überhaupt alle Bonapartes, die zur Zeit in Paris leben. Ich habe mir bei Leroy schon ein neues Kleid bestellt in den Farben der Trikolore.«

Daraufhin unterhielten sich die Damen über Mode und die neuesten Sommercreationen, nur Alexandrine schwieg. Leroy war für sie unerschwinglich, sie bestellte ihr Garderobe immer bei billigeren Couturiers. Nach einer Stunde hatte sie genug von der Unterhaltung. Sie beschloß, unauffällig zu verschwinden, verabschiedete sich von Elisa und den Damen und ging zur Tür. In dem Augenblick sah Lucien zu ihr hin, und sie spürte, daß sein Blick ihr folgte. Sie lief durch das Vestibül und hatte fast den Ausgang erreicht, als sie ihren Namen hörte. »Madame Jouberthon!« Lucien war ihr gefolgt. »Wollen Sie schon gehen?«

»Ja, ich habe Kopfschmerzen.« Im gleichen Augenblick ärgerte sie sich über diese Bemerkung. Ich hätte sagen sollen, daß ich noch etwas vorhabe, jetzt wird er mich nach Hause bringen wollen.

»Wenn es Ihnen recht ist, bringe ich Sie mit meinem Wagen nach Hause.«

»Danke, das ist sehr liebenswürdig von Ihnen.«

»Halten Sie an der Pont de l'Archeveque«, rief Lucien dem Kutscher zu, als sie in dem offenen Einspänner saßen. »Von dieser Brücke aus hat man einen wunderbaren Blick auf die Ostseite von Notre-Dame, das möchte ich Ihnen gerne zeigen.« Und dort, dachte er, werde ich ihr sagen, daß ich sie liebe.

Alexandrine warf Lucien einen Blick zu und sah dann wieder auf die Seine, an deren Ufer sie entlangfuhren. Nein, überlegte sie, ich kann nicht seine Geliebte werden, ich kann mich von ihm nicht aushalten lassen. Wie sage ich es ihm am besten?

Wenig später hielt die Kutsche, und Lucien ging mit Alexandrine bis zur Mitte der Brücke. Eine Weile betrachteten sie fasziniert die Kathedrale, deren Türme im Licht der späten Nachmittagssonne in die Bläue des Himmels hineingebaut schienen.

»Von dieser Seite sieht man wenigstens, daß Notre-Dame auf einer Insel erbaut wurde; sie steht wie ein Fels im Wasser«, sagte Alexandrine. »Und sehen Sie nur dort oben die gebogenen Pfeiler ... Wie haben die Menschen in früheren Jahrhunderten es nur fertiggebracht, solche Bauwerke zu errichten? Es muß doch alles statisch berechnet werden, damit die Mauern nicht einstürzen.«

»Die Baumeister im Mittelalter wußten, wie man die Statik berechnet, und sie gaben ihr Wissen von Generation zu Generation weiter. Es war ihr Geheimnis, und nur die Mitglieder einer Dombauhütte kannten es. Die Maurer, die zu diesen Steinmetzbruderschaften gehörten, waren eine besondere Gilde mit erstaunlichen Privilegien; sie waren geschützt durch eine päpstliche Bulle und durften das gesamte christliche Abendland bereisen und ungehindert Grenzen passieren, sogar während Kriegszeiten. Sie erkannten sich untereinander an bestimmten Zeichen; ein Geselle, der von Bauhütte zu Bauhütte zog, mußte sich jedesmal einer Erkennungsprüfung unterziehen. Diese Maurer, die nicht von unfreien Eltern abstammen durften, widmeten ihr ganzes Leben dem Bau dieser Kathedrale. Und so möchte ich mein künftiges Leben Ihnen widmen, Madame Jouberthon. Sie sind verheiratet, aber wer weiß, ob Ihr Gatte jemals zurückkehren wird. Sie sind jetzt wahrscheinlich überrascht, aber ich mußte Ihnen endlich sagen, daß ich Sie liebe, ich liebe Sie seit jenem ersten Abend. Sie müssen mir jetzt nicht antworten, überdenken Sie alles in Ruhe.«

Alexandrine hatte unbeweglich auf Notre-Dame geschaut, nun sah sie ihn an und erwiderte mit fester Stimme: »Sie sollten wissen, daß ich Ihre Gefühle erwidere, auch ich faßte an jenem Abend Zuneigung zu Ihnen. Trotzdem kann ich mit Ihnen keine Verbindung eingehen. Es ist nicht wegen meines Mannes, aber ... Sie kennen meine materielle Lage, und ich möchte Sie finanziell nicht belasten, dazu schätze ich Sie zu sehr.«

Lucien hatte mit wachsendem Staunen zugehört. Als sie nun schwieg, mußte er unwillkürlich lächeln. »Ist das der einzige Grund? Aber Alexandrine, die Frage des Geldes ist doch für unseren Bund völlig unwichtig, schließlich warst du doch von deinem Mann auch finanziell abhängig. Ich liebe dich so, wie du bist!«

Alexandrine sah ihn zögernd an, dann sagte sie glücklich: »Ja, Lucien, vielleicht hast du recht; man sollte die materiellen Dinge nicht zu wichtig nehmen. Und wenn mein Mann je zurückkommen sollte, werde ich sofort die Scheidung einreichen!«

Am nächsten Tag brachte Lucien die kleine Anne zu Elisa, weil er mit Alexandrine ein paar Tage in Plessis verleben wollte.

»Ich freue mich für dich, Lucien, daß du die passende Frau gefunden hast. Ich finde, ihr seid ein ideales Paar – ich bin gespannt, was unsere Familie dazu sagt. Alexandrine ist eine aparte Erscheinung, viel hübscher als Joséphine.«

»Sie ist ja auch jünger. Aber Elisa, bitte, behandele die Angelegenheit vorläufig diskret. Du kannst Mama von Alexandrine erzählen, aber nur Mama, hörst du?«

Nach einer Woche Zweisamkeit in Plessis kehrten die Liebenden nach Paris zurück. Alexandrine vermietete ihr Haus und übersiedelte mit Anne und der Zofe Nanette endgültig zu Lucien.

Am Abend des Johannistags gab Lucien für seine Freunde ein Diner mit anschließendem Ball, und bei dieser Gelegenheit trat Alexandrine zum ersten Mal als Gastgeberin an seiner Seite auf. Von der Familie waren nur Elisa und Letizia geladen; diese war von der jungen Frau sehr angetan, besonders als sie merkte, wie glücklich Alexandrine ihr Sorgenkind machte.

Die Abendgesellschaft des Senators Bonaparte war noch tagelang Gesprächsstoff in den Pariser Salons. Die Rosen, mit denen das Palais geschmückt war, hatten besonderen Eindruck gemacht: Man erzählte von Rosengirlanden über den Türen, von riesigen Rosenbuketts in allen Räumen; natürlich war auch die Tafel mit Rosen geschmückt, und irgend jemand erfand den Ausdruck ›Rosenpalais‹.

»Rosenpalais«, sagte Joséphine zu ihrem Gatten, »kannst du dir darunter etwas vorstellen?«

»Nein«, erwiderte er kurz, ohne von seiner Zeitung aufzublicken. Sie saßen allein im Salon in Malmaison; Hortense war im Musikzimmer, und die übrigen Bewohner hielten sich im Park oder im Billardzimmer auf.

»Schade, daß dein Bruder uns nicht zu dieser Abendgesellschaft eingeladen hat, ich hätte zu gerne seine neue Geliebte kennengelernt.«

»Dieses Vergnügen wird uns demnächst bei Elisa geboten.« Napoleon ließ die Zeitung sinken, sah hinaus in den Park, und Joséphine beobachtete, daß sein Blick weich und träumerisch wurde. »Ich freue mich auf den Abend bei Elisa und auf Mademoiselle Georges«, sagte er schließlich, »es ist immer wieder von neuem ein Genuß, sie zu erleben.«

Joséphine zuckte zusammen. Sie preßte die Lippen aufeinander und versuchte, die aufsteigenden Tränen zurückzuhalten, aber als sie merkte, daß ihr Gatte sie amüsiert ansah, konnte sie sich nicht länger beherrschen. »Ich finde deine zweideutigen Bemerkungen taktlos und verletzend.«

»Taktlos? Meine liebe Joséphine, ich achte peinlich darauf, daß mein Verhältnis zu Mademoiselle Georges der Öffentlichkeit verborgen bleibt. Ich habe auch versucht, es vor dir zu verbergen, weil ich dich nicht verletzen wollte; du hast lediglich durch einen unglücklichen Zufall davon erfahren. Es ist also ungerecht, wenn du mir Taktlosigkeit vorwirfst. Und nun höre auf zu weinen, du weißt, ich kann Tränen und Eifersuchtsszenen nicht ausstehen.«

»Du liebst mich nicht mehr, sonst würdest du mich nicht mit anderen Weibern betrügen!«

Napoleon warf die Zeitung auf den Boden, sprang auf und lief erregt im Salon auf und ab. »Und du? Was hast du getrieben, während ich in Italien und Ägypten war?«

Er beruhigte sich und blieb vor seiner Gattin stehen. »Hör zu, Joséphine. Ich liebe dich immer noch, und das weißt du auch, aber ich sehe nicht ein, daß ich mir nicht hin und wieder eine kleine Abwechslung gönnen soll.«

Am 13. Juli versammelte sich die Familie Bonaparte bei Elisa. Joseph und Julie, Hortense und Eugène, Caroline und Murat musterten Luciens Geliebte neugierig, aber nicht unfreundlich; die Blicke der Männer drückten sogar unverhohlene Anerkennung aus. Elisa begrüßte das Paar mit großer Herzlichkeit, umarmte Alexandrine und stellte sie dann dem Konsul und seiner Gattin vor.

Joséphine sah mit einem Blick, daß das blaue Kleid ein Modell von Leroy war. Die Farbe paßt zum Blau der Augen und zum Saphirschmuck, dachte sie; sie ist wirklich eine Schönheit, aber da sie nur Luciens Geliebte ist, wird sie bei gesellschaftlichen Anlässen in den Tuilerien nicht erscheinen. Sie lächelte die junge Frau ein wenig herablassend an.

Der Konsul musterte Alexandrine von oben bis unten und sagte dann laut: »Madame Jouberthon? Ich habe gehört, daß die Gläubiger hinter Ihrem Gatten her sind.« Brüsk wandte er sich ab, ging auf Talma zu und begann eine lebhafte Unterhaltung.

Alexandrine war blaß geworden, die Umstehenden sahen sich betreten an, und Joséphine wollte gerade mit ein paar liebenswürdigen Worten die Situation retten, als Lucien sichtlich erregt zu seiner Schwester trat. »Entschuldige, Elisa, aber ich habe es nicht nötig, mich beleidigen zu lassen. Komm, Alexandrine, wir gehen.«

»Wie empfindlich Lucien ist«, sagte Napoleon bei der Heimfahrt zu Joséphine. »Welchen Eindruck hast du übrigens von dieser Madame Jouberthon?«

»Ich habe sie ja leider nur flüchtig erlebt, aber sie wirkt nett und sympathisch und war geschmackvoll gekleidet.«

»Nett und sympathisch? Joséphine, wo bleibt deine Menschenkenntnis? Luciens Mätresse ist ein ganz raffiniertes Weibsbild, das bestimmt schon durch mehrere Hände gegangen ist und ihn sehr geschickt eingefangen hat.«

»Woher willst du das denn wissen?«

»Das spürt man doch.«

Joséphine sah Napoleon erstaunt an. »Bist du nicht ein bißchen voreilig mit deinem Urteil? Jedenfalls hat es mir imponiert, daß Lucien zu der Frau hält, die er liebt«, und bedrückt erinnerte sie sich daran, wie begeistert ihr Gatte der Schauspielerin Georges an diesem Abend Beifall geklatscht hatte.

Während der folgenden Wochen führten Lucien und Alexandrine ein glückliches Leben in der Rue Saint-Dominique. Als Lucien merkte, daß die Schulbildung seiner Geliebten Lücken aufwies, gab er ihr Bücher zu lesen; sie nahm lebhaften Anteil an seinen literarischen Arbeiten und kümmerte sich liebevoll um Charlotte und Egypta. Für Luciens Freunde war Alexandrine die neue Hausherrin, und sie begegneten ihr mit Ehrerbietung.

Die einzigen Sorgen, die Lucien sich in jenen Wochen machte, galten der politischen Entwicklung in Frankreich. Er lehnte das Konsulat auf Lebenszeit strikt ab, wurde doch dadurch die Alleinherrschaft seines Bruders sichergestellt. Am 26. August erlebte er als Senator den Auftritt des nunmehrigen Konsuls auf Lebenszeit im Luxembourg. Als er Alexandrine davon erzählte, schwangen Resignation und Bitterkeit in seiner Stimme mit.

»Du wirst es nicht glauben, aber er hat tatsächlich den ganzen Pomp seiner Macht entfaltet. Die Straßen, durch die er fahren sollte, waren seit dem frühen Morgen bewacht; die Truppen bildeten ein doppeltes Spalier von den Tuilerien bis zum Luxembourg. Er kam in einem Achtspänner, gefolgt von sechs Regierungswagen mit den beiden anderen Konsuln und den Ministern und einer prachtvollen Eskorte von Adjutanten und Generälen aller Waffengattungen. Im Luxembourg empfing ihn dann eine Abordnung von zehn Senatoren. Auf mich wirkte dies alles nicht mehr republikanisch, sondern fast schon monarchisch. Ja, die monarchistischen Tendenzen sind unverkennbar, das hat bereits im Frühjahr mit der Gründung der Ehrenlegion angefangen. Was soll dieser Orden? Will er damit einen neuen Adel schaffen? Und du stellst dir nicht vor, wie sich die Atmosphäre in den Tuilerien verändert hat: Beim letzten Familiendiner fühlte ich mich wie an einem fürstlichen Hof, allerdings an einem, wo das Militär den Ton angibt. Joséphines Damen bilden jetzt einen richtigen Hofstaat, die Diener tragen eine blaßblaue, mit silbernen Spitzen besetzte Livree, und mein Bruder will Etikette und Hofkleidung einführen. Im Herbst sollen in Saint-Cloud Jagden und Feste stattfinden! Und dafür wurden Tausende guillotiniert – das ist also das Ergebnis der Revolution: die Alleinherrschaft eines Mannes!«

»Aber dein Bruder hat Frankreich wieder aufgebaut, dem Land den inneren und äußeren Frieden gegeben, das solltest du nicht vergessen.«

»Das erkenne ich ja auch an. Müssen wir uns deshalb auf die Monarchie zubewegen? Ich sage dir, die Wiederherstellung der Monarchie ist nur eine Frage der Zeit. Wenn ich nur an den Ausdruck ›konsularische Familie‹ denke – das klingt wie ›königliche

Familie‹. Eheschließungen bedürfen der Zustimmung des Ersten Konsuls! Lächerlich ...«

Einige Tage später, anläßlich eines Familiendiners in den Tuilerien, erfuhr Lucien, daß künftig alle Bonapartes den Konsul siezen müßten.

»Manchmal weiß ich nicht, ob ich weinen oder lachen soll«, sagte er zu Alexandrine.

Im Herbst wußte Alexandrine, daß sie ein Kind erwartete. Lucien war überglücklich und sorgte dafür, daß die Schwangerschaft vom besten Pariser Geburtshelfer überwacht wurde.

Am 24. Mai 1803 brachte Alexandrine einen Sohn zur Welt, der den Namen Charles-Laurent erhielt. Kurz nach der Geburt traf die Nachricht ein, daß Monsieur Jouberthon vor einigen Monaten auf San Domingo dem Gelben Fieber erlegen war. Lucien schickte sofort nach einem Priester, der ihn und Alexandrine am nächsten Tag trauen sollte.

»Ich möchte, daß unser Bund gesegnet wird«, sagte er, »die standesamtliche Eintragung holen wir später nach. Wenn du das Wochenbett überstanden hast, möchte ich eine kleine Hochzeitsreise mit dir machen, nicht sehr weit, aber doch einige Tagesreisen von Paris entfernt aufs Land. Vielleicht können wir irgendwo ein Haus für den Sommer mieten? Ich werde mich umhören.«

Ein paar Tage später stand fest, daß sie nach Mehun-sur-Yèvre fahren würden, wo ein Freund Fontanes ihnen sein Landhaus zur Verfügung stellte.

»Der nächste größere Ort bei Mehun ist Bourges«, erklärte Lucien seiner Frau, »dort gibt es eine sehenswerte Kathedrale, und dort steht auch das Hotel von Jacques Coeur, dem Bankier Karls VII. Vom Personal nehmen wir nur Pedro und Nanette mit; das Haus wird von einer Familie in Ordnung gehalten, die in der Nachbarschaft wohnt.«

Alexandrine erholte sich rasch von der Geburt, und man beschloß, am 20. Juni Paris zu verlassen. Kurz vorher wurde Lucien in die Tuilerien bestellt. Napoleon teilte ihm mit, daß er, Lucien, die Königin von Etrurien (der alte Name für die Toskana) heiraten könne und schilderte ihm die politischen Vorteile dieser Verbindung. Lucien lehnte natürlich ab, verschwieg aber die Trauung mit

Alexandrine, die inzwischen vollzogen war; er wollte das Familienoberhaupt erst nach der standesamtlichen Trauung davon in Kenntnis setzen und somit vor vollendete Tatsachen stellen.

Nachdem sich Lucien verabschiedet hatte, sagte der Konsul zu Joseph, der bei dieser Unterredung zugegen war: »Wie kann man einen Thron ausschlagen! Verstehen Sie das? Wahrscheinlich spukt ihm immer noch dieses Weibsbild im Kopf herum. Na, irgendwann wird er ihrer schon überdrüssig werden, wir müssen eben Geduld haben.«

Am frühen Abend des 22. Juni kam Lucien mit den Seinen in Mehun-sur-Yèvre an, einem verträumten Marktflecken mit einstöckigen, farblosen Häusern, die alle gleich aussahen, einer Kirche und einem Gasthaus. Auf dem Marktplatz spielten ein paar Kinder und starrten neugierig den beiden Kutschen nach, die die Hauptstraße entlangfuhren und dann nach rechts abbogen. »Sie fahren zum Haus von Monsieur Franc-Maçon«, rief einer der Jungen aufgeregt, »aber Monsieur Franc-Maçon saß nicht in der Kutsche; es waren Fremde, was wollen sie hier?«

Im nächsten Augenblick war der Platz leergefegt, weil jeder nach Hause rannte, um die große Neuigkeit zu erzählen.

Nach etlichen hundert Metern hielten die Kutschen vor einem zweistöckigen, weißgetünchten Gebäude, dessen hohe Fenster, die grünen Jalousien und die ebenerdige Eingangstür Lucien an das Familienhaus in der Via Malerba erinnerten. Er kletterte aus der Kutsche und half Alexandrine und den Kindern beim Aussteigen. Dann ging er ein Stück die Straße hinunter, auf der Suche nach den Nachbarn, die den Landsitz betreuten. Bald traf er auf ein Häuschen, inmitten eines kleinen Gartens, an dessen Ende der Laubwald begann. Eine schmale Holzbrücke führte über einen Bach; dahinter erstreckten sich Wiesen.

Ein großer, kräftiger Mann mit einer Angelrute und einem Korb kam auf Lucien zu. »Guten Tag«, sagte er. »Sie sind sicher Monsieur Fontanes.« (Lucien reiste unter diesem Namen, weil er nicht als Bruder des Konsuls erkannt werden wollte.) »Man hat mich davon unterrichtet, daß Sie während des Sommers im Haus von Monsieur Franc-Maçon wohnen werden. Seien Sie herzlich willkommen! Ich bin Gaston Blin und wohne mit meiner Familie dort drüben«, er wies mit der Angelrute zu dem Häuschen. »Meine Frau und meine Tochter werden sich um Ihren Haushalt kümmern, und wenn Sie zum Diner Cher-Fischchen wollen, sagen Sie mir Bescheid, ich angle jeden Tag.«

»Cher-Fischchen?« fragte Lucien verwundert.

»Der Bach heißt Cher.« Der Mann öffnete den Korb und zeigte Lucien ein Dutzend Fische, die Sardinen ähnelten, nur daß sie länger und breiter waren.

Aus dem Haus kamen nun eine rundliche Frau mit freundlichem Gesicht und ein ebenfalls rundliches halbwüchsiges Mädchen. Gaston stellte sie als seine Frau und Tochter Suzanne vor.

»Wenn Sie einen Wunsch haben, sagen Sie es nur, Sie sollen sich hier wohlfühlen.« Die Frau lächelte Lucien an. »Gaston, kümmere dich um das Gepäck, und du, Suzanne, bringst die Fische in die Küche und säuberst sie. Ich werde sie Ihnen zum Diner braten, Monsieur Fontanes.«

Alexandrine war mit den Mädchen und Nanette, die den kleinen Charles-Laurent im Arm trug, um das Haus herumgegangen und gesellte sich nun zu der kleinen Gruppe.

»Sie brauchen sich um nichts zu kümmern, Madame«, sagte Madame Blin, »und wenn Sie die Kinder einmal los sein wollen, schicken Sie sie herüber, sie können mit den meinigen spielen.«

»Vielen Dank, das ist sehr freundlich von Ihnen; ich habe gesehen, daß hinter dem Haus ein großer Garten ist, dort können die Kinder sich doch aufhalten?«

»Der Garten ist leider verwildert; ich habe keine Zeit, ihn zu pflegen. Kommen Sie, ich werde Ihnen jetzt das Haus zeigen.« Sie ging voran, blieb im Vestibül stehen und zeigte auf verschiedene Türen: »Hier links ist die Küche, daneben das Eßzimmer, geradeaus geht es zum Salon, und hier rechts ist die Bibliothek. Im ersten Stock sind die Schlafzimmer und das Bad – es ist das einzige Haus im Ort mit einem Bad –, im zweiten Stock sind die Kammern für das Personal.«

Lucien begab sich in die Bibliothek, während Alexandrine und Madame Blin durch den geräumigen Salon zur Veranda gingen.

»Hier gefällt es mir«, sagte Alexandrine und ließ ihre Augen über den Rasenplatz schweifen, der von Aprikosen- und Pflaumenbäumen umgeben war. »Wie ruhig es ist, man hört nur das Murmeln des Baches, die Vögel, die Grillen ... Auf unserem Landsitz Plessis haben wir nur selten Ruhe, weil wir uns den gesellschaftlichen Verpflichtungen nicht ganz entziehen können. Würden Sie bitte bei gutem Wetter hier draußen auf der Veranda decken?«

»Gerne, aber nicht hier, sondern vor dem Eßzimmer; die Veranda läuft ums Haus herum, und man kann sie von jedem Raum aus betreten. Bitte entschuldigen Sie mich jetzt, Madame Fontanes, ich muß mich um das Abendessen kümmern.«

Alexandrine ging zur Bibliothek, einem hohen, düsteren Raum, an dessen Wänden sich Bücherregale entlangzogen, die bis zur Decke reichten; ein wuchtiger Schreibtisch vor dem Fenster mit einem ledergepolsterten Stuhl, in einer Ecke ein Tischchen und ein Sessel, das war das ganze Mobiliar.

Lucien trat zu ihr und nahm sie in die Arme. »Nun, gefällt dir das Haus?«

»Es ist wohltuend schlicht; ich glaube, wir werden hier einen glücklichen Sommer verleben, und du wirst in der Bibliothek bestimmt gut arbeiten können.«

Am nächsten Vormittag ging Lucien mit den drei kleinen Mädchen zum Bach, wo Gaston mit seiner Angel saß, und während die Kinder gebannt beobachteten, ob ein Fisch anbiß, begann Gaston eine Unterhaltung über die Regierung.

»Wenn Sie mich fragen, Monsieur Fontanes, so gut wie unter dem Ersten Konsul ging es uns noch nie. Wir haben äußeren und inneren Frieden, der Handel blüht, an Sonn- und Feiertagen läuten wieder die Kirchenglocken, man kann zur Messe gehen – ich hoffe, daß der Erste Konsul noch lange lebt.«

»Ja, er hat viel für Frankreich getan. Aber was den äußeren Frieden betrifft, sieht es nicht gut aus. Seit dem 27. Floréal (16. Mai) haben wir wieder Krieg mit England, allerdings tragen die Briten die Schuld daran. Da sie keine schlagkräftige Armee und wir keine Flotte besitzen, ist es zwar noch zu keinen Kampfhandlungen gekommen, aber wer weiß, wie lange diese Ruhe dauert, irgendwann wird aus diesem kalten ein heißer Krieg werden.« Lucien dachte besorgt daran, daß Napoleon begonnen hatte, aufzurüsten: vom Bau einer Kriegsflotte war die Rede gewesen, von der Invasion auf der Insel ...

»Krieg mit England«, murmelte Gaston, »wird das lange dauern?«

»Ich weiß es nicht, aber ich vermute, daß der Erste Konsul sich nicht mit halben Sachen zufriedengeben wird.«

Unterdessen erkundete Alexandrine den Teil des Gartens, der sich hinter den Obstbäumen erstreckte. Ein von Unkraut überwachsener Pfad führte zu einigen Johannisbeersträuchern, dann wucherte auf beiden Seiten dichtes Gestrüpp empor. Sie folgte dem Weg und stand nach kurzer Zeit vor einer halbhohen Mauer mit einer Holztüre. Hier also endet das Grundstück, dachte sie, ob es jenseits der Mauer einen Weg gibt, der zum Ort führt? Sie öffnete die Pforte und blickte überrascht in einen Garten voller Rosen. Überall blühten sie: An den Mauerwänden rankten sich Kletterrosen empor, in den Ecken wucherten Heckenrosen, und in der Mitte war ein Rondell mit Rosenstöcken angelegt; als Alexandrine hinsah, unterschied sie drei Kreise mit je zwölf Stöcken in den Farben rot, rosa und weiß. Ein Rosengarten, dachte sie verwirrt, wem mag er wohl gehören? Wie stark die Rosen duften, man wird ganz benommen davon! Sie ging ein paar Schritte in den Garten hinein und entdeckte auf der gegenüberliegenden Mauerseite ebenfalls eine Pforte und um das Rondell herum einige Steinbänke. Was für eine merkwürdige, feierliche Atmosphäre! Alexandrine ging zögernd einige Schritte weiter und schrak zusammen, als sie die schwarzgekleidete Frau sah, die auf einer der Bänke saß und in einem dicken Buch las. Gerade als Alexandrine umkehren wollte, sah die Frau von dem Buch auf, lächelte und wies mit der Hand auf den Platz neben sich. Alexandrine setzte sich und senkte schüchtern die Augen vor dem prüfenden Blick dieser Frau.

»Wie haben Sie die Pforte gefunden?« fragte diese, und bei dem warmen Klang der Stimme verlor Alexandrine ihre Befangenheit.

»Ich war auf Entdeckungsreise, fand einen Pfad und folgte ihm. Wem gehört dieser Garten?«

»Er gehört allen.«

»Allen? Das verstehe ich nicht.«

»Er gehört allen Bewohnern des Ortes, die sich zur Aufgabe gemacht haben, ihn anzulegen und zu pflegen. Er ist ein gemeinschaftliches Werk, und jeder, der daran beteiligt ist, darf sich hier aufhalten. Und jeder, der den Weg hierher findet, ist uns willkommen.«

Die Frau schwieg und vertiefte sich wieder in das Buch. Alexandrine betrachtete verstohlen die Seiten und stellte fest, daß es die Bibel war, das sechste Kapitel im Ersten Buch der Könige, und sie erinnerte sich dunkel, daß in diesem Kapitel der Bau des salomonischen Tempels beschrieben wurde.

Die Sonne stieg höher und höher; Alexandrine genoß die Ruhe, den Duft der Rosen, die Wärme und vergaß Raum und Zeit.

»Es ist Mittag«, hörte sie auf einmal die Stimme der Frau, »und Zeit, die Arbeit zu beginnen. Morgen ist Johannistag, und es gibt noch allerhand zu richten.« Sie erhob sich und holte aus ihrer Schürzentasche eine Schere. »Ich werde Ihnen ein paar Rosen mitgeben zur Erinnerung an diese Stunden.« Sie ging zu dem Rondell und schnitt drei Rosen ab, eine weiße, eine rosafarbene, eine rote, und überreichte sie Alexandrine.

Als sie die Pforte hinter sich geschlossen hatte, wehte vom Ort das Mittagsläuten herüber; Alexandrine lauschte, bis der letzte Ton verklungen war, und ging langsam zurück zum Haus.

Am 26. Oktober 1803 ließen sich Lucien und Alexandrine standesamtlich trauen, und noch am gleichen Tag sandte Lucien einen Brief nach Malmaison, worin er dem Ersten Konsul seine Eheschließung mitteilte.

»Jetzt wird er den Brief schon haben«, sagte Alexandrine, als es auf Mitternacht zuging.

»Das glaube ich nicht; ich habe Duroc angewiesen, das Schreiben erst morgen zu überreichen. Heute abend findet doch in Malmaison ein Konzert statt, und ich hielt es für unpassend, den Kunstgenuß durch meinen Brief zu stören.«

Mitten in der Nacht klopfte es heftig an der Schlafzimmertür, und Pedros ängstliche Stimme rief: »Monsieur, Monsieur, der General

Murat ist soeben aus Malmaison gekommen; er wünscht Sie unverzüglich im Namen des Ersten Konsuls zu sprechen.«

Lucien zog sich einen Schlafrock über und sah auf die Uhr. »Drei Stunden nach Mitternacht, dieser nächtliche Besuch ist höchst ungewöhnlich!« Er ging hinunter in den Salon, wo Murat ungeduldig auf und ab marschierte. Als Lucien die goldbetreßte Galauniform sah und den Tschako mit der weißen Reiherfeder, mußte er unwillkürlich lächeln. »Was willst du denn mitten in der Nacht hier? Was für eine Nachricht überbringst du?«

»Keine Nachricht, sondern die Antwort auf die Nachricht, die du dem General hast zukommen lassen ... Ein Auftrag – wie soll ich es dir sagen? Es ist mir wirklich sehr unangenehm, daß er mich damit beauftragt hat, denn ich weiß genau, daß es keinen Zweck hat.«

»Nun, wir werden ja sehen. Aber setzen wir uns erst einmal.«

»Wie geht es meiner Schwägerin? Du hast mich nicht für würdig befunden, mir dieses Geheimnis anzuvertrauen! Das ist sehr schlecht von dir; es gab Zeiten, zu denen ich dir all meine Geheimnisse anvertraut habe! Im übrigen pfeifen es seit langem die Spatzen von den Dächern, und ich bin bestimmt der letzte, der dir nicht Glück wünschen möchte, sag das bitte Alexandrine, hörst du?«

»Ja, schon gut, ich werde es ihr ausrichten. Doch kommen wir zur Sache! Was führt dich mitten in der Nacht zu mir?«

»Also, es ist so, daß der General ... nein, diese dumme Angewohnheit! Ich will sagen, daß der Erste Konsul dir seinen Glückwunsch verweigert. Verstehst du?«

»Nicht so recht, wenn du dich nicht etwas verständlicher ausdrückst.«

»Na ja, er hat mich beauftragt, dir zu sagen, daß er deine Ehe nicht anerkennt.«

»Was genau hat er denn gesagt?«

»Es war so: Mitten während des Konzerts erhielt der Konsul den Brief, und kaum hatte er die erste Zeile gelesen, als er von seinem Sessel hochfuhr und brüllte: ›Aufhören mit der Musik! Aufhören!‹ Wir waren wie versteinert. Unter uns – der General sah aus, als hätte er den Verstand verloren. Er lief im Zimmer hin und her, fuchtelte wild mit den Armen in der Luft herum und wiederholte: ›Verrat! Verrat! Das ist eindeutig Verrat!‹ Joséphine versuchte krampfhaft, ihr Mienenspiel zu beherrschen, war aber, obwohl sie Rouge und Spanischweiß aufgelegt hatte – du weißt sicher, daß sie jetzt auch weiße und sogar blaue Schminke verwendet –, ganz blaß geworden. ›Mein Gott‹, sagte sie, ›was ist denn geschehen? Ist ein neuer Krieg ausgebrochen?‹ Da knüllte der Erste Konsul den Brief zusammen und stieß hervor: ›Was geschehen ist? Du wirst es nicht glauben: Lucien hat seine Mätresse geheiratet!‹ Er warf dir Verrat, Falschheit, Undankbarkeit und was weiß ich noch alles vor. Vor allem aber bestand er darauf, daß ich dich sofort aufsuchen und dir sagen soll, daß deine Ehe ungültig sei, dafür werde er den Beweis erbringen. Ja, ich soll dir ganz wörtlich sagen: diese Ehe ist null und nichtig.«

Nachdem Murat gegangen war, blieb Lucien noch eine Weile unentschlossen sitzen und überlegte. Ob er Alexandrine vorerst die Meinung des Konsuls verheimlichen und die weitere Entwicklung abwarten sollte? Nein, sie muß wissen, was los ist, und sie muß wissen, daß ich zu ihr stehe! Entschlossen ging er nach oben und schilderte ihr das Gespräch mit seinem Schwager.

»O mein Gott! Was machen wir jetzt nur?«

»Im Moment gar nichts, irgendwann wird sich der konsularische Zorn schon legen.«

Am Spätnachmittag erschien der Zweite Konsul, Cambacérès, um Lucien davon zu überzeugen, daß seine Ehe wegen der fehlenden Zustimmung des Familienoberhauptes juristisch nichtig sei. Lucien erwiderte ihm, er kenne keine konsularische Familie, sondern nur Bürger der französischen Republik, die alle freie und gleiche Menschen seien, und wies dem Konsul die Tür.

Am Abend kam Letizia, um Sohn und Schwiegertochter zu trösten. »Ich bin entsetzt, daß sich dein Bruder hat hinreißen lassen, sich in aller Öffentlichkeit gegen deine Ehe auszusprechen, aber ich rate dir, Lucien, ihm gelassen zu begegnen. Ich denke, daß er bald wieder wie ein Bruder fühlen wird, außerdem weiß er, daß er kein Recht hat zu verlangen, daß du dich nach seinem Geschmack und seinen Vorstellungen richtest. Er hat doch auch geheiratet, ohne uns zu fragen! Er kann deiner Frau, was Herkunft, Erziehung und Lebensführung betrifft, nichts vorwerfen. Wenn er zu der Einsicht und Redlichkeit zurückgefunden hat, die er seinem Ruf schuldet, und wir uns etwas bemühen, dann können wir einen Bruch vermeiden – und alle diejenigen enttäuschen, die hoffen, daß es zwischen euch zu einem Bruch kommt!«

Während der folgenden Tage versuchten Joseph und Elisa zu vermitteln, aber Napoleon war unnachgiebig: die Ehe sei ungültig und Lucien müsse sich scheiden lassen. »Alles für einen nichtverheirateten Lucien, nichts für den verheirateten. Das ist mein letztes Wort.«

Lucien traf seine Entschlüsse: Er legte das Amt des Senators nieder und machte sein Testament, in dem er Alexandrine und ihren Sohn finanziell absicherte. Er hatte vor, mit seiner Familie Frankreich für einige Monate zu verlassen.

»Was hältst du von einer Reise nach Rom, Alexandrine? Wir könnten Chateaubriand und Onkel Fesch besuchen und natürlich Paulette (Leclerc war in San Domingo am Gelben Fieber gestorben, und Pauline hatte den Fürsten Borghese geheiratet und war nach Rom übergesiedelt.). Hier versäumen wir nicht viel. Wenn sich herumspricht, daß wir beim Ersten Konsul in Ungnade sind, werden uns einige von unseren Bekannten meiden. Außerdem spiele ich schon länger mit dem Gedanken, in der Umgebung Roms einen Landsitz zu erwerben.«

»Aber warum? Wir haben doch das Haus in Plessis.«

Lucien zögerte. Sollte er Alexandrine sagen, daß er Vorsorge treffen wollte für den Fall, daß sie Frankreich verlassen mußten? Doch warum sollte er sie unnötig beunruhigen?

»Ach, weißt du«, erwiderte er möglichst unbefangen, »es wäre doch schön, wenn wir in Zukunft einen Teil des Jahres in Italien verbringen könnten! Im Winter lebt es sich dort bestimmt angenehmer als hier, und Immobilien sind immer eine gute Kapitalanlage.«

»Unsere zweite gemeinsame Reise«, sagte Alexandrine, als sie Anfang Dezember neben Lucien in der Kutsche saß und durch das Wagenfenster beobachtete, wie die Türme von Notre-Dame kleiner und kleiner wurden. »Wann, glaubst du, werden wir in Rom ankommen?«

»Wenn wir alle gesund bleiben und unterwegs nicht überfallen werden, in ungefähr drei Wochen.«

»In drei Wochen!« Alexandrine lehnte sich in die Polster zurück und lächelte Lucien an. »Wie schön, dann können wir Weihnachten und den Neujahrstag mit deinem Onkel und deiner Schwester feiern, und natürlich mit Chateaubriand. Weißt du, ich freue mich auf Italien, auf Rom, bisher bin ich noch nicht viel gereist. Wie lange werden wir im Süden bleiben?«

»Bis zum Ende des Winters; wenn der Frühling beginnt, möchte ich wieder in Paris sein. Vielleicht hat sich ja mein Bruder bis dahin über unsere Ehe beruhigt.«

»Warum ist er denn überhaupt gegen unsere Heirat, oder besser: gegen mich? Ich habe ihm doch nichts getan, im Gegenteil, ich bewundere den Wiederaufbau Frankreichs, den wir ihm zu verdanken haben.«

»Ich glaube, er hat mehrere Gründe. Zum einen fühlt er sich brüskiert, weil er als Familienoberhaupt nicht um Zustimmung gebeten wurde, außerdem habe ich seine politischen Pläne durchkreuzt; er wollte mich nämlich mit der Königin von Etrurien verheiraten, um die in Oberitalien erworbenen Gebiete abzurunden. Napoleon erwartet, daß die Bonapartes Ehen schließen, die der Familie nützlich sind. Ich bin gespannt, wen Jérôme heiraten muß, wenn es soweit ist.«

In Rom verlebten Lucien und Alexandrine unbeschwerte Wochen. Sie wohnten im Palazzo Falconieri bei Onkel Fesch, der sogar eine Audienz beim Papst für sie arrangierte, sie trafen sich häufig mit Chateaubriand, besuchten Paulette, die sich im Palazzo Borghese offensichtlich langweilte, besichtigten die Sehenswürdigkeiten und unternahmen Ausflüge in die Umgebung Roms.

Bei diesen Gelegenheiten hielt Lucien Ausschau nach einem Landsitz, schließlich fand er eine Villa in der Nähe von Frascati, die seinen Vorstellungen entsprach: ›Tusculum.‹

Als sie in den ersten Märztagen nach Paris zurückkehrten, fanden sie Letizia mit Reisevorbereitungen beschäftigt.

»Ich werde mich für eine Weile nach Rom zurückziehen«, erklärte sie, »und dort die weitere Entwicklung abwarten.«

»Was für eine Entwicklung?«

»Seit die letzte royalistische Verschwörung gegen den Konsul aufgedeckt wurde, redet alle Welt nur noch von der Notwendigkeit, das Konsulat in eine erbliche Monarchie umzuwandeln mit einem Kaiser an der Spitze – ein König würde ja zu sehr an die Bourbonen erinnern. Diese Entwicklung ist mir unheimlich, Lucien. Der Konsul als Kaiser und wir als kaiserliche Familie? Unvorstellbar!«

»Genau das habe ich befürchtet, als Napoleon Konsul auf Lebenszeit wurde. Aber wollen Sie wirklich aus diesem Grund eine so lange Reise antreten?«

»Nun, ich will in Italien auch Bäder nehmen, ich möchte meinen Bruder wiedersehen, und ich muß mich um Paulette kümmern.« Letizia seufzte. »Der Konsul ist unzufrieden mit seiner geliebten Paulette; man hört hier nicht viel Gutes von ihr. Manches mag böswilliger Klatsch sein, aber ein Körnchen Wahrheit ist vielleicht doch dabei. Was meinst du dazu? Du hast sie ja in Rom erlebt.«

»Ach Gott, Mama«, erwiderte Lucien zögernd, »sie amüsiert sich halt; sie benimmt sich nicht anders als seinerzeit hier in Paris. Allerdings habe ich den Eindruck, daß ihre Ehe nicht besonders glücklich ist.«

»Mir bleibt wirklich nichts erspart«, erwiderte Letizia. Sie sah Lucien und Alexandrine eine Weile schweigend an und fuhr dann fort: »Was euch betrifft, ist die Lage unverändert. Der Konsul erkennt eure Ehe nicht an; alle Versuche, ihn umzustimmen, waren erfolglos. Vielleicht nützt eine Aussprache zwischen ihm und dir, Lucien; ich bin gerne bereit, ein solches Gespräch zu arrangieren.«

Lucien war einverstanden, und Letizias mütterliche Autorität bewirkte, daß auch Napoleon seine Verhandlungsbereitschaft erklärte und seinen Bruder für den 25. April zum Diner nach Saint-Cloud lud. Lucien sah der Unterredung mit dem Bruder gelassen entgegen, am 22. März jedoch wurde er aus seiner Ruhe jäh aufgeschreckt. Im *Moniteur* las er, daß man auf Befehl des Ersten Konsuls den Herzog von Enghien am Morgen des 21. März 1804 in Vincennes erschossen hatte.

»O mein Gott«, sagte er zu Alexandrine, »er hat einen Unschuldigen hinrichten lassen. Ich bin kein Freund der Bourbonen und finde es unerhört, daß sie mit ihren Anschlägen auf das Leben meines Bruders die Republik zerstören wollen; natürlich müssen

Cadoudal und die anderen Verschwörer bestraft werden, aber der Herzog von Enghien hatte mit diesem Komplott sicher nicht das geringste zu tun.«

»In dem Artikel steht, daß er gegen Frankreich gearbeitet hat.«

»Das stimmt vielleicht, aber er lebte im Badischen, in Ettenheim – ich frage dich, wie ist er nach Frankreich gekommen? Ist er entführt worden? Diese Erschießung, Alexandrine, ist ein Beispiel für die korsische Vendetta! Da mein Bruder an den Hauptschuldigen, nämlich Ludwig XVIII., in England nicht herankommt, muß eben ein anderer Bourbone büßen. Ich finde diese Hinrichtung unerhört. Nur ein Despot kann so handeln! Manchmal habe ich den Eindruck, daß er zu allem fähig ist.«

Saint-Cloud, 5. Floréal des Jahres XII.
(25. April 1804)

»Senatoren, Ihre Adresse vom 6. Germinal ist mir in Erinnerung geblieben, und ich habe lange über sie nachgedacht. Sie halten es für nötig, daß die oberste Staatswürde erblich sei, um das französische Volk vor den Verschwörungen unserer Feinde und den fortwährenden, aus eifersüchtigem Ehrgeiz entspringenden, Aufregungen zu schützen. Außerdem sind Sie der Ansicht, daß einige unserer Einrichtungen der Vervollkommnung bedürfen, um die Gleichheit und Freiheit des Volkes auf ewig zu sichern und der Nation und der Regierung die ihnen so nötige doppelte Garantie zu bieten ...«

Der Konsul verstummte. Er setzte sich in den Sessel vor dem Schreibtisch und bearbeitete dessen Lehne heftig mit dem Federmesser. Plötzlich sprang er auf und begann im Zimmer hin und her zu laufen. »Méneval, schreiben Sie...« Die Feder des Sekretärs raste über das Papier, notierte, was er auffassen konnte, hielt Stichworte fest, die später zu einem Brief gestaltet wurden.

Bourrienne war im Laufe der Jahre wegen seiner Korruptionsgeschäfte untragbar geworden, und so hatte Napoleon sich schweren Herzens von dem ehemaligen Brienner Schulkameraden getrennt und ihn durch Méneval ersetzt, einen schmächtigen jungen Mann, der seinem neuen Herrn treu ergeben war und mit dessen Arbeitstempo Schritt halten konnte. Es kam häufig vor, daß er in der Nacht geweckt wurde, um bis in die frühen Morgenstunden die Diktate des Konsuls aufzunehmen. Es waren keine Diktate im eigentlichen Sinn, sondern Selbstgespräche, die vom gewöhnlichen Sprechton ins Murmeln zurückfielen, dann wieder anschwollen, sich mit Flüchen und Schimpfworten mischten, die nicht zum Text gehörten; die Stimme wanderte im Raum auf und ab, sie befahl, sie überredete, sie zankte, sie rasselte Zahlenkolonnen herunter – sie sprach und sprach, während Méneval, ohne den Blick zu heben, immer neue Blätter zur Hand nahm.

Als es sechs Uhr schlug, hielt der Konsul inne. »Genug für heute, bis morgen zur gewohnten Zeit.« Er trat zum Fenster und sah hinaus in den Regen, der seit den Morgenstunden herunterprasselte. Hier also, in diesem Zimmer, dachte er, wird es sich nachher entscheiden, ob ich mit Lucien breche oder nicht. Ich werde ihm ein Angebot unterbreiten, und wenn er nicht darauf eingeht, muß er Frankreich verlassen.

In diesem Augenblick fuhr eine Kutsche in den Hof.

»Er ist immerhin pünktlich, wenigstens etwas«, murmelte der Konsul und ging hinüber in den Salon zu seiner Gattin.

Das Diner verlief in leidlich angenehmer Stimmung. Lucien schilderte seine Audienz beim Papst, und Joséphine erkundigte sich interessiert nach dem römischen Gesellschaftsleben.

Nach dem Kaffee zogen sich die Brüder zurück. Der Konsul bat Lucien, Platz zu nehmen, stellte sich vor das Kaminfeuer und betrachtete den Bruder eine Weile prüfend, bevor er das Gespräch begann.

»Es gab einmal eine Zeit, da haben Sie Ihre Fähigkeiten in den Dienst des Staates gestellt, ich denke an Ihre Leistungen als Mitglied des Rates der Fünfhundert, später als Präsident dieser Kammer; Sie waren Innenminister und Botschafter und leben jetzt als Privatmann. Ich habe diesen Rückzug ins Private nie verstanden, war aber bereit, Ihre Entscheidung zu respektieren. Durch die politische Entwicklung der vergangenen Jahre und besonders der letzten Wochen ist unsere Familie aus der privaten bürgerlichen Sphäre hinaus in die Öffentlichkeit getreten, kurz: Die Bonapartes sind zur Zeit eine politische und über kurz oder lang eine dynastische

Familie; der Titel ›Kaiser der Franzosen‹ wird ein erblicher Titel sein, falls ich mich entschließe, ihn anzunehmen.«

Der Konsul schwieg und beobachtete Lucien; dieser hielt dem Blick des Bruders stand, als wollte er sagen: Kaiser der Franzosen, ja und?

»Diese Erhöhung unserer Familie«, fuhr der Konsul fort, »legt jedem einzelnen Mitglied besondere Verpflichtungen auf, fordert persönliche Opfer und Verzicht. Als Souverän brauche ich mehr denn je die Unterstützung meiner Familie, insbesondere meiner Brüder. Ich habe Sie, Lucien, für bestimmte Aufgaben vorgesehen; ich brauche Ihre Hilfe, und aus diesem Grund habe ich beschlossen, Ihnen folgenden Vorschlag zu machen: Ich erkenne Ihre Ehe nach wie vor nicht an, aber ich gestatte Ihnen, mit dieser Frau zusammenzuleben, in einer nach Ihren Begriffen gültigen Ehe. Allerdings, in den Tuilerien wird diese Dame niemals empfangen werden.«

»Damit bin ich einverstanden, auch ich werde die Tuilerien nur höchst selten besuchen.«

»Gut, im privaten Kreis dürfen Sie die Dame als Ihre Frau vorstellen, offiziell wird sie jedoch Madame Jouberthon bleiben.«

»Wie bitte?« rief Lucien und sprang auf. »Sie schlagen mir also eine Ehe zur linken Hand vor?«

»Ja, Sie haben es richtig erkannt, eine morganatische Ehe.«

»Das ist nicht möglich«, stammelte Lucien, »das können Sie mir nicht antun, das kann ich nicht akzeptieren. Meine Frau hat ein Anrecht auf meinen Namen, den Namen des Bürgers Lucien Bonaparte. Sie verlangt weder Titel noch Ehren noch Einkünfte; ihr Ehrgeiz ist einzig, Madame Bonaparte zu heißen.«

»Ich allein, als Oberhaupt des Staates und der Familie, entscheide über die Führung dieses Namens.«

»Warum verweigern Sie meiner Frau ihren gesetzlichen Namen?«

»Warum? Warum?« Die Stimme des Konsuls überschlug sich vor Wut. »Weil diese Dame unserer Familie nicht würdig ist! Es war eine Geschmacklosigkeit, diese Frau zu wählen! Wie kann man eine mittellose Witwe heiraten, noch dazu eine mit zweifelhafter Vergangenheit!«

»Nun, das haben Sie auch getan.«

Nach diesen Worten herrschte Stille im Raum. Napoleon starrte seinen Bruder verblüfft an, ging dann zum Fenster und sah auf den regennassen Hof hinunter, schließlich trat er wieder zu Lucien und maß ihn von oben bis unten mit einem kalten Blick. »Entweder Sie akzeptieren meinen Vorschlag, oder Sie verlassen Frankreich für immer.«

»Dann werde ich mir auf der Erde einen Platz suchen, an dem meine Frau den Namen Bonaparte führen darf. Und Sie, Bürger Konsul, demnächst Sire, Sie haben den Eid gebrochen, den Sie seinerzeit im Brumaire in meine Hand geschworen haben. Den Thron haben Sie durch Verfassungsänderungen erobert, Kammern und Senat haben Sie zu Befehlsempfängern degradiert, diese mißachteten Körperschaften werden Sie eines Tages vom Thron stürzen.«

Lucien drehte sich um und verließ den Raum. Napoleon sah ihm erstaunt nach, ging hinüber in den Salon und ließ sich schwer atmend in einen Sessel fallen.

»Nun?« fragte Joséphine und legte ihre Karten zur Seite.

»Ich habe mit Lucien gebrochen ... Die gewichtigsten Erwägungen staatspolitischer Art machen keinerlei Eindruck auf ihn!«

Zwei Tage später verließ Lucien mit seiner Familie Paris, um sich über Lyon nach Rom zu begeben.

»Unsere dritte gemeinsame Reise«, sagte Alexandrine und sah wehmütig zurück zu den Türmen von Notre-Dame, »diesmal in die Verbannung. Das Opfer, das du mir bringst, Lucien, ist zu groß. Welche Möglichkeiten hättest du in der neuen Monarchie gehabt!«

»Es ist kein Opfer, und ich lege keinen Wert darauf, diesen kaiserlichen Zirkus mitzumachen.«

»Glaubst du, daß wir jemals nach Frankreich zurückkehren werden?«

»Ich weiß es nicht, Alexandrine, aber das ist auch unwichtig, wir haben doch in Italien ein Heim gefunden, unser Tusculum ...«

XXIX

Ich möchte, daß Sie mich als Venus darstellen«, sagte Paulette zu dem Bildhauer Canova, der ihr im Salon der Villa Borghese gegenübersaß und sich wunderte, warum die Fürstin ihn so eilig an jenem Sonntagvormittag – man schrieb den 18. März 1804 – zu sich hatte rufen lassen.

»Als Venus?« fragte Canova zögernd und betrachtete die junge Frau, die auf einem Ruhebett lag, den Kopf mit den kurzen Locken auf den rechten Arm gestützt, während die linke Hand mit einem Fächer spielte. »Venus«, wiederholte Canova sinnend, »die Göttin der Liebe und Schönheit, die aus dem Schaum des Meeres geboren wurde – ich weiß nicht recht, Eure Hoheit, wäre es nicht besser, Sie als Diana, die Göttin der Jagd, darzustellen?«

»Nein«, erwiderte Paulette entschieden. »Diana, das paßt nicht zu mir; ich fühle mich als Venus, und so möchte ich dargestellt werden: unbekleidet, auf einem Ruhebett liegend. Warum sollen spätere Generationen sich nicht an meinem Körper erfreuen – schließlich besitze ich einen schönen Körper –, und dann, mein lieber Canova«, ein kokettes Lächeln umspielte ihre Lippen, »sehen Sie: Mein Bruder, der Erste Konsul, wird durch seine Siege als Feldherr unsterblich werden, warum soll ich nicht auch unsterblich werden durch meinen Körper?«

Canova lächelte. Venus victrix, dachte er, die siegreiche Venus! Und vor dem inneren Auge des Bildhauers verwandelte sich Paulettes Gestalt in Marmor; statt des Kleides schlang sich ein Tuch um ihre Hüften; die linke Hand hielt keinen Fächer, sondern einen Apfel; die Gesichtszüge wurden klassisch ebenmäßig, um die Lippen lag ein Lächeln ...

Paulette unterbrach seine Gedanken: »Mit Rücksicht auf meinen Gesundheitszustand werde ich den Sommer in der Toskana verbringen, und wenn ich mich genügend erholt habe, können Sie Ihr Werk beginnen.«

»Ja, aber was sagt Seine Hoheit der Fürst zu Ihrem Plan?«

»Der Fürst?« fragte Paulette erstaunt und begann zu lachen. »Die Meinung des Fürsten ist doch völlig unwichtig. Ich danke Ihnen, daß Sie gekommen sind.« Ein hoheitsvolles Kopfnicken deutete dem Bildhauer an, daß die Audienz beendet war.

Die Fürstin Borghese als Venus, dachte Canova, das wird in der römischen Gesellschaft ein schöner Skandal werden!

Nachdem Canova gegangen war, nahm Paulette den Handspiegel, der stets griffbereit lag, betrachtete ihr Gesicht und stellte mit Genugtuung fest, daß sie noch immer schön war; die Augen glänzten, die Haut schimmerte rosig und faltenlos, und die kurzen Locken brachten ihre Kopfform gut zur Geltung. Sie war so versunken in ihren Anblick, daß sie nicht merkte, wie sich langsam die Tür öffnete und ihr Gatte zögernd den Raum betrat.

Camillo Borghese war Ende zwanzig, groß gewachsen, mit üppig gewelltem schwarzen Haar und Backenbart. Ebenso wie seine Gattin liebte er den Luxus, achtete darauf, nach der neuesten Mode gekleidet zu sein, und erwartete stets, daß man seine Erscheinung bewunderte.

»Fühlen Sie sich besser?« fragte er sanft, fast unterwürfig.

Beim Klang seiner Stimme zuckte Paulette zusammen und ließ den Spiegel sinken. Halb gelangweilt, halb herablassend betrachtete sie ihren Gatten, und wieder, wie so oft in den letzten Wochen, spürte sie physische Abneigung.

»Es geht mir schlecht, ich bin furchtbar müde und habe Kopfschmerzen. Ich glaube, das römische Klima bekommt mir nicht; wenn es heiß wird, müssen wir Rom verlassen und nach Norden reisen in die Toskana, oder meinetwegen auch in die Lombardei, nach Mailand, nach Mombello, nach Mombello...« Sie schwieg einen Augenblick und sagte dann trotzig: »Wenn wir in Rom bleiben, gehe ich zugrunde.«

»Ja, natürlich, wir werden reisen, wohin Sie wollen. Werden Sie heute der Messe beiwohnen können?«

Auch das noch, dachte Paulette, diese entsetzlichen Gottesdienste! »Ich glaube, die Messe ist zu anstrengend für mich.«

»Zu anstrengend?« Camillo erinnerte sich, wie lebhaft und ausgelassen Paulette beim letzten Ball getanzt und geflirtet hatte; irgendwann war sie mit einem der Kavaliere verschwunden und erst nach geraumer Zeit wieder aufgetaucht... »Ich werde morgen für einige Zeit nach Neapel reisen, dann können Sie hier tun und lassen, was Sie wollen; Ihr Treiben ist dann für mich weniger schmerzlich.«

»Sie wollen mich allein in Rom zurücklassen?« Paulette verzog schmollend den Mund; insgeheim war sie froh, den Gatten einige Wochen nicht um sich haben zu müssen. Aber wie würde Onkel Fesch reagieren, wenn er es erfuhr? Er hatte sie schon etliche Male ermahnt, sich anständig zu benehmen. Und was würde ihre Mutter sagen, wenn sie in den nächsten Tagen eintraf? Vor allem durfte nichts nach Paris zum Ersten Konsul durchsickern; sie wollte sich seine Zuneigung nicht verscherzen.

»Sie haben mich einem andern geopfert; welche Rolle spielt es, ob ich hier bin oder in Neapel. Ich muß Mama jetzt zur Messe begleiten.« Camillo verließ den Salon.

Paulette sah ihm nach und wünschte sich, das Rad noch einmal zurückdrehen zu können, wieder die Generalin Leclerc zu sein, in Paris zu leben, wo es nicht so langweilig war wie in Rom; hier mußte sie dauernd Rücksicht nehmen auf die Schwiegermutter, die Gesellschaft. Gewiß, sie war Fürstin und unermeßlich reich, aber auf welchen Mann hatte sie sich eingelassen, wieso hatte sie sich vor Monaten in ihn verliebt? Diese Expedition nach San Domingo ist an allem schuld, dachte sie, ließ sich auf das Bett zurücksinken und durchlebte noch einmal jene Monate auf der Insel ...

Leclerc hatte mit gemischten Gefühlen das Oberkommando über das Expeditionskorps angenommen, das die Insel San Domingo zurückerobern sollte. Er wußte, daß es schwierig werden würde, den General Toussaint l'Ouverture von dort zu vertreiben, andererseits bot dieser Oberbefehl endlich die Möglichkeit, zu Ruhm und Vermögen zu kommen, vor allem zu Ruhm!

Paulette wußte noch genau, wie entsetzt sie gewesen war, als Napoleon ihr befahl, den Gatten zu begleiten; sie hatte Angst vor einem Leben unter aufrührerischen Farbigen und sträubte sich, ihr geliebtes Paris zu verlassen. Aber es half nichts: am 14. Dezember 1801 stachen sie in See, und am 4. Februar 1802 gingen sie in Le Cap, der Hauptstadt San Domingos, an Land. Lediglich ein Gedanke tröstete sie: auf dieser Insel würde sie die erste Dame sein und eine ähnliche Rolle spielen wie Joséphine in Paris.

Die erste Zeit war zufriedenstellend verlaufen: Paulette hatte als Gastgeberin in ihrem luxuriösen Sommerhaus auf der Schildkröteninsel geglänzt, und Leclerc hatte einige beachtliche militärische Erfolge errungen. Dann war plötzlich das Gelbe Fieber ausgebrochen und hatte einen großen Teil seiner Truppen hinweggerafft. Er war sofort mit seiner Familie in die Hauptstadt zurückgekehrt und hatte einen Hilferuf nach dem anderen nach Frankreich geschickt mit der Bitte um frische Truppen, Medikamente, Ärzte – vergeblich.

Am 22. Oktober war Leclerc am Gelben Fieber erkrankt, und Paulette hatte, gleichgültig gegen die Ansteckungsgefahr, neben seinem Bett in dem verdunkelten Zimmer gesessen, hatte beobachtet, wie die Sonne durch die Spalten der Jalousien eindrang und Schattenstreifen auf den Boden warf ... In der Nacht vom 1. auf den 2. November war Leclerc gestorben, und sie betrauerte ihn aufrichtig, obwohl sie ihm nicht immer treu gewesen war. Sie schnitt ihre langen Haare ab und legte sie in den Sarg, den sie mit an Bord nahm, weil Leclerc auf ihrem Landsitz Montgobert bestattet werden sollte.

Anfang Januar 1803 traf sie mit ihrem Sohn in Toulon ein, wo sie bereits von General Lauriston erwartet wurde, der ihr mitteilte, daß der Erste Konsul für Leclerc Nationaltrauer angeordnet habe; der Sarg solle nach Marseille gebracht und von dort mit großem Gepränge nach Montgobert zur endgültigen Beisetzung überführt werden.

Am 11. Februar kam sie in Paris an und wohnte zunächst bei Joseph und Julie in deren neuem Haus, dem ›Hôtel Marbeuf‹ in der Rue du Faubourg St. Honoré. Dort erholte sie sich von ihrem Kummer, den Strapazen der Reise und ihrer Krankheit, einer tiefen Wundstelle, die ihre linke Hand verfärbt hatte.

Mit Beginn des Frühlings erwachten ihre Lebensgeister. Sie begann sich für ihre finanzielle Lage zu interessieren und stellte fest, daß sie eine wohlhabende Witwe war. Leclerc hatte im Laufe der Jahre über eine Million zusammengetragen, außerdem gewährte Napoleon ihr eine zusätzliche Pension von 60 000 Francs jährlich, sodaß sie aller materiellen Sorgen enthoben war. Nun erfüllte sie sich einen langgehegten Traum: Sie kaufte sich einen eigenen Wagen mit zwei Pferden, in dem sie bei den Modistinnen und Seidenhändlern, den Kunsthandlungen und Möbelhändlern vorfuhr; sie erwarb das prächtige ›Hôtel Charost‹ und richtete es im Stil der Konsulatszeit ein: Da gab es Marmorkamine mit Sphinxköpfen, Bronzeleuchter mit ägyptischen Motiven vor hohen Pfeilerspiegeln, Lüster aus Bergkristall, Aubussonteppiche, leuchtende Seidenbezüge auf den streng geformten Sitzmöbeln. Während dieser Beschäftigungen gerieten San Domingo und Leclerc immer mehr in Vergessenheit. Paulette begann, in den Salons, in der Oper, auf Bällen nach einem neuen Ehemann Ausschau zu halten.

Joseph und Napoleon waren übereingekommen, daß die Schwester nach Ablauf der Trauerzeit wieder verheiratet werden müsse, und zwar an einen verständigen Mann, der imstande war, Paulettes Launen und plötzliche Einfälle zu zügeln. Napoleon sondierte vorsichtig bei dem Grafen Melzi d'Eril, dem Vizepräsidenten der Italienischen Republik. Melzi jedoch winkte ab, da ihm Paulette aus ihrer Mailänder Zeit noch gut in Erinnerung war und er außerdem sein Junggesellenleben nicht aufgeben wollte.

Dann lernte die junge Witwe bei einer Abendgesellschaft in Josephs Haus den Fürsten Camillo Borghese kennen; dieser wurde von dem Cavaliere Angiolini, einem Bekannten Josephs, in die Pariser Gesellschaft eingeführt. Fürst Borghese entstammte einem der vornehmsten und reichsten Adelsgeschlechter Italiens und war seit dem Tod des Vaters das Familienoberhaupt. In jungen Jahren war er, zusammen mit seinem Bruder Francesco, ein leidenschaftlicher Anhänger der französischen Revolution gewesen und sogar in die französische Armee eingetreten. Im Herbst 1802 begab er sich auf eine ›Kavaliersreise‹ und traf im März des folgenden Jahres in Paris ein.

Paulette verliebte sich auf den ersten Blick in den schlanken, dunklen Fürsten, seine modische Kleidung und sein elegantes Auftreten, und als sie seinen Namen hörte und erfuhr, daß er mehrfacher Millionär war, war es vollends um sie geschehen. Auch Borghese fand die junge Witwe entzückend, und einige Tage später raunte sich ganz Paris zu, daß der Fürst, daß Paulette ... Sie wissen ja ...

Joseph und Napoleon beschlossen, diesen Gerüchten ein Ende zu machen und die Schwester mit Borghese zu verheiraten. Zwar schien er nicht sehr intelligent zu sein, kleidete sich wie ein Dandy und hatte offenbar keine geistigen Interessen, aber seine Herkunft und seine Manieren waren über jeden Zweifel erhaben. Eine Verbindung mit ihm konnte der Familie von Nutzen sein, zumal sich Napoleon davon Vorteile für seine Italienpolitik versprach.

Joseph begann also, feine Fäden zu Angiolini und dem päpstlichen Legaten Kardinal Caprara zu spinnen, und zu Paulettes Entzücken machte der Fürst ihr im Juni einen Heiratsantrag. Das war endlich ein Mann, der ihrer würdig war! Was würden die Schwestern und vor allem Joséphine für Augen machen, wenn ihren Wagenschlag eine Krone zierte, wenn man sie als Fürstin anmeldete! Paulette hätte am liebsten sofort geheiratet, aber im Code Civil gab es eine Bestimmung, die einer Witwe erst zehn Monate nach dem Tod des Gatten eine neue Heirat erlaubte; darüber hinaus war es in Frankreich üblich, eine Trauerzeit von einem Jahr und sechs Wochen einzuhalten. Napoleon bestand auf Einhaltung des Trauerjahres und verfügte, daß die Heirat erst im November stattfinden dürfe.

Nun bestürmte die zukünftige Fürstin den gutmütigen Joseph, die Angelegenheit zu regeln, und dieser veranlaßte, daß das Paar Ende August in aller Stille in Mortefontaine getraut wurde, ohne Wissen Napoleons, wohl aber in Gegenwart der übrigen in Paris weilenden Familienmitglieder.

Als Napoleon von der heimlichen Eheschließung erfuhr, war er so ungehalten, daß er der zivilen Trauung im November fernblieb. Von Boulogne aus, wo er den Flottenbau vorantrieb, befahl er seiner Schwester, Paris nach der Trauung zu verlassen, gab ihr aber liebevolle Ermahnungen mit auf den Weg: ›Zeichnen Sie sich durch Sanftmut, Liebenswürdigkeit und außerordentliche Zuvorkommenheit gegen die mit dem Hause Ihrer Mutter verwandten oder befreundeten Damen aus. Von Ihnen erwartet man mehr als von jeder anderen! Richten Sie sich vor allem nach den Gebräuchen und Sitten des Landes. Schätzen Sie nie etwas gering, finden Sie alles schön und sagen Sie nicht: in Paris ist dies oder jenes besser. Erweisen Sie dem heiligen Vater, den ich sehr liebe und der durch die Einfachheit seiner Sitten der hohen Stellung, die er einnimmt, würdig ist, viel Ehrerbietung und kindliche Zuneigung ... Die einzige Nation, die Sie nicht bei sich empfangen dürfen, sind die Engländer, solange wir Krieg führen – ja, Sie dürfen sie überhaupt nie in Ihrer Gesellschaft aufnehmen. Lieben Sie Ihren Gatten, seien Sie das Glück Ihres Hauses, und seien Sie vor allem nicht leichtsinnig und launenhaft! Mit Ihren dreiundzwanzig Jahren müßten Sie wirklich reif und vernünftig sein. Ich liebe Sie und werde mich stets besonders freuen zu erfahren, daß Sie glücklich sind.‹

Paulette war durchaus gewillt, Napoleons Ermahnungen zu befolgen, obwohl sie bereits zum Zeitpunkt ihrer Abreise hin und wieder leise Zweifel hegte, ob sie den richtigen Mann geheiratet hatte. Ihrer Begeisterung für Camillo war bald nach der Trauung im August die Ernüchterung gefolgt. Daß er nicht so gebildet war wie Leclerc, störte sie am wenigsten, aber er war auch kein amüsanter Unterhalter; er langweilte sie im Salon und enttäuschte sie im Schlafzimmer, und das vergrämte sie am meisten. Sie hatte von seiner äußeren Erscheinung her Rückschlüsse auf seine Männlichkeit gezogen und war eines anderen belehrt worden. Paulettes erotisches Temperament erschreckte Camillo, und er wurde immer unsicherer, während sie sich allmählich physisch abgestoßen fühlte.

So standen die Dinge, als sie in Rom ankamen.

Dort wurde sie von der alten Fürstin Borghese im Kreis der Familie herzlich begrüßt, galt doch die Verbindung mit einer Bonaparte als großes Glück. Wenig später machte Kardinal-Staatssekretär Consalvi Paulette seine Aufwartung, und Mitte Dezember fuhr sie, begleitet von Fesch und der alten Fürstin, zum Vatikan, wo Pius VII. sie empfing. Während der folgenden Tage fanden im Palazzo Borghese große Empfänge statt, an denen der gesamte römische und ausländische Adel, das Kardinalskollegium, die hohe Geistlichkeit und das diplomatische Korps teilnahmen; es folgten

Feste und Bankette, auf denen Paulette bewundert wurde, und Fesch berichtete erfreut nach Paris, wie gut die Nichte sich in Rom eingelebt habe.

Die allgemeine Bewunderung tröstete Paulette zunächst über ihre Unzufriedenheit mit Camillo hinweg, aber nachdem der Reiz der Neuheit verflogen war, begannen die Huldigungen der Monsignori und die Freundlichkeiten der Borgheses sie zu langweilen, und nach einiger Zeit entdeckte sie, daß ihr das römische Klima nicht bekam. Sie benahm sich wie ein ungezogenes Kind, behandelte den Gatten von oben herab, widersprach der Schwiegermutter und erklärte bei jeder Gelegenheit, daß in Paris alles viel schöner, besser, eleganter sei. Wenn sie ihre Übellaunigkeit nicht an ihrer Umgebung ausließ, klagte sie über gesundheitliche Beschwerden; nur bei Gesellschaften gewann sie ihre Liebenswürdigkeit zurück und flirtete unter den Augen des Gatten ungeniert mit den jungen Kavalieren. Die Ermahnungen von Onkel Fesch hörte sie achselzuckend an, die vorwurfsvollen Blicke der fürstlichen Familie übersah sie.

In dieser Gemütslage war ihr der Einfall gekommen, sich von dem berühmten Bildhauer Canova als Venus in Marmor verewigen zu lassen.

Paulette erhob sich, ging zum Fenster und sah hinaus in den Park, der sich bis zur Piazza del Popolo erstreckte. Sie war jetzt Fürstin, aber der Reichtum und die Position, die sie sich erheiratet hatte, konnten ihre innere Leere nicht ausfüllen. Immer mehr gewann sie die Überzeugung, in ihrem bisherigen Leben schlecht weggekommen zu sein: Die Heirat mit Fréron hatte man ihr verboten, Leclerc war ihr durch den Tod geraubt worden, Camillo war eine Fehlentscheidung. Wie soll es weitergehen? überlegte Paulette. Wie verbringe ich die nächsten Jahre? Vor allem muß ich meine Schönheit pflegen und auf meine Gesundheit achten – ein Grund, den größten Teil des Jahres fern von Rom in Bädern zu verbringen – und warum soll ich mich nicht mit den Männern, die mir der Zufall über den Weg führt und die mir gefallen, amüsieren? Camillo verdient es nicht anders, als daß man ihn betrügt ...

Während Paulette über ihre Zukunft nachdachte, fuhr Joséphine in Begleitung von Madame de Rémusat nach Malmaison. Die vierundzwanzigjährige Claire de Rémusat war seit 1802 eine der Ehrendamen der Konsulin; ihr Gatte bekleidete das Amt des ersten Kammerherrn und Palastpräfekten. Beide entstammten adeligen Familien, deren Vorfahren der *noblesse de robe* angehört hatten; sie waren Richter und Verwaltungsbeamte gewesen, die natürlich auch mit etwas Land begütert waren. Claire de Rémusat war lebhaft und lebenslustig, besaß Geist, gesellschaftliche Gewandtheit und eine für ihr Alter außergewöhnliche Klugheit, dank derer sie in ihrer Stellung als Ehrendame das Vertrauen der Konsulin erworben hatte. Sie war die einzige unter den Damen, der Joséphine gelegentlich ihr Herz ausschüttete, wenn sie sich über die Liaison des Konsuls mit Mademoiselle Georges grämte, wenn es mit dem Gatten Streit gegeben hatte wegen der Rechnungen für Kleider, Hüte, Schmuck. Madame de Rémusat hörte zu, wog ab, und ihre klugen und besonnenen Ratschläge hatten Joséphine einige Male davor bewahrt, durch ungeschickte Reaktionen den Konsul zu verärgern.

»Was bin ich froh, daß wir Paris für einige Tage verlassen«, sagte Joséphine, »seit einem Monat ist alle Welt nur mit dieser Verschwörung beschäftigt! Was hat Fouché gesagt? ›Die Luft ist voller Dolche!‹ Nicht auszudenken, wenn das Attentat geglückt wäre! Hier auf dem Weg nach Malmaison sollte der Konsul ermordet werden; aber jetzt sitzen ja Pichegru, Cadoudal und die anderen hinter Schloß und Riegel. Murat hat zusammen mit dem Polizeipräsidenten Réal das oberste zuunterst gekehrt, um die Verschwörer zu finden.« (Murat war seit Anfang des Jahres der neue Militärgouverneur von Paris, während Junot nach Arras versetzt worden war, um die Vorhut des Expeditionskorps nach England aufzustellen. Es war eine Strafversetzung; er hatte aus Leichtsinn zu unüberlegt mit den Gegnern Napoleons verkehrt.)

»Moreau sitzt aber zu Unrecht hinter Schloß und Riegel«, erwiderte die Ehrendame vorsichtig. »Mein Mann hat neulich zu Savary gesagt: ›Kein Mensch ist je verurteilt worden, nur weil er Anschläge, von denen er unterrichtet war, nicht zur Anzeige gebracht hat.‹«

»Unrecht hin oder her«, in Joséphines Stimme schwang leichter Unmut mit, »der Konsul hat lange mit der Verhaftung Moreaus gezögert, schließlich hat er sich doch dazu durchgerungen. Wenn er ihm nämlich Zeit zur Flucht gelassen hätte, wäre das Gerede aufgekommen, er habe nicht gewagt, ihn vor Gericht zu stellen. Moreau ist ein Gegner der Regierung, ebenso wie Bernadotte.«

Joséphine schwieg und sah nachdenklich, fast ängstlich, zum Fenster hinaus. Die Ehrendame beobachtete die Konsulin, und während sie noch überlegte, ob es angebracht sei, sie nach ihren Sorgen zu fragen, sah Joséphine sie plötzlich verzweifelt an. »Es ist entsetzlich, ich weiß nicht, was ich noch machen soll, ich muß mit Ihnen darüber sprechen. Als Cadoudal und die übrigen vernommen wurden, war immer die Rede von einem Bourbonenprinzen, der erwartet wurde und der das Zeichen zum Losschlagen geben sollte. Man nahm an, daß er aus England kommen und in der Bretagne oder Normandie an Land gehen würde, die Küsten wurden scharf bewacht, aber der Prinz erschien nicht. Und dann machte Talleyrand den Konsul darauf aufmerksam, daß sich ein Bourbonenprinz nahe der Grenze, im Badischen, in Ettenheim, aufhalte ... Ich weiß nicht, ob Sie mich verstehen – aber dieser ›Lahme‹ ist schaudererregend. Der Konsul hält viel von seinen diplomatischen Fähigkeiten, vielleicht hat er recht; in Lunéville zum Beispiel hat Talleyrand die Fehler, die meinem Schwager Joseph unterliefen, wieder ausgebügelt, und mein Schwager ist immerhin studierter Jurist! Jedenfalls: Talleyrand empfahl dem Konsul, den Prinzen zu verhaften, ihn nach Frankreich zu bringen und vor Gericht zu stellen, um herauszufinden, ob er an der Verschwörung beteiligt ist. Wenn ja, empfiehlt Talleyrand die Hinrichtung. Man weiß nämlich schon seit längerem, daß dieser Prinz – es ist der Herzog von Enghien, ein Enkel des großen Bourbon-Condé, gegen Frankreich arbeitet. Ich glaube, mein Mann hat lange über diesen Vorschlag Talleyrands nachgedacht, denn er war in den letzten Tagen sehr schweigsam und in sich gekehrt. Heute morgen erzählte er mir, daß er Befehl gegeben habe, den Herzog zu verhaften und in die Festung Vincennes zu bringen. Vorgestern hat er General Ordener mit einem Trupp Soldaten nach Ettenheim geschickt, und stellen Sie sich vor, Caulaincourt soll die Festnahme überwachen! Die Überführung wird er Gott sei Dank nicht leiten, er weiß auch nicht, wohin der Herzog gebracht wird, aber immerhin – ausgerechnet Caulaincourt, dessen Vorfahren den Condés gedient haben! Und wissen Sie, was der Konsul mir erwiderte, als ich ihm wegen Caulaincourt Vorhaltungen machte? ›Wenn er sich durch diese Handlung kompromittiert, wird er mir um so besser dienen!‹«

»Um Himmels willen«, rief Madame de Rémusat, »was soll mit dem Herzog geschehen? Und überhaupt, man kann doch nicht einfach in fremdes Staatsgebiet eindringen, wie wird der Kurfürst von Baden reagieren?«

»Diese Frage wird wohl unser großer Diplomat Talleyrand regeln, aber der junge Bourbon-Condé, er ist erst Anfang dreißig, ich glaube, er wird vor ein Kriegsgericht gestellt werden. Ich habe getan, was ich konnte, um von meinem Mann das Versprechen zu erhalten, daß er den Prinzen nicht hinrichten läßt – aber ich glaube, sein Schicksal ist besiegelt.«

»Wie? Sie glauben, er plant seinen Tod?« Madame de Rémusat brach in Tränen aus. »Oh, mein Gott, will der Konsul sich wirklich mit königlichem Blut beflecken? Das gibt doch nur den Jakobinern Auftrieb! Ich flehe Sie an, Madame Bonaparte, reden Sie noch einmal mit ihm, versuchen Sie zu erreichen, daß er diesen Entschluß rückgängig macht. Wenn sich herausstellt, daß der Herzog unschuldig ist, kann er ihn doch nicht einfach erschießen lassen, das ist doch Mord!«

Bis Malmaison herrschte Schweigen in der Kutsche, und als die beiden Damen über den kiesbestreuten Weg zum Haus gingen, sagte Joséphine: »Der Herzog wird übermorgen in Vincennes eintreffen; ich werde heute abend mit meinem Mann über eine Begnadigung reden.«

Der Konsul, der Paris eine Stunde früher als die Damen verlassen hatte, arbeitete bereits mit Méneval in der Bibliothek und erschien erst gegen sechs Uhr zum Diner. Er wirkte ruhig und heiter, so daß in Joséphine die Hoffnung keimte, ihn zur Milde bewegen zu können. Nach dem Essen verschwand er wieder in die Bibliothek und blieb dort den ganzen Abend.

Als er kurz nach elf Uhr das eheliche Schlafzimmer betrat, saß Joséphine im Negligé vor dem Frisiertisch und bürstete ihre Locken. Beim schweren Tritt seiner Stiefel zuckte sie zusammen, ließ die Bürste sinken und sah ihn forschend an. Er nahm das Großkreuz der Ehrenlegion von der Uniformjacke, zog den grünen Rock aus und warf ihn achtlos in eine Zimmerecke.

»Was ist los, warum siehst du mich so an?« fragte er.

»Ich muß dir etwas beichten. Ich habe Madame de Rémusat von der Verhaftung des Herzogs von Enghien erzählt; sie war genauso entsetzt wie ich und hat geweint. Warum willst du deinen Namen, deinen Ruf mit einem Mord beflecken? Sein Tod wird Frankreichs Prestige in Europa zerstören; jetzt bewundern dich viele, aber nach dieser Bluttat werden dich viele hassen. Ich beschwöre dich, auch in deinem eigenen Interesse, schenke dem Herzog das Leben.«

Napoleon trat zum Fenster und sah hinaus in den dunklen Park. »Höre, Joséphine, Frauen sollen von solchen Sachen die Hände lassen. Meine Politik verlangt diesen Tod, dadurch erkaufe ich mir für die Zukunft das Recht, Milde walten zu lassen. Mir bleibt nur die Wahl zwischen diesem entscheidenden Schlag und einer langen Kette von Verschwörungen, die täglich neu geahndet werden müßten. Straflosigkeit ermuntert – ich wäre dauernd genötigt, Verfolgungen, Verbannungen, Strafurteile zu verfügen. In der Politik ist es kein Verbrechen zu töten, wenn damit Beruhigung erzielt wird. Der Tod des Herzogs von Enghien ist eine politische Notwendigkeit. Seine Erschießung tut den Bourbonen und der ganzen Welt kund, daß es keine Rückkehr zur Vergangenheit gibt. Der Befehl ist erteilt, ein Zurück ist nicht mehr möglich. Es tut mir leid, daß du und Madame de Rémusat diese Sache so schwer nehmt. Versuche dich zu fassen.«

»Es hilft alles nichts«, sagte Joséphine am nächsten Tag zu Madame de Rémusat, »der Herzog von Enghien trifft morgen ein. Er wird nach Vincennes gebracht; General Hulin, der Präsident der Militärkommission, wird ihn vernehmen, und anschließend wird er erschossen. Savary leitet die Vollstreckung des Urteils. Auf meine Bitten hin hat der Konsul erwidert, Milde würde ihm als Schwäche ausgelegt werden; zuletzt hat er mir verboten, über diese Sache weiter zu reden.«

Am Abend des folgenden Tages traf Hulin ein, und der Konsul begab sich sofort mit dem General in die Bibliothek.

»Ich habe Condé verhört, Bürger Konsul; er behauptet, er habe mit der Verschwörung Cadoudals nichts zu tun. Die Kommission hat ihn trotzdem für schuldig befunden, und zwar nach Paragraph zwei des Gesetzes vom 6. Oktober 1791: Jede Verschwörung oder Verabredung, die auf eine Erschütterung des Staates durch Bürgerkrieg oder auf eine Bewaffnung der Bürger gegeneinander oder gegen die rechtmäßige Obrigkeit abzielt, wird mit dem Tode bestraft. Die Kommission hat ihn zum Tod durch Erschießen verurteilt, das Urteil wird in den Morgenstunden vollstreckt werden. Und hier, Bürger Konsul, ist ein Brief des Prinzen, den ich Ihnen persönlich übergeben soll.«

Napoleon überflog die Zeilen, mit denen der Herzog seine Unschuld beteuerte und um eine persönliche Unterredung bat. Er ließ den Brief sinken und sah nachdenklich vor sich hin; schließlich ging er zum Schreibtisch, kritzelte hastig einige Zeilen auf einen Bogen Papier, faltete, siegelte ihn und befahl dem herbeigerufenen Adjutanten, den Brief umgehend zu Réal zu bringen. Dann wandte er sich an Hulin: »Ich habe die Vollstreckung des Urteils vorerst ausgesetzt und Réal befohlen, sich noch in dieser Nacht nach Vincennes zu begeben und den Prinzen noch einmal zu verhören, dann werde ich alles weitere entscheiden.«

Als Napoleon am nächsten Morgen wie gewöhnlich um acht Uhr in der Bibliothek am Schreibtisch saß, während Méneval in seiner Fensternische arbeitete, wurde Savary gemeldet.

Der Konsul sah überrascht auf. »Savary? Aber ... das verstehe ich nicht. Er soll hereinkommen.« Als dieser vor ihm stand, sah Napoleon ihn scharf an: »Was gibt es? Warum sind Sie nicht in Vincennes?«

»Die Sache ist erledigt, Bürger Konsul, der Herzog von Enghien wurde heute früh erschossen, er starb mit großer Tapferkeit.«

Napoleon sprang auf. »Was sagen Sie? Réal sollte ihn doch verhören, und erst danach wollte ich über Schuld oder Unschuld entscheiden!«

»Réal? Er ist nicht erschienen, Bürger Konsul.«

»Nicht erschienen? Ich verstehe das nicht ...« Er verabschiedete

Savary mit einer Handbewegung, ging zurück zum Schreibtisch und starrte geistesabwesend auf die Papiere.

Als die Bewohner von Malmaison das Vorgefallene hörten, herrschte allgemeine Bestürzung, aber keiner wagte ein Wort der Kritik. Der Konsul hatte inzwischen nach Réal geschickt, und als der Polizeipräsident erschien, hörte Napoleon mit unbewegtem Gesicht dessen Erklärungen an, die darauf hinausliefen, daß man ihn nicht geweckt habe, als der Brief eingetroffen war.

Nachdem Réal gegangen war, gab Napoleon Befehl, niemanden vorzulassen, und verbrachte die Zeit bis zum Diner mit Méneval in der Bibliothek. Er ging unruhig auf und ab, setzte sich wieder an den Schreibtisch, stand wieder auf, trat ans Fenster, und der Sekretär beugte sich stumm über seine Papiere und schrieb einen Brief nach dem anderen.

Unterdessen trafen Besucher aus Paris ein: Generäle, der Zweite Konsul, Minister und Herr de Rémusat, der berichtete, daß man in Paris empört sei über die Erschießung des Prinzen und daß die Jakobiner frohlockten. Und dann sagte er leise zu seiner Gattin und Joséphine: »Jetzt wird der Konsul, um das Geschehene vergessen zu machen, oft genug genötigt sein zu unterlassen, was uns nottut. Madame Bonaparte, es ist kein Augenblick zu verlieren; er muß die öffentliche Meinung in Paris sehr rasch beruhigen. Zum mindesten muß er deutlich machen, daß die Hinrichtung nicht Ausdruck einer Grausamkeit ist, die sich in seiner Seele einzunisten beginnt, sondern das Ergebnis taktischer Überlegung.«

Napoleon erschien erst zum Diner und blieb während der ganzen Mahlzeit in tiefes Schweigen versunken. Schließlich erhob er sich und sagte mit harter, rauher Stimme: »Jedenfalls haben sie jetzt gesehen, wozu wir fähig sind, und werden uns von nun an, hoffe ich, in Frieden lassen! Die Verschwörer wollten die Ordnung Frankreichs stören und mit meiner Person die Revolution umbringen. Ich mußte sie verteidigen und rächen. Der Herzog von Enghien war ein Verschwörer wie alle anderen; er mußte wie alle anderen behandelt werden. Alle diese Wahnsinnigen möchten mich umbringen und würden doch nichts damit erreichen. Sie würden nur die wilden Jakobiner an meine Stelle setzen. Die Zeiten der höfischen Etikette sind vorüber, aber die Bourbonen können nicht davon lassen. Wenn ihr sie zurückkommen laßt, ich wette, es wird das erste sein, was sie wieder einführen. Oh, es wäre etwas anderes, wenn man sie, wie Heinrich IV., blutend und bestaubt auf einem Schlachtfeld gesehen hätte. Aber mit einem Brief aus London, gezeichnet Louis, gewinnt man ein Königreich nicht wieder! Gleichwohl stellt solch ein Brief die unbedachten Empfänger bloß; ich bin genötigt, sie zu strafen, und sie tun mir leid. Ich habe Blut vergossen, ich mußte es tun und werde es vielleicht noch oft tun müssen, aber ohne Groll, ganz einfach, weil der Aderlaß zu den Mitteln der politischen Heilkunde gehört. Ich bin der erste Mann des Staates, ich bin die Französische Revolution, und ich werde sie zu erhalten wissen!«

Drei Tage später verließ man Malmaison und kehrte in die Hauptstadt zurück. Es war ein regnerischer Vormittag, und als Napoleon neben Joséphine in der Kutsche Platz genommen hatte, sah er noch einmal zum Schloß zurück. »Ich weiß nicht, auf mich wirkt dieses Gebäude immer noch melancholisch.«

Seine Gattin lachte. »Aber nein, was du dir einbildest, an solch einem Regentag sehen alle Gebäude melancholisch aus. Warte nur bis zum Juni, wenn die Rosen blühen!«

Nach einer Weile kam er noch einmal auf den erschossenen Prinzen zu sprechen: »Ich habe befohlen, den Herzog von Enghien zu verhaften und ihn vor Gericht zu stellen, da es die Interessen und die Sicherheit des französischen Volkes erforderten. Ich werde die Verantwortung auf mich nehmen, sie mit niemandem teilen und auf niemanden abwälzen.«

Als Talleyrand von der Hinrichtung in Vincennes erfuhr, sagte er: »C'est plus qu'un crime, c'est une bêtise.« (»Das ist mehr als ein Verbrechen, das ist eine Dummheit.«)

Die Verschwörung Cadoudals hatte in der Öffentlichkeit erneut die Frage aufgeworfen, wie die Republik gesichert und geschützt werden konnte. Am 27. März 1804 verabschiedete der Senat eine Adresse an Napoleon, die den Wunsch ausdrückte, er möge damit einverstanden sein, daß er seine Macht an seine Nachkommen vererben könne. Am 23. April schlug der Tribun Curée vor, Napoleon zum Kaiser der Franzosen und die kaiserliche Würde in seiner Familie für erblich zu erklären. Am 4. Mai stimmte der Senat dem Antrag Curées zu, und am 18. Mai wurde die Regierung der Republik dem ›Kaiser der Franzosen‹ übertragen. Auf den Silbermünzen, die danach in Umlauf kamen, war eingeprägt: *Französische Republik – Kaiser Napoleon – Kaiser der Republik.* Damit wollte man den antiroyalistischen Charakter der Regierung betonen. Frankreich war also nach wie vor Republik, auch die republikanische Zeitrechnung wurde beibehalten, nur stand an der Spitze statt des Konsuls ein Kaiser, der diese Würde an seine männlichen Nachkommen vererben konnte, oder, falls er keine hinterließ, an die Brüder Joseph und Louis und deren männliche Nachkommen. Da Napoleon noch keinen Sohn hatte, konnte er auch einen seiner Neffen adoptieren; dieser Adoptiv-Kronprinz rangierte in der Thronfolge natürlich hinter leiblichen ehelichen Söhnen des Kaisers, aber vor dessen Brüdern und deren männlichen Nachkommen. Die Frauen waren von der Erbfolge ausgeschlossen – darin folgte man der Tradition – aber es war immerhin denkbar, daß der Kaiser einen ihrer Söhne als Thronfolger adoptierte.

Ein Senatsbeschluß hatte Lucien und Jérôme von der Erbfolge ausgeschlossen, da Napoleon die Ehen beider Brüder nicht anerkannte. Jérôme hatte, noch minderjährig, Ende Dezember 1803 während seines Aufenthaltes in den Vereinigten Staaten Elizabeth Patterson geheiratet, die hübsche Tochter eines reichen Kaufmanns aus Baltimore. Der Konsul, der die Neuigkeit aus englischen Zeitungen erfahren hatte, verweigerte seine Zustimmung und verfügte, daß Jérôme Amerika sofort zu verlassen und nach Frankreich zurückzukehren habe, außerdem war es jedem Kapitän eines französischen Schiffes untersagt, die junge Frau an Bord zu nehmen; sie durfte französischen Boden nicht betreten.

Am 18. Mai 1804 begab sich der Senat unter Führung von Cambacérès nach Saint-Cloud, um Napoleon zum Kaiser der Franzosen auszurufen. Cambacérès begann seine Rede mit den Worten: »Sire, zum Ruhme und zum Glück der Republik proklamiert der Senat Napoleon zum Kaiser der Franzosen ...«

Napoleon, wie gewöhnlich in seine schlichte grüne Uniform gekleidet, hörte sich die Rede mit ernster Miene an, aber seine Augen strahlten, und dann erwiderte er: »Alles, was zum Wohle des Vaterlandes beitragen kann, ist eng mit meinem Glück verbunden. Ich nehme den Titel an, den Sie zum Ruhme der Nation für nützlich halten. Ich unterbreite das Gesetz der Erblichkeit dem französischen Volk zur Sanktionierung und hoffe, daß Frankreich nie die Ehren bereuen wird, mit denen es meine Familie überhäuft. Jedenfalls wird mein Geist von dem Tage an nicht mehr in meinen Nachfolgern leben, an dem sie aufhören, die Liebe und das Vertrauen der *Grande Nation* zu verdienen.«

Anschließend begab sich der Senat zu Joséphine, um ihr als Kaiserin zu huldigen. Sie empfing Cambacérès und sein Gefolge mit anmutigem Lächeln und hoffte, niemand würde merken, wie unglücklich sie über diese Rangerhöhung war.

Napoleon sprach mit Joséphine wenig über politische Angelegenheiten, aber die Themen Erblichkeit und Umwandlung des Titels Konsul in Kaiser hatte er seit Ende März manchmal mit ihr erörtert. Und wieder war das Gespenst der Scheidung vor ihr aufgetaucht. Ein Kaiser braucht Nachkommen, und wenn sie ihm keinen Sohn mehr gebären konnte, blieb ihm nur die Möglichkeit der Scheidung und Wiederverehelichung. Aus dieser Überlegung heraus hatte sie vorsichtig versucht, ihm den Kaisertitel auszureden, obwohl sie spürte, daß diese Würde viel, sehr viel für ihn bedeutete.

Ihre Furcht vor einer Auflösung der Ehe war nicht unbegründet; Napoleon spielte tatsächlich mit dem Gedanken der Trennung und einer neuen, politisch vorteilhaften Verbindung. Andererseits liebte er Joséphine immer noch, und so siegte schließlich das Gefühl über den Verstand. Zu Roederer äußerte er: »Ich sagte mir: diese gute Frau aufgeben, weil ich in der Welt emporsteige? Wäre ich ins Gefängnis geworfen oder verbannt worden, würde sie mein Los mit mir geteilt haben. Soll ich sie fortschicken, weil ich mächtig werde? Nein, ich bin ein Mensch mit den Gefühlen eines Menschen. Ich bin nicht von einer Tigerin geboren worden.«

Nachdem Cambacérès und die Senatoren gegangen waren, fragte Napoleon: »Nun, wie fühlst du dich als Majestät?«

»Diese neuen Anreden sind so ungewohnt. Majestät, Sire, Kaiserliche Hoheit ... was ist übrigens mit deiner Familie, deiner Mutter, welche Titel erhalten sie?«

»Bei Mama weiß ich es noch nicht, sie ist zwar jetzt Kaiserinmutter, aber sie war ja nie eine Kaiserin – es muß ein Titel sein, der ihrem Wesen, ihrer Persönlichkeit entspricht, antikisch einfach, mir wird schon etwas einfallen, es eilt ja nicht. Eugène, Joseph und Louis werden noch heute vom Senat zu kaiserlichen Prinzen ernannt, dadurch werden Julie und Hortense Prinzessinnen; die Anrede ist ›Kaiserliche Hoheit‹.«

Und die Schwestern? dachte Joséphine. Sollen die bürgerlich bleiben? Aber sie fragte nicht weiter.

»Der Senat hat heute noch allerhand zu tun mit Ernennungen«, fuhr Napoleon fort. »Die sechs Großoffiziere der Krone: Onkel Fesch als Großalmosenier, Duroc als Oberhofmarschall, Talleyrand als Oberkammerherr, Caulaincourt als Oberstallmeister, Berthier als Oberhofjägermeister und Ségur als Oberzeremonienmeister. Joseph wird zum Großkurfürsten ernannt, Louis zum Großkonnetabel, Cambacérès wird Erzkanzler des Reiches. Außerdem werde ich die verdientesten Generäle der Republik zu Marschällen ernennen: Lefebvre wird dazu gehören, Murat, Berthier, Masséna, Augereau, Lannes, Ney und Bernadotte. Junot und Marmont müssen sich erst noch richtig bewähren.«

»Bernadotte? Aber er gehört doch zu deinen politischen Gegnern.«

»Das ist richtig, aber vielleicht ist mir der Marschall Bernadotte freundlicher gesonnen als der General Bernadotte, und außerdem spielen auch gewisse verwandtschaftliche Rücksichten eine Rolle. Julie wird Prinzessin, und ihre Schwester? Eugénie hat es weiß Gott verdient, daß sie wenigstens Marschallin wird, das bin ich ihr schuldig, ihr und ihrem Sohn ...«

Bei diesem Wort zuckte Joséphine zusammen und wechselte rasch das Thema. »Soweit ich die politische Entwicklung der letzten Wochen verstanden habe, ist Frankreich nach wie vor Republik, mit einem Kaiser an der Spitze, und nun ernennst du Würdenträger und führst Ämter ein, die es im Ancien Régime gab. Warum? Ich finde, das paßt nicht ganz zu einer Republik.«

»Du hast recht, diese monarchischen Elemente stehen im Widerspruch zu der jetzigen Staatsform. Aber als Kaiser muß ich repräsentieren, auch gegenüber dem Ausland; in den nächsten Wochen und Monaten werden noch weitere monarchische Symbole eingeführt werden. Ja, und wenn das Ergebnis der Volksabstimmung vorliegt, werde ich mich auch krönen lassen.«

Eine Krönung! dachte Joséphine. Träume ich?

»Ich möchte, daß du für morgen abend zum Familiendiner lädst. Bei dieser Gelegenheit werde ich den Thronfolger vorstellen: Louis' Sohn Napoleon Charles. Ich habe beschlossen, den Kleinen zu adoptieren; auf Hortense ruht meine ganze Hoffnung, vielleicht bekommt sie im Herbst noch einen zweiten Sohn.«

Louis lebte zwar mit Hortense in ehelicher Gemeinschaft, wenn er sich nicht irgendwo zur Kur aufhielt, aber beide fühlten sich nach wie vor unglücklich in ihrer Ehe. Louis verfolgte seine Frau mit krankhaftem Mißtrauen und Eifersucht, warf ihr, völlig zu Unrecht, Treulosigkeit vor und kontrollierte, ob sie nicht zu oft in die Tuilerien ging. Hortense erduldete seine seelischen Grausamkeiten und bewahrte gegenüber ihrer Mutter und ihrem Stiefvater Stillschweigen; sie wollte nicht, daß Napoleon den Bruder zur Rede stellte, denn sie fürchtete Louis' Reaktion. Nun war sie zum zweiten Mal schwanger; das Kind sollte im Oktober zur Welt kommen.

»Sage Hortense, sie soll den Kleinen morgen mitbringen. Nach den Capetingern, den Valois, den Bourbonen sind die Bonapartes also die vierte Dynastie in Frankreich...« Mit einem Lächeln auf den Lippen ging er aus dem Zimmer und ließ eine erleichterte Joséphine zurück: mit der Adoption des kleinen Napoleon Charles würde der Kelch der Scheidung wieder an ihr vorübergehen.

»Napoleon I., Kaiser der Französischen Republik«, murmelte Joséphine und erinnerte sich, daß sie vor zehn Jahren mit Theresa Tallin im Gefängnis gesessen und auf das Revolutionstribunal gewartet hatte.

Seit Beginn des Konsulats auf Lebenszeit schwelte die Nachfolgefrage bei den Bonapartes, und während des Familiendiners, während die kaiserlichen Hoheiten und die bürgerlichen Bacchiochis und Murats mehr oder weniger lustlos das unumgängliche ›Huhn à la Marengo‹ speisten, loderte sie wie eine Stichflamme empor, wobei Napoleon mit einigen boshaften Bemerkungen das Feuer noch schürte.

Nach der Suppe kam der Kaiser zur Sache. »Aus politischen und anderen Gründen habe ich beschlossen, vom Adoptionsrecht Gebrauch zu machen.« Er hielt inne, blickte in die Runde und amüsierte sich über die erwartungsvollen Mienen von Murat und Caroline; die beiden hatten inzwischen drei Kinder: auf Achille waren 1802 Letizia und 1803 Lucien gefolgt.

Die ›anderen Gründe‹, auf die Napoleon anspielte, waren etwas delikater Natur. Seit einigen Wochen deutete Corvisart hin und wieder an, daß auch er, Napoleon, an der Kinderlosigkeit schuld sein könne; Joséphine hatte ja in ihrer ersten Ehe zwei Kinder geboren. Napoleon, der viel von Corvisart hielt, war geneigt, ihm zu glauben, schließlich waren ja auch seine Seitensprünge bisher ohne Folgen geblieben, und hatte daher den Gedanken an eine Scheidung wieder fallenlassen. Natürlich ahnte er nicht, daß Joséphine den Arzt bestochen hatte...

Er wandte sich lächelnd Hortense zu. »Nun, Prinzessin Louis, das Schicksal meint es gut mit Ihnen, Sie sind offenbar dazu bestimmt, Söhne zu gebären, während Sie, Prinzessin Joseph, für den weiblichen Nachwuchs sorgen.« (Nach Zenaïde hatte Julie im Jahr 1802 Charlotte geboren.) »Ich schätze Sie darum nicht minder, wir müssen schließlich auch Prinzessinnen haben, die wir politisch vorteilhaft verheiraten können, ähnlich wie die Habsburger, deren Familienpolitik in dieser Hinsicht vorbildlich ist.«

Als Caroline hörte, daß der Bruder die Schwägerinnen mit ›Prinzessin‹ anredete, biß sie sich verärgert auf die Lippen. Prinzessin Louis, dachte sie, Prinzessin Joseph! Und wir, seine Schwestern? Sie sah hinüber zu Elisa, die sich offensichtlich auch ärgerte, denn sie starrte mit verkniffenem Mund auf ihren Teller. Caroline spürte, wie die Tränen in ihr hochstiegen, und sie goß sich rasch ein Glas Wasser ein und trank es in einem Zug leer.

Der Kaiser, dem die Verärgerung seiner Schwestern nicht entging, beobachtete sie belustigt und wandte sich dann wieder zu Hortense. »Prinzessin Louis, ich habe beschlossen, meinen Neffen Napoleon Charles zu adoptieren, er wird einmal als zweiter Kaiser der Franzosen unsere große Nation regieren.«

Caroline wurde blaß. Sie sah hinüber zu ihrem Gatten, dessen Gesicht sich verfinstert hatte und der offensichtlich mit sich kämpfte, ob er den Schwager an die anderen Neffen erinnern sollte. Und Achille und Lucien? dachte Caroline. Sind sie weniger wert als die Beauharnais-Brut? Sie trank rasch ein zweites Glas Wasser, aber diesmal war es mit ihrer Beherrschung vorbei; dicke Tränen quollen aus ihren dunklen Augen.

Joséphine versuchte unbeteiligt zu erscheinen, konnte aber ein Gefühl des Triumphes nicht ganz unterdrücken: Ihr Enkel würde einmal Kaiser der Franzosen sein, die Beauharnais hatten über die Bonaparte-Sippe gesiegt! Ihr Blick wanderte verstohlen von einem zum andern. Seine Kaiserliche Hoheit Prinz Joseph kann sich nur mit Mühe beherrschen, dachte sie boshaft; seine verärgerte Miene sprach Bände. Prinzessin Julie hat mal wieder ein puterrotes Gesicht, ein Zeichen, daß sie sich unsicher fühlt und aufgeregt ist. Irgendwie haftet ihr immer noch etwas Provinzielles an; sie wird die Seidenhändlerstochter aus Marseille nie verleugnen können. Auch Louis wirkt verärgert, obwohl er weiß Gott keinen Grund dazu hat; sein Sohn wird Thronfolger, was will er mehr? Abgesehen davon überhäuft Napoleon ihn mit Gunstbezeigungen, er hat ihn sogar zum Divisionsgeneral ernannt, obwohl Louis sich fast nur noch mit seiner Krankheit beschäftigt. Hortense freut sich, man sieht es an ihren Augen, aber sie ist so taktvoll, es nicht zu zeigen. Eugène, der Vielfraß, ist mit der dritten Portion Huhn beschäftigt; Bacchiochi weiß vor lauter Verlegenheit nicht, wo er hinsehen soll, Elisa ist natürlich auch wütend, weil sie nach wie vor ›Madame Bacchiochi‹ tituliert wird, aber sie kann sich wenigstens beherrschen, was man von ihrer Schwester weiß Gott nicht behaupten kann. Carolines Tränen sind einfach peinlich, jetzt trinkt sie das dritte Glas Wasser, und Marschall Murat zittert vor Zorn ...

Im gleichen Augenblick fragte dieser mit ungewohnter Schärfe: »Und Achille?«

»Achille?« gab Napoleon zurück und sah den Schwager spöttisch an, »Achille wird ein tüchtiger Soldat.«

Nun konnte sich auch Joseph nicht länger beherrschen. »So ist das also«, begann er in hochmütigem Ton. »Louis und ich werden bei der Erbfolge einfach übergangen. Warum? Schließlich sind wir Ihre Brüder, und ich bin zudem der Erstgeborene!« Er maß Napoleon mit einem herausfordernden Blick.

»Das ist richtig«, erwiderte dieser gleichmütig, »Sie sind der Erstgeborene, aber das ist auch alles. Sie sind auf dem Platz stehengeblieben, der Ihnen durch die Geburt zugewiesen wurde, ich hingegen habe mich weiterentwickelt. Die Stellung, die unsere Familie heute innehat, verdankt sie mir, nur mir! Was haben Sie zum Fortkommen der Familie beigetragen?«

Es entstand eine Pause, und alle Bonapartes senkten verlegen die Augen. Bis auf Louis. »Die Tatsache, daß wir Ihnen alles verdanken, berechtigt Sie nicht, mir mein Kind wegzunehmen. Abgesehen davon fühle ich mich bei der Erbfolge genauso übergangen wie Joseph.«

»Mein lieber Louis«, erwiderte Napoleon mit sanfter Stimme, »Ihre Gesundheit ist ruiniert, Sie sind ständig krank, wie wollen Sie in diesem Zustand einen Staat regieren?«

»Ich lasse mir mein Kind nicht wegnehmen«, wiederholte Louis eigensinnig, und plötzlich wurde sein Ton drohend: »Seien Sie auf der Hut, Sire; ich bin imstande, mit dem Kind Frankreich zu verlassen und irgendwo unterzutauchen, wo die Spitzel des Herrn Fouché mich nie finden werden.«

Napoleons Augen verdunkelten sich vor Zorn, aber er beherrschte sich und erwiderte nur kurz: »Mein Entschluß steht fest. Ich werde Ihren Sohn adoptieren.«

Der Rest der Mahlzeit verlief in bedrückendem Schweigen.

Als die Familie im Salon beim Kaffee saß, wurde der künftige Thronfolger Napoleon Charles gebracht. Er war ein hübsches, aufgewecktes Kind, das die großen, schönen Augen seines Vaters geerbt hatte. Der Kaiser setzte ihn auf sein Knie und schaukelte ihn.

»Onkel Bibiche«, sagte er mit seiner dünnen Kinderstimme, während die kleinen Finger mit dem Kreuz der Ehrenlegion spielten, »ich will zu den Bibiches.« (Den Namen ›Bibiche‹ verdankte Napoleon dem Umstand, daß er mit dem Neffen öfter die Hirschkühe [bibiches] und Gazellen im Park von Saint-Cloud fütterte.)

»Man sagt nicht ›ich will‹, sondern ›ich möchte‹«, ermahnte Joséphine ihren Enkel.

»Nein, ich will!« rief dieser.

Sein Onkel lachte. »Er hat recht, als künftiger Herrscher muß er einen starken Willen haben.« Dann hob er das Kinn des Kindes zu sich empor. »Weißt du, mein Kleiner, daß du eines Tages Kaiser sein könntest? Auf jeden Fall rate ich dir, wenn du am Leben bleiben willst, von deinen Vettern keine Einladung zur Mahlzeit anzunehmen.«

Murat wollte auffahren, besann sich aber im letzten Augenblick und sah hinüber zu seiner Gattin, die kreidebleich geworden war. Diese Bemerkung, schwor Caroline bei sich, werde ich ihm nie vergessen; für diese Worte wird er mir noch bezahlen, irgendwann, eines Tages. Dieser Tag wird kommen, dessen bin ich gewiß...

Am folgenden Nachmittag erschienen Elisa und Caroline unangemeldet in Saint-Cloud und bestanden darauf, beim Kaiser vorgelassen zu werden. Dieser ahnte, daß es um den Titel ›Kaiserliche Prinzessin‹ ging, und teils ärgerte er sich über die Ansprüche seiner Schwestern, teils amüsierten sie ihn. Hatte er nicht schon genug für sie getan? Der unfähige Bacchiochi war Senator geworden, Murat Marschall und Gouverneur von Paris. Wie auch immer – er hatte längst erwogen, auch die Schwestern in den Rang von Kaiserlichen Hoheiten zu erheben, wollte die Angelegenheit aber noch einmal mit Talleyrand und Cambacérès besprechen. Er ließ Elisa und Caroline im Vorzimmer warten und empfing sie erst nach einer Stunde.

»Nun, meine Damen, was wollen Sie? Aber beeilen Sie sich, ich habe wenig Zeit.«

»Sire, wir sind von Ihnen enttäuscht«, begann Elisa. »Sie behandeln uns nicht wie Ihre Schwestern, Sie ignorieren unsere berechtigten Ansprüche.«

»Es ist unerhört!« unterbrach Caroline heftig, »Fremde Frauen werden mit Ehren bedacht, während wir, die wir durch das Blut mit Ihnen verbunden sind, obskure Rollen spielen müssen. Julie und Hortense, eine Clary und eine Beauharnais, sind Prinzessinnen, und wir, die Bonapartes, sind wir weniger wert?«

»Meine Damen, Sie übersehen, daß Ihre Schwägerinnen als Gattinnen kaiserlicher Prinzen in diesen Rang erhoben wurden. Im übrigen verteile ich Ämter und Würden, wie ich es für richtig halte.«

»Ich habe genausogut das Recht, Prinzessin zu werden!« schrie Caroline und stampfte mit dem Fuß auf. »Ich will Kaiserliche Hoheit sein, verstehen Sie? Kaiserliche Hoheit! Ich habe einfach ein Recht darauf!«

»Schweigen Sie!« donnerte Napoleon Caroline an. »Sie benehmen sich wie ein Marktweib. Sie strotzen vor Dummheit, sonst würden Sie nicht so lächerliche Forderungen stellen – ja, Sie sind dumm und noch längst nicht erwachsen, auch wenn Sie drei Bälger bekommen haben.«

»Und Sie? Sie wären froh, wenn die Witwe Beauharnais, pardon, ich meine natürlich die Kaiserliche Majestät, wenn sie endlich ein Balg bekommen würde!«

Napoleon schwieg. »Madame Murat«, sagte er dann mit bedrohlich leiser Stimme, »Sie verlassen augenblicklich das Zimmer und das Schloß und kommen mir erst dann wieder unter die Augen, wenn ich Sie rufe.«

Caroline begriff, daß sie zu weit gegangen war. Oh, mein Gott, dachte sie, jetzt hilft nur noch eine Ohnmacht! Langsam sank sie zu Boden.

Elisa schrie auf, Napoleon rief nach Méneval und Wasser und schickte einen Diener zu Corvisart. Mit Elisas Hilfe legte er Caroline auf ein Sofa.

»Jesus«, murmelte er, »das war natürlich nicht beabsichtigt.«

»Sie kommt schon wieder zu sich«, sagte Elisa und hielt ihrer Schwester ein Riechfläschchen unter die Nase; und in der Tat, es dauerte nicht lange, und Caroline schlug die Augen auf.

»Wie fühlen Sie sich?« fragte Napoleon besorgt.

»Danke, es geht.«

»Am besten, Sie fahren jetzt beide zurück nach Paris und denken darüber nach, ob Ihr Benehmen angemessen war. Nach Ihren Ansprüchen zu urteilen, meine Damen, sollte man wahrhaftig glauben, daß wir die Krone aus den Händen Seiner Majestät unseres seligen Vaters empfangen haben.«

Drei Tage später lasen die Pariser im *Moniteur*: ›Die französischen Prinzen und Prinzessinnen werden mit Kaiserliche Hoheit angesprochen. Die Schwestern des Kaisers führen den gleichen Titel.‹

Die Ehemänner von Elisa und Caroline waren allerdings nach wie vor ›Monsieur Bacchiochi‹ und ›Monsieur Murat‹.

Einige Tage nach der Kaiserproklamation begann der Prozeß gegen die Verschwörer, wobei man auf Pichegrus Aussage verzichten mußte; er hatte sich inzwischen in seiner Zelle erhängt. Das Gericht verurteilte Cadoudal und zwölf seiner Anhänger zum Tod durch die Guillotine und Moreau zu zwei Jahren Gefängnis; letzteres Urteil wurde von Napoleon in eine Verbannung nach Amerika umgewandelt. Der Fürst Polignac und der Marquis de Rivière hingegen wurden auf Bitten Joséphines und anderer Persönlichkeiten von Napoleon begnadigt. Cadoudal starb auf dem Grève-Platz mit dem Ruf: »Es lebe der König!«

Der Prozeß und die Erschießung des Herzogs von Enghien hatten im Ausland, besonders in Rußland, erheblichen Staub aufgewirbelt. Napoleon verlor viele Bewunderer – so auch Chateaubriand, der den diplomatischen Dienst quittierte und fortan als freier Schriftsteller lebte –, bei der Masse der französischen Bevölkerung aber büßte er nichts an Popularität ein, das bewies das Plebiszit über die Erblichkeit der kaiserlichen Würde, dessen Ergebnis am 6. November 1804 verkündet wurde: 3 572 329 Ja-Stimmen standen gegen 2569 Nein-Stimmen.

Nun, da das Volk ihn zum Kaiser gewählt hatte, begann Napoleon mit den Vorbereitungen zur Krönung. Als Embleme wählte man einen einköpfigen Adler und die Biene, die im 6. Jahrhundert nach Christus das Emblem des Frankenkönigs Chilperich gewesen war. Auch bei der Krönungszeremonie sollte eine Brücke zur Vergangenheit geschlagen werden, und zwar in die Zeit vor 987, bevor die Herrschaft der Capetinger in Frankreich begann: Napoleon wollte eine Verbindung zu den Karolingern herstellen. Bei der Suche nach den Insignien Karls des Großen fand man das Szepter mit der Inschrift: *Sanctus Carolus Magnus, Italia, Roma, Germania* und eine ›Hand der Gerechtigkeit‹, auch das Krönungsschwert tauchte auf, nur die Krone war unauffindbar. Napoleon ließ zwei Kronen anfertigen; eine, die der verlorenen ähnelte und rein symbolischen Wert hatte, und eine zweite, die er tragen wollte. Diese war wie ein Lorbeerkranz geformt – eine Krone, wie das Volk von Rom sie den Siegern verliehen hatte.

Nach Beratungen mit dem Staatsrat entschied Napoleon, daß die Zeremonie nicht in Reims – das hätte zu sehr an die französischen Könige erinnert –, sondern in Paris stattfinden sollte, in Notre-Dame. Nach langen Verhandlungen erklärte sich Papst Pius VII. bereit, nach Paris zu kommen, der Zeremonie beizuwohnen und Napoleon zu salben; die Krone aber würde der Kaiser sich selbst aufsetzen, als Symbol dafür, daß er kein Herrscher von Gottes Gnaden war. Denn er hatte, wie er selbst sagte, die Krone Frankreichs am Boden gefunden und aufgehoben.

Bei den Beratungen über die Zeremonie tauchte die Frage auf, ob auch Joséphine gekrönt werden solle. Im Mittelalter hatte man wohl einige Königinnen gekrönt, aber in neuerer Zeit, mit Ausnahme der Maria von Medici, keine mehr, weil ein Franzose nach dem salischen Gesetz nur einem König die Treue schuldete. Da aber Napoleon Joséphine ehren wollte, ›die Inspiration seines Ruhmes‹, beschloß er, daß sie ebenfalls gesalbt und gekrönt werden sollte.

Als die Bonapartes davon hörten, versuchten sie mit allen Mitteln, den Bruder von dieser Absicht abzubringen. Joseph ging sogar so weit, die Frage der Scheidung erneut aufzugreifen: dies sei der günstigste Zeitpunkt für eine Trennung und eine neue, politisch vorteilhafte Ehe, für eine Ehe mit einer Prinzessin aus einer alten Dynastie, die Napoleon den Thronerben gebären würde. Das klang uneigennützig, da Joseph mit diesem Vorschlag auf seine Thronansprüche zu verzichten schien, und Napoleon spielte tatsächlich kurze Zeit wieder mit dem Gedanken an Scheidung, aber er wollte sich diesen Entschluß nicht durch die Familie aufzwingen lassen.

Joséphine merkte, daß die Bonapartes gegen sie arbeiteten. Voller Unruhe sah sie den Termin der Krönung – sie sollte am 2. Dezember stattfinden – näher und näher rücken. Hinzu kam, daß sie gerade in jenen Monaten wieder Grund zur Eifersucht hatte: Napoleon hatte eine Liaison mit einer ihrer neuen Hofdamen angefangen, mit Madame Duchâtel.

Antoinette Duchâtel war zwanzig Jahre alt, schmal, blond, blauäugig, voller Anmut und Eleganz, kultiviert und geistvoll. Sie sang, tanzte, spielte Harfe, glänzte in der Unterhaltung und verstand es, zuzuhören und ihre Gedanken zu verbergen. Ihr Gatte, ein ältlicher Mann, war Staatsrat und Generaldirektor der Verkehrssteuerverwaltung und wurde von Napoleon ob seiner Tüchtigkeit geschätzt.

Im Frühsommer 1804 bemerkte Joséphine, daß ihr Gatte immer dann bei ihren Empfängen anwesend war, wenn Madame Duchâtel bei ihr Dienst hatte; er kam stets in ihre Theaterloge, wenn sie in Begleitung der jungen Frau war, und wenn er am Spieltisch Platz nahm, wählte er als Partnerinnen immer die Damen Maret, de Rémusat und Duchâtel.

Joséphine wurde argwöhnisch, und dann erfuhr sie von einer ihrer Kammerfrauen, daß Napoleon nachts zum Zimmer von Madame Duchâtel schlich und es erst am Morgen wieder verließ. Irgendwann im Herbst hielt sie es vor Eifersucht nicht mehr aus; sie spionierte dem Gatten nach, ertappte ihn in flagranti und ließ ihrer Wut freien Lauf. Napoleon war nicht weniger wütend. Er sei nicht gewillt, dieses Nachspionieren zu ertragen, teilte er Joséphine lautstark mit; er würde dieses Joch abschütteln und, dem Gebot der Politik gehorchend, eine Frau ehelichen, die ihm Kinder schenken könnte. Nachdem er einige Möbel demoliert und Vasen zerschlagen hatte, riß er ihr den Schal von den Schultern und warf ihn ins Feuer mit der Bemerkung, sie solle sich bereitmachen, Saint-Cloud zu verlassen.

Als der Sturm vorüber war und Joséphine sich von ihrem Schreck erholt hatte, setzte sie wieder einmal erfolgreich ihre weiblichen Waffen ein. Mit dem Ergebnis, daß er sie aufforderte, alles für ihre Krönung vorzubereiten.

Zum dritten Mal war es gelungen, die Gefahr einer Scheidung zu bannen. Und zu Joséphines Genugtuung ließ auch die Verliebtheit des Gatten in die Hofdame mehr und mehr nach, bis er seine Frau schließlich sogar bat, ihm bei der Lösung der Liaison behilflich zu sein.

»Sie hat mich menschlich enttäuscht«, sagte er, »dieser blonde, blauäugige Teufel ist ehrgeizig und versucht, ihre Beziehung zu mir für ihre Ziele auszunutzen. Sie liebt mich nicht um meiner selbst willen, sondern weil ich Kaiser bin, aber ich habe nun einmal eine Schwäche für blonde, blauäugige Frauen.« Der bittere Unterton in seiner Stimme ließ Joséphine aufhorchen, aber sie schwieg und erfüllte seinen Wunsch hinsichtlich einer diskreten Lösung des Verhältnisses zu Madame Duchâtel.

Im Gegensatz zu ihren Schwestern war Paulette an Titeln und Würden wenig interessiert, aber als sie erfuhr, daß sie Prinzessin und Kaiserliche Hoheit geworden war, empfand sie doch Stolz und Genugtuung. Jetzt stand sie sogar über den Borgheses. Während der folgenden Wochen hatte der arme Camillo noch mehr unter ihren Launen zu leiden.

Das Ehepaar verbrachte zusammen mit Letizia den Sommer in Lucca, wo Pauline Bäder nahm und die Ehrerbietung genoß, die die Bevölkerung ihr als Kaiserlicher Hoheit entgegenbrachte.

Letizia dagegen betrachtete diesen weiteren Aufstieg der Familie mit Sorge und Skepsis, und immer öfter hörte man sie murmeln: »Pourvou que cela doure.« Sie hatte stets sparsam gewirtschaftet, auch als sie es längst nicht mehr nötig hatte; aber nun, da die Familie Bonaparte zur Dynastie Bonaparte geworden war, wurde sie geizig, überlegte bei jedem Sou, ob sie ihn ausgeben solle, kontrollierte peinlich genau die täglichen Ausgaben, so als wolle sie für Notzeiten vorsorgen. Im übrigen fühlte sie sich doch etwas gekränkt, daß sie noch keinen Titel hatte.

Paulines Freude wurde jäh getrübt, als man ihr den plötzlichen Tod des kleinen Dermide mitteilte, der bei ihrer Schwiegermutter geblieben war. Sie eilte in Begleitung von Ehemann und Mutter zu dem toten Kind und schrieb einen Brief an Napoleon, mit dem sie ihn flehentlich bat, ihr zu erlauben, nach Frankreich zu kommen, damit sie ihren Sohn neben seinem Vater beisetzen könne.

Ihre bisherigen Bitten, nach Frankreich zurückkehren zu dürfen, hatte er immer abschlägig beschieden; er fand, daß ihr Platz in Rom an der Seite des Gatten war. Aber jetzt gab er nach und erteilte die Reiseerlaubnis, zumal sie sich in Lucca leidlich anständig benommen hatte. Daß sie sich nackt von Canova hatte modellieren lassen, war ihr längst verziehen worden.

So verließ Pauline mit Camillo und dem Sarg des Kindes Rom, traurig über Dermides Tod, aber auch erwartungsvoll im Hinblick auf die Krönung des geliebten Bruders, der sie beiwohnen würde.

Kurz nach Paulettes Abreise erfuhr Letizia, daß ihre Freundin, Madame Clary, gestorben war. Dieser Todesfall erschütterte sie sehr, auch weil sie dadurch wieder an die Jahre in Marseille erinnert wurde, an die Zeiten, in denen es ihnen noch nicht so gut gegangen war, aber die Familie noch eine wirkliche Gemeinschaft bildete. In jenen Wochen war Saveria die einzige, mit der Letizia hin und wieder über das sprach, was sie bewegte: »Diese Krone hat unsere Familie entzweit, hat Bruder gegen Bruder, Schwester gegen Schwester gestellt. Warum werden Lucien und Jérôme von der Erbfolge ausgeschlossen? Warum werden sie aus der Familie gestoßen? Weil sie ihren Herzen gefolgt sind und die Frauen geheiratet haben, die sie lieben. Ich bin weit davon entfernt, Jérômes eigenmächtige Heirat gutzuheißen, zumal er noch minderjährig ist, aber einem leichtsinnigen Jugendstreich muß man doch mehr Verständnis entgegenbringen ... Warum konnte Napoleon nicht der höchste Beamte der Republik bleiben? Ist er ein Streber, der trotz Geist und Genialität wie ein Kind durch ein schillerndes Spielzeug betört wird? Diese Krone, Saveria, wird unserer Familie Unglück bringen, das sagt mir mein Gefühl ...«

Der Sommer neigte sich dem Ende zu, als sie die Nachricht erhielt, daß auch sie einen Titel erhalten habe: *Madame Mère de l'Empereur.* In Zukunft würde also auch sie mit Kaiserliche Hoheit angeredet werden, und sie erhielt 480 000 Francs jährlich aus der Staatskasse; bei offiziellen Anlässen sollte sie unmittelbar hinter dem Kaiser schreiten.

Letizia war unentschlossen, ob sie der Krönung ihres Sohnes beiwohnen sollte; sie verschob die Abreise von einem Tag auf den anderen, und als sie Rom endlich verließ, wußte sie, daß sie erst nach der Krönung in der französischen Hauptstadt eintreffen würde.

Sie kam am 20. Dezember in Paris an, besichtigte am nächsten Tag das Hôtel de Brienne, das sie Lucien abgekauft hatte, führte Verhandlungen wegen der Renovierungsarbeiten und fuhr am späten Nachmittag zu Joseph und Julie.

Julie sah erstaunt auf, als man »Ihre Kaiserliche Hoheit, Madame Mère de l'Empereur« meldete. »Mama, welche Überraschung! Wann sind Sie angekommen? Wir vermuteten Sie noch in Rom.«

»Ich bin seit gestern in Paris.« Letizia setzte sich auf ihren gewohnten Platz auf dem Diwan. »Wie geht es den Kleinen und Joseph?«

»Zenaïde und Charlotte geht es gut, sie sind gesund. Und Joseph, nun ja, er genießt seine Rolle als kaiserlicher Prinz und hofft im stillen, daß er Napoleon als Kaiser nachfolgen wird. Ich äußere mich nicht dazu, denn ich halte es für unrealistisch, besonders weil Hortense im Oktober ihren zweiten Sohn, Napoleon-Louis, geboren hat. Aber seit Napoleon die Adoptionspläne aufgeschoben hat, weil Louis sich strikt weigert, seine Vaterrechte abzutreten, schöpft Joseph wieder Hoffnung.«

»Was für Adoptionspläne?« fragte Letizia verwundert.

»Ja, wissen Sie...« Und Julie erzählte von dem Familiendiner und dem Streit um die Erbfolge.

»Dies alles wäre kein Problem, wenn Napoleon deine Schwester geheiratet hätte, statt dessen ... aber, nun ja – wo ist übrigens Joseph?«

»In den Tuilerien.«

Julie klingelte einem Diener und befahl, heiße Schokolade zu bringen.

Letizia sah sich in dem Salon um, der mit modernen Möbeln im klassizistischen Stil eingerichtet war, und mußte daran denken, daß Carlos Wohltäter Marbeuf einst in diesen Räumen gelebt hatte. »Wie fühlst du dich denn als Kaiserliche Hoheit, Julie?«

»Unsicher, ausgesprochen unsicher. Wenn ich jetzt in den Tuilerien bin, habe ich immer Angst, daß ich etwas falsch mache, gegen irgendeine Etikette verstoße...« Sie seufzte und sah ihre Schwiegermutter hilflos an.

»Du wirst dich schon daran gewöhnen, mein Kind. Aber nun erzähle mir von der Krönung. War Napoleon sehr enttäuscht, daß ich nicht dabei war?«

»Ja, Mama, wir waren alle enttäuscht, besonders Camilla Ilari.«

»Camilla Ilari? Ist sie etwa von Korsika nach Paris gekommen?«

»Ja, auf Wunsch des Kaisers. Sie wurde vom Papst in Privataudienz empfangen und von Napoleon reich beschenkt mit Ländereien und Weingütern; künftig wird sie im Familienhaus der Ramolinos wohnen, weil Napoleon seinen Verwandten das Haus in der Via Malerba geschenkt hat. Ja, die Krönung ... Ich glaube, diese Stunden in Notre-Dame werde ich nie vergessen, aber es war auch sehr anstrengend, besonders die Wochen vorher. Stellen Sie sich vor, in Notre-Dame haben mehrere Proben stattgefunden. In den Tuilerien wurden auf einem großen Tisch ungefähr hundert Wachsfigürchen, die Isabey angefertigt hatte, aufgestellt, um jedes Versehen zu vermeiden: das Kaiserpaar, die Familie, die Marschälle, die Würdenträger – und was meinen Sie, was der Kaiser von uns, seinen Schwestern und Schwägerinnen, verlangt hat? Wir sollten bei der Krönung Joséphines Mantelschleppe tragen! Ist das nicht peinlich für eine tugendhafte Frau? Natürlich protestierten wir, bis auf Hortense, aber er gab nicht nach und erklärte uns, daß wir nicht den Mantel der Joséphine Bonaparte trügen, sondern den kaiserlichen Mantel, der nicht ein Stück Samt sei, sondern ein mystisches Symbol. Was soll ich Ihnen sagen? In Notre-Dame wollten Elisa, Pauline und Caroline den Mantel loslassen, damit Joséphine fiel, wenn sie die Stufen des Thrones hinaufstieg, aber der Kaiser hat es natürlich bemerkt und sie mit einem scharfen Blick zur Ordnung gerufen.«

»Diese Krone bringt nur Zwietracht in unsere Familie! Aber jetzt erzähle der Reihe nach, Julie. Ist der Papst gebührend empfangen worden?«

»O ja, er wohnte im Flora-Pavillon; Napoleon hatte für ihn die Räume im Quirinal herrichten lassen. Pius VII. hat die Herzen des Volkes sofort gewonnen, die Terrasse der Tuilerien war tagelang von einer riesigen Menschenmenge belagert, die den Papst sehen wollte und bei seinem Segen niederkniete.

Am 2. Dezember herrschte schon vor Tagesanbruch lebhafter Betrieb in Paris, viele Leute waren gar nicht erst zu Bett gegangen. Da es zu wenig Friseure gibt, haben manche Frauen sich schon um zwei Uhr morgens frisieren lassen und den Rest der Nacht im Lehnstuhl verbracht. Es war Napoleons Wunsch, daß auch die

Öffentlichkeit die Weihe miterlebt, und schon in der Morgendämmerung fanden sich Zuschauer in Notre-Dame ein. Achttausend Menschen aus ganz Frankreich sollen in der Kathedrale versammelt gewesen sein!«

»Welchen Eindruck hattest du von ihm während der Zeremonie?«

Julie überlegte und erwiderte dann: »Er sah blaß und streng aus. Er schien mir sehr bewegt zu sein. Und seine Robe ... Man kennt ihn ja nur in der grünen Uniform, wahrscheinlich wirkte er deshalb irgendwie kostümiert. Er trug einen Frack aus karmesinrotem Samt, einen gleichfarbigen kurzen Mantel mit eingestickten Lorbeerzweigen und goldenen Bienen und ein schwarzes Samtbarett mit weißem Reiherbusch und dem Krondiamant Régent.

Bei Joséphine sind wir ja an Eleganz gewöhnt, aber, das muß man ihr lassen, am Krönungstag sah sie nicht wie einundvierzig, sondern wie Mitte zwanzig aus. Ihr Haar war in Ringellocken gelegt wie zur Zeit Ludwigs XIV., sie trug ein Diamantstirnband, Kleid und Hofmantel waren aus weißem Atlas, mit Gold- und Silberstickereien verziert. Sie hat uns alle in den Schatten gestellt, obwohl wir uns weiß Gott herausgeputzt hatten; wir trugen weiße Seidenkleider mit langen, goldbestickten Ärmeln, Spitzenkragen à la Maria Stuart und Hofumhänge.

Wissen Sie, was Napoleon zu Joseph sagte, als sie Notre-Dame betraten? ›Si Babbu ci vidia!‹« (Wenn Vater uns jetzt sähe!)

»Das hat er gesagt?« Wie sehr Carlo diese Zeremonie genossen hätte! dachte Letizia. Er wäre auf jeden Fall nach Paris gereist, um die Krönung seines Sohnes zum Kaiser der Franzosen mitzuerleben. Aber ich, nein, ich wollte nicht, es ist Wahnsinn, Größenwahnsinn ...

Julie fuhr fort: »Das Wetter war zuerst kalt und regnerisch, aber als der Zug sich langsam zur Notre-Dame bewegte, klarte es auf, und die Sonne kam durch. Um zwölf Uhr mittags betraten Napoleon und Joséphine die Kathedrale und schritten feierlich durchs Kirchenschiff, während eine Militärkapelle den Krönungsmarsch spielte und die Anwesenden ›Lang lebe der Kaiser‹ riefen. Vertreter aus ganz Frankreich waren gekommen: Senatoren, Staatsräte, Tribunen, Richter, Militär, kirchliche Würdenträger. Die Zeremonie begann mit Litaneien; dann salbte der Papst Napoleon und Joséphine. Er sprach den ersten Teil der Messe, nach dem Graduale segnete er die Krönungsinsignien und reichte sie Napeoleon: den Reichsapfel, die Hand der Gerechtigkeit, Schwert und Zepter. Dann ging Napoleon die Stufen zum Altar hinauf; er nahm die goldene Lorbeerkrone und setzte sie sich auf den Kopf, während der Chor ›Vivat Imperator in aeternum‹ sang ... Aber der bewegendste Augenblick war der, als er Joséphine zur Kaiserin der Franzosen krönte. Seine Augen leuchteten, als er sie auf sich zukommen sah, als sie niederkniete und Tränen auf ihre gefalteten Hände tropften, die sie zu ihm emporhob. Laure Junot hat alles genau beobachtet und mir erzählt. Napoleon nahm die kleine, mit einem Kreuz geschmückte Krone, die für Joséphine bestimmt war, von Murat entgegen. Die Zeremonie erforderte, daß er sie erst sich selbst und dann der Kaiserin aufs Haupt setzen mußte. Als endlich der Moment kam, sie zu krönen, trieb er ein kleines Spiel mit ihr: er setzte ihr die Krone, wie zur Probe, einmal auf, nahm sie dann ab und setzte sie ihr wieder auf ... vielleicht wollte er ihr so die Versicherung geben, daß die Krone ihr leicht sein und sie niemals drücken sollte.

Dann nahm das Kaiserpaar auf den Thronen Platz, die Messe ging weiter, und nach vier Stunden begann der letzte Teil ... Die Kommunion hat er übrigens nicht empfangen. Zu Onkel Fesch sagte er: ›Ich war zu gläubig, um ein Sakrileg zu begehen, und nicht gläubig genug, um einen leeren Ritus zu vollziehen.‹ Nachdem der Papst seinen Segen erteilt hatte, legte Napoleon, mit einer Hand auf der Bibel, den Eid ab: ›Ich schwöre, die Gleichheit des Rechts und die politische und bürgerliche Freiheit zu erhalten ... Ich schwöre, die Unversehrtheit des Territoriums der Republik zu bewahren ... Ich schwöre, die Gesetze des Konkordats und die Freiheit des Glaubens zu achten und für ihre Einhaltung Sorge zu tragen ... Ich schwöre, daß ich für das Wohl und das Glück und zum Ruhm des Volkes von Frankreich herrschen werde.‹

Nach Beendigung der Feierlichkeiten kehrte das Kaiserpaar in die Tuilerien zurück. Sie dinierten an jenem Abend allein, und stellen Sie sich vor, Joséphine mußte auf seinen Wunsch die Krone aufbehalten!

Während der folgenden Tage gab es Feste und Vergnügungen: Der Senat gab ein Fest, die gesetzgebende Körperschaft, die Stadt Paris ... Sie haben einiges versäumt, Mama. Übrigens hat David den Auftrag, die Krönungszeremonie zu malen; er will den Augenblick darstellen, in dem Napoleon die vor ihm kniende Joséphine krönte. Als er diesen Vorschlag machte, meinte der Kaiser: ›Sie haben erraten, was mir vorschwebt, Sie werden mich als französischen Ritter darstellen.‹« Julie schwieg und fuhr dann zögernd fort: »Noch etwas, Mama, oder vielmehr Madame Mère – mein Gott, ich muß mich endlich an die richtige Anrede gewöhnen ... Der Kaiser hat David beauftragt, auch Sie auf diesem Gemälde darzustellen.«

»So? Na schön. Aber warum ›Madame Mère‹, Julie?«

»Aber Sie sind doch Madame Mère de l'Empereur, wir alle nennen Sie inzwischen so.«

»Madame Mère de l'Empereur«, wiederholte Letizia langsam, »pourvou que cela doure, Julie.«

XXX

Drei Jahre sind seit der Krönung in Notre-Dame vergangen. Gegen Ende des Jahres 1807 wird Europa von den beiden verbündeten Mächten Frankreich und Rußland beherrscht, und Napoleon versucht, gestützt auf das Bündnis mit dem Zaren, England durch einen Wirtschaftskrieg in die Knie zu zwingen. Das Inselreich ist seit zwei Jahren unbestrittener Herr der Meere und baut sein Kolonialreich aus, während Napoleon die europäische Landkarte umgestaltet.

Am 21. Oktober 1805 trafen die britische Flotte unter Lord Nelson und die französisch-spanische Flotte unter Villeneuve bei Trafalgar zusammen. Nelson gab die Losung aus: England erwartet, daß jedermann seine Pflicht tut!, und seine Soldaten kamen dieser Aufforderung nach, indem sie die feindliche Flotte völlig vernichteten. Nelson fand bei Trafalgar den Tod, aber sein Sieg sicherte Englands Seeherrschaft endgültig. Entmutigt überließ Napoleon den Briten die Herrschaft über die Meere und wandte sich den Ereignissen auf dem Kontinent zu.

Im Sommer 1805 hatte das englische Gold eine dritte Koalition gegen Frankreich zustande gebracht, die sich aus Rußland, Österreich, Schweden und dem Königreich Neapel-Sizilien zusammensetzte. Als die Österreicher das mit Frankreich verbündete Bayern überfielen, ließ Napoleon die Große Armee in Gewaltmärschen von Boulogne aus nach Südosten marschieren; er beabsichtigte, einer Vereinigung der gegnerischen Kräfte zuvorzukommen und die feindlichen Heere einzeln zu schlagen.

Am 20. Oktober kapitulierte der österreichische General Mack bei Ulm; der erste Teil des Feldzuges war beendet, er hatte nur zwei Wochen gedauert. Am 25. November nahmen Napoleons Truppen Wien ein, ohne daß Widerstand geleistet wurde. Kaiser Franz hatte mit seinen Soldaten die Hauptstadt verlassen, um sich mit der Armee des Zaren zu vereinigen.

Am Jahrestag der Krönung, am 2. Dezember 1805, kam es zur entscheidenden Schlacht in der Nähe des mährischen Ortes Austerlitz. Als der Morgennebel verschwunden war und die Sonne strahlend aufging, gab Napoleon, auf seinem Schimmel reitend, das Zeichen zum Angriff. Er hob die rechte Hand mit dem weißen Handschuh und rief: »Das ist die Sonne von Austerlitz!« Die Schlacht dauerte bis vier Uhr nachmittags und endete mit der totalen Niederlage der Russen und Österreicher, die den Franzosen eine doppelt so starke Armee gegenübergestellt hatten.

Austerlitz war einer der glänzendsten Siege Napoleons, und er war auf dieses Werk seiner Strategie besonders stolz. In einem Nachruf an die Armee schrieb er: ›Soldaten, ich bin mit Euch zufrieden! Es wird fortan genügen, wenn Ihr sagt: Ich bin bei der Schlacht von Austerlitz dabeigewesen, damit man entgegnet: Ein tapferer Mann!‹

Kaiser Franz erschien am 4. Dezember persönlich bei den französischen Vorposten, um mit Napoleon zu verhandeln. Die Begegnung endete mit freundschaftlichen Umarmungen, aber die Bestimmungen des Friedens von Preßburg, der am 26. Dezember unterzeichnet wurde, verdeutlichten dem Habsburger das ganze Ausmaß seiner Niederlage. Talleyrand hatte seinem kaiserlichen Herrn zur Mäßigung geraten, aber vergeblich. Österreich verlor Venedig, Istrien und Dalmatien an das Königreich Italien (die cisalpinische Republik war von Napoleon in ein Königreich umgewandelt worden, und er hatte sich selbst am 26. Mai 1805 in Mailand zum König gekrönt); Schwaben und Tirol gingen an die Kurfürsten von Württemberg und Bayern, außerdem mußte Österreich eine Kriegsschuld von vierzig Millionen Francs zahlen. Napoleon schonte Rußland, weil er immer noch ein Bündnis mit dem Zaren anstrebte, aber den Bourbonen nahm er durch einen Erlaß vom 27. Dezember 1805 das Königreich Neapel ab: »Soldaten, die Dynastie von Neapel hat aufgehört zu regieren. Ihre Existenz ist unvereinbar mit der Ruhe Europas und der Ehre meiner Krone.« Er schickte Joseph und Masséna mit 40 000 Mann nach Italien, und am 15. Februar 1806 zogen die Franzosen in Neapel ein. Ferdinand IV. und seine Gattin Marie-Caroline, eine Schwester der enthaupteten Königin Marie-Antoinette und die Schwiegermutter des österreichischen Kaisers, flohen nach Palermo; das Volk leistete den Franzosen keinen Widerstand.

Österreich wurde aber nicht nur aus Italien vertrieben, sondern im Laufe des Jahres 1806 auch aus Deutschland. Austerlitz öffnete den Weg für weitere Neuordnungen: die Kurfürsten von Bayern und Württemberg erhielten von Napoleon die Königskrone, der Kurfürst von Baden wurde Großherzog. Die neuen Könige schlossen mit allen Fürsten Süd- und Westdeutschlands den Rheinbund, der der französischen Hegemonie unterstand. Dies führte zum Zusammenbruch des Heiligen Römischen Reiches Deutscher Nation: Am 6. August 1806 legte Kaiser Franz seinen Titel ›Kaiser von Deutschland‹ ab und gab sich den Titel ›Erbkaiser von Österreich‹. Den vorläufigen Abschluß dieser Neuordnung bildete die Umwandlung der batavischen Republik in das Königreich Holland.

Das Jahr 1806 brachte nicht nur die territoriale Neuordnung Mitteleuropas; parallel dazu bahnte sich eine Entwicklung an, die den Kaiser der Franzosen immer mehr von der Republik entfernte und ihn auf eine Monarchie zusteuern ließ. Am 1. Januar 1806 wurde die republikanische Zeitrechnung abgeschafft und die christliche wieder eingeführt, im Laufe des Sommers war erkennbar, daß ein neuer kaiserlicher Adel geschaffen werden sollte. Napoleon vergab drei Fürstentitel, die mit Lehen verbunden waren: Berthier wurde Fürst von Neuchâtel und Valangin, Talleyrand Fürst von Benevent, Bernadotte Fürst von Ponte-Corvo, die beiden letzten Lehen lagen in Süditalien. Nach der Ernennung Bernadottes schrieb Napoleon an Joseph: ›Den Titel eines Fürsten gab ich Bernadotte nur mit Rücksicht auf Ihre Gattin, denn ich habe in meiner Armee Generäle, die mir besser gedient haben und auf deren Loyalität ich zählen kann.‹

Im Frühjahr 1806 unterbreitete Napoleon dem Senat eine Satzung, die den Zivilstand des kaiserlichen Hauses regelte und die Pflichten der Prinzen und Prinzessinnen gegenüber dem Kaiser bestimmte: Diese durften nicht ohne Zustimmung des Kaisers heiraten, Ehescheidungen waren verboten, Annahme an Kindesstatt bedurfte der Erlaubnis des Kaisers; er regelte auch die Erziehung der Kinder seines Hauses, ernannte und entließ die damit Beauftragten. Alle erbfolgeberechtigten Prinzen sollten gemeinsam in einem Schloß erzogen werden, das höchstens 20 Meilen von der Residenz des Kaisers entfernt sein durfte. Der Unterricht sollte mit dem siebten Lebensjahr beginnen und bis zum sechzehnten dauern. Die Prinzen und Prinzessinnen durften sich ohne Genehmigung des Kaisers nicht aus einem Umkreis von dreißig Meilen entfernen. Wenn ein Angehöriger des kaiserlichen Hauses sich ungebührlich verhielt, seine Würde oder seine Pflichten vergaß, konnte der Kaiser ihn bis zu einem Jahr in Haft setzen oder des Landes verweisen. Personen, die ihm verdächtig waren, konnte er aus der Familie ausstoßen, in schweren Fällen konnte er von dem Familienrat als Strafe zweijährige Einschließung in ein Staatsgefängnis verlangen.

Diese Bestimmungen leiteten eine dynastische Familienpolitik ein, die die Mitglieder der Familie in die eroberten Gebiete abkommandierte, damit sie dort als Könige oder Fürsten die Befehle aus Paris durchführten, oder sie in Ehen mit Mitgliedern alter Dynastien zwang. Die Bonapartes fügten sich, schließlich profitierten sie ja von den Eroberungen des kaiserlichen Bruders. Lediglich Murat wagte es, den Schwager zu kritisieren: »Als Frankreich Sie auf den Thron erhob, glaubte es in Ihnen einen Führer des Volkes gefunden zu haben, dessen Titel ihn über alle Souveräne Europas erhob. Heute huldigen Sie Titeln der Macht, die nicht die Ihren sind, die im Gegensatz zu den unsrigen stehen, und Sie werden Europa nur zeigen, wieviel Wert Sie auf das legen, was uns allen fehlt: die edle Abstammung.«

»Prinz Murat«, erwiderte der Kaiser, »an der Spitze meiner Kavallerie werde ich Sie immer gern sehen. Aber hier handelt es sich nicht um eine militärische Unternehmung, sondern um eine politische. Diese Heirat (er meinte die Eugènes mit der Tochter Max Josephs von Bayern) mißfällt Ihnen; mir gefällt sie, und ich betrachte sie als einen großen Erfolg, einen Erfolg, der sich mit dem von Austerlitz messen kann.«

Der Kaiser war also auf dem Weg, die Revolution zu verraten. Allerdings hatte man 1806 keine Zeit, sich darüber Gedanken zu machen, denn der Krieg ging weiter: Zum zweiten Mal seit 1792 kämpften Frankreich und Preußen gegeneinander. Auch dieser Konflikt war eine Fortsetzung der revolutionären Kriege, nun trat die Vierte Koalition gegen die Ideen von 1789 an, und diesmal trug Berlin die Verantwortung für den Krieg.

Der preußische König Friedrich Wilhelm III. war ein unentschlossener Mann, der zwischen einem Bündnis mit dem Zaren oder mit Napoleon schwankte. Er hatte zwei Außenminister und hörte bald auf die Ratschläge des einen, bald auf die des anderen, schloß einmal mit Rußland, einmal mit Frankreich Verträge ab. Am 26. Februar 1806 ratifizierte er endlich den Vertrag, durch den Preußen offiziell Verbündeter Frankreichs wurde. Aber bereits am 20. März wurde ein Geheimbund zwischen Preußen und Rußland besiegelt.

Napoleon versicherte Friedrich Wilhelm, daß sich der Rheinbund nicht gegen Preußen richte, doch England, Rußland und die preußische Königin Luise warnten den König und behaupteten das Gegenteil. Am 15. September wurde die Vierte Koalition gebildet, der Preußen, Rußland, England und Schweden angehörten.

Am 2. Oktober erhielt Talleyrand ein preußisches Ultimatum, worin die unverzügliche Räumung Deutschlands gefordert wurde und der Rückzug der französischen Truppen hinter den Rhein. Frankreich hatte bis zum 8. Oktober Zeit, das Ultimatum zu beantworten. (Aus wirtschaftlichen Erwägungen hatte Napoleon die Große Armee in Deutschland belassen, wo sie auf Kosten des Landes lebte.)

Nachdem Napoleon das Ultimatum in Bamberg empfangen hatte, gab er am 6. Oktober bekannt, daß Frankreich sich mit Preußen im Kriegszustand befinde. Preußen stürzte sich in diesen Krieg, ohne das Eintreffen des russischen Verbündeten abzuwarten, mit zerrütteten Finanzen und einer unbeteiligten Öffentlichkeit. Die preußische Armee, die immer noch vom Ruhme Friedrichs II. zehrte, wurde nach einem Sechstagefeldzug am 14. Oktober 1806 in der Doppelschlacht von Jena und Auerstedt völlig vernichtet. Napoleon leitete die Operationen bei Jena, während Davout die preußische Hauptstreitmacht, die doppelt so stark war wie die der Franzosen, in die Flucht schlug.

Am 27. Oktober zog Napoleon an der Spitze seiner Truppen in Berlin ein; der preußische König war zum Zaren geflüchtet. Der Befehlshaber von Berlin, Graf von der Schulenburg, erließ folgenden Aufruf an die Bevölkerung: ›Der König hat eine Bataille verloren. Jetzt ist Ruhe die erste Bürgerpflicht. Ich fordere die Einwohner Berlins dazu auf. Der König und seine Brüder leben.‹

Napoleon versäumte nicht, sich zum Sarkophag Friedrichs des Großen zu begeben und ihm seine Reverenz zu erweisen: »Wenn der König noch lebte, dann würden wir nicht hier stehen.« Seine Bewunderung für Friedrich II. hinderte ihn jedoch nicht, dessen Uhr und Tischglocke, seinen Degen und seine Orden sowie jene Feldzeichen, die die Franzosen im Siebenjährigen Krieg verloren hatten, samt der Quadriga des Brandenburger Tores nach Paris schaffen zu lassen.

Am 21. Oktober diktierte Napoleon in Berlin das Dekret, das England wirtschaftlich ruinieren und so zum Frieden zwingen sollte: ›Künftig sind alle Handels- und sonstigen Verbindungen mit den englischen Inseln verboten; jeder Untertan Englands, der in einem von Franzosen besetzten oder mit Frankreich verbündeten Land angetroffen wird, wird als Kriegsgefangener behandelt; jedes Geschäft, jede Ware, jedes Eigentum welcher Art auch immer, das einem Untertan Englands gehört, wird beschlagnahmt. Der Handel mit englischen Waren ist verboten, und jedes Handelsgut, das England gehört oder aus seinen Fabriken oder Kolonien kommt, wird ebenfalls beschlagnahmt.‹

»Ich will das Meer durch die Macht des Landes besiegen«, sagte Napoleon. Er wußte, daß die Kontinentalsperre ohne oder gegen Rußland undurchführbar war; der Friede und ein Bündnis mit Rußland waren die Voraussetzung für die erfolgreiche Durchführung der Wirtschaftsblockade gegen England.

Aber zunächst ging der Krieg weiter. Der preußische König hatte den Zaren zu Hilfe gerufen, da er sich den Bedingungen Napoleons nicht unterwerfen wollte: Besetzung aller preußischen Staaten zwischen Rhein und Elbe, eine Kriegskontribution von 160 Millionen Francs, Aufteilung der ehemals preußischen Besitzungen in vier Gebiete, die einem französischen Generalgouverneur unterstellt wurden. Dem Kurfürsten von Sachsen verzieh der Kaiser, verlieh ihm die Königswürde, und Sachsen sowie fünf weitere Herzöge traten dem Rheinbund bei.

Im Spätherbst machte sich eine 150 000 Mann starke russische Armee auf den Weg nach Polen; Napoleon verließ Berlin und zog mit seinem Heer nach Osten: Der erste polnische Feldzug begann.

Der polnische Adel und die Bevölkerung empfingen den Franzosenkaiser mit Begeisterung, erhofften sie doch von ihm die Wiederherstellung ihres Staates. Napoleons Absicht war es gewesen, den Winter in Warschau zu verbringen, aber der Vormarsch der Russen zwang ihn, nach Ostpreußen zu ziehen.

Der Kriegsschauplatz im Osten entsprach weder den Lebensbedingungen noch den Manövergewohnheiten der Großen Armee; hinzu kam, daß die Russen alles in Brand setzten, was die Versorgung der Franzosen gefährdete. Die russische Armee war stark und zäh und kämpfte auf einem Gebiet und unter klimatischen Bedingungen, die ihr bestens vertraut waren.

So reibungslos, wie der Blitzkrieg gegen Preußen abgelaufen war, so mühsam gestaltete sich nun dieser Feldzug in Kälte, Regen, Schlamm. Napoleon hatte geglaubt, die Russen überraschen zu können, aber es war umgekehrt, er wurde von ihnen überrascht; dazu kam, daß die Franzosen zahlenmäßig unterlegen waren.

Der entscheidende Kampf fand am 8. Februar 1807 in Ostpreußen bei Eylau, während eines heftigen Schneesturms, statt. Die Schlacht dauerte den ganzen Tag mit wechselndem Erfolg, und als die Abenddämmerung dem Kampf ein Ende setzte, da der Gegner kaum noch auszumachen war, wußte keine der beiden Seiten, wer eigentlich den Sieg errungen hatte. In der Schlacht bei Preußisch-Eylau gab es keine Sieger, nur Tote und Verwundete.

Napoleons Armee hatte im Polenfeldzug 60 000 Mann verloren; man hatte schon die Rekruten des Jahres 1808 zu den Waffen rufen müssen. Und sein Ruf als unbesiegbarer Feldherr hatte Risse bekommen. (Bernadotte übrigens war, wie schon bei Jena und Auerstedt, mit seinem Korps nicht auf dem Schlachtfeld erschienen; das war Napoleon nicht entgangen. Konnte das Zufall sein? Kaum.) Napoleon brach den Feldzug ab und zog sich ins Winterquartier nach Schloß Finkenstein in Westpreußen zurück.

Im Frühjahr entbrannte der Krieg aufs neue, und am Jahrestag von Marengo, am 14. Juni, wurde das russische Heer bei Friedland entscheidend geschlagen. Alexander bat Napoleon um Waffenstillstand, ohne zu ahnen, daß dieser das gleiche anstrebte: Im Juni 1807 waren beide Armeen nicht mehr imstande zu kämpfen, sie brauchten Frieden.

Zehn Tage nach der historischen Schlacht bei Friedland bauten Soldaten in der Mitte des Flusses, der die Armeen trennte, ein gewaltiges Floß mit einem prunkvollen Zelt. Am 25. Juni um elf Uhr morgens legten von den beiden Ufern zwei Boote ab, die sich am Floß trafen.

Napoleon stieg als erster aus und ging Alexander entgegen.

»Weshalb führen wir Krieg?« fragte er den Zaren – eine Frage, die er sich selbst oft gestellt hatte.

»Sire, ich hasse die Engländer ebenso wie Sie!«

»Dann ist der Frieden beschlossene Sache!«

Die Begegnung dauerte zwei Stunden. Als Napoleon und Alexander Arm in Arm aus dem Zelt kamen, waren sie nicht nur Verbündete, sie waren Freunde.

Alexander war ein hübscher junger Mann in Gardeuniform, blond und blauäugig, und für seine dreißig Jahre noch sehr knabenhaft und weich – er war von klein auf von seiner Großmutter, Katharina der Großen, verhätschelt worden. Napoleon fand ihn sehr anziehend: »Wäre Alexander eine Frau, ich glaube, ich würde mich leidenschaftlich in ihn verlieben.« An Joséphine schrieb er: ›Meine Freundin, ich habe soeben den Kaiser Alexander getroffen, ich bin sehr angetan von ihm. Er ist ein sehr schöner, guter und junger Kaiser, er hat mehr Geist, als man gemeinhin denkt...‹

Und Alexander sagte schwärmerisch zu einem französischen Diplomaten: »Warum bin ich ihm nicht schon früher begegnet? Jetzt ist der Schleier zerrissen, aller Irrtum vorüber.« Er lud Napoleon in sein Quartier ein, um seinen geliebten chinesischen Tee mit ihm zu trinken, und die beiden entwarfen unter vier Augen einen Friedensvertrag.

»Ich will Ihr Sekretär sein, und Sie sind meiner«, sagte Napoleon. Von dem geschlagenen Alexander verlangte er weder Geld noch

Territorien, er erhob nicht einmal Einspruch dagegen, daß Rußland Finnland annektierte. Sein Ziel war die Freundschaft mit dem Zaren – nur so würde es möglich sein, Europa einen langen Frieden zu geben. Seit 1800 war das Bündnis mit Rußland eines der wichtigsten Ziele der französischen Außenpolitik gewesen.

Für Alexander war die unabdingbare Voraussetzung für eine Aussöhnung mit Frankreich die Erhaltung Preußens; Napoleon hingegen wollte Preußen vernichten und seine Gebiete aufteilen. Beide Seiten erkannten sehr schnell, daß Zugeständnisse gemacht werden mußten, allerdings wollte es Napoleon den Hohenzollern nicht leicht machen. Da er dem preußischen König in jenen Tagen nur Zutritt zu den Vorzimmern gewährte, rief man schließlich die Königin Luise zu Hilfe; ihre Schönheit und ihr Charme sollten die letzte Waffe sein, um den Franzosenkaiser zur Milde zu bewegen.

Tatsächlich machte die preußische Königin tiefen Eindruck auf Napoleon. Sie war schön, klug und schlagfertig, und Napoleon war begeistert. ›Die Königin von Preußen ist wirklich bezaubernd, sie ist äußerst kokett zu mir‹, schrieb er an Joséphine, ›aber sei ja nicht eifersüchtig, ich bin eine Wachsleinwand, an der alles abgleitet. Es käme mich teuer zu stehen, den Galan zu spielen.‹ Nein, Napoleon würde sich von den weiblichen Reizen der Königin Luise politisch nichts abhandeln lassen. Aber dem beharrlichen Drängen Alexanders gab er schließlich nach: Preußen blieb auf der Landkarte Europas erhalten.

Am 7. Juli wurde in Tilsit der Friedensvertrag unterzeichnet. Die ehemaligen preußischen Gebiete zwischen Elbe und Rhein sowie ein Teil Hannovers bildeten das neue Königreich Westfalen; die polnischen Gebiete Preußens wurden zum Großherzogtum Warschau, das der König von Sachsen bekam; Westfalen trat ebenfalls dem Rheinbund bei, der nun ganz Deutschland umfaßte, mit Ausnahme von Preußen und Österreich. Napoleon bot seine Vermittlerdienste im russisch-türkischen Konflikt an; Alexander, der alle Veränderungen in Europa anerkannt hatte, bot seinerseits die Vermittlung im französisch-englischen Krieg an: sollte England auf seiner feindlichen Haltung beharren, würde Alexander Druck auf die Höfe in Kopenhagen, Stockholm und Lissabon ausüben, um diese zu zwingen, ihre Häfen für englische Waren zu schließen.

Zwischen Juli und November 1807 wurde der Kontinent tatsächlich fast völlig für den englischen Handel gesperrt, wobei vor allem die Schließung des russischen Marktes nach dem Tilsiter Vertrag den Briten den empfindlichsten Schlag versetzte. Die Folge der Sperrung machte sich in London rasch bemerkbar, gegen Ende des Jahres 1807 war Napoleon dem Sieg über England so nahe wie nie.

Napoleon stand im Zenit seiner Laufbahn. Das Bündnis mit Rußland war ein Bündnis zweier gleichberechtigter Partner, das beider Einflußsphären abgrenzte. Mit dem Vertrag von Tilsit war die Herrschaft der beiden militärisch stärksten Mächte in Europa geregelt und festgeschrieben.

Gegen Ende des Jahres 1807 erstreckte sich Napoleons Reich vom Atlantik bis Weißrußland, von der Ostsee bis zum Ionischen Meer, von Hamburg bis Reggio di Calabria; die Bevölkerung erreichte einschließlich der Einwohner Frankreichs die Zahl von annähernd siebzig Millionen.

Dieses Reich war aus dem Gebietszuwachs entstanden, den Napoleon durch zwei Verteidigungskriege gewonnen hatte; um die eroberten Gebiete halten zu können, führte er ein wohldurchdachtes Organisationssystem ein. Die Territorien gliederten sich in drei Kategorien: Frankreich an der Spitze, dann das Königreich Italien, dann die Vasallenstaaten; diese besaßen zwar eine gewisse Autonomie, aber Napoleon bestimmte ihre Außenpolitik und legte die verwaltungs- und finanztechnischen Prinzipien fest. In allen Vasallenstaaten waren französische Truppen stationiert, die für die Aufrechterhaltung der Ordnung sorgten und gewährleisteten, daß die Steuern bezahlt wurden. Die Truppen verpflegten sich aus dem Land, denn es galt der Grundsatz, daß die Bevölkerung des jeweiligen Landes für die Wohltaten, die es durch die Einführung der Menschenrechte empfing, zu zahlen habe; im ganzen Reich galt der Code Civil: Gleichheit aller vor dem Gesetz, Garantie der persönlichen Freiheit und des Eigentums, Unabhängigkeit des Rechts von der Religion.

Napoleons dynastische Familienpolitik brachte tiefgreifende Veränderungen im Leben der Bonapartes, ließ sie teilhaben an Macht und Ruhm des Kaisers.

1805 ernannte Napoleon seinen Stiefsohn Eugène zum Vizekönig von Italien und verheiratete ihn 1806 mit Augusta, einer Tochter des Königs von Bayern. Eugène führte mit ihr eine glückliche Ehe und verwaltete das ihm übertragene Königreich musterhaft. Er residierte in Mailand, wurde als Statthalter des Kaisers recht populär, trat vor allem als Bauherr hervor und gründete eine Gemäldesammlung. Eugène hatte sich zu einem jungen Mann entwickelt, der im Krieg ein recht guter Truppenführer und im Frieden ein unbestechlicher Verwalter war. Die Loyalität gegenüber dem Kaiser war für ihn oberstes Gebot.

Im März 1805 wurde Elisa zur Fürstin von Piombino und Lucca ernannt. Ihre Schwester Caroline war darüber empört und konnte nicht verstehen, aufgrund welcher Leistungen Elisa und Bacchiochi dieses Fürstentum verdient hatten. »Ich bin von gleichem Stoff wie meine Schwester und schätze meinen Wert so hoch wie ihren.«

Elisas Verdienste waren nicht ganz so gering, wie Caroline meinte. Als literarische Gastgeberin hatte sie im Laufe der Jahre viele Schriftsteller und Intellektuelle, die eine ständige Quelle der Unzufriedenheit sein konnten, für ihren Bruder eingenommen – mit Ausnahme von Madame de Staël, die Napoleon schließlich aus Frankreich ausgewiesen hatte. Elisas Energie und Organisationsgabe waren nicht unbeachtet geblieben und hatten ihr die Wertschätzung des kaiserlichen Bruders eingebracht, obgleich sein persönliches Verhältnis zu ihr kühl blieb. Bacchiochi begnügte sich mit der Rolle des Gemahls der Fürstin Elisa – so war er auch offiziell in Artikel VI des Erlasses genannt worden –; er befehligte militärische Übungen, nahm Truppenparaden ab und überließ Elisa die Regierungsgeschäfte. Piombino und Lucca waren nur ein kleines Territorium mit geringer Einwohnerzahl, das jedoch unerschlossene Bodenschätze besaß und strategisch wichtig war, weil es die Meerenge zwischen der Toskana und Elba beherrschte – ein Punkt, von dem aus britische Kriegsschiffe das italienische Festland bedrohen konnten.

Elisa begann ihre Herrschaft mit dem Ziel, dem kaiserlichen Bruder zu zeigen, daß sie in der Verwaltung ebenso tüchtig war wie er. Von dem Augenblick an, da sie selbst regierte, änderte sie ihre Haltung gegenüber Napoleon: Ihre eigene Regierungserfahrung lehrte sie seine Probleme besser zu verstehen, und sie beschloß, sich ihm doch unterzuordnen.

Unter Elisas Regierung blühte die Industrie auf, Sümpfe wurden trockengelegt, Hafeneinrichtungen verbessert, die Befestigungen verstärkt und Bodenschätze gehoben; sie nahm die Marmorbrüche von Carrara wieder in Betrieb, gründete eine Bildhauerakademie und exportierte Skulpturen und Büsten des kaiserlichen Bruders nach ganz Europa. Die Förderung der Künste, des Theater- und Musiklebens, die Stiftung literarischer und musikalischer Preise und die zahlreichen Einrichtungen kultureller und wissenschaftlicher Institute waren ihr ein besonderes Anliegen.

Am Hof herrschte strenge Etikette; Felix stolzierte stets in einer weißen Uniform oder im Blau und Gold eines französischen Generals durch die Salons, mit hohen Ordensauszeichnungen behangen, während Elisa kameen- und diamantengeschmückt, mit der letzten Modeschöpfung Leroys bekleidet, auf ihrem Thron saß. Felix war es zu verdanken, daß die Musik am Hof intensiv gepflegt wurde, so daß das Fürstentum sich unter dem Hofkapellmeister Puccini, dessen Enkel später weltberühmt wurde, zu einem bedeutenden musikalischen Mittelpunkt entwickelte. Der bedeutendste Musiker am Hof aber war der Geiger Paganini, Elisas Hofvirtuose und nebenbei ihr Liebhaber, den sie auch zum Hauptmann der fürstlichen Leibwache ernannte.

Im Jahre 1806 brachte Elisa endlich ein Kind zur Welt, das die gefährlichen ersten Monate überlebte, eine Tochter, die – dem Kaiser zu Ehren – auf den Namen Napoleone getauft wurde. Napoleon konnte mit seiner Schwester zufrieden sein.

1806 verteilte der Kaiser weitere Fürstenkronen innerhalb des Clans: Joseph wurde König von Neapel, Louis König von Holland, Caroline und Murat erhielten das Großherzogtum Cleve und Berg und Pauline das winzige Herzogtum Guastalla. Napoleon wußte, daß sie als einzige der Familie keinen Wert auf Titel und Ländereien legte, aber sie sollte natürlich hinter den anderen nicht zurückstehen. Während Paulette sich wie ein Kind über ihr Herzogtum freute, die Verwaltung allerdings völlig den kaiserlichen Beamten überließ und lieber ihren Vergnügungen nachging, fand Caroline, daß der Titel einer Großherzogin zu gering sei, und schielte begehrlich nach den Königskronen der Brüder. Ein Königreich, das war ihr Ziel; Königin, das war ein Titel, der ihrer würdig war, und sie beschloß, nichts unversucht zu lassen, um dieses Ziel zu erreichen. Vor allem mußte sie sich mit dem kaiserlichen Bruder gutstellen. Sie ließ Murat allein in seine Residenzstadt Düsseldorf reisen und blieb in Paris, weil sie glaubte, hier ihre Pläne besser vorantreiben zu können. Sie wußte, daß Napoleon großen Wert auf angemessene Repräsentation legte, und arrangierte glanzvolle Bälle im Elyséepalast, den sie seit einiger Zeit bewohnte; da Hortense und die Schwestern nicht in Paris weilten, war sie nach der Kaiserin die erste Dame der Gesellschaft.

Auch Joseph und Louis waren nicht recht zufrieden mit ihren neuen Würden, vor allem deshalb, weil sie als Souveräne keine Aussicht mehr hatten, jemals Kaiser der Franzosen zu werden, da durch kaiserlichen Erlaß die Möglichkeit der Personalunion ausgeschlossen worden war. Dennoch griff Joseph zu, als der Bruder ihm die Krone von Neapel anbot; sie garantierte ihm immerhin eine gewisse Selbständigkeit.

Bis 1806 war Neapel von dem Bourbonenkönig Ferdinand IV. regiert worden. Er hatte wegen seiner langen Nase den Spitznamen ›Nasone‹, konnte nur mit Mühe lesen und schreiben, pflegte mit seinem Hofnarren engeren Umgang als mit seinen Ministern und überließ die Staatsgeschäfte seiner ehrgeizigen Gattin, der habsburgischen Erzherzogin Marie-Caroline. Nach fast fünfzigjähriger Herrschaft des ›Re Nasone‹ zählte das Königreich mit seinen fünf Millionen Bewohnern zu den ärmsten und rückständigsten in Europa. Es gab Mißwirtschaft, Hunger, Aberglaube, feudale Willkür und Korruption. Zwei Drittel des Bodens gehörten 3000 Adligen und 8000 Klerikern, die Staatsschuld war mit 130 Millionen Francs siebenmal so hoch wie die Frankreichs, fruchtbare Äcker und Weinberge lagen brach, der Seehandel war fast völlig zum Erliegen gekommen, und in den Wäldern regierten die Briganten.

Napoleon gab seinem Bruder den Auftrag, den Feudalismus abzuschaffen, die Menschenrechte einzuführen und die Küste gegen die englische Flotte zu verteidigen. Bei der Wahl der Minister ließ er ihm freie Hand, und Joseph umgab sich mit Männern seines Vertrauens – Roederer, Miot und sein alter Landsmann Saliceti –; für die übrigen staatlichen Posten gewann er prominente Italiener; es war insgesamt eine vorzügliche Regierungsmannschaft, mit der sich Joseph ans Werk begab. Er beseitigte die Feudalgerichtsbarkeit der landsässigen Barone, verwandelte die Güter des Adels in Bauernhöfe, tilgte die Staatsschuld, bekämpfte erfolgreich das Räuberunwesen in den Gebirgswäldern der Abruzzen, führte das napoleonische Rechtssystem ein, vereinfachte das Steuerwesen und rettete die Ruinen von Pompeji. Er beschnitt die Auswüchse des Klerus, indem er zweihundert überzählige, wirtschaftlich nicht lebensfähige Klöster auflöste und die Insassen mit Renten abfand – drei große Abteien ließ er bestehen, darunter Monte Cassino –, und er war seit der spätrömischen Zeit der erste Landesherr in Süditalien, der systematisch alle Provinzen seines Staates bereiste und selbst nach dem Rechten sah. In Neapel baute er die Universität aus und sorgte für regen Kulturbetrieb; die Stadt wurde ein Anziehungspunkt für Dichter und Schriftsteller, Bildhauer und Schauspieler.

Die Neapolitaner nannten Joseph respektvoll ›Philosophenkönig‹, und sein Ansehen wuchs noch, als er dem Staat eine Verfassung gab und erstmals ein richtiges Parlament mit immerhin beratenden Funktionen einsetzte.

Julie war zunächst in Paris geblieben, weil ihr am Hofleben wenig lag, und führte von dem beschaulichen Landsitz Mortefontaine mit ihrem Gatten eine rege Korrespondenz. Joseph seinerseits gab sich wenig Mühe, sie nachkommen zu lassen, gab es doch in Neapel genügend weibliche Schönheiten, die ihn fesselten.

Trotz der unbestreitbaren Verdienste Josephs um den süditalienischen Staat war Napoleons Urteil zwiespältig. Zwar erkannte er die juristischen, wirtschaftlichen und kulturellen Leistungen des Bruders an, aber er warf ihm auch Gutmütigkeit, Schwäche und Nachgiebigkeit in der Regierungsführung vor. Als Napoleon dann noch erfahren mußte, daß Joseph der Kathedrale von Neapel kostbare Juwelen geschenkt und an der Zeremonie der ›Verflüssigung des Blutes‹ teilgenommen hatte, schrieb er ihm herausfordernd: ›Ich freue mich, daß Sie Ihren Frieden mit dem heiligen Januarius gemacht haben. Hoffentlich vergessen Sie darüber nicht, die

Festung Gaeta zu verstärken und gelegentlich die Insel Sizilien zu erobern ...‹

Hier lag der wunde Punkt. Joseph wollte ein Friedensfürst sein. Aber der militärische Bruder ließ nicht locker. Im November 1807 flatterte ein aufgebrachter Brief aus Fontainebleau auf den Schreibtisch des ›Philosophenkönigs‹: ›... Aus Ihrem Brief vom 3. ersehe ich, daß Sie 74 000 Mann Franzosen, Neapolitaner, Schweizer zur Verfügung haben, doch trotz dieser bedeutenden Kräfte sind Reggio und Scilla noch nicht in Ihrem Besitz; das ist eine Schande! Ich fordere Sie noch einmal auf, Reggio und Scilla in Besitz zu nehmen! ... Mit einer Armee, wie Sie sie besitzen, würde ich nicht allein das Königreich Neapel verteidigen und diese beiden Städte nehmen, sondern auch die päpstlichen Staaten beobachten und drei Viertel meiner Truppen an der Etsch aufstellen! Übrigens haben Sie nur deshalb so viele Schufte im Königreich Neapel, weil Sie so schwach sind! Bedenken Sie, daß ein Fürst den besten Ruf genießt, wenn er streng ist, besonders mit den Italienern ... Sie haben eine seltsame Art zu handeln! Sie stellen Ihre Truppen an Orten auf, wo sie vollkommen unnötig sind, und lassen die bedeutenden Punkte unverteidigt.

Gestern hat mich Ihre Frau besucht. Ich fand sie so wohlaussehend, daß ich über ihr Hierbleiben ordentlich empört war; das sagte ich ihr auch, denn ich bin gewöhnt, daß Frauen mit ihren Männern zu leben wünschen. Antworten Sie mir nicht früher, als bis Reggio und Scilla Ihnen gehören...‹

Die brieflichen Donnerwetter fruchteten allerdings nicht viel, weder in Neapel, noch in Amsterdam bei Louis.

Louis' Gesundheitszustand hatte sich trotz ständiger Kuren nicht gebessert. Als Napoleon seinem Lieblingsbruder den holländischen Thron anbot, wollte dieser zunächst nicht annehmen und verwies auf das Klima des Landes, das seiner Gesundheit abträglich sei. »Unsinn«, erwiderte Napoleon, »lieber auf einem Thron sterben, denn als Prinz leben.«

Louis gehorchte also mit gewohnter Ergebenheit und hielt im Juni 1806 mit seiner Familie Einzug in Den Haag. Die Holländer verlangten nach keinem Herrscher und empfingen den neuen

König feindselig. Zu den Abgeordneten der Hoogmogenden sagte Louis: »Seien Sie überzeugt, daß ich seit dem Augenblick, da ich den Fuß auf den Boden des Königreichs setzte, Holländer bin«, und er hielt Wort. Er begann sofort, die Sprache zu erlernen, umgab sich fast ausschließlich mit Leuten des Landes, führte ein humanes Strafrecht ein, rief eine alljährliche Handelsmesse ins Leben, um die Industrie zu fördern, reduzierte die jährlichen Ausgaben von 78 auf 55 Millionen Gulden und erreichte bei dem kaiserlichen Bruder, daß die Holländer von der Konskription befreit wurden mit der Begründung, daß sie ein Volk von Fabrikanten und Händlern seien. Schon bald nannte die Bevölkerung ihn den ›guten König Louis‹. Napoleon fand ihn ein wenig zu gütig und schrieb ihm: ›Ihr einziges Streben ist es, den Beifall der Krämer zu ernten, alles andere vernachlässigen Sie ... Vor allem verlange ich von Ihnen, mir nicht mehr vorzujammern. Mehr Energie, mehr Energie! ... Sie regieren dieses Volk viel zu klösterlich. Die Güte eines Königs muß stets majestätisch, aber nie mönchisch sein. Die Liebe, die Könige einflößen, muß eine männliche Liebe sein, gepaart mit ehrerbietiger Furcht und hoher Achtung. Sagt man von einem König, er sei ein guter Mann, so ist seine Regierung verfehlt...‹

Was Napoleon befürchtete, trat ein. Louis gab den Forderungen der Holländer immer weiter nach, und als sie einen Adel haben wollten, bewilligte er auch das. Als der Kaiser davon erfuhr, zwang er den Bruder, die Maßnahme rückgängig zu machen mit der Begründung, daß ein Handelsland keinen Adel benötige.

Ein weiterer Streitpunkt war die Kontinentalsperre, die Louis zunächst im Interesse des holländischen Handels nicht durchführte. Der Bruder warf ihm vor, daß er das oberste Gebot verletze, ›nie aufzuhören, Franzose zu sein‹, er sei ›ein Holländer, ein Käsehändler‹ geworden, worauf Louis antwortete, eben das müsse ein König von Holland auch sein; aber im Jahre 1807 mußte der ›gute König‹ schließlich doch den kaiserlichen Befehlen nachkommen und die Häfen schließen.

Seine Ehe mit Hortense war im Laufe der Jahre noch schlechter geworden, sodaß sich Napoleon im Frühjahr 1807 genötigt sah, einzugreifen. Von Schloß Finkenstein aus schrieb er an Louis: ›Ihre

Zwistigkeiten mit der Königin dringen in die Öffentlichkeit. Wenn Sie doch lieber in Ihrer Häuslichkeit jenes väterliche und sanftmütig-weibische Wesen hätten, das Sie als Regent an den Tag legen, und in Geschäften jene Strenge bewiesen, die Sie in Ihrer Familie kundtun! Sie behandeln eine junge Frau wie ein Regiment Soldaten. Sie haben die beste und tugendhafteste Frau und machen sie unglücklich. Lassen Sie sie doch tanzen, soviel sie will; das ist das Recht ihrer Jugend. Ich habe eine Frau, die vierzig Jahre alt ist, aber vom Schlachtfeld aus schreibe ich ihr, daß sie so viele Bälle wie möglich besuchen soll. Und Sie wollen, daß eine Zwanzigjährige, die noch alle Illusionen der Jugend besitzt, wie in einem Kloster lebt, wie eine Amme sich immer nur mit ihrem Kinde beschäftigt? Sie fühlen sich in Ihrer Familie zu sehr und in Ihrer Verwaltung zu wenig als Herr.

Das alles sagte ich Ihnen nur, weil ich Interesse an Ihnen nehme. Machen Sie die Mutter Ihrer Kinder glücklich...‹

Auf Eugènes Heirat folgten 1806 und 1807 noch zwei weitere dynastische Verbindungen: Joséphines Nichte Stephanie, die der Kaiser ebenso wie Hortense und Eugène adoptiert hatte, wurde mit dem Erbprinzen von Baden vermählt und Jérôme im Sommer 1807 mit Katharina, der Tochter des Königs von Württemberg. Im Herbst des gleichen Jahres ernannte Napoleon den Bruder zum König von Westfalen; Jérôme war jetzt dreiundzwanzig Jahre alt, General und kaiserlicher Prinz.

Sei es, daß Jérôme Elizabeth weniger liebte als Lucien seine Alexandrine, sei es, daß die kaiserlichen Fleischtöpfe zu verlockend waren – Jérôme war jedenfalls im Frühjahr 1805 auf Befehl Napoleons ohne seine Frau an Land gegangen, hatte sich sofort zum Familienoberhaupt begeben und nach einer Unterredung mit dem Bruder zur Scheidung bereit erklärt. Dieser verzieh ihm, ernannte ihn zum Prinzen, schickte ihn aber zunächst wieder zur See und ließ ihn 1806 am Feldzug gegen Preußen teilnehmen. Da sich Jérôme im Kampf leidlich gut bewährte, avancierte er zum General.

Elizabeth Patterson begab sich, ohne den Gatten noch einmal gesehen zu haben, nach England, wo sie in Camberwell bei London am 7. Juli 1805 einen Sohn zur Welt brachte. Der kaiserliche

Schwager setzte ihr eine jährliche Pension von 60 000 Francs aus unter der Bedingung, daß sie niemals den Namen Bonaparte trüge, und die junge Frau fügte sich. Ein kaiserlicher Beschluß hatte die Ehe für nichtig und die daraus hervorgehenden Kinder für unehelich erklärt, um aber ganz sicher zu gehen, ließ Napoleon die Heirat des Bruders durch den Erzkanzler Cambacérès von der klerikalen Behörde in Rom ebenfalls für nichtig erklären. Der Papst indes verweigerte die Annullierung, mit der Folge, daß Jérôme keine katholische Prinzessin heiraten konnte, aber zum Glück gab es in Deutschland protestantische Fürsten, und so fiel die Wahl des Kaisers auf Katharina von Württemberg.

Sie war fast zwei Jahre älter als Jérôme, sehr füllig, um nicht zu sagen dick, besaß aber ein hübsches Gesicht mit klaren, offenen Zügen und ein gewinnendes Wesen. Von den Bonapartes wurde sie freundlich aufgenommen, und besonders Letizia und der Kaiser schätzten sie sehr. Katharina verliebte sich auf den ersten Blick leidenschaftlich in Jérôme, der an Lucien schrieb: ›Die Prinzessin scheint besonders gut zu sein. Sie ist zwar nicht gerade schön, aber doch nicht übel.‹ Nach den Hochzeitsfeierlichkeiten in Paris begab sich das junge Paar in sein Königreich; in Kassel angekommen, fanden sie einen Brief des Kaisers vor:

Fontainebleau, den 15. November 1807

Mein Bruder, beiliegend finden Sie die Verfassung Ihres Königreichs. Sie enthält die Bedingungen, unter welchen ich auf alle meine Eroberungsrechte sowie die Rechte, die ich auf Ihr Land habe, verzichte. Sie müssen sie getreulich erfüllen. Das Glück Ihres Volkes liegt mir nicht allein wegen des Einflusses am Herzen, den es auf Ihren und meinen Ruhm haben kann, sondern auch in Hinsicht auf die allgemeine europäische Politik ... Man ist im Königreich Westfalen aufgeklärter, als man Ihnen zugeben wird, und Ihr Thron wird in der Tat nur auf dem Vertrauen und der Liebe Ihrer Untertanen befestigt sein. Was aber das deutsche Volk am sehnlichsten wünscht, ist, daß diejenigen, die nicht von Adel sind, durch ihre Fähigkeiten gleiche Rechte auf Auszeichnungen und Anstellungen haben, daß jede Art Leibeigenschaft und vermittelnde Obrigkeit zwischen dem Souverän und der untersten Volksklasse aufgehoben werde. Ihr Königtum wird sich durch die Wohltaten des Code Napoléon, durch das öffentliche Gerichtsverfahren und die Einführung des Geschworenengerichts auszeichnen ... Ihr Volk muß sich einer Freiheit, einer Gleichheit, eines Wohlstandes erfreuen, die den übrigen Völkern Deutschlands unbekannt sind. Eine solche liberale Regierung muß auf diese oder jene Weise für die Politik des Rheinbundes und für die Macht Ihres Reiches die heilsamsten Veränderungen hervorbringen. Sie wird Ihnen eine mächtigere Schranke gegen Preußen sein als die Elbe, als alle Festungen und der Schutz Frankreichs ... Die Völker Deutschlands, Frankreichs, Italiens und Spaniens wünschen Gleichheit und aufgeklärte Ideen! Seien Sie ein konstitutioneller König!

Jérôme versuchte die Wünsche seines Bruders so gut er konnte zu erfüllen. In Verwaltung und Justiz des Landes gab es viele deutsche Beamte, und etliche mit bedeutenden Namen: die Prinzen von Salm, von Hohenzollern-Hechingen, die von Hessen-Philippstal, um nur einige zu nennen. Jérôme berief den Geschichtsschreiber Johannes von Müller zum Leiter des Unterrichtswesens, als Hofbibliothekar beschäftigte er den jungen Jakob Grimm, der später mit seinem Bruder Wilhelm die ›Kinder- und Hausmärchen‹ herausgab. Er beseitigte Lehnswesen und Leibeigenschaft, Frondienste der Bauern und Privilegien des Adels; der Handel wurde durch Abschaffung der Binnenzölle liberalisiert, die allgemeine Schulpflicht eingeführt, Justiz und Verwaltung vereinfacht. 18 000 Juden wurden von der diskriminierenden Sondersteuer befreit, und es wurde ihnen erstmals zivile Gleichberechtigung gewährt. Jérôme suchte den Kontakt zum einfachen Volk und förderte die schönen Künste weitaus großzügiger als sein kurfürstlicher Vorgänger.

So weit, so gut. Joseph war ein ›Philosophenkönig‹, Louis ein ›guter König‹ und gewissenhaft, aber Jérôme war derjenige, der seine Herrschaft in vollen Zügen genoß, und dazu gehörte, daß er mit vollen Händen Geld ausgab. Mit der Jahresrente von fünf Millionen Francs, die der kaiserliche Bruder bewilligt hatte, hätte er gut auskommen können – der König von Preußen etwa verfügte über eine Krondotation von nur drei Millionen, und die des Kaisers von Österreich betrug zweieinhalb Millionen – aber Jérômes Ansprüchen genügte sie nicht. Seine Gesellschaften auf Schloß Wilhelmshöhe, sein Privattheater, die Diamantengeschenke an die wechselnden Mätressen, die hohen Gehälter, die er zahlte, verschlangen Unsummen. In seinen Ställen hatte er zweiundneunzig Kutschen und über zweihundert Pferde; er hielt sich vierzehn Kämmerer, und wer ihm über den Weg lief, wurde mit fünfundzwanzig Jérômes, die sein Bild trugen, beschenkt. Eine Festlichkeit folgte der anderen, und bei der Verabschiedung seiner Gäste sagte er stets: »Morgen wieder lustik.« Das waren die einzigen deutschen Worte, die er konnte, und bald nannte man ihn im ganzen Land ›König Lustig‹.

Vielleicht hätte der Staat die überflüssigen Geldausgaben verkraftet, aber er war mit Verpflichtungen überlastet, die im Interesse des Empire erfüllt werden mußten: An Frankreich mußte eine Kriegsentschädigung von fünfundzwanzig Millionen Francs gezahlt werden, das war die Hälfte des staatlichen Jahreseinkommens; das Kriegsbudget übertraf mit achtundzwanzig Millionen Francs die Summe aller übrigen Posten des Haushalts; ein Besatzungskorps von 12 000 Mann mußte unterhalten werden, und schließlich hatte sich Napoleon die Hälfte der Domänen und Krongüter reservieren lassen, um verdiente französische Offiziere zu belohnen. Hinzu kam, daß vom kurfürstlichen Vorgänger fünfundzwanzig Millionen Staatsschulden vorhanden waren und sich natürlich die Auswirkungen der Kontinentalsperre bemerkbar machten.

Jérôme nahm bei dem jüdischen Bankier Isaac Jakobson eine Anleihe auf, aber da er nicht wirtschaften konnte, nutzte es nicht viel. Aus Paris trafen zornige Briefe ein: ›Sie schulden der Schuldentilgungskasse zwei Millionen. Sie haben Ihre Wechsel prolongieren lassen, was kein Ehrenmann tut. Ich dulde nicht, daß man mir nicht Wort hält! Verkaufen Sie Ihre Diamanten, Ihr Tafelgeschirr. Geben Sie sich nicht einer so unsinnigen Verschwendungssucht hin, die Sie zum Gespött Europas macht und schließlich die Entrüstung Ihres Volkes hervorrufen wird. Die Ehre über alles! Es steht Ihnen schlecht an, Ihre Schulden nicht zu bezahlen, wenn man die Geschenke sieht, die Sie machen, und diesen in Ihrem Lande ungewohnten Luxus, der Ihr Volk aufreizt ... Ich bin recht ärgerlich zu erfahren, daß es mit Ihrer Gesundheit schlecht steht. Gehen Sie zeitig zu Bett und leben Sie etwas regelmäßiger! ...‹

Jérôme gelobte Besserung, aber es änderte sich nichts. Seine Ehe verlief im großen und ganzen harmonisch, was ihn nicht hinderte, Katharina ständig zu betrügen, aber in allen politisch wichtigen Angelegenheiten fragte er sie um Rat. Die junge Frau ertrug die Mätressen mit Gleichmut und verzieh ihrem ›Fifi‹, das war sein Kosename als Kleinkind, immer wieder.

Fifi-König Lustig und Katharina in Kassel; der gute Käsekönig Louis und Hortense in Amsterdam; der Philosophenkönig Joseph in Neapel; die ehrgeizige, machthungrige Caroline in Paris; Murat in Düsseldorf; die lebenslustige Pauline in Paris und überall, nur nicht in Guastalla und möglichst fern vom Fürsten Borghese; die arbeitswütige Elisa und Bacchiochi in Lucca; der loyale Eugène und seine biedere Augusta in Mailand ... Das war Europa im Jahr 1807.

In jenem Jahr gab es bei den Bonapartes zwei Familienprobleme, die immer noch nicht gelöst waren; die Frage, wer dereinst Nachfolger des Kaisers werden sollte, und das Zerwürfnis zwischen Napoleon und Lucien, unter dem besonders Letizia litt.

Bis zum Sommer 1807 hatte Napoleon in dem Neffen Napoleon Charles seinen Nachfolger gesehen; Louis sträubte sich zwar nach wie vor gegen eine Adoption des Sohnes, aber der Kaiser hoffte, daß der Bruder doch noch seine Zustimmung geben würde.

Am 5. Mai 1807 starb das Kind an der Bräune, und nachdem der erste Schmerz abgeebbt war, tauchte erneut die Frage auf: Wer wird Thronfolger? Gewiß, Louis hatte noch einen Sohn, und angesichts der bevorstehenden Vermählung Jérômes bestand Hoffnung auf männliche Nachkommen auch von dieser Seite. Aber es war allgemein bekannt, daß der Kaiser den verstorbenen Neffen besonders geliebt hatte, und niemand wußte, ob er überhaupt bereit war, Louis' zweiten Sohn als Nachfolger zu bestimmen.

Während Napoleon in Osteuropa den entscheidenden Schlag gegen die russische Armee vorbereitete, brodelte in Paris die Gerüchteküche – weniger in der Familie, die sich ja größtenteils gar nicht in der Hauptstadt aufhielt, sondern in bestimmten Regierungskreisen, zum Beispiel bei Fouché; und nun tauchte auch das Wort Scheidung wieder auf.

Der Tod des Kindes hatte Hortense und Louis für kurze Zeit einander näher gebracht; die junge Frau lag tagelang fiebernd im Bett und rief nach ihrem Sohn, und Louis, der nun doch Mitleid empfand, saß bei ihr, pflegte sie und redete ihr gut zu.

Als Hortense wieder gesund war, reiste das Paar in die Pyrenäen nach Cauterets, einem Heilbad, wo auch Louis seine Schwefelbäder nehmen konnte. Er hielt es bei seiner Frau nicht aus und kehrte nach nur zehn Tagen wieder zurück nach Holland, während sie noch einige Wochen blieb. In dem nahegelegenen Badeort Barège weilte zu dieser Zeit der holländische Admiral Verhuel zur Kur, von dem bekannt war, daß er seine Königin verehrte.

War es der Tod ihres Sohnes, waren es die unglücklichen Jahre mit Louis, kurz, Hortense gab der Werbung des Admirals nach. Und als sie sich im Herbst schwanger fühlte, mußte sie sich die Frage stellen, wer wohl der Vater des Kindes war. Sie begann zu rechnen, aber das brachte sie auch nicht weiter, und sie fand sich schließlich damit ab, daß sie nie erfahren würde, ob ihr drittes Kind ein Bonaparte oder ein Verhuel war.

Joséphine war hocherfreut über die Schwangerschaft der Tochter, sah sie doch darin eine Stützung ihrer eigenen Position, die durch einen Brief Fouchés erneut ins Wanken geraten war. In jenem Brief an die Kaiserin legte der Minister dar, daß Frankreichs politische Zukunft gefährdet sei durch das Fehlen eines Leibeserben des Kaisers, der sich aber niemals entschließen werde, von der Kaiserin das Opfer der Trennung zu verlangen, und so gebe er, Fouché, den Rat, daß sie sich selbst Frankreich zum Opfer bringe. Fouché versicherte ausdrücklich, daß der Kaiser von diesem Vorschlag nichts wisse.

In ihrer Verzweiflung besprach sich Joséphine mit den Rémusats. Der Gedanke, daß der Kaiser Fouché zu diesem Brief aufgefordert haben könnte, wurde zwar nicht offen ausgesprochen, stand aber im Raum. Joséphine befolgte den Rat des Ehepaares und zeigte den Brief ihrem Gatten, der daraufhin Fouché einen scharfen Verweis erteilte und ihr versicherte, daß er nicht an Scheidung dächte, daß er sie genauso liebe wie damals zu Beginn ihrer Ehe. Als er dann einige Wochen lang wieder ihr Schlafzimmer aufsuchte, war sie beruhigt. Aber ein ungutes Gefühl blieb. Da waren jene höflichen, nichtssagenden Briefe aus Polen, in denen er ihr kategorisch befohlen hatte, nicht nach Warschau zu kommen, die Wege seien zu schlecht, tausend Gründe hatte er angeführt; auf Umwegen hatte sie dann von der Liebelei mit der polnischen Gräfin erfahren. War es wirklich nur eine Liaison wie in früheren Zeiten oder war es doch tiefer gegangen? Es war aber nicht nur die junge Gräfin Walewska, die Joséphine in Unruhe versetzte, es war noch etwas anderes, und ihr Instinkt trog sie nicht. Der Gedanke an Scheidung hatte sich nämlich doch in Napoleons Denken eingenistet, und zwar vor allem, weil er zumindest halbwegs sicher war, daß er einen Sohn hatte ...

Caroline war die Urheberin dieser Affaire gewesen. Da sie vermutete, daß es Joséphines Einfluß zuzuschreiben war, daß sich der Bruder bei der Nachfolgefrage gegen Achille entschieden hatte, versuchte sie, die Schwägerin zu kränken und zu ärgern, wo sie konnte. So führte sie Napoleon hin und wieder junge Frauen zu, wohl wissend, daß Joséphine davon erfahren würde.

Im Frühjahr 1806 hatte Caroline ihren Bruder mit ihrer neuen Vorleserin Eléonore Dénuelle de la Plaigne, einem hübschen Mädchen von neunzehn Jahren, zusammengeführt. Die Liaison dauerte nur kurz; Eléonore sah lediglich die damit verbundenen materiellen Vorteile, und Napoleon verlor nach wenigen Schäferstündchen das Interesse an der jungen Frau; aber nach ein paar Wochen merkte Eléonore, daß sie schwanger war. Der Kaiser war zunächst skeptisch, einmal weil er Vertrauen zu Corvisarts Diagnosen hatte, zum anderen, weil sein Schwager Murat zur selben Zeit wie er Beziehungen zu der jungen Dame unterhalten hatte, bevor er nach Düsseldorf abreiste.

Aber als Napoleon im Dezember des gleichen Jahres in Polen erfuhr, daß Eléonore einen Sohn geboren und ihn auf den Namen Léon getauft hatte, wurde er unsicher, und als er das Kind im Spätsommer 1807 zum ersten Mal sah, stellte er fest, daß es unverkennbar seine Gesichtszüge hatte. Obwohl ihm gewisse Zweifel blieben, sicherte er seinen Sohn finanziell ab und gab Ménevals Schwiegervater den Auftrag, das Kind zu erziehen, da er die Mutter für leichtlebig hielt.

Joséphine wußte zwar von der Affaire mit Eléonore, aber nichts von dem kleinen Léon, und auf Befehl des Kaisers wahrten auch die Murats das Geheimnis.

In jenen Jahren hatten einzelne Familienmitglieder, vor allem Letizia und Elisa, immer wieder versucht, Napoleon und Lucien miteinander auszusöhnen, aber ihre Bemühungen waren stets am Starrsinn der Brüder gescheitert.

Seit 1806 spielte das mit Frankreich verbündete Spanien in Napoleons Überlegungen eine Rolle. Die spanische Königin Maria-Luise, die Gattin Karls IV., war die tatsächliche Herrscherin durch ihren Geliebten, den Minister Godoy. Als Napoleon 1806 in Berlin die Geheimpapiere der preußischen Regierung in die Hände bekam, fand er einen Brief, in dem Godoy versprach, zusammen mit Preußen Frankreich anzugreifen; nur der Sieg bei Jena hatte ihn davon abgehalten. Von diesem Augenblick an stand Napoleons Entschluß fest, der Dynastie der spanischen Bourbonen ein Ende zu machen.

Er war überzeugt, mit den Spaniern ebenso leichtes Spiel zu haben wie mit den Neapolitanern, und überlegte, welchem Familienmitglied er dieses Land anvertrauen könne; längst wußte er, daß Caroline nach einem Königreich gierte, aber da ihm ihr Ehrgeiz unheimlich war, schloß er die Murats bei seinen Überlegungen aus. Der einzige Bonaparte, der noch keine Titel, kein Königreich hatte, war Lucien. Napoleon beschloß, ihm ein Angebot zu unterbreiten, und forderte den Bruder auf, ihn im Dezember 1807 in Mantua zu treffen.

Pius VII., der Lucien sehr schätzte, hatte ihm das päpstliche Lehen Canino, ein Landgut bei Viterbo, verpachtet, und dort, wenige Meilen vom Meer und von Rom entfernt, hatte Lucien sich mit seiner Familie niedergelassen und lebte ein ruhiges Leben als bürgerlicher Grundherr.

Er baute Weizen an, zog Weinreben, stellte ein verfallenes Eisenbergwerk wieder her, ließ eine verschüttete heiße Quelle freilegen und einfassen, sodaß ein kleiner Kurpark auf seinem Gelände entstand. Unter den Fußböden seines alten Farnese-Ritterkastells entdeckte er die Reste einer altrömischen Villa, und als er weitergraben ließ, fand man Vasen, Werkzeuge und Schmuck aus etruskischer Zeit. Lucien ließ die Funde konservieren und ausstellen und wurde ein begeisterter Amateur-Archäologe, dessen Veröffentlichungen auch wissenschaftliche Anerkennung fanden. Einen Teil seines Vermögens legte er in Immobilien an und erwarb im Laufe der Jahre zusätzlich zur Villa Tusculum noch eine Anzahl weiterer Villen in Rom und Umgebung.

Neben all diesen Aktivitäten widmete er sich weiterhin der Schriftstellerei und sammelte einen Kreis von Künstlern und Gelehrten um sich, dem auch Alexander von Humboldt angehörte.

Die Familie war größer geworden; auf Charles-Laurent waren 1804 Letizia-Christine und 1807 Jeanne gefolgt. Luciens Ehe mit Alexandrine war noch so glücklich wie am ersten Tag, und gemeinsam beobachteten sie die politische Entwicklung und Neuordnung Europas, wobei Lucien nicht mit kritischen Bemerkungen sparte.

»Schon wieder ein Sieg!« rief Alexandrine, als die Zeitungen die Niederlage der Russen bei Friedland meldeten.

»Jupiter wird sich noch zu Tode siegen«, erwiderte Lucien mit spöttischem Unterton, »bisher jedenfalls haben seine Siege Europa noch keinen dauerhaften Frieden gebracht; alle seine Friedensverträge waren doch nur bessere Waffenstillstände.«

»Jetzt ist auch Jérôme König geworden«, sagte Alexandrine einige Monate später, »König von Westfalen. Dein Bruder betreibt eine zielstrebige Familienpolitik.«

»Sag besser, eine verfehlte Familienpolitik. Ich finde es zwar richtig, daß er die degenerierten Bourbonen aus Neapel vertrieben hat, daß er dem Heiligen Römischen Reich den Todesstoß versetzt und in allen eroberten Territorien die Errungenschaften der Revolution eingeführt hat, aber warum setzt er der Bevölkerung die Bonapartes als regierende Souveräne vor die Nase, warum hat er nicht Republiken geschaffen mit Statthaltern? Mit Statthaltern des Kaisers wie im Römischen Reich unter Cäsar und Augustus? Er nennt sich ›Kaiser der Französischen Republik‹, aber ist er das noch? Treibt er nicht mehr und mehr auf eine Monarchie zu? Meiner Meinung nach verkraftet die Bevölkerung die Oberhoheit Frankreichs besser mit einem tüchtigen Verwaltungsbeamten an der Spitze als mit König Joseph oder Jérôme. Im übrigen wird er sein Imperium nur halten können, wenn er endlich Frieden mit England schließt und diesen nutzlosen Wirtschaftskrieg beendet; die Kontinentalsperre wird Britannien nicht in die Knie zwingen.«

»Ich weiß nicht, Lucien, jetzt, wo auch der Zar keinen Handel mehr mit England treibt, werden die Briten vielleicht doch besiegt werden.«

»Ja, zur Zeit sind die russischen Häfen geschlossen, aber wie lange noch? Rußland ist ein Agrarland und auf den Handel mit England angewiesen. Wenn der Zar seinen Staat nicht wirtschaftlich ruinieren will, muß er mit Britannien Handel treiben, und wenn dieser Moment eintritt, ist die Kontinentalsperre zum Scheitern verurteilt.«

»Du glaubst also, daß Napoleon sich mit England wird arrangieren müssen?«

»Ja, aber ich fürchte, die Niederwerfung des Inselstaates ist bei ihm allmählich zur fixen Idee geworden.«

Als Lucien die Einladung nach Mantua erhielt, zögerte er zunächst und fragte sich, was der Bruder ihm wohl zu sagen habe? Aber vielleicht, überlegte Lucien, hat er seine Meinung in den drei Jahren geändert, vielleicht ist er bereit, Alexandrine in die Familie aufzunehmen? Obwohl, bei Jérôme war er auch unnachgiebig, aber das liegt ja schon zwei Jahre zurück...

Und so reiste er, zwischen Furcht und Hoffnung schwankend, nach Mantua und wurde von Méneval am späten Abend des 13. Dezember 1807 zum Arbeitszimmer des Kaisers im Palazzo Guerrieri geführt. Ein ungeheurer Lichterglanz von mehreren Kerzenpyramiden, die in dem großen Saal aufgestellt waren, strahlte ihm entgegen. Er hörte Méneval sagen: »Sire, Ihr Bruder Lucien.«

Lucien blieb stehen und sah zu dem großen runden Tisch, der gänzlich von einer Karte Europas bedeckt war; dort saß ein Mann, stützte die linke Wange auf die linke Hand, während die rechte schwarze, rote und gelbe Nadeln auf die Karte steckte. Lucien wußte, daß es nur sein Bruder sein konnte, hatte aber dennoch Mühe, ihn zu erkennen. Napoleon war in den vergangenen Jahren fülliger geworden, und die Haare lichteten sich. Er ist jetzt achtunddreißig Jahre, überlegte Lucien, aber er wirkt älter.

Nach einigen Minuten griff Napoleon nach einer kleinen Glocke und klingelte. Nun trat Lucien entschlossen einen Schritt vor und sagte: »Sire, ich bin es, Lucien!« Napoleon sprang auf, und fast im gleichen Augenblick öffnete sich die Tür, und Roustams Gesicht erschien.

»Es ist gut«, sagte der Kaiser zu seinem Mamelucken. »Laß uns allein, und daß niemand uns störe.« Dann sah er Lucien an. »Also Sie sind es ... Wie geht es Ihnen? Wie geht es Ihrer Familie? Wann haben Sie Rom verlassen, haben Sie eine gute Reise gehabt? Und der Papst? Wie geht es ihm? Er liebt Sie, der Papst?«

Er scheint verlegen zu sein, wozu sonst diese vielen Fragen, dachte Lucien; laut aber sagte er: »Danke, Sire, es geht mir gut, und ich sehe mit Freuden, daß dies auch bei Ihnen der Fall ist.«

»Ja, es geht mir gut«, erwiderte Napoleon und klopfte sich leicht mit der Hand auf den Leib, »ich werde zu dick und fürchte, noch dicker zu werden, aber setzen wir uns und plaudern ein wenig.«

Eine Weile saßen die beiden schweigend am Tisch; Napoleon schob nachlässig die Nadeln auf der Karte hin und her, und Lucien wartete, daß der Bruder das Wort an ihn richtete.

Als nichts dergleichen geschah, begann er: »Sire...«, aber fast im selben Moment fegte Napoleon die Nadeln mit einer Handbewegung zur Seite und wandte sich an den Bruder: »Nun, was haben Sie mir zu sagen?«

»Sire, ich warte auf das, was Eure Majestät mir mitzuteilen hat. Sie hatten die Güte, den Wunsch auszudrücken, mich zu sehen. Nach allem, was unsere Mutter und Joseph schreiben, kann ich Ihnen nicht verbergen, daß ich auf die Verzeihung Eurer Majestät zu zählen wage.«

»Und das können Sie um so mehr, als es vollkommen von Ihnen abhängt.«

»In diesem Falle werden alle meine Wünsche erfüllt werden, denn ich wünsche und will nichts mehr, als Eurer Majestät in allem, was sich mit meiner Ehre vereinbart, zu gefallen.«

»Sehr gut, aber man muß wissen, womit Sie augenblicklich Ihre Ehre in Einklang bringen.«

»Aber Sire, augenblicklich wie immer mit der Erfüllung der mir von der Natur und Religion auferlegten Pflichten.«

»Und die Politik, mein Herr, und die Politik? Gilt sie Ihnen nichts?«

»Sire, die Politik, jene Kunst, die Menschen zu regieren, kann sich nicht auf mich, einen unbedeutenden Privatmann, beziehen, dem das Handeln des Staatsmannes vollkommen unbekannt geworden ist und sein muß.«

»Nur an Ihnen hat es gelegen, ebenso wie Ihre Brüder König zu sein.«

»Sire! Die Ehre meiner Frau, der Stand meiner Kinder...!«

»Sie sprechen immer von Ihrer Frau und wissen doch genau, daß sie es nicht ist, daß sie es niemals gewesen und niemals sein wird, denn ich erkenne sie nicht an, ich habe sie niemals anerkannt und ich werde sie auch nie anerkennen. Nein, ich werde meine Meinung über sie nie ändern, und fiele auch der Himmel auf mich herab! Ihnen, der Sie mein Bruder sind, kann ich Ihr Unrecht verzeihen, aber ihr? Mein Fluch und der unserer Familie wird sie stets verfolgen!«

Lucien hörte wie betäubt zu, und war er anfangs freudig erstaunt gewesen über die Frage nach dem Befinden seiner Familie, so dämmerte es ihm allmählich, daß jene Anteilnahme nur seinen beiden Töchtern aus erster Ehe gegolten hatte.

»Ja«, wiederholte Napoleon, »der Himmel kann herabfallen, sie wird doch niemals meine Schwägerin werden! Übrigens ist dies ein Gesetz. Es ist jetzt eines unserer französischen Fundamentalgesetze wie das salische Gesetz: ›Jede von den Mitgliedern der kaiserlichen Familie ohne die Zustimmung des Kaisers geschlossene Ehe ist ungültig.‹ Verstehen Sie das wohl?«

»Sire, meine Heirat ist vor 1806, vor diesem Gesetz geschlossen worden.«

»Ja, aber dieses Gesetz ist Ihretwegen, weil Sie die Veranlassung dazu waren, erlassen worden.«

Als er sah, daß ein leises Lächeln Luciens Lippen umspielte, wurde er ungehalten: »Warum lachen Sie? Mit ist nicht lächerlich zumute. Ja, es gibt keinen guten Franzosen, der Ihnen nicht unrecht gäbe, die ganze Nation hat ihr Urteil über Sie gefällt. Hat man gegen meinen Senatsbeschluß, der dem Willen des Volkes unterstellt war und Sie und Jérôme ausschloß, nur den geringsten Einspruch erhoben? Nein, weil jedermann Ihre lächerlichen Verbindungen getadelt und verurteilt hat ...«

Bei dem Vergleich mit Jérôme sprang Lucien erregt auf und maß den Bruder mit feindlichen Blicken. Eine Weile war es ganz still im Raum, schließlich stand Napoleon auf, ging ein paarmal auf und ab und blieb dann vor dem Bruder stehen.

»Hören Sie, Lucien, erwägen Sie genau meine Worte. Wir wollen uns vor allem nicht aufregen ... Ich bin zu mächtig, als daß ich Lust hätte, mich zu ärgern. Sie sind mit Vertrauen zu mir gekommen; die korsische Gastfreundschaft darf vom Kaiser der Franzosen nicht verleugnet werden. Möge diese Tugend unserer Vorfahren und unseres Landes Ihnen eine Bürgschaft sein für das, was ich Ihnen zu sagen habe, sowie für Ihre volle Sicherheit. Ich bin weit entfernt, Ihre Frau zu mißachten, aber ich liebe sie nicht, ja ich hasse sie, weil die Leidenschaft, die sie Ihnen einflößt, mich desjenigen meiner Brüder beraubt, auf dessen Fähigkeiten ich am meisten gezählt hatte. Gewiß aber ist, mein lieber Lucien, daß diese Schönheit vergehen wird und Sie über diese Liebe enttäuscht sein werden. Dann aber werden Sie meiner Politik entgegenstehen, und ich werde genötigt sein, Sie gegen meinen Willen zu verfolgen, denn das sage ich Ihnen: Wenn Sie nicht für mich sind, ist Europa zu klein für uns beide.«

»Sire, Sie machen sich über mich lustig.«

»Nein, ich meine es ernst: Freund oder Feind!«

»Sire, Eure Majestät besitzen keinen ergebeneren Freund als mich.«

»Das sind leere Worte, solange Sie nicht auf meine Politik eingehen, und das ist Ihnen heute leichter denn je. Meine Familienpolitik hat sich geändert; das wird Sie wundern. Ja, sie hat sich geändert, wie Sie gleich sehen werden. Aus diesem Grunde können mir Ihre Kinder, die ich bis jetzt von meinem dynastischen System ausschließen mußte, von großem Nutzen sein. Aber sie müssen dynastisch anerkannt werden.«

»Sire, wenn Eurer Majestät daran liegt, daß meine Kinder in Ihr Erbrecht mit einbezogen werden, so könnten Sie durch Senatsbeschluß erklären, daß die Kinder Ihres Bruders Lucien, obwohl aus einer von Ihnen nicht anerkannten Ehe hervorgegangen, erbberechtigt sind. Sie könnten diese Handlung sogar dadurch begründen, daß meine Ehe vor dem darauf bezüglichen Gesetz geschlossen worden ist.«

»Ich weiß wohl, daß ich das tun kann, aber ich darf es nicht; die öffentliche Meinung ist auch noch da! Was würde die Familie dazu sagen, was der Hof, was Frankreich? Was ganz Europa, das meine kleinsten Handlungen, die geringsten Bewegungen beobachtet? Eine solche Palinodie würde mir mehr schaden als eine verlorene Schlacht.«

»Aber schließlich, Sire, bin ich ja bereit, Ihnen jede Genugtuung zu geben, die Sie im Interesse meiner Kinder verlangen. Sollen ich und meine Frau Sie um Verzeihung bitten, daß wir uns verheiratet haben ohne Ihre Einwilligung? Ohne daran zu denken, daß einmal ein Tag kommen würde, an dem Ihre Politik ein Gesetz benötigte, das den Verwandten Eurer Majestät verböte, sich ohne Ihre Einwilligung zu vermählen?«

»Ah, mein Gott, Sie werden dringend, und ich bin schwach! Ich werde jedoch nicht so schwach sein, um den Senatsbeschluß zu bewirken, den Sie für Ihre Kinder wünschen. Ich kann das ebensowenig tun, wie ich Ihre Frau anerkennen kann.«

»Nun, Sire, was wollen Sie dann eigentlich von mir?«

»Was ich will? Ganz einfach die Scheidung!«

»Aber Sire, Sie haben doch immer behauptet, ich sei nicht verheiratet; wie kann ich mich dann scheiden lassen?«

»Gut, darauf wartete ich nur. Tatsächlich würde ich durch diese Scheidung Ihre Ehe anerkennen, und ihre Kinder. Aber nicht Ihre Frau.«

»Sire, mir erscheint alles, was auf eine Trennung von meiner Frau zielt, für mich und meine Kinder entehrend, und ich werde niemals etwas Ähnliches tun, dessen versichere ich Sie.«

»Wie ist es möglich, daß Sie mit all Ihrem Geist den Unterschied nicht merken, der zwischen meinem heutigen Vorschlag und meinen früheren Forderungen liegt? Damals wären Ihre Kinder durch die Nichtigkeitserklärung Ihrer Ehe bürgerlich wie dynastisch zu Bastarden geworden.«

»In Ihren Augen, Sire, das kann sein, in bezug auf das Erbe Ihrer Krone. Doch seien Sie überzeugt, daß meine Kinder von ganz Europa anerkannt sind. Und als der Papst mir die Ehre gab, einer meiner Töchter den Namen seiner Mutter zu geben, kam es ihm nicht in den Sinn, sie für illegitim zu halten, obwohl er den Widerspruch Eurer Majestät gegen meine Heirat kannte.«

»Beruhigen Sie sich, so verstehe ich es auch. Ich wiederhole: Um sie dynastisch zu legitimieren, verlange ich die Scheidung. Ich zwinge Sie nicht, sich von Ihrer Frau zu trennen; sie soll, wie sie es verdient, geehrt werden, wenn sie bereitwillig meiner Politik und damit dem zukünftigen Interesse Frankreichs dieses Opfer bringt.«

»Sire, ich weiche keinen Schritt von dem Weg ab, den ich für den der Ehre halte.«

»Sie wollen also nicht nachgeben, Sie ziehen eine Frau vor...«

»Die meine, Sire!«

Eine Weile standen die Brüder sich schweigend gegenüber, dann setzte Napoleon erneut an: »Glauben Sie, ich wüßte nicht, welches Opfer ich von Ihnen und Ihrer Frau verlange? Auch ich werde mich im Interesse des Staates vielleicht von meiner Frau trennen müssen, denn an mir liegt es nicht, daß wir keine Kinder haben. Aus Gründen der Staatsraison werde ich mich mit einer Prinzessin aus einer alten Dynastie vermählen müssen, obwohl ich viel lieber eine junge Gräfin zur Kaiserin der Franzosen machen würde.«

Aha, dachte Lucien, er meint wohl die Gräfin Walewska, und er erinnerte sich, was der polnische Offizier neulich beim Empfang des Kardinalstaatssekretärs erzählt hatte: der polnische Adel und sogar der alte Graf Walewski, der Gatte, hätten die junge Frau gedrängt, dem Werben des Kaisers nachzugeben, in der Hoffnung, dadurch die Wiederherstellung des Staates Polen zu erreichen. Wie naiv von den Polen! dachte Lucien. Die Gräfin scheint immer noch seine Geliebte zu sein, aber statt Polen gibt es lediglich ein Großherzogtum Warschau ...

Die Stimme seines Bruders unterbrach seine Gedanken. »Sie ist eine reizende Frau, ein Engel! Ja, von ihr kann man wohl sagen: ihre Seele ist ebenso schön wie ihr Gesicht! Sie sehen mich verliebt, ja, ich bin es in der Tat, aber ich vergesse niemals meine Politik! Wenn

Sie, Lucien, sich vor mir scheiden ließen, würde meine Scheidung weniger Aufmerksamkeit in der Öffentlichkeit erregen. Sie sollten mir diesen Dienst wahrhaftig erweisen, ja, Sie sollten das für mich tun. Und dann: Dienst gegen Dienst, das muß sein; diesmal werde ich mich nicht undankbar bezeigen!«

Mein Gott, dachte Lucien, er gesteht tatsächlich, daß er nach dem Brumaire undankbar gewesen ist...

»Was Ihre Frau betrifft, sie wird Herzogin von Parma werden, und der älteste Ihrer Söhne wird Ihr Erbe sein, ohne jedoch Anspruch auf Ihre Nachfolge als französischer Prinz zu haben. Dies soll die erste Stufe sein, zu der ich Sie erhebe, bis wir etwas Besseres, das heißt eine unabhängige Souveränität, für Sie finden. Sie brauchen nur zu wählen...«

Seine Augen sprühen vor Ehrgeiz, dachte Lucien, ein satanischer Ehrgeiz.

Napoleon war vor die Landkarte Europas getreten und schlug mit der Hand darauf. »Ja, wählen Sie, Sie sehen, ich rede nicht in den Wind. Das alles gehört mir oder wird bald mir gehören; ich kann schon heute darüber verfügen. Wollen Sie Neapel – ich würde es Joseph wegnehmen, er zieht Mortefontaine vor; Italien, das schönste Kleinod meiner Kaiserkrone? Spanien? Sehen Sie es nicht schon dank des unmöglichen Verhaltens Ihrer Bourbonen und der Albernheit Ihres Freundes Godoy in meiner Hand? Möchten Sie nicht dort König sein, wo Sie einst nur Gesandter waren? Also, was wollen Sie? Sprechen Sie. Alles, was Sie wollen, steht Ihnen zur Verfügung, wenn Ihre Scheidung der meinigen vorausgeht.«

»Sire, nicht einmal Ihr schönes Frankreich würde mich verführen, als Preis dafür meine Scheidung einzusetzen.«

»So? Glauben Sie sich vielleicht in Ihrem Privatleben sicherer – dessen Sie zu berauben übrigens in meiner Macht steht –, als ich es auf meinen Thronen bin?«

Nanu, dachte Lucien, ich habe noch gar nicht gewußt, daß man, um fester zu sitzen, mehrere Sitze gleichzeitig haben muß.

»Glauben Sie vielleicht«, fuhr der Kaiser fort, »daß Ihr Freund, der Papst, mächtig genug ist, Sie gegen mich zu schützen, wenn ich Sie ernstlich bedrohen sollte? Nun, seien Sie gewiß, alles für den geschiedenen Lucien, nichts für den nichtgeschiedenen!«

Was soll ich hier noch, überlegte Lucien, wir drehen uns im Kreise! Aber die Etikette gebot ihm zu warten, bis der Kaiser ihn verabschiedete. Er hörte, daß der Bruder ihm vorschlug, die kleine Charlotte, die fast dreizehn Jahre zählte, für einige Zeit zu Letizia zu schicken; er hörte den Vorschlag, die wenigen Tage seines Aufenthaltes in der Nähe des Kaisers zu verbringen.

»Ich lasse Ihnen neben meinem Schlafzimmer ein Bett aufschlagen.«

Nein, dachte Lucien, nur das nicht! »Sire, ich kann über alles, was Sie gesagt haben, besser nachdenken, wenn ich allein bin. Überdies habe ich ein krankes Kind zu Hause, das bereitet mir Sorgen ...«

»Sie wollen sich mit Ihrer Frau verständigen; nun dann, adieu, ihr Annäherungspläne.«

»Sire, ich wage zu sagen, daß Sie sich irren. Die Pläne Eurer Majestät finden keinen besseren Bundesgenossen als meine Frau, und wenn sie darin das wohlerwiesene Interesse ihrer Kinder erblickte, so glauben Sie mir, daß sie nichts mehr wünschte, als die Lage, in der sie sich befindet, zu verlassen. Der Gegenstand des persönlichen Hasses Eurer Majestät zu sein, bekümmert sie tief. Ich fürchte manchmal, daß die Aufregungen und der Kummer darüber zu viel für sie sind.«

»Wirklich? Oh! Das tut mir leid. Aber geben Sie acht, sie darf nicht vor der Scheidung sterben, denn dann könnte ich Ihre Kinder nicht mehr legitimieren.«

Die letzten Worte waren in scherzhaftem Ton gesprochen, aber als Napoleon Luciens undurchdringliche Miene sah, merkte er, daß dieser nicht zum Nachgeben bereit war. Die Partie ist verloren, dachte Napoleon, schade, wegen Spanien, wen setze ich auf diesen Thron? Er lächelte und reichte Lucien die Hand. »Nun gut, reisen Sie ab, da Sie es wollen, aber halten Sie Wort!«

Lucien beeilte sich, den Saal zu verlassen. Er hatte bereits zwei Zimmer durchquert, als er die Stimme des Kaisers hörte: »Méneval! Méneval!«

Mein Gott, dachte Lucien und beschleunigte seine Schritte, will er mich etwa verhaften lassen? Er beruhigte sich erst, als er in seinem Wagen saß, und ließ das Gespräch noch einmal an sich vorüberziehen. Er hat tatsächlich versucht, mich zu verführen, mit Königreichen! Lächerlich! Neapel, Italien, Spanien. Spanien, wieso Spanien? Er kann doch den König nicht einfach absetzen – obwohl, nach dem heutigen Gespräch traue ich ihm alles zu; er ist so überzeugt von sich und seiner Politik, er scheint zu glauben, daß niemand wagt, ihm Widerstand entgegenzusetzen. Spanien ...

XXXI

Die kleine Letizia Murat, ein hübsches sechsjähriges Mädchen mit dunklen Augen und Locken, saß allein in ihrem Zimmer im Elysée-Palast vor einem Schachtisch und betrachtete traurig und mißmutig die Figuren aus Ebenholz und Elfenbein, die sich wie zwei Armeen gegenüberstanden und auf den Beginn des Kampfes warteten. Nun stand das Kind auf und zog das Tischchen mit der Kerzenlampe näher herbei; es war noch früh am Nachmittag, aber jener 1. März 1808 war ein trüber, wolkenverhangener, naßkalter Tag, und so war auch Letizias Stimmung. Ihr Vater, der erst vor wenigen Monaten aus dem Feld zurückgekehrt war, mußte erneut in den Krieg ziehen, diesmal Richtung Süden zur Iberischen Halbinsel. Zenaïde und Charlotte geht es besser als mir, dachte sie und setzte sich wieder vor den Schachtisch; meine Cousinen reisen in den nächsten Tagen mit Tante Julie nach Neapel zu ihrem Vater, und dann bleiben sie bei ihm, weil Onkel Joseph nicht dauernd irgendwo kämpfen muß ...

Sie zuckte zusammen, als aus dem Nebenzimmer plötzlich laute Kinderstimmen herüberdrangen; es waren ihre beiden jüngeren Geschwister, der fünfjährige Lucien und die dreijährige Louise, die um ein Spielzeug stritten, nun ertönten auch die schrillen, scheltenden Stimmen der beiden englischen Gouvernanten, Mrs. Pulsford und Miss Davies, die den großherzoglichen Kindern Manieren beibringen sollten. Caroline, die großen Wert darauf legte, daß ihre Kinder standesgemäß, das hieß, zu künftigen Souveränen, erzogen wurden – sie strebte immer noch nach einer Königskrone –, hatte englische Gouvernanten engagiert, die sie besonders vornehm fand. Leider war der kaiserliche Bruder nicht ihrer Ansicht – schließlich befand man sich mit England im Kriegszustand –, aber Caroline setzte, wie stets, ihren Willen durch.

»Sire«, hatte sie auf seine Vorhaltungen erwidert, »Sie beherrschen halb Europa, wir, Ihre Geschwister, regieren die von Ihnen eroberten Länder und fremde Völker, und irgendwann werden unsere Kinder diese Aufgabe erfüllen müssen. Ist es da nicht sinnvoll, sie weltoffen zu erziehen? Warum sollen sie nicht die Mentalität der Engländer kennenlernen? Seien Sie unbesorgt, Sire, meine Kinder werden eines Tages gute Franzosen sein, trotz der englischen Gouvernanten. Außerdem müssen Sie zugeben, Sire, daß Sie seit Beginn der Kontinentalsperre noch nie einen indischen Kaschmirschal an mir gesehen haben.« Die letzten Worte waren von einem boshaften Lächeln begleitet.

Der ›indische Kaschmirschal‹ war eine Spitze gegen Joséphine und traf den Kaiser an einer empfindlichen Stelle. Obwohl Ende des Jahres 1807 die Kontinentalsperre fast lückenlos durchgeführt wurde, gelang es den Schmugglern immer wieder, englische Waren, hauptsächlich aus den Kolonien, einzuführen und zu verkaufen. Napoleon war machtlos gegenüber dem Schmuggel und gegenüber Pauline und Joséphine, die trotz Blockade ständig neue Kaschmirschals um ihre Schultern drapierten. Er schimpfte, er tobte, er warf hin und wieder einen Schal ins Kaminfeuer, es half nichts; Gattin und Schwester sahen nicht ein, warum sie wegen dieser komischen Blockade auf die kuscheligen Schals verzichten sollten.

Letizia horchte ein wenig neidvoll auf die Stimmen ihrer Geschwister. Die haben es gut, dachte sie, die dürfen den ganzen Tag spielen, während bei Achille und mir jede Minute verplant ist, dauernd müssen wir irgend etwas lernen. Wenn es nur Rechnen, Schreiben, Lesen oder Musik, Zeichnen und Reiten wäre, aber seit einigen Monaten müssen wir auch Verse von Tasso auswendig lernen, und warum? Weil er einer der Lieblingsdichter des Kaisers ist. Wir müssen Schachspielen lernen, und warum? Weil der Kaiser Schach spielt. Letizia seufzte, als sie an die mütterlichen Ermahnungen dachte: »Es ist gut möglich, daß dein Onkel, der Kaiser, dich eines Tages auffordert, mit ihm Schach zu spielen. Ich möchte, daß du dieses Spiel perfekt beherrschst, die Schachpartie mit dir soll ihm Freude bereiten. Du sollst die beste Spielerin unserer Familie sein, besser als deine Cousins und Cousinen, besser als deine Tante Hortense; du und deine Geschwister, ihr müßt alles besser können als die anderen Neffen und Nichten des Kaisers. Das ist wichtig für eure Zukunft. Hast du mich verstanden?«

»Ja, Mama, wir dürfen nie den Unwillen des Kaisers erregen.«

Anschließend hatte Achilles Erzieher dem kleinen Mädchen die Grundregeln des königlichen Spiels beigebracht, und sie mußte jeden Nachmittag eine Stunde lang die einzelnen Züge üben und die verschiedenen Eröffnungen nachspielen.

Letizia sah zur Uhr auf dem Kaminsims und überlegte, wann ihr Vater aus den Tuilerien zurückkehren würde, um sich von seiner Familie zu verabschieden, bevor er nach Spanien aufbrach. Sie lauschte, ob nicht ein Wagen in den Hof fuhr, und begann gleichzeitig die Eröffnung, die sie am Tag zuvor gelernt hatte, nachzuspielen. Als die Bauern einige Felder vorgerückt waren und Springer und Läufer den König und seine Dame vor dem gegnerischen Angriff abschirmten, versuchte sie zum ersten Mal selbständig weiterzuspielen. Zunächst klappte alles reibungslos, aber plötzlich sah sie entsetzt, daß die schwarze Dame, die Königin, dem Zugriff des Gegners preisgegeben war. Sie war so vertieft in das Spiel, daß sie ihren Vater nicht bemerkte, der inzwischen das Zimmer betreten hatte.

Murat war nun fast einundvierzig und immer noch ein gutaussehender Mann mit starker physischer Ausstrahlung. Er hatte die Tuilerien gutgelaunt verlassen, dieses Kommando in Spanien war ganz nach seinem Geschmack, und er war froh, nicht nach Düsseldorf zurückkehren zu müssen, um dort die administrativen Anordnungen des kaiserlichen Schwagers durchzuführen.

Als er nun Letizia so voller Konzentration vor den Schachfiguren sah, verdüsterte sich seine Miene. Caroline übertreibt, dachte er, sie dressiert die Kleinen wie Jagdhunde; Julie und Hortense erziehen ihre Kinder auch sorgfältig, ohne sie mit zusätzlichem Unsinn zu quälen. Unsere Kinder sollen meinem Schwager angenehm auffallen, aber ob sich das jemals auszahlen wird? Wurden meine militärischen Verdienste entsprechend gewürdigt? Nein! Der Marschallstab war nur recht und billig, und dieses Großherzogtum ist geradezu lächerlich; mir hätte die Würde des Vizekönigs von Italien gebührt, nicht dieser Beauharnais-Clique. Die Tatsache, daß ich der Schwager des Kaisers bin, hat mir bis jetzt außer diesem Palast, einigen Landsitzen und dem Großherzogtum nicht viel eingebracht, nur ständige Hinweise darauf, daß ich innerhalb dieses Clans rangmäßig ziemlich am Ende stehe. Er erinnerte sich an die Worte des kaiserlichen Schwagers, als es um die Festlegung der Etikette ging: »Ihr Rang in meinem Palast ist durch den Rang festgelegt, den Sie in meiner Familie einnehmen, und Ihr Rang in meiner Familie wiederum ist bestimmt durch den Rang meiner Schwester. Die älteren Schwestern haben den Vortritt vor ihr. Sie sollten nicht mehr verlangen, als Ihnen gebührt.«

Aber jetzt, dachte Murat, wenn ich mich in dieser spanischen Angelegenheit bewähre, vielleicht werden dann endlich meine Verdienste entsprechend belohnt. Und bei dem Gedanken an das, was einmal sein könnte, kehrte seine gute Laune wieder zurück.

»Letizia!«

Als die Kleine ihren Vater erblickte, sprang sie auf und lief freudestrahlend auf ihn zu. »Oh, Papa, wie schön, daß ich dich noch einen Augenblick für mich habe.« Wenn die Kinder mit Murat allein waren, nannten sie ihn »du«, in Gegenwart ihrer Mutter wagten sie es nicht und redeten ihn mit »Sie« an.

Murat lachte, hob seine Tochter hoch und wirbelte sie durch die Luft; sie war sein Lieblingskind, vielleicht wegen der Ähnlichkeit mit Caroline.

»Sieh, Papa«, sie zog ihn zum Schachtisch, »so weit bin ich gekommen, aber vorhin habe ich einen Fehler gemacht, jetzt dauert es nur noch sieben Züge, dann ist der schwarze König mattgesetzt.« Sie nahm einen weißen Turm und schob ihn bedrohlich vor die Dame. »Gardez!« Erstaunt sah Murat, wie rasch der schwarze König von den Figuren umzingelt wurde. »Schach dem König!« rief Letizia triumphierend, und wenig später: »Matt!«

»Donnerwetter«, sagte Murat anerkennend – er beherrschte das Schachspiel nicht –, »paß auf, wenn du eines Tages mit deinem Onkel spielst, wirst du gewinnen, davon bin ich überzeugt.«

»Nein, Mama sagt, ich muß auf jeden Fall den Kaiser gewinnen lassen, er verliert nicht gern beim Spiel.«

»So, so, dann befolge nur die Ratschläge der Mama; sie weiß am besten, was für uns alle gut und richtig ist.«

»Wie lange wirst du fortbleiben, Papa?«

»Das weiß ich noch nicht, meine Kleine, das hängt davon ab, wie sich die Gesamtsituation entwickelt.«

»Sollst du Spanien erobern?«

»Nein«, erwiderte Murat etwas zögernd, »eigentlich nicht; ich soll General Junot in Portugal unterstützen. Den General Junot kennst du doch?«

»O ja, im letzten Jahr hat er Mama jeden Tag besucht und sie zu den Bällen und in die Oper begleitet.«

»Ja, ich weiß«, sagte Murat und betrachtete nachdenklich die schwarze Königin auf dem Schachbrett. Diese Liaison war monatelang Gesprächsstoff in den Pariser Salons gewesen, und zwar vor allem wegen der damit verbundenen politischen Spekulationen. Napoleon war ahnungslos, und als er zurückkam und von der Liebelei erfuhr, wurde Junot strafversetzt.

Murat plauderte noch eine Weile mit Letizia, verabschiedete sich dann von den Kindern und begab sich in den Salon zu seiner Gattin. Als er eintrat, wurde gerade der Tee gebracht; indischer Tee – auch Caroline sah nicht ein, warum sie wegen der Blockade auf diesen Genuß verzichten sollte –, der natürlich auf englische Art serviert wurde mit Sahne, Toast, Butter, Konfitüre, Kleingebäck, Teekuchen. Caroline schätzte diese Art des Teetrinkens, war allerdings dadurch im Laufe der Jahre noch fülliger geworden; die Locken trug sie jetzt kunstvoll hochgesteckt, ihre dunklen Augen aber huschten umher und glitzerten wie eh und je.

Sie war jetzt acht Jahre mit Murat verheiratet, und alles in allem war es eine glückliche Ehe, obwohl beide Partner es mit der Treue nicht so genau nahmen. Der Marschall betrog seine Gattin regelmäßig während der Feldzüge, wobei er nicht wählerisch war; er nahm, was sich gerade anbot; adelige Damen, Bauernmädchen, Dirnen. Caroline hingegen verknüpfte die Wahl ihrer Liebhaber zielstrebig mit ihren politischen Ambitionen und ließ den Favoriten sofort fallen, wenn sie merkte, daß er ihr nicht mehr nützlich sein konnte. Vor allem aber achtete sie darauf, daß ihre Amouren nicht das Mißfallen des kaiserlichen Bruders erregten. Nachdem sie sich 1804 den Titel ›Prinzessin‹ erkämpft hatte, versuchte sie ihm durch Auftreten und Benehmen zu zeigen, daß sie dieses Ranges würdig war. Sie beachtete peinlich genau die Etikette in den Tuilerien, führte in ihrem eigenen Haus ein strenges Regiment, und da sie wußte, welchen Wert der Kaiser der Repräsentation beimaß, arrangierte sie prunkvolle Bälle, gab erlesene Galadiners und erwarb sich so im Laufe der Jahre die Gunst und Anerkennung des Bruders. Im Winter 1807/08 hatte eine Festlichkeit die andere abgelöst, und da Joséphine nicht mehr tanzte, Hortense in Holland weilte und Pauline nur ausging, wenn sie dazu Lust verspürte, war Caroline zur ersten Dame der Pariser Gesellschaft geworden.

Auch an jenem Märznachmittag beschäftigte sie sich mit den Vorbereitungen zu einem Ball und überprüfte die Gästeliste, die sie Duroc zur Genehmigung vorlegen mußte. Als ihr Gatte das Zimmer betrat, sah sie ihm erwartungsvoll lächelnd entgegen; sie war entschlossen, ihm in aller Deutlichkeit klarzumachen, welche Chancen sich ihnen, den Murats, durch die neue militärische Aufgabe eröffneten.

Außerhalb des Schlafzimmers spielte Caroline die dominierende Rolle, und Murat hatte sich damit abgefunden. Nachdem er mehrfach durch ungeschickte Bemerkungen bei seinem Schwager Mißfallen erregt hatte, hatte Caroline angefangen, ihren Joachim zu leiten und ihm Ratschläge zu geben, wie er sich in bestimmten Situationen zu verhalten habe. Immerhin war er durch ihr diplomatisches Geschick zum Militärgouverneur von Paris ernannt worden, hatte vorteilhafte Armeekommandos erhalten und war Großherzog von Cleve und Berg geworden.

»Nun«, fragte Caroline, während sie ihrem Gatten den Tee eingoß, »was hat mein Bruder gesagt? Du warst lange bei ihm, ich warte schon seit zwei Uhr auf deine Rückkehr.«

»Ich mußte über eine Stunde im Vorzimmer herumstehen, weil Talleyrand bei ihm war.«

»Talleyrand? Interessant. Der Ex-Außenminister wird also immer noch zu Rate gezogen. Nun, er besitzt wahrscheinlich wertvolle Hintergrundinformationen, allerdings bezweifele ich, ob er sie alle preisgibt. Ich verstehe bis heute nicht, warum mein Bruder Talleyrand entlassen hat, er hielt doch so viel von dessen diplomatischen Fähigkeiten.«

»Man erzählt sich, daß es in Tilsit Meinungsverschiedenheiten gab wegen der Friedensverträge. Talleyrand empfahl Mäßigung, was deinem Bruder natürlich nicht paßte, und so hat er ihn zum Vizegroßelektor befördert und gleichzeitig als Außenminister entlassen. Und jetzt hat er offenbar den richtigen Erfüllungsgehilfen für die auswärtigen Angelegenheiten, anders kann man diesen Champagny wohl nicht bezeichnen; er widerspricht nicht, hat keine eigene Meinung, das gefällt deinem Bruder.«

Er nahm eine Scheibe Toast, bestrich sie üppig mit Butter und der Konfitüre aus Rosinen, Quitten und Birnen, die er immer noch aus der Gascogne erhielt, und biß herzhaft in das Brot. Wie verbittert er manchmal spricht, dachte Caroline, wie kritisch er sich oft über meinen Bruder äußert, wo ist seine alte Anhänglichkeit geblieben?

»Seit der Regierungsumbildung im letzten Herbst«, fuhr Murat fort, »ist er nur noch von Ja-Sagern umgeben, von Männern, die blind seine Anordnungen ausführen. Die alten Brumairianer hat er entlassen und sie durch Strohpuppen ersetzt: der völlig unmilitärische Clarke, der ›Marschall der Tintenfässer‹, ist jetzt Kriegsminister, der farblose Crétet Innenminister.«

»Er wird schon wissen, warum. Nun erzähle endlich.«

»Er gab mir detaillierte Instruktionen, und zum Abschied sagte er: ›Erfüllen Sie Ihre militärischen Pflichten, marschieren Sie, kämpfen Sie! Das übrige soll Sie nicht kümmern.‹«

»Das übrige«, wiederholte Caroline nachdenklich, »mit anderen Worten, er will die spanische Angelegenheit regeln; das hat Talleyrand ihm schon vor Monaten empfohlen.«

»Ich soll Junot unterstützen«, erwiderte Murat ausweichend und beobachtete etwas unbehaglich, daß Carolines Augen zu glitzern begannen.

»Junot unterstützen!« rief sie spöttisch. »Du besetzt Spanien, um ihn zu unterstützen, lächerlich! Ich sage dir, wenn die Franzosen auf Madrid marschieren, wird mein Bruder mit dem spanischen König ebenso verfahren wie mit dem von Neapel, dann ist wieder ein Thron frei, und vielleicht sind diesmal wir an der Reihe, hast du noch nicht an diese Möglichkeit gedacht?«

»Ich habe mit dem Gedanken gespielt, aber nur gespielt. Spanien ist nicht Neapel; es ist eine Großmacht, die zudem mit uns verbündet ist. Dein Bruder wird es nicht wagen, den spanischen König einfach abzusetzen.«

»Irgend etwas wird ihm schon einfallen. Nachdem er einfach in Portugal und sogar im Kirchenstaat einmarschiert ist, nur weil diese Länder die Blockade gegen England nicht durchführten, traue ich ihm alles zu. Angenommen, der spanische Thron wird frei, wem von der Familie soll er ihn geben, wenn nicht uns? Überlege doch: meine Brüder sind alle Könige bis auf Lucien, und nach der Unterredung in Mantua ist in absehbarer Zeit nicht mit einer Aussöhnung zu rechnen. Pauline ist unpolitisch, interessiert sich nur für ihre Gesundheit und ihre Liebhaber; Elisa wird demnächst zur Großherzogin der Toskana ernannt werden, und die Ehemänner meiner Schwestern haben weiß Gott nichts geleistet, was ein Anrecht auf den spanischen Thron rechtfertigen würde; Camillo scheint sogar unfähig zu sein, einen Sohn zu zeugen, und Felix war schon immer im Hintergrund, er ist doch nur Elisas Gatte, mehr nicht. Wir sind also die einzigen in der Familie, denen er Spanien geben kann.«

»Es wäre zu schön, um wahr zu sein«, murmelte Murat.

Caroline ging zu ihm hin, umarmte ihn und sah ihn eindringlich an. »König Joachim I.«, flüsterte sie und küßte ihn sanft auf den Mund. »Du mußt militärisch alles aufbieten, sodaß mein Bruder gezwungen ist, dir die Krone zu geben, du mußt König werden, hörst du?«

»Wir wollen in Ruhe abwarten, Caroline, noch sitzen Karl und Maria-Luise auf ihrem Thron.« Er sah zur Uhr und stand auf: »Ich muß jetzt aufbrechen.« Er umarmte sie und eilte hinunter in den Hof, wo der Wagen bereits wartete.

Caroline ging zum Fenster, und als sie Murat strammen Schrittes zur Kutsche gehen sah, den Tschako mit der keck wippenden Reiherfeder unterm Arm, das goldbestickte rote Samtcape lässig über die Schulter geworfen, merkte sie, daß sie noch genauso verliebt in ihn war wie damals in Mombello. Bevor er einstieg, drehte er sich noch einmal um, winkte ihr einen letzten Gruß zu, und dann rumpelte der Wagen durch das Tor hinaus dem spanischen Abenteuer entgegen.

Carolines Überzeugung, daß ihrem Bruder schon etwas einfallen werde, um den Bourbonen Karl IV. aus Spanien zu vertreiben, gründete sich nicht auf Kenntnis seiner politischen Pläne, sondern auf Bemerkungen, die sie bei gesellschaftlichen Anlässen hörte, vor allem jenen Bemerkungen, die Talleyrand am Spieltisch machte und die sie im stillen für sich verarbeitete. Im Jahre 1808 saß der fast sechzigjährige Karl IV. seit zwanzig Jahren auf dem spanischen Thron. Er war ein schwacher, gutmütiger Monarch, der die Regierungsgeschäfte seinem Ministerpräsidenten Godoy überließ, der ein Günstling und Liebhaber der Königin Maria-Luise war. Godoy hieß beim Volk allgemein der ›Friedensfürst‹, weil er 1795 den Frieden von Basel unterzeichnet und so den Krieg zwischen Spanien und Frankreich beendet hatte. Durch den Vertrag von Sankt Ildefonso wurde Spanien 1796 der Verbündete von Frankreich, und dieses Bündnis wurde unter dem Direktorium, dem Konsulat und auch noch während der ersten Jahre des Kaiserreichs sorgfältig gepflegt. Aber dann, im Herbst 1806, hatte Napoleon unter den Geheimpapieren der preußischen Regierung jenen Brief gefunden, worin Godoy versprach, mit Preußen zusammen Frankreich anzugreifen. Napoleons Plan, die spanischen Bourbonen bei passender Gelegenheit zu entthronen, mußte jedoch wegen der bevorstehenden Auseinandersetzung mit Rußland zunächst aufgeschoben werden.

Nach dem Frieden von Tilsit beschäftigte sich Napoleon erneut mit der Iberischen Halbinsel. Wenn er mit Talleyrand gelegentlich darüber sprach, deutete dieser an, daß die spanische Krone seit Ludwig XIV. den Bourbonen gehöre, daß Spanien unter Philipp V. praktisch von Frankreich aus regiert worden sei; er sprach von dem ungeheuren Reichtum des Landes, von der spanischen Flotte, erinnerte an die Armada ...

Zunächst schien es, als ob das Bündnis zwischen Frankreich und dem südlichen Nachbarn sich festigte. Als Portugal sich der Kontinentalsperre verweigerte, schickte Napoleon Junot mit einer Armee Richtung Lissabon; die Dynastie Braganza floh nach Brasilien, und im Oktober 1807 wurde im Vertrag von Fontainebleau die Teilung Portugals festgelegt: den Süden sollte Godoy erhalten, den Norden die Königin von Etrurien, deren italienische Besitzungen Napoleon annektieren wollte, um das Großherzogtum Toskana zu schaffen; die Mitte Portugals mit Lissabon sollte neutrales Gebiet bleiben.

Im Herbst 1807 brach im spanischen Königshaus ein Familienzwist aus: Der Infant, Ferdinand von Asturien, plante eine Verschwörung, um Godoy, der bei der Bevölkerung verhaßt war, zu stürzen, seinen Vater zur Abdankung zu zwingen und selbst den Thron zu besteigen. Der französische Gesandte ermutigte den Kronprinzen, aber das Komplott wurde entdeckt, der König warf seinen Sohn ins Gefängnis, begnadigte ihn jedoch, als dieser um Verzeihung bat.

Karl IV. hatte seinen Verbündeten Napoleon von dem ›schrecklichen Attentat‹ unterrichtet und um Rat und Hilfe gebeten. Dieser Zwist innerhalb der königlichen Familie offenbarte Napoleon die schwache Stellung der Bourbonen und Godoys beim Volk, und er überlegte erneut: Warum Portugal mit Godoy teilen? Und warum in Madrid nicht dasselbe versuchen wie in Neapel?

Als Junot über den erschöpften, demoralisierten Zustand seiner Armee berichtete, schien es notwendig, ihm Verstärkung zu schicken: Murat erhielt den Befehl, in Spanien einzumarschieren.

Als die Kutsche verschwunden war, ging Caroline zurück in den Salon und holte aus dem Schreibsekretär eine Landkarte Europas heraus. Sie entfaltete sie und verfolgte mit dem Finger Murats Reiseroute von Paris bis zu den Pyrenäen und von dort weiter bis nach Madrid. Was für ein großes, schönes Königreich, dachte sie, viel größer als Holland, Westfalen oder Neapel, vielleicht bekämen wir auch Portugal noch dazu! Und im Geist sah sie sich bereits im Escorial ausländische Gesandte empfangen.

»Königin von Spanien«, sagte sie leise, »Achille würde Infant von Spanien werden.« Dann erinnerte sie sich, daß sie im Jahr vorher, ungefähr zur selben Zeit, auch die Landkarte Europas studiert und davon geträumt hatte, Königin zu werden, damals Königin von Polen. Murat hatte begeisterte Briefe aus Warschau geschrieben, hatte ihr die prunkvollen Empfänge und Bälle des polnischen Adels geschildert und von der Verehrung der Polen für den Kaiser erzählt. In jenen Briefen aus Warschau, später aus Finkenstein, war immer wieder die Rede davon gewesen, daß Napoleon beabsichtigte, das Königreich Polen wiederherzustellen, und Murat hatte gehofft, daß sein Schwager ihn zum König dieses Landes ernennen würde.

In Tilsit ist der Traum zerflossen, dachte Caroline, aber auch meine anderen politischen Pläne wurden durch diesen Frieden zunichte gemacht. Sie faltete die Karte zusammen und erinnerte sich an das Jahr 1806, als ihr Mann Großherzog von Berg wurde und dadurch der Posten des Militärgouverneurs von Paris neu besetzt werden mußte...

Napoleon hatte kurzentschlossen Junot als Botschafter in Lissabon abberufen und ihn erneut zum Militärgouverneur ernannt, und während er mit seinem Schwager Murat gegen die Preußen und Russen zog, hatte Caroline zielstrebig eine Liaison mit Junot angefangen, die sie auch gar nicht verheimlichte. Es war weniger der Mann, der sie reizte, obwohl er ihr recht gut gefiel, nein, der entscheidende Punkt bei der Affäre war seine Stellung als Militärgouverneur von Paris!

In jenem Sommer 1806, als sich eine neue militärische Auseinandersetzung abzeichnete, hatte Caroline der Gedanke beschäftigt, was wäre, wenn ihr Bruder in einer Schlacht fallen würde. Das war nicht auszuschließen, denn Napoleon scheute das Kampfgetümmel nicht – in der Vergangenheit waren schon einige Pferde unter ihm weggeschossen worden, und seine Gestalt im grauen Mantel auf dem Schimmel war weithin sichtbar für den Feind. Was wäre also, wenn der Kaiser fiel, wie würde man auf diese Nachricht in Paris reagieren? Man mußte mit Verwirrung, gar mit Panik rechnen – eine derartige Situation war wie geschaffen für einen Staatsstreich! Und Murat mußte als Nachfolger proklamiert werden. Gewiß, die Erbfolge war gesetzlich festgelegt, aber Louis und Hortense waren in Holland, und durch den Tod ihres ältesten Sohnes war die Nachfolgefrage erneut ungeklärt.

Der Erfolg eines Staatsstreiches hing von der Unterstützung des Pariser Militärgouverneurs ab. So begann Caroline, ihre Fäden um Junot zu spinnen, der sich rasch in ihrem Netz verfing. Er ahnte nichts von ihren wahren Absichten, sondern betrachtete es als Auszeichnung, daß sich die Schwester des Kaisers, den er immer noch abgöttisch verehrte, für ihn interessierte. Laure Junot schwieg zu allem, machte auch dem Gatten keine Vorwürfe, weil sie Carolines Spiel durchschaute, nur hin und wieder weinte sie sich bei Madame Mère aus, zu deren Hofstaat sie gehörte.

Caroline ließ geschickt die eine oder andere Bemerkung bei den Empfängen und Bällen fallen, und es dauerte nicht lange, so sprach man in den Pariser Salons von Murat als möglichem Nachfolger des Kaisers. Aber das Schicksal spielte nicht mit, die Nachricht von der tödlichen Kugel traf nicht ein.

Als Napoleon nach seiner Rückkehr von der Liaison erfuhr, war er nur über Junot empört, der gewagt hatte, mit einer seiner Schwestern ein Verhältnis anzufangen; er schickte ihn nach Portugal und erteilte Caroline einen Verweis. Die Gerüchte einer Nachfolge Murats aber brachte er weder mit Junot noch mit seiner Schwester in Zusammenhang, sondern machte die innenpolitische Opposition dafür verantwortlich.

Um die Gunst des Bruders wiederzugewinnen, begann Caroline ein Verhältnis mit dem österreichischen Gesandten, dem Grafen Metternich. Diese Liaison konnte zwar ihren politischen Ambitionen nicht direkt nützen, ermöglichte ihr jedoch, dem Kaiser eventuell Informationen über die österreichische Politik zuzuspielen. Zudem gefiel Caroline der gutaussehende, charmante Mann, den ein Hauch des Ancien Régime umgab: er war der Vertreter der ältesten Dynastie Europas, einer Dynastie, die in den Bonapartes nur Emporkömmlinge und Thronräuber sah. Im übrigen handelte Caroline im Auftrag des Bruders, wenn sie Metternich empfing; sie sollte ihn ›amüsieren‹. Und das tat Caroline, besonders seit sie bemerkt hatte, daß ihr Bruder dem blonden, blauäugigen Diplomaten Sympathie entgegenbrachte und dessen Fähigkeiten schätzte: »Metternich ist auf dem besten Wege, ein Staatsmann zu werden, er lügt schon ganz hübsch!«

Clemens Wenzel Lothar Graf von Metternich-Winneburg entstammte einem alten rheinischen Adelsgeschlecht. Nachdem die Metternichs während der französischen Revolution ihre linksrheinischen Besitzungen verloren hatten, übersiedelten sie nach Wien. Dort heiratete der junge Clemens die einzige Enkelin des legendären Staatskanzlers Kaunitz und erhielt damit Zutritt zu den Wiener Kreisen, die seine Karriere fördern konnten. Seine ersten diplomatischen Erfahrungen sammelte er in Dresden und Berlin, und weil er sich dort bewährte, wurde er 1806 mit dem delikaten Gesandtenposten in Paris betraut.

Als er Napoleon in St. Cloud zum ersten Mal begegnete, sagte dieser: »Sie sind noch sehr jung, um Europas älteste Dynastie zu vertreten.«

»So alt wie Eure Majestät am Tage von Austerlitz waren«, erwiderte Metternich und überreichte dem Kaiser sein Beglaubigungsschreiben. Es war eine rasche und doch überlegte Antwort, eben eine Diplomatenantwort, die Napoleon imponierte und gefiel.

Die Liaison mit Caroline kam dem Gesandten nicht ungelegen, so konnte er auf angenehme Art etwas über den Franzosenkaiser, seine Stärken und Schwächen erfahren, vielleicht sogar über seine Politik; und während der Schäferstündchen fragte er Caroline aus, ohne daß sie es merkte...

Carolines Gedanken kehrten zurück in die Gegenwart. Wenn Joachim dort unten militärische Erfolge hat, überlegte sie, und wenn er keine Ungeschicklichkeit begeht, müßte es mit der spanischen Krone klappen. Sie nahm die Gästeliste zur Hand und überprüfte noch einmal, ob auch genügend Angehörige des alten Adels, worauf der Kaiser Wert legte, geladen wurden.

Es dauerte nicht lange, bis zwei Briefe von Murat eintrafen. Caroline las mit Befriedigung, daß der König, die Königin, vor allem aber Godoy beim Volk unbeliebt, ja verhaßt waren und daß das Volk geradezu darauf warte, von ihnen befreit zu werden. Sie amüsierte sich über Murats Beschreibung des Königspaares: ›Karl wirkt auf mich plump und stumpfsinnig, er hat schwerlidrige Augen, eine abscheuliche Nase und einen riesenhaften Appetit; Maria-Luise ist klein und fett, aufgedonnert wie ein Marktweib und säuft wie ein Mann. Ihre Augen sind hart und stechend wie die eines Vogels, sie spricht in entschiedenem Ton, ihren Gatten behandelt sie meist mit einer gewissen Herablassung.‹

Am 27. März erhielt sie einen dritten Brief, der sie in einige Aufregung versetzte; Murat schrieb, daß am 17. in Aranjuez ein Aufstand ausgebrochen sei, der zur Abdankung des Königs und zur Entmachtung Godoys geführt habe; dieser sitze jetzt im Gefängnis, und der Infant Ferdinand sei seinem Vater auf den Thron gefolgt.

›Ich bin am 23. März mit meinen Truppen in Madrid eingerückt. Hier herrscht allgemeine Verwirrung; Spanien würde deinem

Bruder jetzt wie eine reife Frucht zufallen, das habe ich dem Kaiser auch geschrieben. Übrigens, der abgedankte König hat seinen Freund Napoleon um Hilfe gebeten.‹

Und nun, dachte Caroline, wie soll es weitergehen? Gegen Abend erschien ein Kurier aus St. Cloud und überbrachte ihr die Aufforderung Napoleons, sich am 1. April bereitzuhalten, um das Kaiserpaar auf eine Reise in die südlichen Departements zu begleiten.

Unterwegs erfuhr Caroline von Joséphine, daß man einige Tage in Bordeaux bleiben werde; der Kaiser werde sich von dort aus allein nach Bayonne, an die spanische Grenze, begeben, um die nötigen Vorbereitungen zu überwachen; einige Tage später sollte der restliche Hofstaat mit Gattin und Schwester folgen.

»Vorbereitungen?« fragte Caroline erstaunt.

»Ja«, erwiderte Joséphine gutgelaunt, »in Bayonne, oder besser in Schloß Marracq, wird es bestimmt amüsant! Der Kaiser hat die spanische Königsfamilie und Godoy – er ist inzwischen freigekommen – dorthin eingeladen und wird als Schiedsrichter bei dem Familienstreit auftreten. Der alte König hat ihn um Hilfe gebeten, und der Infant Ferdinand bestürmt den Kaiser dauernd brieflich, ihn als König anzuerkennen. Die Bourbonen werden Ende April in Bayonne eintreffen.« Joséphines Augen streiften Caroline mit einem spöttischen Blick. »Streitigkeiten über die Thronfolge außerhalb der eigenen Familie sind zur Abwechslung auch mal recht unterhaltend, nicht wahr?«

Sie ist während dieser Reise so guter Dinge, dachte Caroline, irgendwie hat sie meinen Bruder in den letzten Wochen wieder für sich eingenommen, die Scheidungsgerüchte sind erneut verstummt. Ach Gott, hoffentlich kommt es nie zu einer Scheidung! Eine neue, junge Kaiserin würde mit Sicherheit einen Thronerben zur Welt bringen, und damit hätten wir übrigen Familienmitglieder keine Chancen mehr, doch noch irgendwann Nachfolger meines Bruders zu werden...

Das Schloß Marracq bot nicht genug Platz für die Reisegesellschaft, und so wurde ein Teil des Gefolges, auch Berthier, Duroc und Caroline, in Bayonne und Umgebung untergebracht.

Die Tage bis zur Ankunft der spanischen Gäste waren ausgefüllt mit dem Empfang der Stadtbehörden, der Besichtigung des Hafens und der Befestigungsanlagen und mit Paraden; wie gewohnt diktierte Napoleon auch in Marracq stundenlang Briefe und las Berichte, aber er spazierte auch oft in Begleitung von Berthier oder Duroc am Ufer des Adour entlang oder besuchte Caroline, die im Dorf Lauga wohnte. So verflossen jene Frühlingstage in ruhiger Beschaulichkeit bis zum Eintreffen der Bourbonen Ende April.

Napoleon zog sich mit dem König sofort zu einer Besprechung zurück, während Joséphine sich der Königin widmete und Duroc sich um Godoy und die Infanten Ferdinand und Carlos kümmerte. Da am Abend ein Galadiner stattfinden sollte, bot Joséphine der Königin ihren Friseur an, und Maria-Luise fühlte sich ob dieser Aufmerksamkeit sehr geschmeichelt.

»Ich muß sie doch irgendwie beschäftigen«, vertraute Joséphine Caroline an, »der Kaiser möchte nicht, daß sie bei den Gesprächen zugegen ist. So ganz verstehe ich den Aufwand um diesen abgedankten König ja nicht. Dunan hat sogar Anweisung bekommen, besonders raffiniert und sorgfältig zu kochen, weil unser Gast ein Feinschmecker sein soll.«

Irgend etwas hat Napoleon vor, dachte Caroline, aber was? Während des Diners beobachtete sie verstohlen ihren Bruder, der heiter und zwanglos mit Ferdinand plauderte, und bemerkte überrascht, daß er es peinlich vermied, ihn als König zu titulieren. Er erkennt ihn also nicht als rechtmäßigen König von Spanien an, dachte sie und musterte amüsiert den königlichen Vater, der den einzelnen Gerichten eifrig zusprach und bei jedem Gang zu seiner Gattin bemerkte: »Iß davon, Luise, das ist gut!« Dieser Refrain wiederholte sich mehrmals, bis Gemüse serviert wurde, das der König verächtlich zurückwies: »Gras ist nur gut für das Vieh.« War der König mit Essen, so war die Königin mit Trinken beschäftigt und leerte ein Glas Wein nach dem anderen in einem Zug. Napoleon beobachtete seine Gäste zufrieden lächelnd.

Während der folgenden Tage hatte er mehrmals längere Unterredungen mit Karl und Ferdinand, die jedoch zu keinem Ergebnis führten. Im Gegenteil, das Verhältnis zwischen Vater und Sohn wurde zunehmend gespannter.

Der 5. Mai 1808 war ein regnerischer, windiger Tag. Als Constant wie jeden Morgen Napoleon die Schnupftabakdose, ein mit Eau de Cologne besprengtes Taschentuch und die Schachtel mit Anispillen reichte, wurde ein Kurier aus Madrid gemeldet. Er überbrachte die Nachricht, daß am 2. Mai in der Hauptstadt ein Aufstand ausgebrochen sei, den Murat sofort niedergeschlagen habe; die Aufrührer seien am 3. Mai standrechtlich erschossen worden.

»Ein Volksaufstand?« fragte Napoleon verwundert. Er las Murats Bericht und begab sich dann kurzentschlossen zu den Appartements der spanischen Königsfamilie.

Kurze Zeit später hörten die Adjutanten und Diener im Vorzimmer die Stimme des alten Königs, die sich vor Wut fast überschlug: »Geh fort, du bist nicht mehr mein Sohn! Was, du willst mich überzeugen, daß du keinen Anteil an dem Blutbad hast? Hast du keinen anderen Ruhm zu erwerben als den eines Mörders?«

Fast gleichzeitig ertönte die schrille Stimme der Königin: »Elender Schurke, Thronräuber, Verräter, du bist nicht mehr mein Sohn, oh, hätte ich dich nie geboren!«

Die Adjutanten sahen einander bestürzt an. Was war geschehen? Nach einigen Minuten wurde es leiser, aber man konnte deutlich hören, daß eine erregte Diskussion im Gange war.

Der Vormittag verstrich, die Stunde für das Déjeuner war längst vorüber, und immer noch weilte der Kaiser der Franzosen bei dem König von Spanien. Nach sieben Stunden verließ Napoleon endlich seine Gäste, ging sichtlich gut gelaunt zurück in sein Arbeitszimmer, öffnete mit einem Spezialschlüssel seine Dokumentenmappe, holte das Tagebuch heraus, und während er leise ›Marlborough s'en va-t-en guerre‹ summte, eilte die Feder über das Papier:

Schloß Marracq bei Bayonne
5. Mai 1808, nachmittags

Ich habe mein Ziel erreicht und Spanien ohne eine einzige Schlacht erobert! Vorhin hat Karl IV. mir seine Krone abgetreten. Der Aufstand in Madrid war endlich ein triftiger Grund, um Ferdinand die Anerkennung als König zu verweigern.

Napoleon ließ die Feder ruhen und sah erstaunt zum Fenster hinaus: Am Himmel waren dunkle Wolken heraufgezogen, so dicht und schwarz, daß das Tageslicht fast völlig verschwunden war, gleichzeitig setzten heftige Sturmböen ein. Es wird ein Gewitter geben, dachte er, entzündete die Kerzenlampe und schrieb weiter:

Ich weigerte mich also, Ferdinand als König anzuerkennen, und stellte ihm ein Ultimatum für einen Abdankungstermin. Ich wußte, daß der Auftritt mit seinem Vater – eine abscheuliche Szene übrigens, ich hoffe, daß mir derartiges erspart bleibt, sollte ich je einen Sohn haben – ihn so eingeschüchtert hatte, daß er die Krone an Karl zurückgeben würde, und ich wußte auch, daß dieser des Regierens überdrüssig ist. Meine Rechnung ging auf: Ferdinand dankte ab, Karl erklärte, er wolle den Thron nicht mehr, weil er befürchte, nur empörte Untertanen anzutreffen, und bat mich, die Krone anzunehmen. Morgen wird diese harmonische Königsfamilie den Weg ins Exil antreten, wahrscheinlich nach Rom. Was für ein diplomatischer Erfolg!

Napoleon legte die Feder zur Seite, ging zum Fenster und sah hinauf in den verdunkelten Himmel, lauschte auf den wolkenbruchartigen Regen, hörte den Sturm um das Schloß toben und an den Läden rütteln.

Ich werde Murat vorerst zum Generalstatthalter ernennen, überlegte er, aber wem gebe ich die Krone? Meine Pläne mit Lucien haben sich zerschlagen, Louis will nicht nach Madrid gehen, Jérôme ist zu jung und unerfahren für ein Land wie Spanien und muß sich erst noch in Westfalen bewähren. Eugène wäre eine Lösung, aber ich benötige einen absolut zuverlässigen Mann als Vizekönig in Mailand wegen der Nachbarschaft zu Österreich. Bacchiochi und Borghese scheiden von vornherein wegen Unfähigkeit aus, Joseph ist in Neapel, bleibt also nur Murat ... Aber ich kann mich nicht entschließen, ihm und Caroline Spanien anzuvertrauen, der Ehrgeiz meiner Schwester ist manchmal beängstigend. Murat als König von Spanien? Nein, ich muß eine andere Lösung finden. Grübelnd ging er im Zimmer auf und ab. Joseph in Neapel ...

Als die Abdankung des Königs bekannt wurde, kam es in ganz Spanien zu Aufständen, die von Priestern und Mönchen organisiert wurden. Kaum war ein Aufruhr niedergeschlagen, brachen an anderer Stelle neue Unruhen aus. Das spanische Volk hatte zwar Karl IV. nicht geliebt, aber die Franzosen empfand man als Fremdherrschaft, als freche Eindringlinge, die vertrieben werden mußten.

Napoleon nahm die Nachrichten von den Unruhen in der Bevölkerung gelassen entgegen. ›Seine Kinder‹, wie er die Soldaten nannte, würden mit ein paar aufsässigen Bauern und Pfaffen schon fertig werden; viel wichtiger war die Entscheidung, wer König von Spanien werden sollte. Wenn er mit Duroc seinen Abendspaziergang machte, sprach er oft über seine Bedenken wegen Murat und seine eigene Unentschlossenheit.

»Es geht mich ja nichts an«, sagte Duroc während einer Unterhaltung, »aber warum zögerst du, deinen Schwager zum König zu ernennen? Angesichts der revoltierenden Bevölkerung ist ein Souverän, der gleichzeitig Marschall ist, doch eine recht sinnvolle Lösung.«

»Man sollte diese Aufstände nicht zu wichtig nehmen. Irgendwann werden auch die Spanier die Errungenschaften der Revolution zu schätzen wissen, die Gleichheit vor dem Gesetz, die Abschaffung der Feudalherrschaft; dieses Land benötigt Reformen, das heißt, der künftige König muß etwas von Gesetzgebung und Verwaltung verstehen. Das ist bei meinem Schwager nicht der Fall. Gut, er könnte sich mit Hilfe tüchtiger Minister einarbeiten, aber es gibt noch einen anderen Grund. Murat steht stark unter dem Einfluß seiner Frau; sie ist es, die ihn lenkt. Das allein wäre nicht weiter schlimm, aber Caroline ist zu ehrgeizig, und sie hat ihren eigenen Kopf. Wer garantiert mir, daß sie nicht eines Tages eine Politik betreibt, die den Interessen des Empire schadet? Bei einem so großen Land wie Spanien kann das gefährlich werden, denke nur an die Küste und an die Blockade gegen England. Nein, ich habe inzwischen eine andere Lösung gefunden: Ich werde Joseph von Neapel nach Madrid versetzen. Er ist Jurist, besitzt Regierungserfahrung, und außerdem ist er der Erstgeborene. Er hat Neapel reformiert, nun kann er Spanien aufbauen, und sollte sich die militärische Lage zuspitzen, werde ich ihm ein paar tüchtige Marschälle schicken. Murat werde ich zum König von Neapel ernennen, das befriedigt den Ehrgeiz meiner Schwester, und in diesem kleinen Königreich kann sie nicht viel Unheil anrichten.«

»Ach so, nun ja, deine Gründe leuchten mir ein«, erwiderte Duroc zögernd und dachte bei sich, daß verderblicher Ehrgeiz überall Schaden anrichten konnte, auch in einem kleinen Land.

Am 6. Juni, pünktlich um halb zwölf Uhr, betrat das Ehepaar Murat Napoleons Arbeitszimmer im Schloß Marracq. Der Marschall hatte einige Tage zuvor den Befehl erhalten, unverzüglich nach Bayonne zu kommen. Nach anstrengender Reise war Murat am frühen Morgen eingetroffen und hatte sich sofort ins Schloß begeben. Dort erfuhr er von Duroc, daß der Kaiser ihn und Caroline gegen Mittag empfangen würde; im übrigen wünsche der Kaiser korrekte Kleidung, also keine Phantasieuniform!

Murat legte also seine blaue Marschalluniform an, die er auf Reisen für besondere Anlässe stets dabei hatte; die Farbe Blau sollte seine Treue gegenüber seinem obersten Kriegsherrn demonstrieren. Caroline entschied sich für olivgrüne Seide; Grün war die Lieblingsfarbe ihres Bruders, außerdem symbolisierte es die Hoffnung, und als sie sich ankleidete, war sie überzeugt, daß ihre Hoffnungen sich an diesem Tag erfüllen würden.

Nachdem sich die Tür hinter ihnen geschlossen hatte, spürte Caroline eine unerklärliche Nervosität in sich hochsteigen. Sie streifte ihren Gatten mit einem Seitenblick, aber der schritt in seinem mit goldenen Bienen bestickten blauen Samtmantel gelassen über das Parkett. Sie hatte erwartet, daß der Kaiser ihnen entgegenkommen, sie begrüßen würde, statt dessen blieb er hinter dem Schreibtisch sitzen, las Berichte, unterzeichnete irgendwelche Schriftstücke und schien sie überhaupt nicht zu bemerken.

Die Murats standen da, warteten und beobachteten verstohlen den Zeiger der Kaminuhr, der Minute um Minute vorrückte. Warum läßt er uns so lange warten, dachte Caroline verärgert, will er damit seine Macht demonstrieren?

Als die Uhr mit leisen Schlägen die zwölfte Stunde anzeigte, sah der Kaiser auf, unterzeichnete noch ein Dekret, erhob sich und ging mit raschen Schritten auf das Ehepaar zu.

»Ah, da sind Sie ja«, und zu seinem Schwager gewandt: »Hatten Sie eine gute Reise?«

»Ja, Sire.«

Napoleon musterte das Samtbarett mit den Federn und sagte dann mit spöttischem Unterton: »Ich sehe, daß der Rang eines Marschalls von Frankreich Ihnen einiges bedeutet.« Er ging zum Schreibtisch, nahm das zuletzt unterzeichnete Dekret und gab es Murat. »Hier, lesen Sie. Ihre Aufgabe in Madrid wird in den nächsten Wochen beendet sein. Ich habe Joseph zum König von Spanien ernannt; ich glaube, das ist die beste Lösung. Joseph besitzt genügend Regierungserfahrung, um dieses Land zu reformieren, und außerdem ist er in unserer Familie der Erstgeborene, dem muß ich Rechnung tragen.«

Er schwieg und beobachtete amüsiert, daß der Schwager entgeistert das Schriftstück las und daß Caroline erbleichte und Ärger und Enttäuschung nur mühsam verbergen konnte.

»Fühlen Sie sich nicht wohl, Madame? Bitte nehmen Sie Platz.« Liebenswürdig lächelnd wies er auf einen der Sessel.

Caroline sank dankbar auf das Polster. »Joseph, König von Spanien«, murmelte sie, »von Neapel und von Spanien.«

»Nein«, verbesserte ihr Bruder, »Joseph ist nur König von Spanien.«

»Sire, haben Sie uns rufen lassen, nur um uns dies mitzuteilen?« fragte Murat empört und gab dem Schwager das Dekret zurück.

»Nein, natürlich nicht. Ich habe Sie zum König von Neapel ernannt, der Thron muß ja wieder besetzt werden. Sie übernehmen einen reformierten, gut verwalteten Staat mit sanierten Finanzen! Ihre Aufgabe ist es, fortzufahren, wo Joseph aufgehört hat; erwerben Sie sich das Ansehen, das er genossen hat. Vor allem aber, erobern Sie so bald wie möglich Sizilien.«

»Ja, ja, natürlich, Sire«, stammelte der überrumpelte Murat.

Seine Gattin gewann ihre Fassung rascher wieder zurück. »Wir danken Ihnen, Sire, für das Vertrauen, daß Sie uns entgegenbringen; wir versprechen Ihnen, Neapel so zu regieren, daß Sie mit uns zufrieden sein können.«

»Das wird sich herausstellen. Da Sie meine Schwester sind, habe ich noch einen besonderen Passus bezüglich der Erbfolge eingefügt: Falls Ihr Gatte vor Ihnen stirbt, gehen alle Rechte der Krone auf Sie über; Sie können dann als Monarchin regieren, erst nach Ihrem Tod wird Achille König von Neapel. Das Großherzogtum Berg geben Sie mir natürlich zurück; ich werde den ältesten Sohn von Louis zum Großherzog ernennen. Ebenso verlange ich das Elysée von Ihnen, das Palais Thélusson, Neuilly, überhaupt sämtliche Landsitze, und wohlgemerkt mit den Inneneinrichtungen! Sie erhalten von mir dafür eine angemessene finanzielle Entschädigung. Sie benötigen das alles jetzt nicht mehr, in Neapel wartet ein prunkvoller Palast auf Sie, dort werden Sie von nun an leben, bis zu Ihrem Tod. Sie können gehen, Madame, ich sehe Sie heute abend beim Diner. Sie, mon cousin, bleiben hier, ich muß Ihnen noch einige Instruktionen geben.«

Benommen kehrte Caroline nach Lauga zurück und befahl ihrer Zofe, niemanden vorzulassen, ausgenommen Murat bei seiner Rückkehr. Dann legte sie sich auf den Diwan und versuchte mit ihrer Enttäuschung und der neuen Lage fertig zu werden. Joseph als Erstgeborener bekommt natürlich den dicksten Brocken, dachte sie verstimmt, aber es hat keinen Zweck, Spanien nachzutrauern; Neapel ist zwar nur ein kleines Königreich, aber es ist ein Königreich, und ich bin Königin, ich habe meine Schwestern rangmäßig überholt. Und dieser Passus bezüglich der Erbfolge ist wirklich großzügig von meinem Bruder; als wir Cleve und Berg bekamen, war diese Regelung nicht vorgesehen. Jedenfalls muß ich versuchen, politischen Einfluß zu bekommen, damit ich die Zügel auch wirklich in der Hand halten kann und nicht von Ministern abhängig bin. Jetzt ist Achille doch noch Kronprinz geworden, und für meine Töchter eröffnen sich ganz neue Möglichkeiten im Hinblick auf eine Ehe; sie müssen in alte Dynastien einheiraten. Und wer weiß, vielleicht bekommen wir ja auch noch Land dazu, immerhin ist der Kirchenstaat schon seit einigen Monaten von französischen Truppen besetzt.

»Königin von Neapel«, murmelte Caroline, und dann dachte sie über den Hofstaat nach und über die Etikette, die sie einführen würde. Sie stand auf, nahm Papier und Feder und notierte:

Hofstaat, bestehend aus Oberhofmarschall, Zeremonienmeister, Oberstjägermeister, Kammerherren, Stallmeister, Hofdamen, Pagen ...

So verging der Nachmittag. Als es fünf Uhr schlug, begann Caroline nach einem passenden Kleid für den Abend zu suchen. Sie wollte wie eine Königin aussehen und auftreten und zeigen, daß sie des neuen Ranges würdig war; vor allem durfte man ihr nicht ansehen, daß es sie doch ein wenig schmerzte, nicht in Madrid, sondern in Neapel zu residieren, und daß sie alles, was sie in Frankreich besaß, hergeben mußte. Nachdem sie vierzehn Kleider betrachtet und wieder weggelegt hatte, entschied sie sich für das fünfzehnte, eine Robe aus blutrotem Samt, die mit schwarzen Spitzen besetzt war; sie trug dieses Kleid nur bei besonderen Anlässen und wußte, daß sie darin besonders gut aussah.

Als die Zofe damit beschäftigt war, weiße Lilien in Carolines dunklen Locken zu befestigen, erschien Murat. Caroline gab der Zofe einen Wink, sich zu entfernen, trat zu ihrem Gatten und umarmte ihn.

»König Joachim I. von Neapel! Jetzt haben wir es doch geschafft, wir besitzen ein Königreich«, und ihre Augen funkelten vor Stolz.

Murat lächelte und gab ihr einen zärtlichen Kuß. »Ja, und ich glaube, wir werden in Neapel sorgloser leben als in Madrid. Wenn ich an die Reise hierher denke und an die letzten Wochen in Spanien, bezweifele ich, ob Joseph zu beneiden ist.«

»Du denkst dabei an die Aufstände?«

»Ja, man sollte diese Volkserhebungen ernst nehmen; die Bevölkerung steht auf seiten der Partisanen, die Kirche ebenfalls. So ein Partisanenkrieg ist für unsere Soldaten ungewohnt, die Aufständischen lauern überall, ständig muß man einen Hinterhalt befürchten. In den Dörfern vergiften die Bauern die Brunnen – wie viele Pferde und Soldaten haben wir dadurch schon verloren! – junge Mädchen locken unsere Männer in eine Falle, wo sie brutal umgebracht werden. Auch ich bin auf der Reise nur knapp einem Anschlag entronnen.«

»Oh, mein Gott«, flüsterte Caroline, und eine ihr selbst unerklärliche Furcht stieg in ihr hoch.

»In Neapel werden wir diese Schwierigkeiten nicht haben«, fuhr Murat fort, »wir werden dort zum Besten des Volkes regieren.«

»Zum Besten des Volkes?« rief Caroline heftig. »Was geht uns das Volk an! Wir werden so regieren, wie mein Bruder es wünscht. Vergiß nicht, daß er allein die Macht verkörpert, ich möchte dieses Königreich nicht durch ungeschicktes Verhalten wieder verlieren. Joachim, ich bin fest entschlossen, diese Krone, um die ich so gekämpft habe, zu behalten; ich werde sie mir nicht wegnehmen lassen, von niemandem, egal, was geschieht.« Die letzten Worte sprach Caroline mit einem gefährlichen Unterton in der Stimme, der ihren Gatten aufhorchen ließ. Er sah sie verwundert an und bemerkte jenes Glitzern in ihren dunklen Augen, bei dem er sich stets etwas unbehaglich fühlte. »Ich will diese Krone behalten«, wiederholte Caroline.

Während sich Murat für das Diner umzog, fiel ihm ein, daß er ja Marschall des Empire blieb und damit dem Kriegsminister und sogar dem Generalstabschef Berthier unterstand. Ich bin kein Souverän, dachte Murat, ich bin ein Vasall meines Schwagers, zu Gehorsam und Treue verpflichtet, zu Vasallentreue...

Es war schon fast Mitternacht, als sie von Schloß Marracq zurückkehrten.

»Eine Schlacht ist nicht so anstrengend wie der heutige Abend«, sagte Murat, »ich bin fast eingeschlafen; ausgerechnet heute mußte Joséphine so lange Karten spielen.«

»Aber sie hat doch gar nicht gespielt, sie hat nur Patiencen gelegt, sieben insgesamt, und nicht eine ist aufgegangen! Die Ärmste! Sie war richtig unglücklich über die schlechten Karten.«

»Verrückte Weiber«, brummte Murat, löschte die Kerzen und fiel bald in einen tiefen, traumlosen Schlaf.

Er erwachte mitten in der Nacht, weil Caroline neben ihm sich ruhelos herumwälzte; vom Dorf hörte er die Kirchturmuhr die dritte Stunde schlagen. Er schrak zusammen, als Caroline laut aufschrie: »Nein, o nein!«

»Caroline, was ist, was hast du?« Er rüttelte sie wach.

Sie schlug die Augen auf, sah ihn verstört an und sagte dann leise: »Gott sei Dank, du lebst!«

»Was soll das heißen?«

Sie setzte sich auf und sah nachdenklich vor sich hin. »Ich hatte einen schrecklichen Traum«, begann sie. »Ich war ganz allein in einem großen Palast, du warst im Krieg, ich wußte nicht, ob du noch lebst, auf einmal sah ich dich die Treppen emporkommen in einer einfachen Kavallerieuniform, du stürztest auf mich zu und riefst: ›Alles ist verloren! Es war mir nicht vergönnt, den Tod zu finden!‹ Im gleichen Augenblick tauchten bewaffnete Bauern auf, die dich festnahmen und abführten, hinunter in den Hof zu einem Exekutionskommando, sie stellten dich an die Wand, und dann gabst du selbst den Schießbefehl: ›Soldaten, tut eure Pflicht! Zielt auf das Herz, aber schont das Gesicht! Feuer!‹ In diesem Moment bin ich aufgewacht.«

»Der Traum hängt bestimmt mit dem Linsengericht zusammen, das heute abend serviert wurde, Linsen liegen eben schwer im Magen.«

»Nein, es ist, weil du beim Diner dauernd von dem Erschießungskommando in Madrid erzählt hast. Ein schrecklicher Traum!« Caroline lag noch lange wach und dachte an Neapel; sie schlief erst ein, als das erste Morgenlicht durchs Fenster schimmerte.

Als Letizia im Dezember 1804 nach Paris zurückkehrte, stellte ihr Napoleon die Mittel zur Verfügung, daß sie angemessen repräsentieren konnte. Er setzte ihr eine Jahresrente von einer Million Francs aus, stiftete ihr ein Wappen (auf blauem Grund hielt ein Adler einen Blitz umklammert, in dessen Mitte sich ein kleines Namensschild befand), ließ eine Krone aus Edelsteinen für sie anfertigen und achtete darauf, daß in ihrem Hofstaat Angehörige des alten Adels und der neuen Führungsschicht gleichmäßig vertreten waren. Zu diesem Hofstaat gehörten Ehrendamen, ein Kammerherr, ein Oberstallmeister, ein Hausgeistlicher, ein Intendant, ein Anwalt, ein Vorleser, etliche Kapläne, Ärzte und Sekretäre.

Die Mutter des Kaisers mußte natürlich auch ihrem Rang entsprechend wohnen. In Paris lebte sie im Hôtel de Brienne, das sie Lucien abgekauft hatte, und als Landsitz stellte ihr Napoleon das Große Trianon zur Verfügung. Aber Letizia erklärte nach der

Besichtigung ihrem Sohn, daß sie dort nicht wohnen könne; die ganze Umgebung, auch das nahegelegene Versailler Schloß erinnerten sie zu sehr an die Vergangenheit. Napoleon hatte Verständnis und schenkte ihr Schloß Pont am Seineufer südöstlich von Paris, das Letizia 1805 bezog. Sie wurde von den Bewohnern Ponts mit großen Feierlichkeiten empfangen.

Nachdem Letizia ihre Repräsentationspflichten erfüllt hatte, führte sie in Pont ein stilles, beschauliches Leben. Zum Entsetzen ihrer Ehrendamen zogen auch der Kardinal Fesch und einige Geistliche in das Schloß ein, und die Tage, Monate und Jahre vergingen mit frommen Betrachtungen, Spaziergängen, Handarbeiten, Lesen und Reversi-Spielen. Da Letizia jegliche Art von Etikette als lästig empfand, bat sie ihr nahestehende Menschen, wie Laure Junot, sie weiterhin ›Madame‹ zu nennen und nicht ›Kaiserliche Hoheit‹; und der Alltag in Pont unterlag keiner strengen Regel. Um halb zwölf traf man sich zum Déjeuner, beschäftigte sich anschließend nach eigenen Interessen, ging im Park spazieren, zog sich auf sein Zimmer zurück oder machte Besuche; nach dem Diner wurden Wagenfahrten entlang der Seine unternommen oder Theater und Bälle besucht. Wenn Letizia Gäste empfing, ließ sie es – getreu ihrem Grundsatz ›fare bella figura‹ – an nichts mangeln, aber für das tägliche Leben in Pont gab sie nur das Nötigste aus.

»Wir Korsen sind an Revolutionen gewöhnt«, sagte sie oft. Dies alles kann ein Ende haben, und was soll dann aus den Kindern werden, die aus törichter Großzügigkeit mit vollen Händen ausstreuen, ohne an die Zukunft zu denken? Wenn es dazu kommen sollte, werde ich da sein, und es ist besser, sie wenden sich an ihre Mutter als an solche, die sie verraten oder im Stich lassen.«

Sie beobachtete besorgt die Verschwendung ihrer Kinder – sogar der sonst so sparsame Fesch gab für seine Gemäldesammlung Unsummen aus – und begann, ihre Einkünfte stillschweigend in Italien, Korsika, Spanien, sogar in London zu investieren; so wurde sie, ohne daß ihre Kinder es merkten, zu einer sehr reichen Frau.

Im Hôtel de Brienne wohnte sie nur selten, weil das Palais sie ständig an das Zerwürfnis zwischen Napoleon und Lucien erinnerte, und die Tuilerien besuchte sie nur, wenn es unumgänglich war. Napoleon respektierte die Gewohnheiten seiner Mutter und besuchte sie regelmäßig, wenn er in Paris weilte, und sie war dankbar für diese Aufmerksamkeit, wurde ihr doch dadurch die Gegenwart der ungeliebten Schwiegertochter erspart.

Am 26. Oktober 1808 saßen Letizia und Saveria im Salon von Schloß Pont und spielten Reversi, während Laure Junot, die Dienst hatte, auf dem Spinett einige Melodien variierte. Es war die Stunde nach dem Déjeuner. Bei gutem Wetter ging Letizia um diese Zeit gewöhnlich im Park spazieren, aber an jenem Herbsttag regnete es seit dem frühen Morgen, und so blieb man im Schloß und hoffte auf besseres Wetter.

Als Laure leise ein korsisches Hirtenlied anstimmte, legte Saveria die Karten beiseite und lauschte einige Minuten wie gebannt, aber dann stürzten Tränen aus ihren Augen. »Verzeihung, Signora, ich kann es nicht hören«, sagte sie, sprang auf und lief aus dem Zimmer.

Laure hörte auf zu singen und sah ihr verwundert nach. »Was hat sie denn, Madame?«

»Saveria hat Heimweh, Laurette, genau wie mein Bruder und ich. Wir haben Heimweh nach Korsika, nach jener überschaubaren, festgefügten Welt, wir sehnen uns nach der Sicherheit unseres alten Familienhauses.«

Letizia räumte die Karten zur Seite und setzte sich an ihren Stickrahmen; Laure schloß leise das Spinett und blätterte müßig in den Notenheften.

»Bei diesem Wetter wird man ganz trübsinnig«, sagte Letizia nach einer Weile, »als ich heute morgen aufwachte und den Regen rauschen hörte, habe ich einen Augenblick überlegt, ob ich nicht einen Kurier nach Saint-Cloud schicke und mich für den Ball heute abend mit Migräne entschuldige. Wenn mich etwas langweilt, so sind es diese steifen Bälle! Aber dann fiel mir ein, daß der Kaiser ja in drei Tagen schon wieder zur Armee abreist, er ist gerade eine Woche aus Erfurt zurück und muß wieder nach Spanien in diesen grauenhaften Krieg, und ich möchte jede Gelegenheit nutzen, um ihn zu sehen. Und außerdem habe ich die Absicht, mich für das Familiendiner am kommenden Sonntag mit Migräne zu entschuldigen, und zweimal hintereinander Kopfschmerzen wirkt etwas merkwürdig, nicht wahr?« Letizia lachte kurz auf. »Dabei habe ich noch nie Migräne gehabt, ich weiß gar nicht, was das ist.«

»Seien Sie froh darüber, Madame. Sie haben recht, die Bälle sind eine Strapaze. Alle warten gespannt auf das Erscheinen des Kaisers, die Herren zittern bei dem Gedanken, daß sie eine Frage nicht beantworten können, und wenn er dann wieder in sein Arbeitszimmer geht, atmen alle erleichtert auf. Wissen Sie, was Talleyrand zu Herrn de Rémusat sagte, als dieser Oberst-Kammerherr wurde und die Verantwortung für das Arrangement von Festlichkeiten übernahm? ›Sie tun mir leid, Sie sollen ihn amüsieren, ihn, der unamüsierbar ist.‹« Laure hatte zu Letizia ein sehr vertrautes Verhältnis und konnte ihr gegenüber schon hin und wieder eine kritische Bemerkung über den Kaiser äußern. »Aber der heutige Ball wird bestimmt amüsant. Ich bin gespannt, wie sich der alte Adel gegenüber den neuen Herzögen und Grafen verhält. Wollen Sie wirklich dem Familiendiner fernbleiben, Madame? Wenn der Kaiser davon erfährt, werden Sie wieder eine schriftliche Aufforderung erhalten, am Sonntag bei der Kaiserin zu erscheinen, weil sie in seiner Abwesenheit das Familienoberhaupt ist.«

»Na und, Laurette? Schließlich bin ich die Seniorin der Familie, und die Entscheidung, ob und wann ich bei Joséphine diniere, behalte ich mir vor. Außerdem habe ich während der letzten Wochen an jedem Familiendiner teilgenommen, natürlich nur wegen Lolotte, aber immerhin, ich war anwesend. Und was heißt überhaupt ›Familiendiner‹? Sind wir noch eine Familie? Meine Kinder leben überall, nur nicht in Paris. Joseph ist in Madrid, Napoleon irgendwo in Europa, abwechselnd mit Friedensverträgen und Kriegen beschäftigt, Lucien in Rom, Elisa in Florenz, Louis in Amsterdam. Nur Pauline ist seit einiger Zeit wieder in Paris, aber auch nur ihrer Gesundheit wegen; normalerweise müßte sie in Turin als Gattin des Generalgouverneurs des italienischen Departements repräsentieren. Caroline ist in Neapel und Jérôme in Kassel. Wer saß denn in den letzten Jahren an der Familientafel außer Joséphine? Julie und ihre zwei Töchter, Caroline und ihre Kinder, mein Bruder, ich und in diesem Sommer Lolotte. Und am kommenden Sonntag ist der Kreis noch kleiner: Julie und ihre Töchter, eventuell mein Bruder, und Pauline wird sich über die Abreise des Kaisers so aufregen, daß sie aus gesundheitlichen Gründen nicht kommen kann.«

Letizia ließ die Nadel sinken und sah nachdenklich hinaus in den Regen. »Ach, Laurette, früher war es ganz anders. Als ich vor vierundvierzig Jahren in unser Familienhaus einzog, hatten wir einen ovalen Eßtisch aus Kastanienholz, leinene Tischdecken, Zinnbecher, einfaches Porzellan. Meine Schwägerin und ich halfen der Dienerin beim Auftragen der Speisen und beim Abräumen; später hatten wir mehr Bedienstete, und bei festlichen Gelegenheiten wurden Kristall und Silber herbeigeholt, aber alltags lebte man einfach. Damals herrschte in unserer Familie noch Zusammengehörigkeitsgefühl, da wurde ein Tischgebet gesprochen, da gab es anregende Diskussionen über Politik, über Familienangelegenheiten, und heute? Heute sitzen wir in den Tuilerien, in Saint-Cloud oder in Malmaison um einen kostbaren, mit Gold verzierten Mahagonitisch; Damast, Silber, Kristall, Sèvres-Porzellan gehören zum Alltag; zahllose Lakaien servieren oder stehen störend herum, und die Überbleibsel der Familie warten sehnsüchtig darauf, daß sie wieder nach Hause gehen können. Der äußere Rahmen ist glanzvoll wie nie zuvor, aber das Gefühl der Zusammengehörigkeit ist verlorengegangen. Wenn ich die Briefe meiner Kinder lese, habe ich stets den Eindruck, daß jeder nur mit sich und seinen Angelegenheiten beschäftigt ist und gar kein Interesse mehr für den Bruder oder die Schwester hat. Außerdem stören mich bei diesen Diners die seichten Gespräche; in Gegenwart des Kaisers ist die Unterhaltung noch halbwegs vernünftig, obwohl es mehr ein Frage-Antwort-Spiel ist und kein Gespräch, aber wenn Joséphine allein ist, gibt es nur drei Themen: die neuen Modeschöpfungen von Leroy, wer mit wem ein Verhältnis hat und wer von wem ein uneheliches Kind erwartet; und wenn die Diners in Malmaison stattfinden, wird sie nicht müde, von ihren exotischen Pflanzen zu erzählen, von der Menagerie ... Und in diesem Sommer mußten wir den schrecklichen Orang-Utan ertragen.«

»Richtig!« rief Laure lachend. »Wie geht es denn der Affendame?«

»Ausgezeichnet! Joséphine hegt und pflegt sie wie ein Kind, sie hat ihr sogar Kleider anfertigen lassen! Immer wenn das Dessert serviert wurde, erschien die Affendame, nahm an der Tafel Platz und verspeiste ihre Kohlrüben, sogar recht manierlich mit Messer und Gabel, aber es kam auch vor, daß sie die Rüben im Zimmer umherwarf und wie wild von einer Ecke in die andere sprang, und Joséphine ermunterte sie noch zu derlei Kapriolen. Die Kinder hatten natürlich ihren Spaß, aber ich muß schon sagen, ein Orang-Utan an der Familientafel der Bonapartes!«

»Und was sagt der Kaiser dazu?«

»Ach Gott, er läßt Joséphine gewähren, außerdem hat er die Affendame noch gar nicht gesehen, er war schon lange nicht mehr in Malmaison.«

Das Gespräch verstummte für eine Weile. Laure legte die Noten zur Seite und beugte sich ebenfalls über ihre Stickarbeit.

»Madame«, begann sie nach einer Weile zögernd, »darf ich Sie etwas fragen? Warum mußte Lolotte plötzlich abreisen? Sollte sie hier nicht lernen, wie man sich bei Hofe benimmt? Sie ist doch auf ausdrücklichen Wunsch des Kaisers hierhergekommen?«

»Ja, das ist sie.« In Letizias Stimme schwang ein bitterer Ton mit. »Und es ist Lucien bestimmt schwergefallen, seine Tochter nach Paris zu schicken, aber er hat natürlich an die Zukunft seines Kindes gedacht, und es war beruhigend für ihn zu wissen, daß Lolotte bei mir wohnt und nicht in den Tuilerien. Wenn sie mich zu Pauline oder zu Caroline begleitete oder nach Malmaison, hat sie sich stets musterhaft betragen; keiner konnte ahnen, daß sie alles sehr genau beobachtet, nach Rom berichtet und spöttisch kommentiert! Ihre Briefe gingen natürlich durch die Zensur und wanderten von dort auf den Schreibtisch des Kaisers, und mein Sohn hat sich so über den Inhalt empört, daß er Lolotte nach Rom zurückschickte. Er hat mir die Briefe gezeigt; ich fand, offen gestanden, den Inhalt recht amüsant: Sie schrieb über Caroline und Metternich, über Paulines neuen Liebhaber, über Joséphine, ihre Kleider, ihre Schminke; sie hat sich über die Etikette lustiert, auch mein Haushalt wurde nicht verschont, ich sei so sparsam, daß ich, um Kerzen zu sparen, früh zu Bett ginge.«

»Du meine Güte, Madame, wie kann der Kaiser die Bemerkungen einer Dreizehnjährigen, eines halben Kindes, so ernst nehmen! Er müßte doch wirklich über der Sache stehen!«

»Ein halbes Kind, Laurette? Als ich so alt war, habe ich mich mit Carlo verlobt. Aber du hast recht, Napoleon hätte die Angelegenheit humorvoller nehmen können; leider besitzt er keinen Humor, und je älter er wird, desto weniger Kritik verträgt er. Lolotte ist übrigens gerne abgereist, aber für mich war es eine schmerzliche Enttäuschung. Ich hatte sehr gehofft, daß ihre Anwesenheit zu einer Aussöhnung zwischen Napoleon und Lucien führen würde, aber ich fürchte, das werde ich nicht mehr erleben.«

»Madame, Sie haben noch so viele Jahre vor sich.«

»Du vergißt, Laurette, daß ich achtundfünzig bin; wie viele Jahre habe ich noch zu leben? Drei? Sieben? Zwölf? Alle nennen mich die glücklichste Mutter der Welt, während mein Leben in Wirklichkeit ständig von Sorge und Kummer erfüllt ist. Ich habe Angst, daß auf Napoleon ein Attentat verübt werden könnte oder er in einer Schlacht den Tod findet; sein Zerwürfnis mit Lucien bedrückt mich mehr, als ich nach außen hin zeige, und seit die französischen Truppen in Rom sind, frage ich mich oft, wie lange Lucien überhaupt noch mit seiner Familie dort leben kann, vielleicht muß er eines Tages erneut fliehen. Und Jérôme – er gibt in Kassel mehr aus, als er einnimmt, lebt weit über seine Verhältnisse, das kann auf Dauer nicht gutgehen, und warum ist seine Ehe nach über einem Jahr immer noch kinderlos? An Paulines Kapriolen habe ich mich inzwischen gewöhnt, aber ich sorge mich ernstlich um ihre Gesundheit; sie klagt ständig über Müdigkeit und Erschöpfung, kein Arzt kann eine genaue Diagnose stellen. Corvisart meint, sie leide unter nervösen Störungen! Der Himmel weiß, wie es dazu kommen konnte. Ob ihre unglückliche Ehe daran schuld ist oder die wechselnden Liebhaber, bei denen sie letztlich doch keine Erfüllung findet? Vielleicht müßte sie Kinder haben oder eine andere sinnvolle Aufgabe; wenn ich sie im Kleinen Trianon besuche, liegt sie stets auf dem Diwan, betrachtet sich im Handspiegel und fragt mich: ›Bin ich auch noch schön, Mama?‹ Ich beruhige sie natürlich und überlege, wie ich sie davon abbringen kann, sich nur mit ihrer Schönheit zu beschäftigen, aber bis jetzt ist mir noch nichts eingefallen.«

»Die Tatsache, daß der Kaiser seiner Schwester erlaubt hat, ohne den Fürsten Borghese nach Paris zurückzukehren, zeigt aber, daß er ihre Krankheit ernst nimmt. Er ist doch sonst so darauf bedacht, daß die Ehegatten zusammenleben – allerdings, bei Julie macht er auch eine Ausnahme.«

»Nun, er schätzt Julie sehr, und sie jetzt nach Spanien zu schicken wäre geradezu unverantwortlich; wer weiß, ob sie Madrid lebend erreichen würde. Elisa ist die einzige, um die ich mich nicht sorge, sie hat sich in Lucca bewährt und wird auch in Florenz ihre Pflichten als Großherzogin erfüllen. Aber wie wird sich Caroline in Neapel verhalten? Sie hat erreicht, was sie wollte, dennoch – wird ihr das auf Dauer genügen? Louis wird wohl für den Rest seines Lebens ein kranker Mann bleiben. Wenn wenigstens seine Ehe glücklich wäre! Aber nach allem, was ich höre, scheinen sich er und Hortense immer mehr zu entfremden.«

»Aber hat denn der kleine Louis-Napoleon, den Hortense im April zur Welt brachte, das Paar nicht wieder zusammengeführt?«

Letizia seufzte. »Leider nein. Das war auch meine Hoffnung, aber Louis behauptet, er sei nicht der Vater des Kindes; seine Krankheit führt wohl auch zu Einbildungen und Wahnvorstellungen. Er erkennt nur den zweiten Sohn, Napoleon-Louis, als sein eigenes Kind an.«

»Das verstehe ich nicht, Madame. An Louis' Stelle wäre ich stolz auf das jüngste Kind; es ist in den Tuilerien zur Welt gekommen und wurde mit 101 Salutschüssen empfangen. Der erste Bonaparte, dessen Geburt mit Kanonensalut verkündet wurde – es war fast wie bei der Geburt eines Thronfolgers!«

»Du hast recht, fast, aber er ist eben doch nur der Neffe und nicht der eigene Sohn. Manchmal frage ich mich, ob der Kaiser die Krone wirklich der Beauharnais-Brut vererben will! Wann wird er sich endlich zur Scheidung entschließen? Sieht er nicht, daß diese Kreolin täglich älter wird, daß sie immer größere Mengen Schminke und Puder aufträgt, um die Falten zu verbergen? Aber natürlich, bei getrennten Schlafzimmern sieht er sie wahrscheinlich gar nicht mehr im Naturzustand.«

Laure lachte. »Sagen Sie das nicht, Madame, im Winter und Frühjahr hat er ziemlich oft die Nacht bei ihr verbracht.«

Letizia sah erstaunt von ihrem Stickrahmen auf. »Aber Laure, woher weißt du das denn?«

»Die Kaiserin hat es selbst erzählt. Nach solchen Nächten steht sie später auf, und wenn sie dann bei ihren Damen erscheint, sagt sie: ›Es ist heute später geworden, der Kaiser hat die Nacht bei mir verbracht.‹ An diesen Tagen ist sie gut gelaunt, man kann fast alles von ihr erbitten.«

»Jesus, sie erzählt, wenn sie mit dem Kaiser ... nein, wie taktlos! Und was mag er dazu sagen?«

»O Madame, der Kaiser erzählt seinem Kammerdiener noch ganz andere Dinge! Und er hat Joséphine schon hin und wieder die Eroberung einer Hofdame oder einer Schauspielerin in allen Einzelheiten geschildert.«

»Na schön, es geht mich nichts an. Aber im Interesse seines Reiches, das von Jahr zu Jahr größer geworden ist, müßte er doch den Wunsch haben, einen leiblichen Nachfolger zu haben.«

»Vielleicht regelt er diese privaten Dinge, wenn der Krieg in Spanien beendet ist.«

»Das kann noch lange dauern, Laurette. Nach allem, was man hört, muß man den Eindruck gewinnen, daß wir nicht gegen die spanische Armee, sondern gegen das spanische Volk kämpfen. Schon Josephs Thronbesteigung stand unter einem ungünstigen Stern; Bassières mußte ihm erst den Weg zur Hauptstadt freikämpfen. Gewiß, ein Teil der Intellektuellen unterstützt Joseph, aber das Volk lehnt seine Herrschaft ab. Joseph hat mir geschrieben, wie er in Madrid und im Escorial empfangen wurde: Auf den Straßen zeigte sich kein Mensch, sämtliche Türen und Fenster waren verrammelt, im Palast selbst hatten alle Angestellten ihren Arbeitsplatz verlassen ... Und dabei will er doch alles für das Volk tun; er plant den Bau von Straßen, eine Landreform, er will die allgemeine Schulpflicht einführen, die Inquisition soll abgeschafft werden. Ich habe den Eindruck, daß er noch nie in seinem Leben so hart gearbeitet hat wie jetzt in Madrid. Ich wünsche ihm, daß er eines Tages die Früchte seiner Bemühungen erntet, aber viel Hoffnung habe ich nicht. Weißt du, Laurette, dieser Kampf der Spanier gegen die französische Herrschaft erinnert mich an den Freiheitskampf der Korsen gegen Genua. Unser Kampf hat Jahrzehnte gedauert, aber schließlich war die faktische Herrschaft Genuas beseitigt und Paoli regierte die Insel. Und später, als wir gegen

Frankreich kämpften, wurden die Franzosen zunächst auch vertrieben.«

»O Gott, Madame, wollen Sie damit sagen, daß die Spanier uns besiegen werden?«

»Nein, man kann Korsika und Spanien nur sehr bedingt vergleichen. Ich wollte nur sagen, daß man einen Volkskrieg mit anderen Maßstäben messen muß als einen Krieg zwischen zwei Heeren, vor allem darf man ihn nicht unterschätzen.«

»Sie mögen recht haben, Madame; vielleicht kann man auch diese schreckliche Niederlage bei Bailén im Juli so erklären. Niemand hatte damit gerechnet, der General Dupont ist schließlich einer der fähigsten Generäle, und dann diese Kapitulation! 18 000 Franzosen in Gefangenschaft! Seit Napoleon in Frankreich regiert, war dies die erste Niederlage der Franzosen zu Land.« Laure schwieg und sah bedrückt vor sich hin. »Und dann, Ende August«, fuhr sie mit leiser Stimme fort, »Junots Kapitulation in Portugal! Was habe ich für Angst ausgestanden um Alexander (sie nannte ihren Mann nicht Andoche, sondern Alexander); ich wußte ja nicht, wie der Kaiser reagieren würde. Aber er hat es ihn nicht entgelten lassen, er hat ihn wieder zum Militärgouverneur von Paris ernannt, und jetzt ist er Gott sei Dank hier und nicht an der Front.«

»Es ihn entgelten lassen?« rief Letizia. »Das wäre ja noch schöner! Immerhin ist Junot sein ältester und treuester Freund, der seinerzeit alles, was er besaß, mit Napoleon geteilt hat.«

»Ja«, erwiderte Laure bitter, »aber zum Marschall hat er ihn noch nicht ernannt ...«

»Marmont ist auch noch nicht Marschall, Laurette, und dein Mann wurde immerhin Herzog von Abrantès.«

»Ach Gott, dieser Herzogstitel; wie viele Herzöge, Grafen und Barone wurden in den letzten Monaten ernannt! Dreißig bis vierzig Herzöge, hundert Grafen und über tausend Barone und Ritter!«

»Ja, ich weiß auch nicht, warum auf einmal so viele Herzöge und Grafen ernannt werden. Eine Rückkehr zum Feudalismus ist es wohl nicht, denn diese Titel sind mit keinen Privilegien verbunden.«

»Es ist eine Belohnung, eine Auszeichnung. Ich nehme an, daß der Kaiser damit die neue Führungsschicht an sich binden will, und damit das Volk nicht glaubt, daß wir zum Feudalismus zurückkehren, hat er Städte in den besetzten Ländern gewählt oder Orte, wo siegreiche Schlachten stattfanden. Lefebvre wurde als erster von den Marschällen zum Herzog von Danzig ernannt, und dann folgten die übrigen: Marmont Herzog von Ragusa, Duroc Herzog von Friaul, Fouché Herzog von Otranto, Caulaincourt Herzog von Vicenza ...«

»Hör auf, Laurette, mir wird ganz schwindlig bei den Namen. Glaubt er denn wirklich, daß er sich Treue und Loyalität durch Verleihung dieser Titel erkaufen kann?«

»Ich weiß nicht, Madame. Mein Mann war ihm jedenfalls auch ohne Marschallstab und Herzogstitel treu ergeben. Mir persönlich bedeutet es nicht viel, daß ich nun Herzogin von Abrantès bin, ich bin nach wie vor die Tochter eines Heereslieferanten, und Alexander ist der Sohn eines Holzhändlers. Aber nicht alle denken so, manche legen großen Wert auf die neuen Würden. Sie wissen wahrscheinlich, daß die Marschallin Lefebvre ehemals Wäscherin war; kurz nach der Ernennung des Marschalls zum Herzog von Danzig erschien sie bei der Kaiserin, um sich zu bedanken. Der Türhüter, der die Lefebvre nur als Wäscherin kannte, ließ sie warten und holte sich beim Kammerherrn die nötigen Anweisungen. Und als er sie dann einließ und die Kaiserin sie liebenswürdig begrüßte mit den Worten: ›Wie befinden sich die Frau Herzogin von Danzig?‹, erwiderte sie nichts, sondern drehte sich nach dem Diener um und rief ihm zu: ›Na, da bleibt dir wohl die Spucke weg!‹ Die Kaiserin war die erste, die darüber lachte.«

Als Letizia und Laure gegen zehn Uhr abends in Saint-Cloud ankamen, hatte der Ball bereits begonnen. Der Oberzeremonienmeister Graf Ségur geleitete die beiden Damen unter vielen Verbeugungen zum oberen Ende des Saales in die Nähe des Podestes, wo die Sessel des Kaiserpaares standen; dort saß nur Joséphine, wie immer liebenswürdig lächelnd. Offenbar arbeitete Napoleon noch; das war nicht ungewöhnlich, er erschien meistens erst gegen elf Uhr und verschwand oft vor dem Souper.

Es ist so wie immer, dachte Letizia, dieser Ballsaal ähnelt einem prachtstrotzenden Gardekasino: auf beiden Seiten drei Reihen mit herausgeputzten Frauen, und hinter ihnen das Spalier der Hofbeamten und Offiziere. Dann die Marschälle und Generäle in ihren goldfunkelnden Uniformen, die Senatoren, Minister, die Brust mit Orden und Bändern bedeckt ...

»Wir sind mitten im Faubourg Saint-Germain, Madame«, flüsterte Laure, »und der neue Adel sitzt auf der anderen Seite, wie Hühner auf einer Stange.«

Letizia sah sich diskret um. Tatsächlich waren sie fast ausnahmslos von Angehörigen des alten Adels umgeben. Bildete sie es sich ein oder waren die Gesichter wirklich noch hochmütiger und reservierter als sonst? Sie werden uns nie als ihresgleichen betrachten, dachte Letizia, sie werden in uns immer die Emporkömmlinge sehen.

Ihre Augen wanderten langsam nach links und blieben an einer Dame mittleren Alters haften, die im Gegensatz zu ihren Standesgenossen überhaupt nicht hochmütig wirkte, vielmehr Freundlichkeit, Güte, sogar eine gewisse Mütterlichkeit ausstrahlte. Die Vierzig hat sie bestimmt überschritten, dachte Letizia und betrachtete die dunklen, leicht gekräuselten Haare und das klare Profil.

»Laurette, kennst du die Dame, die dort links sitzt?«

»Ja, es ist die Gräfin de Montesquiou, ganz alter Adel. Ihr Gatte ist Großkämmerer und Präsident der Gesetzgebenden Körperschaft, ihr Sohn ist kürzlich zum Kammerherrn ernannt worden. Sie zeigt sich nicht oft in der Öffentlichkeit.«

»Und die Dame neben ihr, mit den grauen Löckchen?«

»Das ist die Herzogin de Brissac, sie ist erst vor einigen Wochen aus der Emigration zurückgekehrt.«

Letizia beobachtete die alte Dame, die äußerst nervös wirkte. Dann hörte sie sie zu Madame de Montesquiou sagen: »Mein Gott, was bin ich aufgeregt, ich habe richtig Angst vor dem Augenblick, wenn ich dem Kaiser vorgestellt werde. Ich bin doch schwerhörig, was mache ich nur, wenn ich seine Frage nicht verstehe?«

»Seien Sie ganz unbesorgt, der Kaiser stellt drei Fragen, immer dieselben und immer in der gleichen Reihenfolge: ›Wie heißen Sie? Aus welcher Gegend Frankreichs stammen Sie? Wie alt sind Sie?‹ Prägen Sie sich diese drei Fragen ein, und Sie werden nicht in Verlegenheit kommen.«

»Ich danke Ihnen, Madame, Sie haben mir wirklich geholfen.«

Laure hielt Ausschau nach ihrem Mann, konnte ihn aber nicht entdecken. Statt dessen erblickte sie die Herzogin von Montebello, die zusammen mit der Gräfin Metternich und zwei anderen Damen eine Quadrille-Figur bildete.

»Madame, sehen Sie doch nur, wie elegant die Herzogin von Montebello wieder gekleidet ist! Eine wirklich raffinierte Zusammenstellung, gelbe Seide und schwarzer Samt, und dann das Perlenhalsband, und wie sie sich bewegt! Neben ihr komme ich mir immer wie eine Provinzgans vor. Und sehen Sie nur, wie sie den Grafen Metternich anlächelt, kein Wunder, er ist ein charmanter Mann.«

Letizia bemerkte belustigt, wie Laures Züge sich beim Anblick Metternichs verklärten. »Nun, Laurette, du brauchst dich wahrhaftig nicht zu verstecken. Und das Lächeln der Herzogin finde ich kalt und berechnend, auf mich wirkt sie hochmütig und eingebildet, einfach unsympathisch, daran ändert auch ihre raffinierte Robe nichts.«

»Sie hat auch allen Grund, sich etwas einzubilden«, sagte Laure, und ihre Stimme klang plötzlich traurig, »der Kaiser hält viel von Marschall Lannes, er duzt sich mit ihm, und Lannes ist einer der wenigen, bei dem er Widerspruch duldet. Er durfte sogar den Zaren in Bromberg begrüßen und nach Erfurt begleiten. Ob mein Alexander eines Tages auch Marschall wird?«

»Sicherlich«, tröstete Letizia und versuchte das Thema zu wechseln. »Die Gräfin Metternich ist recht hübsch, aber erschreckend schmal, findest du nicht?«

»Kein Wunder, sie ist lungenkrank, das hängt mit dem Wiener Klima zusammen. Sie sagt immer, wer eine schwache Lunge hat, dürfte gar nicht in Wien leben.«

Der Tanz war zu Ende, und Letizia sah Pauline in Begleitung Marmonts auf sich zukommen. Der Herzog von Ragusa verbeugte sich vor den Damen, murmelte einige Höflichkeitsfloskeln und entschuldigte sich dann.

»Gott sei Dank, daß ich ihn los bin!« seufzte Pauline.

»Du solltest nicht so viel tanzen, mein Kind, du überanstrengst dich.«

»Mama, heute abend möchte ich mich richtig amüsieren! Den nächsten Tanz habe ich Duroc versprochen – ah, da kommt dein Mann, Laurette. Warum so spät, Herzog von Abrantès?«

»Ich bitte um Entschuldigung, ich war noch beim Kaiser. Ich kann auch nicht den ganzen Abend hierbleiben, weil ... nun ja, aber der nächste Tanz gehört dir, Laurette.«

Pauline betrachtete die Vertreter des alten Adels, und als sie Madame de Chevreuse erblickte, rief sie: »Mama, sieh nur, welch prachtvolles Kollier! Rubine und Saphire, wie sie funkeln! Ich liebe diese roten und blauen Steine, ich möchte auch so ein Kollier.«

Neben Madame de Chevreuse stand der berühmte Komponist André Grétry, ein Herr von annähernd sechzig Jahren; er hatte schon mehrmals auf die Uhr geschaut, nun zog er sie erneut hervor und betrachtete prüfend das Zifferblatt. »Jetzt müßte der Kaiser bald kommen«, sagte er zu der Chevreuse, die mit verächtlichen Blicken die frischgebackenen Herzoginnen musterte. »Ich bin gespannt, ob er mich wieder nach meinem Namen fragt.«

»Und ich bin gespannt, welche Taktlosigkeiten er den Damen sagt. Sehen Sie nur«, die Chevreuse wies mit dem Kopf zur gegenüberliegenden Seite, »sehen Sie nur dieses adlige Plebs an: die Marschallin Lefebvre, jetzt Herzogin von sonstwas, wie sie sich wieder mit Schmuck behängt hat, und die neue Königin von Spanien sitzt mit puterrotem Gesicht da, sie kann sich immer noch nicht in Gesellschaft bewegen, und ihre Schwester, die Fürstin von Ponte-Corvo, kann auch die Seidenhändlerstochter nicht verleugnen mit ihren vorlauten Bemerkungen. Und dann dieser Lannes, Herzog von ich weiß nicht was, der Mühe hat, seinen Namen zu schreiben. Aber am schlimmsten finde ich Augereau; neulich saß ich ihm bei einem Diner gegenüber, nein, diese Tischmanieren! Bei jedem Gang ließ er sich den Teller volladen, daß man glauben konnte, er sei am Verhungern. Und Zoten hat er erzählt! Es war direkt peinlich für die Damen.«

Grétry lächelte. »Sie sollten etwas Nachsicht mit den alten Haudegen haben, Madame; es sind immerhin tapfere Männer, und die Marschallinnen können sich doch benehmen.«

»Ja, nachdem Madame Campan ihnen auf Anordnung des Kaisers Unterricht erteilt hat...«

Das laute Klopfen eines Stabes unterbrach ihre Betrachtungen. »L'Empereur!« Die Herren nahmen Haltung an, die Damen erhoben sich, und dann erschien Napoleon. Mit raschen Schritten, die Hände auf dem Rücken verschränkt, ging er zu dem Podest, wo Joséphine saß.

Pauline strahlte, als sie den Bruder erblickte. »Ich sehe ihn zu gern in diesem blauen Uniformrock«, flüsterte sie Letizia zu, »die blaue Farbe erinnert mich immer an den Leutnantsrock, den er damals trug, als er zum erstenmal auf Urlaub nach Ajaccio kam.«

Bei festlichen Gelegenheiten vertauschte Napoleon seine geliebte grüne Uniform mit der blau-weißen eines Gardeobersten, dazu trug er weiße Seidenstrümpfe und schwarze Schnallenschuhe; auf der linken Brust prangte das Großkreuz der Ehrenlegion.

Das Kaiserpaar begann, die Phalanx der Gäste abzuschreiten.

»Ich bin mit Ihrem Sohn sehr zufrieden, Madame«, sagte Napoleon freundlich zur Gräfin de Montesquiou. »Haben Sie noch mehr Kinder?«

»Ja, Sire.«

»Dann verstehen Sie wohl etwas von Kindererziehung?«

»Ich glaube schon, Sire.«

»Gut.« Er ging weiter zur Herzogin de Brissac und fragte sie nach ihrem Namen. Und dann hörte die Gräfin de Montesquiou zu ihrem Entsetzen, daß er ausgerechnet bei der schwerhörigen alten Dame von seinem gewohnten Fragenschema abwich. »Ihr Gatte muß der Bruder des Herzogs von Brissac sein, der in Versailles ermordet wurde. Haben Sie seinen Besitz geerbt?«

»Seine et Oise, Sire«, antwortete die Herzogin und lächelte ihn liebenswürdig an.

Napoleon sah sie überrascht an. »Haben Sie Kinder?«

»Zweiundfünfzig, Sire», erwiderte die Herzogin.

Napoleon schüttelte den Kopf und ging verblüfft weiter. »Sie scheint in der Emigration senil geworden zu sein«, flüsterte er Joséphine zu und blieb vor Letizia stehen. »Mama, ich freue mich sehr, daß Sie heute abend gekommen sind; ich hoffe, Sie unterhalten sich gut.«

»Ich wünsche Ihnen alles Gute für den Feldzug, mein Sohn, kommen Sie gesund wieder.«

»Soll ich Joseph noch etwas von Ihnen ausrichten?«

»Danke, ich werde ihm schreiben.«

Napoleon wandte sich zu Pauline: »Ich sehe mit Vergnügen, daß es Ihnen besser geht als vor einigen Tagen.«

»Besser, Sire? Das glaube ich nicht, und nach Ihrer Abreise wird es mir noch schlechter gehen.«

Aha, dachte er amüsiert, sie wird ihre Krankheit natürlich ausdehnen, um möglichst lange von Borghese getrennt zu sein, verständlich. Seit sie hier ist, hat sie sich leidlich benommen, sie hat eine Belohnung verdient. Er lächelte Pauline an: »Mein Freund, der Zar, hat mir zum Abschied drei Zobelmäntel geschenkt; einen davon bekommen Sie, Madame.«

Pauline errötete vor Freude und Stolz: »Ein Zobelpelz? Danke, Sire, vielen, vielen Dank, ich werde den Mantel in Ehren halten.«

»Was meinst du, Joséphine, mir genügt ein Pelz, ich werde den anderen auch verschenken, und zwar...« Er überlegte einen Augenblick, »Ja, ich werde ihn der Fürstin von Ponte-Corvo schenken!«

»Eine reizende Idee.« Joséphine versuchte so verführerisch wie möglich zu lächeln, innerlich aber war sie empört. Seiner Schwester und seiner ehemaligen Verlobten schenkt er Zobelpelze, dachte sie, und ich?

»Ah, Herzogin von Abrantès!« Laure versank vor dem Mann, den ihre Mutter vor Jahren aus Gutherzigkeit oft zum Diner eingeladen hatte. »Sieh nur, Joséphine, Reisen bringt immer Gewinn. Die Jahre in Lissabon als Botschaftergattin haben der Herzogin gutgetan; was für eine schöne Verbeugung sie jetzt machen kann!« Er nickte ihr und Junot freundlich zu und ging weiter. Wieso dieses Lob? dachte Laura erstaunt, er scheint gut gelaunt zu sein.

Der nächste, vor dem Napoleon stehenblieb, war Grétry. »Wie heißen Sie?«

»Sire, noch immer Grétry.«

Aber der Kaiser war schon weitergegangen, stand nun vor Madame de Chevreuse und betrachtete bewundernd den Halsschmuck: »Was für prachtvolle Juwelen! Sind sie alle echt?«

»Bei Gott, Sire, das weiß ich wirklich nicht, aber für diese Gelegenheit hier sind sie jedenfalls gut genug.«

Der Blick des Kaisers verfinsterte sich, und er ging rasch weiter, bis er vor Metternich stand. »So«, stieß er hervor, »Österreich will also den Krieg!«

»Sire, Österreich wünscht nichts sehnlicher als Frieden, einen dauerhaften Frieden.«

»Aber Österreich rüstet auf, zumindest hat man mir das berichtet.«

»Sire, ich weiß von keiner Aufrüstung.«

Der Kaiser sah Metternich durchdringend an: »Ich traue dem Wiener Hof nicht«, sagte er schließlich, ging weiter und blieb vor Talleyrand stehen. »Nun, wie geht es Seiner Königlichen Hoheit?« (Er meinte Ferdinand von Asturien, dem er befohlen hatte, sein Exil auf Talleyrands Landsitz bei Valencay zu verbringen.)

»Es geht ihm ausgezeichnet, Sire, er ist bei bester Gesundheit.«

»Sie haben mir ja seinerzeit geraten, die spanische Angelegenheit zu klären, und habe ich nicht eine gute Lösung gefunden?«

»Erlauben Sie mir eine Bemerkung, Sire. Ich glaube, Sie haben durch die Ereignisse in Bayonne mehr verloren als gewonnen.«

»Wie meinen Sie das?«

»Mein Gott ... Ich werde es Ihnen mit einem Beispiel erklären. Wenn ein Mann von Welt Dummheiten begeht, wenn er Mätressen hat, wenn er sich schlecht gegen seine Frau benimmt, so wird man ihn ohne Frage tadeln, aber er wird in der Gesellschaft Nachsicht finden. Betrügt aber dieser Mann im Spiel, so ist er sofort aus der guten Gesellschaft ausgestoßen, und man wird ihm niemals verzeihen.«

»Napoleon erwiderte nichts darauf, und Talleyrand bemerkte mit spöttischer Miene, daß sein kaiserlicher Herr erbleichte und rasch weiterging. Napoleon führte Joséphine zurück zu dem Podest, murmelte etwas von Arbeit und verließ den Ballsaal.

Wenn er vor dem Souper geht, überlegte Letizia, kommt er nicht mehr zurück, was soll ich hier noch? Sobald Laure die Quadrille getanzt hat, werden wir nach Hause fahren. Zu ihrer Überraschung kamen die Junots noch während des Tanzes zu ihr zurück; Laure schien bedrückt, und Junot machte ein ernstes Gesicht. Er verabschiedete sich hastig von seiner Frau und verließ den Saal.

»Ist etwas passiert, Laure?«

»Alexander hat vorhin beim Kaiser erfahren, daß er wieder in den Krieg muß, nach Spanien.« Sie hielt mühsam die Tränen zurück. »Ich habe solche Angst um ihn, Madame.«

»Aber Laurette, dein Mann ist doch nicht zum erstenmal im Krieg.«

»Nein, aber ich habe Angst, weil ... Sie kennen doch Murats Adjutanten, den Oberst Vicomte de Coulondre; ich sah ihn vor ein paar Tagen in einem Salon sitzen, eine schwarze Binde vor den Augen. Sie haben ihn geblendet, ihm die Augen ausgestochen... Er hat von den ›Guerilleros‹ erzählt: ›Du reitest Patrouille durch ein ruhiges Dorf, plötzlich überfällt dich ein Kugelregen, und deine Begleitmannschaft ist tot. Die Glücklichen! Denn wer nur verwundet ist, der wird massakriert, zu Tode gequält, geschunden, mit glühendem Blei überschüttet, lebend verbrannt, entzweigesägt. Ein Monat in ein solcher Gegend genügte, um aus unseren gutmütigen Burschen Tiger zu machen, auch sie mordeten, quälten, schändeten und raubten...‹ – Verstehen Sie nun, warum ich Angst habe, Madame?«

»Ja.«

»Madame, ich halte es in diesem Saal nicht mehr aus, würden Sie Reversi mit mir spielen, damit ich auf andere Gedanken komme?«

Letizia stand wortlos auf, legte mütterlich den Arm um Laure und ging mit ihr hinüber in das leere Spielzimmer zu einem der Kartentische. In der Stille dieses Raumes gewann die junge Frau allmählich ihre Fassung zurück. »Alexander muß erst morgen abend abreisen, er kommt vorher noch einmal nach Pont, um sich zu verabschieden.«

»Ich beurlaube dich für morgen, Laurette, damit du noch ein paar Stunden mit deinem Mann verbringen kannst.«

»Aber Madame...«

»Schon gut, Laurette, nun mische die Karten.«

Sie spielten sechs Partien Reversi, die Letizia alle gewann, und begannen gerade das siebte Spiel, als die Tür aufging und Talleyrand, gestützt auf Foché, hereinhinkte. Die beiden Herren verbeugten sich liebenswürdig vor den Damen, gingen zu einem

Tisch am anderen Ende des Raumes und begannen mit einer Partie Whist.

»Wie merkwürdig, daß diese beiden zusammen Karten spielen, sagte Letizia leise zu Laure. »Ich dachte immer, Talleyrand und Fouché seien verfeindet.«

»Ja, das war auch so, aber seit einigen Wochen hat sich etwas in ihrer Beziehung geändert, man hat sie schon öfter zusammen gesehen und auch allerhand Vermutungen darüber angestellt.«

Als Letizia Fouchés Stimme hörte, spitzte sie die Ohren, konnte aber, da die Tische zu weit voneinander entfernt waren, nichts verstehen; so begnügte sie sich damit, hin und wieder unauffällig hinzublicken.

»Also, in drei Tagen ist es soweit«, sagte Fouché, während er die Karten mischte, »in drei Tagen verläßt der Kaiser Frankreich, um in Spanien Ordnung zu schaffen, zehntausend Soldaten, die Garde und die Elite der Marschälle begleiten ihn: Lannes, Soult, Ney, Victor, Lefebvre. Mortier, Gouvion Saint-Cyr. Wer hätte im Frühjahr daran gedacht, daß es soweit kommen würde: sieben Armeekorps, um die Spanier niederzuringen! Aber es wird ja auch höchste Zeit; die Polizeiberichte, die ich täglich lese, zeigen in geradezu erschreckender Weise, daß das französische Volk kein Verständnis für diesen Krieg aufbringt. ›Wir sind doch nicht angegriffen worden, Spanien war unser Verbündeter‹, das ist der immer wiederkehrende Refrain. Und dazu die ständigen Klagen über die Entbehrungen, die die Blockade gegen England mit sich bringt, kein Kaffee, kein Zucker, kein Tee. Mit alledem hat der Kaiser in den letzten Monaten viel Sympathie bei den Franzosen eingebüßt. Na, wenigstens das Treffen mit dem Zaren in Erfurt war ein glänzender diplomatischer Erfolg, wenn man dem *Moniteur* Glauben schenken darf.«

Talleyrand spielte wortlos eine Karte aus und überlegte, was er dem Polizeiminister über Erfurt erzählen konnte. Sollte er ihn von dem Gespräch unterrichten, das er, Talleyrand, gleich zu Beginn der Konferenz mit dem Zaren geführt hatte? Besser nicht, überlegte er, die Zeit ist noch nicht reif, aber die Zeit wird für mich arbeiten.

»In Bayonne«, führte Talleyrand das Gespräch fort, »hat der Kaiser einen schweren Fehler begangen. Er hätte Ferdinand als

König anerkennen sollen, damit hätte er ihn zur Dankbarkeit verpflichtet und einen zuverlässigen Bündnispartner gewonnen; Godoy, der uns Kopfzerbrechen bereitete, war ja bereits gestürzt.

In Erfurt habe ich ganz deutlich gespürt, daß die europäischen Fürsten die Ereignisse von Bayonne verurteilen, das hat natürlich niemand offen gesagt, aber aus verschiedenen Bemerkungen konnte man allerhand schließen. Und außerdem haben wir in Bailén den Nimbus der Unbesiegbarkeit eingebüßt, und Junots Kapitulation in Portugal hat diesen Eindruck verstärkt, Sir Arthur Wellesley und seine Engländer halten Portugal besetzt... Aber solange Rußland unser Verbündeter ist, besteht trotz dieser Rückschläge keine unmittelbare Gefahr für das Empire.«

»Sie haben ja einiges zur Stärkung dieses Bündnisses beigetragen.« In Fouchés Stimme schwang Bewunderung mit. »Waren Sie nicht sehr überrascht, als der Kaiser Sie aufforderte, ihn nach Erfurt zu begleiten und den Vertrag mit Rußland auszuarbeiten? Das wäre doch die Aufgabe von Champagny gewesen.«

»Ich war natürlich erstaunt, aber es war für mich auch ein Beweis, wie viel dem Kaiser an diesem Bündnis liegt. Er trägt sich sogar mit dem Gedanken, im Interesse dieser Allianz eine Schwester des Zaren zu ehelichen; ich wurde also auch beauftragt, in dieser Angelegenheit vorzufühlen.«

»Aha, die Scheidung scheint jetzt doch beschlossene Sache zu sein. Und wie hat der Zar reagiert?«

»Er hat sich alles wohlwollend angehört, aber unter uns, ich glaube nicht, daß diese Ehe zustandekommt. Selbst wenn der Zar einverstanden wäre, ausschlaggebend ist die Meinung der Zarinmutter, und sie ist eine erklärte Feindin Napoleons; im übrigen gibt es am russischen Hof Gruppen, die dem Bündnis mit Frankreich skeptisch gegenüberstehen, nicht nur Russen, auch preußische Emigranten, dann ein gewisser Graf Pozzo di Borgo, ein Korse.«

»Erzählen Sie noch ein wenig von Erfurt, der *Moniteur* hat nur sehr allgemein berichtet, von Bällen, Jagden, Diners – gab es nicht ein paar amüsante Ereignisse am Rande?«

»Amüsant?« überlegte Talleyrand. »Sagen wir besser beeindrukkend; unser Theater, unsere Schauspieler waren bei jeder Aufführrung ein großer Erfolg, das wissen Sie sicher aus den Zeitungsberichten, Sie werden auch gelesen haben, daß immer, wenn der Kaiser und der Zar im Theater erschienen, das ›Parterre der Könige‹, ich meine die Rheinbundfürsten, sich erhob und applaudierte. Am dritten Oktober wurde *Ödipus* aufgeführt, und bei den Worten: ›Die Freundschaft eines großen Mannes ist ein Geschenk der Götter‹ stand der Zar spontan auf, ergriff Napoleons Hand und sagte: ›Ich rechne auf die Ihre!‹ Das ist doch beeindruckend, nicht wahr?« Ein spöttisches Lächeln umspielte Talleyrands Lippen. »Am 7. Oktober«, fuhr er fort, »war an der kaiserlichen Tafel die Rede von der ›Goldenen Bulle‹, und der Kaiser war der einzige, der genau wußte, in welchem Jahr sie erlassen worden war, 1336 unter Karl IV. Als die Tischgesellschaft über seine genaue Kenntnis der deutschen Geschichte staunte, sagte er: ›Damals, als ich ein einfacher Artillerie-Unterleutnant war‹ – man spürte eine gewisse Bewegung bei den Fürstlichkeiten – ›als ich die Ehre hatte, ein einfacher Artillerie-Unterleutnant zu sein, war Valence drei Jahre meine Garnison. Ich lebte sehr zurückgezogen...‹ Und dann erzählte er, was er damals alles gelesen hatte, seine Begegnung mit Goethe ... Haben Sie etwas von Goethe gelesen?«

Fouché verneinte.

»Nun, Goethe ist für die Deutschen das, was für uns Voltaire, Corneille oder Racine ist. Jeden Morgen las der Kaiser die Liste der neuangekommenen Personen, und als er eines Tages den Namen Goethe fand, ließ er den Dichter sofort zu sich rufen.

›Herr Goethe, ich bin erfreut, Sie zu sehen‹, begrüßte er ihn.

›Sire, ich sehe, daß, wenn Eure Majestät reisen, Ihr nicht versäumt, Eure Blicke selbst auf die kleinsten Dinge zu richten.‹

›Ich weiß, Sie sind der bedeutendste Dichter Deutschlands.‹

›Sire, Ihr beleidigt unser Land: Wir haben viele große Männer. Schiller, Lessing und Wieland müssen Eurer Majestät bekannt sein.‹

Sie unterhielten sich über den Werther – der Kaiser sagte, daß er das Ende dieses Romans nicht liebe, worauf Goethe sehr geistvoll erwiderte: ›Das begreife ich, Sire, es mißfällt Euch, daß ein Roman ein Ende nimmt ...‹ – sie unterhielten sich über das Theater, und der Kaiser empfahl dem Dichter, eine Tragödie über Cäsars Tod zu schreiben. Er lud Goethe nach Paris ein und versprach ihm, ihn mit dem Orden der Ehrenlegion auszuzeichnen.

Als Goethe gegangen war, sagte der Kaiser zu uns: ›Voilà un homme!‹ ... Ja, es waren glanzvolle Tage! Nach außen hin demonstrierten Napoleon und Alexander Einigkeit und Freundschaft, sie sahen sich jeden Tag, ritten zusammen aus, machten sich gegenseitig wertvolle Geschenke.«

Talleyrand schwieg und mischte die Karten. Fouché überlegte: ›Nach außen hin‹, was soll das heißen?

Während sie die nächste Whist-Partie begannen, erinnerte sich Talleyrand an sein Treffen mit dem Zaren im Haus der Prinzessin von Thurn und Taxis. Sie waren sich unter vier Augen begegnet, und er hatte zu Alexander gesagt: »Sire, wozu sind Sie hergekommen? Ihnen ist die Aufgabe zugefallen, Europa zu retten, und Sie können dies nur, wenn Sie Napoleon in allen Stücken widersprechen.«

Der Zar hat meinen Rat befolgt, dachte Talleyrand amüsiert und zufrieden; hinter den Kulissen kam es zu stürmischen Auftritten zwischen den beiden Monarchen. Napoleon konnte nicht begreifen, wieso sich Alexander gegen die beiden Artikel sträubte, die regelten, unter welchen Bedingungen Rußland in einen Krieg gegen Österreich eintreten sollte, und den russischen Zaren verpflichteten, dann seine Truppen an die österreichische Grenze zu schicken. Diese beiden Artikel tauchen in dem Erfurter Vertrag nicht mehr auf. Österreich weiß inzwischen, daß der Zar sich neutral verhalten wird. Genaugenommen war das Erfurter Treffen eine diplomatische Niederlage Napoleons; der Vertrag mit Rußland, der dort beschlossen wurde, betrifft nur Fragen von untergeordneter Bedeutung.

Rußland ist zwar unser Verbündeter – aber wie lange noch? Der Zar hat inzwischen gemerkt, welche wirtschaftlichen Nachteile die Kontinentalsperre mit sich bringt. Und Österreich rüstet auf! Wenn Napoleon wüßte, was ich Alexander in Erfurt geraten habe, wenn er wüßte, daß ich an Metternich für gutes Geld Informationen weitergebe und natürlich auch von ihm erhalte...

Angenommen, es kommt zum Krieg mit Österreich, während wir noch in Spanien kämpfen? Ein Zweifrontenkrieg ist immer gefährlich, weitere Niederlagen nach Spanien kann er sich nicht leisten. Haben wir jetzt nicht eine ähnliche Situation wie vor Marengo?...

Inzwischen hatte Letizia die siebte Partie verloren: »Du siehst, Laurette«, sagte sie lächelnd, »daß ich beim Reversi nicht unbesiegbar bin.«

Als Talleyrand sich erhob und, auf Fouché gestützt, aus dem Raum hinkte, sagte er: »Ich bin leider kein Genie wie andere, ich bin nur ein leidenschaftlicher Franzose und fest entschlossen, meinem Land stets treu zu dienen.«

»Das Laster, gestützt auf den Arm des Verbrechens«, sagte Laure, als die Tür sich hinter den beiden Herren geschlossen hatte.

»Ich wüßte zu gerne, worüber sich die beiden unterhalten haben. Bei Talleyrand vermute ich immer, daß er mehr weiß als wir alle zusammen; er wirkt so undurchsichtig.«

»Der Meinung sind nicht nur Sie, Madame; die Kaiserin sagt immer, wenn sie ihn nur von weitem sieht: Dieser Lahme ist schaudererregend, und sogar der Kaiser äußerte neulich: ›Talleyrands Klumpfüße, sein schleichender, tappender Gang, das macht mich manchmal ganz verrückt.‹«

»Da spricht der Korse aus ihm«, erwiderte Letizia, »auf unserer Insel glaubt man, daß Menschen mit einem Buckel, mit schielenden Augen oder Klumpfüßen, daß solche Menschen nicht treu sein können. Komm jetzt, es ist Zeit für das Souper, und dann fahren wir nach Hause.«

Als Napoleon am Morgen des 2. Oktober in die Kutsche einsteigen wollte, fiel ihm ein, daß er etwas vergessen hatte, und er eilte zurück in sein Schlafzimmer, wo Constant und Roustam für ihren Herrn packten, um ihm dann nachzureisen.

»Constant, rasch, hilf mir, Rock und Weste aufzuknöpfen.« Und dann sahen die Diener, daß der Kaiser aus einem Fach ein schwarzseidenes Band nahm, an dessen Ende ein Täschen von der Größe einer Walnuß hing; er legte sich das Band um den Hals, knöpfte Rock und Weste wieder zu und lief hinaus. Constant und Roustam sahen sich verwundert an.

Später in der Kutsche fragte Constant: »Hast du eine Ahnung, was das sein könnte?«

Roustam überlegte einen Augenblick: »Vielleicht ein Amulett, das vor Gefahren schützen soll.«

»Ein Amulett? Das wäre der erste Feldzug, in dem der Kaiser so etwas trägt! Aber vielleicht soll es ihn vor dem Bären schützen.«

»Was für ein Bär?«

»Ach weißt du, in Erfurt ist etwas Merkwürdiges passiert: Eines Nachts, gegen drei Uhr morgens, erwachte ich durch ein sonderbares Geräusch. Ein halbunterdrückter Schrei, der sich gleich darauf wiederholte; er kam aus dem Schlafzimmer des Kaisers. Ich ging leise hinein. Er hatte die Decken zurückgestreift und lag quer über dem Bett; er atmete schwer, seine Hände lagen geballt auf der Brust. Ich rüttelte ihn wach, er rief: ›Was ist? Was ist?‹, richtete sich auf und sah mich mit aufgerissenen Augen an. Ich versuchte ihm zu erklären, daß ich, in der Befürchtung, er leide an Albdrücken, mir erlaubt hätte, ihn zu wecken. ›Das ist recht, mein lieber Constant‹, sagte er, ›ich hatte einen entsetzlichen Traum: ein Bär hatte sich auf mich gestürzt und mir mit seiner Pranke das Herz aus der Brust gerissen.‹ Am anderen Tag sagte er mir, daß er noch lange unter dem schrecklichen Eindruck des Traumes wachgelegen hätte. Er sprach während der folgenden Tage noch oft davon und versuchte sich auch in allerhand Deutungen ...

XXXII

Der kleine Ort Laxenburg liegt auf halbem Weg zwischen Baden und Wien und wirkt genauso eintönig wie die anderen Marktflecken in dieser Gegend Österreichs; eine schnurgerade Hauptstraße, graue, einstöckige Häuser, zwei oder drei herrschaftliche Weingüter, ein Marktplatz, eine Kirche. Gegenüber dem Gotteshaus erhebt sich das Neue Schloß, ein spätbarocker Bau, gelb getüncht mit grünen Fensterläden, im Mittelteil ein Säuleneingang, darüber eine Terrasse; rechts neben dem Schloß liegen Wirtschaftsgebäude und Pferdeschwemme, von dort gelangt man zu dem nahegelegenen Alten Schloß. Hinter dieser ehemaligen Wasserburg erstreckt sich über zweihundertfünfzig Hektar ein Landschaftspark mit künstlichen Seen, Kanälen, Wasserfällen, Grotten, kleinen Tempeln, versteckten Lusthäusern, verschwiegenen Spazierpfaden.

Seit dem späten Mittelalter war Laxenburg ein Jagd- und Sommerschloß der Habsburger, hier weilte die kaiserliche Familie ebenso oft wie in Schönbrunn oder Hetzendorf. Fast jede Generation hatte etwas zur Vergrößerung und Verschönerung des Anwesens beigetragen. Als die Wasserburg nicht mehr genug Wohnräume bot, ließ Maria Theresia das Neue Schloß erbauen, und ihr Sohn, Joseph II, verwandelte die streng geometrischen Gartenanlagen in einen Landschaftspark. Die Anregung dazu hatte er in Frankreich bekommen, als er seine Schwester Marie-Antoinette besuchte und die Parkanlage hinter den beiden Trianons sah. Josephs Neffe, Franz I., war nicht nur leidenschaftlicher Botaniker, sondern besaß auch romantische Neigungen und bereicherte den Park im Laufe der Jahre um Baulichkeiten mit mittelalterlicher Anmutung. Eine Rittersäule wurde errichtet und eine Rittergruft, eine gotische Brücke wurde gebaut und ein Turnierplatz angelegt, dort sollten an Festtagen Ritterspiele stattfinden. Das Lieblingsprojekt von Franz I. war der Bau einer gotischen Wasserburg auf einer der Inseln inmitten des großen Teiches.

Wohnen wollte der Kaiser dort nicht; die Burg sollte ein Museum sein, ein Ort, an dem Waffen, Rüstungen, Zinngeschirr, eichene Tische und Truhen aus vergangenen Jahrhunderten aufbewahrt wurden; einige Räume sollten an die ruhmreiche Vergangenheit des Hauses Habsburg erinnern.

Zahlreiche verfallende Klöster lieferten das Material für diese Burg, mit deren Bau 1799 begonnen wurde und die im Jahre 1809 immer noch nicht fertiggestellt war; es gab etliche unmöblierte Räume, und vom sogenannten Knappenhof mit den Wirtschaftsgebäuden war erst eine Mauer errichtet worden.

Manche Höflinge belächelten die mittelalterlichen Spielereien ihres Monarchen, aber die halbfertige Burg und der Park waren ein idealer Tummel- und Spielplatz für die zwölf Kinder des Kaisers.

Am 24. April 1809 saßen ein Maurermeister, sein Geselle und der Lehrling im Burghof in der warmen Nachmittagssonne bei ihrer Jause, Sauermilch und Brot, die eine Küchenmagd vom Schloß herübergebracht hatte. Sie blieb neben ihnen stehen und wartete, daß sie ihre Mahlzeit beendeten. Der Meister und der Lehrling löffelten schweigend die Milch, während der Geselle trübsinnig die steinernen Büsten der Habsburger anstarrte, die oben an der Mauer zum Knappenhof in kleinen Nischen standen.

»Was ist los?« brummte der Meister. »Hast du keinen Hunger?«

»Es ist eine Schande,« erwiderte der Geselle, »daß ich hier etwas Sinnloses bauen muß, und meine Kameraden kämpfen derweil gegen die Franzosen und dürfen die Schmach von 1805 tilgen und unserem guten Kaiser wieder zu den Gebieten verhelfen, die er damals verlor.«

»Sei froh, daß man dich hierher geschickt hat, oder möchtest du dich lieber von der französischen Kavallerie zu Tode trampeln lassen?«

Als die Magd sich bückte, um die leeren Schüsseln aufzuheben, sah sie zufällig durch das geöffnete Burgtor hinaus zur Römerbrücke, die die Insel mit dem anderen Ufer verband. »Oh!« rief sie ehrfurchtsvoll. »Seht doch nur, wer da kommt, Ihre Kaiserliche Hoheit...« Mit offenem Mund starrte sie bewundernd auf ein etwa siebzehnjähriges, vollschlankes Mädchen mit honigblonden Locken, das über die Brücke zur Burg rannte. Kurz vor dem gotischen Tor blieb die Läuferin einige Sekunden stehen, holte Luft und betrachtete nicht ohne Stolz das Wappen ihrer Familie über dem Eingang, den habsburgischen Doppeladler.

Was für ein hübsches Kleid, dachte die Magd, rosa Musselin, und was für kleine Hände und Füße sie hat, was für eine makellose weiße Haut. Aber am schönsten sind ihre Haare!

Als das junge Mädchen den Hof betrat und über das Kopfsteinpflaster auf die Eingangstür zuschritt, sprangen die Männer auf und verneigten sich, während die Magd eilig niederkniete.

Das Mädchen streifte die gebeugten Rücken mit einem flüchtigen Blick. Plötzlich blieb sie stehen, als wäre ihr etwas eingefallen, und ging langsam hinüber zu den Handwerkern. »Wenn die Poldl und der Nandl mich hier suchen, dürft ihr nicht verraten, daß ich in der Burg bin, wir spielen nämlich Vestecken«, sagte sie mit weichem wienerischen Akzent.

»Sie können sich auf uns verlassen, Kaiserliche Hoheit«, erwiderte der Meister und sah freundlich in das rundliche, kindliche Gesicht und die blauen Augen, die ihn mit schüchterner Dankbarkeit anblickten.

Nachdem das Mädchen in der Burg verschwunden war, stand die Magd auf, strich den braunen Kattunrock glatt, betrachtete die Holzpantinen an den nackten Füßen, ihre braunen Zöpfe, die kräftigen, knochigen Hände, dann nahm sie seufzend die Schüsseln, legte die Holzlöffel hinein und sah sehnsüchtig zur Tür, durch die das Mädchen verschwunden war.

»Einmal im Leben«, sagte sie zu den Männern, »und wenn es nur für eine Stunde wäre, möchte ich so leben wie die Erzherzoginnen! Ist ihre Welt nicht schön wie das Paradies? Sie können sich sattessen, haben feine Kleider, irgendwann heiraten sie einen Fürsten, was für ein glückliches Leben!«

»Gewiß«, erwiderte der Meister, »sie kennen nicht die Sorge um das tägliche Brot, aber ob sie deswegen glücklicher sind? Sie werden von Erzieherinnen betreut, ihre Eltern sehen sie nur selten, der

Tagesablauf ist streng geregelt, die Hofetikette bestimmt ihren Alltag. Irgendwann werden sie mit einem Fürsten verheiratet, auch gegen ihren Willen, und ob eine solche Ehe Glück oder Unglück für sie bedeutet, weiß man erst sehr viel später; denkt nur an die Erzherzogin Maria-Antonia, sie wurde Königin von Frankreich und starb unter dem Fallbeil ...«

»Trotzdem ... als die Erzherzogin eben vor uns stand – sie ist so hübsch und so würdig, und wie sanft sie uns angeschaut hat!«

Der Geselle lachte. »Sanft? Ich finde ihr Gesicht langweilig und ihre Haltung steif, sie wirkt so hochmütig. Ihre Schwester, die Poldi, ist viel lebendiger, und ihre Augen gefallen mir auch besser als die der älteren Schwester, die hat doch richtige Katzenaugen, blaue Katzenaugen, ich mag keine Katzen, sie streunen immer herum, suchen einen Kater...«

»Na, na«, mahnte der Meister, »sie ist Erzherzogin, und außerdem ein halbes Kind. Auf mich wirkt sie nicht hochmütig, eher schüchtern, unsicher. Aber jetzt kommt, die Arbeit wartet.«

Das junge Mädchen, das so unterschiedlich beurteilt wurde, war die Erzherzogin Marie-Louise, die älteste Tochter des Kaisers Franz. Sie lief in die Eingangshalle, wo Waffen aus der Zeit der Türkenbelagerung aufbewahrt wurden, dann durch einen Saal, an dessen Wänden die Bilder ihrer Vorfahren hingen, weiter durch einige unmöblierte Räume bis zum Speisezimmer, das bereits fertig eingerichtet war. Hier blieb sie einige Augenblicke stehen und betrachtete die holzgetäfelten Decken, die mit Schweinsleder tapezierten Wände, die Zinnteller und Rubingläser, die auf einem wuchtigen Eichentisch standen, am meisten aber fesselte sie das Fenster, auf dessen Glas die Portraits ihrer Eltern und Geschwister gemalt waren. Aber hier gab es keine Möglichkeit, sich zu verstecken. Sie ging in den angrenzenden Raum und blieb überrascht stehen: auch dieses Zimmer, ein Schlafgemach, war inzwischen möbliert. Sie beschloß, sich unter dem breiten Himmelbett zu verbergen.

Währenddessen standen Marie-Louises jüngere Geschwister im Hof des Alten Schlosses und zählten bis einhunderteins. Die zwölfjährige Leopoldine, genannt Poldl, war blond und blauäugig wie die ältere Schwester, aber bei ihr war die berühmte Habsburger Unterlippe dicker und ausgeprägter. Der fünfzehnjährige Thronfolger Ferdinand, genannt Nandl, fiel durch seinen großen Kopf auf, in den allerdings nicht allzuviel hineinging. Bei Hof wußte man um die geistige Beschränktheit des Kronprinzen; man tuschelte, er sei geistig behindert, und ganz kluge Köpfe sahen die Ursache dieser Behinderung in der nahen Verwandtschaft seiner Eltern, die Cousin und Cousine ersten Grades waren.

»Neunundneunzig, einhundert, einhunderteins!« zählte Leopoldine. »Los, Nandl, jetzt dürfen wir anfangen, sie zu suchen; was meinst du, wo sie sich versteckt hat?«

»Ja, wo?« fragte der Junge bedächtig und sah sich unschlüssig im Hof um. »Vielleicht in der Rittergruft oder in der Grotte?«

»Nandl, dort versteckst du dich, aber doch nicht die Louisl; sie ist bestimmt irgendwo in Papas Burg, dort hält sie sich am liebsten auf«, und Leopoldine lief leichtfüßig die kiesbestreuten Wege hinunter zum Teich, während der Bruder etwas schwerfällig hinterher trottete.

In der Burg ging die kleine Erzherzogin durch die Räume und prüfte, ob sich Versteckmöglichkeiten boten; so kam sie bis zum Schlafzimmer, bestaunte das große Himmelbett, ging weiter zur Spinnstube und zum Thronsaal und kehrte schließlich wieder zum Himmelbett zurück.

»Vielleicht versteckt sie sich im Burgverlies«, murmelte Ferdinand, aber Leopoldine hatte sich schon gebückt, war unters Bett gekrochen, und erstaunt hörte Ferdinand die lachenden, quietschenden Stimmen der Schwestern, die wenig später staubbedeckt unter dem Bett hervorkrochen.

Als sie auf dem Rückweg am Turnierplatz vorbeikamen, blieb Marie-Louise stehen und betrachte versonnen die Tribüne, die für die kaiserliche Familie reserviert war. »Ihr stellt euch nicht vor, wie ich mich auf diesen Sommer in Laxenburg freue! An Mamas Namenstag im August soll hier ein Turnier stattfinden, und ich werde mich um meinen Gemüsegarten kümmern können, ich will nämlich den Papa mit selbstgeernteten Fisolen und Paradeisern überraschen.« Von ihrem Vater hatte sie das Interesse für Botanik geerbt.

»Glaubst du, daß der Krieg bald zu Ende ist und der Papa hierher kommt?«

»Sicherlich, ich bete jeden Abend, daß der Papa diesen Bonaparte, diesen Menschenfresser und Usurpator, endlich demütigt! Vor ein paar Tagen hab ich gehört, daß man weissagt, daß der Antichrist bald sterben wird, und zwar in Köln, im Gasthof ›Beim roten Krebs‹ Ich wünsche es ihm, ich wünsche ihm einen langsamen, qualvollen Tod! In diesem Krieg werden wir bestimmt siegen! Erinnerst du dich noch, wie der Onkel Karl immer von der Reform unserer Armee erzählt hat und daß wir jetzt besser gerüstet sind als früher? Weißt du, wenn der Papa als Sieger heimkehrt, müssen wir ihn gebührend empfangen, am besten mit dem Lied von Haydn, ›Gott erhalte Franz den Kaiser ...‹ Natürlich müssen wir auch Girlanden winden und Blumen streuen, und weißt du was, ich werde ihm ein Bild malen, eine allegorische Darstellung seines Sieges über die Franzosen.« Musik und Zeichnen waren Marie-Louises Lieblingsbeschäftigungen, und dank ihres Talents und des regelmäßigen Unterrichts hatte sie es zu einer ansehnlichen Fertigkeit in beiden Künsten gebracht.

Als sie beim Neuen Schloß ankamen, lief ihnen der jüngste Bruder, der siebenjährige Franz Karl, aufgeregt entgegen: »Die Franzosen!« schrie er. »Die Franzosen!« Seine Schwestern sahen sich erschrocken an. »Die Franzosen!« rief der kleine Bruder, blieb vor den Mädchen stehen und holte Luft. »Der Onkel Karl hat eine Schlacht verloren, und die Franzosen marschieren auf Wien, und vorhin kam ein Kurier von Papa: Wir sollen morgen bei Sonnenaufgang nach Ungarn aufbrechen, nach Ofen, dort ist es sicherer als hier.«

»Wie?« rief Leopoldine enttäuscht. »Wir sollen Laxenburg schon wieder verlassen?«

»Oh, mein Gott!« Marie-Louises Stimme zitterte vor Angst. »Die Franzosen marschieren auf Wien, und der Papa ist noch in der Burg!« Sie lief die Treppen hinauf zu den Räumen der Kaiserin, wo die Kammerfrauen fieberhaft am Packen waren, während Maria Ludovica nervös hin und her eilte und Anordnungen gab.

»Mama, was ist passiert? Haben wir den Krieg verloren? Was ist mit Papa?«

Als die Kaiserin die ängstlichen Augen ihrer Stieftochter sah, versuchte sie ruhig zu scheinen; schließlich mußte sie in dem allgemeinen Durcheinander mit gutem Beispiel vorangehen. Sie nahm Marie Louise an der Hand und führte sie zum Sofa.

Maria Ludovica, eine geborene Erzherzogin von Modena-Este, war die dritte Gemahlin des Kaisers Franz. Seine erste Gattin, eine württembergische Prinzessin, war nach einem Ehejahr mit dem Neugeborenen im Wochenbett gestorben. Die zweite Gattin, Marie-Therese, eine Tochter der abgesetzten Königin Maria-Caroline von Neapel, war im Frühjahr 1807 bei der Geburt des dreizehnten Kindes gestorben.

Die dritte Kaiserin war im Jahre 1809 erst Anfang zwanzig, sehr charmant und anmutig; doch auch sie, die an einem Lungenleiden litt, war bereits vom Tode gezeichnet. Sie versuchte, so gut es ging, ihren Stiefkindern die Mutter zu ersetzen, und kümmerte sich persönlich um die Erziehung des Thronfolgers, leider mit wenig Erfolg. Sie galt als klug, hatte politischen Ehrgeiz und versuchte, die Entscheidungen ihres Gatten zu beeinflussen. Aber Kaiser Franz, der zwar nicht sehr willensstark war, hatte doch seine eigenen Vorstellungen, und im Zweifelsfall folgte er dem Rat seiner Minister. Die politischen Einmischungen der Kaiserin betrafen auch hauptsächlich Napoleon; sie haßte und verabscheute ihn und wünschte nichts sehnlicher als seinen Untergang. Ihr Gatte mochte den ›Emporkömmling‹ zwar auch nicht, aber er hatte ihn nach Austerlitz persönlich kennengelernt, beurteilte ihn differenzierter und war immerhin bereit zuzugeben, daß dieser Mann Frankreich aus dem Chaos herausgeführt hatte.

»Nun, Louise«, sagte sie jetzt beruhigend zu ihrer Stieftochter, »mach dir um deinen Vater keine Sorgen, er wird Wien so bald wie möglich verlassen und uns nachreisen. Dein Onkel Karl hat vor zwei Tagen bei Eggmühl eine Schlacht verloren, aber eine verlorene Schlacht ist noch kein verlorener Krieg; wir werden siegen, davon bin ich überzeugt.«

»Warum sollen wir Laxenburg verlassen, wenn wir siegen?«

»Dein Vater möchte uns in Sicherheit wissen, wir müssen seine Wünsche respektieren; er allein entscheidet, was für uns gut und richtig ist.«

»Ja, Mama, ich weiß, es ist unsere erste Pflicht, ihm stets in allem zu gehorchen.«

Marie-Louise ging in ihre eigenen Zimmer, wo ein ähnliches Durcheinander herrschte wie bei der Kaiserin. Sie beobachtete eine Weile, wie die Kammerfrauen, die Lakaien, die Wäscherin und der Hausknecht die herumstehenden Kisten packten, und ging dann durch Boudoir und Schlafzimmer in den kleinen Salon.

Bei ihrem Eintritt sprang eine junge Hündin, ein Mops, auf und lief ihr freudig bellend entgegen. Marie-Louise nahm Thisbe auf den Arm und ging mit ihr im Zimmer auf und ab.

»Wir reisen morgen nach Ofen, Thisbe, ist das nicht schrecklich? Jetzt muß ich zum dritten Mal vor diesem korsischen Ungeheuer fliehen. An die erste Flucht erinnere ich mich kaum noch, da war ich erst fünf Jahre alt, aber dann, das zweite Mal, im Dezember 1805, das weiß ich noch ganz genau. Ich hatte mich so sehr auf meinen vierzehnten Geburtstag gefreut, statt dessen mußten wir in eisiger Kälte über dreihundert Meilen weit nach Krakau reisen; die Straßen waren so schlecht, daß wir kaum weiterkamen, manchmal saßen wir länger als zwölf Stunden im Wagen, und oft gab es unterwegs nichts als ein Stück Brot zu essen, das Bettzeug war immer feucht, weil es oben auf den Wagen geschnallt war... Und unterdessen lebten die Franzosen in Schönbrunn in Saus und Braus! Und jetzt müssen wir wieder fliehen!«

Sie trug den Hund zu dem kleinen Tisch, auf dem eine Konfektschale stand, aß zum Trost eine Praline, gab auch dem Hund etwas Schokolade und es dauerte nicht lange, dann war die Schale leer. Marie-Louise hatte eine Schwäche für Süßigkeiten, aber da ihr Vater sparsam wirtschaftete, wurde die Schale nur einmal wöchentlich gefüllt. »Mehr gibt es nicht, Tinchen, leider. Ich möchte so gerne einmal Konfekt im Überfluß haben.«

Sie legte den Hund in sein Körbchen zurück, setzte sich vor ihre Staffelei und betrachtete wehmütig das Portal des Alten Schlosses, das sie skizziert hatte.

Als es an der Tür klopfte, zuckte sie zusammen, aber es war nur Leopoldine.

»Ich hoffe, ich störe dich nicht.« Sie trat neugierig näher und musterte die Skizze. »So genau habe ich mir das Tor noch gar nicht angesehen. Was bedeuten eigentlich die fünf Buchstaben: AEIOU? Stammt das Tor wirklich aus dem Jahr 1440?«

»Ja, diese fünf Buchstaben sind das Symbol Friedrichs III., sie werden verschieden gedeutet. Mir gefällt die Auslegung am besten, die besagt: Austria Est Imperium Orbis Universi – Alles Erdreich ist Österreich untertan!«

»Sage besser, war untertan, heute ist alles Erdreich Frankreich untertan.«

»Nicht mehr lange.«

»Wer weiß. Übrigens habe ich eine Idee. Was hältst du davon, wenn wir einfach hierbleiben? Wir verstecken uns irgendwo im Park, und dann können sie ohne uns nach Ungarn abreisen.«

»Aber Poldl, was fällt dir ein!« rief Marie-Louise entsetzt. Wenn der Papa wünscht, daß wir Österreich verlassen, müssen wir ihm gehorchen.«

»Aber du möchtest doch auch lieber hierbleiben!«

»Natürlich, mir graut vor der Fahrt nach Ofen.« Marie-Louise stand auf, suchte ihre Zeichnungen und Skizzen zusammen und legte sie in eine der bereitstehenden Kisten. »Ich wollte in diesem Sommer von den beiden Schlössern und dem Park so viele Zeichnungen anfertigen, auch von Papas Burg...«

Leopoldine betrachtete nachdenklich das rundliche Gesicht der Schwester, in dem sich Unentschlossenheit spiegelte.

»Was ist los, warum schaust du mich so an?«

»Du gehorchst immer dem Papa, du machst nie, was du willst, warum nicht? Warum triffst du nicht selbständig eine Entscheidung? Wenn wir verheiratet sind, ist der Papa auch nicht da, um uns zu sagen, was wir tun und lassen sollen.«

»Wenn wir verheiratet sind, müssen wir uns dem Gatten unterordnen; er tritt an Papas Stelle. Du hast manchmal wirklich merkwürdige Ideen, Poldl! Wir sind Erzherzoginnen, wir werden nie so leben können, wie wir es uns wünschen, wir werden immer unserer Familie, den Habsburgern, Opfer bringen müssen. Das hat mir die Gräfin Colloredo, meine Erzieherin, jeden Tag gesagt.« Marie-Louise schwieg, ging zu ihrem Fortepiano, nahm die herumliegenden Notenhefte und legte sie zu den Zeichnungen. »Poldl, auch ich habe Vorstellungen und Wünsche«, fuhr sie fort, »ich möchte einen Mann heiraten, den ich liebe, und mit ihm zusammen auf einem Landgut leben, so ähnlich wie Laxenburg, beschaulich, ruhig, ohne Repräsentationspflichten ... Aber das sind halt nur Träume. Der Papa wird uns verheiraten, wie er es für richtig hält.«

»Siehst du!« rief die jüngere Schwester triumphierend. »Im Grunde genommen möchtest du ausbrechen, und heute bietet sich eine Gelegenheit. Wir bleiben hier, und wir bringen damit zum Ausdruck, daß auch wir Anspruch auf ein eigenes Leben haben.«

»Ein eigenes Leben ...« wiederholte Marie-Louise. »Nein, Poldl, der Papa hat jetzt so viele Sorgen durch den Krieg, wir dürfen ihm nicht noch zusätzlich Kummer bereiten. Und wie willst du denn an den Wachen vorbei unbemerkt das Schloß verlassen?«

»Das ist doch ganz einfach! Wir knüpfen unsere Bettücher aneinander, befestigen sie am Fenster und rutschen hinunter in den Park. Unsere Zimmer liegen ja im ersten Stock, das ist gar nicht gefährlich. Aber wäre es nicht abenteuerlich? Ich liebe Abenteuer!«

»Ich nicht! Du kannst machen, was du willst, Poldl, ich reise morgen nach Ungarn, wie der Papa es wünscht.«

Leopoldine stand einige Minuten unschlüssig herum. »Schön«, sagte sie resignierend, »also Sicherheit statt Abenteuer«, und sie rannte hinüber in ihre eigenen Räume.

Als Marie-Louise am nächsten Morgen zusammen mit ihrer Stiefmutter, dem Thronfolger und Franz-Karl in die Kutsche stieg, war die Sonne gerade aufgegangen. Wie immer, wenn sie am Tag vorher viele Süßigkeiten gegessen hatte, war ihr übel, und erst als sie durch Baden fuhren, wurde sie munterer.

»Was meinen Sie, Mama, werden wir in diesem Sommer noch einmal nach Laxenburg zurückkehren? Wird Papa noch einige Wochen in Baden verbringen können?«

»Louise, ich bete jeden Tag, daß dieser Tyrann endlich gedemütigt wird, daß dein Vater ihm die Friedensbedingungen diktieren kann. Und ich bin überzeugt, daß Gott unsere Gebete erhören wird; bestimmt wird dein Onkel Karl die nächste Schlacht gewinnen, und vielleicht ist dann der Krieg entschieden.«

»Mach nicht so ein trauriges Gesicht, Louise«, mischte sich der kleine Franz-Karl ein, »heute abend werden wir den Bonaparte rösten!« (Dieser Bonaparte war eine alte Puppe, die von den kaiserlichen Kindern nach Lust und Laune mißhandelt wurde, und hin und wieder röstete man sie, indem man sie über das offene Feuer hielt.)

»Aber für den Fall eines längeren Aufenthalts in Ungarn«, fuhr die Kaiserin fort, »müssen wir aus der Situation das Beste machen. Ich werde den Franz benachrichtigen, daß er nach Ofen kommen soll.« (Franz war der Herzog von Modena, ein Bruder der Kaiserin.) »Er ist ein amüsanter Unterhalter, mit ihm wird uns die Zeit nicht lang werden.« Maria Ludovica hoffte im stillen, daß sich zwischen ihrem Bruder und der Stieftochter zarte Bande anspinnen würden; eine weitere Ehe zwischen den Häusern Modena-Este und Habsburg konnte nur von Vorteil sein.

Der Feldzug, den Napoleon im Frühjahr 1809 gegen Österreich führte, war ihm vom Wiener Hof aufgezwungen worden. In der Hofburg hielt man den Zeitpunkt für gekommen, Austerlitz zu rächen. Die Armee war neu gegliedert und ausgebildet worden, man hatte Reserven in Form einer Landwehr geschaffen, junge Generäle waren nachgerückt, außerdem konnte Wien auf die finanzielle Unterstützung Englands rechnen und auf die Neutralität Rußlands. Ein Teil der französischen Armee kämpfte immer noch in Spanien, und den Berichten Metternichs zufolge begann sich in Paris eine innenpolitische Opposition gegen Napoleon zu bilden. Metternich erwähnte zwar keine Namen, aber in der Hofburg erriet man, daß Talleyrand und Fouché gegen ihren kaiserlichen Herrn arbeiteten, auch einige Marschälle verhielten sich zweideutig, wie Bernadotte zum Beispiel.

Unter der Führung des Erzherzogs Karl überfielen die Österreicher am 10. April 1809 das Königreich Bayern. Napoleon wurde durch diesen plötzlichen Angriff überrascht. Er hatte ihn nicht vor Ende April erwartet, und am liebsten hätte er einen Krieg mit Österreich ganz vermieden, weil er immer noch mit Spanien beschäftigt war. Dank seiner Parole ›Einsatz und Geschwindigkeit‹ gelang es ihm jedoch, den Vorsprung der Österreicher auszugleichen.

Am 13. April um drei Uhr morgens verließ er Paris, war bereits am 15. in Straßburg und am 17. in Donauwörth. Der Feind war inzwischen durch Regen und Nachschubschwierigkeiten aufgehalten worden; nun wurde er von den Franzosen immer weiter zurückgedrängt; schließlich fügte Davout am 22. April dem Erzherzog Karl bei Eggmühl eine schwere Niederlage zu. Der Weg nach Wien war frei. Bereits am 11. Mai regierte Napoleon von Schloß Schönbrunn aus, am 13. Mai war Wien vollständig von französischen Truppen besetzt.

Napoleon fühlte sich schon als Sieger und annektierte kurzentschlossen am 16. Mai den Kirchenstaat. Pius VII. reagierte mit der Exkommunikation, worauf der Kaiser seine Verhaftung befahl. In ihrem Übereifer brachten die französischen Gendarmen den Papst mit Gewalt von Rom weg und schafften ihn nach Savona; dies war zwar nicht in Napoleons Sinn, aber es war nun einmal geschehen. Die allgemeine Empörung über die Behandlung des Papstes störte ihn nicht, ebensowenig machte er sich Gedanken über Luciens Schicksal.

Lucien hatte bereits im Frühjahr 1808 Rom verlassen müssen, war mit seiner Familie monatelang ziellos in Italien herumgereist und Anfang 1809 auf sein Gut Canino zurückgekehrt.

Die Annexion des Kirchenstaates machte ihn zu einem Untertan seines Bruders, und obwohl er sich um die Zukunft seiner Familie sorgte, beschloß er, zunächst auf dem Landgut zu bleiben.

Napoleons nochmalige Aufforderung, sich scheiden zu lassen, beantwortete er mit einer Treueerklärung, betonte aber zugleich, daß eine Scheidung nicht in Frage käme.

»Wenn er sich nicht unterwirft, werde ich ihn einsperren lassen!« schrie Napoleon Luciens Abgesandten Campi an.

Als sich sein erster Zorn über die erneute Weigerung des Bruders gelegt hatte, beschloß er, über Alexandrine eine Trennung zu erreichen. Wenn dieser Krieg zu Ende ist, überlegte er, werde ich ihr ein großzügiges Angebot unterbreiten, vielleicht drängt sie dann von sich aus auf Scheidung... Andererseits, liegt mir wirklich noch soviel daran? Worum geht es überhaupt bei diesem Konflikt zwischen Lucien und mir? Ich will, daß er sich unterwirft, das will ich; ich werde der Familie jeglichen Kontakt zu ihm verbieten, auch Mama...

Und so jagten von Schönbrunn aus Kuriere nach Paris, Madrid, Neapel, Florenz, Mailand, Amsterdam, Kassel. Der Clan gehorchte, bis auf Letizia, die heimlich mit Lucien korrespondierte und ihn beschwor, sich im Interesse der Familie endlich dem Willen des Bruders zu beugen. Umsonst...

Während jener stillen Wochen auf dem Landgut keimte in Lucien die Idee, einen Teil seines Besitzes zu verkaufen und mit seiner Familie nach Amerika auszuwandern, in die Neue Welt, nur dort sah er noch eine Möglichkeit, als freier Mann zu leben.

Der Krieg ging unterdessen weiter. Am 21. Mai 1809 griff Napoleon, unterstützt von Masséna und Lannes, die Armee Erzherzog Karls zwischen Eßling und Aspern an; die Schlacht dauerte zwei Tage und endete mit einer Niederlage der napoleonischen Truppen.

Die Pariser Börse reagierte auf Aspern mit einem Kurssturz, und ganz Europa horchte auf. Der korsische Eroberer hatte eine Niederlage erlitten! Für die in Bailén konnte man General Dupont verantwortlich machen, aber in Aspern hatte der Oberbefehlshaber selbst die Operationen geleitet, unterstützt von seinen fähigsten Marschällen.

Napoleon selbst analysierte die militärische Niederlage ruhig, ja kaltblütig, und er kam zu dem Schluß, daß er nunmehr alle Anstrengungen darauf konzentrieren müsse, die entscheidende Wende in diesem Krieg herbeizuführen.

Die Verwundung des Marschalls Lannes und der Kampf der Ärzte um das Leben des Freundes und Waffengefährten beschäftigten ihn während der letzten Maitage beinahe ebenso wie die verlorene Schlacht. Eine verirrte Kugel hatte den Marschall an beiden Beinen verletzt, und die Ärzte waren gezwungen zu amputieren. Man hatte ihn nach Ebersdorf gebracht. Napoleon besuchte ihn täglich und ließ sich zwischendurch von Constant, den er hinschickte, von dem Befinden des Freundes unterrichten.

Am Abend des 30. Mai weilte Constant wieder bei dem Marschall, der in leichten Schlummer gesunken war. Plötzlich schlug Lannes die Augen auf, winkte dem Diener, näher zu treten, und sagte mit leiser Stimme: »Ich sehe wohl, mein lieber Constant, daß es zu Ende geht. Ich wünsche, daß Ihr Gebieter stets Leute um sich hat, die ihm so ergeben sind wie ich. Sagen Sie dem Kaiser, daß ich ihn sehen möchte.«

Der Kammerdiener wollte sich gerade entfernen, als Napoleon eintrat, worauf sich alle Anwesenden sofort zurückzogen. Die Tür war angelehnt, und eine Weile hörte man nur die leise Stimme des Marschalls, ohne Worte oder gar Sätze zu verstehen, aber auf einmal wurde die Stimme lauter: »Ich spreche so zu dir nicht deshalb, weil ich dich für meine Familie interessieren will; ich brauche sie dir nicht zu empfehlen, denn ich sterbe für dich, und dein Ruhm befiehlt dir, sie zu beschützen. Aber du hast einen großen Fehler gemacht, und obwohl er dich deines besten Freundes beraubt, wird er dich nicht bessern. Dein Ehrgeiz ist unersättlich! Er wird dich ins Verderben stürzen. Du opferst ohne Rücksicht, ohne von der Notwendigkeit gezwungen zu sein, die Männer, die dir am besten dienen, und wenn sie sterben, so vermißt du sie nicht. Du hast nur Schmeichler um dich, ich sehe keinen Freund, der es wagt, dir die Wahrheit zu sagen. Man wird dich verraten, man wird dich verlassen... Mache ein Ende mit diesem Krieg, das ist der allgemeine Wunsch! Mächtiger wirst du nie sein – aber du könntest weit beliebter sein... Verzeihe diese Wahrheiten einem Sterbenden. Dieser Sterbende meint es gut mit dir...«

Wenig später verließ der Kaiser wortlos das Haus. Lannes starb am darauffolgenden Morgen um fünf Uhr, er war noch nicht vierzig Jahre alt. Napoleon ordnete an, daß der Leichnam einbalsamiert und nach dem Krieg in Paris feierlich in einem Staatsbegräbnis beigesetzt werden sollte.

An Lannes' Todestag, dem 31. Mai 1809, diktierte er Méneval einen Beileidsbrief an die verwitwete Marschallin, die Herzogin von Montebello:

Liebe Cousine, der Marschall ist heute seinen Wunden erlegen, die er auf dem Felde der Ehre erhalten hat. Mein Schmerz gleicht dem Ihren! Ich verliere den ausgezeichnetsten General meiner Armee, meinen Waffengefährten, mit dem ich sechzehn Jahre lang Seite an Seite gekämpft, den ich als meinen besten Freund betrachtet habe. Seine Familie und seine Kinder werden stets ein besonderes Vorrecht auf meinen Schutz haben. Nur diese Versicherung wollte ich Ihnen in diesem Brief geben, denn ich fühle wohl, daß nichts Ihren berechtigten Schmerz mildern kann.

Napoleon.

Napoleon ging zu dem geöffneten Fenster und sah hinunter in den Hof, wo die Wachen Karten spielten oder in der Sonne dösten. Méneval wartete auf das nächste Diktat, aber Napoleon schwieg; mit zusammengepreßten Lippen und düsterem Gesichtsausdruck starrte er hinaus. Kein Wunder, dachte Méneval, erst Aspern, jetzt der tote Marschall, den er so sehr schätzte, wie wurde er genannt? Der Roland der Armee ...

Lannes ist tot, dachte Napoleon bedrückt. Im Februar ist es ihm noch gelungen, Saragossa zu erobern, zwei Monate hat diese Stadt Widerstand geleistet! Was hat er mir damals geschrieben? ›Die Belagerung von Saragossa gleicht in nichts den Kriegen, die wir bisher geführt haben.‹

Wie lange wird dieser Krieg in Spanien noch dauern? Gewiß, ich konnte im Dezember letzten Jahres in Madrid einziehen, habe Dekrete erlassen, die den Feudalismus in diesem Land beseitigen sollen, aber bis jetzt haben wir Spanien weder erobert noch besiegt; der grausame Kleinkrieg dauert an. Es war ein Fehler, die Herrschaft der Bourbonen in diesem Land zu beenden. Vielleicht hätte ich doch die Chance nutzen sollen, zumindest die Engländer von dort zu vertreiben. Anfang Januar waren die Truppen von Moore und Wellesley fast ganz von uns eingeschlossen, der Sieg war greifbar nahe, aber dann kam dieser Eilkurier aus Paris ... War es richtig, Spanien zu verlassen und den Feldzug dort nicht persönlich zum Abschluß zu bringen? Ja, ich glaube schon, jetzt hat Soult dort unten das Oberkommando und wird sich wahrscheinlich halten können; ich mußte in Paris nach dem Rechten sehen. Was für dunkle Machenschaften sind dort im Gange? Genaues weiß ich immer noch nicht, nur bruchstückhaft erfährt man dieses oder jenes. Soviel steht fest: Talleyrand und Fouché, die ehemaligen Feinde, sind nun Verbündete! Und dann dieser merkwürdige anonyme Brief an Murat in Neapel, den Lavalette abgefangen hat, Fouchés Äußerung: ›Damit muß Schluß gemacht werden ...‹ Talleyrand und Fouché sind meine Feinde und arbeiten gegen mich, aber ich habe ihnen gezeigt, wer der Herr und Meister ist, noch bin ich nicht tot! Wie ehrerbietig und gleichzeitig unsicher die Herren Würdenträger auf meinen Befehl hin, an jenem Januarnachmittag, in den Tuilerien erschienen sind! Cambacérès, Lebrun,

Admiral Decrés, Fouché und Talleyrand. Ich versuchte, ruhig zu bleiben, wies auf allgemeine Mängel in der Staatsverwaltung hin, aber dann war es plötzlich mit meiner Beherrschung vorbei.

Im Geist durchlebte er noch einmal jene Szene ...

Als er seine tadelnde Ansprache beendet hatte, stand er auf, und sogleich erhoben sich auch alle anderen. Er marschierte im Zimmer auf und ab, erörteterte dies und jenes und ging dann plötzlich auf Talleyrand zu, der, auf seinen Stock gestützt, am Kamin lehnte. Er trat dicht an ihn heran und studierte eine Weile aufmerksam dessen Gesicht. Im Raum herrschte absolute Stille.

»Sie sind ein Dieb!« schrie er plötzlich. Talleyrand erbleichte. »Sie sind ein Schurke! Sie sind ein ein ehrloser Mensch ... Alle haben Sie verkauft und verraten. Nichts, aber auch nichts ist Ihnen heilig! Sie würden Ihren eigenen Vater verkaufen! Sie haben mir eingeflüstert, daß der Herzog von Enghien an der Verschwörung Cadoudals beteiligt sei, jetzt verurteilen Sie die Erschießung des Herzog! Sie haben mir zugeredet, die spanische Affaire zu bereinigen, jetzt verurteilen Sie den Krieg im Süden! Warum habe ich Sie nicht am Gitter der Place du Carrousel aufhängen lassen? Aber hüten Sie sich, es ist noch nicht zu spät! Sie... Sie sind nur ein Stück Dreck in einem Seidenstrumpf!« Mit großen Schritten ging er zur Tür und warf sie krachend hinter sich ins Schloß.

Am nächsten Tag erfuhr er, mit welchen Worten Talleyrand seinen Wutausbruch kommentiert hatte: »Welch ein Jammer, daß ein so großer Mann so schlecht erzogen ist.«

War es richtig, überlegte Napoleon, daß ich ihm nur das Amt des Großkämmerers entzogen und ihn damit aus meiner Nähe verbannt habe? Ansonsten habe ich nichts gegen ihn unternommen, weder sein Vermögen konfisziert noch ihn inhaftiert; seit jenem Nachmittag habe ich ihn überhaupt nicht mehr beachtet, ihn einfach links liegen lassen; er soll merken, daß ich ihn verachte, diesen Grandseigneur des Ancien Régime... Und Fouché – auch er ist ein Feind, aber leider als Polizeiminister unentbehrlich ...

Ein Trupp Soldaten kam in den Hof. Sie unterhielten sich in einer Sprache, die Napoleon zunächst nicht verstand, dann begriff er, daß es die deutsche Sprache war, die ihm damals in Brienne so große Schwierigkeiten bereitet hatte.

Deutsche Soldaten in Frankreichs Großer Armee, dachte er, sie kommen natürlich aus den Rheinbundstaaten. Und sie sind nicht die einzigen Ausländer, auch Polen, Italiener und Holländer dienen unter französischer Fahne, eine Vielvölkerarmee hat Frankreich inzwischen, keine nationale Armee mehr. Von diesen ausländischen Truppen sind nur die Polen brauchbar, das haben sie in Spanien bewiesen, alle übrigen kämpfen ohne Elan, ohne die Begeisterung meiner Franzosen, und gerade das wäre jetzt in diesem Feldzug gegen Österreich so wichtig.

Die Österreicher verhalten sich in diesem Krieg anders als in früheren Jahren, man spürt jetzt den Kampfeswillen der Armee, überhaupt scheint das ganze Land von nationaler Begeisterung erfaßt zu sein; die Stimmung der Wiener Bevölkerung war viel feindseliger als 1805, und dann der Aufstand in Tirol! Ein Bauer aus dem Passeiertal, Andreas Hofer, befehligt die Bergbauern und erringt einen Sieg am Berg Isel! Die nächste Schlacht muß die Entscheidung bringen, das heißt einen Sieg für Frankreich, ich kann mir keine weitere Niederlage leisten. Der Gegner ist stärker als in den früheren Feldzügen, also muß die Schlacht besser vorbereitet werden; aber ich bin überzeugt, wir werden es schaffen, auch ohne russische Unterstützung.

Er erinnerte sich an den Abschied von dem blonden, blauäugigen Zaren, erinnerte sich genau an die gemeinsamen Tage in Tilsit und Erfurt, spürte nun auch, wie enttäuscht er von Alexander war. Was ist von dieser Freundschaft übriggeblieben, von all den Versprechungen?

Er schloß das Fenster, ging zum Schreibtisch und begann eine der topographischen Karten zu studieren: Die Insel Lobau, überlegte er, ist zwar kein optimaler Aufmarschraum für eine Angriffsoperation, aber aus politischen Gründen ist es besser, sie nicht aufzugeben, sonst besetzen die Österreicher die Insel, und die Wiener Zeitungen veröffentlichen das dann natürlich als großen Sieg, das muß vermieden werden.

Ein Zweifrontenkrieg mit ungewissem Ausgang, die undurchsichtigen Aktivitäten von Talleyrand und Fouché – während meiner ganzen Regierungszeit war die Situation nur ein einziges Mal so schwierig wie heute: im Frühsommer des Jahres 1800, vor

Marengo... Er nahm einige Stecknadeln und begann, das Marchfeld auf der Karte zu markieren.

Am 5. und 6. Juli kam es bei Wagram zur entscheidenden Schlacht, die mit einem überzeugenden Sieg der Franzosen endete.

Erzherzog Karl, der 50 000 Mann verloren hatte, zog sich nach Mähren zurück und bat um Waffenstillstand, den Napoleon gern bewilligte; auch seine Armee war zu erschöpft, um noch weiterkämpfen zu können.

Bei den Siegesfeiern erhielten drei weitere Generäle den Marschallstab, einer von ihnen war Marmont. In der Armee spöttelte man über die neuen Marschälle: »Frankreich ernannte Macdonald, die Armee Oudinot und die Freundschaft Marmont.« Dieser kümmerte sich nicht weiter um das Gerede; er war stolz, daß er beim nächsten Feldzug, genau wie seine alten Kameraden, ein Korps befehligen würde – jene Armeeinheit, die in kritischen Augenblicken über Sieg oder Niederlage entschied.

Kaiser Franz war so schockiert über die unerwartete Niederlage, daß er seinen Außenminister Stadion, der zum Krieg gedrängt hatte, entließ und Metternich die Leitung der auswärtigen Angelegenheiten anvertraute.

Als dieser mit Champagny über den Friedensvertrag verhandelte, wurde ihm klar, daß Österreich lange unter diesem verlorenen Krieg leiden würde; keinem Habsburger waren in der Vergangenheit so harte Friedensbedingungen zugemutet worden: Franz I. sollte an Frankreich Kärnten, Krain und einen großen Teil Kroatiens abtreten; Bayern erhielt Salzburg und das Innviertel; Westgalizien mit Krakau und Lublin fiel an das Großherzogtum Warschau; der Zar bekam Ostgalizien, obwohl er Frankreich nicht unterstützt hatte; außerdem mußte Österreich eine Kriegsentschädigung von 75 Millionen zahlen.

In jenen Wochen entwickelte Metternich eine neue Konzeption der österreichischen Außenpolitik, die zwei Hauptziele verfolgte: einmal die Gewährleistung des Friedens und die Absicherung der habsburgischen Monarchie, zum andern die Zerstörung des französisch-russischen Bündnisses, das Österreich zwischen den beiden Großmächten einkeilte. Blieb die Frage, wie diese Ziele verwirklicht werden konnten. Wie war der Friede zu gewährleisten? Wie konnte verhindert werden, daß den Habsburgern ein ähnliches Schicksal bevorstand wie den Bourbonen in Spanien und Neapel? Und während Metternich mit Champagny verhandelte, erinnerte er sich an die Gerüchte, die in Paris von Zeit zu Zeit umliefen und eine kaiserliche Entscheidung prophezeiten, und an den jahrhundertealten Wahlspruch der Habsburger: ›Bella gerant alii, tu felix Austria nube.‹ – Mögen die anderen Kriege führen, du, glückliches Österreich, heirate.

Napoleon war nach Schönbrunn zurückgekehrt, wo er bis zur Unterzeichnung des Friedensvertrages bleiben wollte. Täglich ritten von dort Kuriere durch halb Europa, um seine Befehle zu überbringen, trafen Depeschen und Berichte aus Paris ein. Aber neben der Regierungsarbeit gönnte sich Napoleon mehr Erholung als in früheren Jahren; er ging mit seinen Vertrauten im Park von Schönbrunn spazieren, ritt in der Umgebung Wiens oder besuchte den Prater.

›Le repos du lion‹ – die Ruhe des Löwen, scherzte seine Umgebung. Den beiden Sekretären Fain und Méneval kam die Ruhe am meisten zugute. Besonders Méneval, der öfter kränkelte, war froh, wenn sein kaiserlicher Herr ihn für den Nachmittag oder Abend, manchmal sogar für einen ganzen Tag beurlaubte. Er fuhr dann meistens nach Wien, spazierte durch die verwinkelten Gassen rund um den Stephansdom oder ging in eines der zahlreichen Kaffeehäuser, bestellte Kaffee mit Schlagobers und genoß die Ruhe und Beschaulichkeit, die dort herrschten. Vor allem aber nutzte er die freien Stunden, um endlich längere Briefe an seine Frau zu schreiben; während seines Feldzuges konnte er immer nur kurze Billetts nach Paris schicken mit der lapidaren Mitteilung, daß es ihm gut gehe.

Nach seiner ersten Spazierfahrt durch den Prater schrieb er: ›Am Abend kann man Griechen, Türken, Ungarn, Juden, Kosaken, ja selbst Tataren neben den Einheimischen Arm in Arm sehen, sie amüsieren sich und bewundern die Moden. Nur eines verdirbt den Spaß: die Mücken. Es gibt sie im Prater zu Millionen, und sie stürzen sich mit solcher Gier auf die Spaziergänger, daß viele sich gezwungen sehen, umzukehren. Die Wiener nennen sie die himmlische Polizei; wenn die Insekten nicht wären, so sagen sie, würde sich die Liebe in den Dämmerstunden geradezu verheerend auswirken... Gestern, am 14. Juli, haben wir den zwanzigsten Jahrestag der Revolution mit Paraden und Feuerwerk gefeiert; morgen werde ich mit Duroc nach Meidling fahren, das ist ein kleiner Ort bei Schönbrunn; er möchte dort ein Haus mieten und will wissen, ob es mir gefallen würde. Auf meine Frage, wer denn darin wohnen soll, erwiderte er: »Nun ja, die polnische Gräfin. Der Kaiser hat sie bereits vor Wochen eingeladen, aber durch die Kriegsereignisse mußte sie ihren Besuch bis jetzt aufschieben, sie kann jeden Tag eintreffen.« Ich war vor Überraschung sprachlos. Der Kaiser hat die Gräfin zuletzt im Spätwinter 1808 in Paris gesehen, das liegt jetzt schon über vierzehn Monate zurück, und ich nahm an, daß er sie längst vergessen hat, aber sie scheint ihm doch mehr zu bedeuten. Das äußerte ich auch zu Duroc, und er meinte: »Ja, der Kaiser hat mir einmal gesagt, von seinen ganzen Affairen sei einzig Madame W. eine *affaire de cœur*...‹

›... Gestern am späten Nachmittag kam die Gräfin in Meidling an, in Begleitung des Ehepaares Witt, mit dem sie weitläufig verwandt ist. Es hatte den ganzen Tag geregnet, und die Wege waren aufgeweicht. Als der Kaiser von ihrer Ankunft erfuhr, schickte er sofort Constant mit einem Wagen nach Meidling, ihn wiederholt ermahnend, vorsichtig zu fahren: Geben Sie acht, Constant, es hat geregnet, und der Weg wird schlecht sein. Sind Sie Ihres Kutschers sicher? Ist der Wagen in gutem Zustand?

Als sie ankam, durfte ich sie begrüßen! Ich habe sie zuletzt vor zwei Jahren in Finkenstein gesehen, sie ist in dieser Zeit noch schöner geworden. Sie trug ein leichtes, blau-weißes, unter dem Busen zusammengehaltenes Kleid, das ihre Figur voll zur Geltung kommen ließ; ihr Teint ist von köstlicher Frische, ihre Haut so zart, daß man fast das Blut darunter zirkulieren sieht. Wenn sie errötet, ist sie wahrhaft hinreißend, um ihr liebreizendes Botticelli-Gesicht ringeln sich wie damals widerspenstige blonde Locken, nur ihre blauen Augen haben sich verändert, sie blicken nicht mehr verträumt oder traurig, sie strahlen!

Für den Rest des Abends wurde ich beurlaubt! ...‹

›... Heute feiert der Kaiser seinen vierzigsten Geburtstag, und ich habe den ganzen Tag frei; nach den üblichen Paraden und offiziellen Glückwünschen ist er mit der Gräfin in den Prater gefahren. Es gibt am Abend weder einen Ball noch ein Bankett, er will mit ihr allein feiern; sie werden also wie stets in dem kleinen Salon neben seinem Arbeitskabinett dinieren. Vieles erinnert an ihren Aufenthalt in Finkenstein, aber es ist doch anders als damals, weil er sich hier in der Öffentlichkeit mit ihr zeigt. Offiziell weilt sie zur Kur in Baden, aber die klatschsüchtige Wiener Gesellschaft weiß natürlich Bescheid. Man bewundert sie sehr, nicht nur wegen ihres Aussehens, sondern auch wegen ihrer ungewöhnlichen Bescheidenheit, die angesichts ihrer Situation bemerkenswert ist.

Duroc war ihr ja schon seit dem Warschauer Winter treu ergeben, aber auch Berthier, der die Polen im allgemeinen nicht mag – sie sind ihm zu impulsiv –, sogar er begrüßt sie mit einem Lächeln voll aufrichtiger Sympathie.

Während der ersten zwei Wochen ihres Aufenthaltes brachte Constant sie jeden Abend hierher und am nächsten Vormittag wieder zurück. Vor einer Woche sagte mir der Kaiser, daß er die Gräfin ständig in seiner Nähe haben wolle, auch wenn er arbeite, und so übersiedelte sie vor einigen Tagen ins Schloß. Wenn der Kaiser diktiert, sitzt sie still in einer Ecke, liest oder handarbeitet, am Abend gehen sie im Park spazieren, hinauf zur Gloriette oder in die Menagerie, manchmal besuchen sie die Oper; es ist ein fast bürgerliches Idyll ...‹

›... Der Kaiser ist für ein paar Tage zu seinen Truppen ins Feldlager gereist, und da ich unpäßlich war, mußte Fain ihn begleiten. Während seiner Abwesenheit gab die Gräfin in ihrem Meidlinger Haus öfter kleine Gesellschaften für die polnischen Ulanenoffiziere, die in der Umgebung einquartiert sind. An einem Abend erwies sie mir die Ehre und lud mich ebenfalls ein. Es wurde viel Wodka getrunken, irgendwann tanzten einige Ulanen auf dem Tisch Krakowiak, und ich hatte am nächsten Tag Magenbeschwerden von dem polnischen Karpfen. Aber die Unterhaltung war interessant; ich erzählte Dir bereits, daß die Gräfin eine leidenschaftliche Patriotin ist, die nichts sehnlicher wünscht als die Wiederherstellung ihres geteilten Vaterlandes; das Großherzogtum Warschau ist für sie nur eine Übergangslösung. Sie unterhält sich mit dem Kaiser hin und wieder über Politik, das heißt über Polen, und merkwürdigerweise geht er darauf ein – gewöhnlich mag er es nicht, wenn Frauen politisieren.

Nun, an jenem Abend wurde mir so recht bewußt, welch große Hoffnungen die Polen in den Kaiser setzen; sie glauben, er allein könne ihren Staat wiederherstellen. Sie sind ihm so ergeben wie die französischen Soldaten und haben ein starkes Gefühl für ihre Heimat; man sprach viel von Nation, nationalem Erwachen, und einer der Offiziere, der kürzlich in Berlin war, erzählte, daß auch in den dortigen Salons immer wieder die Rede von deutscher Nation sei. – Das Nationalgefühl, das auch hier in Österreich spürbar ist – sagte er zu mir – das verdanken wir Ihrer Nation! Die Franzosen haben den Gedanken des Nationalstaates in Europa eingeführt, damit verbunden ist aber auch der Wunsch nach Freiheit, und in Preußen versteht man darunter Freiheit von der französischen Herrschaft ... Was sollte ich darauf erwidern? Ich schwieg, aber ich fühlte mich unbehaglich ...‹

›... Jetzt haben wir schon Ende September, und die Friedensverhandlungen sind immer noch nicht abgeschlossen. Es wird jeden Tag herbstlicher, von der Donau her ziehen Nebel über das Schloß, das Plätschern der Springbrunnen klingt gedämpfter. Angeblich ist der Herbst hier die schönste Jahreszeit, gestern begann die Weinlese, überall sieht man Frauen in kurzen braunen Faltenröcken und hemdsärmelige Männer, die riesige Körbe voll Trauben tragen, überall wird Wein getrunken, aber allmählich sehne ich mich nach Paris zurück, nach Dir und den Kindern. Ich hoffe, daß diesem Krieg viele Friedensjahre folgen werden ...‹

Nicht nur Méneval sehnte einen dauerhaften Frieden herbei, auch die Große Armee war kriegsmüde; die Veteranen kämpften seit siebzehn Jahren fast ununterbrochen unter der Trikolore, viele von ihnen waren Bauern, die sich endlich um ihren Hof kümmern wollten. Sie fanden, daß Frankreich genug Ruhm errungen hatte, und so dachten auch die Generäle und Marschälle, die sich nach ihren Landsitzen und Pariser Stadtpalais sehnten; sie hatten durch die Feldzüge und die kaiserlichen Belohnungen stattliche Vermögen erworben und wollten nun endlich die Früchte ihrer Siege genießen.

Auch der Kaiser wünschte Frieden, aber es gab ein Land, das noch immer nicht besiegt war: England. Die Vernichtung Englands war auch im Herbst 1809 noch sein Hauptziel, dem er die künftige Außenpolitik unterordnen wollte.

Die Unterzeichnung des Friedensvertrages wurde auf den 14. Oktober festgesetzt; Napoleon wollte einige Tage später Wien verlassen. Die Gräfin Walewska hatte ihre Abreise für den 13. Oktober geplant; sie wollte sich zum elterlichen Landgut Kiernozia begeben, wo sie seit ihrer Rückkehr von Finkenstein lebte. Ihr Gatte war zu jener Zeit, trotz seines hohen Alters, viel auf Reisen, um aus der Ferne abzuwarten, wie sich das Verhältnis zwischen seiner Frau und dem Franzosenkaiser entwickelte; und je länger die Affaire dauerte, desto mehr bezweifelte er, daß die Gräfin nach Walewice, dem Landgut der Walewskis, zurückkehren würde.

Am Abend des 12. Oktober dinierten Maria und Napoleon in dem runden chinesischen Kabinett neben der Kleinen Galerie; in diesem Raum wurde man nicht von servierenden Lakaien gestört, da er über einen versenkbaren Speiseaufsatz in Form eines Tisches verfügte.

Der leere, stille Saal wirkte auf Maria bedrückend, ebenso wie die schwarzen Lacktafeln mit den ostasiatischen Landschaften, auf die ihr Blick fiel. Alle Kerzen brannten, aber sie fand, daß der goldumrahmte schwarze Lack in dem Kerzenlicht düster schimmerte. Sie war niedergeschlagen wegen des bevorstehenden Abschieds, gab sich aber Mühe, heiter und unbefangen zu plaudern: »Duroc hat mir erzählt, daß man dieses Kabinett auch ›Konspirationstafelstube‹ nennt, weil Maria Theresia hier stets den Kanzler Kaunitz zu geheimen Besprechungen empfing, er soll den Raum über eine verborgene Treppe betreten haben.«

»Konspiration?« wiederholte Napoleon nachdenklich, und sie bemerkte, wie seine Miene sich verdüsterte. Sonst unterhielt er sich bei den Mahlzeiten lebhaft mit ihr, scherzte sogar bisweilen, aber an diesem Abend war er ungewöhnlich schweigsam. Wahrscheinlich denkt er an den Attentatsversuch vom Vormittag und überlegt, ob eine Gruppe von Verschwörern dahintersteckt, aber es sieht doch mehr nach der Tat eines einzelnen aus.

Am Vormittag gegen zehn Uhr – im Schloßhof fand wie üblich eine Parade statt, hatte Rapp einen jungen Mann bemerkt, der versuchte, sich zum Kaiser durchzudrängen, und da er ihm verdächtig schien, ließ er ihn festnehmen. Der Festgenommene hieß Friedrich Staps, war achtzehn Jahre alt und Sohn eines lutherischen Pfarrers aus Naumburg. Er war nach Wien gekommen, um Napoleon zu töten, weil er »Deutschland und Europa von ihm befreien wollte«. Rapp war sprachlos und ließ den jungen Mann dem Kaiser vorführen.

Maria hatte noch keine Gelegenheit gehabt, sich mit Napoleon über den Vorfall zu unterhalten; neben ihren Reisevorbereitungen war sie mit persönlichen Problemen beschäftigt gewesen. Sie hatte darüber nachgegrübelt, wie lange die Trennung wohl diesmal dauern würde. Ein Jahr? Noch länger? Sie dachte an den langen Winter in Kiernozia: Sie würde sich um ihren vierjährigen Sohn kümmern, ihrer Mutter in der Hauswirtschaft und bei Einladungen helfen, Harfe spielen, Corneille lesen und auf Briefe von Napoleon warten, darauf warten, daß er sie aufforderte, zu ihm zu kommen, wo immer er sich gerade aufhielt. Im Dezember wurde sie dreiundzwanzig, und so, wie die Dinge lagen, hatte sie noch viele Jahre vor sich, die sie zeitweise an der Seite ihres Geliebten verbringen konnte; zusammen mit ihrem Kind, falls Corvisart ihre Vermutung bestätigen würde.

Gegen Mittag war der Arzt erschienen, hatte sie gründlich untersucht und sie aus ihrer Ungewißheit erlöst: Ja, sie sei schwanger; mit der Niederkunft müsse sie im kommenden Frühjahr rechnen, Ende April vielleicht oder Anfang Mai ...

Maria war glücklich. Sie dachte weder an die Reaktion des Gatten noch daran, daß das Kind illegitim war, sondern überlegte den ganzen Nachmittag, wann sie es ihm sagen sollte: beim Diner, in der Intimität des Schlafzimmers, am anderen Morgen? Oder sollte sie das Geheimnis für sich behalten und ihm als Überraschung die Geburt mitteilen? Dann wieder stiegen Zweifel in ihr auf, ob er sich über die Vaterschaft freuen würde – und so zwischen Glück und Bangen schwankend, betrat sie das chinesische Kabinett.

Napoleon versenkte den Tisch, und Maria beobachtete interessiert, wie dieser wenig später mit dem Kaffee wieder nach oben kam. Sie goß den Mokka ein, legte zwei Stück Zucker in eine der Tassen, reichte sie Napoleon und setzte zum Sprechen an, um ihm die Schwangerschaft mitzuteilen, als er die Tasse plötzlich hart absetzte und aufsprang.

»Es ist unglaublich! Ein junger, wohlerzogener Mann, Deutscher, Protestant, wollte ein solches Verbrechen begehen, dafür gibt es kein Beispiel! Kein Agent der Bourbonen, sondern ein Angehöriger der gebildeten Mittelschicht will mich, den Verfechter von Aufklärung und Freiheit, töten! Es ist erschreckend, und es ist rätselhaft. Als dieser Staps mir vorgeführt wurde, dachte ich im ersten Augenblick, er ist krank, wahnsinnig, vielleicht ein Illuminat! Ich ließ ihn von Corvisart untersuchen, aber ist gesund!«

»Und was soll jetzt mit ihm geschehen?«

»Ich werde ihn erschießen lassen. Ich war bereit, ihn zu begnadigen, wenn er mich um Verzeihung gebeten und seine verbrecherische Absicht bereut hätte, abe er wollte nicht! Wissen Sie, was er zu mir sagte? ›Sie zu töten ist kein Verbrechen, sondern eine Pflicht.‹« Er schwieg, nahm eine Prise Schnupftabak und sagte dann leise, wie zu sich selbst: »Unglaublich! Ich sei das Unglück seines Landes, mich zu töten sei eine Pflicht! Wer hat denn den Deutschen Freiheit, Gleichheit und moderne Gesetze gebracht? Wahrscheinlich steckt der Berliner Hof dahinter; man liebt mich nicht in Berlin, warum sollte man auch, aber muß man mich deswegen gleich ermorden?«

»Berlin«, erwiderte Maria nachdenklich, »einer meiner polnischen Bekannten war im Sommer dort und erzählte von einer neuen geistigen Bewegung, von einem nationalen Erwachen, der Entstehung eines Nationalgefühls – vielleicht hat das auch bei dem jungen Mann eine Rolle gespielt. Wenn ich Sie richtig verstanden habe, hat er aus Liebe zum Vaterland so gehandelt; es ist schrecklich, ich darf nicht daran denken, daß Sie jetzt tot sein könnten, aber ich weiß, was Patriotismus bedeutet, ich weiß, wie wir Polen die Russen hassen, wir hassen und fürchten sie...«

»Nationales Erwachen, Unsinn!« brummte Napoleon und begann im Kabinett umherzuwandern. »Dieser Attentatsversuch war nicht der erste und wird wahrscheinlich auch nicht der letzte sein; bisher hat mein guter Stern mich geschützt, und ich hoffe, daß ich auch künftigen Anschlägen entgehen werde, aber wer weiß? Vielleicht trifft mich eines Tages doch die tödliche Kugel, und was ist dann? Was wird aus meinem Werk? Wer wird mein Nachfolger? Einer meiner Neffen oder gar mein Schwager Murat, wie der Herr Fouché es gerne sähe?«

»Murat?«

»Ja, der Zirkusdirektor der Armee als Kaiser der Franzosen, können Sie sich das vorstellen? Aber egal, wer auch immer von den Bonapartes mir nachfolgt, es wird zu Diadochenkämpfen kommen, ich kenne doch meine Familie, und diese Zwistigkeiten werden über kurz oder lang das Empire in Chaos und Anarchie versinken lassen. Der Bestand meines Reiches wäre nur gesichert, wenn ich einen leiblichen Sohn als Nachfolger hätte, aber leider ist dieser Wunsch bisher nicht in Erfüllung gegangen, und ob er sich je erfüllen wird, weiß ich nicht.
Ich zweifele schon seit Jahren, ob ich überhaupt Nachkommen zeugen kann... Es gibt einen dreijährigen Jungen, der mir ähnlich sieht, aber jedes Mal, wenn er in die Tuilerien gebracht wird, befallen mich von neuem Zweifel, ob ich wirklich der Vater bin; seine Mutter unterhielt damals noch anderweitige Beziehungen. Eugène habe ich zwar adoptiert, aber er ist kein Bonaparte. Sie wissen nicht, wie sehr mich der Gedanke belastet, vielleicht keine Kinder zeugen zu können.«

Wie traurig seine Stimme klingt! dachte Maria. Sie stand auf und ging zu ihm hin: »Sie können Vater werden, Sie werden im kommenden Frühjahr Vater, ich erwarte ein Kind.«

Einen Augenblick starrte er sie fassunglos an, dann verdunkelten sich seine Augen vor Freude. »Jesus, ist das wahr? Sind Sie sicher? Ein Kind! Ein Sohn! Warum sagen Sie es erst jetzt? Oh, mein Gott, ich kann es noch nicht fassen.« Er nahm sie in die Arme, preßte sie an sich und küßte sie sanft auf den Mund. »Sie müssen jetzt sehr auf Ihre Gesundheit achten, hat Corvisart Sie schon untersucht?«

Maria mußte lächeln, als sie die Besorgnis in seiner Stimme hörte. »Corvisart hat heute morgen die Schwangerschaft bestätigt, das ist auch der Grund, warum ich es Ihnen erst jetzt sage. Ich wollte Gewißheit haben, ich wollte Sie nicht enttäuschen.«

»Sie werden mich nie enttäuschen, Maria.« Einen flüchtigen Augenblick lang war sie für ihn die neue Kaiserin der Franzosen. Sie ist die Frau, die ich so lange gesucht habe, dachte er, die warmherzige Gefährtin, eine intelligente Zuhörerin, und sie stammt aus einer alten aristokratischen Familie...

»Maria«, er legte den Arm um sie und ging mit ihr langsam hinüber in die Kleine Galerie, »ich möchte, daß Sie nicht nach Kiernozia zurückkehren, sondern nach Paris reisen. Sie müssen ärztlich gut betreut werden. Corvisart soll jeden Tag nach Ihnen sehen, unser Sohn soll gesund zur Welt kommen, und ich möchte, daß er in Paris geboren wird.«

»In Paris«, sagte sie leise, und während sie die Große Galerie betraten, keimte in ihr die Hoffnung, daß die Zeit der monatelangen Trennungen für immer vorbei sei. Jetzt, dachte sie, wird mein Wunschtraum in Erfüllung gehen, ich werde immer in seiner Nähe sein, nicht als Kaiserin, aber als Lebensgefährtin, wir werden uns täglich sehen, erleben, wie unser Kind aufwächst, und vielleicht, wenn es ein Sohn sein wird, legitimiert er ihn eines Tages, macht ihn zu seinem Nachfolger... Zum ersten Mal in meinem Leben sehe ich eine glückliche Zukunft vor mir, bin ich selbst glücklich ...

Napoleon blieb in der Mitte der Großen Galerie stehen. »Sehen Sie, Maria, dort oben das mittlere Deckengemälde zeigt Maria Theresia und ihren Gatten Franz Stephan von Lothringen – dieser Saal symbolisiert den Glanz des Hauses Habsburg, die Habsburger sind die älteste Dynastie Europas ...«

Maria sah ihn erstaunt an, in seiner Stimme schwang so etwas wie Ehrfurcht mit, und dabei hatte er doch die Habsburger militärisch besiegt! Während sie langsam weitergingen, sagte sie: »Wie soll unser Kind heißen?«

Er überlegte einen Augenblick. »Alexander«, erwiderte er.

»Alexander?« Sie spürte einen leisen Stich, eine leichte Enttäuschung. Warum soll das Kind nicht Napoleon heißen? »Alexander«, sagte sie zögernd, »das ist der Name des russischen Zaren.«

»An den Zaren habe ich jetzt gar nicht gedacht, sondern eher an Alexander den Großen«, erwiderte er unaufrichtig.

»Alexander, nur Alexander? Kein zweiter Name?« Mußten nicht alle männlichen Bonapartes zusätzlich zum eigenen Vornamen den Namen des Kaisers tragen? Joseph-Napoleon, Louis-Napoleon, Jérôme-Napoleon ...

»Nein, Alexander klingt getragen und würdig, der Name wirkt für sich. – Ich habe noch eine Überraschung für Sie, Maria. Polen wird im Friedensvertrag das westliche Galizien bekommen, damit erhält das Herzogtum Warschau zehn neue Departements. Freut Sie das?«

»Ach, nur das westliche Galizien? Wir haben die ganze Provinz erobert, warum dann nicht auch den östlichen Teil? Wer bekommt Ostgalizien?«

»Rußland«, antwortete er zögernd.

»Rußland? Und Polen? Wann wird Polen wiederhergestellt?«

»Politik ist ein langwieriges Geschäft, das nicht so einfach ist wie der Sieg in einer Schlacht. Sie müssen mir mehr Zeit geben.« Ich kann ihr doch nicht sagen, überlegte er, daß ich den Zaren nicht vor den Kopf stoßen will, weil ich das Bündnis mit Alexander brauche wegen England; ich kann ihr auch nicht sagen, daß ich dieses etwas unsicher gewordene Bündnis festigen will.

Inzwischen waren sie im Schlafzimmer angekommen. Maria blieb stehen und sah sich verträumt um. Die letzte Nacht in Schönbrunn, dachte sie, ich werde wahrscheinlich nie mehr hierher zurückkehren. Sie betrachtete noch einmal die Brüsseler Gobelins, um sich die ländlichen Szenen einzuprägen, das goldverzierte Mahagonibett, den ostasiatischen Paravent gegenüber dem Kamin und darüber das Bild Franz Stephans von Lothringen.

»Wissen Sie, was man über ihn erzählt?« sagte sie, trat zum Fenster und sah in den dunklen Park hinaus. »Er soll ungewöhnlich sinnlich veranlagt gewesen sein; und das hat er auch seinen Nachkommen vererbt, vor allem Leopold II., dem Vater des jetzigen Kaisers. Dieser Leopold hat ständig wechselnde Mätressen gehabt, heißt es.«

Napoleon lachte. »Wenn der gute Lothringer so sinnlich war, hat er in den vergangenen Wochen seine Freude an uns gehabt. Allerdings kann ich kaum glauben, daß die Habsburger so sinnlich sind.«

Mitten in der Nacht erwachte Napoleon von einem Rauschen, das von draußen hereindrang. Er stand leise auf und ging zum Fenster.

»Regen«, murmelte er, »und was für ein Regen! Ich muß den Kutscher noch einmal ermahnen, vorsichtig zu fahren.«

Er war jetzt hellwach, entzündete eine Lampe und sah auf die Uhr, die die dritte Stunde anzeigte. Ich könnte einige von Fouchés Polizeiberichten lesen, überlegte er, zog den weißen Schlafrock an und betrachtete beim Schein der Lampe liebevoll die schlafende Maria. Ich werde also doch noch Vater! dachte er triumphierend.

Er ging durch die große Galerie zu einem der Zimmer mit Blick auf den Kammergarten, das er als Arbeitskabinett benutzte. An den Wänden hingen Kinderbildnisse der Töchter Maria Theresias; er hob die Lampe hoch und betrachtete zwei der Mädchenportraits genauer, es waren Maria-Carolina und Marie-Antoinette, Königin von Neapel die eine, Königin von Frankreich die andere. Zu welchem Ergebnis hat die ehrgeizige Heiratspolitik der Mutter geführt? Die eine Tochter lebt jetzt im Exil, die andere wurde enthauptet! Nun ja, ganz unschuldig waren die beiden nicht an ihrem Schicksal, aber sie wurden auch Opfer eines historischen Umbruchs.

Er setzte sich an den Schreibtisch, begann die Berichte zu lesen, legte sie aber bald wieder beiseite und holte sein Tagebuch hervor.

Schönbrunn, 13. Oktober 1809,
zwischen drei und vier Uhr morgens

Seit heute weiß ich, daß ich Vater werde, Maria erwartet einen Sohn von mir! Welche Perspektiven für die Zukunft! Jetzt kann ich endlich die leidvolle Nachfolgefrage zufriedenstellend lösen, es wird auch höchste Zeit. So schwer mir die Trennung von Joséphine fällt – dreizehn Jahre sind eine lange Zeit, und insgesamt war ich glücklich –, sie ist jetzt unumgänglich geworden. Ich werde mich noch in diesem Jahr scheiden lassen; gleich morgen schicke ich einen Kurier nach Paris mit dem Befehl, daß in den Tuilerien, in Saint-Cloud und Fontainebleau die Verbindungstreppen zwischen ihren und meinen Räumen zugemauert werden, sonst erliege ich womöglich noch einmal der Versuchung.

Wer soll ihre Nachfolgerin werden? Ich liebe Maria, aber so gerne ich ihr auch die Krone aufs Haupt setzen würde, ich muß durch meine nächste Verbindung die Interessen Frankreichs fördern. Meine zweite Ehe muß politisch vorteilhaft sein und das dynastische Ansehen der Bonapartes erhöhen, und wenn beides nicht möglich ist, muß wenigstens ein Kriterium erfüllt sein. Politisch am vorteilhaftesten wäre eine Verbindung mit den Romanows; ich werde morgen einen Eilkurier nach Petersburg schicken, Caulaincourt soll gezielt anfragen wegen einer Verbindung mit der Großfürstin Anna, der jüngsten Schwester des Zaren. In Erfurt hat Alexander zurückhaltend reagiert, aber jetzt, nach meinem Sieg über Österreich, sieht er die Sache vielleicht anders. Und wenn der Zar seine Einwilligung an die Bedingung knüpft, daß Polen nicht wiederhergestellt wird?

Ja, dann würde ich Polen opfern, die Verbindung mit den Romanows ist wichtiger. Der russisch-orthodoxe Glaube bringt zwar gewisse Unbequemlichkeiten mit sich, muß aber in Kauf genommen werden; im übrigen ist die Glaubensfrage am unwichtigsten. Und wenn, womit ich auch rechnen muß, aus dieser Verbindung nichts wird, was dann? Welche Dynastie käme dann noch in Frage? Im Grunde nur die Habsburger, das ist das älteste Herrscherhaus und bekannt für seine Fruchtbarkeit. Politische Vorteile wären damit nicht verbunden, aber meine Kinder würden dynastisch aufgewertet und legitimiert, mehr als durch die Romanows. Hat der Kaiser Franz überhaupt Töchter im heiratsfähigen Alter? Er ist nur ein Jahr älter als ich, aber wahrscheinlich hat er jung geheiratet, wie das in diesen Fürstenhäusern üblich ist. Morgen muß Duroc ergründen, ob es mannbare Erzherzoginnen gibt.

Und Maria? Ich muß auch an ihre Zukunft denken. Die finanzielle Absicherung ist kein Problem, aber das Kind muß legitim zur Welt kommen – ich werde mich mit dem Grafen Walewski in Verbindung setzen ...

Und während er die Feder zur Seite legte und Sand über die Tinte streute, sah er im Geist die hagere Gestalt des Grafen vor sich, die Perücke, die Galauniform des Kammerherrn mit dem blauen Band des Ordens vom weißen Adler... Erster Kammerherr beim letzten König von Polen, dachte er. Beim Empfang, den ich im Warschauer Schloß gab, um den polnischen Adel kennenzulernen, habe ich ihn und Maria zum ersten Mal gesehen... Jesus, so viel Widerstand wie sie hatte mir bis dahin noch keine Frau entgegengebracht!

Er nahm das Tagebuch und blätterte zurück zum Jahre 1807.

Warschau, 7. Januar 1807,

»Ah, qu'il y a de jolies femmes a Varsovie!« (»Ah, welch schöne Frauen gibt es in Warschau!«) Das war meine Reaktion, als Fürst Poniatowski mir vor wenigen Stunden beim Empfang die Gräfin Walewska vorstellte. Sie fiel mir sofort auf unter all den geschmückten Damen, nicht nur weil sie bezaubernd jung ist, vor Aufregung errötete, sondern weil sie einen unendlichen Liebreiz ausstrahlt. Sie ist blond, hat einen zarten, hellen Teint, wunderschöne blaue Augen, die Traurigkeit, Unschuld, Tugend und Zärtlichkeit widerspiegeln, und eine blendende Figur.

Später nahm ich Talleyrand zur Seite, der einige Wochen vor mir in Warschau angekommen ist und den polnischen Adel schon besser kennt, und fragte ihn über die Gräfin aus.

Sie ist eine geborene Laczynska, entstammt also einer alten, hochgeachteten Familie, und verlor ihren Vater bereits 1704, als er gegen die Russen kämpfte. Seit seinem Tod bewirtschaftet die Witwe das Gut Kiernozia recht und schlecht allein und versucht trotz Schulden und finanzieller Belastungen ihre fünf Kinder standesgemäß zu erziehen und ihre Töchter gut zu verheiraten. Als Anastasius Colonna Walewski sich für ihre Tochter Maria interessierte, nutzte die Mutter die Gelegenheit und verheiratete sie kurzerhand mit ihm, der fünfzig Jahre älter, Herr auf Schloß Walewice und der reichste Grundbesitzer in der ganzen Provinz ist. Ein Jahr nach der Hochzeit bekam seine junge Frau sogar einen Sohn! Wann werde ich sie wiedersehen?

Er las die Tagebucheintragungen und durchlebte noch einmal sein ungeduldiges Liebeswerben:

Mitte Januar der Ball bei Talleyrand, Maria im weißen Atlaskleid mit einem Lorbeerkranz im Haar, der Kontertanz mit ihr – wie hatte er sich amüsiert über das Aufsehen, das sein Interesse für die Gräfin Walewska hervorrief, die eifersüchtigen Blicke der Frauen, das Getuschel hinter vorgehaltenen Fächern, die Monokel und Lorgnetten, die ihn und die Gräfin beobachteten ...

Am nächsten Tag begannen Durocs Wallfahrten zum Palais der Walewskis in der Bednarskastraße: ein erster Brief, ein Blumenbouquet... Duroc kam ohne Antwort zurück, am Abend überbrachte er einen zweiten Brief, ein zweites Blumenarrangement und kehrte ohne Antwort zurück. Am 10. Januar das Diner bei der Gräfin Tyszkiewicz, unter den Gästen natürlich die Walewskis; Durocs Frage nach den Blumen und ihre Antwort: die habe sie ihrem Sohn geschenkt... Die Unterhaltung mit ihr nach dem Diner, ihre Bitte, etwas für ihr Land zu tun, Polen wiederherzustellen ...

Durocs dritte Fahrt in die Bednarskastraße, ein dritter Brief und dann, oh Wunder, am Abend erschien sie im Schloß! Warum? Wahrscheinlich wegen des letzten Satzes im Brief: ›Oh, kommen Sie! Kommen Sie! Alle Ihre Wünsche werden erfüllt. Ihr Vaterland wird mir teuer sein, wenn Sie Erbarmen mit meinem armen Herzen zeigen.‹

Sie kam, aber in welcher Verfassung! Zitternd, aufgeregt, weinend ... Er fragte sie nach ihrer Ehe, ließ sie erzählen. Und immer wieder der Wunsch nach Polens Unabhängigkeit. Sie ging unberührt und versprach, wiederzukommen ...

Am nächsten Morgen eine weitere Wallfahrt Durocs mit einem Brief und einem Schmuckstück vom berühmtesten Dresdener Juwelier, eine Diamantbrosche in Form eines Blumenbouquets... Am Abend das Diner bei einem Mitglied der Provisorischen Polnischen Regierung, sie erschien ohne Schmuck! Aber am nächsten Abend kam sie. Wieder endlose Reden über Polen, plötzlich hatte er genug davon. Sie verließ das Schloß erst am anderen Morgen, und er hatte ein schlechtes Gewissen wegen der halben Vergewaltigung, dennoch, sie kam jede Nacht, bis er Warschau Ende Januar verlassen mußte.

Und dann Finkenstein im April und Mai, ein behagliches, geräumiges Schloß in Westpreußen, sein Winterquartier nach Preußisch-Eylau ... Mit Rücksicht auf die Walewskis und die gesellschaftliche

Stellung blieb ihre Anwesenheit während der sechs Wochen geheim. Sie kam nachts an, begleitet von ihrem ältesten Bruder Benedikt. Jeden Morgen gemeinsames Frühstück im Bett. Sie war den ganzen Tag bei ihm, abgesehen von den Paraden und einer Stunde am Abend, wenn er mit seinen Offizieren Karten spielte. In jenen Wochen lernte er ihren Charakter kennen und lieben, ihre Selbstlosigkeit, ihre Bescheidenheit. Als die Tage länger und die Wege wieder befahrbar wurden, ging der Krieg weiter; sie reiste ab, wie sie gekommen war, nachts, in Begleitung ihres Bruders.

Im Februar 1808 kam sie nach Paris, Duroc hatte ein hübsches Haus gemietet. Dort besuchte er sie, hin und wieder kam sie auch in die Tuilerien. Er war mit Arbeit überlastet und hatte nicht viel Zeit für sie; so begleitete Duroc sie in die Oper, ins Theater. Joséphine war neugierig und hätte sie gern kennengelernt, aber es kam zu keiner Vorstellung bei Hofe, er mußte im April Paris verlassen wegen der Entwicklung in Spanien. Wenige Tage nach seiner Abreise verließ auch sie Paris ...

Er legte das Tagebuch in die Dokumentenmappe zurück und trat zum Fenster – es regnete unaufhörlich.

Als Napoleon und Maria am Vormittag voneinander Abschied nahmen, goß es immer noch in Strömen.

»Ich habe ein Andenken für Sie, es soll Sie an Schönbrunn erinnern.« Sie holte aus ihrem Beutel ein kleines Päckchen und gab es ihm.

»Ein Andenken? Aber Maria ...« Er war verlegen, weil er nicht daran gedacht hatte, ihr zum Abschied etwas zu schenken. »Ihr Andenken«, sagte er schließlich »wird mich immer an das schönste Geschenk erinnern, das Sie mir gemacht haben. Versprechen Sie mir, langsam zu reisen, Ihre Gesundheit zu schonen, erleben Sie in Muße und Ruhe die deutsche Landschaft, die Städte...«

»Ja«, erwiderte sie leise, »ich werde von unterwegs meiner Mutter schreiben, daß ich vorerst in Paris bleibe; das werde ich auch Anastasius schreiben, er müßte jetzt wieder in Walewice sein.«

»Wollen Sie ihm nicht mitteilen, daß Sie schwanger sind?«

»Nein, wozu? Ich werde ihn von der Geburt benachrichtigen, das genügt doch. Seit jenem Warschauer Winter, seit den Nächten mit Ihnen verbindet mit nichts mehr mit ihm, meine Ehe besteht nur noch auf dem Papier.«

»Aber jenes Stück Papier ist sehr wichtig für Sie, Maria, für Ihre Zukunft und die Zukunft Ihres Kindes.«

»Warum?«

»Ihr Kind wird in eine bestehende Ehe hineingeboren, als legitimes eheliches Kind des Grafen Walewski. Ich habe heute nacht noch einmal über Ihre Situation nachgedacht und beschlossen, Ihren Gatten zu bitten, dieses Kind als sein eigenes anzuerkennen. Ich bin überzeugt, daß er meinen Wunsch erfüllen wird. Vor den Augen der Welt wird Ihr Sohn oder Ihre Tochter ein Kind des Grafen Walewski sein. Das ist die beste Lösung, glauben Sie mir.«

Ihr Kind! Warum sagt er nicht ›unser Kind‹, dachte Maria. Sein Kind wird also den Namen Walewski tragen, Alexander Walewski ...

»Ja, Sie haben recht, es ist die beste Lösung.«

Er umarmte und küßte sie zum Abschied, und sie merkte, wie die Tränen in ihr hochstiegen, aber sie beherrschte sich. Er begleitete sie zum Wagen, wo sie bereits von dem Ehepaar Witt erwartet wurde, das mit ihr nach Paris reiste.

Als die Kutsche das Tor passiert hatte, das seit kurzem von vergoldeten französischen Kaiseradlern überragt wurde, ging er zurück in sein Arbeitskabinett und öffnete das Päckchen: Es enthielt einen Ring aus Gold und Emaille, in den eine Locke ihres Haares eingearbeitet war mit der Eingravierung: ›Wenn du aufhörst, mich zu lieben, vergiß nicht, daß ich dich liebe.‹

Wie kommt sie darauf, daß ich aufhören könnte, sie zu lieben, dachte er erstaunt, diese zweite Ehe ändert doch nichts an meinen Gefühlen für sie, es ist doch nur eine politische Heirat...

Er setzte sich an den Schreibtisch und begann einen Bericht Caulaincourts zu lesen, einen Bericht über Carlo Andrea Pozzo di Borgo, der immer mehr Einfluß auf den Zaren gewann. Carlo Andrea, dachte Napoleon, er arbeitet gegen mich. Paoli ist seit zwei Jahren tot, aber Pozzo die Borgo verfolgt seine Vendetta, eine unblutige Vendetta. – Wie mag die Großfürstin Anna aussehen? Ob sie auch blond und blauäugig ist wie ihr Bruder Alexander? Hoffentlich, mit Ausnahme von Joséphine und Eugénie haben mir Blondinen immer besser gefallen als dunkelhaarige Frauen.

Zwei Tage nach der Unterzeichnung des Friedensvertrages bestieg Napoleon seine grüne Karosse und nahm neben Duroc im Fond Platz. Auf dem Rücksitz türmten sich Berichte und Depeschen; Duroc öffnete einen versiegelten Umschlag nach dem anderen und übergab die Schreiben Napoleon. Dann öffnete Duroc den letzten Umschlag; er enthielt einen Brief von Joséphine. Sie schrieb, wie sehr sie sich auf Napoleons Rückkehr freue, wie sehnsüchtig sie ihn erwarte... Nachdem er die Zeilen überflogen hatte, warf er den Brief wortlos zum Fenster hinaus und starrte düster vor sich hin.

Wann sage ich es ihr? Wo? Wie? Sie wird natürlich weinen – ich wünschte, ich hätte es hinter mir. Ich werde den Kurier, der ihr meine Ankunft in Fontainebleau mitteilt, so spät losschicken, daß sie erst nach mir eintreffen kann. Dann habe ich einen Grund, unzufrieden mit ihr zu sein, und sie wird meine schlechte Laune zunächst auf ihre Verspätung schieben, so muß ich mich nicht verstellen, muß keine Wiedersehensfreude heucheln und gewinne etwas Zeit, um mich auf die Aussprache vorzubereiten. Hätte ich es nur schon hinter mir!

Als Josephine am 27. Oktober gegen sechs Uhr abends in Fontainebleau eintraf, hörte sie erstaunt, daß der Kaiser bereits am Tag zuvor angekommen war. Freudig erregt eilte sie in sein Arbeitszimmer, wo eine weitere Überraschung auf sie wartete. Er blieb sitzen, schrieb ruhig weiter und beachtete sie eine Weile überhaupt nicht. Dann sagte er: »Da bist du ja endlich! Du hast Glück gehabt, ich wollte soeben nach Saint-Cloud abfahren.«

Joséphine erstarrte. Was für ein Empfang nach monatelanger Trennung! Angst stieg in ihr auf. »Ich konnte nicht früher kommen, der Kurier...«

»Schon gut, zieh dich zum Diner um, aber beeile dich.«

Verstört eilte sie zum Boudoir, und während die Zofe ihr beim Umkleiden behilflich war, dachte Joséphine über die zugemauerten Gänge in den Tuilerien und Saint-Cloud nach, über die Schroffheit des Gatten, über diese merkwürdige Begrüßung...

Als sie eine Stunde später zum Diner erschien, erwartete er sie in Gesellschaft zweier Minister. »Die beiden Herren werden mit uns dinieren; sie hatten in Paris keine Zeit dazu.«

Die dritte Überraschung, dachte sie bekümmert. Wenn er früher nach längerer Abwesenheit zurückgekehrt ist, legte er immer Wert darauf, am ersten Abend mit mir allein zu sein.

Während der folgenden Tage sah sie ihn selten, und dann nur in Gesellschaft von Ministern und Adjutanten. Sie spürte, daß er das Alleinsein mit ihr vermied.

Es wurde November, der Hof war inzwischen in die Tuilerien zurückgekehrt, und allmählich trafen die Mitglieder des Bonaparte-Clans ein, um an den Siegesfeiern, die die Stadt Paris vorbereitete, teilzunehmen. Joséphine wußte inzwischen, daß Maria Walewska den Sommer in Schönbrunn verbracht hatte, und nun erfuhr sie, daß sich die Gräfin in der Hauptstadt aufhielt. Seit dem Sommer 1807, als sie von der Warschauer Romanze erfahren hatte, ahnte sie, daß die Polin dem Gatten mehr bedeutete als seine üblichen Affairen. Gewiß, sie war auf die Sängerinnen, Schauspielerinnen, Hofdamen, mit denen er sie gelegentlich betrog, stets eifersüchtig gewesen, aber sie hatte gewußt, daß keine dieser Damen ihre Stellung ernsthaft gefährden konnte; die einzige wirkliche Rivalin war diese ihr unbekannte polnische Gräfin. Herzklopfend wartete sie auf eine klärende Aussprache, aber der November verging, ohne daß etwas geschah.

Champagny hatte durch Caulaincourt offiziell um die Hand der Großfürstin Anna gebeten und hinzugefügt, als Gegenleistung würde der Kaiser in der Polenfrage Entgegenkommen zeigen. Während Napoleon ungeduldig auf Nachricht aus Petersburg wartete, verschob er die Aussprache mit Joséphine von einem Tag auf den anderen. Auch die Anwesenheit der Gräfin Walewska belastete ihn. Bei ihrem Wiedersehen Anfang November war natürlich von Polen die Rede gewesen, und er mußte ihr ausreichende Antworten geben. Um diesem Thema aus dem Weg zu gehen, besuchte er sie nicht mehr, sandte ihr aber regelmäßig liebevolle Billets und entschuldigte sein Fernbleiben mit Arbeit.

Am Morgen des 30. November beschloß er, seine privaten Angelegenheiten endlich zu regeln. Er befahl dem Erzkanzler Cambacérès und dem Staatssekretär Regnault, alles Erforderliche für die Scheidung vorzubereiten und sich am 15. Dezember um neun

Uhr abends im Thronsaal der Tuilerien einzufinden. Am gleichen Tag teilte er Letizia und den Geschwistern seinen Entschluß mit, verbunden mit der Aufforderung, der Scheidungszeremonie beizuwohnen.

Napoleon sah Joséphine erst beim Diner. Beide schwiegen, berührten kaum die Speisen. Als der Page im Salon den Kaffee serviert hatte, nahm Joséphine eine Tasse, tat in alter Gewohnheit zwei Stück Zucker hinein und reichte sie dem Gatten. Er sah sie durchdringend an, nahm ostentativ die andere Tasse und gab den Dienern ein Zeichen, den Raum zu verlassen.

Joséphine stellte zitternd die Tasse ab. Napoleon stand auf und trat vor sie hin.

»Ich liebe dich immer noch, Joséphine, aber die Politik kennt kein Herz, nur den Kopf. Die Scheidung ist unumgänglich. Ich ...«

Er hielt erschrocken inne, als sie aufschrie und ohnmächtig zu Boden sank. Er rannte zur Tür und schrie nach Beausset. Sofort war der Palastpräfekt zur Stelle.

»Die Kaiserin ist ohnmächtig geworden, los, helfen Sie mir.«

Schnaufend hob der dicke Palastpräfekt Joséphine hoch und trug sie die Treppe hinunter in ihr Schlafzimmer; Napoleon folgte mit einer Kerze. Als Beausset in seiner Aufregung die Kaiserin etwas fester umklammerte, flüsterte sie: »Drücken Sie mich doch nicht so!« worauf der erschrockene Präfekt sie noch fester an sich preßte.

Am nächsten Tag erfuhr Joséphine, welche Regelungen Napoleon für sie getroffen hatte: Sie sollte Rang und Titel einer Kaiserin der Franzosen behalten, als Residenzen würde sie Malmaison und zwei weitere Schlösser bekommen, außerdem eine jährliche Apanage von drei Millionen Francs, auch ihre Schulden würde er noch einmal, zum letzten Mal, bezahlen. Sie hätte sich am liebsten sofort nach Malmaison zurückgezogen, aber noch waren sie nicht geschieden, noch mußte sie ihre Repräsentationspflicht erfüllen.

Die kaiserliche Scheidung war im Dezember das Hauptthema in den Salons und bei Hof. Wenn Joséphine einem Ball oder Empfang beiwohnte, war sie entweder mitleidigen oder schadenfrohen Blicken ausgesetzt, und wenn Sie durch die Räume der Tuilerien ging, war es wie ein Spießrutenlauf. Es gab Höflinge und Palastdamen, die es an der gewohnten Ehrerbietung fehlen ließen, sitzen blieben, sich unterhielten und sie übersahen.

Als Maria Walewska von der bevorstehenden Scheidung hörte, keimte eine leise Hoffnung in ihr, aber nachdem einige Tage vergangen waren, ohne daß Napoleon sie besuchte oder zu sich rief, beschloß sie, nach Polen zurückzukehren und dort die Niederkunft und die weitere Entwicklung abzuwarten. Dieser Entschluß fiel ihr um so leichter, weil Anastasius inzwischen mitgeteilt hatte, daß er das zu erwartende Kind als Walewski-Sproß anerkennen würde. Sie teilte Napoleon ihre Abreise in einem kurzen Brief mit und verließ Paris am Morgen des 14. Dezember.

Am Nachmittag, es war schon dämmerig, ließ sich Joséphine beim Kaiser anmelden.

»Nun? Was gibt es?« fragte er.

Sie lächelte verkrampft und blieb in der Mitte des Kabinetts stehen. »Entschuldige, daß ich dich bei der Arbeit störe, ich gehe auch sofort wieder; ich wollte dich nur fragen, ob das Kleid, das ich trage, der Zeremonie angemessen ist.«

Verblüfft sah er sie an. Was Mode betraf, hatte sie ihn nie um Rat gefragt! Sie trug ein schlichtes Kleid aus weißer Atlasseide, dessen Dekolleté mit schwarzen Spitzen gesäumt war. Er fand, daß sie würdevoll darin aussah, und nickte: »Ja, du kannst dieses Kleid morgen tragen.« Er ging zu seinem Schreibtisch zurück, aber sie blieb stehen. Fragend sah er sie an, und als sie schwieg, wurde er ungeduldig. »Joséphine, du siehst, ich habe viel zu tun, bitte, laß mich allein.«

»Ich habe noch einen Wunsch: Würdest du mir das Medaillon mit deinem Bild schenken, das Isabey neulich malte?«

»Aber Joséphine, du hast weiß Gott genug Bilder von mir, und außerdem ...« Er unterbrach sich; beinahe hätte er gesagt: »Und außerdem ist dieses Portrait für die künftige Kaiserin bestimmt«, aber er wollte sie nicht unnötig verletzen. »Ich kann dir das Portrait nicht geben«, sagte er kurz, »du mußt jetzt gehen.« In diesem Moment lief sie auf ihn zu und warf sich weinend an seine Brust. »Joséphine«, sagte er hilflos, »meine gute Joséphine!« Ein Anflug der alten Zärtlichkeit stieg in ihm auf. »Wir werden Freunde bleiben.« Er hob sanft ihr Gesicht zu sich empor.

»Wirst du mich in Malmaison besuchen?«

»Ja, natürlich.«

»Wirst du mir schreiben?«

»Ja, natürlich, aber jetzt mußt du wirklich gehen.«

Sie löste sich von ihm und lief rasch hinaus, ohne sich noch einmal umzusehen.

Er schob die Akten eine Weile unschlüssig hin und her, trat dann zum Fenster und sah hinaus in den dunklen Dezemberabend. Was für eine Szene! dachte er. Und plötzlich stieg eine Erinnerung in ihm auf. Er klingelte Constant und befahl Mantel und Wagen. »Sage Duroc, er soll mich begleiten.«

»Rue Chantereine, ach nein, Rue de la Victoire«, rief Napoleon, als er den Wagen bestieg.

»Warum fahren wir dorthin?« fragte Duroc, erhielt aber keine Antwort. Vor dem Haus Nr. 6 ließ Napoleon anhalten.

»So kalt und windig wie heute war es auch damals«, sagte er nachdenklich, »im März 96, als ich von Joséphine Abschied nahm, um an die Front zu reisen. Damals waren wir erst zwei Tage verheiratet; ich dachte, ich überlebe den Abschied nicht. Das liegt jetzt dreizehn Jahre zurück, sogar noch etwas länger ... Ich war sehr glücklich mit ihr, Christoph, und sehr unglücklich ... Komm, wir fahren zurück.«

Duroc schwieg. Er dachte an Joséphines Untreue, ihre Verschwendungssucht, daran, daß sie seine Heirat mit Hortense verhindert hatte – gewiß, er war inzwischen längst glücklich verheiratet, dennoch... Aber morgen abend wird ihr die Rechnung präsentiert, anscheinend gibt es doch so etwas wie ausgleichende Gerechtigkeit.

Am 15. Dezember 1809 um neun Uhr abends erstrahlten im Thronsaal Hunderte von Kerzen und beleuchteten Marschälle in Galauniform, ordensgeschmückte Großwürdenträger und Hofdamen in großer Garderobe.

Napoleon und Joséphine saßen an einem breiten Tisch, über den ein rotes, mit Adlern besticktes Samttuch gebreitet war; neben ihnen standen Cambacérès und Regnault. Napoleon trug die weißblaue Uniform eines Gardeobersten und blickte düster vor sich hin; Joséphine im weißen Kleid hatte auf jeden Schmuck verzichtet, nur ein weißes Seidenband war um ihr Haar geschlungen; sie sah bleich aus, wirkte aber gefaßt.

Zur festgesetzten Zeit betraten die Bonapartes den Saal: Letizia, Fesch, Joseph und Julie, Louis und Hortense, Jérôme und Katharina, Eugène und Augusta, Elisa und Felix, Pauline und Camillo, Caroline und Joachim. Als sie dem Kaiserpaar gegenüber ihre Plätze eingenommen hatten, stand Napoleon auf, verlas mit leiser, aber deutlicher Stimme die Begründung der Scheidung aus politischer Notwendigkeit und fuhr dann fort: »Gott weiß, wie viel ein solcher Entschluß mein Herz gekostet hat. Aber es gibt kein Opfer, das zu groß wäre, wenn es zum Wohl Frankreichs ist. Es drängt mich, hinzuzufügen, daß ich mich nicht nur niemals zu beklagen hatte, sondern im Gegenteil die Anhänglichkeit und Zärtlichkeit meiner geliebten Gattin rühmen muß; sie hat vierzehn Jahre meines Lebens verschönt, die Erinnerung daran wird für immer in meinem Herzen sein. Sie ist von meiner Hand gekrönt worden; ich will, daß sie Rang und Titel der gekrönten Kaiserin bewahre – aber vor allem, daß sie niemals an meinen Gefühlen zweifle und mich stets für ihren besten und liebsten Freund halte.«

Er setzte sich wieder, und nun erhob sich Joséphine. »Mit der Genehmigung meines hohen und lieben Gatten muß ich erklären, daß ich ihm – da ich keinerlei Hoffnung bewahre, Kinder zu haben, die dem Verlangen seiner Politik und dem Interesse Frankreichs genugtun würden –, daß ich ihm willig den größten Beweis der Anhänglichkeit und Ergebenheit gewähre, der jemals auf Erden gegeben worden ist...«

Ihre Stimme versagte; sie reichte Regnault das Blatt und sank auf den Sessel zurück. Napoleon ergriff ihre Hand und hielt sie in der seinen, während Regnault mit monotoner Stimme fortfuhr: »Ich habe alles aus seiner Güte; seine Hand hat mich gekrönt, und auf der Höhe dieses Thrones habe ich nichts als Zeugnisse der Zuneigung und der Liebe des französischen Volkes empfangen. Ich glaube, diesen Gefühlen Anerkennung zu zollen, indem ich der Auflösung einer Ehe zustimme, die hinfürder ein Hindernis für das Wohl Frankreichs ist und es des Glückes beraubt, eines Tages von den Nachkommen eines großen Mannes regiert zu werden, der so offensichtlich von der Vorsehung berufen worden ist, um die Übel einer schrecklichen Revolution auszulöschen und den Altar, den Thron und die gesellschaftliche Ordnung wieder aufzurichten. Doch die Auflösung meiner Ehe wird nichts an den Gefühlen meines Herzens ändern; der Kaiser wird stets an mir seine beste Freundin haben. Ich weiß, wie sehr dieser von der Politik befohlene Akt seinem Herzen wehgetan hat, doch ihm wie mir gereicht das Opfer zum Ruhme, das wir dem Wohle des Vaterlandes darbringen.«

Im Anschluß nahm Cambacérès das Protokoll der Scheidung auf, dann unterschrieben das kaiserliche Paar und die übrige Familie. Letizia setzte mit fester Hand ihren Namen unter das Dokument; Pauline und sie waren die einzigen Familienmitglieder, die innerlich triumphierten. Die anderen dachten mit gemischten Gefühlen an die neue Kaiserin, die natürlich aus einem regierenden Hause stammen würde, und an den künftigen Erben, der sie der Möglichkeit beraubte, selbst irgendwann die Kaiserkrone zu tragen.

Am Vormittag des folgenden Tages verließ Joséphine die Tuilerien, um sich nach Malmaison zu begeben. Tief verschleiert, auf Hortense und Madame de Rémusat gestützt, die bei ihr bleiben wollte, ging sie langsam zur Kutsche.

Duroc und Beausset beobachteten von einem Fenster aus die Abreise. »Du meine Güte«, sagte Beausset, »was für ein Troß Wagen! Das sind ja Dutzende von Koffern, aha, jetzt kommen die Hunde, die fetten Möpse, und die Vogelkäfige, der reinste Gauklerzug...«

Später verließ auch Napoleon die Tuilerien und fuhr, nur von Constant, dem Koch Dunan und wenigen Dienern begleitet, nach Versailles. Er wollte sich ein paar Tage im Grand Trianon erholen, ohne Akten, ohne Depeschen, ohne Sekretäre. Die Scheidung belastete ihn jetzt, da sie vollzogen war, mehr als zuvor. Constant hatte Anweisung, im Trianon weder Minister noch ausländische Diplomaten vorzulassen, nur die Familie und den Kurier aus Petersburg, den er ungeduldig erwartete.

Während Constant nach ihrer Ankunft dafür sorgte, daß alle Kamine geheizt wurden, ging sein Herr durch die Räume; er war lange nicht hier gewesen und fand, daß dieses Schloß neben Saint-Cloud ein idealer zweiter Sommersitz werden könnte. Ich werde es renovieren lassen und mit der Kaiserin einen Teil des Sommers hier verbringen, überlegte er.

Am nächsten Tag besuchte Pauline ihren Bruder und war erstaunt, ihn allein, ohne die übrige Familie vorzufinden.

»Es ist unglaublich und nicht zu begreifen«, sagte sie entrüstet, »daß sich niemand von unserer Familie um Sie kümmert, jetzt, wo Sie so allein sind. Sie brauchen Zuspruch, Ablenkung. Da fällt mir ein, ich habe eine neue Vorleserin, Madame de Mathis, wäre das nicht eine gute Abwechslung, bis die neue Kaiserin eintrifft? Sie können doch jetzt nicht als Mönch leben, außerdem ist sie blond, Sie lieben doch Blondinen?«

Napoleon mußte unwillkürlich lächeln. »Ich werde mir das Angebot überlegen, kleine Hexe.«

Später kam Letizia, auch sie wunderte sich, daß außer Pauline niemand von den Geschwistern bei ihm war.

»Ich besuche immer das Kind, das mich am meisten braucht«, sagte sie, »und in dieser Situation glaube ich, daß Sie mich brauchen.« Napoleon blieb die Antwort schuldig, aber er war froh, daß Mutter und Schwester bei ihm waren.

Nach dem Diner spielten sie Reversi, er mogelte wie immer, Letizia gewann wie immer.

»Es ist kälter geworden«, sagte Constant am Morgen des dritten Tages, »es wird Schnee geben.«

Er behielt recht; nach dem Déjeuner setzte heftiges Schneetreiben ein, und Napoleon verschob den geplanten Ausritt auf den nächsten Tag. Er ging in die Bibliothek, und während er noch nach Lektüre suchte, meldete Constant den Kurier aus Petersburg mit einem Brief des Zaren.

»Ein Brief von Alexander?« Napoleon spürte, daß er Herzklopfen bekam. Mit zitternden Händen öffnete er den Umschlag, las und ließ den Brief entgeistert sinken. Der Zar teilte mit, daß er persönlich nichts gegen eine Verbindung seiner Schwester mit Napoleon habe, allerdings sei die Großfürstin noch sehr jung, eine Verheiratung frühestens in zwei Jahren möglich.

In zwei Jahren! dachte er. Also eine diplomatisch formulierte Absage, anders ist dieser Brief wohl nicht zu verstehen.

Er ließ sich von Constant Mantel und Hut geben und ging hinüber zu dem Landschaftspark, der sich hinter dem Kleinen Trianon erstreckte, die kiesbestreuten Wege entlang, vorbei an künstlichen Bächen und Grotten bis zum Dorf Marie-Antoinettes. Als er dort stand und die strohgedeckten Häuschen mit den kleinen Gärten, die Mühle, das Taubenhaus und das Wohnhaus der Königin betrachtete, ließ das Schneetreiben nach, die Sonne kam durch und tauchte die Szenerie in sanftes, honigfarbenes Licht.

Das also war das Refugium der Habsburgerin gewesen, hier hat sie sich am liebsten aufgehalten ... Er ging langsam durch den Park zurück, wobei er hin und wieder stehenblieb und nach dem Dörfchen zurückblickte.

Morgen muß Méneval kommen, und Champagny, und Fürst Schwarzenberg, der neue österreichische Gesandte...

Er sah noch einmal zu dem Dorf hinunter. Dieser Park, das ist ein idealer Spielplatz für Kinder, für meine Kinder...

XXXIII

Am 8. Februar 1810 diktierte der österreichische Botschafter in Paris, Fürst Karl Philipp Schwarzenberg, seinem Sekretär ein vertrauliches Schreiben an Fürst Metternich.

Schwarzenberg war 38 Jahre alt, ein stattlicher, korpulenter Mann, der nicht nur diplomatische Erfahrungen besaß – er war Gesandter im Zarenhof gewesen –, sondern auch militärische: Er hatte an den Kriegen der vergangenen Jahre teilgenommen und war bis zum General der Kavallerie avanciert.

Der Brief an den Außenminister bereitete ihm einiges Kopfzerbrechen, und er wog jede Formulierung sorgfältig ab, nicht nur weil er seine Handlungsweise rechtfertigen wollte, sondern – und das war viel wichtiger – er mußte erreichen, daß der Wiener Hof den Heiratskontrakt ratifizierte, den er am Tag zuvor gezwungenermaßen unterschrieben hatte.

»Erschrecken Sie nicht, wenn ich sage, man muß sie opfern ...«

Wieder hielt der Fürst inne. Der Sekretär warf einen verstohlenen Blick zur Kaminuhr und seufzte unhörbar; es war schon nach zehn, seit drei Stunden, seit sieben Uhr morgens, saß er jetzt hier und schrieb und langweilte sich während der langen Pausen zwischen den einzelnen Sätzen, und im Vorzimmer wartete seit zwei Stunden der Kurier des Gesandten, Graf Tettenborn, auf das Ende des Diktats.

»Man muß sie opfern«, wiederholte Schwarzenberg, straffte sich plötzlich und diktierte mit fester Stimme weiter: »Eine Ablehnung, wie immer man sie formulieren möge, würde ihn und alle, die ihn umgeben, zu unseren unversöhnlichen Feinden machen und keine Hoffnung mehr lassen, einige ruhige Friedensjahre zu erleben; unser Untergang wäre auf diese Ablehnung hin unausweichlich. Kann man zögern angesichts der Entscheidung zwischen Untergang der Monarchie und dem Unglück einer Prinzessin? Millionen Menschen werden geopfert, und wäre es nicht ruhmvoll für eine Prinzessin, ihr Vaterland zu retten, selbst wenn sie dabei ihrem persönlichen Glück entsagen muß? Die Zeiten können sich ändern, aber gegenwärtig haben wir keine Wahl. Sie werden sich bald überzeugen, daß ich nicht anders handeln konnte. Wenn ich nicht unterzeichnet hätte, hätte er mit der Russin oder der Sächsin abgeschlossen. Ich beschwöre Sie, lieber Freund, tragen Sie Sorge, daß diese Angelegenheit auf keine Schwierigkeiten stößt und mit Entgegenkommen geregelt wird ...«

Eine halbe Stunde später nahm Tettenborn den versiegelten Brief in Empfang. »Sie übergeben Metternich dieses Schreiben persönlich, hören Sie? Nur ihm persönlich! Und reiten Sie schnell! Schonen Sie die Pferde nicht. Versuchen Sie, Wien in sechs oder sieben Tagen zu erreichen. Reiten Sie! Sehen Sie zu, daß Sie vor Champagnys Kurier eintreffen; es ist wichtig, daß Metternich früher informiert ist als Graf Otto, der französische Gesandte, damit er etwas Zeit hat, sich mit Seiner Majestät abzustimmen.«

Tettenborn versprach, sein Möglichstes zu tun, und verließ den Hof der österreichischen Botschaft in gestrecktem Galopp. Schwarzenberg ging hinüber in den Salon, wo seine Gattin, sein Bruder Joseph und die Schwägerin Pauline saßen. Die Verwandten waren am vergangenen Abend zu einem längeren Besuch in der französischen Hauptstadt eingetroffen.

Joseph las den *Moniteur*, während die Damen über Mode plauderten.

»Wir müssen in den nächsten Tagen unbedingt zu Leroy, Pauline, du mußt dir neue Garderobe schneidern lassen. Ich habe doch vorhin einige Modelle gesehen ...« Die Fürstin blätterte in einem Modejournal.

»Leroy soll sehr teuer sein ...«

»Aber Pauline, ich bitte dich! Jede Dame, die auf sich hält, kleidet sich bei Leroy ein! Nicht wahr, Karl«, rief sie dem eintretenden Gatten entgegen, »wer elegant gekleidet sein will, *muß* ganz einfach zu Leroy gehen!«

»Ja, vielleicht, ich weiß es nicht, ich weiß überhaupt nichts mehr«, brummte der Fürst und sank ächzend in einen Sessel. »Tettenborn ist auf dem Weg nach Wien, jetzt können wir nur noch abwarten und beten!«

Joseph ließ den *Moniteur* sinken und sah seinen Bruder fragend an.

»Warum, warum muß ausgerechnet ich diesen Kontrakt unterschreiben?« rief der Botschafter.

»Aber Karl, nun beruhige dich! Du hattest doch keine andere Wahl«, versuchte seine Gattin ihn zu beschwichtigen.

»Was für ein Kontrakt, wovon redet ihr überhaupt?«

»Karl hat gestern den Heiratskontrakt zwischen Napoleon und der ältesten Tochter unseres Kaisers, der Erzherzogin Marie-Louise, unterzeichnet.«

»Wie bitte? Das ist doch wohl nicht möglich!« Paulines Stimme bebte vor Empörung. »Eine Erzherzogin, eine Habsburgerin soll diesen Emporkömmling heiraten! Unglaublich! Gewiß, in Wien sind seit einigen Wochen allerhand Gerüchte umhergeschwirrt, aber niemand hat sie ernst genommen. Unglaublich!« Erregt fächelte sie sich Luft zu.

»Merkwürdig«, sagte Joseph, »daß unser Kaiser so rasch seine Einwilligung gegeben hat, oder vielmehr Metternich – er ist es ja, der in Wirklichkeit regiert. Bisher hatte ich den Eindruck, daß der Außenminister keine überstürzten Entscheidungen trifft.«

»Er hat auch nichts überstürzt«, erwiderte sein Bruder kleinlaut. »Ich habe den Vertrag unterschrieben, ohne Instruktionen vom Wiener Hof zu haben, deshalb sagte ich ja vorhin, wir müssen beten, daß dieser Vertrag in Wien ratifiziert wird, andernfalls...« Schwarzenberg schwieg und starrte düster vor sich hin.

»Ist das dein Ernst? Du hattest keine Vollmachten aus Wien?«

»Joseph!« rief die Fürstin beschwörend, »du kannst dir nicht vorstellen, welche aufreibenden Wochen wir hinter uns haben! Keine Instruktionen aus Wien, nur Empfehlungen, und was den Korsen betrifft, wußten wir auch nicht, was er im Schilde führt; Karl hing völlig in der Luft!«

»Willst du uns nicht erzählen, was sich hinter den Kulissen abgespielt hat? Wir sind furchtbar neugierig.«

»Hinter den Kulissen? Das solltest du mich nicht fragen; es war ein hektisches diplomatisches Hin und Her, und offengestanden weiß ich immer noch nicht, wer den ersten Anstoß zu dieser Ehe gegeben hat! Metternich? Napoleon? Na, das soll uns egal sein, über diese Frage können sich künftige Generationen die Köpfe zerbrechen. Jedenfalls, als Napoleons Scheidung bekannt wurde, tauchte natürlich sofort die Frage auf, wer Joséphines Nachfolge antreten würde. Die jüngste Schwester des Zaren war im Gespräch, eine sächsische Prinzessin, man munkelte sogar, eine Französin aus dem einfachen Volk würde Kaiserin der Franzosen werden.

Ein paar Tage vor Weihnachten erhielt ich die Aufforderung, nach Versailles zu kommen, ins Große Trianon, wo sich der Kaiser gerade aufhielt. Ich fuhr mit gemischten Gefühlen hin, schließlich bin ich der Vertreter einer besiegten Macht, aber was soll ich euch sagen? Der Kaiser und Champagny empfingen mich mit einer Zuvorkommenheit, als ob ich der Botschafter eines siegreichen Alliierten sei! Die Unterhaltung verlief zwanglos, man plauderte über dies und das, und zwischendurch stellte man mir einige merkwürdige Fragen: Man erkundigte sich nach dem Befinden des österreichischen Kaiserpaares; man wollte wissen, ob ich die Erzherzogin Marie-Louise kenne, wo sie sich derzeit aufhalte, ob es stimme, daß sie das gesündeste und wohlerzogenste der kaiserlichen Kinder sei ... Einige Tage nach dieser Audienz fragte mich der Staatsrat Laborde beiläufig, wie der Wiener Hof über eine Verbindung zwischen Frankreich und Österreich denke; anläßlich der Friedensverhandlungen habe Metternich dieses Thema einmal kurz gestreift. Ich erwiderte vorsichtig, daß es einer Erzherzogin sicher schwerfallen würde, den Feind ihres Vaterlandes zu ehelichen, man müsse ihr die Sache schmackhaft machen, worauf Laborde sofort fragte, welche der verlorenen Provinzen unserem Kaiser die liebste gewesen sei!

Dann erhielt die Gräfin Metternich, die aus wer weiß welchen Gründen ihrem Gatten zunächst nicht nach Wien gefolgt ist, also die Gräfin erhielt eine Einladung nach Malmaison und hörte zu ihrem Erstaunen, daß die Exkaiserin Joséphine eine Verbindung des Kaisers mit einer Erzherzogin sehr begrüßen würde.«

»Die Exkaiserin?« rief Pauline. »Aber diese Angelegenheit geht sie doch gar nichts an, es kann ihr doch gleichgültig sein!«

»Das sollte man annehmen, aber ich weiß, daß der Kaiser sie hin und wieder besucht; an Weihnachten war sie zum Diner im Grand

Trianon, und ich vermute, sie will sich wichtig machen. Vielleicht will sie zum Ausdruck bringen: Ich bin immer noch die Kaiserin, zum Kinderkriegen braucht er zwar eine andere, aber die suche ich ihm aus! Als die Gräfin mir von dem Besuch in Malmaison erzählte, hielt ich es für angebracht, nach Wien zu berichten und um Instruktionen zu bitten für den Fall des Falles. Aber Metternich ermächtigte mich lediglich, mich den Anfragen Napoleons nicht zu verschließen, und betonte, daß ich keine offiziellen Befugnisse zu Verhandlungen und Abschlüssen habe; allerdings sollte ich versuchen zu eruieren, welche politischen Vorteile eine solche Familienallianz mit sich bringen würde.

Am 7. Januar lud der Kaiser die Gräfin Metternich an seinen Spieltisch ein und hofierte sie in einer Weise, daß es allen Anwesenden auffiel. Ich fühlte mich von Tag zu Tag mehr verunsichert, weil ich immer noch glaubte, die russische Großfürstin sei die Auserwählte.

Endlich, am 28. Januar, klärte sich die ›grande affaire‹: An jenem Tag versammelten sich in den Tuilerien der Familienrat und die Großwürdenträger, um ihr Votum für die einzelnen Kandidatinnen abzugeben, wobei natürlich der Kaiser die letzte Entscheidung selbst traf. Die Mehrheit sprach sich für Österreich aus, Champagny unterrichtete mich sofort, und ich schickte am gleichen Tag einen Eilkurier nach Wien, um endlich definitive Instruktionen zu erhalten. Ich dachte natürlich, nun könne man in aller Ruhe den diplomatischen Verhandlungsweg abwarten, statt dessen sprach gestern der Vizekönig Eugène bei mir vor mit der Aufforderung, ins Außenministerium zu kommen, um den Heiratskontrakt zu unterzeichnen.

Ich machte darauf aufmerksam, daß ich dazu nicht befugt sei, und bat, Anweisungen aus Wien abwarten zu dürfen; er erwiderte mir, dazu sei keine Zeit. Ich begleitete ihn also zu Champagny, dem ich ebenfalls erklärte, daß ich über keine Vollmachten verfüge. Er lächelte nur süffisant mit der Bemerkung: ›Wenn Sie nicht unterschreiben, wird Seine Majestät der Kaiser einen Wirtschaftskrieg gegen Österreich führen; es liegen schon jetzt dreihundert Millionen Bancozettel der Bank von Wien bereit, um Ihr Land damit zu überschwemmen! Sie wollen doch nicht, daß der Wiener

Börsenkurs gedrückt wird, daß Ihr Land einem wirtschaftlichen Ruin entgegensteuert?‹

Ich war sprachlos. Was blieb mir anderes übrig, als zu unterzeichnen? Allerdings mit dem Vorbehalt, keinerlei Vollmacht ad hoc zu besitzen. Diesen 7. Februar 1810 werde ich nie vergessen.«

»Es ist entsetzlich!« rief Pauline. »Es ist unglaublich, diesem Korsen gelingt alles! Alles, was er will, bekommt er! Haben wir nicht schon genug verloren, hat er uns nicht unsere schönsten Provinzen geraubt? Und nun soll ihm auch noch eine Tochter des Kaisers geopfert werden!«

»Ja«, erwiderte ihr Schwager bedächtig, »noch gelingt ihm alles, aber allmählich fängt er an, den Bogen zu überspannen. Leider sind wir ihm auf Gedeih und Verderb ausgeliefert; das kann sich zwar eines Tages ändern, aber im Augenblick haben wir keine Wahl. Unser Kaiser muß den Vertrag ratifizieren, wenn er sein Land vor dem Ruin retten will. Die Erzherzogin ist verkauft worden, noch bevor man über den Preis feilschen konnte.«

»Und was steht in dem Heiratskontrakt?«

»Der Kontrakt? Den hättet ihr lesen sollen! Er ist abgefaßt wie ein Militärbefehl, nüchterner und formloser geht es nicht. Keine Rede von gegenseitigem Einverständnis. Ein Großwürdenträger wird um die Hand der Erzherzogin anhalten, der Kaiser von Österreich wird einwilligen, die Ehe wird innerhalb der folgenden acht Tage *per procurationem* nach der Etikette des Wiener Hofes vollzogen, anschließend wird die Braut sofort nach Frankreich abreisen, in Braunau am Inn wird sie ihrem französischen Hofstaat übergeben, die Modalitäten der Übergabe regelt Napoleon. Der Kaiser von Österreich muß eine Mitgift von 200 000 Gulden Rheinischer Währung zahlen und seiner Tochter Schmuck im Wert von weiteren 200 000 Gulden mitgeben. Der Kaiser der Franzosen macht ihr bei der Ankunft in Frankreich Geschenke bis zu einem Wert von 600 000 Francs und gewährt ihr eine Witwenrente von jährlich 500 000 Francs.«

»Und dieser Vertrag soll in Wien bedingungslos akzeptiert werden?«

Schwarzenberg sah hilflos von einem zum anderen. »Wir können keine Bedingungen stellen, höchstens eine: Dieser Eheschließung darf kein kirchliches Hindernis im Wege stehen, das heißt, entweder muß die erste Ehe des Kaisers kirchenrechtlich annulliert werden, oder es muß der Beweis erbracht werden, daß sie kirchenrechtlich von Anfang an ungültig war.«

»Das wird problematisch!« rief Joseph und lachte. »Bei gekrönten Häuptern kann nur der Papst annullieren, und der sitzt als Gefangener in Savona! Aber vielleicht war der Korse mit seiner Kreolin ja nur standesamtlich getraut.«

Die Fürstin erhob sich. »Machen wir das Beste aus der Situation. Morgen werden wir zu Leroy gehen, Pauline, und uns von Kopf bis Fuß neu einkleiden, koste es, was es wolle. Diesen Parvenues hier in Paris müssen wir doch zeigen, wer wir sind!«

Als die Erzherzogin Leopoldine am Nachmittag des 13. Februar den Salon ihrer Schwester betreten wollte, wurde sie von deren Oberhofmeisterin, der Gräfin Lazansky, zurückgehalten.

»Sie können jetzt nicht hinein, Kaiserliche Hoheit; Graf Metternich ist bei der Frau Erzherzogin.«

»Graf Metternich?« Leopoldine sah die Lazansky fragend an und stand eine Weile unschlüssig herum, aber als sie merkte, daß die Hofdame nicht bereit war, ihr weitere Erklärungen zu geben, machte sie zögernd kehrt.

Nach ungefähr einer Stunde hatte sie mehr Glück. Als sie den Vorraum zu den Zimmern ihrer Schwester betrat, kam gerade Metternich aus Marie-Louises Salon heraus, und obwohl es bereits zu dämmern begann, erkannte sie, daß er offensichtlich guter Laune war. Und dann hörte sie ihn zur Gräfin Lazansky sagen: »Ich werde umgehend Seiner Majestät und dem Fürsten Schwarzenberg mitteilen, daß wir die Zustimmung der Frau Erzherzogin besitzen. Wenn ich jemals eine schwierige Unterhaltung zu führen hatte, so ist es wohl diese gewesen, aber Gott sei Dank war sie erfolgreich. Jetzt kommt es nur noch darauf an, durch das Opfer der Frau Erzherzogin so viel wie möglich zu erlangen.« Er verbeugte sich elegant vor der Gräfin und verließ federnden Schrittes den Raum.

»Sie können jetzt zu Ihrer Schwester, Erzherzogin. Trösten Sie sie, heitern Sie sie auf«, und bevor Leopoldine etwas fragen konnte, eilte die Gräfin hinaus.

Leopoldine pochte an die Tür und betrat zaghaft den Salon. Die ältere Schwester saß wie ein Häufchen Unglück auf dem Kanapee und weinte. Nachdem Leopoldine vergeblich versucht hatte, den Grund der Tränen zu erfahren, ging sie kurzentschlossen zur Kaiserin und erzählte ihr von dem Besuch Metternichs und den Tränen der Schwester.

»Die Louisl weint in einem fort, Mama; ich glaube, sie hat mich gar nicht bemerkt.«

»Was sagst du? Oh, mein Gott, jetzt ist also eingetreten, was ich seit Wochen befürchtet habe.« Sie eilte zu den Räumen der Stieftochter, gefolgt von der verwirrten Leopoldine.

Die letzten Wochen in Ofen waren für Maria Ludovica nervenaufreibend gewesen. Zunächst hatte sich, wie erhofft, zwischen ihrem Bruder, dem Herzog von Modena, und der Louise eine Romanze entwickelt, die mit ihrem stillschweigenden Einverständnis zu einer heimlichen Verlobung geführt hatte. Der Kaiser im fernen Wien wußte nichts davon, aber alle Beteiligten waren überzeugt, daß er seiner Lieblingstochter gestatten würde, einen Mann ihrer Neigung zu heiraten.

Ende Dezember hatte man von Napoleons Scheidung erfahren und von den Gerüchten und Spekulationen, die sich mit der künftigen Kaiserin beschäftigten. Die Louise war zunächst beunruhigt, befürchtete, daß auch sie in Frage kommen könnte, und hatte schließlich am 5. Januar ihrem Vater geschrieben, ihm ihre Neigung zu Franz von Modena gestanden und um seine väterliche Entscheidung gebeten.

Statt eines väterlichen Briefes war ihr Klavierlehrer Kozeluh nach Ofen gekommen mit neuen Alarmnachrichten; zum Glück hatte sich die Louise inzwischen wieder beruhigt und über Kozeluh sogar ein wenig gespöttelt: »Kozeluh scheint tatsächlich zu glauben, daß ich diejenige sein soll, die Joséphine ersetzen wird. Aber darin irrt er sich, der Napoleon hat zu große Angst vor einer Absage und zu große Lust, uns noch weiter Böses anzutun, um einen solchen Antrag zu stellen; und der Papa ist zu gut, um mir in einer so wichtigen Lebensentscheidung Zwang anzutun.«

Maria Ludovica dagegen war weniger zuversichtlich gewesen. Ende Januar kehrte sie mit den Kindern nach Wien zurück, in der Hoffnung, den Lauf der Dinge beeinflussen zu können. Als sie den Gatten auf Louises Verlobung ansprach, erwiderte dieser: »Er hat nichts, du hast nichts, das Mädel hat nichts, und ich hab auch nichts mehr – was soll das für eine Mariage geben ...« Damit war für ihn die Affaire Modena erledigt.

Vor drei Tagen nun war von Schwarzenberg aus Paris die Nachricht gekommen, der Familienrat in den Tuilerien habe sich für eine Habsburgerin ausgesprochen, er bitte um genaue Instruktionen ... Ihr Gatte hatte Metternich geschickt, um die Tochter zu informieren und ihre Zustimmung zu erbitten – hatte er etwa befürchtet, daß ihn selbst ihre Tränen nachgiebig stimmen würden?

Dies alles ging der Kaiserin durch den Kopf, als sie sich neben ihre Stieftochter setzte, sie tröstend in die Arme nahm und wartete, daß die Tränen versiegten.

»Ich werde ihn nie lieben können!« stieß Marie-Louise endlich hervor. »Ich werde ihn immer hassen und verabscheuen, immer! Stellen Sie sich vor, Mama, was Metternich zu mir gesagt hat: ›Wenn Sie ihn kennenlernen, werden Sie ihn lieben!‹ Und dann sagte er noch, der Kaiser sei ein Familienmensch wie die meisten Italiener, ich würde es bestimmt gut bei ihm haben. Aber ich will ihn nicht heiraten, ich will nicht! Ich bin so unglücklich, Mama, ich bin bestimmt der unglücklichste Mensch auf der Welt, ach, wäre ich doch eine arme Magd, dann müßte ich ihn nicht heiraten.«

»Du sollst einen Kaiser heiraten?« fragte Leopoldine, deren Augen immer größer geworden waren. »Dann wirst du ja Kaiserin, wie Mama. Mein Gott, was für eine Stellung!«

»Poldl, laß mich einen Augenblick mit deiner Schwester allein.«

Die Kleine verzog schmollend den Mund, aber sie gehorchte.

»So, Metternich hat dir also gesagt, daß die Wahl Napoleons auf dich gefallen ist. Und was hast du ihm geantwortet?«

»Was sollte ich ihm antworten, Mama? Ich habe ihm gesagt, wie sehr ich den Korsen verabscheue, daß ich nichts sehnlicher wünsche als seinen Untergang. Metternich redete die ganze Zeit von den Interessen Österreichs, von der Staatsraison, schließlich habe ich gesagt: ›Ich tue das, was meine Pflicht mir gebietet. Wenn es sich um das Interesse meines Vaters handelt, hat er zu entscheiden, nicht mein Wille...‹ Ich habe meine Zustimmung gegeben, weil ich Papa nicht enttäuschen möchte und weil es doch meine Pflicht ist, eine eheliche Verbindung einzugehen, die meiner Familie politische Vorteile bringt. Ach, hoffentlich kommt im letzten Augenblick etwas dazwischen; vielleicht wird er ermordet ... Es wird bestimmt noch lange dauern, bis alle Förmlichkeiten geregelt sind, nicht wahr, Mama?«

»Ganz bestimmt, und vor allem muß er uns beweisen, daß seine erste Ehe kirchenrechtlich nicht mehr besteht oder nie bestanden hat; diese Bedingung können wir immerhin stellen.«

Am folgenden Tag verließ Marie-Louise ihre Zimmer nur zu den Mahlzeiten; während der übrigen Stunden saß sie müßig vor dem Fortepiano oder ihrer Staffelei, dachte an Franz von Modena, erinnerte sich an die gemeinsamen Wochen in Ofen und hoffte auf ein Wunder, das die geplante Heirat mit dem schrecklichen Bonaparte verhindern könnte. Am Nachmittag des nächsten Tages, am 15. Februar, wurden sie und Maria Ludovica zum Kaiser gerufen.

Das schmale, ernste Gesicht des Kaisers wirkte müde und resigniert. Er war gerade erst zweiundvierzig Jahre alt geworden, aber die fast achtzehnjährige Regierungszeit hatte ihre Spuren hinterlassen. Er saß mit Gattin und Tochter an dem runden Mahagonitisch in der Ecke seines Arbeitszimmers und schob unschlüssig Akten und Zeitungen hin und her.

»Mir bleibt wahrhaftig nichts erspart«, begann er endlich, und ein bitterer Zug umspielte seine Mundwinkel. »Zwei Frauen habe ich durch den Tod verloren, die Krone des Heiligen Römischen Reiches habe ich unter dem Druck der äußeren Umstände niedergelegt, viermal wurde ich von den Franzosen besiegt, habe die schönsten Provinzen verloren – Tirol, mein geliebtes Tirol ... Den Andreas Hofer haben sie zum Tod verurteilt, in Mantua soll er am 20. Februar erschossen werden, sie schrecken vor nichts zurück... Und damit nicht genug, jetzt muß ich auch noch mein Kind dem Sieger überlassen. Metternich hat gehofft, bei diesen Verhandlungen über die Heirat wenigstens Milderungen des Friedensvertrages zu erreichen, aber seit heute hat sich auch diese Hoffnung zerschlagen. In aller Herrgottsfrühe wurde er zum

Grafen Otto bestellt wegen der Ratifizierung des Heiratskontraktes und des weiteren Ablaufs; später am Vormittag erhielt er dann ein Schreiben Schwarzenbergs. Dem Fürsten kann ich keinen Vorwurf machen, er hatte keine andere Wahl. Morgen wird der Vertrag ratifiziert... Es ist ungeheuerlich, es ist eine bodenlose Unverschämtheit von Napoleon, eine völlige Nichtachtung der diplomatischen Gepflogenheiten ... Metternich ist schockiert, fühlt sich düpiert; er will sich während der Hochzeitsfeierlichkeiten in Paris aufhalten, um vielleicht dann noch etwas hinsichtlich der Friedensbedingungen zu erreichen.« Und dann kam der Kaiser auf die Einzelheiten des Heiratskontraktes zu sprechen.

Marie-Louise hatte den Sachverhalt nicht ganz verstanden, ihr war nur klar, daß der Korse den Papa anscheinend erneut gedemütigt hatte. Welche praktischen Konsequenzen sich für sie daraus ergaben, erfuhr sie mit erschreckender Deutlichkeit wenig später.

»Ich hab dir 400 000 Gulden angewiesen«, sagte der Kaiser zu seiner Gattin, »damit du den Trousseau für die Louisl richten kannst. Im Archiv sucht man schon nach den Akten über die Hochzeit der Marie-Antoinette, sie soll als Muster dienen für die Hochzeit der Louisl.« Er wandte sich an seine Tochter. »Mein Bruder Karl wird dich, mein Kind, als Stellvertreter Napoleons zum Altar führen, die Übergabe an Frankreich regelt Napoleon. Ansonsten tut Eile not, Berthier wird in den nächsten Tagen Paris verlassen, wahrscheinlich Anfang März hier eintreffen, offiziell werben, dann folgt die Hochzeit, und ein oder zwei Tage später muß die Louisl abreisen.

»Aber Papa!« rief Marie-Louise entsetzt. »Gibt es denn keine Möglichkeit, die Hochzeit hinauszuzögern? Können Sie denn keine Bedingungen stellen?«

»Nur eine einzige, und die wird Metternich dem Champagny schon mitteilen: die erste Ehe Napoleons darf kirchenrechtlich nicht mehr bestehen. Bei dem napoleonischen Tempo glaube ich allerdings kaum, daß diese Frage zu Zeitverzögerungen führt. Aber Kopf hoch, Louisl, es wird schon nicht so schlimm werden.«

Nicht nur Kaiser Franz und Metternich waren empört; Napoleons brüskes Vorgehen schockierte auch den österreichischen

Adel, das gehobene Bürgertum und die ausländischen Diplomaten. Der greise Feldmarschall Fürst de Ligne, der stets geistreiche Bonmots zur Hand hatte, sagte: »Dem Minotaurus wird eine schöne Färse geopfert. Aber ist es nicht besser, eine Erzherzogin geht zum Teufel als die ganze Monarchie?« Und weil in den Salons der Kaiser der Franzosen immer nur Bonaparte genannt wurde, fragte er eines Tages mit maliziösem Lächeln: »Wird die Frau Erzherzogin durch Heirat jetzt eine schlichte Madame Bonaparte?« und amüsierte sich über die entsetzten Blicke der Damen und das betretene Schweigen der Herren.

Das Volk auf der Straße hingegen begrüßte diese Ehe, sah man doch darin ein Unterpfand des Friedens.

Während der Tage, die auf die Ratifizierung folgten, versuchte sich Marie-Louise mit ihrem Schicksal abzufinden und auf die neue Situation einzustellen. Sie empfand Genugtuung bei dem Gedanken, daß sie Österreich, dem Haus Habsburg und nicht zuletzt ihrem Vater ein Opfer gebracht hatte, und sie genoß es sogar ein wenig, daß man sie in den Salons und bei Hofe bedauerte und bemitleidete.

Hin und wieder hörte sie allerdings auch, daß sie auf den ersten Thron Europas käme, und sie bemerkte erstaunt, daß man mit einer gewissen Ehrfurcht von ihrer künftigen Stellung als Kaiserin der Franzosen sprach. Kaiserin, dachte sie, das bedeutet vor allem lästige Repräsentationspflichten. Aber immerhin würde es einen Gatten geben, der ihr hoffentlich sagen würde, was sie zu tun und zu lassen hatte. Und an diesem Punkt ihrer Überlegungen begann sie sich mit der Person des Mannes zu beschäftigen, an dessen Seite sie binnen kurzem leben würde.

Bisher war er nur ein abstraktes Ungeheuer für sie gewesen, ohne Gestalt und ohne Gesicht. Nun überlegte sie, wie er wohl aussah, ob er Uniform trug. Sie wußte immerhin, daß er nur ein Jahr jünger war als ihr Vater, wahrscheinlich war er ernst, streng...

Am 4. März traf Berthier ein, und nun begann für Marie-Louise ein neuer Lebensabschnitt. Sie mußte ihre Statistenrolle am Hofe aufgeben und Repräsentationspflichten erfüllen; hierzu gehörte etwa ihre Teilnahme an einem Galadiner, das ihr Vater am 6. März gab und an dem außer Berthier auch der französische Gesandte, Graf Otto, teilnahm, der in gehobener Stimmung war und auch allen Grund dazu hatte.

Während er wohlwollend die neben ihm sitzende Braut betrachtete und ihre kindlichen Fragen beantwortete, überdachte er noch einmal die leidige kirchenrechtliche Angelegenheit der Scheidung seines kaiserlichen Herrn. Irgend etwas stimmte nicht mit diesen Dokumenten, die er am 17. Februar erhalten hatte. Aus Champagnys Begleitbrief erfuhr er, daß die Dokumente den Urteilsspruch des Pariser Diözesan-Offizialrates enthielten, der entschied, daß die Ehe der kaiserlichen Majestäten null und nichtig sei und daß es beiden Majestäten freistehe, ein anderes Ehebündnis nach den gesetzlichen Vorschriften einzugehen.

So weit, so gut, nur: Warum schrieb Champagny, daß die Papiere lediglich auf Verlangen dem kaiserlichen Hof zur Einsichtnahme vorzulegen seien? Es sollten keine Kopien angefertigt werden und überhaupt sollten sie nicht zu lange in Wien herumliegen.

Was Metternich betraf, so hatte er sich mit seiner, Ottos, mündlicher Versicherung begnügt, daß Napoleons erste Ehe nicht kirchlich eingesegnet worden sei, und als nach drei Tagen der Hof die Papiere immer noch nicht zur Einsichtnahme verlangt hatte, waren sie nach Paris zurückgeschickt worden.

Alles schien geregelt zu sein – bis zu dem Augenblick, als sich der Wiener Erzbischof Graf Hohenwart meldete und Einsicht in jene Papiere verlangte, mit der Begründung, er könne die Ehe der Frau Erzherzogin erst einsegnen, wenn er den Schiedsspruch der französischen Geistlichkeit gelesen habe. Und dann begann ein diplomatisches Verwirrspiel, bei dem Metternich erstaunlicherweise ihn, den französischen Botschafter, unterstützt hatte, und endlich war es mit vereinten Kräften gelungen, den Erzbischof zu beruhigen.

Na, überlegte Otto, das ist ja noch einmal gut gegangen! Ich habe eidesstattlich erklärt, daß ich die Urteilssprüche der Pariser Geistlichkeit gelesen hätte und daß darin die Nichtigkeit der ersten Ehe des Kaisers aufgrund glaubwürdiger Originaldokumente anerkannt worden sei... allerdings, ist der Kaiser nicht seinerzeit bei der Annexion des Kirchenstaates exkommuniziert worden?

Hätte nicht der Papst die Ehe annullieren müssen? Aber was geht es mich an, jetzt ist das letzte Hindernis für diese politische Heirat beseitigt. Er konzentrierte sich wieder auf das Gespräch mit der künftigen Kaiserin.

»Wo ist das Napoleon-Museum?« fragte sie soeben. »In der Nähe der Tuilerien? Ich möchte es nämlich oft besuchen.«

»Eine reizende Idee, Kaiserliche Hoheit.«

»Glauben Sie, daß Seine Majestät der Kaiser mir gestatten wird, Unterricht im Harfenspiel zu nehmen? Ich liebe dieses Instrument über alles.

»Er wird über Ihren Wunsch entzückt sein, Kaiserliche Hoheit.«

»Ich kann leider keine Quadrille tanzen, aber wenn Seine Majestät es wünschen, werde ich diesen Tanz sofort erlernen.«

»Machen Sie sich darüber keine Sorgen, Kaiserliche Hoheit.«

»Wissen Sie, ich liebe die Natur, Pflanzen, Tiere, das einfache Leben auf dem Lande – aber ich kann mich jeder Lebensart anpassen, und vor allem möchte ich die Wünsche Seiner Majestät des Kaisers erfüllen. Aber jetzt müssen Sie mir endlich etwas über das Musikleben in Paris erzählen.«

Merkwürdig, dachte Otto, während er über die Pariser Oper plauderte; sie stellt überhaupt keine Fragen nach dem Kaiser selbst, auch nicht nach Land und Leuten... Trotzdem, sie ist reizend und für ihr Alter erstaunlich reif, andere junge Mädchen können sich doch nur über Mode und dergleichen Firlefanz unterhalten. Ich werde dem Kaiser berichten, daß sie alles tun wird, um ihm zu gefallen und sein Vertrauen zu gewinnen, daß sie viel auf religiöse Übungen hält, daß sie eine edle Haltung hat, eine angenehme Physiognomie, sanftmütig und leutselig wirkt, eine sorgfältige Erziehung genossen hat...

Am 8. März um sechs Uhr abends fand im Zeremoniensaal der Hofburg die offizielle Werbung Berthiers um Marie-Louises Hand statt. Nachdem die Werbung vorgebracht und angenommen worden war, betrat die Braut in Begleitung ihrer Oberhofmeisterin den Saal, verbeugte sich vor ihrem Vater und nahm dann links neben ihm auf dem dreistufigen Podest Aufstellung. Berthier trat vor und überreichte ihr einen Brief Napoleons und dessen Portrait, das sich

Marie-Louise von der Gräfin Lazansky an die Brust heften ließ. Sie wartete etwas ungeduldig auf das Ende der Zeremonie, weil sie sich vor dem Ball am Abend in Ruhe die Geschenke des Bräutigams ansehen wollte, die zur Überraschung aller am Nachmittag eingetroffen waren, und natürlich war sie auch neugierig auf Brief und Portrait.

Eine halbe Stunde später packte Marie-Louise im Beisein von Eltern und Geschwistern die Brautgeschenke aus: von jeder Art Leibwäsche zwölf Dutzend, alles reich bestickt und mit Spitzen verziert. Maria Ludovica überschlug im Geist den Wert und kam auf annähernd 100 000 Francs; den Wert der Juwelen und des Schmucks schätzte sie auf eine halbe Million Francs. Marie-Louise stand stumm und staunend vor diesen Kostbarkeiten; es blitzte und funkelte von Brillanten, Smaragden, Rubinen, Saphiren, von Gold und Silber. Sie, die bisher nur eine Kette und ein Armband gehabt hatte, sah sich auf einmal im Besitz von Ohrringen, Kolliers, Ringen, Broschen, sogar ein Diadem war dabei.

»Das ist ja märchenhaft!« rief Leopoldine. »Was wird dich erst in Paris erwarten, wenn du jetzt schon solche Geschenke bekommst; du bist wirklich zu beneiden!« Sie nahm einen Saphirring und betrachtete ihn von allen Seiten.

»Gefällt dir der Ring, Poldl? Behalte ihn ruhig, ich schenke ihn dir.«

»Aber nein, das geht doch nicht.«

»Ich bitte dich, nimm ihn.«

»Danke, vielen, vielen Dank. Du bist die beste Schwester, die es gibt.«

»Mama, bitte suchen Sie sich auch etwas aus, vielleicht dieses Perlenarmband.« Marie-Louise hatte sehr wohl die begehrlichen Blicke der Kaiserin bemerkt.

»Nein, nein, wo denkst du hin, ich habe doch Schmuck. Und außerdem, weißt du, man sagt, Perlen bedeuten Tränen.« Maria Ludovica lächelte und versuchte die leise Regung von Neid zu unterdrücken, die beim Anblick der Kostbarkeiten in ihr aufgestiegen war; so wertvolle Juwelen, so feine Goldschmiedearbeiten besaß sie nicht, ihre eigene Schmuckschatulle erschien ihr auf einmal ärmlich.

»Großzügig, der Herr Schwiegersohn, wirklich großzügig«, sagte der Kaiser anerkennend.

Der kleine Franz Karl hatte die Kostbarkeiten nachdenklich betrachtet, nun lief er zu seiner Schwester und umarmte sie schmeichelnd. »Nicht wahr, wenn du in Paris bist, schickst du mir viele schöne Geschenke? Du bist ja jetzt eine reiche Frau.«

Marie-Louise lachte. »Ich schicke dir alles, was du möchtest, Franzl, wenn der Kaiser mir Geld dafür gibt.«

»Das tut er bestimmt, weißt du, wenn er dir soviel Schmuck schenkt, kann er gar nicht so schrecklich sein, was meinst du?«

»Das werde ich ja sehen, Franzl. Jetzt laß mich endlich seinen Brief lesen.« Sie erbrach das Siegel.

Rambouillet, 23. Februar 1810

Liebe Cousine!

Die glänzenden Eigenschaften, die Ihre Person auszeichnen, haben uns den Wunsch eingegeben, Ihnen zu dienen und Sie zu ehren. Indem wir uns an den Kaiser, Ihren Vater, mit der Bitte wenden, uns das Glück Eurer Kaiserlichen Hoheit anzuvertrauen: dürfen wir da hoffen, daß Sie die Gefühle, die uns zu diesem Schritte bewegen, gnädig aufnehmen werden? Dürfen wir uns schmeicheln, daß Sie sich nicht nur aus Gehorsamspflicht gegenüber Ihren Eltern entschließen? Wie wenig auch die Gefühle Eurer Kaiserlichen Hoheit zu unseren Gunsten sein mögen – wir wollen sie mit so viel Sorgfalt pflegen und uns so dauernd bemühen, Ihnen in allem zu Gefallen zu sein, daß wir uns schmeicheln, es werde uns eines Tages gelingen, Ihnen angenehm zu sein. Das ist das Ziel, das wir erreichen wollen und für das wir um die Mitwirkung Eurer Kaiserlichen Hoheit bitten. Wir beten zu Gott, liebe Cousine, daß er Sie in seine heilige und erhabene Hut nehme.

Ihr getreuer Vetter Napoleon.

Marie-Louise ließ den Brief sinken und sah nachdenklich vor sich hin. Er schreibt sehr förmlich, dachte sie, aber auch höflich und voller Achtung. »Ich werde seinen Brief beantworten müssen, nicht wahr, Papa?«

»Ja, aber das dürfte dir nicht weiter schwerfallen, du schreibst doch gern Briefe.«

»Ja«, erwiderte sie zögernd, »aber ich habe noch nie an einen Menschen geschrieben, den ich überhaupt nicht kenne.« Sie nahm das Portrait und betrachtete aufmerksam das Gesicht des zukünftigen Gatten. Er ist nicht mehr ganz jung, dachte sie, aber auch nicht so häßlich, wie ich ihn mir vorstellte; er blickt so ernst – mein Gott, was antworte ich nur?

»Papa, Sie haben ihn doch in Nasiedlowice kennengelernt. Sieht er so aus wie auf diesem Portrait?«

Der Kaiser betrachtete das Medaillon, und in Sekunden durchlebte er noch einmal jene anderthalb Stunden in dem mährischen Dorf, wo er Venedig, Dalmatien, Tirol und Vorarlberg verloren hatte, in anderthalb Stunden! Aber Napoleon war ein höflicher Sieger gewesen, hatte es an Achtung ihm gegenüber nicht fehlen lassen.

»Ja, Louisl, so sieht er aus. Freilich, damals, da war sein Gesicht noch schmaler, und er hatte noch mehr Haare auf dem Kopf, aber sein Blick, die Nase, der Mund, die grüne Uniform, das alles erinnert mich an Nasiedlowice... Gefällt er dir?«

»Ich weiß es nicht, Papa, ich hatte ihn mir ganz anders vorgestellt. Ich dachte, wenn ich sein Portrait sehe, empfinde ich Abscheu und Furcht, aber zum Fürchten sieht er nicht aus...«

Bei diesen Worten lachte der Kaiser Franz zum ersten Mal seit Wochen. »Na siehst du, Louisl, es wird schon nicht so schlimm werden.«

Die folgenden Tage erlebte Marie-Louise wie in einem Traum. Es kam ihr so unwirklich vor, was passierte: Da war am 9. März die feierliche Verzichtleistung auf ihre Thronrechte in Österreich, am 11. März abends die Trauung in der Augustinerkirche. Sie stand neben ihrem Onkel Karl, dem ›Erzherzog Procurator‹, vor dem Altar, und der Erzbischof segnete die Ehe ein. Sie hatte die Kirche als Erzherzogin betreten und verließ sie als Kaiserin und Gattin Napoleons. Nach der Trauung nahm sie die elf geweihten Ringe an sich – man hatte so viele angefertigt, weil man die Fingerstärke Napoleons nicht kannte – dann kam die Aufwartung im Spiegelsaal, schließlich im Zeremoniensaal das Hochzeitsbankett;

später fuhr sie mit den Eltern durch das hellerleuchtete Wien, erlebte die feiernde Bevölkerung, sah die Transparente und Inschriften, die das Volk durch die Straßen trug. ›Durch Röcke und Hosen vereinigen sich Österreicher und Franzosen‹, war auf einem der Transparente zu lesen.

Der 13. März 1810, der Abreisetag, brachte sie in die rauhe Wirklichkeit zurück. Nach tränenreichem Abschied führte Erzherzog Karl seine Nichte zum Wagen, und als Marie-Louise nun langsam über den Michaelerplatz fuhr, den Kohlmarkt, den Graben, durch die Kärntnerstraße, als sie sah, daß die Wiener trotz Wind und Regen Spalier standen und ihr zuwinkten, da wurde ihr richtig bewußt, daß sie ihre Familie, die Hofburg, Wien, Österreich, daß sie diese vertraute Umgebung für immer verließ.

Es war immerhin tröstlich, daß die Gräfin Lazansky sie bis Paris begleiten würde; diesen Vorschlag hatte Napoleon gemacht, und Marie-Louise war angenehm berührt von soviel Rücksichtnahme. Tröstlich war auch, daß ihr Vater sie in St. Pölten erwartete, um sich dort von ihr zu verabschieden, und bis zur Übergabe in Braunau würde sie von dem vertrauten österreichischen Hofstaat umgeben sein: zwölf Palastdamen, zwölf Kammerherren, ihrem Oberhofmeister, dem Erbland-Postmeister und, nicht zu vergessen, dem ›Übergabe-Hof-Commissär‹ Fürst Trauttmansdorff, dem der Hofrat und Notar von Hudelist zur Seite stand.

Der Brautzug kam nur langsam voran, weil an jeder Poststation ein Pferdewechsel vorgenommen wurde. 400 Wagenpferde mußten aus- und eingespannt werden, 30 Reitpferde hatten für die Leibgarde bereitzustehen. Am Nachmittag erreichte man St. Pölten, wo Kaiser Franz seine Tochter zum letzten Mal umarmte.

»Ich bin froh, daß die Gräfin Lazansky dich begleitet, sie kann dir nützliche Ratschläge geben. Übrigens...« Der Kaiser zögerte. »...Hat die Gräfin dich aufgeklärt, wie du dich zu verhalten hast, wenn du mit deinem Gatten allein bist?«

»Ja, Papa.«

»Also, denke daran: sobald du mit dem Kaiser allein bist, fügst du dich allem, was er dir sagt. Du wirst ihm in allem gehorchen.«

»Ja, Papa, das hat die Gräfin mir auch empfohlen.«

In diesem Augenblick verlor sie die bis dahin mühsam bewahrte Fassung und brach in Tränen aus. »O Papa, liebster Papa ...!«

»Na, Louisl, ich bin doch nicht aus der Welt; du kannst mir schreiben, vielleicht besuche ich dich eines Tages in Paris. Komm, du mußt jetzt einsteigen. Kopf hoch, Louisl, Courage, es wird schon nicht so schlimm werden.«

Etwas abseits standen Berthier und Trauttmansdorff und beobachteten die Szene zwischen Vater und Tochter.

»Mein Gott«, sagte Berthier, »so hatte ich mir das nicht vorgestellt!« Trauttmansdorff bemerkte erstaunt, daß die Stimme des Generalstabschefs und Titularfürsten von Wagram – ein Titel, den er in Wien taktvollerweise nicht erwähnt hatte –, daß die Stimme zitterte und der Marschall Tränen in den Augen hatte. »Und jetzt kommt noch die Übergabe«, sagte Berthier kläglich, »hätten wir das bloß erst hinter uns.«

Trauttmansdorff pflichtete ihm bei. Er fand es wenig taktvoll von Napoleon, die Übergabe nach den Modalitäten zu regeln, die 1770 für Marie-Antoinette ausgearbeitet worden waren. Schließlich war es nicht notwendig, die neue Kaiserin an die unglückliche Großtante zu erinnern.

Auch Marie-Louise sah der Übergabe mit gemischten Gefühlen entgegen, vor allem, weil in Braunau ein Mitglied der Familie Bonaparte sie erwartete, um sie in die neue Heimat zu begleiten: ihre Schwägerin Caroline, die Königin von Neapel. Bis 1806 hatte ihre eigene Großmutter, die Königin Marie-Caroline, auf diesem Thron gesessen...

Am 16. März fand bei Braunau die feierliche Übergabe der jungen Kaiserin an ihren französischen Hofstaat statt.

Zu diesem Zweck hatte man ein aus drei Räumen bestehendes hölzernes Gebäude errichtet; der östliche Flügel enthielt den österreichischen, der westliche Flügel den französischen Saal. In der Mitte dieses Pavillons war das neutrale Niemandsland mit einem Thronsessel und einem Tisch zur Unterzeichnung der Urkunden.

Gegen vierzehn Uhr schritt Marie-Louise durch den österreichischen Saal und nahm auf dem Thronsessel Platz, umgeben von ihren Damen und Kavalieren, die, zusammen mit zwei Dutzend österreichischen und ungarischen Nobelgardisten, im Halbkreis hinter dem Thron standen. Marie-Louise, in Goldbrokat gekleidet, eine Kette mit dem brillantenumrahmten Portrait Napoleons um den Hals, hatte sich fest vorgenommen, bei dieser Zeremonie Haltung zu zeigen und ihrem Vater und der Monarchie Ehre zu machen.

Nachdem Trauttmansdorff und Hudelist mit den Vorbereitungen für die Amtshandlung fertig waren, klopfte der österreichische Zeremonienmeister an die Tür des französischen Saales, worauf Berthier, sein Sekretär und der französische Hofstaat hereinschritten und sich den Österreichern gegenüber aufstellten.

Als Berthier die annähernd hundert in Gala gekleideten Damen und Herren sah, die zu Marie-Louises Suite gehörten, war er peinlich berührt, denn auf französischer Seite standen nur sechs Damen und zehn Kavaliere, die, was Kleidung und Schmuck betraf, nicht im mindesten mit den Österreichern wetteifern konnten.

Am Vormittag hatte er die erste peinliche Überraschung erlebt, als er feststellen mußte, daß Caroline aus Paris zu wenig Geschenke für die Wiener Hofleute mitgebracht hatte; einige Hofdamen waren schließlich bereit gewesen, etwas von ihrem Schmuck abzugeben. Was für eine Blamage! dachte Berthier. Und warum? Weil Napoleon die höfischen Gepflogenheiten nicht kennt und mit dem Wiener Hof diesbezüglich keinen Kontakt aufgenommen hatte. Das verstärkt natürlich den Eindruck, daß wir Parvenues sind.

Inzwischen hatte Hudelist mit der Lesung der Akten begonnen, und anschließend übergab Trauttmansdorff das junge Mädchen Berthier, der ihr den französischen Hofstaat vorstellte:

»Madame la Maréchale Lannes, Duchesse de Montebello.«

Das liebenswürdige Lächeln, der anmutige Hofknicks gefielen Marie-Louise, und sie war angenehm berührt, als sie hörte, daß die Herzogin den Rang der ersten Hofdame bekleidete. Während der Vorstellung der übrigen Damen und Herren betrachtete Marie-Louise verstohlen die Herzogin, mit der sie in Zukunft viel zusammen sein würde. Sie fand ihre Erscheinung sympathisch, bewunderte ihre Sicherheit, ihre Ausstrahlung. Die Herzogin, überlegte Marie-Louise, muß wohl das besondere Vertrauen des Kaisers besitzen, sonst hätte er ihr nicht diesen ehrenvollen Posten übertragen. Vielleicht kann ich heute abend noch etwas mehr über sie erfahren, ob ich meine Schwägerin Caroline frage?

Als sie an Caroline dachte, stieg Nervosität in ihr auf. Drüben im französischen Pavillon wartete die Königin, die sie nun begrüßen mußte. Herzklopfend ging sie hinter Berthier her und hörte, wie er mit lauter Stimme rief: »L'Impératrice!«

Caroline war wenig begeistert gewesen über Napoleons Auftrag, den Winter in Paris zu verbringen, um die Aussteuer für die Kaiserin zusammenzustellen, und dieser später bis zur Grenze entgegenzureisen und sie in die neue Heimat zu begleiten. Im Interesse ihrer Ehe wäre Caroline lieber mit Murat nach Neapel zurückgekehrt, andererseits war dieser Auftrag eine willkommene Gelegenheit, sich die Gunst des Bruders zu erhalten, was angesichts der Verhältnisse in dem kleinen Königreich dringend notwendig war. In manch stiller Stunde dachte Caroline, daß sie als Großherzogin glücklicher gewesen war, zumindest war ihre Ehe besser gewesen; in Neapel hatten sie und Joachim sich einander entfremdet, und warum? Weil sie versuchte, den Wünschen des Bruders nachzukommen, während er nur an das Wohl der Neapolitaner dachte; weil sie Anteil an der Regierungsarbeit haben wollte, was Murat zu verhindern suchte, und schließlich hatten auch die Räumlichkeiten im Schloß ihr bisher glückliches Eheleben beeinträchtigt. Ihre und Murats Gemächer waren durch eine lange Terrasse getrennt und nur über eine umständliche Verbindung von Korridoren erreichbar, dies alles und manches andere trug dazu bei, daß der Gatte immer reizbarer wurde, Szenen machte und ihr vorwarf, daß nur ihr Ehrgeiz ihn aus seinem geliebten Soldatenleben gerissen habe. Die Mißstimmung zwischen ihnen erreichte einen Höhepunkt, als er nicht aufgefordert wurde, am Feldzug gegen Österreich teilzunehmen. In jenen Wochen drohte er sogar, die Krone an den kaiserlichen Schwager zurückzugeben. Das Schreckgespenst der Abdankung hatte sie bewogen, einzulenken. Die Reise zu den Siegesfeiern nach Paris, das gemeinsame Leben in den gleichen Gemächern in den Tuilerien hatte sie einander wieder nähergebracht, und sie hatten so etwas wie zweite Flitterwochen erlebt...

Ich wünschte, ich wäre schon in Compiègne, dachte Caroline, mein Gott, wie lange dauert denn diese Übergabe! Die Reiseroute, die Napoleon ausgearbeitet hat, ist eine Zumutung; manchmal müssen wir schon um fünf Uhr morgens aufstehen, und die Zwischenaufenthalte an den deutschen Höfen bringen zusätzliche Strapazen wegen der Repräsentationspflichten ... Wenn ich nur wüßte, wie ich Napoleons unausgesprochenen Auftrag, die Braut positiv auf ihn einzustimmen, ausführen soll? Wahrscheinlich hat sich über Jahre hin Haß gegen meinen Bruder in ihr aufgestaut, und diese Abneigung soll ich in zehn oder zwölf Tagen, so lange werden wir wahrscheinlich unterwegs sein, abbauen, den Bezwinger ihres Landes in einen Märchenprinzen verwandeln ...

Zunächst muß diese österreichische Begleitdame verschwinden. Marie-Louise darf unterwegs keinem heimatlichen Einfluß ausgesetzt sein; ich werde Berthier einen diskreten Wink geben. Außerdem werde ich meine neue Schwägerin mit aller Liebenswürdigkeit behandeln, und wenn ich sie noch so unsympathisch finden sollte. Wenn Napoleon sie nach mir fragt, muß sie mich loben, das stärkt meine Position.

In diesem Augenblick ertönte Berthiers Stimme: »L'Impératrice!«

Als Marie-Louise klopfenden Herzens den Saal betrat, sah sie eine füllige, dunkelgelockte Frau auf sich zugehen. Als diese Anstalten machte, ihr zu huldigen, umarmte sie die Schwägerin. Während Caroline wortreich erklärte, wie entzückt sie sei, nun endlich die Kaiserin kennenzulernen, betrachtete Marie-Louise neugierig deren Gesicht und versuchte, eine Familienähnlichkeit mit Napoleon zu entdecken. Wie die dunklen Augen funkeln und glitzern, dachte sie, und ein leises Unbehagen stieg in ihr auf; sie wußte selbst nicht, woher dieses Gefühl des Mißtrauens kam ...

Wenig später saßen die beiden Damen und die Gräfin Lazansky in dem bequemen Reisewagen, den Napoleon zur Grenze geschickt hatte, und fuhren gen Braunau, wo genächtigt werden sollte.

Am Spätnachmittag jenes Tages war Berthier zum wiederholten Mal peinlich berührt, als er erfuhr, daß die Gräfin Lazansky nach Wien zurückreisen sollte. Bei Trauttmansdorff ließ er durchblicken, daß diese Entscheidung nicht von Napoleon, sondern von der

Königin von Neapel ausginge, und man kam überein, die Abreise der Gräfin bis München aufzuschieben.

Marie-Louise dinierte am Abend in Gesellschaft ihrer Schwägerin und der Gräfin Lazansky. Caroline hatte gehofft, etwas über den kaiserlichen Bruder erzählen zu können, statt dessen mußte sie die Neugier der Schwägerin bezüglich der Herzogin von Montebello befriedigen. Marie-Louise erfuhr, daß ihre erste Hofdame Ende zwanzig sei, daß sie der alten bretonischen Familie Gueheneuc entstamme und daß ihr Gatte bei Aspern gefallen sei. Ausgerechnet bei Aspern! dachte Marie-Louise.

Caroline aber fuhr fort: »Mein Bruder hat den Marschall sehr geschätzt, ja, er war mit Lannes befreundet, jedenfalls sorgt er rührend für die verwitwete Herzogin und die Kinder.«

Nachdenklich hörte Marie-Louise zu. Ich sollte mich wirklich mit der Herzogin anfreunden, dachte sie, das wird Napoleon bestimmt recht sein.

Caroline nutzte die plötzliche Gesprächspause, um die Aufmerksamkeit der Schwägerin auf den Gatten zu lenken. »Was für wundervolle blonde Haare Sie haben, Majestät. Der Kaiser wird entzückt sein, wenn er Sie sieht, er hat nämlich eine Vorliebe für blonde Haare und blaue Augen.«

Marie-Louise wußte nicht recht, was sie darauf antworten sollte, Caroline aber ließ sich durch ihr Schweigen nicht beirren und berieselte die Schwägerin weiter mit Schmeicheleien über ihren frischen Teint, ihre gute Figur, ihre kleinen Hände und Füße.

Sie ahnte nicht, daß Marie-Louise ein feines Gespür für falsche Töne besaß.

In München mußte Marie-Louise von der Gräfin Lazansky Abschied nehmen, und als sie mit Caroline allein weiterreiste, konnte sie ein paar spitze Bemerkungen nicht unterdrücken. Sie besaß zwar nicht die Lebenserfahrung der Schwägerin, aber sie wollte auch nicht für ganz dumm gehalten werden. »Ich kann mir nicht denken, daß die Gräfin auf Wunsch des Kaisers zurückkehren mußte, hier liegt bestimmt ein Mißverständnis vor.«

Caroline schwieg und sah betreten zum Fenster hinaus.

»Wo bleibt nur der Kurier des Kaisers?« fragte Marie-Louise nach einer Weile sichtlich ungeduldig.

»Wer weiß, was ihn aufhält – aber sehen Sie, Majestät, da kommt er ja!« Caroline beobachtete erstaunt, mit welcher Freude die Schwägerin Napoleons Brief und das Blumenbouquet in Empfang nahm. Welche Wandlung, dachte sie erleichtert, seit Braunau ist die Kaiserin ihm von Tag zu Tag freundlicher gesonnen! Mein Bruder wird zufrieden sein, daß ich das geschafft habe! Caroline ahnte nicht, daß allein Napoleons Briefe und Billets, die täglich eintrafen und stets von Blumen begleitet waren, Meinung und Gefühle der neuen Kaiserin beeinflußt hatten.

»Beim nächsten Pferdewechsel werde ich den Brief sofort beantworten. Sind die Rosen nicht herrlich? Ich bin schon furchtbar neugierig auf die Gewächshäuser in Saint-Cloud und die Pflanzen, die dort gezüchtet werden.«

Vor dem Pferdewechsel wurde noch ein Billett des Kaisers überbracht. Das begreife, wer will, dachte Caroline, als sie auf der Poststation beobachtete, wie Marie-Louise mit geröteten Wangen einen Bogen Papier vollschrieb, einen zweiten, einen dritten ... Ich möchte wirklich wissen, was sich zwei Menschen, die sich persönlich noch gar nicht kennen, zu sagen haben!

Am 22. März kam der Brautzug in Straßburg an, wo sie zwei Tage rasten konnten. Zwei Tage Ruhe für hundert Personen und hundertzwanzig Pferde, zwei Tage Zeit, um die neunzehn Kutschen wieder herzurichten.

Als sie am 24. März nach Lunéville aufbrachen, kam einer der unzähligen Eilkuriere, die täglich zwischen Paris und dem Brautzug dahinjagten, und brachte – Caroline traute ihren Augen nicht – den zweiten der drei Zobelmäntel, die Alexander damals Napoleon geschenkt hatte.

»Der Pelz soll mich wärmen«, erklärte Marie-Louise der Schwägerin, nachdem sie die ersten Zeilen des Briefes gelesen hatte, »ich habe dem Kaiser nämlich von dem miserablen Wetter geschrieben und meiner Erkältung«, dann las sie weiter: ›... Die Briefe des Fürsten von Neuchâtel und Carolines erfüllen mich mit zärtlicher Liebe zu Ihnen und vergrößern meine Ungeduld. Ich beschwöre Sie, pflegen Sie sich, pflegen Sie eine Gesundheit, die mir so teuer ist... Warum bin ich nicht an Stelle Ihres Pagen, um Ihnen mit gebeugtem Knie den Huldigungs- und Treueid zu leisten! Empfangen Sie ihn in Gedanken. In Gedanken bedecke ich auch Ihre schönen Hände mit Küssen ...‹

Er will der Page sein, der mir Treue schwört, wie romantisch! Er scheint mich wirklich ungeduldig zu erwarten, was hat er neulich geschrieben? ›Ich zähle die Augenblicke; die Tage erscheinen mir lang, und das wird so bleiben bis zu dem Tag, an dem ich das Glück habe, Sie zu empfangen. Mein Volk teilt meine Ungeduld ...‹

Die Ungeduld, die Napoleon in seinen Briefen zum Ausdruck brachte, war echt. Kaum hatte Schwarzenberg den Heiratskontrakt unterschrieben, traf der Kaiser Anordnungen für die Hochzeitsfeierlichkeiten: die Theater erhielten Auftrag, von März bis Mai besondere Festvorstellungen zu veranstalten; Dichter und Schriftsteller wurden angewiesen, Hymnen auf ›Die Hochzeit von Mars und Flora‹ zu verfassen; Gnadenakte wurden in Aussicht gestellt; die Armen von Paris sollten am Hochzeitstag kostenlos essen und trinken dürfen; Bälle und andere Festlichkeiten wurden vorbereitet; in den Tuilerien, im Großen Trianon, in St. Cloud und Compiègne wurden die Räume der Kaiserin renoviert und neu eingerichtet, und der Zeremonienmeister Graf Ségur erhielt den Befehl, das Protokoll für die erste Begegnung des Kaiserpaares im Wald von Compiègne auszuarbeiten; das Ergebnis waren zehn Folioseiten, in denen jeder einzelne Schritt, jede Geste während des Zeremoniells genau festgelegt war.

Wer sollte die erste Hofdame der Kaiserin werden? Ein Mitglied des alten Adels, des neuen Adels? Napoleon dachte zuerst an die Gräfin de Montesquiou, aber war der Altersunterschied zwischen ihr und Marie-Louise nicht zu groß? Die junge Kaiserin sollte nicht den Eindruck gewinnen, daß sie von einer Gouvernante überwacht würde. Schließlich ernannte er die Herzogin von Montebello, auch weil er sich seinem toten Freund verpflichtet fühlte.

Napoleon überwachte die Vorbereitungen und kümmerte sich wie üblich um jedes Detail, aber innerlich beschäftigten ihn andere Dinge weitaus mehr. Da war die überaus wichtige Frage der Nachkommenschaft: Der künftige Thronfolger mußte einen entsprechenden Titel haben, und so wurde durch Senatsbeschluß vom 17. Februar 1810 der Titel ›König von Rom‹ geschaffen.

Ein weiteres Problem war die Familie. Würde der Clan, besonders seine Schwestern, sich gesittet benehmen und der neuen Schwägerin die gebührende Achtung entgegenbringen; würde es ihm gelingen, eine harmonische Familie zu präsentieren? Er bat Letizia, auf die einzelnen Familienmitglieder entsprechend einzuwirken ...

Am meisten Kopfzerbrechen bereitete ihm seine eigene Person: Würde er dem jungen Mädchen gefallen? Seine Briefe schienen Anklang zu finden, nun ja, manchmal saß er zwei Stunden und länger an einem solchen Brief, weil er sich bemühte, leserlich zu schreiben. Er musterte sich im Spiegel, fand, daß die grüne Uniform ihn zu ernst und streng erscheinen ließ, und bestellte bei Leger – dem Leroy der Pariser Herrenwelt – ein Dutzend modisch geschnittener Fräcke in verschiedenen Farben, aus Samt und aus anderem Tuch, dazu passende Kniehosen, weiße Seidenhemden mit Spitzenmanschetten, seidene Halsbinden, er ließ auch modisches Schuhwerk für sich anfertigen.

»Ich will ihr nicht als Soldat, sondern als eleganter Kavalier gegenübertreten«, erklärte er dem erstaunten Duroc.

»Sie wird tanzen wollen«, sagte er zu Hortense. »Ich habe das Tanzen ja aufgegeben, aber ihr zuliebe möchte ich gerne Walzer lernen. Sie sind doch unsere Terpsichore, zeigen Sie mir, wie man Walzer tanzt.« Hortense mühte sich redlich mit ihm ab, aber nach einigen Versuchen gab er es auf, weil ihm von den Umdrehungen schwindlig wurde.

Aus Wien war inzwischen das Miniaturportrait der Braut angekommen, aber eine rechte Vorstellung von ihrer äußeren Erscheinung bekam er nicht, auch fand er die Berichte seines Wiener Botschafters nichtssagend. Voller Ungeduld erwartete er die Rückkehr des ersten Kuriers, den er mit einem Brief und Blumen nach Braunau geschickt hatte, und fragte ihn dann aus: »Bitte äußern Sie sich ganz frei, wie gefiel Ihnen die Kaiserin?«

»Sire, sehr gut.«

»Sehr gut sagt mir gar nichts. Was hat sie für einen Wuchs?«

»Sire, ungefähr wie die Königin von Holland.«

»Ah, vortrefflich. Und welche Farbe hat ihr Haar?«

»Blond, ungefähr wie das der Königin von Holland.«

»Gut. Und ihr Teint?«

»Sehr hell, sehr frische Farben, wie bei der Königin von Holland.«

»Sie gleicht also der Königin von Holland?«

»Nein, Sire ... Und doch habe ich alle Ihre Fragen wahrheitsgemäß beantwortet.«

Nicht viel anders waren auch die Antworten der übrigen Kuriere und Pagen; schließlich gab Napoleon es auf und sagte kopfschüttelnd zu Duroc: »Ich habe Mühe, ein paar Worte aus ihnen herauszuquetschen. Es ist mir klar, daß meine Frau häßlich ist, denn keiner von all diesen jungen Teufelskerlen hat es fertiggebracht, mir weiszumachen, daß sie hübsch sei. Na, wenn sie nur gut ist und mir feste Jungen schenkt, werde ich sie lieben wie die Allerschönste.«

Am 20. März übersiedelte der Hof nach Compiègne, dort traf auch während der folgenden Tage nach und nach die Familie ein.

Die Regierungsgeschäfte, die Napoleon in den letzten Wochen nur noch nebenbei erledigt hatte, blieben nun gänzlich liegen, und er vertrieb sich die Wartezeit mit Spazierritten und Jagdausflügen, veranstaltete Bälle und Konzerte.

Am 27. März regnete es seit dem frühen Morgen in Strömen. Da die erste Begegnung mit der neuen Gattin am nächsten Tag im Wald zwischen Soissons und Compiègne stattfinden würde, vorausgesetzt, die Reise verlief planmäßig, studierte Napoleon noch einmal das von Ségur entworfene Protokoll: Sie soll mir also in dem Pavillon entgegentreten, vor mir niederknien und eine Rede aufsagen, vor den Augen des Hofes! Lächerlich, nein, in dem Augenblick, wenn sie niederknien will, werde ich sie aufheben und ihr auch diese alberne Rede ersparen. Aber was ziehe ich zu diesem Anlaß an? Einen mit Bienen bestickten Hofmantel? Einen der neuen Fräcke?

»Constant, richte mir ein Bad, das beruhigt mich vielleicht, und sorge auch für frische Leibwäsche.«

»Jawohl, Sire«, erwiderte dieser gottergeben. Was für merkwürdige Gewohnheiten er seit einiger Zeit hat, dachte er; jetzt badet er häufig zweimal täglich, wechselt zweimal die Wäsche. Es wird allmählich Zeit, daß die Kaiserin eintrifft.

Die nächste Überraschung erlebte Constant eine Stunde später, als er seinen Herrn mit Eau de Cologne abrieb: »Du hilfst mir jetzt, nacheinander die neuen Fräcke anzuprobieren, mit allem, was dazugehört, Hemden, Halsbinden, Schuhe.«

Kurz vor zwölf Uhr stand Napoleon im dritten Anzug, einem Rock aus dunkelblauem Samt, vor dem Spiegel: »Was meinst du, Constant, soll ich diesen Rock morgen anziehen? Die blaue Farbe wirkt vornehm, und sie erinnert mich an meine allererste Leutnantsuniform ... Und außerdem ist Blau die Farbe der Treue.«

Gleich darauf brachte ein Page einen Brief von Marie-Louise. Napoleon brach hastig das Siegel auf und las. »Constant, es läuft alles planmäßig, die Kaiserin wird heute abend in Soissons eintreffen!«

Plötzlich zog er den Frack aus und schleuderte ihn in eine Ecke.

»Los, Constant, rasch, hilf mir beim Umkleiden. Hole die grüne Uniform, meinen grauen Mantel, besorge einen Wagen ohne Wappen und sage Murat, er soll unverzüglich kommen. Ich will der Kaiserin entgegenfahren.«

»Sire! Sie wollen ...«

»Los, beeile dich.«

Constant rannte verstört hinaus, und während er seine Aufträge ausführte, erzählte er jedem von der Absicht des Kaisers. Bald war das Schloß in Aufruhr, alle liefen wie die aufgescheuchten Hühner umher. Ségur eilte zu Napoleon, der ungeduldig auf Murat wartete.

»Sire«, rief der Zeremonienmeister beschwörend und rang die Hände. »Sire, das Protokoll! Was soll aus dem Protokoll werden?«

»Scheren Sie sich zum Teufel mit Ihrem gottverdammten Protokoll! – Ah, da sind Sie ja endlich!« rief er dem eintretenden Schwager zu. »Wir werden unseren Frauen ein Stück entgegenfahren, Sie haben sicher Sehnsucht nach Caroline.«

»Ja, ja«, murmelte Murat und sah unschlüssig hinaus in den Regen. Er war erst am Tag zuvor eingetroffen und hätte sich gerne noch etwas ausgeruht, bevor mit der Ankunft Carolines die gewohnten ehelichen Strapazen begannen, angenehme Strapazen, aber immerhin.

»Constant, du schaffst diesen modischen Firlefanz weg, ich will ihn nicht mehr sehen.«

»Jawohl, Sire... Sire, wann soll ich Ihr Gepäck zum Hôtel de la Chancellerie bringen lassen?« (Das Protokoll sah vor, daß Napoleon nach Ankunft der Kaiserin die Nacht außerhalb des Schlosses verbringen sollte, schließlich standen die zivile und kirchliche Trauung noch aus. Die Ehe war zwar bereits in Wien eingesegnet worden, aber man wollte Rücksicht nehmen auf den sittenstrengen Wiener Hof!)

»Ach so, das Hôtel ... warte, bis ich zurück bin.« Napoleon rannte hinunter zum Wagen, gefolgt von dem müden Murat.

»Das Protokoll!« stöhnte Ségur und sank auf einen Stuhl, einer Ohnmacht nahe.

»Wir werden so lange fahren, bis wir den Vorreiter des Brautzuges treffen, dann steigen wir aus und warten. Sobald der Wagen der Kaiserin kommt, halte ich ihn an und tue so, als wäre ich ein Kurier, der ihr einen Brief vom Kaiser überreichen will, dann sehe ich, welchen Eindruck ich auf sie mache, erst danach werde ich mich zu erkennen geben. Wie finden Sie die Idee?«

»Sehr geistreich«, erwiderte Murat und dachte sehnsüchtig an sein warmes, gemütliches Zimmer im Schloß.

Während der Fahrt wurde kein Wort mehr gesprochen; Murat döste vor sich hin, Napoleon sah sinnend zum Fenster hinaus.

Die Verbindung mit der ältesten Dynastie Europas ist also erreicht! dachte er. Meine Nachkommen werden halbe Habsburger sein, der revolutionäre Ursprung des Kaisertitels wird über kurz oder lang in Vergessenheit geraten, die Dynastie Bonaparte wird zu den legitimen Dynastien gehören ... Der arme Unterleutnant aus Valence ehelicht eine Kaisertochter, unser ältester Sohn wird als König von Rom aufwachsen. Er muß seinen eigenen Palast in Paris haben, überhaupt, die ganze Hofetikette muß strenger werden, unter Joséphine war der Umgangston in den Tuilerien viel zu familiär, aber vielleicht hing das auch mit ihrem Vorleben zusammen ... Marie-Louise hingegen ist Repräsentantin des sittenstrengen Wiener Hofes, ihr tadelloser Ruf wird hoffentlich dazu beitragen, daß die Frivolität eingedämmt wird, daß der Hof moralisch an Ansehen gewinnt. Das bedeutet natürlich, daß ich mit gutem Beispiel vorangehe, also keine außerehelichen Eskapaden mehr, aber wozu auch? Schließlich bin ich jetzt mit einer jungen Frau verheiratet, achtzehn Jahre ist sie alt! Eine junge Frau? Nein, noch nicht, noch ist sie ein junges Mädchen, unschuldig, unberührt, eine Jungfrau also, Jesus, daran habe ich gar nicht mehr gedacht! Na, das kann heiter werden, das erste unberührte Mädchen in meinem Leben... Ob man ihr in Wien gesagt hat, was sie erwartet? Sie wird Angst haben, weinen, sich wehren und zieren... Und angenommen, sie ist völlig unwissend? Er streifte den Schwager mit einem Seitenblick. Murat hat Erfahrung mit Jungfrauen, meine Brüder auch, nur ich nicht ... Ich werde behutsam mit ihr umgehen, irgendwie werden wir die erste Nacht überstehen ...

Im Dorf Courcelles trafen sie auf den Vorreiter des Brautzuges. Napoleon ließ den Kutscher halten, kletterte mit Murat aus dem Wagen und lief durch den Regen zur Dorfkirche, deren Vordach einigen Schutz bot.

Es dauerte ungefähr eine Viertelstunde, bis sich die ersten Karossen näherten und gemächlich durch das Dorf rollten.

»Achten Sie auf die Anzahl der Gespanne», sagte Napoleon zu Murat, »die Kaiserin fährt achtspännig, ihr Gefolge sechsspännig – da, sehen Sie!« Seine Stimme überschlug sich fast vor Aufregung. »Acht Schimmel, los, kommen Sie!«

In Marie-Louises Kutsche studierte Caroline die Reiseroute, die auf einer Landkarte eingezeichnet war. »Jetzt ist es bald geschafft, Majestät; hoffentlich erwartet uns in Soissons ein üppiges Diner, ich bin am Verhungern. Sie auch?«

»Nein, heute ausnahmsweise nicht, ich bin nervös wegen des morgigen Tages. Hoffentlich dauern die Festreden nachher nicht so lange; es ist schon etwas peinlich, wenn jeder Bürgermeister wünscht, daß ich dem Kaiser bald Söhne schenke... Wie heißt übrigens das Dorf, durch das wir gerade fahren?«

Fast im gleichen Augenblick hielt die Kutsche. Die beiden Damen sahen sich erstaunt an. Die Tür wurde aufgerissen, und ein Mann stieg hinein.

»O Gott, es ist der Kaiser!« rief Caroline, und ehe Marie-Louise recht begriffen hatte, was vor sich ging, wurde sie von dem Mann stürmisch in die Arme genommen und geküßt. Dann ließ er sie los und betrachtete lächelnd das rundliche Jungmädchengesicht und die blauen Augen, die ihn verwirrt anblickten. Sie ist hübscher, als ich erwartet hätte, dachte er, frisch, gesund – seine Augen ruhten sekundenlang auf dem Dekolleté des roten Samtkleides, das mit Goldstickerei verziert war –, der Mund der Habsburger, die blonden Haare sind eine wahre Pracht, so seidig, so dicht.

Inzwischen hatte Marie-Louise sich von ihrer Überraschung erholt. Sie verglich sein Gesicht mit dem Portrait und fühlte sich eigentümlich gebannt von seinem Lächeln. »Sire, Ihr Bildnis ist nicht geschmeichelt.«

Gott sei Dank, anscheinend gefalle ich ihr! dachte er erleichtert. Er wandte sich an Caroline, die das Paar interessiert beobachtete. »Ihr Gatte hat mich begleitet, Madame; Sie werden ihm von der Reise erzählen wollen.«

Caroline verstand den Wink und verließ die Kutsche.

»Ohne Aufenthalt nach Compiègne«, rief Napoleon dem Kutscher zu. Dann ergriff er Marie-Louises Hände, küßte die Fingerspitzen und überlegte, worüber er mit ihr plaudern könnte. Sie muß aufgetaut werden, dachte er.

»Die Reise war sicherlich anstrengend für Sie, aber ich hoffe, die vielen neuen Eindrücke haben die Strapazen etwas aufgewogen und Ihnen geholfen, die Trennung von Ihrer Familie leichter zu ertragen. Ich möchte Ihnen noch einmal versichern, wie sehr ich die Rückreise der Gräfin Lazansky bedauere.« (Marie-Louise hatte ihm davon geschrieben, ohne Carolines Rolle zu erwähnen, und einen tröstlichen Brief von ihm erhalten.)

»Ach, ich habe inzwischen die Herzogin von Montebello näher kennengelernt. Sie ist reizend, ich werde mich bestimmt gut mit ihr verstehen! Und außerdem ist es richtig, daß ich nur von Franzosen umgeben bin. Mein Vater hat in den letzten Wochen immer gesagt: ›Es ist notwendig, daß du Französin wirst, sobald du den Inn überschritten hast. Das möchte ich auch, Französin werden ...« Sie unterbrach sich, weil sie heftig husten mußte.

»Jesus, Sie sind ja immer noch erkältet, haben Sie denn Medikamente dabei? Nehmen Sie die Arznei auch regelmäßig?«

Er ist genauso besorgt wie Papa, dachte sie. »Natürlich nehme ich meine Medizin nach Vorschrift, das hat mein Vater uns Kindern anerzogen.«

»In den nächsten Tagen können Sie sich pflegen und schonen; wir bleiben bis zum 31. März in Compiègne. Am 1. April ist die Ziviltrauung in Saint-Cloud, am 2. April die kirchliche Einsegnung in der Kapelle des Louvre, am darauffolgenden Tag werde ich Ihnen die Würdenträger und die hohen Staatsbeamten vorstellen, und dann kehren wir zurück nach Compiègne und genießen unsere Flitterwochen. Man kann dort herrliche Spazierfahrten unternehmen oder Ausritte, wenn Sie das lieber mögen.«

»Oh, ich kann gar nicht reiten!«

»Dann werden Sie es lernen, es ist ganz einfach, ich werde Ihren Unterricht persönlich überwachen. Es gibt dort eine zahme braune Stute, die gut zugeritten ist, die wäre geeignet, Cordoba heißt sie, Cordoba wird Ihr Reitpferd. In Compiègne führen wir ein einfaches Landleben, ohne Repräsentationspflichten; an den Abenden gibt es kleine Konzerte, Theateraufführungen oder Bälle, wenn Sie lieber tanzen wollen.«

»Ein Leben auf dem Lande? Sie stellen sich nicht vor, wie ich mich darauf freue, allerdings...« Sie zögerte und sah ihn unsicher an: »Hoffentlich geht morgen alles gut, ich meine wegen der Rede...«

Er lachte und zog sie an sich. »Vergessen Sie die Rede, diesen albernen Auftritt morgen ersparen wir uns.«

»Wirklich?« Sie lächelte erleichtert.

»Allerdings, etwas kann ich Ihnen nicht ersparen: Ich werde Sie nach unserer Ankunft mit meiner Familie bekannt machen. Sie können sich vorstellen, mit welcher Spannung und Ungeduld alle warten!«

Während Napoleon anfing, sich in seine junge Gattin zu verlieben, und diese angenehm überrascht war von seiner Aufmerksamkeit, während also die politische Verbindung menschliche Züge bekam, erzählte Caroline ihrem Gatten von der Reise.

»Es war ein Gewaltmarsch! Der Kaiserin hat es vermutlich nicht so viel ausgemacht, sie ist jung, aber für mich, die ich Kinder geboren habe, war es ermüdend und quälend. Und dann die ständigen Rufe: ›Es lebe die Kaiserin!‹, das hat mich manchmal bis in meine Träume verfolgt. In Deutschland hat man übrigens die Kaiserin viel begeisterter hochleben lassen als in Frankreich. Ein großer Teil der Bevölkerung hätte es lieber gesehen, wenn sich Napoleon für eine Französin entschieden hätte, und in manchen Salons fragt man sich, ob so viel Blut geflossen sei, nur damit nun wieder eine Habsburgerin auf Frankreichs Thron sitzt.«

»Das kann ich verstehen. Frankreich scheint auf dem besten Wege, sich zur Monarchie zu entwickeln.«

»Weißt du, wie man Marie-Louise schon jetzt hin und wieder nennt? L' Autrichienne. Das war auch der Spottname von Marie-Antoinette. Na, das Schicksal ihrer Großtante wird ihr sicher erspart bleiben.«

»Welchen Eindruck hast du denn von ihr?«

»Nach zehn Tagen kann man nicht allzuviel sagen. Auf mich wirkt sie unreif, unerfahren, leicht beeinflußbar. Außerdem scheint sie sehr von ihrem Vater abhängig zu sein; jedenfalls ist er bis jetzt der wichtigste Mann in ihrem Leben. Stundenlang hat sie mir von dem ›lieben Papa‹ erzählt, von dem harmonischen Familienleben in der Hofburg, in Laxenburg. In der Öffentlichkeit, wenn sie repräsentieren muß, wirkt sie steif; sie besitzt nichts von Joséphines Anmut und Grazie. Sie ist furchtbar besorgt um ihre Gesundheit, fühlt sich dauernd krank. Und sie legt viel Wert darauf, ihre religiösen Pflichten zu erfüllen – allerdings habe ich den Eindruck, daß dies nur anerzogen ist. Sie liebt die weltlichen Genüsse, ißt gerne gut und reichlich und ist eine richtige Naschkatze. Du stellst dir nicht vor, was sie zwischen den Mahlzeiten an Süßigkeiten und Kuchen knabbert, und dann die Schlagobers in ihrer heißen Schokolade!«

»Schlagwas?«

»Schlagobers, so nennt man in Wien die süße Sahne. Mein Bruder wird seine Lebensgewohnheiten ändern müssen, seine Zehn-Minuten-Diners werden ihr kaum gefallen. Und dann bin ich gespannt, wie er die Schlafzimmerfrage löst; er plant wohl ein gemeinsames Zimmer, aber ihre Gewohnheiten sind den seinen völlig entgegengesetzt: Sie bevorzugt ungeheizte Räume, und du kennst ja seine Vorliebe für Kaminfeuer, außerdem kann sie nicht im Dunkeln schlafen, nachts müssen bei ihr immer Kerzen brennen, weil sie sich vor Gespenstern fürchtet.«

Murat lachte schallend. »Ist das dein Ernst? Gespenster? Wie wird sie sich in der Hochzeitsnacht vor deinem Bruder fürchten! Mein Gott, ist das alles kurios.«

Am späten Abend traf das Brautpaar in Compiègne ein.

Napoleon nahm Marie-Louise an der Hand, und während die Geschütze den Begrüßungssalut donnerten, ging er mit ihr über den Schloßhof zur Ehrentreppe, wo die Familie wartete. Er stellte die Bonapartes und die Beauharnais vor und führte seine Gattin dann zu ihren Gemächern.

»Hier ist Ihr erster Salon, oder besser Ihr Speisezimmer, anschließend das Spielzimmer, Ihr Empfangssalon, Ihr Boudoir, das gleichzeitig Badezimmer ist – die Wanne befindet sich unter dem Sofa in einer Spiegelnische – so, und das ist Ihr Schlafzimmer.«

Marie-Louise blieb überrascht stehen, als sie das wie eine Muschel geformte Bett aus Goldbronze sah, das von Vorhängen aus weißer Seide und goldbesticktem Musselin umrahmt war.

»Gefällt es Ihnen?«

»Ja... Ich habe noch nie ein so kostbares Bett gesehen! Es ist eigentlich viel zu schade, um darin zu schlafen ...« Ein vertrautes Hundegebell unterbrach sie, und dann sprang ihr Mops von dem roten Samtkissen, auf dem er geschlafen hatte, und lief auf sie zu.

»Thisbe? Ja, wie kommst du denn hierher?« Sie nahm den Hund auf den Arm, und erst jetzt entdeckte sie auch den Käfig mit ihrem Kanarienvogel und ihren Stickrahmen mit der angefangenen Stikkerei. In ungläubigem Staunen wandte sie sich zu Napoleon um, der zufrieden lächelte. Seine Überraschung war gelungen. »Sire, ich verstehe es nicht. Thisbe, der Vogel, die Stickerei, das ist doch alles in Wien zurückgeblieben ...«

»Ich habe es sofort nach Ihrer Abreise per Eilkurier nach Compiègne schaffen lassen; ich denke mir, das Einleben in der neuen Heimat wird leichter für Sie, wenn Sie von vertrauten Dingen umgeben sind. Kommen Sie, nebenan wartet noch eine Überraschung auf Sie.« Er nahm sie bei der Hand und führte sie hinüber. »Sie spielen doch Fortepiano? Hier ist Ihr Instrument.«

»Es ist ja ganz neu!« Sie schlug einige Akkorde an. »Ein wunderbarer Klang, hören Sie?«

Er lachte vergnügt. »Ich verstehe nicht viel davon. Aber die Hauptsache haben Sie noch gar nicht entdeckt, dort, am Fenster.«

Sie sah auf und stieß einen Freudenschrei aus. »Eine Harfe! Eine richtige Harfe!« Sie lief hin und ließ ihre Finger über die Saiten gleiten. »Darf ich Unterricht nehmen?«

»Natürlich, deswegen habe ich sie besorgt; Graf Otto schrieb mir, daß Sie dieses Instrument besonders lieben. Ich habe auch schon einen Zeichenlehrer für Sie engagiert, damit Sie Ihren Unterricht fortsetzen können, es ist der Maler Prud'hon.«

Marie-Louise traute ihren Ohren kaum: Musikunterricht, Zeichenunterricht ... der ›schreckliche Bonaparte‹ entpuppte sich zunehmend als äußerst umgänglich und großzügig.

»Sire, ich danke Ihnen, Sie haben mir eine große Freude bereitet. Ich werde mich ganz schnell zur Französin entwickeln, das verspreche ich Ihnen.«

»Ich möchte, daß Sie sich hier wohlfühlen. Sie sollen auf Frankreichs Thron glücklich werden, ich möchte Sie zur glücklichsten Fürstin Europas machen, zur Fürstin über ganz Europa...«

Was redet er denn? dachte sie erstaunt. Über ganz Europa? Das bedeutet doch weitere Eroberungen, Krieg – freilich, bisher hat er immer bekommen, was er wollte...

Während Marie-Louise sich umzog, dachte sie über die Familie Bonaparte nach, die sie kurz kennengelernt hatte. Von Letizia war sie am meisten beeindruckt. Wie würdevoll sie auf der Treppe stand, wie durchdringend und forschend sie mich gemustert hat, als ob sie ergründen wollte, was ich für ihren Sohn empfinde. Aber der Onkel, der Kardinal Fesch, wirkt so weltlich, ganz anders als der Erzbischof von Wien, dieser feine, würdevolle alte Herr. Sie sind alle liebenswürdig zu mir gewesen, aber etwas reserviert. Sogar die Neffen und Nichten. Nur Elisas kleine Tochter Napoleone kam unbefangen auf mich zu. Diese Elisa selbst wirkt genauso streng und würdevoll wie ihre Mutter, aber sie ist sympathischer als Caroline, ehrlicher, nicht so verschlagen.

»Sire«, begann Constant vorsichtig, während Napoleon sich die Hände abtrocknete, »wann soll ich denn Ihr Gepäck zum Hôtel de la Chancellerie bringen?«

»Ach ja... im Moment nicht.«

»Sehr wohl, Sire.« Constant sah verstohlen zur Kaminuhr. Wie lange will er denn noch warten, es geht auf elf zu.

Auch Napoleon sah zur Uhr. Zeit genug, überlegte er, um rasch Fesch noch etwas zu fragen. Er ging hinüber zum Kardinal, der mit Letizia in seinem Salon saß. Auf dem Tischchen vor ihnen stand eine Karaffe Rotwein, und Fesch wollte eben genußvoll den ersten Schluck trinken, als der Neffe hereinstürmte.

»Pardon, ich will nicht weiter stören. Eine Frage, lieber Onkel: Welche Bedeutung hat die Trauung in Wien, bin ich mit Marie-Louise schon rechtmäßig verheiratet?«

Letizia und Fesch sahen einander erstaunt an, aber dann begriffen sie. Letizia preßte die Lippen zusammen; der Kardinal lächelte süffisant und sagte dann betont: »Ihre Gattin ist keine Erzherzogin mehr, sondern Kaiserin; Sie sind rechtmäßig mit ihr verheiratet, Sire.«

»Danke!« Schon war er wieder bei der Tür, drehte sich aber noch einmal um. »Wo ist übrigens Paulette, Mama, ich habe sie vorhin vermißt.«

»Sie bekam heute nachmittag plötzlich eines ihrer nervösen Leiden und hat sich hingelegt. Ich war kurz bei ihr, es scheint ihr wirklich nicht gut zu gehen. Sie fühlt sich auch einsam.«

»Einsam? Warum ist Camillo nicht bei ihr? Auf dem Wege hierher habe ich ihn am Billardtisch gesehen!«

»Das weiß ich nicht«, log Letizia.

»Hätte ich doch nur nie meine Zustimmung zu dieser Ehe gegeben! Arme kleine Paoletta, arme kleine Hexe. Mama, lassen Sie ihr bitte ausrichten, daß ich sie nach dem Souper zusammen mit Marie-Louise besuche; einer von der Familie muß sich ja um sie kümmern, wenn der Ehegatte es nicht tut.«

»Wenn er wüßte«, begann Letizia, als sie mit ihrem Bruder wieder allein war, »daß seine kleine Paoletta Camillo verboten hat, ihre Räume zu betreten! Er ahnt ja nicht, wie sie ihren Gatten quält! Er weiß, daß sie nicht glücklich ist, aber das Ausmaß dieser Ehekatastrophe habe ich ihm immer verheimlicht, auch von Paulettes außerehelichen Eskapaden ist ihm nur ein Bruchteil bekannt. Ich habe all die Jahre vieles vertuscht, um nicht neue Familienzwistigkeiten heraufzubeschwören. Sein Zerwürfnis mit Lucien reicht mir! Er weiß auch nicht, daß in Kassel keine Hofdame vor Jérôme sicher ist. Jérôme vernachlässigt seine Frau, das ist wahrscheinlich auch der Grund, warum sie noch keine Kinder haben. Sie liebt Jérôme, sie hält zu ihm, das weiß ich.« Letizia schwieg und trank nachdenklich einen Schluck Wein. »Was meinst du, Giuseppe? Soll ich dem Kaiser nicht doch erzählen, was sich in unserer Familie so alles abspielt, damit er durchgreift?«

»Nein. Deine Kinder müssen selbst sehen, wie sie mit dem Leben fertig werden, und außerdem würde ein Machtwort Napoleons wahrscheinlich gar nichts nützen. Welchen Eindruck hast du übrigens von der neuen Kaiserin?«

»Da kann ich noch nicht viel sagen. Sie wirkte etwas schüchtern und gehemmt, was in ihrer Lage auch kein Wunder ist. Man muß abwarten. Ich hoffe, daß sie dem Kaiser eines Tages eine Stütze sein kann.«

Fesch schmunzelte. »Das glaube ich schon. Als er sie an der Hand nahm und mit ihr die Treppe hinaufging, hat sie ihn ganz verliebt angesehen, ist dir das nicht aufgefallen?«

»Was du dir alles einbildest! Ich kann mir nicht denken, daß ein junges Mädchen, das einen Mann heiraten muß, den sie nicht liebt – und das nehme ich in ihrem Fall an –, daß ein Mädchen innerhalb so kurzer Zeit seine Gefühle ändert. Und selbst wenn – wen hat sie verliebt angesehen? Den Menschen, den Mann, den Kaiser? Hast du darüber schon einmal nachgedacht?«

»Nein«, erwiderte der Kardinal kleinlaut. Die energische Art seiner Schwester schüchterte ihn immer noch hin und wieder ein.

Letizia fuhr fort: »Es geht mich ja nichts an, und mein Sohn macht natürlich, was er will, aber er könnte ruhig warten, bis du die Ehe kirchlich eingesegnet hast. Was soll denn der Wiener Hof denken, wenn sie es erfahren!«

»Ach, das ist doch egal.« Fesch amüsierte sich bei dem Gedanken, daß diese Ehe, auch nach der zweiten kirchlichen Trauung, nach kanonischem Recht ungültig sein würde, wenn man ganz strenge Maßstäbe anlegte. Die Gründe, die er und sein Neffe sich überlegt hatten, damit die kirchliche Trauung mit Joséphine für ungültig erklärt wurde, diese Gründe waren fadenscheinige Ausreden, die einer ernsthaften Überprüfung nie standhalten würden. Aber das Täuschungsmanöver war gelungen, Metternich hatte nicht weiter nachgeforscht, weil er die Ehe nicht daran scheitern lassen wollte... Allerdings, es gab Kardinäle, die das Pariser Offizalat nicht als Schiedsrichter anerkannten, und für diese Geistlichen war Napoleons erste Ehe kirchenrechtlich immer noch gültig, vor allem, weil der Papst bei dieser Angelegenheit übergangen worden war. Rechtmäßig verheiratet! dachte Fesch. Es ist grotesk.

Im Speisezimmer der Kaiserin soupierte man unterdessen mit bestem Appetit.

»Außer Paulette kennen Sie jetzt alle Familienmitglieder.«

Lucien wird also totgeschwiegen, dachte Caroline.

»Hoffentlich ist Paulette bis zum zweiten April wieder gesund, damit sie zusammen mit Elisa, Julie, Hortense und Katharina Marie-Louises Schleppe tragen kann.«

»Die Schleppe? Davon weiß ich ja noch gar nichts.«

»Die anderen wissen es auch noch nicht. Sie sind natürlich dispensiert, weil Sie meine Frau hierher begleitet haben.«

»Oh, es hätte mir nichts ausgemacht, die Schleppe zu tragen«, erwiderte Caroline und dachte: Gott sei Dank bleibt mir das erspart, die anderen werden auch nicht entzückt sein, das gibt wieder einen Familienkrach!

Nach dem Souper begleitete Napoleon seine Gattin zum Boudoir. Vor der Tür blieb er stehen. »Hier trennen sich unsere Wege«, sagte er lächelnd. »Schlafen Sie gut, und vergessen Sie nicht, Ihre Medikamente zu nehmen. Sie können sich ruhig ausschlafen, wir sehen uns am späten Vormittag zum Déjeuner.« Er nahm ihr Gesicht in beide Hände und küßte sie zart auf den Mund.

In seinem Schlafzimmer ging Napoleon eine Weile unschlüssig auf und ab. Ob es nicht doch angebracht war, das Schloß zu verlassen und die Trauung im Louvre abzuwarten, wie es sich gehörte? Andererseits war er rechtmäßig mit ihr verheiratet, und er wollte jetzt endlich einen Sohn, möglichst rasch, warum sollte er fünf Nächte verschenken?

Constant trat ein und räusperte sich vernehmlich: »Sire, wann soll ich Ihr Gepäck...«

»Überhaupt nicht, ich bleibe hier. Bring Champagner zum Boudoir der Kaiserin und komme dann wieder.«

»Sehr wohl, Sire.«

Als er später seinem Herrn beim Entkleiden behilflich war, lachte dieser leise auf: »Wenn Ségur wüßte, daß ich hierbleibe...«

»Seien Sie unbesorgt, Sire; Graf Ségur hat sich bereits zur Ruhe begeben.«

»Ob irgend jemand bemerkt hat, daß ich dem Protokoll ein Schnippchen geschlagen habe?«

»Bestimmt nicht, Sire.« Von wegen, dachte Constant. Méneval und Savary haben vielleicht Augen gemacht, als sie mich mit dem Champagner durch die Galerie gehen sahen!

»Eau de Cologne... Mein Morgenrock...«

»Wann soll ich Sie wecken, Sire?«

»Überhaupt nicht. Gute Nacht, Constant.«

Marie-Louise sah erstaunt auf, als die Kammerfrau einen Servierwagen ins Schlafzimmer schob, auf dem ein silberner Eisbehälter mit einer geöffneten Champagnerflasche stand.

»Der Kammerdiener des Kaisers hat dies soeben gebracht. Benötigen Sie noch etwas, Majestät?«

»Nein, nein danke.« Champagner, dachte Marie-Louise, was für eine Idee! Ich trinke doch mitten in der Nacht keinen Champagner! Im gleichen Augenblick sah sie die zwei Kristallschalen neben dem Eisbehälter, und ihr Herz fing an zu klopfen. Furcht stieg in ihr auf, vermischt mit Neugier – sie war einer Situation ausgeliefert, auf die weder die Erzieherin noch die Oberhofmeisterin sie vorbereitet hatten. Sie öffnete ein Fenster und sah hinaus in den regennassen Park. Und nun? In Gedanken war sie wieder in Wien, in der Hofburg... Was habe ich von Mama erfahren? Nichts, sie hat mich nur bedauert. Und von der Gräfin Lazansky? Nichts, sie hat lange über eheliche Pflichten geredet, und auf meine Frage, worin diese bestünden, hat sie erwidert, das würde ich nach der Hochzeit dann schon erfahren. Nur meine alte Amme hat meine Fragen endlich offen beantwortet... Ich wollte mich während der nächsten Tage innerlich auf die Situation ein bißchen einstellen... Darf er mich in dieser Nacht denn schon besuchen? Sind wir richtig verheiratet?

Sie war so in Gedanken, daß sie das Klopfen an der Tür überhörte, die Schritte, die sich näherten. Dann knallte ein Champagnerkorken. Sie drehte sich erschrocken um und sah Napoleon neben dem Servierwagen stehen und Champagner eingießen. »Sire?«

Er sah auf und lächelte, als er ihre Verwirrung bemerkte. »Ich kann mir denken, daß Sie überrascht sind. Ich habe es mir anders überlegt.« Er nahm die Gläser, ging zu ihr und reichte ihr eines. »Wir wollen auf unsere Ehe anstoßen, auf hoffentlich viele gemeinsame glückliche Jahre.«

Sie trank gehorsam einen Schluck, trank einen zweiten und einen dritten und stellte das Glas dann etwas verlegen zur Seite. Es schickte sich doch nicht, so viel zu trinken!

»Der Champagner scheint Ihnen zu schmecken, das ist gut, auf Bällen und Festlichkeiten wird bei uns viel davon getrunken.«

»Er ist süffig ...« Sie stockte, auch so etwas sagte man nicht, was sollte er von ihrer Erziehung denken! »Wenn ich noch mehr trinke, bekomme ich einen Schwips!«

Er lachte leise auf und nahm sie in die Arme: »Das macht nichts, in bestimmten Lebenslagen ist ein Schwips ganz angenehm.«

Er duftet nach Eau de Cologne, dachte sie, das ist mir schon im Wagen aufgefallen ... Und ehe sie recht wußte, wie ihr geschah, hob er sie hoch und trug sie hinüber zu dem weiß-goldenen Bett.

Er spürte, daß sie zitterte. »Hast du Angst?«

»Nein, aber dürfen wir denn ... ich meine, ist die Trauung in Wien gültig?«

»Du kannst völlig beruhigt sein, mein Schatz, wir sind rechtmäßig verheiratet, wir dürfen alles.«

»Wir begehen also keine Sünde?«

»Absolut nicht.« Was für Ideen, dachte er belustigt. Das muß ich von Anfang an richtigstellen; Frömmigkeit meinetwegen, aber nicht im Schlafzimmer.

Als Napoleon am anderen Morgen die Augen aufschlug, sah er Thisbe auf der Decke sitzen.

»Komm, Tinchen, geh wieder in deine Ecke, deine Herrin schläft noch.« Er packte den Hund im Genick, setzte ihn auf den Teppich und beobachtete amüsiert, wie dieser geradewegs auf das feine Seidennachthemd zusteuerte, das er einige Stunden zuvor achtlos hatte zu Boden fallen lassen. Tinchen beschnupperte die Seide, ließ sich dann zufrieden darauf nieder und begann die rosa Spitze abzureißen. Wieder ein Hund im Schlafzimmer, dachte Napoleon, wenigstens beißt er nicht!

Er stand auf, um ein Fenster zu öffnen. Im Park sah er Hortense, die den zweijährigen Louis-Napoleon durch die Luft wirbelte, während der sechsjährige Napoleon-Louis mit einem Ball spielte. Sie wirkt nur gelöst und glücklich, wenn sie mit ihren Kindern zusammen ist, dachte er; sie ist eine vorbildliche Mutter ... Noch stehen ihre beiden Söhne an erster Stelle in der Thronfolge, aber wie lange noch? Neun Monate, wahrscheinlich zehn bis elf Monate, man muß die Dinge realistisch sehen. Natürlich muß ich auch damit rechnen, daß das erste Kind ein Mädchen ist, aber selbst wenn – bei der Fruchtbarkeit der Habsburger und Marie-Louises erotischem Temperament kann man davon ausgehen, daß binnen Jahresfrist ein zweites Kind kommt. Die Frauen, die ich bisher besessen habe, waren alle erfahrener und raffinierter als Marie-Louise, aber keine war so sinnlich wie dieses unberührte junge Mädchen. Das werden anstrengende Flitterwochen! Es ist reizvoll – aber etwas merkwürdig ist es schon: Normalerweise braucht eine Frau doch eine gewisse Zeit, bis sie Spaß daran findet ... Wie wird sie sich weiterentwickeln? In zehn Jahren ist sie achtundzwanzig, und ich bin fünfzig, werde ich ihr dann noch genügen? Nein, wen sollte er, der Kaiser, als Rivalen fürchten müssen! Aber man konnte trotzdem vorbeugen! Den Hofdienst habe ich soweit für sie geregelt, hundert Palastdamen, achtzehn Kammerfrauen, sechs Anmeldedamen. Vier Damen müssen täglich für sie bereit sein, vom Aufwachen bis zum Schlafengehen, eine hat ›Nachtdienst‹; sie darf niemals ohne ihre Damen sein, sie darf nie Herren allein empfangen, jeder Herrenbesuch muß schriftlich von mir genehmigt werden, auch Besuch von meinen Brüdern, und wenn der Musik- oder Zeichenlehrer kommt, muß natürlich auch eine Hofdame anwesend sein; der Hofschneider darf seine Creationen nur Hofdamen mit ähnlicher Figur anprobieren, jede Versuchung muß von ihr ferngehalten werden...

XXXIV

Ende März 1810 fand Marie-Louise endlich Zeit, ihrem Vater ausführlich über die erste Begegnung mit Napoleon zu schreiben; sie betonte, daß der Gatte ihr die Verlegenheit der offiziellen Zusammenkunft habe ersparen wollen und sie deshalb sogleich nach Compiègne gebracht habe.

›Seit diesem Augenblick bin ich fast beständig mit ihm, und er liebt mich inniglich; ich bin ihm auch sehr erkenntlich und erwidere herzlich seine Liebe. Ich finde, daß er sehr gewinnt, wenn man ihn näher kennt, er hat etwas Einnehmendes und Zuvorkommendes, dem man unmöglich widerstehen kann. Ich bin überzeugt, daß ich recht zufrieden mit ihm leben werde ...‹

Auch Napoleon schrieb an den Schwiegervater:

›Sie erfüllt alle meine Hoffnungen, und wir hören nicht auf, uns gegenseitig Beweise der zärtlichen Gefühle zu geben, die uns verbinden. Wir passen sehr gut zueinander... Erlauben Sie mir, daß ich Ihnen für das schöne Geschenk danke, das Sie mir gemacht haben ...‹

Metternich, der in Begleitung des Grafen Clary-Aldringen nach Paris gekommen war, um eine Milderung des Friedensvertrages zu erwirken, sollte neben seiner diplomatischen Mission natürlich auch über das Einleben der jungen Kaiserin und über das Verhalten des Ehegatten berichten. Er konnte ebenfalls nur Erfreuliches nach Wien melden: ›Der Kaiser läßt sie nicht zwei Stunden des Tages allein, er sorgt für alles und jedes, täglich bringt er ihr herrliche Geschenke ... Sein Verhalten ist gleicherweise das eines besorgten Vaters wie das eines verliebten Gatten ...‹

Um ihren Vater nicht zu beunruhigen, berichtete Marie-Louise begeistert von der Trauung und dem großen Empfang im Thronsaal am 3. April, wo ihr 1500 Personen vorgestellt wurden, und verschwieg die Ereignisse am Rande, die das Bild hätten trüben können. Aber es gab Österreicher, die alles, was den französischen Hof herabsetzen konnte, getreulich ihren Angehörigen berichteten, sodaß in den Wiener Salons in jenem Frühjahr für genügend Klatsch gesorgt war. Zu diesen Berichterstattern zählte auch Graf Clary. Über das Kaiserpaar selbst äußerte er sich positiv:

›Der Anblick der prächtigen Galerie war atemberaubend, der Kaiser in seinem feuerfarbenen Mantel sah königlich aus, die Kaiserin wunderbar in einem silbernen Gewand mit einem Kollier aus einzigartigen Smaragden. Ein goldener Reif, den sie tief in die Stirn gedrückt trug und der mit denselben kostbaren Steinen besetzt war, verlieh ihr das Aussehen einer byzantinischen Ikone ...‹

Aber bei der Beschreibung der kirchlichen Zeremonie konnte er einige bissige Bemerkungen über das Benehmen der kaiserlichen Familie nicht unterdrücken:

›... Jede dieser ›Mantelträgerinnen‹ hatte an ihrem eigenen Kleid eine sechs Ellen lange Schleppe, welche der Ehrenkavalier trug. Stellen Sie sich diese in Bewegung gesetzte Maschine vor! Man glaubte Baron Stroganoffs Schildkröte mit den silbernen Klauen zu sehen! Der Kaiser schien während der Zeremonie schrecklichster Laune zu sein. Es hatte noch am Morgen unglaubliche Szenen in der Familie gegeben. Königinnen und Fürstinnen, so sagt man, haben Himmel und Hölle in Bewegung gesetzt, um die Schleppe nicht tragen zu müssen; sie versuchten es mit Tränen, Bitten, Ohnmachtsanfällen, kategorischer Weigerung. Der wütende Gebieter gab ihnen allerhand wenig schmeichelhafte Namen, und endlich machte ein *Ich will* der Sache ein Ende. Am störrischsten war die westfälische Gans, die von einem unglaublichen Stolz ist... Nichts war so komisch wie die Art, in der sich alle ihres Frondienstes entledigten: Die eine schnitt ein Gesicht, die andere nahm ihr Riechfläschchen unter die Nase, drohte ohnmächtig zu werden, die dritte ließ die Schleppe fallen, wodurch sie noch viel übler dran war, denn sie mußte sie wieder aufheben. Die einzige, die gute Miene zum bösen Spiel machte, war die Königin von Holland, die zeigte, daß sie Geist und Takt besitzt ...‹

Weniger amüsant war das, was Schwarzenberg ohne Kommentar nach Wien berichtete: Die neunundzwanzig in Paris residierenden römischen Kardinäle seien in zwei Gruppen gespalten, fünfzehn von ihnen, angeführt von Kardinal Fesch, hätten zu dem Scheidungsspruch des Pariser Offizialates Ja und Amen gesagt, vierzehn aber hielten fest an der Meinung, daß eine Ehescheidung von gekrönten Häuptern Sache des Heiligen Stuhles sei; da dieser die Angelegenheit nicht geregelt habe, sei es ihre Pflicht, sich gegen den neuen Ehebund zu stellen, folglich sei diese Gruppe, angeführt von dem Kardinal-Staatssekretär Consalvi, sowohl der zivilen als auch der kirchlichen Trauung ferngeblieben, trotz offizieller Einladung seitens des Kaisers.

Am darauffolgenden Tag habe man ihnen den Zutritt zum Thronsaal verwehrt, und am 5. April seien sie bestraft worden: Da sie Seine Majestät beleidigt und sich gegen ihn aufgelehnt hätten, verbiete der Kaiser ihnen, Purpur zu tragen; sie hätten fortan im Schwarz der einfachen Priester zu erscheinen, sie würden unter Polizeiaufsicht gestellt, ihre Güter konfisziert, als Pension erhielten sie zweihundertfünfzig Francs. Consalvis Protest habe nichts genützt, im Gegenteil, der Kaiser habe gedroht, ihn erschießen zu lassen; auch die Fürsprache Feschs sei zwecklos gewesen, die Kardinäle müßten sogar mit Verbannung in die Provinz rechnen, in Paris bezeichne man sie schon als die ›schwarzen Kardinäle‹.

Schwarzenbergs Bericht wurde zu den Akten gelegt. Was blieb auch sonst übrig?

Der Hof war inzwischen wieder nach Compiègne übersiedelt und verfolgte mit Argusaugen die Flitterwochen des kaiserlichen Paares. Man entsetzte sich, als bekannt wurde, daß Kaiser und Kaiserin einander in der Öffentlichkeit duzten, man machte bissige Kommentare, als Napoleon anläßlich eines Konzertes einschlief – der Kaiser sei übermüdet... Man staunte, daß Napoleon die Regierungsgeschäfte vernachlässigte und plötzlich Zeit hatte, um mit seiner jungen Frau zu plaudern, Schach zu spielen und spazierenzufahren. Er kümmerte sich um ihre Frisur und Kleidung, war anwesend, wenn sie Musik- oder Zeichenunterricht hatte, spielte Billard mit ihr, obwohl es ihn langweilte. Als sie reiten lernte, lief er in der Reitschule neben dem Pferd her und sprach ihr Mut zu; ließ sie ihn warten, was oft genug vorkam, verlor er nie die Geduld: »Ah, da bist du ja« sagte er, wenn sie endlich erschien. »Du hast dich noch schöner gemacht!« Beim Diner wartete er geduldig, bis sie fertig war, und stand nie vor ihr auf.

Der Hof mußte sich daran gewöhnen, daß die neue Kaiserin einen anderen Tagesablauf bevorzugte als ihre Vorgängerin: Hatte Joséphine am Vormittag Damencercle gehalten, so verbrachte Marie-Louise diese Stunden in ihren Gemächern, Klavier spielend, stickend und zeichnend. Nachmittags unternahm sie mit dem Kaiser Spaziergänge und Fahrten in die Umgebung. Nach dem Diner gingen sie zu Empfängen oder Konzerten oder ins Theater.

Zu den Eigenschaften, die Napoleon an Marie-Louise schätzte, gehörten ihre Sanftmut, ihre ›Mesure‹, also Haltung und Anstand, ihre Wahrheitsliebe, ihre Verschwiegenheit und nicht zuletzt ihre Sparsamkeit. Was ihm weniger gefiel, war ihre Vorliebe für ungeheizte Schlafzimmer, auch störte es ihn, daß nachts Kerzen brennen mußten. Da in diesem Punkt keiner von beiden nachgab, schliefen sie in getrennten Räumen und verbrachten nur einen Teil der Nacht zusammen, was ihr glückliches Eheleben aber in keiner Weise beeinträchtigte.

Eine andere Eigenschaft, die ihn nachdenklich stimmte, war ihre Schüchternheit, die dazu führte, daß sie in der Öffentlichkeit gehemmt und steif wirkte, kaum lächelte und nie an jemanden das Wort richtete. Er wunderte sich, daß ihr das Repräsentieren so schwer fiel – schließlich war sie an einem Fürstenhof aufgewachsen! – bis ihm Clary erklärte, daß die Erzherzoginnen in der Hofburg fernab der Öffentlichkeit lebten und am Hofe nur eine Statistenrolle spielten. Sie ist nicht darauf vorbereitet worden, sagte er sich und beschloß, abzuwarten und ihr Zeit zu lassen, sich an die neue Umgebung zu gewöhnen. Aber es berührte ihn schmerzlich, daß sie in Hofkreisen offensichtlich unbeliebt war, daß man ihr Hochmut vorwarf. Er hoffte, daß sich diese Einstellung ändern würde, wenn sie erst schwanger war, aber die Anzeichen hierfür ließen auf sich warten; wenn er bei Corvisart die häufigen morgendlichen Übelkeiten mit einer Schwangerschaft in Verbindung brachte, winkte dieser ab: die Übelkeiten seien die Folge der vielen Süßigkeiten.

Marie-Louises Stellung bei Hof wurde zusätzlich erschwert, weil sie gegen zwei Schatten anzukämpfen hatte: gegen Marie-Antoinette und Joséphine.

Der alte Adel hatte gehofft, von der österreichischen Kaisertochter bevorzugt behandelt zu werden, schließlich hatte man ihrer Großtante treu gedient und dafür mit Blut bezahlt. Diese Hoffnung des Faubourg Saint-Germain erfüllte sich aber nicht, weil man Marie-Louise in Wien empfohlen hatte, keinen Unterschied zu machen zwischen dem alten und dem neuen Adel Frankreichs. Verständlich, daß diese Haltung ihr wenig Sympathie bei den Royalisten einbrachte.

Der neue Adel hingegen verglich ›die Erzherzogin‹, wie sie in diesen Kreisen genannt wurde, ständig mit Joséphine. Vergessen waren deren Leichtfertigkeit und Verschwendungssucht – seit der Scheidung hatte sie schon wieder neue Schulden, die Napoleon wütend bezahlte –, man sprach nur noch von ihrer Anmut, ihrem Charme, ihrer Liebenswürdigkeit, kurz, die Exkaiserin wurde schon zu ihren Lebzeiten eine legendäre Gestalt. Über ihre Nachfolgerin hingegen konnte man sich nicht genug mokieren. »Sie geht die Reihe der Gäste ab wie eine jener mechanischen Puppen, die sich bewegen, wenn man sie aufzieht.« – »Der Kaiser steht an ihrer Seite und flüstert ihr zu, was sie sagen soll!« – »Sie zieht sich stets in den Kreis ihrer Vertrauten zurück, sieht fast nur die Montebello; ihre Empfangsabende sind von einer Steifheit ohnegleichen.«

Sie wirkte langweilig, und die Bevorzugung der Herzogin von Montebello wurde ihr besonders verübelt, keinem fiel auf, auch Napoleon nicht, daß die Herzogin es meisterhaft verstand, sich bei ihrer Herrin ins rechte Licht zu setzen. Marie-Louises Verhältnis zu den Bonapartes blieb liebenswürdig reserviert, vor allem, als sie merkte, welch lockeren Lebenswandel die neue Verwandtschaft führte; es dauerte, bis sie sich daran gewöhnt hatte, daß ein Seitensprung kein Tabu war, sondern ein amüsantes Gesprächsthema in den Salons.

Ende April fanden die Flitterwochen ein jähes Ende. Von der Nordseeküste trafen schlechte Nachrichten ein: die Kontinentalsperre funktionierte nicht, ständig wurden englische Waren eingeschmuggelt. Unter dem Vorwand, der Kaiserin Nordfrankreich und den annektierten Teil der Niederlande, also Flandern, zeigen zu wollen, plante Napoleon eine Inspektionsreise, die der englischen Agenten wegen als Hochzeitsreise getarnt wurde.

Am 27. April brach eine große Reisegesellschaft von Compiègne auf; dazu gehörten außer dem Kaiserpaar und Napoleons Stab Jérôme und Katharina, Eugène, Caroline, Metternich, Schwarzenberg und Marie-Louises Onkel Ferdinand, Großherzog von Würzburg, vordem Großherzog der Toskana. Marie-Louise war selig über die ›Hochzeitsreise‹; man würde durch die Lande reisen, große Städte wie Brüssel und Antwerpen kennenlernen, die neuen Toiletten tragen und sich amüsieren.

Aber es kam alles ganz anders, von einer Vergnügungsreise konnte nicht die Rede sein. Statt auszuschlafen und gemütlich im Bett zu frühstücken, wurde Marie-Louise im Morgengrauen geweckt, oft schon um vier Uhr, weil Napoleon die Abreise in aller Frühe festgesetzt hatte. Dann fuhren sie stundenlang auf holprigen Wegen zum nächsten Ziel, übernachteten in oft unsauberen, lauten Gasthöfen und konnten sich nach der Fahrt nicht einmal ausruhen, weil ein Repräsentationsprogramm absolviert werden mußte: stundenlange Audienzen, ein Diner, das nur eine halbe Stunde dauern durfte, weil dann noch ein Ball folgte...

Während der ersten Tage war Marie-Louise schlecht gelaunt und fühlte sich ständig krank. Hin und wieder fand sie Zeit, um ihren Ärger einem kleinen Reisetagebuch anzuvertrauen:

... Die Männer sind wirklich schrecklich! Entweder sie begreifen unsere Leiden nicht und zwingen uns, gegen sie anzukämpfen, oder sie ersticken uns mit ihrer Fürsorge ...

... Es fehlte nicht viel, und wir hätten unterwegs Schiffbruch erlitten. Der dicke Fürst Schwarzenberg beugte sich so sehr bald zur einen, bald zur anderen Seite hinaus, daß uns in der Barke das Wasser bis zum Knie stand...

... Wir gingen an Bord der ›Charlemagne‹, aber es gehört Mut dazu, um dorthin zu gelangen. Die Treppe war eine Leiter mit hohen Stufen; dazu kam so viel Wind, daß es zu sehr unangenehmen Zwischenfällen kam. Ich bin überzeugt, daß die Herren unsere Beine gesehen haben, und habe mir geschworen, nie wieder ein Kriegsschiff zu besteigen, ohne eine Hose anzuziehen...

... Ich blieb daheim und langweilte mich mit den Damen. Ich bin viel zu scheu, um einen ganzen Tag in Gesellschaft zu sein. Nur die Gesellschaft der Herzogin von Montebello ist mir angenehm; sie ist natürlich und gütig, während die anderen Damen böse und voll Prätentionen sind...

... Am 12. morgens hielt Napoleon Ratssitzung; es ist nicht unsere Schuld, wenn wir alles gehört haben, denn der Salon war in der Nähe meines Zimmers, und der Kaiser schrie entsetzlich ...

... Am Abend nahm der Vizekönig die Herzogin von Montebello mit, um Schmuggelwaren einzukaufen und den Turm der Kathedrale zu sehen, der sehr alt sein soll ...

Auch Napoleon war schlechter Laune. Er spürte die antifranzösische Haltung der Bevölkerung und hörte überall nur Klagen über die Kontinentalsperre und die damit verbundene Behinderung des Handels. Dazu kam die Enttäuschung, daß immer noch kein sicheres Anzeichen einer Schwangerschaft zu bemerken war; bei jeder Unpäßlichkeit wurde Corvisart mit Fragen malträtiert, aber der Arzt zuckte nur mit den Schultern: »Abwarten. Sie können eine Schwangerschaft nicht erzwingen, Sire.«

Und dann traf eines Tages von dem französischen Geschäftsträger in Warschau die Nachricht ein, daß die Gräfin Walewska auf Gut Walewice am 4. Mai einen Sohn geboren habe, der die Namen Alexander Florian Josef erhalten solle.

Napoleon schrieb einen Glückwunschbrief, schickte Brüsseler Spitzen und beschloß, sowie das Kind reisefähig war, die Gräfin nach Paris kommen zu lassen – nicht mehr als Geliebte, er war ja jetzt glücklich verheiratet, aber er wollte die Erziehung des Kindes beaufsichtigen und steuern. Der illegitime Sohn sollte auf ein hohes Staatsamt vorbereitet werden, und die Gräfin mußte natürlich jetzt bei Hof vorgestellt werden; sie sollte ein standesgemäßes gesellschaftliches Leben in Paris führen.

Da er wohl wußte, daß diese Reise ungewohnte Strapazen für Marie-Louise mit sich brachte, ertrug er deren Launen geduldig.

Aber ihre Steifheit störte ihn immer mehr. Wieviel leichter hätte er es mit den Bürgermeistern der Städte, wenn sie den Herren liebenswürdiger begegnen würde! Er beschloß, bei Gelegenheit mit ihr darüber zu reden.

Diese Gelegenheit kam, als sie Mitte Mai Bergen-op Zoom erreichten. Das Quartier, das man dem Kaiserpaar zuwies, war noch schlechter als die vorhergehenden; es bestand nur aus einem Boudoir und einem Schlafzimmer, und um dorthin zu gelangen, mußte man eine schmale hölzerne Treppe hinaufklettern.

»Es ist eine Zumutung«, brummte Napoleon, »aber etwas Besseres gibt es hier wohl nicht.«

»Der ganze Tag war eine Zumutung«, erwiderte seine Gattin spitz, »Männer sind unerträgliche Wesen! Wenn ich in einer anderen Welt wiedergeboren werden sollte, werde ich bestimmt nicht wieder heiraten.«

Napoleon verließ wortlos das Zimmer, und Marie-Louise setzte sich vor den winzigen Frisiertisch und begann ihre Haare zu richten. Heute hatten wir unterwegs tatsächlich den ersten Ehestreit, dachte sie, aber daran ist er schuld. Warum mußte er ausgerechnet bei diesem scheußlichen kalten Regenwetter das Wagenfenster öffnen, sonst kann er es nicht warm genug haben, und warum hat es erst am Nachmittag etwas zu essen gegeben? Wenn ich hungrig bin, werde ich ungemütlich, er hätte mir doch erlauben können, im Wagen zu essen ...

War es die Unterkunft oder der Streit mit der Gattin, Napoleon setzte sich jedenfalls an diesem Abend denkbar schlecht gelaunt zu Tisch. Nach der Vorspeise wurde ein duftendes Lammragout serviert. »Was für ein miserables Ragout«, sagte er, »wenn es wenigstens eine Keule gäbe!« Kaum stand diese auf dem Tisch: »Wenn es doch Salat gäbe!« Man sah sich befremdet an und schwieg. Nach dem Kaffee zog er sich sofort zurück, Marie-Louise folgte ihm die hölzerne Leiter hinauf.

Als sie im Bett lagen, spähte sie zu ihm hinüber. »Schläfst du schon?«

»Nein.«

»Bist du noch böse mit mir?«

»Wie kommst du denn darauf?«

»Nun ja, heute im Wagen... Ich hatte mir meine Hochzeitsreise anders vorgestellt.«

»Aber Louise, das ist eine Inspektionsreise, eine Arbeitsreise! Wenn es dir zuviel wird, fährst du morgen nach Brüssel zurück, ruhst dich in Schloß Leeken aus und wartest, bis ich komme, dann reisen wir gemeinsam zurück nach Paris.«

»Was? Ich soll allein in Brüssel bleiben? Nein, das halte ich nicht aus, da langweile ich mich zu Tode.«

»Schön, aber dann bitte ich dich ernstlich, mich bei den Audienzen mehr zu unterstützen. Ich muß den Stadtvätern manche unangenehmen Dinge sagen, muß Anordnungen treffen, die für die Bevölkerung mit wirtschaftlichen Opfern verbunden sind. Wenn das von ein paar liebenswürdigen Worten von deiner Seite begleitet würde, würden es die Einwohner bereitwilliger akzeptieren. Ich sage dir das, weil ich dich liebe und weil ich möchte, daß man dir bei Hofe den Respekt entgegenbringt, den man deiner Stellung schuldet. Ein Lächeln kann manchmal Wunder wirken.«

»Ich weiß, aber ich bin nun mal nicht Joséphine! Du vergleichst mich wahrscheinlich dauernd mit ihr, und wahrscheinlich liebst du sie immer noch!«

»Jesus, du bist doch nicht etwa eifersüchtig auf sie! Dazu besteht weiß Gott keine Veranlassung; ich habe sogar dafür gesorgt, daß sie für einige Zeit von Malmaison nach Navarre übersiedelt ist. Aber vielleicht solltest du sie kennenlernen, dann würdest du sie bestimmt anders sehen. Sie ist gütig, im Moment sehr unglücklich, immer noch verschwenderisch – leider –, und sie hat ein großes Opfer gebracht!«

»Wenn sie unglücklich ist, wird sie kaum Wert darauf legen, mich kennenzulernen, und ich möchte ihr nicht begegnen. Wozu auch? Und ihr Opfer... Vielleicht ist die Luftveränderung schuld, daß ich noch nicht schwanger bin ...«

»Corvisart schiebt es auf deine häufigen heißen Bäder, du solltest sie etwas einschränken.«

»Natürlich, wenn du es wünschst.«

»Irgendwann, das verspreche ich dir, machen wir noch eine richtige Hochzeitsreise, mit allen Bequemlichkeiten, vielleicht im Rahmen eines Familientreffens mit deinen Eltern?«

»Ein Wiedersehen mit Papa und meinen Geschwistern und Mama, ach, wäre das schön!«

Der Rest der Reise verlief ohne Zwischenfälle. Marie-Louise versuchte ihre Repräsentationspflichten angemessen zu erfüllen, und Napoleon war mit ihr zufrieden. Es wird schon werden, dachte er.

Am 1. Juni kehrte die Reisegesellschaft nach Saint-Cloud zurück, und es begann eine Reihe von Festlichkeiten anläßlich der Hochzeit; ein Ball in der österreichischen Botschaft sollte den Abschluß bilden. Da die Räumlichkeiten für über tausend Gäste zu klein waren, hatte Schwarzenberg im Park einen großen Holzpavillon bauen lassen, der als Tanzsaal dienen sollte.

Der 1. Juli war ein heißer Sommerabend. Das Kaiserpaar machte gerade die Runde und begrüßte die Gäste. Napoleon war bestens gelaunt, unterhielt sich leutselig hier und da, plötzlich geschah es: Durch einen Luftzug war eine Dekoration einer Kerze zu nahe gekommen und hatte Feuer gefangen, die Flammen züngelten an dem hauchfeinen Gewebe empor, und im Nu stand der Pavillon in Flammen. Panik brach aus, alle versuchten, die Ausgänge zu erreichen. Napoleon brachte Marie-Louise in Sicherheit und lief dann zu dem Unglücksort zurück, wo er bis zum anderen Morgen persönlich die Rettungsarbeiten leitete. Unter den Toten war auch die Schwägerin des Botschafters, die Fürstin Pauline Schwarzenberg...

›Sie verläßt neun Kinder, wovon das älteste zwölf Jahre alt ist, und sie war guter Hoffnung‹, schrieb Marie-Louise nach Wien.

Für die Bevölkerung war dieses Brandunglück ein böses Vorzeichen; manch einer der älteren Generation erinnerte sich an die Panik und die vielen Toten anläßlich des Festes, das die Stadt Paris vierzig Jahre zuvor zu Ehren der neuvermählten Österreicherin Marie-Antoinette gegeben hatte...

Einige Tage später übersiedelte ein Teil des Hofes in das Große Trianon, die restlichen Sommerwochen wollte man abwechselnd in Rambouillet und Saint-Cloud verbringen und sich zu Beginn der Jagdsaison nach Fontainebleau begeben.

Marie-Louise gefielen die intimen Räumlichkeiten des Trianon, und von dem Landschaftspark war sie begeistert, weil er sie an Laxenburg erinnerte. In dieser Umgebung konnte Corvisart ihr und dem überglücklichen Gatten endlich die ersehnte Schwangerschaft bestätigen, mit der Niederkunft war im Laufe des März 1811 zu rechnen.

Seine junge Ehe und der zu erwartende Sohn – Napoleon zweifelte keinen Augenblick an der Geburt eines Sohnes – waren in jenem Sommer und Herbst allerdings der einzige Lichtblick für Napoleon: Vor allem seine Brüder bereiteten ihm Schwierigkeiten. Den Anfang hatte Joseph gemacht. Im Frühjahr, während seines Aufenthaltes in Compiègne, hatte er dem kaiserlichen Bruder erklärt, daß er den Krieg in Spanien für verloren halte; die Angelegenheit sei aussichtslos, unlösbar, in Spanien würde der Ruhm des Bruders scheitern – kurz: er wollte abdanken und sich nach Mortefontaine zurückziehen.

Napoleon war empört. Joseph als Zivilist, meinte er, könne die militärische Lage überhaupt nicht beurteilen! Nach heftigem Wortwechsel resignierte der gutmütige Joseph und kehrte widerwillig nach Madrid zurück, um sich weiter im Escorial herumzuplagen, überzeugt davon, daß der Auftrag in Spanien ein Himmelfahrtskommando war. Seine Einschätzung der Lage war richtig; der Guerillakrieg ging weiter, Armee und Marschälle waren nach wie vor machtlos gegenüber diesem Volkskampf.

Der kranke, reizbare Louis hingegen löste seine Regierungsprobleme, indem er den Bruder vor vollendete Tatsachen stellte: Im Sommer 1810 war er der ständigen Querelen wegen der Kontinentalsperre überdrüssig, dankte am 1. Juli zugunsten seines älteren Sohnes Napoleon-Louis ab und verließ Holland bei Nacht und Nebel, niemand wußte, wohin.

Als Napoleon davon erfuhr, erklärte er die Abdankung für nichtig, annektierte kurzentschlossen Holland und ließ Nachforschungen nach Louis anstellen. Er erfuhr, daß Louis zur Kur in Teplitz-Schönau weilte und sich Comte St. Leu nannte (St. Leu war eines seiner Schlösser in Frankreich). Außerdem hatte er Kaiser Franz um Asyl gebeten, was dieser auch gewährte, man war ja jetzt eine Familie! Von Teplitz aus begab sich Louis nach Graz, wo er vorerst bleiben wollte.

Für Hortense bedeutete diese Entwicklung die Stunde der Befreiung. Napoleon gestattete ihr, mit ihren beiden Söhnen in

Paris zu bleiben, und gewährte ihr eine großzügige Jahresrente. Sie durfte sich auch weiterhin Königin nennen, nicht mehr Königin von Holland, sondern ›Königin Hortense‹. Ihre allgemein bekannte Liaison mit dem jungen Grafen Flahaut, einem unehelichen Sohn Talleyrands, tolerierte er stillschweigend.

Im Frühjahr 1810 mußte Napoleon auch einsehen, daß es nutzlos war, Lucien zum Nachgeben zu bewegen. Während er noch überlegte, wie er gegen Lucien vorgehen sollte, ersuchte dieser für sich und seine Familie um Pässe, weil er nach Amerika auswandern wollte. Nach einigen Zögern bewilligte Napoleon das Gesuch, damit würde er Bruder und Schwägerin endlich los sein.

Lucien übergab seine Villen und Ländereien einem Verwalter, verkaufte den größten Teil seiner beweglichen Habe und schiffte sich am 7. August mit seiner Familie, die sich inzwischen um einen weiteren Sohn vergrößert hatte, in Civitavecchia ein. In Cagliari wurde ihre Fregatte von einem englischen Kriegsschiff an der Weiterreise gehindert, und nach ergebnislosen Verhandlungen landete Lucien mit Familie und Dienerschaft nicht in New York, sondern im englischen Hafen Plymouth.

In England war sein Zerwürfnis mit Napoleon bekannt, dennoch war man mißtrauisch. Lucien durfte den Landsitz Thorngrove in Worcestershire erwerben und genoß zunächst eine gewisse Bewegungsfreiheit; nachdem er es aber abgelehnt hatte, gegen Frankreich publizistisch tätig zu sein, wurde er schärfer bewacht und auf Schritt und Tritt von einem Engländer begleitet. Er fand sich mit seinem Schicksal ab und beschäftigte sich weiterhin mit literarischen Arbeiten; er vollendete das Epos über Karl den Großen und fand auch einen Londoner Verleger, der es veröffentlichen wollte; dann begann er sein Korsika-Epos *Cyreneide*. Nebenbei verfolgte er aufmerksam die politische Entwicklung auf dem Festland, und wenn er sich auf der Landkarte die räumliche Ausdehnung des napoleonischen Imperiums ansah, war er überzeugt, daß dies nicht von Dauer sein konnte.

Im Juni sah Napoleon sich gezwungen, Fouché zu entlassen, der geheime Verhandlungen mit England geführt hatte; er ließ ihn jedoch nicht ganz fallen, sondern ernannte ihn zum Gouverneur der Römischen Provinzen. Savary wurde neuer Polizeiminister; er war seinem Herrn treu ergeben, besaß aber nicht Fouchés politischen Instinkt und zog sich bald den Haß weiter Bevölkerungskreise zu, weil seine Polizei brutal vorging und besonders alte Revolutionäre verfolgte.

Zu guter Letzt wurde Marschall Bernadotte im August vom schwedischen Reichstag zum Kronprinzen von Schweden gewählt. Sein großzügiges Verhalten gegenüber den schwedischen Truppen anläßlich der Waffenstillstandsverhandlungen im Jahre 1807 hatte Schweden bewogen, ihn neben einem Dänenprinzen in die engere Wahl zu ziehen. Napoleon war zunächst unangenehm berührt, wußte er doch seit langem, daß Bernadotte zu seinen Gegnern gehörte, und er erwog, dem Marschall die Annahme der Wahl zu verbieten. Aber da er das neutrale Schweden nicht verärgern wollte und da die Wahl in England wahrscheinlich Entsetzen hervorrufen würde, stimmte er schließlich zu. Zu Metternich, der immer noch in Paris weilte, sagte er: »Ich konnte mich der Sache nicht verschließen, denn ein französischer Marschall auf dem Throne Gustav Adolfs ist der beste Streich, den man England spielen kann.«

Am 25. September wurde den Bernadottes die Ehre einer Einladung zum Familiendiner zuteil. Zwar blieb das persönliche Verhältnis zwischen Napoleon und Bernadotte kühl, dennoch betrachtete der Kaiser Schweden als potentiellen Bündnispartner in einem Krieg gegen Rußland.

Das Bündnis mit Rußland war nämlich zunehmend problematischer geworden; der Grund für die Unstimmigkeiten war die Kontinentalsperre. Der Zar konnte sich auf keinen Wirtschaftskrieg gegen England einlassen, wenn er nicht seinen Handel ruinieren wollte; um den französischen Verbündeten nicht zu verärgern, behalf man sich mit Tricks: Englische Schiffe fuhren als ›Neutrale‹ getarnt in russische Häfen ein und löschten dort ihre Ladung. Als Napoleon davon erfuhr, verlangte er von Alexander, die Sperre auch gegenüber den Neutralen lückenlos durchzuführen, allerdings bot er ihm an, das System der ›Lizenzen‹ auch in Rußland zu praktizieren: Da man nicht völlig auf englische Waren verzichten konnte, hatte Napoleon sich entschlossen, die Blockade hin und wieder zu durchbrechen, und gewährte einzelnen Handelsunternehmen gegen hohe Zahlungen die ›Lizenz‹, bestimmte englische Waren einzuführen und dafür französisches Getreide zu exportieren.

Aber der Zar zeigte dem Franzosenkaiser die kalte Schulter, ja, er reagierte mit scharfen Gegenmaßnahmen: Er gestattete die Einfuhr von englischen Kolonialwaren und belegte französische Weine und Seide mit hohen Zöllen. Das war schon fast ein Kriegsgrund, und jedem anderen Staat hätte Napoleon auch sofort den Krieg erklärt, aber bei Rußland lagen die Dinge doch etwas anders: Rußland war die einzige ebenbürtige kontinentale Großmacht, und bei Preußisch-Eylau hatte man die Tapferkeit der russischen Soldaten kennengelernt... Dennoch, immer öfter dachte Napoleon in jenem Sommer an eine mögliche kriegerische Auseinandersetzung mit dem Zarenreich.

Im Herbst, nach Rückkehr in die Tuilerien, nahm der Kaiser die Regierungsgeschäfte wieder auf und traf gleichzeitig Vorbereitungen für das tägliche Leben und die Erziehung des Königs von Rom. Der arme Ségur mußte sich erneut mit Protokollfragen beschäftigen und bis in alle Einzelheiten das Zeremoniell bei königlichen Geburten im Ancien Régime studieren. Täglich mußte er neue Etikettefragen des Kaisers beantworten: Ob der König von Rom sechs- oder achtspännig fahren würde? Natürlich achtspännig! Ob er mit ›Sire‹ und ›Majestät‹ anzusprechen sei? Unbedingt! Ob die Gouvernante mit dem kaiserlichen Kind vor oder nach den Prinzen und Prinzessinnen gehen solle? Natürlich vor jedermann und direkt hinter dem Kaiser! Da ein Thronfolger natürlich einen Hofstaat haben mußte, ernannte Napoleon zwei Untergouvernanten, drei Erste Frauen, drei Wiegenfrauen, zwei Unterstallmeister, einen Geheimsekretär, einen Sekretär, zwei Türsteher, zwei Garderobiers, vier Kammerdiener, einen Haushofmeister, einen Truchseß. Ferner berief er zwei Kinderärzte, wählte eine Amme aus, bestellte zwei Wiegen für 3000 und für 6000 Francs, und schließlich erschien eine Regierungskommission im prominenten Pariser Wäschegeschäft ›Minette‹ und kaufte eine Babyausstattung für 40000 Francs. Das Kind bekam eine eigene Suite in den Tuilerien mit Blick auf die Place du Carrousel: ein Schlafzimmer, ein Wohnzimmer, ein Speisezimmer, ein Arbeitskabinett, eine Garderobe. Am meisten Kopfzerbrechen bereitete Napoleon die Frage, wer ›das Kind Frankreichs‹ erziehen sollte; schließlich entschied er sich für die sechsundvierzigjährige Gräfin de Montesquiou, die zur französischen Hocharistokratie gehörte.

»Madame, ich vertraue Ihnen das Schicksal Frankreichs an«, sagte er zu ihr, »machen Sie aus meinem Sohn einen guten Franzosen.«

Die Gräfin fühlte sich zwar geehrt, aber auch bedrückt wegen der großen Verantwortung, die auf sie zukam: Niemals würde sie das kaiserliche Kind allein lassen dürfen, weder bei Tag noch bei Nacht; Korrespondenz mit dem Ausland war ihr untersagt, und sie durfte von keinem ausländischen Potentaten Geschenke annehmen. Ihr Jahresgehalt betrug 40000 Francs, und sie hatte die Kommandogewalt über den Hofstaat des Kindes. Obwohl sie nicht viel für das neue System übrig hatte, war sie entschlossen, dem Kaiser treu zu dienen und die Erziehung des Thronfolgers zu ihrer Lebensaufgabe zu machen. Sie wußte, daß der Neid ihrer Umgebung ihr dies erschweren würde, daß es mißgünstige Damen gab, die ihr diese Vertrauensstellung nicht gönnten.

Zu diesen Damen gehörte die Herzogin von Montebello, die die Angehörigen des Hochadels nicht leiden konnte, weil sie selbst nur dem niederen Adel entstammte. Bald begann die erste Hofdame der Kaiserin durch geschickt eingestreute Bemerkungen die gutgläubige Marie-Louise gegen die Erzieherin einzunehmen, und bald hegte die Kaiserin tatsächlich eine tiefe Abneigung gegen die Gräfin. Wenn ihre Freundin, die Herzogin, derart negativ und spöttisch über die Gräfin de Montesquiou urteilte, mußte wohl etwas Wahres daran sein. Sie ahnte nicht, daß diese Freundin auch eine tiefe Abneigung gegen den Kaiser hegte, weil er sie noch nicht zur Fürstin ernannt hatte; seinem toten Freund wäre er das wohl schuldig gewesen ...

Die Schwangerschaft verlief ohne Komplikationen, Marie-Louise fühlte sich so gesund wie noch nie, nahm an allen gesellschaftlichen Ereignissen teil und dachte überhaupt nicht an die Niederkunft; nur ein Problem beschäftigte sie während jener Monate. Nach jeder Untersuchung wurde Corvisart bestürmt, ob es nicht eine Möglichkeit gäbe, das Geschlecht des Kindes zu erkennen.

Im Dezember kehrte die Gräfin Walewska mit dem kleinen Alexander nach Paris zurück. Sie wurde bei Hofe vorgestellt – was Schwarzenberg nicht nach Wien meldete – und mußte zu ihrer Enttäuschung erkennen, daß Napoleon ihr gegenüber nur noch Freundschaft empfand. Doch er kümmerte sich um das Kind, besuchte seinen Sohn hin und wieder oder schickte Corvisart, und die Gräfin nahm seinem Wunsch gemäß am gesellschaftlichen Leben in Paris teil.

Am Abend des 19. März kleidete sich Marie-Louise für einen Theaterbesuch um, wobei ihr zwei Hofdamen behilflich waren. Plötzlich schrie sie auf, sank auf einen Sessel und preßte eine Hand auf den Leib. Madame de Luçay erfaßte sofort die Situation und lief zur Herzogin von Montebello, die der Etikette zufolge den Kaiser von der bevorstehenden Entbindung zu benachrichtigen hatte.

Die Herzogin, die sich früh zur Ruhe begeben wollte, war bereits im Négligé, als Madame de Luçay hereinstürmte. »Madame, es ist soweit!« Die Herzogin griff nach ihren Kleidern, kam in der Hast nicht zurecht und lief im Unterrock durch die Salons zum Kaiser. »Sire, der König von Rom schickt sich an, zur Welt zu kommen!«

Napoleon wurde blaß. Er lief zu Marie-Louise, die stöhnend auf dem Sessel saß. »Nun komm«, sagte er und hob sie sanft empor, »es ist besser, du gehst etwas auf und ab.«

In Windeseile hatte sich die Neuigkeit in den Tuilerien herumgesprochen. Die Theateraufführung wurde abgesagt, statt dessen versammelten sich, wie das Zeremoniell es vorschrieb, die kaiserliche Familie, die Großwürdenträger, die Minister und die Geistlichkeit in den Vorräumen der kaiserlichen Suite, alle in eleganter Theaterkleidung, alle gespannt auf das Spektakel, das sie erwartete.

Letizia saß wie eine antike Statue auf ihrem Stuhl und blickte starr geradeaus. Würde die Habsburgerin ihre Pflicht erfüllen und einen Sohn zur Welt bringen? Julie, hochrot im Gesicht wie immer, wenn sie aufgeregt war, fächelte sich nervös Luft zu. Hortense sah zu Boden und dachte an die eigene Niederkunft, die in wenigen Monaten bevorstand, und an den Grafen Flahaut, den Vater ihres vierten Kindes.

Inzwischen waren der Geburtshelfer Dubois, der Chirurg Auvity und Corvisart eingetroffen. Letzterer untersuchte Marie-Louise, kam zu dem Ergebnis, daß es noch eine ganze Weile dauern würde, und zog sich wieder zurück.

Napoleon saß am Bett, hielt die Hand der Gattin und redete ihr beruhigend zu. Er hatte auch Angst, war aber entschlossen, bei ihr zu bleiben, bis das Kind geboren war. Die Herzogin von Montebello und die Gräfin de Montesquiou standen am Fußende des Bettes und warteten auf die weitere Entwicklung der Dinge, aber es ging nicht voran. Im Geburtszimmer wurde es von Stunde zu Stunde stickiger, weil die Fenster geschlossen und von schweren Brokatvorhängen verdeckt waren. Gegen Mitternacht ließ Napoleon in den Vorräumen einen Imbiß servieren. Ein Teil der Gesellschaft war eingeschlafen, andere waren diskret verschwunden. Kurz nach Mitternacht begannen die Glocken von Notre-Dame zu läuten, in allen Kirchen wurde für die Kaiserin gebetet.

Corvisart kam, verschwand wieder; so verging Stunde um Stunde. Gegen fünf Uhr morgens schlief Marie-Louise erschöpft ein, und Napoleon schickte die wartende Gesellschaft nach Hause, nur die kaiserliche Familie mußte ausharren. Gegen sechs Uhr morgens gab Corvisart ein Bulletin heraus, daß das Befinden Ihrer Majestät ausgezeichnet sei.

Inzwischen war es hell geworden, die Sonne ging auf. Dieser 20. März versprach ein strahlender Vorfrühlingstag zu werden.

Gegen acht Uhr zog Napoleon sich zurück, um ein heißes Bad zu nehmen.

»Nun Sire, wie weit ist es?« fragte Constant teilnahmsvoll.

»Mein Sohn hat es nicht eilig, auf die Welt zu kommen. Er weiß noch nicht, was ihn erwartet; nie war das Erbe eines französischen Thronfolgers so groß!«

Einige Minuten später wurde die Tür aufgerissen, und Dubois stand mit grauem Gesicht vor ihm.

»Was ist? Ist sie tot?« Es war sein Grundsatz, in bestimmten Situationen immer an das Schlimmste zu denken.

»Nein, aber das Fruchtwasser ist durchgebrochen, das Kind hat eine ungewöhnliche Lage, wie werden die Eisen anwenden müssen!«

»Die Eisen? Ist das gefährlich?«

»Sire, es besteht Gefahr für Mutter und Kind! Wenn überhaupt, werden wir nur ein Leben retten können!«

»Dann retten Sie die Mutter.« Napoleon stand auf und wickelte sich in die Tücher, die Constant ihm zitternd reichte.

»Sire, Ihre Majestät wird nach dieser schweren Geburt vielleicht keine Kinder mehr bekommen dürfen.«

»Tun Sie, was ich Ihnen gesagt habe: Retten Sie die Mutter!« Dubois stürzte davon; Napoleon kleidete sich notdürftig an und begab sich wieder in das Geburtszimmer.

Dort hatte man die Kaiserin inzwischen umgebettet, um die Eisen anwenden zu können. Dubois versuchte Marie-Louise schonend beizubringen, daß ein operativer Eingriff vorgenommen werden müsse, aber als sie die Zangen sah, geriet sie in Panik. »Weil ich Kaiserin bin, soll ich sterben!«

»Aber Majestät, beruhigen Sie sich«, sagte Madame de Montesquiou, »ich habe selbst zweimal mit Eisen entbunden, und es ist alles gutgegangen.«

»Los, worauf warten Sie noch!« rief Napoleon dem Geburtshelfer ungeduldig zu.

»Ich möchte den Eingriff nicht ohne Monsieur Corvisart wagen.«

»Zum Donnerwetter, ich befehle Ihnen, die Kaiserin endlich zu entbinden. Vergessen Sie, daß sie die Kaiserin ist, tun Sie so, als ob Sie den Sohn eines Flickschusters zur Welt brächten. Es wird Ihnen nichts passieren, das garantiere ich Ihnen.«

In diesem Augenblick erschien Corvisart, und Dubois atmete erleichtert auf. Corvisart und Auvity hielten die stöhnende Marie-Louise fest, Dubois nahm die Zange und trat ans Bett.

Eine plötzliche Schwäche überkam Napoleon, er taumelte ins Vorzimmer und sank in einen Sessel. Er hörte, wie Marie-Louise aufschrie. Die Angst schnürte ihm die Kehle zu.

»Jesus, wäre es doch nur erst vorbei!« flüsterte er. Er stand auf, trat zum Fenster und sah geistesabwesend hinüber zur Place du Carrousel, wo sich inzwischen eine Menschenmenge eingefunden hatte, die schweigend zu den Fenstern der Tuilerien starrte. Sie warten auf den ersten Kanonenschuß, dachte er, einundzwanzig

Schüsse Salut für eine Tochter, einhundertundein Schüsse für meinen Sohn. Aber wahrscheinlich wird es gar keinen Salut geben, ich muß mich damit abfinden – wenn nur Marie-Louise durchkommt ...

Im Schlafzimmer war es ganz ruhig geworden, beängstigend ruhig ... Wie lange dauert das denn noch? Es ist schon einundzwanzig Minuten nach neun ...

Da öffnete sich die Tür, Dubois erschien mit hochrotem Kopf. »Sire, Ihre Majestät ist entbunden!«

Napoleon stürzte an Marie-Louises Bett, schloß seine Frau in die Arme und küßte sie. Ihre Augen waren geschlossen, aber sie atmete.

»Monsieur Corvisart, wird sie überleben?«

»Sie können unbesorgt sein, Sire; dieser Schwächeanfall ist normal nach einer solchen Geburt.«

Inzwischen hatte Madame de Montesquiou das Kind – es war ein Knabe – aufgenommen, in warmem Wasser gereinigt und in Tücher gewickelt. Nun flößte sie ihm einige Tropfen Branntwein ein und klopfte ihm sanft auf den Rücken. Es dauerte sieben Minuten, bis das Neugeborene seinen ersten Schrei ausstieß.

Napoleon sah sich verwundert um.

»Sire, Ihr Sohn!« Die Gräfin überreichte ihm das Bündel.

»Mein Sohn? Jesus, mein Sohn!« Fassungslos blickte er auf den Säugling.

Der Erzkanzler Cambacérès betrat das Zimmer. Er hatte das Geschlecht festzustellen und die Geburtsurkunde aufzusetzen, das Kind sollte Napoleon Franz Karl Joseph heißen.

Er trägt auch Carlos Namen, dachte Letizia, als sie die Geburtsurkunde unterzeichnete.

Dann wurden die Flügeltüren geöffnet, und Madame de Montesquiou erschien mit dem Thronfolger auf dem Arm. »Seine Majestät, der König von Rom!« rief der Türsteher. Und Napoleon nahm seinen Sohn, hob ihn hoch und zeigte ihn strahlend dem versammelten Hof.

Als der Kanonensalut begann, trat Letizia zu ihrem Sohn und führte ihn ans Fenster: »Sehen Sie nur, all die Menschen! Man spürt förmlich, wie sie auf den zweiundzwanzigsten Schuß warten! Aber was ist los mit Ihnen? Sie sehen so ernst aus, freuen Sie sich nicht?«

»Das täuscht ... Ich bin so glücklich, Mama, ich war noch nie so glücklich! Aber ich hatte furchtbare Angst ...«

Eine Stunde später benachrichtigten die kaiserlichen Pagen Ämter und Behörden von der Geburt des Thronfolgers, Ségur verständigte die auswärtigen Botschaften, Kuriere schwangen sich in die Sättel und ritten nach allen Himmelsrichtungen davon, unter ihnen natürlich auch Graf Tettenborn.

Napoleon teilte Joséphine das freudige Ereignis mit, anschließend diktierte er Méneval einen längeren Brief an seinen Schwiegervater. Am Abend erhielt das Kind die übliche Nottaufe in der Kapelle des Louvre; Napoleon selbst hielt seinen Sohn über das Becken. Die offizielle Zeremonie sollte am 9. Juni in Notre-Dame stattfinden. Anschließend brachte er das Kind zu Marie-Louise, die das Neugeborene bisher noch gar nicht richtig gesehen hatte.

»Er ähnelt dir, Louise; er hat blaue Augen und blonde Haare – soweit man von Haaren sprechen kann.« Behutsam streichelte er den hellen Flaum.

Marie-Louise betrachtete das Kind, dann ihren Gatten, dann wieder das Kind: »Er sieht dir ähnlich, er hat deine Augen, deine Nase, deinen Mund.«

»Ich beneide meinen Sohn. Der Ruhm erwartet ihn, während ich ihm erst nachlaufen mußte. Wenn ich Philipp bin, dann wird er Alexander; um die Welt zu ergreifen, braucht er nur seine Arme auszustrecken.«

Marie-Louise lächelte matt. Was für Pläne! dachte sie. »Hast du meinem Vater schon geschrieben?«

Aber natürlich. Wir sind nun eine Familie, dein Vater wird dereinst Beschützer meiner Kinder sein, und meine Kinder werden die seinigen beschützen. Aber bei der ganzen Aufregung habe ich ja völlig vergessen...« Er holte aus seiner Rocktasche ein Etui aus rotem Saffianleder und öffnete es. »Eine kleine Aufmerksamkeit, die dich immer an diesen Tag erinnern soll.«

Auf blauem Samt lag eine dreireihige Perlenkette.

»Wie sie schimmern! So schöne Perlen habe ich noch nie

gesehen ...« sagte Marie-Louise bewundernd. Und dann fiel ihr ein, was Maria Ludovica gesagt hatte: Perlen bedeuten Tränen ... Ach was, dachte sie, ein alberner Aberglaube!

Es dauerte einige Wochen, bis Marie-Louise sich soweit erholt hatte, um ihren Vater einen längeren Brief zu schreiben zu können, dem sie ein Miniaturportrait ihres Sohnes beifügte, das Isabey gemalt hatte. ›... Wenn es aber möglich ist, so ist seit dem Augenblick der Geburt meines Sohnes meine zärtliche Liebe für meinen Gemahl noch vergrößert worden ... Ich unterfange mich, Ihnen das Portrait meines Sohnes zu schicken. Es sieht ihm sehr ähnlich, ohne geschmeichelt zu sein, und Sie werden sicher finden, daß es auch dem Kaiser recht ähnlich sieht. Er ist sehr kräftig für seine fünf Wochen und trägt seinen Kopf schon ohne Polster; als er auf die Welt kam, wog er 9 Pfund und hatte 20 Zoll in der Länge.

Er ist auch recht gesund und ist den ganzen Tag im Garten. Der Kaiser gibt sich erstaunlich mit ihm ab, er trägt ihn auf dem Arm und ist wirklich kindisch mit ihm ...‹

Marie-Louise legte die Feder zur Seite und betrachtete das Portrait von Isabey. Ja, er gibt sich viel mit ihm ab, dachte sie, während ich nie recht weiß, was ich mit dem Kind anfangen soll, wenn man es mir bringt. Er spielt mit ihm, trägt ihn zum Fenster und zeigt ihm die Leute draußen, schneidet ihm komische Grimassen vor dem Spiegel. Jeden Tag fällt ihm etwas anderes ein, worüber sich die Montesquiou entsetzen muß; vorgestern hat er ihn aus seinem Weinglas trinken lassen, gestern tauchte er den Finger in die Suppe und ließ ihn daran saugen, anschließend beschmierte er ihm das Gesicht mit Sauce, woraufhin die Montesquiou ihm den Kleinen sofort wegnahm. Er hält viel von der Montesquiou, läßt sie das Kind so behandeln, wie sie es für richtig hält... So viel Aufhebens hat man in Wien um meine Geschwister und mich nicht gemacht; er treibt einen richtigen Kult mit seinem Sohn, und leider wird das ausgenutzt. Alle Petitionen, die in den letzten Wochen an ›Seine Majestät den König von Rom‹ gerichtet waren, wurden positiv beantwortet ...

Am 5. Juni empfing Napoleon Caulaincourt in Saint-Cloud. Dieser war auf eigenen Wunsch von seinem Botschafterposten in

Petersburg abberufen worden; er glaubte, den politischen Kurs seines kaiserlichen Herrn gegenüber Rußland nicht mehr vertreten zu können. Sein Nachfolger am Zarenhof war General Lauriston.

Napoleon begann sofort seine Beschwerden gegen den Zaren aufzuzählen, und Caulaincourt verteidigte Alexander, so gut es ging. Er betonte, daß der Zar sein Land durch die Kontinentalsperre nicht wirtschaftlich ruinieren könne, daß die Gebietsveränderungen seit 1809 – die Annexion Hollands, die Schaffung des Großherzogtums Frankfurt – den Zaren beunruhigten ...

»Sie sind ja geradezu verliebt in Alexander!«

»Nein, Sire, aber in den Frieden.«

Napoleon warf dem Zaren Falschheit und Wankelmut vor, behauptete, der Zar wolle Krieg; Caulaincourt widersprach. Rußland sei bereit, sich über die strittigen Fragen – Blockade gegen England, Polen, Danzig – zu einigen.

Napoleon sah Caulaincourt scharf an: »Sie glauben also, daß Rußland den Krieg nicht will, daß es im Bündnis verbleiben und Maßnahmen zur Aufrechterhaltung der Kontinentalsperre treffen würde, wenn ich es bezüglich Polen zufriedenstellte?«

»Es geht nicht mehr um Polen allein; aber zweifellos wäre man sehr befriedigt, wenn Eure Majestät aus Danzig und Preußen wenigstens den größten Teil der Streitkräfte zurückzöge, die man dort einzig und allein gegen Rußland vereinigt glaubt.«

»Die Russen haben also Angst?«

»Nein, Eure Majestät. Sie würden jedoch einen erklärten Krieg einem Zustand vorziehen, der kein wirklicher Friede ist.«

»Man glaubt also, mir Vorschriften machen zu können? Ich soll also Alexander zu Gefallen Danzig räumen? Nächstens muß ich Alexander noch um Erlaubnis bitten, wenn ich in Mainz Parade abhalten will!«

»Nein, Sire, nur die in Danzig gefällt ihm nicht!«

»Die Russen glauben wohl, mich gängeln zu können wie einst ihren Polenkönig! Ich bin nicht Ludwig XV. Das französische Volk würde eine solche Demütigung nicht dulden.«

»Meines Erachtens gibt es nur zwei Möglichkeiten: Polen wiederherstellen, um die Polen für sich zu gewinnen, was einen politischen Vorteil bedeuten kann – oder das Bündnis mit Rußland erhalten, wodurch der Friede mit England herbeigeführt und Ihre spanische Angelegenheit beendet würde.«

»Welchen Weg würden Sie wählen?«

»Die Erhaltung der Allianz, Sire! Es ist der Weg der Vernunft und des Friedens!«

Eine Weile herrschte Schweigen zwischen den beiden Männern. Dann sagte Caulaincourt: »Wissen Sie, Sire, was der Zar mir zum Abschied gesagt hat, sozusagen unter vier Augen? ›Wenn Kaiser Napoleon mir den Krieg erklärt, so ist es möglich, sogar wahrscheinlich, daß er uns schlagen wird; aber das wird ihm keinen Frieden bringen. Die Spanier sind oft geschlagen worden, und doch sind sie nicht besiegt. Und wir haben noch bessere Karten. Wir haben Raum und eine gut organisierte Armee. So kann man sogar seinen Besieger zum Frieden zwingen. Ich werde nicht als erster das Schwert ziehen, aber wenn ich es ziehen muß, werde ich es als letzter in die Scheide stecken. Die Spanier liefern den Beweis, daß nur der Mangel an Beharrlichkeit alle jene Staaten hat scheitern lassen, mit denen Ihr Gebieter Krieg geführt hat. Der Franzose ist tapfer, aber lange Entbehrungen entmutigen ihn. Unser Klima wird für uns kämpfen. Wunder geschehen bei euch nur dort, wo der Kaiser steht. Er kann aber nicht überall sein, er kann Paris nicht jahrelang fernbleiben.‹«

Während Caulaincourt dies vortrug, beobachtete er das Mienenspiel Napoleons. Dieser schien immer nachdenklicher zu werden. Hoffnungsvoll sprach Caulaincourt weiter, betonte, daß man Rußland, die Armee, das Land, jenes weite Land, nicht unterschätzen solle.

Aber dann ergriff Napoleon das Wort. Er begann mit einer Aufzählung seiner Streitkräfte, seiner Hilfsmittel, und schloß mit dem Satz: »Eine gute Schlacht wird die schönen Pläne meines Freundes Alexander schon zunichte machen!«

»Krieg und Frieden liegt in Ihrer Hand, Sire! Um Ihres eigenen Heiles und um des Heiles Frankreichs willen flehe ich Eure Majestät an, die Gefahren des einen und die sicheren Vorteile des anderen zu bedenken!«

»Sie sprechen wie ein Russe!«

»Eher wie ein guter Franzose, und als treuer Diener Eurer Majestät.«

»Ich will den Krieg nicht! Ich wiederhole es Ihnen! Aber die Polen richten all ihre Hoffnungen auf mich. Davout und Rapp melden mir, daß die Litauer voll Haß gegen die Russen sind und alle Augenblicke Abgesandte schicken, um uns zur Entscheidung zu drängen!«

»Eure Majestät können sich etwas nicht verhehlen, was man jetzt in Europa nur zu gut weiß: daß Sie nämlich Länder haben wollen, nur für sich selbst und nicht in deren eigenem Interesse.«

»Das glauben Sie, Herr Gesandter?«

»Jawohl, Sire!«

Nachdem Napoleon ihn entlassen hatte, ging Caulaincourt langsam hinüber zum Park. Der Duft der Rosen ließ die Erinnerung an Malmaison in ihm wach werden; er dachte an seinen ersten Besuch dort, zusammen mit Talleyrand ... Das ist jetzt elf Jahre her, dachte er, damals wollte der Erste Konsul ein Bündnis mit Rußland. Und jetzt? Hoffentlich bleibt der Frieden erhalten ... Nur kein Feldzug gegen Rußland! ›Ich werde nicht als erster das Schwert ziehen, aber wenn ich es ziehen muß, werde ich es als letzter in die Scheide stecken ...‹

Fünftes Buch

XXXV

Anfang 1812 herrschte in Frankreich eine Hungersnot, wie man sie schon lange nicht mehr erlebt hatte. Die Ursachen waren Arbeitslosigkeit, bedingt durch die Kontinentalsperre und die allgemeine Wirtschaftskrise, und schlechte Getreideernten, die den Brotpreis in die Höhe getrieben hatten.
In den Cafés und auf der Straße diskutierte man in jenem Winter neben der wirtschaftlichen Lage auch die nicht weniger brisante politische: Würde es zu einem neuen Krieg kommen? Seit Februar 1812 marschierten die Franzosen – unterstützt von rund zwanzig anderen Nationen – durch Mitteleuropa nach Osten, ohne das Ziel zu kennen.

In Frankreich hatte man wenig Verständnis für die neuen Truppenaushebungen, zumal in Spanien immer noch gekämpft wurde. Das wohlhabende französische Bürgertum fühlte sich besonders betroffen, weil es sich 1812 nicht mehr, wie in den Jahren zuvor, von der Wehrpflicht freikaufen konnte, und die Unternehmer und Kaufleute des Kaiserreiches wollten den Frieden, um ungestört Handel treiben zu können. Als nun zum zweiten Mal ein Krieg drohte, der nicht die Verteidigung, sondern offensichtlich eine weitere Expansion des Empire zum Ziel hatte, begannen die Bürger das Vertrauen zu ihrem Kaiser und seiner Politik zu verlieren. Die allgemeine Angst und Unsicherheit wurde geschürt durch die Erscheinung eines Kometen. Kündigte er weitere Hungersnöte oder Seuchen an – oder einen langen, schrecklichen Krieg?

In den Tuilerien dagegen schien die Welt heil zu sein. Die Ballsaison 1811/12 war die glanzvollste, die Paris seit der Revolution erlebt hatte, und wer in jenem Winter den *Moniteur* las, mußte den Eindruck gewinnen, daß man im Schloß nur Quadrille und Walzer tanzte.

Im März übersiedelte der Hof wie in jedem Jahr nach Saint-Cloud.

Die ersten Maitage waren sommerlich warm, aber dann fielen die Temperaturen über Nacht um fast zehn Grad. Die Damen, die das Kaiserpaar nach Dresden begleiten sollten, wickelten sich fröstelnd in ihre Schals, als sie am Morgen des 9. Mai den Schloßhof in Saint-Cloud betraten. Trotz der Kälte war die Stimmung heiter und gelöst. Die Kutscher riefen einander derbe Scherzworte zu, und der dicke Palastpräfekt Beausset lief mit hochrotem Kopf hin und her, erteilte Befehle und kanzelte die Lakaien ab.

Von einem Fenster im ersten Stock beobachtete Napoleon zufrieden das Treiben im Hof. Es sieht aus wie eine Vergnügungsreise, dachte er, das ist die beste Tarnung für meinen Aufbruch zur Armee. Wenn ich gezwungen sein sollte, in Rußland einzufallen, muß es überraschend geschehen, damit die beiden russischen Armeen keine Zeit haben, sich zu vereinigen; ich muß sie getrennt schlagen und dann – nun, man wird sehen.

Kurz vor halb zehn Uhr bestieg er mit Marie-Louise seinen komfortablen Reisewagen. Marie-Louise war bester Laune; den Gedanken an die bevorstehende Trennung vom Gatten hatte sie verdrängt; sie freute sich auf die glanzvollen Wochen in Dresden und Prag, die vor ihr lagen. Durchs Fenster sah sie Caulaincourt und Duroc in Begleitung von Savary auf eine Kutsche zugehen.

»Adieu, Herr Herzog von Rovigo«, sagte Duroc fröhlich zu dem Polizeiminister, »lassen Sie Paris nicht abbrennen und passen Sie auf, daß niemand aus den Gefängnissen entkommt!« Er lachte, als er die beleidigte Miene des Ministers sah – es war allgemein bekannt, wie pflichteifrig Savary seinem kaiserlichen Herrn diente –, und kletterte, gefolgt von Caulaincourt, in die Kutsche.

Warum ist Caulaincourt so ernst? dachte Marie-Louise. Er verdirbt den anderen nur die Stimmung! Dann fuhr der Wagen an, und sie ließ sich in die Polster sinken. Sie freute sich auf das Wiedersehen mit ihrer Familie. Ihre Eltern würde sie in Dresden treffen – dorthin hatte Napoleon alle mit ihm verbündeten Fürsten befohlen, um dem Zaren zu demonstrieren, daß Europa gegen Rußland stand. Die Geschwister würde sie dann in Prag sehen; Napoleon hatte ihr erlaubt, ein paar Wochen mit ihrer Familie zu verbringen, während er die Depots in Ostpreußen inspizierte und letzte Vorbereitungen für den Feldzug traf. Zufrieden überlegte sie, daß sie erstmals als Kaiserin der Franzosen in der alten Heimat weilen würde.

Napoleon neben ihr war in Akten vertieft. Er überprüfte gerade einen Bericht von Berthier, worin detailliert die Große Armee beschrieben wurde, die seit einigen Wochen unterwegs war nach Osten. Das Heer wurde von 30 000 Wagen, 150 000 Zug- und Kavalleriepferden und 1 000 Kanonen begleitet; man führte 28 Millionen Flaschen Wein und zwei Millionen Flaschen Branntwein mit ... Nachdenklich legte er den Bericht zur Seite. Die größte Armee aller Zeiten würde in Rußland einmarschieren: 556 000 Soldaten, darunter nur 241 000 Franzosen, eine Vielvölkerarmee also. Ob die Rheinbundtruppen zuverlässig waren? Die Österreicher, die Preußen, die Preußen vor allem! Er dachte an das Bündnis, das er dem preußischen König aufgezwungen hatte, mit der Verpflichtung, 20 000 Mann zu stellen. Es war zu erwarten, daß diese wenig begeistert kämpfen würden; in Preußen herrschte eine entschieden antifranzösische Stimmung. Daran waren nicht zuletzt Männer wie der Freiherr von Stein schuld. Napoleon hatte ihn dann aus Preußen vertrieben, aber jetzt lebte er am Zarenhof und beeinflußte Alexander gegen Frankreich, genau wie sein alter Feind Pozzo di Borgo.

Napoleons Gefühle Alexander gegenüber waren zwiespältig. Er empfand immer noch Sympathie, aber zugleich war er enttäuscht von ihm. Wie hatte es soweit kommen können, daß nun Kriegszustand zwischen ihnen herrschte, obwohl keine förmliche Kriegserklärung erfolgt war? War Alexander eifersüchtig, daß er, Napoleon, in Polen den Code Civil eingeführt hatte? Daß er buchstäblich vor der Haustür des Zaren die Leibeigenschaft abgeschafft, die Religionsfreiheit auch für Juden garantiert hatte, während Alexander mit seinen liberalen Ideen in Rußland nicht weiterkam, von konservativen Kräften gehemmt wurde? Beide Seiten hatten aufgerüstet, ja, aber man hatte auch verhandelt, bis zum russischen Ultimatum am 8. April: Vorbedingung für alle weiteren Verhandlungen sei der Rückzug der französischen Truppen hinter die Elbe! Einige Tage später hatte Alexanders Botschafter Kurakin seinen Paß verlangt! Der französische Sonderbotschafter Narbonne dagegen verhandelte immer noch in Petersburg. Falls Narbonne ohne Ergebnis zurückkehrte, würde Napoleon ohne förmliche Kriegserklärung in Rußland einmarschieren. Vielleicht war der Zar angesichts der Großen Armee zu neuen Verhandlungen bereit; mit seinen knapp 200 000 Mann konnte er unmöglich eine militärische Auseinandersetzung wagen, zumal ein Teil seiner Streitkräfte durch den Krieg gegen die Türken gebunden war. Vom Norden hatte Alexander allerdings nichts zu befürchten, da Bernadotte ihm die Neutralität Schwedens zugesichert hatte.

Beim Gedanken an seinen ehemaligen Marschall wurde Napoleon wütend. Bernadotte hatte sich geweigert, die Kontinentalsperre durchzuführen, woraufhin Schwedisch-Vorpommern und die Insel Rügen mit französischen Truppen besetzt worden waren. Bernadotte muß wenigstens neutral bleiben, dachte Napoleon, vielleicht kann Eugénie vermitteln?

Hatte er für diesen Feldzug die richtigen Marschälle ausgewählt? Jérôme? Napoleon erinnerte sich, daß sein Bruder 1809 mit seinem gesamten Hofstaat ins Feld gezogen war und sich wie ein Satrap aufgeführt hatte ... Hoffentlich würde er sich diesmal bewähren! War es richtig, ihm ein Oberkommando anzuvertrauen?

Die größte Armee aller Zeiten, dachte er, bestens ausgerüstet und verpflegt, dem Feind zahlenmäßig überlegen ... Er vertiefte sich erneut in Berthiers Bericht, und je länger seine Augen über die Zahlenkolonnen wanderten, desto größer wurde sein Widerwille, gegen Rußland Krieg zu führen. Ob es an seinem Alter lag? Damals – wie begeistert hatte er vor 16 Jahren das Oberkommando über die zerlumpte Italienarmee übernommen! Jetzt passierte es ihm oft, daß er zögerte, lange darüber nachdachte, ob eine Entscheidung richtig war. Das war früher anders gewesen – allerdings waren die Mitarbeiter während der Konsulatszeit fähige, intelligente Männer gewesen, heute dagegen war er von Dummköpfen umgeben, die unfähig waren, selbständig zu denken, und sich im Grunde nur bereichern wollten, sodaß er gezwungen war, sämtliche Entscheidungen allein zu treffen. Lediglich bei der russischen Angelegenheit hatten alle mitgeredet und ihn vor den Gefahren dieses Feldzuges gewarnt, vor der Weite des Landes, dem Klima, dem Risiko eines Zweifrontenkrieges. Sogar der in Ungnade gefallene Fouché war eines Tages erschienen und hatte ihn an Karl XII. von Schweden erinnert! Er hatte ihm geantwortet, der Krieg mit Rußland sei vernünftig und notwendig für die Ruhe und Sicherheit Europas, und ihm sodann seine Vision erläutert: »Aus allen Völkern Europas muß ich *ein* Volk und aus Paris die Hauptstadt der Welt machen.«

Am Abend des 16. Mai erreichte man Dresden, einen Tag später traf das österreichische Kaiserpaar am sächsischen Königshof ein. Gleich nach ihrer Ankunft erschien ein Kammerherr Napoleons und fragte, wann dieser seine Aufwartung machen dürfe. »Je eher, desto besser«, antwortete Kaiser Franz zum Leidwesen seiner Gattin, die sich gerne noch etwas ausgeruht hätte vor der Begegnung mit dem ›korsischen Ungeheuer‹. Maria Ludovicas Gesundheit hatte sich seit 1810 verschlechtert, sie wirkte noch zarter und zerbrechlicher und litt zudem an einer leichten Schwerhörigkeit.

Wenig später erschien Napoleon mit seinem Gefolge. Kaiser Franz hatte seinen Schwiegersohn zuletzt im Dezember 1805 nach Austerlitz gesehen und dachte bei sich, daß sich dieser während der vergangenen sechseinhalb Jahre sehr verändert hatte. Die Haare hatten sich gelichtet, und er war recht korpulent geworden, aber besonders auffallend war das häufige hastige Tabakschnupfen, die schnelle, abgehackte Sprechweise, die düstere Miene. Er wirkt so nervös, dachte Franz. Er steht in seinem dreiundvierzigsten Lebensjahr, sieht aber aus wie fünfzig.

Als Marie-Louise, begleitet von ihrem Hofstaat, mit einiger Verspätung zu den Gemächern der Eltern ging, spürte sie, wie sie zunehmend unsicher und gehemmt wurde. In ihrer Phantasie war sie stets strahlend auf die Eltern zugeeilt, hatte ihren Vater herzlich umarmt; nun merkte sie plötzlich daß sie vor den neugierigen Augen der Hofleute und in Gegenwart des Gatten ihre Gefühle nicht würde zeigen können. Mit klopfendem Herzen, ohne nach rechts oder links zu sehen, betrat sie den Salon. Kaiser Franz umarmte die Tochter und betrachtete sie voller Vaterstolz.

»Gut siehst du aus, Louisl, du bist eine richtige Französin geworden!« Anerkennend musterte er den Perlenschmuck und das blauseidene Kleid, das sie auf Wunsch Napoleons angezogen hatte.

Auch Napoleon war mit der äußeren Erscheinung der Gattin zufrieden: schlichte Eleganz, nicht aufgeputzt, nicht protzend, kurz, nicht parvenuhaft! Bei den abendlichen Festlichkeiten, in Gegenwart der deutschen Fürsten, würde sie natürlich Gala tragen müssen und kostbare Juwelen, aber auch in Maßen.

»Ja, Papa«, erwiderte Marie-Louise und brachte ein schüchternes Lächeln zustande, »ich habe alle Ihre Ratschläge befolgt, und ich ... ich freue mich so, daß Sie und Mama hierhergekommen sind!«

»Aber Louisl, das ist doch selbstverständlich, zudem es eine Idee deines Gemahls war. Ich habe ihm auch schon gedankt, daß er dir erlaubt hat, ein paar Wochen nach Prag zu kommen.«

Es entstand eine Pause, eine kleine Verlegenheit, aber in dem Blick zwischen Vater und Tochter lag eine innere Verbundenheit, die fast körperlich spürbar war. Jedenfalls für Napoleon, der das Wiedersehen zwischen Gattin und Schwiegervater neugierig beobachtete. Mit welcher Ergebenheit sie ihren Vater ansieht! dachte er. Kein Wunder, daß sie nie widerspricht, alles tut, was ich ihr sage – das ist der kindliche Gehorsam, der ihr anerzogen wurde. Ob er diese starke Bindung zwischen Vater und Tochter nicht politisch nutzen könnte? Marie-Louise konnte bei ihrem Vater wahrscheinlich viel erreichen, und ihm würde das Wohl seiner Tochter wichtiger sein als staatspolitische Erwägungen ...

Maria Ludovica war Marie-Louises Verlegenheit nicht entgangen, und teils um die Situation zu entspannen, teils weil sie die Gegenwart des kaiserlichen Schwiegersohnes unerträglich fand, ging sie auf ihre Stieftochter zu, umarmte sie und schlug vor, mit ihr in den kleinen Salon zu gehen, um ungestört ein wenig zu plaudern.

Die folgenden Tage waren für Maria Ludovica eine Kette von Strapazen, aber sie hielt tapfer durch, war charmant und liebenswürdig wie immer, auch gegenüber dem Schwiegersohn, dem es trotz aller Anstrengungen und Aufmerksamkeiten nicht gelang, ihre Abneigung zu mildern. Abgesehen davon, daß sie ihn geschwätzig fand, störte sie die unterwürfige Haltung des sächsischen Hofes und der deutschen Fürsten ihm gegenüber.

Sie beobachtete mißvergnügt, daß ihr Gatte ganz im Banne des ›Emporkömmlings‹ stand, und war froh, daß sie ihm wenigstens eine österreichische Teilnahme am Feldzug ausreden konnte; sie hörte geduldig ihrer Stieftochter zu, die wieder und wieder erzählte, wie glücklich sie in Frankreich sei und daß sie gar nicht wisse, wie sie eine wochenlange Trennung von ihrem Gatten überleben solle. Und dann folgte eine Aufzählung ihrer verschiedenen gesundheitlichen Beschwerden. Maria Ludovica kannte die hypochondrische Veranlagung der Stieftochter – deren ›Krankheiten‹ waren ein immer wiederkehrendes Thema in den Briefen –, und sie wußte, daß es Marie-Louise vortrefflich ging, wenn sie sagte, sie fühle sich ›leidlich gut‹. In Dresden fühlte sie sich die meiste Zeit ›leidlich gut‹, genoß ihre Stellung, die Liebe und Zuneigung zweier Kaiser und den Neid der Fürstinnen angesichts ihrer Toiletten und Juwelen.

Am 26. Mai traf Narbonne in Dresden ein. Seine Verhandlungen mit dem Zaren waren erfolglos geblieben, außerdem brachte er die unerfreuliche Nachricht, daß Kutusow am 16. Mai mit der Türkei Frieden geschlossen habe.

Damit hatte Napoleon nicht gerechnet. Mit Unbehagen dachte er an die zusätzlichen Reservetruppen, die Alexander durch diesen Frieden gewann, ließ sich aber vor Narbonne nichts anmerken. »Der Zar will also den Krieg«, sagte er kühl, »schön, er soll ihn haben«, und er beauftragte Duroc, alles für die Abreise zur Armee vorzubereiten.

Am 29. Mai um vier Uhr morgens verabschiedete sich Napoleon von einer tränenüberströmten Marie-Louise, die sich an ihn klammerte, als ob sie ihn nie mehr loslassen wolle. Er redete ihr gut zu, versprach ihr, daß der Feldzug höchstens drei Monate dauern würde und er Ende August, spätestens Anfang September wieder bei ihr in Saint-Cloud sein werde.

Einige Stunden später reiste auch das österreichische Kaiserpaar ab, um in Prag alles für den Empfang der Tochter vorzubereiten, und Marie-Louise verbrachte den Tag niedergeschlagen im Kreise ihrer Hofdamen. Gegen Abend traf ein Kurier ein und überbrachte ihr das erste Billett Napoleons, in dem er sie noch einmal beruhigte und ihr seine Liebe versicherte.

Sie erhielt fast täglich einen Brief, hin und wieder allerdings mußte sie auch zwei Tage auf Nachrichten warten, weil der Kurierdienst nicht immer funktionierte, immerhin konnte sie dank der Briefe und Billets die Reiseroute des Gatten verfolgen: Glogau, Posen, Thorn, Danzig-Marienburg, Insterburg-Gumbinnen, Wilkowisky.

Am Abend des 22. Juni 1812 kam Napoleon mit seinem Begleitkommando am Ufer des Njemen an, und während auf dem Hügel die blau-weiß gestreiften Segeltuchzelte aufgeschlagen wurden, betrachtete der Kaiser den Fluß und verglich den nördlichen Njemen, den er in Tilsit kennengelernt hatte, mit dem südlichen: Im Norden gab es entlang des Flusses Sandbänke und hoch aufragende Fichten, hier floß der Njemen durch ein Tal mit Linden und Eichenwäldern, das von hohen Felsen mit Burgruinen umschlossen war. In den Wäldern verbargen sich seit Tagen Napoleons Truppen, um den patrouillierenden Kosaken am jenseitigen Ufer nicht aufzufallen.

Später studierte er im Arbeitsraum des Feldlagers die Stellung der russischen Truppen, die mittels Stecknadeln auf einer Landkarte markiert waren. Wenn er die Vereinigung der beiden russischen Armeen verhindern und ihnen den Rückzug nach Smolensk zu ihren Nachschubbasen abschneiden wollte, mußten sich Davout und Jérôme mit ihren Truppen beeilen, um Fürst Bagrations 2. Armee in die Zange nehmen zu können. Damit wäre eine russische Armee ausgeschaltet – ja, es war fraglich, ob die Russen militärisch dann überhaupt noch in der Lage wären, den Krieg fortzuführen. Alles hing von Jérômes 8. Korps ab; ihm fiel die entscheidende Rolle zu.

Am nächsten Morgen inspizierte Napoleon das Flußufer, um eine geeignete Stelle für den Übergang zu finden, und entschied schließlich, daß an einer Flußbiegung gegenüber dem Dorf Ponemonj drei Pontonbrücken gebaut werden sollten.

Als er gegen Mittag zum Hauptquartier zurückgaloppierte, sprang plötzlich ein Hase über den Weg; der Schimmel scheute und warf Napoleon ab. Die Offiziere des Begleitkommandos sahen sich erschrocken an, und jeder fragte sich im stillen, ob das ein böses Vorzeichen war. Caulaincourt lief zu seinem Herrn, um ihm zu helfen, aber Napoleon war bereits aufgestanden und versuchte den

Sturz mit einer scherzhaften Bemerkung zu überspielen. Caulaincourt jedoch, der seinen abergläubischen Herrn kannte, ahnte, was in ihm vorging, und kehrte nachdenklich zu den Offizieren zurück. Dort sagte Berthier leise zu Caulaincourt: »Wir täten besser daran, nicht über den Njemen zu gehen. Dieser Sturz ist ein schlimmes Omen.«

Die Worte waren fast geflüstert, aber Napoleon hörte sie. Er sah seinen Generalstabschef scharf an und sagte schneidend: »Meine Herren, der Wein ist eingeschenkt, nun muß er auch getrunken werden.«

Im morgendlichen Zwielicht des 24. Juni kamen die Soldaten der Großen Armee aus den Wäldern hervor und marschierten hinunter zum Fluß. Zwanzig Nationen, ein endloser Strom von Divisionen und Regimentern, bewegte sich über den Njemen. An der Spitze ritten die Kommandeure, ihnen folgten in Reih und Glied mit entfalteten Schlachtbannern die Soldaten, den Schluß jeder Division bildete ein meilenlanger Troß mit Vorratswagen, Handwerkern und lebendem Vieh.

Napoleon stand mit seinem Begleitkommando auf dem Hügel und verfolgte den Marsch der Kolonnen. Er versuchte, nicht mehr an Berthiers Worte vom Vortag zu denken, aber er war niedergeschlagen, und seine Stimmung besserte sich erst, als Murat – wie immer extravagant kostümiert in hautengen himmelblauen Reithosen und leuchtendroten Stiefeln – herangaloppierte. Beim Anblick des Tschako mußte Napoleon unwillkürlich lächeln: Neben der gewohnten Reiherfeder prangten vier mächtige Straußenfedern, und als Krönung des Ganzen hingen von der Kante der Kopfbedeckung zwei schwere Silberquasten herab.

»Guten Morgen, Sire!« rief Murat dem Schwager zu. »Ich hoffe, daß dies kein Blitzkrieg wird, mich dürstet nach Pulverdampf!« Er zog seinen Säbel, schwang ihn übermütig durch die Luft, gab seinem Pferd die Sporen und galoppierte in halsbrecherischem Tempo zum Fluß hinunter, wo seine Kavallerie auf ihn wartete.

Nun kam die Elitetruppe, die kaiserliche Garde, aus den Wäldern hervor, und als sie ihren Feldherrn sahen, zerriß ein tausendstimmiges »Vive l'Empereur!« die morgendliche Stille. Angesichts der stattlichen Gardegrenadiere in ihren blauen Röcken und weißen Hosen, die voller Begeisterung ihre hohen Bärenfellmützen durch die Luft schwenkten, wichen Napoleons böse Vorahnungen. Als die Sonne aufging, streifte ihn eine flüchtige Erinnerung an Austerlitz, und er begann leise vor sich hin zu summen: »Marlborough s'en va-t-en guerre.« Ich befehlige die größte Armee aller Zeiten, dachte er, und der Gedanke berauschte ihn.

Als der Zar in Wilna vom Einmarsch der feindlichen Truppen hörte, befahl er, die Vorräte zu verbrennen, damit sie den Franzosen nicht in die Hände fielen, und verließ mit seinem Gefolge die Stadt.

Die verbrannten Vorräte waren für Napoleon die erste böse Überraschung, als er am 28. Juni in Wilna einzog. In den Straßen herrschte Totenstille, und nach den Tagen brütender Hitze setzte nun sintflutartiger Regen ein. Napoleon bezog das Palais des Zaren und orderte umgehend Nachschub aus den ostpreußischen Depots.

Am 30. Juni erschien Alexanders Generaladjutant Balaschow und unterbreitete folgenden Vorschlag: Der Zar sei bereit zu neuen Verhandlungen, wenn Napoleon seine Truppen hinter den Njemen zurückziehe.

Alexander will Zeit gewinnen, um seine Truppenbewegungen zu koordinieren, dachte Napoleon und lehnte das Angebot ab.

Am 1. Juli diktierte er einen langen Brief an seinen ehemaligen Freund, worin er alle Mißverständnisse und Kränkungen der letzten Jahre aufzählte; doch zum Schluß wurde der Ton versöhnlicher: Napoleon versicherte dem Zaren, daß er bereit sei, den Krieg zu beenden. Er hoffte, daß diese Zeilen Alexander bewegen würden, einen neuen Verhandlungsvorschlag zu unterbreiten, ohne den Rückzug hinter den Njemen zu fordern.

Am 4. Juli erlebte Napoleon die zweite böse Überraschung in diesem Feldzug: Jérôme hielt sich, statt Bagration zu verfolgen, noch in Grodno auf und zankte sich mit seinen Generälen wegen irgendwelcher Lappalien herum. Die zornigen Befehle des kaiserlichen Bruders brachten Jérôme zwar endlich dazu, in Gewaltmärschen vorzurücken, aber es war bereits zu spät: Als seine Soldaten mit Davout zusammentrafen, war Fürst Bagration entschlüpft und näherte sich geschickt manövrierend den Truppen des russischen Oberbefehlshabers Barclay de Tolly, um sich mit ihnen zu vereinigen. Napoleon enthob Jérôme seines Kommandos, schickte ihn nach Kassel zurück und übertrug seinem alten Waffengefährten Junot den Oberbefehl über das 8. Korps.

Als der Zar nichts von sich hören ließ, die russischen Armeen einer Schlacht auswichen und sich ins Landesinnere zurückzogen, entschloß sich Napoleon, ins Innere Rußlands vorzustoßen, um den Feind zu einer Entscheidungsschlacht zu zwingen. Am 16. Juli verließen die Franzosen Wilna und marschierten Richtung Witebsk; zurück blieben der Außenminister und sein Stab.

Die tagelangen Eilmärsche in brütender Hitze oder heftigem Regen erschöpften Soldaten und Pferde; die Wagen mit der Artillerie blieben im Schlamm stecken und mußten teilweise zurückgelassen werden. Bald gab es Probleme mit dem Nachschub; der Hunger trieb die Soldaten zu Plünderungen, obwohl darauf die Todesstrafe stand. Desertion, Seuchen und Hungertod ließen die Regimenter zusammenschmelzen. Die Bevölkerung vernichtete alles, was den Eindringlingen in die Hände fallen konnte – für das russische Volk war es ein vaterländischer, ein heiliger Krieg. Die russischen Truppen jedoch wichen aus; die Große Armee stieß ins Leere und marschierte immer tiefer hinein in die gefährliche Weite des Landes.

Am 18. Juli kehrte Marie-Louise nach Saint-Cloud zurück. Ihr Sohn war nun sechzehn Monate alt und ein gutes Stück gewachsen. Aber er konnte erst drei Worte sprechen: Papa, Mama und Maman Quiou – damit meinte er Madame de Montesquiou –, und Marie-Louise bat die Erzieherin eindringlich, dem Kind bis zur Rückkehr des Kaisers im August oder September einen kleinen Wortschatz beizubringen. Madame de Montesquiou dachte im stillen, daß es bei ihrem Zögling wohl noch dauern würde, bis er halbwegs sprechen konnte, behielt diese Vermutung aber für sich und versprach Marie-Louise, ihr Möglichstes zu tun.

Noch am gleichen Tag wurde der Maler Gérard nach Saint-Cloud befohlen, um ein Bild des Königs von Rom zu malen. Damit sollte Napoleon bei seiner Heimkehr überrascht werden.

Obwohl Marie-Louise die Wochen in Dresden und Prag sehr genossen hatte, war sie froh, wieder ihr gewohntes Leben aufnehmen zu können. Nur den Familiendiners sah sie mit gemischten Gefühlen entgegen. Zum Glück war es nur eine kleine Tischrunde – Hortense und Julie mit ihren Kindern, Onkel Fesch und Letizia –, doch Marie-Louise wußte nicht, ob es ihr gelingen würde, die Konversation zu steuern, und außerdem fürchtete sie sich vor den prüfenden Augen der Schwiegermutter. Sie spürte, daß Letizia Vorbehalte gegen sie hegte, während sie ihren Schwiegertöchtern Julie und Katharina äußerst herzlich begegnete.

Zu Marie-Louises Erleichterung entwickelten sich die Tischgespräche von selbst, weil es nur ein Thema gab: den Feldzug im Osten. Fesch fragte stets, ob sie Neuigkeiten wisse, die nicht in den Bulletins stünden, was Marie-Louise jedesmal verneinte.

»Der Kaiser schreibt immer nur ›meine Sache steht gut‹, mehr weiß ich auch nicht, Onkel.«

Letizia äußerte sich in der Tischrunde nicht weiter zu dem Feldzug, aber sie dachte viel über ihn nach, und wenn sie sich die Bulletins vorlesen ließ, ging ihr stets durch den Kopf, daß eigentlich niemand wußte, was sich im Osten wirklich abspielte.

Als Katharina ihr schrieb, daß der Kaiser Jérôme wegen irgendeiner Lappalie das Kommando entzogen habe, schlußfolgerte sie sofort, daß Jérôme total versagt, daß er einen entscheidenden Fehler gemacht haben mußte, und ein ungutes Gefühl überkam sie.

Der Sommer verging. Inzwischen war das Bild des Königs von Rom fertig geworden, und da mit einer baldigen Rückkehr Napoleons nicht zu rechnen war, beauftragte Marie-Louise Beausset, das Gemälde zum Hauptquartier zu bringen. Da dieser erst im September in Rußland ankommen würde und die Nächte vielleicht schon kalt waren, gab sie ihm auch den Zobelpelz mit.

Marie-Louise war enttäuscht, daß die Heimkehr des Gatten sich verzögerte, aber sie vertraute darauf, daß seine Sache wirklich gut stand, und war fest davon überzeugt, daß er siegen würde. Anfang September erhielt sie einen Brief ihres Vaters, der sie zum ersten Mal nachdenklich stimmte. Er schrieb: ›Vom Kaiser höre ich schon eine Weile nichts, und die Sache dauert länger, als ich es mir erwartete ...‹ Was soll denn das heißen? dachte sie. Der Kurierdienst nach Wien funktioniert so gut oder so schlecht wie der nach Paris; verschweigt der Kaiser dem Papa etwas? Verschweigt er uns allen etwas?

Sie sprach mit der Montebello über ihre Besorgnisse; diese versuchte sie zu beruhigen, dachte aber an Talleyrands Worte: »Er wird gegen vier unüberwindliche Gegner kämpfen müssen; November, Dezember, Januar und Februar.«

»Heute haben wir den siebten September«, sagte Marie-Louise seufzend, »der letzte Brief kam aus Dorogobouge, das liegt irgendwo zwischen Smolensk und Moskau, jedenfalls steht die Vorhut der Armee vierzig Meilen vor Moskau.«

Der Rückzug Barclay de Tollys während des ganzen Sommers hatte in der russischen Armee und bei den Ministern Unwillen hervorgerufen. Ende August setzte der Zar de Tolly ab und ernannte Kutusow zum Oberbefehlshaber. Dieser schwor, er werde keinen Schritt mehr zurückweichen und dem Feind eine Entscheidungsschlacht liefern.

Am 7. September war es soweit: Bei Borodino, einem kleinen Dorf unweit der Moskwa, kam es zu einem erbitterten Kampf, der stundenlang unentschieden blieb; endlich, am späten Nachmittag, gelang es Eugène, Murat und Ney durch einen gemeinsamen Angriff, die heißumkämpfte Große Schanze – auch ›Rajewski-Schanze‹ genannt – zu nehmen, und die Russen begannen sich zurückzuziehen. Da erschien ein Adjutant Neys bei Napoleon und rief: »Sire, der Herzog von Elchingen bittet Sie, die Garde einzusetzen, damit er den Feind verfolgen und vernichten kann.«

»Die Garde«, murmelte Napoleon unschlüssig. Er hatte wegen einer fiebrigen Erkältung die Schlacht eher passiv verfolgt und es seinen Marschällen überlassen, die Entscheidungen zu treffen. Seine Stabsoffiziere beschworen ihn, Neys Bitte nachzugeben – es sei eine einmalige Gelegenheit, die Russen vernichtend zu schlagen –, aber Napoleon lehnte ab. »Die Garde wird nicht eingesetzt«, entschied er, »zweieinhalbtausend Kilometer von Paris entfernt riskiert man nicht seine letzten Reserven.«

Caulaincourt beobachtete den geordneten Rückzug der Russen. Diese Schlacht hat keine Entscheidung gebracht, dachte er, die Russen sind noch lange nicht besiegt.

Am gleichen Abend verlieh Napoleon Ney den Titel ›Prince de la Moskwa‹.

Am nächsten Morgen ritt der Kaiser über das Schlachtfeld, ließ die Toten zählen und kontrollierte, ob alle Verwundeten zum Feldlazarett gebracht worden waren, auch die Russen. »Nach einem Sieg gibt es keine Feinde mehr, sondern nur noch Menschen«, erklärte er seinen Begleitern.

Es war kalt und düster an jenem Morgen; feiner Nieselregen fiel auf die mit toten Menschen und Pferden übersäte Ebene. Napoleon sah schaudernd hinüber zur Rajewski-Schanze, wo die Toten sieben- bis achtfach aufeinandergeschichtet lagen. Er wandte sich ab. Wie sollte es jetzt weitergehen?

Der Weg nach Moskau ist frei, überlegte er, in wenigen Tagen kann ich als Sieger in die russische Hauptstadt einziehen. Und wenn ich im Herzen Rußlands, in der heiligen Stadt bin, wird Alexander sicher um Frieden bitten; vor allem aber werden wir in Moskau angenehm überwintern können ... Aber war es richtig, nach Moskau zu marschieren? War man dort nicht zu weit von den Verbindungslinien entfernt, vom rechten und linken Flügel völlig abgeschnitten? Wäre es nicht besser, in Smolensk zu überwintern? Gewiß, die Stadt war halb verbrannt, aber dort gäbe es keine Probleme mit dem Nachschub, und man könnte die Armee neu organisieren. Andererseits – ich habe Smolensk verlassen, um nach Moskau zu marschieren, soll ich nun so kurz vor dem Ziel umkehren? Nein! Ich werde in Moskau einziehen und den Krieg beenden, er hat schon viel zu lange gedauert.

Der 14. September war ein strahlender Spätsommertag. Gegen Mittag erreichte Napoleon mit dem größten Teil seiner Armee den Stadtrand Moskaus und ritt eine Anhöhe hinauf, um die Stadt überblicken zu können. Fasziniert schauten er und seine Begleiter auf die zahllosen bunten Türme, die vergoldeten Kuppeln, die aus dem Häusermeer emporstiegen, die Paläste inmitten von Gärten und hohen Baumgruppen, den Kreml auf einer felsigen Anhöhe, die Moskwa, die unterhalb der alten Zarenresidenz floß.

»Es gibt ein russisches Sprichwort«, sagte Caulaincourt: »Über Moskau steht der Kreml, und über dem Kreml ist nur der Himmel.«

Murat war mit seiner Kavallerie bereits einen Tag zuvor in Moskau eingeritten, und Napoleon erwartete, daß der Schwager zusammen mit dem Gouverneur und einer Abordnung des Magistrates erscheinen würde.

Aber an der Spitze des Kavallerie-Trupps, der ihnen entgegenkam, ritt Murat allein. Der Gouverneur hatte die Stadt verlassen, ebenso die Verwaltung und fast sämtliche Einwohner, zurückgeblieben waren nur die Ausländer, die Kinder im Findelhaus, die Alten, die Kranken, die Bettler und die Gefängnisinsassen, die man freigelassen hatte, weil auch die Gefängniswärter abgezogen waren.

»Vor wenigen Stunden sind die letzten russischen Truppen abmarschiert«, beendete Murat gutgelaunt seinen Bericht, »es ist kein Schuß gefallen; sie haben uns Moskau einfach überlassen, samt den Vorräten, die in den Kellern lagen.«

Napoleon quartierte sich mit seinem Stab im Kreml ein, und nach einem Rundgang durch die Festung beschloß er, in den privaten Räumen des Zaren zu wohnen.

Während die Sekretäre und Diener das Arbeitszimmer herrichteten, ging er im Schlafgemach auf und ab und überlegte, wann frühestens ein Friedensangebot Alexanders eintreffen konnte. Er ist jetzt wieder in Petersburg, dachte er, aber von der Niederlage Kutusows müßte er inzwischen wissen; in ungefähr einer Woche könnte also ein Kurier von der Newa hier eintreffen.

»Sire«, unterbrach Constant diese Gedanken, »wo soll das Bild des Königs von Rom hingehängt werden?«

Napoleon sah sich um. »Über den Kamin; so sehe ich meinen Sohn jeden Morgen, wenn ich aufwache. Ein wunderbares Gemälde!«

Beausset war am Vorabend der Schlacht von Borodino im Hauptquartier angekommen. Napoleon hatte das Bild zunächst vor seinem Zelt aufstellen lassen, damit seine Gardisten das Kind bewundern konnten, es dann aber wieder wegnehmen lassen mit der Bemerkung, es sei für seinen Sohn noch zu früh, ein Schlachtfeld zu sehen.

»Jetzt, Constant«, sagte er, »jetzt ist der Friede in greifbare Nähe gerückt!«

An jenem Abend begab Napoleon sich zeitig zur Ruhe. Die Anspannung der letzten Wochen hatte nachgelassen, und er fühlte sich geistig und körperlich erschöpft wie nie zuvor.

Kurz nach Mitternacht wurde er von Constant und Roustam unsanft geweckt. Er fuhr hoch und sah, daß das Zimmer vom Feuerschein erleuchtet war. Verstört sprang er auf und lief zum Fenster. Er blickte in ein Inferno; die Stadt hatte sich in ein Flammenmeer verwandelt.

Constant berichtete, daß der Fürst von Neuchâtel vermute, daß die jungen Gardisten beim Abkochen nicht aufgepaßt hätten; er habe Rapp bereits zu den Gardekommandeuren geschickt, um die Schuldigen zu ermitteln.

Napoleon eilte ins Vorzimmer, wo die Sekretäre, Duroc und Caulaincourt sprachlos vor Entsetzen zum Fenster hinaussahen, während Berthier auf die junge Garde schimpfte: »Kreuzdonnerwetter, haben die Kerle keine Augen im Kopf? Haben sie nicht gesehen, daß hier die meisten Häuser aus Holz sind?«

In diesem Augenblick erschien Rapp mit einem Dutzend junger Gardisten, die jeder einen Gefangenen mit sich führten. Alle starrten entgeistert auf die Lumpengestalten, deren Gesichter von Hunger und Schmutz entstellt waren und die einen widerlichen Geruch ausströmten.

Rapp berichtete, daß die Gefangenen die Brandstifter seien. Diese hier seien leider nur ein Bruchteil der Horden, die in der Stadt herumstreunten. Mit den Löscharbeiten komme man nicht voran, weil die Feuerspritzen unauffindbar seien; im Augenblick behelfe man sich mit Wassereimern.

Napoleon rang nach Luft. »Mit Wassereimern?« murmelte er. Seine Augen wanderten von einem Gefangenen zum anderen; beim letzten verdunkelten sie sich vor Entsetzen, und wortlos deutete er auf die beiden Armstümpfe, aus denen Blut auf den Teppich tropfte. Der junge Grenadier, der den Gefangenen festhielt, brach in Tränen aus und erzählte stammelnd, er habe keine andere Möglichkeit gesehen, weil der Russe immer wieder das Feuer mit Pechfackeln geschürt habe.

Zum ersten Mal seit der Überschreitung des Njemen fühlte sich Napoleon entsetzlich hilflos. Dieser Krieg in Rußland wurde von

Kräften bestimmt, die man nicht mit militärischer Überlegenheit bezwingen konnte.

Inzwischen hatte Caulaincourt begonnen, sich mit einem der Gefangenen auf russisch zu unterhalten, und je länger dieser sprach, desto besorgter wurde Caulaincourts Gesicht. Es stellte sich heraus, daß die Einwohner auf Befehl des Kommandeurs Rostoptschin die Stadt verlassen hatten, den freigelassenen Sträflingen aber war befohlen worden, die Gebäude – auch den Gouverneurspalast – in Brand zu setzen und die Feuerspritzen zu entfernen.

Napoleon war kalkweiß geworden »Die Brandstifter sollen auf der Stelle erschossen werden!« stieß er hervor. Er sank auf einen Sessel und barg das Gesicht in den Händen. Nach wenigen Sekunden sprang er wieder auf, ging ruhelos auf und ab und trat schließlich zum Fenster. »Was für ein entsetzliches Schauspiel!« rief er! »So viele Paläste! Was für ein Entschluß! Was für Menschen! Wahre Skythen! Meine schöne Eroberung!« Dann sank er wieder auf den Sessel, befahl, ihn allein zu lassen, und brütete dumpf vor sich hin.

Als der Morgen des 16. September heraufdämmerte, hatte sich das Feuer seinen Weg bis vor die Mauern des Kreml gebahnt. Man beschwor Napoleon, den Palast zu verlassen, solange noch Zeit war, aber er weigerte sich. Erst als er hörte, daß man versucht habe, auch im Kreml Feuer zu legen, befahl er die Übersiedlung in den Petrowski-Palast, der außerhalb der Stadt lag.

Als Napoleon und sein Gefolge den Petrowski-Palast erreichten, dunkelte es bereits. Napoleon sah zurück zur Stadt. Eine ungeheure Feuersäule ragte wirbelnd in den Himmel. Lange betrachtete er das schaurige Gemälde, und als er sich endlich abwandte, hörten Berthier und Caulaincourt ihn sagen: »Das bedeutet schweres Unglück.«

Die beiden Männer sahen sich an; sie dachten das gleiche: Hoffentlich zieht er die Konsequenzen aus dieser Erkenntnis und verläßt Moskau so rasch wie möglich.

In der Sicherheit des Petrowski-Palastes kam Napoleon allmählich wieder zu sich und versuchte, eine Bilanz des Krieges zu ziehen und weitere Entscheidungen zu treffen.

Dieser Feldzug, überlegte er, ist seit dem Einzug in Wilna ganz anders verlaufen als geplant. Und warum? Weil Jérôme zu spät aufgebrochen ist und Fürst Bagration verfehlt hat; dadurch wurden wir gezwungen, ins Landesinnere vorzudringen. Dieser wochenlange Marsch, dieses Umherirren, anders kann man es wohl nicht bezeichnen, hat die Armee zusammenschrumpfen lassen. Davout und Murat haben sich ständig um Kleinigkeiten gestritten und wären beinahe mit dem Säbel aufeinander losgegangen, Berthier bekam sogar Weinkrämpfe, weil die Stellung der Russen nicht ausfindig zu machen war. Auch mich hat dieser Feldzug viel Kraft gekostet. Nie zuvor ist es mir so schwer gefallen, Entscheidungen zu treffen, oder genauer gesagt, die eine Entscheidung: stehenbleiben, den Nachschub regeln, die Armee reorganisieren, eine Verteidigungslinie bis Wilna aufbauen oder weitermarschieren? ... Dieser Brand ... Rostoptschin hat wahrscheinlich aus eigenem Antrieb gehandelt, nicht auf Befehl des Zaren. Aber eine solche Entscheidung trifft man nur, wenn man sicher ist, daß der Herrscher sie billigt. Alexander wird nicht um Frieden bitten, das ist mir durch diesen Brand klargeworden. Aber ich brauche den Frieden! Meine Armee ist in desolatem Zustand, eine zweite Schlacht an der Moskwa kann ich mir nicht leisten! Es hilft nichts, ich muß den ersten Schritt tun und Alexander einen Friedensvorschlag unterbreiten, und zwar möglichst bald, solange der Eindruck von Kutusows Niederlage noch frisch ist.

Am 18. September hatte das Feuer soweit nachgelassen, daß man in dem Kreml zurückkehren konnte. Als am 20. September immer noch keine Nachricht von Alexander eingetroffen war, entschloß sich Napoleon zu einem Brief: Er informierte Alexander über den Brand Moskaus und deutete vorsichtig seine Friedensbereitschaft an.

Zwei Wochen verstrichen; Alexander schwieg. Napoleon wußte nicht, was er davon halten sollte, und schickte am 5. Oktober eine zweite Botschaft nach Petersburg; gleichzeitig sandte er Lauriston zu Kutusow, um über einen Waffenstillstand zu verhandeln.

Die Tage vergingen. Je länger Alexander schwieg, desto mehr spürte Napoleon, daß er vom Sieger zum Besiegten wurde.

Um sich abzulenken und die Wartezeit zu vertreiben, beschäftigte er sich mit nichtigen Dingen, wie der Neuorganisation der Comédie Française, lag stundenlang auf dem Diwan und las Romane und verweilte viel länger bei Tisch als früher. Der Gattin verschwieg er seine Sorgen, teilte nur lapidar mit, seine Sache stehe gut, aber er drängte sie, den Vater zu bitten, das Schwarzenbergsche Korps zu verstärken. Er informierte sie über den Brand Moskaus, weil sie es ohnehin von Beausset erfahren würde, der inzwischen wieder abgereist war.

Im Generalstab wunderte man sich über die Passivität des Oberbefehlshabers, vor allem, weil der Winter näherrückte, und einige wurden ungeduldig, so auch Murat. Am Beginn des Feldzuges war er voller Elan gewesen, aber die Hinhaltetaktik der Russen, der Sieg bei Borodino, der nicht genutzt wurde, die Unentschlossenheit seines Schwagers machten ihn nervös. Er fand die Atmosphäre im Kreml unerträglich und begab sich Anfang Oktober kurzentschlossen zu seiner Kavallerie nach Tarutino.

Napoleons Stiefsohn Eugène, der sich hin und wieder mit Caulaincourt unterhielt, spürte, daß die Lage kritisch war, aber er war fest entschlossen, bis zum Ende des Feldzuges bei Napoleon auszuharren.

Caulaincourt war wohl derjenige, der am klarsten analysierte. Er kannte die politischen Strömungen am Petersburger Hof und wußte, daß der Zar keinen Frieden schließen würde, hielt es aber für zwecklos, mit seinem kaiserlichen Herrn darüber zu diskutieren, zumal dieser seit dem Brand vermied, mit ihm zusammenzutreffen. Caulaincourt dachte oft darüber nach, was Napoleon bewog, in Moskau auszuharren, und kam zu dem Ergebnis, daß dieser wahrscheinlich wußte, daß der Feldzug ein Fehlschlag war und daß er seine Niederlage eingestand, wenn er Moskau verließ, ohne mit dem Zaren verhandelt zu haben, ja sogar ohne Waffenstillstand. Dieses Eingeständnis möchte er so lange wie möglich hinauszögern, dachte Caulaincourt; er befürchtet, daß dieser erfolglose Feldzug seinen Nimbus der Unbesiegbarkeit endgültig zerstört, er denkt an die Reaktionen in London, Berlin und Wien, vor allem Wien! Dort bestimmt nicht Kaiser Franz, sondern Metternich die Richtlinien der Politik. Bei dem Gedanken an Metternich beschlich Caulaincourt ein ungutes Gefühl. Er hatte ihn seinerzeit als Gesandten in Paris erlebt und vermutete, daß dieser aalglatte Diplomat stets zwei Trümpfe in der Hand hatte. Metternich würde stets zum Vorteil Österreichs handeln, ungeachtet der familiären Verbindung.

Am 11. Oktober unterbreitete Napoleon dem Zaren das dritte Friedensangebot. Nachdem der Kurier weggeritten war, saß er tief in Gedanken in seinem Arbeitszimmer, bis die Dämmerung hereinbrach.

Während Constant die Lampen anzündete, meldete Rapp, daß ein Fremder den Kaiser sprechen wolle, ein Zivilist, der ziemlich frech auftrete und seinen Namen nicht nenne; er habe ihn nach Waffen durchsuchen lassen und nichts gefunden – dennoch ...

Rapp zögerte und fuhr dann fort: »Ich bitte um Vergebung, Sire, aber ich finde diesen Mann unsympathisch, er wirkt unheimlich, hinterhältig. Das hängt vielleicht mit seiner äußeren Erscheinung zusammen, er ist gedrungen und stämmig, seine Gesichtsfarbe ist gelblich-fahl, und dann sein schwarzes, öliges Haar – unangenehm!«

In diesem Augenblick wußte Napoleon, wer der Fremde war: Carlo Andrea Pozzo di Borgo. Warum war er nach Moskau gekommen? Am liebsten hätte er ihn abgewiesen, aber das schien nicht ratsam; vielleicht überbrachte Pozzo di Borgo eine Botschaft vom Zaren? Er befahl, ihn hereinzuführen.

»Überbringst du eine Botschaft vom Zaren? Fasse dich kurz, ich habe wenig Zeit.«

»Eine Botschaft vom Zaren? Nein. Ich bin aus Neugier zu dir gekommen, ich wollte sehen, wie du im Netz zappelst.« Pozzo di Borgo lächelte höhnisch. »Wenn deine Zeit so kostbar ist«, fuhr er fort, »warum bleibst du dann so lange in Moskau?«

Napoleon zwang sich, ruhig zu bleiben. Er schwieg.

»Ich kann mir denken, warum. Du hast dem Zaren ein Friedensangebot gemacht und wartest auf Antwort. Aber der Zar wird nicht antworten; er ist ein kluger Mann, er befolgt die Ratschläge, die man ihm gibt. Nach der Erfurter Zusammenkunft, als die Unstimmigkeiten zwischen dir und Alexander begannen, riet ich ihm, im

Falle einer kriegerischen Auseinandersetzung niemals Frieden mit dir zu schließen, sondern es den geographischen und klimatischen Bedingungen zu überlassen, dich zu besiegen. Meine Bemühungen haben Erfolg gehabt.«

»Hinaus, verschwinde!« herrschte Napoleon Pozzo an. »Hinaus, komme mir nie mehr unter die Augen, du Verräter!«

Pozzo ging langsam zur Tür, drehte sich noch einmal um und sagte leise: »Eines noch. Sollte es dir gelingen, deine Armee über den Njemen zurückzuführen, so wird der Zar den Krieg auf fremdem Boden fortsetzen, bis er dich besiegt hat.« Die Tür schloß sich hinter ihm.

Pozzo macht sich wichtig, dachte Napoleon, er übertreibt seine Rolle als Ratgeber des Zaren. Wie anmaßend er aufgetreten ist! Plötzlich erinnerte er sich an eine Begebenheit, die er fast vergessen hatte: Er war an einem Sommerabend über den Platz vor dem Familienhaus seinem Vater entgegengelaufen, Pozzos Stimme hinter sich: »Das wirst du mir noch büßen, Napoleone de Buonaparte!«

Während der folgenden Tage erhielt Napoleon zwei Unglücksbotschaften: Lauriston kehrte aus Kutusows Hauptquartier mit der Nachricht zurück, daß dieser einen Waffenstillstand ablehne, und Murat kam überraschend aus Tarutino und berichtete, daß Kutusow sie überfallen und die Kavallerie fast völlig vernichtet habe.

Jetzt endlich erwachte Napoleon aus seiner Apathie und befahl den sofortigen Abzug aus Moskau.

Am 19. Oktober verließen die ersten Einheiten der Großen Armee die alte russische Hauptstadt. Napoleon wollte durch die vom Krieg unversehrten südlichen Provinzen über Kaluga nach Smolensk marschieren.

Am 5. Dezember befand sich das kaiserliche Hauptquartier in Smorgon südöstlich von Wilna. Gegen Abend befahl Napoleon Caulaincourt, Murat, Eugène, Berthier, Duroc und einige weitere Marschälle zu sich und eröffnete ihnen, daß er noch am gleichen Abend – in Begleitung Caulaincourts – die Armee verlassen und nach Paris zurückkehren werde, wo seine Anwesenheit dringend erforderlich sei. Anfang November habe er erfahren, daß der geisteskranke General Malet aus der Anstalt entwichen sei, mittels eines gefälschten Senatsdekrets den Kaiser für tot erklärt und die Republik ausgerufen habe; es sei ihm sogar gelungen, den Polizeiminister Savary zu verhaften, und einzig der Geistesgegenwart des Militärgouverneurs von Paris sei es zu verdanken, daß der Putsch gescheitert sei. Das Empörende bei dieser Affaire sei vor allem die Tatsache, daß niemand daran gedacht habe, den König von Rom als Napoleon II. zu proklamieren und die Kaiserin als Regentin einzusetzen.

Napoleon schwieg und betrachtete zufrieden die bestürzten Gesichter seiner Paladine; lediglich Caulaincourt blieb gelassen, weil er über Malet und die Reisepläne seines Herrn bereits unterrichtet war. Er beobachtete Napoleon und stellte erleichtert fest, daß die dumpfe Passivität, die in Moskau auf ihm gelastet hatte, gewichen war, daß er wieder Energie und Kampfgeist ausstrahlte. Malet kann nicht der einzige Grund sein, dachte Caulaincourt; schon bevor die Nachricht vom Staatsstreich eintraf, hat er mit mir über eine mögliche Abreise gesprochen. Offenbar beunruhigen ihn die Reaktionen in Berlin und Wien auf den mißglückten Feldzug mehr, als er zugeben will ...

Napoleon erläuterte sodann, daß er von Paris aus die Armee besser reorganisieren könne, daß er es jedoch als seine Pflicht angesehen habe, die Soldaten noch über die Beresina zu führen und erst dann den Oberbefehl an einen der Marschälle abzugeben; nach reiflicher Überlegung habe er beschlossen, dem König von Neapel das Oberkommando zu übertragen.

Napoleon hatte mit Caulaincourt ausführlich über diese Entscheidung gesprochen; beide waren der Meinung, daß Eugène der fähigere Oberbefehlshaber war, aber Murat stand als König rangmäßig über dem Vizekönig, und diese Überlegung war ausschlaggebend gewesen. Murat allerdings war wenig entzückt über die Verantwortung, die ihm übertragen wurde, er wollte nach Neapel zurück.

Um zehn Uhr abends verließen Napoleon und Caulaincourt, begleitet von Duroc, den beiden Sekretären sowie Constant und Roustam, das Hauptquartier. Während sie durch die eisige Winternacht fuhren, erinnerte sich Caulaincourt noch einmal an die Etappen des Rückzugs.

Disziplin und Ordnung herrschten während der ersten Tage; alles lief wie geplant, bis sie am 24. Oktober Malosjaroslawetz erreichten, wo ihnen Kutusow den Weg nach Kaluga versperrte. Napoleon wollte keine Schlacht riskieren und beschloß, über Borodino nach Smolensk zu marschieren, über jene verbrannte Erde, wo es keine Nahrungsmittel und Unterkünfte mehr gab ...

Caulaincourt schauderte, als einzelne Bilder vor seinem inneren Auge auftauchten, die er nie würde vergessen können: die Kosaken, die plötzlich angriffen, das Schlachtfeld von Borodino, wo Raubvögel die halbverwesten Toten benagten, die Heerscharen krächzender Raben und heulender Hunde über und hinter ihnen, die Verrohung der Soldaten, die am Verhungern waren und Pferde, die vor Entkräftung zusammenbrachen, bei lebendigem Leibe schlachteten. Schließlich der Wintereinbruch am 7. November, ein Temperatursturz auf minus 22 Grad, begleitet von Schneefällen; vielen Soldaten erfroren die Gliedmaßen oder sie wurden schneeblind, nach und nach mußte die Artillerie zurückgelassen werden, weil sie auf dem vereisten Boden nicht transportiert werden konnte.

In Smolensk konnten wir nicht bleiben wegen fehlender Unterkünfte und Vorräte und vor allem, weil die Russen näherkamen, und so schleppten wir uns weiter; sogar der Kaiser und sein Gefolge gingen jetzt zu Fuß.

Und dann näherten wir uns der Beresina ... Unsere Lage wurde von Tag zu Tag verzweifelter, die Russen schlossen den Ring immer enger; es schien fast unmöglich, den Fluß zu überqueren. Tschitschagoff stand auf dem gegenüberliegenden Ufer, von Norden rückte Wittgenstein heran, von hinten Kutusow; wir hatten nur noch 50 000 kampffähige Soldaten und 250 Geschütze.

Am Nachmittag des 25. November erreichten wir die Ufer der Beresina. Normalerweise ist der Fluß um diese Jahreszeit zugefroren, aber das plötzlich einsetzende Tauwetter hatte ihn in einen reißenden Strom verwandelt, 300 Meter breit; die einzige Brücke bei Borissow war von den Russen teilweise zerstört worden. Eine Lage, die sogar Napoleon aussichtslos erschien; er ließ sämtliche Fahnen und Adler-Standarten verbrennen, nichts sollte dem Feind in die Hände fallen. Ney sagte: »Wenn er heute den Kopf aus der Schlinge zieht, muß er den Teufel im Leib haben.«

Und dann geschah ein Wunder: Durch einen glücklichen Zufall erfuhren wir, daß es vierzehn Kilometer stromaufwärts bei dem Ort Studjenka eine Furt gebe, und der Kaiser beschloß, dort den Übergang zu wagen. Der Erfolg allerdings hing von Tschitschagoffs Bewegung ab. Um ihn abzulenken, wandte der Kaiser eine der ältesten und einfachsten Kriegslisten an: Er schickte eine Abteilung Soldaten neun Kilometer stromaufwärts, dort sollte sie den Bau einer Brücke vortäuschen; unterdessen begannen Pioniere, bis zu den Schultern im eisigen Wasser stehend, bei der Furt zwei Brücken über den Fluß zu bauen, eine für die Fuhrwerke, eine für die Soldaten. Zum Glück hatten wir noch genügend Material für den Brückenbau, und das Holz lieferten die Blockhütten des Dorfes. Die Pioniere arbeiteten vierundzwanzig Stunden lang, unterdessen rückte Tschitschagoff, der auf die Kriegslist hereingefallen war, nach Süden ab.

Am 27. November marschierten die ersten Truppen über die Beresina, am 29. November waren alle kampffähigen Soldaten und alle Geschütze am anderen Flußufer, zurück blieben einige Nachzügler und Flüchtlinge aus Moskau.

Inzwischen hatte Tschitschagoff seinen Irrtum bemerkt, war zurückmarschiert und griff uns an, aber Oudinot und Ney verteidigten die Brücken, bis alle am anderen Ufer waren; wir konnten sogar tausend Russen gefangennehmen.

Die schrecklichsten Szenen spielten sich am Morgen des 29. November ab, als die für die Fuhrwerke bestimmte Brücke zusammenbrach. Die restlichen Wagen drängten auf die für die Fußgänger bestimmte Brücke, ein fürchterliches Chaos brach aus, viele wurden in den Fluß gestoßen, und dann schossen die Russen von den Anhöhen in die fliehenden Massen; jeder versuchte, die rettende Brücke zu erreichen, aber es war zu spät. Eblé fing an, sie zu zerstören, und schon waren die Kosaken da, und die Zurückgebliebenen wurden getötet oder gefangengenommen.

Der Übergang über die Beresina ist zweifellos eine der bemerkenswertesten Leistungen in der Kriegsgeschichte. In einem Augenblick, als alles verloren schien, als die Russen den Ring fast geschlossen hatten, handelte der Kaiser mit kühler Überlegung. Seine Kaltblütigkeit, die Opferbereitschaft der Pioniere, von denen viele an den Folgen der Unterkühlung starben, der Mut von Oudinot und Ney, als sie die beiden Brücken verteidigten, dies alles hat uns gerettet ... Wenn Napoleon die Russen befehligt hätte, wären wir nicht einmal bis Smolensk gekommen.

Schließlich Molodetschnow, das 29. Bulletin am 3. Dezember, worin der Kaiser zum ersten Mal offen unsere Niederlage zugab ... Wie wird Frankreich, wie wird Europa diese Nachricht aufnehmen? Wenn man das Bulletin liest, gewinnt man den Eindruck, daß der Wintereinbruch schuld am Niedergang der Armee ist, die wahren Ursachen werden verschwiegen: der Verlust kostbarer Zeit in Moskau, die Disziplinlosigkeit der Truppe schon auf dem Hinmarsch und erst recht in Moskau, die Belastung durch die Verwundeten und den Troß der Flüchtlinge auf dem Rückmarsch, und vor allem Mängel im Nachschub, im Transportwesen, in der Kleidung und Ausrüstung der Soldaten ...

Bis Mariampol verlief die Reise ohne Zwischenfall. Dort gabelte sich der Weg nach Königsberg und Warschau, und Caulaincourt, dem Napoleon diese Entscheidung übertragen hatte, wählte den Weg durch das Großherzogtum, der sicherer und – laut Auskunft des Postmeisters – auch passierbar war.

Die Wege waren zwar passierbar, aber nicht für Wagen mit Rädern. Napoleon, der vor allem rasch vorankommen wollte, sah sich schließlich genötigt, von seiner komfortablen Kutsche auf einen Schlitten umzusteigen, dessen Fenster in so schlechten Rahmen saßen, daß der Schnee hereingeweht wurde. Der Lakai erhielt Befehl, bei dem kaiserlichen Wagen zu bleiben und auf Duroc und die anderen zu warten.

Als sie die Grenze passiert hatten und keine Russen mehr fürchten mußten, wurde Napoleon gesprächig. Caulaincourt paßte auf, daß ihm keine Äußerung entging, und notierte auf jeder Poststation die Bemerkungen seines Herrn. Es überraschte ihn, daß Napoleon viel gelöster war als während der vergangenen Monate, daß er einen Optimismus ausstrahlte, als ob er den Feldzug siegreich beendet hätte – ja, er nahm sogar Widerspruch entgegen, und

Caulaincourt scheute sich nicht, seine Meinung zu sagen. Einerseits war er froh über die gute Stimmung des Kaisers, andererseits fragte er sich im stillen, ob Napoleon die Lage realistisch einschätzte, sich nicht selbst etwas vormachte.

Napoleon schien fest überzeugt, daß seine Ankunft in Paris seine Macht wiederherstellen werde, daß die Hilfsquellen in Wilna ausreichten, um den Russen Widerstand zu leisten, kurz, daß alles wieder in Ordnung kommen werde, vorausgesetzt der König von Neapel mache keine Dummheiten. Er war enttäuscht über den Schwiegervater, der trotz mehrfacher Bitten Schwarzenbergs Korps nicht verstärkt hatte, und rechtfertigte seine Politik mit dem Hinweis auf seinen Hauptfeind England.

»Zu allem, was ich getan habe, hat England mich getrieben, mich gezwungen. Hätte es nicht den Vertrag von Amiens gebrochen, hätte es nach Austerlitz, nach Tilsit Frieden geschlossen, ich wäre still zu Hause geblieben und hätte mich nur mit der inneren Wohlfahrt Frankreichs befaßt!«

Das Gespräch und das ständige Beisammensein schufen eine Atmosphäre der Vertrautheit, Kameradschaft. Immer wieder erzählte Napoleon von Marie-Louise und seinem Sohn, und als sie die ersten Stafetten aus Frankreich erhielten, las er Caulaincourt stolz die Briefe der Gattin und der Erzieherin vor. Doch je mehr sie sich Frankreich näherten, desto öfter sprach Napoleon über die Wirkung des 29. Bulletins auf die Bevölkerung und überlegte, wann es wohl im *Moniteur* erscheinen würde.

Es erschien einen Tag vor Napoleons Ankunft in Paris. Die Pariser lasen es am Morgen des 17. Dezember erschrocken und ratlos. Man dachte an den Gatten, Sohn oder Bruder in der Armee, diskutierte erregt, wie es nun weitergehen solle.

Es gab auch Häuser, in denen der *Moniteur* ungelesen bis zum Déjeuner liegenblieb, so war es im Schloß Malmaison. Joséphine nahm sich an jenem Morgen kaum Zeit für das Frühstück, denn sie erwartete zwei Gäste zum Tee, die zum ersten Mal nach Malmaison kamen.

Joséphine war jetzt fast fünfzig Jahre alt, immer noch elegant und anmutig, allerdings nicht mehr so schlank; böse Zungen behaupteten sogar, sie sei dick geworden. Nach der Scheidung hatte sie keine strenge Diät mehr eingehalten, wozu auch? Es gab keinen Mann mehr, für den sie verführerisch aussehen mußte oder wollte, und so begann sie die guten Dinge zu genießen, die sie jahrelang entbehrt hatte.

Die Gäste, die sie erwartete, waren die Gräfin Walewska und ihr Sohn Alexander. Maria Walewska hatte sich im Laufe des Jahres 1811 mit Hortense angefreundet und war während eines Besuches bei ihr der Exkaiserin begegnet. Die beiden Frauen hatten sich danach mehrfach gesehen und aneinander Gefallen gefunden; ihr gemeinsames Schicksal verband sie: Beide waren einer ›echten Erzherzogin‹ geopfert worden. Im Spätherbst, nachdem die Gräfin von einem längeren Aufenthalt in Polen zurückgekehrt war, lud Joséphine sie nach Malmaison ein.

Während sie im Salon ihren Gästen eigenhändig Tee und Schokolade eingoß, musterte sie den blonden, blauäugigen kleinen Alexander, fand, daß er seiner Mutter stark ähnelte, und meinte, zur Gräfin gewandt, der Kaiser müsse bestimmt glücklich sein, wenn er seinen Sohn sehe.

Maria Walewska erwiderte zögernd, daß der Kaiser sie seit ihrer Übersiedlung nach Paris erst dreimal kurz besucht habe, daß er seinem Sohn aber ein großzügiges Majorat bei Neapel vermacht habe, wodurch auch sie finanziell abgesichert sei, und ihm den erblichen Titel eines Grafen des Kaiserreiches verliehen habe. Jene Dotation sei auch der Grund für ihre Reise nach Polen gewesen. Sie habe sich von ihrem Mann scheiden lassen, weil er inzwischen hoch verschuldet sei und sie verhindern wolle, daß Alexanders Einkünfte diesen Schulden zum Opfer fielen, abgesehen davon wolle sie ständig in Paris leben. Ihr Mann habe in die Scheidung eingewilligt, nachdem sie sich verpflichtet habe, die finanzielle Verantwortung für beide Söhne zu übernehmen.

»Warum sind Sie denn jetzt, während der schlechten Jahreszeit, zurückgekommen?« fragte Joséphine erstaunt. »Die Ballsaison in Warschau im Kreise Ihrer alten Freunde wäre doch bestimmt eine angenehme Abwechslung gewesen.«

»Man hat wenig Lust, Bälle zu veranstalten«, erwiderte Maria ausweichend und senkte die Augen. »In Warschau, in ganz Polen ist die Stimmung seit Mitte Oktober, seit wir vom Brand Moskaus hörten, sehr gedämpft. Die anfängliche Kriegsbegeisterung ist verflogen, und als keine Nachrichten mehr von der Front eintrafen, hielt ich es für besser, nach Paris zurückzukehren.«

Maria sah bedrückt vor sich hin. Es gab noch einen weiteren Grund für ihre Rückkehr, den sie verschwieg, den Joséphine aber mit ihrem weiblichen Instinkt erriet: Als die Gräfin von Napoleons Einzug in Moskau hörte, hatte sie im stillen gehofft, daß er sie zu sich rufen würde – warum sollte die Romanze von Finkenstein und Schönbrunn nicht im Kreml fortgesetzt werden, zumal Paris und die Habsburgerin weit weg waren? Aber die Wochen verstrichen, und keine Nachricht kam.

Joséphine beobachtete amüsiert den Kleinen, der manierlich sein Cremetörtchen aß, und überlegte, wie sie das Gespräch auf die Zukunft der Gräfin bringen konnte. Schließlich fragte sie ganz direkt, ob Maria schon an eine neue Verbindung dächte.

Die Gräfin erwiderte, es wäre bestimmt sinnvoll im Interesse ihrer Kinder, aber sie könne sich nicht dazu entschließen; sie habe die Hoffnung noch nicht ganz aufgegeben, daß der Kaiser eines Tages der Habsburgerin überdrüssig werde und zu ihr zurückkehre. »Schließlich ist es doch nur eine politische Ehe, Majestät!« sagte sie, und in ihrer Stimme schwang ein Unterton der Verzweiflung mit.

»Ich glaube, Gräfin, Sie geben sich trügerischen Hoffnungen hin. Die Familie hat für den Kaiser eine hohe Bedeutung. Ich habe dreizehn Jahre lang erlebt, wie er für seinen Clan gesorgt hat, welche Rücksichten er nahm. Und er hat immer unter der Kinderlosigkeit unserer Ehe gelitten, schon vor dem Kaiserreich, vor dem Konsulat auf Lebenszeit, als die Nachfolgefrage noch völlig unwichtig war. Die Tatsache, daß die Habsburgerin die Mutter des Thronfolgers ist, schafft eine starke Bindung. Außerdem muß er Rücksichten nehmen, in seinem eigenen Interesse; schließlich ist sie eine ›Purpurgeborene‹, und er möchte ja unbedingt zu diesem Kreis gehören. Ich kann Ihnen nur einen Rat geben, Madame: Versuchen Sie sich vom Kaiser zu lösen, sehen Sie sich in aller Ruhe nach einem neuen Ehemann um. Wie gefällt Ihnen denn Graf Ornano?«

Sie erinnerte sich, gehört zu haben, daß dieser im letzten Winter die Gräfin sehr umworben hatte.

»Ach, mit Ornano verbindet mich eine harmlose Bekanntschaft, vielleicht auch Freundschaft, mehr nicht. Wer weiß, ob er noch lebt, er ist doch in Rußland ... Was sagen Sie zu dem Bulletin, Majestät?«

»Welches Bulletin?«

»Das 29. Bulletin, das heute im *Moniteur* erschien. Die Armee ist dem Winter zum Opfer gefallen!«

»Was sagen Sie da?!« Joséphine klingelte erregt nach ihrer Vorleserin. »Lesen Sie!«

»29. Bulletin der Großen Armee, Molodetschnow, dritter Dezember 1812. Bis zum sechsten November war das Wetter vortrefflich, und die Bewegung der Armee ging mit dem besten Erfolge vor sich. Die Kälte begann mit dem siebten ... «
Voller Entsetzen hörte Joséphine von den Verlusten, keine Kavallerie, keine Artillerie, Mangel an Munition ... Der Kaiser marschiert im Mittelpunkt seiner Garde ... Die Gesundheit Seiner Majestät war nie besser ...

Als die Vorleserin schwieg, saß Joséphine eine Weile wie versteinert da. »Mein Gott«, flüsterte sie dann, »Eugène, mein armer Junge, ob er noch lebt?«

»Majestät«, versuchte Maria sie zu beruhigen, »in dem Bulletin steht doch, daß der Vizekönig erfolgreich gegen den Feind gekämpft hat, also lebt er noch.«

»Mein armer Junge«, wiederholte Joséphine und begann zu weinen. »Wer weiß, was inzwischen alles passiert ist. Ich habe nur selten Post von ihm erhalten, weil er natürlich seinen militärischen Pflichten nachkommen mußte ...«

In diesem Augenblick wurde die Tür aufgerissen, und Hortense, noch in Hut und Pelzcape, stürzte ins Zimmer.

»Mama, ich komme geradewegs von den Tuilerien, die Kaiserin empfing heute etliche Briefe, Eugène lebt! Sie müssen sich keine Sorgen machen, Mama, die Armee wird inzwischen in den Winterquartieren angekommen sein.

Während Joséphine versuchte, ihre Fassung wiederzugewinnen, erzählte Hortense von der niedergedrückten Atmosphäre in den Tuilerien, von der Angst der Kaiserin um den Kaiser. Joséphine war so mit ihren eigenen Gedanken beschäftigt, daß sie kaum hörte, was Hortense sagte, erst als diese auf die Stimmung der Pariser Bevölkerung zu sprechen kam, horchte sie auf:

»... als ich die Tuilerien verließ, standen einzelne Gruppen auf der Place du Carrousel und starrten schweigend, irgendwie drohend, zu den Tuilerien hinüber. Das habe ich noch nie erlebt.«

»Das Volk«, sagte Joséphine, »die Canaille – er hat die Masse nie gemocht, sie flößt ihm Furcht ein. Hoffentlich erleben wir keinen zweiten August 1792.«

Napoleon und Caulaincourt trafen am späten Abend des 18. Dezember in den Tuilerien ein, und es dauerte eine Weile, bis der Pförtner und die diensttuenden Lakaien und Hofdamen in den beiden pelzvermummten, bärtigen Gestalten den Kaiser und seinen Großstallmeister erkannten.

Am nächsten Morgen stürzte sich Napoleon sofort in die Arbeit und verbrachte den ganzen Tag und die halbe Nacht in seinem Arbeitskabinett, um Berichte zu lesen und Befehle zu diktieren. Er war nach wie vor zuversichtlich, daß sich alles noch zum Guten wenden würde in diesem Krieg, und sein Optimismus wirkte beruhigend auf seine Umgebung. Man fand allgemein, daß er sich verändert hatte, umgänglicher geworden war, nicht mehr so schroff und finster wie in den Monaten vor Beginn des Feldzuges; er wirkte verjüngt, und es gab Augenblicke, da fühlten sich seine langjährigen Mitarbeiter an den dynamischen Ersten Konsul erinnert.

Resignation und Passivität hätte sich Napoleon aber auch nicht leisten können: Bis zum Frühjahr mußte eine neue schlagkräftige Armee aufgestellt sein, weil ständig neue Hiobsbotschaften aus dem Osten eintrafen.

Murat war mit seinen Truppen zwar ordnungsgemäß am 8. Dezember in Wilna eingezogen, aber als sich die Russen der Stadt näherten, befahl er am 9. Dezember den sofortigen Abzug und überließ die Magazinbestände den Russen. Damit nicht genug, übergab er den Oberbefehl an Eugène und reiste ab in sein geliebtes Neapel. Eugène zog sich während der folgenden Tage hinter den Njemen bis zur Oder zurück.

Napoleon war entsetzt, als er die Nachricht von diesen ›Heldentaten‹ seines Schwagers erhielt. »Hören Sie, Caulaincourt, der König hat Wilna aufgegeben! Er hat nicht *eine* vernünftige Anordnung getroffen. Ein Voltigeur-Hauptmann hätte die Armee besser geführt als er!«

Die Nachricht vom Untergang der Großen Armee verbreitete sich vor allem durch versprengte Soldaten, die sich apathisch gen Westen schleppten, und durch Bänkelsänger, die auf den Marktplätzen der Städte das Volk mit ihren Liedern unterhielten.

Am 15. Dezember um die Mittagszeit scharten sich die Bewohner des ostpreußischen Städtchens Gumbinnen um einen solchen Sänger, der, begleitet vom dumpfen Klang seiner Trommel, den Untergang der Großen Armee besang:

»Mit Mann und Roß und Wagen, so hat sie Gott geschlagen,
Es irrt durch Schnee und Wald umher das große, mächtige Kaiserheer.
Der Kaiser auf der Flucht, Soldaten ohne Zucht.
Mit Mann und Roß und Wagen, so hat sie Gott geschlagen.
Jäger ohne Gewehr, Kaiser ohne Heer,
Heer ohne Kaiser, Wildnis ohne Weiser.
Mit Mann und Roß und Wagen, so hat sie Gott geschlagen.
Trommler ohne Trommelstock, Kürassier im Weiberrock,
Ritter ohne Schwert, Reiter ohne Pferd.
Mit Mann und Roß und Wagen, so hat sie Gott geschlagen.«

Niemand bemerkte, daß sich ein Dutzend zerlumpter Gestalten, angeführt von einem hochgewachsenen Mann, dem Marktplatz näherte und in einiger Entfernung stehenblieb, um das Lied zu hören. Es waren Überlebende der Großen Armee, Frankfurter Stadtsoldaten, die am Tag vorher mit ihrem Anführer, einem Saarländer, als letzte den Njemen überschritten hatten.

Der Saarländer trug einen kostbaren Pelzmantel, aber das Fell war fleckig vom Blut der Verwundeten und vom Rauch der Lagerfeuer, aus seinen Stiefeln schaute Stroh heraus, und sein frostgerötetes Gesicht war schwarz gefärbt von den Pulverkörnern. Er hielt eine Muskete in der Hand und hörte schweigend, fast andächtig zu.

»Fähnrich ohne Fahn, Flinten ohne Hahn,
Büchsen ohne Schuß, Fußvolk ohne Fuß.
Mit Mann und Roß und Wagen, so hat sie Gott geschlagen.
Feldherrn ohne Witz, Stückleut ohne Geschütz,
Flüchter ohne Schuh, nirgends Rast und Ruh.
Mit Mann und Roß und Wagen, so hat sie Gott geschlagen.
Speicher ohne Brot, aller Orten Not,
Wagen ohne Rad, alles müd und matt.
Kranke ohne Wagen, so hat sie Gott geschlagen.«

»Merde!« sagte der Saarländer, als das Lied zu Ende war, und ging mit seinen Soldaten hinüber zu dem Gasthof, wo die französischen Besatzungsoffiziere zu essen pflegten.

In der Gaststube saßen der französische General Mathieu-Dumas und einige Offiziere bei einer gebratenen Gans und altem Burgunder.

Eben kam der Wirt mit weiteren Flaschen Wein aus dem Keller, da ging die Tür auf, und der Saarländer kam mit seinen Leuten herein.

Mathieu-Dumas ließ die Gabel sinken und starrte die Männer entgeistert an. Der Wirt stellte die Weinflaschen auf den Tisch und überlegte, ob er den Fremden, die wie Strauchdiebe aussahen, die Tür weisen sollte.

»Herr Wirt«, rief der Saarländer, »schaffe Er Branntwein herbei!«

Der Wirt sah hilflos hinüber zum General, der aufstand und sich in militärischer Haltung vor dem Saarländer aufpflanzte.

»Wie heißt Er? Was will Er hier?« fragte er barsch. Während der Jahre in der Grenzstadt hatte der General die deutsche Sprache gelernt.

»Kennen Sie mich nicht?«

»Nein.«

»Ich bin die Nachhut der Großen Armee, ich bin Marschall Ney!«

»Was? ... Sie? ... Marschall ... «

»Ja, ich bin Marschall Ney, Herzog von Elchingen, Fürst von der Moskwa.«

»Los!« schrie der General den Wirt an. »Was steht Er und glotzt? Schenk Er dem Herrn Marschall und seinen Leuten Burgunder ein!« Dann schlug er die Hacken zusammen. »Zu Ihren Diensten, Herr Marschall.«

Ney sah sich in der Gaststube um, sog den Bratenduft ein. Wärme, Sicherheit, Frieden!

Während der Wirt eilig die Gläser füllte, sagte einer der Soldaten: »Uff der Brück' hamm mer unser letzte Patrone verschosse und die letzte Gewehre in de Njemen geworfe. Hinner uns kommt niemand mehr.«

Der Wirt reichte Ney ein Glas, das dieser in einem Zug leerte.

»Die Schlacht an der Moskwa!« rief er und lachte bitter auf, »die siegreiche Schlacht an der Moskwa«, und er warf das Glas an die Wand, wo es in tausend Stücke zersplitterte. »Wir haben gesiegt!« schrie er. »Wir haben nur gesiegt, wir haben die Russen immer geschlagen, die Kosaken ... Wenn sie angriffen, habe ich immer gesagt: ›Los, Jungens, hebt die Musketen auf und brennt sie ab, wenn sie geladen sind! Anlegen, schießen, anlegen, schießen, anlegen! So habe ich die Nachhut befehligt ... ‹ Seine Stimme sank zu einem Flüstern herab: »Die größte Armee aller Zeiten ... tot. Alle, alle tot ...«

XXXVI

Anfang März 1813 übersiedelte Napoleon mit Frau und Sohn sowie den engsten Mitarbeitern ins Grand Trianon, um sich von den Katastrophen des Winters zu erholen und die neuen militärischen Operationen in aller Ruhe und mit größter Sorgfalt vorzubereiten. Die Russen, die inzwischen bis zur Elbe vorgedrungen waren, mußten möglichst schnell geschlagen werden, da die neue Armee den Strapazen eines langen Feldzuges kaum gewachsen sein würde. Die Rekruten waren kaum ausgebildet – das mußte während des Marsches zur Front nachgeholt werden –, die Kavallerie war zahlenmäßig schwach und ebenfalls mangelhaft ausgebildet, und gerade sie war wichtig, um Flankenbewegungen durchführen und den Feind verfolgen zu können.

Am späten Vormittag des 20. März versammelten sich die in Paris weilenden Bonapartes im Grand Trianon, um den Geburtstag des Königs von Rom zu feiern. Es waren wenige: Letizia, Fesch, Hortense und Julie mit ihren Kindern, außerdem Katharina, die Jérôme aus Sicherheitsgründen nach Frankreich geschickt hatte, weil sich die politische Lage in Westfalen zuspitzte. Katharina war in den ersten Märztagen eingetroffen, und Napoleon hatte ihr Schloß Meudon zur Verfügung gestellt, aber Katharina fühlte sich dort nicht wohl und verbrachte die meiste Zeit bei Letizia in Pont. Camillo war in Italien, und Pauline reiste in Südfrankreich von einem Badeort zum anderen und betrauerte ihren letzten Liebhaber, den Hauptmann Canouville, der bei Borodino gefallen war.

Der König von Rom war während des Winters noch ein Stück gewachsen, und alle fanden das kräftige Kind mit den schulterlangen blonden Locken reizend. Er trug nun keine Mädchenkleider mehr, sondern Hosen und Westen, hatte sich zu einem ungebärdigen kleinen Jungen entwickelt und – zur Erleichterung seiner Eltern – die anfänglichen Sprechschwierigkeiten überwunden.

Nun stand er neben seinem Vater und bestaunte die Geschenke. Da gab es ein Billardspiel, eine Mameluckentracht, einen Vogelbauer mit zwei mechanischen Vögeln, die mit den Flügeln schlagen und singen konnten, aber dies alles wurde übertroffen vom Geschenk seines Vaters: einer Spielzeugarmee nebst Troß und Feldlazarett.

»Wenn du groß bist, wirst du eine solche Armee kommandieren«, sagte Napoleon und stellte zufrieden fest, daß sein Sohn fasziniert die Soldaten betrachtete.

Die Kavalleriesoldaten von Großvater Franz beeindruckten den Kleinen dagegen nicht sonderlich; viel mehr interessierten ihn die Wiener Näschereien, die Papa François ihm zusätzlich geschickt hatte. Napoleon nahm einen der österreichischen Husaren in die Hand und betrachtete ihn sehnsüchtig. Diese Kavallerie müßte ich haben, dachte er und fragte sich zum soundsovielten Male, warum sein Schwiegervater zögerte, ihn mit Truppen zu unterstützen.

Marie-Louise stand auf und nahm ihren Sohn an die Hand. »Komm, jetzt zeige ich dir das Geschenk von Tante Caroline, du wirst staunen!«

Auf der Terrasse stand eine kleine Kalesche, vor die zwei dressierte Widder gespannt waren. Das Kind stieß einen Freudenschrei aus, lief zu den Tieren und streichelte sie. Marie-Louise setzte ihn in den Wagen, gab ihm die Zügel und die kleine Peitsche in die Hand, und schon setzten sich die Widder in Bewegung.

»Schneller«, rief der Kleine und knallte mit der Peitsche.

»Ein reizendes Geschenk«, sagte Marie-Louise zu Napoleon, der ihnen gefolgt war, »ein originelles Geschenk, nicht wahr?«

»Ja.« Das sieht Caroline ähnlich, dachte er, mit derlei Geschenken will sie Murats Fehler wiedergutmachen. Hoffentlich bewährt sich der Zirkusdirektor der Armee jetzt in Sachsen.

Am Nachmittag erhielt der König von Rom im Arbeitskabinett seines Vaters seine erste Lektion in Kriegsführung.

Während Napoleon die kleinen Zinnsoldaten aufstellte und Truppenbewegungen erläuterte, lehnte sich Méneval in seinem Stuhl zurück und sah sich zufrieden in dem renovierten Arbeitskabinett um. Wie hell und freundlich der Raum jetzt wirkt, dachte er, das kommt wahrscheinlich durch die Wandbespannung, grüner Damast ... Wie schön wäre es, wenn wir den ganzen Sommer hier verbringen könnten; statt dessen reist der Kaiser Mitte April zur Armee ab, und ich soll die Kaiserin beim Formulieren offizieller Schreiben unterstützen. Der Kaiser will ihr für die Dauer seiner Abwesenheit die Regentschaft übertragen, damit nicht eine zweite Affaire Malet passiert – gewiß, die Hauptlast ruht auf Cambacérès, aber sie muß den Sitzungen des Staatsrates und des Senats beiwohnen und das diplomatische Korps empfangen.

Während Napoleon weiter diktierte, schob das Kind die Soldaten planlos hin und her und begann sie schließlich neu aufzustellen.

Etwa eine halbe Stunde später traf ein Sonderkurier des preußischen Gesandten mit einer Depesche ein.

Napoleon las und warf den Brief dann gereizt zu Boden. »Preußen hat uns den Krieg erklärt!«

»Um Gottes willen, Sire, Preußen?! Jetzt kämpfen wir gegen England, Rußland und Preußen! Drei Gegner!«

»Kein Grund zur Aufregung; lieber ein offener Feind als ein zweifelhafter Verbündeter.«

Bereits am 30. Dezember 1812 hatten der Kommandant der preußischen Truppen, General Yorck, und der russische General Diebitsch eine Konvention unterzeichnet, die das preußische Korps für neutral erklärte und ihm in Preußisch-Litauen einen neutralen Landstrich zum vorläufigen Aufenthalt anwies. Der Unterhändler war ein Adjutant des russischen Generals, der Preuße Carl von Clausewitz. Dieses Neutralitätsabkommen war der erste Schritt zu einer Koalition Preußens und Rußlands gewesen, und jetzt war es also endgültig soweit.

Napoleon trat zu seinem Sohn und schaute geistesabwesend dessen Spiel mit den Soldaten zu. Ein zweifelhafter Verbündeter, dachte er, wie muß ich Österreich einschätzen? Mit Preußen und Rußland allein könnte ich fertig werden, aber es ist notwendig, daß Österreich mein Verbündeter bleibt, noch besser wäre es natürlich, wenn Papa François mir Truppen zur Verfügung stellen würde. Ich hatte gehofft, daß meine Aussöhnung mit dem Papst, das neue Konkordat, die geplante Krönung seiner Tochter und seines Enkels ihn bewegen würden, mich zu unterstützen, aber er weicht aus, behauptet, alle Soldaten in Rußland verloren zu haben. Nicht einmal Marie-Louise konnte etwas erreichen. Sollten die antifranzösischen Kreise am Wiener Hof doch stärkeren Einfluß haben, als ich annehme? Die Kaiserin hetzt bestimmt gegen mich, aber ich kann mir nicht vorstellen, daß er etwas unternimmt, was seiner Tochter und seinem Enkel schaden könnte ...

In diesem Moment sah Napoleon die neue Aufstellung der Soldaten und stutzte: auf der einen Seite die Franzosen, ihnen gegenüber – neben den Engländern und Russen – die Österreicher und Neapolitaner.

»Was ist denn das?« Er beugte sich zu seinem Sohn hinunter, der gerade die Kanonen richtete.

»Sie kämpfen gegeneinander«, erklärte das Kind.

»Wie kommst du denn darauf?«

»Dort drüben die Soldaten sind keine Franzosen, es sind Feinde.«

»Höre, nicht alle fremden Völker sind unsere Feinde, wir haben auch Verbündete. Dazu gehören zum Beispiel die Soldaten deines Großvaters und deines Onkels.« Er stellte die Österreicher und Neapolitaner wieder neben die Franzosen. »Es ist völlig ausgeschlossen, daß Papa François und dein Onkel gegen uns kämpfen, sie gehören schließlich zur Familie. Eine Familie halt zusammen, in guten wie in schlechten Zeiten.« Er zog ihn liebevoll am Ohrläppchen. »Hast du das verstanden?«

»Ja, Papa.«

Napoleon diktierte noch einige Briefe, setzte sich dann aufs Kanapee und vertiefte sich in die Polizeiberichte. Amüsiert las er, was Savary über das Leben und Treiben der Kronprinzessin von Schweden berichtete, und dabei ging ihm durch den Kopf, daß sein Versuch, Bernadotte als Verbündeten zu gewinnen, fehlgeschlagen war und daß es fraglich war, ob dieser neutral bleiben würde.

Sein Sohn war unterdessen der Soldaten überdrüssig geworden und wandte seine Aufmerksamkeit den Mahagoniklötzchen zu, die in der Zimmerecke aufgestellt waren. Mit ihnen probierte Napoleon seine Truppenkombinationen aus; sie symbolisierten Regimenter, Divisionen und Korps; die Farben kennzeichneten den

Korpskommandanten: Murat zum Beispiel war rot, Marmont schwarz. Der König von Rom hielt die Klötzchen für Spielzeug und hatte schon oft die kunstvollen Formierungen durcheinandergebracht und die Schlachtordnung zerstört.

Méneval amüsierte sich darüber und bewunderte die Geduld und Nachsicht seines Herrn, der sich nicht beirren ließ und sogleich wieder mit der Aufstellung der Klötzchen begann.

Der rote Murat und der schwarze Marmont faszinierten das Kind am meisten. Nachdem es nun den roten Murat gefunden hatte, kletterte es zu seinem Vater auf das Kanapee.

»Na, mein Kleiner«, Napoleon nahm ihn auf den Schoß, »willst du nicht mehr spielen?«

»Nein, erzähle mir eine Geschichte, Papa. Erzähle mir von Troja, von dem kleinen Jungen, was haben die Griechen mit ihm gemacht?«

Jeden Abend, nachdem Madame de Montesquiou mit ihrem Zögling gebetet und ihm eine Geschichte erzählt hatte, erschien der Kaiser, um seinem Sohn den Gutenachtkuß zu geben, und jeden Abend erfüllte er die Bitte des Kleinen nach einer weiteren Geschichte. Da er sich selbst als Kind sehr für die Gestalten der Antike und für die Sagen interessiert hatte, erzählte er seinem Sohn an mehreren Abenden die Geschichte des Trojanischen Krieges.

»Der kleine Junge«, sagte er, »du meinst Astyanax, den Sohn von Hektor? Der Sohn des Besiegten in der Hand der Sieger ... Sie haben ihn von den Mauern Trojas gestürzt. Aber dadurch blieb ihm die Gefangenschaft erspart ... Der Sohn des Besiegten als Gefangener der Sieger – was für ein grausames Schicksal!«

Das Kind sah den Vater erstaunt an. »Der Sohn des Besiegten in der Hand der Sieger?« wiederholte es fragend.

»Das Ende erzähle ich dir ein andermal. Ich muß jetzt noch arbeiten, kleiner Adler, und heute abend ist die Geschichte von der Heimkehr des Odysseus an der Reihe.«

Das Kind gab sich damit zufrieden, lutschte und nagte an dem Holzklötzchen und schlief dabei ein.

Napoleons Hoffnungen auf eine Krönung von Gattin und Sohn erfüllten sich nicht. Am 24. März widerrief Pius VII. alle Zusagen, und man mußte sich mit einer einfachen Vereidigung der Kaiserin als Regentin begnügen.

Am 15. April verabschiedete sich Napoleon von Marie-Louise, um zum zweiten Mal in ihrer Ehe in den Krieg zu ziehen. Er drängte sie erneut, ihrem Vater zu schreiben und um Truppenverstärkung zu bitten. Kaiser Franz müsse doch wissen, daß eine Unterstützung von seiner Seite auch Tochter und Enkel zugute käme, es sei doch ganz einfach.

Aber für den österreichischen Kaiser und Metternich war die politische Lage komplizierter, als Napoleon annahm. In Wien hatte man fest mit einem Sieg über Rußland gerechnet, ihn sogar gewünscht, weil man ein übermächtiges Zarenreich fürchtete. Der Untergang der Großen Armee war also auch für Österreich eine böse Nachricht. Zudem war die Situation weiterhin ungeklärt. Konnte Napoleon mit einer neuen Armee siegen? Der Kriegseintritt Preußens machte die Lage noch schwieriger. Metternich wußte, daß dem Kaiser Franz ein Krieg zuwider war, aber man mußte natürlich damit rechnen, daß Österreich in den Konflikt hineingezogen wurde. Man mußte auf jeden Fall gerüstet sein, gleichgültig, auf welcher Seite man kämpfte, und so wurde auf Schwarzenbergs Rat hin in aller Stille in Böhmen ein Heer von 80 000 Mann aufgestellt.

Metternich taktierte. Er wollte im entscheidenden Augenblick auf der richtigen Seite stehen. Er umschmeichelte Narbonne und nahm gleichzeitig diskret Kontakt zum Zaren auf. Er ließ seinen kaiserlichen Herrn bei jeder Gelegenheit für den Frieden plädieren und überlegte, wie man sich des Bündnisses mit Frankreich entledigen konnte, ohne dabei das Gesicht zu verlieren, das heißt, ohne den Korsen zu reizen; das konnte man sich im Frühjahr 1813 noch nicht leisten. Das Zauberwort ›Neutralität‹ setzte sich in Metternichs Kopf fest; ein neutrales Österreich war handlungsfähig nach beiden Seiten. Aber wie war diese Neutralität zu erreichen?

Metternich wartete ab, er hatte Zeit, viel Zeit. Und er wußte, daß Napoleon keine Zeit hatte. Als er von Schwarzenberg erfuhr, daß der Kaiser nichts so sehr fürchtete wie einen Bruch mit Österreich, triumphierte er: Nun konnte man dem Korsen Forderungen stellen, und wenn er nicht darauf einging, würde man sich den Preußen und Russen anschließen. Dieser Übermacht würde Napoleon nicht gewachsen sein, zumal auch Bernadotte mit dem Zaren verhandelte.

Vorerst erläuterte Metternich nur gegenüber dem langjährigen Freund und Mitarbeiter Gentz seinen Plan: »Man muß die militärische Entwicklung abwarten und sich dann als Vermittler zwischen den Parteien anbieten. Ein Vermittler muß natürlich neutral sein, also wird Österreich dem Korsen keine bewaffnete Hilfe gewähren; natürlich müssen Vermittlerdienste auch honoriert werden, das heißt: Rückgabe der illyrischen Provinzen, eines Teils von Kroatien und des Anteils am Großherzogtum Warschau.

Ich werde Napoleon folgende Bedingungen für unsere Neutralität anbieten; Wiederherstellung Preußens, Befreiung Spaniens, Herausgabe der Hansestädte, Auflösung des Rheinbundes. Frankreich behält seinen Gebietszuwachs in Italien, Holland und Westfalen und ist so immer noch mächtig, aber nicht mehr übermächtig! Akzeptiert Napoleon diese Bedingungen nicht, schließen wir uns den Russen und Preußen an. Ich hoffe, daß er vernünftig ist, wir brauchen nämlich ein mächtiges Frankreich als Gegengewicht zu Rußland. Nimmt er die Bedingungen an, dann haben wir ein wünschenswertes Kräftegleichgewicht in Europa, und diese Pentarchie, diese Balance wird den Frieden sichern.«

Gentz lächelte. »Wissen Sie, wie man Sie in den Wiener Salons nennt? ›Comte de Balance.‹ Glauben Sie wirklich, Sie Ritter Europas, daß Napoleon auf diese Bedingungen eingehen wird? Auflösung des Rheinbundes?!«

»Mein lieber Gentz, wenn er meinen Vorschlag nicht akzeptiert, ist er ein verlorener Mann.«

Der Feldzug begann mit einem französischen Sieg: am 2. Mai 1813 wurden die Preußen und Russen bei Lützen geschlagen, und nur die unzulängliche Kavallerie Napoleons ließ die Verfolgung und völlige Vernichtung des Feindes scheitern.

Am 8. Mai zog Napoleon in Dresden ein und residierte im Palais Marcolini. Dort erschien am 17. Mai Graf Bubna im Auftrag des österreichischen Kaisers. Er bot Vermittlungen zwischen den kriegführenden Staaten an und überreichte gleichzeitig den Friedensvorschlag.

Bereits am 5. Mai hatte Österreich Napoleon das schwarzenbergische Hilfskorps entzogen; Napoleon hatte dem Bericht seines Botschafters Narbonne entnommen, daß Metternich diese Entscheidung getroffen hatte. Bitterkeit war in Napoleon aufgestiegen. Er hatte für den blonden, blauäugigen Diplomaten eine ähnliche Sympathie empfunden wie für den blonden, blauäugigen Zaren und war von beiden verraten worden. Woran lag es, daß er gerade von diesem Typ Mensch, für den er eine Schwäche hatte, gleich ob Mann oder Frau, enttäuscht worden war? Da war der Jugendfreund in Brienne gewesen, Caroline du Colombier, die Duchâtel, Alexander, Metternich; nur Maria Walewska machte eine Ausnahme. Schätzte er diese Menschen falsch ein, erwartete er zuviel von ihnen? Solche Gedanken gingen ihm in letzter Zeit öfter durch den Kopf. Aber er hatte nicht viel Zeit zum Sinnieren, die Gegenwart erforderte seine ganze Aufmerksamkeit.

An jenem 17. Mai diktierte er einen Brief an seinen Schwiegervater, in dem er seine Friedensbereitschaft beteuerte und sich damit einverstanden erklärte, daß ein Kongreß einberufen wurde, um über den Frieden zu verhandeln.

Am 20. und 21. Mai errangen die Franzosen ihren zweiten großen Sieg bei Bautzen und Wurschen, und wieder fehlte die Kavallerie zur Vernichtung des Feindes. Am nächsten Abend wurde Duroc bei einem der Nachhutgefechte schwer verwundet und starb am darauffolgenden Tag.

Napoleon war zutiefst erschüttert; er ließ in Markersdorf ein Denkmal für den toten Freund errichten und formulierte die Inschrift: ›Hier starb in den Armen des Kaisers, seines Freundes, ruhmreich, von einer Kugel getroffen, der General Duroc, Herzog von Friaul, Großmarschall des Kaisers Napoleon.‹

Am 4. Juni wurde ein zweimonatiger Waffenstillstand vereinbart; in dieser Zeit sollte ein Kongreß über den Frieden verhandeln. Am 17. Juni schloß Österreich in Reichenbach einen Geheimvertrag und verpflichtete sich, dem englisch-russisch-preußischen Bündnis beizutreten, wenn Napoleon die österreichischen Bedingungen bis zum 20. Juli nicht annahm.

Napoleon wollte unbedingt Österreich an seiner Seite halten, war aber, mit Ausnahme der Rückgabe Illyriens, nicht zu territorialen Zugeständnissen bereit. Er sah nur noch eine Möglichkeit, den Frieden zu retten, nämlich ein Gespräch unter vier Augen mit Metternich, und so lud er ihn ein, nach Dresden zu kommen.

Am 26. Juni gegen Mittag betrat Metternich den Vorsaal des Palais Marcolini. Die erwartungsvoll-besorgten Blicke der anwesenden Generäle und Beamten folgten ihm, während er von Berthier zum Audienzzimmer des Kaisers geführt wurde.

»Vergessen Sie nicht, daß Europa den Frieden braucht und daß Frankreich nur den Frieden will!« raunte Berthier ihm zu. Metternich erwiderte nichts und betrat den Salon.

Napoleon stand in der Mitte des Zimmers, den Degen an der Seite, den Hut unter dem Arm. Er musterte das lockige blonde Haar, die Adlernase, die glatte, schimmernde Haut des Mannes, der einmal Carolines Geliebter gewesen und der – neben Talleyrand – als durchtriebenster Diplomat Europas galt.

»Da sind Sie, Metternich! Willkommen. Aber warum so spät, wenn Sie Frieden wollen? Wir haben schon einen Monat verloren, und Ihre Mittlertätigkeit schadet mir. Wie geht es meinem Schwiegervater? Ist er gesund?«

»Ja, Sire, Seine Majestät erfreut sich der besten Gesundheit.«

»Gut. Kommen wir zur Sache. Sie wollen den Krieg? Sie sollen ihn haben. Ich habe bei Lützen die preußische Armee vernichtet, ich habe die Russen bei Bautzen geschlagen; auch Sie wollen also an die Reihe kommen. Es sei! In Wien sehen wir uns wieder! Die Menschen sind unverbesserlich, die Erfahrung ist für sie verloren. Dreimal habe ich den Kaiser Franz wieder auf den Thron gesetzt. Ich habe ihm versprochen, mein Leben lang mit ihm in Frieden zu bleiben; ich habe seine Tochter geheiratet. Damals sagte ich mir, du begehst eine Torheit, aber sie ist begangen, ich bereue sie heute.«

Was für ein emotionaler Auftakt, dachte Metternich, das klingt nicht nach Mäßigung. Ruhig erwiderte er, daß Krieg und Frieden einzig von Napoleon abhingen. Zur Sicherung des Friedens sei es notwendig, daß er, Napoleon, in die Machtgrenzen zurückkehre, die mit der allgemeinen Ruhe vereinbar seien. Mit der größten Liebenswürdigkeit nannte er noch einmal die Bedingungen, unter denen Österreich bereit sei, an der Seite Napoleons zu kämpfen – Wiederherstellung Preußens, Befreiung Spaniens, Herausgabe der Hansestädte, Auflösung des Rheinbundes. Rückgabe Illyriens, eines Teils von Kroatiens und des Anteils am Großherzogtum Warschau an Österreich.

Napoleon wurde blaß vor Wut. »Nein. Niemals. Ich werde zu sterben wissen, aber ich trete keinen Handbreit Boden ab. Eure Herrscher, geboren auf dem Thron, können sich zwanzigmal schlagen lassen und doch immer wieder in ihre Residenz zurückkehren; das kann ich nicht, ich, der Sohn des Glücks! Meine Herrschaft überdauert den Tag nicht, an dem ich aufgehört habe, stark und folglich gefürchtet zu sein.«

Wieder kam er auf den Rußlandfeldzug zu sprechen, auf die Stärke seiner gegenwärtigen Armee, und als Metternich vorsichtig andeutete, was denn geschehe, wenn diese Armee aus jungen Leuten dahingerafft sei, verlor Napoleon erneut die Beherrschung. Er schrie den Kanzler an, er schere sich nicht um das Leben einer Million Menschen, und schleuderte wutentbrannt seinen Hut auf den Boden.

Nach einer Gesprächspause fragte Napoleon: »Wieviel hat Ihnen England gegeben, daß Sie gegen mich diese Rolle spielen?«

Metternich straffte sich. Er gab keine Antwort, aber in den blauen Augen blitzte ein gefährlicher Funke auf, den Napoleon wohl bemerkte, und er begriff, daß seine letzten Worte ein Fehler gewesen waren, ein unverzeihlicher Fehler.

Es war halb neun Uhr abends, als Napoleon Metternich verabschiedete; er hatte sich wieder beruhigt und begleitete den Kanzler zur Tür. »Wir sehen uns doch wieder?«

»Zu Befehl, Majestät, aber ich habe keine Hoffnung, den Zweck meiner Mission zu erreichen.«

Im Vorsaal standen noch immer die Generäle und Beamten; umsonst versuchten sie, im Gesicht Metternichs zu lesen, was sich in den vergangenen Stunden abgespielt hatte, der Österreicher durchschritt den Saal mit undurchdringlicher Miene. Berthier begleitete ihn zum Wagen, und als sie außer Hörweite waren, fragte er, ob Metternich mit dem Kaiser zufrieden gewesen sei. »Ja, er hat mir vollen Aufschluß gewährt; mit dem Mann ist's aus!«

Auch eine weitere Verhandlung führte zu keinem Ergebnis, doch zumindest einigte man sich darauf, einen Friedenskongreß nach Prag einzuberufen, zu dem die kriegführenden Mächte ihre Bevollmächtigten entsenden sollten. Der Kongreß begann am 28. Juli, als letzter Verhandlungstag war der 10. August vorgesehen, bis zu diesem Datum wurde der Waffenstillstand verlängert.

Auch in Spanien spitzte sich die Lage zu. Am 21. Juni besiegten die Engländer unter der Führung Wellingtons die Franzosen bei Vitoria, und Joseph floh Hals über Kopf nach Frankreich; sogar seine Feldkutsche mit Briefen und Papieren fiel den Engländern in die Hände. Napoleon war empört, als er von Josephs Flucht erfuhr, und befahl dem Bruder, sich unverzüglich auf sein Landgut Mortefontaine zurückzuziehen. In Paris durfte er sich nicht blicken lassen; Cambacérès und Marie-Louise bekamen genaue Anweisungen für den Umgang mit dem Exkönig von Spanien; vor allem mußte verhindert werden, daß er mit Ministern zusammentraf und womöglich versuchte, Intrigen zu spinnen.

Nach Lannes und Duroc verlor Napoleon in diesem Sommer noch einen dritten Waffengefährten: Junot. Gefährliche Kopfverletzungen aus vielen Kriegsjahren hatten bei Junot zu geistiger Umnachtung geführt, auf Anraten der Ärzte wurde er auf seinem Landsitz interniert. Dort sprang er – in dem Wahn, er könne wie ein Vogel fliegen – aus einem Fenster im obersten Stockwerk und erlag am 19. Juli seinen Verletzungen. Während der letzten Lebensstunden rief er beständig nach Napoleon, der äußerst bestürzt war – jetzt konnte er sich auch Junots militärische Fehlentscheidungen während des Rußlandfeldzuges erklären.

Die Verhandlungen in Prag führten zu keinem Ergebnis; Caulaincourt konnte seinem Herrn nur berichten, daß sich inzwischen auch Bernadotte den Verbündeten angeschlossen hatte. Dennoch war Napoleon zu keinem Zugeständnis bereit, bis zuletzt glaubte er nicht, daß sich Österreich gegen ihn stellen würde.

Am 10. August unterzeichnete Metternich den Beitritt zur englisch-russisch-preußischen Koalition. Am 11. August erklärte Papa François seinem Schwiegersohn den Krieg.

Der Kriegseintritt Österreichs stürzte Marie-Louise in einen schweren Konflikt. Sie konnte es nicht fassen, daß die beiden Männer, die sie liebte, gegeneinander Krieg führten. Verzweifelt fragte sie sich, wem sie den Sieg, wem die Niederlage wünschen sollte. Siegte der Gatte, konnte es ihren Vater den Thron kosten, siegte der Papa, so bedeutete dies vermutlich das Ende der Dynastie Bonaparte. Was wurde dann aus ihr und dem Kind? Wahrscheinlich war, daß Österreich besiegt wurde, wie schon oft in der Vergangenheit; in diesem Fall war es ihre Pflicht, sich schützend vor den Vater zu stellen und zwischen ihm und dem Gatten zu vermitteln. Im Augenblick konnte sie nichts tun als beten, daß dieser Krieg bald zu Ende sein möge.

Vorerst allerdings sah es nicht nach einem baldigen Kriegsende aus. Den Franzosen standen drei Armeen mit insgesamt 430 000 Soldaten gegenüber; Napoleon verfügte nur über 300 000 Mann. Er beschloß, die feindlichen Armeen getrennt anzugreifen und einzeln zu schlagen; das führte jedoch zu einer Zersplitterung der Kräfte und überforderte die Marschälle, die gewohnt waren, auf Befehl zu handeln.

Napoleon selbst errang zwar Ende August bei Dresden über Schwarzenberg einen bedeutenden Sieg, aber seine Marschälle und Generäle wurden einer nach dem anderen geschlagen. Als die Alliierten Mitte Oktober begannen, die Franzosen einzukreisen, zog sich Napoleon mit der Hauptarmee nach Leipzig zurück und stellte sich dort mit 160 000 Mann zur Schlacht. Die Kämpfe begannen am 16. Oktober und endeten am 19. mit dem Rückzug der Franzosen. Doch der Krieg war noch nicht zu Ende; die verbündeten Truppen marschierten weiter gen Westen Richtung Frankreich.

Letizia war schockiert, als sie vom Kriegseintritt Österreichs erfuhr – wie konnte sich ein Vater gegen Tochter und Schwiegersohn stellen!? Allerdings, je länger der Krieg dauerte, je mehr sich die militärische Lage Napoleons verschlechterte, desto besorgter beobachtete sie die Entwicklung in der eigenen Familie und stellte entsetzt fest, daß die Bonapartes, statt in dieser Krise zusammenzuhalten, immer mehr auseinanderfielen, daß jeder nur an sich und seine Interessen dachte.

Joseph hatte sich in Mortefontaine vergraben und erwartete, daß Napoleon ihm Spanien zurückeroberte, obwohl er diese Krone stets als Last empfunden hatte. Louis, obwohl er seinerzeit freiwillig abgedankt hatte, machte Thronansprüche auf Holland geltend, und Jérôme, der sein Königreich inzwischen verloren und in Frankreich Zuflucht gesucht hatte, erwarb zwei kostspielige Landsitze. Letizia war froh, daß er wenigstens mit einer vernünftigen Frau verheiratet war, die zu ihm hielt.

Wenn sie in jenen Wochen an ihrem Stickrahmen saß und über ihre Kinder und Schwiegerkinder nachdachte, beschäftigten sich ihre Gedanken oft mit Marie-Louise. Sie ist eine vorbildliche Regentin, dachte Letizia, das habe ich ihr gar nicht zugetraut, sogar Talleyrand hat sich lobend über sie geäußert. Aber viel wichtiger ist die Frage ... Letizia legte die Nadel zur Seite und sah grübelnd hinaus in den Park. Liebt sie den Kaiser? Ihre Zuneigung wirkt aufrichtig, aber ... wird sie einer echten Belastungsprobe standhalten? Wer weiß, was in den nächsten Wochen alles auf uns zukommt; noch ist Napoleon Kaiser ... Die Alliierten kämpfen nicht nur gegen den Kaiser der Franzosen, sondern gegen den Repräsentanten der Revolution. Und seine innenpolitischen Feinde warten nur auf den Moment der Abrechnung, zum Beispiel Talleyrand. Lucien müßte jetzt hier sein, er besitzt politischen Instinkt und könnte seinem Bruder bestimmt manchen Rat geben – sofern Napoleon überhaupt bereit ist, Ratschläge anzunehmen.

Die ungewisse Zukunft beschäftigte Letizia so stark, daß sie beim abendlichen Reversispiel zum ersten Mal mit Saveria über ihre Befürchtungen sprach, daß sie mit allem rechne, auch mit dem Verlust des Thrones. Und daß sie nicht wisse, wie Marie-Louise sich dann verhalten würde.

Saveria konnte diesen Gedankengängen ihrer Herrin nicht recht folgen und fragte erstaunt nach.

Letizia überlegte eine Weile und erklärte ihr dann, daß erfahrungsgemäß Frauen in unvorhergesehenen Situationen unberechenbar reagierten, und kam in diesem Zusammenhang auf die Briefe der Töchter zu sprechen, die sie im Laufe des Sommers erhalten hatte. Jede verhalte sich in dieser prekären Lage anders als erwartet.

Die rationale, sachliche Elisa war in Panikstimmung; sie befürchtete, von Murat und Eugène nicht genügend Truppen zur Verteidigung zu bekommen; Paulette, die immer nur mit sich selbst und ihren Vergnügungen beschäftigt war, hatte dem Kaiser ihre Diamanten zur Verfügung gestellt und war nun todunglücklich, daß er ihren Schmuck nicht annahm; am rätselhaftesten jedoch verhielt sich Caroline. Sie, die unbedingt Königin hatte werden wollen, erwähnte in ihren Briefen mit keiner Silbe die politische Lage, schien sich gar nicht dafür zu interessieren, und dabei müßte ihr gesunder Menschenverstand ihr doch sagen, daß in einem Friedensvertrag die eroberten Gebiete, also auch Neapel, zurückgegeben werden mußten.

»Ach, Saveria, wie wird das alles weitergehen?«

Letizia unterschätzte ihre Tochter Caroline und deren Interesse für die politische und militärische Entwicklung des Jahres 1813. Der Verlust Spaniens, der erfolglose Prager Kongreß, Bernadottes Anschluß an die Koalition, der Kriegseintritt Österreichs, die allmähliche Auflösung des Rheinbundes, die verlorene Schlacht bei Leipzig – Caroline beobachtete das alles aufmerksam. Und sie wußte wohl, daß ihr Bruder in einem Friedensvertrag auf seine Eroberungen, also auch auf Italien, würde verzichten müssen, und machte sich Gedanken, wie sie ihren schwer erkämpften Thron retten konnte. Sicher nicht mit Soldaten, aber vielleicht auf diplomatischem Wege? Aber da gab es nur eine Möglichkeit: ein Arrangement mit den Alliierten ...

Mitte November traf Murat in Neapel ein und berichtete deprimiert Einzelheiten über die Niederlage bei Leipzig: Der Feind war zahlenmäßig überlegen gewesen, hatte zudem von Napoleons Artillerie-Taktik gelernt, und mitten in der Schlacht waren die Sachsen zum Feind übergelaufen. Zuletzt kam Murat auf Bernadotte zu sprechen: »Warum ist er nicht neutral geblieben? Er ist doch Franzose, Gascogner wie ich, zudem noch weitläufig mit dem Kaiser verwandt ... «

Caroline lachte spöttisch: »Er will natürlich von dem Kuchen etwas abbekommen, der irgendwann geteilt wird. Warum echauffierst du dich überhaupt so? Wie wertvoll oder wertlos familiäre

Bindungen sind, siehst du bei den Habsburgern; im übrigen hat Bernadotte recht, er steht zum richtigen Zeitpunkt auf der richtigen Seite. Und du, was willst du nun tun?«

»Ich weiß es nicht, Caroline. Ich habe genug vom Krieg, ich möchte heute nicht mehr daran erinnert werden. Komm jetzt, ich will die Kinder begrüßen.«

Als die elfjährige Letizia auf ihren Vater zulief und ihn fragte, ob der Krieg zu Ende sei, erwiderte Caroline rasch, noch ehe der Gatte antworten konnte: »Für uns in Neapel ist der Krieg zu Ende, Letizia.«

Murat sah seine Frau erstaunt an, und als er das Glitzern in ihren dunklen Augen sah, erfaßte ihn Unbehagen.

Später am Abend griff er das Thema wieder auf. Für Neapel sei der Krieg noch nicht zu Ende, er müsse Eugène unterstützen. Caroline fragte gereizt, aus welchem Grund er noch länger eine verlorene Sache verteidige, ob er nicht sehe, daß das Reich ihres Bruders untergehe, und Murat erwiderte, Napoleon sei immer noch sein oberster Kriegsherr, dem er militärischen Gehorsam schulde, auch wenn es ihm schwerfalle; am besten wäre es, wenn der Schwager endlich Frieden schließen würde. Dann erwähnte er beiläufig, daß die Verbündeten in ihrem Frankfurter Hauptquartier neue Friedensvorschläge ausarbeiteten, die sie Napoleon unterbreiten wollten. Caroline sah ihren Mann erschrocken an. Das konnte den Verlust ihres Königsreiches bedeuten! Was sollte dann aus ihnen werden? Murat erwiderte gleichmütig, sie würden wie Joseph und Jérôme nach Frankreich zurückkehren und als französische Prinzen leben, etwas anderes bleibe ihnen nicht übrig.

Caroline schwieg einen Augenblick, fassungslos. Dann sagte sie: »Du bist also bereit, diese Krone, um die ich so gekämpft habe, einfach aufzugeben. Bin ich mit einem Mann oder mit einem Feigling verheiratet? Ich jedenfalls werde nicht aufgeben, ich werde um diesen Thron kämpfen bis zum letzten Blutstropfen; eher sterbe ich, als daß ich Neapel verlasse. Ich will Königin bleiben!«

»Schweig!« herrschte Murat seine Frau an; das Wort ›Feigling‹ hatte ihn empfindlich getroffen. »Schweig und rede keinen Unsinn; wenn Napoleon Italien aufgibt, müssen wir das akzeptieren. Abgesehen davon, wie willst du denn *kämpfen*? Eugène und ich werden

Italien halten und verteidigen, bis die Herren Diplomaten sich geeinigt haben.«

»Man kann auch mit den Mitteln der Diplomatie kämpfen. Es gibt eine Möglichkeit, unser Königreich zu halten. Aber wir müssen uns rasch entscheiden, solange man noch in Frankfurt tagt.« Caroline schwieg einen Moment, dann fuhr sie entschlossen fort: »Mein lieber Joachim, wir sollten dem Beispiel von Papa François folgen und uns den Alliierten anschließen!«

Murat sah seine Frau entgeistert an. »Was sagst du da?« brachte er endlich heraus. »Du willst gegen Frankreich, gegen deinen Bruder kämpfen?! Das ist Verrat! Das ist Hochverrat! Ohne mich, sage ich dir, da mache ich nicht mit, das nicht!«

»Mein Gott, so beruhige dich! Wer redet denn davon, daß du auf Franzosen schießen sollst? Ich denke es mir ganz anders: Wir schließen einen gesonderten Friedensvertrag, verpflichten uns, meinen Bruder nicht mehr mit Truppen zu unterstützen, und die Alliierten garantieren uns, daß wir Neapel behalten können. Wenn sie allerdings die Garantie von unserer bewaffneten Unterstützung abhängig machen – nun, dann bin ich auch bereit, die neapolitanische Kavallerie gegen Eugènes Truppen ins Feld zu führen.«

»Nein!« schrie Murat. »Ich bin doch nicht Bernadotte! Seit achtzehn Jahren kämpfe ich an der Seite Napoleons, ich kann ihn jetzt nicht verraten!«

»Stell dich nicht so an! Hast du dich nicht oft genug über ihn geärgert, warst du nicht in vielen Dingen anderer Meinung als er?«

»Ja, aber er ist immer noch mein oberster Kriegsherr, und er ist dein Bruder, Caroline! Was du bist, was du hast, verdankst du ihm! Sein Aufstieg hat uns mit emporgetragen, diese Königskrone verdanken wir nur ihm!«

»So! Und wem verdankt er die Kaiserkrone? Uns! Oder besser dir und Lucien! Wer hat denn am 18. Brumaire die Abgeordneten beruhigt? Lucien! Wer hat sie aus dem Saal verjagt? Du! Ohne eure Hilfe wäre er nie Erster Konsul geworden! Die jetzige Suppe hat er sich selbst eingebrockt, soll er sie auch selbst auslöffeln. Und was heißt schon Verrat? Wo fängt der Verrat an? Ist Österreichs Kriegserklärung kein Verrat?!«

»Während des Prager Kongresses ruhte das Bündnis mit Frankreich, Österreich war faktisch neutral. Das ist eine andere Situation als die unsrige; abgesehen davon ist Österreich ein souveräner Staat, während wir Bestandteil des Empire und somit Vasallen sind.«

»Also, was ist? Soll ich zu Metternich Kontakt aufnehmen?«

»Zu Metternich«, sagte Murat bitter, »ein Königreich als Preis für ein Schäferstündchen ... Nein, ich kann diesen Verrat nicht begehen.«

»Überlege es dir; ich hoffe, du änderst deine Meinung. Denn wenn du das nicht tust, werde ich dich verlassen – ja, ich werde mir das Leben nehmen.«

Zufrieden beobachtete sie, daß Murat bleich geworden war. Ich werde ihn mir schon gefügig machen, dachte sie, das war erst der Auftakt!

»Caroline«, stammelte er, »das kannst du mir nicht antun, ich liebe dich doch ... «

»Wenn du mich wirklich liebst, dann schickst du einen Kurier mit einem Friedensangebot zu Metternich.« Sie stand auf und verließ, ohne den Gatten eines weiteren Blickes zu würdigen, den Salon.

Murat blieb sitzen; er fühlte sich hilflos, ausgelaugt und müde, vor allem müde ...

Sieben Tage später galoppierte ein Eilkurier nach Norden, Richtung Frankfurt, um Metternich ein Friedensangebot des Königs von Neapel zu überbringen.

In jenem Herbst 1813, als Napoleons Reich zerfiel, mußte sich der Kaiser zudem mit innenpolitischen Schwierigkeiten auseinandersetzen. Die Gesetzgebende Körperschaft bewilligte zwar neue Aushebungen von Rekruten und Steuererhöhungen, verlangte dafür aber mehr Freiheitsrechte. Napoleon war empört und löste die Kammer auf. Eine andere Forderung der Notabeln machte ihn noch wütender: Die Abgeordneten verlangten, er solle die ›Frankfurter Propositionen‹ annehmen, jenes Friedensangebot der Alliierten, das Frankreich auf seine natürlichen Grenzen – Rhein-Alpen-Pyrenäen – beschränkte. Napoleon hatte die Frankfurter Vorschläge eingehend geprüft und festgestellt, daß die Verbündeten nicht die Zusicherung gegeben hatten, auf einen Einmarsch in Frankreich zu verzichten. Mit diesem Argument lehnte er die

Vorschläge ab, wohl wissend, daß die fehlende Zusicherung für ihn ein willkommener Vorwand war, denn obwohl er den Frieden wünschte, war er nicht bereit, auf seine Eroberungen – Holland und Italien – zu verzichten. Er wollte einen ehrenhaften Frieden, keinen Frieden um jeden Preis. Er war noch nicht geschlagen, noch konnte ihm ein Sieg gelingen, und dann würden ihm die Alliierten Zugeständnisse machen müssen.

In diesen düsteren Wochen, als die Invasion Frankreichs begann, waren die Stunden, die er in Gesellschaft von Gattin und Sohn verbrachte, die einzigen erfreulichen Augenblicke. Die monatelange Trennung hatte ihm dem Sohn nicht entfremdet, wie er befürchtet hatte.

Im Herbst 1813 schloß Napoleon mit dem Papst endgültig Frieden und ließ Pius nach Rom zurückkehren.

Die Lösung der spanischen Frage war komplizierter, Josephs wegen, aber schließlich gab Napoleon kurzerhand die Krone an Ferdinand VII. zurück, in der Hoffnung, auf diese Weise den Vormarsch der Engländer aufzuhalten. Ähnlich rigoros verfuhr Napoleon mit Jérôme. Er befahl Cambacérès, den Kauf der Landgüter rückgängig zu machen, und wies dem Bruder Compiègne als Wohnsitz an. Jérôme feierte rauschende Feste, verschuldete sich und kümmerte sich nicht um die zornigen Briefe des Bruders. Schließlich resignierte das Familienoberhaupt und ließ ihn gewähren, weigerte sich aber, den Bruder zu empfangen und verbot ihm und Katharina die Teilnahme am sonntäglichen Familiendiner.

Den geringsten Ärger hatte Napoleon mit Louis. Da dieser sich nirgendwo in Europa mehr sicher fühlte, kehrte er nach Frankreich zurück und lebte zurückgezogen bei Letizia auf Schloß Pont. Den Familiendiners blieb er fern mit der Begründung, er sei krank, was vom kaiserlichen Bruder stillschweigend toleriert wurde.

Nachdem Napoleon die Familienangelegenheiten einigermaßen geregelt hatte, löste er zwei weitere Probleme, die ihn schon lange beschäftigten: Er entließ den Außenminister Maret und übertrug das Amt Caulaincourt. Zum Nachfolger Durocs ernannte er den General Graf Bertrand, einen zuverlässigen Mann Anfang vierzig, der ihm treu ergeben war.

Weil nicht vorauszusehen war, wie lange er Paris würde fernbleiben müssen, und weil er ahnte, daß schwierige Entscheidungen bevorstanden, beschloß er, Marie-Louise mit einem Regentschaftsrat zu unterstützen. Diesem sollten die wichtigsten Minister, Großwürdenträger und der Generalstatthalter von Paris angehören; das Amt des letzteren war eine neue Einrichtung und verantwortungsvoller als alle anderen. Der Statthalter war neben Marie-Louise faktisch der zweite Mann im Staat; seine wichtigste Aufgabe war es, dafür zu sorgen, daß die Kaiserin und der König von Rom nicht in die Hände des Feindes fielen.

Napoleon überlegte lange, wem er diesen Posten anvertrauen sollte. Wer war gleichzeitig loyal, fähig, entscheidungsfreudig, verantwortungsbereit? Sollte ein Offizier dieses Amt bekleiden oder ein Zivilist? Er verschob die Entscheidung von einem Tag auf den anderen – schließlich mußte er in dieser wichtigen Angelegenheit nichts übereilen, weil der Krieg erst im Frühjahr weitergehen würde.

Das Jahr 1814 begann mit einer Hiobsbotschaft: Blücher hatte in der Silvesternacht bei Kaub den Rhein überschritten.

Napoleon studierte die Karten, rechnete aus, wie viele Tage die Verbündeten benötigten, um ihre Truppen zu vereinigen – was er verhindern mußte –, und kam zu dem Ergebnis, daß er in spätestens drei Wochen zur Armee abreisen mußte.

Er befahl Bertrand, alles für die Abreise am 25. Januar vorzubereiten, ernannte die Mitglieder des Regentschaftsrates, darunter auch Talleyrand – wenn dieser beschäftigt war, würde er nicht intrigieren können –, und erteilte Méneval Anweisungen bezüglich der Unterstützung Marie-Louises, die zum zweiten Mal die Regentschaft ausüben sollte.

In dieser Zeit hatte sich ein kurzer Briefwechsel zwischen Napoleon und Joseph entsponnen mit dem Ergebnis, daß der Kaiser nun den Bruder zum Generalstatthalter ernannte und ihm das Palais Luxembourg als Wohnsitz zur Verfügung stellte. Joseph durfte sich auch wieder ›König‹ nennen, allerdings nur ›König Joseph‹, nicht mehr ›König von Spanien‹.

Napoleon hatte seinem Bruder diesen Posten angeboten, weil er glaubte, daß ein Familienmitglied die Aufgaben loyaler und zuverlässiger erfüllen würde als ein Außenseiter. Der Ältere hatte den ersten Schritt zur Annäherung getan und dem kaiserlichen Bruder zum Jahreswechsel einen Brief geschrieben, worin er ihm seine Hilfe anbot und gleichzeitig auf die spanische Krone verzichtete.

Am 23. Januar, einem Sonntag, stellte Napoleon Gattin und Sohn unter den Schutz der Offiziere der Nationalgarde. Bei dieser feierlichen Zeremonie im Marschallsaal der Tuilerien beschwor er die Versammlung: »Was mir nach Frankreich das Liebste auf Erden ist, übergebe ich Ihnen. Sie werden darüber wachen, nicht wahr? Sie werden sie verteidigen, wenn es sein muß?«

»Jawohl, wir werden sie verteidigen!« riefen die Offiziere, hoben die Arme wie zum Schwur, und dann ertönte wie ein Schlachtgesang der Ruf: »Es lebe der Kaiser! Es lebe die Kaiserin! Es lebe der König von Rom!«

Als sich die Erregung etwas gelegt hatte, nahm Napoleon seinen Sohn auf den Arm und ging mit ihm die Reihen der Männer entlang. Zum ersten Mal seit Wochen war er zuversichtlich beim Gedanken an die Zukunft, sah er optimistisch den kommenden Kämpfen entgegen. Hatte er nicht vor achtzehn Jahren unter ähnlichen Bedingungen mit einer kleinen, schlecht ausgerüsteten Armee in Italien gekämpft und gesiegt?

Zum abendlichen Familiendiner erschienen – außer Jérôme und Gattin – alle in Paris anwesenden Bonapartes, sogar Louis kam in Begleitung Letizias. Napoleon war von seinem Erscheinen angenehm berührt und begrüßte den Bruder freundlich.

»Es war Louis ein Bedürfnis, heute zu kommen«, erklärte Letizia, »er wollte Sie noch einmal sehen, bevor Sie wieder in den Krieg ziehen. Haben Sie Jérôme und Katharina wenigstens für heute abend eingeladen?«

»Nein«, erwiderte Napoleon kurz, »ich sehe keine Veranlassung.«

Louis umarmte gerührt seine Söhne, übersah aber Hortense geflissentlich, wofür jeder Verständnis hatte; dann nahm er am unteren Ende der Tafel Platz, möglichst weit von Hortense entfernt.

Am oberen Kopfende, rechts von seinem Vater, saß der König von Rom, der zum ersten Mal an einem Familiendiner teilnahm. Er war stolz, daß er eine Uniform trug wie sein Vater und daß auch zu seinem Gedeck eine Damastserviette, goldene Bestecke und Kristallgläser gehörten. Er bestaunte den Blumenschmuck und die Kerzen in den schweren Silberleuchtern und bewunderte das mit weißen Spitzen besetzte schwarze Samtkleid seiner Mutter und ihren Perlenschmuck. Am Nachmittag hatte ihm der Vater gesagt, daß er ab dem heutigen Sonntag an jedem Familiendiner teilnehmen dürfe und daß er, wenn der Papa nicht in Paris weilte, der Herr im Haus sei.

Während die Suppe serviert wurde, wanderten die bläulichgrauen Augen des Familienoberhauptes von einem Bonaparte zum anderen: Letizia, Joseph, Julie, die Nichten Zénaïde und Charlotte – beide schon große Mädchen, dreizehn und zwölf Jahre alt, nach dem Krieg würde er darüber nachdenken müssen, mit wem er sie verheiraten konnte –, Hortense, die Neffen Napoleon-Louis und Louis-Napoleon – zehn Jahre der eine, sechs Jahre der andere –, Fesch – inzwischen fünfzig – und Louis. Saveria fehlte wie immer; mit Rücksicht auf Letizia hatte er ihrer Gesellschafterin die Teilnahme am Diner freigestellt, und Saveria zog es vor, fernzubleiben.

Dreizehn Bonapartes, dachte Napoleon, dreizehn, wenn ich Louise, den Kleinen und mich dazurechne, ungefähr die Hälfte des Clans. Wann war das letzte Familiendiner, bei dem alle zugegen waren? Während der Konsulatszeit? Ja, zu Beginn des Konsulats, am Silvesterabend 1799, wenige Wochen nach dem 18. Brumaire ... Wenn wir Frieden haben, werde ich ein richtiges Familientreffen veranstalten, natürlich ohne Lucien und Jérôme, vielleicht gegen Jahresende, anläßlich der Machtergreifung vor fünfzehn Jahren? Oder anläßlich des zehnten Jahrestages der Krönung? Heute abend werde ich vermeiden, an den bevorstehenden Krieg zu erinnern; ich werde mich nur über belanglose Dinge unterhalten und zu allen freundlich sein, besonders zu Joseph.

Während die Vorspeisen serviert wurden, schilderte Napoleon, wie er Gattin und Sohn dem Schutz der Nationalgarde anvertraut hatte.

Joseph wurde blaß, als er das hörte, und fragte seinen Bruder, ob mit einem Marsch des Feindes auf Paris zu rechnen sei, etwa gar mit einer Belagerung, Paris sei doch darauf gar nicht vorbereitet? Napoleon erwiderte kurz, er rechne im Krieg immer mit allem, auch daß ihn die tödliche Kugel treffe, aber es sei seine feste Absicht, einen Marsch des Feindes auf die Hauptstadt zu verhindern, im übrigen sei es Aufgabe des Generalstatthalters, alle nötigen Vorkehrungen gegen eine Belagerung zu treffen; er werde rechtzeitig Anordnungen erhalten, was zu tun sei, diesen Befehlen habe er unbedingt Folge zu leisten.

Das Familienoberhaupt sah einen nach dem anderen scharf an. »Es besteht keinerlei Grund für Panik. Ist das klar?«

Nach diesen Worten senkte sich betretenes Schweigen über die Tischrunde. Letizia betrachtete verstohlen die düstere Miene des Kaisers. Sie ärgerte sich, daß Joseph mit seiner dummen Bemerkung die gelockerte Stimmung zerstört hatte, und versuchte die Unterhaltung in andere Bahnen zu lenken. Sie erzählte, daß Elisa Mutterfreuden entgegensehe, daß es ihr den Umständen entsprechend gut gehe, das gleiche gelte für Katharina; beide rechneten im August mit der Niederkunft.

»Wie schön für Katharina«, sagte Marie-Louise, »sie hat sich doch immer ein Kind gewünscht. Übrigens, was ist mit nächstem Sonntag, Napoleon? Soll ich sie und Jérôme nicht doch zum Familiendiner einladen? Katharina fragt in jedem Brief, wann sie wieder kommen dürfen.«

»Vorerst werden sie nicht eingeladen.«

»Wäre es nicht an der Zeit, christliche Nächstenliebe zu üben und Nachsicht walten zu lassen?« fragte Fesch. »Jeder macht irgendwann einmal einen Fehler.«

»Jérôme hat meine Befehle nicht befolgt, lieber Onkel, oder besser gesagt, er hat sie zu spät befolgt. Mein Bruder ist schuld daran, daß Bagrations Armee nicht eingeschlossen und vernichtet wurde. Wenn er gehorcht hätte, wäre der Feldzug in Rußland anders verlaufen und wir hätten längst Frieden. Glauben Sie nur nicht, daß es für mich ein Vergnügen ist, übermorgen erneut in den Krieg zu ziehen, noch dazu in dieser Jahreszeit!«

»Man hat Ihnen zweimal den Frieden angeboten«, bemerkte

Joseph vorsichtig und zuckte zusammen, als sein Bruder mit der Faust auf den Tisch schlug.

»Schweigen Sie!« schrie Napoleon. »Sie verstehen nichts von Politik!«

Du meine Güte, dachte Letizia, wie nervös er ist. Früher konnte er sich viel besser beherrschen. Wenn Joseph doch endlich den Mund halten würde!

Als der König von Rom, mit dem gesunden Appetit seiner Mutter gesegnet, eine weitere Portion Krebsfleisch verlangte, wies Marie-Louise den Diener an, ihm nur einen kleinen Löffel voll zu geben.

Napoleon dagegen befahl: »Geben Sie ihm ruhig mehr, mein Sohn soll sich sattessen.« Und zur Gattin gewandt: »Ich habe den Hunger kennengelernt, als ich Unterleutnant in Valence und Auxonne war, damals habe ich jeden Sou erst umgedreht, bevor ich ihn ausgab; Louis wird sich noch daran erinnern können. Mein Sohn soll nichts entbehren.«

»Ja, das waren Zeiten!« sagte Louis zu Marie-Louise. »Der Kaiser hat oft auf eine Mahlzeit verzichtet, damit ich etwas zu essen hatte.«

Marie-Louise sah ihren Gatten an. »Ich bewundere dich, dennoch ist es ungesund, wenn das Kind abends so viel ißt, hoffentlich bekommt ihm alles.«

Marie-Louise hat recht, dachte Letizia, eine Erziehung ist das! Unmöglich! Es würde Seiner Majestät dem König nicht schaden, wenn er hin und wieder gar kein Abendessen bekäme, wie ich es seinerzeit mit meinen Kindern gehalten habe. Allerdings, Valence, Auxonne ... Napoleon hat mir damals immer Geld geschickt, er hat auf eigene Kosten Louis erzogen ...

Marie-Louise indessen sah hin und wieder verstohlen den Gatten an, der sich mit seinen Neffen unterhielt und sie nach Flüssen, Hauptstädten und historischen Daten befragte. Unterleutnant, dachte sie, Unterleutnant in Valence und Auxonne. Arm wie die Kirchenmäuse, unvorstellbar, er ist von unten aufgestiegen! Was hat er gesagt, als er erfuhr, daß Papa den toskanischen Ursprung der Bonapartes erforschen ließ, um festzustellen, wie alt der Grafentitel ist? »Mein Adel datiert von Montenotte und Millesimo«, den Orten seiner ersten Siege in Italien. Ein Unterleutnant, der jeden Sou umdrehen mußte – ob ich mich damals auch in ihn verliebt hätte?

Plötzlich stand Letizia auf und bat um Aufmerksamkeit. »Unsere Familie durchlebt jetzt eine schwere Zeit; wir wissen nicht, was die kommenden Wochen bringen werden. Der Kaiser reist übermorgen zur Armee ab, hoffen wir, daß er die Feinde vertreibt und daß wir ihn gesund wiedersehen werden. Ich möchte heute, da wir alle zusammen sind, noch einmal daran erinnern, wieviel wir ihm verdanken und daß jetzt der Augenblick gekommen ist, ihn zu unterstützen, jeder von uns auf seine Art und im Rahmen seiner Möglichkeiten.« Letizia schwieg einen Augenblick und fuhr dann leise fort: »In schweren Zeiten hat unsere Familie immer zusammengehalten; ich hoffe, daß dies auch jetzt der Fall ist. Das eigene Interesse muß hinter dem Familieninteresse zurückstehen, das ist für jeden von uns eine moralische Verpflichtung gegenüber dem Kaiser.« Sie setzte sich, sah in die Runde, und jeder senkte vor ihren prüfenden Augen schuldbewußt den Blick, auch Marie-Louise. Aber Napoleon lächelte sie an, und sie spürte, daß er für ihre Worte in dieser Stunde dankbar war.

Napoleon beugte sich zu seinem Sohn hinunter. »Nun, kleiner Adler, hat dir das Familiendiner gefallen?«

»Ja, Papa, was essen wir nächsten Sonntag?«

»Huhn à la Marengo natürlich, du kleiner Vielfraß«, sagte Napoleon lachend, »und jetzt ab ins Bett.« Er gab ihm einen Kuß und überließ ihn der Kinderfrau.

Als man wenig später hinüber in den Salon ging, hörte Julie, wie Napoleon zu Joseph sagte: »Sie werden noch genaue Anweisungen für den Ernstfall bekommen, eines aber möchte ich Ihnen jetzt schon sagen: Falls die Kaiserin und die Regierung gezwungen sein sollten, Paris zu verlassen, müssen Sie unbedingt darauf achten, daß Talleyrand ebenfalls die Hauptstadt verläßt. Talleyrand ist unser Feind; er darf unter keinen Umständen in Paris bleiben, lassen Sie ihn notfalls mit Gewalt wegschaffen.«

Nachdem sich die Bonapartes von ihrem Familienoberhaupt verabschiedet hatten, meldete ein Diener, daß der Herzog von Vicenza dringend den Kaiser zu sprechen wünsche. Napoleon ließ Caulaincourt hereinbitten, dessen Miene unangenehme Nachrichten ankündigte. Der Außenminister erinnerte seinen Herrn daran, daß dieser im August des Vorjahres einen gewissen General Neipperg und seine Truppen aus Gabel verjagt habe und daß dieser General anscheinend zu jenen Personen gehöre, die von Metternich hin und wieder mit delikaten diplomatischen Missionen betraut würden.

Caulaincourt zögerte, dann straffte er sich und sah Napoleon fest an: »Sire, General Graf Neipperg verhandelt zur Zeit mit dem König von Neapel über einen gesonderten Friedensvertrag.«

Nach einigen Sekunden Stille sprang Napoleon erregt auf. »Ich kann es nicht glauben! Wissen Sie es bestimmt?«

»Sire, meine Agenten sind absolut zuverlässig.«

»Murat verhandelt mit dem Feind«, murmelte Napoleon. »Ach was«, schrie er plötzlich, »Murat, das ist nicht Murat; dahinter steckt Caroline! Sie ist es, die mit Neipperg verhandelt! Haben Sie nähere Informationen über diesen General?«

»Ja, Sire. Graf Neipperg ist ungefähr Ende dreißig, entstammt einem schwäbischen Adelsgeschlecht und wurde auf der berühmten Hohen Karlsschule in Stuttgart ausgebildet. Er hat sich auf verschiedenen Kriegsschauplätzen bewährt, so auch in Holland 1793, wo er sein rechtes Auge durch einen Säbelhieb verlor.

»Was sagen Sie?« unterbrach Napoleon. »Ein Auge verloren?« Er ging nachdenklich auf und ab. »Ja!« rief er plötzlich. »Ich erinnere mich, Caulaincourt; ich bin diesem Neipperg nach Marengo begegnet. Er erschien bei mir im Hauptquartier, um die ratifizierten Waffenstillstandsurkunden in Empfang zu nehmen. Er ist eine auffallende Erscheinung ... ein Mann, der auf Frauen wirkt.« Er lachte bitter auf. »Mir ist schon klar, warum Metternich ausgerechnet ihn nach Neapel geschickt hat. Metternich kennt Caroline, er kennt sie sehr gut, zu gut.«

Caulaincourt, der diese Anspielung verstanden hatte, senkte verlegen die Augen. Nach einer Weile sagte er: »Sire, eines konnte ich noch über den General in Erfahrung bringen: Seine jetzige Gattin ist die geschiedene Gräfin Raimondini, Neipperg hat sie vor einigen Jahren in Mantua seinem Freund entführt. Sie haben inzwischen drei Kinder, im vergangenen Jahr war die Hochzeit.«

»Na bitte! Ein Schürzenjäger! Wie beurteilen Sie die Situation,

Caulaincourt? Wird Neipperg bei meiner Schwester Erfolg haben; wird er sie dazu verführen können, mich im Stich zu lassen?«

»Sire, ich kann den Charme des Generals Neipperg nicht beurteilen, aber meine Agenten haben herausgefunden, daß der erste Schritt zu diesen Verhandlungen nicht von Metternich ausging, sondern von Neapel.«

Napoleon erstarrte. »Nein«, flüsterte er endlich, »das kann doch nicht sein, daß ... Das ist nicht möglich! Caulaincourt, Sie irren sich, Sie müssen sich irren!«

»Nein, Sire, ich sage Ihnen die Wahrheit; ich weiß, daß es für Sie eine bittere Wahrheit ist.«

»Nein! Caroline!« Der Aufschrei war so schmerzlich, daß Marie-Louise erschrocken aufstand und zu ihrem Gatten trat. »Meine eigene Schwester verrät mich, wechselt ins Lager der Feinde, nur um ihre Krone zu retten ... Was war sie denn? Ein dummes kleines Mädchen, das ich zur Königin gemacht habe ... Wisssen Sie Näheres über den Stand der Verhandlungen, Caulaincourt? Über die Friedensbedingungen?«

»Als mein Agent den Bericht an mich schickte, war noch kein Vertrag geschlossen, und über die Bedingungen weiß ich nur, daß Neapel den Alliierten militärische Hilfe zusichern soll, das ist die Voraussetzung dafür, daß man dem jetzigen König den Thron garantiert.«

»Militärische Hilfe?! Es ist gut, Caulaincourt, Sie können gehen.«

Als der Außenminister das Zimmer verlassen hatte, umarmte Marie-Louise ihren Gatten. »Ich weiß, wie dir jetzt zumute ist«, sagte sie leise, »die eigene Schwester ... Aber vielleicht ist noch nicht alles verloren, vielleicht besinnt sie sich und bricht die Verhandlungen ab.«

»Das glaube ich nicht, ich kenne meine Schwester, ihre Habgier, ihren Ehrgeiz, und nun Verrat! Und Murat? Ich wußte, daß sie ihn beherrscht, aber daß er, ein Soldat, einer meiner ältesten Waffengefährten, sich dazu hergibt, auf Franzosen schießen zu lassen ... Der arme Eugène, ich kann ihm noch nicht einmal Verstärkung schicken, weil ich selbst jeden Soldaten brauche. Der zweite Gascogner, der gegen seine Landsleute kämpft. Murat ist der Bernadotte des Südens! Und Caroline – ich werde mit ihrem Verrat nicht fertig. Ich habe mich damit abgefunden, daß meine Geschwister, mit Ausnahme von Paulette, stets unzufrieden sind mit dem, was sie haben, daß sie immer mehr wollen; ich kann ertragen, daß sie mir jetzt keine Stütze sind, auch Joseph nicht – aber daß meine Schwester fähig ist, mich zu verraten, das ist zuviel!« Er schwieg eine Weile und sagte dann bitter: »Ich kann mich auf niemanden mehr verlassen. Wem kann ich noch vertrauen? Überall lauert der Verrat, weil jeder nur an seine Interessen denkt!«

»Das ist nicht wahr, du hast doch mich! Ich werde immer zu dir halten, egal wie es weitergeht!

»Ja, du und unser Kind…« Mag ich alles verlieren, auch den Thron, dachte er, aber Frau und Sohn bleiben mir, diese beiden kann mir niemand nehmen. Er umarmte Marie-Louise und drückte sie so fest an sich, daß sie leise aufschrie.

Als Marie-Louise am anderen Morgen erwachte, schlief Napoleon noch. Sie stand auf, zog die Vorhänge etwas auseinander und sah beklommen hinaus in den naßkalten Januarmorgen. Sein letzter Tag in Paris, dachte sie, morgen um diese Zeit ist er bereits auf dem Weg zur Armee. Sie wandte sich zu ihm um und betrachtete sein Gesicht. Er sieht entspannt aus und irgendwie glücklich. Ihre Gedanken schweiften in die Vergangenheit: Wir sind jetzt knapp vier Jahre verheiratet, ging ihr durch den Sinn, das ist gar nicht so lange, aber zwischen der ersten Nacht damals in Compiègne und gestern liegen Welten; damals war er ein unbeschwerter, souveräner Liebhaber, der alles besaß, was er wollte, jetzt ist er ein besiegter Mann, der gezwungen ist, sein eigenes Land zu verteidigen, der alles verloren hat und anscheinend fürchtet, auch mich zu verlieren. Immer wieder hat er heute nacht gesagt: ›Die Hauptsache ist, daß ich dich nicht verliere, nicht wahr, du bleibst bei mir?‹ – Er kann beruhigt abreisen, ich werde zu ihm halten, auch gegen Papa; mein Platz ist jetzt an der Seite meines Gatten.

XXXVII

Während der folgenden Wochen wurden die Bonapartes hin und her gerissen zwischen Furcht und Zuversicht: ein Sieg Napoleons, eine Niederlage, wieder ein Sieg ... Gleichzeitig versuchte man, den Konflikt auf diplomatischem Wege zu lösen und berief einen Kongreß nach Châtillon ein, zu dem der Kaiser den treuen Caulaincourt sandte, mit der unbeschränkten Vollmacht, einen Frieden zu den bestmöglichen Bedingungen zu schließen.

Zwar forderten die Alliierten nun mehr als den Rückzug Frankreichs in seine natürlichen Grenzen, sie wollten die des Jahres 1792 wiederherstellen. Doch Napoleon war bereit, über dieses Angebot zu verhandeln, denn seine militärische Lage Anfang Februar war prekär, zudem wurde in jenen Tagen Murats Verrat bestätigt. Schon schien der Friede in greifbare Nähe gerückt, da erfuhr Napoleon von einem taktischen Fehler der Verbündeten, und sofort erwachte in ihm aufs neue die Hoffnung, es könnte ihm doch noch gelingen, die Feinde aus Frankreich zu vertreiben. Er schränkte Caulaincourts Vollmacht wieder ein und ermächtigte ihn nur zu Verhandlungen auf der Basis der ›Frankfurter Propositionen‹, Frankreichs natürliche Grenzen müßten garantiert werden, alles andere sei ›unehrenhaft‹.

Und dann erteilte er den verbündeten Heeren Lektionen in Kriegskunst: Er schlug sie nacheinander in verschiedenen Schlachten innerhalb von neun Tagen. Der Kaiser hatte sich in den General Bonaparte zurückverwandelt und die ›Stiefel von 1793‹ wieder angezogen. Er lebte als Soldat unter seinen Männern, schonte sich nicht, und sein Beispiel spornte die Soldaten an. Hinzu kam, daß die Landbevölkerung ihre Armee unterstützte, während die Alliierten durch taktische Fehler und Uneinigkeit geschwächt wurden.

Schwarzenberg, der Oberbefehlshaber der Alliierten, bat entmutigt um Waffenstillstand. Napoleon lehnte ab, um dem Feind keine Gelegenheit zu geben, sich neu zu formieren. Unterdessen schleppten sich die Verhandlungen in Châtillon dahin. Metternich beharrte auf den Grenzen von 1792, Napoleon auf den natürlichen Grenzen; er versuchte, über Marie-Louise seinen Schwiegervater nachgiebig zu stimmen, vergeblich. Die Antworten von Kaiser Franz mahnten stets zur Mäßigung.

Anfang März schlossen sich die Verbündeten im Vertrag von Chaumont noch enger zusammen und verpflichteten sich, keinen Separatfrieden abzuschließen und 150 000 Mann unter Waffen zu halten bis zum endgültigen Sieg über den Gegner.

Am 19. März wurde der Kongreß von Châtillon ergebnislos abgebrochen. Napoleon beschloß, nach Osten zu marschieren, um die Alliierten von ihrem Nachschub abzuschneiden und ihre Heere von Paris abzulenken.

Die Stimmung in der Hauptstadt bereitete ihm Sorgen. Schon immer war die Seinemetropole der schwächste Teil der Nation gewesen, nirgendwo kauften sich so viele junge Männer vom Militärdienst frei wie hier. Und in diesen Wintertagen herrschte nur noch Angst in Paris, vor allem vor den Kosaken, über deren Greueltaten wilde Gerüchte im Umlauf waren. Die wohlhabenden Bürger und auch einige Neuadlige verließen scharenweise die Stadt, brachten ihre Wertsachen auf den Landsitzen in Sicherheit und vergruben ihr Geld im Garten. Napoleon erfuhr von der defätistischen Stimmung in Paris durch Marie-Louises Briefe und Josephs und Savarys Berichte und versuchte, gegenzusteuern und an den Patriotismus der Pariser zu appellieren, so ließ er etwa ein Bild des knienden, betenden Königs von Rom vervielfältigen und bei den Truppen und der Stadtbevölkerung verteilen.

Der Generalstatthalter Joseph residierte unterdessen im Luxembourg und philosophierte über den Frieden. Sein Plan war, mittels einer von ihm und allen Ministern unterzeichneten Friedensadresse den Kaiser zum Frieden zu zwingen. Als Napoleon durch Méneval und Marie-Louise davon erfuhr, schrieb er seinem Sekretär, daß er eine solche Adresse als Akt der Rebellion betrachten würde, und drohte mit der Verhaftung aller Unterzeichner; er witterte den Einfluß Talleyrands hinter diesen Friedensappellen und beschwor Joseph, dem Fürsten von Benevent zu mißtrauen.

Abgesehen von der Friedensadresse versuchte der Statthalter seine Pflichten so gut wie möglich zu erfüllen, das hieß, buchstabengetreu die Anordnungen des kaiserlichen Bruders auszuführen. Am 7. Februar legte Napoleon dem Bruder noch einmal eindringlich ans Herz, Marie-Louise und den Thronfolger in Sicherheit zu bringen, falls Paris bedroht würde.

›Lassen Sie um Gottes willen nicht die Kaiserin und den König von Rom in die Hände des Feindes fallen! Seien Sie überzeugt, daß Österreich von diesem Augenblick an das Interesse an diesem Krieg verlieren und die Kaiserin nach Wien bringen würde. Ich hingegen möchte lieber, daß man meinen Sohn ermordet, als ihn in Wien als österreichischen Prinzen aufwachsen sehen, und ich kenne die Kaiserin zu gut, um nicht überzeugt zu sein, daß sie dieselbe Meinung hat, soviel sie eine Frau und Mutter haben kann. Ich habe niemals *Andromache* sehen können, ohne das Schicksal des Astyanax zu bedauern, und habe es als ein wahres Glück für ihn betrachtet, daß er seinen Vater nicht überlebte.‹

Am 16. März schrieb Napoleon einen weiteren Brief ähnlichen Inhalts an Joseph, und dieser hoffte dringlich, daß es ihm erspart bleiben würde, über eine Abreise der Kaiserin zu entscheiden. In dieser Zeit empfand Marie-Louise die Besuche der Bonapartes als ausgesprochen lästig; sie hatte das Gefühl, daß nicht Anteilnahme, sondern Neugierde die Verwandtschaft in die Tuilerien trieb. Die Zusammenkünfte mit Letizia fand sie besonders deprimierend, sie fühlte sich hilflos gegenüber der stolzen, fatalistischen Haltung der Korsin und wußte nie recht, was sie antworten sollte, wenn Letizia sagte: »Jetzt ist nicht die Zeit, sich an die Etikette zu halten; die Bourbonen haben alles verloren, weil sie nicht verstanden, kämpfend zu sterben.« Oder: »Ein Sturz bedeutet nichts, wenn man ein ehrenhaftes Ende nimmt; er bedeutet alles, wenn das Ende unehrenhaft ist.«

Carolines Verrat war für Letizia ein schwerer Schlag gewesen; ihr korsisches Familiengefühl war so sehr verletzt, daß sie sofort jeglichen Kontakt zu der Tochter abbrach, sie nicht einmal mehr erwähnte, und wenn im Familienkreis der Name Joachim oder

Caroline fiel, verwandelte sich ihr Gesicht in eine steinerne Maske. Aber sie dachte oft über Carolines Verhalten nach. War es eine charakterliche Veranlagung, oder hatte sie bei der Erziehung etwas falsch gemacht? Verrat in der eigenen Familie – ob auch andere Bonapartes dazu fähig wären? Oder Marie-Louise? War es nicht denkbar, daß sie gegen den Gatten konspirierte, um den Thron für sich und ihren Sohn zu retten? Letizia beobachtete die Schwiegertochter, überprüfte kritisch deren Äußerungen und konnte nach einer Weile zufrieden feststellen, daß die Habsburgerin in diesem Krieg ganz auf seiten ihres Mannes stand, ihren Vater kritisierte und den Österreichern eine totale Niederlage wünschte.

In jenen Wochen hinkte Talleyrand jeden Abend in die Tuilerien, um mit der Kaiserin Whist zu spielen, zu spähen und zu beobachten. Für ihn lag eine Abdankung Napoleons nach Kriegsende durchaus im Bereich des Möglichen. Der König von Rom, überlegte er, könnte dann unter Marie-Louises Regentschaft und vor allem seiner, Talleyrands, Vormundschaft, regieren. Er, Talleyrand, würde auf diese Weise Macht, Geld und Ehren noch lange Jahre behalten. Warum sollte ihm nicht die Rolle eines Mazarin zufallen? Falls Napoleon Kaiser blieb – auch damit mußte man rechnen –, war es vorteilhaft, zur Kaiserin ein gutes Verhältnis zu haben. So korrespondierte er tagsüber mit dem russischen Kanzler Graf Nesselrode und mit Metternich, abends hinkte er in die Tuilerien, mischte elegant die Whistkarten und plauderte mit der Regentin. Er, Charles Maurice Graf de Talleyrand-Périgord, souveräner Fürst von Benevent, er würde seine Interessen schon zu wahren wissen.

Napoleon war überlastet wie nie zuvor; alles hing von ihm ab: strategische Entscheidungen, die Sorge für die Verwundeten, die Regierungsmaschinerie ... Die liebevollen Briefe der Gattin waren in jenen Wochen der einzige Lichtblick für ihn. Sie schrieb, daß Madame Mère vor Angst stürbe – was ihn erstaunte, weil es so gar nicht zu Letizias Wesen paßte –, sie schrieb ihm über ihre diversen Unpäßlichkeiten, sie sorgte sich um die Gesundheit des Gatten und versicherte ihm ihre Liebe. In jedem Brief schrieb sie auch über die

Entwicklung und Gesundheit des Sohnes, daß er unaufhörlich an den Papa denke und nach dessen Rückkehr frage, sie schrieb, daß er stolz darauf war, seinen Spinat gegessen zu haben, daß er in die Tochter von Mama Quiou verliebt sei, sie bei jedem Besuch in eine stille Ecke führte und küßte, und ganz erstaunlich sei seine ausgesprochen militärische Neigung.

Am 23. März schrieb Napoleon einen Brief an Marie-Louise, worin er ihr – entgegen seiner Gewohnheit – seine nächste militärische Operation mitteilte: Er habe beschlossen, an die Marne zu marschieren, um den Feind von Paris abzudrängen. Dieser Brief wurde abgefangen und Blücher überbracht, der sich daraufhin mit seinen Verbündeten beriet. Der Zar plädierte für einen Marsch nach Paris, weil der Weg zur Hauptstadt frei sei, wenn Napoleon gen Osten zog, und konnte sich schließlich, unterstützt von seinem Berater Pozzo di Borgo, durchsetzen. Pozzo argumentierte, daß die Kapitulation von Paris Napoleons Sturz zur Folge haben würde.

Am 26. März erlitten Marmont und Mortier bei Fère-Champenoise eine Niederlage und zogen sich Richtung Paris zurück, verfolgt von den feindlichen Truppen. Am 28. März hatte sich die Lage so zugespitzt, daß Joseph am Abend den Regentschaftsrat einberief, um zu entscheiden, ob Kaiserin und Thronfolger sich nach Rambouillet begeben sollten. Auch Marie-Louise war bei der Konferenz anwesend. Während der Kriegsminister Clarke die militärische Lage erläuterte, ging ihr durch den Kopf, daß die feindliche Kavallerie in den engen Straßen von Paris kaum würde kämpfen können, und überdies, was konnte ihr schon passieren, wenn sie blieb, schließlich war sie die Tochter des Kaisers von Österreich! Sie atmete erleichtert auf, als bei der Abstimmung alle – ausgenommen Clarke und Cambacérès – sich für ihr Verbleiben in der Hauptstadt aussprachen.

Joseph hatte während der Debatte geschwiegen, nun entnahm er seiner Dokumentenmappe den Brief Napoleons vom 16. März und las die Anordnungen des Kaisers vor. Zum Schluß hieß es: ›Verlassen Sie meinen Sohn nicht, und vergessen Sie nicht, daß ich ihn lieber in der Seine als in den Händen der Feinde Frankreichs wissen würde.‹

Es entbrannte eine heftige Debatte, ob den Befehlen des Kaisers Folge zu leisten sei; zuletzt sagte Talleyrand zu Marie-Louise: »Wenn man Paris verläßt, ist alles verloren.«

Eine Weile sprach niemand. Dann bat Joseph Marie-Louise, die Entscheidung allein zu treffen; sie sei die Regentin. Marie-Louise erschrak. Was verlangte Joseph von ihr, sie konnte doch eine so schwerwiegende Entscheidung nicht allein fällen! Sollte sie ihrem Gefühl folgen und hierbleiben? Aber sie konnte sich doch nicht einfach über Napoleons Anordnungen hinwegsetzen, und außerdem mußte sie an die Sicherheit des Kindes denken ...

»Meine Herren«, sagte sie schließlich, »ich kann und möchte diese wichtige Entscheidung nicht allein treffen. Es geht hierbei nicht nur um mich, es geht auch um den König von Rom. Stimmen Sie noch einmal ab, ich werde mich dem Ergebnis fügen.«

Unglaublich! dachte Talleyrand. Ist sie sich klar darüber, daß sie in diesem Augenblick ihre Krone weggeworfen hat? Die Debatte, die jetzt noch stattfindet, ist völlig überflüssig; später, wenn wir abstimmen, werden sich alle dem Wunsch des Kaisers fügen, wahrscheinlich werde ich der einzige sein, der für ihren Verbleib in der Hauptstadt ist.

Er behielt recht. Nach Mitternacht teilte Joseph der Schwägerin mit, daß der Regentschaftsrat ihre und des Thronfolgers Abreise nach Schloß Rambouillet beschlossen habe. »Ich werde hier bei den Parisern bleiben und den Feind erwarten«, verkündete er.

Am Morgen des 29. März warteten auf der Place du Carrousel zehn schwere Berlinen mit dem kaiserlichen Wappen, zahlreiche Kutschen, Gepäckwagen und die Krönungskarosse, die mit Säbeln und Pferdegeschirren vollgestopft und mit einer großen Wagendecke verhängt war.

Im Empfangssalon saßen Marie-Louise, die Bonapartes – auch Katharina –, einige Hofdamen, Méneval, der König von Rom mit Madame de Montesquiou und warteten auf Joseph, der sich am frühen Morgen zu Marmot begeben hatte, um die Lage zu erkunden. Da erschien Clarke und mahnte zum sofortigen Aufbruch; es bestehe Gefahr, daß man den Kosaken in die Hände falle, wenn man noch länger zögere.

»Wir haben noch nichts von König Joseph gehört«, sagte Marie-Louise unentschlossen, aber dann stand sie plötzlich auf und begab sich eilig und ohne sich noch einmal umzudrehen zur Place du Carrousel.

Der König von Rom hatte staunend den Aufbruch beobachtet, und als Madame de Montesquiou ihn an die Hand nehmen wollte, lief er zu einem Fenster und klammerte sich an die Vorhänge. »Ich will hierbleiben«, brüllte er aus Leibeskräften, ich will mein Haus nicht verlassen! Wenn Papa nicht da ist, bin ich der Herr im Haus!« Nur mit großer Mühe und unterstützt von den Kinderfrauen Marchand und Soufflot gelang es der Gräfin, ihren Zögling zum Wagen zu bringen.

Vor dem Schloß waren Passanten stehengeblieben und verfolgten mit düsteren Blicken, wie sich die Kutschen in Bewegung setzten.

Als Joseph zu den Tuilerien kam und niemand mehr vorfand, begab er sich zum Luxembourg, um zu sehen ob Julie und die Kinder noch zu Hause waren. Seine Schwägerin Désirée, die immer noch in Paris weilte, hatte der Schwester ihr Haus als Zufluchtsort für den Ernstfall angeboten und Julie war sofort darauf eingegangen; das Haus der schwedischen Kronprinzessin war sicherer als das Luxembourg.

Joseph fand seine Frau im Salon, wo sie, den Hut in der Hand, nervös auf und ab ging.

»Sie sind abgereist«, sagte Joseph, »mein Herr Bruder wird mir nicht vorwerfen können, seine Anordnungen nicht befolgt zu haben.« Er setzte sich, sprang aber sofort wieder auf. »Mein Gott, das hätte ich fast vergessen – ich muß Savary zu Talleyrand schikken mit dem Befehl, ebenfalls Paris zu verlassen.

Er lief zur Tür, aber Julie hielt ihn zurück.

»Joseph, du mußt dich persönlich um Talleyrands Abreise kümmern, das kannst du nicht Savary überlassen!« Sie erinnerte ihn, daß er beim Familiendiner im Januar Napoleon versprochen hatte, Talleyrand unter Bewachung aus Paris wegschaffen zu lassen.

Joseph erwiderte ärgerlich, die Überbringung von Befehlen sei nicht Aufgabe eines Generalstatthalters, und eilte hinaus. Dummes Weibergewäsch, dachte er, Savary wird Talleyrand den Befehl überbringen und Schluß. Julie sank weinend auf einen Sessel.

So fanden sie ihre Töchter, die wenig später, zur Abfahrt bereit, mit der Gouvernante den Salon betraten. Als Julie die erschrokkenen Gesichter sah, nahm sie sich zusammen und stand auf.

»Kommt, Kinder, wir fahren jetzt zu Tante Désirée. Es ist sehr großzügig von meiner Schwester, daß wir bei ihr wohnen können und nicht auf die Landstraße müssen wie die Kaiserin.«

Marie-Louise kam am Abend in Rambouillet an. Wenige Stunden später erhielt sie einen Brief von Joseph mit der Empfehlung, nach Chartres weiterzureisen, da sich überall Streifkorps der feindlichen Kavallerie aufhielten.

Am 30. März ging die Reise also weiter nach Chartres, und dort trafen am Abend zu Marie-Louises Überraschung auch Jérôme und Joseph ein. Dieser berichtete, daß er wegen der aussichtslosen militärischen Lage Marmont Verhandlungsvollmacht gegeben hatte, was die Kapitulation betreffe. Er verschwieg, daß ihn beim Verlassen der Stadt der Kurier Napoleons erreicht hatte mit dem Appell, noch vier Stunden standzuhalten; der Kaiser sei auf dem Weg nach Paris, um die Hauptstadt zu verteidigen. Joseph hatte einen Augenblick überlegt, ob er umkehren, sich erneut durch das Gewühl der Stadt zu Marmont begeben solle – ach was, dachte er, vier Stunden wird er sich schon noch halten können, und war weitergefahren.

Marie-Louise erklärte ihm vorwurfsvoll, er als Generalstatthalter hätte in Paris bleiben und sich mit eigenen Augen überzeugen müsse, daß eine weitere Verteidigung zwecklos sei.

»Das haben wir ja getan«, erwiderte Jérôme beleidigt, »wir haben auf dem Montmartre gestanden und den Kämpfen vor der Stadt zugesehen. Gegen Mittag haben wir Paris verlassen – was sollten wir uns noch länger eine formale Verteidigung ansehen? Übrigens habe ich Hunger, gibt es hier nichts zu essen?«

Zur selben Zeit saßen in Paris Julie und Désirée im Salon und unterhielten sich über die Zukunft. Drei Stunden zuvor, um sieben Uhr abends, hatte die Hauptstadt kapituliert, und Julie befürchtete Schlimmes für die Familie Bonaparte, zumal es über eine Rückkehr der Bourbonen Gerüchte gab.

Désirée versuchte, ihre Schwester zu beruhigen. Sie wisse von Jean-Baptiste, daß die Alliierten sich nicht in Frankreichs innere Angelegenheiten einmischen wollen und daß der Zar, das Oberhaupt der Koalition, nicht viel von den Bourbonen halte.

In diesem Moment erschien ein Diener und fragte, ob der Fürst von Benevent zu dieser späten Stunde seine Aufwartung machen dürfe. Julie erschrak, als sie hörte, daß Talleyrand in Paris geblieben war, und Angst stieg in ihr hoch.

Wenig später hinkte der ehemalige Bischof und Außenminister triumphierend lächelnd in den Salon, verbeugte sich galant vor den Damen und ließ sich in einem bequemen Sessel nieder mit einer Miene, als wolle er sagen: Das Stück ist aus, wie wird es nun weitergehen? Er entschuldigte sich für die späte Stunde und berichtete, daß er von Marmont komme, der wahrscheinlich in diesem Moment die Kapitulation unterzeichne und dem Zaren die Schlüssel der Hauptstadt übergebe; Marmont habe durch die frühzeitige – oder besser rechtzeitige – Kapitulation Paris vor Plünderung und Verwüstung bewahrt. Dann kam Talleyrand auf Bernadotte zu sprechen: Der Zar sei sehr zufrieden mit dessen militärischer Beratung und überlege, wie man sich erkenntlich zeigen könne. Talleyrand hatte Julie bisher kaum angesehen; und sie spürte fast körperlich, daß die Dynastie Bonaparte keine Rolle mehr in seinen Überlegungen spielte. Nun musterte er sie spöttisch. Er sei erstaunt, sie noch in Paris zu finden, warum sei sie nicht unterwegs nach Rambouillet zu ihrem Gatten?

Julie erwiderte gereizt, das Erstaunen beruhe auf Gegenseitigkeit; soviel sie wisse, habe ihr Mann ihm befohlen, Paris zu verlassen, ob er diese Anordnung nicht erhalten habe ...

Talleyrand spielte mit seinem Krückstock und antwortete, der Herzog von Rovigo habe ihn persönlich deswegen aufgesucht, und er, Talleyrand, sei auch sofort aufgebrochen, habe aber in der Eile seinen Paß vergessen, und just diesen habe man an der Barrière de l'Enfer sehen wollen. Er habe also Paris nicht verlassen dürfen und sei nach Hause zurückgekehrt.

Julie glaubte, nicht richtig gehört zu haben. Dieses parfümierte Hinkebein wagt es, einen so durchsichtigen Vorwand anzubringen!? »Hätten Sie nicht Ihre Insignien als Vice Grand Electeur vorweisen können? Die sind doch so gut wie ein Dutzend Pässe?«

»Natürlich, aber man hat ja nicht meine Insignien, sondern meinen Paß verlangt.« Talleyrand stand auf, verabschiedete sich und hinkte lächelnd aus dem Zimmer.

Désirée sah ihm verwundert nach. »Verstehst du den Grund seines Besuches? Alles, was er uns erzählt hat, hätten wir morgen noch früh genug erfahren.«

»Der Zar wohnt bei ihm«, sagte Julie leise, »der Zar ... Désirée, ich glaube, Joseph hat einen Fehler gemacht, der nicht wieder gutzumachen ist.« Sie erzählte der Schwester von Napoleons Anordnung und dem kleinen Wortwechsel, den sie deswegen mit Joseph gehabt hatte.

»Was beunruhigt dich denn so an Talleyrands Anwesenheit?«

»Er gehört zum Regentschaftsrat, ist also der einzige Vertreter der jetzigen Regierung, somit ein Verhandlungspartner für die Alliierten. Wer weiß, was er mit ihnen aushandelt! Napoleon ist weit weg, irgendwo an der Marne.«

Julie irrte sich. Napoleon war nicht weit weg, sondern kam an jenem Abend gegen elf Uhr in der Poststation La Cour de France an, ungefähr 22 Kilometer vor Paris.

Als er am 27. März vom Marsch der Verbündeten auf die Hauptstadt erfahren hatte, war er mit seiner Armee sofort umgekehrt und hatte Joseph und Marmont mitgeteilt, er sei auf dem Weg nach Paris und sie sollten Paris so lange wie irgend möglich halten. Bei der Ankunft in Fontainebleau hörte er von der Schlacht vor Paris und eilte, die Truppen hinter sich lassend, in einem Landauer Richtung Hauptstadt, in der Hoffnung, noch rechtzeitig dort einzutreffen, um selbst die Verteidigung führen zu können. Begleitet wurde er von Caulaincourt, Berthier und dem Adjutanten Flahaut. An der Poststation erhielt er die Nachricht von der Kapitulation. Sofort schickte er Flahaut zu Marmont mit dem Befehl, die Verhandlungen abzubrechen. Gegen halb drei Uhr morgens kehrte der Adjutant mit einem Brief Marmonts zurück. Die Kapitulation war bereits unterzeichnet, die Schlüssel von Paris waren im Besitz von Zar Alexander.

Napoleon las, und nach einer langen Weile des Schweigens sagte er: »Zweifellos wäre es am vorteilhaftesten, Friedensvorschläge zu unterbreiten, bevor die alliierten Truppen in Paris einziehen, dadurch könnten viele Intrigen verhindert werden, aber die Zeit ist zu knapp ... gehen Sie, Caulaincourt! Sie müssen nach Paris. Retten Sie Frankreich und Ihren Kaiser! Tun Sie, was Sie können!«

Einige Stunden später zogen die Alliierten in Paris ein: an der Spitze Zar Alexander, begleitet von König Friedrich Wilhelm von Preußen und General Schwarzenberg als Vertreter des österreichischen Kaisers. Papa François hatte es vorgezogen, zusammen mit Metternich vorerst in Dijon zu bleiben.

Die Pariser waren froh, daß der Krieg zu Ende war. Erwartungsvoll stürmten sie auf die Straßen, um die fremden Soldaten zu sehen; am meisten Aufsehen erregten die Kosaken, die völlig ungeniert auf den Champs-Elysée ihre Zelte aufschlugen, als befänden sie sich in der heimatlichen Steppe.

Am Abend traf Alexander bei Talleyrand in der Rue Saint-Florentin ein. Er fand es angenehm, sofort mit einem hohen Würdenträger die Zukunft Frankreichs und der Dynastie Bonaparte besprechen zu können, und Talleyrand verstand es geschickt, als Sprecher der französischen Nation aufzutreten.

Der Zar hatte bereits verschiedene Möglichkeiten durchdacht, wer zukünftig Frankreich regieren könne, betonte jedoch, daß die Verbündeten selbstverständlich bereit seien, die Wünsche der Franzosen zu berücksichtigen. Eine Möglichkeit wäre, mit Napoleon Frieden zu schließen, eine andere, daß Napoleon zugunsten des Königs von Rom unter der Regentschaft der Kaiserin abdankte, aber auch zugunsten eines anderen Mitgliedes der Dynastie, vielleicht Josephs oder des Vizekönigs Eugène, auch Bernadotte wäre als künftiger Herrscher Frankreichs denkbar, sozusagen als Dank für die militärische Unterstützung und Beratung.

Dies war die Stunde, auf die Talleyrand seit Jahren gewartet, auf die er hingearbeitet hatte; jetzt war der Augenblick gekommen, Napoleon zu stürzen. Er versuchte, Alexander zu überzeugen, daß einzig Ludwig XVIII. der rechtmäßige Herrscher Frankreichs sei.

Alexander wandte ein, daß die Bourbonen bei den Franzosen offenbar nicht beliebt seien, daß die Armee den Kaiser verehre – kurz, er halte die Wiedereinsetzung der Bourbonen nicht für die richtige Lösung.

Talleyrand widersprach, argumentierte, redete und lächelte so lange, bis der Zar mit der Rückkehr der Bourbonen einverstanden war und ein von Talleyrand vorbereitetes Schriftstück unterschrieb: ›Die Souveräne erklären, daß sie niemals mit Napoleon Bonaparte noch mit einem Mitglied seiner Familie verhandeln werden. Sie fordern den Senat auf, unverzüglich eine provisorische Regierung einzusetzen.‹

Mit diesem Dokument in der Hand trat Talleyrand am 1. April vor den Senat, oder besser vor einen ›Rumpfsenat‹, denn von 140 Senatoren waren nur 64 erschienen. Sie akzeptierten Talleyrands Vorschläge, erklärten Napoleon für abgesetzt und wählten Louis Stanislas Xavier de Bourbon, der sich Ludwig XVIII. nannte, auf den Thron. Gleichzeitig ernannten sie eine provisorische Regierung, der auch Fouché angehörte und deren Präsident natürlich Talleyrand war.

Am Morgen des 3. April kehrte Caulaincourt nach Fontainebleau zurück, erschöpft und deprimiert. Was habe ich beim Zaren erreicht? dachte er. Fast nichts. »Bringen Sie zuerst die Abdankung des Vaters, dann können wir vielleicht über den Sohn reden«, hatte der Zar gesagt. Das war also das Ergebnis von vier Audienzen! In der letzten Unterredung hat Alexander immerhin zugesichert, sich dafür einzusetzen, daß der Kaiser die Insel Elba als Eigentum erhält. Wir können nur auf den Zaren hoffen, dachte Caulaincourt, von Österreich ist nichts zu erwarten; das Verhalten Schwarzenbergs hat gezeigt, daß Kaiser Franz und Metternich kein Wort für Napoleon einlegen werden.

Als der Minister das Arbeitskabinett betrat und seinen Herrn sah, erschrak er; Napoleon schien während der letzten Tage um Jahre gealtert zu sein.

Der Außenminister berichtete über seine Gespräche mit dem Zaren, daß dieser vielleicht über eine Abdankung zugunsten des Königs von Rom mit sich reden lasse, daß aber die verbündeten

Monarchen bereits die Wiedereinsetzung der Bourbonen diskutierten; von seiten Österreichs sei nur Schwarzenberg vertreten, der die Meinung Metternichs wiedergebe, aber keine Verhandlungsvollmacht besitze; er berichtete auch über Talleyrands Auftritt vor dem Senat, soweit ihm Einzelheiten bekannt waren.

»Der Thron bedeutet mir nichts«, erwiderte Napoleon nach einer Weile. »Ich bin als Soldat geboren, ich kann ganz zufrieden wieder ein einfaches Leben führen. Ich wollte Frankreich groß und mächtig, vor allem aber glücklich sehen. Lieber würde ich den Thron aufgeben, als einen unehrenhaften Frieden unterzeichnen. Es liegt nicht im Interesse Österreichs, Europa unter die Vorherrschaft von Rußland zu bringen – mein Schwiegervater wird vielleicht doch noch das Schlimmste verhüten.«

Er nahm eine Prise Schnupftabak und erläuterte seinem Minister, warum die Rückkehr der Bourbonen Unglück über Frankreich bringen würde.

Und dann hörte der entsetzte Außenminister, daß Napoleon entschlossen war, mit den restlichen 50 000 Soldaten Paris zurückzuerobern. Er kennt die Stimmung in der Armee nicht! dachte Caulaincourt. Die Soldaten sind vielleicht noch bereit zu kämpfen, aber die höheren Offiziere, die Generäle und Marschälle sind kriegsmüde!

Tatsächlich erschienen am nächsten Vormittag, angeführt von Ney, einige Marschälle bei Napoleon und erklärten ihm, daß die Armee nicht mehr dem Kaiser, sondern nur noch den Generälen gehorche und nicht mehr marschieren werde, und forderten die Abdankung zugunsten des Königs von Rom. Noch am gleichen Tag formulierte Napoleon, enttäuscht und resigniert, seine Abdankung:

›Da die verbündeten Mächte proklamiert haben, der Kaiser Napoleon sei das einzige Hindernis zur Wiederherstellung des Friedens in Europa, erklärt der Kaiser Napoleon, seinem Eide getreu, daß er bereit ist, zum Wohle des Vaterlandes, das von den Rechten seines Sohnes und der Kaiserin Regentin sowie von dem Fortbestehen der Staatsgesetze unzertrennlich ist, auf den Thron zu verzichten, Frankreich zu verlassen, ja selbst sein Leben zu opfern!

Gegeben im Schlosse Fontainebleau, den 4. April 1814.‹

Wenig später fuhr Caulaincourt erneut nach Paris, diesmal allerdings, auf seine ausdrückliche Bitte hin, in Begleitung der Marschälle Ney und MacDonald.

Den folgenden Tag verbrachte Napoleon in seinem Arbeitskabinett, ging unruhig auf und ab und überdachte seine Lage. Vor allem versuchte er sich mit dem Gedanken vertraut zu machen, daß nun der Sohn regieren würde. Er nahm sein Tagebuch, in das er seit dem Rußlandfeldzug nichts mehr eingetragen hatte, und schrieb:

Schloß Fontainebleau, 5. April 1814.

Gestern habe ich zugunsten meines Sohnes abgedankt. Eine erzwungene Abdankung, aber im Moment gibt es keine andere Lösung. Jedenfalls muß ich mir nicht vorwerfen, einen schmachvollen Frieden unterzeichnet zu haben. Napoleon II. wird also Frankreichs neuer Herrscher, Marie-Louise bleibt Regentin, aber wer wird die Regierungsgeschäfte bis zur Volljährigkeit meines Sohnes führen?

Wie alt war Ludwig XIV., als er König wurde? Vier oder fünf Jahre, und unter seiner Regierung wurde Frankreich die erste Macht und das kulturelle Vorbild für Europa. Vielleicht ist es meinem Sohn vergönnt, ein ähnlich bedeutender Monarch wie der Sonnenkönig zu werden, vielleicht gelingt es ihm eines Tages, Frankreich die natürlichen Grenzen zurückzuerobern ... Napoleon II ...

Am 6. April gegen zwei Uhr morgens kehrte Caulaincourt mit seinen Begleitern nach Fontainebleau zurück. Als Napoleon den Roten Salon betrat, las er in den Gesichtern seiner Unterhändler, daß sie unerfreuliche Nachrichten brachten.

»Sire«, begann Caulaincourt mit leiser Stimme, »Zar Alexander verlangt Ihre bedingungslose Abdankung. Eine Thronbesteigung des Königs von Rom kommt für ihn nicht mehr in Frage. Erlauben Sie, daß ich der Reihe nach berichte.

Wir kamen gestern morgen in Paris an, überreichten dem Zaren Ihre Abdankung, er nahm sie sehr liebenswürdig entgegen und bat uns, gegen Mittag wiederzukommen, um die Regentschaft Ihres Sohnes zu besprechen. Bei der zweiten Audienz war er noch liebenswürdiger, erklärte, daß er große Vorbehalte gegenüber den Bourbonen hege, daß er eine Regierung Ihres Sohnes sehr befürworte; er müsse sich natürlich noch mit den Verbündeten abstimmen, aber er glaube, daß von dieser Stelle nicht mit Widerstand zu rechnen sei.

Wir versuchten, dem Zaren begreiflich zu machen, daß das französische Volk hinter Ihnen steht, Sire, und vor allem die Armee; wir betonten die unverbrüchliche Treue und Loyalität des Offizierskorps und erklärten, daß Sie immer noch Truppen verfügbar hätten, und dieses letzte Argument schien Alexander besonders zu beeindrucken. Die Gesprächsatmosphäre wurde immer entspannter und herzlicher, und ich war glücklich bei dem Gedanken, innerhalb kurzer Zeit Ihrem Sohn dienen zu können.«

Caulaincourt schwieg, dachte einen Augenblick nach und fuhr dann fort: »Während wir uns zwanglos mit dem Zaren unterhalten, wird ihm eine Eildepesche gebracht, er liest sie, und von einer Sekunde zur anderen wird sein Ton kühl, unpersönlich, frostig. Er bleibt höflich, aber es ist die Höflichkeit des Siegers gegenüber dem Besiegten. Und dann erklärt er uns: ›Man hat mir soeben gemeldet, daß das sechste Korps, das Korps des Marschalls Marmont, heute nacht unter General Souham seine Stellung bei Essonnes verlassen hat und nach Versailles hinter die österreichischen Linien marschiert ist. Marschall Marmont ist zu den Alliierten übergegangen. Und Sie, Herzog von Vicenza, reden von der Einigkeit und der unbedingten Ergebenheit der Armee für den Kaiser. Der Abfall Marmonts mit seinen zwölftausend Mann beraubt Ihren Kaiser jeder Möglichkeit, noch weiter Widerstand zu leisten. Das ändert natürlich die Gesamtsituation!‹«

Caulaincourt schwieg und betrachtete besorgt das Gesicht seines Herrn.

»Marmont«, flüsterte Napoleon. »Marmont?!«

»In der dritten Audienz«, fuhr Caulaincourt fort, »bestand Alexander auf der bedingungslosen Abdankung. Ich nehme an, daß Talleyrand ihn darin bestärkt hat, er wird auch bei Marmonts Abfall eine Rolle gespielt haben. Man hat auch schon Beschlüsse über Ihr weiteres Schicksal gefaßt, Sire: Sie erhalten die Insel Elba als souveränes Fürstentum, die französische Regierung zahlt Ihnen jährlich zwei Millionen Francs Rente, Sie dürfen den Kaisertitel behalten und vierhundert Mann Ihrer Garde als Schutzwache mitnehmen. Die Mitglieder Ihrer Familie erhalten Pensionen, über die Versorgung der Kaiserin wird verhandelt werden, wenn Fürst Metternich in Paris eingetroffen ist. Der Senat wird heute die Bourbonen nach Frankreich zurückrufen.« Caulaincourt überreichte seinem Herrn die Abdankungsurkunde vom 4. April.

»Lassen Sie mich mit dem Herzog von Vicenza allein.«

Als Ney und MacDonald gegangen waren, sank Napoleon erschöpft in einen Sessel. »Mein Sohn war zwei Tage lang Kaiser der Franzosen«, sagte er leise und barg das Gesicht in den Händen. So saß er lange Zeit. Endlich stand er auf und ging mit gesenktem Kopf auf und ab. »Ach, Caulaincourt, der Eigennutz, der armselige Eigennutz! Die Sorge um die Posten, Geldgier, Ehrgeiz, da haben Sie die treibenden Kräfte bei den meisten Menschen. Talleyrands Verhalten kann ich verstehen. Für ihn bedeutete der Verrat an mir die Rettung; seine Rolle war ihm vorgeschrieben. Aber der Herzog von Ragusa! Marmont! Wie hat ihn sein Ehrgeiz verleitet! Er war der mittelmäßigste meiner Generäle; ich habe zu ihm gehalten, ihn verteidigt gegen alle, weil ich ihm Ehrgefühl zutraute. Er ist in meinem Feldlager erzogen, in meinem Haus gespeist, durch mich verheiratet worden; ich habe ihn mit Ehren, mit Reichtümern überhäuft, ihn zu einem der ersten Männer Frankreichs gemacht. Es sind die, die ich am höchsten erhoben habe – sie verlassen mich zuerst.

Was soll ich tun? Widersetze ich mich, so hat das Land den Bürgerkrieg, dazu ist mir Frankreich zu lieb. Man verlangt meine Abdankung, gut, ich werde abdanken. Gehen Sie jetzt, Caulaincourt, ruhen Sie sich aus, ich rufe Sie später.

Er formulierte zum zweiten Mal seine Abdankung und verzichtete für sich und seine Nachkommen auf den Thron Frankreichs und Italiens. Als er Caulaincourt das Dokument übergab, bat er ihn, dieses erst nach Unterzeichnung des Vertrages zu überreichen, wenn sicher sei, daß die französische Regierung ihren Verpflichtungen nachkommen würde. Er betonte, daß er mit dieser Abdankungsurkunde auch die Interessen seiner ganzen Familie in Caulaincourts Hände lege, und bat, alles zu versuchen, für Marie-

Louise die Toskana zu erhalten. Das könne Kaiser Franz seiner Tochter und seinem Enkel nicht verweigern.

»Sie ist zweiundzwanzig Jahre, ich bin vierundvierzig«, sagte er leise, »doppelt so alt! Was kann ich ihr noch bieten? Ich kann ihr nicht zumuten, den Rest ihres Lebens auf Elba zu verbringen, aber wenn sie in der Toskana lebte, könnten wir einen Teil des Jahres dort verbringen, vielleicht die Herbst- und Wintermonate, dann kann sie in Florenz das gesellschaftliche Leben genießen. Kämpfen Sie um die Toskana, Caulaincourt!

Marie-Louise war von Chartres aus über Châteaudun bis Blois gereist, das vor den feindlichen Truppen einigermaßen sicher war. Am Nachmittag des 7. April wurde ihr der Oberst Galbois gemeldet, der ihr einen Brief Napoleons mit der Nachricht von seiner Abdankung überbrachte.

Marie-Louise weinte hemmungslos. Als sie sich etwas gefaßt hatte, hob sie ihr tränennasses Gesicht zu dem Oberst und sagte: »Mein Vater hat mir, als er mich auf den Thron Frankreichs setzte, versichert, er würde mich dort stets halten, und mein Vater ist ein Mann von Ehre. Was soll nun aus uns werden? Wie die Bettler müssen wir meinen Vater jetzt um Almosen bitten.«

Galbois unterrichtete sie, daß Napoleon die Insel Elba als souveränes Fürstentum erhalten würde und daß er sehr wünsche, daß man ihr, Marie-Louise, die Toskana zuspräche.

»Elba«, murmelte Marie-Louise, »Toskana, ach es ist doch alles gleich!«

Die Bonapartes und Marie-Louises engere Umgebung waren zwar bestürzt, als sie von der bedingungslosen Abdankung und der Verbannung nach Elba hörten, aber jeder zog für seine persönliche Zukunft andere Konsequenzen.

Elba, dachte Letizia, wie schön! Dort wird es ähnlich sein wie auf Korsika, ein mildes Klima, die Einwohner sprechen italienisch; wenn er sich dort eingelebt hat, werde ich ihn besuchen, und wenn es mir auf der Insel gefällt, kaufe ich vielleicht eine Sommervilla, dann kann ich jedes Jahr einige Monate in seiner Nähe leben. Vielleicht gelingt es mir, aus dieser Villa ein neues Familiendomizil zu machen, wo sich die Bonapartes ein- oder zweimal jährlich treffen. So schrecklich dies alles im Moment auch ist, besonders für ihn – ich bin froh, keine Angst mehr haben zu müssen, daß ihn eine Kugel trifft oder er einem Attentat zum Opfer fällt. Vielleicht versöhnt er sich jetzt endlich mit Lucien, die Engländer erlauben ihm bestimmt die Rückkehr nach Italien. Wenn sich die Lage geklärt hat, werde ich mit meinem Bruder nach Rom reisen und zunächst einmal dort bleiben.

Ähnliche Gedanken gingen Méneval und Madame de Montesquiou durch den Kopf. Méneval konnte sich ein Leben ohne die täglichen Diktate des Kaisers nicht mehr vorstellen und beschloß, ihn nach Elba zu begleiten, wenn er es wünschte. Madame de Montesquious Sorgen galten vor allem dem König von Rom. Sie hielt es für richtig, noch eine Zeitlang bei dem Kind zu bleiben, wenn es in eine neue Umgebung kam – vorausgesetzt natürlich, der Kaiser wünschte ihre Anwesenheit.

Louis nahm die Nachricht recht gleichgültig zur Kenntnis; seine Gedanken kreisten hauptsächlich um den Prozeß, den er gegen Hortense führen wollte, um das Sorgerecht für seine Kinder zu erhalten. Katharinas Gedanken galten ihrer und Jérômes finanzieller Versorgung, und sie überlegte, ob sie nicht den Zaren, mit dem sie verschwägert war, um Hilfe bitten sollte. Joseph und Jérôme waren entsetzt, als sie von der bedingungslosen Abdankung hörten. Sie beschlossen, Marie-Louise zu überreden – notfalls sogar zu zwingen – mit ihnen nach Dijon zu reisen und sich unter den persönlichen Schutz ihres Vaters zu stellen. Die Herzogin von Montebello überlegte, wie sie Marie-Louise daran hindern konnte, sich nach Elba einzuschiffen. Ich lasse mich doch nicht lebendig begraben! dachte sie. Schließlich kam sie auf die Idee, den bestechlichen Corvisart zu einem Gutachten zu überreden, in dem das Klima von Elba äußerst schädlich beschrieben wurde, dann würde sie Marie-Louise drängen, sich unter den persönlichen Schutz von Kaiser Franz zu begeben. So würde sie selbst, die erste Hofdame, guten Gewissens nach Paris zurückkehren und ihre eigenen Angelegenheiten regeln können. Vor allem aber galt es zu verhindern, daß Marie-Louise mit dem Gatten zusammentraf ...

Am späten Nachmittag, als sich die allgemeine Aufregung etwas gelegt hatte, fragte Letizia Marie-Louise, wann sie zu ihrem Gatten nach Fontainebleau reisen wolle, man könne schließlich nicht ewig in Blois bleiben.

Jetzt, dachte Letizia, jetzt wird sich herausstellen, ob sie für meinen Sohn tiefe und echte Zuneigung empfindet – wie wird sich die purpurgeborene Erzherzogin als entthronte Kaiserin verhalten?

Marie-Louise erwiderte, sie könne nicht einfach nach Fontainebleau fahren, sie müsse die Anordnungen des Kaisers abwarten.

Letizia musterte ihre Schwiegertochter kühl. »Die Anordnungen des Kaisers gelten in normalen Zeiten, aber im Augenblick herrschen ungewöhnliche Umstände, und da muß man sich über Konventionen hinwegsetzen und selbständig handeln.«

Marie-Louise errötete. Innerlich stimmte sie Letizia zu – warum sollte sie noch länger in Blois bleiben? Der Gatte hatte abgedankt, und ihre Aufgabe war es jetzt, ihm beizustehen. Sie beschloß, noch am selben Abend mit dem Kind abzureisen.

Da die Montebello sich mit Migräne zurückgezogen hatte, besprach Marie-Louise ihr Vorhaben mit Madame de Lucay; diese versprach ihr, Wagen und einen zuverlässigen Kutscher zu besorgen, empfahl ihrer Herrin jedoch dringlich strikte Geheimhaltung. Die Kaiserin befolgte den Rat und verzichtete darauf, ihre ›liebe Montebello‹ einzuweihen.

Aber der Herzogin entging nichts. Als Marie-Louise in die bereitstehende Kutsche steigen wollte, trat die Montebello auf sie zu, und es gelang ihr, die überrumpelte Marie-Louise zum Bleiben zu bewegen.

Der nächste Morgen brachte neue Aufregungen. Während Marie-Louise noch darüber nachdachte, ob es richtig gewesen war, dem Ratschlag der Montebello zu folgen, stürmten Joseph und Jérôme in die kaiserlichen Gemächer. Joseph erklärte Marie-Louise in drohendem Tonfall, sie habe mit ihrem Gefolge sofort zu den österreichischen Truppen zu reisen und sich unter deren Schutz zu stellen; das bedeute auch Schutz für ihn und Jérôme, die ja schließlich zur Familie gehörten.

Im ersten Moment war Marie-Louise sprachlos, dann antwortete sie so hoheitsvoll wie möglich: »Ich werde nie etwas unternehmen, was das Mißfallen meines Gatten erregen könnte. Er würde es mit Recht mißbilligen, wenn ich mich ohne sein Einverständnis zu den Österreichern begebe.«

Da packte Jérôme sie am Arm, drohte mit Gewalt und forderte sie auf, wenigstens bis Rambouillet zu reisen. Die erschrockene Marie-Louise gab nach, er ließ sie los, und diesen Augenblick nutzte sie, um hinunter in den Hof zu laufen und einige Gardeoffiziere zu Hilfe zu rufen. Marie-Louise flüchtete in ihr Schlafzimmer und schrieb sofort einen Brief an Napoleon. Sie schilderte ihm ausführlich den Auftritt von Joseph und Jérôme und bat flehentlich, nach Fontainebleau kommen zu dürfen.

Als sie das Geschriebene noch einmal überlas, wurde ihr bewußt, wie unglaublich es war, was sie als Habsburgerin sich von diesen Emporkömmlingen bieten lassen mußte. Wie weit bin ich herabgestiegen! dachte sie, und sie begann zu ahnen, was die bedingungslose Abdankung des Gatten für ihr weiteres Leben bedeutete. Je länger sie darüber nachdachte, desto klarer wurde ihr, daß nur ihr kaiserlicher Vater helfen konnte. Noch am gleichen Tag schrieb sie ihm einen langen Brief, in dem sie um Zuflucht für sich und ihr Kind bat.

Unterdessen reisten zwei Herren von Paris nach Blois: Baron Saint-Aignan, ein Mitglied der provisorischen Regierung, und Graf Schuwaloff, der Generaladjutant des Zaren. Schuwaloff sollte im Auftrag der Alliierten Marie-Louise bitten, die Regentschaft niederzulegen und sie und ihr Gefolge nach Orléans geleiten. In Orléans sollte er sie überwachen und dafür sorgen, daß sie nicht zu ihrem Gatten reiste.

Die provisorische Regierung hat Angst vor dem gestürzten Kaiser, überlegte Schuwaloff. Zusammen mit Frau und Sohn ist er immer noch eine Macht, verkörpert er eine Dynastie, die den Bourbonen gefährlich werden kann ...

Marie-Louise war sofort damit einverstanden, nach Orléans zu fahren, schließlich lag es näher bei Fontainebleau; sie teilte dem Gatten die geplante Abreise mit und versicherte, daß sie in wenigen Tagen bei ihm eintreffen werde.

Am gleichen Abend kehrten die meisten Damen und Herren

ihres Gefolges nach Paris zurück, um der neuen Regierung ihre Dienste anzubieten. Joseph und Jérôme reisten in die Schweiz, während Katharina sich in die Hauptstadt begab, um beim Zaren finanzielle Hilfe für sich und den Gatten zu erbitten. Letizia wollte am Ostermontag mit Fesch und Louis nach Rom aufbrechen.

Beim Abschied am nächsten Morgen sagte Marie-Louise zu ihrer Schwiegermutter: »Ich hoffe, Madame, Sie werden mir die Gefühle der Zuneigung bewahren, mit denen Sie mich bis jetzt beehrt haben.«

Letizia betrachtete die junge Frau prüfend, dann antwortete sie langsam: »Dies, meine Tochter, wird von Ihnen und Ihrem künftigen Verhalten abhängen.«

Marie-Louise errötete und bestieg rasch die Kutsche, während Letizia wortlos ihren Enkel umarmte.

In Orléans brachte man die Reisenden im erzbischöflichen Palais unter, das bald nach ihrer Ankunft von russischen Soldaten umstellt wurde, und am Abend erfuhr Marie-Louise von Schuwaloff und einem gewissen Monsieur Dudon, daß Talleyrand befohlen habe, die Kronjuwelen als Eigentum des Staates zu beschlagnahmen.

Die folgenden Ereignisse erlebte Marie-Louise wie in einem Alptraum. Dudon und seine Helfer durchsuchten sämtliche Schränke, Truhen und Kommoden und nahmen alles mit, was ihnen wertvoll schien, auch persönlichen Besitz, Silbergeschirr, die Schmuckkassette, sogar Taschentücher und Leibwäsche Napoleons, ebenso einen Teil seines Privatvermögens. Es war eine Plünderung. Schuwaloff machte keine Anstalten, einzugreifen. Was hier vorging, war Sache der provisorischen Regierung, warum sollte er sich einmischen?

Irgendwann später erschien Dudon noch einmal, durchsuchte erneut sämtliche Möbelstücke, ob auch nichts vergessen worden war, musterte die Kaiserin von oben bis unten und entdeckte die schimmernden Perlen an ihrem Hals: »Aha, was haben wir denn da? Ein Perlenkettchen!« Marie-Louise sah ihn ängstlich an und legte schützend die Hand auf den Schmuck. »Es ist ein persönliches Geschenk des Kaisers«, sagte sie leise. Dudon lächelte spöttisch und weidete sich einen Augenblick an ihrer Angst.

»Her damit«, schrie er, und die erschrockene, völlig entnervte Marie-Louise öffnete den Verschluß und reichte dem Gesandten Talleyrands wortlos das Perlenhalsband, das ihr das liebste von all ihren Schmuckstücken war.

Zwei Tage später erhielt Marie-Louise einen Brief Metternichs. Der Kanzler teilte kurz mit, daß er das Herzogtum Parma für sie ausgehandelt habe und daß sie den Kaisertitel weiterführen dürfe; ihr Sohn sei von nun an ›Seine Kaiserliche Hoheit, der Prinz von Parma‹. Dann forderte er sie auf, sich nach Rambouillet zu begeben, um dort den Vater zu treffen. Am besten wäre es, sie würde anschließend mit ihrem Sohn nach Wien zurückkehren, um sich im Familienkreis von den Aufregungen zu erholen, von dort aus könne sie dann nach Elba oder Parma reisen.

Marie-Louise war enttäuscht über das kleine Herzogtum Parma; sie hatte fest damit gerechnet, daß Caulaincourt die Toskana heraushandeln würde. Und sie hatte nicht die geringste Lust, nach Wien zu fahren, aber sie schrieb an den Gatten und bat um Erlaubnis, nach Rambouillet reisen zu dürfen; die Unterredung mit dem Vater war für sie im Augenblick das Wichtigste.

In Dijon hatte Metternich über die Zukunft der Exkaiserin und deren Sohn nachgedacht und war zu dem Schluß gekommen, daß es politisch nur vorteilhaft sein konnte, wenn man sie von Napoleon trennte.

Der gestürzte Kaiser, der mit Gattin und Sohn auf Elba lebte, würde für seine Anhänger immer die legitime Dynastie repräsentieren, und bei den unruhigen Franzosen bestand die Gefahr, daß sie erneut revoltierten und Bonaparte zurückriefen. Wenn man die Familie trennte, zerschlug man faktisch diese Dynastie; überdies war der Sohn des Korsen eine wertvolle Geisel, die man jederzeit ausspielen konnte, falls die Bourbonen übermütig werden sollten.

Kaiser Franz war mit dem Vorschlag seines Ministers einverstanden, freilich aus anderen Motiven. Er war unzufrieden mit seinem Schwiegersohn. Wie konnte Napoleon die Friedensvorschläge von Frankfurt und Châtillon zurückweisen? Warum mäßigte er sich nicht, warum schloß er keinen Frieden? Der Habsburger hatte für dieses Verhalten kein Verständnis, und als er von der Forderung des Zaren nach bedingungsloser Abdankung hörte, fand er, der Schwiegersohn trage allein die Schuld an seinem Schicksal; man hatte ihm goldene Brücken gebaut, und er hatte sie nicht betreten.

In diese politischen Überlegungen mischten sich Gedanken, die der Kaiser jahrelang unterdrückt hatte: War diese erzwungene Ehe nicht eine Mesalliance? Bonaparte, ein Emporkömmling der Revolution, der durch einen Staatsstreich die Macht an sich gerissen hatte! Und jetzt war er gestürzt, und man mußte damit rechnen, daß Marie-Louise dem Gatten ins Exil folgte. Jetzt war der Zeitpunkt gekommen, zugunsten seiner Tochter einzugreifen und sie von diesem Mann zu trennen. Kaiser Franz beschloß, seinen Kanzler gewähren zu lassen.

Und Metternich handelte. Am Morgen hatte Marie-Louise Metternichs Brief erhalten, mittags trafen die Fürsten Esterhazy und Liechtenstein ein und erklärten der erstaunten Exkaiserin, sie kämen im Auftrag des Fürsten Metternich: Seine Majestät der Kaiser wünsche, daß sie noch am gleichen Tag nach Rambouillet aufbrechen solle. Marie-Louise weigerte sich zunächst, mußte aber schnell nachgeben. Als sie die wachsamen Augen von Esterhazy und Liechtenstein sah, die jede ihrer Bewegungen verfolgten, als sich nach und nach die berittene russische Eskorte einfand, die die Reisegesellschaft begleiten sollte, wurde ihr schlagartig klar, daß sie eine Gefangene war.

Während Marie-Louise sich Rambouillet näherte, kam General Cambronne mit einem Trupp Gardekavallerie in Orléans an, um auf Befehl Napoleons die Gattin und den Sohn nach Fontainebleau zu bringen.

Napoleon war empört gewesen, als er gehört hatte, daß Marie-Louise mit Parma abgespeist werden sollte; ein Binnenstaat ohne direkten Zugang zum Meer! Das würde außerdem eine Reise nach Elba erschweren. Caulaincourt hatte über seine Verhandlungen mit Metternich und dessen strikter Weigerung bezüglich der Toskana berichtet, und Napoleon hatte plötzlich begriffen, daß man ihn von Frau und Sohn trennen wollte. Kurzentschlossen hatte er einen Trupp Kavallerie nach Orléans geschickt.

Nun ging er ruhelos in seinem Arbeitszimmer auf und ab und

wartete auf Marie-Louise und den kleinen Napoleon. Er freute sich auf das Wiedersehen, malte sich das gemeinsame friedliche Leben auf Elba aus und dachte beiläufig daran, daß sich die Bühne nach seiner Abdankung rasch geleert hatte. Die meisten Generäle waren zur neuen Regierung übergewechselt, dafür hatte er Verständnis, aber daß auch sein langjähriger Mitarbeiter Berthier es eilig hatte, nach Paris zu kommen, enttäuschte ihn. Constant und Roustam hatten ebenfalls um ihre Entlassung gebeten, aber wenigstens für Nachfolger gesorgt: der Sohn von Madame Marchand war künftiger Kammerdiener, Saint-Denis übernahm Roustams Aufgaben. Bertrand und Frau würden ihn nach Elba begleiten, Caulaincourt wollte aus familiären Gründen in Frankreich bleiben.

Um Mitternacht wurde die Ankunft Cambronnes gemeldet. Er war allein. »Sire, wir haben in Orléans niemand mehr vorgefunden. Man erzählte uns, daß die Kaiserin und der König von Rom auf Befehl des Fürsten Metternich nach Rambouillet abgereist seien, um dort den Kaiser von Österreich zu treffen.«

Napoleon glaubte nicht richtig zu hören. »Was sagen Sie? Auf Befehl des Fürsten Metternich?«

»Ja, Sire.«

Napoleon wandte sich wortlos um und entließ Cambronne mit einer Handbewegung.

»Auf Befehl des Fürsten Metternich«, murmelte er. »Soweit ist es also gekommen!«

Mein Sohn befindet sich in den Händen der Österreicher! Das ist der schwerste Schlag im Laufe der letzten Wochen. Ich war bereit, nach der Kapitulation von Paris einen Frieden um jeden Preis zu schließen, man hat dies abgelehnt und meine Abdankung gefordert! Ich war bereit, zugunsten meines Sohnes abzudanken, dann kam Marmonts Verrat und die Forderung nach bedingungsloser Abdankung. Ich habe auch das akzeptiert, um Frankreich einen Bürgerkrieg zu ersparen. Dann habe ich mich auf ein ruhiges Familienleben im Exil gefreut, nun trennt man mich von Frau und Sohn ... Er sank in einen Sessel und starrte ins Kaminfeuer.

Ich hätte sie herkommen lassen sollen, solange sie noch in Blois waren. Ich glaubte, die Regentschaft hätte Marie-Louise selbständig gemacht, ich hoffte, sie würde die Initiative ergreifen und von sich aus nach Fontainebleau kommen ... Sie wollte ja, warum habe ich sie nicht dazu aufgefordert? Weil ich zögerte, ihr nicht nur als besiegter, sondern als entthronter Kaiser gegenüberzutreten? Sie wird mit ihrem Vater zusammentreffen. Ob sie etwas erreicht hinsichtlich der Toskana? Was wird er ihr sagen? Eine flüchtige Erinnerung an Dresden im Jahre 1812 streifte ihn; er sah Marie-Louise vor dem Vater stehen, sah den Ausdruck kindlicher Ergebenheit auf ihrem Gesicht ... Sie würde dem Papa stets gehorchen, sie ist zu schwach, um ihre eigenen Wünsche durchzusetzen. Und mein Sohn wird mich bald vergessen haben, Kinder vergessen schnell ... Welche Demütigung halten die Sieger noch für mich bereit?

Ein Gedanke drängte sich in den Vordergrund, der ihn während der letzten Tage schon öfter beschäftigt hatte: War es nicht am besten für alle Beteiligten, wenn er freiwillig aus dem Leben schied? Wer würde ihn vermissen? Niemand! Auch die Bonapartes nicht, ausgenommen vielleicht seine Mutter und Paulette ...

Caulaincourt war nicht weiter erstaunt, daß Napoleon ihn mitten in der Nacht rufen ließ; seit der Kapitulation hatte er seinem Herrn rund um die Uhr zur Verfügung gestanden. Er betrat das Schlafzimmer, das nur schwach von einer Nachtlampe erhellt war, und hörte die Stimme des Kaisers, die ihn aufforderte, näherzutreten und Platz zu nehmen.

Caulaincourt ging zögernd zum Bett, es war nicht üblich, sich in Gegenwart des Kaisers zu setzen. Und als er nun einen Stuhl heranzog, entdeckte er auf dem Nachtschränkchen eine halbleere Wasserkaraffe, ein Glas, dessen Boden mit einem weißen Pulver bedeckt war, und ein schwarzseidenes Säckchen von der Größe einer Walnuß.

Bevor er einen klaren Gedanken fassen konnte, übergab ihm Napoleon einen Brief und sagte mit schwacher Stimme: »Ich wünsche Ihnen, daß Sie recht glücklich werden mögen, mein lieber Caulaincourt, Sie verdienen es. Bald werde ich nicht mehr sein; bringen Sie dann diesen Brief der Kaiserin, bestellen Sie ihr, daß ich an ihre Zuneigung glaube, sagen Sie ihr, daß ich mit dem Bewußtsein sterbe, daß sie mir alles Glück gegeben hat, das zu geben von ihr abhing.« Er verstummte. Caulaincourt sprang entsetzt auf, stürzte hinaus und befahl Constant und Roustam, sofort den Arzt Yvan zu holen, lief wieder zurück und kam gerade rechtzeitig, um seinem Herrn beizustehen, der eine graufarbene Flüssigkeit erbrach.

Nach einer Weile erschienen die Diener mit dem Arzt und dem Großmarschall.

»O mein Gott«, rief Constant, als er das schwarze Säckchen sah, »es hat also Gift enthalten! Herr Herzog, Sie glauben nicht, wie peinlich genau wir alle Waffen Seiner Majestät weggeräumt haben; Seine Majestät hat in den letzten Tagen nur noch vom Tod gesprochen, wir haben versucht, ihn keine Minute allein zu lassen!«

Während der Arzt und die Diener sich um ihren Herrn kümmerten, berieten Bertrand und Caulaincourt leise, wie man sich gegenüber der Kaiserin verhalten sollte. Der Großmarschall war dafür, sie über den mißglückten Selbstmordversuch zu unterrichten, Caulaincourt sprach sich dagegen aus; er meinte, der Vorfall würde dem Ansehen des Kaisers schaden, wenn er bekannt würde, man müsse absolutes Stillschweigen bewahren und den Leuten vom inneren Dienst entsprechende Anweisungen erteilen.

Die vier Männer wachten bis zum Morgengrauen bei ihrem Herrn und beobachteten ängstlich seine Atemzüge, die allmählich ruhiger wurden.

Am späten Vormittag hatte sich Napoleon so weit erholt, daß er den Vertrag von Fontainebleau unterschreiben und MacDonald und Berthier zu einer Abschiedsaudienz empfangen konnte.

Das Gift hatte nicht den erwünschten Tod herbeigeführt, aber es wirkte noch nach; Napoleon verbrachte die Nacht und den folgenden Tag in einer Art Dämmerzustand.

Als die Gräfin Walewska am Nachmittag des 14. April in Fontainebleau eintraf, um sich von ihm zu verabschieden, ließ er ihr zwar durch Constant ausrichten, sie möge einen Augenblick warten, er werde sie empfangen, aber bald darauf verfiel er wieder in eine Art Halbschlaf und vergaß die Besucherin.

Die Gräfin wartete die ganze Nacht und verließ das Schloß am Morgen des 15., ohne den Kaiser noch einmal gesehen zu haben. Später, am Vormittag, erinnerte sich Napoleon an sie und fragte

Constant nach ihr, der berichtete, was vorgefallen war. Sein Herr war ehrlich bestürzt, schrieb ihr ein paar Zeilen und dankte für den Besuch.

Marie-Louise hatte erwartet, daß ihr Vater sie in Rambouillet empfangen würde, und war sehr enttäuscht, als sie bei ihrer Ankunft am 13. April nur die lapidare Mitteilung vorfand, er werde in den nächsten Tagen eintreffen. Er kam am 16. April, in Begleitung des unvermeidlichen Metternich, der auch bei der Unterredung zwischen Vater und Tochter zugegen war.

Das Ergebnis war für Marie-Louise niederschmetternd: Man war zwar mit einer Badekur einverstanden, aber in der Toskana-Frage erhielt sie eine Absage, und zu guter Letzt bestand ihr Vater darauf, daß sie für einige Wochen nach Wien zurückkehrte, anschließend könne sie zur Kur fahren und dann ihr Herzogtum Parma in Besitz nehmen; wenn sie es wünsche, könne sie dann auch nach Elba reisen.

Marie-Louise wandte zwar ein, es sei ihre Pflicht, bei ihrem Gatten zu sein, unterwarf sich aber dem Willen des Vater.

Am gleichen Tag unterrichtete der Kaiser seinen Schwiegersohn über die geplante Wien-Reise, das heißt, er unterschrieb einen von Metternich formulierten Brief. Auch Marie-Louise schrieb an den Gatten. Sie versicherte ihm, wie unglücklich sie über die Entwicklung sei und daß sie hoffe, ihn im Juli besuchen zu können.

Der letzte Satz war merkwürdig und berührte Napoleon eigentümlich. *Ich bitte dich, mich nicht zu vergessen* ... Was für ein Gedanke, wie kam sie darauf? Jedenfalls war das eingetreten, was er unbedingt hatte verhindern wollen: Frau und Kind befanden sich in den Händen Österreichs; er konnte nur hoffen, daß man Marie-Louise keine weiteren Hindernisse in den Weg legte. Was ihn am meisten erbitterte, war seine Hilflosigkeit; zu Caulaincourt sagte er: »Den Wienern die Tochter der Cäsaren zu zeigen, die Kaiserin der Franzosen, die Gemahlin Napoleons – und den König von Rom, den Sohn des Besiegers von Österreich, des Mannes, der heute abgesetzt, vom Throne gestürzt ist durch die Koalition ganz Europas, durch den Verrat eines Vaters – das verletzt jedes Anstandsgefühl!«

Napoleon hatte nur noch einen Wunsch: Frankreich so rasch wie möglich zu verlassen und nach der ›Insel der Ruhe‹ abzureisen. Der getreue Caulaincourt begab sich also wieder nach Paris, um noch offenen Fragen zu klären und dafür zu sorgen, daß die vier alliierten Kommissare, die Napoleon nach Elba begleiten sollten, endlich in Fontainebleau eintrafen.

Am 20. April 1814 war es soweit. Im Laufe des Vormittags versammelten sich die Gardisten, die zurückbleiben mußten, im Cour du Cheval Blanc, um sich von ihrem Kaiser zu verabschieden.

Als die Soldaten von ihrem Kriegsherrn noch ein letztes Mal an die zwanzig ruhmreichen Jahre erinnert wurden, als er in bewegten Worten ihre Tapferkeit und Treue lobte, kamen vielen die Tränen. Selbst der britische Kommissar Oberst Campbell war gerührt, während sein russischer Kollege Schuwaloff die Szene eher interessiert betrachtete und überlegte, wie viele Soldaten jetzt unzufrieden die weiße Kokarde tragen und ihrem alten Feldherrn nachtrauern würden.

»Lebt wohl, meine Kinder, ich möchte euch alle an mein Herz pressen!«

Die Garde präsentierte das Gewehr, Napoleon umarmte den General Petit stellvertretend für alle, dann nahm er die seidene Fahne, auf der in Gold sämtliche siegreichen Schlachten aufgestickt waren, und hielt sie an seine Lippen.

»Lebt wohl, meine alten Kameraden! Möge dieser letzte Kuß euch zu Herzen dringen!«

Wenig später fuhr er in seiner Kutsche davon, der ›Insel der Ruhe‹ entgegen.

Marie-Louise und ihr Gefolge verließen Rambouillet am 24. April. Der kleine Napoleon reiste wie gewöhnlich zusammen mit seiner ›Mama Quiou‹, Madame Marchand, Madame Soufflot und deren Tochter Fanny in einer Kutsche. Er genoß die Reise, verfolgte neugierig, was sich auf der Landstraße abspielte, aber manchmal saß er stumm und niedergedrückt in einer Ecke, so auch am 2. Mai, als man sich der Grenze näherte.

»Was haben Sie, Kaiserliche Hoheit?« fragte die Gräfin, nachdem er eine Zeitlang einsilbig zum Fenster hinausgeschaut hatte. »Fehlt Ihnen etwas?«

»Warum darf ich nicht mehr bei meinem Papa sein, Mama Quiou?«

Die Erzieherin seufzte. Seit der Flucht aus Paris hatte das Kind immer wieder nach dem Vater gefragt, und sie wußte kaum noch, was sie antworten sollte.

»Fanny, bitte«, sagte sie mit gequälter Stimme, und diese verstand, daß sie den Kleinen beschäftigen sollte.

»Kommen Sie, Kaiserliche Hoheit, jetzt singen wir die ›Marseillaise‹!«

»O ja!« Er war sofort bei der Sache.

»Nicht so laut«, mahnte die Gräfin, was sollte die österreichische Begleitmannschaft denken!

Aber Fanny und das Kind ließen sich nicht beirren und schmetterten los:

»Allons, enfants de la patrie!
Le jour de gloire est arrivé.
Contre nous de la Tyrannie
L'étendard sanglant est levé
Entendez-vous dans les campagnes
Mugir ces féroces soldats?
Ils viennent jusque dans nos bras,
Egorger vos fils, vos compagnes!
Aux armes, citoyens!
Formez vos bataillons!
Marchons, marchons
Qu'un sang impur
Abreuve nos sillons!«

Auf, Kinder des Vaterlandes!
Der Tag des Ruhmes ist da.
Gegen uns wurde der Tyrannei
Blutiges Banner erhoben
Hört ihr im Land
Das Brüllen der grausamen Krieger?
Sie rücken uns auf den Leib,

Eure Söhne, eure Frauen zu köpfen.
Zu den Waffen, Bürger!
Schließt die Reihen,
Vorwärts marschieren wir!
Das unreine Blut
Tränke unserer Äcker Furchen!

Als sie die zweite Strophe anstimmen wollten, gebot die Gräfin ihnen Einhalt, weil sie inzwischen an der Grenze angekommen waren.

Die beiden Wachsoldaten besahen flüchtig die Pässe, und als einer der beiden sie der Erzieherin zurückgab, lächelte er verschmitzt und fragte: »Glauben Sie an Christus, Madame?«

»Natürlich«, erwiderte sie erstaunt.

»Aha, dann glauben Sie also auch an die Auferstehung?«

»Selbstverständlich.« Sie wußte nicht, was sie von diesen Fragen halten sollte.

»Gute Reise, Madame.«

Die Kutsche passierte die Grenze. »Sie hat nicht verstanden, was du meinst«, sagte sein Kamerad, »mit den Veilchen wird er wiederkommen«, und er begann leise die Melodie der Marseillaise zu pfeifen.

XXXVIII

Am 28. Juni 1814 lief Letizia bereits in den frühen Morgenstunden geschäftig im Palazzo Falconieri, den sie in Rom zusammen mit ihrem Bruder bewohnte, hin und her.

Der Grund für ihre Unruhe war ein Brief Luciens, in dem er mitteilte, daß England ihm und seiner Familie die Ausreise gestatte und daß er am 28. in Rom eintreffen werde, freilich ohne seine Familie. Alexandrine müsse noch eine Woche in England bleiben und den Haushalt auflösen.

Am frühen Nachmittag konnte Letizia endlich den heimgekehrten Sohn umarmen. Er war stattlicher und gesetzter geworden, fand sie, der leidenschaftliche Ausdruck seiner Augen hatte sich in Besonnenheit verwandelt, er wirkte ruhig und nachdenklich, aber heiter.

»Ich habe versucht, deine Landhäuser zu richten, so gut ich konnte. Heute abend gewährt der Papst eine Audienz! Ich bin so stolz über diese Auszeichnung, Luciano! Aber nun erzähle von deiner Reise, wie geht es Alexandrine und den Kindern?«

»Später, Mama.« Lucien betrachtete seine Mutter. Sie schien sich in den zehn Jahren kaum verändert zu haben – die gleiche aufrechte Haltung, der gleiche stolze Blick, freilich, um die Augen hatte sie Falten, und die dunklen Haare begannen zu ergrauen. Während sie ihn zum Salon führte, rechnete er nach, wie alt sie jetzt war: fast vierundsechzig Jahre.

»Wie geht es meinen Geschwistern, Mama? Ich habe nur Nachricht von Elisa und Joseph. Elisa schrieb mir einen jammervollen Brief über ihre Odyssee durch Oberitalien, jetzt hofft sie, in Bologna bleiben und dort ihr Kind zur Welt bringen zu können. Joseph habe ich auf meiner Reise hierher kurz besucht. Der Gentleman unserer Familie hat sich in Prangins geradezu fürstlich eingerichtet; das Schloß ist natürlich nicht so prachtvoll wie Mortefontaine, aber Joseph ist eifrig bemüht, Künstler und Literaten um sich zu versammeln. Außerdem pflegt er unter der Hand den Kontakt nach Elba, es scheint nicht ganz einfach zu sein, Briefe und Nachrichten dorthin gelangen zu lassen.«

Der Diener hatte Wermut serviert, und Letizia hob leicht zitternd ihr Glas. »Auf deine glückliche Heimkehr, Luciano!« Sie trank einen Schluck und betrachtete eine Weile schweigend den Sohn. »Du fragst nach deinen Geschwistern ... Jesus, unsere Familie ist in alle Winde zerstreut. Ich hatte gehofft, daß sie sich hier in Rom sammeln würden, das wäre auch eine moralische Stütze für den Kaiser gewesen, aber es ist wie immer, jeder denkt nur an seine eigenen Interessen.

Paoletta ist zur Zeit in Neapel, wahrscheinlich zur Kur, ich will auch gar nicht wissen, was sie treibt, immerhin nimmt sie lebhaft Anteil am Schicksal des Kaisers. Sie schrieb mir, daß er sie kurz vor seiner Einschiffung in Le Luc besuchte und geliehene Kleider trug, weil er sich vor den Ausschreitungen des Pöbels fürchtete. Paoletta war entsetzt. Sie ist jedenfalls fest entschlossen, noch in diesem Jahr nach Elba zu reisen; sie betrachtet es als schwesterliche Pflicht, das Exil mit ihm zu teilen. Außerdem versucht sie, ihn mit den Murats auszusöhnen, weil man in Neapel gute Verbindungen nach Wien hat, aber damit hat sie natürlich keinen Erfolg.

Luigi war einige Wochen hier, ist aber vor ein paar Tagen nach Lausanne abgereist, weil ihm angeblich das Klima Roms nicht bekommt. Abgesehen von seiner Gesundheit beschäftigt er sich nur mit dem Prozeß gegen Hortense um das Sorgerecht für die Söhne. Im übrigen ärgert es ihn maßlos, daß Ludwig XVIII. Hortense zur Herzogin von St. Leu ernannt hat, während er sich seinerzeit mit dem Titel eines Grafen von St. Leu begnügen mußte. Ich habe ja nie viel von dieser Beauharnaise-Clique gehalten, und ihr Verhalten in den letzten Wochen war – gelinde ausgedrückt – merkwürdig. Stell dir vor, Luciano, Joséphine und ihre Kinder haben den Zaren in Malmaison empfangen und Gesellschaften für ihn gegeben! Es stand in den Zeitungen, ich konnte es zuerst gar nicht glauben. Joséphine ist übrigens Ende Mai in Malmaison gestorben, sogar Napoleon hat die Todesnachricht nur aus der

Zeitung erfahren, nicht einmal Hortense hatte es für nötig befunden, ihm ein paar Zeilen zu schreiben.

Girolamo und Katharina leben jetzt incognito als Graf und Gräfin von Hartz in Graz und versuchen, finanziell über die Runden zu kommen. Katharina ist noch einmal in Paris gewesen, um ihren Bruder und den Zaren um Hilfe zu bitten, mit wenig Erfolg; viel schlimmer ist jedoch, daß ihre Familie sie nur unterstützen will, wenn sie sich von Girolamo scheiden läßt. Katharina lehnt das ab. Sie beteuert mir in jedem Brief, daß niemand auf der Welt sie von Girolamo trennen wird, selbst wenn sie bettelnd mit ihm durchs Land ziehen müßte. Ja, Luciano, so steht es zur Zeit in unserer Familie. Es könnte wahrlich besser sein, aber wenigstens lassen Katharina und Augusta ihre Männer nicht im Stich!«

Die letzten Worte stieß Letizia mit solcher Bitterkeit hervor, daß Lucien seine Mutter erstaunt ansah. Was hat sie nur? dachte er, hielt es aber für besser, nicht zu fragen.

»Und was macht Car ... « Er brach unvermittelt ab. O Gott, das habe ich völlig vergessen, Giuseppe empfahl mir ja dringend, in Mamas Gegenwart Caroline nicht zu erwähnen.

»Du fragst nach Caroline, Luciano? Ich kenne diese Tochter nicht mehr, sie ist für mich tot.«

Lähmendes Schweigen breitete sich aus. Letizia blickte starr ins Leere, während Lucien überlegte, ob es ratsam war, ihr seine Meinung über den ›Fall Caroline‹ zu sagen.

»Man mag den Verrat verurteilen, Mama, aber man muß gleichzeitig fragen, wo seine Ursachen sind. Was treibt die Menschen zum Verrat? Natürlich Egoismus, die eigenen Interessen und das Gefühl, daß man einen Menschen nicht länger ertragen kann, daß man von seiner Herrschaft niedergedrückt wird. Kurz, ich glaube, wenn etwa ein Mann wie Marmont zum Verräter wird, ist mein Bruder nicht ganz schuldlos daran. Sein Wesen, sein Charakter kann Menschen so weit treiben. Ich erinnere mich sehr gut, daß ich als Kind den unerbittlichen Willen meines Bruders, den er mir in Brienne aufgezwungen hat, als äußerst qualvoll empfand und mich innerlich dagegen auflehnte.«

»Willst du den Verrat entschuldigen?«

»Nein, Mama, ich versuche, die Ursachen zu ergründen. Napoleon hat sein Unglück, seinen Sturz selbst verschuldet, denke ich. Aber als ich von der Abdankung hörte, war ich doch sehr betroffen. Sie haben inzwischen sicherlich Nachricht von Elba, wie geht es ihm?«

»Ich habe zwei Briefe erhalten. Den ersten schrieb er einige Tage nach seiner Ankunft, der zweite Brief traf vorgestern hier ein.«

Letizia verließ den Salon und kehrte wenig später mit den Briefen zurück.

»Im ersten Brief«, sagte sie und ließ ihre Augen über die Zeilen wandern, »berichtet er kurz über seine Ankunft in Portoferraio, das ist die Hauptstadt der Insel, und den Empfang durch den Bürgermeister und die Honoratioren. Sein erster Eindruck von der Insel war nicht der beste, alles sei rückständig, es gibt weder Straßen noch Müllabfuhr, die Bewohner sind bettelarm und leben hauptsächlich von Weinbau und Fischfang. Er ist fest entschlossen, die Insel, die landschaftlich recht schön sein soll, wirtschaftlich und kulturell aufzubauen, vor allem will er sie von den Lebensmitteleinfuhren unabhängig machen.

Lucien lächelte. »Er hat nichts von seiner Energie eingebüßt. Ich sehe ihn leibhaftig vor mir, wie er die Elbaner umherscheucht und alles durcheinanderwirbelt. Aber eines wundert mich, Mama, ist er denn ohne seine Familie dort? Er erwähnt die Kaiserin und das Kind mit keinem Wort.«

Letizia seufzte. »Ach, Luciano, das ist so eine Geschichte; ich weiß auch nicht, was ich davon halten soll. Im letzten Brief, den ich aus Fontainebleau erhielt, schrieb er, daß Marie-Louise und sein Sohn für einige Wochen nach Wien reisen; angeblich will die Kaiserin nicht, fügt sich aber den Wünschen ihres Vater.«

»Merkwürdig. Wenn eine Frau zu ihrem Mann möchte, geht sie doch zu ihm, egal, was der Vater sagt.«

»Du hast recht, wenn ich in einer ähnlichen Lage gewesen wäre, hätte ich alles daran gesetzt, um zu Carlo zu kommen ... «

Letizia nahm den zweiten Brief und überflog ihn. »Ich will dir nicht alles vorlesen, jedenfalls hat sich inzwischen auf Elba schon einiges verändert. Dein Bruder hat eine Müllabfuhr organisiert, eine Straßenbeleuchtung eingerichtet, seine Gardisten beschäftigt er mit dem Ausbau der Straßen, vor allem ist ihm daran gelegen, die

Insel für den Fremdenverkehr interessant zu machen; es kommen viele Besucher, die länger bleiben würden, wenn es entsprechende Herbergen gäbe. Er hat seinen Wohnsitz in Portoferraio bezogen. Er schreibt: Bereits vom Schiff aus fiel mir die günstige strategische Lage diese Gebäudes auf, das unterhalb der Festung liegt mit Blick auf das Meer. Die Bezeichnung Palazzo ist etwas übertrieben, die Einheimischen nennen das Haus ›Villa di Mulini‹, weil früher von hier die Festung mit Mehl beliefert wurde.«

Letizia hielt inne und blätterte um. »Er berichtet ausführlich über die Renovierungsarbeiten, über seine finanziellen Sorgen – bis jetzt hat die provisorische Regierung noch keinen Sou der zugesagten Renten gezahlt –, er hofft, daß Marie-Louise nach ihrer Kur in Aix nach Elba kommen kann.« Letizia ließ den Brief sinken und sah Lucien an. »Das ist ein Problem, das ihm wohl stark beschäftigt. Die Kaiserin fährt jetzt zur Kur und läßt das Kind in Wien zurück. Das macht ihm große Sorgen. Damit nicht genug, versucht man die Korrespondenz mit Marie-Louise zu unterbinden. Ich habe den Eindruck, daß er sich auf Elba arrangiert und das Beste aus der Verbannung machen will, aber er scheint sich einsam zu fühlen. Ich muß so bald wie möglich zu ihm fahren, vielleicht noch vor Alexandrines Ankunft. Es tut mir leid deiner Familie wegen, aber es ist immer mein Grundsatz gewesen, möglichst nahe bei demjenigen meiner Kinder zu sein, das mich am meisten braucht.«

Einige Stunden später kam Lucien von der Audienz beim Papst zurück mit der Nachricht, daß dieser ihn zum Fürsten von Canino ernannt habe.

Viel erfreulicher als dieser Titel war für Letizia der Entschluß des Sohnes, dem verbannten Bruder einen versöhnlichen Brief zu schreiben und Handelsbeziehungen mit ihm anzuknüpfen; Lucien wollte elbanisches Eisenerz einführen und auf seinen Gütern weiterverarbeiten.

Während Lucien und Letizia sich über Elba unterhielten, ging Madame de Montesquiou in ihrem Zimmer im Schloß Schönbrunn auf und ab und überlegte, wie sie ihren Gatten davon überzeugen konnte, daß sie wahrscheinlich noch mehrere Wochen, vielleicht

Monate in Wien bleiben mußte. Bereits wenige Tage nach ihrer Ankunft hatte sie das Gefühl, von den Spitzeln des Polizeipräsidenten Hager, einem willfährigen Subjekt Metternichs, überwacht zu werden. Sie fand das zwar nicht weiter verwunderlich bei ihrer exponierten Stellung als Erzieherin von Napoleons Sohn, aber sie empfand Österreich als Polizeistaat par excellence – in Frankreich hatte sie trotz Fouché und Savary freier atmen können. Da vermutlich auch ihre Korrespondenz überwacht wurde, hatte sie dem Gatten bisher nur Billets mit unverfänglichen Mitteilungen geschickt: Sie schrieb, daß sie in Schönbrunn gut angekommen seien, daß die Wiener Bevölkerung die Kaiserin jubelnd begrüßt habe, daß die Herzogin von Montebello und Corvisart Anfang Juli nach Frankreich zurückgereist waren ... Sie vermied es, irgendeinen Kommentar einzufügen, ließ den Gatten auch über ihre eigene Stimmung im unklaren. Aber an jenem Nachmittag hatte sie Gelegenheit, einen längeren Brief zu schreiben und offen über ihre Sorgen zu berichten, weil Méneval, der nach Paris reiste, den Brief mitnehmen würde.

›Die Kaiserin ist heute nachmittag mit ihrem Sohn nach Schloß Hetzendorf gefahren, um sich von ihrer Großmutter, der Exkönigin Maria-Caroline von Neapel, zu verabschieden. Morgen wird die Kaiserin Schönbrunn verlassen und sich nach Aix-en-Provence zu ihrer Badekur begeben. Méneval wird von dort aus nach Paris weiterreisen – er hat aus familiären Gründen um Urlaub gebeten, und ich nutze die Gelegenheit, ihm diesen Brief mitzugeben.‹

Sie hielt einen Augenblick inne, überlegte und schilderte dann das alltägliche Leben der Kaiserin in Wien, hob hervor, daß Marie-Louise sich innerhalb weniger Wochen bei dem österreichischen Adel und beim Volk unbeliebt gemacht habe, weil sie die französischen Lebensgewohnheiten beibehielt, und kam dann auf ihren Zögling zu sprechen.

›Die Kaiserin Maria Ludovica hat wochenlang davon geredet, daß er Geistlicher werden müsse, schließlich hat ihr der Kaiser derlei Redensarten untersagt. Aber der einzige, der ihn unterstützt, ist sein Bruder, der Erzherzog Karl. Man versucht, das Kind umzuerziehen, die Erinnerung an seine Herkunft in ihm auszulöschen. Ich befürchte, daß der Kleine eines Tages nicht mehr weiß, wer er ist und wer sein Vater ist! Deshalb möchte ich so lange wie möglich hier in Wien bleiben, um ihn daran zu erinnern, daß er als französischer Prinz geboren wurde. Ich bete jeden Tag zu Gott, daß er sich stets seiner Abstammung bewußt bleibt, er ist ein Bonaparte, kein Habsburger!«

Als Madame de Montesquiou den Brief siegelte, wurde Méneval gemeldet. Bei seinem Eintritt erhob sie sich und eilte auf ihn zu.

»Mein lieber Méneval«, rief sie »Wann und wo werden wir uns wiedersehen? Auf der Insel Elba? Das wäre mir am liebsten. In Parma? In Wien?«

»In Wien bestimmt nicht, Frau Gräfin; die Kaiserin möchte bei Beginn des Kongresses nicht mehr hier sein. Ein verständlicher Wunsch, es wäre zu demütigend für sie, den Souveränen zu begegnen, die über das Schicksal Seiner Majestät entschieden haben.«

»Merkwürdig, so hart sie mit dem Kaiser umgegangen sind – ich meine damit die bedingungslose Abdankung –, so milde haben sie Frankreich behandelt. Im Frieden von Paris haben wir zwar die Grenzen von 1792 anerkennen müssen, aber man hat uns die Kriegsentschädigungen erlassen, und auch die Kunstschätze der eroberten Gebiete mußten wir nur zum Teil zurückgeben. Was meinen Sie, Méneval, wird der Kongreß den Pariser Frieden zu unseren Ungunsten revidieren?«

»Ich glaube nicht, daß man uns noch zur Kasse bitten wird, man will uns wahrscheinlich als Großmacht erhalten. Abgesehen davon wird Talleyrand – als Vertreter Frankreichs – die Interessen seines Vaterlandes zu wahren wissen. Auf diesem Kongreß wird man sich über andere Probleme einigen müssen, die Neugestaltung Deutschlands zum Beispiel. Ein weiteres Problem ist das Königreich Neapel; ich glaube nicht, daß man den Murats die Krone auf Dauer überlassen wird.«

Er schwieg unvermittelt, sah einen Augenblick nachdenklich vor sich hin und erzählte dann der Gräfin, daß beim Abfall Neapels General Neipperg eine dubiose Rolle gespielt habe. Und nun sollte dieser Neipperg auf Befehl des Kaisers – das heißt im Auftrag Schwarzenbergs – als ›Ehrenkavalier‹ die Kaiserin nach

Aix begleiten! Ausgerechnet Neipperg, über den sich Napoleon so negativ und voller Verachtung geäußert hatte!

Als Marie-Louise an jenem Nachmittag zusammen mit ihrem Sohn den Salon der Exkönigin von Neapel betrat, wäre sie am liebsten sofort umgekehrt. Die alte Dame saß kerzengerade in ihrem Lehnstuhl, stützte die rechte Hand auf einen Ebenholzstock mit silbernem Knauf und maß die Enkelin von oben bis unten mit einem kalten Blick.

»Setz dich.« Sie wies mit dem Stock auf einen der Stühle.

Marie-Louise gehorchte und sah verlegen zu Boden. Nun winkte die Königin ihren Urenkel zu sich, gab ihm ein Stück Konfekt und schickte ihn zu seinem Bilderbuch in der Ecke. Dort saß er und verfolgte – wie bei den vorhergehenden Besuchen – mit ängstlicher Spannung die Unterhaltung, die er nicht verstand, weil sie auf deutsch geführt wurde. An jenem Tag schien die alte Dame besonders wütend zu sein, und plötzlich flog der Ebenholzstock durchs Zimmer.

Der Grund für die Erregung der Königin war die Tatsache, daß die Enkelin die Reise nach Elba erneut aufschob, um zu einer mehrwöchigen Badekur zu fahren. Eine Frau müsse zuerst ihrem Mann gehorchen, sagte Maria-Caroline scharf, sie sei damals gegen die Heirat mit Napoleon gewesen, aber nun sei die Ehe geschlossen, für das ganze Leben. Es sei zwar das Recht der Sieger, Napoleon zu verbannen, sie besäßen aber nicht das Recht, ihn von seiner Familie zu trennen.

»Ich an deiner Stelle würde Bettücher zusammenknüpfen, mich daran in den Garten hinunterlassen und zusammen mit dem Kind fliehen! Ach, mache doch, was du willst, aber bedenke, daß die Nachwelt eines Tages ihr Urteil über dich fällen wird. Geh jetzt, ich will dich nicht mehr sehen, bis du dich entschlossen hast, nach Elba zu reisen!« Sie sank erschöpft in den Lehnstuhl zurück und schloß die Augen.

Die Nachwelt, dachte Marie-Louise, was geht mich die Nachwelt an! Sie nahm ihren Sohn an die Hand und verließ den Salon.

Als sie in Schönbrunn ankam, fand sie einen Brief Schwarzenbergs vor mit der Mitteilung, daß er für den Aufenthalt in Aix auf kaiserlichen Befehl einen Ehrenkavalier habe aussuchen müssen und daß seine Wahl auf General Neipperg gefallen sei.

Ein Ehrenkavalier, dachte Marie-Louise, wozu? Wahrscheinlich ist er ein Aufpasser, der meine Korrespondenz nach Elba überwachen soll. Ein Ehrenkavalier! Und ausgerechnet dieser Neipperg, der in Neapel verhandelt hat! Ich werde ihn übersehen, ihn gar nicht beachten.

Am 17. Juli waren Marie-Louise und ihr Gefolge nur noch wenige Meilen von Aix entfernt. Kurz vor dem Ort Carouge kam ihnen ein Reiter entgegen, der die einzelnen Wagen prüfend betrachtete und dann zielstrebig auf die achtspännige Kutsche der Kaiserin zutrabte. Er trug die Uniform eines Husarengenerals; das rechte Auge war mit einer schwarzen Binde bedeckt, die sich als schmales Band um die kurzen blonden Locken wand.

Bei der Kutsche angekommen, zügelte der General das Pferd und neigte ehrerbietig den Kopf. »Majestät«, sagte er mit dunkler, klangvoller Stimme zu Marie-Louise, die ihn herablassend musterte, »gestatten Sie, daß ich mich vorstelle: General Neipperg.« Er erklärte, daß er bereits seit einigen Tagen in Aix weile und schon ein Haus für die Kaiserin gemietet habe, es sei die Sommervilla, die seinerzeit die Herzogin von St. Leu bewohnt habe; er hoffe, daß es konveniere.

Neipperg schwieg und wartete auf eine Antwort oder einen Befehl, aber Marie-Louise verzog keine Miene, sondern rief nur dem Kutscher zu: »Fahren Sie weiter!«

Etwas verwirrt ob dieser Begrüßung verneigte sich der General erneut, ritt in geziemendem Abstand neben der Kutsche her und dachte noch einmal über Schwarzenbergs Instruktionen nach. Sein Auftrag lautete, die Herzogin unauffällig zu beobachten, regelmäßige Berichte über ihr Verhalten nach Wien zu schicken und alles daran zu setzen, um sie an der Reise nach Elba zu hindern, schlimmstenfalls ihr dorthin zu folgen. Nach jener Begrüßung ahnte er, daß dieser Auftrag nicht leicht sein würde.

Das Diner zu dritt – außer Neipperg nahm die Gräfin Brignole teil – verlief schweigend. Beim Dessert unterhielt sich Marie-Louise mit der Hofdame über eine Fidelio-Aufführung in Wien, und Neipperg, der anfing, sich über die ostentative Nichtbeachtung zu ärgern, bemerkte, er habe sich die Partitur der Ouvertüre besorgt.

Marie-Louise wandte sich erstaunt dem General zu und fragte, ob er denn eine Partitur lesen könne, worauf dieser erwiderte, er spiele Klavier und musiziere leidenschaftlich gern. Sie betrachtete ihn nachdenklich, mit einem Anflug von Neugier, und bat ihn schließlich, später im Salon etwas vorzuspielen.

»Mit dem größten Vergnügen, Majestät«, erwiderte er und lächelte die Tochter seines Kaisers an; die aber senkte verwirrt die Augen und löffelte ihr Vanilleeis zu Ende.

Neipperg wählte eine Beethoven-Sonate. Marie-Louise beobachtete gebannt, wie virtuos seine Hände über die Tasten glitten.

»Er spielt hervorragend, das hätte ich nie für möglich gehalten«, sagte sie leise zur Brignole, die sich entsetzlich langweilte und sich nach ihrem Liebesroman sehnte, den sie unbedingt zu Ende lesen wollte.

Nach dem Spiel unterhielten sich Marie-Louise und Neipperg über Beethoven, und als die Exkaiserin von der Pastoralsinfonie zu schwärmen begann, hatte der General einen Einfall, wie er das Gespräch beiläufig auf Napoleon lenken konnte. Er verglich die *Pastorale* mit der *Eroica* und erwähnte, daß Beethoven diese seinerzeit dem Ersten Konsul habe widmen wollen, es dann aber unterlassen hatte, als er von der Proklamation zum Kaiser der Franzosen hörte.

»Ich finde diese Entscheidung Beethovens nicht ganz richtig«, fuhr Neipperg fort, »schließlich sind Persönlichkeiten und Größe eines Menschen nicht von Titeln abhängig.«

»Größe«, sagte Marie-Louise zögernd, »Sie meinen, der Kaiser ist groß?«

Neipperg lächelte. Mein Gott, wie naiv sie ist, dachte er. Weiß sie nicht, daß sie mit einem bedeutenden Mann verheiratet ist?

»Majestät, die politische Entwicklung der letzten Monate, die Abdankung, die Verbannung, dies alles mindert nicht die historische Bedeutung Ihres Gatten und seiner Leistungen; zur Zeit verdammt man ihn natürlich, aber irgendwann wird man ihn differenzierter beurteilen.«

Er schwieg und beobachtete gespannt ihre Reaktion. Eine Weile sagte sie gar nichts, und er merkte, daß sie das Gehörte erst verarbeiten mußte.

»Abgesehen von meiner Großmutter sind Sie der einzige Mensch, der gut von meinem Mann spricht. Meine Familie äußert sich nur abwertend über ihn, bis auf Onkel Karl und Onkel Johann. Wenn ich die Rede auf Elba bringe, bekomme ich stets zu hören: ›Was willst du denn dort?‹ Ach, es ist grausam, mich bedrückt die ganze Lage; ich weiß manchmal nicht, was ich machen soll.«

»Eure Majestät möchte demnach irgendwann nach Elba reisen?« frage Neipperg vorsichtig.

»Ja und nein. Einerseits ist es meine Pflicht, bei meinem Gatten zu sein, andererseits habe ich Angst vor dem Leben auf dieser Insel; ich möchte auch nicht gegen den Willen meines Vaters handeln wegen Parma, das mir und meinem Sohn eine unabhängige Existenz sichert. Man hat es mir im Vertrag von Fontainebleau zwar zugesichert, aber wer weiß, ob die Vereinbarungen erfüllt werden; der Kaiser zum Beispiel hat von seiner Rente noch keinen einzigen Franc bekommen. Ach, es ist alles so schwierig!«

»Gewiß, Majestät, aber irgendwann findet sich für jedes Problem eine Lösung. Sie sollten die Wochen hier in Aix genießen und nicht soviel über Vergangenheit und Zukunft nachdenken. Wenn Sie Ausflüge unternehmen wollen, sagen Sie es mir, ich werde alles arrangieren, Sie brauchen sich hier um nichts zu kümmern, nur um Ihre Gesundheit.«

So übel ist er gar nicht, dachte Marie-Louise, als sie zu Bett ging. Ich kann mich mit ihm über Musik unterhalten, er hat Verständnis für meine Lage und wird für Abwechslung sorgen.

Der General machte sich indessen auf den Weg zum Gasthof, in dem er wohnte, und ließ den Abend noch einmal an seinem geistigen Auge vorüberziehen. Ihr Wunsch, sich nach Elba zu begeben, scheint nicht sehr stark zu sein, überlegte er. Hängt das mit der momentanen Trennung von ihrem Gatten zusammen, mit dem Verlust der Krone, oder ist es der Einfluß der Familie? Auf jeden Fall ist sie verunsichert und wagt nicht, gegen den Willen des Vaters zu handeln, das erleichtert mir natürlich meine Aufgabe.

Fast drei Wochen später, am 6. August 1814, trafen die Herzogin von Montebello und Corvisart in Aix ein. Die Herzogin hatte es nicht eilig gehabt, Paris zu verlassen, zum einen, weil sie in Ruhe ihre Angelegenheiten regeln wollte, zum andern, weil sie mit gemischten Gefühlen dem Wiedersehen mit der Exkaiserin entgegensah. In Wien hatte sie sich von einer deprimierten, von Selbstzweifeln gequälten Marie-Louise verabschiedet, die nun, da alles vorüber war, Reue über ihre Flucht aus Paris empfand, darüber, daß sie sich nicht rechtzeitig nach Fontainebleau begeben hatte – kurz, die Gesellschaft mit ihr war alles andere als ein Vergnügen gewesen. Und daran, mutmaßte die Montebello, wird sich inzwischen nicht viel geändert haben.

Wer beschreibt ihr Erstaunen, als ihr in Aix eine völlig verwandelte Marie-Louise gegenübertrat! Die Montebello musterte das tiefe Dekolleté, die stark geschminkten Augen, Katzenaugen, und als Marie-Louise sie umarmte, benahm ihr das schwere Parfüm fast den Atem. Ein Schlafzimmerparfüm, ging es der Montebello durch den Kopf. Die ganze äußere Aufmachung ist an der Grenze des Schicklichen! Marie-Louise lachte und plauderte, die Hofdame bemerkte erstaunt, daß ein herausfordernder Unterton mitschwang, daß die Katzenaugen kokett hin und her wanderten, und sie fand, daß ihre Herrin sich in ein ›Weibchen‹ verwandelt hatte, ja, das war der richtige Ausdruck, Weibchen! Was mochte der Grund für diese Metamorphose sein? Als Marie-Louise dann in schwärmerischem Ton von Neipperg erzählte, von den vielen Gefälligkeiten, die er ihr täglich erwies, als die Montebello die verträumten Augen ihrer Herrin sah, wurde ihr schlagartig klar, daß diese sich anscheinend in den General Neipperg verliebt hatte. Später wurde ihr Neipperg vorgestellt, und sie konnte die Gefühle der Freundin verstehen, hatte allerdings den Eindruck, daß die Zuneigung bis jetzt einseitig war.

Während des Diners fragte Neipperg Corvisart nach der Einstellung der Pariser Bevölkerung gegenüber den Bourbonen. Corvisart erwiderte etwas zögernd, die Pariser und der König müßten sich langsam aneinander gewöhnen, das brauche seine Zeit.

»Aber meine Herren«, rief Marie-Louise, »wir wollen doch jetzt nicht über die langweilige Politik reden! Was sollen wir morgen gemeinsam unternehmen? Was schlagen Sie vor, General Neipperg?«

Während Neipperg verschiedene Ausflugsziele beschrieb, dachte die Herzogin über Corvisarts Antwort nach.

Corvisart hat geschickt reagiert und sich elegant aus der Affäre gezogen, aber irgendwann wird es sich herumsprechen, daß sich die Bourbonen durch ihr ungeschicktes, arrogantes Verhalten die Sympathie vieler Franzosen schon heute verscherzt haben. Wie oft kommt die Marschallin Ney zu mir und beklagt sich weinend über die Unhöflichkeit und Mißachtung, mit der man ihr in der Tuilerien begegnet. Es ist nicht der König, der sich aufspielt, sondern seine Nichte, die Herzogin von Angoulême. Alles, was mit der Revolution zusammenhängt, haßt sie zutiefst; sie wird die Hinrichtung ihrer Eltern wahrscheinlich nie vergessen können. Und der Bruder des Königs, der arrogante Graf von Artois, behandelt den Adel des Kaiserreichs wie Luft! Ein Teil der Offiziere ist auf Halbsold gesetzt, mußte Paris verlassen und in die Heimatstadt zurückkehren, wie seinerzeit die Verbrecher! Als Exkaiserin würde ich mich für die Stimmung im Lande interessieren und anfangen, meinem Sohn die Wege für eine Rückkehr auf den Thron zu ebnen!

Später wurde musiziert, und zu vorgerückter Stunde sprang Marie-Louise auf, stellte sich ans Klavier und sagte lächelnd zu Neipperg: »Lassen Sie uns zum Abschluß des Abends noch etwas gemeinsam singen. Was halten Sie von dem Duett aus Mozarts *Don Giovanni*, ›Reich mir die Hand, mein Leben‹?«

»Mit Vergnügen, Majestät.« Während die Klänge der Arie durch den Raum schwebten, beobachtete die Herzogin Marie-Louise, die immer wieder verliebt zum General hinübersah. Der konzentrierte sich allerdings ganz auf die Noten und schien nichts zu bemerken. Er hat offenbar noch nicht Feuer gefangen, dachte die Montebello, aber wie wird die Sache weitergehen?

Anfang August traf Letizia mit einem kleinen Gefolge auf Elba ein. Die Hauptstadt Portoferraio mit ihrem gelb und weiß getünchten Häusern gefiel ihr sehr gut, und die Treppenstraße hinauf zum Palazzo Mulini erinnerte sie lebhaft an Corte.

Aber dann sah sie den sogenannten Palazzo: ein einfaches, rosa getünchtes Haus mit grünen Fensterläden, dessen Fenster im Erdgeschoß Letizia wie Gucklöcher vorkamen. Als ihr Sohn sie durch seine Privaträume im Parterre führte, Räume mit niedrigen Decken und getünchten Wänden, ging ihr durch den Kopf, daß sie stets, auch in den schlechtesten Jahren nach Carlos Tod, in einem geräumigen, repräsentativen Haus gewohnt hatte. Vor ihrem Sohn versuchte sie ihre Gefühle, so gut es ging, zu verbergen, und als sie den Festsaal im ersten Stock besichtigte, heuchelte sie Bewunderung, obwohl er nicht viel größer war als Marie-Louises Empfangssalon in den Tuilerien.

Beim Abendessen fragte Napoleon seine Mutter, ob sie glaube, daß Marie-Louise sich in diesem Haus wohlfühlen werde, er habe die größten und kühlsten Räume im ersten Stock für sie herrichten lassen. Letizia beruhigte ihn, ganz gegen ihre Überzeugung, und als schwarzer Reis und gedünsteter Stockfisch serviert wurden, bezweifelte sie im stillen, daß Marie-Louises verwöhnter Gaumen sich an die zwar schmackhafte, aber einfache einheimische Küche gewöhnen würde.

Am nächsten Tag zeigte Napoleon seiner Mutter die Sommervilla San Martino, die noch einfacher und kleiner als der Palazzo war. Im Konferenzzimmer gab es ein merkwürdiges Deckengemälde: auf blauem Grund waren zwei Tauben gemalt, die ein blaues Band im Schnabel hielten; sie flogen in entgegengesetzte Richtung, aber das Band verband sie. Napoleon erklärte, daß dieses Gemälde die eheliche Treue versinnbildlichen solle; die beiden Tauben symbolisierten Marie-Louise und ihn, je weiter sie sich räumlich voneinander entfernten, um so fester knüpfte sich das Band.

Letizia hütete sich, ihre Zweifel zu äußern. Sie ging weiter durch die Räume bis zum Schlafzimmer, dessen Möblierung sie schmerzlich berührte: ein einfaches Mahagonibett ohne Baldachin und ohne Vorhänge.

Auf dem Nachhauseweg begann ihr Sohn über seine schwierige finanzielle Lage zu sprechen. Er schränke seine Ausgaben so weit wie möglich ein, aber lange würde es nicht mehr dauern, dann müsse er einen Teil der Soldaten entlassen, weil er ihnen den Sold nicht mehr zahlen könne. Er befürchte, daß die provisorische

Regierung ihm wahrscheinlich mit Absicht die Rente nicht zahle, um ihn in Schwierigkeiten zu bringen. Das Geld, das er von Frankreich mitgebracht habe, müsse er für Notfälle zurücklegen.

Letizia beschloß, ihre Diamanten zu verkaufen, damit wenigstens die laufenden Ausgaben gedeckt werden konnten.

Nachdem sie sich von dem Schock über den ›Palazzo Mulini‹ erholt hatte, begann sie sich einzuleben, das milde Klima und die Landschaft zu genießen, die sie ein wenig an Korsika erinnerten. Ihren Sohn sah sie meistens erst beim Diner; er machte anschließend eine kleine Ausfahrt mit ihr, und den Rest des Abends verbrachte man beim Reversispiel. Napoleon mogelte dabei wie eh und je, und wenn Letizia ihn ertappte, legte sie die Karten hin und sagte streng: »Napoleon, Sie schwindeln!«

»Aber Mama«, erwiderte er dann fröhlich, »Sie sind reich, Sie können sich's leisten zu verlieren, aber ich bin arm und muß gewinnen.«

In jenem Sommer hob Murat die Dotation Napoleons an den kleinen Alexander Walewski auf. Dieser war zwar finanziell noch anderweitig abgesichert, aber seine Mutter beschloß, um die neapolitanischen Güter zu kämpfen, und fragte bei Napoleon an, ob sie ihn besuchen dürfe, um diese Angelegenheit mit ihm zu besprechen. Er war einverstanden, machte aber zur Bedingung, daß ihr Besuch streng geheim bleiben müsse. Wegen Marie-Louise, das las sie zwischen den Zeilen, aber es störte sie nicht; sie war es gewöhnt, diskret im Hintergrund zu bleiben. Napoleon ließ die kleine Einsiedelei bei der Wallfahrtskirche Madonna del Monte in den Bergen herrichten und überredete Letizia, der Hitze wegen nach Marciana Alta zu übersiedeln, einer alten Bergstadt unterhalb der Einsiedelei; die Anwesenheit seiner Mutter ließ sein Biwak weiter oben weniger auffällig erscheinen.

Am Abend des 1. September ging Maria Walewska, begleitet von dem kleinen Alexander und ihren Geschwistern Theodor und Antonia, in der Bucht San Giovanni an Land. Dort erwartete Bertrand die Besucher mit einem Trupp Soldaten und der kaiserlichen Kutsche, um sie in die Berge zu bringen. Einige halbwüchsige Jungen beobachteten Ankunft und Begrüßung, hielten die beiden verschleierten Damen für die Kaiserin und eine Hofdame und das Kind natürlich für den Sohn des Kaisers; sie liefen zurück nach Portoferraio und verbreiteten die Neuigkeit, die Kaiserin und ihr Sohn seien angekommen.

Der Bürgermeister Traditi wunderte sich zwar, daß sein Souverän ihn nicht über die bevorstehende Ankunft von Gattin und Sohn informiert hatte, er fand es auch merkwürdig, daß die Kaiserin zunächst in der Einsiedelei wohnen sollte, traf aber Vorbereitungen für einen würdigen Empfang in Portoferraio und beriet mit den Honoratioren, wann man nach Madonna del Monte aufbrechen solle, um der Kaiserin die Aufwartung zu machen.

Während der nächtlichen Fahrt hatte Maria Walewska an die Zukunft gedacht und sich gefragt, ob sich ihre Hoffnung, für immer auf Elba in der Nähe des Kaisers bleiben zu können, erfüllen würde. Diese schlummernde Hoffnung auf ein gemeinsames Leben war jäh erwacht, als ihr Bruder Theodor in Florenz die Reisegruppe traf und von seiner erfolglosen Mission in Aix berichtete. Der junge Mann war französischer Offizier und hatte Napoleon ins Exil begleitet; dieser schickte ihn des öfteren mit Aufträgen zum Festland, auch mit einem Brief für Marie-Louise in Aix. Und die Antwort der Exkaiserin? Sie würde den Wunsch des Kaisers, endlich nach Elba zu kommen, ja gerne erfüllen, aber leider habe der Papa ihr befohlen, nach Wien zurückzukehren. Ihre Anwesenheit während des Kongresses sei dringend erforderlich, man müsse mit Schwierigkeiten wegen Parma rechnen, für das es noch andere Interessenten gebe. Theodor hatte den Eindruck gehabt, daß der väterliche Befehl der Exkaiserin ganz gelegen kam, daß sie offenbar keine Lust hatte, nach Elba zu reisen, und er vermutete, daß ihr Ehrenkavalier der tiefere Grund dafür war.

Kurz vor Procchio kam ihnen Napoleon entgegengeritten und begleitete sie nach Marciana Alta. Dort standen Pferde und Maultiere für das Gepäck bereit. Napoleon nahm Alexander auf sein Pferd und ritt voraus. Maria folgte. Sie genoß die warme Nachtluft und versuchte, beim Schein der Fackeln etwas von dem Weg zu erkennen; sie sah kleine Bildstöcke, die den Leidensweg Christi darstellten, und Kastanienbäume, die allmählich in niedriges Dikkicht übergingen. Nach etwa einer halben Stunde wurde der Stufenpfad flach und endete auf einer Terrasse, die von einer verwitterten Mauer umgeben war.

»Hier ist mein Palazzo«, sagte Napoleon und zeigte auf ein niedriges, an den Berg gebautes Haus.

Maria fand die Szenerie, die sich ihrem Augen bot, zwar romantisch, aber auch traumhaft unwirklich: Auf der Terrasse unter den Kastanienbäumen war ein Militärzelt aufgeschlagen, zwischen der Kirche und dem Haus war, ebenfalls unter einem Zelt, eine Tafel gedeckt, und in der Grotte hinter der Kirche lagerten einige Soldaten.

Es war weit nach Mitternacht, als man sich endlich zur Ruhe begab. Marie Walewska lag noch lange wach, lauschte auf die Geräusche draußen, horchte, ob nicht Schritte sich dem Haus näherten. Aber Napoleon kam nicht.

Am darauffolgenden Vormittag ging Napoleon mit Maria und Alexander den schattigen Waldweg entlang bis zu einigen verwitterten Granitblöcken.

»Sehen Sie sich die Felsen genau an, Maria, dann erkennen Sie in diesen Felsengebilden einen Menschen, einen Eisbär oder einen Adler mit ausgebreiteten Flügeln. Sehen Sie dort drüben den Felsen, der einem Adler ähnelt? Dort sitze ich oft, bei klarer Sicht kann man über das Meer bis Korsika sehen.«

»Ich habe nie gedacht, daß mir der Süden, seine Landschaft und Vegetation so gut gefallen würden; ich kann mir gar nicht vorstellen, jemals wieder in Polen zu leben, in der Winterkälte ... « Jetzt müßte ich ihm sagen, daß ich hierbleiben will. Wie fange ich es nur an? Sie beobachtete ihn verstohlen von der Seite, wie er mit düsterer Miene übers Meer blickte, und gab sich einen Ruck. »Elba gefällt mir sehr gut ... «

»So? Na ja, man kann es hier aushalten. Was Ihre neapolitanische Angelegenheit betrifft, Maria: Ich werde meinem Schwager schreiben und ihn nachdrücklich bitten, meinem Sohn – er wird wohl wissen, daß Alexander mein Sohn ist – die Güter zu belassen. Und Sie, Maria, werden ihm diesen Brief persönlich überbringen. Uns bleibt keine andere Wahl, wir können nur an seinen guten Willen appellieren; juristisch gesehen ist er – seit meiner Abdankung – souveräner Fürst und kann allein entscheiden.«

Maria begriff, daß jetzt nicht der richtige Zeitpunkt war, um mit ihm über ihre Wünsche und Gefühle zu sprechen.

Am nächsten Morgen kam ein Reiter den steinigen Pfad zu Madonna del Monte herauf. Es war Foureau, der Tierarzt des Dorfes, der erklärte, der Kaiserin seine Aufwartung machen zu wollen. Er berichtete, daß man in Portoferraio dabei sei, alles für den Empfang der Kaiserin vorzubereiten, und daß in Kürze auch Traditi mit den Honoratioren zur Begrüßung hier oben eintreffen werde.

Napoleon brauchte eine Weile, bis er sich gefaßt hatte. Dann befahl er Foureau in einem Ton, der keinen Widerspruch duldete, unverzüglich zurückzureiten und dem Bürgermeister auszurichten, daß kein Empfang stattfinden würde, vor allem sei absolutes Stillschweigen über den Vorfall zu bewahren.

Auf keinen Fall durften die Fremden auf der Insel davon erfahren und die Neuigkeit auf dem Festland erzählen. Was sollte Marie-Louise denken, wenn sie davon hörte!?

Napoleon befahl Bertrand, alles für die Abreise der Gräfin noch am selben Tag vorzubereiten, und ging zur Einsiedelei.

Maria und Antonia saßen in der Grotte hinter der Kirche auf den Steinbänken und kühlten Gesicht und Hände mit dem Quellwasser.

»Schatten und Wasser, Sire!« rief Antonia. »Am liebsten würde ich den Sommer hier oben verbringen!«

Unwillkürlich mußte er über ihre Begeisterung lächeln, wurde aber sofort wieder ernst und sagte zögernd zu Maria: »Es sind Umstände eingetreten ... Sie müssen bis Anbruch der Dunkelheit Elba verlassen.« Der bestürzte Ausdruck ihrer blauen Augen machte ihn verlegen, und als er ihr die ›Umstände‹ erklärte, vermied er es, sie anzusehen. »Ihre Ankunft ist irgendwie bemerkt worden, man hält Sie für die Kaiserin.«

»Ach so«, erwiderte sie leise, und zu Antonia: »Sieh doch bitte nach Alexander.«

Als die Schwester gegangen war, stand sie auf und trat vor den Mann, den sie immer noch liebte.

»Ich habe daran gedacht, auf Elba ein Haus zu kaufen, natürlich nicht in Portoferraio, aber vielleicht in der Umgebung. Ich wollte in Ihrer Nähe sein, falls Sie mich brauchen, und Sie ... Sie schicken mich fort ... « Sie schluckte und versuchte, die Tränen zu unterdrücken.

»Maria, ich muß Rücksicht nehmen ... Ihr Plan, hierzubleiben, ist undurchführbar; irgendwann wird meine Frau kommen, und dann?«

Sie antwortete nicht, und eine Weile hörte man nur das Wasser im Steinbecken plätschern.

»Gefühle kann man nicht steuern, Maria, uns beide verbindet Alexander, das ist doch auch sehr viel.«

Sie wandte sich zum Gehen. »Ich werde jetzt packen, damit wir pünktlich aufbrechen können. Ach, noch etwas: Ich habe meinen Schmuck mitgebracht, Sie können gerne darüber verfügen, bis man Ihnen die zugesicherte Rente zahlt.«

»Vielen Dank, das ist sehr großzügig von Ihnen, aber es wird schon ohne das gehen.«

Napoleon ging zurück ins Haus und schrieb einen eindringlichen Brief an Murat, dann beschäftigte er sich wieder mit seinem Sohn und versuchte Maria aufzuheitern, mit wenig Erfolg.

Im Laufe des Nachmittags wurde es immer drückender und schwüler, und als sie am Abend nach Marciana Marina hinunterritten, zogen dicke Wolken auf, und es begann zu stürmen. Der Kapitän am Hafen erklärte es für zu gefährlich, bei diesem Sturm mit der Brigg auf das offene Meer hinauszufahren; er empfehle, an der Küste entlang bis Portoferraio zu segeln, dort sei die See ruhiger. Napoleon allerdings – besessen vom Wunsch, alles geheimzuhalten – gab Befehl, die Brigg nach Porto Longone zu bringen; für Maria und ihre Begleitung bedeutete das, daß sie quer über die Insel reiten mußten.

Am Abend setzte ein wolkenbruchartiger Regen ein, und Napoleon, der plötzlich Gewissensbisse bekam, daß er seine Gäste so brüsk fortgeschickt hatte, jagte einen Boten nach Porto Longone mit dem Befehl, die Brigg bei hohem Seegang nicht auslaufen zu lassen. Aber es war zu spät; als der Kurier den Hafen erreichte, hatte das Schiff schon abgelegt.

Es dauerte über eine Woche, bis Napoleon von dem Kapitän erfuhr, daß sie wohlbehalten in Livorno angekommen waren.

Der September neigte sich dem Ende zu, als er zusammen mit Letizia wieder nach Portoferraio zurückkehrte. Im Palazzo Mulini fand er einen Brief von Pauline vor, die für Ende Oktober ihren Besuch auf Elba ankündigte, von Marie-Louise und von Maria Walewska war keine Nachricht eingetroffen.

Marie-Louise war auf die Idee verfallen, von Aix aus direkt in die Schweiz zu fahren, sich dort ein wenig umzusehen und Bergtouren zu unternehmen. Als sie diesen Wunsch dem Papa mitteilte, bat sie so nebenbei darum, daß Neipperg sie begleiten dürfe. Kaiser Franz und Metternich waren heilfroh, daß sich Marie-Louise Elba offenbar aus dem Kopf geschlagen hatte, und erteilten ihr die Erlaubnis.

So verließ Marie-Louise in Begleitung Neippergs Aix am 5. September. In Genf traf sie mit Méneval zusammen und kehrte am 10. Oktober nach Wien zurück.

»Sie sind ein schlechter Prophet«, sagte Madame de Montesquiou scherzend zu Méneval »nun sehen wir uns doch in Wien wieder, und ich vermute, daß wir noch einige Wochen, wenn nicht gar Monate hier ausharren müssen. Der Kongreß hat erst angefangen, und Parma ist weiß Gott nicht der wichtigste Verhandlungspunkt. Sie stellen sich nicht vor, was hier los ist. Aber ich hoffe, daß wir uns in einigen Wochen nach Elba einschiffen können.«

»Nach Elba, Gräfin? Ich glaube, ich muß Ihnen einiges erzählen. Würden Sie mich morgen auf einem Spaziergang durch den Park begleiten? Dort können wir uns ungestört unterhalten.«

Als sie am nächsten Tag zur Gloriette hochstiegen, sah sich Méneval ein paar Mal vorsichtig um, ob auch niemand ihnen folgte, und begann mit leiser Stimme: »Ich weiß, Gräfin, daß ich mich auf Ihre Verschwiegenheit verlassen kann, aber ich möchte Sie dennoch eindringlichst darum bitten. Vor allem müssen wir verhindern, daß Napoleon von der Affaire erfährt.«

Dann erzählte er, daß die Kaiserin während jener Reise durch die Schweiz Neippergs Geliebte geworden sei. Und er befürchte, daß sich wohl eine längere Affaire daraus entwickele ...

Während der folgenden Tage und Wochen beobachtete Madame de Montesquiou Marie-Louise aufmerksam und gewann den Eindruck, daß die Beziehung zu dem General sich vertiefte, die Exkaiserin dennoch nicht ganz glücklich war. Diese Beobachtung war richtig. Marie-Louise fühlte sich hin- und hergerissen; sie war verliebt in Neipperg, empfand aber Gewissensbisse, wenn sie an den fernen Gatten dachte. Nur Gewissensbisse allerdings, denn sie liebte ihn nicht mehr, er war ihr fremd geworden, gleichgültig. Diese Wandlung ihrer Gefühle wurde vertieft durch einige Nachrichten, die während jener Herbstwochen bei ihr eintrafen. Durch anonyme Briefe erfuhr sie von dem Besuch der Gräfin Walewska in Elba, noch verwirrender waren für sie Meldungen der französischen Zeitungen, daß der Gatte angeblich in blutschänderischer Gemeinschaft mit seiner Schwester Pauline lebte, die sich seit einiger Zeit auf der Insel aufhielt.

Marie-Louise glaubte diese Nachrichten zwar nicht, dennoch wurde sie unsicher. Den größten Schock versetzte ihr ein Brief Metternichs. Er schrieb, daß der Vatikan ihre Ehe nicht anerkenne, weil die erste Ehe des Kaisers nicht ordnungsgemäß annulliert worden sei. Da der Kaiser durch den Tod der ersten Gattin inzwischen Witwer geworden war, würde einer nochmaligen Einsegnung nichts im Wege stehen, jedoch habe der Wiener Hof dieses Angebot natürlich abgelehnt.

All diese unangenehmen Mitteilungen bestärkten sie in ihrem Entschluß, nie nach Elba zu reisen. Aber das löste nicht die Frage, wie es mit Neipperg weitergehen sollte, schließlich hatte er Familie. Er kam jeden Abend nach Schönbrunn, man dinierte, anschließend wurde musiziert. Sie fühlte sich glücklich in dieser Beziehung, aber die mißbilligenden und traurigen Blicke der Gräfin de Montesquiou und Ménevals, die Tratscherei in den Wiener Salons und nicht zuletzt Neipperg selbst, der offensichtlich unter dem Verhältnis litt, all das ließ sie an eine Trennung denken.

Diese Überlegung wurde zunichte gemacht, als sie von einem mißglückten Selbstmordversuch ihres Geliebten hörte. Nun waren die Würfel endgültig gegen den Gatten gefallen.

Ihr Verhältnis zu Neipperg wurde in den Wiener Salons zwar ausführlich und genüßlich erörtert, aber in jenem Herbst gab es noch mehr Gesprächsstoff.

»Der Kongreß tanzt, aber er bewegt sich nicht«, spöttelte der greise Fürst de Ligne. Diese Bemerkung war insofern richtig, als die Verhandlungen nur schleppend vorankamen, aber es gab doch einige politische Bewegungen, die zunächst unbemerkt blieben. Talleyrand nutzte geschickt ein Zerwürfnis zwischen Metternich und dem Zaren aus, um Frankreich in den Vordergrund zu spielen, mit dem Ergebnis, daß es zu einem Dreierbündnis zwischen England, Österreich und Frankreich kam. Als das Jahr 1814 sich dem Ende zuneigte, spielte die besiegte Großmacht Frankreich auf dem Kongreß die wichtigste Rolle.

In jenem Herbst vergnügten sich nicht nur die Wiener auf Bällen, auch die Honoratioren in Portoferraio durchtanzten halbe Nächte im Festsaal des Palazzo Mulini. Pauline war die Veranstalterin, beachtete aber genau die Vorschriften des Bruders, daß jedes Fest höchstens 1000 Francs kosten dürfe.

Sie war Ende Oktober unerwartet in Portoferraio eingetroffen.

»Ich habe es Ihnen doch versprochen«, sagte sie bei der Begrüßung zu Napoleon, »und meine Versprechen halte ich. Ich kann Ihnen auch einige gute Neuigkeiten aus Neapel berichten.«

Während sie erzählte, daß Murat dem kleinen Alexander alle neapolitanischen Güter zurückgegeben habe, daß die Gräfin Walewska den Winter in Neapel verbringen werde, daß Murat den Vertrag mit Österreich bereue und ihm helfen wolle, soweit es in seiner Macht stehe – eine Bemerkung, die Napoleon achselzuckend zur Kenntnis nahm –, während sie unbefangen plauderte, betrachtete sie den Bruder genauer und stellte bekümmert fest, daß er beleibter geworden und gealtert war. Mein Gott, er ist erst fünfundvierzig, er sieht zehn Jahre älter aus!

Nach dem Diner zog sich Napoleon zurück. Als Pauline ihre Mutter nach dem Grund für seine Ungeselligkeit fragte, erklärte ihr Letizia, daß er sich schon seit Wochen sehr verändert habe, seine Aktivität habe nachgelassen, er reite kaum noch aus und verbringe viele Stunden allein in seinem Kabinett, wo er wehmütig die Portraits von Gattin und Sohn betrachte. »Zu Campbell soll er neulich gesagt haben: ›Meine Frau schreibt mir nicht mehr, meinen Sohn hat man mir genommen, wie man früher die Kinder der Besiegten entführte, um sie vor dem Triumphwagen der Sieger hergehen zu lassen – es gibt in der Neuzeit kein ähnliches Beispiel einer solchen Barbarei.‹«

Als Letizia zum Schluß erwähnte, daß Napoleon nicht Marie-Louise die Schuld gebe, sondern einzig seinen Schwiegervater für die Trennung verantwortlich mache, konnte Pauline sich nicht mehr beherrschen und erzählte von den Gerüchten, die in Neapel über die Exkaiserin und Neipperg im Umlauf waren. Letizia war nicht überrascht, bat aber ihre Tochter, vorerst Schweigen zu bewahren.

»Mama«, Pauline hob entschlossen den Kopf, »ich werde tun, was in meinen Kräften steht, um ihm das Exil erträglicher zu gestalten; ich werde alles unterlassen, was sein Mißfallen erregen könnte, und werde mich widerspruchslos seinen Anordnungen fügen, das habe ich mir fest vorgenommen!«

Letizia bezweifelte im stillen, ob ihre leichtlebige Tochter ihren guten Vorsätzen treu bleiben würde, aber während der folgenden Wochen wurde sie eines Besseren belehrt. Pauline flirtete zwar mit den Offizieren, war dabei aber auf Schicklichkeit bedacht – wenn der Oberst Campbell sich in sie verliebte, so war es nicht ihre Schuld, sondern seine Dummheit! Ansonsten beschäftigte sie sich damit, Bälle, Diners und Laienaufführungen zu arrangieren, trat auch selbst auf der Bühne auf. Sie fügte sich den Wünschen des Bruders, verzichtete darauf, bei den Bällen ihren Schmuck zu tragen, um die Gattinen der Honoratioren nicht zu kränken.

Abgesehen von Kleinigkeiten war Napoleon über ihre Anwesenheit sehr froh; ihre Eleganz, ihre Lebendigkeit brachte einen Hauch Pariser Atmosphäre in seinen Palazzo, eine Fröhlichkeit, die er sehr vermißt hatte. Pauline bemerkte erfreut, daß ihr Bruder allmählich aus seiner Apathie erwachte: Er ritt wieder aus, inspizierte jeden Tag seine Soldaten, ließ sie stundenlang exerzieren; er verfolgte auch wieder mit mehr Interesse die Entwicklung in Wien und Frankreich, soweit er Nachrichten erhielt.

Am Silvesterabend fand im Festsaal ein Ball statt. Es war schon nach elf Uhr – Pauline tanzte gerade mit Campbell und amüsierte sich über seine verliebten Augen –, als Bertrand in Begleitung eines Fremden erschien. Pauline beobachtete, daß der Hofmarschall sich den Weg zu ihrem Bruder bahnte, den Fremden vorstellte, worauf

Napoleon mit dem Besucher den Saal verließ und hinunter in den Garten ging.

Nach dem Tanz fragte sie Bertrand nach dem Fremden und erfuhr, daß es Fleury de Chaboulon war, der frühere Unterpräfekt von Reims, der dem Kaiser Nachrichten von dem ehemaligen Außenminister Maret überbringe. Pauline ging zum Fenster und beobachtete die beiden Männer, die an der Mauer standen, aufs Meer hinausblickten und sich leise unterhielten.

Um Viertel vor zwölf eilte sie hinunter, um ihren Bruder zu holen; die Gäste erwarteten, daß er um Mitternacht zur Begrüßung des Neuen Jahres bei ihnen war.

Als sie näher kam, hörte sie Fleury sagen: »Früher dachten wir nur an Ruhm, heute geht unser Streben nur nach Freiheit. Der Kampf, der sich zwischen den Bourbonen und der Nation entwikkelt hat, hat unsere Rechte offenbart. Die Bourbonen haben nichts gelernt und nichts vergessen ... «

»Sire, Ihre Gäste ... «

Napoleon drehte sich um, und als Pauline seinen Gesichtsausdruck sah, erschrak sie.

»Ach ja, natürlich, die Gäste. Verzeih, Paoletta.«

Gemeinsam gingen sie zurück in den Saal. Pauline gab der Kapelle ein Zeichen zu schweigen, bat die Gäste, sich im Kreis aufzustellen, ließ die Diener Champagner reichen und hielt dann eine kleine Ansprache, die sie vorbereitet hatte: »Meine Damen und Herren, in wenigen Minuten beginnt das Jahr 1815! Ich hoffe, daß es ein gutes, friedliches Jahr wird, daß Seine Majestät der Kaiser im neuen Jahr alle Pläne verwirklichen kann, die ihn bewegen ... «

Paulines Worte rauschten an Napoleon vorüber, seine Augen wanderten zu Fleury de Chaboulon, und immer wieder gingen ihm dessen Worte durch den Kopf: ›Die Bourbonen haben nichts gelernt und nichts vergessen ... nichts gelernt und nichts vergessen ... ‹ Er beobachtete, wie die Zeiger der Kaminuhr langsam vorrückten. Drei Minuten trennten ihn noch vom Jahr 1815.

XXXIX

Man schrieb den 16. Februar 1815. Auf Elba hatte bereits der Frühling Einzug gehalten, die Mimosen und Mandelbäume blühten.

Nach dem Diner forderte Napoleon seine Mutter zu einer Partie Reversi auf. Mitten im Spiel warf er plötzlich die Karten auf den Tisch, murmelte etwas von fehlender Konzentration und lief in den Garten. Letizia, halb erstaunt, halb verärgert, ging ihm nach.

Er saß im hinteren Teil des Gartens auf einer Steinbank, betrachtete die beiden Adler, die das Eingangspförtchen krönten, und sprach vor sich hin. »Der Sieg wird im Laufschritt marschieren. Der Adler fliegt mit den nationalen Farben von Kirchturm zu Kirchturm, bis zu den Türmen von Notre-Dame.«

Besorgt lief Letizia zu ihrem Sohn. »Napoleone, was haben Sie, ist etwas passiert?«

Er sah sie an, schien sie aber nicht wahrzunehmen, nur allmählich kam er zu sich.

»Napoleone, was soll das bedeuten: Der Adler fliegt?«

»Ihnen muß ich es sagen, Mama. Ich werde Elba in zehn Tagen verlassen und meinen Thron zurückerobern, den man mir geraubt hat. Die Gelegenheit ist günstig; Campbell ist heute abgereist und wird erst in zwölf Tagen wieder zurück sein – Zeit genug, um alle nötigen Vorbereitungen zu treffen.«

»Sie wollen ... Jesus, Sie haben doch nur tausend Soldaten, wollen Sie einen Bürgerkrieg entfachen?«

»Nein! Kein Bürgerkrieg! Ich will und werde nach Paris kommen, ohne einen Schuß abzufeuern! Ich weiß, daß es ein großes Wagnis ist. Dennoch.«

Als Letizia ihn ungläubig ansah, erklärte er ihr, daß Fleury de Chaboulon ihm am Neujahrstag eine Botschaft übermittelt habe:

Bevölkerung und Armee wünschten seine Rückkehr, der Grund sei die ungeschickte innere Politik der Bourbonen. Diese hatten zwar die verfassungspolitischen Neuerungen des Kaiserreiches beibehalten, aber gesellschaftspolitisch versuchten sie das Rad zurückzudrehen. Dabei übersahen sie, daß die Franzosen während der letzten zwanzig Jahre Nationalbewußtsein entwickelt hatten und sich als Grande Nation fühlten.

»Die Arroganz der Hofleute kennt keine Grenzen, sie leisten sich jeden Tag neue Unverschämtheiten gegenüber meinen Generälen und Würdenträgern. Fleury hat mir Dinge berichtet – man könnte ein Buch darüber schreiben! Ich will Ihnen ein Beispiel erzählen, Mama. Ein junger Marquis tippt einem General auf das Kreuz der Ehrenlegion und fragt: ›Wo haben Sie denn das her?‹ Der General erklärt ihm, daß er es für seine Teilnahme an der Schlacht bei Preußisch-Eylau erhalten habe, nebenbei bemerkt eine der blutigsten Schlachten. ›Sehr ordentlich‹, erwidert der Marquis, ›schade, daß Sie nicht das haben, was wir haben, dieses gewisse Etwas, das man sich nicht erwerben kann.‹«

Letizia versuchte, die Neuigkeit zu verarbeiten. Die Stimmung in Frankreich, dachte sie, gut und schön, aber das Schicksal hat vor einem Jahr gegen die Bonapartes entschieden ... Nicht nur die Bourbonen, auch er versucht das Rad zurückzudrehen. Sie überlegte, ob sie ihn darauf aufmerksam machen sollte, daß er durch seine Rückkehr den Vertrag von Fontainebleau brach, aber er sprach bereits weiter. Er nannte ihr die verschiedenen Gründe, die ihn zu diesem Schritt bewogen: die immer noch ausstehende Rente, Attentatsversuche auf ihn, die bisher verhindert werden konnten, mit denen man aber auch künftig würde rechnen müssen, und Pläne der Wiener Kongreßmitglieder, ihn auf eine noch entlegenere Insel zu deportieren.

Napoleon zog die Tabatière aus seiner Jackentasche und betrachtete das Portrait seines Sohnes. »Es gibt noch einen Grund, Mama, warum ich den Thron zurückerobern will: Wenn ich wieder Kaiser der Franzosen bin, kann mein Schwiegervater Marie-Louise und das Kind nicht länger in Wien festhalten. Im Januar hat meine Frau nach langer Zeit wieder einen Brief geschrieben, Glückwünsche zum Neuen Jahr, seither habe ich nichts mehr gehört.«

Ich werde ihn von seinem Vorhaben nicht abbringen können, dachte Letizia, vielleicht hat er recht. »Folgen Sie Ihrem Schicksal, mein Sohn! Lassen Sie uns auf den Schutz der Madonna hoffen! Wann wollen Sie aufbrechen?«

»Zwei Tage, bevor Campbell zurückkommt, am sechsundzwanzigsten. Sie und Paoletta bleiben hier, bis ich Ihnen ein Schiff schicke, das Sie zum Festland bringt. Noch etwas: sagen Sie nichts zu Paoletta, außer Ihnen kennen bis jetzt nur die Bertrands, Cambronne und Drouot meinen Plan. Er muß so lange wie möglich geheim bleiben.«

Pauline wurde erst am Tag vor der geplanten Abreise von Napoleon eingeweiht. Kurzentschlossen packte sie ihre Juwelen in eine Kassette, die sie ihm beim Abschied mitgeben wollte. Am nächsten Tag wartete sie auf eine günstige Gelegenheit, und als sie ihn auf seinem gewohnten Platz an der Steinmauer entdeckte, lief sie hinunter.

»Sire, erlauben Sie, ich möchte ... Hier, nehmen Sie meinen Schmuck!« Sie drückte dem verblüfften Bruder die Kassette in die Hand und brach in Tränen aus.

»Aber Paoletta, was soll das? Du brauchst doch deinen Schmuck, du mußt doch eine finanzielle Reserve haben!« Das war insofern richtig, als Camillo sich strikt weigerte, die finanziellen Verpflichtungen des Ehevertrages zu erfüllen und die Besitzungen in Frankreich inzwischen verstaatlicht waren.

»Das ist nicht wichtig. Wer weiß, was Ihnen alles bevorsteht, Sie müssen doch auch Ihre Soldaten bezahlen. Bitte, nehmen Sie die Juwelen!« Ihre Stimme klang so flehentlich, daß er es nicht über sich brachte, ihre geschwisterliche Hilfe abzulehnen. Er nahm die Kassette.

»Es ist rührend von dir, Paoletta. Ich werde deinen Schmuck gut verwahren, und wenn wir uns in einigen Wochen in Paris wiedersehen, bekommst du ihn zurück.«

»In Paris? Ein Wiedersehen in Paris? Es wäre zu schön!« Sie trocknete ihre Tränen und sah ihn fest an. »Sire, bitte nehmen Sie mich mit, lassen Sie mich nicht hier zurück! Ich verspreche Ihnen, nie über Strapazen zu klagen; ich fürchte mich auch nicht davor, seekrank zu werden! Bitte nehmen Sie mich mit!«

»Paoletta«, sagte er weich, »meine Fahrt übers Meer ist kein Ritt nach Milelli. Wenn ich an Land gehe, werden mir Soldaten gegenüberstehen; es ist zu riskant. Aber wir werden uns bald wiedersehen. Ich danke dir, daß du nach Elba gekommen bist, das hat mir sehr geholfen. Nun komm, ich will mich noch von Mama verabschieden.«

Gegen fünf Uhr nachmittags gingen die Soldaten, die Offiziere und die Angehörigen des kaiserlichen Haushaltes – insgesamt über tausend Personen – an Bord der sieben Schiffe.

Am Hafen hatten sich die Einheimischen versammelt und beobachteten schweigend, wie ihr Souverän und die Bertrands an Bord der *L'Inconstant* gingen. Da Windstille herrschte, konnte es Stunden dauern, bis die Flotte den Hafen verließ, man mußte sich also in Geduld fassen. Es ging schon auf Mitternacht zu, als endlich eine Brise aufkam und die kleine Flotte auf das offene Meer hinaustrieb.

Napoleon stand an der Reling neben Madame Bertrand, und während die Brigg sich immer weiter von der Insel, den erleuchteten Häusern und der Menschenmenge entfernte, nahm er die Hände der Gräfin und sagte leise: »Vielleicht werden wir uns noch einmal nach Elba zurücksehnen!«

Nach einem letzten Blick zur Insel ging er hinunter in die Kajüte. Er nahm die Karte und verfolgte mit einem Zirkel die geplante Route: zunächst Richtung Genua, an der Küste entlang bis zum Golf Juan. Dort werden wir an Land gehen, bis Cannes marschieren und dann über die Alpen. Ein beschwerlicher Weg, wahrscheinlich liegt dort noch Schnee, aber wir werden durch die Dauphiné kommen, wo die Bevölkerung immer kaiserfreundlich war. Cannes, Grasse, Digne, Gap, Grenoble ... Grenoble! Hier wird die Entscheidung fallen, in dieser Garnisonstadt! Dort liegen einige Regimenter, es gibt einen Geschützpark, gefüllte Depots ... Grenoble muß blitzschnell besetzt werden, ohne daß ein Schuß fällt!

Er nahm die Flugblätter, die er auf Elba hatte drucken und von möglichst vielen Offizieren und Soldaten unterschreiben lassen; sie sollten auf dem Marsch nach Paris an die Bevölkerung und die königlichen Soldaten verteilt werden. Würden sie die erhoffte Wirkung haben? Die Franzosen haben während der letzten Monate eine konstitutionelle Monarchie kennengelernt, dachte er, ob ich das ignorieren und an meine Alleinherrschaft anknüpfen kann? Er ließ die ehemaligen Marschälle an seinem geistigen Auge vorüberziehen – auf wen würde er rechnen können? Vielleicht mit drei Männern: dem derzeitigen Kriegsminister Soult, dann Davout, der bis zuletzt Hamburg besetzt hatte und von den Bourbonen wegen seiner Treue aus Paris verwiesen worden war, und Ney, der täglich die gesellschaftliche Verachtung des Hofes zu spüren bekam.

Napoleon dachte an die Uneinigkeit, die unter den Großmächten in Wien herrschte, und beschloß, an den Zaren und Metternich eine Friedensbotschaft zu schicken. Dann nahm er das letzte Flugblatt und las laut den Text:

»Der Sieg wird im Laufschritt marschieren. Der Adler fliegt mit den nationalen Farben von Kirchturm zu Kirchturm, bis zu den Türmen von Notre-Dame.«

Am 28. Februar kam Campbell nach Elba zurück. Pauline empfing ihn etwas verlegen und teilte ihm die Abreise des Kaisers mit. Der empörte Campbell drohte Pauline mit Verhaftung und schiffte sich sofort nach Genua ein, um zu erfahren, ob man Napoleon dort gesichtet habe.

Pauline war so schockiert über Campbells Drohung, daß sie, ohne auf Letizias Beschwörungen zu hören, Hals über Kopf allein abreiste. Sie ging in Lucca an Land und bezog die Villa Compignano, eine ehemalige Sommerresidenz ihrer Schwester Elisa. Unglücklicherweise war der dortige österreichische Gouverneur Wercklein bereits über Napoleons Flucht informiert und ließ die Villa von Soldaten bewachen. Pauline war gefangen.

Mit Elisa verfuhren die Österreicher noch rigoroser: Sie verhafteten die Ex-Großherzogin und brachten sie und ihre Tochter Napoleon in die Festung nach Brünn. Felix, ihr Gatte, erschien ihnen zu unbedeutend, er durfte mit dem wenige Monate alten Sohn Frédéric in Bologna bleiben.

Am Morgen des 7. März traf die Nachricht von Napoleons Flucht in Wien ein und löste Bestürzung und Ratlosigkeit aus, führte aber auch dazu, daß die Alliierten ihre Differenzen beilegten. Man war sich einig, daß dem Treiben des Korsen nunmehr endgültig Einhalt geboten werden müsse.

Man sprach von Erschießen, Aufhängen, was den König von Preußen veranlaßte zu sagen: »Meine Herren, erst müssen wir ihn haben!« Dies wiederum löste eine lebhafte Diskussion aus, wo der Korse an Land gehen würde. Während man noch darüber stritt, und während Metternich versuchte, den Verdacht zu entkräften, Österreich habe die Flucht begünstigt, trafen Nachrichten von Napoleons siegreichem Vormarsch durch Frankreich ein.

Kaiser Franz war im ersten Augenblick beeindruckt vom Erfolg seines Schwiegersohnes. »Nun, wenn die Franzosen halt den Napoleon wollen, so muß man ihn ihnen lassen!« sagte er.

Lord Castlereagh und der Zar dachten ähnlich. Alexander, der seine negative Meinung über die Bourbonen bestätigt fand, meinte: »Wenn die Nation Napoleon oder die Regentschaft haben will, werde ich keine Bedenken tragen, seine Anerkennung vorzuschlagen. Man kann nicht gegen den Wunsch einer ganzen Nation handeln.«

Talleyrand verhielt sich während jener Debatte schweigsam und überlegte, wie er das Dreierbündnis und seine eigene Existenz retten konnte. Er wußte, was ihm bevorstand, falls es Napoleon gelingen sollte, den Thron zurückzuerobern: im besten Fall Emigration, im schlimmsten Fall Auslieferung an Frankreich, was gleichbedeutend mit dem Todesurteil war. Vorsichtig brachte Talleyrand den Begriff ›Ächtung‹ in die Debatte. Man müsse den Korsen ächten, wiederholte er immer wieder, und es dauerte nicht lange, bis er die Verbündeten überzeugt hatte: Am 13. März unterzeichneten sie ein Schriftstück, worin dem Bourbonenkönig militärische Hilfe zugesichert wurde, um die Ruhe wiederherzustellen; außerdem hieß es, daß Napoleon sich außerhalb der bürgerlichen Ordnung gestellt habe und damit als Feind und Störer der Ruhe in der Welt der öffentlichen Ahndung ausgeliefert sei. Durch diese Ächtung war er vogelfrei wie ein mittelalterlicher Gesetzesbrecher und konnte von jedem getötet werden.

Kaiser Franz sprach sich gegen die Ächtung aus – schließlich war der Mann sein Schwiegersohn –, aber er konnte sich nicht durchsetzen und unterzeichnete ebenfalls das Dokument.

Marie-Louise war entsetzt, als sie von der Flucht des Gatten erfuhr. Abgesehen davon, daß sie nicht die geringste Lust hatte, zu ihm zurückzukehren, befürchtete sie, man würde ihr Parma abnehmen, weil Napoleon durch seine Flucht den Vertrag von Fontainebleau gebrochen hatte. Neipperg gab ihr den Rat, sich wegen Parma an den Zaren zu wenden und ihren Vater schriftlich um seinen persönlichen Schutz zu bitten.

Am 12. März schrieb Marie-Louise jenen Brief, worin sie sich endgültig von Napoleon lossagte. Und sie gab Metternich das Versprechen, ab sofort jeden Brief des Gatten ungeöffnet an ihren Vater weiterzuleiten.

Dann tauchten in Wien Gerüchte auf über eine von Napoleon geplante Entführung seines Sohnes. Der Polizeipräsident Hager verlor den Kopf, ließ überall einen Steckbrief des Prinzen von Parma veröffentlichen und überzeugte Kaiser Franz von der Notwendigkeit, den Prinzen in die Hofburg zu bringen, die leichter zu bewachen war.

Am 19. März übersiedelte der kleine Napoleon mit seinen Begleitern in das alte Stadtschloß; seine ›Mama Quiou‹ wurde aufgefordert, Wien sofort zu verlassen. Als sie bat, bei dem Kind bleiben zu dürfen, brachte man sie in ein abgelegenes Haus und ließ sie von zwei Soldaten bewachen.

Ludwig XVIII. reagierte am gelassensten auf die Bedrohung seines Thrones und beauftragte den Kriegsminister Soult mit der Lösung des ›Problems Bonaparte‹.

Soult hätte die leidige Angelegenheit am liebsten ebenfalls delegiert, aber das ging nicht, und so schickte er den Bruder des Königs, den Grafen Artois, und die Marschälle MacDonald und Ney gen Süden, um den Vormarsch Napoleons aufzuhalten. Allerdings hegte er Zweifel an der Wirksamkeit dieser Maßnahme; er kannte die Stimmung in der Armee, und da es ihm widerstrebte, weitere Truppen gegen seinen alten Oberbefehlshaber zu mobilisieren, bat er den König um Entlassung, was dieser auch gewährte.

In der Hauptstadt brodelte es wie in den längst vergangenen Julitagen des Jahres 1789: die Adeligen gerieten in Panik und strömten erneut über die Grenzen, die Bourgeoisie bangte um ihren

Reichtum, befürchtete bei einer Rückkehr Napoleons neue Kriege. Die kleinen Handwerker, die Arbeiter in den Vorstädten und auch die Landbevölkerung beobachteten schadenfroh das allgemeine Entsetzen; sie hatten von der Rückkehr des Kaisers nichts zu befürchten, er war der Vertreter der Revolution, der ›Retter‹, der dafür sorgen würde, daß die Feudalrechte nicht wieder eingeführt wurden.

Ein Regiment nach dem anderen lief zu Napoleon über – auch Ney schloß sich wieder seinem alten Kriegsherrn an –, und in den Straßen von Paris kam es zu antiroyalistischen Kundgebungen.

Die Schlagzeilen des *Moniteur* verrieten in ihrer Wortwahl politische Flexibilität: Der Korse ... Bonaparte ... Der General Bonaparte ... Napoleon ... Der Kaiser ... !

Als am 19. März, dem Palmsonntag, bekannt wurde, daß Napoleon sich Fontainebleau näherte, verließen König und Hof die Hauptstadt und flohen in Richtung Lille. Bei dem übereilten Aufbruch blieben alle wichtigen Dokumente zurück, die Talleyrand aus Wien geschickt hatte.

Am 20. März lasen die Pariser im *Moniteur*: ›Seine Kaiserliche Majestät wird heute, am Geburtstag des Königs von Rom, von den Spitzen des Staates und seinem Hof in den Tuilerien erwartet.‹

An jenem Montag blieben viele Geschäfte und Handwerksbetriebe geschlossen, niemand wollte die Ankunft des Kaisers versäumen. Seit den frühen Morgenstunden drängte sich eine unübersehbare Menge von Schaulustigen vor den Gittertoren der Tuilerien. Die einen ließen Napoleon hochleben, die anderen den König; es kam zu Schlägereien, und die Nationalgardisten waren vollauf damit beschäftigt, die Menge im Zaum zu halten. Die Arbeiter der Vorstädte marschierten in Kolonnen durch die Straßen und sangen die Marseillaise, die der König verboten hatte.

Gegen Abend bahnten sich mehrere Kutschen einen Weg durch die Menschenmenge; die schweren Gittertore der Tuilerien öffneten sich, und neugierig musterte man Caulaincourt und andere Würdenträger des Kaisers, die aus den Wagen stiegen.

Es dunkelte bereits, als die Exköniginnen von Spanien und Holland, Julie und Hortense, eintrafen. Sie betraten das Schloß, wo Lakaien und Hofdamen emsig die Lilien-Embleme von den

Wänden entfernten, und während Julie immer wieder ausrief, wie unfaßbar das alles sei, sah Hortense schweigend aus dem Fenster auf die Place du Carrousel. Natürlich freute sie sich über die Rückkehr des Stiefvaters, aber sie fühlte sich auch unbehaglich. Keine einzige Zeile hatte sie ihm nach Elba geschrieben, nicht aus bösem Willen, einfach aus Gedankenlosigkeit.

Gegen neun Uhr ertönte ein tausendstimmiges »Vive l'Empereur!«, und schon rollte eine Kutsche durch die Toreinfahrt; die Menge drängte nach, sodaß der Kutscher gezwungen war zu halten. Caulaincourt und Lavalette liefen in den Hof und versuchten, ihrem Herrn einen Weg zu bahnen.

Hortense und Julie verfolgten fasziniert, wie Napoleon von der Menge emporgehoben und die Treppe hinaufgetragen wurde. Seine Augen waren geschlossen, und ein Lächeln umspielte seinen Mund. Er sieht aus wie ein Schlafender, der einen schönen Traum träumt, dachte Hortense.

Im Empfangssalon war inzwischen zum Erstaunen aller auch Fouché aufgetaucht. Man sah sich befremdet an; war der Herzog von Otranto nicht in eine Verschwörung verwickelt gewesen mit dem Ziel, den König zu stürzen? Sollte er nicht verhaftet werden? Anscheinend war er rechtzeitig untergetaucht, und nun tauchte er im richtigen Augenblick wieder auf. Irgend jemand rief: »Der Kaiser!«

Napoleon, gekleidet in seine grüne Uniform, betrat den Salon. Er nickte den Anwesenden kurz zu und eilte unverzüglich zu seinem Arbeitskabinett. Als er Hortense sah, stutzte er, zögerte, ging aber weiter. Wenig später kam ein Diener und bat sie, ihm ins Kabinett zu folgen.

Napoleon stand vor dem Kamin und sah sie streng an. »Niemals hätte ich gedacht, daß Sie meine Sache verleugnen würden!« sagte er ohne ein Wort der Begrüßung. »Herzogin von Saint-Leu! Herzogin von Gnaden der Bourbonen!«

Sein verächtlicher Tonfall ließ Hortense erröten. »Jemand mußte bei Mama bleiben«, verteidigte sie sich, »sie war doch ganz allein. Ich hatte auch Angst, daß Louis mir beide Kinder wegnehmen würde, wenn ich Frankreich verlasse; ein Kind ist ihm bereits zugesprochen worden!«

»Sie hätten nicht in Frankreich bleiben dürfen! Ein Stück Schwarzbrot in der Fremde wäre besser gewesen. Sie haben sich wie ein ungezogenes Kind betragen! Wenn man am Aufstieg einer Familie teilgenommen hat, muß man auch ihr Mißgeschick teilen.«

Hortense begann zu weinen. Er ging vor dem Kamin auf und ab und wartete, daß sie sich beruhigte, aber bei Hortense entlud sich nun die ganze Spannung der vergangenen Tage; sie weinte hemmungslos. Nach einer Weile ging er zu ihr und hob ihr tränenüberströmtes Gesicht zu sich empor. »Beruhigen Sie sich! Wir wollen wieder gut sein, aber ich mußte es Ihnen sagen. Erzählen Sie mir von Joséphine. War sie lange krank? Mußte sie viel leiden?«

»Nein, Gott sei Dank nicht, es ging alles so schnell. Es war an einem Abend im Mai, wir hatten Gäste nach Malmaison geladen; nach dem Diner ging Mama ...« Hortense zögerte. »Sie begleitete den Zaren auf einen Spaziergang durch den Park. Es war an diesem Abend kühl, vielleicht war sie zu leicht bekleidet, am nächsten Tag bekam sie eine Angina, hohes Fieber. Am 29. ist sie gestorben. Sie wurde in der Kirche von Rueuil beigesetzt.«

Und ihre Schulden, dachte er, wer hat die bezahlt? Drei Millionen ... Ihre Schulden, ihre Unordnung, ihre Verschwendungssucht ... Ihr Charme! Sie war eine außergewöhnliche Frau, Joséphine!

Er nahm eine Prise Schnupftabak und sah zur Uhr. »Gehen Sie jetzt, Hortense, ich muß noch arbeiten; morgen früh soll Frankreich eine handlungsfähige Regierung haben. Machen Sie sich Ihrer Söhne wegen keine Sorgen, ich werde an Louis schreiben. Noch etwas: übernehmen Sie bitte alle Repräsentationspflichten, bis Marie-Louise eintrifft.«

Hortense versuchte sich nichts anmerken zu lassen. »Gerne, Sire.« Beim Hinausgehen dachte sie an Eugènes Brief aus Wien und an ›Madame Neipperg‹. Wie wohl der Stiefvater reagieren wird, wenn er die Wahrheit erfährt?

Bei der Neubesetzung der einzelnen Ministerien ergaben sich die ersten Schwierigkeiten. Nach langem Zögern erklärte sich Caulaincourt bereit, wieder Außenminister zu werden; Davout mußte überredet werden, das Kriegsministerium zu übernehmen, und Fouché, der gerne das Außenministerium bekommen hätte – schließlich hatte er nützliche Verbindungen zu ausländischen Staatsmännern –, mußte sich mit dem Polizeiministerium zufriedengeben.

Nachdem alles geregelt war, sagte Napoleon unvermittelt: »Man hat mir erzählt, daß beim Einzug Ludwigs XVIII. die Fenster voll besetzt waren mit Damen, die ihre Taschentücher schwenkten. Wie kommt es, daß ich bei meinem Einzug nichts dergleichen bemerkt habe?«

»Sire«, erwiderte Fouché lächelnd, »ich kann wahrlich nicht dafür, daß die Anhänger Eurer Majestät sich lieber mit den Fingern schneuzen!«

Napoleon lachte über die schlagfertige Antwort. Aber sie war mehr als das. Der alte Jakobiner hatte den Nagel auf den Kopf getroffen und das ausgedrückt, was Napoleon seit der Landung gespürt, sich aber noch nicht recht eingestanden hatte: Das einfache Volk, eben jene, die sich mit den Fingern schneuzten, jene, die im August 92 die Tuilerien gestürmt hatten, jene anonyme Masse von Arbeitern und kleinen Handwerkern, der Pöbel, der ihm stets eine Mischung aus Furcht und Abscheu eingeflößt hatte – dieser sogenannte Vierte Stand war nun die politische Kraft, auf die er sich stützen konnte. Aber wollte er das überhaupt? Bestand nicht die Gefahr, daß die revolutionären Kräfte des Jahres 92 wieder erwachten? Andererseits, wenn er sich auf die Bourgeoisie stützte, was ihm lieber gewesen wäre, mußte er verfassungspolitische Zugeständnisse machen, die ihm widerstrebten.

Der politische Alltag hat begonnen, dachte er, und plötzlich war er furchtbar müde.

Die Menschen im Hof und vor dem Schloß hatten sich zerstreut, waren nach Hause gegangen oder in eines der Cafés, um ausgiebig die Rückkehr des Kaisers zu erörtern.

In einem Café des Palais Royal saßen Gardisten, die bei dem Marsch auf Paris dabei waren. Das Publikum klatschte begeistert Beifall, und man rief ihnen zu: »Los, erzählt! Wo ist das erste Regiment zu euch übergelaufen?«

Im Raum wurde es ganz still, und alle sahen erwartungsvoll zu einem schnauzbärtigen Soldaten, der zu berichten begann: Es klingt wie ein Märchen, aber es ist wahr. Einige Meilen vor Grenoble, am Rande eines Dorfes, wartete ein Bataillon Infanterie auf uns, um gegen uns anzutreten.

Wir sind nur noch einige hundert Schritte vom Feind entfernt, da steigt der Kaiser vom Pferd und geht langsam auf die Soldaten zu, die unbeweglich stehen und dann allmählich zurückweichen. Der Major der Gegenseite läßt die Bajonette auf uns richten, wir rücken langsam weiter vor mit gesenkten Gewehrläufen; wir haben Befehl, nicht anzugreifen – das war ein Gefühl, praktisch wehrlos gegen das aufgeregte Bataillon zu marschieren! Als wir näher herankommen, sehen wir, wie die Hände der Soldaten zittern. Sie scheinen wie verhext von der Erscheinung des Kaisers. Plötzlich schreit der Major: ›Da ist er! Feuer!‹ Niemand rührt sich, es fällt kein Schuß, jetzt steht der Kaiser wenige Schritte vor den Soldaten und ruft: ›Soldaten des fünften Regiments, ich bin euer Kaiser. Erkennt ihr mich?‹ Er geht noch etwas näher heran, schlägt seinen aufgeknöpften Mantel zurück und sagt: ›Wenn unter euch ein Soldat ist, der seinen Kaiser töten will – hier bin ich!‹ Eine Sekunde ist es noch ruhig, dann stürzen die Soldaten auf den Kaiser zu, umarmen ihn, umarmen auch uns, reißen die weißen Kokarden ab und rufen ›Vive l'Empereur!‹ Der weitere Marsch bis Grenoble glich einem wahren Triumphzug; aus allen Dörfern liefen Bauern herbei, die uns begleiteten. Kurz vor Grenoble kommt uns das 7. Linienregiment entgegen, an der Spitze reitet der Oberst La Bédoyère, ehemals Adjutant beim seligen Marschall Lannes; auch er ruft ›Vive l'Empereur‹ und führt uns sein Regiment zu. Ihr hättet die Ansprachen des Kaisers in Grenoble und anderen Städten hören sollen! Er sagte, wir sollten vergessen, daß wir die Herren Europas waren, er bezeichnete sich selbst als Mann des Volkes, er wolle nicht der Souverän Frankreichs, sondern sein erster Bürger sein.«

»Da ist alles schön und gut«, sagte einer der Gäste leise zu seinem Tischnachbarn, »aber mit solchen Reden legt der Kaiser sich fest. Er muß von nun an versuchen, mit dem Volk zu regieren – aber wer ist das Volk? Auch Rousseau hat immer vom Volk gesprochen, vom ›Allgemeinen Willen‹, hat aber das Volk nie genau definiert.«

»Ich glaube, er meint es ernst mit seinen Reden; in Lyon hat er schon einige neue Dekrete erlassen, eines davon verbietet die Führung der alten Adelstitel! Man mag es betrachten, wie man will: Seine Rückkehr ist vielleicht die größte persönliche Leistung, die dieser große Mann vollbracht hat.«

Als Murat von der Landung und dem Triumph des Schwagers hörte, geriet er in eine geradezu euphorische Stimmung. Er beschloß, um jeden Preis seinen Verrat vom Vorjahr wiedergutzumachen und Napoleon militärisch zu unterstützen. Das bedeutete für Murat die Rückeroberung Italiens, und dies wiederum war eine Kriegserklärung an Österreich.

Caroline war entsetzt, als sie von dem Plan erfuhr, und versuchte, ihren Mann davon abzubringen. Sie bat ihn, nichts ohne Napoleons Einwilligung zu unternehmen, sie wies auf die zahlenmäßige Überlegenheit der Österreicher hin, auf deren Reserven – es half alles nichts. Murat war diesmal fest entschlossen, nicht auf seine Frau zu hören; der Stern des Schwagers war erneut aufgegangen, und Murat sah sich im Geist bereits als König eines geeinten Italiens unter französischer Oberhoheit.

Seine Kriegserklärung rief in Wien Empörung hervor; man vermutete, daß der König von Neapel auf Weisung Napoleons handelte. Bis zu diesem Zeitpunkt waren zumindest Kaiser Franz, der Zar und auch England trotz Ächtung bereit gewesen, Napoleons Friedensbeteuerungen wenigstens zur Kenntnis zu nehmen, aber nun schlug die Stimmung um. Offenbar gab es wirklich nur eine Möglichkeit: Man mußte so lange gegen Bonaparte Krieg führen, bis er endgültig vernichtet war. Dies hinderte Metternich allerdings nicht, insgeheim über die Möglichkeiten einer Regentschaft für Napoleons Sohn nachzudenken; die Bourbonen waren anscheinend restlos unfähig, und bestand bei ihrer Rückkehr nicht die Gefahr einer neuen Revolution?

Napoleon war außer sich, als er vom Alleingang des Schwagers erfuhr. Ausgerechnet jetzt, während er versuchte, mit Metternich ins Gespräch zu kommen und die Verbündeten zu entzweien – er hatte natürlich nicht versäumt, den Zaren über das Dreierbündnis zu unterrichten –, ausgerechnet in diesem Moment fiel dem Schwager nichts Besseres ein, als den Krieg zu erklären! Hatte er, Napoleon, nicht schon genug innenpolitische Schwierigkeiten?

Benjamin Constant, der oberste Ideologe des politischen Liberalismus, hatte angeboten, eine Zusatzakte zur Verfassung auszuarbeiten, worin u.a. die parlamentarische Verantwortung der Minister erweitert und die ständige Kontrolle der Exekutive durch die Legislative gesichert wurde.

Napoleon wußte zwar, daß er dieser Strömung nachgeben mußte, aber alles in ihm sträubte sich gegen die Entmachtung seiner Person. Und nun, angesichts des bevorstehenden Krieges, hätte er am liebsten den Ausnahmezustand erklärt und eine zeitlich befristete Diktatur errichtet. Aber das war, bei der im bürgerlichen Lager vorherrschenden Stimmung, unmöglich! So bezwang er sich, sah Akten durch, diktierte. Er arbeitete genauso intensiv wie früher, aber es kam vor, daß ihn Müdigkeit überfiel, eine Abgespanntheit, die er nie gekannt hatte. Und oft fragte er sich: Wozu das alles? Wozu habe ich den Thron zurückerobert?

Hortense erschien jeden Abend, und jeden Sonntag versammelten sich die in Paris weilenden Bonapartes zum Familiendiner, aber wenn Napoleon über die lange Tafel blickte, stellte er immer wieder fest, daß die meisten Plätze unbesetzt waren. Immerhin war Joseph da – er residierte mit Julie wieder im Luxembourg –, und Jérôme war es im letzten Moment gelungen, aus Triest zu fliehen und sich nach Paris durchzuschlagen. Lucien hatte seine Hilfe angeboten – er hatte Napoleon geschrieben, daß er zum ersten Mal seit zehn Jahren das Gefühl habe, sein Bruder zu sein, und daß er kommen werde, um ihn zu unterstützen. Letizia hatte Elba einige Tage nach Paulines Abreise verlassen, war glücklich in Rom angekommen und befand sich nun mit Fesch auf dem Weg nach Paris.

So weit, so gut, aber wann würde Marie-Louise eintreffen? Diese Frage beschäftigte Napoleon im Grunde genommen mehr als die Debatte in den Kammern. Nicht nur, daß er sich nach ihr und dem Kind sehnte – ihre Anwesenheit war auch eine politische Notwendigkeit: der Beweis, daß wenigstens Österreich bereit war, sich mit ihm zu arrangieren. Während seines Marsches nach Paris hatte er ihr einige Male geschrieben, aber nie eine Antwort erhalten.

Schließlich beschloß Napoleon, sich Gewißheit zu verschaffen. Er beauftragte Caulaincourt, Erkundigungen einzuziehen über das Befinden seiner Frau und seines Sohnes, insbesondere, ob Marie-Louise Anstalten treffe, nach Paris zu kommen.

Ende April trafen aus Wien anonyme Briefe ein, die Napoleon über das Verhältnis der Gattin zu Neipperg unterrichteten. Im ersten Augenblick wollte er es nicht glauben, aber der Bericht Ménevals, den Caulaincourt ihm kurz danach überreichte, bestätigte die anonymen Zuschriften. Méneval teilte mit, daß die Kaiserin so sehr beeinflußt worden sei, daß sie ihrer Rückkehr nach Frankreich mit Schrecken entgegensehe. Seit Monaten habe man nichts unversucht gelassen, ihr den Gatten zu entfremden. Die Trennung ohne Hoffnung auf eine Wiederkehr, lügnerische Einflüsterungen seitens Beaussets und Corvisarts, geschickte Schmeicheleien, verlockende Versprechungen und Drohungen, dies alles sei bei ihr auf eine unglückliche Veranlagung getroffen, eine Veranlagung, die bewirkte, daß sie unvorhergesehene Ereignisse als unabänderlich hinnahm.

Besorgt beobachtete Caulaincourt seinen Herrn, dessen Gesicht aschfahl geworden war. »Neipperg«, sagte Napoleon endlich, »ausgerechnet Neipperg! Aber ich habe so etwas immer befürchtet. Es ist die Veranlagung meiner Frau, ich kann ihr keinen Vorwurf machen, ihre Jugend und Unerfahrenheit wird ausgenutzt ... Trotzdem – sie muß doch an ihre Stellung denken, sie ist doch Kaiserin! Ich habe den Thron zurückerobert, für wen? Nicht nur für mich, vor allem für sie und meinen Sohn.« Seine Stimme zitterte. Caulaincourt suchte verzweifelt nach ein paar tröstlichen Worten, aber es fiel ihm nichts ein. Was hätte er auch sagen sollen.

»Lassen Sie mich jetzt allein, Caulaincourt.«

Als der Minister gegangen war, sah Napoleon sich in dem Arbeitskabinett um, das viele Jahre nur er, die beiden Sekretäre und Marie-Louise betreten hatten. Ich halte es hier nicht länger aus, dachte er. Ich werde morgen ins Elysée übersiedeln.

Er breitete eine Landkarte aus und versuchte sich auf seine strategische Planung zu konzentrieren, aber während er die Stellung der Engländer und Preußen mit Stecknadeln markierte, kreiste in seinem Kopf immer die Frage: Wozu? Wozu der Krieg, der Kampf um den Thron? Seine Augen wanderten über die Karte. Charleroi, die Sambre, Fleurus ... Hier in Flandern, dachte er, errangen vor dreiundzwanzig Jahren die französischen Soldaten die ersten Siege, von hier aus eroberten sie Europa, hier werde ich in wenigen Wochen gegen die Engländer und die Preußen kämpfen, gegen Wellington und Blücher. Ich muß sie einzeln schlagen, erst diese beiden, dann die Russen und die Österreicher ... Ich muß siegen, vielleicht kehrt sie dann mit dem Kind zu mir zurück.

XL

Am 6. Mai 1815 erschien ein Kurier Metternichs in Schönbrunn und überbrachte dem bestürzten Méneval Pässe und einen schriftlichen Befehl, binnen achtundvierzig Stunden nach Frankreich abzureisen.

Marie-Louise war empört über Metternich und traurig über den Verlust Ménevals, den sie sehr schätzte, auch wenn sie manchmal seinen vorwurfsvollen Blick nicht ertragen konnte. Beim Abschied überreichte sie ihm eine brillantenbesetzte Tabatière und dankte ihm mit bewegten Worten für seine treuen Dienste.

Méneval dachte, daß sie ihm eigentlich eine Botschaft für Napoleon mitgeben müßte. Er erinnerte sich mit einigem Unbehagen daran, daß sie am Tage vorher beiläufig, ohne Bedauern, fast erleichtert über den Tod von Neippergs Gattin gesprochen hatte. Es hilft nichts, sie muß jetzt Farbe bekennen, dachte er und gab sich einen Ruck.

»Der Kaiser wird mich bestimmt fragen, wie es Ihnen und seinem Sohn geht, was soll ich ihm antworten?«

Marie-Louise sah verlegen zu Boden. »Monsieur Méneval, sagen Sie dem Kaiser, daß ich ihm alles Gute wünsche. Ich hoffe, daß er meine schwierige Lage versteht. Ich werde niemals in eine Scheidung einwilligen, falls man eine solche von mir verlangt, aber eine Trennung ist unvermeidlich, eine Trennung für immer! Ich hoffe, daß der Kaiser einverstanden ist. Ich möchte ihn nicht mehr sehen, aber ich werde stets voll Achtung und Dankbarkeit an ihn denken. Leben Sie wohl ... « Sie schluchzte auf und eilte aus dem Salon.

Méneval war erschüttert. Das war also das Ende einer Ehe, an die einst so viele Hoffnungen geknüpft wurden! Was für ein Abschied wird mir in der Hofburg bevorstehen? überlegte er während der

Fahrt nach Wien. Er dachte daran, wie ungewiß die Zukunft des kleinen Napoleon war. Ob der Prinz von Parma jemals Herzog von Parma werden würde? Die Stimmen dagegen mehrten sich; Napoleons Sohn als souveräner Fürst wurde von weiten Kreisen für zu gefährlich gehalten ... Er dachte an den männlichen Erzieher, in dessen Obhut der Kaiser seinen Enkel geben wollte, den Grafen Dietrichstein, ein Mitglied des österreichischen Hochadels, der als Musikliebhaber und gebildeter Mann galt. Schmerzlich erinnerte sich Méneval an Marie-Louises Äußerung, sie hoffe, der Graf werde aus ihrem Sohn einen österreichischen Prinzen machen, der sich durch seine Talente, seinen Geist und seine Ritterlichkeit einen Namen schaffen werde, weil derjenige, den er seit der Geburt trage, leider nicht schön sei.

Als Méneval in der Hofburg eintraf, lief ihm der Kleine nicht wie sonst fröhlich entgegen, sondern erhob sich nur schüchtern von dem Kinderstuhl, wobei er ängstlich zu seiner neuen Erzieherin, der jungen Gräfin Scarampi, hinübersah, die gelangweilt in Modejournalen blätterte. Sie war frisch verheiratet, empfand die ihr aufgetragene pädagogische Aufgabe als lästig und wartete ungeduldig auf den Tag, an dem sie das Kind dem Grafen Dietrichstein übergeben konnte.

Méneval, erstaunt über das sonderbare Benehmen des Kleinen, trat zu ihm, nahm seine Hand und sagte: »Ich werde Wien verlassen, Kaiserliche Hoheit, und nach Paris zurückkehren. Dort werde ich Ihren Vater sehen – Sie wissen doch, daß Ihr Vater wieder in Paris ist?«

Das Kind nickte stumm.

»Soll ich Ihrem Vater etwas von Ihnen ausrichten, Kaiserliche Hoheit?«

Da zog das Kind ihn in die Fensternische und flüsterte ihm zu: »Monsieur Méva, sagen Sie bitte meinem Papa, daß ich ihn noch immer sehr lieb habe.«

Méneval umarmte das Kind und eilte dann, ohne sich weiter um die Gräfin zu kümmern, aus dem Zimmer. Im Vorraum ließ er seinen Tränen freien Lauf. Das darf doch nicht sein! dachte er. Das Kind ist erst vier Jahre alt und hat seit fast vierzehn Monaten seinen Vater nicht mehr gesehen! Aber er war froh, seinem kaiserlichen

Herrn wenigstens eine gute Nachricht überbringen zu können: Sein Sohn hatte ihn noch nicht vergessen!

Am 8. Mai traf Lucien in Paris ein. In den Tuilerien erfuhr er zu seiner Verwunderung, daß der Kaiser ins Elysée übersiedelt war.

»Fahren Sie langsam«, sagte er zum Kutscher, »wir haben Zeit.«

Jetzt, kurz vor dem Wiedersehen mit dem Bruder, fühlte er sich nervös und unsicher. Wie wird er mich empfangen? Gewiß, er hat mir geschrieben, daß ich jederzeit in Paris willkommen bin, aber vor elf Jahren sind wir als Feinde auseinandergegangen, vorher war unser Verhältnis jahrelang gespannt, und die Unterhaltung in Mantua 1807 war auch nicht sehr erfreulich. Das ist jetzt siebeneinhalb Jahre her, damals stand er auf dem Gipfel der Macht. Und jetzt? Wird er sich behaupten können? Er muß sich behaupten, er verkörpert den Fortschritt! Frankreich darf nicht noch einmal unter die Bourbonenherrschaft kommen und womöglich in den Feudalismus zurückfallen. Ich muß ihn unterstützen; wenn es gelingt, die innenpolitischen Feinde auszuschalten, wenn deutlich wird, daß die Nation hinter ihm steht, beruhigt man sich vielleicht auch im Ausland. Außerdem ist Frankreich ja jetzt eine konstitutionelle Monarchie, so wird es keine persönliche Diktatur meines Bruders mehr geben. Den alten Carnot hat er zum Innenminister ernannt, das ist immerhin etwas ...

Der Empfang im Elysée war nicht nur freundlich, sondern geradezu herzlich.

»Ich bin sehr froh, daß Sie gekommen sind,« sagte Napoleon zu seinem Bruder, »ich kann jeden tüchtigen Mann brauchen, und Sie besitzen ja Erfahrung mit Parlamentariern, Prinz Lucien.«

»Prinz?!«

Napoleon lächelte. »Sie staunen? Sie sind ab heute kaiserlicher Prinz, ein vollwertiges Mitglied der kaiserlichen Familie; wir sollten die alten Streitigkeiten endlich begraben.« Er nestelte am Kreuz der Ehrenlegion, nahm es von seiner grünen Uniformjacke ab und heftete es Lucien an die Brust. »Ich bin bestürzt und beschämt, daß Sie diese Auszeichnung noch nicht haben!«

»Vielen Dank, Sire«, stammelte Lucien etwas benommen.

»Ich stelle Ihnen das Palais Royal zur Verfügung, Sie brauchen

Platz für Ihre Familie. Wie geht es Ihrer Frau, wird sie mit den Kindern bald nachkommen? Wie viele Kinder haben Sie inzwischen außer Lolotte und Lili? Lolotte ist ja bereits im heiratsfähigen Alter, wir müssen nach einer guten Partie für sie Ausschau halten.«

Während er eine Prise Schnupftabak nahm, kam Lucien endlich zu Wort. »Meine Frau wird sich sehr freuen, daß wir uns versöhnt haben; sie hat unter unserem Zerwürfnis gelitten, genau wie Mama. Bis jetzt haben Alexandrine und ich sechs Kinder, vier Söhne und zwei Töchter; mein jüngster Sohn ist erst wenige Wochen alt. Der älteste, Charles-Laurent, ist Tierliebhaber, er interessiert sich besonders für Vögel und möchte einmal Wissenschaftler werden, und Lolotte hat eine ausgesprochene Begabung für Zeichnen und Malen. Ich bin stolz auf meine Kinder.«

»Vier Söhne«, murmelte Napoleon. Es entstand eine unbehagliche Pause. Lucien spürte, daß sein Bruder an die eigene, ferne Familie dachte, und war bemüht, das Thema zu wechseln.

»Wie kommt es, Sire, daß Sie ins Elysée übersiedelt sind? In den Tuilerien ist doch mehr Raum.«

»Eben darum, die Tuilerien sind zu groß, zu düster, und ein Hofleben ist ohne die Kaiserin fast unmöglich. Das Elysée bietet auch noch einen praktischen Vorteil: mein Arbeitszimmer führt direkt in den Park, ich kann mir täglich Bewegung machen, ohne daß die Staatsgeschäfte darunter leiden; mit meinen Generälen und Ministern wandere ich hier manchmal stundenlang auf und ab. Falls die Kaiserin doch noch die Erlaubnis bekommt, Wien zu verlassen, kann ich ja wieder umziehen. – Kommen Sie morgen zum Déjeuner, dann werde ich Ihnen erklären, welche Aufgaben Sie übernehmen sollen. Ich möchte, daß Sie mein persönlicher Berater werden, und ich wünsche, daß Sie auch in der Abgeordnetenkammer vertreten sind; Sie sollen der Sprecher des fortschrittlichen Flügels meiner Partei sein. Sie werden nicht glauben, welches Durcheinander zur Zeit herrscht zwischen Wahl und Volksabstimmung, ich erzähle Ihnen morgen die Einzelheiten. Es ist unangenehm, daß ich in diesem parlamentarischen Hin und Her meine Kriegsvorbereitungen treffen muß, die im Moment wichtiger sind als alles andere. Verstehen Sie meine Situation?«

»Ja, Sire, und ich werde Sie nach besten Kräften unterstützen.«

Vom Elysée aus fuhr Lucien ins Luxembourg zu Joseph und Julie. Julie umarmte gerührt ihren Schwager, den sie 1804 zuletzt gesehen hatte. »Warst du schon im Elysée, Lucien? Du brauchst nichts zu befürchten, er wird sich mit dir versöhnen.«

»Das ist bereits geschehen, Julie.«

»Sieh, Julie«, Joseph tippte auf das Kreuz der Ehrenlegion, »er hat den ›verlorenen Bruder‹ sogar mit Orden dekoriert! Ich wette, daß aus Lucien auch schon ›Prinz Lucien‹ geworden ist.«

»Ja, ich war sehr überrascht von dem Empfang. Aber die Hauptsache ist doch, daß er endlich Alexandrine anerkannt hat.«

»Diese Versöhnung, mein Lieber, ist zum Teil auch mein Verdienst, ich habe mich sehr dafür eingesetzt.« Joseph lächelte den Bruder wohlwollend an, dann wurde er plötzlich ernst und streifte Lucien mit einem nachdenklichen Blick. »Deine neue Stellung als kaiserlicher Prinz bringt allerdings die ganze Erbfolge durcheinander, dein ältester Sohn ist jetzt der nächste Thronanwärter hinter dem König von Rom! Wer weiß, ob und wann Napoleons Sohn zurückkommt, dann wäre dein Sohn der Thronfolger. Eine gute Partie, meine Töchter würden im Alter zu ihm passen.«

Was für Gedankengänge, dachte Lucien erstaunt. »Sind diese Fragen zum gegenwärtigen Zeitpunkt nicht zweitrangig?«

»Lucien hat recht!« rief Julie ungeduldig; sie wollte endlich etwas über die Begegnung im Elysée hören. »Du phantasierst, Joseph. Wenn der Kaiser gesiegt hat, wird Marie-Louise bestimmt die Reiseerlaubnis bekommen. Aber nun erzähl, Lucien, was hat der Kaiser zu dir gesagt?«

Während Lucien die Begegnung schilderte, ging ihm durch den Kopf, daß Joseph den Ernst der Lage anscheinend nicht begriffen hatte. Bestand nicht die Gefahr, daß die Ächtung auf alle Bonapartes ausgedehnt wurde, waren Pauline und Elisa nicht ein Beispiel dafür? Militärisch sind wir langfristig den Verbündeten unterlegen, das kann sogar ich als Zivilist beurteilen. Bleibt die Frage, wie die Nation, die Kammer auf eine eventuelle Niederlage reagieren würde und ob man vorbeugende Maßnahmen ergreifen kann. Das sind die Probleme, über die man jetzt nachdenken müßte, nicht über die alberne Thronfolge.

»Welchen Eindruck hattest du denn von ihm?« fragte Joseph. »Findest du nicht, daß er sich sehr verändert hat?«

»Ja, er ist alt geworden«, erwiderte Lucien. »Und ich meine nicht nur seine äußere Erscheinung. Die Art und Weise, wie er sprach, erinnerte mich an früher, und doch war es anders, er wirkte so ... so melancholisch, resigniert; früher strahlte er Schwung und Elan aus. Er scheint unter schweren Belastungen zu stehen, kein Wunder.«

Joseph nickte. »Ich sehe es ähnlich. Er beschäftigt sich neuerdings mit seiner Gesundheit, klagt aber über kein bestimmtes Leiden. Das Schlimmste ist, daß er viel von seiner Entschlußkraft eingebüßt hat; er zögert bei vielen Entscheidungen, schiebt sie grundlos auf. Carnot sagte neulich: ›Ich kenne ihn nicht mehr wieder! Die kühne Rückkehr von Elba scheint den Quell seiner Energie erschöpft zu haben, er schwankt, er zaudert; statt zu handeln, redet er, alle Welt fragt er um Rat.‹«

»Er arbeitet auch zuviel«, mischte sich Julie ein, »von sechs Uhr morgens, bis es dunkel wird, er müßte sich mehr Erholung gönnen. Allerdings, das Déjeuner neulich bei Hortense in Malmaison hat ihn auch nicht heiterer gestimmt. Er sagte mir später, daß es ihn schmerzlich an die Vergangenheit erinnert habe, an Joséphine, an den Beginn des Konsulats.«

»Seine seelische Verfassung ist besorgniserregend«, erwiderte Lucien nachdenklich. »Und in diesem Zustand muß er in Kürze gegen ganz Europa kämpfen.«

Mitte Mai traf Méneval in Paris ein, begab sich sofort zum Elysée und erstattete Napoleon Bericht über sein Gespräch mit Marie-Louise.

»Sie wünscht also die Trennung«, sagte Napoleon. »Sie will mich nicht mehr sehen ... « Er ging zum Fenster und sah schweigend hinaus in den Park. Nach einer Weile wandte er sich um und bat Méneval, von seinem Sohn zu erzählen, ob er sich in Wien wohlfühle, wie die Verwandten ihn aufgenommen hätten ...

»Meine Sohn wird österreichischer Erzherzog, vielleicht ist das mehr als der Thron Frankreichs«, sagte Napoleon, als Méneval geendet hatte, und dann berichtete er von einem Angebot Metternichs, das er nach reiflicher Überlegung abgelehnt habe. Metternich habe ihm vorgeschlagen, noch vor Ausbruch des Krieges abzudanken und sich unter den persönlichen Schutz von Kaiser Franz zu stellen; Kaiserin und Thronfolger würden nach Paris zurückkehren, und Marie-Louise sollte bis zur Volljährigkeit ihres Sohnes die Regentschaft ausüben. Er habe dieses Angebot abgelehnt, weil er kein Vertrauen mehr zu seinem Schwiegervater habe – sein Mißtrauen sei übrigens berechtigt, inzwischen habe er erfahren, daß Fouché im geheimen über die gleiche Frage mit Metternich verhandele, aber er könne nicht gegen ihn vorgehen, weil ihm die Beweise fehlten.

»Ich habe den Menschen immer mißtraut und jetzt noch mehr. Ach, Méneval, wozu das alles noch?«

Am nächsten Tag erfuhr Napoleon, daß Murat am 3. Mai bei Tolentino eine entscheidende Schlacht verloren hatte. Er bezeichnete den Schwager als hirnlosen Tollkopf und schwor, ihm nie mehr ein Kommando zu geben, nie mehr.

Zur selben Zeit sprengte Murat staubbedeckt und als einfacher Kavallerist verkleidet in den Vorhof des königlichen Palastes in Neapel, rannte die Treppe hinauf, stürmte in Carolines Salon und sank erschöpft auf einen Sessel.

»Es ist alles aus«, keuchte er, »es war mir nicht vergönnt, den Tod zu finden!«

Caroline war erschrocken aufgesprungen und starrte ihren Gatten an wie ein Gespenst. »Joachim«, stammelte sie, »was ist passiert? Mein Gott, wie siehst du aus, was ist das für eine Uniform?«

»Tolentino«, murmelte er, »Neipperg ... er hat mich besiegt.« Er stand langsam auf und trat vor sie hin. »Caroline, meine Armee ist fast völlig vernichtet, ich habe nur noch ein paar hundert Soldaten; ich bin ein geschlagener Mann, auf der Flucht vor den Österreichern. Ich muß heute noch weiter, jetzt gleich, ich will versuchen, übers Meer nach Frankreich zu kommen. Ich werde deinem Bruder meine Dienste anbieten; wenn die Dinge hier geregelt sind, kommst du mit den Kindern nach.«

»Die Dinge geregelt ... was meinst du damit?«

»Wir werden den Thron verlieren. In Kürze sind die Österreicher hier, und wenn du Neapel vor der Zerstörung bewahren willst, mußt du kapitulieren, sie werden die Krone Neapels zurückfordern. Caroline, die Zeit drängt, ich brauche Geld, rasch ... «

»Die Krone«, flüsterte sie, »ich muß die Krone hergeben ... « Maßlose, unbändige Wut stieg in ihr hoch. »Es ist deine Schuld!« schrie sie Murat an, der erschrocken zurückwich, »durch deine Unbesonnenheit verlieren wir unser Königreich! Du zerstörst mein Lebenswerk, du ruinierst die Zukunft deiner Kinder!«

»Schweig!« schrie nun auch Murat, der mit seinen Nerven am Ende war. »Dein Ehrgeiz ist schuld an allem! Du hast mich zum Verrat an deinem Bruder getrieben, du mußtest unbedingt Königin werden!«

Caroline wandte sich abrupt um, lief hinaus und kehrte wenig später mit einem Bündel Banknoten und einem Ebenholzkästchen zurück. »Hier ist noch etwas Schmuck«, sagte sie leise und begann zu weinen. »Joachim, verzeih, es war unrecht von mir, dir in diesem Augenblick, beim Abschied, Vorwürfe zu machen. Eines mußt du mir versprechen: Befolge künftig jeden Befehl meines Bruders, bedenke, daß dieser Krieg über unser aller Schicksal entscheidet.«

»Das weiß ich.«

Caroline trocknete ihre Tränen und sah den Gatten an, als wolle sie sich seine Züge für immer einprägen.

»Du mußt jetzt gehen. Leb wohl! In Kürze werden wir in Paris im Elysée wohnen, es wird alles wieder so sein wie früher.«

Murat umarmte und küßte Caroline und lief hinunter in den Hof. Vom Fenster aus sah sie ihm nach, wie er davongaloppierte, in einer einfachen Uniform ohne Goldstickerei, ohne Tschako, ohne Reiherfeder; die dunklen Locken flatterten im Wind ... Ich liebe ihn immer noch, dachte sie, genauso wie damals in Mombello. Nach einiger Zeit sah sie die königliche Brigg auf das offene Meer zusteuern, und plötzlich hatte sie Angst.

»Heilige Mutter Gottes«, flüsterte sie, »laß ihn wohlbehalten in Frankreich ankommen, laß ihn unversehrt aus dem Krieg zurückkehren, ich bitte dich, laß ihn nicht sterben!«

Drei Tage später, am 20. Mai, unterzeichnete Caroline den Vertrag von Casalanza, damit fiel Neapel an Österreich. Inzwischen waren britische Kriegsschiffe in den Hafen eingelaufen und hielten ihn besetzt.

Man gestattete Caroline, mit Kindern und Gefolge an Bord eines dieser Schiffe zu gehen, aber der Kapitän weigerte sich, sie nach Frankreich zu bringen, und so entschied sich Caroline für Triest, in der Hoffnung auf großmütige Behandlung durch die Österreicher.

Tatsächlich empfing man sie in Triest mit großer Ehrerbietung, und Metternich ließ mitteilen, daß jeder Ort in Österreich, den sie sich als Wohnsitz wählte, dem Kaiser Franz recht wäre.

Caroline hatte keineswegs die Absicht, in Österreich zu bleiben; sie wollte so schnell wie möglich weiter nach Frankreich. Aber der österreichische Gouverneur ließ sie und ihr Gefolge – bei aller Ehrerbietung – scharf überwachen, und sie mußte sich damit abfinden. Was sollte auch schon passieren? Ihr Bruder war wieder Kaiser der Franzosen und würde mit Sicherheit dafür sorgen, daß sie Triest bald verlassen konnte.

Am Abend des 1. Juni trafen Letizia, Saveria und Fesch in Paris ein. Es war ein sehr heißer Tag gewesen, und als sie das Stadttor passierten, atmete Letizia erleichtert auf; nun würde es nicht mehr lange dauern, bis sie sich erfrischen und ausruhen konnte.

Doch in der Innenstadt waren die Straßen mit Menschen und Wagen verstopft, sie kamen nur langsam voran und mußten schließlich halten. Der Kutscher fluchte.

»Hier ist irgend etwas los«, meinte Fesch, »die Leute kommen alle aus einer Richtung.« Er öffnete das Wagenfenster und betrachtete die schiebende, stoßende, johlende Menge, schließlich hielt er einen seriös aussehenden Bürger an. »Monsieur, ist hier ein Volksfest? Wo kommen all die Leute her?«

Der Mann sah ihn erstaunt an ob seiner Unkenntnis und erzählte, daß der Kaiser an diesem Tag auf dem Gelände vor der Kriegsschule das Maifeld abgehalten habe – eine merkwürdige Mischung aus Fahnenweihe und Verfassungsfeier –, es sei sehr langweilig gewesen, die Rede des Kaisers habe man akustisch kaum verstanden, im übrigen seien er und die Prinzen merkwürdig kostümiert gewesen, halb römisch, halb mittelalterlich, die Prinzen in kurzen roten Mäntelchen, die mit Bienen bestickt waren, eine reine Maskerade ...!

Als Letizia endlich den Salon im Elysée betrat, bot sich ihr ein

Anblick, den sie sich jahrelang vergeblich gewünscht hatte: Ihre Söhne, inzwischen wieder normal gekleidet, saßen in einer Ecke und unterhielten sich – genauer gesagt: Napoleon und Lucien diskutierten, während Joseph interessiert, Jérôme gelangweilt zuhörte –, in einer anderen Ecke saßen Julie und Hortense mit Handarbeiten; ihre Töchter und Söhne saßen im Sonntagsstaat dabei und blickten sehnsüchtig in den Garten. Sie hätten so gerne draußen gespielt, getobt, aber heute war eben ein besonderer Tag: Maifeld, Familiendiner, Huhn à la Marengo, lauter so langweilige Sachen.

Letizia ließ die Familienharmonie einen Augenblick auf sich wirken, gestand sich aber bald ein, daß eine bedrückte, pessimistische Stimmung über dem Ganzen lag.

Beim Diner versuchten Hortense und Julie, eine Unterhaltung in Gang zu bringen, mit wenig Erfolg. Joseph und Lucien antworteten einsilbig, Jérôme und Fesch waren vollauf mit dem Essen beschäftigt, Letizia dachte an die kommenden Wochen und betrachtete immer wieder verstohlen Napoleon, der wie üblich alles hinunterschlang und dessen Gedanken irgendwo weilten, jedenfalls nicht bei der Tischgesellschaft.

Als er mit der Mahlzeit fertig war, stand er auf, befahl dem Diener, ihm den Kaffee im Arbeitszimmer zu servieren, und sagte zu Letizia und Fesch: »Sie müssen entschuldigen, daß ich mich Ihnen an Ihrem ersten Abend in Paris nicht widmen kann, aber die Arbeit ruft; Sie können vorerst gerne im Elysée wohnen.«

Sein Aufbruch war für Hortense das Zeichen, die Tafel aufzuheben, und während die Kinder befreit in den warmen Sommerabend hinausliefen, begaben sich die Erwachsenen zum Kaffee in den Salon.

Auch jetzt, als der Kaiser nicht mehr zugegen war, blieb die Stimmung gedämpft; die Herren schwiegen, während sich Hortense und Julie halblaut über das Arrangement eines Empfangs unterhielten, den sie am 14. Juli, dem Nationalfeiertag, in den Tuilerien geben wollten. Aus Hortenses Auftreten und Benehmen schloß Letizia, daß die Schwiegertochter die Repräsentationspflichten der Kaiserin wahrnahm. Ausgerechnet eine Beauharnais! dachte sie verärgert. Warum hat Napoleon nicht Julie damit beauftragt, sie ist immerhin die Frau seines ältesten Bruders – allerdings wäre sie wahrscheinlich überfordert.

»Ist inzwischen bekannt, wann die Kaiserin nach Paris zurückkommt?« fragte Letizia unvermittelt.

Hortense errötete und rührte verlegen in ihrer Mokkatasse; sie hatte ihre Kenntnisse über ›Madame Neipperg‹ für sich behalten, da sie nicht wußte, ob ihr Stiefvater informiert war, und sie nicht wollte, daß er über Familientratsch etwas erfuhr.

»Es sieht so aus«, begann Joseph zögernd, »als ob der Kaiser von Österreich die Reiseerlaubnis verweigert. Der einzige, der über diese Angelegenheit vielleicht mehr weiß, ist Méneval, aber er würde nie etwas sagen. Hat er dir etwas über seinen Wiener Aufenthalt erzählt, Lucien? Du siehst ihn doch jeden Tag.«

»Nein, er hat nur erwähnt, daß er Napoleon häufig von seinem Sohn berichten muß.«

»Mit anderen Worten, die Kaiserin wird nicht kommen«, stellte Letizia fest. »Wie soll es überhaupt weitergehen? Der Kaiser ist doch geächtet.«

»Das ist ganz einfach, Mama!« rief Jérôme mit blitzenden Augen. »Zunächst einmal wird es Krieg geben! Und das sage ich euch, dieses Mal werde ich meinem Bruder beweisen, wie tapfer ich bin! Und nach unserem Sieg werden die Verbündeten gezwungen sein, mit uns zu verhandeln, dadurch wird die Ächtung von selbst bedeutungslos.«

»Sieg!« erwiderte Letizia heftig. »Ich höre immer nur Sieg, und was ist nach einer Niederlage? Werden sie ihn dann töten?«

Alle sahen sich bestürzt an, nur Lucien blieb gelassen. Er hatte in den letzten Tagen eingehend über alles nachgedacht.

»Ob er getötet wird, hängt von zwei Faktoren ab: ob sie ihn überhaupt gefangennehmen, was nicht ganz einfach sein dürfte, und wenn doch, von welcher Nation er gefangengenommen wird. Wie Österreich reagieren würde, kann ich nicht so gut einschätzen; wenn er in die Hände der Preußen fällt, wird er zum Tode verurteilt, davon bin ich überzeugt; sie lehnen ihn leidenschaftlich ab. Die Engländer dagegen haben eine emotionslose und pragmatische Einstellung. Ich habe keinen Engländer kennengelernt, der Napoleon wirklich gehaßt hat. Der Beweis für diesen Pragmatismus ist die Einstellung der britischen Finanzwelt: Napoleon erzählte mir, daß die englischen Banken ihm auch jetzt Geld leihen, damit er Krieg führen kann, letztlich auch Krieg gegen England. Ich glaube nicht, daß sie ihn töten würden.

Die Ächtung ist aber nur ein Teil des Problems; ihre Anwendung wird auch davon abhängen, ob im Falle einer Niederlage die Nation, damit meine ich das Parlament, hinter Napoleon steht. Wenn Frankreich sich zu ihm bekennt, werden die Alliierten vielleicht mit sich reden lassen, zumal die Bourbonen umstritten sind.«

»Wie ist die Stimmung im Parlament?« wollte Fesch wissen.

Lucien zögerte und suchte nach einer passenden Formulierung. »Uneinheitlich; teils abwartend, teils reserviert. Ich befürchte, daß die Kammern im Falle einer Niederlage nicht hinter ihm stehen, sondern ihn absetzen oder zur Abdankung zwingen. Ich sehe nur eine Möglichkeit, dies zu verhindern: Auflösung des Parlaments, Verhängung des Ausnahmezustandes, Diktatur auf Zeit, gestützt auf die Masse des Volkes, die hinter Napoleon steht!«

Lucien schwieg und betrachtete die erstaunten Gesichter.

»Ihr wundert euch, daß ausgerechnet ich für die Diktatur plädiere. Ich sehe im Moment keine bessere Lösung, um Frankreich vor den Bourbonen und der Restauration zu bewahren; es ist die einzige Chance, um die Errungenschaften der Revolution, die mit so viel Blut erkauft wurden, zu retten. Ich habe mich in jungen Jahren mit der Revolution identifiziert, jetzt ist der Zeitpunkt gekommen, erneut um Freiheit und Gleichheit zu kämpfen, weil sie bedroht sind, und ich werde um sie kämpfen.«

»Hast du mit Napoleon schon über deine Pläne gesprochen?«

»Natürlich, mehrmals während der vergangenen Tage. Er beurteilt die Lage genau wie ich, aber er lehnt die Auflösung der Kammern ab, er will sich nicht auf das Volk stützen.«

»Mein Gott, Lucien!« rief Julie. »Was werden sie mit uns machen, wenn er zum zweiten Mal stürzt? Ich darf gar nicht daran denken.«

»Sie können uns des Landes verweisen oder einsperren, sie können die Vermögen konfiszieren – aber beruhige dich, Julie, bis dahin ist noch ein weiter Weg. Ich traue mir zu, meinen Bruder, wenn es wirklich hart auf hart geht, bei den Abgeordneten herauszupauken und Lafayette zu gewinnen; er hat schließlich den amerikanischen Unabhängigkeitskrieg mitgemacht, er hat die erste Phase der Revolution mitgetragen – er hat bestimmt kein Interesse daran, daß die Bourbonen erneut in die Tuilerien einziehen. Ich werde den Kampf mit den Abgeordneten aufnehmen wie seinerzeit im Brumaire.«

Plötzlich sprang Jérôme auf und stellte sich drohend vor Lucien. »Jetzt reicht es mir aber! Du tust ja so, als ob der Krieg bereits verloren wäre, und dabei hat er noch nicht einmal angefangen!«

»Ja, du siehst alles so pessimistisch, Lucien«, sagte Julie. »Wer weiß, vielleicht dauert es noch einige Monate, bis die Kampfhandlungen ausbrechen, schließlich müssen die Alliierten ihre Truppen erst einmal sammeln.«

»Julie, es wird nicht Monate dauern, bis der Krieg ausbricht, noch nicht einmal Wochen. Die Engländer und Preußen nähern sich bereits der flandrischen Grenze, der Herzog von Wellington leitet von Brüssel aus den Aufmarsch seiner Truppen, Napoleon wird in einigen Tagen zur Armee abreisen.«

Napoleon wollte am 12. Juni in aller Frühe Paris verlassen. Die Tage bis zu seiner Abreise vergingen für Letizia in quälender Langsamkeit, obwohl sie andererseits die Zeit am liebsten angehalten hätte. Zusammen mit Saveria unternahm sie viele Spazierfahrten durch Paris, um der bedrückenden Atmosphäre des Elysée zu entfliehen. Aber auch die Hauptstadt wirkte trostlos in jenen warmen, frühsommerlichen Tagen. Die Straßen waren nur wenig belebt, die Cafés halbleer, viele Geschäfte hatten geschlossen; der drohende Krieg schien jede Aktivität zu lähmen.

Ihren Sohn sah Letizia nur beim Diner, das er meistens schweigend einnahm. Eines Abends aber kam er sehr erregt zu Tisch.

»Berthier ist tot! Selbstmord! Er hat den König nach Gent begleitet und ist dann weitergereist nach Bamberg zu seinem Schwiegervater und seiner Familie. Und dann ist er aus einem oberen Stockwerk des Bamberger Schlosses auf die Straße gesprungen; er war sofort tot. Niemand weiß, warum er seinem Leben ein Ende gesetzt hat, es ist schrecklich! Und als Generalstabschef war er unersetzlich; nun ist er tot ... Ich weiß nicht, ob Soult ebenso fähig ist, aber ich habe keine andere Wahl.«

Am nächsten Abend teilte er eine weitere unerfreuliche Neuigkeit mit.»Murat ist in Toulon gelandet; er will den kommenden Krieg mitmachen, aber ich habe ihm geschrieben, er soll bleiben, wo er ist. Er sorgt sich um Caroline, weiß nicht, wo sie sich zur Zeit aufhält – na, meine gescheite Schwester wird schon nicht untergehen.«

Napoleon regelte die letzten staatlichen und privaten Angelegenheiten: Er ernannte Lucien und Joseph zu Generalstatthaltern während seiner Abwesenheit, er schickte Marchand mit Geld und Wertpapieren zur Gräfin Walewska, die inzwischen nach Paris zurückgekehrt war. Die Wertpapiere sollten eine Entschädigung für die endgültig verlorenen Dotationen in Neapel sein. Méneval erhielt ein Päckchen ähnlichen Inhalts, das er seinem Schwiegervater, der immer noch Vormund des kleinen Léon war, übergeben sollte.

Am Sonntagabend versammelte man sich zum Familiendiner, an dem erstmals auch die Bertrands teilnahmen.

Als Hortense sich wunderte, daß der Großmarschall eingeladen wurde, erwiderte Napoleon, die Bertrands hätten das Exil auf Elba mit ihm geteilt und ihm in dieser schweren Zeit ein wenig die Familie ersetzt. Er war an jenem Abend erstaunlich gesprächig, fast heiter, fragte Neffen und Nichten nach ihren Lernfortschritten und unterhielt sich mit der Tischrunde über Literatur.

Als die Gäste sich verabschiedeten, ergriff er die Hand der Gräfin Bertrand und sagte leise: »Vielleicht sehnen wir uns noch einmal nach Elba zurück!«

Während der folgenden Tage warteten die Bonapartes und die Bevölkerung der Hauptstadt in unruhiger Spannung auf Nachrichten vom Kriegsschauplatz. Am 18. Juni traf die erste Siegesnachricht ein, bei Ligny waren die Preußen in die Flucht geschlagen worden. Aber es war kein entscheidender Sieg gewesen, die Schlacht gegen die Engländer stand noch bevor.

Man wartete und hoffte weiter.

Am späten Abend des 20. Juni erschien Lucien in großer Aufregung im Elysée und befahl den Dienern, unverzüglich Davout, Caulaincourt und Joseph zu holen. Dann berichtete er Letizia und Fesch, daß er von Carnot komme, wo soeben ein Kurier eingetroffen sei mit der Nachricht von der verlorenen Schlacht, die am 18. Juni in der Umgebung von Brüssel stattgefunden habe. Das Dorf, das dem Schlachtfeld am nächsten liege, heiße Waterloo; bis jetzt wisse man nur, daß die Garde fast völlig vernichtet und der Kaiser und Jérôme auf der Flucht vor den Engländern und Preußen seien.

»Wahrscheinlich haben einige Abgeordnete und Fouché bereits erfahren, was passiert ist. Jetzt ist rasches Handeln notwendig, Auflösung der Kammern, Ausnahmezustand, Diktatur auf Zeit! Im Parlament herrscht eine feindselige Stimmung gegen Napoleon; der Anführer der Opposition ist Lafayette, ausgerechnet Lafayette!«

Inzwischen waren Davout, Caulaincourt und Joseph eingetroffen, hörten entsetzt von der militärischen Katastrophe. Man beschloß, die Ankunft Napoleons abzuwarten, dann sofort die Minister einzuberufen, um die Kammerfrage zu entscheiden.

Gegen acht Uhr morgens traf Napoleon ein, erschöpft und leichenblaß, mit leblosen Augen.

»Ich kann nicht mehr«, murmelte er, »ich brauche unbedingt Ruhe und ein heißes Bad.«

Während Marchand die nötigen Anordnungen traf, schilderte Napoleon in unzusammenhängenden Sätzen den Verlauf der Schlacht: »Der Regen, eine Sintflut, alles war aufgeweicht, wir konnten erst zwei Stunden später als geplant angreifen ... Diese zwei Stunden! Ein Angriff zwei Stunden früher, und die Preußen hätten den Engländern nicht mehr zu Hilfe kommen können ... Und Grouchy! Er sollte die Preußen verfolgen. Und Ney! Er hat sich wie ein Irrer aufgeführt, hat zu früh angegriffen, obwohl ich es ihm untersagt hatte ... Er hat mir meine Kavallerie zerstört, er hat alles verdorben ... Jérôme war tapfer wie noch nie, die Armee hat Wunder vollbracht ... Zum Schluß nur noch Panik ... Ich kann nicht mehr ... Aber noch ist nicht alles verloren, ich werde die Kammern bitten, mir die Mittel zur Rettung Frankreichs zur Verfügung zu stellen. Morgen steht der Feind auf französischem

Boden, das wird die Herren hoffentlich lehren, was ihre Pflicht ist.«

Davout und Caulaincourt beschworen ihren Herrn, die Sitzung des Parlaments zu vertagen, die Stimmung unter den Abgeordneten sei äußerst feindselig – vergeblich, Napoleon war überzeugt, daß die Abgeordneten ihm helfen würden.

Gegen zehn Uhr erschien Napoleon im Konferenzzimmer und schilderte den Ministern kurz den Verlauf des Feldzuges und die Niederlage bei Waterloo. Dann forderte er die Diktatur auf Zeit zur Rettung des Vaterlandes, wobei er besonders betonte, daß er im öffentlichen Interesse die Diktatur einfach verhängen könne, daß es aber demokratischer sei, wenn er von der Kammer die Vollmacht erhalte. Fouché, der genau wußte, daß die Abgeordneten die Abdankung des Kaisers verlangen würden, versicherte seinem Kaiser lächelnd, die Parlamentarier seien loyal.

In diesem Augenblick traf ein Kurier ein und überbrachte die Nachricht, daß Lafayette eine Entschließung durchgesetzt habe des Inhalts, daß das Parlament in Permanenz tage und daß jeder Versuch, es aufzulösen, als Hochverrat angesehen und bestraft werde.

Nach einigen Minuten lähmenden Schweigens ergriff Napoleon das Wort und erklärte, daß es sein Recht und seine Pflicht sei, die Kammer aufzulösen, was Davout zu dem Einwand veranlaßte, der Augenblick zum Handeln sei verpaßt und man könne unter den gegenwärtigen Umständen keinen zweiten Brumaire riskieren.

Bei der Erwähnung des 18. Brumaire sprang Napoleon auf und bat Lucien, ihm in den Garten zu folgen. Vor den Gittertoren hatte sich inzwischen eine riesige Menschenmenge versammelt, die rief: »Es lebe der Kaiser! Gebt uns Waffen!«

Die Brüder schritten eine Weile schweigend auf und ab, schließlich hielt Lucien es nicht mehr aus. »Hören Sie das Volk? Hören Sie, was es verlangt?! In ganz Frankreich ist es nicht anders! Ein Wort von Ihnen, und Ihre Feinde sind erledigt!«

Immer mehr Menschen strömten zusammen, die Rufe nach Waffen wurden immer lauter und drängender; einige versuchten sogar, über das Gittertor zu klettern.

Plötzlich wandte sich Napoleon abrupt um. »Bin ich denn ein erbärmlicher Parteiführer, der den Bürgerkrieg entzündet?« rief er.

»Nein, niemals! Am 18. Brumaire konnten wir das Schwert für das Wohl Frankreichs ziehen. Für das Wohl Frankreichs müssen wir dieses Schwert jetzt weit von uns werfen. Versuchen Sie, die Kammer zur Vernunft zu bringen! Aber ich verbiete Ihnen, zu dem Volk da draußen, das nach Waffen ruft, zu reden. Ich will alles für Frankreich versuchen, aber ich will nichts für mich versuchen!«

Als Lucien den Sitzungssaal betrat, verstummte die heftige Debatte. Eisiges Schweigen empfing ihn. Er trat ans Rednerpult und beschwor die Abgeordneten, seinem Bruder die notwendige Unterstützung nicht zu versagen, weil es Napoleons einziger Wunsch sei, Frankreich zu retten.

Da sprang Lafayette auf und rief: »Wenn Ihr Bruder Frankreich retten will, soll er auf die Macht verzichten!«

Die verhängnisvolle Forderung war ausgesprochen. Lucien machte zwar noch einen Versuch, die Kammer für den Bruder zu gewinnen, aber ohne Erfolg. Lafayette setzte sich durch, und nun debattierte man nur noch darüber, ob man Napoleon auffordern solle, abzudanken, oder ob man ihn absetzen solle. Lucien saß zusammengesunken auf seinem Platz, resigniert und verbittert, und ließ die letzten fünfundzwanzig Jahre an seinem geistigen Auge vorüberziehen.

Seit 1789, dachte er, ist viel Blut geflossen, zuviel Blut. Und das ist nun das Ergebnis: Über kurz oder lang werden die unfähigen Bourbonen wieder in Frankreich herrschen, umgeben von arroganten, aufgeblasenen Höflingen! Die Kammer? Er sah sich um: wohlhabende Bürger, denen es nur um ihren Wohlstand ging – Mittelmäßigkeit! dachte Lucien. Mirabeau, die Girondisten, Marat, Danton, Robespierre, Hébert, Saint-Just, Tallien, sogar Barras und zuletzt mein Bruder, diese Männer kann man bewundern oder verurteilen, sie haben alle Fehler gemacht, aber sie waren nie mittelmäßig, sie waren – jeder auf seine Art – großartig. Sie haben eine Epoche gestaltet, die jetzt zu Ende geht, sie brachten es fertig, daß das französische Volk sich als Nation fühlte. Die Menge, die sich jetzt vor dem Elysée versammelt und nach Waffen ruft, ist die Frucht dieser Leistung. Aber nicht sie regiert, sondern die Bourgeoisie, die nur ihre eigenen Interessen vertritt; noch ist der Vierte

Stand, der meinen Bruder unterstützt, keine politische Kraft im Parlament. Aber wie lange noch? Wie lange noch wird man ihnen das Wahlrecht verweigern können?

Es dunkelte bereits, als Lucien ins Elysée zurückkehrte und seinem Bruder mitteilte, daß er bis zum anderen Morgen Zeit habe, sich zu entscheiden zwischen freiwilliger Abdankung und Absetzung durch die Kammer. Napoleon verzog keine Miene. Er entließ die Minister und bat seinen Bruder, ihm die Debatte in der Kammer zu schildern.

»Lafayette also«, bemerkte er schließlich bitter, »wahrscheinlich hat auch Fouché die Abgeordneten beeinflußt, während ich im Feld war.«

»Sire«, rief Lucien heftig, »wollen Sie wirklich dieses Ultimatum akzeptieren? Schalten Sie die Kammer aus! Lassen Sie Fouché und Lafayette verhaften! Niemals war eine Militärdiktatur legitimer als jetzt. Nur auf diese Weise können die Errungenschaften der Revolution gerettet werden! Liefern Sie das französische Volk nicht den Bourbonen aus!«

Napoleon betrachtete den Bruder nachdenklich. Ausgerechnet er, der immer gegen meine Alleinherrschaft war, er drängt mich jetzt zu einem Gewaltstreich, der sogar Aussicht auf Erfolg hätte.

»Lucien, es ist zwecklos, ich will nicht mehr. Die Verbündeten marschieren auf Paris; wenn ich jetzt abtrete, wird die neue Regierung vielleicht einen glimpflichen Friedensvertrag schließen können. Lassen Sie mich jetzt allein.«

Als Lucien am nächsten Vormittag, es war der 22. Juni, im Elysée erschien, berichtete er erregt, ganz Paris sei auf den Beinen, um gegen die Abdankung und für Napoleon zu demonstrieren. Er zog seinen Bruder zum Fenster und wies auf die Volksmassen, die das Schloß umstellt hatten und deren Rufe »Keine Abdankung! Kammerauflösung! Nieder mit den Bourbonen!« über den Platz schallten.

Napoleon wandte sich resigniert ab und begann, dem widerstrebenden Lucien seine Abdankung zu diktieren, die mit den Worten schloß: ›Mein politisches Leben ist zu Ende. Ich proklamiere meinen Sohn Napoleon II. zum Kaiser von Frankreich.‹

Er wußte wohl, daß diese Proklamation eine leere Formel war, aber er wollte noch einmal betonen, daß die Bonapartes und nicht die Bourbonen Frankreichs legitime Dynastie waren.

Noch am gleichen Tag wurde eine provisorische Regierung gebildet, der auch Carnot und Caulaincourt angehörten, den Vorsitz führte Fouché. Die Nachricht von der Abdankung verbreitete sich wie ein Lauffeuer in Paris, und immer mehr Einwohner schlossen sich den Demonstranten an und riefen: »Verlaß uns nicht!«

Angesichts der aufgebrachten Volksmassen bekam es Fouché mit der Angst zu tun. Er forderte Napoleon auf, Paris zu verlassen, da seine Sicherheit in der Hauptstadt nicht mehr gewährleistet sei. Napoleon stimmte teilnahmslos zu.

Am nächsten Tag erschienen Caulaincourt, Lavalette und Carnot, um sich zu verabschieden. Carnot gab ihm den Rat, nicht nach England, sondern in die Vereinigten Staaten zu gehen, in ein freies Land, in dem er als freier Mann leben könne.

Am 25. Juni, genau eine Woche nach Waterloo, war alles zur Abreise fertig. Die Bertrands, die Diener, Napoleons Adjutant General Gourgaud, Savary und Méneval, die darauf bestanden hatten, nach Malmaison mitzukommen, die beiden Kammerherren Las Cases und Montholon – der Montholon, der vor vielen Jahren in Begleitung seines Stiefvaters Sémonville einige Wochen in Korsika geweilt und im Familienhaus in der Via Malerba gewohnt hatte –, sie alle verließen das Elysée durch das Haupttor, während Napoleon, um der demonstrierenden Menge zu entgehen, durch ein Seitenpförtchen den Garten verließ und in Bertrands Kutsche die Champs-Elysées entlang nach Westen fuhr.

Am Place d'Etoile ließ er einen Augenblick halten und betrachtete wehmütig den Triumphbogen. Ob dieses Bauwerk je fertiggestellt würde? Er hatte es als Denkmal jenes Paris geplant, das einige Jahre lang die Hauptstadt Europas war; Paris, das er vor über dreißig Jahren zum ersten Mal betreten hatte, ein General auf Halbsold ohne Zukunftsperspektive; Paris, durch dessen Straßen er vor über zehn Jahren in der Krönungskarosse zu Notre-Dame gefahren war ... Und nun die letzte Fahrt durch diese Stadt, in die er vor hundert Tagen als Triumphator eingezogen war ... Wenige Tage noch in Malmaison, und dann?

Malmaison war von dreihundert Mann der Garde umstellt, die – auf Befehl Davouts – von General Becker, einen Elsässer, befehligt wurden.

Ich bin also ein Gefangener, dachte Napoleon, als er langsam durch die Räume ging, die von Hortense und Letizia liebevoll hergerichtet und mit unzähligen Rosenbuketts geschmückt waren.

Nach dem Diner spazierte er mit Hortense durch den Park, suchte noch einmal die Plätze auf, die mit besonderen Erinnerungen verknüpft waren. Zuletzt ging er zur Zeder von Marengo.

»Joséphine hat sie damals pflanzen lassen, zur Erinnerung an die Schlacht. Als sie mir Malmaison zum ersten Mal zeigte und ich nicht sehr begeistert war von dem Anwesen, sagte sie: ›Im Juni, wenn die Rosen blühen, ist es in Malmaison am schönsten.‹ Ja, jetzt haben wir Juni, und die Rosen blühen ... « Er ging ein paar Schritte weiter, blieb stehen und sah sich um. »Und Malmaison ist wirklich schön. Wenn man doch immer hier bleiben könnte!«

Hortense schwieg, die Tränen stiegen ihr in die Augen. Dieser einfache Wunsch ihres Stiefvaters, der unerfüllbar war, brachte ihr die Endgültigkeit seines Sturzes mehr zu Bewußtsein als die Nachricht von Waterloo und die Debatten in der Kammer.

Da näherte sich Méneval in Begleitung eines etwa zehnjährigen Jungen. Hortense stellte erstaunt fest, daß das Kind ihrem Stiefvater sehr ähnelte. Napoleon sagte ihr, daß der Junge sein Sohn Léon aus einer Liaison mit einer Vorleserin sei; das Kind wisse nicht, daß er der Vater sei.

Napoleon ließ das Kind in Hortenses Obhut und bat Méneval, ihm in sein Arbeitszimmer zu folgen. Dort übergab er ihm ein Paket mit Wertpapieren und Barmitteln und dankte ihm herzlich für die jahrelange gute Zusammenarbeit, für die Treue auch gegenüber der Kaiserin in Wien.

Am nächsten Vormittag empfing Napoleon den Bankier Laffitte, um seine Millionen in Gold, die noch in den Kellern der Tuilerien lagerten, so rasch wie möglich ins Bankhaus transportieren zu lassen, und nannte ihm die Summen, die den einzelnen Familienmitgliedern ausgezahlt werden sollten. Sie sollten finanziell abgesichert sein, für den Fall, daß ihre Vermögen beschlagnahmt würden.

Seine eigene materielle Lage beurteilte er optimistisch. »Ich weiß nicht«, sagte er zu Laffitte, »was mir noch bevorsteht, aber ich bin gesund und habe noch mindestens fünfzehn Jahre vor mir. Ich schlafe und wache auf, wann ich will; ich kann vier Stunden lang reiten und zehn Stunden am Tag arbeiten; meine Lebenshaltung kostet nicht viel, mit einem Goldstück am Tag kann ich überall sehr gut leben. Wir werden ja sehen!«

An jenem Vormittag herrschte in Malmaison ein Kommen und Gehen wie zu Zeiten des Konsulats; viele Offiziere sprachen vor, um sich zu verabschieden, aber nur wenige wurden von Napoleon empfangen; den meisten ließ er durch Bertrand für ihre Treue danken.

Gegen Mittag erschienen die Brüder und Julie.

Beim Déjeuner analysierte Napoleon noch einmal seine Lage: »Die Mächte führen im Grunde gar nicht gegen mich Krieg, sondern gegen die Revolution; sie haben in mir nur den Vertreter der Revolution gesehen.«

Viel wichtiger jedoch als politische Analysen war für die Familie die Zukunft: Joseph, Lucien und Napoleon sprachen über Amerika, über die Möglichkeiten, sich dort eine neue Existenz aufzubauen. Für Lucien war die Neue Welt schon immer verlockend gewesen, war doch von dort aus die Freiheitsidee nach Europa gekommen. Joseph witterte gute geschäftliche Möglichkeiten; er wollte dort Landwirtschaft im großen Stil betreiben. Als Großgrundbesitzer in den Neuenglandstaaten? Oder sollte er Baumwolle in den Südstaaten anpflanzen?

Letizia, Hortense, Julie und Jérôme schwiegen, sie hatten andere Zukunftspläne. Letizia wollte zusammen mit ihren Bruder nach Rom zurückkehren; ihr Haus sollte der Treffpunkt für die Bonapartes werden, die in Europa blieben. Hortense wußte nicht recht, wohin; sie wollte so lang wie möglich in Frankreich bleiben. Julie fand Amerika wenig verlockend und hatte bereits mit Désirée besprochen, daß sie wieder bei ihr wohnen könne. Jérômes Gedanken galten der Wiedervereinigung mit Frau und Kind, dann würde man weiter sehen.

Der Abschied Napoleons von Joseph und Lucien war unbeschwert: Über kurz oder lang würde man sich in Rochefort treffen, wo einige Fregatten bereitlagen, deren Auslaufen hoffentlich bald von der Regierung genehmigt wurde.

Am nächsten Vormittag erschien ein Kurier Fouchés mit der Nachricht, Blücher nähere sich in Eilmärschen der Hauptstadt. Man befürchte einen Überfall der Preußen auf Malmaison, und da das Schloß nicht genügend Sicherheit biete, möge der Kaiser nach Rochefort abreisen und dort auf die Pässe warten.

Napoleon stutzte, Mißtrauen keimte in ihm auf. Er befahl dem Kurier, der Regierung auszurichten, sie möge ihm die Pässe schicken und den Fregatten die Genehmigung zum Auslaufen erteilen; solange dies nicht erfolgt sei, werde er in Malmaison bleiben. Später wanderte er im Park herum und dachte über Fouchés Zögern bezüglich der Pässe nach – wollte man ihn zu guter Letzt doch noch den Alliierten ausliefern?

Er war so in Gedanken versunken, daß er die leisen Schritte auf dem Kiesweg nicht hörte; plötzlich rief eine helle Kinderstimme: »Papa Empéreur!« Er zuckte zusammen und wandte sich um. Der kleine Alexander in einem polnischen Nationalkostüm kam auf ihn zugelaufen, gefolgt von seiner Mutter in einem weißen Musselinkleid. Ungläubig starrte er die beiden an. »Maria, Sie sind noch einmal gekommen? Sie wollen mir Lebewohl sagen.«

Maria Walewska nickte nur; sie hatte Tränen in den Augen. Angesichts ihrer unverbrüchlichen Treue und Zuneigung empfand er Gewissensbisse, daß er sie auf Elba so brüsk weggeschickt hatte. Wäre es nicht besser gewesen, sie zur Kaiserin zu machen? Er hatte viele Menschen falsch eingeschätzt, wahre Loyalität oft nicht erkannt, oft nicht genug gewürdigt. Was hatte Hortense einmal zu ihm gesagt? »Sie demütigen zuviel und strafen nicht genug ... « Hortense war die einzige weibliche Person in der Familie gewesen, die dergleichen äußern durfte; sie war die einzige, die politische Klugheit und Instinkt besaß – vielleicht hätte er sie öfter zu Rate ziehen sollen. Aber für diese Überlegungen war es jetzt zu spät.

Seine Reue machte ihn verlegen, und er versuchte sie zu überspielen. Er hob den kleinen Alexander hoch, nahm Maria an der Hand und ging langsam mit ihr den kiesbestreuten Weg entlang.

Sie fragte ihn, wo er jetzt hingehen werde, und er begann von Amerika zu erzählen. Da blieb sie stehen und bat ihn flehentlich, ihn ins Exil begleiten zu dürfen – sie sei bereit, ihm überallhin zu folgen, und er müsse ja nun keine Rücksicht mehr nehmen.

Er dachte daran, wieviel leichter alles zu ertragen wäre mit dieser Frau an der Seite – nein, er durfte jetzt nicht an sich denken. Liebevoll versuchte er ihr klarzumachen, daß er sie nicht mitnehmen könne; seine Zukunft sei ungewiß, sein Leben sei abgeschlossen, aber das ihre liege noch vor ihr, sie müsse auch an Alexanders Zukunft denken. Ob sie nicht wieder heiraten wolle, der Graf Ornano verehre sie schon seit langem.

Als sie beharrlich schwieg, bat er sie, über seinen Vorschlag nachzudenken, es wäre eine Beruhigung für ihn.

»Ja, ich verspreche es Ihnen. Alexander, komm, wir müssen jetzt gehen. Leben Sie wohl, Sire, ich wünsche Ihnen alles, alles Gute.«

Napoleon umarmte und küßte das Kind, dann nahm er die Hand der Gräfin. »Sie haben mir viel bedeutet, Maria, auch wenn es manchmal nicht so schien.«

Sie sah ihn stumm an, nahm Alexander an die Hand und eilte zum Schloß zurück.

In den frühen Morgenstunden des 29. Juni überbrachte Davouts Adjutant Flahaut endlich die Pässe und die Genehmigung zum Auslaufen der Fregatten. Napoleon atmete erleichtert auf und befahl Bertrand, alles für die Abreise vorzubereiten.

Er hatte von Flahaut erfahren, welche Maßnahmen man zur Verteidigung der Hauptstadt ergriffen hatte, und als er nun aus der Ferne das Donnern der preußischen Geschütze hörte, zuckte ein Einfall in seinem Kopf auf. Er befahl dem verblüfften General Becker, auf der Stelle in die Hauptstadt zu reiten und folgendes Angebot zu unterbreiten: Er, Napoleon, biete seine Dienste als General an. Er werde den Feind zurückschlagen und der Regierung dadurch Zeit zum Verhandeln verschaffen, und er gebe sein Ehrenwort als Soldat, daß er nach Erledigung seines Auftrages Frankreich sofort verlassen werde.

Stunden später kehrte Becker mit dem ablehnenden Bescheid

Fouchés zurück und dem Befehl, Napoleon habe sofort nach Rochefort abzureisen.

Die Energie und Entschlußkraft, die ihn noch einmal ergriffen hatten, erloschen so plötzlich, wie sie aufgeflammt waren. Müde stieg er die Treppe hinauf, schnallte den Degen ab und vertauschte seine geliebte grüne Uniform mit Zivilkleidung: braune Kniehose, ein blauer Frack, ein breitkrempiger Reisehut. Dann ging er langsam noch einmal durch die Räume. Vor Josephines Schlafzimmer zögerte er – er hatte es während der vergangenen Tage nicht betreten – schließlich ging er doch hinein, sah sich flüchtig um. Täuschte er sich oder schwebte noch ein Hauch ihres Parfums im Raum?

Endlich ging er hinunter in die Vorhalle, wo Hortense, ihre Söhne, Letizia, Saveria, Fesch und Marchand warteten. Bertrand und die anderen, die ihn zur Küste begleiten wollten, stiegen schon in ihre Wagen. Hortense lief auf ihn zu und drückte ihm einen schwarzen Seidengürtel in die Hand. »Ich habe meine Brillanten eingenäht«, flüsterte sie, »sie können Ihnen eines Tages nützlich sein.«

»Aber Hortense, ich habe doch genügend Barmittel dabei.«

»Bitte, es ist ein Abschiedsgeschenk.«

Widerstrebend nahm er den schwarzen Gürtel. »Ich verspreche Ihnen, daß Sie den Schmuck zurückbekommen – allerdings habe ich das Paoletta auch versprochen, aber ihre Juwelen sind verloren; sie waren in meinem Reisewagen, der den Engländern oder Preußen in die Hände gefallen ist.«

Er umarmte sie, die Neffen, Fesch, Saveria und stand nun vor Letizia, die am gefaßtesten von allen schien, jedenfalls verriet ihr Gesicht nicht, was in ihr vorging.

»Leben Sie wohl, Mama.«

»Leben Sie wohl, mein Sohn!« Und leise, fast unhörbar, sagte sie dasselbe, was sie ihm vor vielen Jahren zugeflüstert hatte, als er nach Brienne aufgebrochen war: »Mut!«

Mit raschen Schritten eilte er hinaus, stieg in die einfache, schmuck- und wappenlose Kutsche; Marchand folgte, den grauen Mantel über dem Arm. Es war fünf Uhr nachmittags.

XLI

Am 15. August 1815 kamen Letizia, Fesch und Saveria in Rom an. Fesch wurde noch am gleichen Abend vom Papst empfangen, der ihm seine Bereitschaft zusicherte, allen Bonapartes auf Wunsch Asyl zu gewähren. Letizia atmete erleichtert auf, es war die erste erfreuliche Nachricht seit Napoleons Abreise aus Malmaison.

An jenem Abend war Joseph noch einmal kurz erschienen mit der Hiobsbotschaft, daß die Engländer die Küste blockierten und kein französisches Schiff durchließen. Er besitze Gott sei Dank genügend Barmittel, um irgendein anderes Schiff aufzutreiben, das die Engländer passieren ließen. In jedem Fall müsse er alles daran setzen, seinem Bruder zu helfen. Seitdem hatte Letizia weder von Joseph noch von Napoleon oder den anderen Kindern ein Lebenszeichen erhalten.

Am nächsten Morgen erschien Fesch ungewöhnlich früh in ihrem Salon. Er drehte verlegen eine Zeitung in der Hand und kam zögernd mit der Nachricht heraus, Napoleon sei in englischer Gefangenschaft.

Letizia starrte ihren Bruder fassungslos an. »In englischer Gefangenschaft«, stammelte sie, »wie konnte das passieren?«

Fesch überflog den Zeitungsartikel und erklärte dann seiner Schwester die Ereignisse der letzten Wochen.

Die verbündeten Mächte hatten sich in einer Erklärung darauf geeinigt, daß Napoleon ihr Gefangener sei, der auf Lebzeiten daran gehindert werden müsse, die Ruhe Europas zu stören; man hatte die britische Regierung mit seiner Überwachung beauftragt und ihr die Wahl seines künftigen Aufenthaltsortes überlassen. Darüber hinaus würde jede Großmacht, auch Frankreich, einen Kommissar dorthin entsenden, um Napoleons Anwesenheit zu kontrollieren.

Napoleon hatte angesichts der englischen Blockade und der Unmöglichkeit, weiter in Frankreich zu bleiben, mit dem Kapitän des englischen Schiffes ›Bellerophon‹ Verhandlungen aufgenommen, um auf diesem Weg den Prinzregenten von England um Asyl zu bitten: Er habe seine politische Laufbahn beendet und komme, wie Themistokles, im Lande des britischen Volkes eine Zuflucht zu suchen.

»Ich stelle mich in den Schutz Ihrer Gesetze und bitte Eure Königliche Hoheit als den mächtigsten, beständigsten und großmütigsten meiner Feinde, ihn mir zu gewähren.«

Am 15. Juli war er mit seinen Begleitern an Bord der ›Bellerophon‹ gegangen. Die brachte ihn zunächst nach Plymouth, wo er von dem Beschluß erfuhr, ihn lebenslang auf die Insel Sankt Helena zu verbannen. Auf seine schriftlichen Proteste mit dem Hinweis, daß er freiwillig an Bord der ›Bellerophon‹ gegangen sei und sich somit als Gast und nicht als Gefangener Englands betrachte, wurde nicht eingegangen.

»Am 9. August«, fuhr Fesch fort, »haben er und seine Begleiter sich auf der ›Northumberland‹ nach Sankt Helena eingeschifft. Napoleons Begleiter sind Bertrand mit Familie, Montholon mit Familie, Gourgaud, Las Cases und sein Sohn, Marchand und einige Diener.«

Lange Zeit sprach niemand ein Wort. Schließlich fragte Letizia Fesch, wo diese Insel überhaupt liege; er holte ein Buch und eine Karte und zeigte ihr einen winzigen Punkt im Atlantischen Ozean gegenüber der südafrikanischen Küste.

»Jesus!« rief Letizia entsetzt. »Das ist am Ende der Welt! Eine Flucht von dieser Insel ist unmöglich ... lebenslänglich ... «

Sie fing an zu weinen. Fesch sprach ihr gut zu: Irgendwann würden die Alliierten Napoleon doch noch nach Amerika ausreisen lassen, schließlich koste diese Gefangenschaft den englischen Staat Geld. Dann nahm er das Buch – es war der Bericht eines englischen Seefahrers über Sankt Helena aus dem Jahre 1805 – und las Abschnitte daraus vor.

»Wenn das Auge die Insel von der hohen See aus entdeckt, so bemerkt es zuerst einen bläulichen, zerrissenen Felsen, der sich steil in die Lüfte erhebt ... Kaum vermag man sich etwas Traurigeres und Trostloseres vorzustellen als jene schwarzen zerklüfteten Abhänge, die keinen Baum, keinen Strauch, ja nicht einmal eine Spur von Grün aufweisen ... Der Umfang der Insel beträgt nicht ganz zehn Meilen ... Die Insel ist reich an gutem Trinkwasser ... Das Klima ist mild und angenehm ... Man findet dort die Pflanzenwelt von England, Afrika, China, Indien ... Die Zahl der Einwohner schätzte man vor einigen Jahren auf ungefähr zweitausend, darunter fünfhundert Soldaten und sechshundert Neger ... Die Stadt Jamestown liegt in einem Tal, sie besteht aus einer einzigen unregelmäßigen, aber sauberen Straße ... Von den Nahrungsmitteln ist das Ochsenfleisch das beste und billigste ... Es gibt dort viele Ziegen, außerdem Schafe, Geflügel und etwas Wild ... «

Fesch klappte das Buch zu. »Die Insel scheint nicht ganz unwirtlich zu sein, es gibt bestimmt schlimmere Aufenthaltsorte.«

Nach dem Déjeuner betrachteten Saveria und Letizia noch einmal die Landkarte und studierten den Bericht des Seefahrers; schließlich legte Letizia das Buch zur Seite. »Ach, Saveria, mit dem Sturz des Kaisers endet auch mein Leben. Wie mag es meinen anderen Kindern gehen? Giuseppe, Luciano, Girolamo, Elisa, Paoletta? Luigi ist als einziger in Sicherheit, hier in Rom.« Sie brach in Tränen aus.

Nach Napoleons zweiter Abdankung bat Murat die Alliierten um Asyl, wenn möglich irgendwo in Österreich, weil er inzwischen erfahren hatte, daß sich Caroline in Triest aufhielt.

Während er in Toulon auf Antwort wartete, brach im Süden des Landes der sogenannte ›Weiße Terror‹ aus, bei dem die Royalisten zahlreiche Anhänger Napoleons ermordeten. Murat hielt es für besser, unterzutauchen. Nach wochenlangem Umherirren in den Bergen beschloß er, sich nach Korsika abzusetzen, in der Hoffnung, dort Hilfe von einem alten Freund zu bekommen. Es gelang ihm, in Bastia an Land zu gehen und sich bis zu diesem Freund durchzuschlagen. Dort erreichte ihn schließlich die Nachricht, daß der Kaiser von Österreich bereit sei, Murat in seinem Staate Asyl zu gewähren.

Die Vernunft hätte geboten, dieses Angebot anzunehmen, aber Murat hatte inzwischen einen anderen Entschluß gefaßt: Er wollte

Napoleons Beispiel folgen und sein Königreich zurückerobern. Er versetzte Carolines Schmuck, warb Freiwillige – mehr Abenteurer als Söldner – an, kaufte Schiffe, rüstete sie notdürftig aus und schiffte sich Ende September ein. Die kleine Flotte kam glücklich bis zur Kalabrischen Küste, wo Murat gezwungen war, an Land zu gehen, weil Wasser und Proviant zur Neige gingen.

In dem kleinen Ort Pizzo traten ihm bewaffnete Bauern entgegen. Als sie hörten, daß der Exkönig Joachim vor ihnen stand, der sich seinerzeit bei der Landbevölkerung durch allerhand Maßnahmen unbeliebt gemacht hatte, nahmen sie ihn und seine Begleiter kurzerhand fest und inhaftierten sie im Schloß. Die örtliche Gendarmerie benachrichtigte die Regierung in Neapel von Murats Auftauchen, und wenige Tage später kam aus der Hauptstadt die Anordnung, der ›Staatsfeind‹ sei von einer Militärkommission abzuurteilen und sofort zu exekutieren.

Die Kommission trat am 13. Oktober zusammen. Als Murat sich weigerte zu erscheinen, wurde er in Abwesenheit – auf Grund eines Gesetzes, das er selbst eingeführt hatte – zum Tod durch Erschießen verurteilt.

Man gewährte ihm eine Viertelstunde, um sich auf diesen Augenblick vorzubereiten, und er nutzte die Zeit, um einen letzten Brief an Caroline und die Kinder zu schreiben, dem er eine Haarlocke beifügte.

›Vergeßt mich nie. Mein Leben war durch keine unrechte Tat befleckt. Adieu, meine geliebte Caroline; adieu, mein Achille; adieu, meine Letizia; adieu, mein Lucien; adieu, meine Louise. Zeigt Euch vor der Welt meiner wert. Ich lasse Euch zurück ohne Königreich und ohne Vermögen inmitten meiner zahlreichen Feinde. Denkt daran, daß Ihr Euch über das Unglück erheben könnt. Erinnert Euch, was Ihr seid, was Ihr wart, und Gott wird Euch segnen. Flucht nicht meinem Andenken. Mein größter Schmerz ist, fern von Euch zu sterben. Ich sende Euch meinen Segen, meine Küsse und meine Tränen. Erinnert Euch immer Eures unglücklichen Gatten und Vaters.‹

Dann trat er vor das Erschießungskommando und rief: »Soldaten, tut eure Pflicht! Zielt auf das Herz, aber schont das Gesicht!«

Er fiel, von sieben Kugeln getroffen, und wurde noch am gleichen Tag in Pizzo verscharrt.

Im Juni war Caroline, die sich nun Gräfin Lipona – ein Anagramm von Napoli – nannte, von Triest nach Schloß Hainburg südöstlich von Wien gebracht worden, wo man sie, ihre Kinder und den Hofstaat streng bewachte.

Hier erfuhr sie vom letzten fehlgeschlagenen Abenteuer ihres Mannes und von seiner Erschießung. Sie war jetzt dreiunddreißig Jahre alt und hatte verloren, was in ihrem Leben am wichtigsten gewesen war: ihren Gatten und die Krone. Hinzu kamen finanzielle Sorgen. Wegen der fehlenden neapolitanischen Einkünfte hatte sie einen großen Teil ihres Gefolges entlassen müssen, sogar die Gouvernante der Kinder. Sie behielt nur wenige Bedienstete und ihren ehemaligen Kriegsminister MacDonald; er wurde nun ihr Berater in finanziellen Fragen, ihr zuverlässiger Freund und ihr Geliebter. Ihre wirtschaftliche Lage wurde zusätzlich erschwert durch die Tatsache, daß der Vertrag von Bayonne, der ihr und dem Gatten ein Jahreseinkommen zugesichert hatte, hinfällig geworden war und daß sich von allen Seiten Gläubiger meldeten, die angeblich Murat für die Ausrüstung seiner Flotte Geld geliehen hatten. Caroline beglich die Schulden ihres Mannes, soweit sie konnte, indem sie einen Teil ihrer Juwelen versetzte und bei Geldverleihern Kredit aufnahm. Und sie begann bei den Verbündeten um den Vertrag von Bayonne zu kämpfen.

Elisa war immer noch in Brünn inhaftiert, ihre Gesuche, nach Bologna zurückkehren zu dürfen, wurden abgelehnt. Auch sie hielt man – ebenso wie Caroline – für politisch gefährlich. Der bedeutungslose Felix hatte es während der Glanzjahre der Familie verstanden, durch geschickte Grundstücksspekulationen auf Korsika eine finanzielle Reserve zu schaffen, die sich nun als nützlich erwies; abgesehen davon war er jetzt für Elisa der ruhende Pol in ihrem Leben, der Mann, auf den sie sich verlassen, zu dem sie zurückkehren konnte, wenn man sie irgendwann wieder in die Freiheit entließ.

Im Gegensatz zu ihren Schwestern hielt man Pauline für politisch harmlos, so ließ Wercklein sie im September frei, wobei er es nicht versäumte, ihr ausführlich über Waterloo, die Abdankung und Sankt Helena zu berichten.

Pauline kehrte am 15. Oktober nach Rom zurück, zog zu Mutter und Onkel in den Palazzo Falconieri und begann einen erbitterten Kampf um ihre Apanage und das Wohnrecht im Palazzo Borghese; sogar an den Vatikan wandte sie sich um Hilfe. Wenn sie nicht gerade mit ihrem Prozeß gegen Camillo beschäftigt war, wanderten ihre Gedanken nach Sankt Helena, und sie grübelte darüber nach, wie das Los ihres Bruders zu erleichtern war.

›Politisch gefährlich‹ oder ›politisch harmlos‹ – das war der Maßstab, den die Alliierten bei der Behandlung der Bonapartes anlegten.

Als politisch harmlos galt auch der kranke Louis, der sich bereits 1810 ins Privatleben zurückgezogen hatte; obwohl er nicht mit Verhaftung rechnen mußte, bat er den Papst um Asyl in Rom. Dank seines ansehnlichen Vermögens hatte er keine finanziellen Sorgen; er beschäftigte sich damit, um das Sorgerecht für seine Söhne zu kämpfen und eine Annullierung seiner Ehe zu erreichen.

Sein Bruder Jérôme hingegen wurde als ›gefährlich‹ eingestuft, obwohl seine Verschwendungssucht und die zahlreichen Liebesaffären, die allgemein bekannt waren, nahelegten, daß er weniger an der Politik als an seinem Privatleben interessiert war. Jérômes Versuch, sich zur Westküste Frankreichs durchzuschlagen, scheiterte. Er wurde erkannt, und da er mit Verhaftung rechnen mußte, fuhr er zurück nach Paris, wo Fouché ihm zu einem vorübergehenden Asyl in der württembergischen Gesandtschaft verhalf. Später, nachdem der König von Württemberg sich schließlich bereit erklärt hatte, seinem Schwiegersohn Asyl zu gewähren, sorgte Fouché dafür, daß Jérôme unbehelligt über die Grenze kam. Am 21. Juli traf ›König Lustik‹ in Karlsruhe ein und wurde von dort unter strenger Bewachung nach Schloß Göppingen gebracht, wo er endlich Frau und Kind wiedersah.

Katharina hatte eigentlich nicht in die Heimat zurückkehren wollen, aber nach Waterloo war sie von Metternich vor die Wahl gestellt worden: entweder Internierung in der Prager Festung oder Rückkehr zu ihrem Vater. Sie hatte sich für letzteres entschieden, obwohl sie wußte, daß sie von ihrem Vater nichts Gutes zu erwarten hatte. Ihre Befürchtungen bestätigten sich; abgesehen davon, daß man sie wie eine Staatsgefangene behandelte, versuchte man vor allem, sie zur Scheidung von Jérôme zu überreden, was völlig erfolglos war; Katharina blieb ihrem ›Fifi‹ treu.

Ihr Gatte hatte in den folgenden Monaten unter dem Haß seines Schwiegervaters empfindlich zu leiden. Der König von Württemberg ließ alle Besitztümer an beweglicher Habe, die Jérôme in Frankreich noch besaß, beschlagnahmen und verkaufen. Jérôme und Katharina standen schwere Zeiten bevor, denn das Jahresgeld war so knapp bemessen, daß sie kaum ihren Lebensunterhalt davon bestreiten konnten.

Der König von Bayern hatte mehr Verständnis für seine Tochter Augusta und den Schwiegersohn Eugène. Er ernannte den ehemaligen Vizekönig zum Herzog von Leuchtenberg und Fürst von Eichstätt; in diesen Besitztümern und in seinem Münchner Palais führte Eugène das Leben eines Souveräns mit ordnungsgemäßer Hofhaltung.

Während der ›Hundert Tage‹ hielt er es für besser, in Bayern zu bleiben und erst einmal die Entwicklung der Dinge abzuwarten – trotzdem ernannte Napoleon den Stiefsohn, ebenso wie Louis, zum Pair von Frankreich. Die zweite Abdankung hatte für Eugène keine nachteiligen Folgen; es wurde zwar beobachtet, ob er Verbindung zu Anhängern Napoleons hatte, aber man konnte ihm nie etwas nachweisen. Er reduzierte die Kontakte zur Familie seines Stiefvaters immer mehr, nur mit Hortense korrespondierte er und besuchte sie hin und wieder.

Hortense war vom Schicksal weniger begünstigt als der Bruder. Sie lernte ›das Stück Schwarzbrot in der Fremde‹ kennen, von dem Napoleon gesprochen hatte, und es war hartes, trockenes Brot. Da sie sich während der ›Hundert Tage‹ offen zu Napoleon bekannt hatte, konnte sie nicht mehr mit dem Wohlwollen der Verbündeten rechnen.

Mitte Juli befahl ihr der Pariser Stadtkommandant, die Hauptstadt binnen zwei Stunden zu verlassen. Hortense reiste mit ihren Kindern zunächst nach Genf, in der Hoffnung, Schloß Prégny, das ihre Mutter einst erworben hatte, bewohnen zu können. Doch die

Genfer Regierung wies sie auf Veranlassung Talleyrands aus, und Hortense fuhr weiter nach Aix les Bains. Dort erschien im November ein Abgesandter von Louis, um den elfjährigen Napoleon-Louis nach Rom zu holen, weil inzwischen das Urteil des Seine-Gerichtshofes vom März in Kraft getreten war. Damit nicht genug, sie wurde auch aus Aix vertrieben. In ihrer Not wandte sie sich an die Cousine Stéphanie in Karlsruhe; diese konnte den Großherzog überreden, daß Hortense sich in Konstanz niederlassen durfte; hier fand sie gegen Jahresende endlich Ruhe. Eugène verschaffte ihr einen Kredit bei Rothschild in Frankfurt; sie kaufte das in der Schweiz gelegene Schlößchen Arenenberg am Bodensee und bat die Schweizer Behörden um Aufenthaltsgenehmigung. In diesem Jahr 1815 verlor Hortense nicht nur die Heimat, ihr Vermögen und ihren Sohn, sondern zu guter Letzt auch ihren Liebhaber, den Grafen Flahaut, der eine reiche Engländerin heiratete.

Der ›gefährlichste‹ der Bonapartes – noch gefährlicher als Napoleon – war für die Verbündeten merkwürdigerweise Lucien, obwohl sein zehnjähriges Zerwürfnis mit dem Bruder allgemein bekannt war. Seine politisches Engagement während der ›Hundert Tage‹, und, was noch schwerer wog, seine jakobinische Vergangenheit genügten, um ihn zu brandmarken.

Lucien kam bis Boulogne, änderte dort plötzlich seine Amerika-Pläne und beschloß, zunächst nach Rom zurückzukehren; er verschaffte sich falsche Pässe, reiste über die Alpen nach Süden, wurde unterwegs erkannt, verhaftet und in Turin interniert.

Er bat den Papst um Hilfe, der sich auch bei den Verbündeten für ihn einsetzte. Die hatten inzwischen die abenteuerlichsten Ideen entwickelt, was mit Lucien zu geschehen habe. Man erwog sogar, ihn nach Königsberg zu verbannen, lediglich der Protest des Königs von Preußen, der einen so ›gefährlichen Mann‹ nicht in seinem Staat dulden wollte, bewahrte Lucien vor diesem Schicksal. Schließlich entschied man, ihn in den Kirchenstaat zu schicken und den Vatikan mit seiner Bewachung zu beauftragen.

So kehrte Lucien nach dreimonatiger Haft im Herbst zurück zu seiner Familie und nahm sein früheres Leben wieder auf, verwaltete seine Güter, leitete Ausgrabungen auf seinem Besitz und schrieb.

Sein Vermögen und der päpstliche Titel ›Fürst von Canino‹ blieben ihm erhalten, und die Überwachung war nicht störend; wenn er zwischen Rom und seinen Landgütern umherreiste, wurde er von päpstlichen Gendarmen begleitet, die sich in gebührender Entfernung hielten.

Am besten von den Familienmitgliedern ging es Joseph und Julie. Sie hatte sich als Königin stets im Hintergrund gehalten und stand überdies unter dem Schutz ihrer Schwester, sodaß sie unbehelligt blieb und mit ihren Töchtern in Paris ihr gewohntes Leben fortführen konnte. Joseph schuf sich in Amerika eine neue Existenz. Er war am 2. Juli mit Napoleon in Niort zusammengetroffen und hatte ihn nach Rochefort begleitet. Um die englische Blockade zu umgehen, tüftelte er einen Plan aus: Er würde den Bruder auf einem neutralen Schiff, in einem Brandy-Faß versteckt, durch die englische Sperre bringen. Napoleon lehnte das ab, er wollte auf legalem Weg in die Neue Welt kommen.

Inzwischen hatte Joseph ein amerikanisches Schiff für seine Flucht gechartert und bot dem Bruder an, auf dieser Fregatte statt seiner Europa zu verlassen. Er, Joseph, würde in Rochefort bleiben und die weitere Entwicklung abwarten; da sie einander ähnlich sahen, würde der Rollentausch vorerst nicht bemerkt werden. Und dann – was sollten die Verbündeten schon machen, wenn sie entdeckten, daß ihnen Joseph in die Hände gefallen war, und nicht Napoleon? (Der Exkönig von Neapel und Spanien ahnte nicht, daß man bereits beschlossen hatte, ihn nach Rußland zu verbannen!)

Napoleon vertraute auf die britische Großmut und lehnte Josephs Vorschläge ab. Am 4. Juli nahmen die Brüder voneinander Abschied. Joseph schiffte sich ein und kam Ende des Monats glücklich in New York an; er nannte sich nun Graf von Survilliers, nach einem zu Mortefontaine gehörenden Gut, und blieb zunächst in Philadelphia. Dann entdeckte er bei einem seiner Ausflüge den stattlichen Besitz Point Breeze am Delaware im südlichen New Jersey; er beschloß, das Anwesen zu erwerben, und stellte bei der Regierung einen diesbezüglichen Antrag. Nachdem er seine Angelegenheiten gegen Jahresende geordnet hatte, bat er Julie und die Töchter, nach Amerika zu übersiedeln.

Letizia erfuhr nach und nach vom Schicksal der einzelnen Familienmitglieder. Sie war erleichtert, als sie einen Brief von Joseph erhielt; sie freute sich über die Rückkehr von Pauline und Lucien; sie bedauerte Hortense und Elisa, Jérôme und Katharina, denen sie tröstliche Briefe schrieb – aber alle diese Einzelschicksale verblaßten vor dem Gedanken an ihren Sohn auf Sankt Helena und an ihren Enkel in Wien. Für Marie-Louise empfand sie nur noch Verachtung, sie erwähnte sie nicht mehr, und die Familie begriff bald, daß die Habsburgerin für Letizia ebenso tot war wie Caroline.

Pauline teilte die Meinung ihrer Mutter, und wenn sie mit Lucien und Alexandrine allein war, sagte sie oft: »Es ist empörend, charakterlos! Wer weiß, ob Napoleon nach Frankreich zurückgekehrt wäre, wenn sie sich bequemt hätte, zu ihm nach Elba zu gehen!«

So unterschiedlich auch die Schicksale der einzelnen Familienmitglieder nach der zweiten Abdankung Napoleons waren, eins galt für alle: Sie wurden geächtet. Sie verloren ihre Bürgerrechte, die französischen Gesandtschaften im Ausland entzogen ihnen den Schutz; es gab für sie keine Beglaubigung von Dokumenten in einer französischen Kanzlei; kein Bonaparte hatte das Recht, sich irgendwohin zu begeben, ehe er nicht um Erlaubnis gebeten und die Genehmigung einer interalliierten Konferenz erhalten hatte, die in Paris tagte.

Rache war in jenem Herbst das Motiv, das die Handlungen und Entscheidungen beeinflußte. Die verbündeten Mächte rächten sich an Frankreich und diktierten einen harten Frieden; die royalistische Partei drängte den König, sich an den Anhängern Napoleons zu rächen, besonders an denen, die vor und während der ›Hundert Tage‹ das Lager gewechselt hatten. Der König selbst neigte dazu, eine allgemeine Amnestie zu erlassen, aber die Royalisten forderten ›Köpfe‹, und um sie zu beruhigen, stellte man, gewissermaßen stellvertretend für alle, drei Männer vor Gericht und verurteilte sie zum Tode: La Bédoyère, Ney und Lavalette.

Der Oberst wurde im August verhaftet und erschossen, der Marschall im Dezember, Lavalette, der Zivilist, sollte im Dezember auf dem Schafott hingerichtet werden, aber seine Frau – Emilie de Beauharnais, die einst Louis Bonapartes große Liebe gewesen war – verhalf ihm im letzten Augenblick zur Flucht. Er entkam und schlug sich ins Ausland durch; seine Frau wurde nach mehrmonatiger Haft zwar entlassen, war aber seelisch so zerrüttet, daß sie später wahnsinnig wurde und starb.

Caulaincourt sollte ebenfalls vor Gericht gestellt werden, dank der Intervention des Zaren wurde sein Name aber von der Liste der Hauptbelasteten gestrichen. Er zog sich auf seine Landgüter zurück, lebte als Privatmann und schrieb seine Erinnerungen.

Er war nicht der einzige; auch Méneval, den man unbehelligt ließ, beschäftigte sich mit seinen Memoiren, ebenso Laure Junot, Madame de Rémusat und viele andere. Die Gräfin Montesquiou dagegen, die man nach Waterloo freigelassen hatte, lehnte es ab, ihre Erinnerungen aufzuzeichnen; sie habe zu traurige Dinge zu berichten, erklärte sie, wenn man sie danach fragte. Sie lebte sehr zurückgezogen und mied das Hofleben.

Am Ende des Jahres 1815 traten auch Talleyrand und Fouché von der politischen Bühne ab.

Talleyrand war von Juli bis September Ministerpräsident; als er Schwierigkeiten mit der Deputiertenkammer bekam, bot er seinen Rücktritt an, und zu seiner Überraschung wurde sein Gesuch angenommen. Er war dann Großkämmerer des Königs, aber da er in diesem Amt politisch keine Rolle mehr spielen konnte, zog er sich auf sein Schloß Valençay zurück.

Fouché blieb zunächst Polizeiminister, aber die Royalisten fanden einen ehemaligen Jakobiner auf diesen Posten untragbar und schoben ihn als Gesandten nach Dresden ab.

Da Joseph und Napoleon unerreichbar waren, baten Fesch und Lucien Letizia, die Aufgaben des Familienoberhauptes zu übernehmen. Nach anfänglichem Zögern willigte sie schließlich ein, entschlossen, die Familie nicht durch Zwang, sondern durch Großzügigkeit zusammenzuhalten. Eines allerdings erwartete sie von jedem Bonaparte: eine finanzielle Unterstützung Napoleons.

Sie nahm an, daß die Engländer ihn nicht ausreichend mit den Dingen versorgten, an die er gewöhnt war, z. B. Kaffee, Tabak, Bücher, und als sich am 25. Dezember die Bonapartes zu einem Weihnachtsessen bei ihr versammelten, erinnerte sie noch einmal daran, wie viel die Familie ihm zu verdanken habe, und mahnte die Tischrunde eindringlich zur Hilfsbereitschaft.

Pauline, Lucien und Alexandrine erklärten sich sofort bereit, den Verbannten mit Geld und Paketen zu unterstützen. Letizias Enkelin Lolotte und deren Gatte, der Fürst Gabrielli, reagierten gleichgültig; Fesch kam der Appell seiner Schwester ungelegen; er hatte nicht die geringste Lust, des Neffen wegen seine Ausgaben für Gemälde einzuschränken, und murmelte halblaut, Napoleon werde bestimmt nicht viel entbehren müssen. In Louis' Augen spiegelte sich Erbitterung. Er dachte daran, daß der Bruder ihm Hortense aufgezwungen, daß er sich dauernd in die Regierung Hollands eingemischt hatte – warum sollte er ihn jetzt unterstützen? Hatte er sein Unglück nicht selbst verschuldet? Die Engländer ließen ihn bestimmt nicht verhungern. Während der Mahlzeit herrschte Schweigen, der Verbannte im fernen Atlantik schien mit am Tisch zu sitzen.

XLII

Im Jahre 1816 baten Letizia, Lucien und Pauline die englische Regierung um Erlaubnis, die Verbannung mit Napoleon teilen zu dürfen, was abschlägig beschieden wurde. Sie schrieben dem Verbannten Briefe und erhielten keine Antwort; sie schickten regelmäßig beträchtliche Geldsummen an Las Cases und Bertrand auf Sankt Helena und erfuhren nie, ob es den Empfänger erreichte.

Als die Wochen und Monate verstrichen ohne ein Lebenszeichen von Napoleon, schrieb Lucien an Las Cases und bat um Auskunft über das Ergehen seines Bruders, in der Annahme, daß man den Begleitern Napoleons, die ja keine Gefangenen Englands waren, die an sie adressierten Briefe aushändigte. Aber auch von Las Cases kam keine Antwort; die Insel schien von der Welt isoliert zu sein.

Die übrigen Bonapartes interessierten sich wenig für Sankt Helena, weil sie vollauf mit sich selbst zu tun hatten. Lediglich Joseph schickte Bertrand hin und wieder Geld; ansonsten beschäftigte er sich mit der Vergrößerung und Verschönerung von Point Breeze, das im Laufe der Zeit zu einem Sammelpunkt der amerikanischen Geistes- und Finanzwelt wurde. Joseph führte das luxuriöse Leben eines reichen Großgrundbesitzers, schrieb an seinen Memoiren und tröstete sich über die Abwesenheit der Gattin mit einer Geliebten, einer Quäkerin aus Philadelphia; Julie war mit Rücksicht auf ihre Gesundheit in Europa geblieben.

Im Frühjahr 1816 durfte Elisa Brünn verlassen. Die österreichische Regierung gestattete ihr, in Triest zu wohnen, und Elisa erreichte sogar, daß sie eine Entschädigung für die Wertgegenstände bekam, die sie in der Toskana zurückgelassen hatte. Sie nannte sich jetzt ›Comtesse de Compignano‹, erwarb zwei hübsche Villen und lebte recht zufrieden im Kreis ihrer Familie. Sie widmete sich ganz der Erziehung ihrer Kinder, reiste einmal jährlich in ein Heilbad, pflegte ihre literarischen Interessen und fand sich gelassen damit ab, daß sie nicht mehr Großherzogin war.

Louis beantragte bei der Kurie eine Annullierung seiner Ehe, was natürlich abgelehnt wurde, im übrigen widmete er sich wieder der Schriftstellerei und veröffentlichte seine *Betrachtungen über die Regierung Hollands*, worin er heftige Anklagen gegen den kaiserlichen Bruder erhob.

Hortense war glücklich, als sie 1817 endlich ihr Schlößchen Arenenberg beziehen konnte, wo sie während der folgenden Jahre die Sommermonate verbrachte; den Winter verlebte sie meistens bei ihrem Bruder Eugène. Sie kümmerte sich um die Erziehung ihres Sohnes Louis-Napoleon, versuchte die Erinnerung an den kaiserlichen Onkel in ihm wachzuhalten und sein Interesse für die politischen Strömungen der Zeit zu wecken. Und auch sie fing an, ihre Memoiren zu schreiben.

Pauline hatte erfolgreich gegen Camillo prozessiert. Sie bezog eine Apanage und hätte wieder im Palazzo wohnen dürfen, zog es aber vor, ein eigenes Haus zu erwerben, das sie ›Villa Paolina‹ nannte und mit englischen Möbeln ausstattete. Hier empfing sie vorwiegend Engländer und bat diejenigen, die sie für einflußreich hielt, bei der Londoner Regierung zugunsten Napoleons zu intervenieren. Sie verwandte mehr Zeit denn je auf die Pflege ihrer Schönheit und versuchte den Alterungsprozeß mit allen Mitteln aufzuhalten. In der Öffentlichkeit trug sie neuerdings eine zehnreihige Perlenkette, um die Falten am Hals zu verbergen. Zu den wenigen Vergnügen, die ihr geblieben waren, gehörten Fahrten durch Rom in einer offenen Kalesche mit Negerpagen, die natürlich Aufsehen erregten, was Pauline sichtlich genoß.

Ihre Schwester Caroline sorgte sich hauptsächlich um ihre finanzielle Lage, die von Jahr zu Jahr schlechter wurde. Ihre Bemühungen, von den Alliierten eine Entschädigung zu erhalten, blieben fruchtlos, und so war sie gezwungen, Gemälde und andere wertvolle Kunstgegenstände zu verkaufen, sogar die Goldborten von Murats Uniform. Sie hätte gerne bei Elisa in Triest gelebt, um ein bißchen Gesellschaft zu haben, und natürlich auch, weil sie sich finanzielle Unterstützung von der Schwester erhoffte, aber die

Österreicher erlaubten ihr lediglich die Übersiedlung von Hainburg nach Frohsdorf.

Eine weitere Sorge waren die heranwachsenden Kinder: mit wem sollte sie die Töchter verheiraten? Letizia und Louise würden wenig Mitgift bekommen, waren also keine guten Partien. Und die Söhne – Lucien neigte zur Verschwendung, Achille war aufbrausend und überdies ein glühender italienischer Nationalist, was ihn der Regierung in Wien verdächtig machte.

Oft verglich Caroline ihr Los mit dem der übrigen Geschwister und fand, daß es ihr am schlechtesten ging; an Napoleon dachte sie dabei nicht.

Katharina hatte es der Fürsprache ihres Bruders, des Kronprinzen, zu danken, daß der König ihr und Jérôme im August 1816 gestattete, Württemberg zu verlassen. Der Kaiser von Österreich war bereit, sie aufzunehmen, unter der Bedingung, daß sie inkognito lebten. Katharinas Vater verlieh seinem Schwiegersohn den Titel eines Grafen von Montfort, wobei er ihm verschwieg, daß die Montforts württembergische Standesherren und Untertanen waren; Katharina durfte außerdem den Titel ›Prinzessin von Württemberg‹ führen. Sie begaben sich zunächst nach Hainburg zu Caroline, bis darüber entschieden war, ob sie sich in Graz niederlassen durften.

Als Caroline von Jérôme Geld zurückforderte, das sie ihm angeblich vor Jahren geliehen hatte, kam es zum Familienkrach, und die Montforts mußten sich nach einer anderen Bleibe umsehen. Inzwischen gefiel es ihnen in diesem Teil Österreichs so gut, daß sie nachsuchten, sich dort niederzulassen zu dürfen, was auch genehmigt wurde. Jérôme besaß noch drei Millionen Francs und erwarb damit das Gut Schönau. Doch die finanzielle Lage blieb prekär und besserte sich erst, als der König von Württemberg im Herbst 1816 starb. Er hatte seiner Tochter zwar nichts vermacht, aber sie konnte nun wenigstens über das mütterliche Erbe verfügen und erhielt von dem Bruder eine jährliche Apanage; dank der Verwandtschaft mit dem Zaren bekam sie später auch von Alexander eine finanzielle Unterstützung.

Während der folgenden Jahre lebten die Montforts in Schönau sehr häuslich und zurückgezogen; als sich herausstellte, daß Katharina und ihr Sohn das Klima nicht vertrugen, beantragten sie, nach Wien übersiedeln zu dürfen. Dies wurde abgelehnt, statt dessen wies man ihnen Triest als Aufenthaltsort zu, wo sie sich 1819 niederließen.

Zwei Frauen, die den verbannten Kaiser gehaßt und geliebt hatten, und ein Mann, der ihm gedient und ihn dann verraten hatte, verließen in jenen Jahren die Bühne für immer.

Im Frühjahr 1816 starb die Kaiserin Maria Ludovica, aufrichtig betrauert von ihrem Gatten, was ihn aber nicht hinderte, im November des gleichen Jahres ein viertes Mal zu heiraten. Die junge Kaiserin Caroline Augusta war eine bayerische Prinzessin, bewunderte Napoleon und übertrug diese Bewunderung auf ihren Enkel ›Fränzchen‹, den sie vom ersten Tag an verwöhnte.

Im Dezember 1817 starb Maria Walewska. Nach langem Zögern hatte sie dem geduldigen Werben des Grafen Ornano nachgegeben und ihn im September 1816 geheiratet. Nach der Geburt ihres Sohnes Rodolphe-Auguste im Juni 1817 mahnten die Ärzte, ihres Nierenleidens wegen, zu äußerster Schonung, aber sie schlug alle Warnungen in den Wind, und im Laufe des Herbstes war abzusehen, daß sie nicht mehr lange leben würde. Nach ihrem Tod kehrte der kleine Alexander nach Polen zurück und wurde auf dem Familiengut Kiernozia erzogen.

Die Nachricht von der Heirat der Gräfin hatte den Verbannten auf Sankt Helena erreicht, von ihrem Tod erfuhr er nicht.

Im Dezember 1820 starb Fouché in Triest.

Einige Monate vorher – im August – hatte es auch bei den Bonapartes einen Todesfall gegeben: Elisa war im Alter von dreiundvierzig Jahren von der Malaria hinweggerafft worden.

Von den Geschwistern war Lucien der einzige, der sie ehrlich betrauerte. Mit Wehmut erinnerte er sich an Elisas literarischen Salon während des Konsulats und an jenen Maiabend, als er bei ihr Alexandrine kennengelernt hatte.

Letizias Verhältnis zu ihrer ältesten Tochter war stets kühl gewesen, und so berührte sie auch Elisas Tod nicht allzu tief. Aber sie fragte sich manchmal, ob es ihr Schicksal sein sollte, auch die Kinder zu überleben.

Zu den wenigen erfreulichen Ereignisse in jenen Jahren gehörte die Geburt von drei weiteren kleinen Bonapartes. Alexandrine brachte 1816 ihren Sohn Antoine zur Welt, 1818 die Tochter Alexandrine Marie, und Katharina gebar 1820 die Tochter Mathilde-Letizia. Familienzuwachs gab es nicht nur in Rom und Triest, sondern auch in Parma. Marie-Louise war Anfang März 1816 – begleitet von Neipperg und einem österreichischen Hofstaat – nach ihrem Herzogtum abgereist. Kaiser Franz hatte die Begleitung Neippergs erlaubt, weil dieser in Parma die Regierungsgeschäfte führen und die Außenpolitik leiten sollte, natürlich im Sinne Metternichs; in einem Punkt hatte der Kaiser seiner Tochter nicht nachgegeben: Der kleine Napoleon mußte – weil Metternich es wünschte – in Wien bleiben. Marie-Louise fügte sich wie immer, auch mit Rücksicht auf die leidige Nachfolgefrage, die immer noch nicht geklärt war.

Im Herbst des Jahres erfuhr sie, daß Parma nach ihrem Tod an das Haus Bourbon zurückfallen werde und daß ihr Sohn niemals und nirgendwo als souveräner Fürst regieren dürfe. Empört forderte sie eine materielle Entschädigung und einen Titel für ihren Sohn, der dem Rang eines ehemaligen Thronfolgers von Frankreich entsprach. Dies wurde ihr zugestanden: Franz übertrug seinem Enkel die pfalz-bayerischen Güter in Böhmen, deren Einkünfte jährlich ungefähr 500 000 Goldkronen betrugen, und verlieh ihm 1818 den Titel ›Herzog von Reichstadt‹. (Reichstadt war die größte deutsche Domäne der böhmischen Güter.) Man gestattete ihm ein eigenes Wappen, sein Rang war unmittelbar nach den Prinzen des kaiserlichen Hauses und den Erzherzögen von Österreich.

Marie-Louise hatte sich in Parma rasch eingelebt. Sie genoß die Stellung als regierende Herzogin und ihre Beliebtheit bei der Bevölkerung – bereits nach kurzer Zeit nannte man sie ›die gute Herzogin‹ –, und vor allem genoß sie das Leben mit Neipperg, der sich als tüchtiger Verwalter erwies; er brachte die Staatsfinanzen in Ordnung, und das Herzogtum Parma galt bald als eines der bestregierten Staaten in Italien. Marie-Louise beschäftigte sich notgedrungen an den Vormittagen mit Staatsgeschäften, ansonsten widmete sie sich vor allem der Entwicklung Parmas als Musikstadt.

Beim Abschied hatte sie ihrem Sohn versprochen, im darauffolgenden Sommer nach Wien zu kommen; dieses Versprechen konnte sie nicht halten, weil sie ihr erstes Kind von Neipperg erwartete: im Mai 1817 kam die Tochter Albertine zur Welt. Zwei Jahre später, im August 1819, wurde Sohn Wilhelm geboren. Marie-Louise verlieh ihren Kindern die Titel Graf und Gräfin Montenuovo (die italienische Version von Neipperg oder Neuberg). Das häusliche Glück wäre vollkommen gewesen, aber Albertine und Wilhelm waren illegitim und mußten vor den Augen der Welt verborgen werden. Marie-Louise gab Tochter und Sohn nach der Geburt in die Obhut eines zuverlässigen Arztes, besuchte sie aber täglich.

Die Reisen nach Wien empfand sie zunehmend als lästige Pflicht, weckte doch der junge Herzog eine peinliche Erinnerung an die Vergangenheit und den verbannten Gatten.

Vom Jahre 1816 an beobachteten Pauline und Lucien teils erstaunt, teils amüsiert, daß der ehemals so weltliche Kardinal Fesch mit zunehmendem Alter immer frömmer und in seinen geistlichen Übungen asketischer wurde; er führte Buß-Prozessionen zum Kolosseum, fastete streng, lag stundenlang in seiner Hauskapelle auf den Knien und betete. Das Bedenkliche an dieser Frömmigkeit war, daß er immer mehr zum Mystiker wurde, anfing, an übernatürliche Dinge, Zeichen und Wunder zu glauben. Und diese Geisteshaltung übertrug sich im Laufe der Zeit auch auf Letizia, die – vielleicht aus Verzweiflung, daß sie nichts von Sankt Helena hörte – empfänglich wurde für den Glauben an Wunder.

Sie lebte nicht mehr mit ihrem Bruder zusammen, sie hatte den Palazzo Rinuccini erworben, ein dreistöckiges Gebäude aus dem siebzehnten Jahrhundert. In allen Räumen standen Büsten, hingen Bilder ihrer Kinder. In ihrem Schlafzimmer jedoch gab es nur ein Portrait von Carlo und Napoleon und eine Marmorbüste des Königs von Rom. Hier verwahrte Letizia auch alle ihre Andenken an den Gatten, Sohn und Enkel auf, hier verbrachte sie viele Stunden in Erinnerung an die vergangenen Jahre.

Anfang 1818 erschien bei Fesch eine gewisse Madame Kleinmüller und behauptete, sie stehe unter der geistigen Herrschaft der

Jungfrau Maria und könne mit der Geisterwelt in Verbindung treten. Fesch war beeindruckt. Er führte die Dame bei Letizia ein, und bald ließ sich Madame Kleinmüller Geld für wohltätige Zwecke geben. Und sie hatte Visionen. Eines Tages behauptete sie, Napoleon sei nicht mehr auf Sankt Helena; sie habe gesehen, wie er von Engeln fortgetragen wurde; einige Tage später sah sie ihn auf der Insel Malta, bei bester Gesundheit. Fesch und Letizia glaubten ihr und verbrachten die folgenden Tage mit Dankgebeten in der Hauskapelle.

Lucien und Pauline waren entsetzt, als Letizia ihnen freudestrahlend die frohe Botschaft mitteilte, und versuchten Mutter und Onkel davon zu überzeugen, daß Madame Kleinmüller eine Scharlatanin sei, die es nur auf ihr Geld abgesehen habe. Es half nichts, der Kardinal und seine Schwester glaubten daran, daß ein Wunder geschehen sei. Schließlich gaben die Geschwister ihre Bemühungen auf. Pauline hielt Madame Kleinmüller für geistig nicht normal, Lucien vermutete in ihr eine Spionin Metternichs – die Dame war Österreicherin –, beide aber bangten dem Augenblick entgegen, der konkrete Nachrichten über Napoleon bringen würde.

Im Mai 1818 erhielt Fesch einen Brief von Bertrand, der im Auftrag Napoleons darum bat, einen gebildeten Geistlichen, außerdem einen Arzt und einen Koch zu schicken. Zunächst weigerte sich Fesch, diesem Wunsch nachzukommen, und schrieb zurück, daß seiner Meinung nach Napoleon die Insel längst verlassen habe.

Lucien und Pauline waren außer sich über soviel Indolenz und forderten den Onkel immer wieder auf, den Wünschen ihres Bruders nachzukommen.

Im Sommer 1819 gab Fesch schließlich nach. Als Arzt schickte er den Korsen Antommarchi, dessen medizinische Ausbildung nicht über das Sezieren hinausgekommen war, als Priester Letizias Hausgeistlichen von Elba, Buonavita, der infolge Alter und Krankheit kaum noch sprechen konnte, weswegen er von einem jüngere Priester begleitet wurde, der noch gänzlich unerfahren war. Einen Koch hielt Fesch für überflüssig, sodaß Pauline ihren eigenen Küchenchef entsandte.

Ungefähr zwei Jahre später, Mitte Juli 1821, weilten die Bonapartes bei Lucien in der Villa Tusculum zu einem kleinen Gartenfest im engsten Familienkreis.

Der Hitze wegen waren sie bereits am frühen Morgen aufgebrochen, hatten den Vormittag im Schatten der Bäume verbracht und nach einem üppigen Mittagsmahl in den Zimmern geruht.

Als Lucien und Alexandrine gegen fünf Uhr nachmittags den Gartensaal betraten, fanden sie die Familie auf der Terrasse versammelt. Alexandrine blickte verträumt durch den Saal nach draußen und hinüber in den weitläufigen Park.

»Tusculum ist unser schönster Landsitz! Erinnerst du dich noch, Lucien, als wir zum ersten Mal hier waren und über den See zu der kleinen Insel fuhren und die Goldkette fanden?!«

»Ja«, erwiderte er zerstreut und betrachtete die Verwandten auf der Terrasse, die sich anschwiegen und vermieden, einander anzusehen. Pauline lag auf einem Ruhebett und ließ sich von einem Negerpagen Kühlung zufächeln, hin und wieder streiften ihre Augen geradezu haßerfüllt den Kardinal Fesch, der aber nichts bemerkte, weil er der dreijährigen Alexandrine eine Bilderbibel zeigte. Letizia sah nachdenklich hinaus in den Park, und Lucien bemerkte, daß ihre rechte Hand einen Rosenkranz umklammerte. Arme Mama, dachte er mitleidig, vor vier Tagen hat sie von Buonavita erfahren, daß Napoleon noch auf Sankt Helena ist und daß es ihm gesundheitlich sehr schlecht geht.

Am 11. Juli war Buonavita in Rom eingetroffen und hatte berichtet, er habe aus gesundheitlichen Gründen die Insel verlassen müssen. Der Kaiser sei – laut Antommarchi – an der Leber erkrankt. Genaues wisse man freilich nicht. Letizia und Fesch hatten den Abbé der Lüge bezichtigt und ihm die Tür gewiesen; glücklicherweise hatte er auch einen Brief für Pauline dabei, der mit den Worten schloß: ›Er stirbt, von allen verlassen, auf diesem schrecklichen Felsen! Sein Todeskampf ist furchtbar!‹

Pauline hatte sofort an die englische Regierung geschrieben mit der Bitte, den Bruder in ein anderes Klima zu bringen und ihr zu erlauben, zu ihm zu reisen und ihn zu pflegen.

Während der folgenden Tage hatte sie immer wieder versucht, Mutter und Onkel davon zu überzeugen, daß Buonavita die Wahrheit gesagt hatte, bei Letizia hatte sie Erfolg, nicht aber bei Fesch. Paulines heftige Auseinandersetzung mit ihrem Onkel gipfelte darin, daß sie sich vornahm, nie mehr ein Wort mit ihm zu reden.

Gott sei Dank hat Mama die Hellseherin inzwischen weggeschickt, dachte Lucien jetzt, die Erkenntnis, daß sie sich drei Jahre lang Illusionen hingegeben hatte, muß ein furchtbarer Schock für sie gewesen sein. Aber die schlimmste Nachricht steht uns noch bevor – wie lange wird Napoleon noch leben?

»Was meinst du, Alexandrine, sollten wir nachher nicht alle zur Insel hinüberfahren? Vielleicht wird die Stimmung dann etwas besser.«

In diesem Augenblick brachte Luciens Kammerdiener Pedro ein Billet und meldete einen Besucher, der im Vorraum wartete.

Lucien nahm das Billet, las den Namen, wurde bleich und legte es mit zitternder Hand zurück.

»Führe den Herrn in mein Arbeitszimmer, Pedro, ich komme sofort.«

Lucien nahm Alexandrines Hand und sah sie verzweifelt an. »Napoleons Kammerdiener Marchand ist hier, ich fürchte, er bringt schlimme Nachrichten. Kümmere dich um Mama und Paoletta, sorge dafür, daß niemand von seinem Besuch erfährt und daß wir ungestört bleiben.«

Als Lucien das Arbeitszimmer betrat, ging Marchand ihm ein paar Schritte entgegen und brach in Tränen aus. »Kaiserliche Hoheit ... « stammelte er.

Lucien spürte, wie ihm kalt wurde. War Napoleon tot? Er versuchte sich zu beherrschen.

»Guten Tag, Monsieur Marchand, Sie bringen wahrscheinlich Nachrichten von meinem Bruder, wie geht es ihm? Lassen Sie die Kaiserliche Hoheit, die Zeiten sind vorbei.«

»Nein, Kaiserliche Hoheit, Seine Majestät hat bis zuletzt im Interesse seines Sohnes und der Dynastie Wert auf den Kaisertitel gelegt. Er hat nie akzeptiert, daß er für die Engländer nur der ›General Bonaparte‹ war; bei jeder Gelegenheit brachte er zum Ausdruck, daß er Kaiser der Franzosen ist mit allen Vorrechten, die diese Würde mit sich bringt. Er wollte der Dynastie Bonaparte unter allen Umständen den Thron erhalten; während all der Jahre hat er gehofft, daß die Verbannung seinem Sohn die Krone wiedergeben würde. Er hat immer gesagt: ›Für meinen Sohn ist es besser, daß ich hier bin; mein Martyrium wird ihm die Krone zurückgeben.‹ Das war auch der Grund, warum er den Gedanken an Flucht stets weit von sich gewiesen hat. Gewiß, wir wurden strengstens bewacht, eine Flucht wäre sehr schwierig gewesen, aber nicht ganz unmöglich; viele Menschen sind bestechlich, mit Geld wäre etwas zu machen gewesen. Aber er wollte nicht fliehen. Er war groß in seinem Unglück.«

›Er war‹, dachte Lucien. Er ist also tot. Tot ... Nach einer Weile gab er sich einen Ruck, »Monsieur Marchand, ich entnehme Ihren Worten, daß mein Bruder nicht mehr lebt.«

Der Diener sah ihn erstaunt an. »Kaiserliche Hoheit, wissen Sie das noch nicht? Haben die Zeitungen die Nachricht noch nicht gebracht? Allerdings, ein Schiff ist mindestens zwei Monate von Sankt Helena nach England unterwegs ...«

»Wann ist mein Bruder gestorben? War er lange krank? Mußte er viel leiden?«

Marchand nickte stumm. »Seine Majestät starb am fünften Mai, abends, elf Minuten vor sechs Uhr ... So schmerzlich auch die Nachricht für Sie, Kaiserliche Hoheit, und für die Familie sein mag, aber für Seine Majestät war der Tod eine Erlösung, eine Erlösung von körperlichen Leiden und Einsamkeit. Seine Majestät hat eine Autopsie gewünscht, weil er Magenkrebs vermutete, und die Ärzte sollten seinen Sohn beraten, wie er sich vor dieser Krankheit schützen könne. Seine Vermutung war richtig, es war Magenkrebs und nicht, wie dieser Quacksalber Antommarchi monatelang behauptete, ein Leberleiden.«

»Unser Vater starb auch an Magenkrebs, die Krankheit scheint erblich zu sein. Sie sprachen von Einsamkeit, das verstehe ich nicht ganz. Mein Bruder konnte doch Offiziere und Diener mitnehmen, und ein Mann wie Bertrand hat ihn doch bestimmt freiwillig begleitet.«

»Gewiß, Kaiserliche Hoheit, aber die Motive waren nicht bei allen selbstlos; ich glaube, einige rechneten sich eine hohe Belohnung aus in der Hoffnung, daß sich unsere Situation eines Tages ändern würde.«

»Wußte mein Bruder, daß einige Familienmitglieder die englische Regierung gebeten hatten, das Exil mit ihm teilen zu dürfen?«

»Ja, aber er sagte immer, ein solches Opfer könne er nicht annehmen.« Marchand besann sich einen Augenblick und fuhr dann fort: »Ich will versuchen, Ihnen zu erklären, Kaiserliche Hoheit, was ich mit Einsamkeit meine. Man sollte annehmen, daß unsere besondere Situation ein Gefühl der Zusammengehörigkeit geschaffen hätte, aber da war die Langeweile, die eingeschränkte Bewegungsfreiheit, die primitive Unterbringung, die Regenzeit, fehlendes gesellschaftliches Leben – eines kam zum andern und bewirkte, daß es unter den Begleitern des Kaisers zu Zank und Streitereien über belanglose Dinge kam. Die Spannungen begannen schon während der Überfahrt zur Insel und endeten erst am Sterbebett.

Der Kaiser versuchte zunächst, aus seiner Situation das Beste zu machen, aber bei seiner Umgebung fehlte die Bereitschaft dazu. In all diesen Jahren waren sie ihm keine moralische Stütze. Der Graf Las Cases mußte auf Befehl des Gouverneurs bereits Ende 1817 die Insel verlassen, weil er heimlich Briefe nach Europa befördern wollte. Im Jahre 1818 wurde die Situation so unerträglich, daß Gourgaud freiwillig abreiste, im Jahre 1820 war die Abreise der Bertrands und der Montholons nur noch eine Frage der Zeit, einzig die beginnende Krankheit Seiner Majestät hat sie bewogen, bis zum Schluß auszuharren. Verstehen Sie nun, Kaiserliche Hoheit, was ich mit Einsamkeit meine?

Erschwert wurde das alles noch durch unsere strenge Bewachung. Wir lebten von den Einheimischen völlig isoliert, unser Grundstück war Tag und Nacht von Soldaten umstellt. Seine Majestät durfte sich nur im Umkreis von einigen Meilen frei bewegen, außerhalb dieses Gebietes nur in Begleitung englischer Offiziere; das hatte zur Folge, daß der Kaiser im Laufe der Zeit auf längere Ausritte und Ausfahrten verzichtete und manchmal wochenlang das Grundstück nicht verließ.

Hinzu kam, daß alle ankommenden und abgehenden Briefe vom Gouverneur geöffnet wurden, was dazu führte, daß Seine Majestät die an ihn gerichteten Schreiben gar nicht mehr las und auch keine Briefe mehr schrieb. Am zermürbendsten war der Kleinkrieg mit dem Gouverneur Sir Hudson Lowe, der im Frühjahr 1816 auf die Insel kam.

»Hudson Lowe?« Lucien dachte einen Augenblick nach. »Als Korsika während der Jahre 94-96 von englischen Truppen besetzt war, wohnte ein gewisser Hudson Lowe in unserem Haus in der Via Malerba. Sollten er und der Gouverneur ein und dieselbe Person sein?!«

»Das ist gut möglich, Kaiserliche Hoheit. Hudson Lowe wurde wegen seiner Verdienste auf Korsika und Elba Offizier; er war übrigens gleichaltrig mit Seiner Majestät. Er war Sohn eines Schiffsarztes und hat sich regulär in der Armee von unten nach oben gedient, eine Zeitlang befehligte er ein Korps verbannter Korsen, kannte also ihre Wesensart, sprach auch fließend italienisch. Er muß wohl einige militärische Verdienste erworben haben, sonst hätte der Prinzregent ihm nicht die Ritterwürde verliehen.«

»Wie kam es denn zu diesem sogenannten Kleinkrieg?«

Marchand überlegte. »Ich glaube, es waren hauptsächlich zwei Gründe. Seine Majestät erhoffte von dem neuen Gouverneur Zugeständnisse, er wollte sich ohne englische Begleitoffiziere frei auf der Insel bewegen können. Zu diesem Zugeständnis war Lowe nicht bereit, sondern berief sich auf seine Vorschriften; er hat buchstabengetreu die Weisungen befolgt, und das artete im Laufe der Zeit in kleinliche Schikanen aus. Und der Kaiser hat sich geradezu in einen Haß gegen den Gouverneur hineingesteigert, sodaß die anfänglich nur gespannte Situation allmählich zum offenen Konflikt eskalierte.

Eines muß man dem Gouverneur zugute halten: Er hat während der ersten Monate versucht, ein leidliches Verhältnis herzustellen; er lud Seine Majestät sogar zum Diner nach Plantation House – seinem Wohnsitz – ein, Seine Majestät gab ihm einen Korb, weil die Einladung an den ›General Buonaparte‹ gerichtet war, und untersagte seinem Gefolge jeden gesellschaftlichen Verkehr mit Plantation House. Der Gouverneur war sogar bereit, für uns ein neues, größeres Haus mit mehr Komfort bauen zu lassen, aber der Kaiser hatte dafür kein Interesse, er wollte sich frei bewegen, und vor allem wollte er als Kaiser mit allen Privilegien behandelt werden; außerdem wünschte er, daß die Korrespondenz nicht vom Gouverneur gelesen wurde, aber gerade in diesen drei Punkten war Lowe unnachgiebig und hielt sich an seine Instruktionen.

Insgesamt haben der Kaiser und Lowe sich nur wenige Male gesehen, ich erinnere mich, daß Mitte August 1816 die vierte und letzte Begegnung zwischen den beiden stattfand. Es war ein lautstarker Auftritt, der sich im Garten abspielte, und von der Veranda aus konnte ich einiges verstehen. Der Kaiser schrie den Gouverneur an: ›Sie haben wohl Gewalt über meine Person, nicht aber über meinen Geist! Dieser Geist ist noch ebenso stolz und leidenschaftlich als zu jener Zeit, da er Europa beherrschte!‹ Und dann forderte er den Gouverneur auf, das Grundstück zu verlassen, und erteilte ihm für die Zukunft Hausverbot.

Von jenem Tage an herrschte Krieg zwischen Longwood und Plantation House, und die Schikanen des Gouverneurs häuften sich ... «

»Worin äußerten sich diese denn?« fragte Lucien.

»Ich kann mich nur noch an einige Vorfälle erinnern«, erwiderte Marchand. »Die Silber-Episode war komisch, die Affäre mit der Büste und der Haarlocke des Königs von Rom traurig. Bei der Silber-Episode ging es darum, daß der Gouverneur den jährlichen Betrag für unsere Nahrungsmittel kürzte, was wir verkraften konnten, wir wurden stets gut verpflegt. Seine Majestät war bereit, diese Kürzung zu akzeptieren, und ordnete gewisse Einsparungen an, aber er ärgerte den Gouverneur, indem er versuchte, ihn in den Augen der Briten herabzusetzen: Er beauftragte einen Juwelier in Jamestown mit dem Verkauf des Silbergeschirrs, was natürlich erhebliches Aufsehen erregte und tagelang Gesprächsstoff bot. Und dann kam eines Tages eine Büste des Königs von Rom an. Der Gouverneur hielt sie ohne ersichtlichen Grund zurück und ließ sie erst nach einigen Wochen dem Kaiser zustellen. Das mit der Haarlocke war so: Ein junger Botaniker, der in den Gärten von Schönbrunn gearbeitet hatte, brachte mir einen Brief meiner Mutter mit einer blonden Haarlocke. Sie schrieb, das Haar sei von ihr, aber es war offensichtlich Kinderhaar. Ich übergab Seiner Majestät diese Haarlocke seines Sohnes – das einzige Lebenszeichen, das er in all den Jahren erhalten hatte. Lowe erfuhr von diesem Brief und machte eine Staatsaffäre daraus. Er ließ den jungen Botaniker verhaften und ausweisen, und sogar der österreichische Kommissar soll Schwierigkeiten bekommen haben.« Marchand seufzte. »Der Krieg zwischen Longwood und Plantation House fand erst am Sterbebett Seiner Majestät ein Ende.«

Es entstand eine Gesprächspause; Lucien ließ Wein servieren, dann bat er Marchand, etwas vom Alltagsleben seines Bruders zu erzählen.

Marchand schilderte kurz die Ankunft am Abend des 14. Oktober 1815 und berichtete von den ersten zwei Monaten des Aufenthaltes, die angenehm verlaufen seien. Der Kaiser war in einem hübschen Privathaus außerhalb der Stadt untergebracht, das den Namen ›The Briars‹ hatte und dem Kaufmann Balcombe gehörte. Es waren nette Leute, die den Kaiser mit großer Ehrerbietung behandelten; er fühlte sich wohl, unterhielt sich und spielte mit der vierzehnjährigen Tochter Betsy. Dann mußten sie nach Longwood übersiedeln, auf eine abgelegene Hochebene im Osten der Insel, völlig unbewohnt und ständig vom Wind umtost.

Während Marchand erzählte, versuchte Lucien sich die Unterkunft seines Bruders vorzustellen: Einen niedrigen Meierhof, in dem sechs Räume für Napoleon reserviert waren. Er sah seinen Bruder auf dem Sofa sitzen und die Familienbilder betrachten, die über dem Kamin hingen. Marchand berichtete von feuchten Wänden, der Rattenplage, von dem minutiös geregelten Tagesablauf, vom Diner, das jeden Abend mit höfischem Protokoll serviert wurde; er schilderte die Langeweile und die Versuche des Kaisers, die Zeit totzuschlagen: Seine Majestät habe sogar angefangen, von Las Cases die englische Sprache zu lernen, mit wenig Erfolg; einen Teil des Tages habe er mit dem Diktieren seiner Memoiren verbracht. Am Abend las der Kaiser aus klassischen französischen Dramen oder erzählte aus seinem Leben. Einmal hatte er gesagt: ›Welch ein Roman war doch mein Leben!‹ Oft äußerte er sich auch über die Geschwister und Madame Mère. Lucien mußte lächeln, als er hörte, daß sein Bruder den erstgeborenen Joseph als Schafskopf bezeichnet und über Pauline gesagt hatte: ›Pauline war vermutlich in jedem Lebensabschnitt die schönste Frau ihrer Zeit und wird für mich bis zu ihrem Tod das beste Geschöpf der Welt bleiben.‹

Im Sommer 1820 erkrankte der Kaiser ernstlich, klagte über stechende Schmerzen, und Antommarchi diagnostizierte ein Leberleiden. Gegen Ende des Jahres verschlechterte sich Napoleons Zustand, es kam zu häufigem Erbrechen; im Februar vertrug er auch die leichtesten Speisen nicht mehr und vermutete, er habe Magenkrebs. Als Antommarchi erklärte, er sei mit seiner ärztlichen Kunst am Ende, wurde ein englischer Arzt zugezogen. Der Kaiser wurde zusehends schwächer, er fror häufig und verlangte immer nach Wärme und Sonne.

Am 13. April begann er Montholon sein Testament zu diktieren: Er sterbe im katholischen Glauben, er wünsche, daß seine Asche an den Ufern der Seine beigesetzt werde inmitten des französischen Volkes. Dann kam das Vermächtnis für die Kaiserin und den König von Rom: ›Ich habe immer Grund gehabt, mit meiner innigst geliebten Gattin zufrieden zu sein. Ich bewahre ihr bis zum letzten Augenblick die zärtlichsten Gefühle. Ich bitte sie, Sorge zu tragen, daß mein Sohn vor den Fallstricken bewahrt bleibt, die seine Kindheit noch bedrohen. Meinen Sohn ermahne ich, niemals zu vergessen, daß er als französischer Prinz geboren wurde, und sich niemals als ein Werkzeug in den Händen der Triumviren, die die Völker Europas unterdrücken, gebrauchen zu lassen. Er darf Frankreich niemals auf irgend eine Weise bekämpfen oder ihm schaden ...‹

Seinem Sohn vermachte er Tabatièren, Waffen, Säbel, Feldbett und Bücher – kurz: seine persönliche Habe, aber kein Geld. Sein Vermögen bekamen diejenigen, die die Verbannung mit ihm geteilt, und andere Privatpersonen, die ihm nahe gestanden hatten. Ein Legat erhielt ein Korse namens Costa, der vor vielen Jahren Madame Mère bei der Flucht von Korsika geholfen hatte.

Während der folgenden Tage diktierte der Kaiser mehrere Kodizille, unter anderem viele Ratschläge für seinen Sohn. Und dann bat er Antommarchi, sein Herz in Weingeist zu konservieren und es der Kaiserin nach Parma zu bringen; mich bat er, seine Haare aufzubewahren, aus denen zwei Armreife für die Kaiserin und seinen Sohn geflochten werden sollten.

»Am dritten Mai erteilte Vignali ihm die Letzte Ölung, am vierten Mai lag er den ganzen Tag ruhig da; draußen tobte der Herbststurm – auf der Insel war es jetzt Herbst –, es regnete. In der

Nacht zum fünften Mai begann er zu delirieren, er fragte mich zweimal, wie sein Sohn heiße ... Gegen Morgen hörte Montholon, der ganz nahe beim Bett saß, daß er einige Worte sprach. Montholon glaubte zu hören: Frankreich, Armee, Joséphine, mein Sohn ... Es waren seine letzten Worte. Wenig später wurde er von einem Krampf erfaßt, fiel aus dem Bett; Montholon, der ihm helfen wollte, wurde von ihm zu Boden gerissen. Arnott meinte später, das sei wahrscheinlich der Augenblick des Magendurchbruchs, der Perforation, gewesen. Danach beruhigte sich der Kaiser, sein Atem wurde immer langsamer und schwächer, er war nicht mehr bei Bewußtsein. Die Stunden vergingen, Sturm und Regen hörten auf. Als die Sonne im Meer unterging, tat der Kaiser seinen letzten Atemzug, Antommarchi drückte ihm die Augen zu, ich hielt die Uhr an, es war fünf Uhr neunundvierzig. Montholon benachrichtigte sofort den Gouverneur, der am folgenden Tag kam, um sich vom Ableben des Kaiser zu überzeugen.

Zu unserem Entsetzen hörten wir, daß er schon vor Monaten einen Befehl der englischen Regierung erhalten habe, daß der Kaiser auf Sankt Helena zu bestatten sei; es war auch verboten, das Herz oder andere innere Organe nach Europa zu überführen.

Im Beisein von einigen englischen Ärzten nahm Antommarchi am Nachmittag die Autopsie vor; es stellte sich heraus, daß die Leber völlig gesund war, am meisten verwunderten sich die Ärzte über das starke Fettgewebe.

Am 8. Mai fand die Trauerfeier und Beisetzung mit allen militärischen Ehren statt; wir hatten mit Lowe vereinbart, den Kaiser neben einer Quelle zu beerdigen, zu der er öfter hingeritten war. Der Grabstein ist ohne Inschrift, weil Bertrand und Montholon sich mit Lowe nicht einigen konnten; der Gouverneur bestand auf ›Napoleon Buonaparte‹ während wir nur ›Napoleon‹ schreiben wollten. Letztlich ist es gleichgültig, alle Bewohner der Insel wissen, wer neben der Quelle unter den Weiden begraben liegt.

Bertrand und Montholon sind noch einige Tage geblieben, um den Haushalt aufzulösen und notwendige Formalitäten mit dem Gouverneur zu erledigen, ich habe die Insel am Tage nach der Beisetzung verlassen, weil ich so rasch wie möglich nach Rom zu Madame Mère wollte. Im Palazzo Rinuccini erfuhr ich, daß die ganze Familie in der Villa Tusculum ist, und so bin ich hierhergefahren.«

Eine ganze Weile herrschte Schweigen. Obwohl Lucien seit der Ankunft Buonavitas mit der Todesnachricht gerechnet hatte, hatte ihm der Bericht Marchands doch einen tiefen Schock versetzt. Er stand auf, ging langsam auf und ab und überlegte, wann und wie er Mutter und Schwester auf schonenden Weise verständigen sollte.

Er grübelte über seinen verstorbenen Bruder nach, über dessen letzte Jahre in der Gefangenschaft. Warum mußte er untergehen? Er ist an seiner eigenen Persönlichkeit gescheitert; ab einem bestimmten Punkt seiner Laufbahn dachte er wohl, für ihn sei nichts unmöglich. Seine Herrschernatur, die Lust am Kriegführen – er war bis in Innerste Soldat –, seine Menschenverachtung ... Sie hat viele in seiner Umgebung zum Verrat getrieben. Aber wahrscheinlich wird in wenigen Jahren der Nachruhm größer sein als seinerzeit der Ruhm ...

Als sich Lucien gefaßt hatte, dankte er Marchand für seine Treue und Anhänglichkeit und lud ihn ein, auf dem Landgut Canino bei Viterbo solange er wolle sein Gast zu sein. Dann erklärte er ihm, daß sein Besuch vorerst geheim bleiben müsse; aus bestimmten Gründen wolle er, Lucien, Mutter und Schwester die Todesnachricht erst in einigen Tagen mitteilen.

Lucien forderte die Verwandten auf, noch ein paar Tage in Tusculum zu bleiben, was dankbar angenommen wurde. Er veranlaßte, daß ankommende Zeitungen in seinem Arbeitszimmer unter Verschluß genommen wurden, bis einige Tage später seine Mutter nach dem Verbleib fragte. »Bekommst du neuerdings keine Zeitungen mehr, Luciano?«

Ehe er etwas erwidern konnte, rief der sechsjährige Pierre, ein temperamentvolles, vorlautes Kind: »Natürlich bekommen wir Zeitungen, Großmama, aber Pedro bringt sie neuerdings nicht mehr in den Salon, sondern sofort in Papas Arbeitszimmer, und ich habe beobachtet, daß sie in den Bücherschrank gelegt und eingeschlossen werden.«

Letizia sah ihren Sohn verwundert an. »Was soll das, Luciano? Warum versteckst du die Zeitungen vor uns?« Plötzlich begann sie zu ahnen, daß etwas passiert war. »Lucien, du verschweigst uns etwas. Rede, was ist los?«

Er sah zu Boden und spürte, daß alle Augen auf ihn gerichtet waren. »Napoleone ist tot.«

Der Schrei, den seine Mutter ausstieß, ließ ihn auffahren. Sie war bewußtlos zu Boden gesunken. Er trug sie zusammen mit seinem ältesten Sohn in den Gartensaal, bettete sie auf ein Kanapee und schickte nach einem Arzt. Alexandrine und Saveria kümmerten sich inzwischen um Pauline, die von heftigen Weinkrämpfen geschüttelt wurde.

Die nächsten Tage verbrachte Letizia in einem völlig in sich gekehrten Zustand, sprach kaum, wollte niemanden sehen, während Pauline ihren Schmerz durch Verzweiflungsausbrüche und Tränen auslebte.

Nach zwei Wochen hatte Letizia sich soweit gefaßt, daß sie ihre Umgebung wieder wahrnahm. Sie schrieb einen Brief an die englische Regierung, der wie ein Vocero klang, und bat um die sterblichen Überreste ihres Sohnes:

›Ich verlange die sterblichen Überreste meines Sohnes; bei den barbarischsten Nationen dauert der Haß nicht über das Grab hinaus! Ich habe Napoleon Frankreich und der Welt geschenkt. Im Namen Gottes, im Namen aller Mütter flehe ich Sie an, mir die sterbliche Hülle meines Sohnes nicht zu verweigern ...‹

Die englische Regierung antwortete nicht.

EPILOG

Europa atmete erleichtert auf, als Napoleons Tod bekannt wurde, gleichzeitig war man begierig, etwas über seine letzten Lebensjahre in der Verbannung zu erfahren.

Als die Erinnerungen O'Mearas erschienen und Las Cases' *Mémorial von Sankt Helena*, als bekannt wurde, wie Lowe seinen Gefangenen behandelt hatte, empfand man Mitleid mit Napoleon und verurteilte den Gouverneur. Die Engländer sahen ihn gar als ›nationale Schande‹, und Hudson Lowe wurde nach seiner Heimkehr von den eigenen Landsleuten wie ein Aussätziger behandelt. Die englische Regierung verteidigte zwar offiziell sein Verhalten, aber die öffentliche Meinung ließ sich dadurch nicht beeinflussen.

Als Ludwig XVIII. 1824 starb, sein Bruder, der Graf von Artois, als Karl X. den Thron bestieg und noch reaktionärer regierte als sein Vorgänger, brach die Napoleon-Verehrung sich endgültig Bahn. Diese bonapartistische Strömung war kein politischer Machtfaktor im Sinne einer Partei, aber sie beunruhigte die Regierung, weil sie in allen Schichten – mit Ausnahme der zurückgekehrten Emigranten – zu finden war und weil sie auch Napoleons Sohn einbezog. Überall im Lande war sein Bild zu sehen: auf Trinkgläsern, Pfeifenköpfen und Tabatièren.

Talleyrand kommentierte die innenpolitische Situation mit den Worten: »Die ganze Frage dreht sich um den Herzog von Bordeaux und den Herzog von Reichstadt.« Der Herzog von Bordeaux – einziger Enkel Karls X. – war der französische Thronfolger.

Es gab in jenen Jahren etliche Gesuche an den Wiener Hof, Napoleons Sohn freizulassen, die alle abgelehnt wurden, und es gab bonapartistische Verschwörungen mit dem Ziel, ihn zu entführen, die alle scheiterten.

Nach Napoleons Tod durften die Bonapartes wieder reisen, ohne langwierige Anträge stellen zu müssen, nur ein Aufenthalt in Frankreich war ihnen nach wie vor untersagt.

Zu Letizias Freude übersiedelten während der folgenden Jahre noch mehrere Familienmitglieder nach Rom: Jérôme mit Familie; Hortense kam während der Wintermonate – hauptsächlich in der Hoffnung, die politische Karriere ihrer Söhne in Rom besser fördern zu können –, auch Julie ließ sich zeitweilig in der Heiligen Stadt nieder. Caroline reiste 1830 ebenfalls nach Rom in der Absicht, dort zu bleiben, was ihr untersagt wurde; man hielt sie immer noch für zu gefährlich. Doch der Rombesuch hatte eine erfreuliche familiäre Auswirkung; es kam zu einer Aussöhnung zwischen ihr und Letizia.

Caroline übersiedelte nach Florenz; ihre finanzielle Lage war immer noch prekär, aber sie mußte sich wenigstens nicht mehr um die Kinder sorgen: die Söhne waren nach Amerika zu dem reichen Onkel Joseph ausgewandert, die Töchter hatten italienische Adelige geheiratet.

Für Letizia war das Jahrzehnt nach Napoleons Tod ein Auf und Nieder glücklicher und trauriger Ereignisse. Glücklich war sie über die Geburt ihrer beiden letzten Enkel und über eheliche Verbindungen ihrer älteren Enkel. 1822 kam Jérômes zweiter Sohn Napoleon-Joseph-Charles zur Welt, der in der Familie nur ›Plon-Plon‹ genannt wurde, 1823 Luciens Tochter Constance.

Elisas Tochter Napoleone heiratete den Grafen Camerata; sie hatte sich zu einer eigenwilligen, exzentrischen jungen Dame entwickelt, lebte wie eine Amazone, übte sich im Gebrauch von Waffen, ritt im Herrensattel, trug Männerkleidung und schockierte die Familie durch absurde Ideen. Sie hatte es sich zum Beispiel in den Kopf gesetzt, ihren Vetter, den Herzog von Reichstadt, zu befreien und auf den französischen Thron zurückzuführen.

Josephs Töchter, die von Julie als Prinzessinnen erzogen worden waren und sich auch dementsprechend fühlten, nahmen sich die alten Dynastien zum Vorbild und ehelichten zwei ihrer Vettern. Zénaïde heiratete Luciens Sohn Charles-Laurent, ihre jüngere Schwester Charlotte den älteren Sohn von Louis und Hortense, Napoleon-Louis, der sich trotz der merkwürdigen Erziehung seines Vaters zu einem angenehmen jungen Mann entwickelt hatte, der sich für Politik und mehr noch für technische Fragen interessierte.

Beide jungen Paare reisten nach Amerika, um den Vater, Onkel und Schwiegervater Joseph wiederzusehen. Charles-Laurents wissenschaftliches Interesse als Vogelkundler bewog ihn, sich mit seiner Gattin in Point Breeze niederzulassen, während Charlotte mit ihrem Mann nach Rom zurückkehrte.

Erfreulich war auch der Erfolg von Luciens literarischen Veröffentlichungen; Letizia war stolz, daß seine Abhandlung über etruskische Vasen die Anerkennung der Fachwelt fand, auch der Verfassungsentwurf für eine französische Republik wurde viel beachtet.

Zu den traurigen Ereignissen zählten die Todesfälle in der Familie. Im Jahre 1824 starb Eugène, 1825 Pauline. Wie Napoleon starb sie an Magenkrebs; in ihrer letzten Stunde war Camillo bei ihr, und sie wurde auch in der Familiengruft der Borgheses beigesetzt. Im gleichen Jahr verlor Letizia ihre treue Dienerin Saveria, und dann begann der Tod auch Enkelkinder hinwegzuraffen: 1827 starb Luciens Sohn Paul-Marie – er hatte als Marineoffizier auf einem britischen Schiff am griechischen Freiheitskampf teilgenommen und fand dabei den Tod –, 1831 starb Napoleon-Louis an den Masern.

Hatte Letizia sich früher um die Kinder gesorgt, so sorgte sie sich jetzt um die Enkel, besonders um Hortenses jüngsten Sohn Louis-Napoleon, dessen Kopf voller wirrer politischer Ideen steckte. Er verehrte den toten kaiserlichen Onkel, war ehrgeizig und neigte zu unüberlegten, abenteuerlichen Handlungen. Als es im Jahre 1830 überall in Italien gärte und der Ruf nach Freiheit laut wurde, zettelten die jungen Bonapartes, angeführt von Louis-Napoleon, eine Verschwörung an mit dem Ziel, die päpstliche Regierung zu stürzen. Der Plan schlug fehl, und die Aufrührer wurden aus Rom ausgewiesen.

Jérôme übersiedelte nach Florenz, sein ältester Sohn wurde Offizier im württembergischen Heer, Hortense und Louis-Napoleon kehrten nach Arenenberg zurück.

Die meisten ihrer Gedanken widmete Letizia jedoch dem Herzog von Reichstadt. Als 1830 die Juli-Revolution in Frankreich die Bourbonen endgültig hinwegfegte und einige Tage lang ein

Machtvakuum herrschte, hoffte sie, daß ihr Enkel als Napoleon II. in sein Geburtsland heimkehren würde.

Im entscheidenden Augenblick aber war der Herzog in Wien statt in Paris, und Louis-Philippe aus dem Haus Orléans – einer Seitenlinie der Bourbonen – wurde der neue König von Frankreich.

Lucien meinte zwar, der ›Bürgerkönig‹, wie Louis-Philippe bald genannt wurde, werde sich vermutlich nicht halten, und dann habe der Neffe eine reale Chance. Lucien und Joseph hatten beide, sowohl in Paris als auch in Wien, die Thronansprüche von Napoleons Sohn geltend gemacht, natürlich ohne Erfolg.

Letizia teilte Luciens Optimismus nicht. Louis-Philippe trug der pronapoleonischen Stimmung im Lande sehr geschickt Rechnung: Er ließ die Napoleonstatue wieder auf die Vendômesäule stellen, den Triumphbogen weiterbauen, er ernannte den Marschall Soult zum Ministerpräsidenten, er empfing sogar Hortense und ihren Sohn, natürlich in aller Verschwiegenheit, als sie von Italien nach Arenenberg reisten. Er war also ein napoleonfreundlicher König, der die Dynastie Bonaparte gerade dadurch ausschaltete, daß er sie nicht bekämpfte.

Letizia war überhaupt müde geworden. Ihr Augenlicht war von Jahr zu Jahr schwächer geworden, und 1830 erlitt sie bei einem unglücklichen Sturz einen Oberschenkelhalsbruch, sodaß sie sich fortan nur noch mit fremder Hilfe und auf Krücken fortbewegen konnte. Das Leben wurde ihr zunehmend zur Last, und sie hatte nur noch einen Wunsch: eine Nachricht über ihren Enkel in Wien zu erhalten. Wie sah er aus? Wie hatte er sich entwickelt? Wie beurteilte er seinen Vater?

Im Jahre 1832, sie war inzwischen völlig erblindet, erfüllte sich ihr Wunsch. In der zweiten Julihälfte erhielt sie einen Brief von einem gewissen Anton Prokesch, Ritter von Osten, der aus dienstlichen Gründen in Rom war: Er sei ein Freund des Herzogs von Reichstadt, der ihn gebeten habe, seine Großmutter zu besuchen und ihr Grüße zu überbringen.

Letizia lud Prokesch in den Palazzo Rinuccini ein, und während sie ungeduldig auf ihn wartete, ließ sie sich immer wieder den Brief vorlesen ... Ihr Enkel erinnerte sich an sie, bat den Freund, sie zu besuchen! Sie folgerte daraus, daß es dem Wiener Hof nicht gelungen war, aus ihrem Enkel einen Habsburger zu machen.

Prokesch entstammte einer wohlhabenden bürgerlichen Grazer Familie, war Mitte dreißig, hatte sich in den Feldzügen 1813/15 tapfer geschlagen und einige militärische Abhandlungen verfaßt, u.a. eine Schrift, in der er Napoleons Taktik im Feldzug von 1815 verteidigte. Für seine militärischen Verdienste war er in den Ritterstand erhoben worden.

Die Fürstin Gabrielli führte Prokesch in einen großen, fast leeren Saal, und dort, auf einem Sofa, erblickte er eine schmale dunkle Gestalt mit einem schwarzen Turban auf dem Kopf. Als sie Schritte auf dem Marmorfußboden hörte, erhob sie sich mühsam, auf zwei Krücken gestützt, sank aber gleich wieder erschöpft in die Kissen zurück. Sie winkte Prokesch, näher zu kommen, und deutete auf den Platz neben sich. Als er saß, begrüßte ihn Letizia freundlich auf Französisch und tastete dann vorsichtig sein Gesicht ab; an ihrer Miene merkte er, was sie mit ihren Händen erfühlt hatte.

Dann begann Prokesch von seinem Freund zu erzählen. Er hatte den Herzog im Juni 1830 während eines Aufenthaltes in Graz kennengelernt und war sofort sehr angetan von ihm; er rühmte vor Letizia die Intelligenz, den freien Geist, die sprachliche Gewandtheit, die Aufrichtigkeit des jungen Mannes, allerdings sei ihm auch eine gewisse Unausgeglichenheit eigen.

Prokesch schwieg eine Weile und fuhr dann fort: »Ich habe ihn als Kind nicht erlebt und weiß nur aus zweiter Hand, daß er sich mit aller Gewalt gegen die Entfranzösisierung sträubte und seine Erzieher manchmal zur Verzweiflung brachte durch seine Widerspenstigkeit und Lernfaulheit. In diesem Punkt hat er sich inzwischen völlig gewandelt; er verbringt halbe Nächte über Büchern, beschäftigt sich vor allem mit militärischer Fachliteratur – er hat ja die Offizierslaufbahn eingeschlagen und ist mit Leib und Seele Soldat, wie sein Vater.«

»Wie sein Vater«, wiederholte Letizia, und Prokesch erriet, daß diese Frage sie am meisten beschäftigte: Wie beurteilt er seinen Vater?

»Bis 1821«, berichtete Prokesch, »hat man versucht, Napoleon totzuschweigen, der Herzog sollte ihn vergessen, aber alle Bemühungen waren umsonst, er fragte immer wieder nach dem Aufenthaltsort des Vaters, dann erfuhr er von dessen Tod ... Dietrichstein erzählte mir, daß er mehr Tränen habe fließen sehen, als er es von einem Kind erwartet hätte, das seinen Vater nie wirklich gekannt hat. Nach 1821 gestattete man ihm, sich über das Leben, die Feldzüge und die politischen Leistungen des Vaters zu informieren.

Er hat alle Veröffentlichungen über Napoleon gelesen, natürlich auch die Abschriften von dessen Testament und die darin enthaltenen Ratschläge, die ihn betrafen; man hat sogar erlaubt, daß der Marschall Marmont ihm während seines Wiener Aufenthaltes im Winter 1831 über die Feldzüge Napoleons berichtete. Der Marschall erwies ihm übrigens alle Ehrerbietung, wie ein alter Diener seinem jungen Herrn, aber der Herzog blieb reserviert und mißtrauisch gegenüber dem ›Verräter von Essonne‹. Der Herzog hat sich geistig mit dem politischen Wirken seines Vaters auseinandergesetzt und dessen historische Leistung und Größe erkannt, er hält das Andenken seines Vaters in Ehren.«

Dann sprach Prokesch, etwas zögernd, über das Verhältnis des Herzogs zu Marie-Louise. Er habe seine Mutter geliebt und verehrt, bis zum Jahre 1829, als Neipperg starb. Erst da erfuhr er, daß sie Neipperg wenige Wochen nach Napoleons Tod morganatisch geheiratet habe und daß noch zu Lebzeiten seines Vaters zwei Kinder aus dieser Verbindung hervorgegangen seien. Der Herzog habe einmal zu ihm, Prokesch, gesagt: ›Wäre Josephine meine Mutter gewesen, hätte mein Vater nicht auf Sankt Helena sein Ende gefunden, und ich würde mich nicht hier in Wien verzehren. Meine Mutter ist zweifellos gut, aber sie ist schwach; sie war nicht die Frau, die mein Vater verdiente.‹

Prokesch schwieg unvermittelt, weil er an Letizias Gesichtsausdruck sah, daß dieses Thema sie äußerst schmerzlich berührte. Er überlegte, was er ihr noch über den Enkel berichten konnte, und erwähnte dessen ansprechende äußere Erscheinung – schon als Kind seien sein Charme und seine Liebenswürdigkeit aufgefallen, man habe ihn den ›deliziösen Reichstadt‹ genannt, er sei der Salonlöwe der Wiener Bälle. Die kaiserliche Familie behandele ihn zwar als gleichwertiges Familienmitglied, der Kaiser liebe seinen Enkel, aber eigentlich habe der Herzog nur zu seiner Tante, der Erzherzogin Sophie, ein vertrautes und herzliches Verhältnis ...

Die Thronbesteigung Louis-Philippes sei ein schwerer Schlag für den Herzog gewesen, aber er habe die Hoffnung noch nicht ganz aufgegeben; er wolle den Thron Frankreichs nur legal besteigen oder gar nicht. Im Herbst 1830 sei Elisas Tochter, die Gräfin Camerata, in Wien erschienen und wollte den Herzog überreden, nach Frankreich zurückzukehren. Damals habe er gesagt: ›Der Clan der Bonapartes war das große Unglück für meinen Vater, ich kann mich auf diese Leute nicht verlassen.‹«

Der Besuch dauerte mehrere Stunden. Gegen Ende der Unterhaltung sagte Letizia: »Meine Tage sind gezählt, ich werde den König von Rom wahrscheinlich nie mehr sehen. Überbringen Sie ihm als Botschaft seiner Großmutter: Er soll den letzten Willen seines Vater ehren, und seine Stunde wird kommen; er wird den Thron seines Vaters unzweifelhaft besteigen.«

Als Prokesch sich verabschieden wollte, stand sie mit großer Anstrengung auf und streckte ihm beide Hände entgegen; er erriet ihre Gedanken und sank auf die Knie. Charlotte stützte die Großmutter, die ihre zitternden Hände auf den Kopf des Majors legte. »Da ich das seine nicht erreichen kann, so lege ich auf Ihr Haupt den Segen der Großmutter, die bald aus dieser Welt scheiden wird. Meine Gebete, meine Tränen, meine Wünsche sind mit ihm bis zum letzten Augenblick meines Lebens! Bringen Sie ihm, was ich vertrauend auf Ihr Haupt lege, in Ihr Herz lege!«

Während der Rückreise hörte Prokesch zu seinem Entsetzen, daß Napoleons Sohn am 22. Juli 1832 in Schloß Schönbrunn an Lungenschwindsucht gestorben war.

In Wien erfuhr er vom Rittmeister von Moll, der zum Hofstaat des Herzogs gehört hatte, Näheres: Die Ärzte hatten im Januar einen Aufenthalt im Süden empfohlen; das hätte Reichstadt wahrscheinlich retten können, wurde aber von Metternich verhindert. Der Zustand des Herzogs hatte sich dann permanent verschlechtert; Marie-Louise war erst am 24. Juni in Schönbrunn eingetroffen, weil sie angeblich zu spät verständigt worden war; zwischen Mutter und Sohn fand eine Art Versöhnung statt. Kaiser Franz weilte in jenen Julitagen in Linz, obwohl er wußte, wie es um den Enkel stand. Moll fuhr fort: »Am 22. Juli, gegen halb vier Uhr morgens, setzte er sich in den Kissen auf und rief. ›Ich gehe unter! Meine Mutter rufen! Meine Mutter!‹ Kurz nach fünf Uhr starb er.«

Die Beisetzung erfolgte am 24. Juli in der Kapuzinergruft in Wien mit allen Feierlichkeiten, die beim Tod eines Erzherzogs üblich waren. Eine große Menschenmenge defilierte am Sarg vorbei, ganz Wien trauerte um ihn.

Letizia erhielt nach langen Jahren des Schweigens einen Brief von Marie-Louise, die ihr den Tod des Enkels mitteilte. Letizia überließ es Fesch zu antworten. In den letzten Jahren war die Schwiegertochter noch mehr in ihrer Achtung gesunken. Die Gerüchte, die über das ausschweifende Leben der Herzogin von Parma nach Rom drangen, waren haarsträubend. Manches mochte übertrieben sein, aber ein Körnchen Wahrheit steckte bestimmt dahinter. Die Herzogin hatte einen Liebhaber, schön, das konnte man noch verstehen, aber *ein* Mann schien ihr nicht zu genügen, und was Rang und Stand des Mannes betraf, schien sie keineswegs wählerisch zu sein.

Nach dem Tod des Herzogs von Reichstadt durfte Joseph nach Europa zurückkehren, und er reiste noch im gleichen Jahr nach London. Da ihm der Aufenthalt in Rom nicht gestattet wurde, bat er Lucien, nach England zu kommen, um mit ihm über den Thronprätendenten zu sprechen. Lucien reiste 1833 nach London, nicht weil ihn diese Frage interessierte, sondern weil er den Bruder nach so langer Zeit – fast achtzehn Jahre waren vergangen – wiedersehen und etwas über Sohn und Schwiegertochter und Enkel hören wollte, die er bisher nur aus Briefen kannte.

In London trat Lucien ein korpulenter Joseph entgegen, jovial, verbindlich. Lucien fand, daß der Bruder nicht wie ein Exilmonarch, sondern eher wie ein schlauer Geschäftsmann wirkte. Mein Gott, dachte er, Giuseppe ist jetzt fünfundsechzig, und ich werde in zwei Jahren auch schon sechzig ...

Joseph wollte sofort wissen, welche Möglichkeiten es in absehbarer Zeit gebe, die Dynastie Bonaparte wieder zu errichten, und was Lucien vom Thronprätendenten Louis-Napoleon halte, er habe bisher noch nicht viel Gutes über ihn gehört. (Da während der ›Hundert Tage‹ 1815 die Bestimmung, daß Lucien von der Thronfolge ausgeschlossen sei, nicht aufgehoben worden war, lag die Anwartschaft auf die Krone bei dem noch lebenden Sohn von Louis.)

»Ich habe unseren Neffen mehrmals auf meinem Landgut Canino erlebt. Er ist ein Wirrkopf mit unausgegorenen Ideen, äfft in allem Napoleon nach; er hat sich zum Beispiel auf Artillerie spezialisiert, obwohl er meiner Meinung nach nicht das Zeug zum großen Feldherrn hat. Na, und jetzt ist er völlig außer Rand und Band. Ich habe mich während der Reise ein paar Tage in Arenenberg aufgehalten; stell dir vor, Hortense hat jetzt dort die Etikette der Tuilerien eingeführt, und unser Neffe tritt auf wie der künftige Kaiser der Franzosen! Es ist einfach absurd, lächerlich!

Was mich nachdenklich stimmt, ist sein Hang zum Abenteuer. Hin und wieder fielen Bemerkungen, aus denen ich schloß, daß er einem Staatsstreich nicht abgeneigt wäre. Er ist ein Mensch, der bereit ist, alles auf eine Karte zu setzen, und ich fürchte, daß er in Schwierigkeiten kommen wird.

Im Moment sehe ich für einen Bonaparte auf dem Thron Frankreichs überhaupt keine Chance. Louis-Philippes Regierung hat sich in den letzten Jahren stabilisiert; die Unruhen in Italien haben aufgehört, und Metternich hat alles fest im Griff. Ich denke, wir täten gut daran, als Privatleute zu leben.«

»Das tust du ja seit dreißig Jahren«, bemerkte Joseph spitz. »Was mich betrifft, so betrachte ich mich jetzt wieder als Oberhaupt der Familie; ich werde vorerst hier in London bleiben und die Ansprüche der Dynastie Bonaparte aufrechterhalten!«

Dann erzählte er vom Londoner Gesellschaftsleben, verglich es mit New York und Philadelphia; plötzlich unterbrach er sich und lächelte süffisant: »Sagt dir der Name Alexander Walewski etwas, Lucien?«

»Ja, ich weiß von der Affäre, oder besser: der Romanze.«

»Nun, dieser junge Mann lebt zur Zeit hier in London. Er war eine Zeitlang journalistisch tätig, hat vor drei Jahren eine Tochter des Earl of Sandwich geheiratet – eine glänzende Partie, weil er dadurch Eingang in die höchsten Adelskreise bekommen hat!

Jetzt ist er im diplomatischen Dienst Frankreichs tätig, und Talleyrand ist sein Mentor. Ausgerechnet Talleyrand, das Leben ist schon kurios!« (Talleyrand war seit 1830 französischer Botschafter in London.)

»Hast du den jungen Mann gesehen?«

»Mehrere Male sogar. Was soll ich sagen, in Haltung und Gang ähnelt er ganz unverkennbar Napoleon. Er ist sehr liebenswürdig, wird bestimmt seinen Weg machen – er steht am Anfang einer diplomatischen Laufbahn –, aber insgesamt hat er mich nicht sonderlich beeindruckt, er wirkt so ... so durchschnittlich.«

»Das ist oft so bei Söhnen großer Väter. Aber nun erzähle mir endlich von meinen Enkelkindern.«

Im Frühjahr 1833 verlor Letizia ein weiteres Enkelkind: Elisas neunzehnjähriger Sohn Frédéric-Napoleon verunglückte tödlich bei einem Ausritt.

Letizia meinte: »Es ruht ein Verhängnis auf der dritten Generation Bonaparte; zu viele sterben eines gewaltsamen Todes.«

Zweieinhalb Jahre später, im Herbst 1835, starb ihre Schwiegertochter Katharina mit fünfundfünfzig Jahren an Brustwassersucht, von Jérôme aufrichtig betrauert. Er hatte zwar stets Mätressen gehabt – eine Zeitlang war er sogar mit seiner Nichte, der Gräfin Camerata, liiert gewesen –, aber Katharina war seine Vertraute, der ruhende Pol seines Lebens gewesen.

Mit Katharinas Tod kamen auch neue finanzielle Sorgen auf ihn zu, da der König von Württemberg und Alexanders Nachfolger, Zar Nikolaus I., sofort Katharinas Apanage strichen, die das einzige Einkommen der Montforts gewesen war. Aber wozu hatte man eine weitverzweigte Familie? Hortense erklärte sich bereit, Mathilde und Plon-Plon bei sich aufzunehmen; der älteste Sohn Jérômes diente in der württembergischen Armee, war also versorgt. Mathilde war zu einem reizvollen fünfzehnjährigen Mädchen herangewachsen, während der zwölfjährige Plon-Plon immer frecher und unausstehlicher wurde. Hortense nahm Nichte und Neffe nicht aus reiner Nächstenliebe bei sich auf. Sie plante, Louis-Napoleon mit Mathilde zu verheiraten, doch das scheiterte schließlich am Widerstand des Königs von Württemberg.

Jérôme kehrte nach Florenz zurück, wo er bald ein Verhältnis mit einer reichen, verheirateten Dame begann, der Marchesa Bartolini-Baldelli; damit war er seine finanziellen Sorgen los und konnte sich wieder den Genüssen des Lebens widmen.

Im Januar 1836 bekam Letizia eine fiebrige Erkältung; die Ärzte waren überzeugt, die Krankheit heilen zu können, aber Letizia spürte, daß es dem Ende zuging. Lucien benachrichtigte die Geschwister, aber Joseph, Caroline und Jérôme durften nicht in Rom einreisen, und Louis war selbst krank.

Es war Karnevalszeit, und auf den Straßen und Plätzen herrschte buntes Maskentreiben, aber auf der Piazza Venezia wurde mit Rücksicht auf Letizias Erkrankung kein Feuerwerk abgebrannt.

Sie war bei klarem Bewußtsein und sprach oft von Korsika.

Am 22. Februar 1836 gegen acht Uhr abends starb sie; neben ihrem Bett brannte die kleine silberne Nachtlampe, die Marchand von Sankt Helena mitgebracht hatte. Ihr Sohn Lucien, Schwiegertochter Alexandrine und ihr Bruder Fesch waren bei ihr.

»Ich kann mir ein Leben ohne meine Schwester gar nicht vorstellen«, murmelte der Kardinal.

Sie ist fünfundachzig Jahre alt geworden, dachte Lucien; sie hinterläßt vier Söhne, eine Tochter, zehn Enkel, dreizehn Urenkel und vierzehn Urenkelinnen.

Er kam mit Fesch überein, daß dieser die Totenmesse in der Kirche Santa Maria lesen sollte; der Sarg würde später in die kleine etruskische Stadt Tarquinia bei Civita Vecchia gebracht und dort im Kloster der Schwestern vom Heiligen Kreuz und vom Leiden Jesu beigesetzt werden.

Der Karneval war noch in vollem Gange, als der Trauerzug sich in Bewegung setzte. Hie und da fiel etwas Konfetti auf den Sarg, und vereinzelt ertönten antibonapartistische Rufe beim Anblick des kleinen Gefolges. Während des Orgelspiels blickte Lucien nachdenklich über die Trauergemeinde. Von ihren fünf überlebenden Kindern, dachte er, kann nur ich ihren Sarg begleiten. Und warum? Wegen der Politik. Die Politik war es, die Mama von Korsika vertrieben und die Familie in alle Winde zerstreut hat. Mama hat zwölf Kinder geboren, und darunter war ein Sohn, der unsere

Familie für immer der Anonymität entrissen hat; der Name Bonaparte wird die Generationen überleben. Ob in unserer Familie noch einmal ein Mann wie Napoleon geboren wird?

Er betrachtete seine beiden jüngsten Töchter, die fast achtzehnjährige Alexandrine-Marie, für die er schon seit einiger Zeit nach einem Ehemann Ausschau hielt, und die fast dreizehnjährige Constance, die ganz versunken einen Rosenkranz betete. Sie will Nonne werden! Wahrscheinlich hängt das mit dem Alter zusammen – freilich, mit dreizehn Jahren war Mama bereits mit unserem Vater verlobt ... Seine Augen wanderten zu Fesch, der mit feierlicher, andächtiger Miene auf den Sarg sah. Wie wird er ohne Letizia zurechtkommen? fragte sich Lucien. Er hat so sehr an ihr gehangen.

Der Kardinal dachte weit zurück, an die Hochzeit von Letizia und Carlo vor über 70 Jahren, mit der die bewegte Geschichte der Bonapartes ihren Anfang genommen hatte. Die Wohnungen in Santa Catalina und Marcello hatte Letizia als Mitgift in die Ehe gebracht, Bargeld, einen Backofen, eine Kornmühle, die Parzelle in Torre Vecchia und den Weinberg in Vitullo ...

LITERATUR

Napoleon Bonaparte: *Briefe an Frauen*, Hg. Gertrude Aretz
Olten / Leipzig / Wien 1938
Briefe der Liebe, Freiburg i. Br. 1927. Ü: Hannah Szasz
Briefe an Marie-Louise, Berlin 1935. Ü: Georg Goyert
Briefe Napoleons – Auswahl in 3 Bd., Stuttgart 1910. Hg. und Ü: F. M. Kircheisen
Aus dem Briefwechsel des großen Korsen, Hg. Kurt Weigand, München 1960
Die unveröffentlichten Briefe der Kaiserin mit den Briefen Napoleons
Hg. C. F. Palmstierna, München 1960. Ü: Gertrud Grote

Amelunxen, Clemens: *Carlo Buonaparte, Vater Napoleons*
Köln / Berlin / Bonn / München 1984

Caulaincourt, Armand Augustin Louis Marquis de: *Unter vier Augen mit Napoleon*
Bielefeld / Leipzig 1937. Ü: Friedrich Matthesius

Chateaubriand, René de: *Atala*, Stuttgart 1962. Ü: Trude Geissler

Grayeff, Felix: *Lucien Bonaparte, Bruder des Kaisers*, Hamburg 1966

Kleßmann, Eckart: *Napoleons Rußlandfeldzug in Augenzeugenberichten*
Düsseldorf 1964

Falkenhausen, Friedrich Freiherr von (Hg.): *Im Schatten Napoleons*
Stuttgart 2. Auflage 1952

Schiel, Irmgard: *Marie-Louise*, Stuttgart 1983

Sieburg, Friedrich: *Gespräche mit Napoleon*, München 1962

Stirling, Monica: *Madame Merz*, Tübingen 1963

Sutherland, Christine: *Maria Walewska*, München 1981

Weiner, Margery: *Die Schwestern Napoleons*, München 1967. Ü: Günther Mehling

Wilson, R. McNair: *Letizia, die Mutter Napoleons*, Frankfurt a.M. 1934. Ü: Renée Tagger

ZEITTAFEL

1736 Theodor von Neuhof wird von der korsischen Unabhängigkeitsbewegung als Theodor I. zum König von Korsika ernannt. Hyacinto Paoli wird Premierminister.

1739 Genua erobert mit französischer Unterstützung Korsika zurück. Theodor I. geht nach England ins Exil, Paoli mit seinem Sohn Pasquale nach Neapel.

1755 Im April kehrt Pasquale Paoli nach Korsika zurück und wird zum ›General der Nation‹ gewählt.

1756 Der größte Teil der französischen Truppen verläßt Korsika, um gegen Preußen zu kämpfen. Paoli vertreibt die Genueser weitgehend, einige Orte, darunter Ajaccio und Calvi, bleiben jedoch besetzt.

In den folgenden Jahren wird in Corte eine Universität gegründet, eine Justizreform durchgeführt, die Vendetta gesetzlich verboten. Paoli erringt die Anerkennung von Friedrich dem Großen, Joseph II. und Katharina der Großen. Klemens VIII. schickt 1760 einen Nuntius auf die Insel.

1764 2. Juni: *Carlo Buonaparte, in Diensten von Pasquale Paoli, heiratet Letizia Ramolino in Ajaccio.*

1765 15. August: *Napoleone, das erste Kind von Carlo und Letizia, im Frühjahr geboren, stirbt.* (historisch nicht überliefert)

1766 Mai: *Carlo, von Paoli zu seinem Nachfolger bestimmt, übersiedelt mit seiner Familie nach Corte.*

1767 *Anfang des Jahres Geburt einer Tochter, die nach wenigen Monaten stirbt.*

Mai: Paoli erobert die Insel Capraia und vertreibt die genuesischen Truppen.

1768 7. Januar: *Geburt von Napoleone (später Giuseppe/Joseph).*

15. Mai. Genua verkauft für 2 Millionen Goldfrancs Korsika an Frankreich.

28. August: General Chauvelin landet mit 10 000 Mann in Bastia mit einem Edikt Ludwigs XV., das die Korsen zu Untertanen Frankreichs erklärt. Krieg bricht aus.

9. Oktober: Sieg der Korsen über die französischen Truppen bei Borgo. *Carlo Buonaparte erzwingt von Chauvelin einen Waffenstillstand.*

1769 Frühjahr: General de Vaux landet mit 24 000 Mann.

Ende April: Die Volksvertreter Korsikas stimmen für einen Krieg gegen Frankreich.

8. Mai. Korsika wird bei Ponte Nuovo besiegt. Paoli geht nach England ins Exil.

15. August: *Geburt von Napoleone Buonaparte. Der 1768 geborene Sohn wird in Giuseppe umbenannt.*

Carlo promoviert zum Dr. jur.

11. Dezember: *Carlo legt in Bastia den Eid eines französischen Advokaten ab und eröffnet eine Anwaltspraxis.*

1770 April: Ludwig XV. stellt den korsischen Adel dem französischen gleich.

19. April/16. Mai: Der Dauphin heiratet Marie-Antonia (Marie-Antoinette) von Österreich.

1771 Mai: *Carlo wird zum Beisitzenden Richter ernannt.*

Maria Anna geboren.

September: *Der Adel der Familie Bonaparte wird bestätigt.*

1772 *Carlo wird in den Rat der Zwölf Edlen gewählt.*

1774 10. MAI: Ludwig XV. stirbt. Sein Enkel wird als Ludwig XVI. König von Frankreich.

Carlo wird als Mitglied der korsischen Delegation vom König empfangen. (historisch nicht überliefert)

1775 19. APRIL: Beginn des Nordamerikanischen Befreiungskriegs gegen England.

21. MAI: *Luciano/Lucien geboren.*

1776 *Maria Anna gestorben.*

4. JULI: Amerikanische Unabhängigkeitserklärung

1777 3. JANUAR: *Geburt einer Tochter, die den Namen ihrer verstorbenen Schwester – Maria Anna/Elisa – erhält.*

7. OKTOBER: Niederlage der englischen Truppen im Nordamerikanischen Bürgerkrieg.

1778/79 Bayerischer Erbfolgekrieg.

1778 6. FEBRUAR: Frankreich schließt Handels- und Beistandsverträge mit den Vereinigten Staaten von Amerika und tritt in den Krieg gegen England ein.

24. SEPTEMBER: *Luigi/Louis geboren.*

Carlo erhält Stipendien für seine Söhne. Napoleone wird die Kadettenschule in Brienne besuchen, Giuseppe das Seminar in Aix.

25. DEZEMBER: *Napoleone und Giuseppe betreten das erste Mal französischen Boden.*

1779 MAI: *Napoleone trifft in der Kadettenschule in Brienne ein.*

13. MAI: Ende des Bayerischen Erbfolgekrieges mit dem Frieden von Teschen.

8. AUGUST: In Frankreich wird auf den königlichen Besitzungen die Leibeigenschaft abgeschafft.

Spanien tritt in den Nordamerikanischen Unabhängigkeitskrieg ein.

1780 20. OKTOBER: *Maria-Paola/Pauline geboren.*

29. NOVEMBER: Kaiserin Maria Theresia stirbt. Joseph II. folgt ihr auf den Thron.

1781 19. OKTOBER: George Washington siegt bei Yorktown, die englische Armee kapituliert.

1782 25. MÄRZ: *Maria-Annunziata/Caroline geboren.*

30. JUNI: *Letizia und Carlo besuchen Napoleon in Brienne.*

1783 3. SEPTEMBER: Unterzeichnung des Friedensvertrages in Versailles. England erkennt die Unabhängigkeit der Vereinigten Staaten von Amerika an.

1784 21. OKTOBER: *Napoleon trifft in Paris ein, um die Militärschule zu besuchen.*

Luciano/Lucien übernimmt seinen Platz in Brienne, Maria-Anna/Elisa hat ein Stipendium für das Mädchenpensionat St. Cyr.

Giuseppe/Joseph verläßt das Seminar in Aix, um Offizier zu werden. Er erhält die Zusage für Metz.

1785/86 ›Halsbandaffäre‹ um Marie-Antoinette.

1785 24. FEBRUAR: *Carlo Buonaparte stirbt in Montpellier. Joseph kehrt nach Ajaccio zurück.*

1. SEPTEMBER: *Napoleon wird zum Unterleutnant der Artillerie ernannt und erhält das Offizierspatent. Er geht zum Regiment La Fère nach Valence/Rhône.*

1786 17. August: Friedrich der Große stirbt in Sanssouci. Sein Neffe wird als Friedrich Wilhelm II. König von Preußen.

15. September: *Napoleon besucht nach beinahe acht Jahren zum erstenmal wieder Korsika.*

Joseph studiert in Pisa Rechtswissenschaft. Lucien verläßt Brienne und geht ins Priesterseminar nach Aix.

1787-1792 Krieg Rußlands und Österreichs gegen die Türken.

1787/88 In Frankreich revoltiert der Adel, es gibt eine Wirtschaftskrise.

1787 Februar – Mai: Erstmals seit 1626 tritt die Notabelnversammlung in Versailles zusammen.

Napoleon erreicht eine Verlängerung seines Urlaubs bis Dezember.

17. September: Der amerikanische Konvent verabschiedet die Verfassung der Vereinigten Staaten von Amerika.

Oktober: *Napoleon fährt nach Paris und Versailles, um Familienangelegenheiten zu regeln. Verlängerung des Urlaubs bis Juni 1788. Lucien verläßt das Priesterseminar in Aix.*

1788 Frühjahr: *Napoleon kehrt nach Korsika zurück. Joseph promoviert, wird Assistent des Bürgermeisters von Ajaccio.*

8. Mai: Das französische Justizwesen wird reformiert.

Juni: *Napoleon kehrt zu seinem Regiment zurück, das inzwischen nach Auxonne/Saône verlegt wurde.*

August: Einberufung der Generalstände in Frankreich.

14. Dezember: Karl III. von Spanien stirbt, Karl IV. folgt ihm auf den Thron.

1789 Hungersnot in Frankreich.

Februar: Abbé Sieyès veröffentlicht die Schrift »Was ist der Dritte Stand?«.

30. April: George Washington wird Präsident der Vereinigten Staaten von Amerika.

4. Mai: Zum erstenmal seit 1614 treten die Generalstände in Versailles zusammen.

17. Juni: Der Dritte Stand erklärt sich zur Nationalversammlung.

20. Juni: Schwur im Ballhaus von Versailles.

23. Juni: Bekanntgabe des Reformprogramms durch Ludwig XVI. Der König weigert sich, den Dritten Stand als Volksvertretung anzuerkennen.

11. Juli: Entlassung von Necker und anderen Ministern.

13. Juli: Erstürmung des Hôtel des Invalides und Gründung einer Nationalgarde mit Lafayette als Kommandanten.

14. Juli: Sturm auf die Bastille und damit Beginn der Französischen Revolution. Der Exodus des Adels nimmt seinen Anfang.

4. August: Die französische Nationalversammlung schafft die Standesprivilegien ab.

26. August: Menschen- und Bürgerrechtserklärung in Frankreich.

30. September: *Napoleon trifft in Ajaccio ein.*

Das korsische Volk erhebt sich gegen Gouverneur Barrin. *Napoleon fordert in einer Denkschrift an die Nationalversammlung die Einsetzung der Korsen in ihre Rechte.* Der korsische Abgeordnete Saliceti stellt den Antrag, die Insel in Frankreich einzugliedern, Mirabeau unterstützt die Forderung.

5. Oktober: Unruhen in Paris. Marsch nach Versailles. Erzwungene Rückkehr Ludwigs XVI. in die Tuilerien.

2. November: Kirchenbesitz wird verstaatlicht.

30. November: Die Nationalversammlung beschließt die Gleichstellung Korsikas mit den übrigen Provinzen. Die Emigranten dürfen zurückkehren.

1790 20. Februar: Kaiser Joseph II. stirbt, Leopold II. wird sein Nachfolger.

22. April: Paoli spricht vor der Nationalversammlung in Paris.

23. April: Paoli wird von Ludwig XVI. in den Tuilerien empfangen.

19. Juni: Abschaffung des erblichen Adels in Frankreich.

25. Juni: In Ajaccio erhebt sich das Volk gegen die französische Verwaltung.

12. Juli: Der französische Klerus muß den Eid auf die Verfassung leisten.

14. Juli: Fest auf dem Pariser Marsfeld.

17. Juli: General Paoli betritt nach mehr als zwanzig Jahren Exil wieder korsischen Boden.

August: *Napoleon wird mit Joseph von Paoli empfangen.*

September: Paoli wird zum Präsidenten des Departementsdirektorium gewählt.

Joseph wird mit der Leitung des Distriktdirektoriums beauftragt.

1791 6. Januar: *Napoleon gründet einen patriotischen Klub, Lucien wird Sekretär.*

Februar: *Napoleon kehr nach Auxonne zurück und nimmt Luigi/Louis mit.*

2. April: Mirabeau stirbt.

2. Juni: *Napoleon wird zum Oberleutnant befördert und zum 4. Artillerieregiment versetzt.*

14. Juni: *Napoleon und Luigi/Louis übersiedeln nach Valence/Rhône.*

20. Juni: Die französische Königsfamilie flieht aus Versailles, wird aber in Varennes zur Umkehr gezwungen.

14. Juli: *Napoleon schwört den Treueid auf die Verfassung.*

27. August: Kaiser Leopold II. und König Friedrich Wilhelm II. beschließen in der ›Pillnitzer Deklaration‹, die französische Monarchie zu stürzen.

3. September: Die neue Verfassung tritt in Kraft.

14. September: Ludwig XVI. leistet den Eid auf die Verfassung.

1. Oktober: Die Gesetzgebende Versammlung wird einberufen.

Napoleon erhält bis Ende Dezember Urlaub von seinem Regiment und fährt mit Luigi/Louis nach Ajaccio.

Mitte Oktober: *Archidiakon Luciano Buonaparte stirbt.*

1792–1797 Erster Koalitionskrieg – Frankreich gegen Österreich und Preußen.

1792 7. Februar: Bündnis zwischen Preußen und Österreich.

1. März: Leopold II. stirbt. Sein Sohn wird als Franz II. Kaiser.

29. März: Gustav III. von Schweden stirbt, Gustav IV. Adolf wird sein Nachfolger.

3. April: *Napoleon wird zum 2. Oberstleutnant des 2. Bataillons der Nationalgarden des Distrikts Ajaccio-Tallano gewählt.*

Ostermontag: Unruhen in Ajaccio. *Napoleon greift ein und muß befürchten, vor ein Kriegsgericht gestellt zu werden.*

20. April: Frankreich erklärt Österreich den Krieg.

28. Mai: *Napoleon kehrt nach Paris zurück, um sich im Kriegsministerium zu rechtfertigen. Das Verfahren wird eingestellt, Napoleon zum Hauptmann befördert. Er kann weiterhin Oberstleutnant der Freiwilligen bleiben.*

10. AUGUST: Erstürmung der Tuilerien.
13. AUGUST: Ludwig XVI. und seine Familie werden verhaftet und in den Temple verbracht.
16. AUGUST: *Die Klosterschule St. Cyr wird geschlossen, Napoleon holt Elisa zu sich.*
30. AUGUST: *Napoleon wird zum Hauptmann ernannt.*
2.-6. SEPTEMBER: ›Septembermorde‹. In den Pariser Gefängnissen werden mehr als 6000 Personen, darunter 300 Priester, getötet.
9. SEPTEMBER: *Napoleon und Elisa verlassen Paris.*
20. SEPTEMBER: Rückzug der preußischen Truppen nach der Kanonade von Valmy. Besetzung des linken Rheinufers durch das Revolutionsheer.
21. SEPTEMBER: Eröffnung des Nationalkonvents.
25. SEPTEMBER: Das Königtum wird offiziell vom Nationalkonvent in Frankreich abgeschafft.
27. SEPTEMBER: Ein neuer Kalender wird eingeführt. Er beginnt mit dem Jahr I der Französischen Republik.
OKTOBER: *Napoleon und Elisa erreichen Mitte des Monats Ajaccio.* Paoli wird zum Oberbefehlshaber aller auf Korsika verfügbaren Truppen ernannt und ist unumschränkter Herrscher. *Napoleon beschließt, auf Korsika zu bleiben, und bietet Paoli vergeblich seine Dienste an.*
17. OKTOBER: Gründung des Wohlfahrtsausschusses.
6. NOVEMBER: Die Franzosen siegen bei Jemappes. Besetzung der Österreichischen Niederlande.
11. DEZEMBER: Der Prozeß gegen Ludwig XVI. beginnt.

1793 17. JANUAR: Ludwig XVI. wird zum Tode verurteilt.
21. JANUAR: Ludwig XVI. wird durch die Guillotine hingerichtet.
22. JANUAR: *Napoleon und Oberst Quenza schiffen sich mit den Freiwilligen-Bataillonen der korsischen separatistischen Bewegung Paolis nach Bonifacio ein mit dem Ziel, Sardinien zu erobern.*
24. JANUAR: Abbruch der diplomatischen Beziehungen zwischen Frankreich und England.
30. JANUAR. *Lucien geht als Sekretär Sémonvilles nach Toulon.*
FEBRUAR: Der Versuch, die Vorinseln Sardiniens zu erobern, scheitert.
1. FEBRUAR: Frankreich erklärt England und Holland den Krieg.
MÄRZ: Aufstände in der Vendée.
22. MÄRZ: Das Deutsche Reich erklärt Frankreich den Krieg.
2. APRIL: Paoli wird des Hochverrats beschuldigt.
6. APRIL: Danton wird Vorsitzender des Wohlfahrtsausschusses.
31. MAI-2. JUNI: Unruhen in Paris. Sturz der Girondisten.
24., 27. und 30. MAI: *Napoleon beschießt vom Meer aus die Zitadelle, die Eroberung Ajaccios mißlingt.*
10. JUNI: *Der Volkstag beschließt auf Betreiben Paolis, die Familie Buonaparte des Landes zu verweisen. Napoleon verläßt mit seiner Familie Korsika.*
13. JUNI: *Die Familie Buonaparte geht in Toulon an Land, das von den Girondisten regiert wird.*
Napoleon kehrt zu seinem Regiment, nun in Nizza stationiert, zurück. Louis begleitet ihn.
13. JULI: Ermordung Jean Paul Marats.
27. JULI: Robespierre wird Vorsitzender des Wohlfahrtsausschusses.

23. AUGUST: Der Konvent beschließt die allgemeine militärische Dienstpflicht.
27. AUGUST: Der Wohlfahrtsausschuß erläßt das ›Gesetz gegen die Verdächtigen‹. Die Schreckensherrschaft beginnt.
Letizia flieht mit den Kindern nach Beausset, dann nach Reonnes.
SEPTEMBER: *Joseph wird Kommissar in Marseille und kümmert sich um seine Mutter und seine Geschwister.*
Napoleon wird Artilleriekommandeur bei der Belagerung von Toulon.
12. OKTOBER: Marie-Antoinette vor dem Revolutionstribunal verurteilt.
16. OKTOBER: Marie-Antoinette wird hingerichtet.
19. OKTOBER: *Napoleon wird zum Major befördert.*
19. DEZEMBER: Vertreibung der Engländer aus Toulon.
23. DEZEMBER: *Napoleon wird zum Brigadegeneral befördert.*
31. DEZEMBER: *Napoleon und Louis kommen in Marseille an.*

1794 *Umzug der Familie nach Antibes.*
Freundschaft mit Augustin Robespierre, dem Bruder Maximiliens.
MÄRZ: *Napoleon wird Artilleriekommandeur der Italienarmee, Louis gehört zu seinem Stab. Lucien ist Präsident des Jakobiner-Clubs in St. Maximin.*
24. MÄRZ: Hébert hingerichtet.
5. APRIL: Danton und Desmoulins hingerichtet.
4. MAI: *Lucien heiratet Christine Boyer.*
26. JUNI: Frankreich besiegt bei Fleurus die Österreichischen Niederlande.
27. JULI: Robespierre gestürzt.
28. JULI: Robespierre und Saint-Just hingerichtet.
4. AUGUST: *Joseph heiratet Julie Clary.*
10. AUGUST: *Napoleon, als Freund Robespierre verdächtigt, wird in Fort Carré in Antibes unter Arrest gestellt.*
20. AUGUST: *Napoleon wird aus der Haft entlassen.*

1795-1799 In Frankreich regiert das Direktorium.

1795 3. MÄRZ: *Napoleon auf dem Weg nach Korsika. Louis, inzwischen Leutnant, begleitet ihn.*
5. APRIL: Friede von Basel zwischen Frankreich und Preußen.
ENDE APRIL: *Napoleon erhält das Kommando über die Artillerie der Westarmee.*
8. JUNI: Ludwig XVII. im Temple gestorben. Als Ludwig XVIII. folgt ihm der Graf de Provence in der Thronfolge.
23. SEPTEMBER: Der Konvent beschließt Direktoriumsverfassung.
3. OKTOBER: *Napoleon lernt Rose-Josèphe (Joséphine) de Beauharnais kennen.* (historisch nicht überliefert)
5. OKTOBER: *Napoleon schlägt im Auftrag von Barras den Aufstand der Royalisten nieder.*
6. OKTOBER: Der Konvent beschließt die Abschaffung der Todesstrafe.
Napoleon wird zum Divisionsgeneral befördert und Oberbefehlshaber der Armee des Innern, Lucien wird Verpflegungsoffizier der Nordarmee, Louis Adjutant Napoleons.

1796 2. MÄRZ: *Napoleon wird zum Oberfehlshaber der Italienarmee ernannt.*
9. MÄRZ: *Napoleon heiratet Joséphine de Beauharnais.*
5. APRIL: Beginn des Italien-Feldzugs.

12. – 21. APRIL: Siege bei Montenotte, Millesimo, Dego und Mondovi.

28. APRIL: Waffenstillstand mit dem König von Sardinien.

9. MAI: Waffenstillstand mit dem Herzog von Parma.

10. MAI: Verhaftung Barbeufs und seiner Anhänger. Sieg bei Lodi.

15. MAI: Einzug der Franzosen in Mailand.

16. MAI: *Gründung der Lombardischen Republik durch Napoleon.*

23. JUNI: *Napoleon schließt mit Papst Pius VI. einen Waffenstillstand.*

13. JULI: *Joséphine trifft in Mailand ein.*

4. OKTOBER: *Napoleon besetzt das Herzogtum Modena und proklamiert die Cisalpinische Republik.*

Vertreibung der Engländer aus Korsika.

15./17. NOVEMBER: Österreich in der Schlacht von Arcole vernichtend geschlagen.

1797–1799 Kongreß in Rastatt.

1797 14. JANUAR: *Napoleon siegt bei Rivoli.*

2. FEBRUAR: Mantua kapituliert vor den Franzosen.

19. FEBRUAR: Friedensvertrag von Tolentino mit dem Vatikan.

Elisa heiratet Felix Bacciochi.

18. APRIL: Vorfriede von Leoben zwischen Frankreich und Österreich.

14. JUNI: *Pauline heiratet Victor Emmanuel Leclerc.*

JULI: Talleyrand wird Außenminister.

17. OKTOBER: Friede von Campo Formio zwischen Österreich und Frankreich. Ende des Ersten Koalititionskrieges.

16. NOVEMBER: Friedrich Wilhelm II. von Preußen gestorben, sein Sohn wird als Friedrich Wilhelm III. König von Preußen.

DEZEMBER: *Napoleon wird Mitglied des Institut de France.*

1798/99 Ägypten-Feldzug beginnt.

1798 18. MAI: Die französische Flotte verläßt Toulon.

11. JUNI: Besetzung von Malta.

2. JULI: Eroberung von Alexandria.

21. JULI: *Napoleon besiegt die Mamelucken in der Schlacht bei den Pyramiden.*

24. JULI: Einzug in Kairo.

1. AUGUST: Admiral Nelson besiegt die französische Flotte in der Schlacht bei Abukir.

Napoleon entdeckt die Beziehung Joséphines zu Hippolyte Charles.

OKTOBER: Die Türkei erklärt Frankreich den Krieg.

1799 *Syrien-Feldzug Napoleons.*

25. FEBRUAR: Eroberung von Gaza.

7. MÄRZ: Eroberung von Jaffa.

12. MÄRZ: Beginn des Zweiten Koalitionskrieges.

19. MÄRZ – 10. MAI: Belagerung von Akkon.

25. JULI: Sieg über die Türken bei Abukir.

23. AUGUST: *Napoleon kehrt nach Frankreich zurück.*

29. AUGUST: Papst Pius VI. in Valence gestorben.

9. OKTOBER: *Napoleon geht in Fréjus an Land.*

17. OKTOBER: *Napoleon wird in Paris vom Direktorium empfangen.*

23. OKTOBER: *Lucien wird zum Präsidenten des Rates der Fünfhundert gewählt.*

9./10. NOVEMBER: *Staatsstreich Napoleons.*
Das Direktorium wird gestürzt, der Rat der Fünfhundert aufgelöst. Das Triumvirat der Konsuln Napoleon, Sieyès und Ducos übernimmt die Regierungsgewalt.
15. DEZEMBER: Bekanntgabe der Verfassung des Jahres VII. *Napoleon wird als Erster Konsul auf zehn Jahre bestätigt.*

1800 *Caroline heiratet Joachim Murat.*
13. FEBRUAR: *Gründung der Bank von Frankreich durch Napoleon.*
17. FEBRUAR: *Einzug in die Tuilerien.*
14. MÄRZ: Barnaba Chiaramonti wird Papst Pius VII.
5. MAI: Beginn des zweiten Italien-Feldzugs.
14. MAI: *Christine, Luciens Frau, stirbt.*
14. JUNI: *Sieg Napoleons über die Österreicher in der Schlacht bei Marengo.*
3. DEZEMBER: Niederlage der Österreicher bei Höhenlinden.
6. DEZEMBER: *Lucien trifft als französischer Botschafter in Madrid ein.*
24. DEZEMBER: *Attentatsversuch auf Napoleon.*

1801 9. FEBRUAR: Friede von Lunéville zwischen Österreich und Frankreich, die Beschlüsse von Campo Formio von 1797 werden bestätigt.
24. MÄRZ: Zar Paul I. ermordet, Alexander I. wird sein Nachfolger.
2. APRIL: Nelson besiegt in der Seeschlacht von Kopenhagen die dänische Flotte.
15. JUNI: *Napoleon unterzeichnet das Konkordat mit dem Heiligen Stuhl.*
1. OKTOBER: Vorfriede von London zwischen Frankreich und England geschlossen.
NOVEMBER: *Lucien kehrt nach Paris zurück.*

1802 4. JANUAR: *Louis heiratet Hortense de Beauharnais, Tochter von Joséphine.*
27. MÄRZ: Friede von Amiens zwischen Frankreich und England.
26. APRIL: Amnestie für ins Ausland geflohene Franzosen.
2. AUGUST: *Napoleon zum Konsul auf Lebenszeit ernannt.*
10. OKTOBER: *Napoléon-Louis, Sohn von Hortense und Louis, geboren.*
2. NOVEMBER: *Leclerc, Paulettes Mann, gestorben.*

1803 25. FEBRUAR: Ende des Deutschen Reiches, Beginn der Gebietsneuordnung in Deutschland.
3. MAI: Louisiana von Frankreich für 15 Millionen Dollar an die Vereinigten Staaten von Amerika verkauft.
16. MAI: Erneut Krieg Frankreich–England.
AUGUST: *Pauline heiratet Camillo Borghese.*

1804 14. FEBRUAR: *Royalistische Verschwörung gegen Napoleon aufgedeckt.*
21. MÄRZ: Herzog von Enghien in Vincennes erschossen. *Veröffentlichung des ›Code Civil‹ (›Code Napoléon‹).*
18. MAI: *Napoleon zum Kaiser der Franzosen ernannt.*
1. DEZEMBER: *Kirchliche Trauung von Napoleon und Joséphine.*
2. DEZEMBER: *Krönung Napoleons zum Kaiser der Franzosen.*

1805 MÄRZ: *Elisa wird zur Fürstin von Piombino und Lucca ernannt.*
11. APRIL: Allianz zwischen England und Rußland.
26. MAI: *Napoleon I. in Mailand zum König von Italien gekrönt. Eugène de Beauharnais zum Vizekönig von Italien ernannt.*
9. AUGUST: Beitritt Österreichs zur Allianz England–Rußland.

8. SEPTEMBER: Beginn des Dritten Koalitionskrieges. Österreich marschiert in Bayern ein.
21. OKTOBER: Schlacht bei Trafalgar. Nelson besiegt die französisch-spanische Flotte und fällt im Gefecht.
25. OKTOBER: *Napoleons Truppen nehmen ohne Widerstand Wien ein.*
2. DEZEMBER: Dreikaiserschlacht bei Austerlitz. *Napoleon besiegt das österreichisch-russische Heer.*
15. DEZEMBER: Schönbrunner Vertrag. Schutzbündnis zwischen Frankreich und Preußen.

1806 *Heirat von Eugène de Beauharnais mit Augusta Amalie von Bayern.*
1. JANUAR: Der Revolutionskalender wird abgeschafft.
15. FEBRUAR: Pariser Traktat, Vertrag zwischen Frankreich und Preußen.
Vertreibung der Bourbonen aus Neapel.
MÄRZ: *Joseph Bonaparte wird König von Neapel.*
20. MÄRZ: Geheimbund zwischen Preußen und Rußland.
MAI: *Louis Bonaparte wird König von Holland.*
12. JULI: *Deutsche Fürsten vereinigen sich unter Napoleon I. im Rheinbund gegen Preußen und Österreich.*
6. AUGUST: Franz II. dankt als römisch-deutscher Kaiser ab und wird als Franz I. Kaiser von Österreich.
6. OKTOBER: Vierter Koalitionskrieg.
14. OKTOBER: *Napoleon und Davout siegen bei Jena und Auerstedt über das preußische Heer.*
27. OKTOBER: *Napoleon zieht in Berlin ein.*
21. NOVEMBER: *Napoleon verfügt im Dekret von Berlin die Kontinentalsperre gegen England.*
Friedrich Wilhelm III. setzt mit russischer Hilfe von Ostpreußen aus den Krieg fort.

1807 7. JANUAR: *Napoleon lernt Maria Walewska kennen.*
28. JANUAR: Friede von Memel zwischen England und Rußland.
8. FEBRUAR: *Schlacht von Preußisch-Eylau mit knappem Sieg für Napoleon.*
29. APRIL: Beginn der Schlacht um Kolberg.
5. MAI: *Napoleon-Charles stirbt.*
26. MAI: Danzig kapituliert.
14. JUNI: *Napoleon besiegt in der Schlacht von Friedland die russischen Truppen.*
25. JUNI: *Treffen zwischen Napoleon I. und Alexander I.*
7. JULI: Friedensvertrag von Tilsit zwischen Frankreich, Rußland und Preußen.
27. JULI: *Napoleon kehrt nach Paris zurück.*
Jérôme heiratet nach seiner Ehe mit Elizabeth Patterson Katharina von Württemberg und wird König von Westfalen.
NOVEMBER: Besetzung Portugals durch Junot.

1808 19. MÄRZ: Karl IV. tritt zugunsten seines Sohnes zurück. Ferdinand VII. besteigt den Thron.
23. MÄRZ: Murat marschiert in Madrid ein.
2. MAI: Ferdinand VII. dankt ab.
Erhebung des spanischen Volkes gegen die französische Herrschaft.

6. Juni: *Joseph Bonaparte wird König von Spanien, Joachim Murat König von Neapel.*
August: Englische Truppen landen in Portugal. Niederlage Junots
12. Oktober: *Allianz zwischen Napoleon und Alexander I. auf dem Fürstentag in Erfurt.*
5. November: *Napoleon trifft mit seinen Truppen in Spanien ein.*
4. Dezember: Madrid erneut von den Franzosen besetzt.

1809 Aufstand in Tirol unter Andreas Hofer gegen Frankreich und Bayern.
Rückkehr Napoleons nach Paris.
13. März: Absetzung von Gustav IV. Adolf.
April: Beginn des Fünften Koalitionskrieges.
10. April: Österreichische Truppen fallen in Bayern ein.
22. April: Schwere Niederlage der Österreicher bei Eggmühl.
13. Mai: *Napoleon zieht in Wien ein.*
16. Mai: Annexion des Kirchenstaates durch Frankreich.
22. Mai: *Niederlage Napoleons in der Schlacht von Aspen (Eßling).*
20. Juni: Karl VIII. wird König von Schweden.
6. Juli: *Überzeugender Sieg Napoleons über Österreich in der Schlacht von Wagram.*
Maria Walewska trifft in Wien ein.
Oktober: Ernennung Metternichs zum österreichischen Außenminister.
14. Oktober: Unterzeichnung des Friedensvertrages zwischen Frankreich und Österreich in Schönbrunn.
15. Dezember: *Annullierung der Ehe Napoleons mit Joséphine.*

1810 20. April: *Andreas Hofer in Mantua auf Befehl Napoleons I. standrechtlich erschossen.*
2. April: *Napoleon heiratet Erzherzogin Marie-Louise von Österreich.*
4. Mai: *Alexander, Sohn Napoleons I. und Maria Walewskas, geboren*
Juli: *Louis verläßt den holländischen Thron und bittet Franz I. von Österreich um Asyl.*
Napoleon annektiert Holland.
August: Der schwedische Reichstag wählt Marschall Bernadotte zum Kronprinzen von Schweden.

1811 20. März: *Napoleon Franz Joseph, Sohn von Napoleon I. und Marie-Louise, geboren. Er erhält den Titel ›König von Rom‹.*

1812 Hungersnot in Frankreich.
24. Februar: Militärbündnis zwischen Frankreich und Preußen.
14. März: Allianz zwischen Frankreich und Österreich.
8. April: Ultimatum Rußlands an Frankreich.
24. Juni: *Die Große Armee Napoleons marschiert in Rußland ein.* Der Rußlandfeldzug beginnt.
7. September: Trotz schwerer Verluste Sieg der Franzosen in der Schlacht bei Borodino.
14. September: *Napoleon I. marschiert in Moskau ein.*
Die Stadt brennt.
19. Oktober: Der Rückzug der Großen Armee beginnt.
22. November: Putschversuch General Malets in Paris scheitert.
25. – 29. November: Übergang über die Beresina.
18. Dezember: *Napoleon trifft in Paris ein.*

30. DEZEMBER: Unterzeichnung der Konvention von Tauroggen, mit der das preußische Korps in Napoleons Armee als neutral erklärt wird.
1813 27./28. FEBRUAR: Verteidigungsbündnis zwischen Rußland und Preußen in Breslau und Kalisch geschlossen.
15. MÄRZ: Preußen erklärt Frankreich den Krieg. Beginn der Befreiungskriege.
2. MAI: *Napoleon besiegt das preußisch-russische Heer bei Lützen.*
8. MAI: *Einzug Napoleons in Dresden.*
20./21. MAI: *Weitere Siege Napoleons bei Bautzen und Wurschen.*
21. JUNI: *Joseph Bonaparte flieht aus Spanien.*
26. JUNI: *Treffen zwischen Napoleon I. und Metternich in Dresden.*
11. AUGUST: Österreich tritt der englisch-preußischen-russischen Allianz bei und erklärt Frankreich den Krieg.
15. AUGUST: Frankreich siegt in der Schlacht am Katzbach.
27. AUGUST: Die Österreicher werden bei Dresden besiegt.
9. SEPTEMBER: Allianzvertrag von Teplitz zwischen Österreich, Preußen und Rußland.
8. OKTOBER: Bayern tritt mit dem Vertrag von Ried der antifranzösischen Koalition bei.
16. – 19. OKTOBER: *Vernichtende Niederlage Napoleons in der Völkerschlacht von Leipzig.*
Auflösung des Rheinbundes.
31. DEZEMBER: Blücher überschreitet in der Nacht den Rhein bei Kaub.
1814 29. JANUAR: Sieg über Blücher bei Brienne.
1. FEBRUAR: *Murat wendet sich von Napoleon ab und geht zur Koalition über.*
1./9. MÄRZ: Vertrag von Chaumont. Quadrupelallianz England-Österreich-Preußen-Rußland.
29. MÄRZ: *Marie-Louise und der König von Rom verlassen Paris.*
31. MÄRZ: Kapitulation von Paris. Einzug der Alliierten.
2. APRIL: *Sturz Napoleons.* Bildung einer provisorischen Regierung unter Talleyrand. Ludwig XVIII. wird König von Frankreich.
6. APRIL: *Abdankung Napoleons I., Verbannung nach Elba.*
13. APRIL: *Mißglückter Selbstmordversuch Napoleons.*
20. APRIL: *Napoleon verläßt Fontainebleau.*
24. APRIL: *Marie-Louise verläßt mit dem König von Rom Frankreich und kehrt nach Wien zurück.*
4. MAI: *Napoleon trifft auf Elba ein.*
29. MAI: *Joséphine stirbt.*
30. MAI: Erster Friede von Paris.
ENDE AUGUST: *Letizia besucht mit Pauline Napoleon.*
1. SEPTEMBER: *Maria Walewska besucht mit ihrem Sohn Alexander Napoleon auf Elba.*
Beginn der Liaison zwischen Marie-Louise und Graf Neipperg.
30. OKTOBER: Der Wiener Kongreß beginnt.
1815 26. FEBRUAR: *Napoleon verläßt Elba.*
28. FEBRUAR: *Pauline verläßt Elba und geht nach Lucca.*
1. MÄRZ: *Napoleon landet in Frankreich.*
Beginn der 100-Tage-Herrschaft.
12. MÄRZ: *Marie-Louise sagt sich von Napoleon los.*
19. MÄRZ: Ludwig XVIII. flieht.

	20. März: *Napoleon trifft in Paris ein.*
	25. März: England, Rußland, Preußen und Österreich schließen ein Bündnis gegen Napoleon.
	1. Juni: *Letizia trifft in Paris ein.*
	8. Juni: Gründung des Deutschen Bundes.
	9. Juni: Mit der Wiener Kongreßakte wird das Gleichgewicht der fünf europäischen Großmächte wiederhergestellt. Neugestaltung Europas.
	12. Juni: *Napoleon zieht gegen die Alliierten.*
	18. Juni: *Napoleon wird bei Waterloo von Blücher und Wellington geschlagen.*
	21. Juni: *Napoleon kehrt nach Paris zurück.*
	22. Juni: *Napoleon dankt zum zweitenmal ab.*
	29. Juni: *Napoleon verläßt Paris, um nach Amerika ins Exil zu gehen. Sein Plan scheitert durch die Blockade der Engländer.*
	7./8. Juli: Die Alliierten marschieren erneut in Paris ein. Ludwig XVIII. kehrt zurück.
	15. Juli: *Napoleon wird von den Engländern lebenslang nach St. Helena verbannt.*
	9. August: *Die ›Northumberland‹ verläßt mit Napoleon an Bord England mit Ziel St. Helena.*
	26. September: Heilige Allianz zwischen Alexander I., Franz I. und Friedrich Wilhelm III.
	17. Oktober: *Ankunft Napoleons auf St. Helena.*
	20. Oktober: Zweiter Friede von Paris. Erneuerung der Quadrupelallianz.
1817	Dezember: *Maria Walewska stirbt.*
1818	5. Februar: Karl XIII. stirbt. Graf Bernadotte wird als Karl XIV. sein Nachfolger auf dem schwedischen Thron.
	29. September – 21. November: Kongreß von Aachen.
1819	20. September: Annahme der Karlsbader Beschlüsse gegen politische und geistige Freiheit durch den Bundestag. Abschaffung des Sklavenhandels in Frankreich.
1820	29. Januar: Georg III. von England gestorben, sein Sohn Georg IV. wird sein Nachfolger.
	8. Juni: Wiener Schlußakte vom 15. Mai von der Bundesversammlung als Grundgesetz des Deutschen Bundes bestätigt.
	Juli: *Napoleon erkrankt.*
	August: *Elisa stirbt.*
1821-1829	Erfolgreicher griechischer Aufstand gegen die Türken.
1821	Februar/März: *Napoleons Gesundheitszustand verschlechtert sich.*
	13. April: *Napoleon verfaßt sein Testament.*
	5. Mai: *Napoleon I. stirbt.*
	8. Mai: *Beisetzung Napoleons I. auf St. Helena.*
1832	22. Juli: *Napoleons Sohn, der Herzog von Reichstadt, stirbt.*
1836	22. Februar: *Letizia Bonaparte stirbt.*
1840	15. Dezember: *Die sterblichen Überreste Napoleons I. finden ihre letzte Ruhestätte in der Krypta des Invalidendoms in Paris.*